SÉRIE OS INSTRUMENTOS MORTAIS

Livro 1 – Cidade dos Ossos
Livro 2 – Cidade das Cinzas
Livro 3 – Cidade de Vidro
Livro 4 – Cidade dos Anjos Caídos
Livro 5 – Cidade das Almas Perdidas
Livro 6 – Cidade do Fogo Celestial

SÉRIE AS PEÇAS INFERNAIS

Livro 1 – Anjo Mecânico
Livro 2 – Príncipe Mecânico
Livro 3 – Princesa Mecânica

SÉRIE OS ARTIFÍCIOS DAS TREVAS

Livro 1 – Dama da meia-noite
Livro 2 – Senhor das Sombras

O CÓDEX DOS CAÇADORES DE SOMBRAS

AS CRÔNICAS DE BANE

CONTOS DA ACADEMIA DOS CAÇADORES DE SOMBRAS

OS INSTRUMENTOS MORTAIS

CASSANDRA CLARE

LIVRO 5
Cidade das Almas Perdidas

LIVRO 6
Cidade do Fogo Celestial

edição de colecionador

TRADUÇÃO DE RITA SUSSEKIND

1ª edição

— Galera —

RIO DE JANEIRO
2019

CIP-BRASIL. CATALOGAÇÃO NA PUBLICAÇÃO
SINDICATO NACIONAL DOS EDITORES DE LIVROS, RJ

C541c

    Clare, Cassandra
        Cidade das almas perdidas ; Cidade do fogo celestial / Cassandra Clare ; tradução Rita Sussekind , Ana Resende. - 1. ed. - Rio de Janeiro : Galera Record, 2019.
        (Os instrumentos mortais ; 5 e 6)

    Tradução de: City of lost souls ; City of heavenly fire
    Sequência de: Cidade de vidro ; Cidade dos anjos caídos
    ISBN 978-85-01-11481-5

    I. Ficção americana. I. Sussekind, Rita. II. Resende, Ana. III. Título. IV. Título: Cidade do fogo celestial. V. Série.

18-48334   CDD: 813
Leandra Felix da Cruz - Bibliotecária - CRB-7/6135   CDU: 821.111(73)-3

Título original em inglês:
City of lost souls | City of heavenly fire

Copyright Cidade das almas perdidas © 2011 by Cassandra Clare, LLC
Copyright Cidade do fogo celestial © 2014 by Cassandra Clare, LLC

Os direitos desta tradução foram negociados mediante acordo com Barry Goldblatt Literary LLC e Sandra Bruna Agencia Literaria S.L.

Todos os direitos reservados.
Proibida a reprodução, no todo ou em parte, através de quaisquer meios.
Os direitos morais do autor foram assegurados.

Capa de Leonardo Iaccarino sobre padronagem de Rafaella Machado
Projeto gráfico de miolo: Renata Vidal

Texto revisado segundo o novo Acordo Ortográfico da Língua Portuguesa.

Direitos exclusivos de publicação em língua portuguesa somente para o Brasil adquiridos pela
EDITORA RECORD LTDA.
Rua Argentina 171 - Rio de Janeiro, RJ - 20921-380 - Tel.: 2585-2000,
que se reserva a propriedade literária desta tradução.

Impresso no Brasil

ISBN 978-85-01-11481-5

Seja um leitor preferencial Record.
Cadastre-se e receba informações sobre nossos lançamentos e nossas promoções.

Atendimento e venda direta ao leitor:
sac@record.com.br ou (21) 2585-2002.

LIVRO 5

Cidade das Almas Perdidas

7

Para Nao, Tim, David e Ben.

*Nenhum homem escolhe o mal porque é o mal.
Ele apenas o confunde com felicidade, o bem que procura.*

— Mary Wollstonecraft

Prólogo

Simon encarava entorpecido a porta da frente de casa.

Jamais conhecera outro lar. Este foi o lugar para onde os pais o levaram ao nascer. Havia crescido entre as paredes da casa do Brooklyn. Brincava na rua sob as sombras das árvores no verão e improvisava trenós com tampas de lixeiras no inverno. Nesta casa, a família cumpriu o *shivah* após a morte de seu pai. Aqui, ele beijou Clary pela primeira vez.

Nunca imaginou um dia em que a porta de casa pudesse estar fechada para ele. Na última vez em que viu a mãe, ela o havia chamado de monstro e implorado que fosse embora. Simon a fez esquecer de que era um vampiro com um feitiço, mas não sabia quanto tempo o efeito duraria. Parado no ar frio de outono, olhando para a frente, soube que não tinha durado o suficiente.

A porta estava coberta por símbolos — estrelas de Davi desenhadas com tinta, a forma afiada do símbolo de *Chai*, vida. Havia alguns *tefillin* amarrados à maçaneta e à aldrava. Uma *hamsa*, a Mão de Deus, cobria o olho mágico.

Entorpecido, tocou o mezuzá de metal afixado ao lado direito da porta. Viu a fumaça emergir do local onde a mão encontrou o objeto sagrado, mas não sentiu nada. Nenhuma dor. Apenas um terrível vazio, transformando-se lentamente em raiva fria.

Chutou a base da porta e ouviu o eco pela casa.

— Mãe! — gritou. — Mãe, sou eu!

Não obteve resposta, apenas o ruído de trancas sendo acionadas. A audição apurada reconheceu os passos da mãe, sua respiração, mas ela não disse nada. Simon sentiu o cheiro pungente de medo e pânico, mesmo através da madeira.

— Mãe! — engasgou. — Mãe, isso é ridículo! Deixe-me entrar! Sou *eu*, Simon!

A porta trepidou, como se ela tivesse lhe dado um chute.

— Vá embora! — A voz soou áspera, irreconhecível de pavor. — Assassino!

— Não mato pessoas. — Simon apoiou a cabeça na porta. Sabia que provavelmente poderia arrombá-la, mas de que adiantaria? — Falei para você. Bebo sangue animal.

— Você matou meu filho — retrucou. — O matou e pôs um monstro no lugar.

— Eu *sou* seu filho...

— Veste o rosto dele e fala com a mesma voz, mas não é ele! Você não é Simon! — A voz se elevou a um quase grito. — Afaste-se da minha casa antes que eu o mate, monstro!

— Becky — disse ele. Estava com o rosto molhado; levantou as mãos para tocá-lo, e elas voltaram sujas: eram lágrimas de sangue. — O que você disse a Becky?

— *Fique longe de sua irmã .* — Simon ouviu um estardalhaço dentro da casa, como se alguma coisa tivesse sido derrubada.

— Mãe — repetiu, mas desta vez a voz não se elevou. Saiu como um suspiro rouco. Sua mão começou a latejar. — Preciso saber... Becky está aí? Mãe, abra a porta. Por favor...

— *Fique longe de Becky!*

Ela estava se afastando da porta; Simon ouviu. Depois veio o inconfundível guincho da porta da cozinha se abrindo, o rangido do linóleo quando ela pisou no assoalho. O ruído de uma gaveta sendo aberta. De repente, imaginou a mãe pegando uma das facas.

Antes que eu o mate, monstro.

O pensamento o fez cambalear. Se ela o atacasse, a Marca entraria em ação. E a destruiria, como fizera com Lilith.

Simon abaixou a mão e recuou lentamente, tropeçando pelos degraus e pela calçada, apoiando-se no tronco de uma das grandes árvores do quarteirão. Ficou onde estava, olhando para a porta da frente de casa, marcada e desfigurada com os símbolos do ódio que a mãe sentia por ele.

Não, lembrou a si mesmo. Ela não o odiava. Achava que estava morto. O que detestava era algo que não existia. *Não sou o que ela diz.*

Não sabia quanto tempo poderia ter ficado ali parado, olhando, se o telefone não tivesse começado a tocar, vibrando no bolso do casaco.

Pegou-o por reflexo, notando que o desenho do mezuzá — estrelas de Davi entrelaçadas — estava queimado na sua palma. Trocou o telefone de mão e o pôs no ouvido.

— Alô?

— Simon? — Era Clary. Parecia sem fôlego. — Cadê você?

— Em casa — disse, e fez uma pausa. — Na casa da minha mãe — corrigiu-se. A voz soou oca e distante aos próprios ouvidos. — Por que não está no Instituto? Estão todos bem?

— É justamente isso — falou. — Logo depois que você saiu, Maryse desceu do terraço onde Jace deveria estar esperando. Não tinha ninguém lá.

Simon se mexeu. Sem perceber o que estava fazendo, como um boneco mecânico, começou a subir a rua, em direção ao metrô.

— Como assim, não tinha ninguém?

— Jace tinha sumido — respondeu Clary, e Simon pôde ouvir a tensão na voz dela. — E Sebastian também.

Simon parou à sombra de uma árvore desfolhada.

— Mas Sebastian estava morto. Ele está morto, Clary...

— Então me diga por que o corpo dele não está lá, porque não está — falou, com a voz finalmente falhando. — Não tem nada além de muito sangue e vidro quebrado. Os dois sumiram, Simon. Jace sumiu...

parte um
Não há anjo malvado

Amor é um conhecido. Amor é um demônio.
Não há anjo malvado além do amor.

—William Shakespeare, Trabalhos de amor perdidos

Duas semanas depois

Capítulo 1
O ÚLTIMO CONSELHO

— Quanto tempo acha que vai demorar o veredito? — perguntou Clary. Ela não fazia ideia se havia muito tempo que estavam esperando, mas pareciam umas dez horas. Não havia relógios no quarto preto e rosa-shocking de Isabelle, apenas uma pilha de roupas, montes de livros, estoques de armas, uma penteadeira lotada de maquiagem cintilante, pincéis usados e gavetas abertas transbordando de roupas íntimas bordadas, meias-calças e boás de penas. Tinha uma ligeira estética *Gaiola das loucas*, mas ao longo das últimas duas semanas Clary havia passado tempo o bastante na bagunça cintilante para já ter começado a achá-la reconfortante.

Isabelle, à janela com Church nos braços, acariciava distraidamente a cabeça do gato. Church a olhava com sinistros olhos amarelos. Do outro lado da vidraça, caía uma tempestade de novembro, a chuva escorrendo pelo vidro como tinta transparente.

— Não muito — respondeu, devagar. Não estava usando maquiagem, o que a deixava mais nova, os olhos escuros maiores. — Cinco minutos, provavelmente.

Clary, sentada na cama de Izzy entre uma pilha de revistas e um monte de lâminas serafim, engoliu em seco o gosto amargo na garganta. *Já volto. Cinco minutos.*

Fora a última coisa que dissera ao menino a quem amava mais que tudo no mundo. Agora achava que pudesse ter sido a última coisa que jamais diria a ele.

Clary se lembrava perfeitamente do momento. O jardim do telhado. A noite cristalina de outubro, as estrelas ardendo brancas como gelo contra um céu preto e sem nuvens. As pedras do piso manchadas com símbolos negros, respingadas com icor e sangue. A boca de Jace na dela, a única coisa quente em um mundo gelado. A mão envolvendo o anel Morgenstern em seu pescoço. *O amor que move o sol e todas as outras estrelas.* Virando para procurar por ele enquanto o elevador a levava de lá, encolhendo as costas contra as sombras do prédio. Havia se juntado aos outros no saguão, abraçando a mãe, Luke, Simon, mas parte dela, como sempre, continuava com Jace, flutuando sobre a cidade naquele terraço, os dois sozinhos na metrópole elétrica, fria e brilhante.

Foram Maryse e Kadir que entraram no elevador para se juntarem a Jace no telhado e verem os restos do ritual de Lilith. Passaram-se dez minutos até que Maryse retornasse, sozinha. Quando as portas se abriram e Clary viu o rosto dela — pálido, rijo e inquieto —, soube.

O que se passou em seguida foi como um sonho. O agrupamento de Caçadores de Sombras no saguão correu em direção a Maryse, Alec se afastou de Magnus e Isabelle se levantou em um pulo. Explosões de luz branca cortaram a escuridão como suaves detonações de flashes fotográficos em uma cena de crime enquanto, uma após a outra, lâminas serafim aclaravam as sombras. Conforme abria caminho, Clary ouvia fragmentos da história — o jardim do telhado estava vazio; Jace sumira. O caixão de vidro com o corpo de Sebastian fora estilhaçado; havia cacos de vidro por todos os lados. Sangue, ainda fresco, pingava pelo pedestal onde o esquife estivera.

Os Caçadores de Sombras formulavam planos rapidamente, de se espalhar e vasculhar a área ao redor do prédio. Magnus estava presente, as mãos faiscando em azul, voltando-se para Clary para perguntar se tinha alguma coisa de Jace que pudessem utilizar para rastreá-lo. Entorpecida, entregou a ele o anel Morgenstern e se recolheu a um canto para ligar para Simon. Tinha acabado de fechar o telefone quando a voz de um Caçador de Sombras se ergueu acima das demais.

— Rastreá-lo? Isso só vai funcionar se ainda estiver vivo. Com todo esse sangue não é muito provável...

De algum jeito aquela foi a gota d'água. Hipotermia prolongada, exaustão e choque se apoderaram de Clary, que sentiu os joelhos cederem. Sua mãe a segurou antes que atingisse o chão. Depois disso houve um borrão escuro. Acordou na manhã seguinte na própria cama, na casa de Luke, sentando-se bruscamente, com o coração disparado, certa de que tinha tido um pesadelo.

Enquanto lutava para sair da cama, os machucados desbotados nos braços e pernas contavam uma história diferente, assim como a ausência do anel. Vestindo uma calça e um moletom de capuz, cambaleou até a sala para encontrar Jocelyn, Luke e Simon sentados com expressões sombrias nos rostos. Nem precisava perguntar, mas o fez assim mesmo.

— Ele foi encontrado? Está de volta?

Jocelyn se levantou.

— Querida, ele ainda está desaparecido...

— Mas não morto? Não acharam um corpo? — Caiu no sofá ao lado de Simon. — Não... ele não está morto. Eu *saberia*.

Lembrava-se de Simon segurando sua mão enquanto Luke relatava o que sabiam: que Jace continuava desaparecido, assim como Sebastian. A má notícia era que o sangue no pedestal tinha sido identificado como de Jace. A boa era que havia menos sangue do que tinham imaginado; ele se misturara à água do caixão, o que resultou na impressão de um volume maior que o real. Acreditavam agora ser bastante possível que ele tivesse sobrevivido ao que quer que tenha acontecido.

— *Mas o que aconteceu?* — perguntou a garota.

Luke balançou a cabeça, os olhos azuis sombrios.

— Ninguém sabe, Clary.

A sensação nas veias era a de que o sangue tinha sido substituído por água gelada.

— Quero ajudar. Quero fazer alguma coisa. Não quero simplesmente ficar aqui sentada enquanto Jace está desaparecido.

— Não me preocuparia com isso — disse Jocelyn, implacável. — A Clave quer vê-la.

Gelo invisível estalou nas juntas e nos tendões de Clary quando a menina se levantou.

— Tudo bem. Que seja. Conto o que quiserem se encontrarem Jace.

— Você vai contar tudo porque eles têm a Espada Mortal. — Havia um grande desespero na voz de Jocelyn. — Oh, querida. Sinto tanto.

E agora, após duas semanas de depoimentos repetitivos, após diversas testemunhas serem chamadas, após ter segurado a Espada Mortal uma dezena de vezes, Clary estava sentada no quarto de Isabelle, esperando que o Conselho decidisse seu destino. Não conseguia deixar de se lembrar da sensação de segurar a Espada Mortal. Era como se pequenos anzóis penetrassem sua pele para arrancar a verdade. Ela se ajoelhara, segurando-a, no círculo das Estrelas Falantes e ouviu a própria voz narrando tudo ao Conselho: como Valentim invocou o Anjo Raziel, como ela tomou do pai o poder de controlar o anjo apagando o nome dele da areia e escrevendo o próprio nome por cima. Contou sobre o Anjo ter oferecido um desejo, que ela utilizou para trazer Jace de volta aos vivos; contou como Lilith possuiu Jace e pretendia utilizar o sangue de Simon para ressuscitar Sebastian, o irmão de Clary, que Lilith enxergava como seu filho. Como a Marca de Caim de Simon tinha acabado com Lilith, e como todos acreditaram que Sebastian também estava acabado e não representava mais uma ameaça.

Clary suspirou e abriu o telefone para checar o horário.

— Já estão lá há uma hora — disse. — Isso é normal? É um mau sinal?

Isabelle derrubou Church, que gemeu. Ela veio até a cama e sentou ao lado de Clary. Isabelle parecia ainda mais magra que o normal — assim como Clary, tinha perdido peso nas últimas semanas —, mas elegante como sempre, de calça *skinny* preta e uma blusa justa de veludo cinza. Ao redor dos olhos, Izzy estava completamente manchada de rímel, o que deveria deixá-la parecendo um guaxinim, mas em vez disso ficou com a aparência de uma estrela do cinema francês. Ela esticou os braços, e as pulseiras de electrum com símbolos enfeitiçados tilintaram musicalmente.

— Não, não é um mau sinal — respondeu. — Apenas significa que eles têm muito a discutir. — Ela girou o anel Lightwood no dedo. — Você vai ficar bem. *Não* transgrediu a Lei. O importante é isso.

Clary suspirou. Nem mesmo o calor do ombro de Isabelle próximo ao seu conseguia derreter o gelo em suas veias. Sabia que tecnicamente não tinha violado nenhuma Lei, mas também sabia que a Clave estava furiosa com ela. Era ilegal para um Caçador de Sombras trazer alguém de volta à vida, mas não para o Anjo; ainda assim, foi algo enorme o que fez quando pediu de volta a vida de Jace, e os dois concordaram que não revelariam a ninguém.

Agora o segredo fora descoberto e agitava a Clave. Clary sabia que queriam puni-la, ainda que apenas por ter feito uma escolha com consequências tão desastrosas. De certa forma, queria que *realmente* a punissem. Quebrassem seus ossos, arrancassem suas unhas, permitissem que os Irmãos do Silêncio invadissem seu cérebro com pensamentos cortantes. Uma espécie de troca diabólica — a própria dor pelo retorno de Jace são e salvo. Ajudaria a aliviar a culpa por ter deixado Jace para trás naquele telhado, apesar de todos já terem dito que ela estava sendo ridícula; que todos achavam que ele tinha permanecido seguro lá, e que se ela tivesse ficado, provavelmente também estaria desaparecida.

— Pare com isso — disse Isabelle.

Por um instante Clary não teve certeza se Izzy estaria falando com ela ou com o gato. Church estava fazendo o que sempre fazia quando o derrubavam: deitado sobre as costas com as quatro patas no ar, fingindo-se de morto para induzir culpa nos donos. Mas Isabelle jogou os cabelos negros para o lado, encarando-a, e Clary percebeu que a bronca era para ela, não para o gato.

— Parar com o quê?

— Com esses pensamentos mórbidos sobre todas as coisas horríveis que vão acontecer com você, ou que gostaria que acontecessem, porque você está viva e Jace está... desaparecido. — A voz de Isabelle falhou, como um disco pulando uma batida.

Nunca falava em Jace morto ou sequer perdido: ela e Alec se recusavam a aventar a possibilidade. E Isabelle nunca repreendeu Clary por guardar um segredo tão grande. Ao longo de todo o processo, aliás, Isabelle foi sua defensora mais firme. Encontrando-a diariamente na porta do Salão do Conselho, segurava com firmeza o braço de Clary e a acompanhava pela multidão de Caçadores de Sombras que encaravam e cochichavam. Aguardou durante infinitos interrogatórios do Conselho, lançando olhares afiados a qualquer um que ousasse encarar Clary com desdém. Clary se espantara com isso. Ela e Isabelle nunca foram incrivelmente próximas, ambas eram meninas que se sentiam mais confortáveis na companhia de meninos que na de outras garotas. Mas Isabelle não saiu do lado dela. Clary se sentiu tão aturdida quanto grata.

— Não consigo evitar — respondeu Clary. — Se eu pudesse patrulhar... se pudesse fazer *qualquer coisa*... acho que não seria tão ruim.

— Não sei. — Isabelle parecia esgotada. Havia duas semanas ela e Alec estavam exaustos e pálidos em função de turnos de 16 horas de patrulha. Quando Clary descobriu que tinha sido vetada das buscas por Jace de todas as maneiras até o Conselho decidir o que fazer com o fato de ela o ter ressuscitado, quebrou a porta do quarto com um chute. — Às vezes parece um esforço vão — acrescentou Isabelle.

Gelo rachou por todo o esqueleto de Clary.

— Está dizendo que acha que ele está morto?

— Não, não acho. O que estou querendo dizer é que acredito não haver a menor chance de ainda estarem em Nova York.

— Mas estão patrulhando outras cidades, certo? — Clary colocou a mão na garganta, esquecendo-se de que o anel Morgenstern não estava mais lá. Magnus continuava tentando rastrear Jace, apesar de nenhuma tentativa ter dado certo ainda.

— Claro que estão. — Isabelle esticou o braço curiosamente e tocou o delicado sininho de prata no pescoço de Clary, agora no lugar do anel. — O que é isso?

Clary hesitou. O sino fora um presente da Rainha Seelie. Não, não era bem assim. A Rainha das Fadas não dava *presentes*. O sino tinha a finalidade de avisar à Rainha Seelie que Clary queria ajuda. Clary se pegava levando a mão ao sino com uma frequência cada vez maior na medida em que os dias se arrastavam sem sinal de Jace. A única coisa que a continha era a certeza de que a Rainha Seelie jamais concedia alguma coisa sem esperar algo terrível em retribuição.

Antes que Clary pudesse responder a Isabelle, a porta se abriu. As meninas se sentaram eretas, Clary agarrando uma das almofadas cor-de-rosa de Izzy com tanta força que as pedras coladas no travesseiro afundaram nas palmas de suas mãos.

— Oi!

Uma figura esguia entrou no quarto e fechou a porta. Alec, o irmão mais velho de Isabelle, estava com roupas oficiais do Conselho: túnica preta com símbolos prateados, agora aberta sobre calça jeans e camisa preta de manga comprida. Tanto preto deixava sua pele pálida ainda mais pálida, e os olhos azuis cristalinos ainda mais azuis. Tinha cabelos pretos e lisos, como os da irmã, porém mais curtos, pouco acima da linha da mandíbula. A boca era uma linha rija.

O coração de Clary acelerou. Alec não parecia feliz. Qualquer que fosse a notícia, não poderia ser boa.

Foi Isabelle que começou.

— Como foi? — perguntou baixinho. — Qual o veredito?

Alec se sentou à penteadeira, virando-se na cadeira para olhar para Izzy e Clary. Em outra ocasião teria sido cômico; Alec era muito alto, com pernas longas como as de um dançarino, e a forma desajeitada como estava se curvando na cadeira fazia com que ela se parecesse com um móvel de casa de boneca.

— Clary — disse ele. — Jia Penhallow entregou o veredito. Você está livre de qualquer crime. Não transgrediu nenhuma Lei, e Jia acredita que já foi suficientemente punida.

Isabelle expirou sonoramente e sorriu. Por um instante, uma sensação de alívio rompeu a camada de gelo que recobria todas as emoções de Clary. Não seria punida, trancada na Cidade do Silêncio, presa em algum lugar de onde não poderia ajudar Jace. Luke, representante dos licantropos no Conselho e, por isso, presente ao veredito, tinha prometido ligar para Jocelyn assim que acabasse, mas ainda assim Clary pegou o próprio telefone; a possibilidade de dar boas notícias à mãe para variar um pouco era tentadora demais.

— Clary — disse Alec, enquanto ela abria o telefone. — Espere.

A garota olhou para ele. A expressão do menino continuava tão séria quanto a de um agente funerário. Com um súbito mau pressentimento, Clary largou o telefone na cama.

— Alec... o que foi?

— Não foi seu veredito que levou tanto tempo — disse ele. — Outra questão estava sendo discutida.

O gelo voltou. Clary estremeceu.

— Jace?

— Não exatamente. — Alec se inclinou para a frente, cruzando as mãos sobre as costas da cadeira. — Recebemos um relatório hoje de manhã do Instituto de Moscou. As barreiras protetoras que cercam a Ilha de Wrangel foram violadas ontem. Enviaram uma equipe para restaurá-la, mas uma barreira tão importante derrubada por tanto tempo... isso é uma prioridade do Conselho.

Barreiras — que atuavam, segundo o entendimento de Clary, como uma espécie de cerca mágica — rodeavam a Terra, tendo sido instaladas pela primeira geração de Caçadores de Sombras. Podiam ser ultrapassadas por demônios, porém não facilmente, e mantinham a maioria afastada, impedindo que o mundo fosse inundado por uma invasão demoníaca. Lembrou-se de algo que Jace havia dito, parecia que anos atrás: *costumava haver apenas pequenas invasões demoníacas neste mundo, facilmente contidas. Mas, mesmo durante meu período de vida, cada vez mais deles atravessaram as barreiras.*

— Bem, isso é péssimo — disse Clary. — Mas não vejo o que tem a ver com...

— A Clave tem suas prioridades — interrompeu Alec. — A busca por Jace e Sebastian foi prioridade máxima por duas semanas. Mas vasculharam tudo, sem achar sinal de nenhum deles em nenhuma ronda ao Submundo. Nenhum dos feitiços de rastreio de Magnus funcionou. Elodie, a mulher que criou o verdadeiro Sebastian Verlac, confirmou que ninguém tentou entrar em contato com ela. Essa foi uma tentativa improvável, de qualquer forma. Nenhum espião relatou atividades incomuns entre os integrantes conhecidos do antigo Círculo de Valentim. E os Irmãos do Silêncio não conseguiram descobrir o que exatamente deveria fazer o ritual executado por Lilith, ou se foi bem-sucedido. O consenso é de que Sebastian, claro, o chamam de Jonathan quando se referem a ele, sequestrou Jace, mas isso não é nada que não soubéssemos.

— E então? — perguntou Isabelle. — O que isso significa? Mais buscas? Mais patrulhas?

Alec balançou a cabeça.

— Não estão discutindo uma expansão das buscas — respondeu, sério. — Estão retirando a prioridade. Duas semanas transcorreram e não encontraram nada. Os grupos especiais que vieram de Idris vão voltar para casa. A situação das barreiras é prioridade agora. Sem contar que o Conselho está envolvido em negociações delicadas, atualizando as Leis para permitir seu novo arranjo, apontando um novo Cônsul e um Inquisidor, determinando diferentes tratamentos a integrantes do Submundo... Não querem se desviar completamente.

Clary o encarou.

— Não querem que o desaparecimento de Jace tire o foco da mudança de um bando de Leis velhas? Estão *desistindo*?

— Não estão desistindo...

— *Alec* — disse Isabelle, num tom cortante.

Alec respirou fundo e levantou as mãos para cobrir o rosto. Tinha dedos longos, como os de Jace, cheios de cicatrizes, também como os de Jace. A Marca de olho dos Caçadores de Sombras decorava as costas da mão direita.

— Clary, para você... para *nós*... a questão sempre foi encontrar Jace. Para a Clave, a busca é por Sebastian. Jace também, mas Sebastian em primeiro lugar. Ele é o perigo. Destruiu as barreiras de Alicante. É um assassino. Jace é...

— Só mais um Caçador de Sombras — completou Isabelle. — Nós morremos e desaparecemos o tempo todo.

— Ele tem um pouco mais de destaque por ter sido um herói da Guerra Mortal — disse Alec. — Mas, no fim, a Clave foi clara: as buscas serão mantidas, porém no momento só podemos esperar. Acreditam que Sebastian vá agir. Até lá, é só a terceira prioridade da Clave. Se tanto. Esperam que voltemos à vida normal.

Vida normal? Clary não conseguia acreditar. Uma vida normal sem Jace?

— Foi isso que nos disseram depois que Max morreu — disse Izzy, os olhos negros sem lágrimas, mas ardendo com fúria. — Que superaríamos nossa dor mais depressa se voltássemos à vida normal.

— É para ser um bom conselho — disse Alec, por trás dos dedos.

— Diga isso a papai. Ele sequer voltou de Idris para a reunião?

Alec balançou a cabeça, abaixando as mãos.

— Não. Se serve de consolo, muitas pessoas na reunião estavam se manifestando furiosamente em prol de manter as buscas por Jace com força total. Magnus, é claro, Luke, a Consulesa Penhallow, até mesmo o Irmão Zachariah. Mas no fim das contas, não foi o suficiente.

Clary o olhou com firmeza.

— Alec — disse. — Não sente nada?

Os olhos de Alec se arregalaram, o azul escurecendo, e por um instante Clary se lembrou do menino que a detestava quando ela chegara ao Instituto, o menino de unhas roídas, buracos nos casacos e constantes provocações.

— Sei que está chateada, Clary — falou, a voz severa —, mas se está sugerindo que eu e Iz nos importamos menos com Jace que você...

— Não estou — disse Clary. — Estou falando sobre sua ligação *parabatai*. Li sobre a cerimônia no *Códex*. Sei que ser *parabatai* une vocês dois. Pode sentir coisas sobre Jace. Coisas que ajudam na luta. Então acho que estou querendo dizer... consegue sentir se ele ainda está vivo?

— Clary — Isabelle soou preocupada. — Pensei que você não...

— Ele está vivo — respondeu Alec, com cautela. — Acha que eu estaria tão ativo assim se não estivesse? Definitivamente, tem alguma coisa *errada*. Isso consigo sentir. Mas ele continua respirando.

— E "errado" não pode ser o fato de que ele está sendo mantido preso? — perguntou Clary, com a voz fraca.

Alec olhou na direção da janela, para a chuva cinzenta.

— Talvez. Não consigo explicar. Nunca senti nada parecido antes.

— Mas ele está vivo.

Alec então olhou diretamente para ela.

— Disso tenho certeza.

— Então dane-se o Conselho. Nós mesmos o encontraremos — declarou Clary.

— Clary... se isso fosse possível... não acha que já teríamos... — Alec começou.

— Estávamos fazendo o que a Clave queria — disse Isabelle. — Patrulhas, buscas. Existem outras maneiras.

— Maneiras que transgridem a Lei, você quer dizer — disse Alec.

Parecia hesitante. Clary torceu para que ele não repetisse o lema dos Caçadores de Sombras em relação à Lei: *Sed lex, dura lex.* "A Lei é dura, mas é a Lei." Não achava que pudesse suportar.

— A Rainha Seelie me ofereceu um favor — disse Clary. — Na festa com fogos de artifício em Idris. — A lembrança daquela noite, do quanto estava feliz, fez seu coração se contrair por um instante, e ela precisou parar para recuperar o fôlego. — É uma forma de entrar em contato.

— A Rainha do Povo das Fadas não dá nada de graça.

— Sei disso. Aceito qualquer dívida que me imponha. — Clary se lembrou das palavras da menina fada que lhe entregara o sino. *Faria qualquer coisa para salvá-lo, qualquer que fosse o preço, independentemente do que pudesse dever ao Inferno ou ao Céu, não faria?* — Só preciso que um de vocês vá comigo. Não sou boa em traduzir a língua das fadas. Pelo menos, se estiverem comigo, podem ajudar a reduzir o dano. Mas se houver qualquer coisa que ela possa fazer...

— Vou com você — Isabelle se ofereceu imediatamente.

Alec lançou um olhar sombrio para a irmã.

— Já falamos com o Povo das Fadas. O Conselho os interrogou extensivamente. E não podem mentir.

— O Conselho perguntou se sabiam onde estavam Jace e Sebastian — disse Clary. — Não se estariam dispostos a procurá-los. A Rainha Seelie sabia sobre meu pai, sabia sobre o anjo que ele invocou e prendeu, sabia a verdade sobre o meu sangue e o de Jace. Acho que não acontece muita coisa neste mundo *sem* ela saber.

— É verdade — concordou Isabelle, com um pouco de animação na voz. — Você sabe que tem de perguntar às fadas as coisas exatas para conseguir informações úteis delas, Alec. São muito difíceis de interrogar, ainda que digam a verdade. Um favor, no entanto, é diferente.

— E o potencial de perigo é literalmente ilimitado — disse Alec. — Se Jace soubesse que deixei Clary ver a Rainha Seelie, ele...

— Não me importo — disse Clary. — Ele faria isso por mim. Diga que não. Se eu estivesse desaparecida...

— Ele incendiaria o mundo inteiro até conseguir cavá-la das cinzas. Eu sei — disse Alec, soando exausto. — Maldição, acha que *eu* não quero incendiar o mundo agora? Só estou tentando ser...

— Um irmão mais velho — disse Isabelle. — Entendo.

Alec parecia estar lutando para se controlar.

— Se alguma coisa acontecesse com você, Isabelle... Depois de Max, e Jace...

Izzy se levantou, atravessou o quarto e abraçou Alec. Os cabelos escuros de ambos, exatamente da mesma cor, misturaram-se enquanto Isabelle sussurrava ao ouvido do irmão; Clary os observou sem um pingo de inveja. Sempre quis um irmão. E agora tinha um. Sebastian. Era o mesmo que passar a vida querendo um cachorrinho de estimação e receber o cão de guarda do inferno. Assistiu enquanto Alec puxava afetuosamente o cabelo da irmã, assentia e a soltava.

25

— Vamos todos — falou. — Mas preciso contar a Magnus, pelo menos, o que estamos fazendo. Não seria justo.

— Quer usar meu telefone? — perguntou Isabelle, oferecendo o objeto rosa e surrado. Alec balançou a cabeça.

— Ele está esperando lá embaixo com os outros. Terá de dar alguma espécie de desculpa a Luke também, Clary. Tenho certeza de que ele está esperando que vocês voltem para casa juntos. E segundo ele, sua mãe está muito chateada com isso tudo.

— Ela se culpa pela existência de Sebastian. — Clary se levantou. — Apesar de ter passado todos esses anos acreditando que ele estava morto.

— Não é culpa dela. — Isabelle pegou o chicote dourado de onde estava pendurado na parede e o enrolou no pulso, de modo que ficou parecendo uma sucessão de pulseiras brilhantes. — Ninguém a culpa.

— Isso nunca importa — afirmou Alec. — Não quando *você* se culpa.

Em silêncio, os três desceram pelos corredores do Instituto, no momento estranhamente cheio de outros Caçadores de Sombras, alguns dos quais eram integrantes dos comitês especiais enviados de Idris para cuidar da situação. Nenhum deles olhou para Isabelle, Alec ou Clary com grande curiosidade. Inicialmente, a sensação de estar sendo encarada era tão forte — e ouviu as palavras "filha de Valentim" sussurradas tantas vezes —, que Clary começou a sentir medo de vir ao Instituto, mas já tinha estado diante do Conselho o bastante para que a novidade passasse.

Pegaram o elevador para baixo; a nave do Instituto estava iluminada com luzes enfeitiçadas, assim como com as velas de sempre, e lotada de integrantes do Conselho e seus familiares. Luke e Magnus ocupavam um banco, conversando; ao lado de Luke encontrava-se uma mulher alta e de olhos azuis, muito parecida com ele. Tinha feito cachos e tingido de castanho o grisalho dos cabelos, mas Clary a reconheceu assim mesmo: a irmã dele, Amatis.

Magnus se levantou ao ver Alec e se aproximou para conversar com ele; Izzy pareceu reconhecer mais alguém nos bancos e se afastou como sempre fazia, sem parar para informar aonde ia. Clary foi cumprimentar Luke e Amatis; ambos pareciam cansados, e Amatis afagava solidariamente o ombro de Luke. Ele se levantou e abraçou Clary ao vê-la. Amatis a parabenizou por ter sido liberada pelo Conselho, e ela assentiu; não estava se sentindo completamente ali, boa parte de si estava entorpecida, e o restante agindo em piloto automático.

Podia ver Magnus e Alec com o canto do olho. Estavam conversando; Alec inclinado em direção a Magnus, da forma como um casal normalmente se posiciona, um para o outro quando se falam, num universo próprio. Sentia-se feliz em vê-los felizes, mas, ao mesmo tempo, doía. Ficou imaginando se voltaria a ter aquilo, ou a sequer querer aquilo novamente. Lembrou-se da voz de Jace: *Nunca quero querer ninguém além de você.*

— Terra para Clary — disse Luke. — Quer ir para casa? Sua mãe está louca para vê-la e adoraria botar o papo em dia com Amatis antes que ela volte para Idris amanhã. Pensei em jantarmos. Você escolhe o restaurante. — Ele estava tentado disfarçar a preocupação na voz, mas Clary pôde percebê-la ainda assim. Não vinha se alimentando bem ultimamente, e suas roupas estavam começando a ficar largas.

— Não estou com muita vontade de celebrar — disse. — Não com o Conselho retirando a prioridade das buscas por Jace.

— Clary, isso não significa que vão suspendê-las — afirmou Luke.

— Eu sei. É só que... é como quando dizem que uma missão de busca e resgate se transforma em uma procura por corpos. É isso que parece. — Ela engoliu em seco. — E, de qualquer forma, estava pensando em jantar no Taki's com Isabelle e Alec — falou. — Só... para fazer alguma coisa normal.

Amatis estreitou os olhos na direção da porta.

— Está chovendo bastante lá fora.

Clary sentiu os lábios se abrindo em um sorriso. Ficou imaginando se parecia tão falso quanto o sentia.

— Não vou derreter.

Luke deu dinheiro para ela, claramente aliviado em vê-la fazendo algo tão normal quanto sair com os amigos.

— Só me prometa que vai comer alguma coisa.

— Tudo bem. — Em meio àquela pontada de culpa, conseguiu um verdadeiro meio sorriso na direção dele, antes de virar e sair.

Magnus e Alec não se encontravam mais onde estiveram poucos instantes antes. Olhando em volta, Clary viu os longos cabelos escuros e familiares de Isabelle em meio à multidão. Ela estava parada perto das grandes portas duplas do Instituto, falando com alguém que Clary não conseguia ver. Clary começou a caminhar na direção de Isabelle; conforme se aproximava, reconheceu uma das integrantes do grupo, com um ligeiro choque de surpresa, como sendo Aline Penhallow. Os cabelos negros sedosos tinham um corte estiloso, logo acima do ombro. Ao lado de Aline havia uma menina magra, os cabelos de um dourado-claro, cacheados em anéis, estavam afastados do rosto, deixando à mostra parte das orelhas, ligeiramente pontudas. Trajava vestes do Conselho e, na medida em que Clary se aproximou, viu que os olhos das meninas tinham um tom brilhante e incomum de azul-esverdeado, uma cor que fez os dedos de Clary desejarem os lápis de cor Prismacolor pela primeira vez em duas semanas.

— Deve ser estranho, com sua mãe sendo a nova Consulesa — dizia Isabelle para Aline, enquanto Clary se juntava a elas. — Não que Jia não seja *muito* melhor do que... Oi, Clary. Aline, você se lembra de Clary.

As meninas trocaram acenos de cabeça. Clary já tinha visto Aline beijando Jace uma vez. Na época foi horrível, mas a lembrança não machucava mais. A essa altura se sentiria aliviada se flagrasse Jace beijando alguém. Pelo menos significaria que ele estava vivo.

— E essa é a *namorada* de Aline, Helen Blackthorn — disse Isabelle, com grande ênfase. Clary lançou-lhe um olhar. Isabelle achava que ela era alguma idiota? Além disso, lembrava-se de Aline contando que só tinha beijado Jace experimentalmente, para ver se algum menino fazia seu tipo. Aparentemente, não. — A família de Helen dirige o Instituto de Los Angeles. Helen, esta é Clary Fray.

— A filha de Valentim — completou Helen. Pareceu surpresa e um pouco impressionada. Clary fez uma careta.

— Tento não pensar muito nisso.

— Desculpe. Entendo por quê. — Helen enrubesceu. Tinha a pele muito pálida, com um ligeiro brilho, como uma pérola. — Votei para que o Conselho continuasse priorizando as buscas por Jace, aliás. Sinto muito que tenhamos sido vencidos.

— Obrigada. — Sem querer conversar sobre o assunto, Clary virou-se para Aline. — Parabéns. Por sua mãe ter sido nomeada Consulesa. Isso deve ser bem bacana.

Aline deu de ombros.

— Ela é muito mais ocupada agora. — Voltou-se para Isabelle. — Sabia que seu pai apresentou o próprio nome para a posição de Inquisidor?

Clary sentiu Isabelle congelar a seu lado.

— Não. Não sabia.

— Fiquei surpresa — acrescentou Aline. — Pensei que ele estivesse muito comprometido com a direção do Instituto aqui... — interrompeu-se, olhando através de Clary. — Helen, acho que seu irmão está tentando fazer a maior poça de cera derretida do mundo ali. Talvez seja bom contê-lo.

Helen arfou, murmurou alguma coisa sobre meninos de 12 anos de idade e desapareceu na multidão ao mesmo tempo que Alec avançava. Ele cumprimentou Aline com um abraço — Clary às vezes se esquecia de que os Penhallow e os Lightwood se conheciam havia anos — e olhou para Helen na multidão.

— Aquela é sua namorada?

Aline assentiu.

— Helen Blackthorn.

— Ouvi dizer que tem sangue de fada na família — disse Alec.

Ah, pensou Clary. Isso explicava as orelhas pontudas. Sangue Nephilim era dominante, e o filho de uma fada com um Caçador de Sombras seria Caçador de Sombras, mas às vezes o sangue de fada podia se manifestar de formas estranhas, mesmo muitas gerações depois.

— Um pouco — respondeu Aline. — Ouça, queria te agradecer, Alec.

Alec pareceu espantado.

— Pelo quê?

— O que você fez no Salão dos Acordos — explicou. — Beijar Magnus daquele jeito. Foi o incentivo de que precisei para contar a meus pais... para sair do armário. E se eu não tivesse me assumido quando conheci Helen, não acho que teria tido a coragem de falar nada.

— Oh! — Alec pareceu impressionado, como se jamais tivesse considerado o impacto de suas ações fora de sua família imediata. — E seus pais... ficaram bem com isso?

Aline revirou os olhos.

— Estão meio que ignorando, como se fosse desaparecer se não falarem no assunto. — Clary se lembrou do que Isabelle tinha dito a respeito da postura da Clave em relação aos integrantes gays. *Se acontece, não se fala no assunto.* — Mas poderia ser pior.

— Definitivamente, poderia ser pior — afirmou Alec, e sua voz soou ligeiramente sombria, o que fez Clary olhar firmemente para ele.

A expressão de Aline derreteu em um olhar de solidariedade.

— Sinto muito — disse. — Se seus pais não...

— Eles aceitam — declarou Isabelle, um pouco intensa demais.

— Bem, de qualquer forma. Eu não deveria ter dito nada agora. Não com Jace desaparecido. Vocês devem estar muito preocupados — respirou fundo. — Sei que as pessoas provavelmente disseram diversas coisas estúpidas sobre ele a vocês. Como fazem quando não sabem o que dizer. Eu só... queria falar uma coisa. — Impaciente, desviou de alguém que estava passando e se aproximou dos Lightwood e de Clary, diminuindo a voz: — Alec, Izzy... eu me lembro de uma vez em que foram nos visitar em Idris. Eu tinha 13 anos e Jace... acho que tinha doze. Ele queria ver a Floresta Brocelind, então um dia pegamos alguns cavalos e fomos. Claro que nos perdemos. Brocelind é impenetrável. Escureceu, a mata ficou mais espessa e eu me apavorei. Achei que fôssemos morrer ali. Mas Jace não sentiu medo em momento algum. Nunca teve nada além de certeza de que sairíamos de lá. Demoramos horas, mas ele conseguiu. Ele nos tirou de lá. Fiquei inteiramente grata, mas ele simplesmente olhou para mim como se eu fosse louca. Como se fosse óbvio que nos tiraria dali. Fracassar não era opção. Só estou falando que... ele vai achar o caminho de volta até vocês. Sei disso.

Clary achava que nunca tinha visto Izzy chorar e a amiga claramente estava se empenhando em não fazê-lo agora. Seus olhos estavam estranhamente arregalados e brilhantes. Alec olhava para os próprios sapatos. Clary sentiu uma nascente de tristeza querendo saltar de dentro dela, mas se forçou a contê-la; não conseguia pensar em Jace com 12 anos de idade, nele perdido na escuridão, ou pensaria nele agora, perdido em algum lugar, preso, precisando de ajuda, esperando que ela aparecesse, e se descontrolaria.

— Aline — disse, percebendo que nem Isabelle nem Alec conseguiam falar. — Obrigada.

Aline exibiu um sorriso tímido.

— É verdade.

— Aline! — disse Helen, com a mão apertando firmemente o pulso de um menino mais novo cujas mãos estavam cobertas de cera. Devia estar brincando com as velas nos enormes candelabros que decoravam as laterais da nave. Aparentava ter cerca de 12 anos, com um sorriso endiabrado e os mesmos olhos azul-esverdeados da irmã, apesar de ter cabelos castanho-escuros. — Voltamos. É melhor irmos antes que Jules destrua tudo. Sem contar que não fazemos ideia de para onde Tibs e Livvy foram.

— Estão comendo cera — explicou o menino, Jules.

— Ai, meu Deus — resmungou Helen, em seguida fez uma cara de quem se desculpa. — Não se incomodem comigo. Tenho seis irmãos mais novos e um mais velho. É sempre um zoológico.

Jules olhou de Alec para Isabelle, em seguida para Clary.

— Quantos irmãos vocês têm? — perguntou.

Helen ficou pálida. Isabelle, com uma voz notavelmente firme respondeu:

— Somos três.

Os olhos de Jules permaneceram fixos em Clary.

— Não se parecem.

— Não sou parente deles — esclareceu Clary. — Não tenho irmãos.

— Nenhum? — O tom do menino registrava descrença, como se ela tivesse dito que tinha pés de pato. — É por isso que parece tão triste?

Clary pensou em Sebastian, com seus cabelos brancos como gelo e os olhos negros. *Antes fosse*, pensou. *Antes eu não tivesse um irmão, nada disso teria acontecido.* Uma vibração de ódio passou por ela, aquecendo o sangue gélido.

— É — respondeu suavemente. — É por isso que estou triste.

—◁ Capítulo 2 ▷—
ESPINHOS

Simon estava esperando por Clary, Alec e Isabelle do lado de fora do Instituto, sob um beiral de pedra que o protegia muito pouco do pior da chuva. Virou-se quando eles saíram pela porta, e Clary viu que os cabelos escuros do amigo estavam grudados na testa e no pescoço. Ele os empurrou para trás e olhou para ela, com uma pergunta no olhar.

— Estou livre — respondeu, e quando ele começou a sorrir, ela balançou a cabeça e continuou: — Mas não estão mais priorizando as buscas por Jace. Eu... eu tenho quase certeza de que acham que ele está morto.

Simon olhou para a calça jeans molhada e para a camiseta (cinza e amarrotada, com os dizeres JÁ SEI, MANDEI MAL). Balançou a cabeça.

— Sinto muito.

— A Clave pode ser assim — disse Isabelle. — Acho que não devíamos ter esperado nada diferente.

— *Basia coquum* — falou Simon. — Ou qualquer que seja o lema.

— É *"Descensus Averno facilis est"*. "A descida para o Inferno é fácil" — respondeu Alec. — Você acabou de dizer "beije o cozinheiro".

— Droga — disse Simon. — Eu sabia que Jace estava tirando sarro de mim. — Os cabelos castanhos molhados caíram novamente nos olhos; afastou-os com um gesto impaciente, o bastante para que Clary visse o brilho prateado da Marca de Caim na testa do amigo. — E agora?

— Agora vamos encontrar a Rainha Seelie — respondeu Clary.

Ao tocar o sino na garganta, explicou a Simon sobre a aparição de Kaelie no casamento de Luke e Jocelyn e sobre suas promessas de ajuda da Rainha Seelie.

Simon pareceu incerto.

— Aquela ruiva metida que fez com que você beijasse Jace? Não gostei dela.

— É *isso* que você lembra sobre ela? Que ela fez Clary beijar Jace? — Isabelle soou irritada. — A Rainha Seelie é perigosa. Ela só estava brincando naquela vez. O normal é levar alguns humanos às raias da loucura, gritando todos os dias antes do café.

— Não sou humano — declarou Simon. — Não mais. — Olhou brevemente para Isabelle, abaixou os olhos e voltou-se para Clary. — Quer que eu vá com você?

— Acho que seria bom ter você por perto. Diurno, Marca de Caim... algumas coisas têm de impressionar até mesmo a Rainha.

— Eu não contaria com isso — disse Alec.

Clary olhou para além dele e perguntou:

— Onde está Magnus?

— Falou que seria melhor não vir. Aparentemente, ele e a Rainha Seelie têm alguma história.

Isabelle ergueu as sobrancelhas.

— Não esse tipo de história — argumentou Alec, irritado. — Alguma espécie de briga. Mas — acrescentou, meio para si —, considerando o histórico dele antes de mim, não me surpreenderia.

— Alec! — Isabelle desacelerou para falar com o irmão e Clary abriu o guarda-chuva com um estalo. O mesmo que Simon tinha comprado para ela havia anos no Museu de História Natural, com dinossauros estampados. Ela viu a expressão dele mudar para divertimento ao reconhecer o objeto.

—Vamos? — perguntou ele, e ofereceu o braço.

A chuva estava caindo uniformemente, criando pequenos riachos a partir das calhas e esguichando água das rodas dos táxis que passavam. Era estranho, pensou Simon, que apesar de ele não sentir frio, a sensação de estar molhado e pegajoso ainda irritava. Por um instante, desviou o olhar, dirigindo-o a Alec e Isabelle, por cima do ombro; Isabelle não tinha olhado nos olhos dele desde que deixaram o Instituto, e ele ficou imaginando o que ela estaria pensando. Parecia querer conversar com o irmão e ao passarem pela esquina da Park Avenue, ele a ouviu dizer:

— Então, o que você acha? A respeito de papai se nomear para a posição de Inquisidor.

— Acho que parece um emprego chato. — Isabelle estava segurando um guarda-chuva. Era de plástico transparente, decorado com decalques de flores coloridas. Era uma das coisas mais femininas que Simon já tinha visto, e ele não culpava Alec por abandonar a proteção daquilo para enfrentar a chuva. — Não sei por que ele quereria.

— Não ligo se é *chato* — sibilou Isabelle, num sussurro. — Se ele conseguir o emprego, vai ficar em Idris o tempo todo. Tipo, *o tempo todo*. Ele não pode dirigir o Instituto e ser o Inquisidor. Não pode ocupar as duas posições ao mesmo tempo.

— Não sei se notou, Iz, mas ele já está em Idris o tempo todo.

— Alec... — O resto do que ela disse se perdeu quando o sinal abriu e os carros avançaram, borrifando água gelada no asfalto.

Clary desviou de um jato e quase derrubou Simon. Ele segurou a mão da amiga para equilibrá-la.

— Desculpe — disse ela. Sua mão parecia pequena e fria na dele. — Não estava prestando muita atenção.

— Eu sei. — Ele tentou conter a preocupação na voz.

Clary não vinha "prestando atenção" em nada havia duas semanas. Primeiro ela chorou, depois sentiu raiva; raiva por não ter podido se unir às patrulhas que procuravam por Jace, raiva dos interrogatórios sem fim do Conselho, raiva por estar sendo praticamente mantida como prisioneira por ser considerada suspeita pela Clave. Mas acima de tudo, estava com raiva de si mesma por não ter conseguido bolar um símbolo mágico capaz de ajudar. Sentava à mesa durante horas toda noite, com a estela firme na mão e os dedos esbranquiçados, apertando tanto que Simon temeu que fosse quebrar o instrumento. Tentava forçar a própria mente a oferecer uma figura que lhe informasse o paradeiro de Jace. Mas noite após noite, nada aconteceu.

Ela parecia mais velha, ele pensou, ao entrarem no parque através do espaço na parede de pedra na Quinta Avenida. Não de um jeito ruim, mas estava diferente da menina que entrou na boate Pandemônio na noite em que tudo mudou. Estava mais alta, mas era mais do que isso. Tinha uma expressão mais séria, mais graciosidade e força na forma como andava, os olhos verdes eram menos dançantes, mais focados. Estava começando a ficar parecida, ele percebeu surpreso, com Jocelyn.

Clary parou em um círculo de árvores gotejantes; os galhos aqui protegiam do grosso da chuva, e Isabelle e Clary apoiaram os respectivos guarda-chuvas nos troncos próximos. Clary soltou a correntinha do pescoço e deixou o sino deslizar para a palma da mão. Olhou para todos em volta, com a expressão séria.

— Isto é um risco — afirmou —, e tenho quase certeza de que, se assumi-lo, não terei como recuar depois. Então, se algum de vocês não quiser vir comigo, não tem problema. Vou entender.

Simon esticou o braço e colocou a mão sobre a dela. Não tinha o que pensar. Aonde Clary fosse, ele iria. Já tinham passado por muita coisa juntos para que agisse de outra forma. Isabelle seguiu o gesto, e, por último, Alec; chuva pingou de seus longos cílios escuros como se fosse choro, mas a expressão era decidida. Os quatro deram as mãos com firmeza.

Clary tocou o sino.

Tiveram a sensação de que o mundo estava girando — não a mesma de passar por um Portal, no cerne de um turbilhão pensou Clary; mais como se estivessem em um carrossel acelerando. Ela sentia-se tonta e engasgando quando a sensação cessou subitamente, então estava parada outra vez, segurando com firmeza as mãos de Isabelle, Alec e Simon.

Soltaram-se um a um, e Clary olhou em volta. Já tinha estado ali antes, neste corredor marrom-escuro e brilhante, que parecia esculpido em pedra olho de tigre. O chão era liso, gasto pela passagem de fadas ao longo de milhares de anos. A luz vinha de lascas de ouro nas paredes e no fim do corredor havia uma cortina multicolorida que ondulava como se fosse movida pelo vento, apesar de não haver corrente de ar ali embaixo. À medida que Clary se aproximou, viu que era feita de borboletas. Algumas ainda vivas, seus esforços para se libertarem balançando a cortina, criando a ilusão de uma brisa.

Ela engoliu o gosto ácido que subiu pela garganta.

— Alô? — chamou. — Alguém aí?

A cortina se abriu e o cavaleiro fada Meliorn foi até o corredor. Estava com a armadura branca da qual Clary se recordava, porém agora sobre o peito esquerdo havia um brasão — os quatro Cs que também decoravam as vestes do Conselho de Luke, identificando-o como um integrante. Tinha também uma cicatriz nova no rosto, logo abaixo dos olhos cor de folha. Ele a olhou com frieza.

— Não se saúda a Rainha da Corte Seelie com um "alô" humano e bárbaro — declarou —, como se estivesse acionando um servente. O certo é falar "cordiais saudações".

— Mas ainda não a encontrei para saudá-la — respondeu Clary. — Não sei nem se ela está aqui.

Meliorn a olhou com desdém.

— Se a Rainha não estivesse presente e pronta para recebê-la, o soar do sino não a teria conduzido até aqui. Agora venha: siga-me e traga seus acompanhantes com você.

Clary virou para acenar para os outros e depois seguiu Meliorn através da cortina de borboletas torturadas, encolhendo os ombros na esperança de que nenhuma parte das asas encostasse nela.

Um por um, os quatro adentraram os aposentos da Rainha. Clary piscou os olhos, surpresa. O recinto parecia totalmente diferente da última vez. A Rainha estava reclinada em um divã branco e dourado e ao redor havia um piso de quadrados pretos e brancos alternados, como um enorme tabuleiro de damas. Fios de espinhos aparentemente ameaçadores pendiam do teto; em cada espinho havia um vaga-lume empalado, cuja luz normalmente cintilante tremeluzia enquanto o inseto morria. A sala iluminava-se com este brilho.

Meliorn foi para o lado da Rainha; exceto por ele, não havia cortesãos no local. Lentamente, a Rainha se sentou, a postura ereta. Estava linda como sempre, o vestido, uma mistura translúcida de prata e ouro, os cabelos como cobre rosado enquanto ela os ajeitava gentilmente sobre um ombro branco. Clary ficou imaginando por que ela estava se empenhando tanto. Dentre todos os presentes, apenas Simon poderia se encantar com sua beleza, e ele a detestava.

— Cordiais saudações, Nephilim, Diurno — disse, inclinando a cabeça na direção deles. — Filha de Valentim, o que a traz até mim?

Clary abriu a mão. O sino brilhava na palma como uma acusação.

—Você mandou sua serva me avisar que tocasse isto se algum dia precisasse de sua ajuda.

— E você disse que não queria nada de mim — argumentou a Rainha. — Que já tinha tudo que desejava.

Desesperada, Clary lembrou-se do que Jace dissera quando se encontraram com a Rainha anteriormente, de como ele a lisonjeou e encantou. Foi como se, subitamente, ele tivesse adquirido um novo vocabulário. Ela olhou para trás, para Isabelle e Alec, mas Isabelle apenas fez um gesto irritado, indicando que Clary prosseguisse.

— As coisas mudam — respondeu Clary.

A Rainha esticou as pernas voluptuosamente.

— Muito bem. O que quer de mim?

— Quero que encontre Jace Lightwood.

No silêncio que se seguiu, o ruído dos vaga-lumes, chorando agoniados, era ligeiramente audível. Por fim, a Rainha disse:

— Deve nos achar de fato poderosos se acredita que o Povo das Fadas pode ter sucesso no que a Clave fracassou.

— A Clave quer encontrar Sebastian. Não me importo com Sebastian. Quero *Jace* — disse Clary. — Além disso, sei que sabe mais do que deixa transparecer. Previu que isso tudo aconteceria. Ninguém mais sabia, mas não acredito que tenha me enviado este sino, na mesma noite em que Jace desapareceu, sem saber que algo estava para acontecer.

—Talvez soubesse — disse a Rainha, admirando as próprias unhas brilhantes dos pés.

— Percebi que o Povo das Fadas frequentemente diz "*talvez*" quando há alguma verdade que deseja esconder — observou Clary. — Assim uma resposta direta é dispensável.

—Vai ver, é o caso — respondeu a Rainha, com um sorriso entretido.

— "Porventura" também é uma boa palavra — sugeriu Alec.

— "Possivelmente" também — completou Isabelle.

—Não vejo problemas com "pode ser" — disse Simon. — Um pouco moderno, mas transmite a ideia.

A Rainha descartou as ofertas com um aceno, como se fossem abelhas irritantes zumbindo ao redor.

— Não confio em você, filha de Valentim — declarou. — Houve um tempo em que quis um favor seu, mas esse tempo passou. Meliorn tem uma posição no Conselho. Não sei se existe algo que possa me oferecer.

— Se acreditasse nisso — argumentou Clary —, jamais teria enviado o sino.

Por um instante os olhares se encontraram. A Rainha era linda, mas havia algo por trás de seu rosto, alguma coisa que fazia Clary pensar nos ossos de um pequeno animal, clareando ao sol. Finalmente, a Rainha falou:

— Muito bem. É possível que consiga ajudá-la. Mas vou querer ser recompensada.

— Quem imaginaria? — murmurou Simon. Estava com as mãos nos bolsos, olhando com ódio para a Rainha.

Alec riu.

Os olhos da Rainha brilharam. Um instante mais tarde, Alec cambaleou para trás com um grito. Estava com os braços esticados na frente do corpo, boquiaberto, enquanto a pele das mãos enrugava e elas se curvavam para dentro, dobradas, com as juntas inchadas. Ficou corcunda, os cabelos grisalhos, os olhos azuis desbotados afundando em rugas profundas. Clary engasgou. No lugar de Alec havia um idoso, curvo, de cabelos brancos, trêmulo.

— Como a graça mortal desaparece rapidamente — disse a Rainha, triunfante. — Olhe para si, Alexander Lightwood. Concedo-lhe um vislumbre de sua própria imagem em alguns anos. O que seu amante feiticeiro pensará de sua beleza?

O peito de Alec subia e descia num ritmo irregular. Isabelle se colocou depressa ao lado do irmão e pegou o braço dele.

— Alec, não é nada. É um feitiço. — Voltou-se para a Rainha. — Tire dele! *Tire!*

— Se você e os seus me tratarem com mais respeito, posso considerar o pedido.

— Nós o faremos — disse Clary, rapidamente. — Pedimos desculpas por qualquer indelicadeza.

A Rainha respirou fundo.

— Sinto falta do seu Jace — disse. — De todos vocês, ele era o mais bonito e mais educado.

— Também sentimos falta dele — disse Clary, com a voz baixa. — Não pretendíamos ser rudes. Nós humanos somos complicados em momentos de pesar.

— Humpf — disse a Rainha. Mas estalou os dedos, e o feitiço deixou Alec. Ele tinha voltado a si, apesar de pálido e espantado. A Rainha lançou-lhe um olhar de superioridade e voltou a atenção para Clary.

— Existe um conjunto de anéis — disse a Rainha. — Pertenciam ao meu pai. Desejo o retorno destes objetos, pois são feitos por fadas e dotados de grande poder. Permitem que nos comuniquemos mentalmente, como o fazem seus Irmãos do Silêncio. No momento, tenho a informação de que estão em exibição no Instituto.

— Lembro de ter visto algo assim — disse Izzy, lentamente. — Dois anéis de fada em uma caixa de vidro, no segundo andar da biblioteca.

— Quer que eu roube uma coisa do Instituto? — perguntou Clary, surpresa. Dentre todos os favores que poderia imaginar a Rainha solicitando, este estava longe do topo da lista.

— Não é roubo — corrigiu a Rainha — devolver um item a seus verdadeiros donos.

— E então encontrará Jace para nós? — perguntou Clary. — E não diga "talvez". O que fará exatamente?

— Ajudarei a encontrá-lo — respondeu a Rainha. — Dou minha palavra de que minha ajuda seria de grande valia. Posso dizer, por exemplo, por que todos os feitiços de rastreamento não deram em nada. Posso dizer em qual cidade é mais provável que ele se encontre...

— Mas a Clave a interrogou — interrompeu Simon. — Como mentiu para eles?

— Não me fizeram as perguntas corretas.

— *Por que* mentir para eles? — Isabelle quis saber. — Com quem está sua lealdade nesta situação?

— Não tenho lealdade. Jonathan Morgenstern pode ser um grande aliado, se eu não transformá-lo em um inimigo primeiro. Por que colocá-lo em perigo ou enfurecê-lo sem lucro algum? O Povo das Fadas é um povo antigo; não tomamos decisões precipitadas, esperamos para ver em que direção sopram os ventos.

— Mas estes anéis significam o bastante a ponto de, se os conseguirmos, você arriscar irritá-lo? — indagou Alec.

Mas a Rainha apenas sorriu, um sorriso preguiçoso, cheio de promessa.

— Acho que por hoje basta — disse ela. — Retornem a mim com os anéis, e conversaremos novamente.

Clary hesitou, voltando-se para Alec e depois para Isabelle.

— Vocês aceitam isso? Um roubo do Instituto?

— Se significa que encontraremos Jace — respondeu Isabelle.

Alec assentiu.

— O que for preciso.

Clary virou novamente para a Rainha, que a olhava com uma expressão cheia de expectativa.

— Então acho que temos um acordo.

A Rainha se esticou e sorriu, contente.

— Muito bem, Caçadores de Sombras. E um aviso, apesar de nada terem feito para merecê-lo. Seria bom considerarem a validade desta busca por seu amigo. Pois frequentemente, quando algo precioso se perde, ao voltarmos a encontrá-lo, pode não ser mais o mesmo.

* * *

Eram quase onze horas quando Alec chegou à porta da frente do apartamento de Magnus, em Greenpoint. Isabelle persuadiu Alec a ir ao Taki's com Clary e Simon, e apesar de ter protestado, ficou feliz em tê-lo feito. Precisou de algumas horas para se recompor depois do que aconteceu na Corte Seelie. Não queria que Magnus percebesse o quanto ficara abalado pelo feitiço da Rainha.

Não precisava mais tocar a campainha para que Magnus lhe desse acesso. Tinha a chave, algo de que se sentia estranhamente orgulhoso. Destrancou a porta e subiu, passando pelo vizinho do primeiro andar ao fazê-lo. Apesar de Alec nunca ter visto os moradores do loft do primeiro andar, eles pareciam envolvidos em um romance tempestuoso. Uma vez encontrou uma pilha de pertences espalhados pelo andar com um bilhete preso a uma jaqueta, endereçado a "um mentiroso que mente mentiras". Agora havia um buquê de flores na porta com um cartão que dizia DESCULPE. Esse era o problema de Nova York: você sempre ficava sabendo mais do que gostaria sobre os vizinhos.

A porta de Magnus estava ligeiramente entreaberta, o ruído de música baixinha vazava para o corredor. A trilha de hoje era Tchaikovsky. Alec sentiu os ombros relaxarem quando a porta do apartamento se fechou. Nunca sabia ao certo qual seria a aparência do local — no momento era minimalista, com sofás brancos, mesas vermelhas de empilhar e fotos em preto e branco de Paris nas paredes —, mas ele estava se tornando cada vez mais familiar, como se fosse sua casa. Cheirava a coisas que ele associava a Magnus: tinta, perfume, chá-preto, o cheiro de açúcar queimado da magia. Pegou Presidente Miau, que estava cochilando no parapeito, e foi até o escritório.

Magnus levantou o olhar quando Alec entrou. Trajava o que considerava um conjunto sombrio — jeans e uma camiseta preta com a gola e as mangas destacadas. Os cabelos negros estavam soltos, emaranhados e bagunçados, como se os tivesse esfregado diversas vezes, irritado, e seus olhos de gato estavam pesados de fadiga. Largou a caneta quando Alec apareceu, e sorriu.

— Presidente gosta de você.

— Ele gosta de qualquer um que o afague atrás da orelha — disse Alec, mexendo no gato, de modo que o ronronado pareceu reverberar pelo peito de Alec.

Magnus se reclinou para trás na cadeira, os músculos do braço se flexionando enquanto bocejava. A mesa estava cheia de pedaços de papel cobertos por desenhos e escrita; o mesmo padrão repetido diversas vezes, variações do desenho feito no chão do terraço do qual Jace havia desaparecido.

— Como estava a Rainha Seelie?

— Como sempre.

— Uma vaca, então?

CIDADE DAS ALMAS PERDIDAS

— Basicamente. — Alec relatou uma versão condensada do ocorrido na corte das fadas. Era bom nisso: sínteses, sem desperdício de palavras. Nunca entendia pessoas que falavam sem parar, nem mesmo a admiração de Jace por jogos de palavras complicados.

— Fico preocupado com Clary — disse Magnus. — Temo que ela se envolva demais.

Alec colocou Presidente Miau sobre a mesa; o gato prontamente se encolheu e voltou a dormir.

— Ela quer encontrar Jace. Pode culpá-la?

Os olhos de Magnus suavizaram. Colocou o dedo no cós da calça jeans de Alec e o puxou para perto.

— Está dizendo que faria o mesmo por mim?

Alec virou a cara, olhando para o papel que Magnus tinha acabado de colocar de lado.

— Está olhando essas coisas de novo?

Parecendo ligeiramente desapontado, Magnus soltou Alec.

— Tem de haver uma chave — disse. — Para desvendá-los. Alguma língua que ainda não explorei. Alguma coisa anciã. Isto é magia negra e antiga, muito macabra, diferente de tudo que já vi. — Ele olhou novamente para o papel, a cabeça inclinada para o lado. — Pode me passar aquela caixa de rapé ali? A de prata, na beira da mesa.

Alec seguiu a direção do gesto de Magnus e viu a caixa de prata empoleirada no lado oposto da mesa de madeira. Esticou a mão e pegou-a. Parecia um minibaú de metal suspenso por pequenos pés, com uma tampa côncava e as iniciais *W.S.* em diamante no topo.

W, pensou. *Will?*

Will, Magnus dissera, quando Alec perguntou sobre o nome com o qual Camille o provocara. *Meu Deus, isso foi há tanto tempo.*

Alec mordeu o lábio.

— O que é isto?

— É uma caixa de rapé — respondeu Magnus, sem levantar os olhos dos papéis. — Já disse.

— Rapel? — Alec olhou para o objeto.

Magnus levantou o olhar e riu.

— Rapé é um pó de tabaco. Era muito popular por volta dos séculos XVII e XVIII. Agora a utilizo para guardar algumas coisas.

Estendeu a mão, e Alec entregou a caixa.

— Você se pega pensando — começou Alec, em seguida emendou: — Incomoda saber que Camille está por aí em algum lugar? Que ela escapou? — *E que foi culpa minha?*, pensou Alec, mas não falou. Magnus não precisava saber.

— Ela sempre esteve por aí, em algum lugar — respondeu. — Sei que a Clave não está completamente feliz, mas estou acostumado a imaginá-la vivendo a própria vida, sem me procurar. Se algum dia me incomodou, não incomoda há muito tempo.

39

— Mas você já a amou. Um dia.

Magnus passou os dedos sobre os diamantes cravejados na caixa.

— Achei que tivesse amado.

— Ela ainda ama você?

— Acho que não — respondeu Magnus, secamente. — Ela não foi muito agradável na última vez em que nos vimos. Claro que isso pode ter acontecido para que eu tenho um namorado de 18 anos para símbolo de vigor, e ela, não.

Alec começou a falar, atabalhoadamente.

— Como a pessoa objetizada aqui, eu... protesto contra essa descrição sobre mim.

— Ela sempre foi ciumenta. — Magnus riu.

Ele era muito bom em mudar de assunto, pensou Alec. Magnus já tinha deixado claro que não gostava de falar sobre seu passado amoroso, mas, em algum momento da conversa, o senso de familiaridade e conforto de Alec desapareceu. Independentemente do quão jovem Magnus parecesse — agora, descalço, com os cabelos bagunçados, parecia ter 18 anos —, oceanos intransponíveis de tempo os separavam.

Magnus abriu a caixa, retirou algumas tachas e as utilizou para prender na mesa o papel que estava olhando. Quando levantou o rosto e viu a expressão de Alec, abaixou a cabeça e levantou rapidamente outra vez.

— Você está bem?

Em vez de responder, Alec esticou o braço e pegou as mãos de Magnus. Magnus permitiu que Alec o puxasse, com um olhar de indagação no rosto. Antes que pudesse falar qualquer coisa, Alec o puxou para perto e o beijou. Magnus emitiu um ruído suave e feliz, e agarrou a traseira da camisa de Alec, puxando-a, os dedos frios na espinha de Alec. Alec se inclinou na direção dele, prendendo Magnus entre a mesa e o próprio corpo. Não que Magnus parecesse se importar.

— Vamos — disse Alec, ao ouvido de Magnus. — Está tarde. Vamos para a cama.

Magnus mordeu o lábio e olhou por cima do ombro para os papéis na mesa, focado nas sílabas anciãs em línguas esquecidas.

— Por que você não vai na frente? — sugeriu. — Já vou. Cinco minutos.

— Claro. — Alec se recompôs, ciente de que quando Magnus estava concentrado em um estudo, cinco minutos poderiam se transformar em cinco horas com facilidade. — Nós nos encontramos lá.

— Shhh.

Clary colocou o dedo nos lábios antes de sinalizar para que Simon entrasse na casa de Luke antes dela. Todas as luzes estavam apagadas, a sala se encontrava escura e silenciosa. Acenou para que Simon fosse até o quarto dela e se dirigiu à cozinha em busca de um copo d'água. No meio do caminho, congelou.

Dava para ouvir a voz da mãe no fim do corredor. Clary pôde perceber seu desgaste. Assim como perder Jace era seu pior pesadelo, ela sabia que a mãe também estava vivenciando o pior pesadelo. Saber que o filho estava vivo e solto no mundo, capaz de qualquer coisa, a destruía por dentro.

— Mas ela foi absolvida de tudo, Jocelyn. — Clary escutou Luke responder, a voz oscilando em sussurros. — Não haverá castigo algum.

— Foi tudo culpa minha! — A voz de Jocelyn soou abafada, como se tivesse enterrado a cabeça no ombro de Luke. — Se eu não tivesse trazido... aquela criatura ao mundo, Clary não estaria passando por isso agora.

— Não tinha como saber... — A voz de Luke desbotou a um murmúrio, e apesar de Clary saber que ele tinha razão, sentiu uma breve pontinha de raiva da mãe. Jocelyn deveria ter matado Sebastian no berço antes que ele tivesse chance de crescer e arruinar as vidas de todos, pensou, e instantaneamente ficou horrorizada por desejar isso. Virou-se e foi para o outro lado da casa, correndo para o quarto e fechando a porta, como se estivesse sendo seguida.

Simon, que estava sentado na cama jogando Nintendo DS, a olhou, surpreso.

— Tudo bem?

Clary tentou sorrir para ele. Simon era uma visão familiar naquele quarto — sempre dormiam na casa de Luke quando estavam crescendo. Ela havia feito o possível para transformar o cômodo em algo pessoal, e não em um quarto de hóspedes. Fotos dela e Simon, dos Lightwood, ela e Jace com a família, encontravam-se presas à moldura do espelho da cômoda. Luke lhe dera uma prancheta de desenho e seus materiais de pintura estavam cuidadosamente arrumados em uma pilha ao lado. Ela tinha pendurado alguns pôsteres de seus animes preferidos: *Fullmetal Alchemist, Rurouni Kenshin, Bleach.*

Também havia algumas evidências de sua vida de Caçadora de Sombras; um volume grosso do *Códex dos Caçadores de Sombras*, com suas anotações e desenhos nas margens, uma prateleira de livros sobre o oculto e paranormalidade, a estela sobre a mesa e um novo globo, presente de Luke, que mostrava Idris, cercada de ouro, no centro da Europa.

E Simon, sentado no meio da cama, com as pernas cruzadas, era uma das poucas coisas que faziam parte da vida antiga, assim como da nova. Ele olhou para ela com os olhos escuros no rosto pálido, o brilho da Marca de Caim quase invisível na testa.

— Minha mãe — disse, e se apoiou na porta. — Ela não está muito bem.

— Não ficou aliviada? Por você ter sido liberada, quero dizer.

— Não consegue parar de pensar em Sebastian. Não consegue parar de se culpar.

— Não foi culpa dela, o rumo que as coisas tomaram. Foi culpa de Valentim.

Clary não disse nada. Estava se lembrando da coisa horrível que tinha acabado de pensar, que a mãe deveria ter matado Sebastian quando ele nasceu.

— Vocês duas — disse Simon — se culpam por coisas pelas quais não são culpadas. Você se culpa por ter deixado Jace no telhado...

Clary levantou a cabeça de súbito, lançando-lhe um olhar penetrante. Não sabia se já tinha dito em voz alta que se culpava por isso, apesar de o fazer.

— Eu nunca...

— Você se culpa — falou. — Mas eu o deixei, Izzy o deixou, Alec o deixou... e Alec é *parabatai* dele. Não tínhamos como saber. E poderia ter sido pior se tivesse ficado.

— Talvez. — Clary não queria conversar sobre o assunto.

Evitando os olhos de Simon, ela foi para o banheiro escovar os dentes e colocar o pijama. Não se olhou no espelho. Detestava essa aparência pálida, as sombras sob os olhos. Ela era forte; não ia se descontrolar. Tinha um plano. Ainda que fosse um pouco louco e envolvesse um roubo ao Instituto.

Escovou os dentes e estava prendendo os cabelos ondulados em um rabo ao sair do banheiro quando viu Simon guardar de volta na bolsa-carteiro uma garrafa do que era quase com certeza o sangue que comprou no Taki's.

Ela se aproximou e afagou o cabelo do amigo.

— Pode guardar as garrafas na geladeira, você sabe — disse. — Se não gostar da temperatura ambiente.

— Sangue gelado é pior do que sangue em temperatura ambiente, na verdade. Quente é melhor, mas acho que sua mãe não gostaria de me ver esquentando sangue nas panelas.

— Jordan se importa? — perguntou Clary, imaginando se Jordan sequer se lembrava de que Simon morava com ele.

Simon tinha passado todas as noites da última semana na casa de Clary. Nos primeiros dias após o desaparecimento de Jace, ela não tinha conseguido dormir. Empilhou cinco cobertores sobre o corpo, mas não conseguiu se aquecer. Tremendo, ficou deitada imaginando as próprias veias com sangue gélido, cristais de gelo tecendo uma teia em torno de seu coração. Os sonhos eram cheios de mares negros, massas de gelo, lagos congelados e Jace, sempre com o rosto encoberto por sombras, uma lufada de névoa, ou até mesmo o próprio cabelo dourado. Sempre dormia durante alguns minutos, sempre acordando com a sensação de estar se afogando.

No primeiro dia em que foi interrogada pelo Conselho, voltou para casa e deitou na cama. Ficou deitada acordada até ouvir uma batida na janela e ver Simon entrar, quase caindo no chão. Ele deitou na cama ao lado dela, sem dizer nada. Sua pele estava fria, e ele cheirava ao ar da cidade e ao frio do inverno que se aproximava.

Ela tocou o ombro no dele, dissolvendo uma pequena parte da tensão que apertava seu corpo como um punho cerrado. A mão dele estava fria, mas era familiar, como a textura da jaqueta tocando o braço.

— Quanto tempo pode ficar? — perguntou na escuridão.

— Quanto tempo quiser.

Ela virou de lado para olhar para ele.

— Izzy não vai se importar?

— Foi ela que me disse para vir. Disse que você não tem dormido e que, se minha presença servir de conforto, posso ficar. Ou posso ficar até você dormir.

Clary exalou, aliviada.

— Fique a noite inteira — disse. — Por favor.

E ele ficou. Naquela noite, ela não teve pesadelos.

Enquanto ele estivesse lá, ela dormiria sem sonhar, um oceano de nada. Um vazio indolor.

— Jordan não se importa com o sangue — respondeu Simon, agora. — A questão dele é eu ficar confortável comigo mesmo. Entrar em contato com meu vampiro interior, blá-blá-blá.

Clary deitou ao lado dele e abraçou um travesseiro.

— Seu vampiro interior é diferente do seu... vampiro exterior?

— Com certeza. Ele quer que eu use camiseta tanquinho e um chapéu Fedora. Eu estou lutando contra isso.

Clary sorriu levemente.

— Então seu vampiro interior é Magnus?

— Ah, isso me lembra. — Simon remexeu na bolsa e retirou dois volumes de mangá. Acenou com os mesmos de forma triunfante antes de entregá-los a Clary. — *Magical Love Gentleman*, volumes 15 e 16 — informou. — Esgotados em todos os lugares, exceto na Midtown Comics.

Ela pegou os volumes, olhando para as capas coloridas. Em outros tempos, teria sacudido os braços com alegria de fã; agora precisaria se esforçar ao máximo para sorrir para Simon e agradecer, mas ele tinha feito isso por ela, lembrou a si mesma, o gesto de um bom amigo. Mesmo que não pudesse se imaginar se distraindo com a leitura agora.

— Você é incrível — falou, cutucando-o com o ombro. Estava deitada nos travesseiros, com os mangás no colo. — E obrigada por ter ido até a Corte Seelie. Sei que traz lembranças horríveis, mas... sempre fico melhor quando você está junto.

— Você foi ótima. Soube lidar com a Rainha como uma profissional. — Simon deitou ao lado dela, os ombros se encostando, ambos olhando para o teto, as rachaduras familiares, as velhas estrelas que brilhavam no escuro e que não tinham mais luz. — Então, vai fazer? Vai roubar os anéis para a Rainha?

— Vou. — Ela soltou o ar que estava prendendo. — Amanhã. Tem uma reunião do Conclave local ao meio-dia. Todos vão participar. É quando vou agir.

— Não gosto disso, Clary.

Ela sentiu o próprio corpo enrijecer.

— Não gosta de quê?

— De você tendo relações com fadas. Fadas são mentirosas.

— Fadas não *podem* mentir.

— Entende o que quero dizer. "Fadas são traiçoeiras" soa meio bobo.

Ela virou a cabeça para olhar para ele, o queixo na clavícula de Simon. O braço dele levantou automaticamente e envolveu os ombros de Clary, puxando-a para perto. Seu corpo estava frio, a camiseta ainda molhada de chuva. Os cabelos normalmente lisos secaram, formando cachos.

— Acredite em mim, não gosto de me meter com a Corte. Mas faria isso por você — disse ela. — E você faria o mesmo por mim, não é verdade?

— Claro que faria. Mas continua sendo má ideia. — Virou a cabeça e olhou para ela. — Sei como se sente. Quando meu pai morreu...

O corpo de Clary enrijeceu.

— Jace não está morto.

— Eu sei. Não era isso que eu estava dizendo. É só... Não precisa dizer que está melhor na minha presença. Sempre estou com você. A dor faz com que a pessoa se sinta sozinha, mas não está sozinha. Sei que não acredita em... em religião... da mesma forma que eu, mas pode acreditar que está cercada por pessoas que a amam, não pode? — Estava com os olhos arregalados, esperançosos. Tinham o mesmo tom castanho-escuro de sempre, mas diferente agora, como se mais uma camada de cor tivesse sido acrescentada, da mesma forma que sua pele parecia ao mesmo tempo sem poros e translúcida.

Eu acredito, pensou. *Só não tenho certeza se tem importância.* Bateu gentilmente com o ombro no dele, mais uma vez.

— Então, se importa se eu fizer uma pergunta? É pessoal, mas é importante.

Um tom de preocupação surgiu na voz dele.

— O que é?

— Com essa coisa da Marca de Caim, se eu acidentalmente der um chute em você durante a noite, serei chutada sete vezes por uma força invisível?

Ela sentiu Simon sorrir.

— Vá dormir, Fray.

—◁ Capítulo 3 ▷—

ANJOS MALVADOS

—Cara, pensei que você tivesse esquecido que mora aqui — disse Jordan, assim que Simon entrou na sala do apartamentinho dos dois, as chaves ainda tilintando em sua mão.

Jordan normalmente podia ser encontrado esparramado no futon, com as pernas longas penduradas na lateral e o controle do Xbox na mão. Hoje, ele *estava* no futon, porém sentado, os ombros largos encolhidos para dentro, as mãos nos bolsos da calça jeans, e o controle não estava à vista. Pareceu aliviado em ver Simon, que logo entendeu por quê.

Jordan não estava sozinho no apartamento. Sentada diante dele, em uma velha poltrona de veludo laranja — nenhum dos móveis de Jordan combinava —, estava Maia, os cabelos encaracolados presos em duas tranças. Na última vez em que Simon a viu, ela estava superproduzida para uma festa. Agora, vestia o uniforme de sempre: jeans esfarrapados, uma camisa de manga comprida e uma jaqueta de couro marrom. Parecia tão desconfortável quanto Jordan, a coluna ereta e o olhar fixo na janela. Ao ver Simon, levantou-se agradecida e o abraçou.

— Oi — disse ela. — Só passei aqui para ver como você estava.

— Estou bem. Digo, tão bem quanto poderia, com tudo que vem acontecendo.

— Não estou falando em relação a Jace — explicou. — Estou falando de *você*. Como está encarando tudo?

— Eu? — Simon se espantou. — Estou bem. Preocupado com Isabelle e Clary. Você sabe que ela estava sendo investigada pela Clave...

— Ouvi dizer que foi liberada. Isso é bom. — Maia o soltou. — Mas estava pensando em você. E no que aconteceu com sua mãe.

— Como soube disso? — Simon lançou um olhar a Jordan, que balançou a cabeça, quase imperceptivelmente. Não tinha contado a ela.

Maia puxou uma trança.

— Encontrei Eric, imagine só. Ele me contou sobre o que aconteceu, e que você tinha se afastado dos shows da Millenium Lint por duas semanas.

— Na verdade, trocaram o nome — informou Jordan. — Agora se chamam Midnight Burrito.

Maia lançou um olhar irritado a Jordan, que deslizou um pouco para baixo no futon. Simon ficou imaginando sobre o que estavam conversando antes de sua chegada.

— Falou com mais alguém de sua família? — perguntou Maia, a voz suave. Os olhos cor de âmbar estavam carregados de preocupação.

Simon sabia que era grosseiro, mas alguma coisa em ser olhado daquela forma o desagradava. Era como se a preocupação de Maia tornasse o problema real, quando de outra forma ele podia fingir que nada estava acontecendo.

— Falei — disse. — Está tudo bem com a minha família.

— Sério? Porque você deixou seu telefone aqui. — Jordan o pegou de cima da mesa. — E sua irmã está ligando de cinco em cinco minutos, o dia inteiro. Ontem também.

Uma sensação fria se espalhou pelo estômago de Simon. Ele pegou o telefone de Jordan e olhou para a tela. Dezessete chamadas perdidas de Rebecca.

— Droga — falou. — Estava torcendo para poder evitar isso.

— Bem, ela é sua irmã — observou Maia. — Ia ligar alguma hora.

— Eu sei, mas tenho tentado evitar... tenho deixado recados quando sei que ela não vai atender, esse tipo de coisa. Só... acho que estava evitando o inevitável.

— E agora?

Simon repousou o telefone no parapeito.

— Continuo evitando?

— Não faça isso. — Jordan tirou as mãos dos bolsos. — Deveria falar com ela.

— E dizer o quê? — A pergunta soou mais ríspida do que o pretendido.

— Sua mãe deve ter dito alguma coisa — concluiu Jordan. — Ela deve estar preocupada.

Simon balançou a cabeça.

— Ela vai para casa para o jantar de Ação de Graças em algumas semanas. Não quero que ela entre na onda da minha mãe.

— Ela já está na onda. Ela é sua família — disse Maia. — Além do mais, isso... o que está acontecendo com sua mãe, tudo... isso é sua vida agora.

— Então, acho que prefiro deixá-la de fora.

Simon sabia que não estava sendo razoável, mas não conseguia evitar. Rebecca era... especial. Diferente. De uma parte da sua vida que tinha permanecido intocada por toda essa loucura. Talvez a única parte.

Maia jogou as mãos para o alto e virou-se para Jordan.

— Diga alguma coisa para ele. Você é o guardião Praetoriano dele.

— Ah, qual é — disse Simon, antes que Jordan pudesse abrir a boca. — Algum de vocês mantém contato com os pais? Com as famílias?

Trocaram rápidos olhares.

— Não — respondeu Jordan, lentamente —, mas nenhum de nós tinha um bom relacionamento com a família *antes*...

— Discussão encerrada — declarou Simon. — Somos todos órfãos. Órfãos da tempestade.

— Não pode simplesmente ignorar sua irmã — insistiu Maia.

— Espere só para ver.

— E quando Rebecca voltar e ver que a casa parece o cenário de *O Exorcista*? E que sua mãe não sabe dizer onde você está? — Jordan se inclinou para a frente, com as mãos nos joelhos. — Sua irmã vai chamar a polícia, e sua mãe vai acabar internada.

— Acho que não estou pronto para ouvir a voz dela — revelou Simon, mas sabia que tinha acabado de perder a discussão. — Preciso sair outra vez, mas prometo que vou mandar uma mensagem para ela.

— Bem — disse Jordan. Estava olhando para Maia, não para Simon, ao falar, como se torcesse para que ela tivesse notado o progresso com Simon e ficasse satisfeita. Simon ficou imaginando se eles tinham se visto nas duas semanas em que esteve ausente. Chutaria que não, a julgar pela postura desconfortável de ambos quando ele entrou, mas com esses dois era difícil ter certeza. — É um começo.

O elevador dourado e barulhento parou no terceiro andar do Instituto; Clary respirou fundo e saiu para o corredor. O local estava, conforme Alec e Isabelle prometeram, deserto e quieto. O trânsito do lado de fora, na York Avenue, era um murmúrio suave. Ela imaginou que podia escutar o ruído de grãos de poeira se esbarrando ao dançarem à luz. Na parede ficavam os cabides onde os residentes do Instituto penduravam os casacos ao entrarem. Uma das jaquetas pretas de Jace ainda estava pendurada em um gancho, as mangas vazias e fantasmagóricas.

Com um tremor, ela partiu pelo corredor. Lembrava-se da primeira vez em que Jace a levara por estes corredores, a voz leve e descuidada contando sobre os Caçadores de Sombras, sobre Idris, sobre todo o mundo secreto que ela nunca soubera que existia. Ela o observou enquanto falava — discretamente, acreditara, mas agora sabia que Jace tinha notado tudo —, percebendo a luz refletindo nos cabelos claros, os rápidos movimentos das mãos graciosas, os músculos flexionando nos braços enquanto ele gesticulava.

Chegou à biblioteca sem encontrar nenhum Caçador de Sombras e abriu a porta. A sala ainda a fazia tremer como na primeira vez. Circular, pois era construída em uma torre, a biblioteca tinha uma galeria no segundo andar, com grades, que corria pela altura média das paredes, logo acima das fileiras de prateleiras. A mesa que Clary ainda enxergava como sendo de Hodge ficava no centro da sala, esculpida em uma peça única de carvalho, a ampla superfície apoiada sobre dois anjos ajoelhados. Clary quase esperava que Hodge se levantasse de trás dela, com seu corvo de olhos ávidos, Hugo, empoleirado no ombro.

Afastando a lembrança, foi rapidamente até a escadaria circular no canto do recinto. Estava vestindo calça jeans e tênis de sola de borracha, e tinha um símbolo de silêncio desenhado no tornozelo; o silêncio era quase sombrio enquanto ela subia os degraus para a galeria. Havia livros aqui também, mas ficavam encerrados em caixas de vidro. Alguns pareciam muito velhos, tinham as capas desbotadas, as encadernações reduzidas a algumas cordas. Outros claramente eram livros de magia negra ou perigosa — *Cultos indizíveis*, *Varíola demoníaca*, *Um guia prático para reerguer os mortos*.

Entre as prateleiras de livros trancadas, havia caixas de vidro para exibição. Cada uma continha algo de artesanato raro e lindo; uma garrafa de vidro cuja rolha era uma esmeralda enorme; uma coroa com um diamante no centro, que não parecia capaz de caber em nenhuma cabeça humana; um pingente em forma de anjo cujas asas eram engrenagens mecânicas; e na última caixa, conforme Isabelle havia prometido, um par de anéis dourados brilhantes em forma de folhas curvas, o trabalho das fadas delicado como o suspiro de um bebê.

A caixa estava trancada, é claro, mas o símbolo de Abertura — Clary mordeu o lábio enquanto desenhava, preocupada em não fazê-lo excessivamente poderoso e acabar explodindo o vidro e atraindo as pessoas — destravou a fechadura. Cuidadosamente, abriu a caixa. Somente após guardar novamente a estela no bolso hesitou.

Essa era realmente ela? Roubando da Clave para pagar a Rainha do Povo das Fadas, cujas promessas, conforme Jace já lhe dissera, eram como escorpiões, com um ferrão na cauda?

Balançou a cabeça para se livrar das dúvidas — e congelou. A porta da biblioteca estava se abrindo. Ouviu a madeira rangendo, as vozes abafadas, os passos. Sem pensar, se jogou no chão, esticando-se contra o piso de madeira da galeria.

— Você tinha razão, Jace. — Veio a voz, friamente entretida e terrivelmente familiar. — O lugar está deserto.

O gelo nas veias de Clary pareceu cristalizar, congelando-a no lugar. Não conseguia se mover, não conseguia respirar. Não sentia um choque tão intenso desde que viu o pai enterrar uma espada no peito de Jace. Muito lentamente, esticou-se para a beira da galeria e olhou para baixo.

E mordeu o lábio violentamente para não gritar.

O teto acima se erguia até determinado ponto e se abria em uma claraboia de vidro. Luz do sol se filtrava pela abertura, iluminando parte do chão como se um holofote contra um palco. Ela pôde ver que as lascas de vidro, mármore e pedras semipreciosas incrustadas no piso formavam um desenho — o Anjo Raziel, o cálice e a espada. Em pé sobre uma das asas abertas do Anjo, encontrava-se Jonathan Christopher Morgenstern.

Sebastian.

Então era assim a aparência do seu irmão. *De verdade*, vivo, ativo e animado. Rosto pálido, todo ângulos e planos, alto e magro, com roupa preta de combate. Seus cabelos eram branco-prateados, e não escuros como quando o conheceu, pintados de preto para combinar com a cor do verdadeiro Sebastian Verlac. O verdadeiro cabelo ficava melhor nele. Na última vez em que o viu, flutuando em um caixão de vidro como a Branca de Neve, uma das mãos era um cotoco enfaixado. Agora, aquela mão estava inteira outra vez, com uma pulseira de prata brilhando no pulso, mas nenhum indício visível de que a mesma já tivesse sido danificada — e mais do que danificada, *amputada*.

E ali, ao lado dele, com os cabelos dourados brilhando ao sol, Jace. Não Jace como tantas vezes o imaginou nas últimas duas semanas — surrado, ou sangrando, ou sofrendo, ou faminto, trancado em alguma cela escura, gritando de dor ou chamando por ela. Este era Jace como se lembrava, quando se permitia lembrar — ruborizado, saudável, vibrante e lindo. Estava com as mãos nos bolsos, descuidado, as Marcas visíveis através da camiseta branca. Por cima desta, vestia um casaco bege que ela não conhecia e que ressaltava os tons dourados de sua pele. Ele inclinou a cabeça para trás, como se estivesse aproveitando a sensação do sol no rosto.

— Sempre tenho razão, Sebastian — respondeu. — Já deveria saber disso a esta altura.

Sebastian lançou-lhe um olhar contido, em seguida sorriu. Clary encarou. Tinha toda a cara de ser um sorriso sincero. Mas o que ela sabia? Sebastian já tinha sorrido para ela, e aquilo acabou se provando uma grande mentira.

— Então, onde estão os livros sobre invocação? Existe alguma ordem nesse caos?

— Na verdade, não. Não tem nada em ordem alfabética. Segue o sistema especial de Hodge.

— Ele não é aquele que matei? Que inconveniente — comentou Sebastian. — Talvez eu devesse procurar no andar de cima, e você, no de baixo.

Ele foi em direção à escada que levava à galeria. O coração de Clary começou a acelerar de medo. Ela associava Sebastian a assassinato, sangue, dor e pavor. Sabia que Jace o tinha combatido e vencido uma vez, mas quase morreu no processo. Em um combate direto, ela jamais poderia vencer o irmão. Será que conseguia saltar da galeria sem quebrar uma perna? E se conseguisse, o que aconteceria? O que Jace faria?

Sebastian estava com o pé no primeiro degrau quando Jace o chamou:

— Espere. Estão aqui. Arquivados na seção "magia, não letal".

— Não letal? Qual é a graça? — reclamou Sebastian, mas tirou o pé do degrau e foi para perto de Jace. — Esta é uma biblioteca e tanto — falou, lendo os títulos ao passar por eles. — *Cuidados e alimentação do seu diabinho de estimação. Demônios revelados.* — Pegou este último da prateleira e riu baixo.

— O que foi? — Jace levantou o olhar, curvando a boca para cima. Clary quis tanto correr para baixo e se jogar para ele que mordeu o lábio outra vez. A dor queimou como ácido.

— É pornografia — disse Sebastian. — Veja. Demônios... *revelados.*

Jace veio atrás dele, apoiando uma das mãos no braço de Sebastian para se apoiar enquanto lia por cima do ombro dele. Foi como ver Jace com Alec, alguém com quem ele se sentia tão confortável que tocava sem pensar — mas de um jeito horrível, errado, inverso.

— Tá, como é que você *sabe?*

Sebastian fechou o livro e bateu levemente no ombro de Jace com o volume.

— Algumas coisas conheço melhor do que você. Pegou os livros?

— Peguei. — Jace levantou uma pilha de tomos pesados de uma mesa. — Temos tempo de passar no meu quarto? Se eu pudesse pegar algumas coisas...

— O que você quer?

Jace deu de ombros.

— Roupas, basicamente. Algumas armas.

Sebastian balançou a cabeça.

— Perigoso demais. Precisamos entrar e sair depressa. Apenas itens emergenciais.

— Meu casaco preferido é um item emergencial — disse Jace. O tom era tão parecido com o que ele usava com Alec, com qualquer outro amigo. — Assim como eu, é ao mesmo tempo aconchegante *e* estiloso.

— Olhe, temos todo o dinheiro que poderíamos querer — disse Sebastian. — *Compre* roupas novas. E em algumas semanas você estará no comando deste lugar. Pode hastear seu casaco no mastro da bandeira como uma flâmula.

Jace riu, aquele som rico e suave que Clary amava.

— Estou avisando, aquele casaco é sexy. O Instituto pode pegar fogo, um fogo sexy, muito sexy.

— Seria bom para o lugar. Está sombrio demais no momento. — Sebastian agarrou a parte de trás do casaco que Jace vestia e o puxou de lado. — Agora vamos. Segure os livros. — Ele olhou para a mão direita, onde um estreito anel prateado brilhava; com a mão que não estava segurando Jace, usou o polegar para girar o anel.

— Ei — disse Jace. — Acha que... — Ele se interrompeu, e por um instante Clary achou que foi porque a tinha visto; ele inclinara a cabeça para cima, mas enquanto ela respirava fundo, os dois desapareceram, desbotando como miragens no ar.

Lentamente, Clary abaixou a cabeça sobre o braço. O lábio sangrava onde tinha mordido; dava para sentir o gosto na boca. Sabia que deveria levantar, se mexer, fugir. Não deveria estar ali. Mas o gelo nas veias havia piorado tanto que ficou apavorada com a possibilidade de que, se tentasse se mexer, poderia se quebrar.

Alec acordou com Magnus sacudindo-o pelo ombro.

— Vamos, docinho — falou. — Hora de levantar e enfrentar o dia.

Alec, grogue, deixou o ninho de travesseiros e cobertores, então piscou na direção do namorado. Magnus, apesar de ter dormido pouco, parecia irritantemente alegre. Estava com os cabelos molhados, pingando nos ombros da camisa branca, deixando-a transparente. Vestia jeans com buracos e bordas esfarrapadas, o que normalmente significava que planejava passar o dia sem sair do apartamento.

— "Docinho"? — ecoou Alec.

— Estava testando.

Alec balançou a cabeça.

— Não.

Magnus deu de ombros.

— Vou continuar tentando. — Ele estendeu uma caneca azul lascada com café, feito como Alec gostava: preto e com açúcar. — Acorde.

Alec sentou, esfregando os olhos, e pegou a xícara. O primeiro gole amargo enviou uma onda de energia por seus nervos. Lembrava-se de ter ficado deitado acordado na noite anterior esperando por Magnus, mas eventualmente o cansaço levara a melhor e ele caiu no sono por volta de cinco da manhã.

— Não vou à reunião do Conselho hoje.

— Eu sei, mas precisa encontrar sua irmã e os outros no parque perto do Lago das Tartarugas. Você me pediu para lembrá-lo.

Alec colocou as pernas para fora da cama.

— Que horas são?

Magnus pegou a xícara gentilmente da mão dele antes que derramasse o café repousando-a sobre a cabeceira.

— Tranquilo. Você ainda tem uma hora. — Inclinou-se para a frente e pressionou os lábios contra os de Alec; Alec se lembrou da primeira vez em que se beijaram, ali, naquele apartamento, e teve vontade de abraçar o namorado e puxá-lo para perto. Mas algo o conteve.

Levantou, soltando-se, e foi para o escritório. Tinha uma gaveta com suas roupas. Um lugar para a escova de dentes no banheiro. A chave da porta da frente. Ocupava uma boa parte do imóvel do outro e, ainda assim, não conseguia se livrar do medo frio no estômago.

Magnus rolou de costas na cama e observou Alec, a cabeça apoiada em um dos braços.

— Vista o cachecol — disse, apontando para o cachecol azul de cashmere pendurado num gancho. — Combina com os seus olhos.

Alec olhou para a peça. De repente ficou repleto de ódio — do cachecol, de Magnus e, acima de tudo, de si mesmo.

— Não me diga — falou. — O cachecol tem cem anos de idade e foi um presente da Rainha Victoria logo antes de morrer, por serviços especiais prestados à Coroa ou coisa do tipo.

Magnus se sentou.

— O que deu em você?

Alec o encarou.

— A coisa mais nova neste apartamento sou eu?

— Acho que esta honra pertence a Presidente Miau. Ele só tem 2 anos.

— Eu disse mais nova, e não mais jovem — irritou-se Alec . — Quem é *W.S.*? Will?

Magnus balançou a cabeça como se estivesse com água nos ouvidos.

— Que diabo? Está falando da caixa de rapé? *W.S.* é Woolsey Scott. Ele...

— Fundou a Praetor Lupus. Eu sei. — Alec vestiu a calça jeans e fechou o zíper. — Você já falou nele antes e, além disso, é uma figura histórica. A caixa de rapé dele está em sua gaveta de bagulhos. O que mais tem lá? O cortador de unhas de Jonathan Caçador de Sombras?

Os olhos felinos de Magnus estavam frios.

— De onde vem isso tudo, Alexander? Não minto para você. Se quiser saber alguma coisa a meu respeito, pode perguntar.

— Papo furado — disse Alec, abruptamente, abotoando a camisa. — Você é gentil, engraçado e tudo o mais, mas se tem uma coisa que você não é, é direto, *docinho*. Pode passar o dia falando dos problemas alheios, mas não fala de você ou da sua história e, quando pergunto, se contorce como uma minhoca em um anzol.

— Talvez porque você não consiga me perguntar do meu passado sem começar uma briga sobre o fato de que eu vou viver para sempre e você não — disparou Magnus. — Talvez porque a imortalidade esteja rapidamente se tornando a terceira pessoa no nosso relacionamento, Alec.

— Nosso relacionamento não deveria *ter* uma terceira pessoa.

— Exatamente.

A garganta de Alec apertou. Tinha mil coisas que gostaria de dizer, mas nunca foi bom com palavras, como Jace e Magnus. Em vez disso, retirou o cachecol azul do cabide e o colocou no pescoço.

— Não espere acordado — avisou. — Posso patrulhar hoje.

Enquanto batia a porta do apartamento, ouviu Magnus gritar:

— E esse cachecol, para sua informação, é da *Gap*! Comprei *ano passado*!

Alec revirou os olhos e correu escada abaixo até o lobby. A lâmpada que normalmente iluminava o local estava apagada e o recinto tão escuro que, por um instante, ele não viu a figura encapuzada se dirigindo a ele a partir das sombras. Ao vê-la, levou um susto tão grande que derrubou a chave com um ruído tilintado.

A figura deslizou em sua direção. Não conseguiu identificar nada a respeito dela — idade, gênero, sequer a espécie. A voz que veio por baixo do capuz era baixa e quebradiça.

— Tenho um recado para você, Alec Lightwood — disse. — De Camille Belcourt.

— Quer patrulhar comigo hoje à noite? — perguntou Jordan, de forma ligeiramente abrupta.

Maia virou para ele, surpresa. Ele estava de costas para a bancada da cozinha, apoiando os cotovelos na superfície atrás. Havia uma despreocupação em sua postura que parecia estudada demais para ser sincera. Esse era o problema de conhecer alguém tão bem, pensou ela. Era muito difícil fingir, ou ignorar quando o outro estava fingindo, mesmo quando fosse a alternativa mais fácil.

— Patrulhar com você? — ecoou.

Simon estava no quarto, trocando de roupa; ela tinha dito que iria até o metrô com ele e agora desejava que não tivesse oferecido. Maia sabia que deveria ter procurado Jordan depois da última vez em que o viu, quando, tolamente, o beijou. Mas quando Jace desapareceu e o mundo pareceu estilhaçar, conseguiu a desculpa de que precisava para evitar o assunto.

Claro, não pensar no ex-namorado que havia destruído seu coração e a transformado em licantrope era muito mais fácil quando ele não estava bem na sua frente com uma camiseta verde, que abraçava o corpo esguio e musculoso nos lugares certos e destacava a cor de avelã dos seus olhos.

— Pensei que estivessem cancelando as patrulhas de busca por Jace — respondeu, desviando o olhar.

— Bem, não estão cancelando, apenas reduzindo. Mas sou Praetor, e não Clave. Posso procurar Jace quando quiser.

— Certo — disse ela.

Ele estava brincando com alguma coisa na bancada, ajeitando-a, mas a atenção continuava voltada para Maia.

— Você, sabe... você queria estudar em Stanford. Ainda quer?

O coração dela saltou.

— Não penso em faculdade desde... — limpou a garganta. — Desde que me Transformei.

As bochechas dele enrubesceram.

— Você ia... Quero dizer, sempre quis ir para a Califórnia. Ia estudar História, e eu me mudaria para lá para surfar. Lembra?

Maia enfiou as mãos nos bolsos do casaco de couro. Sentiu que deveria ficar com raiva, mas não ficou. Por muito tempo culpou Jordan pelo fato de ter deixado de sonhar com um futuro humano, com estudos, uma casa e, talvez um dia, uma família. Mas havia outros lobos no bando da delegacia de polícia que ainda corriam atrás dos sonhos, das artes. O Morcego, por exemplo. Foi ela que escolheu parar a vida.

— Lembro — respondeu.

As bochechas de Jordan ruborizaram.

— Sobre hoje à noite. Ninguém procurou no Estaleiro do Brooklyn, então pensei... Nunca é divertido procurar sozinho. Mas se você não quiser...

— Não — disse ela, escutando a própria voz como se fosse de outra pessoa. — Quero dizer, claro, vou com você.

— Sério? — Os olhos amendoados de Jordan se iluminaram e Maia se repreendeu internamente. Não deveria alimentar esperanças, não quando não sabia ao certo como se sentia. Era difícil acreditar que se importava tanto.

O medalhão da Praetor Lupus brilhou na garganta dele enquanto se inclinava para a frente, e ela sentiu seu cheiro familiar de sabão, e sob este... cheiro de lobo. Dirigiu os olhos para ele, exatamente quando a porta de Simon se abriu e ele surgiu, vestindo um moletom de capuz. Parou onde estava, movendo os olhos de Jordan para Maia, erguendo lentamente as sobrancelhas.

— Sabe, posso ir sozinho para o metrô — falou para Maia, com um leve sorriso se formando no canto da boca. — Se quiser ficar aqui...

— Não. — Maia tirou rapidamente as mãos dos bolsos, onde estavam cerradas em punhos. — Não, vou com você. Jordan, eu... Nos vemos mais tarde.

— Hoje à noite — gritou o garoto, mas Maia não virou para olhar para ele; já estava se apressando atrás de Simon.

Simon foi caminhando sozinho pela colina, ouvindo os gritos das pessoas que jogavam Frisbee no gramado do Central Park atrás dele, como música ao longe. Era um dia claro de novembro, frio e ventoso, o sol iluminava o que restava das folhas nas árvores com tons brilhantes de escarlate, ouro e âmbar.

O topo da colina tinha vários pedregulhos. Dava para ver como o parque tinha sido feito à custa de uma floresta de árvores e pedras. Isabelle estava sentada em uma das rochas, trajando um longo vestido de seda verde-garrafa com um casaco bordado preto e prateado por cima. Levantou os olhos quando Simon se aproximou, tirando os longos cabelos escuros do rosto.

— Achei que estivesse com Clary — disse, quando ele se aproximou. — Cadê ela?

— Saindo do Instituto — respondeu, sentando ao lado de Isabelle e colocando as mãos nos bolsos do casaco. — Mandou mensagem. Vai chegar em breve.

— Alec está a caminho... — começou, se interrompendo quando o bolso dele vibrou. Ou melhor, o telefone no bolso vibrou. — Acho que alguém está mandando mensagem.

Simon deu de ombros.

— Mais tarde eu checo.

Ela o olhou por baixo dos longos cílios.

— Então, como eu ia dizendo, Alec também está vindo. Teve de vir do Brooklyn...

O telefone de Simon vibrou outra vez.

— Muito bem, chega. Se você não vai atender, eu atendo.

Isabelle se inclinou para a frente, contra os protestos de Simon, e enfiou a mão no bolso dele. A parte de cima de sua cabeça tocou o queixo dele. Ele sentiu o perfume de Isabelle, baunilha, e o cheiro da pele dela embaixo. Quando pescou o telefone e recuou, ele ficou ao mesmo tempo aliviado e decepcionado.

Ela cerrou os olhos para a tela.

— Rebecca? Quem é *Rebecca*?

— Minha irmã.

O corpo de Isabelle relaxou.

— Ela quer encontrá-lo. Diz que vocês não se veem desde...

Simon tirou o telefone dela e o fechou, antes de guardá-lo novamente no bolso.

— Eu sei, eu sei.

— Não quer encontrá-la?

— Mais do que... mais do que quase tudo. Mas não quero que ela *saiba*. Sobre mim. — Simon pegou um graveto e o arremessou. — Veja o que aconteceu quando minha mãe descobriu.

— Então marque em algum lugar público. Onde ela não possa ter um ataque. Longe da sua casa.

— Mesmo que ela não possa ter um ataque, ainda pode me olhar como minha mãe olhou — explicou Simon, a voz baixa. — Como se eu fosse um monstro.

Isabelle tocou levemente o pulso de Simon.

— Minha mãe rejeitou Jace quando achou que ele fosse o filho de Valentim e um espião, depois se arrependeu horrivelmente. Meus pais estão aceitando o fato de Alec estar com Magnus. Sua mãe vai acabar aceitando também. Coloque sua irmã do seu lado. Isso vai ajudar. — Ela inclinou um pouco a cabeça. — Acho que às vezes os irmãos entendem melhor do que os pais. Não têm o mesmo peso das expectativas. Eu jamais, jamais poderia cortar Alec. Independentemente do que ele fizesse. Nunca. Nem Jace. — Apertou o braço dele, depois abaixou a mão. — Meu irmãozinho morreu. Nunca mais vou vê-lo. Não faça sua irmã passar por isso.

— Pelo quê? — perguntou Alec, aparecendo pela lateral da colina, chutando folhas secas do caminho. Estava com o casaco velho e os jeans de sempre, mas um cachecol azul que combinava com seus olhos completava o conjunto.

Devia ser um presente de Magnus, pensou Simon. Alec jamais teria pensado numa coisa dessas. O conceito de combinação parecia algo alheio a ele.

Isabelle limpou a garganta.

— A irmã de Simon...

Não terminou o assunto. Sentiram uma lufada de ar frio, que fez as folhas mortas girarem. Isabelle levantou a mão para se proteger da poeira quando o ar começou a brilhar com a transparência inconfundível da abertura de um Portal, então Clary apareceu diante deles com a estela na mão e o rosto molhado de lágrimas.

Capítulo 4
E A IMORTALIDADE

— E você tem certeza absoluta de que era Jace? — perguntou Isabelle, pelo que parecia a quadragésima sétima vez.

Clary mordeu o lábio já dolorido e contou até dez.

— Sou eu, Isabelle — respondeu. — Você realmente acredita que eu não reconheceria *Jace*? — Olhou para Alec, que estava parado ao lado delas, o cachecol azul esvoaçando como uma flâmula ao vento. — Você confundiria alguém com Magnus?

— Não. Nunca — respondeu ele, sem pensar. Os olhos azuis estavam perturbados, sombrios de preocupação. — Eu só... Quero dizer, claro que estamos perguntando. Não faz sentido.

— Ele pode ter sido feito refém — disse Simon, inclinando-se sobre um pedregulho. A luz do sol de outono deixava os olhos dele da cor de grãos de café. — Tipo, Sebastian pode estar ameaçando machucar alguém que Jace ama, se ele não seguir os planos dele.

Todos os olhos se voltaram para Clary, mas ela balançou a cabeça, frustrada.

— Vocês não os viram juntos. Ninguém age daquele jeito quando está sendo mantido refém. Ele parecia feliz da vida por estar lá.

— Então está possuído — declarou Alec. — Como aconteceu com Lilith.

— Foi o que pensei no começo. Mas quando ele estava possuído por Lilith, ficou como um robô. Ficava repetindo as mesmas coisas sem parar. Mas esse era *Jace*. Estava fazendo piadas como normalmente faz. Sorrindo como sempre.

— Talvez seja a síndrome de Estocolmo — sugeriu Simon. — Sabe, quando você sofre lavagem cerebral e começa a compreender seu sequestrador.

— A pessoa leva *meses* para desenvolver síndrome de Estocolmo — protestou Alec. — Como estava a aparência dele? Machucado ou doente? Consegue descrever os dois?

Não foi a primeira vez que perguntou. O vento soprou as folhas secas ao redor dos pés de todos eles enquanto Clary repetia a descrição da aparência de Jace — alegre e saudável. Sebastian também. Pareciam completamente calmos. As roupas de Jace estavam limpas, estilosas, comuns. Sebastian usava um casaco longo, preto e de lã, que parecia caro.

— Como uma versão maligna da propaganda da Burberry — concluiu Simon, quando ela acabou.

Isabelle olhou de cara feia para ele.

— Talvez Jace tenha algum plano — disse ela. — Talvez esteja enganando Sebastian. Tentando conquistar a confiança dele, descobrir seus planos.

— Se ele estivesse fazendo isso, já teria descoberto alguma maneira de nos contar — argumentou Alec. — Para não nos deixar em pânico. Isso é cruel demais.

— A não ser que ele não possa correr o risco de mandar uma mensagem. Acreditaria que confiaríamos nele. *Confiamos* nele. — A voz de Isabelle se elevou, e ela estremeceu, envolvendo o próprio corpo com os braços.

Os galhos nus das árvores, ladeando a trilha de cascalhos em que se encontravam, trepidavam.

— Talvez *devêssemos* contar para a Clave — disse Clary, escutando a própria voz como se viesse de longe. — Isso... Não sei como podemos lidar com isso por nossa conta.

— Não podemos contar à Clave. — A voz de Isabelle soou firme.

— Por que não?

— Se eles acharem que Jace está colaborando com Sebastian, a ordem será matá-lo imediatamente — disse Alec. — A Lei é essa.

— Mesmo que Isabelle esteja certa? Mesmo que ele esteja só fingindo? — perguntou Simon, com uma entonação de dúvida na voz. — Tentando enganá-lo para obter informações?

— Não há como provar. E se alegássemos que é o que ele está fazendo, e isso chegasse a Sebastian, ele provavelmente mataria Jace — afirmou Alec. — Se Jace estiver possuído, a Clave vai matá-lo pessoalmente. Não podemos contar nada. — A voz soou firme também.

Clary o olhou, surpresa; Alec normalmente era o mais certinho em relação a regras.

— É de Sebastian que estamos falando — disse Izzy. — Não existe ninguém que a Clave odeie mais, exceto Valentim, e ele está morto. Mas praticamente todo mundo conhece alguém que morreu na Guerra Mortal, e foi Sebastian que destruiu as barreiras mágicas.

Clary mexeu nos cascalhos com o tênis. Aquela situação toda parecia um sonho, como se ela fosse acordar a qualquer instante.

— Bem, e agora?

— Vamos conversar com Magnus. Ver se ele tem alguma ideia. — Alec puxou o canto do cachecol. — Ele não irá ao Conselho. Não se eu pedir para não ir.

— Acho bom mesmo — disse Isabelle, indignada. — Do contrário, seria o pior namorado de *todos os tempos*.

— Eu disse que ele não...

— Adianta então? — perguntou Simon. — Encontrar a Rainha Seelie? Agora que sabemos que Jace está possuído, ou talvez se escondendo de propósito...

— Não se falta a uma reunião marcada com a Rainha Seelie — afirmou Isabelle, categórica. — Não se você tiver amor próprio.

— Mas ela simplesmente vai pegar os anéis de Clary, e não descobriremos nada — argumentou Simon. — Agora já sabemos mais. Temos perguntas diferentes. Mas ela não vai respondê-las. Só vai responder às antigas. É assim que as fadas *funcionam*. Não fazem favores. Não é como se ela fosse nos deixar falar com Magnus e depois voltar.

— Não importa. — Clary esfregou o rosto com as mãos. Voltaram secas. Em algum momento as lágrimas pararam de correr, graças a Deus. Não queria encarar a Rainha como se tivesse acabado de chorar como um bebê. — Não peguei os anéis.

Isabelle piscou.

— O quê?

— Depois que vi Jace e Sebastian, fiquei abalada demais para pegá-los. Só corri do Instituto e usei o Portal.

— Bem, então não podemos encontrar a Rainha Seelie — disse Alec. — Se não fez o que ela pediu, ela vai ficar furiosa.

— Vai ficar mais do que furiosa — disse Isabelle. — Você viu o que ela fez com Alec na última vez que fomos à Corte. E aquilo foi só um feitiço. Ela provavelmente vai transformar Clary em uma lagosta ou coisa do tipo.

— Ela sabia — disse Clary. — Ela disse "quando encontrá-lo, ele pode não ser o mesmo." — A voz da Rainha Seelie se arrastou pela mente de Clary. Ela estremeceu. Conseguia entender por que Simon detestava tanto as fadas. Sempre sabiam exatamente as palavras que se instalariam como farpas em seu cérebro, dolorosas e impossíveis de se ignorar ou remover. — Ela só está provocando. Quer os anéis, mas não acredito que exista alguma chance de nos ajudar de verdade.

— Tudo bem — respondeu Isabelle, duvidosa. — Mas se ela sabia até aí, pode saber mais. E quem mais nos ajudaria, se não podemos recorrer à Clave?

— Magnus — disse Clary. — Ele tem tentado decodificar o feitiço de Lilith esse tempo todo. Talvez quando eu contar o que vi, possa ajudá-lo.

Simon revirou os olhos.

— Ainda bem que conhecemos a pessoa que está namorando Magnus — falou. — Do contrário estaríamos tentando pensar no que diabos fazer em seguida. Ou tentaríamos angariar fundos para contratar Magnus vendendo limonada.

Alec pareceu ligeiramente irritado com aquele comentário.

— A única forma de conseguir dinheiro para contratar Magnus vendendo limonada seria colocando metanfetamina na jarra.

— É só um modo de dizer. Todos temos ciência de que seu namorado é caro. Só gostaria que não precisássemos correr para ele cada vez que temos um problema.

— Ele também gostaria — disse Alec. — Magnus tem outro trabalho hoje, mas à noite falo com ele, e podemos nos encontrar no apartamento dele amanhã de manhã.

Clary assentiu. Não conseguia sequer se imaginar acordando na manhã seguinte. Sabia que quanto antes falassem com Magnus, melhor, mas se sentia exaurida e esgotada, como se tivesse deixado litros de sangue no chão da biblioteca do Instituto.

Isabelle chegou mais perto de Simon.

— Acho que isso nos deixa com o resto da tarde — falou. — Vamos para o Taki's? Lá vão servir sangue para você.

Simon olhou para Clary, obviamente preocupado.

— Quer vir?

— Não, tudo bem. Vou pegar um táxi de volta para casa em Williamsburg. É bom ficar um pouco com a minha mãe. Ela já está péssima com toda essa história de Sebastian, e agora...

Os cabelos negros de Isabelle esvoaçaram ao vento quando ela balançou a cabeça de um lado para o outro.

— Não pode contar para ela o que viu. Luke faz parte do Conselho. Ele não pode esconder, e você não pode pedir para ela não contar para ele.

— Eu sei — Clary olhou para as três expressões ansiosas fixas nela.

Como isso aconteceu?, pensou. Ela, que jamais escondia nada de Jocelyn, pelo menos não segredos sérios, estava prestes a ir para casa e esconder algo enorme, tanto da mãe quanto de Luke. Uma coisa sobre a qual só podia conversar com pessoas como Alec e Isabelle Lightwood e Magnus Bane, pessoas que até seis meses atrás ela nem sabia que existiam. Era estranho como o mundo podia alterar seu eixo, e tudo em que você sempre confiou podia se inverter de uma hora para a outra.

Pelo menos ainda tinha Simon. Simon, constante e permanente. Beijou-o na bochecha, acenou para os outros e virou-se, ciente de que os três a olhavam preocupados enquanto ela seguia pelo parque, o resto das folhas mortas quebrando sob seus tênis como se fossem pequenos ossos.

Alec tinha mentido. Não era Magnus que tinha algo a fazer naquela tarde. Era ele.

Sabia que era um erro, mas não conseguia evitar: era como uma droga, aquela necessidade de saber mais. E agora, aqui estava, no subterrâneo, segurando uma pedra enfeitiçada e se perguntando que diabos estava fazendo.

Como todas as estações de metrô de Nova York, esta cheirava a ferrugem, água, metal e decadência. Mas ao contrário de qualquer outra que já tivesse visto, estava sombriamente quieta. Fora as marcas de danos provocados pela água, as paredes e a plataforma estavam limpas. Tetos abobadados, marcados por lustres esparsos, erguiam-se sobre ele, os arcos feitos de azulejos verdes. As placas na parede diziam CITY HALL em letras maiúsculas.

A estação City Hall já não era utilizada desde 1945, apesar de a cidade ainda conservá-la como monumento; o trem número 6 ainda passava ocasionalmente para dar a volta, mas ninguém saltava na plataforma. Alec havia engatinhado por uma escotilha cercada por arbustos de corniso no City Hall Park para conseguir chegar até ali e caiu de uma altura que provavelmente teria quebrado as pernas de um mundano. Agora estava respirando o ar empoeirado, o coração acelerando.

Foi para aquele lugar que a carta que recebeu do vampiro subjugado o mandou vir. Primeiro decidiu que jamais utilizaria a informação. Mas não conseguiu jogar o recado fora. Amassou o papel e o guardou no bolso da calça. Ao longo de todo o dia, mesmo enquanto estava no Central Park, aquilo lhe martelou a cabeça.

Era como a situação com Magnus. Não conseguia deixar de se preocupar, da mesma forma que uma pessoa se preocuparia com um dente cariado, sabendo que estava piorando a situação, mas sem conseguir fazer nada a respeito. Magnus não tinha feito nada de errado. Ele não tinha culpa de ter centenas de anos de idade, nem de já ter se apaixonado antes. Mas, ainda assim, aquilo corroía a paz de espírito de Alec. E agora, sabendo ao mesmo tempo mais e menos sobre a situação de Jace do que sabia no dia anterior... era demais. Precisava conversar com alguém, ir a algum lugar, fazer *alguma coisa*.

Então ali estava. E ali estava *ela*, tinha certeza. Movimentou-se lentamente pela plataforma. O teto abobadado, uma claraboia central permitindo a entrada de luz oriunda do parque, quatro linhas de azulejos esticando-se como pernas de uma aranha. No final de uma plataforma havia uma pequena escadaria, que levava às sombras. Alec pôde detectar a presença de feitiços de disfarce: qualquer mundano olhando para o alto veria uma parede de concreto, mas ele enxergava uma entrada. Silenciosamente, subiu os degraus.

Encontrou-se em uma sala escura e de teto baixo. Uma claraboia de vidro ametista permitia a entrada de um pouco de luz. Em um canto escuro, havia um sofá elegante de veludo com a traseira arqueada e dourada, e, no sofá, estava Camille.

Era tão linda quanto Alec se recordava, apesar de não ter estado em seu melhor momento na última vez, suja e presa a um cano de um prédio em construção. Agora vestia um tailleur preto e saltos altos vermelhos, e os cabelos escorriam sobre os ombros em ondas e cachos. Tinha um livro aberto no colo — *La Place de l'Étoile*, de Patrick Modiano. Sabia francês o suficiente para traduzir o título. *"O lugar da estrela."*

Ela olhou para Alec como se estivesse esperando por ele.

— Oi, Camille — cumprimentou.

Camille piscou lentamente.

— Alexander Lightwood — falou. — Reconheci seus passos na escada.

Pôs as costas da mão no rosto e sorriu para ele. Havia algo distante naquele sorriso. Tinha tanto calor quanto pó.

— Não imagino que tenha algum recado de Magnus para mim.

Alec não disse nada.

— Claro que não — disse ela. — Tolice minha. Como se ele soubesse que está aqui.

— Como soube que era eu? — perguntou. — Na escada.

— Você é um Lightwood — falou. — Sua família nunca desiste. Sabia que não deixaria passar o que falei naquela noite. O recado hoje foi só para cutucar sua lembrança.

— Eu não precisava de lembrete sobre sua promessa. Ou estava mentindo?

— Eu teria dito qualquer coisa para me libertar naquela noite — falou. — Mas não menti. — Ela se inclinou para a frente com os olhos ao mesmo tempo brilhantes e escuros. — Você é Nephilim, da Clave e do Conselho. Minha cabeça está a prêmio pelo assassinato de Caçadores de Sombras. Mas já sei que não veio até aqui para me entregar. Você quer respostas.

— Quero saber onde Jace está — declarou.

— Quer saber isso — falou. — Mas sabe que não tem razão para eu ter essa resposta, e não a tenho. Diria se soubesse. Sei que foi levado pelo filho de Lilith, e não tenho motivo para ser leal a ela. Ela se foi. Sei que algumas patrulhas estão me buscando por aí, para descobrir o que sei. Posso lhe dizer agora que não sei nada. Falaria se soubesse do paradeiro do seu amigo. Não tenho mais motivos para antagonizar os Nephilim. — Passou a mão pela cabeleira loura e farta. — Mas não é por isso que está aqui. Admita, Alexander.

Alec sentiu a respiração acelerar. Tinha pensado nesse momento, deitado acordado ao lado de Magnus, ouvindo a respiração do feiticeiro, contando as dele e as próprias. A cada respiração mais próximo do envelhecimento e da morte. Cada noite o aproximando do fim de tudo.

— Você disse que conhecia uma forma de me tornar imortal — disse Alec. — Disse que descobriu um jeito para eu e Magnus ficarmos juntos para sempre.

— Disse, não foi? Que interessante.

— Quero que me revele agora.

— E o farei — respondeu a mulher, repousando o livro. — Por um preço.

— Sem preço — disse Alec. — Eu a libertei. Agora me conte o que quero saber. Ou a entregarei para a Clave. Você será acorrentada no telhado do Instituto enquanto espera o sol nascer.

Os olhos de Camille ficaram sérios e frios.

— Não gosto de ameaças.

— Então me dê o que quero.

Ela se levantou, esfregando as mãos na frente do paletó, alisando as dobras.

— Venha arrancar de mim, Caçador de Sombras.

Foi como se toda a frustração, o pânico e o desespero das últimas semanas explodissem de Alec. Ele saltou em direção a Camille, exatamente quando ela avançou para ele, exibindo as presas de vampira.

Alec mal teve tempo de sacar a lâmina serafim do cinto antes de Camille alcançá-lo. Já tinha lutado contra vampiros antes; tinham força e velocidade incríveis. Era como combater a borda de um tornado. Alec se jogou para o lado. Rolou e levantou e chutou uma escada caída na direção dela; isso a conteve por um momento breve o bastante para que ele erguesse a lâmina e sussurrasse:

— *Nuriel*.

A luz da lâmina serafim brilhou como uma estrela, Camille hesitou, em seguida se lançou para ele outra vez. Atacou, arranhando as bochechas e o ombro do Caçador de Sombras. Ele sentiu o calor e a umidade do sangue. Girando, atacou-a, mas ela se elevou no ar, fugindo do seu alcance, rindo e provocando.

Ele correu para as escadas que levavam à plataforma. Ela foi atrás; ele desviou, girou e saltou da parede para o ar, na direção de Camille bem no momento em que ela se lançou para a frente. Colidiram no meio do caminho, ela atacando e tentando arranhá-lo, e ele segurando firme o braço da vampira, mesmo enquanto caíam, quase perdendo o fôlego. Mantê-la no chão era a chave para vencer a luta, e ele agradeceu a Jace silenciosamente por tê-lo feito praticar saltos incessantemente na sala de treinamento, até se tornar capaz de utilizar praticamente qualquer superfície para se impulsionar e ficar suspenso por pelo menos alguns instantes.

Atacou-a com a lâmina serafim enquanto rolavam pelo chão, mas ela desviou dos golpes com facilidade, movendo-se tão velozmente que parecia um borrão. Chutou-o com os saltos altos, estocando as pernas de Alec com as pontas. Ele fez caretas e xingou, e ela respondeu com uma torrente de obscenidades que envolviam a vida sexual dele com Magnus, a vida sexual *dela* com Magnus, e talvez tivesse tido mais se não tivessem chegado ao centro do recinto, onde a claraboia permitia a entrada de um círculo de luz solar. Agarrando o pulso de Camille, Alec forçou a mão da vampira para o chão, sob a luz.

Ela gritou enquanto bolhas brancas enormes se formaram em sua pele. Alec pôde sentir o calor da mão que borbulhava. Com os dedos entrelaçados nos dela, levantou a mão da vampira, de volta para a sombra. Ela rosnou e o agrediu. Ele deu uma cotovelada na boca de Camille, abrindo o lábio dela. Sangue de vampiro — vermelho brilhante, mais brilhante que sangue humano — escorreu do canto da boca.

— Já teve o suficiente? — rosnou Alec. — Quer mais? — Ele forçou a mão novamente para a luz. Já tinha começado a se curar, a pele vermelha e cheia de bolhas ficando rosada.

— Não! — arquejou ela, tossindo e começando a tremer, o corpo inteiro em espasmos. Após um instante, ele percebeu que ela estava *rindo*: rindo através do sangue. — Isso me fez sentir viva, Nephilim. Uma boa luta assim... deveria agradecê-lo.

— Agradeça respondendo minha pergunta — disse Alec, arfando. — Ou vou incinerá-la. Estou cansado dos seus jogos.

Os lábios de Camille se abriram em um sorriso. Os cortes já tinham se curado, apesar de o rosto ainda estar ensanguentado.

— Não há como torná-lo imortal. Não sem magia negra ou sem transformá-lo em um vampiro, e você rejeitou ambas as opções.

— Mas você disse... falou que havia outra forma através da qual poderíamos ficar juntos...

— Ah, e existe. — Os olhos de Camille dançaram. — Você talvez não consiga adquirir imortalidade, pequeno Nephilim, pelo menos não em termos aceitáveis. *Mas pode retirar a de Magnus.*

Clary estava sentada no quarto na casa de Luke, com uma caneta na mão e um pedaço de papel aberto na mesa. O sol já tinha se posto e a luz da escrivaninha estava acesa, iluminando o símbolo que tinha acabado de começar.

Tinha lhe ocorrido pela primeira vez no metrô da linha L quando regressava ao lar, olhando pela janela, sem enxergar nada. Não era nada que já tivesse existido e ela correu para casa enquanto a imagem ainda estava fresca na cabeça, ignorando as perguntas da mãe e se fechando no quarto para colocar a caneta no papel...

Ouviu uma batida na porta. Rapidamente, guardou o papel embaixo de uma folha em branco e a mãe entrou.

— Eu sei, eu sei — disse Jocelyn, levantando uma das mãos para conter os protestos de Clary. — Quer ficar sozinha. Mas Luke cozinhou, e você precisa comer.

Clary olhou para a mãe.

— Você também. — Jocelyn, assim como a filha, tendia a perder o apetite quando estava estressada e seu rosto estava esquálido. Deveria estar se preparando para a lua de mel, para fazer as malas para viajar até algum lugar lindo e distante. Em vez disso, o casamento tinha sido adiado, e Clary podia ouvi-la chorando toda noite. Clary conhecia aquele tipo de choro, nascido da raiva e da culpa, um choro que dizia: *É tudo culpa minha.*

— Como se você comer — respondeu Jocelyn, forçando um sorriso. — Luke fez macarrão.

Clary virou a cadeira, angulando o corpo propositalmente, para que a mãe não visse a mesa.

— Mãe — falou. — Tem uma coisa que quero perguntar.

— O quê?

Clary mordeu a ponta da caneta, um mau hábito que cultivava desde que começara a desenhar.

— Quando eu estava na Cidade do Silêncio com Jace, os Irmãos me disseram que existe uma cerimônia praticada nos Caçadores de Sombras quando nascem, uma cerimônia que os protege. Que as Irmãs de Ferro e os Irmãos do Silêncio precisam executá-la. E eu fiquei me perguntando...

— Se você passou pela cerimônia?

Clary assentiu.

Jocelyn exalou e passou as mãos no cabelo.

— Passou — respondeu. — Providenciei com a ajuda de Magnus. Um Irmão do Silêncio esteve presente, alguém que jurou segredo, e uma feiticeira que assumiu o lugar da Irmã de Ferro. Quase não quis fazê-la. Não queria pensar na possibilidade de que você pudesse correr perigos sobrenaturais depois que a escondi com tanto cuidado. Mas Magnus me convenceu, e tinha razão.

Clary a olhou com curiosidade.

— Quem foi a feiticeira?

— Jocelyn! — gritou Luke da cozinha. — A água está fervendo.

Jocelyn deu um beijo rápido na cabeça de Clary.

— Desculpe. Emergência culinária. Nós nos vemos em cinco minutos?

Clary assentiu enquanto a mãe corria, depois virou-se novamente para a mesa. O desenho que estava criando continuava lá, provocando sua mente. Começou a desenhar outra vez, completando o que tinha começado. Ao terminar, chegou para trás e olhou o que tinha feito. Parecia um pouco com o símbolo de Abertura, mas não era o mesmo. Tratava-se de um desenho tão simples quanto uma cruz e tão novo para o mundo quanto um recém-nascido. Continha uma ameaça latente, um resquício de ter sido originado de sua fúria, culpa e ira impotentes.

Um símbolo poderoso. Mas apesar de saber exatamente o que significava e como poderia ser utilizado, não conseguia pensar em nenhuma maneira através da qual pudesse ajudar na atual situação. Era como estar com um carro quebrado em uma estrada deserta, remexendo desesperadamente no porta-malas, e encontrar triunfante uma extensão elétrica em vez de cabos de chupeta.

Sentiu como se o próprio poder estivesse caçoando dela. Praguejando, deixou a caneta cair na mesa e colocou o rosto nas mãos.

O interior do velho hospital tinha sido cuidadosamente pintado de branco, o que emprestava um brilho misterioso a cada uma das superfícies. A maioria das janelas era tapada por tábuas de madeira, mas mesmo com a baixa luminosidade a visão aprimorada de Maia conseguia identificar os detalhes — os grãos de gesso no chão dos corredores, as marcas onde luzes de construção tinham sido instaladas, pedaços de fios grudados nas paredes com tinta, ratos se mexendo nos cantos escuros.

Uma voz falou por trás dela:

— Vasculhei a ala leste. Nada. E você?

Maia se virou. Jordan estava atrás dela, com jeans escuros e um casaco preto semiaberto sobre uma camiseta verde. Balançou a cabeça.

— Também não tem nada na ala oeste. Escadas frágeis. Alguns detalhes arquitetônicos bonitos, se esse tipo de coisa interessar.

Ele balançou a cabeça.

— Vamos sair daqui, então. Este lugar me dá arrepios.

Maia concordou, aliviada por não precisar falar primeiro. Acompanhou o ritmo de Jordan enquanto desciam as escadas, o corrimão tão cheio de flocos de gesso esfarinhado que parecia coberto de neve. Ela não sabia exatamente por que tinha concordado em patrulhar com ele, mas não podia negar que formavam um bom time.

Jordan era uma companhia fácil. Apesar do que tinha acontecido entre os dois pouco antes do desaparecimento de Jace, ele foi respeitoso, manteve a distância sem deixá-la desconfortável. A luz brilhou sobre os dois ao saírem do hospital e entrarem no espaço aberto em frente ao complexo. Era uma construção grandiosa de mármore branco cujas janelas tapadas pareciam olhos vazios. Uma árvore torta, perdendo suas últimas folhas, encolhia-se ante as portas da frente.

— Bem, isso foi uma perda de tempo — observou Jordan.

Maia voltou-se para ele. Jordan estava olhando para o velho hospital naval, e ela preferia assim. Gostava de observá-lo quando ele não estava olhando para ela. Assim podia notar o ângulo da mandíbula dele, a forma como o cabelo escuro encaracolava na nuca, a curva da clavícula sob o V da gola da camiseta, sem ter a sensação de que ele esperava alguma coisa por ela estar olhando.

Ele era um hipster bonitinho quando o conheceu, cheio de ângulos e cílios, mas agora parecia mais velho, com as mãos cheias de cicatrizes e músculos que se movimentavam com suavidade sob a camisa verde justa. Ainda tinha o tom de azeitona na pele, que ressaltava a herança italiana, e os olhos amendoados de que ela se lembrava, apesar de as pupilas agora terem o contorno dourado característico dos licantropes. As mesmas pupilas que enxergava cada vez que se olhava no espelho. As pupilas que tinha por causa dele.

— Maia? — Ele estava olhando interrogativamente para ela. — O que você acha?

— Ah — piscou. — Eu, ah... não, acho que não adiantou nada vasculhar o hospital. Quero dizer, para ser sincera, não sei por que nos mandaram para cá. O Estaleiro do Brooklyn? Por que Jace estaria aqui? Não é como se ele tivesse uma quedinha por barcos.

A expressão de Jordan passou de interrogativa a algo mais sombrio.

— Quando corpos são jogados no East River, muitas vezes vêm parar aqui. No estaleiro.

— Você acha que estamos procurando por um *corpo*?

— Não sei. — Dando de ombros, ele virou as costas e começou a andar. Os sapatos dele farfalharam contra a grama seca e baixa. — Talvez a essa altura eu só esteja procurando porque me parece errado desistir.

O ritmo de Jordan era lento, sem pressa; caminharam lado a lado, quase se tocando. Maia manteve os olhos fixos na paisagem de Manhattan do outro lado do rio, um banho de luz branca refletindo na água. Ao se aproximarem da Baía Wallabout, o arco da Brooklyn Bridge apareceu, assim como o retângulo aceso do Porto de South Street do outro lado da água. Ela pôde sentir o cheiro do miasma poluído da água, a sujeira e o óleo diesel do estaleiro, o odor de pequenos animais se movimentando pela grama.

— Não creio que Jace esteja morto — disse ela, afinal. — Acho que ele não quer ser encontrado.

Com isso, Jordan olhou para ela.

— Está dizendo que não deveríamos procurar?

— Não. — Maia hesitou. Estavam perto do rio, ao lado de um muro baixo; passou a mão pelo topo do muro conforme andavam. Entre eles e a água havia uma tira de asfalto. — Quando fugi para Nova York, não queria que me encontrassem. Mas gostaria de ter a noção de que alguém me procurou tanto quanto todos estão procurando por Jace Lightwood.

— Você gostava de Jace? — A voz de Jordan soou neutra.

— Gostar dele? Bem, não *desse* jeito.

Jordan riu.

— Não quis dizer isso. Apesar de em geral ele ser considerado absurdamente atraente.

— Vai fazer aquela cena de cara heterossexual que finge que não sabe se outro menino é atraente ou não? Jace e o cabeludo da padaria na Nona Avenida são iguais para você?

— Bem, o cabeludo tem aquela verruga, então acho que Jace leva uma pequena vantagem. Se a pessoa curtir essa coisa de louro, fortinho, do tipo a Abercrombie-bem-que-gostaria-de-poder-me-bancar. — Olhou para Maia sob os cílios.

— Sempre gostei de meninos morenos — disse ela, em voz baixa.

Ele olhou para o rio.

— Como Simon.

— Bem... é. — Maia não pensava em Simon dessa forma havia muito tempo. — Acho que sim.

— E você gosta de músicos. — Jordan esticou o braço e puxou uma folha de um galho baixo. — Quero dizer, sou vocalista, o Morcego era DJ, e Simon...

— Gosto de música. — Maia tirou o cabelo do rosto.

— Do que mais você gosta? — Jordan ficou mexendo na folha entre os dedos. Fez uma pausa e tomou impulso para sentar no muro, virando-se para olhar para ela. — Digo, existe alguma coisa de que você goste tanto a ponto de querer viver disso?

Ela o olhou, surpresa.

— Como assim?

— Lembra quando fiz isso? — Ele abriu o zíper e tirou o casaco. A camiseta por baixo era de manga curta. Cada um dos bíceps de Jordan estava envolvido pelas palavras em sânscrito dos Mantras Shanti.

Ela se lembrava muito bem. A amiga deles, Valerie, fez as tatuagens de graça, depois do horário de funcionamento do estúdio em Red Bank. Maia deu um passo em direção a ele. Com ele sentado e ela de pé, ficavam quase da mesma altura. Ela esticou o braço e, hesitante, tocou as letras no braço esquerdo dele. Jordan fechou os olhos ao sentir o toque.

— *Leve-nos do irreal ao real.* — Ela leu em voz alta. — *Leve-nos da escuridão à luz. Leve-nos da morte à imortalidade.* — A pele dele era suave ao toque. — Dos *Upanishads*.

— A ideia foi sua. Era você que vivia lendo. Você que sabia tudo... — Ele abriu os olhos e os direcionou a ela. Eram muito mais claros que a água atrás dele. — Maia, o que você quiser fazer, eu ajudo. Guardei boa parte do meu salário da Praetor. Posso dar para você... Pode cobrir seus estudos em Stanford. Bem, quase tudo. Se você ainda quiser ir para lá.

— Não sei — respondeu a garota, a mente girando. — Quando me juntei ao bando, achei que só era possível ser licantrope e nada mais. Achei que tudo se reduzia à vida em bando, que não dava para ter identidade. Eu me sentia mais segura assim. Mas Luke tem uma vida. É dono de uma livraria. E você, você faz parte da Praetor. Acho que... dá para ser mais de uma coisa.

— Você sempre foi. — A voz dele estava baixa, rouca. — Sabe, o que falou antes... que quando fugiu gostaria de pensar que alguém a procurou. — Respirou fundo. — Eu procurei. Nunca deixei de procurar.

Ela olhou nos olhos amendoados dele. Ele não se moveu, mas as mãos, agarrando os joelhos, estavam com os nós brancos. Maia se inclinou para a frente, perto o bastante para enxergar a barba crescendo no queixo, sentir o cheiro dele, de lobo, de menino e de pasta de dente. Colocou as mãos sobre as dele.

— Bem — disse ela. — Já me encontrou.

Os rostos estavam a poucos centímetros de distância um do outro. Maia sentiu a respiração de Jordan em seus lábios antes de ele beijá-la; ela se inclinou, fechando os olhos. A boca de Jordan era tão suave quanto ela se lembrava, os lábios tocando gentilmente os dela, provocando arrepios na menina. Ela levantou os braços para envolvê-los no pescoço dele, para deslizar os dedos sob os cabelos escuros, para tocar levemente a pele de sua nuca, a borda do colarinho gasto da camisa.

Jordan a puxou mais para perto. Ele estava tremendo. Ela sentiu o calor do corpo forte no dela, e as mãos dele deslizaram para as costas dela.

— Maia — sussurrou. Começou a levantar a bainha do casaco dela, agarrando-a pela lombar. Moveu os lábios nos dela. — Eu te amo. Nunca deixei de te amar.

Você é minha. Sempre será.

Com o coração acelerado, ela se afastou, abaixando o casaco.

— Jordan... pare.

Ele olhou para ela, a expressão confusa e preocupada.

— Desculpe. Não foi bom? Não beijo ninguém além de você, desde... — Deixou a frase no ar.

Ela balançou a cabeça.

— Não, é só... Não posso.

— Tudo bem — disse ele. Parecia muito vulnerável, sentado ali, o desalento estampado no rosto. — Não precisamos fazer nada...

Maia procurou por palavras.

— É que é muita coisa.

— Foi só um beijo.

— Você disse que me amava. — A voz dela tremeu. — Ofereceu suas economias. Não posso aceitar isso de você.

— O quê? — perguntou ele, a voz marcada pela dor. — Meu dinheiro ou a parte do amor?

— Nenhum dos dois. Não posso, tudo bem? Não com você, não agora. — Ela começou a recuar. Jordan ficou olhando para ela, boquiaberto. — Não me siga, por favor — pediu, e se virou para correr pelo caminho por onde tinham vindo.

Capítulo 5

FILHO DE VALENTIM

Ela estava sonhando com paisagens geladas novamente. A tundra triste que se *espalhava por todas as direções, blocos congelados flutuando nas águas negras do Ártico, montanhas cobertas de neve, cidades esculpidas em gelo, suas torres brilhavam como as torres demoníacas de Alicante.*

Na frente da cidade congelada havia um lago congelado. Clary estava deslizando por uma colina íngreme, tentando alcançar o lago, apesar de não saber ao certo por quê. Duas figuras escuras se encontravam no centro da água congelada. Ao se aproximar do lago, derrapando pela superfície da inclinação, as mãos queimando pelo contato com o gelo e os sapatos se enchendo de neve, ela viu que um deles era um menino com asas negras que se abriam nas costas como as de um corvo. Tinha cabelos tão brancos quanto o gelo que o cercava. Sebastian. E ao lado dele, Jace, seus cabelos dourados a única cor na paisagem preta e branca congelada.

Enquanto Jace virava de costas para Sebastian e começava a caminhar na direção de Clary, asas irromperam de suas costas, em ouro branco e brilhantes. Clary deslizou os últimos metros para a superfície congelada do lago e caiu de joelhos, exausta. Estava com as mãos azuis e sangrando, os lábios rachados, e os pulmões ardiam a cada respiração gelada.

— Jace — sussurrou.

E ele estava lá, levantando-a do chão, envolvendo-a com as asas, e ela estava aquecida outra vez, o corpo descongelando, do coração às veias, ressuscitando suas mãos e seus pés com pontadas que se dividiam entre dor e prazer.

— *Clary* — *disse ele, acariciando afetuosamente o cabelo dela.* — *Pode me prometer que não vai gritar?*

Os olhos de Clary se abriram. Por um instante se sentiu tão desorientada que o mundo pareceu girar como a vista de um carrossel em movimento. Ela estava no quarto na casa de Luke — o conhecido futon sob seu corpo, o armário com o espelho rachado, as janelas estreitas para o East River, o aquecedor chiando e sussurrando. Luz fraca entrava pelas vidraças e um suave brilho vermelho vinha do detector de fumaça acima do closet. Clary estava deitada de lado, sob uma montanha de cobertores, com as costas deliciosamente aquecidas. Havia um braço em sua lateral. Por um instante, no intervalo semiconsciente entre o sono e a vigília, ficou imaginando se Simon teria entrado pela janela enquanto ela dormia e deitado ao seu lado, do modo como dormiam na mesma cama quando eram pequenos.

Mas Simon não tinha calor corporal.

Seu coração saltitou no peito. Agora inteiramente acordada, girou sob as cobertas. Ao seu lado estava Jace, deitado de lado, olhando para ela, a cabeça apoiada na mão. A fraca luz do luar transformava o cabelo em uma auréola. Os olhos brilhavam, dourados como os de um gato. Estava completamente vestido, ainda com a camiseta branca de manga curta com a qual Clary o vira mais cedo, e seus braços estavam marcados por símbolos entrelaçados como videiras ascendentes.

Respirou fundo. Jace, *seu* Jace, nunca a olhara daquele jeito. Já tinha olhado para ela com desejo, mas não este olhar preguiçoso, predatório, *faminto* que fez seu coração bater de um jeito irregular.

Ela de repente abriu a boca — para falar o nome dele, ou para gritar, não sabia ao certo, e não teve a chance de descobrir; Jace se moveu tão rápido que ela sequer viu. Num instante ele estava deitado ao seu lado e no seguinte em cima dela, uma das mãos tapando a boca de Clary. Prendeu-a pelos quadris, com as pernas; ela sentiu o corpo dele, esguio e musculoso, sobre o dela.

— Não vou machucá-la — falou. — Jamais faria isso. Mas não quero que grite. Preciso falar com você.

Clary o encarou.

Para surpresa dela, ele riu. A risada familiar, abafada a um sussurro.

— Sei ler suas expressões, Clary Fray. Assim que eu tirar a mão da sua boca, você vai gritar. Ou usar o treinamento para quebrar meus pulsos. Vamos, prometa que não fará nada disso. Jure pelo Anjo.

Com isso, ela revirou os olhos.

— Tudo bem, tem razão — disse ele. — Não pode jurar com a minha mão na sua boca. Vou retirá-la. E se você gritar... — Jace inclinou a cabeça para o lado; cabelos dourado-claros caíram sobre seus olhos. — Eu desapareço.

Tirou a mão. Ela ficou deitada, parada, arfando com a pressão do corpo dele no seu. Sabia que Jace era mais veloz do que ela, que não havia movimento que pudesse executar sem que ele fosse mais rápido, mas por enquanto ele parecia tratar a interação como um jogo, uma brincadeira. Inclinou-se mais para perto de Clary, que percebeu que ele estava com a camiseta levantada; podia sentir os músculos da barriga lisa e dura de Jace na própria pele. Ela enrubesceu.

Apesar do calor no rosto, Clary tinha a sensação de agulhas de gelo percorrendo suas veias.

— O que está fazendo aqui?

Ele recuou ligeiramente, parecendo decepcionado.

— Essa não é exatamente uma resposta para a minha pergunta, você sabe. Eu estava esperando um coro de aleluia. Quero dizer, não é todo dia que seu namorado volta dos mortos.

— Eu já sabia que não estava morto — falou, através de lábios dormentes. — Eu o vi na biblioteca. Com...

— O Coronel Mostarda?

— Sebastian.

Jace soltou o ar em uma risada baixa.

— Eu sabia que estava lá. Senti.

Clary sentiu o próprio corpo enrijecer.

— Você me deixou pensar que tinha sumido — disse. — Antes daquilo. Eu achei que você... realmente achei que havia chance de você estar... — interrompeu-se; não conseguia falar. *Morto.* — É imperdoável. Se eu tivesse feito aquilo com você...

— Clary — Ele inclinou-se sobre ela outra vez; estava com as mãos quentes nos pulsos da menina, a respiração suave ao ouvido dela. Clary podia sentir cada lugar em que as peles nuas se tocavam. Era terrivelmente desconcertante. — Precisei fazer aquilo. Era perigoso demais. Se eu tivesse contado, você teria tido de guardar um segredo que a tornaria cúmplice aos olhos deles. Depois, quando me viu na biblioteca, tive de esperar. Precisava saber se você ainda me amava, se iria ao Conselho ou não para contar o que viu. Não foi. Tinha de saber se se importava mais comigo do que com a Lei. Você se importa, certo?

— Não sei — sussurrou. — Não sei. Quem é você?

— Continuo sendo Jace — respondeu. — Continuo amando você.

Lágrimas quentes se formaram nos olhos de Clary. Ela piscou e elas rolaram. Gentilmente, ele inclinou a cabeça e a beijou na bochecha, depois na boca. Ela sentiu o gosto das próprias lágrimas, salgadas nos lábios dele, e ele usou a própria boca para abrir a dela, cuidadosa e carinhosamente. O gosto familiar e a sensação dele a inundaram, e Clary se inclinou na direção de Jace; por uma fração de segundo, as dúvidas foram consumidas pelo reconhecimento cego e irracional da necessidade de mantê-lo próximo, mantê-lo *ali* — exatamente quando a porta do quarto se abriu.

Jace a soltou. Clary instantaneamente se afastou dele, ajeitando-se para puxar a camiseta para baixo. Jace se sentou com uma graciosidade preguiçosa e calma, e sorriu para a pessoa na entrada.

— Ora, ora — disse Jace. — Acho que seu *timing* é o pior da história desde que Napoleão decidiu que o auge do inverno era o momento certo para invadir a Rússia.

Era Sebastian.

De perto, Clary pôde ver mais claramente as diferenças de quando o conheceu em Idris. Tinha cabelos brancos como papel e os olhos eram túneis pretos envoltos em cílios longos como patas de aranhas. Estava com uma camisa branca, as mangas dobradas, e ela viu uma cicatriz vermelha no pulso direito, como uma pulseira em espinhaço. Também tinha uma cicatriz na palma da mão, que parecia recente e áspera.

— É minha irmã que você está deflorando aí, sabe — falou, direcionando o olhar negro para Jace. A expressão era divertida.

— Desculpe. — Jace não soava arrependido. Estava apoiado nos cobertores, como um felino. — Perdemos um pouco o controle.

Clary respirou fundo. A respiração soou pesada aos próprios ouvidos.

— Saia *daqui* — falou para Sebastian.

Ele se apoiou no batente da porta, cotovelo e quadril, e ela ficou impressionada pela semelhança nos movimentos entre Jace e ele. Não se pareciam, mas se *moviam* de um jeito parecido. Como se...

Como se tivessem sido treinados pela mesma pessoa para se mover.

— Ora — disse ele —, isso é jeito de falar com seu irmão mais velho?

— Magnus deveria tê-lo deixado transformado em cabideiro — disparou Clary.

— Ah, você se lembra disso, não é mesmo? Achei que nos divertimos muito naquele dia. — Sorriu, e Clary, com o estômago afundando, lembrou-se de como ele a tinha levado para os destroços incendiados da casa de sua mãe, de como a beijou entre os restos, o tempo todo ciente da relação entre os dois e se deliciando com o fato de que ela não sabia.

Clary olhou de lado para Jace. Ele sabia muito bem que Sebastian a tinha beijado. Sebastian o provocou com aquilo, e Jace quase o matou. Mas não parecia bravo agora; parecia entretido e ligeiramente irritado por ter sido interrompido.

— Devíamos repetir a dose — disse Sebastian, examinando as próprias unhas. — Passar um tempinho em família.

— Não ligo para o que pensa. Você não é meu irmão — disse Clary. — É um assassino.

— Não vejo como essas duas coisas são excludentes — respondeu Sebastian. — Não é como o que fizeram no caso do nosso velho e querido pai. — Ele deixou os olhos deslizarem preguiçosamente para Jace. — Normalmente, detestaria me intrometer na vida amorosa de um amigo, mas não estou a fim de ficar nesse corredor por tempo indeterminado. Principalmente, considerando que não posso acender nenhuma luz. É chato.

Jace sentou, ajeitando a camisa.

— Cinco minutos.

Sebastian deu um suspiro exagerado e fechou a porta. Clary encarou Jace.

— Que p...

— Olhe o vocabulário, Fray. — Os olhos de Jace dançaram. — Relaxe.

Clary apontou para a porta.

— Você ouviu o que ele disse. Sobre o dia em que me beijou. Ele *sabia* que eu era irmã dele. Jace...

Algo brilhou nos olhos de Jace, escurecendo o dourado, mas quando ele se pronunciou novamente foi como se as palavras tivessem atingido uma superfície de Teflon e voltado, sem deixar qualquer marca.

Ela recuou.

— Jace, não está ouvindo nada do que digo?

— Olhe, entendo que fique desconfortável com seu irmão esperando lá fora, no corredor. Eu não estava *planejando* beijá-la. — Jace sorriu de um jeito que em outros tempos Clary teria achado lindo. — Na hora me pareceu uma boa ideia.

Clary saiu da cama aos tropeços, encarando-o. Alcançou o roupão no pé da cama e o envolveu no próprio corpo. Jace observou, sem fazer qualquer movimento no sentido de contê-la, apesar de seus olhos terem brilhado no escuro.

— Eu... eu nem consigo entender. Primeiro você desaparece, agora volta com *ele*, agindo como se eu não devesse notar, me importar ou *lembrar*...

— Já disse — falou. — Eu precisava ter certeza sobre você. Não queria colocá-la na posição de saber onde eu estava enquanto a Clave ainda a investigava. Achei que seria difícil para você...

— *Difícil* para mim? — Clary estava quase sem ar de tanta raiva. — Testes são difíceis. Corridas com obstáculos são difíceis. Você desaparecer daquele jeito praticamente me matou, Jace. E o que você acha que fez com Alec? Isabelle? Maryse? Você sabe como foi? Consegue imaginar? Sem saber de nada, as buscas...

Aquela expressão estranha passou pelo rosto de Jace outra vez, como se ele estivesse escutando, mas sem ouvir.

— Ah, sim, eu ia perguntar. — Ele sorriu como um anjo. — *Está* todo mundo me procurando?

— Se está todo mundo...

Clary balançou a cabeça, puxando o roupão ainda mais para perto do corpo. De repente queria estar coberta diante dele, diante de toda a familiaridade, a beleza e aquele adorável sorriso predatório que dizia que ele estava disposto a fazer qualquer coisa com ela, *a* ela, independentemente de quem estivesse esperando no corredor.

— Eu estava torcendo para que espalhassem cartazes, como fazem para gatos perdidos — falou. — *Desaparecido, adolescente absurdamente lindo. Atende pelo nome de "Jace" ou "Gostosão".*

— Você não disse isso.

— Não gosta de "Gostosão". Acha que "Garanhão" ficaria melhor? "Docinho"? Sério, este último é um pouco exagerado. Apesar de que no diminutivo não fica mal.

— Cale a boca — disse ela, enfurecida. — E saia daqui.

— Eu... — Jace pareceu espantado e ela se lembrou do quanto ele ficou surpreso no lado de fora da Mansão, quando ela o afastou. — Tudo bem, certo. Vou falar sério. Clarissa, estou aqui porque quero que venha comigo.

— Ir com você?

— Venha comigo — disse ele, em seguida hesitou — e com Sebastian. E explicarei tudo.

Por um instante, ela ficou congelada, os olhos fixos nos dele. Raios prateados do luar contornavam as curvas da boca de Jace, a forma das maçãs do rosto, a sombra dos cílios, o arco da garganta.

— Na última vez em que "fui" com você a algum lugar, acabei inconsciente e arrastada para o meio de uma cerimônia de magia negra.

— Aquilo não fui eu. Aquilo foi Lilith.

— O Jace Lightwood que conheço não ficaria no mesmo local que Jonathan Morgenstern sem matá-lo.

— Você vai perceber que isso seria autodestruição — disse Jace, levemente, calçando as botas. — Somos ligados, eu e ele. Se cortá-lo, eu sangro.

— Ligados? Como assim, *ligados*?

Jace puxou os cabelos claros para trás, ignorando a pergunta.

— Isto é maior do que você entende, Clary. Ele tem um plano. Está disposto a trabalhar, a se sacrificar. Se der a ele a chance de se explicar...

— Ele matou Max, Jace — disse ela. — Seu irmãozinho.

Jace hesitou e, por um fugaz momento de esperança, ela achou que tivesse conseguido atingi-lo, mas a expressão dele suavizou como uma folha de papel enrugada após ser esticada.

— Aquilo foi... foi um acidente. Além do mais, Sebastian é tão meu irmão quanto Max.

— Não. — Clary balançou a cabeça. — Ele não é seu irmão. É meu. E Deus sabe que eu gostaria de que não fosse. Ele nunca deveria ter nascido...

— Como pode falar isso? — disse Jace. Tirou as pernas da cama. — Já parou para pensar que talvez as coisas não sejam tão preto no branco quanto você julga? — Jace se abaixou para pegar o cinto de armas e vesti-lo. — Passamos por uma guerra, Clary, e as pessoas se machucaram, mas... as coisas eram diferentes. Agora sei que Sebastian jamais machucaria alguém que amo intencionalmente. Ele está servindo a um propósito maior. Às vezes, existem efeitos colaterais...

— Você acabou de chamar seu próprio irmão de *efeito colateral?* — A voz dela se elevou em um quase grito incrédulo. Sentiu que mal conseguia respirar.

— Clary, você não está me ouvindo. Isto é importante...

— Como Valentim achava que o que estava fazendo era importante?

— Valentim estava errado — declarou. — Tinha razão em achar que a Clave é corrupta, mas se enganou quanto à forma de consertar as coisas. Mas Sebastian está certo. Se você nos ouvir...

— "Nos" — disse ela. — Meu Deus. Jace...

Ele a estava olhando da cama, e ao mesmo tempo que Clary sentia o coração se partindo, sua mente acelerava, tentando lembrar onde tinha deixado a estela, imaginando se conseguiria alcançar a faca X-Acto na gaveta da cabeceira. Perguntando-se se conseguiria utilizá-la, caso a alcançasse.

— Clary? — Jace inclinou a cabeça para o lado, estudando o rosto dela. — Você... ainda me ama, não ama?

— Eu amava Jace Lightwood — respondeu. — Não sei quem *você* é.

A expressão dele mudou, mas antes que pudesse falar, um grito cortou o silêncio. Um grito e o som de vidro se quebrando.

Clary reconheceu a voz instantaneamente. Era a mãe.

Sem mais um olhar para Jace, abriu a porta do quarto e acelerou pelo corredor até a sala. A sala da casa de Luke era ampla, separada da cozinha por uma bancada longa. Jocelyn, com calça de ioga e uma camiseta rasgada, os cabelos presos em um coque, estava perto da bancada. Claramente, tinha ido até a cozinha beber alguma coisa. Havia um copo estilhaçado no chão, a água ensopando o tapete cinza.

A cor se esvaíra de seu rosto, que estava pálido como areia branca. Seu olhar estava fixo no outro lado da sala, e mesmo antes de Clary virar a cabeça, soube o que a mãe estava olhando.

O filho.

Sebastian estava apoiado na parede do quarto, perto da porta, sem qualquer expressão no rosto angular. Abaixou as pálpebras e olhou para Jocelyn através dos cílios. Alguma coisa na postura, na aparência dele, poderia ter sido retirada diretamente da fotografia de Hodge, de Valentim aos 17 anos de idade.

— Jonathan — sussurrou Jocelyn.

Clary ficou parada, congelada, mesmo quando Jace surgiu do corredor, absorveu a cena diante de seus olhos e parou. Estava com a mão esquerda no cinto de armas; os dedos esguios a centímetros do cabo de uma das adagas, mas Clary sabia que ele levaria menos de um segundo para pegá-la.

— Eu atendo por "Sebastian" agora — disse o irmão de Clary. — Concluí que não tinha interesse em manter o nome que você e meu pai me deram. Os dois me traíram, então prefiro o mínimo possível de associação com vocês.

Água se espalhou da piscina de vidro quebrado aos pés de Jocelyn em um anel escuro. Ela deu um passo à frente, seus olhos inquisitivos, percorrendo o rosto de Sebastian.

— Pensei que estivesse morto — suspirou. — *Morto*. Vi seus ossos transformados em cinzas.

Sebastian olhou para ela, os olhos negros quietos e estreitos.

— Se fosse uma mãe de verdade — falou —, uma boa mãe, saberia que eu estava vivo. Certa vez, um homem disse que as mães carregam as chaves das nossas almas consigo por toda a nossa vida. Mas você jogou a minha fora.

Jocelyn emitiu um ruído no fundo da garganta. Estava apoiada na bancada. Clary quis correr para ela, mas sentiu os pés congelados no chão. O que quer que estivesse acontecendo entre o irmão e a mãe, era algo que não tinha nada a ver com ela.

— Não me diga que não está nem um pouco feliz em me ver, mãe — disse Sebastian e, apesar de suas palavras serem suplicantes, a voz soou seca. — Não sou tudo que você poderia desejar em um filho? — Abriu os braços. — Forte, bonito, a cara do querido pai.

Jocelyn balançou a cabeça, o rosto sombrio.

— O que você quer, Jonathan?

— Quero o que todos querem — respondeu Sebastian. — Quero o que me é devido. Neste caso, o legado Morgenstern.

— O legado Morgenstern é de sangue e devastação — disse Jocelyn. — Não somos Morgenstern aqui. Nem eu, nem minha filha. — Ela se endireitou. Ainda estava agarrando a bancada, mas Clary pôde ver um pouco da velha chama voltando à expressão da mãe. — Se sair agora, Jonathan, não relatarei à Clave que esteve aqui. — Desviou os olhos para Jace. — Nem você. Se soubessem que estavam trabalhando juntos, matariam os dois.

Clary se colocou na frente de Jace, por reflexo. Ele olhou através dela, por cima dos ombros, para Jocelyn.

— Você se importa se eu morrer? — perguntou Jace.

— Importo-me com o que isso faria com a minha filha — respondeu. — E a Lei *é* dura, dura *demais*. O que aconteceu com você... talvez possa ser desfeito. — Seus olhos se voltaram para Sebastian. — Mas para você... meu Jonathan... é tarde demais.

A mão que estava agarrando a bancada avançou, empunhando a lâmina *kindjal* de cabo longo. Lágrimas brilharam nos olhos de Jocelyn. Mas a mão com a faca era firme.

— Sou a cara dele, não? — disse Sebastian, sem se mexer. Mal pareceu notar a faca. — Valentim. É por isso que está me olhando desse jeito.

Jocelyn balançou a cabeça.

— Você tem a mesma cara de sempre, desde o primeiro instante em que o vi. Parece uma coisa demoníaca. — A voz soou dolorosamente triste. — Sinto muito.

— Sente muito pelo quê?

— Por não tê-lo matado quando você nasceu — respondeu, e saiu de trás da bancada, girando a *kindjal* na mão.

Clary ficou tensa, mas Sebastian não se mexeu. Seus olhos negros seguiram a mãe enquanto ela se aproximava dele.

— É isso que você quer? — perguntou. — Que eu morra? — Abriu os braços, como se pretendesse abraçar Jocelyn, e deu um passo à frente. — Vá em frente. Cometa filicídio. Não vou impedi-la.

— *Sebastian* — disse Jace. Clary o olhou, incrédula. Ele realmente parecia *preocupado*?

Jocelyn avançou mais um passo. A faca, um borrão em sua mão. Quando parou, a ponta estava apontada diretamente para o coração de Sebastian.

Mesmo assim, ele não se mexeu.

— Vá em frente — disse ele, suavemente. Inclinou a cabeça para o lado. — Consegue? Poderia ter me matado quando nasci. Mas não o fez. — Ele abaixou a voz. — Talvez saiba que não existe algo como amor condicional por um filho. Talvez, se me amasse o suficiente, pudesse me salvar.

Por um instante se encararam, mãe e filho, olhos verdes gelados encontrando olhos negros como carvão. Havia rugas profundas nos cantos da boca de Jocelyn, que Clary poderia jurar que não estavam ali duas semanas antes.

— Você está fingindo — disse ela, com a voz trêmula. — Não sente nada, Jonathan. Seu pai lhe ensinou a fingir que tem emoções humanas da mesma forma que alguém pode ensinar um papagaio a repetir palavras. O animal não entende o que está dizendo, nem você. Eu gostaria, meu Deus, como gostaria, que entendesse. Mas...

Jocelyn moveu a lâmina em um arco rápido, direto e cortante. Um golpe perfeito, deveria ter subido das costelas de Sebastian ao coração. É o que teria acontecido, se ele não tivesse sido ainda mais veloz do que Jace; girou para longe e para trás, a ponta da lâmina só fez um corte superficial no peito dele.

Ao lado de Clary, Jace respirou fundo. Ela girou para olhar. Havia uma mancha vermelha se espalhando na frente da camisa dele. Jace tocou a mancha com a mão; os dedos voltaram sangrentos. *Somos ligados. Se cortá-lo, eu sangro.*

Sem pensar, Clary correu pela sala, jogando-se entre Jocelyn e Sebastian.

— Mãe — arquejou. — Pare.

Jocelyn continuava segurando a faca, os olhos em Sebastian.

— Clary, saia da frente.

Sebastian começou a rir.

— Fofo, não? — falou. — Uma irmãzinha defendendo o irmão mais velho.

— Não estou defendendo *você*. — Clary manteve os olhos fixos no rosto da mãe. — O que quer que aconteça a Jonathan, acontece a Jace. Entende, mãe? Se matá-lo, Jace morre. Ele já está sangrando. Mãe, por favor.

Jocelyn continuava empunhando a faca, mas sua expressão estava incerta.

— Clary...

— Céus, que coisa mais desconfortável — observou Sebastian. — Estou interessado em ver como resolvem isto. Afinal, não tenho razão para sair.

— Sim, na verdade — veio uma voz do corredor —, você tem, sim.

Era Luke, descalço e usando calça jeans e um casaco velho. Parecia desgrenhado e estranhamente mais jovem sem os óculos. Também tinha uma espingarda equilibrada no ombro, o cano apontado diretamente para Sebastian.

— Esta aqui é uma Winchester calibre .12. O bando a utiliza para abater lobos que se corromperam — falou. — Mesmo que não o mate, posso arrancar sua perna, filho de Valentim.

Foi como se todos na sala arfassem ao mesmo tempo; todos, exceto Luke. E Sebastian, que, com um sorriso no rosto, foi na direção de Luke, como se ignorasse a arma.

— *"Filho de Valentim"* — falou. — É assim que pensa em mim? Em outras circunstâncias, você poderia ter sido meu padrinho.

— Em outras circunstâncias — disse Luke, deslizando o dedo para o gatilho —, você poderia ter sido humano.

Sebastian parou onde estava.

— O mesmo poderia ser dito sobre você, lobisomem.

O mundo pareceu desacelerar. Luke mirou pelo cano da espingarda. Sebastian continuou sorrindo.

— Luke — disse Clary. Foi como um daqueles sonhos, um pesadelo em que queria gritar, mas a única coisa que conseguiu fazer atravessar a garganta foi um sussurro. — Luke, *não faça isso*.

O dedo do padrasto se firmou no gatilho e, em seguida, Jace se movimentou como um raio, lançando-se de onde estava, ao lado de Clary, para além do sofá e colidindo contra Luke exatamente quando a espingarda disparou.

O tiro saiu desgovernado; uma das janelas estilhaçou para fora ao ser atingida pela bala. Luke, desequilibrado, cambaleou para trás. Jace arrancou a arma da mão dele e a arremessou. A arma zuniu através da janela quebrada, e Jace se voltou novamente para o licantropo.

— Luke... — começou.

Luke o acertou.

Mesmo sabendo o que sabia, o choque daquilo tudo, de ver Luke, que havia defendido Jace incontáveis vezes para sua mãe, para Maryse, para a Clave — Luke, que era basicamen-

CASSANDRA CLARE

te gentil e generoso —, batendo na cara de Jace daquele jeito, foi como se ele tivesse batido em Clary. Jace, completamente despreparado, foi arremessado para trás, contra a parede.

E Sebastian, que até o momento não tinha demonstrado qualquer emoção além de desdém e nojo, rosnou; rosnou e sacou uma adaga longa e fina do cinto. Luke arregalou os olhos e começou a se afastar, mas Sebastian foi mais rápido do que ele — mais rápido do que qualquer pessoa que Clary já tivesse visto. Mais rápido que Jace. Enfiou a adaga no peito de Luke, girando-a com força antes de retirá-la, vermelha até o cabo. Luke caiu para trás contra a parede, em seguida deslizou para o chão, deixando um rastro de sangue enquanto Clary o encarava, horrorizada.

Jocelyn gritou. O som foi pior do que o barulho da bala estilhaçando o vidro, apesar de Clary ter escutado como se viesse de longe, ou de baixo d'água. Ela estava encarando Luke, que caiu no chão, o tapete em volta ficando rapidamente vermelho.

Sebastian ergueu a adaga outra vez, e Clary se jogou para cima dele, batendo com toda a força contra o ombro do irmão, tentando desequilibrá-lo. Mal o moveu, mas ele derrubou a adaga. Virou-se para ela. Ele estava sangrando no lábio. Clary não sabia por quê, não até Jace surgir em seu campo de visão e ela notar o sangue onde Luke o havia atingido.

— Chega! — Jace agarrou Sebastian pelo casaco. Estava pálido e não estava olhando para Luke, nem para Clary. — Pare. Não foi para isto que viemos aqui.

— Me solte...

— Não. — Jace se esticou por cima de Sebastian e o agarrou pela mão.

Seus olhos encontraram os de Clary. Os lábios de Jace formaram palavras, houve um clarão prateado, o anel no dedo de Sebastian, então os dois desapareceram, sumindo entre uma respiração e outra. Exatamente quando desapareceram, um raio de algo metálico cortou o ar onde haviam estado e se enterrou na parede.

A *kindjal* de Luke.

Clary se virou para a mãe, que havia arremessado a faca. Mas Jocelyn não estava olhando para Clary. Em vez disso, corria para o lado de Luke, caindo de joelhos sobre o tapete sangrento e puxando-o para o colo. Ele estava com os olhos fechados. Sangue pingava dos cantos da boca. A adaga de prata de Sebastian, manchada com mais sangue ainda, estava a alguns centímetros de distância.

— Mãe — sussurrou Clary. — Ele...

— A adaga era de prata. — A voz de Jocelyn tremeu. — Ele não vai se curar tão rápido quanto deveria, não sem tratamento especial. — Ela tocou o rosto de Luke com as pontas dos dedos. O peito dele subia e descia, Clary viu aliviada, ainda que superficialmente. Ela pôde sentir o gosto de lágrimas ardendo no fundo da garganta e por um instante se impressionou com a calma da mãe. Mas aquela mulher já havia se colocado diante das cinzas da própria casa, cercada por corpos incinerados de seus familiares, incluindo os pais e o filho, e havia superado tudo. — Pegue algumas toalhas no banheiro — disse a mãe. — Precisamos estancar o sangue.

Clary se levantou cambaleando e foi quase em um voo cego até o pequeno banheiro de Luke. Havia uma toalha cinza pendurada atrás da porta. Ela a puxou de lá e voltou para a sala. Jocelyn estava segurando Luke no colo com uma das mãos; a outra estava ocupada com um telefone celular. Ela o derrubou e pegou a toalha quando Clary entrou. Dobrando-a ao meio, colocou-a sobre o machucado no peito de Luke e pressionou. Clary observou enquanto as bordas da toalha ficavam vermelhas com o sangue.

— Luke — sussurrou Clary. Ele não se moveu. Seu rosto estava com uma terrível cor cinzenta.

— Acabei de ligar para o bando dele — disse Jocelyn. Não olhou para a filha; Clary percebeu que Jocelyn não tinha feito qualquer pergunta a respeito de Jace e Sebastian, ou por que Jace havia surgido do seu quarto, ou o que estavam fazendo lá dentro. Estava inteiramente focada em Luke. — Alguns membros estão patrulhando a área. Assim que chegarem, temos de sair. Jace vai voltar por você.

— Você não sabe... — começou Clary, sussurrando através da garganta seca.

— Sei — respondeu Jocelyn. — Valentim veio atrás de mim depois de 15 anos. Os homens Morgenstern são assim. Nunca desistem. Ele vai voltar.

Jace não é Valentim. Mas as palavras morreram nos lábios de Clary. Ela queria cair ajoelhada e pegar a mão de Luke, segurar com força, dizer que o amava. Mas se lembrou das mãos de Jace tocando-a em seu quarto e não o fez. Isto era culpa dela. Ela não merecia poder confortar Luke, ou a si mesma. Merecia a dor, a culpa.

Passos arranhados soaram na entrada, e o baixo murmúrio de vozes. A cabeça de Jocelyn se levantou de imediato. O bando.

— Clary, vá buscar suas coisas — disse. — Pegue o que achar que vai precisar, mas não mais do que puder carregar. Não voltaremos a esta casa.

Capítulo 6

NENHUMA ARMA NESTE MUNDO

Pequenos flocos de neve tinham começado a cair como penas do céu cinza-metálico enquanto Clary e a mãe corriam pela Greenpoint Avenue, ambas de cabeça baixa por causa do vento frio que vinha do East River.

Jocelyn não disse uma palavra desde que deixaram Luke na delegacia de polícia abandonada que servia de base para o bando. Foi tudo um borrão — o bando carregando o líder, o kit de cura, Clary e a mãe lutando para enxergar Luke enquanto os lobos pareciam fechar o círculo na frente delas. Ela sabia por que não podiam levá-lo a um hospital mundano, mas foi difícil, mais que difícil, deixá-lo ali naquele recinto branco que servia de enfermaria.

Não que os lobos não *gostassem* de Jocelyn ou Clary. Era mais uma questão de a noiva de Luke e sua filha não fazerem parte do bando. Jamais fariam. Clary olhou em volta, procurando Maia, em busca de uma aliada, mas não a viu. Eventualmente Jocelyn pediu que Clary esperasse no corredor, pois a sala estava cheia demais, e Clary se encolheu no chão, com a mochila no colo. Eram duas da madrugada, e ela jamais havia se sentido tão sozinha. Se Luke morresse...

Mal conseguia se lembrar de uma vida sem ele. Por causa dele e da mãe, Clary sabia o que era ser amada de forma incondicional. Luke a levantando para colocá-la no galho de uma macieira na fazenda dele era uma de suas primeiras lembranças. Na enfermaria, ele estava respirando com dificuldade enquanto seu terceiro homem na linha de comando, o Morcego, abria o kit de cura. As pessoas normalmente respiravam daquele jeito quando morriam, ela se lembrou. Não conseguia recordar qual tinha sido a última coisa que dissera a Luke. Não se deveria lembrar a última coisa dita a alguém antes de a pessoa morrer?

Quando Jocelyn finalmente emergiu da enfermaria, parecendo exausta, estendeu a mão para Clary e a ajudou a levantar.

— Ele... — começou Clary.

— Está estabilizado — respondeu Jocelyn. Olhou de um lado para o outro do corredor. — Devemos ir.

— Para onde? — Clary estava assustada. — Achei que fôssemos ficar aqui, com Luke. Não quero deixá-lo.

— Nem eu. — Jocelyn foi firme. Clary pensou na mulher que deu as costas para Idris, para tudo que sempre conheceu, e se afastou para começar uma nova vida sozinha. — Mas também não podemos atrair Jace e Jonathan para cá. Não é seguro para o bando, nem para Luke. E aqui é o primeiro local onde Jace vai procurar por você.

— Então para onde... — começou Clary, mas percebeu antes de concluir a própria frase, e se calou. Para onde iam quando precisavam de ajuda atualmente?

Agora havia uma camada açucarada de branco sobre o asfalto. Jocelyn havia posto um casaco longo antes de sair de casa, mas por baixo dele ainda vestia as roupas manchadas pelo sangue de Luke. Estava com o maxilar tenso e os olhos fixos na rua à frente. Clary ficou imaginando se a mãe teria saído assim de Idris, com os sapatos sujos de cinzas e o Cálice Mortal escondido sob o casaco.

Clary balançou a cabeça para clareá-la. Estava sendo fantasiosa, imaginando coisas que não tinha presenciado, a mente vagando, talvez pelo horror do que *tinha* acabado de ver.

Espontaneamente, a imagem de Sebastian enterrando a faca no peito de Luke surgiu e o som da voz adorada e familiar de Jace dizendo *"efeito colateral"*.

Pois frequentemente, quando algo precioso se perde, ao voltarmos a encontrá-lo, pode não ser mais o mesmo.

Jocelyn tremeu e levantou o capuz para cobrir o cabelo. Flocos brancos de neve já tinham começado a se misturar aos fios ruivos. Ela continuava em silêncio, e a rua, ladeada por restaurantes poloneses e russos entre barbearias e salões de beleza, encontrava-se deserta na noite branca e amarela. Uma lembrança piscou atrás das pálpebras de Clary — desta vez verdadeira, sem qualquer pontinha de imaginação. *A mãe correndo com ela por uma rua negra à noite entre montes de neve suja e acumulada. Um céu baixo, cinza e pesado...*

Já tinha visto a imagem antes, na primeira vez em que os Irmãos do Silêncio vasculharam sua mente. Agora percebeu do que se tratava. A lembrança de uma vez em que a mãe a levou até a casa de Magnus para alterar sua memória. Deve ter sido no ápice do inverno, mas ela reconheceu a Greenpoint Avenue na lembrança.

O armazém de tijolos vermelhos onde Magnus morava se ergueu diante delas. Jocelyn abriu as portas de vidro da frente, e elas entraram, Clary tentando respirar pela boca enquanto a mãe apertava a campainha da casa de Magnus uma, duas, três vezes. Finalmente a porta se abriu, e elas correram pelas escadas. A porta do apartamento de Magnus estava aberta e o feiticeiro se encontrava apoiado na arquitrave, esperando. Vestia um pijama amarelo-canário e nos pés pantufas de alienígenas, com antenas e tudo. Os cabelos eram uma mistura cacheada e espetada de um preto emaranhado, e os olhos verde-dourados piscaram cansados para elas.

— A Casa de São Magnus para Caçadores de Sombras Desobedientes — disse ele, com a voz rouca. — Sejam bem-vindas. — Ele estendeu um braço. — Os quartos de hóspedes são por ali. Limpem os sapatos no tapete. — Ele voltou para dentro do apartamento, deixando que elas passassem na frente antes de fechar a porta. Hoje o local estava com uma decoração pseudovitoriana, com sofás de costas altas e grandes espelhos de molduras douradas por todos os lados. Os pilares tinham luzes em forma de flores.

Havia três quartos de hóspedes em um corredor que saía da sala principal; Clary escolheu um aleatoriamente à direita. Era pintado de laranja, como seu antigo quarto em Park Slope, e tinha um sofá-cama e uma janelinha com vista para as janelas escuras de uma lanchonete fechada. Presidente Miau estava encolhido na cama, com o focinho embaixo do rabo. Ela se sentou ao lado dele e o acariciou nas orelhas, sentiu o ronronado que vibrava pelo pequeno corpo peludo. Ao afagá-lo, viu a manga do próprio casaco. Tinha uma mancha escura e endurecida de sangue. Sangue de Luke.

Levantou-se e arrancou o casaco violentamente. Da mochila retirou um par de jeans limpo e uma camisa térmica de gola em V e se vestiu. Olhou rapidamente para si mesma na janela, um reflexo pálido, os cabelos soltos de qualquer jeito, úmidos de neve, as sardas ressaltadas como manchas de tinta. Não que sua aparência importasse. Pensou em Jace beijando-a — parecia que tinha acontecido havia dias, e não horas antes —, e o estômago doeu como se tivesse engolido pequenas facas.

Clary se segurou na borda da cama por um longo momento até a dor esmaecer. Depois respirou fundo e voltou para a sala.

A mãe estava sentada em uma das cadeiras de encosto dourado, os longos dedos de artista envolvendo uma xícara de água quente com limão. Magnus estava jogado em um sofá rosa-shocking, com os pés sobre a mesa de centro.

— O bando o estabilizou — dizia Jocelyn, com a voz exausta. — Mas não sabem por quanto tempo. Acharam que talvez houvesse pólvora de prata na lâmina, mas parece ser outra coisa. A ponta da faca... — levantou o olhar, viu Clary e se calou.

—Tudo bem, mãe. Já tenho idade o suficiente para saber o que há de errado com Luke.

— Bem, eles não sabem exatamente o que é — informou Jocelyn, suavemente. — A ponta da lâmina que Sebastian utilizou quebrou em uma das costelas e se alojou no osso. Mas não conseguem recuperá-la. Ela... se mexe.

— Mexe? — Magnus pareceu confuso.

— Quando tentaram retirá-la, penetrou o osso e quase o quebrou — explicou. — Ele é um lobisomem, se cura rapidamente, mas aquilo está lá, cortando os órgãos internos, impedindo que o ferimento feche.

— Metal demoníaco — disse Magnus. — Não é prata.

Jocelyn se inclinou para a frente.

— Acha que pode ajudá-lo? Qualquer que seja o custo, eu pago...

Magnus se levantou. As pantufas de alienígena e os cabelos emaranhados pareciam extremamente incompatíveis com a gravidade da situação.

— Não sei.

— Mas você curou Alec — disse Clary. — Quando o Demônio Maior o feriu...

Magnus tinha começado a andar de um lado para o outro.

— Eu sabia o que havia de errado com ele. E *não* sei que tipo de metal demoníaco é esse. Posso experimentar, tentar diferentes feitiços de cura, mas não será a forma mais rápida de ajudá-lo.

— Qual é a forma mais rápida? — perguntou Jocelyn.

— A Praetor — respondeu. — A Guarda dos Lobos. Conheci o fundador, Woolsey Scott. Por causa de certos... incidentes, ele era fascinado pela maneira como metais demoníacos e suas drogas agem em licantropes, da mesma forma como os Irmãos do Silêncio guardam registros das maneiras através das quais os Nephilim podem ser curados. Ao longo dos anos, a Praetor se tornou muito restrita e secreta, infelizmente. Mas um integrante da Sociedade poderia acessar a informação.

— Luke não é membro — disse Jocelyn. — E a lista é secreta...

— Mas Jordan — disse Clary. — Jordan é membro. Ele pode descobrir. Vou ligar para ele...

— *Eu* ligo para ele — interrompeu Magnus. — Não posso entrar na sede da Praetor, mas posso transmitir um recado com um peso extra. Já volto. — Ele foi até a cozinha, as antenas das pantufas oscilando suavemente, como algas em uma corrente.

Clary se voltou para a mãe, que estava olhando para a caneca com água quente. Era um de seus calmantes favoritos, apesar de Clary nunca conseguir entender por que alguém quereria beber água quente e amarga. A neve havia ensopado o cabelo da mãe, e agora que estava secando, começou a cachear, como acontecia com o de Clary no clima úmido.

— Mãe — disse Clary, e a mãe levantou os olhos. — Aquela faca que você arremessou... na casa de Luke... foi mirando Jace?

— Foi mirando Jonathan. — Ela jamais o chamaria de Sebastian, Clary sabia.

— É que... — Clary respirou fundo. — É quase a mesma coisa. Você viu. Quando atingiu Sebastian, Jace começou a sangrar. É como se fossem... o espelho um do outro, de certa forma. Se cortar Sebastian, Jace sangra. Se matá-lo, Jace morre.

— Clary. — A mãe esfregou os olhos cansados. — Podemos não discutir isso agora?

— Mas você disse que acha que ele vai voltar para me buscar. Jace, quero dizer. Preciso saber que não vai machucá-lo...

— Bem, isso você não pode saber. Pois não vou prometer, Clary. Não posso. — A mãe a olhou com firmeza. — Vi vocês dois saindo do seu quarto.

Clary enrubesceu.

— Não quero...

— O quê? Conversar a respeito? Bom, não posso fazer nada. Você que puxou o assunto. Tem sorte por eu não ser mais da Clave, você sabe. Há quanto tempo sabe onde Jace está?

— Eu *não* sei onde ele está. Hoje foi a primeira vez que falei com ele desde que desapareceu. Eu o *vi* no Instituto com Seb... Jonathan, ontem. Contei para Alec, Isabelle e Simon. Mas não podia falar para mais ninguém. Se a Clave o pegasse... não posso deixar que isso aconteça.

Jocelyn ergueu os olhos verdes.

— E por que não?

— Porque ele é o Jace. Porque o amo.

— Aquele *não* é Jace. É isso, Clary. Ele não é quem era antes. Não consegue ver...

— Claro que consigo ver. Não sou burra. Mas tenho fé. Já o vi possuído antes e o vi se libertar. Acho que Jace ainda está ali dentro, em algum lugar. Acredito que haja um jeito de salvá-lo.

— E se não houver?

— Prove.

— Não se pode provar uma negativa, Clarissa. Entendo que você o ame. Sempre amou, até demais. Acha que não amei seu pai? Pensa que não dei a ele todas as chances? E veja no que deu. Jonathan. Se eu não tivesse ficado com seu pai, ele não existiria...

— *Nem eu* — disse Clary. — Caso tenha se esquecido, eu nasci *depois* do meu irmão, não antes. — Ela olhou para a mãe, séria. — Está dizendo que teria valido a pena não ter me tido, se pudesse se livrar de Jonathan?

— Não, eu...

Ouviram o barulho de chaves na fechadura, e a porta do apartamento se abriu. Era Alec. Vestia um longo casaco de couro aberto sobre um suéter azul e tinha flocos brancos de neve nos cabelos negros. Suas bochechas estavam vermelhas como maçãs em virtude do frio, mas fora isso o rosto estava pálido.

— Onde está Magnus? — indagou. Quando ele olhou para a cozinha, Clary viu um machucado na mandíbula, abaixo da orelha, mais ou menos do tamanho da digital de um polegar.

— Alec! — Magnus veio saltitante até a sala e soprou um beijo para o namorado. Tinha tirado as pantufas e estava descalço agora. Os olhos felinos brilharam ao ver Alec.

Clary conhecia aquele olhar. Era ela olhando para Jace. Mas Alec não retribuiu. Estava tirando o casaco e pendurando-o na parede. Estava visivelmente chateado. As mãos tremiam e o ombro estava rígido.

— Recebeu minha mensagem? — perguntou Magnus.

— Recebi. E estava a poucos quarteirões daqui. — Alec olhou para Clary e para Jocelyn, ansiedade e incerteza marcando sua expressão. Apesar de Alec ter sido convidado para a recepção de Jocelyn e tê-la encontrado diversas vezes antes disso, não se conheciam bem. — É verdade o que Magnus disse? Viu Jace novamente?

— E Sebastian — respondeu Clary.

— Mas Jace — disse Alec. — Como foi... Quero dizer, como ele estava?

Clary sabia exatamente o que ele estava perguntando; pela primeira vez, ela e Alec se entendiam melhor do que qualquer pessoa no recinto.

— Ele não está enganando Sebastian — respondeu com suavidade. — Realmente mudou. Ele não é mais como antes.

— Como? — perguntou Alec, com uma mistura de raiva e vulnerabilidade. — Como ele está diferente?

Tinha um buraco no joelho da calça de Clary; ela mexeu no furo, arranhando a própria pele embaixo.

— O jeito como ele fala... acredita em Sebastian. Acredita no que ele está fazendo, o que quer que seja. Lembrei a ele que Sebastian matou Max, e ele sequer pareceu se importar. — A voz falhou. — Ele disse que Sebastian é tão irmão dele quanto Max.

Alec empalideceu, as manchas vermelhas no rosto se destacando como sangue.

— Falou alguma coisa sobre mim? Ou Izzy? Perguntou da gente?

Clary balançou a cabeça, mal suportando ver a expressão no rosto de Alec. Com o canto do olho pôde ver Magnus olhando para Alec, o rosto quase vazio de tanta tristeza. Ficou imaginando se ele ainda tinha ciúme de Jace, ou se só estava magoado por Alec.

— Por que ele foi até sua casa? — Alec balançou a cabeça. — Não entendo.

— Queria que eu fosse com ele. E me juntasse a ele e Sebastian. Acho que eles querem que a duplinha do mal vire um trio. — Clary deu de ombros. — Talvez esteja se sentindo sozinho. Sebastian não pode ser a melhor das companhias.

— Disso não sabemos. Ele pode ser ótimo em palavras cruzadas — comentou Magnus.

— Ele é um psicopata assassino — afirmou Alec, secamente. — E Jace sabe disso.

— Mas Jace não é Jace no momento... — começou Magnus, mas se interrompeu quando o telefone tocou. — Eu atendo. Quem sabe quem mais pode estar fugindo da Clave e precisando de abrigo? Não é como se houvesse hotéis na cidade. — E ele saiu em direção à cozinha.

Alec se jogou em um sofá.

— Ele anda trabalhando demais — falou, olhando preocupado para o namorado. — Tem passado todas as noites em claro tentando decifrar aqueles símbolos.

— A Clave o contratou? — quis saber Jocelyn.

— Não — Alec respondeu, lentamente. — Está fazendo isso por mim. Pelo que Jace significa para mim. — Ele ergueu a manga, mostrando para Jocelyn o símbolo de *parabatai* na parte interna do antebraço.

— Você sabia que Jace não estava morto — disse Clary, a mente começando a remexer os pensamentos. — Porque são *parabatai*, por causa do laço entre vocês. Mas disse que sentia algo errado.

— Porque ele está possuído — disse Jocelyn. — Isso o mudou. Valentim disse que quando Luke passou a integrar o Submundo, ele sentiu. Teve a noção de que havia algo errado.

Alec balançou a cabeça.

— Mas quando Jace foi possuído por Lilith, eu não *senti* — revelou. — Agora consigo sentir alguma coisa... errada. Algo fora do lugar. — Ele olhou para os próprios sapatos. — Dá para sentir quando seu *parabatai* morre, como se houvesse uma corda te prendendo a alguém, ela arrebentasse, e você estivesse caindo. — Alec olhou para Clary. — Eu senti, uma vez, em Idris, durante a batalha. Mas foi tão breve... e, quando voltei para Alicante, Jace estava vivo. Então me convenci de que tinha sido imaginação.

Clary balançou a cabeça, pensando em Jace e na areia suja de sangue perto do Lago Lyn. *Não imaginou.*

— O que sinto agora é diferente — prosseguiu. — Sinto como se ele estivesse ausente do mundo, porém não morto. Nem aprisionado... Só não está *aqui*.

— É exatamente isso — disse Clary. — Nas duas vezes em que o vi com Sebastian, eles desapareceram no ar. Sem Portal, apenas estavam aqui em um segundo e no outro sumiram.

— Quando você fala de *aqui* e *ali* — disse Magnus, voltando para a sala com um bocejo —, e este mundo e aquele mundo, está falando é de dimensões. Existem apenas alguns feiticeiros que conseguem fazer magia dimensional. Meu velho amigo Ragnor conseguia. Dimensões não ficam lado a lado; são unidas por dobras, como papel. Onde se cruzam é possível criar bolsos dimensionais que impedem que você seja encontrado através de magia. Afinal de contas, você não está *aqui*, está *ali*.

— Talvez por isso não consigamos rastreá-lo? Por isso Alec não consegue senti-lo? — sugeriu Clary.

— Pode ser. — Magnus soou quase impressionado. — Significaria que, literalmente, não há forma de encontrá-los se não quiserem ser encontrados. E nem como nos enviar um recado se *de fato* os encontrasse. É magia complicada e cara. Sebastian deve ter relações... — A campainha tocou, e todos saltaram. Magnus revirou os olhos. — Acalmem-se, todos — disse ele, e desapareceu para a entrada.

88

Em um segundo, voltou com um sujeito envolto por uma túnica cor de pergaminho cujas costas e laterais eram marcadas por símbolos vermelho-escuros. Apesar de o capuz estar levantado, cobrindo o rosto, parecia completamente seco, como se não tivesse sido atingido por nenhum floco de neve. Quando tirou o capuz, Clary não se surpreendeu em nada ao ver o rosto do Irmão Zachariah.

Jocelyn colocou a caneca subitamente sobre a mesa de centro. Estava olhando para o Irmão do Silêncio. Com o capuz para trás, dava para ver o cabelo escuro, mas o rosto estava sombreado, de modo que Clary não pôde ver os olhos, apenas as maçãs do rosto, bem definidas e marcadas por cicatrizes.

— Você — disse Jocelyn, sem terminar a frase. — Mas Magnus me disse que você jamais...

Eventos inesperados exigem medidas inesperadas. A voz do Irmão Zachariah flutuou, tocando a mente de Clary; pelas expressões no rosto dos outros, ela percebeu que eles também podiam ouvir. *Não direi nada à Clave ou ao Conselho sobre o que transcorrer aqui nesta noite. Se recebo a chance de salvar o último na linha de sucessão dos Herondale, considero isto algo de importância maior do que minha fidelidade à Clave.*

— Então está resolvido — disse Magnus. Formava uma dupla estranha com o Irmão do Silêncio ao seu lado, um deles pálido e usando uma cor de túnica apagada, o outro de pijama amarelo-vibrante. — Alguma nova ideia sobre os símbolos de Lilith?

Estudei os símbolos cuidadosamente e ouvi todos os testemunhos prestados no Conselho, disse o Irmão Zachariah. *Acredito que o ritual tenha tido duas partes. Primeiro ela utilizou a mordida do Diurno para reviver a consciência de Jonathan Morgenstern. O corpo ainda estava fraco, mas a mente e a vontade estavam vivas. Acredito que quando Jace Herondale foi deixado sozinho com ele no telhado, Jonathan invocou o poder dos símbolos de Lilith e forçou Jace a adentrar o círculo enfeitiçado que o cercava. A essa altura a vontade de Jace estava controlada pela dele. Creio que ele tenha extraído o sangue de Jace a fim de conseguir forças para levantar e fugir, levando Jace consigo.*

— E de algum jeito isso tudo criou uma conexão entre os dois? — perguntou Clary. — Porque quando minha mãe golpeou Sebastian, Jace começou a sangrar.

Sim. O que Lilith fez foi uma espécie de ritual de geminação, não muito diferente da nossa própria cerimônia de parabatai, mas mais poderoso e perigoso. Os dois agora estão inextricavelmente ligados. Se um morrer, o outro vai atrás. Nenhuma arma neste mundo pode ferir somente um.

— Quando diz que estão ligados inextricavelmente — disse Alec, inclinando-se para a frente —, isso quer dizer... digo, Jace *odeia* Sebastian. Sebastian matou nosso irmão.

— E também não vejo como Sebastian poderia morrer de amores por Jace. Passou a vida tendo muito ciúme dele. Achava que Jace era o preferido de Valentim — acrescentou Clary.

— Sem falar — observou Magnus — que Jace o matou. Isso deixaria qualquer um meio irritado.

— É como se Jace não se lembrasse de nenhum destes acontecimentos — Clary disse, frustrada. — Não, não como se não lembrasse... como se não *acreditasse*.

Ele se lembra. Mas o poder da ligação é tão forte que os pensamentos de Jace contornam estes fatos, como água passando em torno de pedras em um rio. Como o feitiço que Magnus instaurou em sua mente, Clarissa. Quando você via pedaços do mundo invisível, sua mente os rejeitava, se desviava. Não existe razão para tentar conversar com Jace sobre Jonathan. A verdade não pode romper a ligação.

Clary pensou no que aconteceu quando ela lembrou a Jace que Sebastian havia matado Max, como o rosto dele se contraiu momentaneamente, pensativo, em seguida suavizou como se tivesse se esquecido do que ela falou, tão depressa quanto ela disse.

Consolem-se minimamente pelo fato de que Jonathan Morgenstern é tão ligado a Jace quanto este a ele. Não pode prejudicar ou machucar Jace, e nem quereria fazer isso, acrescentou Zachariah.

Alec jogou as mãos para o alto.

— Então agora eles se amam? São os melhores amigos? — A dor e o ciúme eram evidentes na voz.

Não. Agora um é o outro. Vê o que o outro vê. Sabe que o outro é de alguma forma indispensável. Sebastian é o líder, o primário. Jace acredita no que ele acreditar. O que ele quiser, Jace fará.

— Então ele está possuído — disse Alec, secamente.

Em uma possessão, normalmente há uma parte da consciência original da pessoa intacta. Aqueles que foram possuídos falam de terem visto as próprias ações executadas de fora, gritando, mas incapazes de serem ouvidos. Mas Jace está dominando de forma plena seu corpo e sua mente. Ele acredita que está são. Acredita que é isso que quer.

— Então o que ele queria de mim? — perguntou Clary, com a voz trêmula. — Por que ele veio até meu quarto esta noite? — Ela torceu para que as bochechas não enrubescessem. Tentou afastar a lembrança do beijo, a pressão do corpo dele na cama.

Ele ainda a ama, disse o Irmão Zachariah, com a voz surpreendentemente suave. *Você é o centro do mundo dele. Isso não mudou.*

— E por isso tivemos de fugir — disse Jocelyn, tensa. — Ele vai voltar para buscá-la. Não podíamos ficar na delegacia. Não sei que lugar pode ser seguro...

— Aqui — disse Magnus. — Posso colocar barreiras que vão manter Jace e Sebastian afastados.

Clary viu alívio inundar os olhos da mãe.

— Obrigada — disse Jocelyn.

Magnus acenou um braço.

— É um privilégio. Adoro espantar Caçadores de Sombras irritados, principalmente os possuídos.

Ele não está possuído, lembrou o Irmão Zachariah.

— Semântica — disse Magnus. — A questão é: o que os dois estão tramando? O que estão planejando?

— Clary disse que quando os viu na biblioteca, Sebastian comentou que Jace em breve estaria no comando do Instituto — disse Alec. — Então estão tramando *alguma coisa*.

— Querem dar continuidade ao trabalho de Valentim, provavelmente — afirmou Magnus. — Acabar com o Submundo, matar todos os Caçadores de Sombras rebeldes, blá-blá-blá.

— Talvez. — Clary não tinha certeza. — Jace falou alguma coisa sobre Sebastian servir a um propósito maior.

— Só o Anjo sabe o que isso pode significar — comentou Jocelyn. — Fui casada com um fanático durante anos. Sei o que "propósito maior" significa. Significa torturar inocentes, assassinatos brutais, dar as costas para amigos, tudo em nome de algo que acredita ser maior do que você, mas que não passa de cobiça e infantilidade mascaradas por um termo mais culto.

— Mãe — protestou Clary, preocupada ao ouvir a mãe soar tão amarga.

Mas Jocelyn estava olhando para o Irmão Zachariah.

— Você disse que nenhuma arma neste mundo poderia ferir apenas um — falou. — Nenhuma arma que conheça...

Os olhos de Magnus brilharam subitamente, como os de um gato quando capturados por um raio de luz.

— Você acha...

— As Irmãs de Ferro — disse Jocelyn. — São especialistas em armamentos. Talvez tenham uma resposta.

As Irmãs de Ferro, Clary sabia, eram o equivalente feminino dos Irmãos do Silêncio. Ao contrário destes, não tinham as bocas ou os olhos costurados, mas viviam em total solidão, em uma fortaleza de localização desconhecida. Não eram combatentes — eram criadoras, as mãos que formavam as armas, as estelas, as lâminas serafim que mantinham os Caçadores de Sombras vivos. Havia símbolos que apenas elas podiam talhar, e somente elas conheciam os segredos da modelagem da substância branco-prateada chamada *adamas* para criar torres demoníacas, estelas e pedras enfeitiçadas. Raramente vistas, não compareciam às reuniões do Conselho, nem entravam em Alicante.

É possível, disse o Irmão Zachariah após uma longa pausa.

— Se Sebastian pudesse ser morto, se houver uma arma capaz de matá-lo e manter Jace vivo, isso quer dizer que Jace pode se libertar da influência? — perguntou Clary.

Houve uma pausa ainda mais longa. Em seguida:

Sim, respondeu o Irmão Zachariah. *Seria o resultado mais provável.*

— Então vamos ver as Irmãs. — A exaustão se pendurou em Clary como uma capa, pesando em seus olhos, amargando o gosto em sua boca. Esfregou os olhos, tentando espantá-la. — Agora.

— Não posso ir — disse Magnus. — Apenas mulheres Caçadoras de Sombras podem adentrar a Cidadela Adamant.

— E você não vai — disse Jocelyn para Clary, com seu tom mais austero de "não, você não vai para a boate com Simon depois da meia-noite". — Está mais segura aqui, protegida por barreiras.

— Isabelle — disse Alec. — Isabelle pode ir.

— Tem alguma ideia de onde ela esteja? — perguntou Clary.

— Em casa, suponho — respondeu, dando de ombros. — Posso ligar para ela...

— Eu cuido disto — disse Magnus, pegando o celular do bolso suavemente e digitando uma mensagem com a habilidade de quem tem muita prática. — Está tarde, e não precisamos acordá-la. Todo mundo precisa descansar. Se eu for enviar alguém de vocês às Irmãs de Ferro, será amanhã.

— Vou com Isabelle — disse Jocelyn. — Ninguém está procurando especificamente por mim, e é melhor ela não chegar sozinha. Mesmo que eu não seja tecnicamente uma Caçadora de Sombras, já fui um dia. Só precisam que uma de nós preencha os requisitos.

— Não é justo — disse Clary.

A mãe sequer olhou para ela.

— Clary...

Clary se levantou.

— Fui praticamente uma prisioneira nas últimas duas semanas — disse, com a voz trêmula. — A Clave não me deixou procurar Jace. E agora que ele veio até mim... *a mim*... você sequer me deixa ir junto até as Irmãs de Ferro...

— Não é *seguro*. Jace provavelmente está tentando rastreá-la...

Clary se descontrolou:

— Toda vez que você me mantém segura, arruína minha vida!

— Não, quanto mais você se envolve com Jace, mais *você* arruína sua vida! — rebateu a mãe. — Cada risco que assumiu, cada perigo que correu, foi sempre por causa dele! Ele apontou uma faca para sua garganta, Clarissa...

— Aquilo não foi ele — disse Clary, com o tom mais suave e mortal que conseguiu alcançar. — Acha que eu ficaria um segundo com um menino que me ameaçasse com uma faca, mesmo que o amasse? Talvez você tenha passado tempo demais na vida mundana, mãe, mas *magia existe*. A pessoa que me machucou não foi Jace. Foi um demônio disfarçado como ele. E a pessoa que estamos procurando agora não é Jace. Mas se ele morrer...

— Não há chance de o recuperarmos — disse Alec.

— Talvez já não haja mais essa chance — argumentou Jocelyn. — Meu Deus, Clary, veja as evidências. Você acreditava que era irmã de Jace! Sacrificou tudo para salvar a vida dele, e um Demônio Maior se aproveitou dele para chegar a você! Quando vai encarar o fato de que vocês dois *não foram feitos um para o outro*?

CIDADE DAS ALMAS PERDIDAS

Clary recuou como se a mãe tivesse batido nela. O Irmão Zachariah permaneceu parado como uma estátua, como se ninguém estivesse gritando. Magnus e Alec estavam encarando; Jocelyn estava com as bochechas rubras, os olhos brilhando de raiva. Sem confiar em si mesma para falar, Clary girou e atravessou o corredor até o quarto de hóspedes de Magnus, batendo a porta com força.

— Tudo bem, estou aqui — disse Simon. Um vento frio estava soprando através da extensão lisa do jardim do telhado, e ele enfiou as mãos nos bolsos da calça jeans. Não sentia o frio de fato, mas tinha a sensação de que deveria. Elevou a voz: — Apareci. Cadê você?

O jardim do telhado do Greenwich Hotel — atualmente fechado e, portanto, sem pessoas — parecia um jardim inglês, com pequenas árvores podadas, móveis de vime e vidro elegantemente dispostos e guarda-sóis de enfeite que balançavam ao vento. As treliças de rosas, descobertas no frio, tinham teias de aranha que iam até as paredes de pedra que cercavam o telhado, acima do qual Simon podia enxergar a vista iluminada da parte baixa de Nova York.

— Estou aqui — disse alguém, e uma sombra esguia se desgrudou de uma poltrona de vime e levantou. — Já estava começando a me perguntar se viria, Diurno.

— Raphael — disse Simon, a voz resignada. Ele foi para a frente, passou as tábuas de madeira que envolviam os canteiros de flores e as piscinas artificiais ladeadas por quartzos brilhantes. — Eu mesmo estava me perguntando.

Ao se aproximar, pôde ver Raphael com clareza. Simon tinha excelente visão noturna, e somente a habilidade de Raphael de se misturar às sombras o mantivera escondido antes. O outro vampiro estava de terno preto, dobrado nos punhos para mostrar o brilho de abotoaduras em forma de corrente. Ele ainda tinha o rosto de um anjinho, apesar do olhar frio ao encarar Simon.

— Quando o líder do clã de vampiros de Manhattan chama, Lewis, você vem.

— E o que você faria se eu não viesse? Enfiaria uma estaca em mim? — Simon abriu os braços. — Tente. Faça o que quiser comigo. Vá em frente.

— *Dios*, mas você é chato — disse Raphael. Por trás dele, perto da parede, Simon viu o brilho cromado da moto vampiresca que Raphael tinha utilizado para chegar até ali.

Simon abaixou os braços.

— Foi você que me pediu para encontrá-lo.

— Tenho uma oferta de trabalho para você — disse Raphael.

— Sério? Estão faltando funcionários no hotel?

— Preciso de um guarda-costas.

Simon o encarou.

— Você andou assistindo a *O guarda-costas*? Porque eu *não* vou me apaixonar por você nem carregá-lo nos meus braços musculosos.

93

Raphael o olhou amargamente.

— Eu pagaria extra para você ficar completamente calado enquanto trabalha.

Simon o olhou fixamente.

— Está falando sério, não está?

— Não perderia meu tempo vindo aqui se não estivesse falando sério. Se eu estivesse a fim de brincar, gastaria meu tempo com alguém de que gosto. — Raphael se sentou novamente na poltrona. — Camille Belcourt está solta na cidade de Nova York. Os Caçadores de Sombras estão inteiramente dedicados a esta questão tola envolvendo o filho de Valentim e não vão perder tempo procurando por ela. Camille representa um perigo imediato para mim, pois quer reaver o controle do clã de Manhattan. A maioria é leal a mim. A maneira mais rápida de voltar ao topo da hierarquia seria me matar.

— Certo — disse Simon, lentamente. — Mas por que eu?

— Você é um Diurno. Outros podem me proteger durante a noite, mas você pode me proteger durante o dia quando a maioria dos integrantes da nossa espécie fica indefesa. E carrega a Marca de Caim. Com você entre nós, ela não ousaria me atacar.

— Tudo verdade, mas não aceito.

Raphael pareceu incrédulo.

— Por que não?

As palavras explodiram de Simon.

— Está brincando? Porque você não fez uma única coisa por mim desde que me tornei vampiro. Em vez disso, fez o seu melhor para tornar minha vida miserável e depois acabar com ela. Então, se quiser em linguagem vampiresca, me encho de júbilo, meu senhor, em responder: *de jeito algum.*

— Não é sábio me ter como inimigo, Diurno. Como amigos...

Simon riu, incrédulo.

— Espere um segundo. Éramos *amigos?* Isso era ser amigo?

A presa de Raphael emergiu. Ele estava de fato muito irritado, Simon percebeu.

— Sei por que está recusando, Diurno, e não é por um pseudossenso de rejeição. Está tão envolvido com os Caçadores de Sombras que pensa que é um deles. Já o vimos com eles. Em vez de passar noites caçando, como deveria, você as passa com a filha de Valentim. Mora com um lobisomem. Você é uma desgraça.

— Você faz isso em todas as entrevistas de emprego?

Raphael exibiu os dentes.

— Precisa decidir se é um vampiro ou um Caçador de Sombras, Diurno.

— Fico com os Caçadores de Sombras, então. Pois, pela minha experiência com vampiros, eles são quase todos uns sanguessugas. Sem trocadilho.

Raphael se levantou.

— Está cometendo um erro grave.

— Já disse...

O outro vampiro acenou com a mão, interrompendo-o.

— Uma grande escuridão se aproxima. Varrerá a Terra com fogo e sombras e, ao final, seus preciosos Caçadores de Sombras não mais existirão. Nós, as Crianças da Noite, sobreviveremos, pois a escuridão é nosso habitat. Mas se persistir negando o que é, também será destruído, e ninguém erguerá só uma mão para ajudá-lo.

Sem pensar, Simon levantou a mão para tocar a Marca de Caim na testa.

Raphael riu sem emitir qualquer ruído.

— Ah sim, a marca do Anjo em você. No tempo da escuridão, até mesmo os anjos serão destruídos. A força deles não o ajudará. E é melhor rezar, Diurno, para não perder a Marca antes da guerra. Pois se isso acontecer, haverá uma fila de inimigos esperando pela chance de matá-lo. E eu serei o primeiro.

Clary estava deitada de costas no sofá-cama de Magnus havia bastante tempo. Tinha ouvido a mãe atravessar o corredor e entrar no outro quarto, fechando a porta. Através da própria porta, pôde ouvir Magnus e Alec conversando baixo na sala. Supôs que pudesse esperar até que dormissem, mas Alec tinha dito que Magnus vinha passando noites em claro ultimamente, estudando os símbolos; apesar de o Irmão Zachariah parecer ter interpretado os símbolos, ela não acreditava que Alec e Magnus fossem se recolher tão cedo.

Ficou sentada na cama perto de Presidente Miau, que emitiu um ruído de protesto, remexendo na mochila dela. Retirou uma caixa clara de plástico e a abriu. Lá estavam seus lápis de cor Prismacolor, alguns cotocos de giz — e a estela.

Levantou-se, guardando a estela no bolso do casaco. Pegando o telefone da mesa, escreveu ME ENCONTRE NO TAKI'S. Ficou assistindo enquanto a mensagem era transmitida, depois guardou o telefone na calça e respirou fundo.

Isto não era justo com Magnus, sabia. Ele havia prometido a Jocelyn que cuidaria dela, e isso não incluía uma fuga do apartamento. Mas ela tinha ficado quieta. Não prometeu nada. Além disso, tratava-se de Jace.

Faria qualquer coisa para salvá-lo, qualquer que fosse o preço, independentemente do que pudesse dever ao Inferno ou ao Céu, não faria?

Pegou a estela, colocou a ponta na tinta laranja da parede e começou a desenhar um Portal.

O barulho insistente das batidas despertou Jordan de um sono profundo. Ele se levantou instantaneamente e rolou da cama para aterrissar agachado no chão. Anos de treinamento com a Praetor o deixaram com reflexos velozes e fizeram do sono leve um hábito permanente. Uma breve avaliação aromática informou que o quarto estava vazio — nada além da luz do luar inundando o chão aos seus pés.

A batida se repetiu, e desta vez ele reconheceu. Era o ruído de alguém espancando a porta da frente. Ele normalmente dormia só de samba-canção; vestindo jeans e uma camiseta, ele abriu a porta com um chute e foi até a entrada. Se fossem universitários bêbados se divertindo batendo à porta dos outros, iriam enfrentar um lobisomem feroz.

Chegou à porta — e parou. A imagem veio a ele outra vez, a exemplo do que tinha acontecido nas horas que antecederam seu sono, Maia fugindo dele no estaleiro. O olhar no rosto dela quando se afastou. Ele tinha ido longe demais, sabia disso, pedido demais, rápido demais. Provavelmente tinha estragado tudo. A não ser que... talvez ela tivesse reconsiderado. Houve um tempo em que o relacionamento dos dois consistia de brigas passionais e reconciliações igualmente passionais.

Com o coração acelerado, abriu a porta. E piscou. Do outro lado encontrava-se Isabelle Lightwood, os longos cabelos negros brilhantes quase na cintura. Estava com botas pretas até o joelho, jeans justo e uma blusa vermelha de seda com o pingente vermelho familiar na garganta, brilhando sombriamente.

— *Isabelle?* — Não conseguiu conter a surpresa na voz, nem, desconfiou, a decepção.

— Sim, bem, eu também não estava procurando por você — declarou, passando por ele e entrando no apartamento. Tinha cheiro de Caçadora de Sombras, um aroma parecido com grama quente de sol e, por baixo disso, um perfume floral. — Estava atrás de Simon.

Jordan cerrou os olhos para ela.

— São duas da madrugada.

Ela deu de ombros.

— Ele é um vampiro.

— Mas eu não sou.

— Ahhhh? — Seus lábios vermelhos se curvaram para cima nos cantos. — Eu o acordei? — Ela esticou a mão e deu um peteleco no botão superior da calça jeans dele, arranhando a barriga lisa de Jordan com a ponta da unha. Ele sentiu os próprios músculos saltarem. Izzy era linda, não havia como negar. Também era um tanto assustadora. Ficou imaginando como o despretensioso Simon conseguia dar conta dela. — Talvez devesse abotoar tudo. Bela cueca, aliás. — Ela passou por ele, em direção ao quarto de Simon. Jordan foi atrás, abotoando a calça e murmurando alguma coisa a respeito de não haver qualquer problema em ter pinguins dançantes estampados na cueca.

Isabelle foi para o quarto de Simon.

— Ele não está aqui. — Ela bateu a porta e se apoiou na parede, olhando para Jordan.

— Você disse que eram duas da madrugada?

— Disse. Ele deve estar na casa de Clary. Tem dormido muito lá ultimamente.

Isabelle mordeu o lábio.

— Certo. Claro.

Jordan estava começando a ter aquela sensação que tinha às vezes, de que estava falando alguma coisa errada, sem saber exatamente o quê.

— Tem algum motivo para você ter vindo até aqui? Quero dizer, aconteceu alguma coisa? Alguma coisa errada?

— Errada? — Isabelle jogou as mãos para o alto. — Você diz além do fato de meu irmão ter desaparecido e provavelmente ter sofrido uma lavagem cerebral de um demônio maligno que assassinou meu *outro* irmão, meus pais estarem se divorciando e Simon estar por aí com *Clary*...

Parou abruptamente e passou por ele, indo para a sala. Jordan se apressou atrás dela. Quando a alcançou, ela estava na cozinha, remexendo as prateleiras da despensa.

— Tem alguma coisa para beber? Um bom Barolo? Sagrantino?

Jordan a pegou pelos ombros e a conduziu gentilmente para fora da cozinha.

— Sente-se — falou. — Vou pegar uma tequila.

— Tequila?

— Tequila é o que temos. Isso e xarope para tosse.

Sentando em um dos bancos que alinhavam a bancada da cozinha, Isabelle acenou para ele. Ele imaginaria que ela teria unhas longas, vermelhas ou cor-de-rosa, perfeitas, combinando com o restante dela, mas não — era uma Caçadora de Sombras. Suas mãos eram cheias de cicatrizes, as unhas curtas e lixadas. O símbolo de Clarividência brilhava negro na mão direita.

— Tudo bem.

Jordan pegou a garrafa de Cuervo, tirou a tampa e serviu uma dose. Empurrou o copo sobre a bancada. Ela virou instantaneamente, franziu o rosto e repousou o copo.

— Não foi o suficiente — disse, esticou o braço e pegou a garrafa da mão dele. Inclinou a cabeça e engoliu uma, duas, três vezes. Quando repousou a garrafa, estava com as bochechas rubras.

— Onde aprendeu a beber assim? — Jordan não sabia se deveria ficar impressionado ou assustado.

— A idade legal para beber em Idris é 15 anos. Não que alguém preste atenção nisso. Bebo vinho misturado com água com os meus pais desde criança. — Isabelle deu de ombros. O gesto não apresentou sua coordenação fluida habitual.

— Muito bem. Bem, quer que eu transmita algum recado ao Simon, ou tem alguma coisa que eu possa falar ou...

— Não. — Ela tomou mais um gole da garrafa. — Eu me calibrei inteira para vir falar com ele, e, é claro, ele está com Clary. Faz sentido.

— Pensei que você tivesse sugerido que ele fosse até lá.

— É. — Isabelle mexeu no rótulo da garrafa de tequila. — Sugeri.

— Então — disse Jordan, com um tom que considerou razoável. — Peça a ele que pare.

— Não posso fazer isso. — Ela soou exausta. — Devo isso a ela.

Jordan se inclinou sobre a bancada. Sentiu-se um pouco como um barman em um programa de TV, oferecendo conselhos sábios.

— O que você deve a ela?

— A vida — respondeu Isabelle.

Jordan piscou. Isto ultrapassava um pouco sua habilidade de barman conselheiro.

— Ela salvou sua vida?

— Ela salvou a vida de *Jace*. Poderia ter pedido qualquer coisa ao Anjo Raziel, e salvou meu irmão. Só confiei em poucas pessoas na vida. Confiei de verdade. Em minha mãe, em Alec, em Jace e em Max. Já perdi um deles. Clary foi a razão pela qual não perdi outro.

— Acha que algum dia será capaz de confiar em alguém com quem não tenha nenhum parentesco?

— Não tenho parentesco com Jace. Não de fato. — Isabelle evitou o olhar dele.

— Você entendeu — respondeu Jordan, com um olhar significativo em direção ao quarto de Simon.

Izzy franziu o rosto.

— Caçadores de Sombras vivem de acordo com um código de honra, lobisomem — declarou, e, por um instante, foi toda Nephilim arrogante. Jordan se lembrou por que tantos integrantes do Submundo não gostavam deles. — Clary salvou um Lightwood. Devo minha vida a ela. Se não puder conceder isso a ela, e não vejo de que isso serviria, posso dar qualquer coisa que a deixe menos infeliz.

— Não pode *dar* Simon a ela. Simon é uma pessoa, Isabelle. Ele vai aonde quer.

— É — respondeu. — Bem, ele não parece se importar em ir para onde ela está, não é mesmo?

Jordan hesitou. Alguma coisa no que Isabelle estava dizendo parecia estranha, mas ela não estava *completamente* errada. Simon tinha com Clary uma tranquilidade que não parecia ter com mais ninguém. Tendo sido apaixonado por apenas uma garota, e permanecido apaixonado por ela, Jordan não se sentia qualificado para oferecer conselhos nesse sentido — apesar de se recordar de Simon alertando, de forma oblíqua, para o fato de que Clary tinha "a bomba nuclear dos namorados". Se por baixo daquilo havia ciúme, Jordan não tinha certeza. Ele também não sabia se era possível esquecer completamente o primeiro amor. Principalmente se a pessoa em questão estivesse presente diariamente.

Isabelle estalou os dedos.

CIDADE DAS ALMAS PERDIDAS

— Ei, você. Está prestando atenção? — Ela inclinou a cabeça para o lado, soprando fios escuros de cabelo para fora do rosto, e o olhou duramente. — O que está rolando entre você e Maia?

— Nada. — Aquela palavra solitária queria dizer muita coisa. — Não sei se ela um dia vai deixar de me odiar.

— Pode ser que não — respondeu Isabelle. — Ela tem um bom motivo.

— Obrigado.

— Não ofereço falsos consolos — disse Izzy, e empurrou a garrafa de tequila para longe. Seus olhos, fixos em Jordan, eram vivos e escuros. — Venha cá, menino-lobo.

Isabelle diminuiu a voz. Estava suave, sedutora. Jordan engoliu em seco, de repente estava com a garganta seca. Lembrou-se de ter visto Isabelle com um vestido vermelho fora dos Grilhões e pensado: *Era com essa menina que Simon estava traindo Maia?* Nenhuma das duas parecia ser o tipo de menina que alguém podia trair e sobreviver.

E nenhuma das duas era o tipo de menina a quem se dizia não. Cuidadosamente, ele contornou a bancada e foi para perto dela. Estava a poucos passos quando ela esticou o braço e o puxou pelos pulsos. Suas mãos deslizaram pelos braços do rapaz, sobre a protuberância dos bíceps, dos músculos do ombro. O coração de Jordan acelerou. Ele sentiu o calor irradiado dela e sentiu o cheiro de perfume e de tequila.

— Você é lindo — disse ela, ainda deslizando as mãos até repousá-las no peito dele. — Sabe disso, não sabe?

Jordan ficou imaginando se ela podia sentir seus batimentos cardíacos por cima da camisa. Ele tinha consciência dos olhares que recebia das meninas na rua — e de meninos também, às vezes —, sabia o que via no espelho todos os dias, mas nunca pensava muito no assunto. Havia tanto tempo estava tão focado em Maia que só o que importava era se *ela* ainda o acharia atraente se voltassem a se encontrar. Já tinha sido paquerado muitas vezes, mas não por meninas com a aparência de Isabelle, e nunca por nenhuma garota tão direta. Ficou imaginando se ela iria beijá-lo. Ele não beijava ninguém além de Maia desde os 15 anos. Mas Isabelle estava olhando para ele, e tinha olhos grandes e escuros, estava com os lábios ligeiramente abertos e tinham a cor de morangos. Ficou imaginando se teriam gosto de morango se a beijasse.

— E eu simplesmente não ligo — disse.

— Isabelle, não acho que... Espere. *O quê?*

— Eu deveria ligar — falou. — Digo, tenho de pensar em Maia, então eu provavelmente não sairia arrancando suas roupas, mas a questão é que eu não *quero*. Normalmente, eu quereria.

— Ah — disse Jordan. Sentiu alívio e, também, uma pontinha de decepção. — Bem... isso é bom?

99

— Penso nele *o tempo todo* — falou. — É horrível. Nada assim jamais me aconteceu antes.

— Está falando de Simon?

— Maldito mundano magricela — falou, e tirou as mãos do peito de Jordan. — Exceto que não é mais. Magricela, digo. Ou mundano. E eu gosto de ficar com ele. Ele me faz rir. E gosto do sorriso dele. Sabe, um dos lados da boca sobe antes do outro... Bem, você mora com ele. Deve ter notado.

— Na verdade, não — respondeu ele.

— Sinto saudade quando ele não está por perto — confessou. — Pensei... sei lá, que depois do que aconteceu naquela noite com Lilith, as coisas tivessem mudado entre nós. Mas agora ele fica com Clary o tempo todo. E eu nem posso ter raiva dela.

— Você perdeu seu irmão.

Isabelle olhou para ele.

— Quê?

— Bem, ele está se desdobrando para ajudar Clary a se sentir melhor porque ela perdeu Jace — disse Jordan. — Mas Jace é seu irmão. Simon não deveria estar se desdobrando para fazer com que *você* se sentisse melhor também? Talvez você não esteja com raiva dela, mas dele.

Isabelle o encarou por um longo instante.

— Mas não somos nada um do outro — falou. — Ele não é meu namorado. Eu só *gosto* dele. — Ela franziu o cenho. — Droga. Não acredito que acabei de falar isso. Devo estar mais bêbada do que pensei.

— Eu já tinha descoberto isso pelo que você disse antes. — Jordan sorriu para ela.

Ela não retribuiu, mas abaixou os cílios e olhou para ele através deles.

— Você não é tão ruim — disse Isabelle. — Se quiser, posso falar bem de você para Maia.

— Não, obrigado — respondeu Jordan, que não sabia ao certo qual seria a versão de Izzy sobre falar bem e tinha medo de descobrir. — Sabe, é normal que quando esteja passando por um momento ruim queira ficar perto da pessoa de que... — Ele estava prestes a dizer "ama", mas percebeu que ela não tinha dito isso, e mudou a direção: — Gosta. Mas não acho que Simon sabe como você se sente.

Os cílios dela se ergueram novamente.

— Ele fala de mim?

— Ele a acha muito forte — disse. — E pensa que não precisa dele. Acho que ele se sente... supérfluo. Tipo, o que ele pode oferecer quando você já é perfeita? Por que quereria um cara como ele? — Jordan piscou; não pretendia avançar tanto e não sabia ao certo o quanto do que tinha dito se aplicava a Simon, e quanto a ele em relação a Maia.

— Então está dizendo que eu deveria contar a ele como me sinto? — perguntou Isabelle com a voz sumida.

— Sim. Definitivamente. Conte a ele.

— Tudo bem. — Ela pegou a garrafa de tequila e tomou um gole. — Vou até a casa de Clary agora contar.

Um ligeiro alarme brotou no peito de Jordan.

— Não pode. São praticamente três da madrugada...

— Se eu esperar, perco a coragem — falou, com aquele tom razoável que somente pessoas muito embriagadas empregam. Tomou mais um gole. — Eu vou até lá, bato na janela e conto para ele o que sinto.

— Você sabe qual é a janela de Clary?

Isabelle cerrou os olhos.

— Nãããão.

A terrível visão de uma Isabelle alcoolizada acordando Jocelyn e Luke passou pela cabeça de Jordan.

— Isabelle, *não.* — Ele esticou o braço para tirar a garrafa de tequila dela, que a afastou dele.

— Acho que estou mudando de ideia em relação a você — disse, com um tom semia-meaçador, que teria sido mais assustador se ela tivesse conseguido focar os olhos nele. — Acho que não gosto tanto assim de você, afinal. — Ela se levantou, olhou para os próprios pés com uma expressão surpresa e caiu para trás. Somente os reflexos rápidos de Jordan permitiram que ele a pegasse antes que ela atingisse o chão.

Capítulo 7

UMA MUDANÇA NOS MARES

Clary estava em sua terceira xícara de café no Taki's quando Simon finalmente chegou. Ele estava de calça jeans, um casaco vermelho de moletom com o zíper fechado (para que se importar com lã quando você não sente frio?) e botas de couro. As pessoas viraram para observá-lo ziguezagueando pelas mesas até ela. Simon tinha evoluído bastante desde que Isabelle começou a provocá-lo em relação às roupas, pensou Clary enquanto ele navegava entre as mesas em sua direção. Havia flocos de neve nos cabelos pretos do amigo, mas, diferentemente das bochechas de Alec, que ficavam vermelhas com o frio, as de Simon permaneciam pálidas e sem cor. Ele deslizou pelo assento diante dela, os olhos escuros pensativos e brilhantes.

— Ligou? — perguntou, a voz grossa e ressonante, no melhor estilo conde Drácula.

— Tecnicamente, mandei uma mensagem. — Clary empurrou o cardápio para ele, abrindo na página destinada a vampiros. Ela já o tinha visto antes, mas pensar em mousse ou milkshakes de sangue a fazia tremer. — Espero não ter acordado você.

— Ah, não — respondeu. — Você não vai acreditar onde eu estava... — Deixou a frase solta ao ver a expressão no rosto dela. — Ei. — De repente, os dedos dele estavam sob o queixo de Clary, levantando a cabeça dela. A risada havia desaparecido dos olhos dele, substituída por preocupação. — O que aconteceu? Mais alguma notícia sobre Jace?

— Já sabem o que querem? — Era Kaelie, a garçonete fada de olhos azuis que havia entregado a Clary o sino da Rainha. Agora olhou para Clary e sorriu, um sorriso superior que fez Clary ranger os dentes.

Clary pediu uma fatia de torta de maçã; Simon escolheu uma mistura de chocolate quente e sangue. Kaelie levou os cardápios, e Simon olhou preocupado para Clary. Ela respirou fundo e relatou os eventos da noite, cada detalhe horroroso — a aparição de Jace, o que ele dissera, o confronto na sala, o que acontecera com Luke. Ela revelou o que Magnus dissera sobre bolsos dimensionais e outros mundos, e sobre não haver maneira de rastrear alguém escondido em um destes, nem de transmitir recados. Os olhos de Simon escureceram à medida que ela foi contando os detalhes, e ao chegar ao fim, ele estava com a cabeça apoiada nas mãos.

— Simon? — Kaelie já tinha ido e voltado, deixando a comida, que permanecia intacta. Clary tocou o ombro dele. — O que foi? É Luke...

— A culpa é minha. — Ele olhou para Clary, com os olhos secos. Vampiros choravam lágrimas misturadas com sangue, ela pensou; já tinha lido em algum lugar. — Se eu não tivesse mordido Sebastian...

— Fez isso por mim. Pela minha vida — disse, com a voz suave. — Salvou minha vida.

— Você já salvou a minha umas seis ou sete vezes. Pareceu justo. — A voz de Simon falhou; ela se lembrou dele vomitando o sangue negro de Sebastian, ajoelhado no jardim do telhado.

— Distribuir culpa não nos leva a lugar algum — declarou Clary. — E não foi por isso que o arrastei até aqui, só para contar o que aconteceu. Digo, teria contado de qualquer jeito, mas esperaria até amanhã se não fosse pelo fato de que...

Ele olhou cautelosamente para ela e tomou um gole da xícara.

— Fato de que...?

— Eu tenho um plano.

Ele soltou um grunhido.

— Era isso que eu temia.

— Meus planos *não* são terríveis.

— Os planos de Isabelle são terríveis. — Simon apontou um dedo para ela. — Os *seus* planos são suicidas. Na melhor das hipóteses.

Clary se recostou no assento, os braços cruzados.

— Quer ouvir ou não? E precisa guardar segredo.

— Eu arrancaria meus próprios olhos com um garfo antes de revelar seus segredos — disse Simon, depois pareceu ansioso. — Espere um segundo. Acha que é possível que eu precise fazer isso?

— Não sei. — Clary cobriu o rosto com as mãos.

— Conte. — Ele soou resignado.

Com um suspiro, Clary levou a mão ao bolso e pegou uma pequena bolsa de veludo, que abriu sobre a mesa. Dois anéis de ouro caíram, aterrissando com um tilintado suave.

Simon ficou olhando, confuso.

— Quer se casar?

— Não seja idiota. — Clary inclinou-se para a frente, diminuindo a voz. — Simon, estes são *os anéis*. Os que a Rainha Seelie queria.

— Pensei que tivesse dito que não tinha pego... — interrompeu-se, erguendo os olhos para o rosto dela.

— Eu menti. Cheguei a pegá-los. Mas depois que vi Jace na biblioteca, não quis mais dá-los à Rainha. Tive a sensação de que poderíamos precisar deles. E percebi que ela jamais nos daria informações úteis. Os anéis pareceram mais valiosos do que mais um *round* com a Rainha.

Simon pegou-os, escondendo-os quando Kaelie passou.

— Clary, não se pode simplesmente pegar coisas que a Rainha Seelie quer e guardá-las. Ela é uma inimiga muito perigosa.

Clary o olhou, suplicante.

— Podemos pelo menos ver se funcionam?

Simon suspirou e entregou um dos anéis a ela; parecia leve, mas suave, como ouro de verdade. Por um instante ela temeu que não fosse caber, mas assim que o colocou no indicador direito, ele pareceu se moldar à forma do dedo de Clary, até ficar perfeitamente situado no espaço abaixo da junta. Ela viu Simon olhando para a própria mão direita e notou que a mesma coisa havia acontecido com ele.

— Agora conversamos, suponho — disse ele. — Diga alguma coisa. Você sabe, mentalmente.

Clary virou para Simon, com a absurda sensação de que estava sendo convocada a encenar uma peça cujas falas não havia decorado.

Simon?

Simon piscou.

— Acho que... Pode repetir?

Desta vez Clary se concentrou, tentando focar a mente em Simon — no aspecto *Simon* do amigo, a forma como ele pensava, a sensação de ouvir a voz dele, a sensação de proximidade. Os sussurros, os segredos, a forma como ele a fazia rir.

Então, pensou em tom de conversa, *agora que estou na sua cabeça, quer ver algumas imagens mentais de Jace nu?*

Simon deu um salto.

— Eu *ouvi* isso! E não.

Animação pulsou nas veias de Clary; estava *funcionando*.

— Pense alguma coisa de volta para mim.

Levou menos de um segundo. Ela ouviu Simon, da forma como ouvia o Irmão Zachariah, uma voz sem som dentro de sua mente.

Você o viu pelado?

Bem, não completamente. Mas eu...

— Chega — disse ele em voz alta, e apesar de a voz ter soado entre o divertimento e a ansiedade, seus olhos brilharam. — Funcionam. Caramba. Funcionam de verdade.

Ela se inclinou para a frente.

— Então, posso revelar minha ideia?

Ele tocou o anel no dedo, sentindo o traço delicado, as folhas minúsculas contra a ponta do dedo.

Claro.

Ela começou a explicar, mas ainda não tinha chegado ao final da descrição quando Simon interrompeu, desta vez em voz alta:

— Não. De jeito nenhum.

— Simon — disse ela. — É um plano muito bom.

— O plano em que você segue Jace e Sebastian para um bolso dimensional desconhecido, e nós usamos estes anéis como forma de comunicação para que aqueles de nós na dimensão *normal* da Terra possam encontrá-la? Esse plano?

— Esse.

— Não — respondeu ele. — Não é.

Clary se recostou.

— Você não pode simplesmente dizer não.

— Este plano me envolve! Posso dizer não! *Não.*

— Simon.

Simon afagou o assento ao lado dele, como se houvesse alguém ali.

— Deixe-me apresentá-la a meu grande amigo Não.

— Talvez possamos chegar a um acordo — sugeriu ela, comendo um pedaço da torta.

— Não.

— SIMON.

— "Não" é uma palavra mágica — relatou. — É assim que funciona. Você diz: "Simon, tenho um plano louco e suicida. Você gostaria de me ajudar a executá-lo?" E eu respondo: "*Ora, não.*"

— Farei assim mesmo — declarou Clary.

Ele a encarou.

— O quê?

— Farei com ou sem sua ajuda — disse. — Ainda que não possa usar os anéis, irei atrás de Jace onde quer que ele esteja, e tentarei avisar vocês escapando, procurando telefones, o que for. Se for possível, vou fazer, Simon. Só que tenho mais chances de sobrevivência se você me ajudar. E não existe risco para você.

— *Não ligo para os riscos para mim* — sibilou, inclinando-se para a frente sobre a mesa. — Ligo para o que acontece com você! Maldição, sou praticamente indestrutível. Deixe que *eu* vá. Você fica.

— Sim — respondeu Clary —, Jace não vai achar isso nem um pouco estranho. Você pode simplesmente dizer que sempre foi secretamente apaixonado por ele e que não suporta a distância.

— Posso falar que pensei no assunto e concordo plenamente com a filosofia dele e de Sebastian, que decidi entrar na deles.

— Você nem sabe qual é a filosofia deles.

— Tem isso. Posso ter mais sorte declarando meu amor. Jace acha que todo mundo é apaixonado por ele mesmo.

— Mas eu — disse Clary — de fato *sou*.

Simon a olhou por cima da mesa por um longo tempo, em silêncio.

— Está falando sério — disse ele, afinal. — Você realmente faria isso. Sem mim... sem qualquer rede de segurança.

— Não existe nada que eu não faria por Jace.

Simon inclinou a cabeça para trás, sobre o assento plástico. A Marca de Caim brilhou, um prateado suave sobre a pele.

— Não diga isso — falou.

— Você não faria qualquer coisa pelas pessoas que ama?

— Faria quase qualquer coisa por você — respondeu Simon, baixinho. — Morreria por você. Sabe disso. Mas mataria alguém, algum inocente? E que tal *muitas* vidas inocentes? E o mundo todo? É realmente amor se chega ao ponto de precisar escolher entre a pessoa amada e todas as outras vidas do planeta, e escolher a pessoa? Isso é... não sei, isso sequer é um tipo de amor moral?

— Amor não é moral ou amoral — disse ela. — Simplesmente é.

— Eu sei — disse Simon. — Mas as ações que executamos em nome do amor, estas são morais ou amorais. E normalmente isso não teria importância. Em geral... independentemente do que penso sobre Jace ser irritante... ele jamais pediria que você fizesse alguma coisa que vai contra a sua natureza. Nem por ele, nem por ninguém. Mas ele não é mais o *Jace* exatamente, é? E eu não sei, Clary. Não sei o que ele pode pedir para você fazer.

Clary apoiou o cotovelo na mesa, cansada demais de repente.

— Talvez ele não seja o Jace. Mas é o mais próximo dele que tenho. Não há como recuperar Jace sem ele. — Ergueu os olhos para os de Simon. — Ou está me dizendo que não existe esperança?

Fez-se um longo silêncio. Clary pôde ver a honestidade inerente de Simon lutando contra o desejo de proteger a melhor amiga. Finalmente, ele falou:

— Jamais diria isso. Continuo judeu, você sabe, mesmo sendo um vampiro. No meu coração eu me lembro e acredito, mesmo nas palavras que não posso dizer. D... — Engasgou e engoliu em seco. — Ele fez um acordo conosco, exatamente como os Caçadores de Sombras acreditam que Raziel fez um acordo com eles. E acreditamos nas promessas. Portanto, não se pode jamais perder a esperança, *hatikva*, porque se mantiver a esperança viva, se manterá vivo. — Simon pareceu ligeiramente envergonhado. — Meu rabino dizia isso.

Clary deslizou a mão por cima da mesa e a colocou sobre a de Simon. Ele raramente falava sobre sua religião com ela, ou com qualquer um, apesar de ela saber que ele acreditava.

— Isso quer dizer que aceita?

Ele resmungou.

— Acho que quer dizer que você avassalou meu espírito e me derrotou.

— Fantástico.

— Sem dúvida sabe que está me deixando na posição de ser o cara que vai ter de contar para todo mundo: sua mãe, Luke, Alec, Izzy, Magnus...

— Acho que não deveria ter dito que não teria riscos para você — disse Clary, dócil.

— Pois é — respondeu ele. — Lembre-se, quando sua mãe estiver me mordendo pelo calcanhar como uma ursa furiosa separada do filhote, de que fiz isso por você.

Jordan tinha acabado de voltar a dormir quando bateram outra vez à porta. Ele fez um rolamento e rosnou. O relógio ao lado da cama mostrava 4h em dígitos amarelos piscantes.

Mais batidas. Relutante, Jordan se levantou, vestiu a calça jeans e cambaleou pelo corredor. Sonolento, abriu a porta.

— Olha...

As palavras morreram em seus lábios. No corredor viu Maia. Ela estava de calça jeans e uma jaqueta de couro bege, os cabelos presos com palitos de bronze. Um único cacho caía pela têmpora. Os dedos de Jordan se coçaram para pegá-lo e colocá-lo atrás da orelha dela. Em vez disso, enfiou as mãos nos bolsos do jeans.

— Bela camisa — disse ela, com um olhar seco para o peito nu de Jordan. Ela estava com uma mochila nos ombros. Por um instante, o coração dele pulou. Será que ia viajar? Será que deixaria a cidade por causa *dele*? — Olha, Jordan...

— Quem é? — A voz atrás de Jordan soou rouca, tão amarrotada quanto a cama da qual ela provavelmente tinha acabado de sair. Viu o queixo de Maia cair e olhou para trás, por cima do próprio ombro, para encontrar Isabelle, vestindo apenas uma camiseta de Simon, atrás dele, esfregando os olhos.

Maia fechou a boca.

— Sou eu — disse ela, em um tom não muito amigável. — Você veio... visitar Simon?

— O quê? Não, Simon não está aqui. — *Cale a boca, Isabelle*, pensou Jordan, agitado. — Ele... — Ela gesticulou vagamente. — Saiu.

As bochechas de Maia enrubesceram.

— Está com cheiro de bar aqui.

— É a tequila barata de Jordan — disse Isabelle, com um aceno. — Você sabe...

— E essa é a camisa dele também? — perguntou Maia.

Isabelle olhou para si mesma, depois para Maia. Com atraso, pareceu perceber o que a menina estava pensando.

— Ah. Não. Maia...

— Então, primeiro Simon me trai com você, e agora você e Jordan...

— Simon — disse Isabelle — também *me* traiu com *você*. De qualquer modo, não tem nada acontecendo entre mim e Jordan. Vim para ver Simon, mas ele não estava, então decidi dormir no quarto dele. E é para lá que vou voltar agora.

— Não — respondeu Maia, agressiva. — Não vá. Esqueça Simon e Jordan. O que tenho para dizer você também precisa ouvir.

Isabelle congelou com a mão na porta de Simon, o rosto rubro de sono clareando aos poucos.

— Jace — disse ela. — É por isso que está aqui?

Maia assentiu.

Isabelle cambaleou contra a porta.

— Ele está...? — A voz da garota falhou. Ela tentou começar outra vez: — Encontraram...

— Ele voltou — informou Maia. — Para buscar Clary — fez uma pausa. — Sebastian estava junto. Houve uma briga, e Luke se machucou. Ele está morrendo.

Isabelle emitiu um pequeno ruído na garganta.

— Jace? Jace machucou Luke?

Maia evitou o olhar da menina.

— Não sei exatamente o que aconteceu. Só que Jace e Sebastian vieram buscar Clary e houve uma briga. Luke se machucou.

— Clary...

— Ela está bem. Está na casa de Magnus com a mãe. — Maia se voltou para Jordan: — Magnus me ligou e me pediu que viesse vê-lo. Ele tentou falar com você, mas não conseguiu. Quer que você o coloque em contato com a Praetor Lupus.

— Que eu o coloque em contato com... — Jordan balançou a cabeça. — Não se pode simplesmente *ligar* para a Praetor. Não é como se houvesse um 0800-LOBISOMEM.

Maia cruzou os braços.

— Bem, então como entra em contato com eles?

— Tenho um supervisor. Ele me procura quando quer, ou eu ligo em caso de emergência...

— Isto *é* uma emergência. — Maia enfiou os polegares nas presilhas da calça. — Luke pode morrer, e Magnus disse que a Praetor pode ter informações que talvez ajudem.

Ela olhou para Jordan, os olhos grandes e escuros. Tinha de falar para ela, pensou Jordan. Que a Praetor não gostava de se misturar a assuntos da Clave; que eram discretos e se restringiam à missão: ajudar recém-chegados ao Submundo. Que não havia qualquer garantia de que ajudariam, e grande possibilidade de rejeitarem o pedido.

Mas Maia estava pedindo. Isto era algo que poderia fazer por ela e que poderia ser um passo na longa estrada que precisaria percorrer para reparar o que havia feito antes.

— Tudo bem — disse ele. — Então vamos ao QG e nos apresentamos pessoalmente. Eles ficam em North Fork, em Long Island. Bem longe de tudo. Podemos ir na minha picape.

— Tudo bem. — Maia levantou ainda mais a mochila. — Pensei que talvez precisássemos ir a algum lugar; por isso trouxe minhas coisas.

— Maia — foi Isabelle que falou. Não dizia nada havia tanto tempo que Jordan tinha quase se esquecido de que ela estava lá; ele se virou e a viu apoiada na parede perto da porta de Simon. Estava se abraçando, como se estivesse com frio. — Ele está bem?

Maia franziu o rosto.

— Luke? Não, ele...

— Jace. — A voz de Isabelle foi um suspiro. — Jace está bem? Alguém o machucou, ou prendeu, ou...

— Está bem — respondeu Maia, secamente. — E sumiu. Desapareceu com Sebastian.

— E Simon? — Os olhos de Isabelle se desviaram para Jordan. — Você disse que ele estava com Clary...

Maia balançou a cabeça.

— Não estava. Não estava lá. — A mão dela estava firme na alça da mochila. — Mas sabemos de uma coisa agora, e você não vai gostar. Jace e Sebastian estão conectados de alguma forma. Machuque Jace e machucará Sebastian. Mate-o, e Sebastian morre. E vice--versa. Diretamente de Magnus.

— A Clave sabe? — perguntou Isabelle, no mesmo instante. — Não contaram para a Clave, contaram?

Maia balançou a cabeça.

— Ainda não.

— Vão descobrir — disse Isabelle. — O bando inteiro sabe. Alguém vai falar. E aí haverá uma caça às bruxas. Vão matá-lo só para acabar com Sebastian. Vão matá-lo de qualquer forma. — Ela esticou os braços e passou as mãos nos cabelos negros e espessos. — Quero meu irmão — disse. — Quero ver Alec.

— Ótimo — disse Maia —, porque depois que Magnus me ligou, ele mandou uma mensagem. Disse que tinha a sensação de que você estaria aqui e mandou um recado. Quer que vá imediatamente para o apartamento dele no Brooklyn.

Estava congelando lá fora, tão frio que o símbolo de *thermis* que tinha feito em si mesma — e o casaco fino que havia pegado emprestado do armário de Simon — não impediu Isabelle de tremer ao abrir a porta do apartamento de Magnus e entrar.

Depois que abriram a entrada da portaria, ela subiu as escadas, encostando no corrimão. Parte dela queria correr pelos degraus, por saber que Alec estava lá e entenderia o que ela estava sentindo. A outra parte, a parte que havia escondido dos irmãos o segredo dos pais durante toda a vida, queria se encolher no térreo e ficar sozinha com a própria tristeza. A parte que detestava depender de quem quer que fosse — afinal, no fim das contas não a decepcionariam? — e tinha orgulho de dizer que Isabelle Lightwood não *precisava* de ninguém lembrou a si mesma de que estava aqui porque tinham solicitado sua presença. *Eles* precisavam *dela*.

Isabelle não se incomodava em ser necessária. Gostava, aliás. Foi por isso que demorou mais para aceitar Jace quando ele chegou de Idris pelo Portal, um menino de 10 anos de idade, magro, com olhos claros e assombrados. Alec se encantou por ele imediatamente, mas Isabelle não gostou do domínio que ele tinha sobre si mesmo. Quando sua mãe lhe contou que o pai de Jace tinha sido assassinado na frente do menino, ela o imaginou chegando com os olhos cheios de lágrimas, querendo conforto e até mesmo conselhos. Mas ele não parecia precisar de ninguém. Mesmo aos 10 anos, tinha uma sagacidade aguda e defensiva, e um temperamento ácido. Aliás, Isabelle concluiu, espantada, ele era exatamente como ela.

No fim das contas foi a Caça às Sombras que os conectou — um amor compartilhado por armas afiadas, lâminas serafim luminosas, o prazer dolorido de queimar Marcas, a velocidade ágil das batalhas. Quando Alec quis caçar sozinho com ele, sem Isabelle, ele a defendeu: "Precisamos dela conosco; ela é a melhor de todos. Além de mim, é claro."

Ela o amou só por isso.

Estava à porta de Magnus agora. Luz escorria pela abertura embaixo, e ela ouviu vozes sussurradas. Abriu a porta e uma onda de calor a envolveu. Entrou de bom grado.

O calor vinha de uma fogueira na lareira — apesar de não haver chaminés no prédio, e o fogo apresentar o tom azul-esverdeado de uma chama encantada. Magnus e Alec estavam sentados em um dos sofás perto da lareira. Enquanto ela entrava, Alec levantou o olhar, a viu e ficou de pé antes de sair correndo descalço pela sala — estava com uma calça de moletom preta e uma camiseta branca com o colarinho rasgado — para abraçá-la.

Por um instante ela ficou parada nos braços dele, ouvindo o coração do irmão, as mãos dele a afagando nas costas e no cabelo, ligeiramente desconfortáveis.

— Iz — disse ele. — Vai ficar tudo bem, Izzy.

Ela o afastou, esfregando os olhos. Meu Deus, como detestava chorar.

— Como pode dizer isso? — disparou. — Como alguma coisa pode ficar bem depois disto?

— Izzy. — Alec colocou gentilmente os cabelos da irmã sobre um dos ombros e o puxou delicadamente. Fez com que ela se lembrasse do tempo em que usava tranças e Alec puxava, com bem menos suavidade do que agora. — Não desmorone. Precisamos de você — ele diminuiu a voz —, além disso, sabia que está cheirando a tequila?

Ela olhou para Magnus, que observava os dois do sofá com seus olhos ilegíveis de gato.

— Onde está Clary? — perguntou. — E a mãe dela? Pensei que estivessem aqui.

— Estão dormindo — respondeu Alec. — Achamos que precisavam de um descanso.

— E eu não?

— *Você* acabou de ver seu noivo ou seu padrasto quase ser assassinado diante dos seus olhos? — indagou Magnus, secamente. Estava usando um pijama listrado com um robe preto de seda por cima. — Isabelle Lightwood — disse ele, sentando-se e juntando as mãos à frente do corpo. — Como Alec disse, precisamos de você.

Isabelle se recompôs, esticando os ombros para trás.

— Precisam de mim para quê?

— Para encontrar as Irmãs de Ferro — explicou Alec. — Precisamos de uma arma que divida Jace e Sebastian, de modo que possam ser feridos separadamente... Bem, você me entende. Para que Sebastian possa ser morto sem que Jace se machuque. E é uma questão de tempo até que a Clave saiba que Jace não é prisioneiro de Sebastian, que está junto com ele...

— Não é *Jace* — protestou Isabelle.

— Pode não ser — disse Magnus —, mas se ele morrer, seu Jace morre junto.

— Como sabe, as Irmãs de Ferro só falam com mulheres — disse Alec. — E Jocelyn não pode ir sozinha porque não é mais uma Caçadora de Sombras.

— E Clary?

— Ainda está em treinamento. Não saberá fazer as perguntas certas, nem a forma de se dirigir a elas. Mas você e Jocelyn, sim. E Jocelyn disse que já esteve lá; pode ajudar a guiá-la depois que as enviarmos por um Portal até as barreiras da Cidadela Adamant. Vocês vão, as duas, de manhã.

Isabelle pensou. A ideia de finalmente ter o que fazer, algo definitivo, ativo e relevante, era um alívio. Preferiria alguma tarefa que envolvesse matar demônios ou cortar as pernas de Sebastian, mas era melhor do que nada. As lendas que cercavam Adamant faziam o local parecer proibido, distante, e as Irmãs de Ferro eram vistas com muito menos frequência do que os Irmãos do Silêncio. Isabelle nunca tinha visto uma.

— Quando vamos? — perguntou.

Alec sorriu pela primeira vez desde que ela chegou, e esticou o braço para afagar o cabelo da irmã.

— Essa é a minha Isabelle.

— Pare com isso. — Ela esquivou-se para fora do alcance dele e viu Magnus sorrindo do sofá. Ele se ajeitou e passou a mão no cabelo preto já extremamente arrepiado.

— Tenho três quartos de hóspedes — informou. — Clary está em um; a mãe, no outro. Mostrarei o terceiro.

Todos os quartos ficavam em um corredor estreito e sem janelas; Magnus conduziu Isabelle até o terceiro, cujas paredes eram pintadas de rosa-shocking. Cortinas pretas dependuravam-se de barras prateadas sobre as janelas, presas por algemas. A colcha tinha uma estampa de corações escuros.

Isabelle olhou em volta. Sentia-se agitada e nervosa, e sem qualquer vontade de dormir.

— Belas algemas. Dá para entender por que não colocou Jocelyn para dormir aqui.

— Eu precisava de alguma coisa para segurar as cortinas. — Magnus deu de ombros.

— Tem roupa para dormir?

Isabelle apenas assentiu, sem querer admitir que tinha trazido a camiseta de Simon. Vampiros não tinham cheiro de nada, mas a camiseta ainda tinha o odor reconfortante de sabão em pó.

— É estranho — disse ela. — Você exigir minha presença imediata, apenas para me botar na cama e avisar que só começaremos amanhã.

Magnus se apoiou na parede perto da porta, com os braços sobre o peito, e a olhou com seus olhos felinos. Por um instante lembrou Church, exceto pela menor probabilidade de morder.

— Eu amo seu irmão — falou. — Você sabe disso, não sabe?

— Se quer minha permissão para casar com ele, fique à vontade — declarou a garota. — O outono é uma boa época. Você pode usar um fraque laranja.

— Ele não está feliz — disse Magnus, como se ela não tivesse falado nada.

— Claro que não está — irritou-se Isabelle. — Jace...

— *Jace* — disse Magnus, e suas mãos se cerraram em punhos nas laterais do corpo.

Isabelle o encarou. Sempre achou que ele não se incomodasse com Jace; diria até que passara a gostar dele, depois que a questão sobre o afeto de Alec ficou definida.

Em voz alta, falou:

— Pensei que você e Jace fossem amigos.

— Não é isso — explicou. — Existem algumas pessoas... pessoas que o universo parece ter destacado para destinos especiais. Dádivas especiais e tormentos especiais. Deus sabe que somos todos atraídos pelo que é lindo e quebrado; *eu* já fui, mas algumas pessoas não têm conserto. Ou, se têm, é somente através de amor e sacrifício tão grande que destrói aquele que dá.

Isabelle balançou a cabeça lentamente.

— Agora me confundiu. Jace é nosso irmão, mas para Alec... Ele é *parabatai* de Jace, além disso.

— Eu sei sobre os *parabatai* — disse Magnus. — Conheci *parabatai* tão próximos que eram praticamente a mesma pessoa. Você sabe o que acontece quando um deles morre, com o que fica...

— Pare! — Isabelle tapou os ouvidos com as mãos, em seguida as abaixou lentamente. — Como ousa, Magnus Bane? — perguntou. — Como ousa piorar o que já está ruim?

— Isabelle. — Magnus desenlaçou as mãos; parecia um pouco espantado, como se o próprio desabafo o tivesse assustado. — Desculpe. Às vezes me esqueço... que com todo o seu autocontrole e sua força, você tem a mesma vulnerabilidade de Alec.

— Não existe nada de fraco em Alec — disse Isabelle.

— Não — concordou Magnus. — Amar como se quer, isso exige força. A questão é que eu queria que você estivesse aqui por ele. Existem coisas que não posso fazer por ele, coisas que não posso dar. — Por um instante o próprio Magnus pareceu bastante vulnerável. — Você conhece Jace há tanto tempo quanto ele. Pode oferecer uma compreensão que eu não posso. E ele a ama.

— Claro que me ama. Sou irmã dele.

— Sangue não significa amor — disse Magnus, com a voz amarga. — Basta perguntar a Clary.

Clary voou pelo Portal como se tivesse atravessado o cano de uma espingarda e saltou do outro lado. Cambaleou para o chão e caiu de pé, dominando inicialmente a aterrissagem. A pose durou apenas um instante até ela, tonta demais com o Portal para manter o foco, se desequilibrar e cair no chão, a mochila amortecendo a queda. Suspirou — *algum dia* todo o treinamento surtiria efeito — e se levantou, esfregando poeira da traseira da calça.

Estava na frente da casa de Luke. O rio brilhava por cima do seu ombro, e a cidade se erguia por trás como uma floresta de luzes. A casa de Luke estava exatamente como a haviam deixado algumas horas antes, trancada e escura. Clary, de pé sobre a poeira e o caminho de pedras que levava aos degraus da frente, engoliu em seco.

Lentamente, tocou o anel na mão direita com os dedos da mão esquerda.

Simon?

A resposta foi imediata.

Oi?

Cadê você?

Andando em direção ao metrô. Pegou o Portal até sua casa?

Para a casa de Luke. Se Jace vier, como acho que vem, vai ser para cá.

113

Silêncio. Em seguida:

Bem, acho que sabe como me encontrar, se precisar.

Acho que sim. Clary respirou fundo. *Simon?*

Oi?

Eu amo você.

Pausa.

Também amo você.

E isso foi tudo. Não houve clique, como quando você desliga um telefone; Clary apenas sentiu um corte na conexão, como se um fio tivesse sido cortado em sua mente. Ficou imaginando se fora disto que Alec falara quando mencionou o laço dos *parabatai*.

Ela foi em direção à casa de Luke e subiu as escadas lentamente. Esta era a sua casa. Se Jace voltasse para buscá-la, como disse que faria, viria para cá. Sentou-se no degrau mais alto, colocou a mochila no colo e esperou.

Simon estava diante da geladeira do apartamento e tomou o último gole de sangue gelado enquanto a lembrança da voz silenciosa de Clary desbotava de sua mente. Tinha acabado de chegar em casa, o apartamento estava escuro, o ronco da geladeira alto, e o lugar estava com um estranho cheiro de... tequila? Talvez Jordan tivesse bebido. A porta do quarto dele estava fechada, não que Simon o culpasse por estar dormindo; já passava das quatro da madrugada.

Guardou a garrafa de volta na geladeira e foi para o quarto. Seria a primeira vez na semana que dormiria em casa. Já tinha se acostumado a ter com quem dividir a cama, um corpo contra o qual rolar no meio da noite. Gostava de como Clary se encaixava nele, dormindo encolhida com a cabeça na mão; e, se tinha de admitir para si mesmo, gostava do fato de ela não conseguir dormir sem ele. Fazia com que se sentisse indispensável e necessário — ainda que o fato de Jocelyn não parecer se importar com ele dormindo ou não na cama da filha indicasse que a mãe de Clary o considerava tão sexualmente ameaçador quanto um peixinho dourado.

Claro, ele e Clary já tinham compartilhado camas diversas vezes, dos 5 aos 12 anos. Isso talvez tivesse alguma relação, pensou, abrindo a porta do quarto. A maioria das referidas noites tinha sido passada com atividades tórridas, como concursos de quem demorava mais para comer um chocolate. Ou levavam um aparelho de DVD portátil e...

Simon piscou. O quarto parecia o mesmo... paredes limpas, prateleiras de plástico com suas roupas, o violão pendurado na parede e um colchão no chão. Mas na cama tinha um pedaço de papel — um quadrado branco emoldurado pelo cobertor preto. A letra redonda era familiar. Isabelle.

Pegou o bilhete e leu:

Simon, tentei ligar, mas parece que seu telefone está desligado. Não sei onde está agora. Não sei se Clary já contou o que aconteceu esta noite. Mas preciso ir à casa de Magnus e gostaria muito que você estivesse lá.

Nunca sinto medo, mas temo por Jace. Temo pelo meu irmão. Nunca lhe peço nada, Simon, mas estou pedindo agora. Por favor, venha.

Isabelle.

Simon deixou a carta cair de sua mão. Já estava fora do apartamento e descendo os degraus antes mesmo de o papel atingir o chão.

Quando Simon entrou no apartamento de Magnus, o local estava quieto. Havia uma chama ardendo na lareira, em frente à qual Magnus estava sentado em um sofá macio, com os pés na mesa de centro. Alec estava dormindo com a cabeça no colo de Magnus, que acariciava os cabelos negros do Caçador de Sombras entre os dedos. O olhar do feiticeiro nas chamas parecia remoto e distante, como se estivesse olhando para o passado. Simon não pôde deixar de se lembrar do que Magnus dissera uma vez, sobre viver eternamente:

Um dia sobraremos apenas eu e você.

Simon estremeceu, e Magnus levantou os olhos.

— Isabelle ligou várias vezes para você, sabe — disse, com a voz baixa para não acordar Alec. — Ela está no corredor, por ali, primeiro quarto à esquerda.

Simon assentiu e, com uma saudação na direção de Magnus, partiu pelo corredor. Estava se sentindo estranhamente nervoso, como se estivesse se arrumando para um primeiro encontro. Isabelle, até onde se lembrava, jamais havia solicitado sua ajuda ou sua presença, nem dito que precisava dele de alguma forma.

Ele abriu a porta do primeiro quarto à esquerda e entrou. Estava escuro, as luzes apagadas; se Simon não tivesse visão vampiresca, provavelmente só teria enxergado a negritude. Com sua habilidade, viu os contornos de um armário, cadeiras cobertas por roupas e uma cama desfeita. Isabelle estava dormindo de lado, os cabelos negros espalhados sobre o travesseiro.

Simon encarou. Nunca tinha visto Isabelle dormindo antes. Parecia mais nova do que era, com o rosto relaxado, os longos cílios tocando os topos das maçãs do rosto. A boca ligeiramente aberta, os pés encolhidos. Trajava apenas uma camiseta — uma camiseta *dele,* azul, desbotada, que dizia O CLUBE DE AVENTURAS DO MONSTRO DO LAGO NESS: IGNORANDO FATOS, ENCONTRANDO RESPOSTAS.

Simon fechou a porta atrás de si, sentindo-se mais decepcionado do que imaginara. Não tinha lhe ocorrido que ela já estivesse dormindo. Queria conversar com ela, ouvir sua voz. Tirou os sapatos e deitou ao lado. Izzy certamente ocupava mais espaço do que Clary. Era alta, quase da altura dele, mas quando colocou a mão no ombro dela, os ossos de Isabelle pareceram delicados ao seu toque. Passou a mão no braço da menina.

— Iz? — falou. — Isabelle?

Ela murmurou e virou a cara para o travesseiro. Ele se inclinou mais para perto — ela estava cheirando a álcool e perfume de rosas. Bem, isso explicava essa parte. Pensou em puxá-la para os braços e beijá-la suavemente, mas "Simon Lewis, molestador de mulheres desacordadas" não era exatamente o epitáfio pelo qual gostaria de ser lembrado.

Deitou-se de costas e ficou olhando para o teto. Gesso rachado, marcado por manchas de água. Magnus realmente deveria chamar alguém para consertar. Como que sentindo sua presença, Isabelle rolou de lado contra ele, a bochecha suave no ombro de Simon.

— Simon? — perguntou, grogue.

— Sim. — Tocou levemente o rosto dela.

— Você veio. — Ela esticou os braços sobre o peito dele, movendo-se de modo a encaixar a cabeça no ombro dele. — Não pensei que fosse vir.

Os dedos dele traçaram desenhos no braço dela.

— Claro que vim.

As palavras seguintes de Isabelle foram abafadas pelo pescoço dele:

— Desculpe por eu estar dormindo.

Ele sorriu para si mesmo, um pouco, no escuro.

— Tudo bem. Mesmo que você só me quisesse aqui para abraçá-la enquanto dorme, eu viria.

Ele a sentiu enrijecer e, em seguida, relaxar.

— Simon?

— Oi?

— Pode me contar uma história?

Ele piscou os olhos.

— Que tipo de história?

— Alguma em que os mocinhos vençam os bandidos. E permaneçam mortos.

— Então tipo um conto de fadas? — perguntou. Tentou se lembrar de algum. Só conhecia as versões da Disney dos contos de fadas, e a primeira imagem que lhe veio foi a de Ariel com o sutiã de conchas. Tivera uma quedinha por ela aos 8 anos. Não que este parecesse o momento para tocar no assunto.

— Não. — A palavra foi uma exalada. — Nós *estudamos* contos de fadas na escola. Boa parte da magia é real... mas... Não, quero alguma coisa que eu não tenha ouvido antes.

— Tudo bem. Tenho uma boa. — Simon acariciou o cabelo de Isabelle, sentindo os cílios dela batendo no pescoço enquanto ela fechava os olhos. — Há muito tempo, em uma galáxia muito, muito distante...

Clary não sabia há quanto tempo estava sentada nos degraus da entrada da casa de Luke quando o sol começou a nascer. Ergueu-se por trás da casa, o céu adquiriu uma tonalidade rosa-escuro, o rio era uma tira de azul metálico. Ela estava tremendo, tremia havia tanto tempo que o corpo inteiro parecia contraído em um único tremor de frio. Tinha utilizado dois símbolos de aquecimento, mas não haviam ajudado; tinha a sensação de que os tremores eram tão psicológicos quanto todo o resto.

Será que ele viria? Se ainda fosse tão Jace quanto ela acreditava, viria; quando falou que voltaria, ela entendeu que ele queria dizer que chegaria o quanto antes. Jace não era muito paciente. E não fazia joguinhos.

Mas havia um limite de tempo pelo qual poderia esperar. Eventualmente, o sol nasceria. O dia seguinte teria início, e a mãe estaria de olho nela outra vez. Teria de desistir de Jace por pelo menos mais um dia, se não mais.

Fechou os olhos contra o brilho do nascer do sol, apoiando os cotovelos no degrau superior, atrás dela. Por apenas um instante se permitiu flutuar na fantasia de que tudo estava como antes, de que nada havia mudado, de que encontraria Jace esta tarde para treinar, ou à noite para jantar, e ele iria abraçá-la e fazê-la rir como sempre.

Raios calorosos de sol tocaram o rosto de Clary. Relutante, abriu os olhos.

E ele estava lá, se aproximando, tão silencioso quanto um gato, como sempre. Vestia um casaco azul-escuro que fazia seu cabelo parecer a luz do sol. Ela se sentou ereta, com o coração acelerado. O raio solar luminoso parecia deixá-lo emoldurado de luz. Clary pensou naquela noite em Idris, nos fogos de artifício cortando o céu, e que a fizeram pensar em anjos em chamas, caindo.

Ele a alcançou e estendeu as mãos; ela as pegou e permitiu que ele a levantasse. Os olhos claros de Jace investigaram seu rosto.

— Não tinha certeza se viria.

— Desde quando não tem certeza de mim?

— Você ficou muito irritada antes. — Jace pegou o rosto dela com a mão. Tinha uma cicatriz acentuada na palma dele; pôde senti-la em sua pele.

— E se eu não estivesse aqui, o que você teria feito?

Ele a puxou para perto. Também estava tremendo, e o vento soprava seus cachos, emaranhados e luminosos.

— Como está Luke?

Ao ouvir o nome de Luke, outro tremor atravessou o corpo de Clary. Jace, acreditando que ela estava com frio, puxou-a ainda mais para perto.

— Ele vai ficar bem — respondeu, cautelosa. *É sua culpa, sua culpa, sua culpa.*

— Nunca quis que ele se machucasse. — Os braços de Jace a envolviam, os dedos traçavam uma linha lenta para cima e para baixo da espinha. — Acredita em mim?

— Jace... — disse Clary. — Por que está aqui?

— Para pedir novamente. Que venha comigo.

Clary fechou os olhos.

— E não vai me dizer para onde?

— Fé — respondeu, suavemente. — Precisa ter fé. Mas também deve saber... quando vier comigo, não terá volta. Não por um bom tempo.

Pensou na ocasião em que saiu do Java Jones e o viu esperando por ela. Sua vida tinha mudado naquele momento de uma maneira que não tinha volta.

— Nunca houve volta — disse ela. — Não com você. — Abriu os olhos. — Vamos.

Ele sorriu, um sorriso tão brilhante quanto o sol surgindo por trás das nuvens, e ela sentiu o corpo relaxar.

—Tem certeza?

—Tenho.

Jace se inclinou e beijou-a. Esticando-se para abraçá-lo, sentiu um gosto amargo nos lábios dele; então a escuridão veio como uma cortina indicando o fim do ato de uma peça.

parte dois
Certas Coisas Sombrias

Te amo como se amam

certas coisas sombrias

— Pablo Neruda, "Soneto XVII"

— ⊰ Capítulo 8 ⊱ —
FOGO TESTA OURO

Maia nunca tinha estado em Long Island, mas quando pensava no lugar, sempre o imaginava muito parecido com Nova Jersey — essencialmente suburbano, um lugar onde moravam as pessoas que trabalhavam em Nova York e na Filadélfia.

Tinha guardado a mochila na traseira da picape de Jordan, assustadoramente desconhecida. Quando namoravam, ele tinha um Toyota vermelho surrado, que vivia sujo, cheio de copos de café e embalagens de fast-food, e o cinzeiro cheio de guimbas de cigarro. A cabine da picape era comparativamente limpa; o único detrito era uma pilha de papéis no banco do carona. Ele empurrou de lado os papéis sem fazer qualquer comentário enquanto ela entrava.

Não se falaram durante a travessia de Manhattan até a autoestrada para Long Island e Maia acabou cochilando, a bochecha no vidro frio da janela. Finalmente, acordara quando passaram por um buraco na estrada, o que a arremessou para a frente. Piscou os olhos, esfregando-os.

— Desculpe — dissera Jordan, lamentoso. — Eu ia deixá-la dormir até chegarmos.

Ela se sentara, olhando em volta. Estavam em uma via de mão dupla, o céu ao redor começava a clarear. Havia campos em ambos os lados da estrada, algumas fazendas ou depósitos, casas de madeira afastadas umas das outras com cercas ao redor.

— É bonito — comentara ela, surpresa.

— É. — Jordan trocara a marcha, limpando a garganta. — Como está acordada... antes de chegarmos à Casa da Praetor, posso mostrar uma coisa?

Ela hesitara por apenas um segundo antes de assentir. E agora, cá estavam entrando em uma estrada de terra, mão única, com árvores de ambos os lados. A maioria não tinha folhas; a estrada era lamacenta, e Maia abriu a janela para sentir o cheiro do ar. Árvores, água salgada, folhas caindo devagar, pequenos animais correndo pela grama alta. Ela respirou fundo mais uma vez exatamente quando entraram em uma pequena rotatória. Na frente deles estava a praia, esticando-se até a água azul-escura. O céu estava quase lilás.

Ela olhou para Jordan. Ele estava olhando para a frente.

— Eu costumava vir aqui enquanto estava em treinamento na Casa da Praetor — falou. — Às vezes, só para olhar a água e clarear as ideias. O sol nasce aqui... Todo dia é diferente, mas são todos lindos.

— Jordan.

Ele não olhou para ela quando disse:

— Oi?

— Desculpe pelo que aconteceu antes. Por ter fugido, você sabe, no estaleiro.

— Tudo bem. — Ele soltou a respiração lentamente, mas ela viu pela tensão nos ombros dele, pela mão agarrando a marcha, que na verdade não estava tudo bem. Maia tentou não olhar para a maneira como a tensão moldava os músculos do braço dele, acentuando o entalhe do bíceps. — Foi coisa demais para absorver; entendo. Eu só...

— Acho que devemos ir aos poucos. Vamos começar tentando ser amigos.

— Não quero ser seu amigo — declarou ele.

Maia não conseguiu conter a surpresa.

— Não quer?

Ele tirou a mão da marcha para o volante. Ar quente saía do aquecedor do carro, misturando-se ao ar fresco que entrava pela janela de Maia.

— Melhor não conversarmos sobre isso agora.

— Eu quero — disse ela. — Quero conversar agora. Não quero estar estressada com *a gente* quando estivermos na Casa da Praetor.

Ele deslizou para baixo no próprio assento, mordendo o lábio. Os cabelos castanhos caíram para a frente, sobre a testa.

— Maia...

— Se não quer ser meu amigo, então o que somos? Inimigos outra vez?

Ele virou a cabeça, a bochecha contra o banco do carro. Aqueles olhos eram exatamente como ela se lembrava, cor de amêndoa com manchas verdes, azuis e douradas.

— Não quero ser seu amigo — explicou —, porque ainda te amo. Maia, sabia que eu sequer beijei outra menina desde que terminamos?

— Isabelle...

— Queria se embebedar e conversar sobre Simon. — Ele tirou as mãos do volante, esticou-as para Maia, em seguida largou-as de novo no próprio colo, uma expressão derrotada no rosto. — Você é a única que amei. Pensar em você foi o que me fez passar pelo meu treinamento. A ideia de que poderia recompensá-la algum dia. E vou, de qualquer forma possível, menos uma.

— Não vai ser meu amigo.

— Não vou ser *apenas* seu amigo. Eu te amo, Maia. Sou *apaixonado* por você. Sempre fui. Sempre serei. Ser só seu amigo me mataria.

Ela olhou para o oceano. A borda do sol estava começando a aparecer sobre a água, os raios iluminando o mar em tons de roxo, dourado e azul.

— É tão bonito aqui.

— Por isso que eu vinha. Não conseguia dormir e vinha ver o sol nascer. — A voz dele era suave.

— Agora consegue dormir? — Maia voltou-se novamente para ele.

Ele fechou os olhos.

— Maia, se vai dizer que não, que não quer ser nada além de minha amiga... diga. Arranque o curativo de uma só vez, tudo bem?

Ele pareceu preparado, como se esperasse um golpe. Os cílios projetavam sombra nas maçãs do rosto do menino. Havia cicatrizes brancas na pele morena da garganta dele, cicatrizes causadas por ela. Maia soltou o cinto e deslizou sobre o banco, aproximando-se dele. Ouviu a respiração engasgada dele, mas Jordan não se moveu enquanto ela se inclinava e o beijava na bochecha. Sentiu o cheiro dele. Mesmo sabão, mesmo xampu, mas sem o cheio remanescente dos cigarros. Mesmo menino. Beijou-o por toda a bochecha, até o canto da boca e, finalmente, inclinando-se ainda mais, levou a boca à dele.

Os lábios de Jordan se abriram sob os dela, e ele rosnou, baixo, na garganta. Lobisomens não eram suaves uns com os outros, mas as mãos dele foram leves quando a ergueram e a puxaram para o colo, abraçando-a à medida que o beijo se intensificava. A sensação dele, o calor dos braços cobertos de veludo, as batidas do coração, o gosto da boca, o choque de lábios, dentes e língua a deixaram sem fôlego. As mãos de Maia deslizaram pela nuca de Jordan e ela derreteu sobre ele ao sentir os cachos espessos do cabelo do menino, exatamente os mesmos de sempre.

Quando finalmente se distanciaram, os olhos dele estavam vítreos.

— Há anos que espero por isso.

Ela traçou a linha da clavícula dele com um dedo. Pôde sentir o próprio coração batendo. Por alguns instantes não eram dois licantropes em uma missão em uma organização altamente secreta — eram dois adolescentes, trocando beijos em um carro na praia.

— Correspondeu às expectativas?

— Foi melhor. — A boca dele entortou no canto. — Isso quer dizer...

— Bem — respondeu ela. — Esse não é o tipo de coisa que você faz com seus amigos, certo?

— Não é? Tenho de contar para Simon. Ele vai ficar muito decepcionado.

— *Jordan.* — Ela bateu levemente no ombro dele, mas estava sorrindo, assim como ele, que tinha um sorriso enorme, apatetado e incomum se espalhando no rosto.

Ela se curvou para a frente e colocou a cabeça na dobra do pescoço dele, inspirando a mistura do cheiro dele com o da manhã.

Estavam lutando sobre o lago congelado, a cidade de gelo brilhando como uma lâmpada a distância. O anjo de asas douradas e o anjo de asas que pareciam fogo negro. Clary se encontrava no gelo enquanto sangue e penas caíam ao seu redor. As penas douradas ardiam como fogo quando tocavam sua pele, mas as negras eram frias como gelo.

Clary acordou com o coração acelerado, embrulhada em um nó de cobertores. Sentou-se, abaixando as cobertas para a cintura. Estava em um quarto estranho. As paredes eram de gesso branco, e ela se viu deitada em uma cama de madeira negra, vestindo as mesmas roupas da noite anterior. Deslizou para fora da cama, os pés descalços tocando o chão frio de pedra; olhou em volta, procurando a mochila.

Encontrou-a com facilidade, repousando em uma cadeira de couro preta. Não havia janelas no aposento; a única luz provinha de um lustre de vidro pendurado no teto, feito de vidro negro. Passou a mão na mochila e percebeu, irritada, mas sem surpresa, que alguém já tinha mexido no conteúdo. A caixa de materiais artísticos havia desaparecido, a estela inclusive. Tudo que restava era a escova de cabelo e uma muda de roupa, uma calça jeans e uma calcinha. Pelo menos o anel dourado continuava no dedo.

Tocou-o suavemente e *pensou* para Simon.

Estou aqui.

Nada.

Simon?

Não obteve resposta. Engoliu em seco o próprio desconforto. Não fazia ideia de onde estava, de que horas eram, ou havia quanto tempo estava apagada. Simon poderia estar dormindo. Não podia entrar em pânico e presumir que os anéis não estavam funcionando. Teria de seguir no piloto automático. Descobrir onde estava, aprender o que pudesse. Tentaria falar novamente com Simon mais tarde.

Respirou fundo e tentou se concentrar nos arredores. Duas portas saíam do quarto. Tentou a primeira e descobriu que esta desembocava em um pequeno banheiro de vidro cromado com uma banheira de bronze com pés em garra. Também não havia janelas ali. Tomou um rápido banho e se secou com uma toalha branca fofa, depois vestiu o jeans limpo e um casaco antes de voltar para o quarto, pegando o sapato e tentando a segunda porta.

Bingo. Aqui estava o restante... da casa? Apartamento? Viu-se em uma sala grande, metade da qual ocupada por uma ampla mesa de vidro. Mais lustres de contas de vidro negro se penduravam do teto, formando sombras dançantes contra as paredes. Tudo era muito moderno, das cadeiras de couro pretas à grande lareira, com moldura cromada. Havia um fogo ardendo nela. Então provavelmente alguém mais estava em casa, ou havia estado muito recentemente.

A outra metade tinha uma tela de TV enorme, uma mesa de centro preta sobre a qual havia jogos e controles, e sofás baixos de couro. Um par de escadas de vidro subia em espiral. Após uma olhada em volta, Clary começou a subir. O vidro era perfeitamente limpo e dava a impressão de que ela estava subindo uma escadaria invisível para o céu.

O segundo andar era bem parecido com o primeiro — paredes claras, chão negro, um longo corredor com portas para outros aposentos. A primeira levava ao que claramente era a suíte principal. Uma enorme cama de madeira escura sob cortinas brancas transparentes ocupava quase todo o espaço. Aqui havia janelas, com vidros azul-escuros. Clary atravessou o quarto para olhar.

Por um instante, imaginou se estaria em Alicante. Viu um canal e outro prédio com as janelas tapadas por cortinas verdes. O céu no alto estava cinza, o canal verde-azulado escuro, e havia uma ponte visível à direita, cortando o canal. Havia duas pessoas na ponte. Uma delas estava com uma câmera no rosto, tirando fotos diligentemente. Então não era Alicante. Amsterdã? Veneza? Procurou de todo jeito uma forma de abrir a janela, mas não parecia haver como; bateu no vidro e gritou, mas as pessoas atravessando a ponte não perceberam. Após alguns instantes, prosseguiram.

Clary voltou-se novamente para o quarto, foi até um dos armários e o abriu. Seu coração pulou. Estava cheio de roupas — roupas femininas. Vestidos lindos; bordados, cetim, contas e flores. As gavetas tinham camisolas e roupas íntimas, blusas de algodão e seda, saias, mas nenhum jeans ou outra calça. Havia até uma fileira de sapatos: sandálias e sapatos de salto, além de pares dobrados de meias. Por um instante, apenas olhou, imaginando se haveria outra menina hospedada aqui, ou se Sebastian tinha passado a se vestir de mulher. Mas todas as roupas tinham etiqueta, e todas eram praticamente do seu tamanho. E não era tudo, percebeu devagar, observando de perto. Eram exatamente das formas e cores que lhe cairiam bem; azuis, verdes, amarelos, feitas para uma menina mignon. Por fim, pegou uma das blusas mais simples, verde-escura e de mangas curtas, que fechava na frente. Após retirar a própria camiseta e jogá-la no chão, vestiu a verde e olhou-se no espelho na parte interna da porta.

Coube perfeitamente. Ressaltava o melhor de sua forma, justa na cintura, escurecendo o verde dos seus olhos. Arrancou a etiqueta, sem querer saber quanto tinha custado, e se apressou para fora do quarto, sentindo um tremor pela espinha.

O quarto seguinte claramente pertencia a Jace. Soube assim que entrou. Tinha o cheiro dele, da colônia, do sabonete e da pele dele. A cama era de madeira preta com lençóis e cobertores brancos, cuidadosamente feita. Era tão organizado quanto o quarto no Instituto. Havia livros empilhados perto da cama, com títulos em italiano, francês e latim. A adaga Herondale de prata com o desenho de pássaros estava enfiada na parede de gesso. Quando olhou mais de perto, viu que estava prendendo uma fotografia. Uma foto dela e de Jace, tirada por Izzy. Lembrava-se dela, um dia claro em princípios de outubro, Jace sentado nos degraus frontais do Instituto, com um livro no colo. Ela no degrau acima, com a mão no ombro dele, inclinando-se para a frente para ver o que ele estava lendo. A mão dele cobria a dela, quase distraidamente, e ele estava sorrindo. Clary não tinha visto o rosto dele naquele dia, não soube que estava sorrindo daquela forma até esse momento. Sua garganta se contraiu, e ela saiu do quarto, recobrando o fôlego.

Não poderia agir assim, disse a si mesma com firmeza. Como se cada imagem de Jace como ele era agora fosse um soco no estômago. Precisava fingir que não importava, como se não enxergasse qualquer diferença. Entrou na porta seguinte, em mais um quarto, muito parecido com o anterior, mas este estava uma zona — a cama era um emaranhado de lençóis de seda preta e uma colcha, uma escrivaninha de vidro e aço cheia de livros e papéis, roupas masculinas espalhadas por todos os cantos. Jeans, casacos e roupas de combate. Seu olhar caiu sobre algo com um brilho prateado, apoiado na escrivaninha perto da cama. Ela avançou, olhando fixamente, sem conseguir acreditar nos próprios olhos.

Era a caixinha da mãe, aquela com as iniciais *J.C.* gravadas. A que a mãe retirava todo ano, uma vez, e sobre a qual chorava silenciosamente, as lágrimas escorrendo pelo rosto e caindo nas mãos. Clary sabia o que havia na caixa — um cacho de cabelo, tão fino e tão branco quanto um dente de leão; retalhos da camisa de uma criança; um sapato de neném, pequeno o bastante para caber na palma da mão. Pedacinhos de seu irmão, uma espécie de colagem da criança que a mãe gostaria de ter tido, sonhava ter tido, antes de Valentim ter feito o que fizera para transformar o filho em um monstro.

J.C.

Jonathan Christopher.

O estômago de Clary embrulhou, e ela recuou rapidamente para fora do quarto — diretamente contra uma parede viva. Braços a envolveram, apertando-a com força, e ela notou que eram esguios e musculosos, com pelos claros; por um instante achou que fosse Jace abraçando-a. Começou a relaxar.

— O que estava fazendo no meu quarto? — Sebastian perguntou ao seu ouvido.

Isabelle fora treinada para acordar cedo todas as manhãs, com chuva ou sol, e uma leve ressaca não fez nada para atrapalhar o hábito. Sentou-se lentamente e piscou para Simon.

Nunca havia passado uma noite inteira em uma cama com ninguém, a não ser que se levasse em conta as noites que subia na cama dos pais aos 4 anos, quando tinha medo de tempestades. Não pôde deixar de olhar para Simon como se ele fosse uma espécie exótica de animal. Estava deitado de costas, a boca levemente aberta, os cabelos nos olhos. Cabelos castanhos comuns, olhos castanhos comuns. A camiseta estava ligeiramente levantada. Não era musculoso como um Caçador de Sombras. Tinha uma barriga lisa e suave, mas não um tanquinho, e ainda possuía alguma suavidade no rosto. O que ele *tinha* que tanto a fascinava? Era bem bonitinho, mas ela já tinha ficado com cavaleiros do povo das fadas belíssimos, Caçadores de Sombras sexy...

— Isabelle — disse Simon, sem abrir os olhos. — Pare de me encarar.

Isabelle suspirou irritada e saiu da cama. Remexeu na mochila para procurar sua roupa de caça, pegou-a e saiu para encontrar o banheiro.

Ficava na metade do corredor e a porta estava começando a abrir... Alec emergindo de uma nuvem de vapor. Estava com uma toalha na cintura e outra nos ombros e esfregava os cabelos pretos energicamente. Isabelle supôs que não devesse se surpreender em vê-lo; ele tinha sido treinado para acordar cedo, assim como ela.

— Você está com cheiro de sândalo — disse ela, como forma de cumprimento. Isabelle detestava cheiro de sândalo. Gostava de aromas doces: baunilha, canela, gardênia.

Alec olhou para ela.

— Nós gostamos de sândalo.

Isabelle fez uma careta.

— Ou este é o plural majestático, ou você e Magnus estão se tornando um daqueles casais que pensam que são uma pessoa só. "*Nós* gostamos de sândalo." "*Nós* adoramos a sinfonia." "*Nós* esperamos que goste do *nosso* presente de natal", que, se quer minha opinião, não passa de uma forma mesquinha de evitar comprar dois presentes.

Alec piscou os cílios molhados para ela.

— Você vai entender...

— Se me disser que vou entender quando me apaixonar, vou sufocá-lo com essa toalha.

— E se continuar me impedindo de voltar para o quarto para me vestir, farei com que Magnus invoque fadinhas para amarrarem seus cabelos em nós.

— Ah, saia da frente. — Isabelle chutou o calcanhar de Alec até ele se mover, sem pressa, pelo corredor.

Teve a sensação de que se virasse para olhar para ele, o irmão estaria mostrando a língua, então não virou. Em vez disso, se trancou no banheiro e ligou o chuveiro quente. Depois olhou para a estante de produtos de banho e disse uma palavra nada delicada.

Xampu de sândalo, condicionador de sândalo e sabonete de sândalo. Ugh.

Quando finalmente apareceu, vestida com roupas de combate e o cabelo preso, encontrou Alec, Magnus e Jocelyn aguardando na sala. Havia rosquinhas, que não queria, e café, que quis. Serviu uma boa quantidade de leite e se sentou, olhando para Jocelyn, que também estava trajando — para surpresa de Isabelle — roupa de Caçadora de Sombras.

Era estranho, pensou. As pessoas sempre lhe diziam que ela era parecida com a mãe, apesar de ela mesma não enxergar isso, e ficou imaginando se seria da mesma forma como Clary parecia a mãe dela. A mesma cor de cabelo, sim, mas também o mesmo conjunto de feições, a mesma inclinação de cabeça, a mesma mandíbula teimosa. A mesma ideia de que ela podia se parecer com uma boneca de porcelana, mas por baixo era feita de aço. Contudo, Isabelle gostaria de que, assim como Clary havia herdado os olhos verdes da mãe, ela tivesse herdado os azuis de Maryse e Robert. Azul era tão mais interessante do que preto.

— Assim como a Cidade do Silêncio, só existe uma Cidadela Adamant, mas há muitas portas através das quais se pode encontrá-la — explicou Magnus. — A mais próxima de nós fica no velho Monastério Agostiniano em Grymes Hill, em Staten Island. Eu e Alec as levaremos até lá por um Portal e aguardaremos seu retorno, mas não podemos acompanhá-las até o final.

— Eu sei — disse Isabelle. — Porque vocês são *meninos*. Piolhos.

Alec apontou um dedo para ela.

— Leve a sério, Isabelle. As Irmãs de Ferro não são como os Irmãos do Silêncio. São muito menos afáveis e não gostam de ser incomodadas.

— Prometo que me comportarei da melhor maneira possível — garantiu Isabelle, e repousou a caneca vazia sobre a mesa. — Vamos.

Magnus a olhou desconfiado por um instante, depois deu de ombros. Estava com o cabelo cheio de gel, formando milhões de pontas agudas, e com os olhos esfumaçados de preto, mais felinos do que nunca. Passou por ela até a parede, já murmurando em latim; o contorno familiar de um Portal, sua passagem secreta contornada por símbolos brilhantes, começou a tomar forma. Um vento soprou, frio e severo, soprando os fios de cabelo de Isabelle.

Jocelyn entrou primeiro e atravessou. Era mais ou menos como ver alguém desaparecer em uma onda no mar: uma neblina prateada pareceu engoli-la, desbotando a cor dos cabelos ruivos enquanto ela desaparecia com um brilho fraco.

Isabelle foi em seguida. Estava acostumada à sensação do transporte por Portal. Um rugido mudo nos ouvidos, e nenhum ar nos pulmões. Fechou os olhos, em seguida os abriu novamente e caiu em uma moita seca. Levantou-se, esfregando a grama morta dos joelhos, e viu Jocelyn olhando para ela. A mãe de Clary abriu a boca — e fechou novamente quando Alec apareceu, caindo na folhagem ao lado de Isabelle, seguido por Magnus, o Portal brilhante se fechando atrás.

Nem a viagem pelo Portal bagunçou os cabelos arrepiados de Magnus. Ele puxou um dos espetos orgulhosamente.

—Veja só — disse para Isabelle.

— Mágica?

— Gel. Três dólares e noventa e nove centavos na Ricky's.

Isabelle revirou os olhos para ele e virou para absorver os novos arredores. Estavam no alto de uma colina, cujo pico era coberto por moitas secas e grama morta. Mais para baixo havia árvores escurecidas pelo outono; ao longe Isabelle viu um céu sem nuvens e o topo da ponte Verrazano-Narrows, que ligava Staten Island ao Brooklyn. Ao virar-se, Isabelle viu o monastério atrás de si, erguendo-se da vegetação. Era uma estrutura ampla de tijolos vermelhos, a maior parte das janelas fora estilhaçada ou tapada com tábuas. Havia pichações aqui e ali. Urubus perturbados pela chegada dos viajantes circulavam a torre do sino dilapidada.

Isabelle estreitou os olhos, imaginando se haveria um feitiço a ser descascado. Caso houvesse, era forte. Por mais que tentasse, não conseguia enxergar nada além das ruínas que se apresentavam.

— Não tem feitiço — disse Jocelyn, espantando Isabelle. — É isso mesmo que está vendo.

Jocelyn avançou, as botas esmagando a vegetação seca à frente. Após um instante, Magnus deu de ombros e a seguiu, e Isabelle e Alec foram depois. Não tinha trilha; galhos cresciam emaranhados, escuros contrastando com o ar claro, a folhagem rachava com a secura. Ao se aproximarem da construção, Isabelle viu que trechos da grama seca estavam queimados onde pentagramas e círculos cheios de símbolos haviam sido pintados na grama com spray.

— Mundanos — disse Magnus, levantando um galho do caminho de Isabelle. — Fazendo brincadeirinhas com magia, sem realmente entender do que se trata. Normalmente são atraídos a lugares assim, centros de poder, sem saberem por quê. Bebem, conversam, picham as paredes, como se fosse possível deixar uma marca humana na magia. Não é. — Chegaram a uma porta tapada com pedaços de madeira na parede de tijolo. — Chegamos.

Isabelle olhou atentamente para a porta. Mais uma vez, não teve qualquer sensação de que houvesse feitiço cobrindo-a, apesar de que, com muita concentração, um brilho fraco se tornou visível, como raio de sol refletindo na água. Jocelyn e Magnus trocaram um olhar. Jocelyn voltou-se para Isabelle.

— Está pronta?

Isabelle assentiu e, sem mais delongas, Jocelyn deu um passo para a frente e desapareceu pela tábuas da porta. Magnus olhou cheio de expectativa para Isabelle.

Alec se inclinou para a irmã, que sentiu a mão dele tocá-la no ombro.

— Não se preocupe — disse ele. — Você vai ficar bem, Iz.

Ela levantou o queixo.

— Eu sei — falou, e seguiu Jocelyn porta adentro.

Clary respirou fundo, mas antes que pudesse responder, ouviu um passo na escada e Jace surgiu no final do corredor. Sebastian imediatamente a soltou e virou-a. Com um sorriso como o de um lobo, afagou seu cabelo.

— Que bom vê-la, irmãzinha.

Clary perdeu a fala. Jace, contudo, não perdeu a dele; aproximou-se deles silenciosamente. Estava com uma jaqueta de couro preta, uma camiseta branca e calça jeans, descalço.

— Você estava *abraçando* Clary? — Ele olhou surpreso para Sebastian.

Sebastian deu de ombros.

— Ela é minha irmã. Estou feliz em vê-la.

— *Você* não abraça ninguém — observou Jace.

— Não tive tempo de cozinhar um almoço.

— Não foi nada — disse Clary, acenando uma mão para o irmão. — Tropecei. Ele estava me ajudando a me equilibrar.

Se Sebastian ficou surpreso por ela defendê-lo, não demonstrou. Permaneceu sem expressão enquanto ela atravessava o corredor até Jace, que a beijou na bochecha, os dedos frios em sua pele.

— O que você estava fazendo aqui em cima? — perguntou Jace.

— Procurando por você. — Deu de ombros. — Acordei e não o vi. Achei que talvez estivesse dormindo.

— Vejo que descobriu as roupas. — Sebastian apontou para a camisa dela. — Gostou? Jace lançou um olhar a ele.

— Estávamos comprando comida — explicou para Clary. — Nada sofisticado. Pão e queijo. Quer almoçar?

E foi assim que, alguns minutos depois, Clary se viu à mesa grande de vidro e aço. Pelos alimentos espalhados sobre ela, concluiu que o segundo palpite estivera correto. Estavam em Veneza. Tinha pão, queijos italianos, salame e presunto de Parma, geleia de uva e figo, e garrafas de vinho italiano. Jace sentou em frente a ela, Sebastian na cabeceira. Lembrou-se sombriamente da noite em que conheceu Valentim, em Renwick's, Nova York; lembrou-se de como ele se colocou entre ela e Jace na cabeceira, ofereceu vinho e informou-os de que eram irmãos.

Ela deu uma olhada no verdadeiro irmão agora. Pensou em como a mãe deveria ter ficado ao vê-lo. *Valentim.* Mas Sebastian não era uma cópia exata do pai. Ela já tinha visto fotos de Valentim na idade deles. No rosto de Sebastian as feições duras do pai eram suavizadas pela beleza da mãe; era alto, mas tinha ombros menos largos, mais flexíveis e felinos. Tinha as maçãs do rosto e a boca fina de Jocelyn, e os olhos escuros e os cabelos louro-brancos de Valentim.

Ele então levantou os olhos, como se tivesse flagrado Clary olhando para ele.

— Vinho? — Ofereceu a garrafa.

Ela assentiu, apesar de nunca ter gostado muito do gosto de vinho, e de ter passado a detestar desde Renwick's. Limpou a garganta enquanto Sebastian enchia a taça.

— Então — disse ela. — Esta casa... é sua?

— Era do nosso pai — respondeu Sebastian, repousando a garrafa. — De Valentim. Ela se move, entra e sai de mundos, do nosso e de outros. ele a usava como refúgio, e também como forma de viagem. Ele me trouxe aqui algumas vezes, me mostrou como entrar e sair, e como fazê-la viajar.

— Não tem porta de entrada.

—Tem, se souber como encontrar — respondeu Sebastian. — Papai foi muito esperto com este lugar.

Clary olhou para Jace, que balançou a cabeça.

— Nunca me mostrou. Eu nem saberia adivinhar que existia.

— É muito... apartamento de solteiro — observou Clary. — Eu não imaginaria Valentim como alguém...

— Que tinha uma TV de tela plana? — Jace sorriu para ela. — Não pega nenhum canal, mas dá para assistir DVDs. Na mansão tínhamos uma velha caixa de gelo que funcionava com energia enfeitiçada. Aqui ele tem uma geladeira sub-zero.

— Aquilo era para Jocelyn — comentou Sebastian.

Clary levantou os olhos.

— O quê?

— Todas as coisas modernas. Os aparelhos. E as roupas. Como essa camisa que está usando. Eram para nossa mãe. Caso ela decidisse voltar. — Os olhos escuros de Sebastian encontraram os dela.

Clary se sentiu um pouco enjoada. *Este é meu irmão, e estamos falando sobre nossos pais.* Ela se sentiu tonta; muita coisa estava acontecendo rápido demais para ela absorver e processar. Nunca teve tempo para pensar em Sebastian como seu irmão vivo e ativo. Quando descobriu quem realmente era, ele estava morto.

— Desculpe se é estranho — disse Jace, num tom de quem se desculpa, apontando para a blusa. — Podemos comprar roupas novas para você.

Clary tocou suavemente a manga. O tecido era fino, sedoso, caro. Bem, isso explicava — tudo praticamente do seu tamanho e cores adequadas a ela. Pois era muito parecida com a mãe.

Ela respirou fundo.

— Tudo bem — falou. — É só... o que vocês fazem, exatamente? Ficam viajando por este apartamento e...

— Vemos o mundo? — completou Jace, levemente. — Existem coisas piores.

— Mas não podem fazer isso para sempre.

Sebastian não tinha comido muito, mas tomou duas taças de vinho. Estava na terceira, e seus olhos brilhavam.

— Por que não?

133

— Bem, porque... porque a Clave está procurando vocês dois, e não podem passar a vida fugindo e se escondendo... — A voz de Clary se suspendeu quando ela olhou de um para o outro.

Estavam trocando um olhar, o olhar de duas pessoas que sabiam de alguma coisa, juntos, sobre a qual ninguém mais sabia. Não era um olhar que Jace compartilhava com alguém na frente dela há muito tempo.

Sebastian falou suave e lentamente.

— Está fazendo uma pergunta ou uma observação?

— Ela tem o direito de saber nossos planos — disse Jace. — Veio até aqui sabendo que não poderia voltar.

— Uma demonstração de fé — disse Sebastian, passando o dedo na borda da taça. Algo que Clary já tinha visto Valentim fazer. — Em *você*. Ela o ama. É por isso que está aqui. Não é?

— E se for? — respondeu Clary. Supunha que podia fingir que havia outro motivo, mas os olhos de Sebastian estavam sombrios e afiados, e ela duvidava que ele fosse acreditar. — Confio em Jace.

— Mas não em mim — observou Sebastian.

Clary escolheu cuidadosamente as palavras seguintes.

— Se Jace confia em você, então também confio — falou. — E você é meu irmão. Isso conta para alguma coisa. — A mentira deixou um gosto amargo em sua boca. — Mas não o conheço de verdade.

— Então, talvez devesse dedicar algum tempo a *passar* a me conhecer — disse Sebastian. — Depois nós revelaremos nossos planos.

Nós revelaremos. *Nossos* planos. Na cabeça de Sebastian havia um ele e Jace; não havia Jace e Clary.

— Não gosto de mantê-la desinformada — declarou Jace.

— Revelamos em uma semana. Que diferença uma semana faz?

Jace lançou um olhar a ele.

— Há duas semanas você estava morto.

— Bem, não sugeri *duas* semanas — respondeu Sebastian. — Isso seria loucura.

A boca de Jace se ergueu no canto. Ele olhou para Clary.

— Estou disposta a esperar que confie em mim — disse ela, sabendo que era a coisa certa e inteligente a se dizer. Mas detestando ter de dizê-la. — Quanto tempo for necessário.

— Uma semana — disse Jace.

— Uma semana — concordou Sebastian. — E isso significa que ela fica no apartamento. Sem comunicação com ninguém. Sem destrancar a porta para ela, sem entrar e sair.

Jace se inclinou para trás.

— E se eu estiver com ela?

Sebastian o olhou longamente sob cílios abaixados. Seu olhar era de alguém que avalia. Estava decidindo o que permitiria que Jace fizesse, percebeu Clary. Estava decidindo quanta liberdade daria ao "irmão".

— Tudo bem — falou afinal, com a voz carregada de condescendência. — Se você estiver com ela.

Clary olhou para a taça de vinho. Ouviu Jace responder com um murmúrio, mas não conseguiu olhar para ele. A ideia de um Jace que era *autorizado* a fazer coisas — Jace, que sempre fazia o que queria — a enjoava. Ela quis se levantar e quebrar a garrafa de vinho na cabeça de Sebastian, mas sabia que era impossível. *Corte um, o outro sangra.*

— Como está o vinho? — Foi a voz de Sebastian que perguntou, o divertimento implícito no tom.

Ela esvaziou a taça, engasgando com o gosto amargo.

— Delicioso.

Isabelle emergiu em uma paisagem desconhecida. Uma vasta planície verde se estendia diante dela com um céu baixo cinza enegrecido. Isabelle puxou o capuz da roupa e espiou, fascinada. Nunca tinha visto uma extensão tão grande do céu, ou uma planície tão vasta — era brilhante, tinha tom de joia, uma matiz de musgo. Enquanto Isabelle dava um passo para a frente, percebeu que *era* musgo, crescendo em volta e em torno das pedras negras espalhadas pela terra cor de carvão.

— É uma planície vulcânica — explicou Jocelyn. Estava ao lado de Isabelle, e o vento soprava seus cabelos vermelho-dourados para fora do coque cuidadosamente preso. Era tão parecida com Clary que chegava a assustar. — Isso tudo já foi depósito de lava. Provavelmente a área inteira é, até certo ponto, vulcânica. Trabalhando com *adamas*, as Irmãs precisam de muito calor para as fornalhas.

— Eu pensaria que seria um pouquinho mais quente, então — murmurou Isabelle.

Jocelyn lhe lançou um olhar seco e começou a andar, no que Isabelle acreditou ser uma direção aleatoriamente escolhida. Cambaleou atrás.

— Às vezes você é tão igual a sua mãe que me espanta um pouco, Isabelle.

— Vou encarar como um elogio. — Isabelle estreitou os olhos. Ninguém insultava sua família.

— Não era para ser uma ofensa.

Isabelle manteve os olhos no horizonte, onde o céu escuro tocava o terreno verde como joia.

— O quão bem conheceu meus pais?

Jocelyn a olhou de esguelha, rapidamente.

— Bem o suficiente quando estávamos todos em Idris. Mas não os via há anos.

135

— Conhecia quando se casaram?

O caminho escolhido por Jocelyn estava começando a subir, então a resposta veio ligeiramente sem fôlego.

— Conheci.

— Eles estavam... apaixonados?

Jocelyn parou onde estava e se virou para olhar para Isabelle.

— Isabelle, do que está falando?

— De amor? — tentou Isabelle, após uma pausa momentânea.

— Não sei por que acha que eu seria uma especialista no assunto.

— Bem, você conseguiu manter Luke por perto durante toda a vida, basicamente, antes de aceitar se casar com ele. Isso é impressionante. Gostaria de ter esse poder sobre um homem.

— Sim — disse Jocelyn. — Você tem, quero dizer. E não é algo a se desejar. — Passou as mãos pelo cabelo, e Isabelle sentiu um golpe. Por mais parecida que fosse com Clary, as mãos finas, flexíveis e delicadas eram de Sebastian. Isabelle se recordava de ter arrancado uma daquelas mãos em um vale em Idris, o chicote cortando a pele e o osso. — Seus pais não são perfeitos, Isabelle, porque ninguém é perfeito. São pessoas complicadas. E acabaram de perder um filho. Então, se está falando sobre seu pai ficar em Idris...

— Meu pai traiu minha mãe — soltou Isabelle, quase cobrindo a própria boca com a mão em seguida. Guardou este segredo durante anos, e contá-lo em voz alta para Jocelyn parecia uma traição, apesar de tudo.

O rosto de Jocelyn mudou. Agora estampava solidariedade.

— Eu sei.

Isabelle respirou fundo.

— Todo mundo sabe?

Jocelyn balançou a cabeça.

— Não. Algumas pessoas. Eu estava... em uma posição privilegiada para saber. Não posso revelar mais do que isso.

— Quem foi? — perguntou Isabelle. — Com quem ele traiu minha mãe?

— Com ninguém que você conheça, Isabelle...

— Você não sabe quem conheço! — A voz de Isabelle se elevou: — E pare de falar meu nome assim, como se eu fosse uma criancinha.

— Não cabe a mim contar — respondeu Jocelyn secamente, e voltou a andar.

Isabelle se apressou atrás, mesmo com a trilha se tornando mais íngreme, um muro de verde subindo ao encontro do céu trovejante.

— Tenho todo o direito de saber. São meus pais. E se você não me contar, eu...

Ela parou com uma inspiração súbita. Estavam no topo, e, de alguma forma, diante delas, uma fortaleza surgiu como uma flor desabrochando velozmente do chão. Era esculpida a partir de *adamas* branco-prateadas, refletindo o céu nublado. Torres com electrum na ponta esticavam-se em direção ao céu e a fortaleza era cercada por um muro alto, também feito de *adamas*, no qual havia um único portão, formado por duas grandes lâminas enterradas no chão, de forma angular, lembrando um monstruoso par de tesouras.

— A Cidadela Adamant — disse Jocelyn.

— Obrigada — irritou-se Isabelle. — Isso eu descobri.

Jocelyn emitiu um ruído que Isabelle já conhecia dos pais. Estava certa de que era linguagem de pais para "adolescentes". Então Jocelyn começou a descer a colina até a fortaleza. Isabelle, cansada de seguir, avançou. Era mais alta do que a mãe de Clary e tinha pernas mais longas, e não viu motivo para esperar por Jocelyn se esta fosse insistir em tratá-la como uma criança. Desceu a colina, esmagando o musgo com as botas, entrou pelo portão de tesouras...

E congelou. Estava sobre um pequeno afloramento de pedras. À sua frente, a terra despencava em um abismo, ao fundo do qual ardia um rio de lava vermelho-dourada, cercando a fortaleza. Do outro lado do abismo, longe demais para um salto — mesmo para uma Caçadora de Sombras — encontrava-se a única entrada visível da fortaleza, uma ponte levadiça fechada.

— Algumas coisas — disse Jocelyn, por trás — não são tão simples quanto parecem.

Isabelle deu um salto, em seguida a encarou.

— *Não* é lugar para chegar assustando os outros.

Jocelyn simplesmente cruzou os braços e ergueu as sobrancelhas.

— Certamente Hodge ensinou a forma correta de se aproximar da Cidadela Adamant — observou. — Afinal, é aberta a todas as Caçadoras de Sombras em conformidade com a Clave.

— Claro que ensinou — respondeu Isabelle com arrogância, esforçando-se para lembrar. *Somente aquelas com sangue Nephilim...* esticou o braço e retirou um dos prendedores metálicos do cabelo. Ao girá-lo na base, ele abriu e se transformou em uma adaga com um Símbolo de Coragem na lâmina.

Isabelle ergueu as mãos sobre o abismo.

— *Ignis aurum probat* — disse, e utilizou a adaga para cortar a palma esquerda. Foi uma dor aguda e rápida; o sangue correu do corte, um riacho rubi que caiu no abismo abaixo. Houve um lampejo azul e um ruído de algo rangendo. A ponte levadiça estava abaixando lentamente.

Isabelle sorriu e limpou a lâmina da faca na roupa. Após novo giro, voltou a ser um prendedor de metal. Colocou-o de volta no cabelo.

— Sabe o que isso significa? — perguntou Jocelyn, com os olhos na ponte.

— O quê?

— O que acabou de dizer. O lema das Irmãs de Ferro.

A ponte estava quase inteiramente abaixada.

— Significa "O fogo testa o ouro".

— Certo — disse Jocelyn. — E não querem dizer fornalhas e metalurgia apenas. Quer dizer também que a adversidade testa a força do caráter de alguém. Em tempos difíceis, em épocas sombrias, algumas pessoas brilham.

— Ah, é? — disse Izzy. — Bem, estou cansada de tempos difíceis e sombrios. Talvez eu não queira brilhar.

A ponte desabou aos pés delas.

— Se você for como sua mãe — declarou Jocelyn —, não poderá evitar.

Capítulo 9
AS IRMÃS DE FERRO

Alec ergueu a pedra enfeitiçada, irradiando luz brilhante, iluminando um canto da estação City Hall, depois outro. Deu um salto quando um rato chiou, correndo pela plataforma empoeirada. Ele era um Caçador de Sombras; tinha estado em muitos locais sombrios, mas alguma coisa no ar abandonado daquela estação fazia um tremor gelado percorrer sua espinha.

Talvez fosse o frio da deslealdade que sentia, escapando de seu posto de guarda em Staten Island, descendo a colina para a barca assim que Magnus saiu. Não tinha pensado no que estava fazendo; simplesmente o fez, como se estivesse em piloto automático. Se fosse rápido, tinha certeza de que poderia voltar antes do retorno de Isabelle e Jocelyn, antes que qualquer um percebesse que tinha saído.

Alec elevou a voz.

— Camille! — chamou. — Camille Belcourt!

Ouviu uma risada leve, que ecoou das paredes da estação. Então ela surgiu, no alto da escada, o brilho da pedra concedendo a ela uma silhueta.

— Alexander Lightwood — disse ela. — Suba.

Ela desapareceu. Alec seguiu o feixe de sua luz enfeitiçada pelos degraus e encontrou Camille no mesmo lugar de antes, no lobby da estação. Estava vestida de acordo com a moda de uma era passada — um longo vestido de veludo apertado na cintura, o cabelo alto em cachos louro-brancos, os lábios vermelho-escuros. Alec supunha que ela fosse linda, apesar de não ser o melhor juiz da beleza feminina, e o fato de que a detestava não ajudar.

— Por que está fantasiada? — perguntou.

Ela sorriu. A pele estava muito lisa e branca, sem linhas escuras — tinha se alimentado recentemente.

— Um baile de máscaras no centro. Eu me alimentei muito bem. Por que está aqui, Alexander? Está faminto por uma boa conversa?

Se fosse Jace, pensou Alec, teria alguma resposta inteligente para isso, alguma espécie de trocadilho, ou algum contragolpe bem-disfarçado. Alec apenas mordeu o lábio e disse:

— Você me mandou voltar caso me interessasse por sua oferta.

Ela passou a mão nas costas do divã, o único móvel do recinto.

— E você resolveu que está interessado.

Alec assentiu.

Ela riu.

— Entende o que está pedindo?

O coração de Alec batia acelerado. Ficou imaginando se Camille podia escutar.

— Você disse que podia tornar Magnus um mortal. Como eu.

Os lábios carnudos de Camille afinaram antes de responder.

— Disse — concordou. — Devo admitir, duvidei do seu interesse. Você se retirou bastante apressado.

— Não brinque comigo — falou. — Não quero tanto assim aceitar sua oferta.

— Mentiroso — respondeu ela, casualmente. — Ou não estaria aqui — contornou o divã, aproximando-se dele, avaliando o rosto do menino.

— De perto — disse ela —, você não é tão parecido com Will quanto pensei. Tem os mesmos tons, mas o rosto tem um formato diferente... talvez uma ligeira fraqueza na mandíbula...

— Cale a boca — comandou. Tudo bem, não teve o grau Jace de sagacidade, mas era alguma coisa. — Não quero ouvir falar sobre Will.

— Muito bem. — Camille se esticou, preguiçosa, como uma gata. — Foi há muito tempo, quando eu e Magnus éramos amantes. Estávamos na cama, depois de uma noite bastante passional. — Ela o viu se encolher e sorriu. — Sabe como são essas conversas de travesseiro. As pessoas revelam suas fraquezas. Magnus falou comigo sobre um feitiço que existia, que podia ser feito para retirar a imortalidade de um feiticeiro.

— Então por que não descubro simplesmente qual é o feitiço e faço? — A voz de Alec se elevou e falhou. — Por que preciso de você?

— Primeiro, porque você é um Caçador de Sombras — respondeu ela, calmamente. — Segundo, porque se o fizer, ele saberá que foi você. Se eu fizer, vai presumir que foi vingança. Despeito meu. E eu não ligo para o que Magnus pensa. Mas você liga.

Alec a olhou com firmeza.

— E vai fazer isso como um favor para mim?

Ela riu, soou como o tilintar de sinos.

— Claro que não — respondeu. — Você me concede um favor, e eu retribuo. É assim que estes assuntos são conduzidos.

A mão de Alec enrijeceu ao redor da pedra de luz enfeitiçada até as bordas cortarem sua mão.

— E qual é o favor que quer de mim?

— É muito simples — respondeu. — Quero que mate Raphael Santiago.

A ponte que cruzava a fenda em torno da Cidadela Adamant era repleta de facas. Estavam enterradas, com as pontas para cima, em intervalos aleatórios pelo caminho, de modo que só era possível atravessar muito lentamente, percorrendo o trajeto com destreza. Isabelle teve alguma dificuldade, mas ficou surpresa em testemunhar a leveza com que Jocelyn, que não era uma Caçadora de Sombras ativa havia 15 anos, atravessou.

Quando Isabelle chegou ao outro lado da ponte, seu símbolo *dexteritas* já tinha desaparecido da pele, deixando uma suave marca branca para trás. Jocelyn estava apenas um passo atrás e, por mais irritante que Isabelle achasse a mãe de Clary, num instante sentiu-se grata quando Jocelyn levantou a mão e uma pedra de luz enfeitiçada brilhou, iluminando o espaço onde se encontravam.

As paredes eram lavradas de *adamas* branco-prateadas, de modo que uma luz fraca parecia irradiar delas. O chão também era feito de pedra demoníaca e no centro havia um círculo negro esculpido. Dentro do círculo via-se o símbolo das Irmãs de Ferro — um coração atravessado por uma lâmina.

Vozes sussurrantes fizeram Isabelle arrancar o olhar do chão e direcioná-lo para cima. Uma sombra havia aparecido dentro de uma das lisas paredes brancas — uma sombra que aos poucos se tornava mais clara e mais próxima. De súbito um pedaço da parede se retraiu, e uma mulher saiu.

Usava um vestido branco, longo e largo, firmemente preso nos pulsos e abaixo do busto com cordões de prata branca — fio demoníaco. O rosto era ao mesmo tempo desprovido de rugas e ancião. Poderia ter qualquer idade. Tinha cabelos longos e escuros, pendurados em uma trança espessa nas costas. No rosto, e pelas têmporas, havia uma tatuagem de máscara elaborada e espiralada, envolvendo os dois olhos, que tinha o tom laranja de chamas flamejantes.

— Quem chama as Irmãs de Ferro? — indagou. — Revelem seus nomes.

Isabelle olhou para Jocelyn, que gesticulou para que ela falasse primeiro. Limpou a garganta.

— Sou Isabelle Lightwood, e esta é Jocelyn Fr... Fairchild. Viemos pedir a sua ajuda.

— Jocelyn *Morgenstern* — disse a mulher. — Nascida Fairchild, mas não se pode apagar tão facilmente a mancha de Valentim de seu passado. Você não deu as costas para a Clave?

— É verdade — respondeu Jocelyn. — Sou uma exilada. Mas Isabelle é filha da Clave. A mãe dela...

— Coordena o Instituto de Nova York — completou a mulher. — Ficamos isoladas aqui, mas não somos desprovidas de fontes de informações; não sou tola. Meu nome é Irmã Cleophas e sou uma Fabricante. Modelo as *adamas* para que as outras irmãs entalhem. Reconheço este chicote que enrola tão engenhosamente no pulso. — Apontou para Isabelle. — Quanto a essa bugiganga em sua garganta...

— Se sabe tanto — disse Jocelyn, enquanto a mão de Isabelle deslizava para o rubi no pescoço —, então sabe por que estamos aqui? Por que viemos vê-las?

As pálpebras da Irmã Cleophas abaixaram, e ela sorriu lentamente.

— Ao contrário de nossos irmãos silenciosos, não lemos mentes aqui na Fortaleza. Portanto, contamos com uma rede de informações, a maioria confiável. Presumo que esta visita tenha alguma relação com a situação envolvendo Jace Lightwood, considerando a presença da irmã dele, e seu filho, Jonathan Morgenstern.

— Temos um enigma — explicou Jocelyn. — Jonathan Morgenstern está tramando contra a Clave, a exemplo do pai. A Clave emitiu uma ordem de morte contra ele. Mas Jace, Jonathan Lightwood, é muito amado pela família, que não fez nada de errado, e pela minha filha. A questão é que Jace e Jonathan estão ligados por uma magia de sangue muito antiga.

— Magia de sangue? Que tipo de magia de sangue?

Jocelyn pegou as anotações de Magnus do bolso da roupa, e entregando-as para a Irmã. Cleophas analisou com seu olhar atento e ardente. Isabelle notou espantada que ela possuía dedos muito longos — não de forma elegante, mas grotesca, como se os ossos tivessem sido tão esticados que cada mão parecia uma aranha albina. As unhas eram pontudas e tinham electrum nas pontas.

Ela balançou a cabeça.

— As Irmãs têm pouco a ver com magia de sangue. — A cor da chama nos olhos dela pareceu crescer e desbotar; um instante mais tarde, outra sombra apareceu por trás da superfície vítrea da parede de *adamas*. Desta vez, Isabelle observou mais de perto quando uma segunda Irmã de Ferro atravessou. Foi como ver alguém emergir de uma névoa de fumaça branca.

— Irmã Dolores — disse Cleophas, entregando as anotações de Magnus à recém-chegada. Ela era bem parecida com Cleophas: a mesma forma alta e estreita, o mesmo vestido branco, os mesmos cabelos longos, apesar de neste caso serem grisalhos e presos nas pontas das duas tranças com fios de ouro. Apesar do cabelo cinza, não tinha rugas no rosto e seus olhos cor de fogo brilhavam. — Consegue entender isto?

Dolores passou os olhos pelas páginas.

— Um feitiço de geminação — falou. — Muito parecido com nossa cerimônia de *parabatai*, mas a aliança é demoníaca.

— O que o torna demoníaco? — perguntou Isabelle. — Se o feitiço *parabatai* é inofensivo...

— É mesmo? — disse Cleophas, mas Dolores lhe lançou um olhar repressor.

— O ritual *parabatai* conecta dois indivíduos, mas as vontades individuais permanecem livres — explicou Dolores. — Este aqui conecta os dois, mas deixa um subordinado ao outro. No que o líder acreditar, o outro acreditará; o que o primeiro quiser, o segundo quererá. Essencialmente, retira o livre-arbítrio do segundo parceiro do feitiço, e por isso é demoníaco. Pois é o livre-arbítrio que nos torna criaturas do Paraíso.

— E também parece significar que quando um é ferido, o outro também o é — disse Jocelyn. — Podemos presumir o mesmo a respeito da morte?

— Sim. Um não sobreviveria à morte do outro. Isto também não faz parte do nosso ritual *parabatai*, pois é demasiado cruel.

— Nossa pergunta para vocês é a seguinte — disse Jocelyn. — Existe alguma arma, ou poderiam criar alguma, que fosse capaz de ferir um, mas não o outro? Ou que pudesse separá-los?

A Irmã Dolores olhou para as anotações, depois as entregou a Jocelyn. Suas mãos, assim como as da colega, eram longas, finas e brancas como fio-dental.

— Nenhuma arma que já fabricamos, ou podemos fabricar, seria capaz disso.

A mão de Isabelle se retesou na lateral do corpo, as unhas cortando a palma.

— Quer dizer que não existe nada?

— Nada neste mundo — respondeu Dolores. — Uma lâmina do Céu ou do Inferno pode conseguir. A espada do Arcanjo Miguel, com a qual Joshua lutou em Jericó, pois é infundida com fogo celestial. E existem lâminas confeccionadas na negritude do Abismo que talvez ajudassem, apesar de eu não saber como poderíamos obter uma.

— E seríamos proibidas pela Lei de revelar se soubéssemos — completou Cleophas com aspereza. — Vocês entendem, é claro, que também teremos de contar para a Clave sobre esta visita...

— E quanto à espada de Joshua? — interrompeu Isabelle. — Podem consegui-la? Ou nós podemos?

— Somente um anjo pode presentear essa espada — informou Dolores. — E invocar um anjo é ser amaldiçoado com fogo celestial.

— Mas Raziel... — começou Isabelle.

Os lábios de Cleophas se encolheram em uma linha fina.

— Raziel nos deixou os Instrumentos Mortais para que pudesse ser invocado em algum momento de extrema necessidade. Essa única chance foi desperdiçada quando Valentim o invocou. Jamais poderemos compelir seu poderio outra vez. Foi um crime utilizar os

Instrumentos daquela forma. A única razão pela qual Clarissa Morgenstern não é culpada é que foi o pai dela que o invocou, e não a própria.

— Meu marido também invocou outro anjo — disse Jocelyn, com a voz baixa. — O anjo Ithuriel. Ele o manteve aprisionado durante anos.

Ambas as Irmãs hesitaram, antes de Dolores se pronunciar.

— Prender um anjo é o mais sombrio dos crimes — disse. — A Clave jamais aprovaria. Mesmo que pudesse invocar um, não poderia forçá-lo a fazer sua vontade. Não existe feitiço para isso. Jamais poderia conseguir que um anjo lhe dê a espada do arcanjo; pode tirá-la à força, mas não há crime pior. Melhor seu Jonathan morrer que um anjo ser maculado desta forma.

Com isso, Isabelle, cujo temperamento vinha esquentando, explodiu.

— É esse o problema de vocês, todos vocês, as Irmãs de Ferro e os Irmãos do Silêncio. O que quer que façam com vocês, para os transformarem dos Caçadores de Sombras que costumavam ser, isso acaba arrancando seus sentimentos. Podemos ser parte anjo, mas também somos parte humanos. Vocês não entendem o amor, ou as coisas que as pessoas fazem por amor, ou família...

A chama saltou nos olhos laranja de Dolores.

— Eu tive uma família — falou. — Um marido e filhos, todos mortos por demônios. Não me restou nada. Sempre tive a habilidade de fabricar coisas com as mãos, então me tornei uma Irmã de Ferro. A paz que me trouxe é uma paz que achei que não fosse encontrar em lugar algum. É por isso que escolhi o nome Dolores, "tristeza". Então não tente me ensinar sobre dor ou humanidade.

— Vocês não sabem nada — irritou-se Isabelle. — São duras como pedras demoníacas. Não é à toa que se cercam com elas.

— O fogo tempera o ouro, Isabelle Lightwood — disse Cleophas.

— Ah, cale-se — disse Isabelle. — Vocês duas não ajudaram em nada.

Deu meia-volta, se retirou e atravessou a ponte, mal notando os pontos em que as facas tornavam a trilha uma armadilha mortal, permitindo que seu treinamento de corpo a conduzisse. Alcançou o outro lado e atravessou os portões; somente quando chegou lá fora, desmoronou. Ajoelhando-se entre musgo e pedras vulcânicas, sob o imenso céu cinzento, permitiu-se tremer silenciosamente, apesar de não ter derramado nenhuma lágrima.

Pareceu que se passaram anos até ouvir passos suaves ao seu lado, e Jocelyn se ajoelhar e abraçá-la. Estranhamente, Isabelle percebeu que não se importava. Apesar de nunca ter gostado muito de Jocelyn, havia algo de tão universalmente *maternal* em seu toque, que Isabelle o acolheu, quase contra a própria vontade.

— Quer saber o que disseram depois que saiu? — perguntou Jocelyn, quando o tremor de Isabelle diminuiu.

— Tenho certeza de que algo a respeito de como sou uma desgraça para todos os Caçadores de Sombras, etc.

— Na verdade, Cleophas disse que você seria uma excelente Irmã de Ferro e que, se algum dia se interessar, deve procurá-las. — As mãos de Jocelyn acariciaram levemente seu cabelo.

Apesar de tudo, Isabelle suprimiu uma risada. Olhou para Jocelyn.

— Conte-me — falou.

A mão de Jocelyn parou de se mexer.

— Contar o quê?

— Quem foi. Com quem meu pai teve o caso. Você não entende. Cada vez que vejo uma mulher da idade da minha mãe, me pego imaginando se foi ela. A irmã de Luke. A Consulesa. Você...

Jocelyn suspirou.

— Foi Annamarie Highsmith. Ela morreu no ataque de Valentim a Alicante. Duvido que a tenha conhecido.

A boca de Isabelle se abriu, depois se fechou novamente.

— Nunca nem ouvi o nome antes.

— Ótimo. — Jocelyn ajeitou um chumaço de cabelo de Isabelle. — Está se sentindo melhor, agora que sabe?

— Claro — mentiu Isabelle, olhando para o chão. — Estou me sentindo muito melhor.

Depois do almoço, Clary voltou para o quarto do andar de baixo com a desculpa de que estava exausta. Com a porta firmemente fechada, tentou entrar em contato com Simon de novo, apesar de ter percebido que, dada a diferença de fuso entre o local onde ela estava — Itália — e Nova York, ele provavelmente estaria dormindo. Era preferível torcer por isso a considerar a possibilidade de que os anéis não funcionassem.

Só estava no quarto há meia hora quando soou uma batida. Ela gritou um "Entre", movendo-se para deitar sobre as mãos, com os dedos curvados como se pudesse esconder o anel.

A porta se abriu lentamente, e Jace olhou para ela da entrada. Ela se lembrou de outra noite, no calor do verão, uma batida à porta. *Jace. Limpo, de calça jeans e uma camisa cinza, os cabelos lavados eram uma auréola de ouro molhado. Os machucados no rosto já estavam passando de roxos a cinzentos, e ele estava com as mãos para trás.*

— Oi — disse ele.

As mãos estavam completamente visíveis agora, e ele usava um casaco macio cor de bronze que ressaltava o dourado nos olhos. Não tinha machucados no rosto, e as sombras que ela quase se habituara a ver sob seus olhos não estavam mais lá.

Ele está feliz assim? Feliz de verdade? E se está, de que você quer salvá-lo?

Clary afastou a vozinha da mente e forçou um sorriso.

145

— O que foi?

Ele sorriu. Um sorriso endiabrado, do tipo que fazia o sangue de Clary correr mais rápido.

— Quer sair comigo para um encontro?

Pega de surpresa, gaguejou:

— Um o q-quê?

— Um encontro — repetiu. — Normalmente "uma coisa chata que você faz por obrigação", mas neste caso, "uma oferta de uma noite repleta de romance ardente com este que vos fala".

— Sério? — Clary não sabia ao certo como interpretar. — Romance ardente?

— Sou eu — disse Jace. — Simplesmente me ver jogando palavras cruzadas encantaria a maioria das mulheres. Imagine se eu me empenhar.

Clary sentou e olhou para si mesma. Jeans, blusa verde de seda. Pensou nos cosméticos naquele estranho quarto que parecia um altar. Não pôde evitar; queria passar um pouco de brilho labial.

Jace estendeu a mão.

— Você está linda — disse ele. — Vamos.

Ela pegou a mão dele e permitiu que ele a levantasse.

— Não sei...

— Vamos... — A voz dele tinha aquele tom brincalhão e sedutor do qual ela se lembrava, de quando estavam começando a se conhecer, quando ele a levou até a estufa para mostrar a flor que brotava à meia-noite. — Estamos na Itália. Veneza. Uma das cidades mais lindas do mundo. É um desperdício não vê-la, não acha?

Jace puxou Clary para a frente, de modo que ela caiu no peito dele. O tecido da camisa de Jace era suave em seus dedos, e ele estava com o cheiro familiar de sabonete e xampu. O coração de Clary dançou no peito.

— Ou podemos ficar aqui — disse ele, soando ofegante.

— Para eu poder me derreter enquanto você triplica os pontos nas palavras cruzadas? — Com um esforço, ela recuou. — E me poupe das piadas sobre marcar pontos.

— Maldição, mulher, você lê minha mente — declarou. — Não há nenhum joguinho de palavras que não possa antever?

— É meu poder mágico especial. Consigo ler sua mente quando você pensa coisas sujas.

— Então, em noventa e cinco por cento do tempo.

Ela esticou a cabeça para trás, para olhar para ele.

— *Noventa e cinco* por cento? E a que se destinam os outros cinco?

— Ah, você sabe, o de sempre... demônios que posso matar, símbolos que preciso aprender, pessoas que me irritaram recentemente, pessoas que me irritaram não tão recentemente, patos.

— Patos?

Ele descartou a pergunta com um aceno.

— Muito bem. Agora veja isto. — Jace pegou os ombros de Clary e virou-a gentilmente, de modo que os dois olharam para a mesma direção.

Um instante mais tarde, ela não soube dizer como, as paredes do quarto pareceram derreter ao redor, e ela se viu saltando em paralelepípedos. Engasgou-se, virando para trás, e viu apenas uma parede vazia, janelas altas e um velho prédio de pedra. Fileiras de casas parecidas se alinhavam no canal perto do qual se encontravam. Se esticasse a cabeça para a esquerda, podia ver ao longe que o estreito se expandia em um canal mais largo, alinhado por prédios maiores. Por todos os lados sentia o cheiro de água e pedra.

— Legal, né? — falou Jace, orgulhoso.

Ela se virou e olhou para ele.

— Patos? — perguntou, novamente.

Um sorriso se formou no canto da boca dele.

— Detesto patos. Não sei por quê. Sempre odiei.

Era cedo quando Maia e Jordan chegaram à Casa da Praetor, o quartel-general da Praetor Lupus. A picape rangeu e quicou até o longo caminho branco que cortava os gramados bem-aparados à frente da enorme casa que se erguia como a proa de um navio ao longe. Mais além, Maia pôde ver fileiras de árvores e, atrás destas, a água azul do Som ao longe.

— Foi aqui que fez seu treinamento? — perguntou. — Este lugar é maravilhoso.

— Não se deixe enganar — disse Jordan, com um sorriso. — Este lugar é um acampamento militar, foco no "militar".

Ela olhou de lado para ele. Jordan continuava sorrindo. Estava assim desde que ela o beijara perto da praia ao amanhecer. Parte de Maia sentia como se tivesse sido suspensa por uma mão que a levantara e a conduzira ao passado, quando amava Jordan mais do que qualquer coisa que já tivesse imaginado, e parte dela parecia completamente à deriva, como se tivesse acabado de acordar em uma paisagem totalmente estranha, afastada da familiaridade da vida cotidiana, do calor do bando.

Era muito peculiar. Não ruim, pensou. Só... peculiar.

Jordan parou em uma rotatória na frente da casa, que, de perto, Maia pôde ver, era feita de blocos de pedra dourada, o tom bronzeado do couro de um lobo. Portas duplas e negras situavam-se no alto de uma grande escadaria de pedra. No centro da rotatória havia um imenso relógio de sol, cuja face elevada informava que eram sete da manhã. Ao redor do relógio, havia palavras entalhadas: SÓ MARCO AS HORAS QUE BRILHAM.

Ela destrancou a porta e saltou da cabine da picape no exato momento em que as portas da casa se abriram, e uma voz ecoou:

— Praetor Kyle!

Jordan e Maia olharam para cima. Descendo as escadas, vinha um homem de meia-idade trajando um terno escuro, os cabelos louros com mechas grisalhas. Jordan, suavizando a expressão, voltou-se para ele.

— Praetor Scott — disse. — Esta é Maia Roberts, do bando Garroway. Maia, este é Praetor Scott. Ele basicamente administra a Praetor Lupus.

— Desde o século XIX os Scott lideram a Praetor — disse o homem, olhando para Maia, que abaixou a cabeça, um sinal de submissão. — Jordan, devo admitir, não esperávamos que fosse voltar tão cedo. A situação com o vampiro em Manhattan, o Diurno...

— Está sob controle — respondeu Jordan, apressadamente. — Não foi por isso que viemos. O assunto é outro.

Pretor Scott ergueu as sobrancelhas.

— Agora despertou minha curiosidade.

— É um assunto urgente — disse Maia. — Luke Garroway, o líder do nosso bando...

Praetor Scott a olhou com uma expressão severa, fazendo-a se calar. Apesar de ele não ter bando, era um alfa, isso estava claro. Seus olhos, sob sobrancelhas espessas, eram verde-acinzentados; em volta da garganta, sob o colarinho da camisa, brilhava o pingente de bronze da Praetor, com a marca de pata de lobo.

— A Praetor escolhe que assuntos serão tratados como urgentes — declarou. — E não somos um hotel, aberto a hóspedes não convidados. Jordan assumiu um risco trazendo-a aqui e sabe disso. Se ele não fosse um de nossos membros mais promissores, eu os mandaria embora.

Jordan prendeu os polegares nas presilhas da calça jeans e olhou para baixo. Um instante mais tarde, Praetor Scott colocou a mão no ombro dele.

— Mas — disse o homem — você *é* um dos mais promissores. E parece exausto; percebo que passou a noite em claro. Venha, conversaremos no meu escritório.

O escritório ficava em um corredor longo e sinuoso, com painéis elegantes de madeira escura. A casa estava alegre com o som de vozes, e uma placa que dizia REGRAS DA CASA encontrava-se pendurada na parede ao lado de uma escada que levava ao andar superior.

REGRAS DA CASA

- É proibido alterar forma nos corredores.
- É proibido uivar.
- É proibida a prata.
- Obrigatório usar roupas o tempo todo. O TEMPO TODO.
- Proibido lutar. Proibido morder.
- Marque toda a sua comida antes de guardá-la na geladeira comunal.

O cheiro de café da manhã sendo preparado flutuou pelo ar, fazendo o estômago de Maia roncar. Praetor Scott soou entretido.

—Vou pedir para alguém preparar um prato de petiscos para nós, se estiverem com fome.

— Obrigada — murmurou Maia. Chegaram ao fim de um corredor, e Praetor Scott abriu uma porta em que se lia ESCRITÓRIO.

As sobrancelhas do lobisomem mais velho se franziram.

—Rufus — falou. — O que está fazendo aqui?

Maia olhou para além dele. O escritório ficava em uma sala ampla, confortavelmente bagunçada. Havia uma janela retangular com vista para grandes gramados, nos quais grupos formados essencialmente por jovens praticavam o que pareciam manobras de treinamento, trajando calças e blusas pretas. As paredes da sala eram cheias de livros sobre licantropia, a maioria em latim, mas Maia reconheceu a palavra "*lupus*". A mesa era uma tampa de mármore, sustentada sobre estátuas de dois lobos rosnando.

Na frente desta, havia duas cadeiras. Em uma delas se encontrava um homem grande — um lobisomem — encolhido, com as mãos se apertando.

— Praetor — disse ele, com a voz dissonante. — Gostaria de falar com você sobre o incidente em Boston.

— Aquele em que você quebrou a perna do seu encarregado? — respondeu o Praetor, secamente. — Falarei com você a respeito, Rufus, mas não agora. Um assunto mais urgente me exige.

— Mas Praetor...

— E isso é tudo, Rufus — respondeu Scott, com o tom de um alfa cujas ordens não devem ser desafiadas. — Lembre-se, este é um lugar de reabilitação. Parte disso é aprender a respeitar autoridade.

Murmurando para si mesmo, Rufus se ergueu da cadeira. Somente quando se levantou que Maia percebeu e reagiu ao tamanho imenso dele. Ele era muito maior do que ela e Jordan e a camiseta preta ficava apertada sobre o peito, as mangas a ponto de romper em torno dos bíceps. O cabelo era raspado rente à cabeça, o rosto marcado por arranhões profundos de garras em uma das bochechas, como sulcos no solo. Ele a olhou amargamente ao passar por eles e sair pelo corredor.

— Claro que alguns de nós — murmurou Jordan — são mais facilmente reabilitáveis do que outros.

Enquanto os passos pesados de Rufus sumiam pelo corredor, Scott se jogou na cadeira de encosto alto atrás da mesa e acionou um interfone de aparência moderna. Após pedir café da manhã com ordens concisas, reclinou-se, as mãos atrás da cabeça.

— Sou todo ouvidos — falou.

Enquanto Jordan contava a história, e fazia seu pedido a Praetor Scott, Maia não conseguiu impedir que os olhos e a mente vagassem. Ficou imaginando como teria sido ser criada aqui, nesta elegante casa de regras e regulamentos, em vez do ambiente de liberdade comparativamente sem lei do bando. Em determinado momento, um licantrope vestido de preto — parecia ser o uniforme na Sociedade Praetor — entrou com rosbife fatiado, queijo e bebidas de proteína em uma bandeja de peltre. Maia olhou para a refeição com espanto. Era verdade que os licantropes precisavam de mais proteína do que as pessoas normais, muito mais, mas... rosbife no café da manhã?

— Você vai descobrir — disse Praetor Scott, enquanto Maia tomava a bebida de proteína cautelosamente — que açúcar refinado na verdade faz mal aos licantropes. Se deixar de consumir por um tempo, deixará de ter vontade. O líder do seu bando não lhe explicou isso?

Maia tentou imaginar Luke, que gostava de preparar panquecas em formatos diferentes, passando sermão sobre açúcar, e não conseguiu. Agora não era o momento de tocar nesse assunto.

— Não, ele disse, é claro — falou. — Eu tendo a, hmm, cometer deslizes em tempos de estresse.

— Entendo sua preocupação com o líder do seu bando — disse Scott. Um Rolex de ouro brilhou no pulso dele. — Normalmente, mantemos uma política de não interferência em assuntos que não envolvam novos integrantes do Submundo. E, aliás, não priorizamos lobisomens em relação a outras criaturas do Submundo, apesar de apenas licantropes serem aceitos na Praetor.

— Mas é exatamente por isso que precisamos da sua ajuda — disse Jordan. — Bandos são, por natureza, transitórios; estão sempre mudando. Não têm oportunidade de construir coisas como bibliotecas de conhecimento armazenado. Não estou dizendo que não sejam dotados de sabedoria, mas tudo é tradição oral, cada bando sabe coisas diferentes. Poderíamos ir de bando em bando e talvez alguém soubesse como curar Luke, mas não temos *tempo*. Aqui — gesticulou para os livros que ocupavam as paredes — está o que existe de mais próximo de, digamos, os arquivos dos Irmãos do Silêncio ou o Labirinto Espiral dos feiticeiros.

Scott não pareceu convencido. Maia repousou a bebida.

— E Luke não é um líder de bando qualquer — disse ela. — É o representante dos licantropes no Conselho. Se ajudasse a curá-lo, saberia que a Praetor sempre teria uma voz a favor de vocês.

Os olhos de Scott brilharam.

— Interessante — disse. — Muito bem. Vou dar uma olhada nos livros. Provavelmente, vou demorar algumas horas. Jordan, sugiro que, se for dirigir para Manhattan, descanse um pouco. Não precisamos de você enfiando o carro numa árvore.

— Eu posso dirigir... — começou Maia.

— Você parece igualmente exausta. Jordan, como sabe, sempre haverá lugar para você aqui na Casa da Praetor, apesar de já ter se graduado. E Nick está fora em uma missão,

CIDADE DAS ALMAS PERDIDAS

então tem uma cama para Maia. Por que não descansam, e eu ligo quando terminar? — Ele contornou a cadeira para examinar os livros na parede.

Jordan gesticulou para Maia, indicando que esta era a deixa para se retirarem; ela se levantou, limpando migalhas da calça jeans. Já estava a meio caminho da porta quando o Praetor falou novamente.

— Ah, e Maia Roberts — falou, e sua voz continha um tom de alerta. — Espero que entenda que quando faz promessas em nome de alguém, é responsabilidade sua certificar-se de que sejam cumpridas.

Simon acordou sentindo-se exausto, piscando na escuridão. As cortinas pretas espessas sobre as janelas permitiam a entrada de pouca luz, mas seu relógio interno informou que era dia. Isso e o fato de que Isabelle não estava ali, seu lado da cama amarrotado e com as cobertas reviradas.

Era dia e ele não falava com Clary desde que ela havia ido atrás de Jace. Ele tirou a mão de baixo do travesseiro e olhou para o anel no dedo direito. Delicado, era marcado por desenhos ou palavras de um alfabeto que não conhecia.

Cerrando a mandíbula, ele se sentou e tocou o anel.

Clary?

A resposta foi imediata e clara. Ele quase deslizou da cama de tanto alívio.

Simon. Graças a Deus.

Pode falar?

Não.

Ele mais sentiu do que ouviu uma distração tensa na voz mental de Clary.

Estou muito feliz que tenha falado comigo, mas agora não é uma boa hora. Não estou sozinha.

Mas está bem?

Estou bem. Não aconteceu nada ainda. Estou tentando reunir informações. Prometo que falo com você assim que souber de alguma coisa.

Tudo bem. Se cuide.

Você também.

E desapareceu. Deslizando as pernas para a lateral do colchão, Simon fez o melhor que pôde para ajeitar os cabelos embolados pelo sono, e foi ver se mais alguém estava acordado.

Estavam. Alec, Magnus, Jocelyn e Isabelle estavam sentados ao redor da mesa na sala de Magnus. Enquanto Alec e Magnus trajavam jeans, tanto Jocelyn quanto Isabelle estavam de uniforme de combate, Isabelle com o chicote enrolado no braço direito. Ela levantou o olhar quando ele entrou, mas não sorriu; estava com os ombros tensos e a boca rija. Todos tinham xícaras de café sobre a mesa.

— Existe um motivo para o ritual dos Instrumentos Mortais ter sido tão complicado. — Magnus fez o açucareiro flutuar até ele e jogou um pouco do pó branco no café. —

151

Anjos agem pelos comandos de Deus, e não de humanos, nem mesmo de Caçadores de Sombras. Invoque um anjo e, provavelmente, será maldito pela ira divina. A questão do ritual dos Instrumentos Mortais não era o fato de permitir que alguém invocasse Raziel. Mas ser protegido da fúria do Anjo uma vez que ele *aparecesse*.

— Valentim — começou Alec.

— Sim, Valentim também invocou um anjo menor. E o anjo nunca falou com ele, não é mesmo? Nunca deu qualquer ajuda, apesar de ele ter colhido um pouco de sangue. E mesmo assim, ele deve ter utilizado feitiços poderosíssimos só para prendê-lo. Meu entendimento é que ele amarrou a vida do anjo ao solar Wayland, de modo que quando o anjo morreu, o solar foi destruído. — Ele bateu com uma unha pintada de azul na xícara. — E se condenou. Independentemente de você acreditar em Céu e Inferno ou não, ele certamente se condenou. Quando invocou Raziel, Raziel o derrubou. Em parte pelo que Valentim fez com seu irmão anjo.

— Por que estamos falando sobre invocar anjos? — perguntou Simon, colocando-se à beira da mesa longa.

— Isabelle e Jocelyn foram ver as Irmãs de Ferro — explicou Alec. — Para procurar uma arma que pudesse ser utilizada em Sebastian sem afetar Jace.

— E não existe?

— Nada neste mundo — respondeu Isabelle. — Uma arma Divina poderia conseguir, ou alguma coisa com uma aliança demoníaca muito forte. Estávamos explorando a primeira opção.

— Invocar um anjo que lhes dê uma arma?

— Já aconteceu antes — disse Magnus. — Raziel entregou a Espada Mortal a Jonathan Caçador de Sombras. Nas antigas histórias, na véspera da batalha de Jericó, um anjo apareceu e entregou uma espada a Joshua.

— Hum — disse Simon. — Eu acreditava que anjos fossem seres de paz, e não de armas. Magnus riu.

— Anjos não são apenas mensageiros. São soldados. Dizem que Miguel destroçou exércitos. Não são pacientes, os anjos. Certamente não com as vicissitudes dos seres humanos. Qualquer um que tentasse invocar Raziel sem os Instrumentos Mortais para se proteger, provavelmente morreria na hora. Demônios são mais fáceis de invocar. São mais numerosos, e muitos são fracos. Mas, por outro lado, um demônio fraco não é de grande serventia...

— Não podemos invocar um demônio — disse Jocelyn, horrorizada. — A Clave...

— Pensei que tivesse deixado de se preocupar com a opinião da Clave há anos — disse Magnus.

— Não sou só eu — explicou Jocelyn. — O resto de vocês. Luke. Minha filha. Se a Clave soubesse...

CIDADE DAS ALMAS PERDIDAS

— Bem, não vão saber, não é mesmo? — disse Alec, com uma agitação na voz normalmente gentil. — A não ser que você conte.

Jocelyn olhou do rosto rijo de Isabelle para a expressão questionadora de Magnus, para os olhos azuis e teimosos de Alec.

— Você realmente está cogitando isso? Invocar um demônio?

— Bem, não um demônio qualquer — respondeu Magnus. — Azazel.

Os olhos de Jocelyn arderam.

— *Azazel?* — Os olhos da mãe de Clary investigaram os outros, como se ela buscasse apoio, mas Izzy e Alec estavam olhando para as respectivas canecas, e Simon simplesmente deu de ombros.

— Não sei quem é Azazel — disse. — Ele não é o gato dos *Smurfs?* — Simon olhou em volta, mas Isabelle simplesmente levantou a cabeça e revirou os olhos para ele.

Clary? pensou Simon.

A voz dela veio, marcada por um tom de alarme.

O que foi? O que aconteceu? Minha mãe descobriu que sumi?

Ainda não, pensou de volta. *Azazel é o gato dos* Smurfs?

Fez-se uma longa pausa.

O gato dos Smurfs *é Cruel, Simon. E nada de usar magia para fazer perguntas sobre os* Smurfs.

E desapareceu. Simon levantou os olhos da mão e viu Magnus encarando-o interrogativamente.

— Ele não é um gato, Sylvester — falou. — É um Demônio Maior. Tenente do Inferno e Fabricante de Armas. Foi o anjo que ensinou a humanidade a fazer armas quando até então este era um conhecimento restrito aos anjos. Isso o fez cair e agora ele é um demônio. "E toda a terra foi corrompida pelos trabalhos ensinados por Azazel. A ele se atribuem todos os pecados".

Alec olhou impressionado para Magnus.

— Como sabe disso tudo?

— Ele é meu amigo — respondeu e, notando as expressões de todos, suspirou. — Tudo bem, não exatamente. Mas consta no *Livro de Enoch.*

— Parece perigoso. — Alec franziu o rosto. — Parece que ele é mais do que um Demônio Maior. Como Lilith.

— Felizmente, ele já foi atado — disse Magnus. — Se o invocarem, a forma dele virá, mas o ser corpóreo permanecerá preso às pedras entalhadas de Duduael.

— As pedras entalhadas de... Ah, que seja — disse Isabelle, envolvendo o longo cabelo em um coque. — Ele é o demônio das armas. Digo que vale a tentativa.

— Não posso acreditar que estejam considerando esta opção — disse Jocelyn. — Aprendi observando meu marido o que pode acontecer quando se invoca um demônio.

153

Clary... — interrompeu-se, como se pudesse sentir o olhar de Simon, e virou. — Simon — perguntou —, você sabe se Clary já acordou? Estamos permitindo que ela durma, mas já são quase onze horas.

Simon hesitou.

— Não sei. — O que, concluiu, era verdade. Onde quer que Clary estivesse, *poderia* estar dormindo. Apesar de ter acabado de falar com ela.

Jocelyn pareceu confusa.

— Mas você não estava no quarto com ela?

— Não. Eu estava... — Simon se interrompeu, percebendo o buraco que tinha acabado de cavar. Havia três quartos de hóspedes. Jocelyn ficou em um, Clary em outro. O que obviamente significava que ele tinha ficado no terceiro quarto com...

— Isabelle? — disse Alec, com as sobrancelhas erguidas. — Você dormiu no quarto de Isabelle?

Isabelle assentiu.

— Não há motivo para se preocupar, irmãozão. Não rolou nada. Claro — acrescentou quando a tensão nos ombros de Alec se esvaiu —, estava desmaiada de bêbada, então ele poderia ter feito o que quisesse que eu não teria acordado.

— Ah, por favor — disse Simon. — Tudo que eu fiz foi contar a história inteira de *Guerra nas Estrelas*.

— Acho que não me lembro disso — disse Isabelle, pegando um biscoito do prato na mesa.

— Ah, não? Quem era o melhor amigo de infância de Luke Skywalker?

— Biggs Darklighter — respondeu Isabelle imediatamente, e bateu na mesa com a mão aberta. — Isso é *muito* roubo! — Mesmo assim, sorriu para ele por cima do biscoito.

— Ah — disse Magnus. — Amor nerd. É uma coisa linda, apesar de ser um foco de provocação e graça para aqueles de nós dotados de mais sofisticação.

— Muito bem, chega. — Jocelyn se levantou. — Vou buscar Clary. Se vão invocar um demônio, não quero estar aqui, e também não quero minha filha presente. — Ela foi em direção ao corredor.

Simon bloqueou a passagem.

— Não pode fazer isso — disse ele.

Jocelyn o olhou com o rosto rijo.

— Sei que vai dizer que aqui é o local mais seguro para nós, Simon, mas com um demônio sendo invocado, eu...

— Não é isso. — Simon respirou fundo, o que não ajudou, considerando que seu sangue não processava mais o oxigênio. Sentiu-se ligeiramente tonto. — Não pode acordá-la porque... porque ela não está aqui.

Capítulo 10

A CAÇADA SELVAGEM

O antigo quarto de Jordan na Casa da Praetor parecia qualquer quarto de dormitório em qualquer faculdade. Havia duas camas de moldura de ferro, cada uma em uma parede. Através das janelas que as separavam dava para ver os gramados verdes, três andares abaixo. O lado de Jordan do quarto era essencialmente simples — parecia que ele havia levado a maioria das fotos e dos livros para Manhattan —, apesar de haver algumas fotografias de praias e do mar, e uma prancha apoiada na parede. Maia sentiu um ligeiro choque ao ver emoldurada uma foto dela e de Jordan, tirada em Ocean City, com a calçada e a praia atrás.

Jordan olhou para a foto e depois para ela, e enrubesceu. Jogou a mochila na cama e tirou o casaco, de costas para ela.

— Quando seu companheiro de quarto volta? — perguntou ela, preenchendo o silêncio subitamente desconfortável. Ela não sabia ao certo por que ambos estavam envergonhados. Certamente não estiveram constrangidos na picape, mas agora, aqui no espaço de Jordan, os anos que passaram sem se falar pareciam afastá-los.

— Quem sabe? Nick está em uma missão. Missões são perigosas. Ele pode até não voltar. — Jordan soou resignado. Jogou o casaco no encosto de uma cadeira. — Por que não deita um pouco? Vou tomar um banho. — E com isso ele foi para o banheiro, que, Maia ficou aliviada em ver, era anexo ao quarto. Ela não estava com vontade de ter de lidar com uma daquelas situações de banheiros compartilhados que ficavam no fim do corredor.

— Jordan... — começou, mas ele já tinha fechado a porta do banheiro atrás de si.

Ela pôde ouvir a água correndo. Com um suspiro, Maia tirou os sapatos e deitou na cama do ausente Nick. O cobertor era azul-escuro, tinha uma estampa xadrez e cheirava a pinha. Ela olhou para cima e viu que o teto estava coberto por fotografias. O mesmo menino louro sorridente, que parecia ter cerca de 17 anos, rindo para ela em cada foto. Nick, supôs. Ele parecia feliz. Será que Jordan tinha sido feliz aqui, na Casa da Praetor?

Esticou o braço e virou a foto dos dois na direção dela. Tinha sido tirada anos atrás, quando Jordan era magrelo, com grandes olhos cor de amêndoa, que dominavam o rosto. Estavam se abraçando, e pareciam bronzeados e felizes. O verão tinha escurecido a pele de ambos e deixado manchas claras no cabelo de Maia, e Jordan estava com a cabeça ligeiramente inclinada para ela, como se fosse dizer alguma coisa ou beijá-la. Ela não se lembrava qual dos dois. Não mais.

Pensou no menino em cuja cama estava sentada, no menino que talvez jamais voltasse. Pensou em Luke, morrendo aos poucos, em Alaric, Gretel, Justine, Theo e todos os outros do bando que haviam perdido as vidas na guerra contra Valentim. Pensou em Max, em Jace, dois Lightwood perdidos — pois, tinha de admitir para si mesma, não acreditava que fossem recuperar Jace. E por fim, estranhamente, pensou em Daniel, o irmão pelo qual jamais sofrera, e para sua surpresa sentiu lágrimas arderem no fundo dos olhos.

Maia se sentou abruptamente. Teve a sensação de que o mundo estava se inclinando e ela tentava se agarrar em vão, tentando não cair em um abismo negro. Pôde sentir as sombras se aproximando. Com Jace perdido e Sebastian livre, as coisas só poderiam piorar. Só haveria mais perdas e mortes. Precisava admitir, nas últimas semanas, o momento em que se sentiu mais viva foi durante o amanhecer, beijando Jordan no carro.

Como se estivesse em um sonho, se pegou ficando de pé. Atravessou o quarto e abriu a porta do banheiro. O boxe era um quadrado de vidro fosco; pôde ver a silhueta de Jordan através do boxe. Duvidou que ele a tivesse ouvido por meio da água caindo enquanto ela puxava o casaco e tirava o jeans e a roupa de baixo. Respirando fundo, atravessou o recinto, abriu a porta do chuveiro e entrou.

Jordan girou, tirando o cabelo molhado dos olhos. A água estava quente, o rosto dele rubro, deixando os olhos brilhantes como se tivessem sido lustrados. Ou talvez não fosse só a água aquecendo o sangue sob a pele dele enquanto seus olhos a devoravam... inteiramente. Ela retribuiu o olhar com firmeza, sem constrangimento, observando a forma como o pingente da Praetor Lupus brilhava na concavidade molhada da garganta dele, o sabão deslizando sobre seus ombros e peito enquanto ele a encarava, piscando a água para fora dos olhos. Ele era lindo, mas isso não era novidade.

— Maia — disse ele, sem firmeza. — Você...?

— Shhh. — Ela colocou o dedo nos lábios dele, fechando a porta do boxe com a outra mão. Então deu um passo mais para perto, abraçando-o, permitindo que a água lavasse a escuridão de ambos. — Não fale. Apenas me beije.

Então ele o fez.

— O que, em nome do Anjo, você quer dizer com Clary não está aqui? — exigiu saber Jocelyn, pálida. — Como você sabe disso, se acabou de acordar? Para onde ela foi?

Simon engoliu em seco. Tinha crescido tendo Jocelyn quase como uma segunda mãe. Estava acostumado à proteção em relação a filha, mas ela sempre o teve como um aliado neste aspecto, alguém que se colocaria entre Clary e os perigos do mundo. Agora ela estava olhando para ele como o inimigo.

— Ela me mandou uma mensagem ontem à noite... — começou Simon, depois parou quando Magnus o chamou para a mesa.

— É melhor se sentar — disse ele. Isabelle e Alec observavam de olhos arregalados, um de cada lado de Magnus, mas o feiticeiro não aparentava grande surpresa. — Conte-nos o que está acontecendo. Tenho a sensação de que vai ser uma longa história.

E foi, apesar de não tão longa quanto Simon gostaria. Quando acabou de explicar, curvado na cadeira e olhando para a mesa arranhada de Magnus, levantou a cabeça para ver Jocelyn o encarando com um olhar verde, tão frio quanto a água do ártico.

— Você deixou minha filha fugir... com *Jace*... para algum lugar impossível de ser encontrado ou rastreado, onde ninguém pode falar com ela?

Simon olhou para as próprias mãos.

— Eu posso falar com ela — disse ele, levantando a mão direita com o anel de ouro no dedo. — Como disse. Tive notícias hoje de manhã. Ela disse que estava bem.

— Você nunca deveria ter permitido que ela fosse!

— Eu não *permiti*. Ela ia de qualquer jeito. Achei melhor poder ter uma linha direta, já que não posso impedi-la.

— Para ser justo — disse Magnus —, acho que ninguém poderia. Clary faz o que quer. — Ele olhou para Jocelyn. — Não pode mantê-la em uma gaiola.

— Eu *confiei* em você — disparou ela contra Magnus. — Como ela saiu?

— Ela fez um Portal.

— Mas você disse que havia palavras...

— Capazes de manter as ameaças afastadas, não para prender os convidados. Jocelyn, sua filha não é burra, e faz o que considera certo. Não pode contê-la, ninguém pode. *Ela é muito parecida com a mãe.*

Jocelyn olhou para Magnus por um instante, com a boca ligeiramente aberta, e Simon percebeu que — óbvio — Magnus devia ter conhecido a mãe de Clary quando ela era jovem, quando traiu Valentim e o Círculo, e quase morreu na Ascensão.

— Ela é uma criança — disse Jocelyn, e se virou para Simon. — Você falou com ela? Usando estes... estes anéis? Desde que ela saiu?

— Hoje de manhã — respondeu Simon. — Ela disse que estava bem. Que estava tudo bem.

Em vez de parecer tranquilizada, Jocelyn só pareceu mais brava.

— Tenho certeza de que foi isso que ela *disse*. Simon, não posso acreditar que deixou que ela fizesse isso. Você deveria tê-la impedido...

— O quê, deveria tê-la amarrado? — respondeu Simon, incrédulo. — Algemado Clary à mesa do restaurante?

— Se fosse preciso. Você é mais forte do que ela. Estou decepcionada com...

Isabelle se levantou.

— Tudo bem, já chega. — Ela olhou fixamente para Jocelyn. — É completamente injusto gritar com Simon por causa de uma coisa que Clary decidiu fazer *por conta própria*. E se Simon a tivesse amarrado para você, e aí? Estava planejando mantê-la amarrada para sempre? Teria de soltá-la, eventualmente, e então? Ela não confiaria mais em Simon, e em você, ela já não confia, porque roubou as lembranças dela. Talvez se não tivesse *protegido* Clary tanto assim, ela soubesse mais sobre o que é perigoso e o que não é, e fosse um pouco menos cheia de segredos... e menos inconsequente!

Todos encararam Isabelle e por um instante Simon se lembrou de uma coisa que Clary havia dito uma vez — que Izzy raramente fazia discursos, mas quando fazia, eram discursos de *peso*. Jocelyn estava com os contornos da boca brancos.

— Vou à delegacia ficar com Luke — declarou. — Simon, espero relatórios seus a cada vinte e quatro horas, dizendo que minha filha está bem. Se não tiver notícias todas as noites, vou procurar a Clave.

E saiu do apartamento, pisando duro e fechando a porta com tanta força, que uma longa rachadura apareceu no gesso ao lado.

Isabelle sentou-se outra vez, agora ao lado de Simon. Ele não disse nada, mas estendeu a mão, que ela pegou, entrelaçando os dedos nos dele.

— Então — disse Magnus afinal, interrompendo o silêncio. — Quem quer invocar Azazel? Porque vamos precisar de um monte de velas.

Jace e Clary passaram o dia vagando; por ruelas que pareciam labirintos ao longo dos canais, cujas águas iam de verde-escuro a azul turvo. Passaram entre turistas na Praça São Marco, na Ponte dos Suspiros, e tomaram xícaras pequenas e fortes de espresso no Caffè Florian. O labirinto desorientador de ruas lembrava um pouco Alicante, apesar de Alicante não ter a sensação veneziana de decadência elegante. Não havia estradas, nem carros, apenas becos sinuosos, e pontes arqueadas sobre canais cujas águas eram verdes como malaquita. O céu no alto escureceu para um azul profundo de crepúsculo de fim de outono, luzes começaram a acender — em pequenas lojinhas, em bares e restaurantes que pareciam surgir do nada e desaparecer novamente na sombra enquanto ela e Jace passavam, deixando brilhos e risos para trás.

Quando Jace perguntou se ela estava pronta para jantar, ela assentiu com convicção, sim. Começava a se sentir culpada por não obter informações, mas tinha começado a se divertir de verdade. Enquanto atravessavam a ponte para Dorsoduro, uma das partes mais quietas da cidade, longe do agito dos turistas, ela se determinou a arrancar *alguma coisa* dele naquela noite, algo bom o suficiente para relatar a Simon.

Jace a segurou firmemente pela mão enquanto atravessavam uma ponte. A rua desembocava em uma grande praça ao lado de um enorme canal, do tamanho de um rio. A basílica de uma igreja abobadada se erguia à direita. Do outro lado do canal a cidade iluminava a noite, lançando luz na água, que se mexia e brilhava. As mãos de Clary se coçaram de vontade de pegar giz de cera e lápis, para desenhar a luz que desbotava do céu, a água escurecida, os contornos irregulares dos prédios, os reflexos diminuindo lentamente no canal. Tudo parecia lavado com um azul metálico. Em algum lugar, sinos de igreja soavam.

Ela apertou a mão de Jace. Aqui se sentia muito longe de tudo na vida, distante de uma maneira diferente do que sentiu em Idris. Veneza compartilhava com Alicante a sensação de parecer um local fora do tempo, arrancado do passado, como se ela tivesse entrado em uma pintura, ou nas páginas de um livro. Mas era ao mesmo tempo um lugar *real*, que Clary cresceu sabendo que existia, querendo visitar. Olhou de lado para Jace, que estava encarando o canal. A luz azul metálica estava nele também, escurecendo seus olhos, as sombras sob as maçãs do rosto, as linhas da boca. Quando ele reparou o olhar de Clary, a encarou e sorriu.

Ele a conduziu em volta da igreja, então desceram alguns degraus cheios de musgo para uma trilha ao lado do canal. Tudo tinha cheiro de pedra molhada, água, umidade e anos. Na medida em que o céu escurecia, algo irrompeu na superfície da água a alguns metros de Clary. Ela ouviu o splash e olhou a tempo de ver uma mulher de cabelos verdes surgir da água e sorrir para ela; tinha um rosto lindo, mas dentes como os de um tubarão, e olhos amarelos como os de um peixe. Tinha pérolas nos cabelos. Afundou novamente, sem causar qualquer ondulação.

— Sereia — disse Jace. — Existem algumas famílias antigas que vivem em Veneza há muito, muito tempo. São um pouco estranhas. Vivem melhor na água limpa, no mar, se alimentando de peixe, e não de sujeira. — Ele olhou em direção ao sol poente. — A cidade inteira está afundando — falou. — Vai ficar submersa dentro de cem anos. Imagine nadar no oceano e tocar o topo da Basílica de São Marcos. — Jace apontou para a água.

Clary sentiu uma pontada de tristeza ao pensar em tanta beleza se perdendo.

— Não tem nada que possam fazer?

— Para erguer uma cidade inteira? Ou conter o oceano? Não muito — respondeu ele. Chegaram a uma escada que seguia para cima. Um vento veio da água e levantou os cabelos dourados da testa e da nuca de Jace. — Todas as coisas tendem à entropia. O universo inteiro está se movendo para fora, as estrelas se afastando umas das outras, só Deus sabe o que fica no espaço que deixam — pausou. — Tudo bem, isso soou um pouco louco.

— Talvez tenha sido todo o vinho do almoço.

— Não sou fraco para bebida.

Eles dobraram uma esquina, e várias luzes brilharam para eles. Clary piscou os olhos, que estavam se ajustando. Era um pequeno restaurante com mesas do lado de fora e de dentro, com lâmpadas de aquecimento e pisca-piscas dispostos como uma floresta de árvores mágicas entre as mesas. Jace desprendeu-se dela o bastante para conseguir uma mesa; logo estavam sentados ao lado do canal, ouvindo a água batendo na pedra, e o som de pequenos barcos subindo e descendo com a corrente.

O cansaço estava começando a abater Clary em ondas, como a água que batia nas laterais do canal. Ela disse a Jace o que queria, deixou que ele fizesse o pedido em italiano e ficou aliviada quando o garçom se retirou para que ela pudesse se inclinar para a frente e apoiar os cotovelos na mesa, a cabeça nas mãos.

— Acho que estou com *jet lag* — disse ela. — *Jet lag* interdimensional.

— Sabe, o tempo *é* uma dimensão — disse Jace.

— Pedante. — Ela deu um peteleco em uma migalha de pão na direção dele.

Ele sorriu.

— Eu estava tentando me lembrar de todos os pecados capitais outro dia — falou. — Cobiça, inveja, gula, ironia, pedantice...

— Tenho certeza de que ironia não é um pecado capital

— Tenho certeza que é.

— Luxúria — disse ela. — Luxúria é um pecado capital.

— E tapinhas.

— Acho que isso se encaixa em luxúria.

— Acho que deveria ter uma categoria própria — disse Jace. — Cobiça, inveja, gula, ironia, pedantice, luxúria e tapinhas. — As luzes brancas do pisca-pisca estavam refletidas nos olhos dele. Ele estava mais lindo do que nunca, pensou Clary, e proporcionalmente mais distante, mais difícil de alcançar. Ela pensou no que ele havia dito sobre a cidade afundar, e nos espaços entre as estrelas, e se lembrou dos versos de uma música de Leonard Cohen, que a banda de Simon costumava tocar, não muito bem. *"There is a crack in everything/ That's how the light gets in"*.* Tinha de haver uma rachadura em sua aparente calma, alguma forma de alcançar o verdadeiro Jace que Clary acreditava ainda estar ali.

---

* Tem uma rachadura em tudo/É assim que entra a luz.

160

CIDADE DAS ALMAS PERDIDAS

Os olhos cor de âmbar de Jace a examinaram. Ele esticou o braço para tocá-la, e, somente após um instante, Clary percebeu que os dedos dele estavam em seu anel de ouro.

— O que é isso? — perguntou. — Não me lembro de você com um anel forjado por fadas.

O tom de Jace era neutro, mas o coração de Clary parou. Mentir na cara de Jace não era algo que estava acostumada a fazer.

— Era de Isabelle — respondeu, dando de ombros. — Ela estava se desfazendo das coisas que aquele ex-namorado fada, Meliorn, lhe deu, e eu achei este bonito, então ela me deixou ficar com ele.

— E o anel Morgenstern?

Este parecia o momento de contar a verdade.

— Entreguei para Magnus para que ele pudesse tentar rastreá-lo.

— *Magnus.* — Jace disse o nome como se fosse de um estranho, e exalou. — Ainda acha que tomou a decisão certa? Em vir aqui comigo?

— Acho. Estou feliz por estar com você. E... bem, sempre quis conhecer a Itália. Nunca viajei. Nunca saí do país...

— Você esteve em Alicante — lembrou Jace.

— Certo, exceto por terras mágicas que mais ninguém visita, não viajei muito. Eu e Simon tínhamos planos. Íamos fazer um mochilão pela Europa depois que terminássemos a escola... — Clary não terminou a frase. — Parece tolice agora.

— Não, não parece. — Jace esticou a mão e colocou um chumaço de cabelo atrás da orelha dela. — Fique comigo. Podemos ver o mundo inteiro.

— Estou com você. Não vou a lugar algum.

— Tem algum lugar específico que queira conhecer? Paris? Budapeste? A torre inclinada de Pisa?

Só se ela cair na cabeça de Sebastian, pensou Clary.

— Podemos viajar para Idris? Quero dizer, o apartamento pode ir até lá?

— Ele não passa pelas barreiras. — A mão de Jace traçou uma linha na bochecha de Clary. — Sabe, senti muito sua falta.

— Quer dizer que não saiu em encontros com Sebastian enquanto estávamos longe?

— Tentei — disse Jace —, mas não importa o quanto você o embebede, ele não dá abertura.

Clary pegou a taça de vinho. Estava começando a se acostumar ao gosto. Podia senti-lo queimando uma trilha em sua garganta, aquecendo as veias, acrescendo um aspecto de sonho à noite. Estava na Itália, com seu namorado lindo, em uma noite linda, comendo um jantar delicioso que derretia na boca. Estes eram os momentos dos quais a pessoa se lembrava por toda a vida. Mas parecia que só estava beirando a verdadeira felicidade; toda vez que olhava para Jace, a felicidade se afastava dela. Como ele podia ser Jace e não sê-lo ao mesmo tempo? Como era possível se sentir destruída e feliz, simultaneamente?

Estavam na cama estreita, feita para uma só pessoa, enrolados firmemente no lençol de flanela de Jordan. Maia estava deitada com a cabeça no canto do braço dele, e o sol que entrava da janela a aquecia no rosto e nos ombros. Jordan estava apoiado no braço, inclinado sobre ela, a mão livre passando em seu cabelo, esticando os cachos e em seguida soltando, deixando que deslizassem entre os dedos.

— Senti falta do seu cabelo — disse ele, e deu um beijo na testa dela.

Risos borbulharam de algum lugar dentro dela, o tipo de risada que vinha com a vertigem da paixão.

— Só do meu cabelo?

— Não. — Ele estava sorrindo, os olhos amendoados acesos com o verde, os cabelos castanhos completamente emaranhados. — Seus olhos. — Ele os beijou, primeiro um, depois o outro. — Sua boca. — Beijou-a também, e ela prendeu os dedos no cordão que tinha o pingente da Praetor Lupus. — Tudo em você.

Ela torceu o cordão nos dedos.

— Jordan... desculpe por antes. Por ter explodido por causa do dinheiro e de Stanford. Foi demais para mim.

Os olhos dele escureceram, e ele abaixou a cabeça.

— Não é como se eu não soubesse o quanto você é independente. Eu só... queria fazer uma coisa legal por você.

— Eu sei — sussurrou ela. — Sei que se preocupa quanto a eu precisar de você, mas eu não devo ficar com você porque preciso. E sim porque te amo.

Os olhos dele se acenderam — incrédulos, esperançosos.

— Você... quero dizer, acha que é possível voltar a sentir isso por mim?

— Nunca deixei de te amar, Jordan — disse Maia, e ele a puxou para um beijo tão intenso que chegou a machucar.

Ela se aproximou, e as coisas poderiam ter avançado como aconteceu no chuveiro, se uma batida à porta não tivesse interrompido.

— Praetor Kyle! — gritou uma voz à porta. — Acorde! Praetor Scott quer vê-lo no escritório.

Jordan, com os braços em torno de Maia, praguejou suavemente. Rindo, Maia passou a mão pelas costas dele devagar, prendendo os dedos no cabelo.

— Acha que Praetor Scott pode esperar? — sussurrou Maia.

— Acho que ele tem a chave deste quarto, e vai utilizá-la se quiser.

— Tudo bem — disse ela, passando os lábios na orelha dele. — Temos muito tempo. Todo o tempo de que precisaremos.

Presidente Miau estava deitado na mesa diante de Simon, completamente adormecido, as quatro patas esticadas no ar. Isto, pensou Simon, era uma conquista. Desde que se transformara em vampiro, os animais tendiam a não gostar dele; evitavam-no se pudessem, e sibilavam ou latiam se ele se aproximasse demais. Para Simon, que sempre adorou animais, era uma perda difícil. Mas supôs que o animal de estimação de um feiticeiro talvez tivesse aprendido a aceitar criaturas estranhas.

Magnus, ao que parecia, tinha falado sério sobre as velas. Simon estava desfrutando de um intervalo para descansar e tomar um café; caiu bem, e a cafeína aliviou o princípio de fome. Durante toda a tarde, ajudaram Magnus a preparar o cenário para a invocação de Azazel. Percorreram as mercearias locais à procura de velas curtas e compridas, que organizaram em um círculo. Isabelle e Alec estavam sujando o chão em torno das velas com uma mistura de sal e beladona conforme Magnus havia instruído, lendo em voz alta do *Ritos proibidos: manual de um necromante do décimo quinto século*.

— O que você fez com o meu gato? — quis saber Magnus, voltando para a sala com um bule quente de café e um círculo de canecas flutuando em torno da cabeça, como uma maquete dos planetas em volta do sol. — Tomou o sangue dele, não tomou? Você *disse* que não estava com fome!

Simon ficou indignado.

— Não bebi o sangue dele. Ele está bem! — Simon cutucou Presidente na barriga. O gato bocejou. — Em segundo lugar, você me perguntou se eu estava com fome quando foi pedir pizza, então respondi que não, porque não posso comer pizza. Eu estava sendo educado.

— Isso não lhe dá o direito de comer meu gato.

— Seu gato está bem! — Simon esticou a mão para pegar o bichano, que deu um pulo indignado e saiu da mesa. — Viu?

— Que seja. — Magnus se jogou no assento à cabeceira, as canecas pousando na posição certa enquanto Alec e Izzy se esticavam, após terem concluído a tarefa. Magnus bateu as mãos. — Pessoal! Venham aqui. Hora de termos uma reunião. Vou ensiná-los a invocar um demônio.

Praetor Scott estava esperando por eles na biblioteca, ainda na mesma cadeira giratória, com uma pequena caixa de bronze na mesa entre eles. Maia e Jordan se sentaram à sua frente, e Maia não pôde deixar de imaginar se o que ela e Jordan estavam fazendo estaria estampado em seu rosto. Não que o Praetor estivesse olhando para eles com algum interesse.

Ele empurrou a caixa na direção de Jordan.

— É uma pomada — explicou. — Se for aplicada ao ferimento de Garroway, deve filtrar o veneno do sangue e permitir que o aço demoníaco saia. Ele deve ficar bom em alguns dias.

O coração de Maia deu um pulo — finalmente recebia uma boa notícia. Alcançou a caixa antes de Jordan, e a abriu. De fato, estava cheia de uma pomada escura e com textura de cera e tinha um cheiro forte de erva, como folhas esmagadas.

— Eu... — começou Praetor Scott, desviando os olhos para Jordan.

— Ela deveria levar — disse Jordan. — Ela é próxima de Garroway e faz parte do bando. Confiam nela.

— Está dizendo que não confiam na Praetor?

— Metade deles acredita que a Praetor é um conto de fadas — disse Maia, acrescentando um "senhor", que lhe ocorreu com atraso.

Praetor Scott pareceu irritado, mas antes que pudesse falar qualquer coisa, o telefone na mesa dele tocou. Pareceu hesitar, depois levantou o fone ao ouvido.

— Scott falando — disse, após um instante: — Sim... sim, acho que sim. — Desligou, a boca se curvando em um sorriso não inteiramente agradável. — Praetor Kyle — disse. — Que bom que apareceu aqui logo hoje. Fique um instante. Este assunto é de seu interesse.

Maia espantou-se com o pronunciamento, mas não tanto quanto um instante depois, quando o canto da sala começou a brilhar e uma figura apareceu, materializando-se lentamente. Foi como observar imagens aparecendo em um filme em uma sala de revelação de fotos, e um menino começou a tomar forma. Tinha cabelos castanho-escuros, curtos e lisos, e um colar dourado brilhava contra a pele marrom da garganta. Aparentava ser leve e etéreo, como um coroinha, mas alguma coisa em seus olhos o fazia parecer muito mais velho.

— Raphael — disse ela, reconhecendo-o. Estava ligeiramente transparente: uma Projeção, percebeu. Já tinha ouvido falar, mas nunca tinha visto uma de perto.

Praetor Scott a olhou surpreso.

— Você conhece o líder dos vampiros do clã de Nova York?

— Fomos apresentados uma vez, em Brocelind Woods — disse Raphael, olhando para ela sem muito interesse. — Ela é amiga do Diurno, Simon.

— Sua tarefa — disse Praetor Scott a Jordan, como se Jordan pudesse ter esquecido.

Jordan franziu a testa.

— Aconteceu alguma coisa com ele? — perguntou. — Ele está bem?

— Não vim falar dele — esclareceu Raphael. — Vim falar da vampira parasita, Maureen Brown.

— Maureen? — exclamou Maia. — Mas ela só tem o quê, 13 anos?

— Uma vampira parasita é uma vampira parasita — disse Raphael. — E Maureen vem fazendo a festa em TriBeCa e no Lower East Side. Diversos feridos e pelos menos seis mortos. Conseguimos acobertar, mas...

— Ela é a missão de Nick — disse Praetor Scott, com o rosto franzido. — Mas ele não achou nenhum rastro dela. Talvez precisemos enviar alguém com mais experiência.

— Peço urgentemente que o faça — disse Raphael. — Se os Caçadores de Sombras não estivessem tão preocupados com as próprias... emergências, a esta altura certamente já teriam se envolvido. E a última coisa de que este clã precisa depois do problema com Camille é uma censura dos Caçadores de Sombras.

— Suponho que Camille também continue desaparecida? — perguntou Jordan. — Simon nos contou sobre o que aconteceu na noite em que Jace desapareceu, e Maureen parecia estar trabalhando para Camille.

— Camille não é recém-transformada em vampira, portanto não é assunto nosso — disse Scott.

— Eu sei, mas... se encontrá-la, pode encontrar Maureen, só isso — disse Jordan.

— Se ela estivesse com Camille, não estaria matando nesse ritmo — argumentou Raphael. — Camille a impediria. Ela tem sede de sangue, mas conhece o Conclave e a Lei. Manteria Maureen e suas atividades longe das vistas. Não, o comportamento de Maureen tem todas as características de uma vampira que perdeu a razão.

— Então, acho que está certo. — Jordan se ajeitou na cadeira. — Nick precisa de ajuda para lidar com ela, ou...

— Ou alguma coisa pode acontecer com ele? Se acontecer, talvez lhe ajude a se concentrar mais no futuro — disse Praetor Scott. — No seu *próprio* trabalho.

A boca de Jordan se abriu.

— Simon não foi o responsável pela transformação de Maureen — disse. — Falei para você...

Praetor Scott descartou as palavras com um aceno.

— Sim, eu sei — falou —, ou você teria sido afastado de sua missão, Kyle. Mas a mordeu, e sob sua supervisão. E foi a associação dela com o Diurno, por mais distante que fosse, que levou à eventual Transformação.

— O Diurno é perigoso — disse Raphael, os olhos brilhando. — É o que venho falando o tempo todo.

— Ele não é perigoso — disse Maia, ferozmente. — Tem um bom coração. — Viu Jordan olhar para ela um pouco de lado, tão depressa que ficou pensando se não teria sido imaginação.

— Blá-blá-blá — disse Raphael, descartando-a. — Vocês licantropes não conseguem se concentrar no assunto em questão. Confiei em você, Praetor, pois novatos são seu departamento. Mas permitir que Maureen saia por aí descontrolada pega mal para o meu clã. Se não encontrá-la rápido, chamarei todos os vampiros ao meu dispor. Afinal — sorriu, e seus delicados incisivos brilharam —, no fim das contas, ela é nossa para matarmos.

* * *

Quando terminaram a refeição, Clary e Jace caminharam de volta para o apartamento pela noite envolta em névoa. As ruas estavam desertas, e a água do canal brilhava como vidro. Dobrando uma esquina, encontraram-se ao lado de um canal quieto, ladeado por casas fechadas. Barcos boiavam suavemente na água, cada um, uma meia-lua preta.

Jace riu suavemente e avançou, soltando a mão de Clary. Seus olhos estavam arregalados e dourados à luz dos postes. Ele se ajoelhou ao lado do canal, e ela viu um flash branco--prateado — uma estela —, em seguida, um dos barcos se soltou da corrente e começou a boiar para o centro do canal. Jace deslizou a estela de volta para o cinto e saltou, aterrissando com leveza no assento de madeira da frente do barco. Estendeu a mão para Clary.

— Vamos.

Ela olhou dele para o barco e balançou a cabeça. Era pouco maior do que uma canoa, pintado de preto, apesar de a tinta estar desbotada e descascando. Parecia leve e frágil como um brinquedo. Ela se imaginou virando o barco e jogando ambos no canal verde e gelado.

— Não posso. Vai virar.

Jace balançou a cabeça, impaciente.

— Você consegue — disse ele. — Fui seu treinador.

Para demonstrar, ele deu um passo para trás. Agora estava sobre a borda fina do barco, ao lado da cavilha do remo. Ele olhou para ela, com a boca torta, formando um meio sorriso. Por todas as leis da física, ela pensou, o barco, desequilibrado, deveria estar virando. Mas Jace se equilibrou suavemente, com as costas eretas, como se fosse feito de fumaça. Atrás dele, um cenário de água e pedra, canal e pontes, nenhum edifício moderno. Com seus cabelos brilhantes e a forma como se portava, poderia ser um príncipe da Renascença.

Ele estendeu a mão para ela mais uma vez.

— Lembre-se, você é tão leve quanto quiser ser.

Ela se lembrava. Horas de treinamento sobre como cair, como se equilibrar, como aterrissar como Jace, como se você fosse cinzas caindo suavemente. Respirou fundo e saltou, a água verde voou abaixo dela. Ela pousou na proa do barco, oscilou no assento de madeira, mas estava firme.

Exalou aliviada, e ouviu Jace rir enquanto saltava para o chão liso do barco. Estava úmido. Uma fina camada de água cobria a madeira. E ele tinha 20 centímetros a mais que ela, de modo que, com ela em pé no banco, estavam da mesma altura.

Ele pôs as mãos na cintura de Clary.

— Então — disse ele. — Aonde quer ir agora?

Ela olhou em volta. Tinham boiado para longe da margem do canal.

— Estamos roubando este barco?

— "Roubar" é uma palavra tão feia — considerou Jace.

— Como quer chamar?

Ele a pegou e girou-a antes de colocá-la no chão.

— Um caso muito extremo de test drive.

Ele a puxou para perto, e ela enrijeceu. Os pés de Clary foram arrancados do chão e os dois deslizaram para o chão côncavo do barco, que era liso e estava molhado, cheirando a água e madeira úmida.

Clary se viu deitada em cima de Jace, com os joelhos abertos, um de cada lado dos quadris dele. A camisa de Jace estava ficando ensopada, mas ele não pareceu se importar. Ele jogou as mãos para trás da própria cabeça, tirando a camisa.

— Você literalmente me derrubou com a força da sua paixão — observou. — Bom trabalho, Fray.

— Você só caiu porque quis. Eu o conheço — respondeu ela. A lua os iluminou como um holofote, como se fossem as únicas pessoas tocadas por ela. — Você nunca escorrega.

Ele tocou o rosto de Clary.

— Posso não escorregar — disse ele —, mas posso ficar perdido.

O coração da menina acelerou, e ela teve de engolir em seco depressa, antes que pudesse responder levemente, como se ele estivesse brincando.

— Essa pode ser sua pior cantada, dentre todas.

— Quem disse que é uma cantada?

O barco balançou, e ela se inclinou para a frente, equilibrando as mãos no peito dele. Pressionou o quadril contra o dele e observou os olhos de Jace se arregalarem, indo de dourados a escuros, as pupilas engolindo as irises. Pôde ver a si mesma e o céu noturno refletidos nelas.

Ele se apoiou em um cotovelo, e pôs uma das mãos na nuca dela. Ela o sentiu se arqueando para cima, contra ela, os lábios tocando os seus, mas recuou, não permitindo o beijo. Ela o queria, o queria tanto que se sentia vazia por dentro, como se o desejo tivesse corroído tudo. Independentemente do que a mente dizia — que este não era Jace, não o *Jace dela* —, o corpo ainda se lembrava dele, da forma dele, do cheiro da pele e do cabelo, e o queria *de volta*.

Clary sorriu na boca de Jace, como se estivesse apenas provocando, e rolou para o lado, encolhendo-se ao seu lado no fundo molhado do barco. Ele não protestou. Seu braço a envolveu, e o balanço do barco era suave e tranquilizante. Clary queria colocar a cabeça no ombro dele, mas não o fez.

— Estamos boiando — disse ela.

— Eu sei. Tem uma coisa que quero que veja. — Jace estava olhando para o céu.

A lua era uma onda branca, como uma vela; o peito de Jace subia e descia uniformemente. Os dedos dele entrelaçaram-se nos cabelos dela. Clary estaria deitada ao lado dele, esperando e observando enquanto as estrelas tiquetaqueavam como um relógio astrológico, e ela ficou imaginando o que estariam esperando. Finalmente ouviu, um ruído lento e corrente, como água entornando através de uma represa quebrada. O céu escureceu e queimou enquanto figuras se apressavam por ele. Ela mal conseguiu identificá-las através das nuvens ao longe, mas pareciam ser homens, com cabelos longos como cirros, montados em cavalos cujos cascos ecoavam pela noite, e as estrelas estremeceram enquanto a noite se fechava em si, e os homens desapareciam atrás da lua.

Ela exalou lentamente.

— O que foi isso?

— A Caçada Selvagem — respondeu Jace. A voz dele soou distante, e como um sonho. — Os Cães de Gabriel. A Tropa Selvagem. Têm muitos nomes. São fadas que desdenham das Cortes terráqueas. Cavalgam pelo céu, em uma caçada eterna. Em uma noite a cada ano, um mortal pode se juntar a eles, mas uma vez que você se une à Caçada, nunca mais pode deixá-la.

— Por que alguém quereria fazer isso?

Jace rolou e subitamente estava em cima de Clary, pressionando-a contra o fundo do barco. Ela mal notou que estava molhado; pôde sentir o calor irradiando dele em ondas, e os olhos de Jace ardiam. Ele tinha uma maneira de se colocar em cima dela, sem que ela ficasse esmagada, mas que ao menos tempo sentisse todas as partes dele: a forma dos quadris, os cortes na calça, as linhas das cicatrizes.

— Existe algum apelo na ideia — disse ele. — De perder o controle. Não acha?

Ela abriu a boca para responder, mas ele já a estava beijando. Ela o beijara tantas vezes — beijos suaves e delicados, fortes e desesperados, selinhos de despedida e beijos que pareciam durar horas —, e este não foi diferente. Da mesma maneira como a lembrança de alguém permanecia em uma casa mesmo depois que a pessoa não estivesse mais, como uma espécie de marca psíquica, seu corpo se *lembrava* de Jace. Lembrava-se do gosto dele, de sua boca na dela, das cicatrizes sob seus dedos, do formato do corpo sob suas mãos. Ela largou as dúvidas e esticou o braço para puxá-lo para perto.

Ele rolou de lado, segurando-a. O barco balançando embaixo deles. Clary pôde ouvir o esguicho da água quando as mãos de Jace deslizaram para sua cintura, os dedos acariciando-a levemente na parte sensível da pele da lombar. Ela pôs as mãos nos cabelos dele e fechou os olhos, envolvida em uma bruma, com cheiro e som de água. Eras intermináveis se passaram, e só existia a boca de Jace na dela, o movimento do barco, as mãos dele nela. Finalmente, após o que podiam ser horas ou minutos, ela ouviu alguém gritando, uma voz italiana enfurecida, se elevando e cortando a noite.

Jace recuou, com o olhar preguiçoso e lamentoso.

— É melhor irmos.

Clary o olhou, entorpecida.

— Por quê?

— Porque aquele é o dono do barco que roubamos. — Jace se sentou, enfiando a camisa de volta. — E ele está prestes a chamar a polícia.

Capítulo 11
SE ATRIBUEM TODOS OS PECADOS

Magnus disse que nenhuma eletricidade poderia ser utilizada durante a invocação de Azazel, então a única iluminação no loft era a das velas. As velas ardiam em um círculo no centro da sala, todas com alturas e brilhos diferentes, apesar de compartilharem de uma chama azul-esbranquiçada semelhante.

Dentro do círculo, um pentagrama havia sido desenhado por Magnus com um grave-to de sorva que queimou no chão o padrão de triângulos sobrepostos. Entre os espaços formados pelo pentagrama, havia marcas diferentes de qualquer coisa que Simon já tivesse visto: não eram exatamente letras, nem exatamente símbolos; transmitiam uma sensação fria de ameaça, apesar do calor da chama das velas.

Agora estava escuro do lado de fora das janelas, o tipo de escuro que acompanhava o pôr do sol adiantado do inverno que se aproximava. Isabelle, Alec, Simon e finalmente Magnus — que estava entoando em voz alta os textos dos *Ritos proibidos* — encontravam-se cada um em um dos pontos cardinais em volta do círculo. A voz de Magnus aumentava e diminuía, as palavras em latim como uma oração, porém uma oração invertida e sinistra.

As chamas se elevaram, e os símbolos entalhados no chão começaram a arder em preto. Presidente Miau, que estava observando tudo do canto da sala, sibilou e fugiu para as sombras. As chamas azul-esbranquiçadas subiram, e agora Simon mal conseguia enxergar Magnus através delas. A sala estava aquecendo, o feiticeiro entoando os cânticos mais rapidamente, os cabelos negros cacheando com o calor úmido, suor brilhando em suas maçãs do rosto.

— *Quod tumeraris: per Jehovam, Gehennam, et consecratam aquam quam nunc spargo, signumque crucis quod nunc facio, et per vota nostra, ipse nunc surgat nobis dicatus Azazel!*

Houve uma explosão de fogo do centro do pentagrama e uma onda espessa de fumaça negra subiu, se dissipando vagarosamente pela sala e fazendo com que todos, exceto Simon, tossissem e se engasgassem. A fumaça girou como um redemoinho, amalgamando lentamente no centro do pentagrama a forma de um homem.

Simon piscou. Não sabia ao certo o que estava esperando, mas isso é que não era. Um homem alto com cabelos ruivos, nem jovem, nem velho — um rosto atemporal, inumano e frio. Ombros largos, trajando um terno negro bem-talhado e sapatos pretos reluzentes. Em cada pulso, um sulco vermelho escuro, as marcas de uma espécie de algema, corda ou metal, que cortou a pele ao longo de tantos anos. Em seus olhos havia chamas rubras inquietas.

Ele falou:

— Quem invoca Azazel? — A voz parecia metal raspando contra metal.

— Eu. — Magnus fechou firmemente o livro que segurava. — Magnus Bane.

Azazel esticou a cabeça lentamente em direção a Magnus. Não parecia natural o girar da cabeça no pescoço dele, lembrava uma cobra.

— Feiticeiro — disse ele. — Sei quem você é.

Magnus ergueu as sobrancelhas.

— Sabe?

— Invocador. Atador. Destruidor do demônio Marbas. Filho de...

— Ora — disse Magnus, rapidamente. — Não há necessidade de entrar nisto.

— Mas há. — Azazel soou sensato, entretido, até. — Se é assistência infernal que requer, por que não invoca seu pai?

Alec estava olhando para Magnus, boquiaberto. Simon foi solidário a ele. Não achava que nenhum deles já imaginara que Magnus soubesse quem era seu pai, além do fato de que era um demônio que tinha enganado sua mãe, feito com que ela acreditasse que se tratava do próprio marido. Era óbvio que Alec sabia mais a respeito do que o restante, o que, Simon supôs, provavelmente era algo que não o agradava muito.

— Eu e meu pai não nos damos muito bem — respondeu Magnus. — Prefiro não envolvê-lo.

Azazel ergueu as mãos.

— Como queira, *Mestre*. Tens-me no selo. O que exige?

Magnus não disse nada, mas ficou claro, pela expressão no rosto de Azazel, que o feiticeiro estava conversando com ele silenciosamente, de mente para mente. As chamas saltaram e dançaram nos olhos do demônio, como crianças ansiosas ouvindo uma história.

— Lilith esperta — disse o demônio, afinal. — Trazer o menino de volta à vida e garantir sua vida, ligando-o a alguém que vocês não suportariam matar. Ela sempre foi melhor que o restante de nós na manipulação das emoções humanas. Talvez por ter sido algo próximo de uma humana.

— Existe alguma forma? — Magnus soou impaciente. — De romper o laço entre eles?

Azazel balançou a cabeça.

— Não sem matar os dois.

— Então existe alguma maneira de ferir apenas Sebastian, sem machucar Jace? — Foi Isabelle que perguntou, ansiosa. Magnus lhe lançou um olhar repreensivo.

— Não com nenhuma arma que eu possa criar, ou da qual disponha — respondeu Azazel. — Só consigo criar armas de alianças demoníacas. Um raio da mão de um anjo, talvez, pudesse incinerar o mal no filho de Valentim e romper o laço entre os dois, ou fazer com que assuma uma natureza mais benevolente. Se me permitem uma sugestão...

— Ah — disse Magnus, estreitando os olhos felinos —, por favor.

— Consigo pensar em uma solução simples capaz de separar os meninos, manter o seu vivo e neutralizar o perigo no outro. E pedirei pouquíssimo em troca.

— Você é *meu* servente — disse Magnus. — Se deseja sair deste pentagrama, fará o que eu mandar, sem pedir nada em retorno.

Azazel sibilou, e o fogo se curvou dos lábios dele.

— Se eu não estiver preso aqui, estarei preso lá. Para mim faz pouca diferença.

— "Pois este é o inferno, e não estou fora dele" — disse Magnus, com o ar de alguém citando uma fala antiga.

Azazel exibiu um sorriso reluzente.

— Pode não ser orgulhoso como o velho Fausto, feiticeiro, mas é impaciente. Tenho certeza de que minha disposição de ficar neste pentagrama será maior do que seu desejo de me vigiar aqui.

— Ah, não sei — disse Magnus. — Sempre fui relativamente ousado em termos de decoração, e sua presença acrescenta um toque extra à sala.

— *Magnus* — falou Alec, claramente nada animado com a ideia de um demônio imortal morando no apartamento do namorado.

— Está com ciúmes, Caçadorzinho de Sombras? — Azazel sorriu para Alec. — Seu feiticeiro não faz meu tipo e, além disso, eu jamais quereria irritar o pa...

— Basta — declarou Magnus. — Diga-nos qual é o "pouquíssimo" que quer em troca do seu plano.

Azazel esticou as mãos — mãos de trabalhador, da cor de sangue, com unhas negras.

— Uma lembrança feliz — disse ele. — De cada um. Algo para me entreter enquanto estou acorrentado como Prometeu à sua pedra.

— Uma *lembrança*? — disse Isabelle, atônita. — Quer dizer que desapareceria das nossas mentes? Não conseguiríamos nos lembrar mais?

Azazel franziu os olhos através das chamas.

— O que você é, pequena? Uma Nephilim? Sim, eu pegaria sua lembrança, ela se tornaria minha. Você não saberia mais o que tinha acontecido com você. Mas, por favor, evite me dar lembranças de demônios que trucidaram sob a luz da lua. Não é o tipo de coisa de que gosto. Não, quero que estas lembranças sejam... pessoais. — Sorriu, e os dentes brilharam como uma ponte levadiça de ferro mais uma vez.

— Sou velho — afirmou Magnus. — Tenho muitas lembranças. Cederia uma, se fosse preciso. Mas não posso falar por vocês. Ninguém deveria ser forçado a abrir mão de uma coisa dessas.

— Eu aceito — concordou Isabelle, imediatamente. — Por Jace.

— Eu também, é claro — disse Alec, então foi a vez de Simon. De repente ele pensou em Jace, cortando o pulso e lhe dando sangue na salinha no barco de Valentim. Arriscando a própria vida por ele. Podia até ter sido por Clary que agiu daquela forma, mas mesmo assim era uma dívida.

— Estou dentro.

— Ótimo — disse Magnus. — Todos vocês, tentem pensar em lembranças felizes. Devem ser verdadeiramente felizes. Algo que lhes dê prazer em lembrar. — Lançou um olhar amargo ao demônio convencido no pentagrama.

— Estou pronta — disse Isabelle. Estava de pé, com os olhos fechados, a coluna reta, como se preparada para a dor. Magnus foi em direção a ela e pôs os dedos em sua testa, murmurando suavemente.

Alec observou Magnus com a irmã, a boca rija, depois fechou os olhos. Simon também fechou os dele, apressadamente, tentando evocar uma lembrança feliz — alguma coisa relativa a Clary? Mas tantas de suas lembranças eram manchadas agora com sua preocupação com o bem-estar da amiga. Algo de quando eram bem novos? Uma imagem nadou para a frente de sua cabeça; um dia quente de verão em Coney Island, ele nos ombros do pai, Rebecca correndo atrás deles, trazendo um rastro de balões. Olhando para o céu, tentando encontrar formas nas nuvens, e o som da risada da mãe. *Não*, pensou, *essa não. Não quero perder essa...*

Sentiu um toque gelado na testa. Abriu os olhos e viu Magnus abaixando a mão. Simon piscou para ele, a mente subitamente vazia.

— Mas eu não estava pensando em nada — protestou.

Os olhos felinos de Magnus estavam tristes.

— Sim, estava.

Simon olhou em volta, sentindo-se um pouco tonto. Os outros pareciam iguais, como se estivessem acordando de um sonho estranho; capturou o olhar de Isabelle, o piscar dos cílios, e ficou imaginando no que ela teria pensado, que felicidade teria cedido.

Um murmúrio baixo no centro do pentagrama arrancou seu olhar de Izzy. Azazel estava o mais próximo possível da borda do pentagrama, um grunhido baixo de fome vinha de sua garganta. Magnus virou e olhou para ele, uma expressão de nojo no rosto. A mão cerrada em um punho, e algo parecendo brilhar entre seus dedos, como se estivesse segurando uma pedra de luz enfeitiçada. Ele virou e arremessou o objeto, veloz e lateralmente, no centro do pentagrama. A visão vampiresca de Simon acompanhou. Era uma conta de luz que se expandiu ao voar, virando em um círculo que detinha múltiplas imagens. Simon viu um pedaço de oceano azul, o canto de um vestido de cetim que se expandia enquanto a pessoa que o trajava girava, um olhar da face de Magnus, um menino de olhos azuis. Em seguida, Azazel abriu os braços, e o círculo de imagens desapareceu em seu corpo, como um pedaço de lixo sugado pela fuselagem de um avião.

Azazel engasgou. Os olhos, que antes faiscavam chamas vermelhas, agora ardiam como fogueiras, e a voz dele falhou ao falar:

— Ahhhh. Delícia.

Magnus foi incisivo ao falar.

— Agora, sua parte.

O demônio lambeu os lábios.

— A solução para o problema é a seguinte: você me liberta neste mundo, e eu pego o filho de Valentim e o levo vivo para o Inferno. Ele não morrerá e, portanto, seu Jace viverá, mas o primeiro terá deixado este mundo para trás, e lentamente a ligação entre os dois vai se dissipar. Vocês terão seu amigo de volta.

— E depois? — perguntou Magnus, lentamente. — Nós o libertamos no mundo, e depois você volta e se permite ser amarrado outra vez?

Azazel riu.

— Claro que não, feiticeiro tolo. O preço pelo meu favor é a minha liberdade.

— Liberdade? — Alec se pronunciou, soando incrédulo. — Um Príncipe do Inferno, solto no mundo? Já demos nossas memórias...

— As memórias foram o preço que pagaram para ouvir meu plano — disse Azazel. — Minha liberdade é o que pagarão pela execução do plano.

— Isso é trapaça, e você sabe — disse Magnus. — Está pedindo o impossível.

— Você também — respondeu Azazel. — De todas as formas, já perderam seu amigo para sempre. "Pois se um homem jura perante Deus, ou faz um juramento de ligar a própria alma através de um laço, ele não pode faltar com sua palavra." E pelos termos do feitiço de Lilith, as almas de ambos estão interligadas, e ambos concordaram.

— Jace jamais concordaria... — começou Alec.

— Ele disse as palavras — argumentou Azazel. — Por vontade própria ou por compunção, não tem importância. Você está me pedindo para romper um laço que só os Céus podem romper. Mas o Céu não vai ajudá-los; sabem disso tão bem quanto eu. É por isso que homens invocam demônios e não anjos, não é mesmo? Este é o preço que você paga pela minha intervenção. Se não quer pagar, deve aprender a aceitar o que perdeu.

O rosto de Magnus estava pálido e rijo.

— Conversaremos entre nós e discutiremos se sua oferta é aceitável. Enquanto isso, *está banido!* — Ele fez um aceno com a mão e Azazel desapareceu, deixando para trás o cheiro de madeira queimada.

As quatro pessoas no quarto se encararam, incrédulas.

— O que ele está pedindo — disse Alec, finalmente — não é possível, é?

— Teoricamente, tudo é possível — disse Magnus, olhando para a frente como se encarasse um abismo. — Mas soltar um Demônio Maior no mundo... não apenas um Demônio Maior, mas um Príncipe do Inferno, menor apenas do que Lúcifer... A destruição que ele poderia provocar...

— Não será possível — disse Isabelle — que Sebastian possa causar tanta destruição quanto ele?

— Como Magnus disse — acrescentou Simon, amargamente —, tudo é possível.

— Quase não pode haver crime maior aos olhos da Clave — disse Magnus. — Quem quer que soltasse Azazel no mundo seria um criminoso procurado.

— Mas se destruísse Sebastian... — começou Isabelle.

— Não temos provas de que Sebastian está tramando alguma coisa — disse Magnus. — Até onde sabemos, tudo que ele quer é fixar residência em uma bela casa de campo em Idris.

— Com Clary e Jace? — Alec soou incrédulo.

Magnus deu de ombros.

— Quem sabe o que ele quer com eles? Talvez só esteja se sentindo sozinho.

— Nunca que ele sequestrou Jace daquele telhado porque está desesperado por um amigo — afirmou Isabelle. — Ele está *planejando alguma coisa.*

Todos olharam para Simon.

— Clary está tentando descobrir o quê. Ela precisa de mais tempo. E não digam "não temos tempo" — acrescentou. — Ela sabe disso.

Alec passou a mão no cabelo escuro.

—Tudo bem, mas acabamos de desperdiçar um dia inteiro. Um dia que não tínhamos. Chega de ideias tolas. — A voz dele estava estranhamente aguda.

— Alec — disse Magnus. Colocou a mão no ombro do namorado. Alec estava parado, olhando furiosamente para o chão. —Você está bem?

Alec olhou para ele.

— Quem é você, mesmo?

Magnus arquejou rapidamente; parecia — pela primeira vez até onde ia a lembrança de Simon — nervoso. Foi apenas um segundo, mas foi.

— *Alexander* — disse.

— Cedo demais para fazer piada com a coisa da lembrança, suponho — disse Alec.

— Você acha? — A voz de Magnus flutuou. Antes que pudesse dizer qualquer outra coisa, a porta se abriu, e Maia e Jordan entraram. Ambos estavam com as bochechas vermelhas de frio, e, Simon notou espantado, Maia estava usando a jaqueta de couro de Jordan.

— Acabamos de vir da delegacia — disse ela, animada. — Luke ainda não acordou, mas parece que vai ficar bem... — interrompeu-se, olhando para o pentagrama que ainda brilhava, as nuvens de fumaça negra e as manchas queimadas no chão. — Tudo bem, *o que* vocês andaram fazendo?

Com a ajuda de um feitiço e a habilidade de Jace de se lançar, usando apenas um braço, para uma ponte velha e curva, os dois escaparam da polícia italiana sem serem presos. Depois que pararam de correr, desmoronaram contra a lateral de um prédio, rindo, um ao lado do outro, de mãos dadas. Clary teve um instante de pura felicidade e precisou enterrar a cabeça no ombro de Jace, lembrando a si mesma, com uma voz interna severa, que *este não era ele*, antes de a risada desbotar e virar um silêncio.

Jace pareceu interpretar a súbita quietude de Clary como um sinal de que ela estava cansada. Ele segurou suavemente a mão dela enquanto voltavam para a rua onde tinham começado, o canal estreito com pontes em ambas as extremidades. Entre elas, Clary reconheceu a casa branca e sem feição da qual tinham saído. Estremeceu.

— Frio? — Jace a puxou em direção a ele e a beijou; ele era tão mais alto do que ela que ou tinha de se curvar ou pegá-la no colo; neste caso, ficou com a segunda opção, e ela suprimiu um engasgo enquanto ele a levava *através* da parede da casa.

Colocando-a no chão, ele chutou uma porta, que apareceu subitamente atrás deles, fechou-a com uma batida e estava prestes a tirar a jaqueta quando ouviu o ruído de uma risada abafada.

Clary se afastou de Jace quando luzes acenderam ao redor. Sebastian estava sentado no sofá, com os pés na mesa de centro. Seus cabelos claros estavam bagunçados; os olhos pretos, acetinados. E não estava sozinho. Havia duas meninas, uma de cada lado dele. Uma era loira, escassamente vestida, com uma saia curta brilhante e uma blusa de lantejoulas. Estava com a mão sobre o peito de Sebastian. A outra era mais nova, mais suave, com cabelos negros curtos, uma fita vermelha na cabeça e um vestido preto de renda.

Clary sentiu os nervos enrijecerem. *Vampira*, pensou. Não entendeu como sabia, mas era um fato — fosse pelo brilho branco e sedoso da pele da menina de cabelos escuros ou pelos olhos sem fundo, ou talvez Clary apenas estivesse aprendendo a sentir essas coisas, como Caçadores de Sombras deveriam fazer. A menina soube que ela sabia; Clary percebeu. A garota sorriu, exibindo os dentes pontudos, depois se curvou para passá-los pela clavícula de Sebastian. As pálpebras dele tremeram, os cílios claros abaixando sobre os olhos escuros. Ele olhou para Clary através deles, ignorando Jace.

— Divertiu-se no seu encontrinho?

Clary gostaria de poder responder alguma grosseria, mas em vez disso, apenas assentiu.

— Bem, então, gostariam de se juntar a nós? — disse ele, indicando agora as meninas. — Para um drinque?

A menina de cabelos escuros riu e disse alguma coisa em italiano para Sebastian, com a voz interrogativa.

— *No* — disse Sebastian. — *Lei è mia sorella.*

A menina se sentou para trás, decepcionada. A boca de Clary estava seca. De repente, ela sentiu a mão de Jace na dela, as pontas dos dedos calejadas e ásperas.

— Não, acho que não — disse ele. — Vamos subir. Nós nos vemos de manhã.

Sebastian acenou e o anel Morgenstern na mão dele refletiu a luz, brilhando como um sinal de fogo.

— *Ci vediamo.*

Jace conduziu Clary para fora da sala e pelas escadas de vidro; só quando estavam no corredor que ela sentiu como se tivesse recuperado o fôlego. Este Jace diferente era uma coisa. Sebastian era outra. O senso de ameaça que irradiava dele era como fumaça de uma fogueira.

— O que ele disse? — perguntou. — Em italiano.

— Ele falou "não, ela é minha irmã" — respondeu Jace. Não revelou o que a menina havia perguntado a Sebastian.

— Ele faz isso com frequência? — perguntou. Pararam na frente do quarto de Jace, na entrada. — Traz meninas aqui?

Jace tocou o rosto dela.

— Ele faz o que quer, e eu não pergunto — declarou. — Ele poderia trazer um coelho cor-de-rosa de 1,80 metro e biquíni, se quisesse. Não é assunto meu. Mas se está *me* perguntando se eu já trouxe alguma garota para cá, a resposta é não. Não quero ninguém além de você.

Não era essa a pergunta, mas ela fez que sim com a cabeça assim mesmo, como se estivesse tranquilizada.

— Não quero voltar lá para baixo.

— Pode dormir comigo esta noite. — Os olhos dourados de Jace estavam brilhantes no escuro. — Ou pode dormir na suíte principal. Sabe que eu jamais pediria...

— Quero ficar com você — declarou Clary, surpreendendo a si mesma com a própria veemência.

Talvez fosse apenas a ideia de dormir naquele quarto, onde Valentim já havia dormido, onde torceu para viver novamente com a sua mãe, talvez tudo aquilo fosse demais. Ou simplesmente estava cansada, e só tinha passado a noite na mesma cama que Jace uma vez; dormiram apenas com as mãos se tocando, como se houvesse uma espada entre os dois.

— Só me dê um segundo para ajeitar o quarto. Está uma zona.

— É, quando entrei lá antes, acho que eu talvez tenha *de fato visto um grão de poeira no parapeito*. É melhor limpar.

Ele puxou uma mecha de cabelo dela, passando-a entre os dedos.

— Sem querer jogar contra mim mesmo, mas precisa de alguma coisa para dormir? Pijama, ou...

Pensou no armário cheio de roupas na suíte principal. Teria de se acostumar à ideia. Era melhor começar logo.

— Vou buscar uma camisola.

Claro, pensou alguns momentos depois, quando se viu diante de uma gaveta aberta, o tipo de camisola que os homens compravam porque queriam vê-las nas mulheres de suas vidas não *necessariamente* era o tipo de coisa que você compraria para si. Clary normalmente dormia de camiseta e short de pijama, mas tudo aqui era de seda, ou de renda, ou muito curto, às vezes os três. Finalmente optou por uma camisola verde-clara de seda, que batia na metade da coxa. Pensou nas unhas vermelhas da menina no andar de baixo, a que estava com a mão no peito de Sebastian. As unhas dela própria eram roídas nas mãos, e as dos pés nunca tinham nada além de esmalte claro. Ficou imaginando como seria ser mais como Isabelle, tão consciente do seu poder feminino que tinha a capacidade de contê-lo como uma arma, em vez de olhar para ele de forma mistificada, como alguém recebendo um presente para a casa nova que não fazia ideia de onde pôr.

Ela tocou o anel dourado no dedo para dar sorte antes de ir para o quarto de Jace. Ele estava sentado na cama, sem camisa, e com a parte de baixo de um pijama preto, lendo um livro na pequena piscina de luz que vinha da lâmpada da cabeceira. Ficou parada um instante, observando-o. Pôde ver o suave movimento dos músculos sob a pele dele enquanto virava as páginas — e viu a Marca de Lilith, logo acima do coração. Não se parecia com o restante das Marcas, curvilíneas e pretas; era vermelho-prateada, como mercúrio tingido de sangue. Não parecia pertencer a ele.

A porta se fechou atrás dela com um clique, e Jace levantou o olhar. Clary viu o rosto dele mudar. Ela podia não ter gostado muito da camisola, mas ele definitivamente gostou. O olhar no rosto dele fez um arrepio percorrer toda a pele de Clary.

— Está com frio? — Jace puxou a coberta; ela foi para a cama enquanto ele colocava o livro na cabeceira, e os dois deslizaram para baixo do cobertor, até ficarem de frente um para o outro.

Tinham ficado no barco pelo que pareceram horas, se beijando, mas isso era diferente. Estavam em público, sob os olhares da cidade e das estrelas. Esta era uma intimidade súbita, apenas os dois sob o cobertor, as respirações de cada um e o calor dos corpos se misturando. Não havia ninguém para vê-los, ninguém para contê-los, nenhuma *razão* para pararem. Quando ele esticou o braço e colocou a mão no rosto dela, Clary achou que o trovão do próprio sangue nos ouvidos pudesse ensurdecê-la.

Os olhos estavam tão próximos que ela pôde ver o padrão de ouro mais claro e mais escuro nas íris, como um mosaico de opala. Clary estava com frio havia muito tempo, e agora sentia-se como se estivesse queimando e derretendo ao mesmo tempo, dissolvendo-se nele — e mal estavam se tocando. Ela descobriu que seu olhar era atraído para os pontos em que Jace era mais vulnerável — as têmporas, os olhos, a pulsação na base da garganta. Ela queria beijá-lo ali, queria sentir as batidas do coração dele com os lábios.

A mão direita cheia de cicatrizes de Jace percorreu a bochecha de Clary, até o ombro e a lateral do corpo, acariciando-a com um único toque longo que terminou no quadril dela. Ela entendeu por que os homens gostavam tanto das camisolas de seda. Não havia fricção; era como passar a mão por vidro.

— Diga-me o que quer — pediu ele, com um sussurro que não conseguia disfarçar a rouquidão na voz.

— Só quero que me abrace — disse ela. — Enquanto durmo. É tudo que quero agora.

Os dedos dele, que estavam desenhando círculos lentos no quadril de Clary, pararam.

— Só isso?

Não era o que ela queria. O que queria era beijá-lo até perder a noção de espaço, tempo e localização, como no barco; beijá-lo até se esquecer de quem ela mesma era e por que estava ali. Queria usá-lo como uma droga.

Mas aquela era uma péssima ideia.

Ele a observou, inquieto, e ela se lembrou da primeira vez em que o viu, e de como o achou tão letal quanto lindo, como um leão. *Este é um teste*, pensou. E talvez perigoso.

— Só.

O peito dele subiu e desceu. A Marca de Lilith parecia pulsar na pele acima do coração. A mão de Jace apertou o quadril de Clary. Ela pôde ouvir a própria respiração, tão rasa quanto uma maré baixa.

Ele a puxou para perto, rolando-a até que ficassem encaixados, ela de costas para ele. Clary engoliu um arquejo. A pele de Jace era quente na dela, como se ele estivesse ligeiramente febril. Mas os braços que a envolveram eram familiares. Os dois se ajustavam bem, como sempre, a cabeça dela sob o queixo, a espinha contra os músculos duros do tórax e da barriga, as pernas dobradas nas dele.

— Tudo bem — sussurrou ele, e a sensação da respiração dele em sua nuca a fez sentir arrepios por todo o corpo. — Então vamos dormir.

E isso foi tudo. Lentamente, o corpo de Clary relaxou, as batidas do coração desacelerando. Os braços de Jace ao redor dela estavam como sempre. Confortáveis. Ela fechou as mãos nas dele e cerrou os olhos, imaginando a cama livre desta estranha prisão, flutuando pelo espaço ou na superfície do oceano, só os dois, sozinhos.

Ela dormiu assim, com a cabeça embaixo do queixo de Jace, a coluna encaixada no corpo dele, as pernas entrelaçadas. Foi sua melhor noite de sono em semanas.

Simon estava sentado à beira da cama no quarto de hóspedes de Magnus, olhando para a mochila no colo.

Ouviu vozes que vinham da sala. Magnus estava explicando para Maia e Jordan o que tinha acontecido naquela noite, com Izzy acrescentando alguns detalhes em determinados momentos. Jordan estava falando alguma coisa sobre pedirem comida chinesa para não morrerem de fome; Maia riu e disse que contanto que não fosse do Lobo Jade, tudo bem.

Morrer de fome, pensou Simon. Ele estava ficando com fome — fome o suficiente para sentir, como um puxão nas veias. Era um tipo de fome diferente da humana. Sentia-se vazio, oco por dentro. Se alguém o tocasse, pensou, soaria como um sino.

— Simon. — A porta se abriu, e Isabelle entrou. Seus cabelos negros estavam soltos, batendo quase na cintura. — Você está bem?

— Estou.

Ela viu a mochila no colo dele e ficou com os ombros tensos.

— Está indo embora?

— Bem, eu não estava planejando ficar para sempre — respondeu Simon. — Quero dizer, ontem à noite foi... diferente. Você pediu...

— Certo — disse ela, com uma voz artificialmente alegre. — Bem, pelo menos pode pegar carona com Jordan. Aliás, você reparou nele com Maia?

— Reparei no quê?

Ela baixou a voz:

— Alguma coisa *definitivamente* aconteceu entre eles na viagem. Estão parecendo um casalzinho agora.

— Bem, isso é bom.

— Está com ciúme?

— Ciúme? — ecoou, confuso.

— Bem, você e Maia... — Ela acenou a mão, olhando para ele através dos cílios. — Vocês...

— Ah. Não. Não, de jeito nenhum. Estou contente por Jordan. Isso vai deixá-lo muito feliz — falou, com sinceridade.

— Ótimo. — Isabelle então levantou o olhar, e viu que as próprias bochechas estavam rosadas, e não só de frio. — Você passaria esta noite aqui, Simon?

— Com você?

Ela assentiu, sem olhar para ele.

— Alec vai sair para buscar mais roupas no Instituto. Ele perguntou se eu queria voltar com ele, mas eu... prefiro ficar aqui com você. — Isabelle levantou a cabeça, olhando diretamente para ele. — Não quero dormir sozinha. Se eu ficar, você fica comigo? — Simon percebeu o quanto ela detestava pedir.

— Claro — respondeu, o mais suavemente que pôde, afastando o pensamento da fome da cabeça, ou pelo menos tentando. A última vez em que tentou se esquecer de beber, acabou sendo puxado por Jordan de uma Maureen semiconsciente.

Mas aquilo aconteceu quando tinha ficado dias sem comer. Isto era diferente. Conhecia os próprios limites. Tinha certeza.

— Claro — repetiu. — Será ótimo.

Camille sorriu para Alec do divã.

— Então, onde Magnus acha que você está agora?

Alec, que havia posto uma placa de madeira sobre dois blocos cilíndricos para formar uma espécie de banco, esticou as pernas longas e olhou para os próprios sapatos.

— No Instituto, buscando roupas. Eu ia para o Spanish Harlem, mas em vez disso vim para cá.

Os olhos dela se estreitaram.

— E por que fez isso?

— Porque não consigo. Não posso matar Raphael.

Camille jogou as mãos para o alto.

— E por que não? Tem alguma espécie de ligação pessoal com ele?

— Mal o conheço — disse Alec. — Mas matá-lo seria uma transgressão deliberada da Lei dos Acordos. Não que eu nunca tenha desrespeitado uma Lei, mas existe uma diferença entre fazer isso por um bom motivo e por motivos egoístas.

— Ah, santo Deus. — Camille começou a andar de um lado para o outro. — Poupai-me dos Nephilim com consciência.

— Sinto muito.

Camille estreitou os olhos.

— Sente muito? Eu o *farei...* — interrompeu-se. — Alexander — prosseguiu, com a voz mais recomposta: — E quanto a Magnus? Se continuar assim, vai perdê-lo.

Alec observou enquanto ela se movia, felina e contida, o rosto desprovido de qualquer coisa além de uma solidariedade curiosa.

CIDADE DAS ALMAS PERDIDAS

— Onde Magnus nasceu?

Camille riu.

— Não sabe nem isso? Meu Deus. Batávia, se quer saber. — Ela riu do olhar de incompreensão. — Indonésia. Claro, eram as Índias Orientais Holandesas naquela época. A mãe dele era nativa, acredito; o pai, um colono monótono. Bem, não o pai *verdadeiro*. — Os lábios da vampira se curvaram em um sorriso.

— Quem era o pai verdadeiro?

— O pai de Magnus? Ora, um demônio, é claro.

— Sim, mas *que* demônio?

— Que importância isso pode ter, Alexander?

— Tenho a sensação — continuou Alec, teimoso — de que é um demônio bastante poderoso e de alta patente. Mas Magnus não fala sobre ele.

Camille se jogou sobre o divã com um suspiro.

— Ora, é claro que não fala. É preciso preservar algum mistério na relação, Alec Lightwood. Um livro que um indivíduo ainda não leu é sempre mais interessante do que algum que já se saiba de cor.

— Está querendo dizer que revelo coisas demais a ele? — Alec ponderou sobre o fragmento de conselho.

Em algum lugar dentro da superfície fria e linda daquela mulher, havia alguém que já tinha compartilhado uma experiência única com ele: de amar e ser amada por Magnus. Certamente devia saber alguma coisa, algum segredo, alguma chave que o impediria de estragar tudo.

— Quase com certeza. Embora esteja vivo há tão pouco tempo que não posso imaginar o quanto tem a dizer. Certamente suas anedotas já se esgotaram.

— Bem, me parece claro que sua política de não contar nada também não funcionou.

— Mas eu não estava tão interessada em mantê-lo quanto você.

— Bem — disse Alec, sabendo que não era boa ideia, mas não conseguindo evitar —, se você *tivesse tido* interesse em mantê-lo, o que teria feito de diferente?

Camille suspirou de forma dramática.

— O que você é novo demais para entender é que todos nós escondemos coisas. Escondemos dos nossos amantes porque desejamos nos apresentar da melhor forma possível, mas também porque, se for amor verdadeiro, esperamos que o objeto da nossa paixão simplesmente entenda, sem precisar perguntar. Em uma verdadeira parceria, do tipo que se estende por eras, existe uma comunhão não pronunciada.

— M-mas — gaguejou Alec — achei que ele quisesse que eu me abrisse. Digo, tenho dificuldades em me abrir até mesmo com pessoas que conheço desde sempre... como Isabelle, ou Jace...

181

Camille deu um risinho.

— Isso é outra coisa — disse ela. — Você não precisa mais de outras pessoas depois de encontrar seu verdadeiro amor. Não é à toa que Magnus não acha que pode se abrir com você, quando você precisa tanto destes outros indivíduos. Quando o amor é verdadeiro, você sacia todos os desejos e necessidades da contraparte... Está ouvindo, jovem Alexander? Pois meu conselho é precioso e raro...

O quarto estava preenchido pela luz translúcida do amanhecer. Clary sentou, observando Jace enquanto ele dormia. Ele estava de lado, os cabelos de uma cor de bronze-claro no ar azulado. A bochecha estava apoiada na mão, como uma criança. A cicatriz em forma de estrela que ele tinha no ombro era visível, assim como os desenhos de antigos símbolos espalhados nos braços, costas e laterais.

Ela ficou imaginando se outras pessoas achariam as cicatrizes tão lindas quanto achava, ou se apenas ela as enxergava desta forma porque o amava, e as cicatrizes faziam parte dele. Cada uma contava a história de um momento. Algumas até salvaram sua vida.

Ele murmurou durante o sono e se virou para deitar de barriga para cima. Sua mão, com o símbolo da Clarividência nítido e negro nas costas, estava sobre o estômago, e, acima, via-se o único símbolo que Clary não achava lindo: o de Lilith, o que o conectava a Sebastian.

Parecia pulsar, como o colar de rubi de Isabelle, como um segundo coração.

Silenciosa como um gato, ela subiu pela cama e se ajoelhou. Esticou o braço e pegou a adaga Herondale da parede. A foto dela e de Jace juntos voou, girando no ar antes de cair virada para baixo.

Clary engoliu em seco e olhou para ele. Mesmo agora, estava tão vivo que parecia brilhar de dentro, como se estivesse aceso por um fogo interior. A cicatriz no peito pulsava uma batida firme.

Ela ergueu a faca.

Clary acordou com um susto, o coração batendo forte contra as costelas. O quarto girou como um carrossel: ainda estava escuro, e o braço de Jace a envolvia, a respiração dele quente em sua nuca. Ela pôde sentir o coração de Jace nas costas. Fechou os olhos, engolindo o gosto amargo na boca.

Foi um sonho. Apenas um sonho.

Mas de jeito algum conseguiria voltar a dormir agora. Sentou-se cuidadosamente, afastando com gentileza o braço de Jace para sair da cama.

O piso estava gelado, e ela franziu o cenho quando seus pés descalços tocaram a superfície. Achou a maçaneta do quarto à meia-luz e abriu a porta. E congelou.

Apesar de não haver janelas no corredor do lado de fora, este estava aceso por lustres pendurados. Poças de algo que parecia grudento e escuro manchavam o chão. Em uma das paredes brancas, via-se a marca de uma mão sangrenta. Sangue se espalhava pela parede em intervalos, até a escada, onde havia uma única mancha, escura e longa.

Clary olhou na direção do quarto de Sebastian. Estava silencioso, a porta fechada, nenhuma luz brilhando por baixo. Pensou na menina loura com a blusa de lantejoulas olhando para ele. Olhou novamente para a marca sangrenta de mão. Era como um recado, uma mão aberta dizendo *pare*.

E, então, a porta de Sebastian se abriu.

Ele saiu do quarto. Estava com uma camisa térmica e jeans preto, e os cabelos branco-prateados emaranhados. Bocejou; virou e desvirou a cabeça rapidamente ao vê-la, e um olhar de surpresa sincero passou por seu rosto.

— O que está fazendo acordada?

Clary respirou fundo. O ar tinha um gosto metálico.

— O que eu estou fazendo? O que *você* está fazendo?

— Descendo para pegar umas toalhas e limpar essa bagunça — respondeu, com naturalidade. — Vampiros e seus joguinhos...

— Este não parece o resultado de um *jogo* — observou Clary. — A menina... a menina humana que estava com você... O que aconteceu com ela?

— Ficou um pouco assustada ao ver as presas. Às vezes se assustam. — Ao ver a expressão de Clary, Sebastian riu. — Mas passou. Até quis mais. Está dormindo na minha cama agora, se quiser verificar que ela está mesmo viva.

— Não... não é necessário. — Clary abaixou os olhos. Desejou ter vestido alguma coisa além da camisola de seda para dormir. Sentia-se nua. — E você?

— Está me perguntando se estou bem? — Ela não estava, mas Sebastian pareceu satisfeito. Puxou de lado o colarinho da camisa, e ela pôde ver dois furos na clavícula. — Um *iratze* não me faria mal.

Clary não disse nada.

— Desça — disse ele, e acenou para que ela o seguisse ao passar, descalço, descendo pela escadaria de vidro. Após um instante, ela fez o que ele pediu. Sebastian acendeu as luzes, então, quando chegaram à cozinha, o recinto estava brilhando com uma luz calorosa.

— Vinho? — ofereceu, abrindo a geladeira.

Ela se sentou em um dos bancos, alisando a camisola.

— Só água.

Clary assistiu enquanto ele servia dois copos de água mineral — um para ela, outro para ele. Seus movimentos suaves e econômicos eram como os de Jocelyn, mas o controle com o qual se movia devia ter sido incutido por Valentim. Lembrava a forma como Jace se movimentava, como um dançarino cuidadosamente treinado.

Ele empurrou a água dela com uma das mãos enquanto a outra levava o próprio copo aos lábios. Quando terminou, bateu como o copo de volta na bancada.

— Você provavelmente já sabe disso, mas ficar com vampiros dá sede.

CASSANDRA CLARE

— Por que eu saberia disto? — A pergunta soou mais afiada do que Clary pretendia. Ele deu de ombros.

— Concluí que você estivesse brincando de mordidinhas com aquele Diurno.

— Eu e Simon nunca brincamos de *mordidinhas* — disse, num tom glacial. — Aliás, não sei por que alguém deixaria vampiros o morderem de propósito. Você não odeia todos do Submundo?

— Não — respondeu. — Não me confunda com Valentim.

— É — murmurou. — Um erro difícil de cometer.

— Não é minha culpa que eu sou a cara dele, e você, a *dela.* — A boca de Sebastian se curvou em uma expressão de desgosto ao pensar em Jocelyn. Clary franziu o cenho para ele. — Viu, aí está. Você sempre me olha assim.

— Assim como?

— Como se eu incendiasse abrigos de animais por lazer e acendesse cigarros com órfãos. — Ele serviu mais um copo de água. Quando ele virou a cabeça para o outro lado, Clary viu que os ferimentos na garganta já estavam começando a melhorar.

— Você matou uma criança — disse rispidamente, sabendo ao falar que deveria ter mantido a boca fechada, continuado com o fingimento de que não achava Sebastian um monstro. Mas *Max*. Ele estava vivo em sua mente como na primeira vez em que o vira, dormindo no sofá do Instituto com um livro no colo e os óculos de esguelha no rosto. — Não é algo pelo que possa ser perdoado, nunca.

Sebastian respirou fundo.

— Então é isso — falou. — Vai colocar as cartas na mesa tão cedo assim, irmãzinha?

— O que você achava? — A voz de Clary soou fina e cansada aos próprios ouvidos, mas ele se esquivou como se ela tivesse atacado.

— Acreditaria se eu dissesse que foi um acidente? — disse, repousando o copo na bancada. — Não tive a intenção de matá-lo. Só quis desacordá-lo, para que ele não...

Clary o calou com um olhar. Sabia que não conseguia conter o ódio na expressão: sabia que deveria, sabia que era impossível.

— É verdade. Pretendia desacordá-lo, como fiz com Isabelle. Subestimei minha própria força.

— E Sebastian Verlac? O verdadeiro? Você o matou, não matou?

Sebastian olhou para as próprias mãos como se fossem estranhas a ele: havia uma corrente de prata segurando uma placa lisa metálica, como uma pulseira de identificação, no pulso direito — escondendo a cicatriz onde Isabelle havia decepado-lhe a mão.

— Ele não tinha de ter reagido...

Enojada, Clary começou a deslizar para fora do banco, mas Sebastian a pegou pelo pulso, puxando-a para perto. A pele era tão quente contra a dela que Clary se lembrou da vez que, em Idris, o toque dele a queimou.

184

— Jonathan Morgenstern matou Max. Mas e se eu não for a mesma pessoa? Não reparou que eu nem uso mais o mesmo nome?

— Solte-me.

— Você acredita que Jace esteja diferente — comentou Sebastian, baixinho. — Acha que ele não é a mesma pessoa, que meu sangue o mudou. Não é?

Ela assentiu, sem falar.

— Então por que é tão difícil acreditar que o inverso seja verdade? Talvez o sangue dele tenha me mudado. Talvez eu não seja o mesmo de antes.

— Você esfaqueou Luke — disse. — Uma pessoa de que eu gosto. Uma pessoa que amo...

— Ele estava a ponto de me explodir com uma espingarda — argumentou Sebastian. — Você o ama; eu não o conheço. Estava salvando minha vida e a de Jace. Realmente não consegue entender isso?

— E talvez só esteja falando o que acha que deve para me fazer confiar em você.

— A pessoa que eu era se importaria com a sua confiança?

— Se quisesse alguma coisa.

— Talvez eu queira uma irmã.

Com isso, ela desviou os olhos para os dele; involuntariamente, incrédula.

— Você nem sabe o que é uma família — declarou. — Ou o que faria com uma irmã se tivesse uma.

— Eu tenho uma. — A voz dele estava baixa. Havia manchas de sangue no colarinho de sua camisa, exatamente onde tocava a pele. — Estou lhe dando uma chance. De enxergar que o que eu e Jace estamos fazendo é a coisa certa. Pode me dar uma chance?

Clary pensou no Sebastian que conheceu em Idris. Lembrou-se dele soando entretido, amigável, descolado, irônico, intenso e irritado. Nunca suplicante.

— Jace confia em você — disse ele. — Mas eu não. Ele acredita que você o ame o suficiente para descartar tudo que sempre valorizou ou acreditou para vir ficar com ele. Independentemente de qualquer coisa.

A mandíbula de Clary enrijeceu.

— E como você sabe que eu não faria isso?

Ele riu.

— Porque você é *minha* irmã.

— Não somos nada parecidos — disparou ela, e viu o sorriso lento no rosto do irmão. Conteve o resto das palavras, mas já era tarde demais.

— Era isso que eu teria dito — falou ele. — Mas vamos, Clary. Você está aqui. Não pode voltar. Veio atrás de Jace. É melhor entrar nessa de coração. Ser parte do que está acontecendo. Depois pode se decidir... a meu respeito.

Sem olhar para ele, mas para o chão de mármore, ela assentiu com sinceridade.

Ele esticou o braço e tirou o cabelo que tinha caído nos olhos, e as luzes da cozinha se refletiram na pulseira dele, a que ela tinha notado antes, com letras marcadas. *Acheronta movebo*. Corajosamente, ela pôs a mão no pulso dele.

— O que isto quer dizer?

Ele olhou para onde a mão dela estava encostando.

— Significa "assim sempre aos tiranos". Uso para me lembrar da Clave. Dizem que isso foi gritado pelos romanos que assassinaram César antes que ele pudesse se tornar um ditador.

— Traidores — disse Clary, derrubando a mão.

Os olhos escuros de Sebastian brilharam.

— Ou defensores da liberdade. A história é escrita pelos vencedores, irmãzinha.

— E você pretende escrever este pedaço?

Ele sorriu para ela, os olhos escuros brilhando.

— Pode apostar que sim.

—⊰ Capítulo 12 ⊱—
MATERIAL DO CÉU

Quando Alec voltou para o apartamento de Magnus, todas as luzes estavam apagadas, mas a sala brilhava com uma chama azul-esbranquiçada. Ele levou vários momentos para perceber que vinha do pentagrama.

Tirou os sapatos perto da porta e foi o mais silenciosamente possível para a suíte principal. O quarto estava escuro, um fio de pisca-piscas coloridos emoldurando a janela oferecia a única iluminação. Magnus estava dormindo de barriga para cima, as cobertas até a cintura, a mão apoiada na barriga sem umbigo.

Alec rapidamente se despiu, ficando só de samba-canção, e se deitou, torcendo para não acordar Magnus. Infelizmente, não tinha contado com Presidente Miau, que estava aconchegado sob as cobertas. O cotovelo de Alec desceu com tudo no rabo do gato, que miou e correu da cama, fazendo Magnus sentar, piscando.

— O que está acontecendo?

— Nada — disse Alec, xingando todos os gatos mentalmente. — Não consegui dormir.

— Então saiu? — Magnus rolou de lado e tocou o ombro nu de Alec. — Sua pele está gelada, e você está com cheiro de noite.

— Estava dando uma volta — explicou Alec, satisfeito porque o quarto estava escuro, de modo que Magnus não pôde ver seu rosto. Sabia que era um péssimo mentiroso.

— Por onde?

É preciso preservar algum mistério na relação, Alec Lightwood.

— Por lugares — respondeu Alec, vagamente. — Você sabe. Lugares misteriosos.

— Lugares misteriosos?

Alec assentiu.

Magnus se jogou contra os travesseiros.

— Vejo que foi para Loucópolis — murmurou, fechando os olhos. — Trouxe alguma coisa para mim?

Alec se inclinou e beijou a boca de Magnus.

— Só isso — respondeu suavemente, recuando, mas Magnus, que tinha começado a sorrir, já o estava segurando pelos braços.

— Bem, se vai me acordar — disse —, é melhor fazer meu tempo valer a pena. — E puxou Alec para cima de si.

Considerando que já tinham passado uma noite na mesma cama, Simon não esperava que a segunda noite com Isabelle fosse ser tão desconfortável. Mas também, desta vez Isabelle estava sóbria e acordada e obviamente esperando alguma coisa dele. O problema era que ele não sabia exatamente o quê.

Ele dera a ela uma de suas camisas de botão e desviou o olhar educadamente enquanto ela se enfiava debaixo do cobertor e se aproximava da parede, cedendo bastante espaço para ele.

Simon não perdeu tempo trocando de roupa, apenas tirou os sapatos e meias e deitou ao lado dela de jeans e camiseta. Ficaram deitados lado a lado por um instante, depois Isabelle rolou para perto dele, passando um braço por cima de Simon, meio sem jeito. Os joelhos se bateram. Uma das unhas do pé de Isabelle arranhou o calcanhar de Simon. Ele tentou ir para a frente, mas as testas colidiram.

— Ai! — disse Isabelle, indignada. — Você não deveria ser melhor nisso?

Simon se espantou.

— Por quê?

— Todas aquelas noites que passou na cama de Clary, envolvido nos seus lindos abraços platônicos — falou, pressionando o rosto contra o ombro dele de modo que sua voz soou abafada. — Concluí que...

— Nós apenas *dormimos* — disse Simon. Não quis falar nada sobre como Clary se encaixava perfeitamente nele, sobre como deitar com ela era tão natural quanto respirar, sobre como o cheiro dela lembrava infância, sol, simplicidade e graça. Isso, tinha a sensação, não ajudaria em nada.

— Eu sei. Mas não *durmo*, apenas — falou Isabelle, irritadiça. — Com ninguém. Normalmente, não passo a noite. Tipo, nunca.

— Você disse que queria...

— Ah, cale a boca — falou e o beijou. Isto foi muitíssimo mais bem-sucedido. Ele já tinha beijado Isabelle antes. Adorava a textura de seus lábios suaves, a sensação das mãos nos cabelos longos e escuros. Mas quando ela se pressionou contra ele, também sentiu o calor do corpo, as longas pernas, a pulsação do sangue... e o estalo dos caninos quando saíram.

Ele recuou, precipitadamente.

— *Agora* o que foi? Não quer me beijar?

— Quero — tentou dizer, mas as presas atrapalharam. Os olhos de Isabelle se arregalaram.

— Ah, está com fome — disse. — Quando foi a última vez que tomou sangue?

— Ontem — conseguiu responder, com alguma dificuldade.

Ela se deitou no travesseiro dele. Os olhos de Simon estavam impossivelmente grandes, negros e brilhantes.

— Talvez devesse se alimentar — sugeriu. — Sabe o que acontece quando não se alimenta.

— Não tenho sangue aqui. Tenho de ir em casa — disse Simon. As presas já tinham começado a retroceder.

Isabelle o pegou pelo braço.

— Não precisa tomar sangue frio de animal. Estou bem aqui.

O choque das palavras foi como um pulso de energia atravessando o sangue, incendiando seus nervos.

— Não está falando sério.

— Claro que estou. — Ela começou a desabotoar a camisa, exibindo a garganta, a clavícula, o traço fraco das veias visível sob a pele clara. A camisa se abriu. O sutiã azul cobria muito mais do que alguns biquínis, mas mesmo assim Simon sentiu a boca secar. O rubi brilhava como um sinal vermelho abaixo da clavícula. *Isabelle.* Como se pudesse ler a mente do vampiro, ela esticou o braço e tirou o cabelo da frente, colocando-o sobre um dos ombros, deixando o lado da garganta exposto. — Não quer...?

Ele a pegou pelo pulso.

— Isabelle, não — falou, com urgência. — Não consigo me controlar, não consigo controlar o impulso. Posso machucá-la, matá-la.

Os olhos dela brilharam.

— Não vai. Consegue se conter. Conseguiu com Jace.

— Não sinto *atração* por Jace.

— Nem um pouquinho? — perguntou, esperançosa. — Um pouquinho de nada? Porque isso seria um tanto excitante. Ah, puxa. Que pena. Olhe, atraído ou não, você o mordeu quando estava faminto e morrendo e, mesmo assim, se conteve.

— Não me contive com Maureen. Jordan precisou me arrancar.

— Teria conseguido. — Ela levantou o dedo e o pressionou contra os lábios dele, passou-o pela garganta, pelo peito, parando onde outrora bateu um coração. — Confio em você.

— Talvez não devesse.

— Sou uma Caçadora de Sombras. Posso lutar se for preciso.

— Jace não lutou.

— Jace é apaixonado pela ideia de morrer — disse Isabelle. — Eu *não*. — Ela passou as pernas em volta dos quadris de Simon, ela era incrivelmente flexível, e deslizou para a frente até conseguir tocar os lábios nos dele. Ele queria beijá-la, tanto que seu corpo chegava a doer. Ele abriu a boca experimentalmente, tocou a língua dela com a dele, e sentiu uma dor aguda. Tinha passado a língua na ponta afiada do dente canino. Sentiu o gosto do próprio sangue e recuou de súbito, virando o rosto.

— Isabelle, *não consigo* — fechou os olhos. Ela estava quente e macia em seu colo, provocante, torturante. As presas doíam absurdamente; por todo o corpo sentia como se as veias estivessem sendo torcidas por arame farpado. — *Não quero que me veja assim.*

— Simon. — Ela tocou a bochecha dele gentilmente, virando o rosto dele para si. — Este é quem você é...

As presas retraíram, devagar, mas continuaram doendo. Simon escondeu o rosto nos dedos e falou entre eles.

— Não é possível que queira uma coisa destas. Não é possível que *me* queira. Minha própria mãe me jogou para fora de casa. Mordi Maureen... ela era só uma criança. Quero dizer, olhe para mim, para o que sou, onde moro, o que faço. Não sou *nada*.

Isabelle acariciou levemente o cabelo de Simon. Ele a olhou por entre os dedos. De perto pôde ver que ela não tinha olhos negros, mas castanhos bem escuros, com manchas douradas. Ele teve certeza de ter visto pena neles. Não sabia ao certo o que esperava que ela dissesse. Isabelle usava meninos e depois os jogava fora. Isabelle era linda, forte, perfeita e não precisava de nada. Muito menos de um vampiro que sequer era muito bom em ser vampiro.

Ele pôde senti-la respirando. Ela tinha um cheiro doce — sangue, mortalidade, gardênias.

— Nada coisa nenhuma — afirmou. — Simon. Por favor. Deixe-me ver seu rosto.

Com relutância, ele abaixou as mãos. Viu-a com mais clareza agora. Ela parecia suave e adorável ao luar, a pele pálida e cremosa, os cabelos como uma cachoeira negra. Soltou as mãos que estavam no pescoço dele.

— Olhe para isto — disse ela, tocando as cicatrizes brancas de Marcas curadas em sua pele, na garganta, nos braços, nas curvas dos seios. — Feias, não?

— Nada em você é feio, Izzy — disse Simon, verdadeiramente impressionado.

— Meninas não deveriam ser cobertas por cicatrizes — afirmou Isabelle, com naturalidade. — Mas elas não o incomodam.

— São parte de você... Não, claro que não me incomodam.

Isabelle tocou os lábios de Simon com os dedos.

— Ser vampiro é parte de *você*. Não pedi para que viesse aqui ontem à noite por falta de opção. Quero ficar com você, Simon. Morro de medo disso, mas é verdade.

Os olhos dela brilharam, e antes que ele pudesse se perguntar se seriam lágrimas, já tinha se inclinado para a frente para beijá-la. Desta vez não foi desconfortável. Desta vez, ela se inclinou para a frente e, de repente, Simon estava embaixo dela, rolando-a para cima de si. Os longos cabelos negros de Isabelle caíram sobre eles como uma cortina. Ela sussurrou suavemente enquanto ele passava a mão pelas suas costas. Ele sentiu as cicatrizes com as pontas dos dedos e quis dizer a ela que as enxergava como enfeites, provas de uma coragem que só a tornava mais linda. Mas para isso teria de parar de beijá-la, e não queria fazer isso. Ela estava gemendo e se movimentando nos braços dele; estava com os dedos no cabelo dele quando os dois rolaram de lado, e agora ela estava por baixo, e os braços de Simon cheios da suavidade e do calor dela, e a boca com o gosto dela, e o cheiro da pele, sal e perfume e... sangue.

Ele enrijeceu outra vez, por todo o corpo, e Isabelle sentiu. Agarrou os ombros dele. Ela brilhava na escuridão.

— Vá em frente — sussurrou Isabelle. Ele sentiu o coração dela, batendo contra o próprio peito. — Eu quero.

Simon fechou os olhos, pressionou a testa contra a dela, tentou se acalmar. As presas haviam reaparecido, pressionando o lábio inferior, forte e dolorosamente.

— Não.

As pernas longas e perfeitas de Isabelle o envolveram, os calcanhares se entrelaçaram, segurando-o contra ela.

— Eu quero. — Seus seios se apertaram contra o peito dele quando ela se inclinou contra ele, exibindo a garganta. O cheiro de sangue estava por todos os lados, em torno dele, no quarto.

— Não tem medo? — sussurrou Simon.

— Tenho. Mas quero ainda assim.

— Isabelle... Não posso...

Ele a mordeu.

Os dentes deslizaram afiados como navalhas para a veia da garganta, como uma faca cortando a casca de uma maçã. Sangue irrompeu na boca de Simon. Foi diferente de tudo que já tinha experimentado. Com Jace estava praticamente morto; com Maureen a culpa o consumiu mesmo enquanto tomava o sangue. Certamente nunca tinha tido a sensação de que alguma das pessoas que mordeu tivesse *gostado* da experiência.

Mas Isabelle arquejou, seus olhos se abriram de súbito e o corpo se curvou para ele. Ela ronronou como um gato, acariciando os cabelos de Simon, as costas, movimentos urgentes das mãos de Caçadora de Sombras dizendo *não pare, não pare*. Calor irradiou dela para ele, acendendo o corpo do vampiro; ele jamais havia sentido ou imaginado nada assim. Sentiu as batidas fortes e firmes do calor de Isabelle, pulsando das veias dela para as dele, e, naquele momento, foi como se ele estivesse vivendo outra vez, e seu coração se contraiu de puro júbilo...

Ele se afastou. Não sabia ao certo como, mas se afastou dela e rolou sobre as costas, enterrando os dedos no colchão. Ainda estava tremendo quando as presas retrocederam. O quarto brilhava ao redor, como acontecia nos momentos iniciais após beber sangue humano, vivo.

— Izzy... — sussurrou. Estava com medo de olhar para ela, temendo que ela fosse olhá-lo com pavor ou repulsão, agora que não estava mais com os dentes enterrados em sua garganta.

— O quê?

— Você não me conteve — disse ele. Foi metade acusação, metade esperança.

— Não quis contê-lo. — Simon olhou para ela. Ela estava de costas, o peito subindo e descendo depressa, como se tivesse corrido. Havia dois ferimentos de punção nos lados da garganta de Izzy, e duas linhas finas de sangue escorrendo do pescoço para a clavícula. Obedecendo a um instinto que parecia correr profundo na pele, Simon se inclinou para a frente e lambeu o sangue da garganta, sentindo o gosto de Isabelle. Ela estremeceu, os dedos trêmulos no cabelo dele. — Simon...

Ele recuou. Ela estava olhando para ele com os olhos grandes e negros, muito séria, as bochechas ruborizadas.

— Eu...

— O quê? — Por um instante, ele pensou que ela fosse dizer "eu amo você", mas em vez disso Isabelle balançou a cabeça, bocejou e passou o dedo em uma das presilhas da calça jeans dele. Seus dedos brincaram com a pele exposta da cintura de Simon.

Simon já tinha ouvido falar que bocejo era um sinal de perda de sangue. Entrou em pânico.

— Você está bem? Tomei sangue demais? Está cansada? Você...

Ela se aproximou dele.

— Estou *bem*. Você se conteve. E eu sou Caçadora de Sombras. Nós repomos sangue três vezes mais rápido do que um ser humano normal.

— Você... — Ele mal conseguia se fazer perguntar: — Você gostou?

— Sim. — A voz dela soou rouca. — Gostei.

— Sério?

Ela riu.

— Não deu para perceber?

— Pensei que talvez estivesse fingindo.

Ela se levantou, apoiada no cotovelo, e olhou para Simon com os olhos escuros brilhantes — como olhos podiam ser escuros e brilhantes ao mesmo tempo?

— Não finjo as coisas, Simon — declarou. — Não minto e não finjo.

— Você é uma arrasadora de corações, Isabelle Lightwood — disse ele, o mais suavemente possível, com o sangue dela ainda correndo por ele como fogo. — Jace uma vez disse a Clary que você andaria por cima de mim com botas de salto alto.

— Isso foi antes. Você é diferente agora. — Olhou para ele. — Não tem mais medo de mim.

Simon a tocou no rosto.

— E você não tem medo de nada.

— Não sei. — O cabelo dela caiu para a frente. — Talvez você parta *meu* coração. — Antes que ele pudesse se pronunciar, ela o beijou, e ele ficou imaginando se ela poderia sentir o gosto do próprio sangue. — Agora cale a boca. Quero dormir — disse ela, encolhendo-se ao lado dele e fechando os olhos.

De alguma forma, agora os corpos se encaixavam, onde antes nada acontecia. Nada era desconfortável, ou apertava, ou batia na perna dele. Não transmitia a sensação de infância, luz do sol e suavidade. Era estranho, caloroso, excitante, poderoso e... diferente. Simon ficou acordado, com os olhos no teto, as mãos acariciando distraidamente os cabelos negros e sedosos de Isabelle. Ele teve a sensação de ter sido levado por um tornado e jogado em um lugar distante, onde nada era familiar. De repente, virou a cabeça e beijou Izzy, muito suavemente, na testa; ela se mexeu e murmurou, mas não abriu os olhos.

Quando Clary acordou de manhã, Jace ainda estava dormindo, encolhido de lado, com o braço esticado o suficiente para tocá-la no ombro. Ela o beijou na bochecha e se levantou. Estava prestes a entrar no banheiro para um banho quando foi tomada pela curiosidade e espiou.

O sangue na parede do corredor havia desaparecido, o gesso não tinha qualquer marca. Estava tão limpo que ela ficou imaginando se teria sido tudo um sonho — o sangue, a conversa com Sebastian na cozinha, tudo. Deu um passo na direção do corredor, colocou a mão onde havia visto a mancha de sangue...

— Bom dia.

Virou-se. Era o irmão. Ele tinha saído do quarto silenciosamente e estava no meio do corredor, olhando para ela com um sorriso torto. Parecia ter acabado de sair do banho; úmido, os cabelos claros cor de prata quase metálicos.

— Está planejando usar isso o tempo todo? — perguntou, olhando para a camisola de Clary.

— Não, eu só estava... — Não queria dizer que estava verificando se ainda havia sangue no corredor. Ele apenas a olhou, entretido e superior. Clary recuou. — Vou me vestir.

Ele disse alguma coisa atrás dela, mas Clary não parou para ouvir, apenas voltou para o quarto de Jace e fechou a porta. Um instante mais tarde ouviu vozes no corredor —

Sebastian novamente, e uma menina, falando um italiano musical. A menina de ontem, pensou. A que tinha dormido no quarto dele. Só naquele instante percebeu o quanto desconfiou de que ele estivesse mentindo.

Mas ele dissera a verdade. *Estou lhe dando uma chance*, dissera. *Pode me dar uma chance?*

Poderia? Era de Sebastian que estavam falando. Ponderou febrilmente enquanto se banhava e se vestia com cuidado. As roupas no armário, selecionadas para Jocelyn, eram tão distantes de seu estilo habitual que era difícil escolher o que vestir. Encontrou um par de jeans — de marca, com a etiqueta de preço ainda presa — e uma camisa de seda de bolinhas com um laço no pescoço, com aspecto *vintage* de que ela gostava. Vestiu o próprio casaco de veludo e foi para o quarto de Jace, mas não o encontrou, e não era difícil imaginar para onde tinha ido. O tilintar de louças, o ruído de risadas e o cheiro de comida vinham lá de baixo.

Ela desceu as escadas de vidro, dois degraus por vez, mas parou no último, olhando para a cozinha. Sebastian estava apoiado na geladeira, com os braços cruzados, e Jace estava preparando alguma coisa que envolvia cebolas e ovos em uma frigideira. Estava descalço, a camisa tinha sido abotoada casualmente, e vê-lo fez o coração de Clary se revolver. Ela nunca o vira assim, ao acordar, ainda com aquela aura de sono, e sentiu uma tristeza perfurante de que todas essas primeiras vezes que vinha vivendo com Jace não eram de fato com o *seu* Jace.

Ainda que realmente parecesse feliz, com os olhos sem olheiras, rindo ao virar os ovos na panela e deslizar um omelete para o prato. Sebastian disse alguma coisa a ele, e Jace olhou para Clary e sorriu.

— Mexido ou frito?

— Mexido. Desconhecia sua habilidade para preparar ovos. — Ela desceu os degraus e se aproximou da bancada da cozinha. O sol entrava pelas janelas (apesar da ausência de relógios na casa, ela supôs que estivessem no fim da manhã), e a cozinha brilhava com vidro e cromo.

— Quem não sabe preparar ovos? — Jace pensou em voz alta.

Clary levantou a mão, e Sebastian fez a mesma coisa, ao mesmo tempo. Ela não conseguiu conter a surpresa e abaixou o braço apressadamente, mas não antes de Sebastian notar e sorrir. Ele estava sempre sorrindo. Ela gostaria de poder lavar aquele sorriso com um tapa.

Ela desviou o olhar e se ocupou preparando um prato com o que tinha na mesa — pão, manteiga fresca, geleia e fatias de bacon — do tipo redondo e mastigável. Também tinha suco e chá. Comiam muito bem aqui, pensou Clary. Contudo, se Simon fosse padrão, meninos adolescentes viviam com fome. Ela olhou para a janela — e olhou novamente. A vista não era mais de um canal, mas de uma colina se erguendo ao longe, com um castelo no topo.

— Onde estamos agora? — perguntou ela.

— Praga — respondeu Sebastian. — Eu e Jace temos um trabalho a fazer aqui. — É melhor irmos logo, aliás.

Ela sorriu docilmente para ele.

— Posso ir junto?

Sebastian balançou a cabeça.

— Não.

— Por que não? — Clary cruzou os braços. — Isto é alguma espécie de atividade masculina da qual não posso participar? Vão cortar o cabelo combinando?

Jace entregou a Clary um prato com ovos mexidos, mas ele estava olhando para Sebastian.

— Talvez ela pudesse vir — disse ele. — Quero dizer, esta tarefa em particular... não é perigosa.

Os olhos de Sebastian eram como os bosques do poema de Frost, escuros e profundos. Não denunciavam nada.

— Qualquer coisa pode se tornar perigosa.

— Bem, a decisão é sua. — Jace deu de ombros, pegou um morango, colocou-o na boca e sugou o sumo dos dedos.

Ali estava, pensou Clary, uma clara diferença entre este Jace e o dela. O dela tinha uma curiosidade voraz e dominante em relação a tudo. Jamais daria de ombros e aceitaria o plano alheio. Era como o oceano se jogando sem parar contra uma costa pedregosa; e este Jace era... um rio calmo, brilhando ao sol.

Por que ele está feliz?

A mão de Clary apertou o garfo, as juntas embranqueceram. Detestava aquela voz em sua mente. Como a Rainha Seelie, plantava dúvidas onde não deveriam existir, fazia perguntas que não tinham respostas.

— Vou buscar minhas coisas. — Pegando mais um morango do prato, Jace o colocou na boca e correu para o andar de cima.

Clary esticou o pescoço. Os degraus claros de vidro pareciam invisíveis e, portanto, era como se ele estivesse voando lá para cima e não correndo.

— Não está comendo o ovo — observou Sebastian.

Ele tinha dado a volta na bancada, com as sobrancelhas erguidas. Tinha um leve sotaque, uma mistura do sotaque das pessoas que moravam em Idris e algo mais britânico. Ficou imaginando se ele o teria ocultado antes ou se ela apenas não tinha percebido.

— Na verdade, não gosto de ovo — confessou.

— Mas não contou a Jace, pois ele parecia feliz em preparar seu café da manhã.

Como isso era verdade, Clary não disse nada.

— Engraçado, não? — comentou Sebastian. — As mentiras que as boas pessoas contam. Ele provavelmente vai preparar ovos para você todos os dias pelo resto da vida, e você vai comer porque não pode revelar que não gosta.

Clary pensou na Rainha Seelie.

— O amor nos torna todos mentirosos?

— Exatamente. Você aprende rápido, não é mesmo? — Ele deu um passo em direção a ela, e um formigamento ansioso cauterizou os nervos de Clary. Ele usava a mesma colônia de Jace. Reconheceu o aroma cítrico e de pimenta-negra, mas nele o cheiro era diferente. Errado, de alguma forma. — Temos isso em comum — afirmou Sebastian, e começou a desabotoar a blusa.

Ela se levantou apressadamente.

— O que você está fazendo?

— Calma, irmãzinha. — Ele abriu o último botão, e a camisa ficou aberta. Sorriu preguiçosamente. — Você é a menina mágica dos símbolos, não é?

Clary assentiu devagar.

— Quero um símbolo de força — falou. — E se você é a melhor, quero que desenhe. Não negaria um símbolo para o seu irmão mais velho, negaria? — Os olhos negros a avaliaram. — Além disso, você quer que eu lhe dê uma chance.

— E você quer que eu dê uma chance a *você* — argumentou ela. — Então proponho um acordo. Faço o símbolo se me deixar ir junto nesta tarefa.

Ele acabou de tirar a camisa e a jogou na bancada.

— Fechado.

— Não tenho uma estela.

Ela não queria olhar para ele, mas era difícil não fazê-lo. Ele parecia estar invadindo deliberadamente seu espaço. Tinha o corpo muito parecido com o de Jace: duro, sem um único grama de gordura sobrando, os músculos aparecendo claramente sob a pele. Tinha cicatrizes, também como Jace, apesar de ser tão pálido que as marcas brancas tinham menos destaque que as da pele dourada de Jace. No irmão, as cicatrizes eram como caneta prateada em papel branco.

Ele sacou uma estela do cinto e entregou para ela.

— Use a minha.

— Tudo bem — disse ela. — Vire-se.

Ele obedeceu. E ela engoliu um engasgo de espanto. As costas dele eram marcadas por cicatrizes irregulares, uma após a outra, uniformes demais para serem acidentais.

Marcas de chicote.

— Quem fez isto com você? — perguntou.

— Quem você acha? Nosso pai — respondeu. — Ele usava um chicote de metal demoníaco, para que nenhum *iratze* pudesse curá-las. Para eu me lembrar.

— Lembrar do quê?

— Dos perigos da obediência.

Clary tocou uma delas. Era quente, como se fosse recente, e áspera, enquanto a pele ao redor era macia.

— Não quis dizer "desobediência"?

— Quis dizer o que disse.

— Doem?

— O tempo todo. — Ele olhou impacientemente por cima do ombro. — Está esperando o quê?

— Nada. — Ela colocou a ponta da estela na omoplata dele, tentando manter a mão firme. Parte de sua mente acelerou, pensando no quanto seria fácil Marcá-lo com algo que o prejudicasse, adoecesse, contorcesse suas entranhas... mas o que aconteceria com Jace? Sacudindo o cabelo do rosto, ela desenhou com cuidado o símbolo *Fortis* na junção da omoplata e das costas, exatamente onde ficaria uma asa, se fosse um anjo.

Quando terminou, ele se virou e pegou a estela dela, depois vestiu novamente a camisa. Ela não esperou agradecimento — e não recebeu. Ele esticou os ombros ao abotoar a camisa e sorriu.

— Você *é* boa — observou, mas isso foi tudo.

Um instante mais tarde, os degraus se agitaram e Jace voltou, vestindo um casaco de camurça. Ele também estava com o cinto de armas e usava luvas escuras sem dedos.

Clary sorriu para ele com uma ternura que não estava sentindo de fato.

— Sebastian disse que posso ir com vocês.

Jace ergueu as sobrancelhas.

— Cortes de cabelo iguais para todos?

— Espero que não — disse Sebastian. — Fico horrível de cachos.

Clary olhou para si mesma.

— Preciso colocar minha roupa de caçadora?

— Na verdade, não. Este não é o tipo de tarefa em que esperamos precisar lutar. Mas é bom estar preparada. Vou pegar alguma coisa da sala das armas — disse Sebastian, desaparecendo para o andar de cima. Clary se repreendeu silenciosamente por não ter encontrado a sala das armas quando desbravou a casa. Certamente continha alguma coisa que daria uma pista sobre o que estavam planejando...

Jace tocou o lado do rosto da namorada, e ela deu um salto. Já tinha quase esquecido que ele estava lá.

— Tem certeza de que quer fazer isso?

— Absoluta. Vou enlouquecer se ficar nesta casa. Além disso, você me ensinou a lutar. Suponho que queira que eu ponha meus ensinamentos em prática.

Os lábios de Jace se curvaram em um sorriso endiabrado; ele puxou o cabelo dela para trás e murmurou alguma coisa ao ouvido dela sobre utilizar o que aprendeu com ele. Afastou-se quando Sebastian se juntou a eles, de jaqueta e com um cinto de armas na mão. Tinha uma adaga enfiada no cinto e uma lâmina serafim. Esticou o braço para puxar

Clary para perto e apertou o cinto nela, com duas voltas, ajeitando-o baixo nos quadris. Ela ficou surpresa demais para afastá-lo, e ele já tinha acabado antes que tivesse a chance de fazer isso; virando-se de costas, ele foi em direção à parede, onde o contorno de uma porta apareceu, brilhando como uma entrada em um sonho.

Eles atravessaram.

Uma batida suave à porta fez Maryse levantar a cabeça. O dia estava nublado, pouco iluminado do lado de fora das janelas da biblioteca, e as lâmpadas verdes projetavam pequenos círculos de luz na sala circular. Ela não saberia dizer por quanto tempo estava sentada atrás da mesa. Canecas vazias de café preenchiam a superfície na frente dela.

Levantou-se.

— Entre.

Ouviu-se um clique suave quando a porta abriu, mas nenhum som de passos. Um instante mais tarde a figura com vestes de pergaminho deslizou para a sala, com o capuz levantado, encobrindo o rosto.

Chamou-nos, Maryse Lightwood?

Maryse endireitou os ombros. Sentia-se limitada, cansada e envelhecida.

— Irmão Zachariah. Eu estava esperando... Bem, não tem importância.

O Irmão Enoch? Ele está acima de mim, mas achei que talvez seu chamado pudesse ter relação com o desaparecimento de seu filho adotivo. Tenho um interesse particular pelo bem-estar dele.

Ela o olhou com curiosidade. A maioria dos Irmãos do Silêncio não opinava, tampouco falava sobre sentimentos pessoais, se é que os tinham. Ajeitando os cabelos para trás, Maryse saiu de trás da mesa.

— Muito bem. Quero lhe mostrar uma coisa.

Ela nunca havia se acostumado de fato aos Irmãos do Silêncio, aos movimentos silenciosos, como se seus pés não tocassem o chão. Zachariah parecia pairar ao seu lado enquanto ela o conduzia pela biblioteca até um mapa-múndi na parede norte. Era um mapa de Caçadores de Sombras. Mostrava Idris no centro da Europa e a barreira ao redor como uma fronteira dourada.

Em uma prateleira abaixo do mapa havia dois objetos. Um era um caco de vidro com sangue seco. O outro era uma pulseira de couro decorada com o símbolo de poder angelical.

— Estes são...

A pulseira de Jace Herondale e o sangue de Jonathan Morgenstern. Eu soube que as tentativas de rastreamento não foram bem-sucedidas?

— Não é um rastreamento, exatamente. — Maryse endireitou a postura.— Quando fiz parte do Círculo, havia um mecanismo que Valentim utilizava para nos localizar. A não ser que estivéssemos em determinados locais protegidos, ele sabia exatamente onde estávamos o tempo todo. Achei que houvesse chance de ele ter feito o mesmo com Jace quando ele era criança. Ele nunca pareceu ter dificuldade de encontrá-lo.

De que tipo de mecanismo está falando?

— Uma marca. Que não pertence ao Livro Gray. Todos nós tínhamos. Eu já tinha quase me esquecido; afinal, não havia forma de se livrar dela.

Se Jace tivesse, ele não saberia, e tomaria medidas que impedissem que conseguissem utilizar esse mecanismo para encontrá-lo?

Maryse balançou a cabeça.

— Poderia ser tão pequena quanto uma marca branca minúscula, quase invisível embaixo do cabelo, como a minha. Ele não saberia que a possuía, Valentim não teria contado.

O Irmão Zachariah se afastou dela, examinando o mapa.

E qual foi o resultado de sua experiência?

— Jace tem a marca — respondeu Maryse, mas não soou feliz, nem triunfante. — Já o vi no mapa. Quando ele aparece, o mapa chameja, como uma faísca de luz, no local onde se encontra; e a pulseira de couro brilha ao mesmo tempo. Então sei que é ele, e não Jonathan Morgenstern. Jonathan nunca aparece no mapa.

E onde ele está? Onde está Jace?

— Já o vi aparecer, por apenas alguns segundos por vez, em Londres, Roma e Xangai. Há pouco, ele brilhou em Veneza, depois desapareceu novamente.

Como está viajando tão depressa entre as cidades?

— Por Portal? — Ela deu de ombros. — Não sei. Só sei que toda vez que o mapa brilha, sei que ele está vivo... por enquanto. E é como se seu eu pudesse voltar a respirar, só por um instante.

Ela fechou a boca delicadamente, para impedir que as próximas palavras jorrassem: sobre como sentia a falta de Alec e Isabelle, mas não suportava a ideia de chamá-los de volta ao Instituto, onde Alec pelo menos era esperado a assumir responsabilidade na caçada ao próprio irmão. Sobre como ainda pensava em Max todos os dias e era como se alguém tivesse esvaziado o ar dos seus pulmões, e ela levava a mão ao coração, com medo de estar morrendo. Não poderia perder Jace também.

Posso entender. O Irmão Zachariah cruzou os braços na frente do corpo. Tinha mãos jovens, não eram nodosas e nem curvadas, e os dedos esguios. Maryse frequentemente imaginava como os Irmãos envelheciam e quanto tempo viviam, mas essa informação era secreta e só os integrantes da ordem sabiam. *Existe pouca coisa mais poderosa do que o amor pela família. Mas o que não sei é por que escolheu mostrar isto para mim.*

Maryse respirou, trêmula.

— Sei que deveria mostrar para a Clave — disse. — Mas a Clave já sabe da ligação entre ele e Jonathan. Ambos estão sendo caçados. Vão matar Jace se o encontrarem. No entanto, reter a informação certamente é traição. — Abaixou a cabeça. — Decidi que contar para vocês, para os Irmãos, era algo que eu poderia suportar. Então a escolha é sua quanto a mostrar para a Clave ou não. Eu... eu não suporto que a escolha seja minha.

Zachariah ficou em silêncio por um longo tempo. Então sua voz, suave na cabeça dela, disse:

Seu mapa informa que seu filho continua vivo. Se o entregar à Clave, acho que não será de grande ajuda, além de informar que ele está viajando velozmente e é impossível de ser rastreado. Disso eles já sabem. Guarde o mapa. Não tocarei neste assunto por enquanto.

Maryse o olhou, espantada.

— Mas... você é um servo da Clave...

Já fui um Caçador de Sombras como você. Vivi como você. E, como você, tive pessoas que amei o suficiente para colocá-los acima de qualquer coisa — qualquer juramento, qualquer dívida.

— Você... — Maryse hesitou. — Teve filhos?

Não. Não tive filhos.

— Sinto muito.

Não sinta. E tente não deixar seu medo por Jace devorá-la. Ele é um Herondale, e eles são sobreviventes...

Alguma coisa se precipitou dentro de Maryse.

— Ele não é um Herondale. Ele é Lightwood. Jace *Lightwood*. É meu filho.

Fez-se uma longa pausa. Em seguida:

Não tive a intenção de insinuar nada diferente, disse o Irmão Zachariah. Ele soltou as mãos esguias e deu um passo para trás. *Existe uma coisa da qual precisa ter consciência. Se Jace aparecer no mapa por mais de alguns segundos, terá de revelar para a Clave. Deve se preparar para a possibilidade.*

— Acho que não consigo — disse ela. — Enviarão Caçadores atrás dele. Vão preparar uma armadilha. Ele é apenas um menino.

Ele nunca foi apenas um menino, disse Zachariah, e virou-se para deslizar para fora da sala. Maryse não o observou se retirando. Tinha voltado a encarar o mapa.

Simon?

Alívio brotou como uma flor no peito dele. A voz de Clary, hesitante, porém familiar, preencheu sua mente. Ele olhou de lado. Isabelle continuava dormindo. A luz do meio-dia era visível nos contornos das cortinas.

Está acordado?

Ele rolou para as costas, olhando para o teto.

Claro que estou acordado.

Bem, eu não tinha certeza. Você está o quê, seis, sete horas atrás de mim? Aqui o dia está no fim.

Itália?

Estamos em Praga agora. É bonito. Tem um rio grande e vários prédios com pináculos. De longe se parece um pouco com Idris. Mas aqui faz frio. Mais do que em Nova York.

Tudo bem, chega de falar no clima. Está em segurança? Onde estão Sebastian e Jace?

Estão comigo. Mas me afastei um pouco. Eu disse que queria comungar com a vista da ponte.

Então eu sou a vista da ponte?

Ela riu, ou pelo menos ele sentiu algo que parecia uma risada em sua mente — um riso suave e nervoso.

Não posso demorar muito. Apesar de não estarem desconfiando de nada. Jace... Jace definitivamente não desconfia. Sebastian é mais difícil de ser interpretado. Não acredito que confie em mim. Revistei o quarto dele ontem, mas não tem nada... quero dizer, nada mesmo... que indique o que estão planejando. Ontem à noite...

Ontem à noite?

Nada. Era estranho, a forma como podia estar na cabeça dele e ainda assim ele sentir que ela estava escondendo alguma coisa. *Sebastian tem no quarto a caixa que era de minha mãe. Com as coisas de bebê dele. Não consigo entender por quê.*

Não perca seu tempo tentando entender Sebastian, Simon disse a ela. *Ele não vale o esforço. Descubra o que vão fazer.*

Estou tentando. Ela soou irritadiça. *Ainda está na casa de Magnus?*

Estou. Avançamos para a parte dois de nosso plano.

Ah, é? Qual foi a fase um?

A fase um se baseava em sentar em volta da mesa, pedir pizza e discutir.

E qual é a fase dois? Sentar em volta da mesa, tomar café e discutir?

Não exatamente. Simon respirou fundo. *Invocamos o demônio Azazel.*

Azazel? A voz mental de Clary se elevou; Simon quase tapou os ouvidos. *Então foi por isso que fez aquela pergunta estúpida sobre os Smurfs. Diga que está brincando.*

Não estou. É uma longa história. Ele relatou da melhor maneira possível, observando Isabelle respirar enquanto contava, vendo a luz do fora da janela brilhar mais clara. *Achamos que ele pudesse nos ajudar a encontrar uma arma capaz de machucar Sebastian sem ferir Jace.*

Sim, mas... invocar um demônio? Clary não soou convencida. *E Azazel não é um demônio comum. Sou eu que estou com a Equipe do Mal aqui. Vocês são a Equipe do Bem. Não se esqueçam disso.*

Você sabe que nada é tão simples assim, Clary.

Foi como se ele pudesse ouvi-la suspirar, um ar que passou pela pele dele, arrepiando os cabelos da nuca.

Eu sei.

Cidades e rios, Clary pensou ao tirar os dedos do anel dourado na mão direita e virar as costas para a ponte Charles, ficando de frente para Jace e Sebastian. Eles estavam do outro lado da velha ponte de pedra, apontando para algo que ela não conseguia enxergar. A água abaixo tinha cor de metal, deslizando silenciosamente ao redor das antigas escoras da ponte; o céu tinha a mesma cor, marcado por nuvens negras.

O vento golpeou seu cabelo e seu casaco enquanto caminhava para se juntar a Sebastian e Jace. Partiram juntos novamente, os meninos conversando tranquilamente; ela poderia ter entrado na conversa se quisesse, supôs, mas alguma coisa no encanto calmo da cidade, os pináculos erguendo-se na bruma ao longe, a fazia querer ficar quieta, olhar e pensar sozinha.

A ponte desembocava em uma rua sinuosa de pedra ladeada por lojas de turismo, estabelecimentos comercializando ornamentos vermelhos e pedaços grandes de âmbar polonês dourado, cristais da Boêmia pesados e brinquedos de madeira. Mesmo a esta hora havia anunciantes nas portas das boates oferecendo entradas gratuitas ou cartões de desconto em bebidas; Sebastian os descartava impacientemente, emitindo sua irritação em tcheco. A pressão das pessoas foi aliviada quando a rua se alargou em uma antiga praça medieval. Apesar do tempo frio, estava cheia de pedestres passando, e quiosques vendendo salsicha e sidra quente e apimentada. Os três pararam para comprar refeições, que comeram em volta de uma mesa alta enquanto o enorme relógio astronômico no centro da praça soava a hora. A maquinaria começou a subir tilintando, e um círculo de figuras dançantes de madeira surgiu das portas de ambos os lados do relógio — os doze apóstolos, explicou Sebastian enquanto as figuras giravam.

— Existe uma lenda — disse ele, inclinando-se para a frente com as mãos envolvendo uma caneca de sidra quente — de que o rei mandou arrancar os olhos do fabricante do relógio depois que este ficou pronto, para que ele jamais pudesse construir nada tão bonito.

Clary estremeceu e se aproximou um pouco mais de Jace. Ele estava quieto desde que saíram da ponte, como se estivesse perdido nos próprios pensamentos. Pessoas — garotas, basicamente — paravam para olhar para ele quando passavam, seus cabelos claros e destacados entre as cores escuras do inverno da Praça da Cidade Velha.

— Isso é sádico — argumentou ela.

Sebastian passou o dedo na aba da caneca e lambeu a sidra.

— O passado é outro país.

— País estrangeiro — disse Jace.

Sebastian o olhou preguiçoso.

— O quê?

— "O passado é um país estrangeiro: lá eles fazem as coisas de modo diferente" — disse Jace. — A citação completa é essa.

Sebastian deu de ombros e empurrou a caneca. Davam um euro para as pessoas as devolverem na barraca de sidra, mas Clary desconfiava que Sebastian não faria o papel de bom cidadão por um reles euro.

— Vamos.

Clary não tinha acabado a sidra, mas a repousou assim mesmo e seguiu Sebastian enquanto ele os conduzia para fora da praça, por um labirinto de ruas estreitas e sinuosas.

Jace corrigiu Sebastian, pensou. Obviamente foi com uma questão mínima, mas a magia de sangue de Lilith não deveria ligá-los de uma maneira que Jace considerasse correto tudo o que Sebastian fazia? Será que isto poderia ser um sinal — ainda que pequeno — de que o feitiço que os ligava estava começando a enfraquecer?

Era tolice ter esperança, ela sabia. Mas às vezes a esperança era tudo que restava.

As ruas se tornaram mais estreitas e escuras. As nuvens baixas no céu tinham bloqueado o sol poente, e postes de luz antiquados ardiam aqui e ali, iluminando o escuro nebuloso. As ruas agora eram de paralelepípedos, e as calçadas estavam estreitando, forçando-os a andar em fila, como se estivessem atravessando uma ponte estreita. Apenas a visão de outros pedestres, aparecendo e desaparecendo da bruma, impedia que Clary sentisse que tinha entrado em uma espécie de dobra no tempo e caído em uma cidade sonhada por ela mesma.

Finalmente chegaram a uma entrada arqueada de pedra que desembocava em uma pequena praça. A maioria das lojas havia apagados as luzes, apesar de uma em frente a eles estar acesa. Dizia ANTIKVARIAT em letras douradas, e a vitrine estava cheia de velhas garrafas de substâncias variadas, os rótulos descascando marcados em latim. Clary ficou surpresa quando Sebastian se dirigiu para lá. Que utilidade ele poderia ter para velhas garrafas?

Descartou o pensamento quando passaram pela entrada. O interior da loja era pouco iluminado e cheirava a naftalina, mas cada canto estava preenchido por uma incrível seleção de porcarias... e não porcarias. Belos mapas celestiais lutavam por espaço com saleiros com os formatos das figuras do relógio da Praça da Cidade Velha. Havia montes de antigas latas de tabaco e charuto, selos acumulados sobre vidros, velhas câmeras no estilo da Alemanha Oriental e da Rússia, uma linda vasilha de vidro em um tom profundo de esmeralda ao lado de uma pilha de antigos calendários manchados de água. Uma antiga bandeira tcheca pendurava-se de um mastro no alto.

Sebastian avançou pelas pilhas em direção ao balcão no fundo da loja, e Clary percebeu que o que tinha acreditado ser um manequim era, na verdade, um senhor com um rosto tão enrugado quanto um lençol velho, apoiado no balcão com os braços cruzados. O balcão em si tinha a frente de vidro e guardava montes de joias antigas e contas de vidro brilhantes, pequenas bolsas de correntes com fechos de pedras preciosas e fileiras de abotoaduras.

Sebastian disse alguma coisa em tcheco e o homem assentiu, a apontando para Clary e Jace com o queixo e um olhar desconfiado. Seus olhos tinham, Clary notou, uma cor vermelho-escura. Ela cerrou os próprios olhos, se concentrando, e começou a desvendar o feitiço que o cobria.

Não foi fácil; parecia grudado nele como papel-filme. No fim das contas, ela conseguiu arrancar apenas o suficiente para enxergar lampejos da verdadeira criatura diante dela — alta e de forma humana, com pele cinzenta e olhos cor de rubi, uma boca cheia de dentes pontudos, que despontavam para todos os lados, e longos braços de serpentina que terminavam em cabeças parecidas com as de enguias — estreitas, malévolas e cheias de dentes.

— Um demônio Vetis — murmurou Jace, ao ouvido de Clary. — São como dragões. Gostam de acumular coisas brilhantes. Lixo, joias, para eles é tudo igual.

Sebastian estava olhando por cima do ombro para Jace e Clary.

— São meus irmãos — disse, após um instante. — E são inteiramente confiáveis, Mirek.

Um leve tremor passou sob a pele de Clary. Não gostava da ideia de ter de posar de irmã de Jace, mesmo que para um demônio.

— Não gosto disto — disse o demônio Vetis. — Você falou que só iríamos lidar com você, Morgenstern. E apesar de eu saber que Valentim teve uma filha — apontou com a cabeça para Clary —, sei que ele só teve um filho.

— Ele é adotado — respondeu Sebastian calmamente, gesticulando para Jace.

— Adotado?

— Acho que descobrirá que a definição de família moderna está mudando a uma velocidade impressionante hoje em dia — disse Jace.

O demônio — Mirek — não *pareceu* impressionado.

— Não gosto disto — repetiu.

— Mas gostará *disto* — disse Sebastian, pegando do bolso uma sacolinha amarrada. Virou-a de cabeça para baixo, e uma pilha barulhenta de moedas de bronze caiu, tilintando ao rolarem pelo vidro. — Centavos de olhos de homens mortos. Cem. Agora, você tem o que negociamos?

Uma mão endentada apalpou a bancada e mordeu levemente uma moeda. Os olhos vermelhos do demônio se voltaram para a pilha.

— Muito bem, mas não é o bastante para comprar o que deseja. — Ele gesticulou com um braço sinuoso e, acima dele, surgiu o que pareceu a Clary um pedaço de cristal, só que mais luminoso, mais brilhante, prateado e lindo. Percebeu, com espanto, que se tratava da matéria-prima das lâminas serafim. — *Adamas* puro — disse Mirek. — Material do Céu. Não tem preço.

Raiva passou pelo rosto de Sebastian como um raio e por um instante Clary viu o menino maldoso por baixo, o que gargalhou enquanto Hodge morria. Então o olhar desapareceu.

— Mas combinamos um preço.

— Também combinamos que viria sozinho — respondeu Mirek. Voltou os olhos vermelhos para Clary e para Jace, que não tinha se movido, mas cujo aspecto havia assumido a postura controlada de um gato pronto para atacar. — Vou dizer o que mais pode me dar — falou. — Um cacho do lindo cabelo de sua irmã.

— Tudo bem — disse Clary, dando um passo para a frente. — Quer um pedaço do meu cabelo...

— Não! — Jace se moveu para bloqueá-la. — Ele é um mago das sombras, Clary. Você nem imagina o que ele poderia fazer com um cacho do seu cabelo, ou um pouco de sangue.

— Mirek — disse Sebastian lentamente, sem olhar para Clary. E naquele instante ela ficou imaginando o que poderia impedir Sebastian caso ele se dispusesse a trocar um cacho do cabelo dela por *adamas*. Jace se opôs, mas era compelido a fazer o que Sebastian pedisse. Na oposição, quem venceria? A compulsão, ou os sentimentos de Jace? — De jeito nenhum.

O demônio piscou lentamente, como um lagarto.

— De jeito nenhum?

— Você não vai tocar em um fio de cabelo da cabeça de minha irmã — declarou Sebastian. — E nem vai recuar do nosso acordo. Ninguém trapaceia o filho de Valentim Morgenstern. O preço acertado ou...

— Ou o quê? — rosnou Mirek. — Ou vou me arrepender? Você não é Valentim, garotinho. Aquele sim era um homem que inspirava lealdade...

— Não — respondeu Sebastian, puxando uma lâmina serafim do cinto. — Não sou Valentim. Não pretendo lidar com demônios como ele fazia. Se não puder ter sua lealdade, terei seu medo. Saiba que sou mais poderoso do que meu pai jamais foi e, se não tratar comigo de forma justa, eu o matarei para pegar o que vim buscar. — Ele ergueu a lâmina que segurava. — *Dumah* — sussurrou, e a lâmina avançou, brilhando como uma coluna de fogo.

O demônio se encolheu, soltando diversas palavras em uma língua suja. A mão de Jace já tinha uma adaga empunhada. Ele gritou para Clary, mas não foi rápido o suficiente. Alguma coisa a atingiu com força e ela caiu para a frente, estatelada no chão. Rolou para as costas, velozmente, olhou para cima...

E gritou. Erguendo-se sobre ela havia uma cobra imensa — ou pelo menos tinha um corpo espesso e escamado e uma cabeça como a de uma serpente, mas o corpo era articulado, como o de um inseto, com uma dúzia de pernas que terminavam em garras afiadas. Clary tentou alcançar o cinto de armas quando a criatura recuou, com veneno amarelo pingando das presas, e atacou.

Simon tinha voltado a dormir depois de "falar" com Clary. Quando acordou novamente, as luzes estavam acesas, e Isabelle ajoelhada na beira da cama, com jeans e uma camiseta velha que devia ter pegado emprestada com Alec. Tinha furos nas mangas e a costura nas bainhas estava soltando. Tinha puxado o colarinho da garganta e estava utilizando a ponta de uma estela para traçar um símbolo na pele do peito, logo abaixo da clavícula.

Ele se apoiou nos próprios cotovelos.

— O que está fazendo?

— *Iratze* — disse. — Para isto. — Ela colocou o cabelo atrás da orelha, e ele viu os dois ferimentos que havia provocado na lateral do pescoço. Enquanto ela terminava o desenho, as marcas desbotaram, deixando apenas pintinhas brancas para trás.

CASSANDRA CLARE

— Você está... bem? — A voz dele veio em um sussurro. Ótimo. Estava tentando conter as outras perguntas que gostaria de fazer. *Eu a machuquei? Agora acha que sou um monstro? Eu a assustei completamente?*

— Estou bem. Dormi bem mais do que o normal, mas suponho que isso seja uma coisa boa. — Ao ver a expressão de Simon, Isabelle deslizou a estela para o cinto. Engatinhou para perto dele com uma graciosidade felina e se posicionou sobre o vampiro, os cabelos caindo ao redor dos dois. Estavam tão próximos que os narizes se tocaram. Ela o olhou sem piscar. — Por que você é tão maluco? — perguntou, e Simon pôde sentir a respiração da menina em seu rosto, suave como um sussurro.

Ele queria puxá-la para baixo e beijá-la — não mordê-la, só beijá-la —, mas naquele exato momento a campainha do apartamento tocou. Um segundo mais tarde alguém bateu à porta do quarto; esmurrou-a, fazendo-a sacudir nas dobradiças.

— Simon. Isabelle. — Era Magnus. — Olhem, não me importo se estão dormindo ou fazendo coisas impronunciáveis um com o outro. Vistam-se e venham até a sala. Agora.

Simon olhou nos olhos de Isabelle, que parecia tão confusa quanto ele.

— O que está acontecendo?

— Apenas venham para cá — disse Magnus, e em seguida ouviram o som dos pés dele se afastando do quarto.

Isabelle saiu de cima de Simon, para decepção deste, e suspirou.

— O que acha que é?

— Não faço ideia — respondeu. — Reunião emergencial da Equipe do Bem, suponho. — Ele tinha achado a expressão divertida quando foi usada por Clary. Isabelle, contudo, só balançou a cabeça e suspirou.

— Não tenho certeza se atualmente existe uma Equipe do Bem — declarou.

◄ Capítulo 13 ►
O LUSTRE DE OSSOS

Enquanto a cabeça da serpente vinha em direção a Clary, um borrão brilhante a cortou, quase cegando a menina. Uma lâmina serafim, a ponta cortante e cintilante rasgando a cabeça do demônio. A cabeça caiu, esguichando veneno e icor; Clary rolou para o lado, mas a substância tóxica pingou no seu tronco. O demônio desapareceu antes que as duas metades atingissem o chão. Clary conteve o próprio grito de dor e tentou se levantar. De repente uma mão invadiu seu campo visual — se oferecendo para erguê-la. *Jace*, pensou, mas ao elevar os olhos, percebeu que estava encarando o irmão.

—Vamos — disse Sebastian, a mão ainda esticada. — Há mais deles por aqui.

Ela pegou a mão dele e se permitiu ser levantada. Ele também estava todo respingado de sangue de demônio — uma coisa verde-enegrecida, que queimava onde encostava, deixando marcas cauterizadas nas roupas. Enquanto ela olhava para ele, uma das coisas com cabeça de cobra — demônios Elapid, ela notou com atraso, lembrando-se de uma ilustração em um livro — apareceu atrás dele. Sem pensar, Clary o agarrou pelo ombro, empurrando-o para fora do caminho, com força; ele cambaleou para trás quando o demônio atacou, e Clary se levantou para atingi-lo com a adaga que havia puxado do cinto. Ela virou todo o corpo de lado ao atacar, evitando as presas da criatura; o sibilo se transformou em gorgolejo quando a lâmina afundou, e Clary a puxou para baixo, eviscerando a criatura da maneira como alguém abriria um peixe. Sangue ardente de demônio explodiu na mão dela em uma enxurrada quente. Ela gritou, mas manteve a adaga firme enquanto o Elapid desaparecia.

Girou. Sebastian estava combatendo outro Elapid perto da porta; Jace lutava contra dois perto de um mostruário de cerâmicas antigas. Cacos das peças sujavam o chão. Clary sacudiu o braço para trás e lançou a adaga, conforme Jace havia ensinado. A lâmina voou pelo ar e atingiu a lateral de uma das criaturas, fazendo-a se afastar de Jace, cambaleando. Jace girou e, ao vê-la, piscou antes de esticar o braço para cortar a cabeça do Elapid remanescente. O corpo do demônio caiu enquanto desaparecia, e Jace, todo sujo de sangue, deu um sorrisinho.

Uma onda de alguma coisa passou por Clary — uma sensação de júbilo efervescente. Tanto Jace quanto Isabelle tinham contado a ela sobre a emoção da batalha, mas ela nunca a havia experimentado de fato. Agora sim. Sentiu-se inteiramente poderosa, as veias chiando, força se alastrando da base da espinha. Tudo parecia ter desacelerado ao seu redor. Ficou observando enquanto o Elapid ferido girava e se voltava para ela, correndo com seus pés de inseto, já encolhendo os lábios para exibir as presas. Clary deu um passo para o lado, arrancou a bandeira antiga do mastro na parede e enfiou a ponta na boca aberta do Elapid. O mastro perfurou a parte de trás do crânio da criatura e o Elapid desapareceu, levando consigo a bandeira.

Clary gargalhou sonoramente. Sebastian, que tinha acabado com outro demônio, girou ao ouvir o som e arregalou os olhos.

— Clary! Segure-o! — gritou, e ela virou para ver Mirek, com as mãos em uma porta no fundo da loja.

Ela correu, puxando a lâmina serafim do cinto no caminho.

— *Nakir!* — gritou, saltando sobre a bancada e pulando para cima dele enquanto sua arma explodia em fulgor.

Aterrissou no demônio, derrubando-o no chão. Um dos braços de enguia a atacou, e ela o arrancou com um movimento da lâmina. Mais sangue negro esguichou. O demônio a olhou com olhos vermelhos e assustados.

— Pare — chiou. — Posso dar o que quiser...

— Eu *tenho* tudo que quero — sussurrou, e afundou a lâmina serafim. Enterrou-a no peito do demônio e Mirek desapareceu com um grito oco. Clary caiu de joelhos sobre o tapete.

Um instante mais tarde, duas cabeças apareceram ao lado da bancada, olhando para ela; uma tinha cabelos louro-dourados e a outra louro-prateados. Jace e Sebastian. Jace estava com os olhos arregalados; Sebastian parecia pálido.

— Nome do Anjo, Clary — suspirou. — O *adamas*...

— Ah, aquela coisa que queria? Está bem aqui. — Tinha rolado parcialmente para baixo da bancada. Clary o ergueu agora, um pedaço luminoso de prata, sujo onde suas mãos sangrentas o tocaram.

Sebastian praguejou de alívio e tirou o *adamas* da mão da irmã enquanto Jace saltava com um único movimento e aterrissava ao lado de Clary. Ele se ajoelhou e a puxou para perto, passando as mãos nela, os olhos escuros de preocupação. Ela o pegou pelos pulsos.

— Estou bem — disse. Estava com o coração acelerado, o sangue ainda zunindo nas veias. Ele abriu a boca para falar alguma coisa, mas Clary se inclinou para a frente e colocou as mãos nos lados do rosto dele, apertando com as unhas. — Estou me sentindo *bem*. — Olhou para ele, amarrotado, suado e sujo de sangue, e quis beijá-lo. Quis...

— Muito bem, vocês dois — disse Sebastian. Clary se afastou de Jace e olhou para o irmão. Ele estava sorrindo, rodando lentamente o *adamas* em uma das mãos. — Amanhã usaremos isto — falou, apontando para a pedra. — Mas hoje, depois que nos limparmos um pouco, vamos comemorar.

Simon foi descalço até a sala e Isabelle veio logo atrás, então encontraram um cenário surpreendente. O círculo e o pentagrama no centro do chão estavam brilhando com uma luz prateada, como mercúrio. Fumaça irradiava do centro, uma coluna alta, negra e vermelha, com a ponta branca. A sala inteira estava com cheiro de queimado. Magnus e Alec se encontravam no exterior do círculo, e com eles Jordan e Maia, que — a julgar pelos casacos e chapéus que vestiam — tinham acabado de chegar.

— O que está acontecendo? — perguntou Isabelle, alongando os longos membros e bocejando. — Por que está todo mundo assistindo ao Canal Pentagrama?

— Apenas espere um segundo — acrescentou Alec, sombriamente. — Você vai ver.

Isabelle deu de ombros e ficou olhando junto com os outros. Enquanto observavam, a fumaça branca começou a girar, cada vez mais depressa, um minitornado que avassalou o centro do pentagrama, deixando palavras escritas em marcas queimadas:

JÁ TOMARAM UMA DECISÃO?

— Huh — disse Simon. — Passou a manhã inteira fazendo isso?

Magnus levantou os braços. Estava com uma calça de couro e uma camisa com um raio metálico em ziguezague estampado.

— A noite inteira também.

— Fazendo a mesma pergunta, sem parar?

— Não, diz coisas diferentes. Às vezes xinga. Azazel parece estar se divertindo.

— Ele consegue nos ouvir? — Jordan inclinou a cabeça para o lado. — Ei, você, demônio.

As letras em chamas se reorganizaram outra vez.

OLÁ, LOBISOMEM.

Jordan deu um passo para trás e olhou para Magnus.

— Isto é... normal?

Magnus parecia muito infeliz.

— Decididamente, não é normal. Nunca invoquei um demônio tão poderoso quanto Azazel, mas mesmo assim... estudei o assunto e não consigo encontrar nenhum exemplo disto ter acontecido antes. Está fora de controle.

— Azazel precisa ser enviado de volta — opinou Alec. — Digo, permanentemente. — Balançou a cabeça. — Talvez Jocelyn estivesse certa. Não se pode conseguir nada de bom invocando um demônio.

— Tenho quase certeza de que existo porque alguém invocou um demônio — observou Magnus. — Alec, já fiz isso centenas de vezes. Não sei por que desta vez seria diferente.

— Azazel não pode sair, certo? — perguntou Isabelle. — Do pentagrama, quero dizer.

— Não — respondeu Magnus—, mas ele também não deveria poder fazer nada do que está fazendo.

Jordan se inclinou para a frente, as mãos nos joelhos.

— Como é o Inferno, cara? — perguntou. — Quente ou frio? Já ouvi falar nos dois.

Não obteve resposta.

— Bom trabalho, Jordan — disse Maia. — Acho que conseguiu irritá-lo.

Jordan cutucou o contorno do pentagrama.

— Ele sabe prever o futuro? Então, pentagrama, nossa banda vai fazer sucesso?

— É um demônio do Inferno, não uma Bola Oito Mágica, Jordan — disse Magnus, irritado. — E fique longe das bordas do pentagrama. Invoque um demônio e prenda-o em um pentagrama, e ele não pode sair e machucá-lo. Mas pise no pentagrama e se colocará ao alcance do poder do demônio...

Naquele momento, o pilar de fumaça começou a amalgamar. Magnus ergueu a cabeça num movimento rápido, Alec ficou de pé, quase derrubando a cadeira, enquanto a fumaça assumiu a forma de Azazel. A roupa dele se formou primeiro — um terno cinza e prateado riscado, com punhos elegantes —, e depois ele pareceu preencher a roupa, os olhos chamejantes foram os últimos a aparecer. Ele olhou em volta com evidente prazer.

— O pessoal está todo aqui, estou vendo — disse ele. — Então, já chegaram a uma decisão?

— Chegamos — respondeu Magnus. — Acho que não vamos requisitar seus serviços. Obrigado mesmo assim.

Fez-se um silêncio.

— Pode ir agora. — Magnus balançou os dedos em um aceno de despedida. — Tchau.

— Acho que não — respondeu Azazel, em tom agradável, pegando um lenço e esfregando as unhas. — Acho que vou ficar. Gosto daqui.

Magnus suspirou e falou alguma coisa para Alec, que foi até a mesa e voltou trazendo um livro, que entregou ao feiticeiro. Magnus o abriu e começou a ler.

— *Espírito maldito, vai-te. Retorna ao reino de fumaça e fogo, de cinzas e...*

— Isso não vai funcionar comigo — disse o demônio, com a voz entediada. — Vá em frente e tente, se quiser. Continuarei aqui.

Magnus o encarou com os olhos chamejando de fúria.

— Não pode nos forçar a negociar com você.

— Posso tentar. Não é como se eu tivesse coisa melhor para me ocupar...

Azazel se interrompeu quando uma forma familiar atravessou a sala. Era Presidente Miau, perseguindo o que parecia um rato. Enquanto todos observavam surpresos e horrorizados, o gato atravessou a fronteira do pentagrama — e Simon, por instinto e não por racionalidade, pulou atrás do animal e o pegou no colo.

— Simon! — Ele soube, sem precisar olhar, que tinha sido Isabelle, num grito de reflexo. Ele virou para ela enquanto ela colocava a mão na boca e o olhava com olhos arregalados. Estavam todos encarando. O rosto de Izzy estava pálido de horror, e até Magnus parecia perturbado.

Invoque um demônio e prenda-o em um pentagrama, e ele não pode sair e machucá-lo. Mas pise no pentagrama e se colocará ao alcance do poder do demônio.

Simon sentiu uma cutucada no ombro. Derrubou Presidente Miau ao virar, e o gatinho correu para fora do pentagrama, atravessando a sala para se esconder embaixo do sofá. Simon levantou o olhar. O rosto imenso de Azazel se ergueu sobre ele. Perto assim dava para ver as rachaduras na pele do demônio, como rachaduras em mármore, e as chamas profundas nos olhos vazios de Azazel. Quando Azazel sorriu, Simon viu que cada um dos dentes tinha uma ponta de agulha de ferro.

Azazel exalou. Uma nuvem de enxofre quente se espalhou em torno de Simon. Ele continuou vagamente ciente da voz de Magnus, subindo e descendo em um cântico, e de Isabelle gritando alguma coisa enquanto as mãos do demônio se fechavam em seus braços. Azazel levantou Simon do chão, de modo que os pés do vampiro ficaram pendurados no ar — e o arremessou.

Ou tentou arremessá-lo. Suas mãos escorregaram; Simon caiu agachado no chão enquanto Azazel foi lançado para trás e pareceu atingir uma barreira invisível. Ouviu-se um som como o de pedra estilhaçando. Azazel caiu de joelhos, em seguida se levantou dolorosamente. Olhou para cima com um rugido, exibindo os dentes, e foi na direção de Simon, que, percebendo com atraso o que estava acontecendo, ergueu a mão trêmula e tirou o cabelo da testa.

Azazel parou onde estava. Suas mãos, as unhas com as mesmas pontas de ferro que os dentes, se encolheram nas laterais.

— Andarilho — suspirou. — É você?

Simon permaneceu congelado. Magnus continuava entoando suavemente ao fundo, mas todos os outros estavam em silêncio. Simon ficou com medo de olhar em volta, de capturar o olhar de algum dos amigos. Clary e Jace, pensou, já tinham visto a Marca em ação, o fogo ardente. Mais ninguém. Não era à toa que estavam sem palavras.

— Não — disse Azazel, os olhos chamejantes se estreitando. — Não, você é jovem demais, e o mundo antigo demais. Mas quem ousaria colocar a marca do Paraíso em um vampiro? E por quê?

Simon abaixou a mão.

— Encoste em mim novamente e descobrirá — disse.

Azazel emitiu um ruído ressonante; metade riso, metade nojo.

— Acho que não — respondeu. — Se andaram mexendo com a vontade do Céu, nem mesmo minha liberdade vale a aposta de aliar meu destino ao seu. — O demônio olhou em volta. — Vocês são todos loucos. Boa sorte, crianças humanas. Vão precisar.

E desapareceu em uma explosão de fogo, deixando para trás uma fumaça negra — e o fedor de enxofre.

— Fique parada — disse Jace, pegando a adaga Herondale e utilizando-a para cortar a camisa de Clary do colarinho à bainha. Pegou as duas metades e as puxou cuidadosamente dos ombros, deixando-a sentada na beira da pia só de jeans e uma camiseta por baixo. A maior parte do icor e do veneno tinha caído na calça e no casaco, mas a camisa de seda frágil estava destruída. Jace a jogou na pia, onde chiou na água, e colocou a estela no ombro de Clary, traçando levemente os contornos do símbolo de cura.

Ela fechou os olhos, sentindo a queimadura do desenho, depois uma agitação quando o alívio da dor se espalhou por seus braços e costas. Foi como Procaína, mas sem deixá-la dormente.

— Está melhor? — perguntou Jace.

Ela abriu os olhos.

— Muito. — Não estava perfeita, o *iratze* não fazia muito efeito nas queimaduras provocadas pelo veneno de demônio, mas isto tendia a se curar depressa na pele dos Caçadores de Sombras. Na atual situação, estava ardendo um pouco, e Clary, ainda no estado de euforia da batalha, quase não notou. — Sua vez?

Ele sorriu e ofereceu a ela a estela. Estavam nos fundos da loja de antiguidades. Sebastian tinha ido trancar a porta e diminuir as luzes da frente, para não atrair atenção mundana. Ele estava empolgado para "comemorar" e quando os deixou, estavam debatendo sobre voltar para o apartamento para trocar de roupa ou ir direto para a boate em Malá Strana.

Se havia alguma parte de Clary que sentia que aquilo era errado, a ideia de comemorar alguma coisa, esta parte se perdeu no fervor de seu próprio sangue. Era incrível ter precisado lutar logo ao lado de *Sebastian* para ligar o interruptor interno que ativava os instintos de Caçadora de Sombras. Ela queria saltar de um prédio alto amarrada por uma corda, dar cem cambalhotas, aprender a afiar as lâminas como Jace fazia. Em vez disso, pegou a estela dele e disse:

— Tire a camisa, então.

Ele a tirou por cima da cabeça, e Clary tentou parecer impassível. Ele estava com um longo corte na lateral, com as bordas roxas e vermelhas, e as queimaduras de sangue de demônio na clavícula e no ombro direito. Mesmo assim, continuava sendo a pessoa mais linda que Clary já tinha visto. Pele dourado-claro, ombros largos, cintura e quadris estreitos, aquela linha fina de pelos louros que ia do umbigo à cintura da calça. Afastou os olhos dele e colocou a estela em seu ombro, entalhando habilidosamente a pele do namorado com o que devia ser a milionésima marca de cura que ele recebia.

— Está boa? — perguntou ela, quando terminou.

— Uhm-humm. — Ele se inclinou para Clary, que sentiu o cheiro dele: sangue, carvão, suor e o sabonete barato que encontraram perto da pia. — Gostei disso — disse ele. — Você não gostou? De lutar comigo daquele jeito?

— Foi... intenso. — Ele já estava entre as pernas dela; aproximou-se, colocando os dedos nas presilhas do jeans de Clary. As mãos dela foram para os ombros dele, e ela viu o brilho do anel de folha dourada em seu dedo. Serviu para focá-la um pouco. *Não se distraia; não se perca nisto. Este não é Jace, não é Jace, não é Jace.*

Seus lábios tocaram os dela.

— Achei incrível. *Você* foi incrível.

— Jace — sussurrou Clary, e ouviram uma batida na porta.

Com a surpresa, Jace a soltou, e ela deslizou para trás, batendo em uma torneira, que ligou imediatamente, molhando os dois. Ela gritou, surpresa, e Jace gargalhou, virando para abrir a porta enquanto Clary girava para fechar a torneira.

Era Sebastian, claro. Ele parecia surpreendentemente limpo, considerando o que tinham passado. Tinha descartado a jaqueta de couro manchada e vestido um antigo casaco militar, que, por cima da camiseta, o deixava com um aspecto barato e chique. Trazia alguma coisa na mão, algo preto e brilhante.

Ele ergueu as sobrancelhas.

— Existe algum motivo pelo qual você jogou minha irmã na pia?

— Eu estava fazendo o mundo dela tremer — respondeu Jace, abaixando-se para pegar a camisa.

Vestiu-a novamente. Assim como aconteceu com Sebastian, as camadas externas das roupas de Jace tinham sofrido os piores danos, apesar de haver um enorme rasgo na lateral da camiseta dele, onde a garra do demônio rasgou.

— Trouxe uma coisa para você vestir — disse Sebastian, entregando a coisa preta e brilhante para Clary, que tinha saído de cima da pia e agora estava de pé, fazendo água ensaboada pingar no chão. — É *vintage*. Parece ser do seu tamanho.

Espantada, Clary devolveu a estela a Jace e pegou a tal roupa. Era um vestido — uma camisola, na verdade — preto, com alças elaboradas e uma bainha rendada. As alças eram ajustáveis, e o tecido elástico o suficiente para que ela desconfiasse de que Sebastian estava certo, provavelmente *caberia* nela. Parte de Clary não gostava da ideia de vestir algo escolhido por Sebastian, mas ela não podia ir para uma boate com uma camiseta íntima e uma calça jeans ensopada.

— Obrigada — disse por fim. — Muito bem, vocês dois saiam daqui enquanto me troco.

Eles se retiraram, fechando a porta. Clary pôde ouvi-los, vozes masculinas elevadas e, apesar de ela não conseguir ouvir as palavras, percebeu que estavam brincando um com o outro. Confortavelmente. Familiarmente. Era tão estranho, pensou ao se despir e colocar o vestido. Jace, que quase nunca se abria com ninguém, estava rindo e fazendo brincadeiras com Sebastian.

Ela virou para se olhar no espelho. O preto desbotava a cor da sua pele, deixava seus olhos grandes e escuros e os cabelos mais ruivos, os braços e pernas longos, finos e pálidos. Seus olhos estavam manchados de sombra escura. As botas que calçava emprestavam um quê de dureza à roupa. Não sabia ao certo se estava bonita, mas tinha certeza de que parecia alguém com quem não deveriam mexer.

Ficou imaginando se Isabelle aprovaria.

Destrancou a porta do banheiro e saiu. Estava no fundo escuro da loja, onde todas as quinquilharias que não estavam abrigadas na frente tinham sido descartadas sem cuidado. Uma cortina de veludo separava aquele setor do restante do estabelecimento. Jace e Sebastian estavam do outro lado do pano, conversando, ainda que ela não conseguisse identificar as palavras. Puxou a cortina para o lado e atravessou.

As luzes estavam acesas, apesar de a grade metálica ter sido abaixada sobre a vitrine da loja, tornando o interior invisível a quem passava lá fora. Sebastian estava remexendo nas coisas nas prateleiras, suas mãos longas e cuidadosas pegando um objeto após o outro, inspecionando cada um, e colocando-os de volta.

Jace foi o primeiro a ver Clary. Ela viu os olhos do namorado brilharem, e se lembrou da primeira vez em que ele a viu arrumada, com as roupas de Isabelle, a caminho da festa de Magnus. Como naquela ocasião, os olhos de Jace a percorreram lentamente, começando nas botas, passando pelas pernas, quadris, cintura, peito e repousaram no rosto. Ele sorriu preguiçosamente.

— Posso fazer a observação de que isso não é um vestido, é roupa íntima — disse ele —, mas duvido que isso me trouxesse algum benefício.

— Preciso lembrar — comentou Sebastian — que *essa é a minha irmã*?

— A maioria dos irmãos ficaria muito feliz em ver um cavalheiro tão bem-apessoado quanto eu escoltando suas irmãs — respondeu Jace, pegando uma jaqueta de exército de uma das estantes e vestindo-a.

— Escoltando? — ecoou Clary. — Daqui a pouco você vai me dizer que é um velhaco galanteador.

— E depois vai querer duelar com pistolas — completou Sebastian, dirigindo-se à cortina de veludo. — Já volto. Preciso lavar o sangue do meu cabelo.

— Detalhista — disse Jace para ele com um sorriso, depois esticou o braço para Clary, puxando-a para perto. Reduziu a voz a um sussurro baixo. — Lembra quando fomos à festa de Magnus? Você apareceu no saguão com Isabelle, e Simon quase teve um ataque apoplético?

— Engraçado, eu estava pensando justamente nisso. — Inclinou a cabeça para olhar para ele. — Não me lembro de você ter feito nenhum comentário sobre minha aparência naquela ocasião.

Os dedos de Jace deslizaram por baixo das alças do vestido, as pontas tocando a pele de Clary.

— Não achei que você gostasse muito de mim. E não pensei que fazer uma descrição detalhada de todas as coisas que eu queria fazer com você, na frente de uma plateia, ajudaria a fazer com que mudasse de ideia.

— Achou que eu não gostasse de *você*? — A voz de Clary se elevou incrédula. — Jace, quando uma menina não gostou de você?

Ele deu de ombros.

— Sem dúvida os hospícios do mundo estão cheios de mulheres infelizes que não enxergaram meu charme.

Uma pergunta veio à ponta da língua de Clary, uma que sempre quisera fazer, mas nunca fez. Afinal, o que importava o que ele tinha feito antes de conhecê-la? Como se pudessem ler a expressão no rosto dela, os olhos dourados de Jace suavizaram.

— Nunca me importei com o que as meninas pensavam a meu respeito — falou. — Não antes de você.

Antes de você. A voz de Clary tremeu um pouco.

— Jace, eu estava pensando...

— Suas preliminares verbais são tediosas e irritantes — disse Sebastian, reaparecendo através da cortina de veludo, os cabelos prateados molhados e bagunçados. — Estão prontos?

Clary soltou-se de Jace, enrubescendo; Jace parecia sereno.

— Nós é que estávamos esperando por você.

— Parece que encontraram uma forma de passar esse tempo agonizante. Agora pronto. Vamos. Estou avisando, vocês vão *amar* esse lugar.

— Jamais vou recuperar meu caução — disse Magnus, melancolicamente.

Estava sentado em cima da mesa, entre caixas de pizza e canecas de café, observando enquanto o restante da Equipe do Bem dava o melhor de si para limpar a destruição causada pela aparição de Azazel: os buracos de fumaça nas paredes, a gosma preta sulfurosa pingando dos canos do teto, as cinzas e outras substâncias escuras e granulosas do chão. Presidente Miau estava esticado no colo do feiticeiro, ronronando. Magnus ficou livre da função faxina por ter permitido que seu apartamento fosse semidestruído; Simon tinha sido liberado, pois, após o incidente no pentagrama, ninguém sabia o que fazer com ele. Ele tentou conversar com Isabelle, mas ela apenas balançou o esfregão de forma ameaçadora.

— Tenho uma ideia — disse Simon. Ele estava sentado ao lado de Magnus, com os cotovelos nos joelhos. — Mas não vai gostar.

— Tenho a sensação de que está certo, Sherwin.

— Simon. Meu nome é Simon.

— Que seja. — Magnus acenou uma mão esguia. — Qual é a sua ideia?

— Tenho a Marca de Caim — falou. — Isso quer dizer que nada pode me matar, certo?

— Você pode se matar — respondeu Magnus, o que não ajudou em nada. — Até onde sei, objetos inanimados podem matá-lo acidentalmente. Então, se estava planejando aprender lambada em uma plataforma oleosa sobre um solo cheio de facas, no seu lugar não faria isso.

— Lá se vai meu sábado.

— Mas nada mais pode matá-lo — completou Magnus. Tinha desviado os olhos de Simon e observava Alec, que parecia lutar contra um rodo. — Por quê?

— O que aconteceu no pentagrama, com Azazel, me fez pensar — disse Simon. — Você disse que invocar anjos é mais perigoso do que invocar demônios, porque eles podem punir a pessoa que invocou, ou incinerá-la com fogo celestial. Mas se eu fizesse isso... — Deixou a frase solta. — Bem, eu estaria seguro, não estaria?

Isso chamou novamente a atenção de Magnus.

— Você? Invocar um anjo?

— Você poderia me ensinar — respondeu Simon. — Sei que não sou feiticeiro, mas Valentim conseguiu. Se ele pôde, será que também não posso? Digo, alguns humanos conseguem fazer magia.

— Eu não poderia prometer que você sobreviveria — disse Magnus, mas o aviso era adornado por uma faísca de interesse. — A Marca é proteção Divina, mas será que protege contra o próprio Paraíso? Não sei a resposta.

— Não achei que soubesse. Mas concorda que, dentre todos nós, sou o que tem a melhor chance, certo?

Magnus olhou para Maia, que estava jogando água suja em Jordan e rindo enquanto ele girava, ganindo. Ela puxou o cabelo cacheado para trás, deixando uma mancha de sujeira na testa. Ela parecia jovem.

— Sim — respondeu Magnus, relutante. — Provavelmente tem.

— Quem é o seu pai? — perguntou Simon.

Os olhos de Magnus se voltaram para Alec. Eram verde-dourados, tão difíceis de ler quanto os do gato deitado em seu colo.

— Não é meu assunto favorito, Smedley.

CIDADE DAS ALMAS PERDIDAS

— Simon — disse Simon. — Se vou morrer por vocês, o mínimo que pode fazer é decorar meu nome.

— Não vai morrer por mim — disse Magnus. — Se não fosse por Alec, eu estaria...

— Estaria onde?

— Tive um sonho — disse Magnus, com os olhos distantes. — Vi uma cidade toda de sangue, com torres feitas de ossos, e sangue corria como água pelas ruas. Talvez você possa salvar Jace, Diurno, mas não pode salvar o mundo. A escuridão está a caminho. "Uma terra de escuridão, como a própria escuridão; e da sombra da morte, sem qualquer ordem, e onde a luz é como a escuridão." Se não fosse por Alec, eu sairia daqui.

— Para onde você iria?

— Me esconderia. Esperaria passar. Não sou um herói. — Magnus pegou Presidente Miau e o largou no chão.

— Você ama Alec o bastante para continuar por aqui — observou Simon. — Isso é um tanto heroico.

— Você amou Clary o suficiente para arruinar toda a sua vida por ela — respondeu Magnus, com uma amargura atípica. — Veja o que isso causou. — Elevou a voz: — Muito bem, pessoal. Venham para cá. Sheldon teve uma ideia.

— Quem é Sheldon? — perguntou Isabelle.

As ruas de Praga estavam frias e escuras, e apesar de Clary ter mantido o casaco queimado por icor nos ombros, o ar gélido penetrou suas veias, amenizando a euforia da batalha. Comprou vinho quente para manter a sensação, envolvendo o copo completamente com as mãos para se aquecer enquanto ela, Jace e Sebastian se perdiam em um labirinto de ruas estreitas, escuras e antigas. As ruas não tinham placas nem nomes, tampouco outros pedestres; a única constante era a lua se movendo através das nuvens espessas no céu. Finalmente, um lance curto de degraus de pedra os levou a uma pracinha; um dos lados estava aceso por uma luz néon que dizia KOSTI LUSTR. Abaixo da placa, havia uma porta aberta, um espaço vazio na parede que parecia um dente faltando.

— O que isto significa, *Kosti Lustr*? — perguntou Clary.

— Significa *O lustre de ossos*. É o nome da boate — respondeu Sebastian, avançando. Seus cabelos claros refletiram as cores mutantes do néon da placa: vermelho forte, azul profundo, dourado metálico. — Vocês vêm?

Uma barreira de som e luz atingiu Clary assim que ela entrou na boate. Era um espaço grande e cheio que parecia outrora ter sido o interior de uma igreja. Ainda dava para ver os vitrais no alto da parede. Luzes coloridas iluminavam os rostos alegres das pessoas que dançavam na multidão, acendendo-as com uma cor por vez: rosa-shocking, verde néon, violeta ardente. Havia uma cabine de DJ na parede, e música trance explodia das caixas de

217

som. A música pulsou pelos pés de Clary, para o sangue, fazendo seus ossos vibrarem. O recinto estava quente com a pressão de corpos e o cheiro de suor, fumaça e cerveja.

Ela estava prestes a virar e perguntar se Jace queria dançar, quando sentiu uma mão tocá-la nas costas. Era Sebastian. Clary ficou tensa, mas não se afastou.

— Vamos — falou ele, no ouvido dela. — Não vamos ficar aqui com os hoi polloi.

A mão dele parecia ferro pressionando a espinha de Clary. Ela permitiu que ele a conduzisse adiante, através dos dançarinos; a multidão parecia abrir caminho para eles, todos olhando para Sebastian, em seguida abaixando os olhos e recuando. O calor aumentou, e Clary estava quase engasgando quando chegaram ao outro lado. Havia uma entrada arqueada que ela não tinha notado anteriormente. Alguns degraus gastos de pedra levavam para baixo, curvando-se pela escuridão.

Ela levantou os olhos quando Sebastian tirou a mão de suas costas. Luz brilhou em volta deles. Jace pegara a pedra de luz enfeitiçada. Ele sorriu para ela, seu rosto todo ângulos e sombras à luz forte e concentrada.

— "Fácil é a descida" — declamou.

Clary estremeceu. Conhecia a frase inteira. *Fácil é a descida ao Inferno.*

— Vamos. — Sebastian inclinou a cabeça, e em seguida estava descendo, gracioso e seguro, sem qualquer preocupação com a possibilidade de escorregar nas pedras velhas.

Clary seguiu um pouco mais devagar. O ar esfriou enquanto desciam, e o som da música pulsante enfraqueceu. Ela conseguia ouvir a respiração dos três, e ver as sombras distorcidas e altas projetadas nas paredes.

Ouviu a nova música antes de chegarem à base da escada. Tinha uma batida ainda mais insistente que a do andar de cima; penetrou seus ouvidos e suas veias e a fez girar. Clary estava quase tonta quando chegaram ao último degrau, entrando em um enorme salão que a deixou sem fôlego.

Tudo era feito de pedra, as paredes irregulares e desiguais, o chão liso sob os pés. Uma imensa estátua de um anjo de asas negras se erguia pela parede oposta, a cabeça perdida nas sombras do alto, as asas pingando cordas vermelhas que pareciam gotas de sangue. Explosões de cor e luz brilhavam como sinalizadores pelo recinto, em nada parecidas com as luzes artificiais do andar de cima — estas eram lindas e luminosas como fogos de artifício, e a cada explosão chovia um brilho na multidão que dançava. Enormes chafarizes de mármore esguichavam água gasosa; pétalas de rosas negras flutuavam na superfície. E longe de tudo, pendurado do teto por uma corda dourada, havia um enorme lustre feito de ossos.

Era tão elaborado quanto repugnante. O esqueleto principal era formado por espinhas dorsais, fundidas uma na outra; fêmures e tíbias dependuravam-se como decorações dos braços do objeto, que na parte de cima acomodava crânios humanos, cada um segurando uma vela imensa. Cera negra pingava como sangue de demônio nas pessoas que dançavam

218

abaixo, nenhum dos quais parecia notar. E as pessoas em si — rodando, girando e batendo palmas —, nenhuma delas era humana.

— Licantropes e vampiros — disse Sebastian, respondendo a pergunta que Clary não fez. — Em Praga eles são aliados. É aqui que... relaxam. — Uma brisa quente estava soprando pelo salão, como um vento desértico; levantou os cabelos prateados de Sebastian e os soprou para cima dos olhos, escondendo a expressão destes.

Clary tirou o casaco e o segurou contra o peito, quase como um escudo. Olhou em volta com olhos arregalados. Podia sentir a não humanidade nos presentes, os vampiros com sua palidez, e graciosidade ágil e lânguida, e os licantropes ferozes e rápidos. A maioria era jovem; dançavam próximos, contorcendo-se para cima e para baixo contra os corpos uns dos outros.

— Mas... não se importam com a nossa presença aqui? Nephilim?

— Eles me conhecem — disse Sebastian. — E vão saber que estão comigo. — Ele esticou o braço para pegar o casaco dela. — Vou pendurar isto para você.

— Sebastian... — Mas ele já tinha ido para o meio da multidão.

Ela olhou para Jace a seu lado. Ele estava com os polegares no cinto, olhando em volta com um interesse casual.

— Quer guardar o casaco com a vampira? — perguntou Clary.

— Por que não? — Jace sorriu. — Percebe que ele não se ofereceu para levar meu casaco. O cavalheirismo está morto, estou dizendo. — Ele inclinou a cabeça para o lado ao ver a expressão confusa de Clary. — Que seja. Provavelmente tem alguém com quem ele precise conversar por aqui.

— Então não viemos só por diversão?

— Sebastian nunca faz nada só por diversão. — Jace a pegou pela mão, puxando-a para perto. — Mas eu faço.

Simon não ficou nada surpreso quando ninguém se entusiasmou com seu plano. Fizeram um coro alto de reprovação, seguido por um clamor de vozes tentando demovê-lo da ideia, e perguntas, em sua maioria destinadas a Magnus, sobre a segurança da execução da coisa. Simon apoiou os cotovelos nos joelhos e esperou.

Eventualmente, sentiu um toque suave no braço. Virou-se e, surpreso, viu que era Isabelle. Ela gesticulou para que ele a seguisse.

Foram parar nas sombras perto de um dos pilares enquanto a discussão corria solta atrás deles. Como Isabelle foi de cara um dos mais sonoros dissidentes, ele se preparou para ouvir gritos. Contudo, ela apenas o olhou com a boca rija.

— Tudo bem. — Ele se pronunciou afinal, detestando o silêncio. — Acho que não está muito satisfeita comigo no momento.

— Você *acha*? Eu chutaria seu traseiro, vampiro, mas não quero estragar minhas botas novas e caras.

— Isabelle...

— Não sou sua namorada.

— Certo — disse Simon, apesar de não conseguir evitar uma pontinha de decepção. — Sei disso.

— E nunca reclamei do tempo que passou com Clary. Até apoiei. Sei o quanto gosta dela. E ela de você. Mas isto... isto é um risco insano que está querendo correr. Tem *certeza*?

Simon olhou em volta — para o apartamento bagunçado de Magnus, o pequeno grupo no canto discutindo seu destino.

— Não é só por causa de Clary.

— Bem, não é por causa de sua mãe, é? — argumentou Isabelle. — Porque ela o chamou de monstro? Você não precisa provar nada, Simon. Isso é problema dela, e não seu.

— Não é assim. Jace salvou minha vida. Tenho uma dívida com ele.

Isabelle pareceu surpresa.

— Você não está fazendo isso só para se acertar com Jace, está? Porque acho que a essa altura já estão todos quites.

— Não, não completamente — falou. — Veja, todos nós conhecemos a situação. Sebastian não pode ficar solto no mundo. Não é seguro. A Clave tem razão quanto a isso. Mas se ele morrer, Jace morre. E se Jace morrer, Clary...

— Ela vai sobreviver — disse Isabelle, rápida e dura. — Ela é cascuda e forte.

— Ela vai sofrer. Talvez para sempre. Não quero que sofra assim. Não quero que *você* sofra assim.

Isabelle cruzou os braços.

— Claro que não. Mas você acha, Simon, que ela não vai sofrer se acontecer alguma coisa com *você*?

Simon mordeu o lábio. Na verdade não tinha pensado nisso. Não desse jeito.

— E você?

— O que tem eu?

— Vai sofrer se alguma coisa acontecer comigo?

Isabelle continuou olhando para ele, com a coluna ereta, e o queixo firme. Mas os olhos brilhavam.

— Vou.

— Mas quer que eu ajude Jace?

— Sim, quero isso também.

— Precisa me deixar fazer isso — disse ele. — Não é só por Jace, ou por você e Clary, apesar de todos vocês serem grande parte. É porque acredito que a escuridão se aproxima.

Acredito quando Magnus diz isso. Acredito que Raphael esteja mesmo com medo de uma guerra. Acredito que estejamos enxergando um pedacinho do plano de Sebastian, mas não acho que seja coincidência o fato de ter levado Jace com ele. Ou que estejam ligados. Ele sabe que precisamos de Jace para vencer uma guerra. Sabe o que Jace é.

Isabelle não negou.

— Você é tão corajoso quanto Jace.

— Talvez — disse Simon. — Mas não sou Nephilim. Não posso fazer o que ele pode. E não represento tanto para tantas pessoas.

— Destinos especiais e tormentos especiais — sussurrou Isabelle. — Simon... você representa muito para mim.

Ele esticou o braço, e apoiou levemente a bochecha dela.

— Você é uma guerreira, Iz. É o que você faz. É quem você é. Mas se não puder combater Sebastian porque machucá-lo significaria machucar Jace, não pode lutar a guerra. E se precisar matar Jace para vencer a guerra, acho que isso destruirá parte de sua alma. E não quero ver isso acontecer, não se eu puder evitar.

Ela engoliu em seco.

— Não é justo — disse ela. — Que tenha de ser você...

— Esta é a minha escolha, fazer isso. Jace não tem escolha. Se ele morrer, será por uma razão com a qual ele não teve nada a ver, não de verdade.

Isabelle exalou. Ela descruzou os braços e o pegou pelo cotovelo.

— Tudo bem — ela disse. — Vamos.

Isabelle puxou Simon novamente para o grupo, que interrompeu a discussão quando ela limpou a garganta, como se até agora não tivessem percebido o sumiço dos dois.

— Já chega — disse Isabelle. — Simon tomou uma decisão, e é ele que precisa resolver. Ele vai invocar Raziel. E vamos ajudá-lo do jeito que pudermos.

Dançaram. Clary tentou se perder na batida da música, com o sangue acelerado nas veias, como outrora conseguia fazer com Simon na Pandemônio. Claro, Simon era um péssimo dançarino, e Jace era excelente. Supôs que fizesse sentido. Com toda aquela prática de controle em lutas e a graciosidade cuidadosa, não existia muita coisa que não conseguisse fazer com o corpo. Quando Jace jogou a cabeça para trás, o cabelo estava escuro de suor, grudado nas têmporas, e a curva da garganta brilhava à luz do lustre de ossos.

Clary viu como os outros olhavam para ele — apreciação, especulação, fome predatória. Uma possessividade que ela não conseguia entender ou controlar se inflou dentro dela. Ela chegou mais perto, deslizando pelo corpo dele, como já tinha visto outras meninas fazendo na pista de dança, mas sem nunca ter tido coragem de imitar. Sempre se convenceu de que prenderia o cabelo na fivela do cinto de alguém, mas as coisas eram diferentes agora. Os meses de treinamento não compensaram apenas na luta, mas sempre que precisava utilizar o corpo. Sentia-se fluida, no controle, como nunca antes. Pressionou o corpo contra o de Jace.

Ele estava com os olhos fechados; abriu-os exatamente quando uma explosão de luz coloriu a escuridão que os cercava. Gotas metálicas choveram neles; gotículas ficaram presas no cabelo de Jace e brilhando em sua pele como mercúrio. Ele encostou os dedos em uma gota de prata líquida na clavícula e mostrou para ela, curvando os lábios.

—Você se lembra do que contei naquela primeira vez no Taki's? Sobre comida de fada?

— Lembro que falou que correu nu pela Madison Avenue com chifres na cabeça — respondeu Clary, piscando as gotas prateadas para fora dos cílios.

— Acho que nunca ficou provado que fui eu de fato. — Só Jace conseguia falar enquanto dançava sem parecer meio sem jeito. — Bem, isto aqui — e deu um peteleco no líquido prateado que estava por seu cabelo e sua pele, tornando-o metálico — é como aquilo. Deixa a pessoa...

— Alta?

Ele a observou com olhos escurecidos.

— Pode ser divertido. — Mais uma daquelas coisas florais que pairava pelo ar explodiu acima deles; desta vez foi azul-prateada, como água. Jace lambeu o lado da mão, examinando Clary.

Alta. Clary nunca tinha usado drogas, sequer bebia. Talvez se pudesse levar em conta a garrafa de licor de café que ela e Simon roubaram do armário de bebidas da mãe dele quando tinham 13 anos de idade. Passaram muito mal depois; Simon, aliás, chegou a vomitar em uma cerca viva. Não valeu a pena, mas ela se lembrava da sensação de tonteira, alegria e felicidade gratuita.

Quando Jace abaixou a mão, estava com a boca suja de prata. Ele continuava olhando para ela, olhos dourados-escuros sob os longos cílios.

Feliz a troco de nada.

Pensou em como ficaram, juntos depois da Guerra Mortal, antes de Lilith começar a possuí-lo. Ele foi o Jace na foto que tinha pendurada na parede: tão feliz. Ambos estavam felizes. Ela não possuía nenhuma dúvida incômoda quando olhava para ele, nada desta sensação de pequenas facas sob a pele, erodindo a proximidade entre os dois.

Ela então se esticou, e o beijou, lenta e definitivamente, nos lábios.

A boca dela foi invadida por um gosto doce e amargo, uma mistura de vinho e bala. Mais líquido prateado choveu neles quando ela se afastou, lambendo propositalmente a boca. Jace estava ofegante; esticou o braço para ela, que se afastou, rindo.

Clary se sentiu subitamente livre e desgovernada, e incrivelmente leve. Sabia que deveria estar fazendo algo muito importante, mas não conseguia se lembrar do quê, ou por que se importava. Os rostos de quem dançava ao redor não mais pareciam traiçoeiros e ligeiramente assustadores, mas sombriamente lindos. Ela estava em uma enorme caverna de ecos, e as sombras ao redor eram pintadas com cores mais lindas e brilhantes do que qualquer pôr do sol. A estátua do anjo que se erguia parecia benevolente, mil vezes mais do que Raziel e sua luz branca e fria, e uma nota musical aguda veio da figura, pura, clara e perfeita. Ela rodopiou, cada vez mais rápido, deixando para trás a dor, as lembranças, a perda, até girar em um par de braços que a agarrou por trás e a segurou firme. Olhou para baixo e viu mãos cobertas de cicatrizes em sua cintura, dedos esguios e lindos, o símbolo da Clarividência. Jace. Ela se derreteu nele, fechando os olhos, deixando a cabeça cair na curva do ombro. Sentiu o coração dele batendo em sua coluna.

Nenhum outro coração batia como o de Jace, ou jamais poderia.

Os olhos dela se abriram, e ela girou, com as mãos esticadas para empurrá-lo.

— Sebastian — sussurrou Clary. O irmão sorriu para ela, prateado e negro, como o anel Morgenstern.

— Clarissa — disse ele. — Quero mostrar uma coisa.

Não. A palavra veio e foi, se dissolvendo como açúcar em líquido. Não conseguia se lembrar de por que deveria dizer não a ele. Era seu irmão; deveria amá-lo. Ele a trouxera para este lugar lindo. Talvez tivesse feito algumas coisas ruins, mas isso tinha sido há muito tempo, e ela não se lembrava mais de que coisas foram estas.

— Posso ouvir anjos cantando — disse ela.

Sebastian riu.

— Vejo que descobriu que aquela coisa prateada não é só brilho. — Ele esticou o braço e passou o dedo indicador na bochecha dela; ficou prateado quando o recolheu, como se ele tivesse pego uma lágrima pintada. — Vamos, anjinha. — Ele estendeu a mão.

— Mas Jace — disse ela. — Eu o perdi na multidão...

— Ele vai nos encontrar. — A mão de Sebastian envolveu a dela, surpreendentemente calorosa e confortante. Clary se permitiu ser arrastada para um dos chafarizes no meio do salão e se sentou na borda de mármore. Ele sentou do lado dela, ainda de mãos dadas. — Olhe para a água — falou. — Diga-me o que vê.

Ela se inclinou e olhou para a superfície escura e calma da piscina. Viu o próprio rosto refletido, os olhos arregalados e selvagens, a maquiagem nos olhos manchada como hematomas, o cabelo bagunçado. E então Sebastian também se inclinou, e ela viu o rosto do irmão ao lado do próprio. A prata dos cabelos dele refletida na água parecia a lua no rio. Esticou a mão para encostar no brilho, e a água se dividiu, deixando os reflexos destorcidos e irreconhecíveis.

— O que foi? — perguntou Sebastian, com uma urgência baixa na voz.

Clary balançou a cabeça; ele estava sendo tolo.

— Vi você e eu — respondeu, em tom zombeteiro. — O que mais?

Ele pôs a mão sob o queixo de Clary e virou o rosto dela de frente para o próprio. Os olhos de Sebastian eram negros, negros como a noite, com apenas um anel prateado separando a pupila da íris.

— Não vê? Somos o mesmo, você e eu.

— O mesmo? — Ela piscou para ele. Havia algo de muito errado com o que ele estava dizendo, apesar de Clary não saber dizer exatamente o quê. — Não...

— Você é minha irmã — disse ele. — Temos o mesmo sangue.

— Você tem sangue de demônio — Clary falou. — Sangue de Lilith — Por algum motivo ela achou isso engraçado, e riu. — Você é todo sombra, sombra, sombra. E eu e Jace somos luz.

— Você tem um coração sombrio, filha de Valentim — declarou. — Só não admite. E se quer Jace, é melhor aceitar. Porque ele agora pertence a mim.

— Então a quem você pertence?

Os lábios de Sebastian se abriram; não disse nada. Pela primeira vez, pensou Clary, ele parecia não ter nada a dizer. Ela ficou surpresa; as palavras dele não significaram muito para ela, e mal despertaram curiosidade. Antes que pudesse falar qualquer outra coisa, uma voz acima deles disse:

— O que está acontecendo? — Era Jace. Olhou para um, depois para o outro, com o rosto ilegível. Mais coisa brilhante tinha caído nele, gotas prateadas presas aos cabelos dourados. — Clary. — Ele soou irritado. Ela se afastou de Sebastian e se levantou de um pulo.

— Desculpe — disse Clary, ofegando. — Me perdi na multidão.

— Percebi — falou. — Uma hora estava dançando com você, em seguida você não estava mais lá e um licantrope muito persistente estava tentando desabotoar minha calça.

Sebastian riu.

— Licantrope macho ou fêmea?

— Não tenho certeza. De qualquer forma, uma depilação não faria mal. — Jace pegou a mão de Clary, tocando levemente o pulso dela com os dedos. — Quer ir para casa? Ou dançar um pouco mais?

— Dançar um pouco mais. Pode ser?

— Podem ir. — Sebastian se inclinou para a frente, com as mãos apoiadas atrás do corpo na borda do chafariz, o sorriso parecia a ponta de uma lâmina. — Não me importo de assistir.

Alguma coisa passou diante dos olhos de Clary: a lembrança de uma mancha de sangue em forma de mão. Sumiu tão logo surgiu, e ela franziu o rosto. A noite estava linda demais para pensar em coisas feias. Ela olhou para o irmão por apenas um segundo antes de permitir que Jace a levasse pela multidão até o canto, perto das sombras, onde o volume de pessoas era menor. Outra bola de luz colorida explodiu acima deles enquanto atravessavam, espalhando prata, e ela inclinou a cabeça para cima, pegando algumas gotas agridoces com a língua.

No centro do lugar, abaixo do lustre de ossos, Jace parou, e ela dançou até ele. Estava com os braços em volta dele, e sentiu o líquido prateado correndo como lágrimas por seu rosto. O tecido da camisa de Jace era fino, e ela pôde sentir o calor da pele dele por baixo. Suas mãos deslizaram por baixo da bainha, as unhas arranhando levemente as costelas de Jace. Gotas de líquido prateado brilharam nos cílios dele quando Jace abaixou o olhar para o dela, e se inclinou para sussurrar ao seu ouvido. As mãos percorreram os ombros e os braços de Clary. Não estavam mais dançando de fato: a música hipnótica continuou em volta deles, assim como os outros dançarinos, mas Clary mal notou. Um casal que passava riu e fez um comentário desdenhoso em tcheco; Clary não entendeu, mas desconfiou que fosse algo nas linhas de *vão para um motel*.

Jace emitiu um ruído impaciente, em seguida estava atravessando a multidão outra vez, puxando-a consigo para uma das alcovas sombrias alinhadas nas paredes.

Havia dezenas desses nichos circulares, cada um com um banco de pedra e uma cortina de veludo que podia ser fechada para oferecer alguma privacidade. Jace puxou a cortina, e eles colidiram um contra o outro, como o mar na areia. As bocas se encontraram e se encaixaram; Jace a levantou, de modo que o corpo dela ficou pressionado no dele, os dedos percorrendo o material escorregadio do vestido de Clary.

Ela tinha consciência do calor e da suavidade, mãos procurando e encontrando, desejo e pressão. Das próprias mãos sob a camisa de Jace, as unhas nas costas dele, vorazmente satisfeita quando ele arquejou. Ele mordeu o lábio inferior de Clary, e ela sentiu gosto de sangue na boca, salgado e quente. Foi como se quisessem cortar um ao outro, ela pensou, para entrar no corpo um do outro, e compartilhar a pulsação, mesmo que o processo matasse ambos.

Estava escuro na alcova, tão escuro que Jace não passava de um contorno de sombras e ouro. Seu corpo prendeu Clary contra a parede. As mãos dele deslizaram pelo corpo dela e chegaram à barra do vestido, levantando-o.

— O que está fazendo? — sussurrou ela. — Jace?

Ele a olhou. A luz peculiar na boate fazia os olhos de Jace parecerem um arranjo de cores craqueladas. O sorriso dele era perverso.

— Pode me mandar parar quando quiser — disse ele. — Mas não vai.

Sebastian abriu a cortina de veludo que fechava a alcova, e sorriu.

Um banco ocupava o interior da pequena parede circular, e havia um homem sentado ali, apoiando os cotovelos em uma mesa de pedra. Com cabelos longos e negros amarrados para trás, tinha uma cicatriz, ou marca, em forma de folha em uma das bochechas, e olhos verdes como grama. Trajava um terno branco, e um lenço com um bordado de folha aparecia em um dos bolsos.

— Jonathan Morgenstern — disse Meliorn.

Sebastian não o corrigiu. Fadas levavam nomes muito a sério e jamais o chamariam por qualquer nome além do que o seu pai lhe dera.

— Não tinha certeza de que estaria aqui na hora marcada, Meliorn.

— Se me permite lembrá-lo, o Povo das Fadas não mente — disse o cavaleiro. Ele esticou o braço e fechou a cortina atrás de Sebastian. A música pulsante do lado de fora foi discretamente abafada, mas de jeito algum silenciada. — Entre, então, e sente-se. Vinho?

Sebastian se ajeitou no banco.

— Não, nada. — Vinho, assim como o licor das fadas, só atrapalharia seu juízo, e fadas pareciam mais tolerantes às drogas. — Admito que fiquei surpreso quando recebi o recado de que queria me encontrar aqui.

— Você, mais do que qualquer um, deveria saber que a Dama tem um interesse especial em você. Ela conhece todos os seus movimentos. — Meliorn tomou um gole de vinho. — Houve uma grande perturbação demoníaca aqui em Praga esta noite. A Rainha ficou preocupada.

Sebastian abriu os braços.

— Como pode perceber, estou intacto.

— Uma perturbação tão expressiva que certamente chamará a atenção dos Nephilim. Aliás, se não me engano, vários deles já estão se divertindo sem.

— Sem o quê? — perguntou Sebastian, inocentemente.

Meliorn tomou mais um gole de vinho e o encarou.

— Ah, claro. Sempre me esqueço da maneira descontraída como fadas falam. Está querendo dizer que há Caçadores de Sombras na multidão lá fora, procurando por mim. Eu sei disso. Notei mais cedo. A Rainha não me estima muito se acha que não dou conta de alguns Nephilim. — Sebastian tirou uma adaga do cinto e girou-a, a pouca luz na alcova refletindo na lâmina.

— Direi isso a ela — murmurou Meliorn. — Devo admitir, não sei que atrativo você oferece a ela. Já o avaliei e o achei deficiente, mas não tenho o gosto de Milady.

— Avaliou e achou pouco? — Entretido, Sebastian se inclinou para a frente. — Deixe-me explicar, cavaleiro fada. Sou jovem. Bonito. E estou disposto a destruir o mundo para obter o que quero. — A adaga dele traçou um risco na mesa de pedra. — Assim como eu, a Rainha gosta de um jogo longo. Mas o que desejo saber é o seguinte: quando o crepúsculo dos Nephilim chegar, as Cortes estarão comigo, ou contra mim?

O rosto de Meliorn era inexpressivo.

— A Dama diz que está com você.

A boca de Sebastian se curvou nos cantos.

— Excelente notícia.

Meliorn deu uma risadinha.

— Sempre presumi que a raça dos humanos fosse se extinguir — disse. — Através de mil anos profetizei que vocês causariam o próprio fim. Mas não esperava que o fim viesse assim.

Sebastian girou a adaga brilhante entre os dedos.

— Ninguém nunca espera.

— Jace — sussurrou Clary. — Jace, qualquer um pode entrar e nos ver.

As mãos dele não pararam o que estavam fazendo.

— Não vão. — Ele traçou um rastro de beijos pelo pescoço de Clary, desorganizando efetivamente os pensamentos dela. Era difícil se apegar ao que era real com as mãos de Jace nela, e sua mente e lembranças em um turbilhão, e os dedos tão apertados na camisa dele, que tinha certeza de que rasgaria o tecido.

A parede de pedra estava fria em suas costas, mas Jace a estava beijando no ombro, abaixando aos poucos a alça do vestido. Ela estava com calor e com frio e tremendo. O mundo estava fragmentado em pedacinhos, como as peças brilhantes dentro de um caleidoscópio. Ia desmontar nas mãos dele.

— Jace... — Agarrou a camisa dele. Estava grudenta, viscosa. Olhou para as próprias mãos e por um instante não compreendeu o que viu. Fluido prateado, misturado com vermelho.

Sangue.

Ela olhou para cima. Pendurado de cabeça para baixo no teto acima deles, como uma piñata macabra, havia um corpo humano, amarrado pelos calcanhares. Sangue pingava da garganta cortada.

Clary gritou, mas o grito não teve som. Ela empurrou Jace, que cambaleou para trás. Estava com o cabelo cheio de sangue, na camisa, na pele. Ele levantou novamente a alça do vestido de Clary e tropeçou na cortina que escondia a alcova, abrindo-a.

A estátua do Anjo não estava mais como antes. As asas negras eram asas de morcego, o rosto adorável e benevolente contorcido em uma careta. Pendurados do teto em cordas havia corpos eviscerados de homens, mulheres, animais — retalhados, o sangue pingando como chuva. Os chafarizes pulsavam sangue e o que flutuava no líquido não eram flores, mas mãos decepadas. As pessoas que se contorciam e se agarravam na pista estavam ensopadas de sangue. Enquanto Clary observava, um casal passou girando, o homem alto e pálido, a mulher flácida no colo dele, com a garganta cortada, obviamente morta. O homem lambeu os beiços e se curvou para mais uma mordida, mas antes de fazê-lo, olhou para Clary e sorriu, e seu rosto estava manchado de sangue e prata. Ela sentiu a mão de Jace no braço, puxando-a para trás, mas lutou para se soltar dele. Estava olhando para os aquários na parede, que pensou abrigarem peixes brilhantes. A água não era limpa, mas escura e lamacenta, e corpos humanos afogados flutuavam, os cabelos girando ao redor como filamentos de águas-vivas luminosas. Pensou em Sebastian flutuando no caixão de vidro. Um grito subiu em sua garganta, mas ela o engoliu quando o silêncio e a escuridão a venceram.

Capítulo 14

AS CINZAS

Clary recobrou a consciência lentamente, com a sensação vertiginosa de que se lembrava daquela primeira manhã no Instituto, quando acordou sem conseguir imaginar onde estava. Sentia dor por todo o corpo, e parecia que tinham atacado sua testa com uma barra de ferro. Estava deitada de lado, com a cabeça apoiada em algo áspero e um peso no ombro. Olhando para baixo, viu uma mão esguia, pressionando seu esterno de forma protetora. Clary reconheceu as Marcas, as cicatrizes brancas desbotadas, até o mapa azul de veias no antebraço. O peso no peito diminuiu, e ela se sentou cuidadosamente, escapando do braço de Jace.

Estavam no quarto dele. Ela reconheceu a organização, a cama cuidadosamente feita, com as pontas dobradas para dentro. Ainda não estava bagunçada. Jace estava dormindo, apoiado no encosto, com as mesmas roupas da noite anterior. Estava até de sapatos. Claramente, tinha caído no sono enquanto a abraçava, apesar de ela não se lembrar de nada. Continuava sujo com aquela estranha substância prateada da boate.

Ele se mexeu devagar, como se sentisse a ausência dela, e se envolveu com o braço livre. Jace não parecia ferido ou machucado, ela pensou, apenas exausto, os longos cílios dourados curvados no vazio das sombras sob seus olhos. Parecia vulnerável enquanto dormia — um menininho. Poderia até ser o *seu* Jace.

Mas não era. Ela se lembrava da boate, das mãos dele no escuro, os corpos e o sangue. Seu estômago revirou, e ela pôs a mão na boca, engolindo a náusea. Sentiu-se enojada pelo que lembrou, e por baixo do enjoo havia uma perturbação incômoda, a sensação de que estava se esquecendo de alguma coisa.

Alguma coisa importante.

— Clary.

Ela se virou. Os olhos de Jace estavam semiabertos; ele a olhava através dos cílios, o dourado dos olhos opaco com a exaustão.

— Por que está acordada? — perguntou ele. — Mal amanheceu.

As mãos de Clary amassaram o lençol.

— Ontem à noite — disse ela, com a voz desigual. — Os corpos... o sangue...

— O quê?

— Foi o que vi.

— Eu não. — Jace balançou a cabeça. — Drogas de fada — falou. — Você sabia...

— Pareceu tão real.

— Desculpe. — Ele fechou os olhos. — Queria me divertir. É para deixar a pessoa alegre. Fazer com que veja coisas bonitas. Achei que nos divertiríamos juntos.

— Eu vi sangue — revelou. — E pessoas mortas flutuando em aquários...

Ele balançou a cabeça, batendo os cílios.

— Nada era real...

— Nem o que aconteceu com a gente...? — Clary se interrompeu, porque os olhos de Jace estavam fechados e o peito subindo e descendo uniformemente. Estava dormindo.

Ela se levantou, sem olhar para Jace, e foi para o banheiro. Ficou se encarando no espelho, uma sensação de dormência se espalhando pelos ossos. Estava coberta de manchas de resíduo prateado. Lembrou-se da vez em que uma caneta metálica arrebentou em sua mochila, estragando tudo que havia dentro. Uma das alças do sutiã tinha arrebentado, provavelmente onde Jace puxara na noite anterior. Seus olhos estavam marcados por listras pretas de maquiagem, e a pele e o cabelo estavam grudentos com prata.

Sentindo-se fraca e enojada, tirou o vestido e a roupa de baixo, descartando-os no cesto antes de entrar na água quente.

Lavou o cabelo diversas vezes, tentando se livrar da substância prateada, seca e viscosa. Era como tentar lavar tinta a óleo. O cheiro também permanecia em sua pele, como a água de um vaso depois que as flores murchavam, fraco, doce e estragado. Parecia que nem todo o sabão do mundo seria capaz de livrá-la daquilo.

Finalmente, convencida de que estava tão limpa quanto poderia ficar, se secou e foi para a suíte principal se vestir. Foi um alívio voltar para a calça jeans, as botas e um casaco confortável de algodão. Foi só quando calçou a segunda bota que a sensação incômoda voltou, a sensação de que alguma coisa estava faltando. Clary congelou.

O anel. O anel de ouro que permitia que falasse com Simon.

Não estava mais lá.

Procurou desesperadamente por ele, vasculhando o cesto para ver se tinha prendido no vestido, depois explorando cada centímetro do quarto de Jace enquanto ele dormia tranquilamente. Ela olhou o tapete, as roupas de cama e checou as gavetas das cabeceiras.

Finalmente se sentou, o coração batendo forte no peito e uma sensação horrível no estômago.

O anel havia sumido. Perdera-se em algum lugar, de algum jeito. Tentou se lembrar da última vez em que o vira. Certamente brilhou em sua mão quando enterrou a adaga nos demônios Elapid. Será que tinha caído na loja de quinquilharias? Na boate?

Enterrou as unhas nas coxas da calça jeans até a dor fazê-la engasgar. *Concentre-se*, disse a si mesma. *Concentre-se*.

Talvez o anel tivesse caído do dedo em algum lugar do apartamento. Provavelmente foi carregada por Jace para o andar superior em algum momento. Era uma chance pequena, mas todas as possibilidades precisavam ser exploradas.

Levantou-se e foi o mais silenciosamente possível para o corredor. Caminhou em direção ao quarto de Sebastian e hesitou. Não podia imaginar por que o anel estaria ali, e acordá-lo seria contraproducente. Em vez disso, deu meia-volta e desceu, andando com cuidado para abafar o barulho das botas.

A mente de Clary estava acelerada. Sem uma maneira de contactar Simon, o que faria? Precisava contar para ele sobre a loja de antiguidades, o *adamas*. Devia tê-lo procurado mais cedo. Quis socar a parede, mas forçou a própria mente a se acalmar e considerar as opções. Sebastian e Jace estavam implorando para que confiasse neles; se conseguisse se afastar dos dois um pouquinho, em uma rua metropolitana ocupada, poderia utilizar um telefone público e *ligar* para Simon. Podia entrar em um cybercafé e mandar um e-mail. Sabia mais sobre tecnologia mundana do que eles. A perda do anel não era o fim.

Ela *não* ia desistir.

Sua mente estava tão ocupada por pensamentos sobre o que fazer em seguida que a princípio não viu Sebastian. Felizmente, ele estava de costas para ela. Estava na sala, olhando para a parede.

Já na base da escada, Clary congelou, depois correu e se escondeu atrás da meia parede que separava a cozinha da sala. Não havia motivo para pânico, disse a si mesma. Ela morava lá. Se Sebastian a visse, ela poderia dizer que desceu para beber água.

Mas a chance de observá-lo sem ele saber era tentadora demais. Virou levemente o corpo, espiando por cima da bancada da cozinha.

Sebastian continuava de costas. Ele tinha trocado de roupa depois da boate. Não se via mais a jaqueta de exército; vestia uma camisa social e calça jeans. Quando ele se virou e a camisa levantou, Clary percebeu que ele estava com o cinto de armas pendurado na cintura.

Quando ele levantou a mão direita, Clary viu que ele segurava a estela — e havia alguma coisa na forma como o fazia, só por um instante, como se considerasse suas ações com cuidado, que lembrava a maneira como Jocelyn segurava um pincel.

Ela fechou os olhos. Era como um tecido preso por um gancho, a sensação cada vez que reconhecia em Sebastian alguma coisa que lembrava sua mãe. Isso a fazia recordar que, por mais veneno que houvesse no sangue dele, corria também o mesmo sangue das veias dela.

Abriu os olhos outra vez, a tempo de ver uma entrada se formar na frente de Sebastian. Ele pegou um cachecol pendurado em um cabide na parede e saiu pela escuridão.

Clary teve uma fração de segundo para decidir. Ficar e vasculhar os quartos ou seguir Sebastian para ver aonde ele estava indo. Seus pés tomaram a decisão antes do cérebro. Afastando-se da parede, correu pela abertura escura da porta momentos antes que fechasse.

O quarto em que Luke estava deitado era iluminado apenas pelo brilho dos postes da rua, que entrava pelas janelas. Jocelyn sabia que poderia ter pedido um abajur, mas preferia assim. A escuridão escondia a extensão dos ferimentos, a palidez do rosto, os crescentes profundos sob os olhos.

Aliás, à meia-luz, ele se parecia muito com o menino que ela conheceu em Idris antes de o Círculo ser formado. Lembrava-se dele no pátio da escola, magrelo e de cabelos castanhos, com olhos azuis e mãos nervosas. Era o melhor amigo de Valentim, e, por causa disso, ninguém nunca olhava para ele. Nem ela, ou não teria sido tão cega a ponto de não enxergar seus sentimentos.

Lembrou-se do dia de seu casamento com Valentim, o sol claro e brilhante através do telhado de cristal do Salão dos Acordos. Ela tinha 19 anos, e Valentim, 20, e lembrava-se da infelicidade de seus pais por ter escolhido se casar tão cedo. A reprovação deles não parecia nada para ela — eles não entendiam. Tinha total certeza de que jamais haveria alguém além de Valentim para ela.

Luke foi o padrinho dele. Lembrava-se do rosto do amigo enquanto ela caminhava pela nave — só olhou brevemente para Luke, antes de se concentrar totalmente em Valentim. Lembrava-se de ter pensado que ele não devia estar bem, que parecia sentir dor. E mais tarde, na Praça do Anjo, enquanto os convidados se dispersavam — a maioria dos integrantes do Círculo estava presente, de Maryse e Robert Lightwood, que já eram casados, a Jeremy Pontmercy, que mal tinha completado 15 anos —, ela estava com Luke e Valentim, e alguém fez a velha piada de que se o noivo não tivesse aparecido, ela precisaria ter casado com o padrinho. Luke trajava roupas de gala, com símbolos dourados para desejar sorte na união, e estava muito bonito, mas enquanto todos riam, ele ficou completamente pálido. *Ele deve detestar a ideia de se casar comigo*, ela pensou na ocasião. Lembrava-se de tê-lo tocado no ombro com uma risada.

— Não fique assim — provocou. — Sei que nos conhecemos há anos, mas prometo que nunca vai precisar se casar comigo!

E então Amatis veio, arrastando um Stephen risonho consigo, e Jocelyn se esqueceu completamente de Luke, da forma como olhou para ela — e a maneira estranha como Valentim olhou para *ele*.

Olhou para Luke agora e deu um pulo na cadeira. Ele estava com os olhos abertos, pela primeira vez em dias, e fixos nela.

— Luke — suspirou.

Ele parecia confuso.

— Há quanto tempo... estou dormindo?

Ela queria se jogar nele, mas o peito ainda envolvido por ataduras espessas a conteve. Em vez disso, Jocelyn pegou a mão dele e colocou no próprio rosto, entrelaçando os dedos nos dele. Ela fechou os olhos e, enquanto o fazia, sentiu lágrimas deslizarem sob as pálpebras.

— Mais ou menos três dias.

— Jocelyn — disse ele, soando verdadeiramente alarmado agora. — Por que estamos na delegacia? Onde está Clary? Não me lembro...

Ela abaixou as mãos entrelaçadas e, com a voz mais firme que conseguiu, relatou o que ocorrera — Sebastian e Jace, o metal demoníaco no corpo dele e a ajuda da Praetor Lupus.

— Clary — disse ele, assim que ela terminou. — Temos de ir atrás dela.

Soltando a mão da dela, ele começou a lutar para sentar. Mesmo à pouca luz, ela pôde ver a palidez de Luke se intensificando enquanto ele franzia o rosto de dor.

— É impossível. Luke, deite-se outra vez, por favor. Não acha que, se houvesse alguma chance de ir atrás dela, eu o teria feito?

Ele passou as pernas pela lateral da cama, de modo que ficou sentado; em seguida, com um engasgo, inclinou-se para trás, apoiando-se nas mãos. Parecia péssimo.

— Mas o perigo...

— Acha que não pensei no perigo? — Jocelyn pôs as mãos nos ombros de Luke e o empurrou gentilmente para os travesseiros. — Simon tem falado com ela todas as noites. Ela está bem. Está. E você não está em condições de fazer nada a respeito. Não vai ajudar se acabar se matando. Por favor, confie em mim, Luke.

— Jocelyn, não posso, simplesmente, ficar aqui deitado.

— Pode — disse ela, levantando-se. — E vai, nem que eu mesma tenha de sentar em você. Qual é o seu problema, Lucian? Enlouqueceu? Estou apavorada por Clary e estive apavorada por você também. Por favor, não faça isso, não faça isso comigo. Se alguma coisa acontecesse com você...

Ele a olhou, surpreso. Já tinha uma mancha vermelha na atadura que envolvia seu peito, onde os movimentos abriram o machucado.

— Eu...

— *O quê?*

— Não estou acostumado com você me amando — disse.

Havia uma mansidão naquelas palavras que Jocelyn não associava a Luke, e ela o encarou por um instante antes de falar:

— Luke. Volte a deitar, por favor.

Como uma espécie de meio-termo, ele se inclinou mais para trás sobre os travesseiros. Estava ofegante. Jocelyn foi até a cabeceira, encheu um copo de água e, virando-se, o enfiou na mão de Luke.

— Beba — disse ela. — Por favor.

Luke pegou o copo, os olhos azuis seguindo-a enquanto ela se sentava outra vez na cadeira ao lado da cama dele, na qual ficara por tantas horas que chegou a se surpreender por não terem se fundido.

— Sabe no que eu estava pensando? — perguntou ela. — Logo antes de você acordar?

Luke tomou um gole de água.

— Você parecia muito distante.

— Estava pensando no dia em que me casei com Valentim.

Luke abaixou o copo.

— O pior dia da minha vida.

— Pior do que quando foi mordido? — perguntou, cruzando as pernas embaixo do corpo.

— Pior.

— Eu não sabia — disse ela. — Não sabia como se sentia. Gostaria de ter sabido. Acho que as coisas teriam sido diferentes.

Ele a olhou, incrédulo.

— Como?

— Não teria me casado com Valentim — respondeu. — Não se eu soubesse.

— Teria...

— Não teria — respondeu ela, com convicção. — Eu fui burra demais para perceber como você se sentia, mas também fui burra demais para perceber como *eu* me sentia. Sempre amei você. Mesmo quando não sabia. — Jocelyn se inclinou para a frente e o beijou gentilmente, não querendo machucá-lo; depois, encostou a própria face na dele. — Prometa que não vai se colocar em perigo. Prometa.

Ela sentiu a mão livre de Luke em seu cabelo.

— Prometo.

Jocelyn se inclinou para trás, parcialmente satisfeita.

— Queria poder voltar no tempo. Consertar tudo. Casar com o homem certo.

— Mas aí nós não teríamos Clary — lembrou ele. Ela adorava a maneira como ele dizia "nós", tão casual, como se não houvesse qualquer dúvida de que Clary era filha dele.

— Se você tivesse estado lá um pouco mais enquanto ela crescia... — Jocelyn suspirou. — Sinto como se eu tivesse feito tudo errado. Fiquei tão concentrada em protegê-la que acho que a protegi demais. Ela mergulha de cabeça no perigo sem pensar. Quando nós estávamos crescendo, víamos nossos amigos morrerem em batalha. Ela nunca viu. E eu não quereria isso para ela, mas às vezes me preocupo que ela não acredite que *possa* morrer.

— Jocelyn. — A voz de Luke era suave. — Você criou Clary para ser uma boa pessoa. Alguém de valor, que acredita em bem e mal, e luta para ser do bem. Como você sempre fez. Não se pode criar uma criança para acreditar no oposto do que você faz. Não acho que ela não acredite que possa morrer. Só acho que, como você, ela acredita que existem coisas *pelas quais* vale a pena morrer.

Clary rastejou atrás de Sebastian através de uma malha de ruas estreitas, mantendo-se às sombras dos prédios. Não estavam mais em Praga — isso ficou imediatamente claro. As ruas eram escuras, o céu acima tinha o azul melancólico do início da manhã, e as placas nas lojas e boutiques pelas quais passava estavam todas em francês. Assim como os nomes de ruas: RUE DE LA SEINE, RUE JACOB, RUE DE L'ABBAYE.

Enquanto percorriam a cidade, pessoas passavam por ela como fantasmas. Alguns carros faziam barulho, caminhões paravam na frente das lojas, para entregas matinais. O ar cheirava a água de rio e lixo. Ela já tinha quase certeza de onde estavam, mas então uma curva e um beco o levaram a uma avenida larga, e um poste de sinalização se ergueu na escuridão nebulosa. Setas apontavam em direções diferentes, mostrando o caminho para a Bastilha, para Notre-Dame e para o Quartier Latin.

Paris, pensou Clary, escondendo-se atrás de um carro estacionado enquanto Sebastian atravessava a rua. *Estamos em Paris.*

Era irônico. Ela sempre quisera ir a Paris com alguém que conhecesse a cidade. Sempre quisera andar nas ruas, ver o rio, desenhar os prédios. Nunca tinha imaginado isto. Nunca sonhara andar sorrateira atrás de Sebastian, atravessar o Boulevard Saint Germain, passar por um *bureau* de poste amarelo-vivo, subir uma avenida onde os bares estavam fechados, mas as valas cheias de garrafas de cerveja e guimbas de cigarro, e descer uma rua ladeada por casas. Sebastian parou em frente a uma delas; Clary também congelou, grudando na parede.

Ela assistiu enquanto ele levantava a mão e digitava um código em uma caixa ao lado da porta, seus olhos seguindo os movimentos dos dedos do irmão. Ouviu um clique; a porta se abriu, e ele deslizou para dentro. Assim que a fechou, Clary correu atrás, parando para digitar a mesma senha — X235 — e esperar o suave ruído que indicava que a porta estava destrancada. Quando o som veio, ela não soube determinar se estava mais aliviada ou surpresa. *Não deveria ser tão fácil.*

Um segundo depois, se viu em um pátio. Era quadrado, cercado por construções comuns em todos os lados. Três escadarias eram visíveis através das portas abertas. Sebastian, no entanto, havia desaparecido.

Então não seria fácil.

Ela avançou pelo largo, consciente de que estava trocando o abrigo das sombras pelo espaço aberto, onde poderia ser vista. O céu clareava a cada momento. A noção de que estava à vista a incomodou e ela entrou na sombra da primeira escada que encontrou.

Era simples, com degraus de madeira, que levavam para cima e para baixo, e um espelho barato na parede onde conseguia enxergar o próprio rosto pálido. Havia um cheiro distinto de lixo podre e por um instante Clary se perguntou se estaria perto de onde ficavam as latas de lixo, antes de cair a ficha em sua mente cansada e ela perceber: o fedor era da presença de demônios.

Os músculos fatigados de Clary começaram a tremer, mas ela cerrou as mãos em punhos. Tinha dolorosa consciência da falta de armas. Respirou fundo o cheiro pútrido do ar e começou a descer.

O cheiro se intensificou, o ar escureceu enquanto ela descia e Clary desejou ter uma estela e um símbolo de visão noturna. Mas não havia nada a se fazer. Ela continuou indo enquanto a escada espiralava repetidamente, e de repente se sentiu grata pela falta de luz ao pisar em alguma coisa grudenta. Agarrou o corrimão e tentou respirar pela boca. A escuridão engrossou, até que ela estivesse caminhando às cegas, o coração batendo tão forte que tinha certeza de que estava denunciando sua presença. As ruas de Paris, o mundo normal, pareciam a uma eternidade dali. Só existia escuridão e ela, descendo, descendo, descendo.

E então, uma luz brilhou ao longe, um pontinho mínimo, como a cabeça de um fósforo pegando fogo. Ela se aproximou do corrimão, quase agachada, conforme a luz se intensificou. Conseguiu enxergar a própria mão agora e o contorno dos degraus à sua frente. Só faltavam alguns. Chegou ao fim da descida e olhou em volta.

Qualquer semelhança com o prédio original já tinha desaparecido. Em algum lugar no caminho as escadas de madeira haviam se tornado de pedra, e ela agora estava em uma pequena sala de pedra iluminada por uma tocha que emitia uma luz verde doentia. O chão era de pedra, liso polido, e entalhado com diversos símbolos estranhos. Ela os circulou ao atravessar o salão para a única outra saída, um arco curvo de pedra, em cujo ápice havia um crânio humano entre o *V* de dois enormes machados ornamentais cruzados.

Através da entrada, ouviu vozes. Estavam distantes demais para que Clary conseguisse identificar o que diziam, mas sem dúvida eram vozes. *Por aqui*, pareciam dizer. *Siga-nos.*

Ela olhou para o crânio, e as órbitas vazias a encararam de volta, desdenhosas. Ficou imaginando onde estava — se Paris continuava acima, ou se tinha entrado em outro mundo, como acontecia com quem entrava na Cidade do Silêncio. Pensou em Jace, que havia deixado dormindo no que agora parecia uma outra vida.

Estava fazendo isso por ele, lembrou a si mesma. Para recuperá-lo. Atravessou o arco e entrou no corredor além, encostando-se instintivamente à parede. Avançou em silêncio e sorrateira, as vozes cada vez mais altas. O corredor estava escuro, mas não totalmente sem luz. A cada intervalo, outra tocha esverdeava ardia, emitindo um cheiro de queimado.

Uma porta se abriu subitamente na parede à esquerda, e as vozes aumentaram.

— ...*diferente do pai* — disse uma delas, as palavras ásperas como lixa. — *Valentim nem trataria conosco. Faria de nós escravos. Este vai nos dar este mundo.*

Muito lentamente, Clary espiou pelo umbral.

A sala era nua, tinha paredes lisas, e não possuía nenhuma mobília. Lá dentro havia um grupo de demônios. Pareciam lagartos, com pele dura e marrom-esverdeada, mas cada um tinha um conjunto de seis pernas como tentáculos de polvo que emitiam um ruído seco ao se mover. As cabeças eram bulbosas, alienígenas, cobertas por olhos negros.

Clary engoliu bile. Lembrou-se do Ravener, que foi um dos primeiros demônios que viu. Alguma coisa na grotesca combinação de lagarto, inseto e alien fez seu estômago revirar. Ela se aproximou ainda mais da parede, ouvindo com atenção.

— *Isto é, se confiar nele.* — Era difícil saber qual dos dois estava falando. As pernas se contraíam e relaxavam ao se moverem, levantando e abaixando os corpos bulbosos. Não pareciam ter bocas, mas conjuntos de pequenos tentáculos que vibravam ao falar.

— *A Grande Mãe confiava nele. Ele é filho dela.*

Sebastian. Claro que estavam falando de Sebastian.

— *Ele também é Nephilim. São nossos grandes inimigos.*

— *São inimigos dele também. Ele tem o sangue de Lilith.*

— *Mas o que ele chama de companheiro tem o sangue de nossos inimigos. É dos anjos.* — A palavra foi cuspida com tanto ódio que Clary a sentiu como um tapa.

— *O filho de Lilith garante que o tem sob controle, e ele de fato parece obediente.*

Ouviu-se uma risada seca e de inseto.

— *Vocês jovens se consomem demais de preocupação. Os Nephilim há muito mantêm este mundo longe de nós. Aqui, as riquezas são muitas. Vamos consumi-lo e largá-lo em cinzas. Quanto ao menino-anjo, ele será o último da espécie a morrer. Vamos queimá-lo em uma pira até que não reste nada além de ossos dourados.*

Clary irrompeu em fúria. Ela respirou fundo — um ruído mínimo, mas ainda assim um ruído. O demônio mais próximo levantou a cabeça. Por um instante, Clary congelou, presa no brilho dos olhos negros espelhados.

Então, ela se virou e correu. Correu de volta para a entrada e pelas escadas e pela escuridão. Pôde ouvir a comoção atrás de si, as criaturas gritando, depois o barulho rastejante vindo atrás dela. Lançou um olhar por cima do ombro e percebeu que não conseguiria escapar. Apesar de ter tido vantagem na largada, eles praticamente já a tinham alcançado.

Clary ouvia a própria respiração arquejante, entrando e saindo com esforço, quando chegou à entrada, girou e saltou para tentar segurar no arco com as mãos. Ela balançou para a frente com toda a força, chutando o primeiro demônio, empurrando-o para trás enquanto ele chiava. Ainda pendurada, agarrou o cabo de um dos machados abaixo do crânio e puxou.

O machado, bem preso, não se mexeu.

Clary fechou os olhos, segurou mais forte e, com toda a sua força, *puxou*.

O machado se soltou da parede com um som de ruptura, derrubando pedras e argamassa. Desequilibrada, Clary caiu e aterrissou agachada, com o machado esticado à frente. Era pesado, mas ela mal sentiu. Estava acontecendo outra vez, como na loja de quinquilharias. A desaceleração do tempo, o aumento na intensidade das sensações. Ela sentiu cada sussurro do ar em sua pele, cada falha do chão sob seus pés. Ela se preparou quando o primeiro demônio atravessou a entrada e recuou como uma tarântula, as pernas atacando o ar acima dela.

Abaixo dos tentáculos do rosto, havia um par de presas compridas, gotejando.

O machado na mão de Clary pareceu atacar por vontade própria, enterrando-se no peito da criatura. Ela imediatamente se lembrou de Jace recomendando que não atacasse o peito, mas que partisse para a decapitação. Nem todos os demônios tinham coração. Mas neste caso teve sorte. Tinha acertado o coração, ou algum órgão vital. A criatura se debateu e ganiu; sangue borbulhou em torno da ferida, então o demônio desapareceu, deixando-a recuar, a arma suja de icor na mão. O sangue da criatura era negro e malcheiroso, como alcatrão.

Quando o próximo avançou nela, Clary abaixou, girando o machado e cortando várias das pernas da criatura. Uivando, o demônio cambaleou para o lado, como uma cadeira quebrada; o seguinte já estava tropeçando sobre o próprio corpo, tentando atingi-la. Ela atacou de novo, o machado enterrando no rosto da criatura. Icor esguichou, e ela recuou, apertando o corpo contra a escada. Se algum aparecesse por trás, Clary estava morta.

Enlouquecido, o demônio cujo rosto Clary havia rasgado atacou novamente; ela girou o machado, cortando uma das pernas, mas outra perna a envolveu pelo pulso. Uma agonia quente subiu por seu braço. Ela gritou e tentou soltar a mão, mas o demônio a segurava com força demais. Parecia que milhares de agulhas quentes perfuravam sua pele. Ainda gritando, ela usou o braço esquerdo, socando o rosto da criatura onde o machado já havia cortado. O demônio sibilou e afrouxou o aperto; Clary livrou a mão exatamente quando o monstro recuou...

E do nada uma lâmina luminosa desceu, enterrando-se no crânio do demônio. Enquanto ela olhava, o demônio desapareceu, e Clary viu o irmão, com uma lâmina serafim brilhando na mão, icor espalhado na camisa branca. Atrás dele, o recinto estava vazio, exceto pelo corpo de um dos demônios, ainda se contorcendo, mas com fluido negro entornando dos cotocos de pernas como óleo de um carro batido.

Sebastian. Encarou-o, espantada. Ele tinha acabado de salvá-la?

— Afaste-se de mim, Sebastian — sibilou ela.

Ele não pareceu ouvir.

— Seu braço.

Ela olhou para o pulso direito, ainda latejando de dor. Uma pulseira grossa de machucados em forma de pires circulava a região atingida pelo demônio. Os ferimentos já estavam escurecendo, ficando de um azul-negro doentio.

Ela olhou de volta para o irmão. Os cabelos brancos dele pareciam uma auréola na escuridão. Ou podia ser o fato de que estava perdendo a visão. Luz também circulava a tocha verde na parede, e a lâmina serafim empunhada por Sebastian. Ele estava falando, mas as palavras saíram borradas, perdidas, como se conversasse embaixo d'água.

— ...veneno mortal — explicava ele. — Que diabos estava pensando, Clarissa? — A voz dele falhou, e voltou. Ela lutou para se concentrar — Combater seis demônios Dahak com um machado ornamental...

—Veneno — repetiu ela e, por um instante, o rosto de Sebastian ficou claro outra vez, as linhas do esforço em volta da boca e dos olhos destacadas e impressionantes. — Então pelo visto não salvou minha vida, salvou?

A mão de Clary sofreu espasmos e o machado escorregou, caindo no chão. Ela sentiu o casaco prender na parede áspera quando começou a deslizar, querendo, mais que tudo, deitar no chão. Mas Sebastian não a deixou descansar. Com os braços sob os dela, levantou-a e em seguida carregou-a, o braço bom de Clary jogado por cima do pescoço dele. Ela queria se soltar dele, mas não tinha energia. Sentia uma dor aguda na parte interna do cotovelo, uma queimadura — o toque de uma estela. Torpor se espalhou pelas veias. A última coisa que viu antes de fechar os olhos foi o rosto do crânio na entrada. Poderia jurar que as órbitas vazias estavam preenchidas por uma gargalhada.

—◁ Capítulo 15 ▷—
MAGDALENA

Náusea e dor iam e vinham em redemoinhos cada vez mais contraídos. Clary via apenas um borrão de cores ao redor: estava consciente de que o irmão a carregava, cada um dos passos dele penetrando seu crânio como uma picareta de gelo. Tinha consciência de que estava agarrada a ele, e que a força dos braços de Sebastian era um conforto — de que era bizarro o fato de alguma coisa em Sebastian ser reconfortante, e que ele parecia tomar cuidado para não sacudi-la muito enquanto andava. Muito ao longe, ela sabia que estava lutando para respirar e ouviu o irmão chamar seu nome.

Então tudo silenciou. Por um instante, ela achou que fosse o fim: tinha morrido, morrido combatendo demônios, como a maioria dos Caçadores de Sombras. Depois sentiu outra queimação aguda na parte interna do braço, e uma explosão do que parecia gelo pelas veias. Fechou os olhos com força de novo por conta da dor, mas o frio do que quer que Sebastian tivesse feito foi como um copo de água no rosto. Lentamente, o mundo parou de girar, os redemoinhos de náusea e dor diminuindo até se tornarem breves ondas na maré de seu sangue. Pôde voltar a respirar.

Arquejando, abriu os olhos.

Céu azul.

Estava deitada de costas, olhando para um céu infinitamente azul, com toques de nuvens de algodão, como o céu pintado no teto da enfermaria do Instituto. Ela estendeu os braços doloridos. O direito ainda estava com as marcas da pulseira de ferimentos, apesar de estarem desbotando para rosa-claro. No braço esquerdo tinha um *iratze*, tão desbotado que era quase invisível, e um *mendelin* para dor na dobra do cotovelo.

Respirou fundo. Ar outonal, tingido pelo cheiro de folhas. Ela viu os topos das árvores, ouviu o murmúrio do trânsito e...

Sebastian. Escutou uma risada baixa e percebeu que não estava apenas deitada, estava apoiada no irmão. Sebastian, cordial e sem fôlego, cujo braço apoiava a cabeça de Clary. O restante do corpo dela estava esticado sobre um banco de madeira ligeiramente úmido.

Clary se levantou. Sebastian riu outra vez; estava sentado na beira de um banco de parque com braços de ferro elaborados. Seu cachecol estava dobrado no colo, onde ela estava deitada, e o braço que não estava servindo de apoio para a cabeça dela estava esticado sobre o encosto do banco. Ele desabotoara a camisa branca para esconder as manchas de icor. Por baixo, usava uma camiseta cinza lisa. A pulseira de prata brilhava no seu pulso. Os olhos negros a estudaram com divertimento enquanto ela se arrastava para longe no banco.

— Que bom que você é baixinha — disse ele. — Se fosse mais alta, carregá-la teria sido extremamente inconveniente.

Ela manteve a voz firme, com esforço.

— Onde estamos?

— No Jardin du Luxembourg — disse ele. — É um parque muito bonito. Tive de trazê-la para algum lugar onde pudesse deitar, o meio da rua não me pareceu uma boa ideia.

— É, existe uma palavra para abandonar alguém para morrer no meio da rua. Assassinato veicular.

— Isso são duas palavras, e acho que, tecnicamente, só é assassinato veicular se você atropelar a pessoa. — Ele esfregou as mãos, como se estivesse tentando aquecê-las. — Mas também, por que eu a largaria para morrer no meio da rua depois de todo aquele esforço para salvar sua vida?

Ela engoliu em seco e olhou para o próprio braço. Os ferimentos estavam ainda mais desbotados agora. Se ela não soubesse da existência deles, provavelmente nem os notaria mais.

— E por quê?

— Por que o quê?

— Salvou minha vida.

— Você é minha irmã.

Ela engoliu em seco. À luz da manhã o rosto de Sebastian tinha alguma cor. Havia queimaduras fracas no pescoço, onde o icor de demônio respingara.

— Você nunca se importou com o fato de eu ser sua irmã.

— Não? — Os olhos negros a avaliaram. Ela se lembrou de quando Jace foi à sua casa depois que ela lutou contra o demônio Ravener e estava morrendo envenenada. Ele a curou, exatamente como Sebastian, e a carregou da mesma maneira. Talvez fossem mais parecidos do que ela gostaria de pensar, mesmo antes do feitiço que os unia. — Nosso pai está morto — disse ele. — Não existem outros parentes. Eu e você somos os últimos. Os últimos Morgenstern. Você é minha única chance de ter alguém cujo sangue também corre nas minhas veias. Alguém como eu.

— Você sabia que eu estava vindo atrás de você.

— Claro que sabia.

— E deixou.

— Queria ver o que ia fazer. E admito que não pensei que você fosse me seguir até aqui. É mais corajosa do que imaginei. — Ele pegou o cachecol do colo e colocou no pescoço. O parque estava começando a encher, com turistas segurando mapas, pais de mãos dadas com filhos, idosos sentando em outros bancos como o dela, fumando cachimbo. — Você jamais teria vencido aquela luta.

— Talvez tivesse.

Ele sorriu, um sorriso de lado, rápido, como se não pudesse evitar.

— Talvez.

Ela arrastou as botas na grama, que estava úmida. Não iria agradecer a Sebastian. Por nada.

— Por que você está negociando com demônios? — perguntou. — Ouvi as criaturas falando de você. Sei o que está fazendo...

— Não, não sabe. — O sorriso desapareceu e o tom superior voltou. — Primeiro, aqueles nem eram os demônios com os quais eu estava lidando. Eram apenas os seguranças. Por isso estavam em uma sala separada e por isso eu não estava lá. Demônios Dahak não são tão espertos, apesar de serem cruéis, duros e defensivos. Então não é como se eles realmente estivessem informados sobre o que estava acontecendo. Só estavam repetindo fofocas que ouviram dos mestres. Demônios Maiores. Era com *esses* que eu estava me reunindo.

— E isso deveria fazer com que eu me sentisse melhor?

Ele se inclinou para ela no banco.

— Não estou tentando fazer com que se sinta melhor. Estou tentando falar a verdade.

— Não é à toa que parece estar tendo um ataque de alergia — disse ela, apesar de não ser exatamente verdade. Sebastian parecia irritantemente tranquilo, apesar de a rigidez da mandíbula e a pulsação na têmpora informarem que ele não estava tão calmo quanto fingia. — O Dahak disse que você iria entregar este mundo aos demônios.

— E isso soa como alguma coisa que eu faria?

Ela apenas olhou para ele.

— Pensei que tivesse dito que ia me dar uma chance — disse ele. — Não sou o mesmo que você conheceu em Alicante. — O olhar de Sebastian era límpido. — Além disso, não sou a única pessoa que você conheceu que acreditou em Valentim. Ele era meu pai. Nosso pai. Não é fácil duvidar das coisas nas quais se cresceu acreditando.

241

Clary cruzou os braços; o ar estava fresco, porém frio, com uma severidade invernal.

— Bem, isso é verdade.

— Valentim estava errado — disse ele. — Era tão obcecado pelos erros que achava que a Clave havia cometido contra ele que não conseguia enxergar nada além da necessidade de provar que estava certo. Queria que o Anjo emergisse e dissesse a eles que ele era o Jonathan Caçador de Sombras que havia retornado, que era um líder e que o jeito dele era o jeito certo.

— Não aconteceu exatamente assim.

— Eu sei o que aconteceu. Lilith me contou sobre o ocorrido. — Ele disse essa parte de forma casual, como se conversas com a mãe de todos os feiticeiros fossem corriqueiras na vida de todo mundo. — Não se engane em achar que o que se passou foi porque o Anjo tinha grande compaixão, Clary. Anjos são frios como gelo. Raziel ficou irritado porque Valentim tinha se esquecido da missão de todos os Caçadores de Sombras.

— Que é?

— Matar demônios. É esse o nosso encargo. Certamente deve ter ouvido falar que mais e mais demônios vêm entrando no nosso mundo nos últimos anos? Que não temos ideia de como mantê-los afastados?

Um eco de palavras veio a ela, algo que Jace tinha dito o que parecia uma vida atrás, na primeira vez em que visitaram a Cidade do Silêncio. *Podemos conseguir bloquear a entrada deles, mas ninguém nunca descobriu como fazer isso. Aliás, mais e mais deles têm entrado. Costumava haver apenas pequenas invasões neste mundo, facilmente contidas. Mas mesmo no meu tempo de vida mais e mais deles têm ultrapassado as barreiras. A Clave sempre tem de enviar Caçadores de Sombras, e muitas vezes eles não voltam.*

— Uma grande guerra com os demônios se aproxima e a Clave está lamentavelmente despreparada — explicou Sebastian. — Quanto a isso, meu pai tinha razão. Eles são teimosos demais para ouvir alertas ou mudar. Não desejo a destruição dos integrantes do Submundo como Valentim, mas temo que a cegueira da Clave vá condenar o mundo que os Caçadores de Sombras protegem.

— Você quer que eu acredite que se importa se este mundo for destruído?

— Bem, eu moro aqui — respondeu Sebastian, mais suavemente do que ela esperava. — E às vezes situações extremas exigem medidas extremas. Para destruir o inimigo pode ser necessário entendê-lo, até mesmo lidar com ele. Se eu puder fazer esses Demônios Maiores confiarem em mim, posso atraí-los para cá, onde podem ser destruídos, e seus seguidores também. Isso deve alterar o equilíbrio. Demônios saberão que este mundo não é tão fácil de dominar quanto imaginavam.

Clary balançou a cabeça.

— E você vai fazer isso com o quê, só você e Jace? Você é bastante impressionante, não me entenda mal, mas mesmo vocês dois...

Sebastian se levantou.

— Você realmente não acredita que eu possa ter elaborado um plano, acredita? — Ele a olhou, o vento outonal soprando seu cabelo branco no rosto. — Venha comigo. Quero mostrar uma coisa.

Ela hesitou.

— Jace...

— Ainda está dormindo. Confie em mim, eu sei. — Sebastian estendeu a mão. — Venha comigo, Clary. Se não conseguir fazê-la acreditar que tenho um plano, talvez possa provar.

Ela o encarou. Imagens inundaram sua mente como uma chuva de confetes: a loja de quinquilharias em Praga, o anel dourado de folha caindo na escuridão, Jace segurando-a na alcova na boate, os aquários de cadáveres. Sebastian empunhando uma lâmina serafim.

Provar.

Ela pegou a mão do irmão e permitiu que ele a levantasse.

Foi decidido, mas não sem extensa discussão, que, para a invocação de Raziel acontecer, a Equipe do Bem teria de encontrar uma localidade relativamente isolada.

— Não podemos invocar um anjo de 18 metros no meio do Central Park — observou Magnus, secamente. — As pessoas podem notar, mesmo em Nova York.

— Raziel tem 18 metros? — perguntou Isabelle. Estava sentada em uma poltrona que havia puxado para a mesa. Tinha olheiras sob os olhos escuros; ela, assim como Alec, Magnus e Simon, se sentia exausta. Estavam todos acordados havia horas, estudando livros de Magnus tão antigos que as páginas pareciam cascas de cebola. Tanto Isabelle quanto Alec sabiam ler em grego e latim, e Alec tinha melhor conhecimento de línguas demoníacas que Izzy, mas ainda havia muitas que somente Magnus compreendia. Maia e Jordan, ao notarem que seriam mais úteis em outro lugar, tinham saído para a delegacia de polícia, para ver como estava Luke. Enquanto isso, Simon havia tentado ser útil de outras formas: buscando comida e café, copiando símbolos conforme instruções de Magnus, buscando mais papéis e lápis, e até alimentando Presidente Miau, que lhe agradeceu tossindo uma bola de pelo no chão da cozinha de Magnus.

— Na verdade, ele só tem 17,98 metros, mas gosta de exagerar — disse Magnus. O cansaço não melhorava seu temperamento. Seus cabelos estavam desgrenhados, e ele tinha manchas de purpurina nas costas das mãos, onde havia esfregado os olhos. — Ele é um anjo, Isabelle. Você não estudou *nada*?

Isabelle estalou a língua, irritada.

— Valentim invocou um anjo na adega de casa. Não sei por que você precisa de todo esse espaço...

— Porque Valentim é BEM MAIS INCRÍVEL do que eu — disparou Magnus, soltando a caneta. — Olhe...

— Não grite com a minha irmã — disse Alec. Falou baixinho, mas com força por trás das palavras. Magnus o olhou, surpreso. Alec prosseguiu: — Isabelle, o tamanho dos anjos, quando aparecem na dimensão terrestre, varia de acordo com o poder. O que Valentim invocou era de hierarquia mais baixa que Raziel. E se você fosse invocar um anjo de ainda mais alta patente, Miguel ou Gabriel...

— Eu não poderia fazer um feitiço que os prendesse, nem momentaneamente — disse Magnus, a voz branda. — Vamos invocar Raziel em parte porque torcemos para que ele, como criador dos Caçadores de Sombras, tenha compaixão especial, ou qualquer compaixão, na verdade, pela situação de vocês. Um anjo menos poderoso poderia não conseguir nos ajudar, mas algum mais poderoso... Bem, se algo der errado...

— Posso não ser o único a morrer — completou Simon.

Magnus pareceu aflito, e Alec olhou para os papéis espalhados sobre a mesa. Isabelle colocou a mão sobre a de Simon.

— Não posso acreditar que estamos aqui falando sobre invocar um anjo — disse ela. — Durante toda a minha vida nós juramos pelo nome do Anjo. Sabemos que nossos poderes vêm dos anjos. Mas a ideia de ver um... Não consigo imaginar de fato. Quando tento pensar no assunto, é algo grande demais.

Silêncio caiu sobre a mesa. Havia nos olhos de Magnus uma escuridão que fez Simon imaginar se ele já teria visto um anjo. Pensou se deveria perguntar, mas foi poupado de ter de tomar uma decisão pela vibração do telefone.

— Um segundo — murmurou, e se levantou. Abriu o aparelho e se apoiou em um dos pilares do apartamento. Era uma mensagem, diversas, na verdade, de Maia.

BOAS NOVAS! LUKE ESTÁ ACORDADO E CONVERSANDO. PARECE QUE VAI FICAR BEM.

Alívio varreu Simon em uma onda. Finalmente uma boa noticia. Fechou o telefone e alcançou o anel na mão.

Clary?

Nada.

Engoliu os próprios nervos. Ela devia estar dormindo. Levantou os olhos e viu os três à mesa olhando para ele.

— Quem ligou? — perguntou Isabelle.

— Era Maia. Ela disse que Luke acordou e está conversando. E que vai ficar bem. — Houve um murmúrio de vozes aliviadas, mas Simon continuava olhando para o anel na mão. — Ela me deu uma ideia.

Isabelle estava de pé, caminhando em direção a ele; com isso, ela parou, parecendo preocupada. Simon supôs que não podia culpá-la. Ultimamente, suas ideias eram suicidas.

— O que foi? — perguntou.

CIDADE DAS ALMAS PERDIDAS

— Do que precisamos para invocar Raziel? De quanto espaço? — perguntou Simon. Magnus fez uma pausa sobre um livro.

— Pelo menos de 1,5 quilômetro de diâmetro. Água seria bom. Como o lago Lyn...

— A fazenda de Luke — disse Simon. — Ao norte do estado. A uma ou duas horas daqui. Deve estar fechada agora, mas sei como chegar lá. E tem um lago. Não tão grande quanto o Lyn, mas...

Magnus fechou o livro que estava segurando.

— Não é má ideia, Seamus.

— Algumas horas? — disse Isabelle, olhando para o relógio. — Podemos chegar antes das...

— Ah, não — disse Magnus. Empurrou o livro. — Ao passo que seu entusiasmo é impressionantemente sem limites, Isabelle, estou exausto demais para executar o feitiço de invocação agora. E isto não é uma coisa com a qual eu queira correr riscos. Acho que todos podemos concordar.

— Quando, então? — perguntou Alec.

— Precisamos de pelo menos algumas horas de sono — ponderou Magnus. — Sugiro sairmos no começo da tarde. Sherlock... desculpe, *Simon*... ligue e verifique se podemos pegar emprestada a caminhonete de Jordan enquanto isso. E agora... — empurrou os papéis de lado — vou dormir. Isabelle, Simon, estão mais do que convidados a usar o quarto de hóspedes, se quiserem.

— Seria melhor ficarem em quartos separados — murmurou Alec.

Isabelle olhou para Simon com olhos escuros inquisitivos, mas ele já estava pegando o telefone no bolso.

— Muito bem — disse ele. — Volto antes do meio-dia, mas tenho uma coisa importante para fazer.

À luz do dia, Paris era uma cidade de ruas estreitas e curvas que desaguavam em avenidas largas, prédios levemente dourados com telhados cor de ardósia e um rio brilhante que a cortava como uma cicatriz. Sebastian, apesar da alegação de que iria provar a Clary que tinha um plano, não falou muita coisa enquanto caminhavam por uma rua cheia de galerias de arte e lojas especializadas em livros antigos e empoeirados, na direção do Quai des Grands Augustins, perto do rio.

Uma brisa fria vinha do Sena, e Clary estremeceu. Sebastian tirou o cachecol e o entregou a ela. Era de lã preta e branca e ainda estava quente do pescoço dele.

— Não seja tola — disse ele. — Você está com frio. Use.

Clary enrolou o cachecol no pescoço.

— Obrigada — disse em um reflexo, e fez uma careta.

245

Pronto. Agradeceu a Sebastian. Esperou que um raio caísse do céu e a matasse. Mas nada aconteceu.

Ele lhe lançou um olhar estranho.

— Você está bem? Parece a ponto de espirrar.

— Estou bem.

O cachecol cheirava a colônia cítrica e a garoto. Ela não sabia ao certo qual achava que seria o cheiro. Começaram a andar novamente. Desta vez, Sebastian desacelerou, caminhando ao lado dela, parando para explicar que os bairros de Paris eram numerados, e que estavam atravessando do sexto para o quinto, o Quartier Latin, e que a ponte que estavam vendo se estendendo por sobre o rio ao longe era a Saint-Michel. Muitos jovens passavam por eles, Clary percebeu; garotas da idade dela ou mais velhas, absurdamente estilosas, com calças justas e saltos muito altos, cabelos longos esvoaçando ao vento do Sena. Algumas delas pararam para lançar olhares apreciativos a Sebastian, que pareceu não notar.

Jace, ela pensou, teria notado. Sebastian *era* lindo, com os cabelos brancos gelados e olhos negros. Quando o conheceu achou-o bonito, e, na ocasião, ele estava com o cabelo pintado de preto; não combinava com ele, na verdade. Ficava mais bonito assim. A palidez do cabelo dava alguma cor à pele, ressaltava o rubor das maçãs do rosto, a forma graciosa do rosto. Tinha cílios incrivelmente longos, um tom mais escuro do que o cabelo, que se curvavam de um jeito delicado, exatamente como os de Jocelyn — *tão* injusto. Por que ela não tinha herdado cílios longos? E por que ele não tinha uma única sarda?

— Então — disse ela de repente, interrompendo-o no meio de uma frase —, o que somos?

Ele a olhou de lado.

— O que quer dizer com "o que somos"?

— Você falou que somos os últimos Morgenstern. Morgenstern é um nome alemão — disse Clary. — Então, o que somos, alemães? Qual é a história? Por que não há nenhum além de nós?

— Você não sabe nada sobre a família de Valentim? — A voz de Sebastian tinha um tom de incredulidade. Ele parou ao lado da mureta que corria ao longo do Sena, perto do asfalto. — Sua mãe nunca contou nada?

— Ela é sua mãe também, e não, nunca me contou. Valentim não é o assunto preferido dela.

— Nomes de Caçadores de Sombras são compostos — Sebastian explicou lentamente, e subiu na mureta. Esticou a mão, e após um instante Clary permitiu que ele pegasse a dela e a puxasse para o lado dele. O Sena corria cinza-esverdeado abaixo deles, e barcos turísticos passavam lentamente. — Fair-child, Light-wood, White-law. "Morgenstern" significa "estrela da manhã". É um nome germânico, mas a família era suíça.

— Era?

— Valentim era filho único — disse Sebastian. — O pai dele, nosso avô, foi morto por integrantes do Submundo, e nosso tio-avô morreu em uma batalha. Não teve filhos. Isto. — Ele esticou o braço e tocou o cabelo de Clary — vem do lado Fairchild. Tem sangue britânico aí. Eu me pareço mais com o lado suíço. Como Valentim.

— Sabe alguma coisa sobre nossos avós? — perguntou Clary, fascinada apesar de tudo.

Sebastian abaixou a mão e pulou do muro. Estendeu a mão para ela, que aceitou, equilibrando-se enquanto pulava. Por um instante colidiu contra o peito dele, duro e caloroso sob a camiseta. Uma menina que passava lhe lançou um olhar impressionado e invejoso, e Clary recuou apressadamente. Ela queria gritar para a menina que Sebastian era seu irmão, e que ela na verdade o odiava. Mas não o fez.

— Não sei nada sobre nossos avós maternos — respondeu ele. — Como poderia? — Deu um sorriso torto. — Vamos. Quero mostrar um dos meus lugares preferidos.

Clary parou.

— Pensei que fosse me provar que tinha um plano.

— Tudo em seu devido tempo. — Sebastian começou a andar e, após um instante, o Clary, seguiu. *Descubra o plano dele. Seja gentil até conseguir.* — O pai de Valentim era muito parecido com ele — continuou Sebastian. — Depositava sua fé na força. "Somos os guerreiros escolhidos de Deus." Era nisso que acreditava. A dor o deixa mais forte. A perda o torna mais poderoso. Quando ele morreu...

— Valentim mudou — disse Clary. — Luke me contou.

— Ele amava o pai e o odiava. Algo que pode entender por conhecer Jace. Valentim nos criou como o pai fez com ele. Você sempre se volta para o que conhece.

— Mas Jace — disse Clary. — Valentim ensinou mais do que apenas a lutar. Ensinou línguas e piano...

— Isso foi influência de Jocelyn. — Sebastian pronunciou o nome sem vontade, como se detestasse o som. — Ela achava que Valentim deveria ser capaz de conversar sobre livros, arte, música, e não apenas sobre matar coisas. Ele transmitiu isso a Jace.

Um portão azul de ferro forjado se ergueu à esquerda. Sebastian se abaixou para atravessá-lo e acenou para que Clary o seguisse. Ela não precisou se abaixar, mas foi atrás do irmão, com as mãos enfiadas nos bolsos.

— E você? — perguntou ela.

Ele levantou as mãos. Eram inequivocamente as mãos da mãe — habilidosas, de dedos longos, feitas para segurarem um pincel ou uma caneta.

— Aprendi a tocar os instrumentos da guerra — disse ele — e a pintar com sangue. Não sou como Jace.

Estavam em um beco estreito entre duas fileiras de prédios feitos da mesma pedra dourada de outras construções de Paris, os telhados brilhando verde-acobreados ao sol. O chão da rua era de paralelepípedos, e não havia carros nem motos. À esquerda de Clary, havia um café, uma placa de madeira pendurada em um poste de ferro forjado o único indício de que havia comércio nesta rua sinuosa.

— Gosto daqui — disse Sebastian, seguindo o olhar da irmã —, porque é como se a pessoa estivesse em um século anterior. Sem barulho de carros, sem luzes de néon. Apenas... pacífico.

Clary o encarou. *Ele está mentindo*, pensou. *Sebastian não tem pensamentos assim. Sebastian, que tentou incendiar Alicante, não se importa com "pacífico".*

Naquele momento, ela pensou em onde Sebastian havia crescido. Ela nunca tinha visto o lugar, mas Jace descreveu para ela. Uma pequena casa — um chalé, na verdade — em um vale nos contornos de Alicante. As noites deviam ser silenciosas, e o céu, estrelado. Mas será que ele sentiria falta disso? *Poderia?* Seria este tipo de emoção algo que alguém poderia ter quando sequer era humano?

Não lhe incomoda?, ela queria perguntar. *Ficar no lugar onde o verdadeiro Sebastian Verlac cresceu e viveu, até você matá-lo? Caminhar por estas ruas carregando o nome dele, sabendo que em algum lugar a tia do menino está sofrendo por ele? E o que quis dizer com ele não deveria ter reagido à luta?*

Os olhos negros de Sebastian a examinaram pensativamente. Ele tinha senso de humor, ela sabia; tinha uma perspicácia mordaz que às vezes não diferia muito da de Jace. Mas não sorria.

— Vamos — falou ele então, interrompendo o devaneio. — Este lugar tem o melhor chocolate quente de Paris.

Clary não tinha certeza de como saberia se isso era verdade ou não, considerando que esta era a sua primeira vez em Paris, mas depois que se sentaram, ela teve de admitir que o chocolate quente era excelente. Preparado na mesa — que era pequena e de madeira, assim como as cadeiras antiquadas e de encostos altos — em um recipiente azul de cerâmica, com creme, chocolate em pó e açúcar. O resultado era uma bebida tão espessa que a colher ficava em pé na caneca. Também pediram croissants, que mergulharam no chocolate.

— Sabe, se quiser outro croissant eles trazem — disse Sebastian, inclinando-se na cadeira. Eles eram os mais jovens do estabelecimento com décadas de folga, Clary percebeu. —Você está atacando esse aí como um morto de fome.

— Estou com fome. — Ela deu de ombros. — Olhe, se quer conversar comigo, converse. Me convença.

Ele se inclinou para a frente, com os cotovelos na mesa. Ela se lembrou de ter olhado nos olhos dele na noite anterior, de ter notado aquele anel prateado em torno da íris.

— Estava pensando no que você disse sobre ontem.

— Eu estava alucinada ontem. Não me lembro do que disse.

—Você me perguntou a quem pertenço — informou Sebastian.

Clary fez uma pausa com a caneca de chocolate quente a meio caminho da boca.

— Perguntei?

— Perguntou. — Os olhos de Sebastian a estudaram atentamente. — E não tenho uma resposta.

Ela pousou a caneca, sentindo-se subitamente desconfortável.

— Você não precisa pertencer a ninguém — disse ela. — É só um modo de falar.

— Bem, deixe-me perguntar uma coisa agora — falou Sebastian. — Acha que pode me perdoar? Digo, acha que o perdão é algo possível para alguém como eu?

— Não sei — Clary segurou a borda da mesa. — Eu... Quero dizer, não sei muito sobre o perdão na acepção religiosa, só o perdão genérico entre as pessoas. — Ela respirou fundo, ciente de que estava enrolando. Era alguma coisa na firmeza do olhar escuro de Sebastian, como se ele esperasse que ela fosse oferecer respostas a dúvidas que mais ninguém era capaz de responder. — Sei que é preciso fazer coisas para conquistar o perdão. Mudar. Confessar, se arrepender e fazer reparações.

— Reparações — ecoou Sebastian.

— Para compensar o que fez. — Clary olhou para a caneca. Não existia compensação pelo que Sebastian havia feito, não de forma que fizesse sentido.

— *Ave atque vale* — falou Sebastian, olhando para a caneca de chocolate.

Clary reconheceu as palavras tradicionais proferidas pelos Caçadores de Sombras para seus mortos.

— Por que está dizendo isso? Não estou morrendo.

— Sabe, é de um poema — disse ele. — De Catulo. *"Frater, ave atque vale"*. "Saudações e adeus, meu irmão." Fala sobre cinzas, os ritos dos mortos, e da própria dor pelo irmão. Aprendi esse poema quando era novo, mas não *sentia*: nem a dor, nem a perda, ou mesmo a ideia sobre como seria morrer e não ter ninguém que sofresse por você. — Ele lançou a ela um olhar intenso. — Como acha que teria sido se Valentim a tivesse criado comigo? Você teria me amado?

Clary ficou muito satisfeita por ter pousado a caneca, pois do contrário, a teria derrubado. Sebastian não a olhou com qualquer timidez ou desconforto natural passíveis de acompanhar uma pergunta tão bizarra, mas como se ela fosse uma forma de vida curiosa e estranha.

— Bem — disse ela. — Você é meu irmão. Eu o teria amado. Teria... tido de amar.

Ele continuou olhando para ela com o mesmo olhar fixo e intenso. Clary pensou se deveria perguntar se ele achava que isso significava que ele também a teria amado. Como uma irmã. Mas tinha a impressão de que ele não fazia ideia do que isso significava.

— Mas Valentim não me criou — disse ela. — Aliás, eu o matei.

Clary não soube ao certo por que falou aquilo. Talvez só quisesse verificar se seria possível irritá-lo. Afinal, Jace já tinha dito uma vez que Valentim possivelmente foi a única coisa com que Sebastian já se importou.

Mas ele não titubeou.

— Na verdade — disse ele —, o Anjo o matou. Apesar de ter sido por sua causa. — Os dedos de Sebastian traçaram desenhos na mesa gasta. — Sabe, logo que a conheci, em Idris, tive esperanças, pensei que talvez você fosse como eu. E quando vi que não tinha nada a ver, a detestei. Então, quando voltei à vida, e Jace me contou sobre o que você tinha feito, percebi que eu estava enganado. Você *é* como eu.

—Você disse isso ontem — falou. — Mas não sou...

— Matou nosso pai — disse ele. Sua voz estava suave. — E *você não se importa*. Nunca nem hesitou, não é? Valentim espancou Jace até sangrar durante os primeiros dez anos de vida dele, e Jace até hoje sente falta dele. Sofreu por ele, apesar de não terem o mesmo sangue. Mas era seu pai, e você o matou e nunca perdeu uma noite de sono por isso.

Clary o encarou, boquiaberta. Era tão injusto. Tão injusto. Valentim nunca foi um pai para ela — não a amou —, foi um monstro que precisava morrer. Ela o matou porque não tinha escolha.

Espontaneamente, veio à mente de Clary a imagem de Valentim, enterrando sua lâmina no peito de Jace, em seguida o segurando enquanto ele morria. Valentim chorou sobre o filho que matou. Mas ela nunca chorou pelo pai. Nunca sequer cogitou a possibilidade.

— Tenho razão, não tenho? — comentou Sebastian. — Diga-me que estou errado. Diga-me que não é como eu.

Clary ficou olhando para a caneca de chocolate quente, agora frio. Teve a sensação de que havia um turbilhão em sua mente, sugando seus pensamentos e palavras.

— Pensei que você achasse que *Jace* era como você — disse ela, afinal, com a voz engasgada. — Pensei que por isso o quisesse ao seu lado.

— Preciso de Jace — respondeu Sebastian. — Mas no coração ele não é como eu. Você é. — Levantou-se. Devia ter pagado a conta em algum momento; Clary não conseguia se lembrar. — Venha comigo.

Ele estendeu a mão. Ela se levantou sem dar a mão para ele e recolocou mecanicamente o cachecol; o chocolate que havia tomado parecia ácido em seu estômago. Seguiu Sebastian para fora do café e pelo beco, onde ele estava olhando para o céu azul acima.

— Não sou como Valentim — disse Clary, parando ao lado dele. — Nossa mãe...

— *Sua* mãe — disse ele — me odiava. Me odeia. Você viu. Ela tentou me matar. Quer me dizer que puxou à mãe, tudo bem. Jocelyn Fairchild é implacável. Sempre foi. Fingiu amar nosso pai durante meses, talvez anos, para poder reunir informações o bastante para traí-lo. Ela arquitetou a Ascensão e viu todos os amigos do marido serem *chacinados*. Roubou suas lembranças. Você a perdoou? E quando fugiu de Idris, você realmente acha que ela planejou me levar junto? Deve ter ficado aliviada em pensar que eu estava morto...

— Não ficou! — rebateu Clary. — Ela tinha uma caixa com suas coisas de bebê. Sempre pegava e chorava. Todo ano no seu aniversário. Sei que está com a caixa no seu quarto.

Os lábios finos e elegantes de Sebastian se curvaram. Ele virou de costas para ela e começou a andar pelo beco.

— Sebastian! — gritou Clary, atrás dele. — Sebastian, *espere*. — Não sabia ao certo por que queria que ele voltasse. É verdade que não sabia onde estava, nem como voltar ao apartamento, mas era mais do que isso. Queria lutar, provar que não era o que ele tinha acabado de dizer. Elevou a voz e gritou: — *Jonathan Christopher Morgenstern!*

Ele parou e se virou lentamente, olhando para ela por cima do ombro.

Clary foi em direção a ele, que a observou andar, com a cabeça inclinada para o lado, os olhos negros estreitados.

— Aposto que você sequer sabe meu nome do meio — disse ela.

— Adele. — Havia uma musicalidade na maneira como ele dizia, uma familiaridade que a deixou desconfortável. — Clarissa Adele.

Ela chegou ao lado dele.

— Por que Adele? Eu nunca soube.

— Eu mesmo não sei — respondeu. — Sei que Valentim nunca quis que você se chamasse Clarissa Adele. Ele queria que fosse Seraphina, como a mãe dele. Nossa avó. — Sebastian se virou e começou a andar outra vez, e desta vez ela o acompanhou. — Depois que nosso avô foi morto, ela morreu, de infarto. Morreu de tristeza, Valentim sempre disse.

Clary pensou em Amatis, que nunca superou o primeiro amor, Stephen; no pai de Stephen, que morreu de tristeza; na Inquisidora, cuja vida foi inteiramente dedicada à vingança. Na mãe de Jace, cortando os pulsos quando o marido morreu.

— Antes de conhecer os Nephilim, eu teria dito que era impossível morrer de tristeza.

Sebastian sorriu secamente.

— Não formamos laços como os mundanos — disse ele. — Bem, às vezes, é claro. Nem todo mundo é igual. Mas os laços entre nós tendem a ser intensos e invioláveis. É por isso que nos damos tão mal com outros que não são da nossa espécie. Integrantes do Submundo, mundanos...

— Minha mãe vai se casar com alguém do Submundo — disse Clary, ferida. Haviam parado na frente de um prédio de pedra de ângulos retos, com janelas pintadas de azul, quase no fim do beco.

— Ele já foi Nephilim um dia — respondeu Sebastian. — E veja nosso pai. Sua mãe, Clary, o traiu e o deixou, e mesmo assim ele passou o resto da vida esperando para reencontrá-la e convencê-la a voltar. Aquele armário cheio de roupas... — Balançou a cabeça.

— Mas Valentim disse a Jace que o amor é uma fraqueza — declarou Clary. — Que o amor destruía as pessoas.

— Você não acharia o mesmo se tivesse passado metade da vida atrás de uma mulher, mesmo que ela lhe odiasse, porque era incapaz de esquecê-la? Se tivesse de se lembrar de que a pessoa que mais amou na vida a apunhalou pelas costas e torceu a faca? — Ele se inclinou por um momento, tão perto de Clary que, quando falou, seu hálito moveu o cabelo dela. — Talvez você seja mais como sua mãe do que como nosso pai. Mas que diferença isso faz? Você tem implacabilidade nos ossos e gelo no coração, Clarissa. Não me diga que não.

Ele girou antes que ela pudesse responder e subiu no degrau da frente da casa de janelas azuis. Uma placa de interfones elétricos encontrava-se na parede ao lado da porta, cada qual com um nome escrito à mão. Ele pressionou o botão que dizia Magdalena e esperou. Eventualmente, uma voz áspera se pronunciou:

— *Qui est là?*

— *C'est le fils e la fille de Valentim* — respondeu. — *Nous avions rendez-vous?*

Fez-se uma pausa, então a campainha soou. Sebastian abriu a porta — e a manteve aberta, permitindo educadamente que Clary entrasse antes. Os degraus eram de madeira, tão gastos e lisos quanto a lateral de um navio. Seguiram em silêncio para o andar de cima, onde a porta estava ligeiramente aberta para o patamar. Sebastian foi na frente, e Clary o seguiu.

Ela se viu em um espaço amplo e arejado. As paredes eram brancas, assim como as cortinas. Através de uma janela, Clary podia ver as ruas além, ladeadas por restaurantes e butiques. Carros passavam ruidosamente, mas o barulho não parecia entrar no apartamento. O chão era de madeira polida, os móveis eram de madeira pintada de branco e os sofás estofados com almofadas coloridas. Uma parte do apartamento era montada como uma espécie de estúdio. Luz entrava por uma claraboia, iluminando uma mesa de madeira. Havia cavaletes cobertos por tecidos que ocultavam o conteúdo. Uma bata manchada de tinta estava pendurada em um gancho na parede.

Ao lado da mesa, estava uma mulher. Clary teria chutado que ela tinha a idade de Jocelyn, se não fossem os diversos fatos obscurecendo a idade. Vestia uma bata preta que ocultava o corpo; apenas suas mãos, o rosto e a garganta brancos eram visíveis. Em cada uma das bochechas, tinha um símbolo marcado, do canto do olho ao lábio. Clary nunca tinha visto aqueles símbolos, mas podia sentir o significado — poder, habilidade, destreza. A mulher tinha longos cabelos ruivos, caindo em ondas até a cintura, e os olhos, quando os ergueu, eram de um laranja chapado peculiar, como uma chama se apagando.

A mulher uniu as mãos frouxamente diante do avental. Com uma voz melódica e nervosa, falou:

— *Tu dois être Jonathan Morgenstern. Et elle, c'est ta soeur? Je pensais que...*

— Eu sou Jonathan Morgenstern — disse Sebastian. — E esta é minha irmã, sim. Clarissa. Por favor, fale inglês na frente dela. Ela não entende francês.

A mulher limpou a garganta.

— Meu inglês está enferrujado. Faz anos que não o utilizo.

— Parece-me bom o bastante. Clarissa, esta é a Irmã Magdalena. Das Irmãs de Ferro.

Clary ficou tão espantada que começou a falar:

— Mas pensei que as Irmãs de Ferro nunca deixassem a fortaleza...

— Não deixam — disse Sebastian. — A não ser que seja desgraçada por ter sua participação na Ascensão descoberta. Quem você acha que armou o Círculo? — Ele deu um sorriso melancólico para Magdalena. — As Irmãs de Ferro são fabricantes, não combatentes. Mas Magdalena fugiu da Fortaleza antes de sua participação na Ascensão ser descoberta.

— Eu não via um Nephilim havia 15 anos, até seu irmão entrar em contato comigo — contou Magdalena. Era difícil dizer para quem ela estava olhando enquanto falava; seus olhos sem íris ou pupilas pareciam vagar, mas ela claramente não era cega. — É verdade? Você tem o... material?

Sebastian levou a mão a uma bolsa no cinto de armas e pegou um pedaço do que parecia um quartzo. Repousou-o sobre a longa mesa, e um raio de luz que atravessou a claraboia pareceu acendê-lo de dentro. Clary ficou sem ar. Era o *adamas* da loja de quinquilharias em Praga.

Magdalena inspirou, sibilante.

— Puro *adamas* — disse Sebastian. — Não foi tocado por nenhum símbolo.

A Irmã de Ferro circulou a mesa e pôs as mãos no *adamas*. Suas mãos, também marcadas por diversos símbolos, tremeram.

— *Adamas pur* — sussurrou. — Há anos que não toco o material sagrado.

— É todo seu para esculpir — disse Sebastian. — Quando terminar, pagarei com mais disto. Isso se você se julgar capaz de criar o que pedi.

Magdalena se levantou.

— Não sou uma Irmã de Ferro? Não fiz aqueles votos? Minhas mãos não moldam o material do Céu? Posso entregar o que prometi, filho de Valentim. Nunca duvide.

— Bom ouvir isso. — Havia um traço de humor na voz de Sebastian. — Volto hoje à noite, então. Sabe como me chamar se precisar.

Magdalena balançou a cabeça. Toda a sua atenção estava na substância glacial, o *adamas*. Ela o acariciou com os dedos.

— Sim. Pode ir.

Sebastian assentiu e deu um passo para trás. Clary hesitou. Queria chamar a mulher, perguntar o que Sebastian havia pedido, perguntar por que ela teria transgredido a Lei do Pacto para trabalhar ao lado de Valentim. Como se pudesse sentir a hesitação, Magdalena levantou o olhar e sorriu discretamente.

— Vocês dois — começou ela, e por um instante Clary pensou que ela fosse dizer que não entendia por que os dois estavam juntos, que tinha ouvido falar que se odiavam, que a filha de Jocelyn era uma Caçadora de Sombras, ao passo que o filho de Valentim era um criminoso. Mas apenas balançou a cabeça. — *Mon Dieu* — comentou —, mas vocês são iguaizinhos aos seus pais.

253

— ⊰ Capítulo 16 ⊱ —
IRMÃOS E IRMÃS

Quando Clary e Sebastian retornaram ao apartamento, a sala estava vazia, mas havia louça na pia, que não estava lá antes.

— Pensei que tivesse dito que Jace estava dormindo. — Ela disse a Sebastian, com um tom de acusação na voz.

Sebastian deu de ombros.

— Quando eu falei, ele estava. — Tinha um leve tom de desdém na voz, mas nenhuma aspereza séria. Fizeram a caminhada de volta da casa de Magdalena juntos e praticamente em silêncio, mas não um silêncio desconfortável. Clary tinha deixado a mente vagar, só voltando à realidade ocasionalmente, ao perceber que era com Sebastian que caminhava.

—Tenho quase certeza de que sei onde ele está.

— No quarto dele? — Clary começou a caminhar em direção à escada.

— Não. — Ele se colocou na frente dela. — Vamos. Vou mostrar.

Ele subiu rapidamente e entrou na suíte principal, com Clary logo atrás. Enquanto ela assistia, intrigada, ele cutucou a lateral do armário. O móvel deslizou, revelando uma escadaria. Sebastian sorriu por cima do ombro para Clary enquanto ela se aproximava das costas dele.

— Está brincando — disse ela. — Uma escadaria secreta?

— Não me diga que esta é a coisa mais estranha que viu hoje. — Ele descia dois degraus de cada vez, e Clary, apesar de exausta, o seguiu.

CIDADE DAS ALMAS PERDIDAS

A escada se curvava e dava em um quarto largo, com piso de madeira polida e pé-direito alto. Todo tipo de armas se pendurava das paredes, exatamente como na sala de treinamento do Instituto; *kindjals* e *chakrams*, bastões, espadas e adagas, arcos e socos ingleses, estrelas de arremesso, machados e espadas de samurai.

Círculos de treinamento haviam sido cuidadosamente pintados no chão. No centro de um deles encontrava-se Jace, de costas para a porta. Estava sem camisa e descalço, com calças pretas de aquecimento, uma faca em cada uma das mãos. Uma imagem passou pela cabeça de Clary: as costas de Sebastian, com cicatrizes inconfundíveis de chicotadas. A de Jace era lisa, uma pele dourado-clara por cima de músculos, marcada apenas pelas cicatrizes normais de um Caçador de Sombras — e os arranhões que ela própria havia feito na noite anterior. Clary se sentiu enrubescer, mas sua mente continuava na questão: por que Valentim chicoteava um dos meninos, mas não o outro?

— Jace — disse ela.

Ele se virou. Estava limpo. O fluido prateado havia desaparecido, e os cabelos dourados se aproximavam de uma tonalidade cobre-escura, molhados e grudados na cabeça. Sua pele brilhava com suor. A expressão dele era reservada.

— Onde vocês estavam?

Sebastian foi até a parede e começou a examinar as armas ali, passando a mão nas lâminas.

— Achei que Clary pudesse querer ver Paris.

— Você podia ter me deixado um bilhete — disse Jace. — Não é como se a nossa situação fosse das mais seguras, Jonathan. Eu preferia não ter de me preocupar com Clary...

— Eu o segui — disse Clary.

Jace se virou e olhou para ela, e por um instante ela captou um vislumbre, nos olhos dele, do menino que em Idris gritou com ela por ter estragado seus planos cuidadosos de mantê-la em segurança. Mas este Jace era diferente. Suas mãos não tremiam quando olhava para ela, e a pulsação na garganta permanecia firme.

— Você fez o quê?

— Segui Sebastian — disse ela. — Eu estava acordada e queria ver para onde ele estava indo. — Clary colocou as mãos nos bolsos da calça e o olhou desafiadoramente.

Os olhos de Jace a absorveram, do cabelo embaraçado pelo vento aos sapatos, e ela sentiu o sangue subir ao rosto. Suor brilhava nas clavículas e nos contornos dos músculos da barriga dele. As calças de treino estavam dobradas na cintura, exibindo o *V* dos ossos dos quadris. Ela se lembrou da sensação dos braços dele envolvendo-a, de estar pressionada contra ele, perto o suficiente para sentir cada detalhe dos ossos e músculos em seu corpo...

Sentiu uma onda de constrangimento tão aguda, que ficou tonta. E para piorar, Jace não parecia nada desconfortável, nem afetado pela noite anterior como ela. Parecia apenas... irritado. Irritado, suado e gostoso.

255

— É, bem — disse ele —, na próxima vez em que decidir escapar do nosso apartamento protegido por magia por uma porta que não existe de fato, deixe um bilhete.

Ela ergueu as sobrancelhas.

— Está sendo sarcástico?

Ele jogou uma das facas para o alto e a pegou.

— Possivelmente.

— Levei Clary para ver Magdalena — revelou Sebastian. Ele tinha tirado uma estrela ninja da parede e estava examinando-a. — Levamos o *adamas*.

Jace tinha jogado a segunda faca no ar; desta vez não conseguiu pegá-la e a lâmina caiu com a ponta no chão.

— Levaram?

— Eu levei — respondeu Sebastian. — E contei o plano para Clary. Falei que estávamos planejando atrair os Demônios Maiores para cá, para conseguirmos destruí-los.

— Mas não como planeja conseguir isso — disse Clary. — *Essa* parte você não me contou.

— Achei que fosse melhor revelar na presença de Jace — respondeu Sebastian. Ele girou o pulso subitamente para a frente, e a estrela voou na direção de Jace, que a bloqueou com um rápido movimento de faca. A estrela caiu no chão. Sebastian assobiou. — Veloz — comentou.

Clary girou na direção do irmão.

— Poderia ter machucado...

— Qualquer coisa que o machucar me machuca — disse Sebastian. — Eu estava demonstrando o quanto confio nele. Agora quero que você confie em *nós*. — Os olhos negros se fixaram nela. — *Adamas* — disse ele. — Aquele material que levei para a Irmã de Ferro hoje. Sabe o que se faz com aquilo?

— Claro. Lâminas serafim. As torres demoníacas de Alicante. Estelas...

— E o Cálice Mortal.

Clary balançou a cabeça.

— O Cálice Mortal é de ouro. Eu já vi.

— *Adamas* mergulhado em ouro. A Espada Mortal também tem um cabo feito desse material. Dizem que é o material dos palácios do Paraíso. E não é de fácil obtenção. Somente as Irmãs podem manuseá-lo e somente elas devem ter acesso.

— Então por que você entregou parte dele a Magdalena?

— Para que ela pudesse fabricar um segundo Cálice — disse Jace.

— Um segundo Cálice Mortal? — Clary olhou de um para o outro, incrédula. — Mas não se pode simplesmente fazer isso. Fabricar um segundo Cálice Mortal. Se fosse possível a Clave não teria entrado em pânico daquela forma quando o original desapareceu. Valentim não teria precisado tanto dele...

— É um cálice — disse Jace. — Independentemente de como seja fabricado, sempre será um cálice até que o Anjo coloque seu sangue nele voluntariamente. É isso que faz dele o que é.

— E vocês acham que conseguem fazer com que Raziel voluntariamente coloque seu sangue em um segundo cálice para você? — Clary não conseguiu conter a incredulidade aguda na voz. — Boa sorte.

— É um truque, Clary — disse Sebastian. — Sabe como tudo tem uma aliança? Seráfica ou demoníaca? O que os demônios acreditam é que queremos o equivalente demoníaco de Raziel. Um demônio poderoso que misture seu sangue ao nosso e crie uma nova raça de Caçadores de Sombras. Que não sejam presos à Lei ou ao Pacto, ou às regras da Clave.

— Você disse a eles que quer fazer... Caçadores de Sombras às avessas?

— Algo assim. — Sebastian riu, passando os dedos pelos cabelos finos. — Jace, quer me ajudar a explicar?

— Valentim era um fanático — disse Jace. — Estava errado em várias instâncias. Errou ao considerar matar Caçadores de Sombras. Enganou-se quanto aos do Submundo. Mas não se enganou em relação à Clave ou ao Conselho. Todos os Inquisidores que já tivemos foram corruptos. As Leis transmitidas pelo Anjo são arbitrárias e absurdas, e as punições, ainda piores. "A Lei é dura, mas é a Lei". Quantas vezes já ouviu isso? Quantas vezes já tivemos de evitar ou nos desviar da Clave e das Leis quando estávamos tentando salvá-los? Quem me colocou na prisão? A Inquisidora. Quem colocou *Simon* na prisão? A Clave. Quem o teria deixado queimar?

O coração de Clary começou a acelerar. A voz de Jace, tão familiar, falando aquelas palavras, deixaram seus ossos fracos. E ele estava certo, mas também estava errado. Assim como Valentim. Mas ela queria acreditar nele de um jeito que nunca quis acreditar em Valentim.

— Tudo bem — disse ela. — Entendo que a Clave seja corrupta. Mas não vejo o que isso tem a ver com fazer acordos com demônios.

— Nosso encargo é destruir demônios — disse Sebastian. — Mas a Clave tem depositado toda a energia em outras tarefas. As barreiras têm enfraquecido, e cada vez mais demônios têm entrado na terra, mas a Clave faz vista grossa. Nós abrimos um portão ao norte, na Ilha de Wrangel, e vamos atrair demônios por lá com a promessa deste Cálice. Só que quando colocarem o sangue nele, serão destruídos. Fiz acordos com vários Demônio Maiores. Quando eu e Jace os matarmos, a Clave verá que somos muito poderosos. Terão de nos escutar.

Clary o encarou.

— Matar Demônios Maiores não é tão fácil assim.

— Matei um hoje mais cedo — afirmou Sebastian. — Razão pela qual, aliás, nenhum de nós vai enfrentar problemas pelas mortes de todos aqueles guardas demônios. Matei o mestre deles.

Clary olhou de Jace para Sebastian e para Jace outra vez. Os olhos de Jace estavam frios, interessados; o olhar de Sebastian era mais intenso. Era como se estivesse tentando enxergar a mente de Clary.

— Bem — disse ela, lentamente. — É demais para absorver. E não gosto da ideia de vocês se colocando nesse tipo de perigo. Mas fico satisfeita por ter confiado em mim o bastante para me contar.

— Eu falei — disse Jace. — Falei que ela ia entender.

— Eu nunca disse o contrário. — Sebastian não tirou os olhos do rosto de Clary.

Ela engoliu em seco.

— Não dormi muito ontem à noite — disse ela. — Preciso descansar.

— Que pena — respondeu Sebastian. — Eu ia perguntar se queria subir a Torre Eiffel. — Os olhos de Sebastian estavam escuros, ilegíveis; ela não soube dizer se ele estava brincando ou não. Antes que pudesse falar qualquer coisa em resposta, a mão de Jace deslizou para as dela.

—Vou com você — disse ele. — Também não dormi lá muito bem. — Acenou com a cabeça para Sebastian. — Vejo você no jantar.

Sebastian não respondeu. Estavam quase na escada quando Sebastian chamou:

— Clary.

Ela se virou, tirando a mão da de Jace.

— Quê?

— Meu cachecol. — Ele estendeu a mão.

— Ah. Claro. — Dando alguns passos na direção dele, ela puxou com dedos nervosos o tecido amarrado na garganta. Após um momento observando, Sebastian emitiu um ruído de impaciência e atravessou a sala em direção a ela, cobrindo o espaço rapidamente com as pernas longas. Ela enrijeceu quando ele pôs a mão no seu pescoço e desatou habilmente o nó com alguns gestos, desenrolando em seguida o cachecol. Clary pensou por um instante que ele havia demorado um pouco antes de soltá-lo completamente, seus dedos tocando-a na garganta...

Clary se lembrou dele beijando-a na colina perto das ruínas do Solar Fairchild e de como teve a sensação de estar caindo em um local escuro e abandonado, perdida e apavorada. Ela recuou apressadamente e o cachecol caiu quanto ela girou.

— Obrigada por me emprestar — disse ela, e correu atrás de Jace pelas escadas, sem olhar para trás para ver o irmão observando-a, segurando o cachecol, com uma expressão inquisitiva no rosto.

Simon estava entre as folhas mortas e olhou para a trilha; mais uma vez, o impulso humano de respirar fundo se abateu sobre ele. Estava no Central Park, perto do Shakespeare

Garden. As árvores já tinham perdido o brilho do outono; o dourado, o verde e o vermelho se transformando em marrom e preto. A maioria dos galhos estava nua.

Ele tocou o anel no dedo novamente.

Clary?

Mais uma vez não obteve resposta. Seus músculos estavam tensos como fios esticados. Fazia muito tempo que não conseguia falar com ela através do anel. Repetiu diversas vezes para si mesmo que ela poderia estar dormindo, mas nada conseguia desatar o terrível nó de tensão no seu estômago. O anel era sua única forma de contato com Clary e agora parecia apenas um pedaço de metal morto.

Abaixou as mãos para as laterais do corpo e avançou pela trilha, passando pelas estátuas e bancos marcados com versos das peças de Shakespeare. O caminho tinha uma curva que levava à direita, e de repente ele conseguiu vê-la, sentada em um banco adiante, olhando para outro lado, os longos cabelos escuros presos em uma trança que descia pelas costas. Ela estava imóvel, esperando. Esperando por ele.

Simon esticou as costas e caminhou em direção a ela, apesar de cada passo parecer pesar como chumbo.

Ela o ouviu se aproximando e virou-se, o rosto claro empalidecendo ainda mais quando ele se sentou.

— Simon — disse ela, exalando o ar. — Não tinha certeza se viria.

— Oi, Rebecca — cumprimentou ele.

Ela estendeu a mão, e ele a pegou, agradecendo silenciosamente a ideia de ter colocado luvas naquela manhã, para que, se a tocasse, ela não sentisse o frio de sua pele. Não fazia assim tanto tempo que não a via — talvez quatro meses —, mas ela já parecia uma fotografia de alguém que ele havia conhecido muito tempo atrás, apesar de tudo nela ser familiar — os cabelos escuros, os olhos castanhos, a mesma forma e cor dos dele; as sardas no nariz. Ela estava de calça jeans, uma jaqueta amarela e um cachecol verde com grandes flores de algodão amarelas. Clary chamava o estilo de Becky de "hippie chique"; cerca de metade das suas roupas vinham de brechós, e, a outra metade, ela mesma fazia.

Quando ele apertou sua mão, os olhos escuros de Rebecca se encheram de lágrimas.

— Si — disse ela, e colocou os braços em volta dele, abraçando-o. Ele deixou, afagando o braço dela e as costas, sem jeito. Quando ela recuou, limpando os olhos, franziu o rosto. — Meu Deus, seu rosto está frio — disse ela. — Deveria usar um cachecol. — Olhou para ele, acusativa. — Mas então, por onde você *anda*?

— Falei para você — respondeu. — Estou na casa de um amigo.

Ela soltou uma risada curta.

— Tá, Simon, você sabe que isso não é o suficiente — falou. — Que diabos está acontecendo?

— Becks...

— Liguei para casa para falar sobre o dia de Ação de Graças — relatou Rebecca, olhando para as árvores. — Sabe, que trem deveria pegar, esse tipo de coisa. E sabe o que mamãe falou? Para não vir para casa, pois não teria Ação de Graças. Então liguei para você. *Você* não atendeu. Telefonei para mamãe para descobrir onde você estava. Ela desligou na minha cara. Simplesmente... desligou. Então vim. Foi aí que vi a bizarrice religiosa na porta. Dei um ataque com ela, e ela me disse que você estava *morto*. Morto. Meu próprio irmão. Ela falou que você estava morto e que um monstro havia tomado o seu lugar.

— O que você fez?

— Saí de lá — respondeu Rebecca. Simon notou que ela estava tentando parecer forte, mas havia um tom fraco e assustado em sua voz. — Ficou bem claro que mamãe tinha enlouquecido.

— Ah — disse Simon.

Rebecca e a mãe sempre tiveram uma relação conturbada. Rebecca gostava de se referir a mãe como "maluca" ou "a louca". Mas esta era a primeira vez que ele tinha a sensação de que ela estava falando sério

— *Ah* mesmo — disparou Rebecca. — Surtei. Mandei mensagens a cada cinco minutos para o seu celular. Finalmente, recebo uma resposta sua sobre estar com um amigo. Agora quer me encontrar aqui. Que diabos, Simon? Há quanto tempo isso está rolando?

— Há quanto tempo está rolando o quê?

— O que você acha? A loucura completa da mamãe. — Os dedos pequenos de Rebecca remexeram no cachecol. — Temos de fazer alguma coisa. Falar com alguém. Médicos. Conseguir prescrições ou alguma coisa. Eu não sabia o que *fazer*. Não sem você. Você é meu irmão.

— Não posso — disse Simon. — Quero dizer, não posso ajudar você.

A voz dela suavizou.

— Sei que é um saco e que você ainda está no ensino médio, mas, Simon, temos de tomar estas decisões juntos.

— Quero dizer que não posso ajudar a dar remédio para ela — falou. — Ou levá-la ao médico. Porque ela tem razão. Eu sou um monstro.

O queixo de Rebecca caiu.

— Ela fez uma lavagem cerebral em você?

— Não...

A voz dela estremeceu:

— Sabe, achei que talvez ela fosse *machucá-lo*, do jeito que estava falando... mas depois pensei *não, ela jamais faria isso, de jeito nenhum*. Mas se ela o fez, se encostou um dedo em você, Simon, por Deus...

Simon não aguentou mais. Tirou a luva e estendeu a mão para a irmã. A irmã, que lhe dava a mão na praia quando ele era pequeno demais para ir na água sozinho; que limpava sangue dele depois dos treinos de futebol e enxugou suas lágrimas quando o pai morreu, e a mãe ficou como um zumbi deitada no quarto, olhando para o teto; que leu histórias para ele em sua cama em forma de carro de corrida quando ele ainda usava pijamas estilo macacão. *Sou o Lorax. Falo pelas árvores*; que certa vez, acidentalmente, encolheu todas as suas roupas quando estava tentando ser doméstica; que preparava o almoço dele quando a mãe não tinha tempo. *Rebecca*, ele pensou. O último laço que tinha de cortar.

— Pegue minha mão — disse ele.

Ela pegou e franziu o rosto.

— Está tão gelado. Andou doente?

— Pode-se dizer que sim. — Simon olhou para ela, querendo que a irmã sentisse algo de errado com ele, *muito* errado, mas ela apenas o encarou de volta com olhos escuros e confiantes. Ele conteve uma onda de impaciência. Não era culpa dela. Ela não sabia. — Verifique meu pulso.

— Não sei verificar pulsos, Simon. Estudo história da arte.

Ele esticou o braço e moveu os dedos de Becky para o próprio pulso.

— Aperte. Sente alguma coisa?

Por um instante, ela ficou parada, a franja caindo na testa.

— Não. Deveria?

— Becky... — Ele puxou o braço de volta em frustração. Não havia mais saída. Só restava uma coisa a fazer. — Olhe para mim — disse ele, e quando Becky voltou os olhos para o rosto dele, Simon permitiu que as presas descessem.

Ela gritou.

Ela gritou e caiu do banco no chão duro de terra e folhas. Vários passantes os olharam curiosos, mas estavam em Nova York, e ninguém parou ou encarou, simplesmente continuaram andando.

Simon ficou arrasado. Era isso que queria, mas era diferente olhar para ela agachada, tão pálida que as sardas pareciam manchas de tinta, com a mão na boca. Exatamente como acontecera com sua mãe. Lembrou-se de ter dito a Clary que não havia sentimento pior do que não confiar em quem amava; enganara-se. Ver as pessoas que amava com medo de você era bem pior.

— Rebecca — disse ele, e sua voz falhou. — Becky...

Ela balançou a cabeça, ainda com a mão na boca. Estava sentada na terra, o cachecol se arrastando nas folhas. Em outras circunstâncias, teria sido engraçado.

Simon saiu do banco e se ajoelhou ao lado dela. As presas já tinham retrocedido, mas ela o olhava como se ainda estivessem lá. Com muita hesitação, Simon esticou a mão e tocou o ombro da irmã.

— Becks — falou. — Eu jamais a machucaria. E também jamais faria nada contra mamãe. Só queria vê-la uma última vez antes de dizer que vou me mudar, e você não precisará mais me ver. Vou deixar vocês duas em paz. Podem fazer o jantar de Ação de Graças. Não vou aparecer. Não vou tentar manter contato. Não vou...

— Simon. — Ela agarrou o braço do irmão e o estava puxando para perto de si, como um peixe em um anzol. Ele meio caiu em cima dela, e ela o abraçou, os braços o envolviam, e a última vez em que o abraçara assim tinha sido no enterro do pai quando ele chorou daquele jeito que parecia que a pessoa jamais ia parar. — Não quero nunca mais poder vê-lo.

— Ah — disse Simon. Ele se sentou na terra, tão surpreso que a mente ficou vazia. Rebecca o abraçou novamente, e ele se permitiu apoiar-se nela, apesar de ela ser menor que ele. Ela o segurava quando eram crianças e podia fazer isso novamente. — Achei que não fosse mais querer me ver.

— Por quê? — perguntou.

— Sou um vampiro — falou. Era esquisito ouvir assim, em voz alta.

— Então vampiros existem?

— E lobisomens. E outras coisas, mais estranhas. Isso simplesmente... aconteceu. Quero dizer, fui atacado. Não escolhi, mas não tem importância. Sou assim agora.

— Você... — Rebecca hesitou, e Simon sentiu que esta era a grande pergunta, a que realmente importava. — Morde pessoas?

Simon pensou em Isabelle, depois afastou a imagem apressadamente. *E mordi uma menina de 13 anos de idade. E um cara. Não é tão estranho quanto parece.* Não. Alguns assuntos não diziam respeito a sua irmã.

— Tomo sangue de garrafa. Sangue animal. E não machuco as pessoas.

— Tudo bem. — Ela respirou fundo. — Tudo bem.

— Está? Tudo bem, quero dizer.

— Está. Eu amo você — respondeu. Esfregou as costas do irmão, meio sem jeito. Ele sentiu alguma coisa molhada na mão e olhou para baixo. Ela estava chorando. Uma das lágrimas caiu em seus dedos. Outra se seguiu, e ele fechou a mão em torno dela. Ele estava tremendo, mas não de frio; mesmo assim ela tirou o cachecol e enrolou nos dois. — Vamos dar um jeito — disse ela. — Você é meu irmãozinho, seu idiota. Eu amo você, independentemente de tudo.

Ficaram sentados, ombro a ombro, olhando para os espaços sombrios entre as árvores.

Estava claro no quarto de Jace, a luz do meio-dia penetrava as janelas abertas. Assim que Clary entrou, com os saltos da bota estalando contra o piso de madeira, Jace fechou a porta e a trancou. Ela ouviu um tilintar quando ele derrubou as facas na cabeceira. Clary começou a se virar, para perguntar se ele estava bem, quando ele a pegou pela cintura e a puxou para perto de si.

As botas lhe davam um pouco mais de altura, mas ele continuava tendo de se curvar para beijá-la. As mãos de Jace em sua cintura a levantaram e a puxaram contra o corpo dele — um segundo depois a boca de Jace estava na dela, que se esqueceu de todos os problemas referentes à altura e falta de jeito. Ele tinha gosto de sal e fogo. Ela tentou bloquear tudo além da sensação — o cheiro familiar da pele e do suor, o frio dos cabelos molhados de Jace em sua bochecha, o formato dos ombros e das costas ao toque das mãos, o modo como o corpo se encaixava no dele.

Ele tirou o casaco de Clary por cima da cabeça dela. Ela estava com uma camiseta de manga curta e sentiu o calor dele na pele. Os lábios de Jace abriram os seus, e Clary sentiu que estava desmoronando quando a mão dele deslizou para o botão da calça jeans dela.

Clary precisou de todo o autocontrole para segurá-lo pelo pulso com a mão e impedi-lo.

— Jace — disse ela. — Não.

Ele recuou, o bastante para que ela visse seu rosto. Estava com os olhos vítreos, sem foco. O coração batia forte contra o dela.

— Por quê?

Ela fechou os olhos.

— Ontem à noite... se nós não tivéssemos... Se eu não tivesse desmaiado, não sei o que teria acontecido, e estávamos em um lugar cheio de gente. Você realmente acha que quero que minha primeira vez com você, ou *qualquer* vez com você seja na frente de vários estranhos?

— Aquilo não foi culpa nossa — disse ele, passando os dedos suavemente no cabelo dela. A palma cicatrizada da mão dele arranhou gentilmente a bochecha de Clary. — Aquela coisa prateada era droga de fada, eu disse. Estávamos alucinados. Mas estou sóbrio agora, e você também...

— E Sebastian está lá em cima, e eu, exausta... — *E isso seria uma péssima, péssima ideia da qual nós dois nos arrependeríamos.* — Não estou a fim — mentiu.

— Não está a fim? — A descrença tingia a voz dele.

— Sinto muito se ninguém nunca disse isso a você, Jace, mas não. Não estou a fim. — Ela olhou diretamente para a mão dele, ainda na borda da calça. — E agora estou menos a fim ainda.

Ele ergueu ambas as sobrancelhas, mas em vez de falar alguma coisa, simplesmente a soltou.

— Jace...

— Vou tomar um banho frio — informou, afastando-se de Clary.

Estava com o rosto vazio, ilegível. Quando a porta do banheiro se fechou atrás dele, Clary foi até a cama, cuidadosamente feita, sem qualquer resíduo prateado na colcha, e afundou, colocando a cabeça nas mãos. Não era como se ela e Jace nunca brigassem; ela sempre achou que discutiam tanto quanto qualquer casal normal, normalmente bobagens, e nunca tinham ficado significativamente irritados um com o outro. Mas alguma coisa na frieza por trás dos olhos de Jace a chocou, algo distante e inalcançável, que dificultava mais do que nunca o afastamento da pergunta que vivia no fundo de sua mente: *será que alguma parte do verdadeiro Jace ainda está ali? Será que existe algo a se salvar?*

> *Agora esta é a Lei da Selva*
> *tão antiga e verdadeira quanto o céu,*
> *E o Lobo que a respeitar há de prosperar,*
> *mas o Lobo que a transgredir deverá morrer.*
> *Como a trepadeira que cerca o tronco da árvore,*
> *a Lei corre em todos os sentidos;*
> *Pois a força do Bando é o Lobo,*
> *e a força do Lobo é o Bando.*

Jordan olhou fixamente para o poema preso à parede do quarto. Era uma antiga impressão que havia encontrado em um sebo, as palavras emolduradas por uma elaborada borda de folhas. O poema era de Rudyard Kipling e resumia tão perfeitamente as regras dos lobisomens, a Lei que regia as ações dos mesmos, que ele ficou se perguntando se Kipling não teria sido um integrante do Submundo, ou se pelo menos não conhecera os Acordos. Jace se sentiu compelido a comprar a impressão e pendurá-la na parede, apesar de nunca ter sido fã de poesia.

Estava de um lado para o outro no apartamento havia uma hora, às vezes checando o telefone para verificar se Maia tinha mandado mensagem, entre sessões de abertura de geladeira para ver se aparecia alguma coisa que valia a pena ser consumida. Não apareceu, mas ele não queria sair para comprar comida, caso ela aparecesse enquanto ele estivesse fora. Também tomou um banho, limpou a cozinha, tentou assistir, TV e fracassou, e iniciou o processo de organizar seus DVDs por cor.

Estava inquieto. Inquieto do jeito que às vezes ficava antes da lua cheia, sabendo que a Transformação se aproximava, sentindo o efeito das marés em seu sangue. Mas a lua estava minguando, e não crescendo, e não era a Transformação que o estava deixando tão agitado. Era Maia. Era estar sem ela depois de quase dois dias inteiros em sua companhia, nunca a mais que alguns passos de distância.

Ela tinha ido sem ele até a delegacia de polícia, alegando que este não era o momento de perturbar o bando com um não integrante, apesar da melhora de Luke. Não havia necessidade de Jordan ir, argumentara, considerando que tudo que ia fazer era perguntar a Luke se tinha problema Simon e Magnus visitarem a fazenda no dia seguinte e, em seguida, ligaria para a fazenda e avisaria a qualquer membro do bando que estivesse por lá para evacuar a propriedade. Maia tinha razão, e Jordan sabia disso. Não *havia* motivo para que ele a acompanhasse, mas assim que ela se retirou, ele começou a ficar inquieto. Será que ela estava saindo porque não aguentava mais a companhia dele? Será que tinha pensado melhor e decidido que sua opinião prévia sobre Jordan é que estava certa? E qual era a deles? Estavam namorando? *Talvez devesse ter feito essa pergunta antes de dormir com ela, gênio*, disse a si mesmo, e percebeu que estava na frente da geladeira outra vez. O conteúdo não tinha mudado — garrafas de sangue, carne moída descongelando, uma maçã amassada.

A chave girou na tranca da porta, e ele deu um salto para longe da geladeira, pivoteando. Olhou para si mesmo. Estava descalço, de jeans e uma camiseta velha. Por que não tinha aproveitado a ausência dela para fazer a barba, melhorar a aparência, colocar uma colônia ou *qualquer coisa*? Ele passou as mãos rapidamente no cabelo enquanto Maia entrava, colocando a chave extra de Jordan na mesinha de centro. Ela havia trocado de roupa, agora trajava um casaco rosa macio e uma calça jeans. Estava com as bochechas tingidas pelo frio, os lábios vermelhos e os olhos brilhantes. Ele queria beijá-la tanto que doeu.

Em vez disso, engoliu em seco.

— Então... como foi?

— Tudo bem. Magnus pode usar a fazenda. Já mandei uma mensagem para ele. — Caminhou até ele e apoiou os cotovelos na bancada. — Também contei sobre o que Raphael disse a respeito de Maureen. Espero que não tenha problema.

Jordan ficou confuso.

— Por que acha que ele precisa saber?

Ela pareceu murchar.

— Ai, meu Deus. Não me diga que era segredo.

— Não... só estava me perguntando...

— Bem, se realmente tem uma vampira rebelde arrasando o sul de Manhattan, o bando precisa saber. É o território deles. Além disso, queria o conselho dele sobre contar para Simon ou não.

— E o *meu* conselho? — Planejava soar magoado, mas parte dele falava sério.

Já haviam discutido sobre isso, se Jordan deveria contar a Simon, por quem era responsável, que Maureen estava por aí e matando, ou se isso só seria mais um fardo para acrescentar a todos os problemas que ele já tinha. Jordan tendia a não contar nada, afinal, o que Simon poderia fazer? Mas Maia não estava tão certa.

Ela pulou para cima da bancada e se virou para encará-lo. Mesmo sentada, estava mais alta do que ele, os olhos castanhos brilhando nos dele.

— Eu queria o conselho de um *adulto*.

Ele agarrou as pernas de Maia, que balançavam, e passou a mão nas costuras dos jeans da menina.

— Tenho 18 anos, isso não é adulto o bastante para você?

Ela pôs as mãos nos ombros dele e apertou, como se testasse os músculos de Jordan.

— Bem, você definitivamente *cresceu*...

Ele a puxou da bancada, pegando-a pela cintura e beijando-a. Fogo chiou pelas veias de Jordan quando Maia retribuiu o beijo, o corpo dela derretendo no seu. Ele passou a mão pelos cabelos dela, tirando o chapéu de tricô e soltando os cachos. Beijou o pescoço da menina enquanto ela tirava a camisa dele e passava as mãos por todo o seu corpo — ombros, costas, braços —, ronronando como um gato. Ele se sentiu como um balão de hélio, voando com o beijo, leve de tanto alívio. Então ela não se cansara, afinal.

— Jordy — pediu ela. — Espere.

Ela quase nunca o chamava assim, a não ser que fosse sério. O coração dele, que já estava acelerado, correu ainda mais.

— O que houve?

— É só... se toda vez que nos encontrarmos formos direto para a cama, e sei que fui eu que comecei, não estou querendo culpá-lo nem nada... É só que talvez devêssemos *conversar*.

Ele a encarou, os olhos grandes e escuros, a pulsação agitada na garganta, o rubor nas bochechas. Com muito esforço, falou calmamente:

— Tudo bem. Sobre o que você quer falar?

Ela apenas olhou para ele. Após um instante, balançou a cabeça e respondeu:

— Nada. — Entrelaçou os dedos atrás da cabeça dele, puxando-o para perto, beijando-o profundamente, encaixando-se nele. — Absolutamente nada.

Clary não sabia quanto tempo havia se passado até Jace sair do banheiro, secando o cabelo. Ela olhou para ele de onde continuava sentada na beira da cama. Ele estava vestindo uma camiseta de algodão azul sobre a pele dourada e lisa marcada por cicatrizes brancas.

Clary desviou os olhos quando Jace atravessou o quarto e sentou ao seu lado na cama, com um aroma forte de sabonete.

— Desculpe — disse ele.

Desta vez ela olhou para ele, surpresa. Ficou imaginando se ele era capaz de se arrepender em seu estado atual. Tinha uma expressão solene, um pouco curiosa, mas não insincera.

— Uau — exclamou ela. — Esse banho frio deve ter sido brutal.

Os lábios dele se curvaram para cima no canto, mas a expressão voltou a ficar séria quase imediatamente. Ele pôs a mão embaixo do queixo dela.

— Eu não deveria ter insistido. É só que... há dez semanas ficarmos só abraçados teria sido impensável.

— Eu sei.

Ele segurou o rosto de Clary nas mãos, os longos dedos em suas bochechas, inclinando-o para cima. Jace estava olhando para ela, e tudo nele era tão familiar — as íris douradas dos olhos, a cicatriz na bochecha, o lábio inferior carnudo, a singela lasca no dente que impedia que sua aparência fosse perfeita a ponto de ser irritante — e, no entanto, era como voltar a uma casa onde vivera na infância, sabendo que o exterior podia ser idêntico, mas que lá dentro havia uma família nova.

— Nunca me importei — disse ele. — Eu a queria de qualquer maneira. Sempre. Nada além de você me importava. Nunca.

Clary engoliu em seco. Seu estômago se agitou, não era só o frio na barriga que sentia perto de Jace, mas um verdadeiro desconforto.

— Mas Jace. Isso não é verdade. Você se importava com a sua família. E... eu sempre achei que tivesse orgulho de ser Nephilim. Um dos anjos.

— Orgulho? — repetiu ele. — Ser metade anjo, metade humano... Você vive consciente da própria inadequação. Não é um anjo. Não é um dos amados do Paraíso. Raziel não se importa conosco. Não podemos nem rezar para ele. Rezamos para nada. Rezamos *por* nada. Você se lembra de quando eu falei que achava que tinha sangue demoníaco, porque isso explicaria meus sentimentos por você? Pensar aquilo era, de certa forma, um alívio. Nunca fui um anjo, nunca nem cheguei perto. Bem — acrescentou. — Talvez um anjo caído.

— Anjos caídos são demônios.

— Não quero ser Nephilim — disse Jace. — Quero ser outra coisa. Mais forte, mais veloz, melhor do que humano. Mas diferente. Não subserviente às Leis de um Anjo que não dá a mínima para nós. Livre. — Passou a mão em um cacho do cabelo dela. — Estou feliz agora, Clary. Isso não faz diferença?

— Achei que fôssemos felizes juntos — respondeu.

— Sempre fui feliz com você — disse ele. — Mas nunca me achei merecedor disso.

— E agora acha?

— Agora essa sensação sumiu — explicou. — Tudo que sei é que amo você. E pela primeira vez, isso basta.

Clary fechou os olhos. Um instante mais tarde ele a estava beijando novamente, desta vez de forma suave, sua boca traçando o contorno da dela. Ela se sentiu amolecendo nas mãos dele. Clary sentiu quando a respiração de Jace acelerou, e o próprio pulso se intensificou. As mãos de Jace acariciaram seu cabelo, as costas, a cintura. O toque era reconfortante — seus batimentos nos dela eram como uma música conhecida —, e se o tom era ligeiramente diferente, de olhos fechados ela não percebia. Tinham o mesmo sangue sob a pele, ela pensou, como a Rainha Seelie havia dito; seu coração acelerou quando o dele o fez, quase parou quando o dele parou. Se precisasse fazer tudo de novo, pensou, sob o olhar impiedoso de Raziel, o faria.

Desta vez ele recuou, permitindo que os dedos permanecessem na bochecha e nos lábios de Clary.

— Quero o que você quiser — falou. — Quando quiser.

Clary sentiu um tremor na espinha. As palavras foram simples, mas havia um convite perigoso e sedutor na queda da voz: *o que você quiser, quando quiser*. A mão de Jace a afagou no cabelo, nas costas, parando na cintura. Ela engoliu em seco. Não seria capaz de se conter completamente.

— Leia para mim — disse ela, subitamente.

Ele piscou os olhos.

— O quê?

Clary estava olhando para além dele, para os livros na cabeceira.

— É muita informação — disse ela. — O que Sebastian falou, o que aconteceu ontem à noite, tudo. Preciso dormir, mas estou acesa demais. Quando eu era mais nova e não conseguia dormir, minha mãe lia para me relaxar.

— E agora eu lembro sua mãe? Preciso de um perfume mais masculino.

— Não, é que... achei que seria bom.

Ele se apoiou nos travesseiros, alcançando a pilha de livros na cabeceira.

— Alguma preferência? — Com um floreio, Jace pegou o primeiro volume da pilha. Parecia antigo, capa de couro, o título estampado em dourado na frente. *Um conto de duas cidades.* — Dickens é sempre promissor...

— Já li esse. Para o colégio. — Clary se recordou. Deitou nos travesseiros ao lado de Jace. — Mas não me lembro de nada, então não me incomodo em ouvir de novo.

— Excelente. Já ouvi falar que tenho uma voz adorável e melódica. — Ele abriu o livro na primeira página, onde o título estava escrito em uma fonte ornada. Tinha uma longa dedicatória, a tinta já estava desbotada e quase ilegível, apesar de Clary ter identificado a assinatura: *com esperança afinal, William Herondale*.

— Algum ancestral seu — disse Clary, passando o dedo na página.

— É. Estranho que estivesse com Valentim. Meu pai deve ter dado a ele. — Jace abriu em uma página aleatória e começou a ler:

"*Ele descobriu o próprio rosto após um tempo e falou com firmeza. 'Não tema escutar-me. Não se esquive de nada que digo. Sou como alguém que morreu cedo. Toda a minha vida é um se'.*

"*Não, Sr. Carton. Tenho certeza de que a melhor parte ainda pode estar por vir; estou certo de que o senhor será muito, muito mais feliz".*

— Ah, eu me lembro desta história agora — disse Clary. — Um triângulo amoroso. Ela escolhe o chato.

Jace riu suavemente.

— Chato para você. Quem pode dizer do que gostavam as damas vitorianas por baixo das anáguas?

— É verdade, você sabe.

— O que, sobre as anáguas?

— Não. Que você tem uma voz adorável. — Clary virou o rosto contra o ombro dele. Era em momentos assim, mais do que quando ele a beijava, que doía: momentos em que ele poderia ser seu Jace. Contanto que mantivesse os olhos fechados.

— Tudo isso, e um abdômen de aço — declarou Jace, virando mais uma página. — O que mais alguém poderia querer?

— Capítulo 17 —

DESPEDIDA

Ao caminhar pelo píer
Bem no final do dia
Ouvi adorável donzela dizer:
"Que tristeza, não consigo me entreter".
Um menino trovador tendo isto escutado
Para ajudá-la correu de imediato...

— Temos de ouvir esta música chorosa? — perguntou Isabelle, batendo os pés calçados no painel da picape de Jordan.

— Eu gosto desta música chorosa, minha menina, e como estou dirigindo, *eu* escolho — declarou Magnus com arrogância. Estava dirigindo mesmo. Simon ficou surpreso por ele saber, apesar de não ter certeza do motivo. Magnus viveu por eras. Certamente tinha arrumado tempo para aprender a dirigir. Apesar de Simon não ter conseguido deixar de se perguntar qual seria a data de nascimento na habilitação.

Isabelle revirou os olhos, provavelmente porque não havia espaço o suficiente para fazer muita coisa na cabine, com eles quatro apertados no banco. Simon realmente não esperava que ela viesse. Não esperava que ninguém além de Magnus o acompanhasse até a fazenda, apesar de Alec ter insistido em vir junto (para irritação de Magnus, que achava aquilo tudo "muito perigoso"), e depois, enquanto Magnus ligava o motor, Isabelle desceu correndo e se jogou pela porta da frente, ofegante e sem ar.

CIDADE DAS ALMAS PERDIDAS

— Eu também vou — anunciara ela.

E foi isso. Ninguém conseguiu demovê-la ou dissuadi-la. Ela não olhou para Simon enquanto insistia, nem explicou por que queria ir, mas aqui estava. Com calça jeans e uma jaqueta roxa que devia ter roubado do armário de Magnus. Seu cinto de armas estava pendurado nos quadris. Estava grudada em Simon, cujo outro lado do corpo encontrava-se esmagado contra a porta do carro. Uma mecha de seu cabelo estava solto, fazendo cócegas no rosto dele.

— O que é isso, aliás? — perguntou Alec, franzindo o rosto para o CD player, que tocava música, mas sem um CD dentro. Magnus simplesmente cutucou o sistema, que começou a tocar. — Alguma banda de fadas?

Magnus não respondeu, mas a música ficou mais alta.

> *Ao espelho ela foi de uma vez,*
> *O cabelo negro refez*
> *Pôs o caro vestido com fluidez.*
> *Depois de a rua toda descer,*
> *Um belo rapaz conseguir entrever*
> *Seus pés delicados doíam ao amanhecer*
> *Mas todos os meninos eram gays.*

Isabelle riu.

— Todos os meninos *são* gays. Pelo menos nesta picape. Bem, menos você, Simon.

— Você reparou — disse Simon.

— Eu me considero um bissexual liberal — acrescentou Magnus.

— Por favor, nunca diga essas palavras na frente dos meus pais — comentou Alec. — Principalmente do meu pai.

— Pensei que seus pais estivessem bem com você, você sabe, saindo do armário — disse Simon, inclinando-se sobre Isabelle para olhar para Alec, que estava, como fazia com frequência, franzindo o cenho e tirando os cabelos escuros dos olhos.

Fora diálogos ocasionais, Simon nunca conversava muito com Alec. Ele não era uma pessoa fácil de conhecer. Mas, Simon admitiu para si mesmo, que o afastamento recente da própria mãe o deixou mais curioso com a resposta de Alec do que o normal.

— Minha mãe parece ter aceitado — respondeu Alec. — Mas meu pai... não, não de verdade. Uma vez me perguntou o que eu achava que tinha me feito virar gay.

Simon sentiu Isabelle ficar tensa ao lado dele.

— *Virar* gay? — Ela soou incrédula. — Alec, você não me contou isso.

— Espero que você tenha respondido que foi picado por uma aranha gay — disse Simon.

Magnus riu; Isabelle pareceu confusa.

— Eu li os quadrinhos de Magnus — comentou Alec —, então sei do que está falando. — Um pequeno sorriso se formou em seu rosto. — Então isso me transmitiria o homossexualismo proporcional de uma aranha?

— Só se fosse uma aranha *muito* gay — respondeu Magnus, e gritou quando Alec o socou no braço. — Ai, tudo bem, deixa pra lá.

— Bem, que seja — disse Isabelle, claramente irritada por não ter entendido a piada. — Não é como se papai fosse voltar de Idris um dia.

Alec suspirou.

— Desculpe por destruir sua imagem da nossa família feliz. Sei que quer pensar em papai receptivo ao fato de eu ser gay, mas ele não é.

— Mas se você não me *contar* quando as pessoas falarem coisas assim, ou fizerem coisas que o machuquem, como vou poder ajudar? — Simon sentiu a agitação de Isabelle pelo corpo. — Como vou poder...

— Iz — falou Alex, cansado. — Não é como se fosse uma coisa grande e ruim. São várias coisinhas invisíveis. Quando eu e Magnus estávamos viajando, e eu ligava de lá, o papai nunca perguntava por ele. Quando eu me levanto para me pronunciar nas reuniões da Clave, ninguém me ouve, e não sei se é porque sou novo, ou por outro motivo. Vi mamãe conversando com uma amiga sobre os netos dela, e assim que entrei no recinto, elas se calaram. Irina Cartwright me disse que era uma pena que ninguém fosse herdar meus olhos azuis. — Ele encolheu os ombros e olhou para Magnus, que tirou uma das mãos do volante para colocá-la na de Alec. — Não é como uma facada da qual você pudesse me defender. São milhares de pequenos cortes de papel todos os dias.

— Alec. — Isabelle começou, mas antes que pudesse continuar, a placa surgiu: um pedaço de madeira em forma de flecha, com as palavras FAZENDA TRÊS FLECHAS pintadas em letras maiúsculas.

Simon se lembrou de Luke ajoelhado no chão da fazenda, pintando com grande esforço as palavras em preto, enquanto Clary acrescentava o desenho, agora desbotado e quase invisível, de flores na parte inferior.

—Vire à esquerda — disse ele, esticando o braço e quase batendo em Alec. — Magnus, chegamos.

Foram necessários vários capítulos de Dickens até que Clary finalmente sucumbisse à exaustão e caísse no sono no ombro de Jace. Meio em sonho, meio na realidade, ela se lembrava dele carregando-a pelas escadas e colocando-a no quarto onde havia acordado no primeiro dia no apartamento. Ele tinha fechado as cortinas e a porta, deixando o quarto na escuridão, e ela havia adormecido ao som da voz de Jace no corredor, chamando por Sebastian.

Sonhou novamente com o lago congelado, e com Simon gritando por ela, e com uma cidade parecida com Alicante, mas as torres demoníacas eram feitas de ossos humanos, e nos canais corria sangue. Acordou enrolada nos lençóis, o cabelo bagunçado e a luz do lado de fora reduzida a uma escuridão crepuscular. Inicialmente, achou que as vozes externas fossem parte do sonho, mas na medida em que aumentaram, ela levantou a cabeça para escutar, ainda grogue e envolvida na teia do sono.

— Oi, irmãozinho. — Era a voz de Sebastian, entrando por baixo da porta de Clary. — Está feito?

Longo silêncio. Em seguida a voz de Jace, estranhamente lisa e descolorida.

— Está feito.

Sebastian respirou fundo.

— E a senhora... ela fez o que pedimos? Fez o Cálice?

— Fez.

— Mostre-me.

Um ruído. Silêncio. Jace disse:

— Olhe, pegue se quiser.

— Não. — O tom de Sebastian era de ponderação curiosa. — Guarde com você por enquanto. Você que teve o trabalho de recuperar, afinal. Não foi?

— Mas o plano foi seu. — Alguma coisa na voz de Jace fez Clary se inclinar para a frente e pressionar a orelha contra a parede, subitamente desesperada para ouvir mais. — E eu executei, exatamente como você queria. Agora, se não se importa...

— Eu me importo. — Fez-se um barulho. Clary imaginou Sebastian se levantando, olhando de cima para Jace através do centímetro ou coisa parecida que os diferenciava em altura. — Tem alguma coisa errada. Consigo perceber. Consigo ler você, sabe.

— Estou cansado. E foi muito sangue. Olhe, só preciso me limpar e dormir. E... — A voz de Jace falhou.

— E ver minha irmã.

— Gostaria de vê-la, sim.

— Ela está dormindo. Há horas.

— Preciso da sua permissão? — A voz de Jace soou ríspida, algo que fez Clary se lembrar de como ele uma vez falou com Valentim. Algo que não identificava na maneira como ele falava com Sebastian havia muito tempo.

— Não. — Sebastian pareceu surpreso, quase despreparado. — Suponho que se quiser invadir o quarto e olhar para o rosto adormecido dela, pode ir. Nunca vou entender por quê...

— Não — disse Jace. — Jamais irá.

Fez-se silêncio. Clary pôde imaginar com tanta clareza Sebastian encarando as costas de Jace, com um olhar confuso no rosto, que levou um instante para perceber que Jace devia estar vindo até o quarto. Só teve tempo de se atirar na cama e fechar os olhos antes de a porta abrir, permitindo que uma fatia de luz branco-amarelada entrasse, cegando-a temporariamente. Emitiu o que esperava que fosse um barulho realista de alguém acordando e rolou, com a mão no rosto.

— O quê...?

A porta se fechou. O quarto ficou escuro outra vez. Ela enxergou Jace somente como uma silhueta que caminhava lentamente em direção à cama, até que ele estivesse perto, e Clary não pôde deixar de se lembrar de outra noite quando ele veio até seu quarto enquanto ela dormia. *Jace ao lado da cabeceira da cama, ainda com as vestes brancas de luto, e nada de leve, sarcástico ou distante na maneira como olhava para ela. "Passei a noite vagando, não consegui dormir, e me vi caminhando para cá. Para você."*

Agora Jace era apenas um contorno, um contorno com cabelos claros que brilhavam à luz filtrada por baixo da porta.

— Clary — sussurrou ele. Ouviu-se uma batida, e ela notou que ele tinha se ajoelhado ao lado da cama. Ela não se moveu, mas seu corpo enrijeceu. A voz de Jace era um sussurro. — Clary, sou eu. Sou *eu*.

As pálpebras de Clary tremeram e se abriram, amplamente, e os olhares se encontraram. Ela estava encarando Jace. Ajoelhado ao lado da cama, os olhos dele estavam na altura dos dela. Ele vestia um casaco longo e escuro de lã, abotoado até a garganta, onde Clary viu Marcas pretas — Silêncio, Agilidade, Precisão — como uma espécie de colar na pele. Os olhos dele estavam muito dourados e arregalados, e, como se pudesse enxergar através deles, viu *Jace* — seu Jace. O Jace que a ergueu nos braços quando ela estava morrendo com o veneno de Ravener; o Jace que a observou abraçando Simon contra o sol nascente no East River; o Jace que contou a ela sobre o garotinho e o falcão que o pai havia matado. O Jace que amava.

Seu coração pareceu parar. Ela sequer conseguiu engasgar.

Os olhos dele estavam carregados de urgência e dor.

— Por favor — murmurou ele. — Por favor, acredite em mim.

Ela acreditou. Eles tinham o mesmo sangue, se amavam da mesma forma; este era o *seu* Jace, tanto quanto suas mãos eram suas, seu coração era seu. Mas...

— *Como?*

— Clary, shh...

Ela começou a lutar para se sentar, mas ele esticou o braço e a empurrou pelos ombros de volta para a cama.

— Não podemos conversar agora. Preciso ir.

Ela tentou agarrar a manga de Jace, e o sentiu enrijecer.

— *Não me deixe.*

Ele abaixou a cabeça por apenas um instante; quando a levantou novamente, estava com os olhos secos, mas a expressão neles a silenciou.

— Espere alguns instantes depois que eu sair — sussurrou. — Então saia escondida e vá até meu quarto. Sebastian não pode saber que estamos juntos. Não hoje. — Ele levantou devagar, os olhos suplicantes. — Não deixe que ele a ouça.

Ela se sentou.

— Sua estela. Deixe a estela.

Dúvida brilhou nos olhos dele; ela o olhou firmemente, em seguida estendeu a mão. Após um instante, Jace levou a mão ao bolso e tirou o acessório de brilho fraco; colocou-o na palma de Clary. Por um instante as peles se tocaram, e ela estremeceu — um simples toque da mão deste Jace era quase tão poderoso quanto todos os beijos e arranhões da boate naquela noite. Sabia que ele também tinha sentido, pois ele afastou a mão e voltou para a porta. Ela escutou a respiração dele, áspera e acelerada. Ele mexeu na porta atrás de si à procura da maçaneta e saiu, com os olhos no rosto dela até o último segundo, quando a porta se fechou com um clique definitivo.

Clary ficou sentada na escuridão, chocada. Seu sangue parecia ter engrossado nas veias, e o coração precisou trabalhar dobrado para continuar batendo. *Jace. Meu Jace.*

A mão de Clary apertou a estela. Alguma coisa nela, a frieza rígida, pareceu focar e afiar seus pensamentos. Olhou para si mesma. Estava com uma camiseta e um short de dormir; os pelos dos braços estavam arrepiados, mas não por causa do frio. Tocou a ponta da estela na parte interna do braço e desenhou lentamente na pele, observando o símbolo do Silêncio espiralando por sua pele pálida de veias azuladas.

Abriu apenas uma fração da porta. Sebastian já tinha se retirado, provavelmente já se recolhera para dormir. Uma música suave vinha da televisão — alguma coisa clássica, o tipo de música de piano de que Jace gostava. Ficou se perguntando se Sebastian gostava de música, ou alguma forma de arte. Parecia uma capacidade tão *humana*.

Apesar da preocupação quanto a onde ele teria ido, os pés de Clary a conduziram para a passagem que levava à cozinha — e, então, atravessou a sala e correu pelos degraus de vidro, inteiramente silenciosa ao alcançar o topo e percorrer o corredor até o quarto de Jace. Em seguida, abriu a porta e deslizou para dentro, fechando-a atrás de si.

As janelas estavam abertas, e através delas era possível ver telhados e uma fatia curva da lua. Uma noite parisiense perfeita. A pedra de luz enfeitiçada de Jace repousava sobre a cabeceira ao lado da cama. Brilhava com a energia fraca que iluminava um pouco mais o quarto. Era luz o suficiente para que Clary visse Jace, parado entre as duas longas janelas. Ele tinha tirado o casaco preto e longo, que se encontrava amassado aos seus pés. Percebeu imediatamente por que ele não o tinha tirado ao entrar na casa, por que o mantivera abotoado até a garganta. Porque por baixo estava apenas com uma camisa cinza de botão e calça jeans — que estavam grudentas e ensopadas de sangue. Partes da camisa estavam esfarrapadas, como se tivessem sido rasgadas com uma lâmina muito afiada. A manga esquerda estava dobrada para cima, e havia uma atadura amarrada no antebraço — devia ter acabado de colocá-la — já escurecendo nas pontas por causa do sangue. Estava descalço, e o chão onde pisava, sujo de sangue, como lágrimas escarlates. Ela repousou a estela na cabeceira dele com um estalo.

— Jace — falou, suavemente.

De repente, pareceu loucura haver tanto espaço entre eles, ela estar do outro lado do quarto, não estarem se tocando. Foi na direção dele, mas ele estendeu a mão para impedi-la.

— Não. — A voz dele falhou. Os dedos se voltaram para os botões da camisa, abrindo-os, um por um. Ele mexeu os ombros, retirando a vestimenta suja de sangue, e deixou que ela caísse no chão.

Clary encarou. A marca de Lilith continuava no lugar, acima do coração, mas em vez de brilhar em vermelho-prata, parecia que a ponta quente de um atiçador tinha sido arrastada sobre a pele, queimando-a. Ela pôs a mão no próprio peito, involuntariamente, os dedos tocando o coração. Sentiu as batidas, fortes e velozes.

— Oh.

— Isso. Oh — disse Jace, secamente. — Isto não vai durar, Clary. Eu sendo eu mesmo, quero dizer. Só enquanto isto aqui não se curar.

— Eu... fiquei imaginando — balbuciou Clary. — Antes... enquanto você dormia... pensei em cortar o símbolo como fiz quando combatemos Lilith. Mas tive medo que Sebastian pudesse sentir.

— Ele teria sentido. — Os olhos dourados de Jace estavam tão secos quanto sua voz. — Ele não sentiu isto porque foi feito com uma *pugio*, uma adaga fervida em sangue de anjo. São incrivelmente raras; eu nunca nem tinha visto uma antes. — Ele passou os dedos pelo cabelo. — A lâmina se transformou em brasa depois que me tocou, mas fez o estrago que precisava fazer.

— Você estava lutando. Foi um demônio? Por que Sebastian não foi com...

— Clary. — A voz de Jace mal era um sussurro. — Isso... vai demorar para se curar mais do que um corte comum... mas não para sempre. E aí voltarei a ser *ele*.

— Quanto tempo? Até voltar a ser como estava?

— Não sei. Simplesmente, não sei. Mas eu queria... *precisava* estar com você, assim, sendo eu mesmo, o máximo possível. — Estendeu a mão mecanicamente para ela, como que incerto quanto à recepção. — Acha que poderia...

Ela já estava correndo pelo quarto em sua direção. Jogou os braços em volta do pescoço dele. Jace a pegou e a levantou, abaixando a cabeça para o canto do pescoço dela. Clary o respirou como se fosse ar. Cheirava a sangue, suor, cinzas e Marcas.

— É você — sussurrou ela. — É mesmo você.

Ele recuou para olhar para ela. Com a mão livre, traçou gentilmente o desenho da maçã do rosto de Clary. Ela estava com saudade disso, desse carinho. Foi uma das coisas que a fez se apaixonar por ele — perceber que aquele menino sarcástico e cheio de cicatrizes era carinhoso com as coisas que amava.

— Senti sua falta — disse ela. — Senti tanto a sua falta.

Jace fechou os olhos como se aquelas palavras machucassem. Ela colocou a mão na bochecha dele. Ele inclinou a cabeça para a palma de Clary, os cabelos fazendo cócegas nas juntas dos dedos dela, e Clary percebeu que o rosto dele também estava molhado.

O menino nunca mais chorou.

— Não é culpa sua — disse ela.

Beijou a bochecha dele com a mesma amabilidade com que ele a tratara. Tinha gosto de sal, sangue e suor. Jace ainda não falara nada, mas ela sentiu no peito as batidas fortes do seu coração. Ele estava com os braços firmes em volta dela, como se jamais pretendesse soltá-la. Ela beijou a maçã do rosto dele, o queixo, e finalmente a boca, um leve toque de lábios nos lábios.

Não havia nada da exaltação da boate. Foi um beijo para consolar, para dizer o que não havia tempo de ser dito. Ele retribuiu, hesitante no início, depois com mais urgência, passando a mão pelo cabelo dela, enrolando os cachos entre os dedos. Os beijos se aprofundaram lentamente, suavemente, a intensidade crescendo entre eles como sempre acontecia, como uma chama que começava com um fósforo e ardia até virar fogueira.

Ela sabia o quanto ele era forte, mas mesmo assim sentiu um choque quando ele a levou para a cama e a repousou gentilmente sobre as almofadas espalhadas, deslizando o corpo sobre o dela, um gesto suave que lembrou para *que* serviam todas aquelas Marcas no corpo dele. Força. Graça. Leveza de toque. Ela respirou o hálito dele enquanto se beijavam, cada beijo se arrastando agora, demorado, explorando. Ela percorreu o corpo dele com as mãos, sentindo os ombros, os músculos dos braços, as costas. A pele nua de Jace parecia seda quente sob suas mãos.

Quando as mãos dele encontraram a bainha da camiseta dela, Clary esticou os braços, arqueando as costas, querendo que todas as barreiras entre eles se fossem. Assim que ficou livre da blusa, ela o puxou mais para perto, os beijos mais ferozes agora, como se estivessem lutando para alcançar algum lugar escondido dentro deles. Ela não achava que poderiam se aproximar mais, mas de alguma forma enquanto se beijavam, se entrelaçavam como tapeçaria, cada beijo mais faminto e profundo do que o anterior.

As mãos se moveram rapidamente sobre os corpos um do outro e, depois, mais devagar, desbravando, sem pressa. Clary enterrou os dedos nos ombros de Jace quando ele a beijou na garganta, na clavícula, a marca em forma de estrela no ombro dela. Ela também acariciou a cicatriz de Jace, com as partes de trás dos dedos, e beijou a Marca ferida que Lilith havia feito em seu peito. Sentiu-o tremer, desejando-a, e soube que estavam à beira de um caminho sem volta, e não se preocupou. Agora sabia como era perdê-lo. Conhecia os dias negros e vazios que se sucediam. E sabia que se o perdesse outra vez, queria ter isso para se recordar. Para se apegar. Saber que tinha estado tão próxima dele quanto era possível estar de alguém. Entrelaçou os tornozelos na lombar de Jace, e ele gemeu em sua boca, um ruído baixo, suave e desamparado. Ele enterrou os dedos nos quadris de Clary.

— Clary. — Ele se afastou. Estava tremendo. — Não posso... Se não pararmos agora, não conseguiremos depois.

— Você não quer? — Ela o olhou surpresa. Ele estava ruborizado, desgrenhado, os cabelos claros tinham partes mais escuras onde o suor o tinha grudado na testa e nas têmporas. Clary sentiu o coração de Jace acelerado no peito.

— Quero, mas é que eu nunca...

— Não? — Ficou surpresa. — Nunca fez isto antes?

Ele respirou fundo.

— Fiz. — Seus olhos investigaram o rosto dela, como se procurasse um julgamento, reprovação, até mesmo nojo. Clary continuou olhando calmamente. Era o que ela tinha presumido mesmo. — Mas não quando tinha importância. — Ele tocou a bochecha dela com os dedos, leves como pluma. — Não sei nem como...

Clary riu suavemente.

— Acho que acabamos de estabelecer que sabe.

— Não foi isso que quis dizer. — Jace pegou a mão de Clary, levando-a ao rosto. — Quero você — afirmou —, mais do que jamais quis outra coisa na vida. Mas eu... — Engoliu em seco. — Em nome do Anjo. Vou me odiar por isto mais tarde.

— Não diga que está tentando me proteger — falou ela, ferozmente. — Porque eu...

— Não é isso — disse. — Não estou me sacrificando. Estou... com ciúme.

— Você está com... ciúme? De quem?

— De mim. — Ele contorceu o rosto. — Detesto pensar nele com você. *Ele.* Aquele outro eu. O que Sebastian controla.

Clary sentiu o rosto começar a queimar.

— Na boate... ontem à noite...

Ele deixou a cabeça cair no ombro dela. Um pouco espantada, ela acariciou as costas do namorado, sentindo os arranhões que tinha feito na boate. Essa lembrança em específico a fez ruborizar ainda mais. Assim como a noção de que ele poderia ter se livrado das marcas com um *iratze* se quisesse. Mas não o fez.

— Eu me lembro de *tudo* sobre ontem à noite — falou. — E isso me deixa louco, porque era eu, mas não era. Quando estamos juntos, quero que seja você de verdade. Eu de verdade.

— Não é assim que estamos agora?

— É. — Jace levantou a cabeça, beijou-a na boca. — Mas por quanto tempo? Posso voltar a ser *ele* a qualquer instante. Não posso fazer isso com você. Com a gente — explicou, com a voz amarga. — Não sei nem como você aguenta ficar perto desta *coisa* que não sou eu...

— Mesmo que você volte a ser ele em cinco minutos — disse ela —, terá valido a pena, só para ficar com você assim de novo. Para que não tivesse acabado naquele telhado. Porque este é você, e mesmo aquele outro você... tem pedaços do seu verdadeiro eu. É como se eu estivesse olhando para você por uma janela embaçada, mas *não* é você de verdade. E pelo menos agora sei.

— O que quer dizer? — As mãos dele se fecharam nos ombros dela. — O que quer dizer com pelo menos agora sabe?

Clary respirou fundo.

— Jace, logo que ficamos juntos, *juntos* mesmo, você esteve tão feliz naquele primeiro mês. E tudo que fazíamos era engraçado, divertido e incrível. Depois pareceu que estava tudo se escoando de você, toda aquela felicidade. Você não queria mais ficar comigo, nem olhar para mim...

— Eu estava com medo de *machucá-la*. Pensei que estivesse enlouquecendo.

— Você não sorria, não ria, nem fazia piadas. E não o culpo. Lilith estava invadindo sua mente, controlando-o. Transformando-o. Mas tem de lembrar, sei o quanto soa idiota, eu nunca tive um namorado antes. Achei que fosse normal. Que talvez estivesse se cansando de mim.

— Eu não poderia...

— Não estou pedindo que me tranquilize — falou. — Estou contando para você. Quando você está... como está, controlado... parece *feliz*. Vim aqui porque queria salvá-lo. — A voz de Clary diminuiu. — Mas comecei a me questionar sobre de que o estaria salvando. Como eu poderia levá-lo de volta a uma vida com a qual parecia tão infeliz?

— Infeliz? — Ele balançou a cabeça. — Eu tinha sorte. Tanta, tanta sorte. E não consegui enxergar. — Encontrou os olhos de Clary. — Eu amo você — declarou. — E você me faz mais feliz do que um dia imaginei que pudesse ser. E agora que sei como é ser outra pessoa, me perder, quero minha vida de volta. Minha família. Você. Tudo. — Os olhos dele escureceram. — Quero *de volta*.

A boca de Jace desceu para a dela, com uma pressão violenta, os lábios abertos, quentes e famintos, e as mãos a agarraram pela cintura — e depois aos lençóis em ambos os lados dela, quase rasgando. Ele se afastou, ofegando.

— *Não podemos...*

— Então pare de me beijar! — Clary arquejou. — Aliás — soltou-se dele, pegando a camiseta —, já volto.

Passou por ele e correu para o banheiro, trancando a porta. Acendeu a luz e se olhou no espelho. Estava com os olhos arregalados, os cabelos emaranhados, os lábios inchados pelos beijos. Enrubesceu e vestiu a blusa outra vez, jogou água fria no rosto, prendeu o cabelo em um nó. Quando se convenceu de que não estava mais parecendo a donzela violentada da capa de um romance, pegou uma toalha de mão — nada de romântico *nisso* — molhou-a e, em seguida, esfregou-a com sabão.

Voltou para o quarto. Jace estava sentado na beira da cama, de calça jeans e camisa desabotoada, os cabelos emaranhados emoldurados pela luz do luar. Ele parecia uma estátua de anjo. Só que anjos normalmente não ficavam sujos de sangue.

Parou à frente dele.

— Tudo bem — disse ela. — Tire a camisa.

Jace ergueu as sobrancelhas.

— Não vou atacá-lo — informou Clary, sem paciência. — Consigo olhar para o seu peito nu sem me derreter.

— Tem certeza? — perguntou ele, tirando a camisa. — Porque ver meu peito nu já fez com que muitas mulheres se machucassem seriamente tentando me alcançar.

— É, bem, não vejo ninguém além de mim aqui. E só quero limpar o sangue de você.

Ele se inclinou para trás, obediente, apoiando-se nas mãos. O sangue havia ensopado a camisa e sujado o peito e as partes planas da barriga de Jace, mas quando ela passou os dedos com cuidado, sentiu que a maioria dos cortes era superficial. O *iratze* que ele fez em si mesmo mais cedo já estava ajudando na cura.

Jace virou o rosto para ela, com os olhos fechados, enquanto ela passava o pano molhado na pele dele, sangue tingindo de rosa o algodão branco. Ela esfregou as manchas secas no pescoço dele, torceu a toalha, mergulhou-a no copo de água na cabeceira, e partiu para o peito dele. Ele ficou sentado com a cabeça inclinada para trás, assistindo enquanto o pano percorria os músculos dos seus ombros, a linha dos braços, antebraços, o peito duro marcado por cicatrizes brancas e o preto das Marcas permanentes.

— Clary — disse ele.

— Oi?

O humor havia deixado sua voz.

— Não vou me lembrar disto — revelou. — Quando eu voltar... a ficar como estava, sob o controle *dele*, não vou me lembrar de ter voltado a mim. Então me diga... eles estão bem? Minha família? Sabem...

— Do que aconteceu com você? Um pouco. E não, não estão bem. — Jace fechou os olhos. — Eu poderia mentir para você — disse ela. — Mas deve saber. Eles o amam muito e o querem de volta.

— Não assim — disse ele.

Clary o tocou no ombro.

— Vai me contar o que aconteceu? Como sofreu estes cortes?

Jace respirou fundo, e a cicatriz no peito dele se destacou, lívida e escura.

— Matei uma pessoa.

Ela sentiu o choque das palavras percorrerem seu corpo como o coice de uma arma. Derrubou a toalha ensanguentada, em seguida se abaixou para recuperá-la. À luz do luar, as linhas do rosto de Jace pareciam finas, acentuadas e tristes.

— Quem? — perguntou ela.

— Você a conheceu — prosseguiu Jace, cada palavra parecia um peso. — A mulher que foi visitar com Sebastian. A Irmã de Ferro. Magdalena. — Ele se curvou, afastando-se dela, e esticou o braço para pegar uma coisa enrolada nos cobertores. Os músculos dos braços e das costas se moveram sob a pele quando ele pegou o que quer que fosse e se voltou novamente para Clary, o objeto brilhando na mão.

Era um cálice claro e vítreo — uma réplica exata do Cálice Mortal, exceto que em vez de ouro, era de *adamas* branco-prateado cravejado.

— Sebastian me mandou, mandou ele ir buscar isso hoje — disse Jace. — E também me deu a ordem de matá-la. Ela não estava esperando. Não estava esperando qualquer violência, só o pagamento e a troca. Achou que estivéssemos do mesmo lado. Deixei que me entregasse o Cálice, depois peguei minha adaga e... — Respirou fundo, como se a lembrança doesse. — A esfaqueei. Mirei no coração, mas ela virou, e eu errei por alguns centímetros. Ela cambaleou para trás e tentou se segurar na mesa de trabalho... Tinha *adamas* em pó nela, e jogou em mim. Acho que pretendia me cegar. Virei o rosto e, quando olhei novamente, ela estava com uma *aegis* na mão. Acho que eu soube o que era. A luz agrediu meus olhos. Gritei quando ela a enfiou no meu peito, senti uma dor cortante na Marca, então a lâmina estilhaçou. — Jace olhou para baixo e sorriu sem humor. — O engraçado é que se eu estivesse de uniforme, isso não teria acontecido. Não o vesti porque achei que não valia o esforço. Mas a *aegis* queimou a Marca, a Marca de Lilith, e de repente voltei a mim, ali, sobre aquela mulher morta, com uma adaga ensanguentada em uma mão e o Cálice na outra.

— Não entendo. Por que Sebastian mandou matá-la? Ela ia *dar* o Cálice para você. Para Sebastian. Ela disse...

Jace expirou asperamente.

— Você se lembra do que Sebastian falou sobre aquele relógio na Praça da Cidade Velha? Em Praga?

— Que o rei mandou arrancar os olhos do fabricante depois que ele terminou, para que jamais pudesse voltar a fazer nada tão lindo — disse Clary. — Mas não vejo...

— Sebastian queria Magdalena morta para que ela nunca mais pudesse voltar a fazer algo assim — explicou Jace. — E para que jamais revelasse.

— Revelasse o quê? — Clary levantou a mão, pegou o queixo de Jace, e abaixou o rosto dele, de modo que ficasse olhando para ela. — Jace, *o que Sebastian realmente está planejando fazer*? A história que ele contou na sala de treinamento, sobre querer invocar demônios para poder destruí-los...

— Sebastian quer invocar demônios, sim. — A voz de Jace soou sombria. — Um demônio em particular. Lilith.

— Mas Lilith morreu. Simon a destruiu.

— Demônios Maiores não morrem. Não de fato. Demônios Maiores habitam os espaços entre os mundos, o grande Vão, o vazio. O que Simon fez foi estilhaçar seu poder, enviá-la aos farrapos de volta ao nada de onde ela veio. Mas ela lentamente se regenerará. Renascerá. Demoraria séculos, mas não se Sebastian ajudar.

Uma sensação gélida crescia na boca do estômago de Clary.

— Ajudar como?

— Invocando-a de volta a este mundo. Ele quer misturar o sangue dela ao dele em um cálice para criar um exército Nephilim maligno. Quer ser o Jonathan Caçador de Sombras reencarnado, mas do lado dos demônios, e não dos anjos.

— Um exército Nephilim maligno? Vocês dois são fortes, mas não chegam a ser exatamente um exército.

— Existem cerca de quarenta ou cinquenta Nephilim que, ou já foram leais a Valentim, ou detestam a atual direção da Clave e estão abertos a escutar o que Sebastian tem a dizer. Ele entrou em contato com eles. Quando invocar Lilith, todos estarão presentes. — Jace respirou fundo. — E depois? Como o poder de Lilith para apoiá-lo? Sabe-se lá quem mais se unirá à causa. Ele *quer* uma guerra. Está convencido de que vai vencer, e eu não tenho certeza do contrário. Para cada Nephilim maligno que criar, crescerá em poder. Some isso aos demônios com os quais já fez aliança, e não sei se a Clave está preparada para derrubá-lo.

Clary abaixou a mão.

— Sebastian não mudou. Seu sangue não o mudou. Ele continua exatamente como sempre foi. — Seus olhos se voltaram para Jace. — Mas você. Você também mentiu para mim.

— *Ele* mentiu para você.

A mente de Clary estava girando.

— Eu sei. Eu sei que aquele Jace não é você...

— *Ele* acha que é para o seu bem e que você ficará mais feliz no fim, mas mentiu para você. E eu jamais faria isso.

— A *aegis* — disse Clary. — Se pode machucá-lo, mas Sebastian não sente, será que poderia matá-lo sem que você seja ferido?

Jace balançou a cabeça.

— Acho que não. Se eu tivesse uma *aegis*, poderia tentar, mas... não. Nossas vidas estão ligadas. Um ferimento é uma coisa. Se ele morresse... — A voz de Jace endureceu. — Você sabe qual é o jeito mais fácil de acabar com isso. Enfie uma adaga no meu coração. Estou surpreso por você não ter feito isso enquanto eu dormia.

— Você conseguiria? Se fosse eu? — A voz de Clary tremeu. — Eu acreditava que havia uma maneira de consertar isso. Ainda acredito. Entregue sua estela, e farei um Portal.

— Não pode fazer um Portal daqui — explicou Jace. — Não vai funcionar. A única maneira de entrar e sair do apartamento é pela parede lá embaixo, perto da cozinha. E é o único lugar a partir do qual é possível mover o apartamento.

— Pode nos mover até a Cidade do Silêncio? Se voltarmos, os Irmãos do Silêncio podem descobrir uma maneira de separá-lo de Sebastian. Contaremos o plano dele para a Clave para que estejam preparados...

— Posso nos levar a uma das entradas — disse Jace. — E o farei. Eu vou. Vamos juntos. Mas só para que não haja mentiras entre nós, Clary, você precisa saber que vão me matar. Depois que eu contar o que sei, vão me matar.

— Matá-lo? Não, não fariam isso...

— Clary. — A voz de Jace era suave. — Como um bom Caçador de Sombras, devo me *voluntariar* para morrer a fim de impedir o que Sebastian vai fazer. Como um bom Caçador de Sombras, eu faria isso.

— Mas nada disto é culpa sua. — A voz dela se elevou, e ela se forçou a diminuí-la, não querendo que Sebastian, que estava lá embaixo, ouvisse. — Não tem culpa do que foi feito com você. É uma vítima nisso. Não é *você*, Jace; é outra pessoa, alguém vestindo seu rosto. Não deveria ser punido...

— Não é uma questão de punição. É praticidade. Se me matar, Sebastian morre. Não é diferente de me sacrificar em uma batalha. Tanto faz dizer que não escolhi isso. Aconteceu. E o que sou agora, eu mesmo, vai desaparecer em breve. E, Clary, sei que não faz sentido, mas eu me lembro; me lembro de tudo. De ter andado com você em Veneza, daquela noite na boate, de ter dormido nesta cama com você, e não entende? Eu *quis isso*. Isso é tudo que *sempre* quis, viver com você assim, ficar com você assim. O que devo pensar, quando a pior coisa que já me aconteceu me dá exatamente o que quero? Talvez Jace Lightwood consiga enxergar todas as formas como isso é errado e problemático, mas Jace Wayland, o filho de Valentim... ama esta vida. — Ele estava com os olhos arregalados e dourados ao olhar para ela, e Clary se lembrou de Raziel, daquele olhar que parecia conter toda a sabedoria e toda a tristeza do mundo. — E é por isso que preciso ir — declarou. — Antes que isso passe. Antes que eu me transforme *nele* outra vez.

— Ir para onde?

— Para a Cidade do Silêncio. Tenho de me entregar... e o Cálice também.

parte três
Tudo Mudou

Tudo mudou, mudou drasticamente:
Uma terrível beleza nasceu.

— William Butler, "Easter, 1916"

—⊰ Capítulo 18 ⊱—
RAZIEL

—Clary?

Simon estava sentado nos degraus da casa da fazenda, olhando para a trilha que conduzia ao pomar e ao lago. Isabelle e Magnus estavam no caminho, Magnus olhando para o lago, depois para as montanhas baixas que cercavam a área. Fazia anotações em um caderninho com uma caneta cuja ponta brilhava, verde-azulado cintilante. Alec estava a uma pequena distância, mirando as árvores que preenchiam as cristas das colinas que separavam a fazenda da estrada. Ele parecia tão afastado de Magnus quanto fosse possível para se manter ao alcance auditivo. Pareceu a Simon — o primeiro a admitir que não era muito observador em relação a estas coisas — que, apesar das brincadeiras no carro, uma distância perceptível entre Magnus e Alec se instalara recentemente, algo que ele não sabia dizer muito bem o que era, mas sabia que estava ali.

A mão direita de Simon estava segurando a esquerda, os dedos girando o anel dourado.

Clary, por favor.

Vinha tentando falar com ela a cada hora desde que recebeu a mensagem de Maia sobre Luke. Nada. Nem uma centelha de resposta.

Clary, estou na fazenda. Estou lembrando de você aqui, comigo.

O dia estava estranhamente quente para a estação, e um vento fraco soprou as últimas folhas nos galhos das árvores. Depois de passar tempo demais pensando em que tipo de roupa deveria vestir para encontrar um anjo — um terno parecia excessivo, mesmo que tivesse um sobrando da festa de noivado de Jocelyn e Luke —, escolheu um jeans e uma camiseta, os braços expostos ao sol. Tinha tantas lembranças felizes e ensolaradas ligadas a este lugar, a esta casa. Ele e Clary vinham para cá com Jocelyn quase todo verão desde que se recordava. Nadavam no lago. Simon se bronzeava, e a pele clara de Clary queimava sem parar. Ela adquiria milhões de sardas a mais nos ombros e braços. Jogavam "beisebol de maçã" no pomar, que fazia uma bagunça e era divertido; na sede da fazenda, palavras cruzadas e pôquer, que Luke sempre ganhava.

Clary, estou prestes a fazer uma coisa estúpida e perigosa, e talvez suicida. É tão ruim assim que eu queira conversar com você uma última vez? Estou fazendo isso para mantê-la em segurança, e não sei nem se você está viva para que eu precise ajudar. Mas se estivesse morta eu saberia, não saberia? Sentiria.

— Muito bem. Vamos — disse Magnus, aparecendo ao pé da escada. Olhou para o anel na mão de Simon, mas não fez nenhum comentário.

Simon se levantou e esfregou os jeans, depois conduziu os outros pela trilha que cruzava o pomar. O lago brilhava à frente como uma moeda azul-escura. Ao se aproximarem, Simon viu o velho cais na água, onde certa vez amarraram caiaques antes de um pedaço da estrutura quebrar e boiar para longe. Simon teve a impressão de que quase conseguia ouvir o zumbido preguiçoso das abelhas e sentir nos ombros o peso do verão. Ao chegarem à beira do lago, Simon virou-se para olhar a casa, de madeira pintada de branco, com janelas verdes e uma varanda coberta, mobiliada com peças de vime desgastadas.

— Você realmente gosta daqui, não? — observou Isabelle. Seus cabelos negros esvoaçavam como um estandarte na brisa do lago.

— Como sabe?

— Sua expressão — respondeu. — Parece que está se lembrando de alguma coisa boa.

— Era bom — disse Simon. Levantou a mão para empurrar os óculos para cima do nariz, lembrou que não os usava mais e abaixou a mão. — Tive sorte.

Ela olhou para o lago. Estava com brincos pequenos de argola; uma mecha de cabelo tinha enrolado em um deles e Simon quis esticar a mão para soltá-la, tocar o rosto de Isabelle com os dedos.

— E agora não tem mais?

Simon deu de ombros. Estava observando Magnus, que segurava algo que parecia uma haste longa e flexível, com a qual desenhava na areia molhada à beira do lago. Estava com o livro de feitiços abertos e entoava cânticos ao desenhar. Alec o observava, com a expressão de alguém olhando para um estranho.

— Está com medo? — perguntou Isabelle, colocando-se ligeiramente mais perto de Simon. Ele pôde sentir o calor dos braços dela nos dele.

— Não sei. Boa parte do medo vem da sensação física. O coração acelerando, o suor, o pulso disparado. Não tenho nada disso.

— Que pena — murmurou Isabelle, olhando para a água. — Meninos suados são gostosos.

Ele lançou-lhe um meio sorriso; foi mais difícil do que imaginava. Talvez estivesse com medo.

— Já basta de assanhamento, mocinha.

O lábio de Isabelle tremeu como se estivesse prestes a sorrir. E então suspirou.

— Sabe o que nunca me passou pela cabeça que eu pudesse querer? — disse ela. — Um cara que me fizesse rir.

Simon virou para ela, pegando sua mão, não se importando nesse instante com o fato de que o irmão dela estava olhando.

— Izzy...

— Muito bem — gritou Magnus. — Já terminei. Simon, aqui.

Todos viraram. Magnus estava no interior de um círculo, que brilhava com uma singela luz branca. Na verdade, eram dois círculos, um ligeiramente menor dentro de um maior, e no espaço entre os dois, dezenas de símbolos tinham sido rabiscados. Estes também brilhavam, um azul-esbranquiçado metálico, como o reflexo do lago.

Simon escutou a inspiração suave de Isabelle e se afastou antes que pudesse olhar para ela. Só tornaria as coisas ainda mais difíceis. Ele foi para a frente, ultrapassou a fronteira do círculo, posicionou-se no centro, ao lado de Magnus. Olhar para fora do círculo era como olhar através da água. O resto do mundo parecia trêmulo e sem nitidez.

— Aqui. — Magnus colocou o livro nas mãos de Simon. O papel era fino, coberto por símbolos desenhados, mas Magnus havia anexado uma impressão das palavras, escritas foneticamente, sobre o feitiço em si. — Apenas emita esses sons — murmurou. — Deve dar certo.

Segurando o livro contra o peito, Simon retirou o anel que o conectava a Clary e o entregou a Magnus.

— Se não der — falou, se perguntando de onde viria essa estranha calma —, alguém deve ficar com isso. É nossa única ligação com Clary e com as informações que ela tem.

Magnus assentiu e colocou o anel no próprio dedo.

— Pronto, Simon?

— Ei — respondeu Simon. — Você se lembrou do meu nome.

Magnus lhe dirigiu um enigmático olhar verde-dourado e saiu do círculo. Imediatamente, também ficou borrado e sem nitidez. Alec se aproximou dele de um lado, Isabelle do outro; Isabelle estava abraçando os próprios cotovelos e, mesmo através do ar trêmulo, Simon percebeu o quanto ela parecia infeliz.

Simon limpou a garganta.

— Acho melhor vocês irem.

Mas não se moveram. Pareciam esperar para que ele dissesse outra coisa.

— Obrigado por terem vindo até aqui comigo — falou, afinal, após explorar o cérebro à procura de alguma coisa significativa para dizer; pareciam estar esperando por isso. Simon não era do tipo que fazia grandes discursos de adeus, ou se despedia dos outros de forma dramática. Olhou primeiro para Alec. — Hum, Alec. Sempre gostei mais de você do que de Jace. — Voltou-se para Magnus: — Magnus, eu gostaria de ter a coragem de usar calças como as suas.

E, por fim, Izzy. Viu através do borrão que ela estava assistindo, seus olhos negros como obsidiana.

— Isabelle — disse Simon. Olhou para ela. Viu a pergunta nos olhos da menina, mas não parecia haver nada que pudesse dizer na frente de Alec e Magnus, nada que abarcasse seus sentimentos. Chegou para trás, para o centro do círculo, inclinando a cabeça. — Tchau, eu acho.

Teve a impressão de que responderam, mas o borrão trêmulo entre eles bloqueou as palavras. Simon observou enquanto viravam, retrocedendo pela trilha através do pomar, de volta para a casa, até se tornarem pontos escuros. Até não conseguir mais vê-los.

Não conseguia conceber não falar com Clary uma última vez antes de morrer; sequer conseguia se recordar das últimas palavras que tinham dito um ao outro. Mesmo assim, se fechasse os olhos, podia ouvir a risada da melhor amiga ecoando pelo pomar; lembrava-se de como tinha sido, antes de crescerem e tudo mudar. Se morresse aqui, talvez fosse adequado. Algumas de suas melhores lembranças eram deste lugar, afinal. Se o Anjo o atingisse com fogo, suas cinzas poderiam flutuar pelo pomar e sobre o lago. Alguma coisa nesta ideia parecia pacífica.

Pensou em Isabelle. Depois na família — na mãe, no pai, em Becky. *Clary*, pensou por fim. *Onde quer que esteja, é minha melhor amiga. Sempre será minha melhor amiga.*

Ergueu o livro de feitiços e começou a entoar.

— Não! — Clary se levantou, derrubando a toalha molhada. — Jace, não pode. Vão matá-lo.

Ele pegou uma camisa limpa e se vestiu, sem olhar para ela ao abotoá-la.

— Primeiro tentarão me separar de Sebastian — afirmou, apesar de não parecer acreditar muito. — Se não funcionar, *aí então* me matarão.

— Não é o suficiente. — Clary esticou o braço para ele, mas Jace deu-lhe as costas, calçando os sapatos. Quando virou novamente, estava com a expressão sombria.

— Não tenho escolha, Clary. É a coisa certa a fazer.

— É uma loucura. Está seguro aqui. Não pode jogar sua vida fora...

— Salvar minha vida é traição. É colocar uma arma nas mãos do inimigo.

— Quem liga para traição? Ou para a Lei? — perguntou. — Eu me importo com *você*. Vamos resolver isso juntos...

— *Nós* não podemos resolver isto. — Jace guardou a estela que estava na cabeceira, depois pegou o Cálice Mortal. — Porque só vou ser *eu* por pouco tempo. Eu te amo, Clary. — Inclinou a cabeça e beijou-a, demoradamente. — Faça isso por mim — sussurrou.

— Não farei de jeito nenhum — respondeu ela. — Não vou tentar ajudá-lo a se matar.

Mas ele já estava indo para a porta. Arrastou Clary consigo, e atravessaram o corredor, conversando aos sussurros.

— Isso é loucura — sibilou Clary. — Se colocar no caminho do perigo...

Jace expirou, exasperado.

— Como se você não fizesse isso.

— Certo, e você fica *furioso* — sussurrou, ao correr atrás dele pela escada. — Lembra o que me disse em Alicante...

Chegaram à cozinha. Jace colocou o Cálice na bancada, pegando a estela.

— Eu não tinha o direito de dizer aquilo — falou ele. — Clary, isso é o que *somos*. Somos Caçadores de Sombras. Isto é o que fazemos. Há outros riscos que corremos além dos que encontramos na batalha.

Clary balançou a cabeça, agarrando os dois pulsos de Jace.

Um olhar de dor cruzou o rosto dele.

— Clarissa...

Ela respirou fundo, mal conseguindo acreditar no que estava prestes a fazer. Mas em sua mente via a imagem do necrotério na Cidade do Silêncio, dos corpos de Caçadores de Sombras esticados nas macas de mármore, e não aguentou pensar em Jace como um deles. Tudo que tinha feito — vindo até aqui, suportado o que suportou — foi para salvar a vida dele, e não somente por ela. Pensou em Alec e Isabelle, que a ajudaram, e em Maryse, que o amava, e, quase sem saber o que estava fazendo, elevou a voz e gritou:

— *Jonathan!* — berrou. — *Jonathan Christopher Morgenstern!*

Os olhos de Jace se arregalaram.

— *Clary...* — começou, mas já era tarde. Já o tinha soltado e estava recuando. Sebastian talvez já estivesse vindo; não tinha como dizer a Jace que não confiava em Sebastian, mas o irmão era a única arma da qual dispunha para fazê-lo ficar.

Houve um lampejo de movimento, e Sebastian estava lá. Não se incomodou em correr pela escada, apenas saltou e aterrissou entre eles. Estava com os cabelos amarrotados pelo sono; trajava uma camiseta escura e calça preta, e Clary imaginou distraidamente se ele dormia de roupa. Ele olhou de Clary para Jace, os olhos negros absorvendo a situação.

— Briguinha de namorados? — perguntou. Alguma coisa brilhou em sua mão. Uma faca?

A voz de Clary tremeu:

— O símbolo dele está danificado. Aqui. — Pôs a mão por cima do próprio coração. — Ele está tentando voltar, se entregar para a Clave...

A mão de Sebastian voou e agarrou o Cálice que estava com Jace. Bateu-o com força sobre a bancada da cozinha. Jace, ainda pálido de choque, o observou; não moveu um músculo enquanto Sebastian se aproximava e o pegava pela frente da camisa. Os botões superiores se abriram, exibindo a clavícula, e Sebastian passou a ponta da estela na pele, desenhando um *iratze* nele. Jace mordeu o lábio, com os olhos cheios de ódio enquanto Sebastian o soltava e recuava, com a estela na mão.

— Sinceramente, Jace — disse ele. — A ideia de que se achou capaz de escapar assim me faz rir.

As mãos de Jace cerraram em punhos enquanto o *iratze*, preto como carvão, começava a afundar em sua pele. Suas palavras vieram lentamente, arfantes:

— Na próxima vez... em que quiser ser derrubado... ficarei feliz em ajudar. Talvez com um tijolo.

Sebastian emitiu um *tsc*.

— Mais tarde irá me agradecer. Até você tem de admitir que esse seu desejo de morrer é um pouco extremo.

Clary esperou que Jace rebatesse novamente. Mas não. Seus olhos percorreram devagar o rosto de Sebastian. Naquele momento, só havia os dois no recinto, e quando Jace se pronunciou, as palavras vieram frias e claras.

— Não vou me lembrar disto mais tarde — falou. — Mas você vai. Aquela pessoa que age como seu amigo... — Deu um passo para a frente, fechando o espaço entre eles. — Aquela pessoa que age como se *gostasse* de você. Aquela pessoa não é real. Este é real. Este sou eu. E eu odeio você. Sempre odiarei. E não existe magia ou feitiço neste ou em qualquer outro mundo capaz de mudar isso.

Por um instante o sorriso no rosto de Sebastian vacilou. Mas Jace não. Em vez disso, desgrudou os olhos de Sebastian e voltou-os para Clary.

— Você tem de saber — continuou — a verdade... Não contei toda a verdade.

— A verdade é perigosa — declarou Sebastian, segurando a estela na frente do corpo como uma faca. — Cuidado com o que diz.

Jace franziu o rosto. Seu peito subia e descia rapidamente; estava claro que o símbolo de cura no peito estava provocando uma dor física.

— O plano — disse. — De invocar Lilith, fazer um novo Cálice, criar um exército maligno... não foi de Sebastian. *Foi meu.*

Clary congelou.

— O quê?

— Sebastian sabia o que queria — revelou Jace. — Mas eu descobri como fazer. Um novo Cálice Mortal... eu que dei a ideia. — Teve um espasmo de dor; Clary podia imaginar o que estava acontecendo sob o tecido da camisa: a pele se refazendo, se curando, o símbolo de Lilith brilhando e inteiro outra vez. — Ou, devo dizer, *ele*. Aquela coisa que se parece comigo, mas não é? Ele vai destruir o mundo, se Sebastian assim quiser, e se divertir no processo. É isso que está salvando, Clary. *Isso*. Não entende? Prefiro morrer...

A voz de Jace engasgou ao se curvar. Os músculos nos ombros enrijeceram quando ondulações que pareciam de dor atravessaram seu corpo. Clary lembrou-se de tê-lo abraçado na Cidade do Silêncio enquanto os Irmãos exploravam sua mente em busca de respostas — então Jace olhou para cima, com expressão de espanto.

Seus olhos desviaram, não para ela, mas para Sebastian. Ela sentiu o coração saltar, apesar de saber que era a causadora de tudo.

— O que está acontecendo? — perguntou Jace.

Sebastian sorriu para ele.

— Seja bem-vindo de volta.

Jace piscou, parecendo momentaneamente confuso; depois seu olhar pareceu deslizar para dentro, como acontecia toda vez que Clary tentava falar em algum assunto que ele não conseguia processar — o assassinato de Max, a guerra em Alicante, a dor que estava causando à família.

— Está na hora? — perguntou.

Sebastian fez questão de olhar o relógio.

— Quase. Por que não vai na frente, e nós o seguimos? Pode começar a preparar as coisas.

Jace olhou em volta.

— O Cálice... onde está?

Sebastian o pegou da bancada da cozinha.

— Bem ali. Está se sentindo um pouco aéreo?

A boca de Jace se curvou no canto, e ele pegou o Cálice de volta. Tranquilo. Não havia sinal do menino que havia estado diante de Sebastian alguns instantes antes e dito que o odiava.

— Tudo bem. Nós nos encontramos lá. — Voltou-se para Clary, que continuava congelada de choque, e a beijou na bochecha. — E você também.

Ele recuou e piscou para ela. Não tinha afeto nos olhos, mas não importava. Este não era Jace, muito claramente não se tratava do seu Jace, e ela observou entorpecida enquanto o garoto atravessava a cozinha. Sua estela brilhou, e uma porta se abriu na parede; Clary viu o céu e uma planície rochosa, então ele a atravessou e sumiu.

Clary enterrou as unhas nas palmas.

Aquela coisa que se parece comigo, mas não é? Ele vai destruir o mundo se Sebastian assim quiser, e se divertir no processo. É isso que está salvando, Clary. Isso. Não entende? Prefiro morrer.

Lágrimas queimaram no fundo de sua garganta, e ela teve de dar tudo de si para contê-las enquanto o irmão se voltava para ela, os olhos negros muito acesos.

— Você me chamou — disse ele.

293

— Ele queria se entregar para a Clave — sussurrou, sem saber ao certo para quem estava se defendendo. Tinha feito o que precisara, utilizado a única arma que tinha, ainda que se tratasse de uma arma que desprezava. — Eles iam matá-lo.

—Você *me* chamou — repetiu ele, dando um passo em direção a ela. Esticou a mão e retirou uma mecha de cabelo do rosto de Clary, colocando-a atrás da orelha da irmã. — Ele contou, então? O plano? Tudo?

Clary combateu um tremor de revolta.

— Não todo. Não sei o que vai acontecer esta noite. O que Jace quis dizer com "está na hora"?

Ele se inclinou para a frente e a beijou na testa; Clary sentiu o beijo arder, como uma marca entre seus olhos.

—Vai descobrir — respondeu. — Conquistou o direito de estar aqui, Clarissa. Poderá assistir a tudo do seu lugar ao meu lado, hoje à noite, no Sétimo Sítio Sagrado. *Ambos* os filhos de Valentim, juntos... finalmente.

Simon manteve os olhos no papel, entoando as palavras que Magnus havia escrito para ele. Tinham um ritmo que parecia música: leve, penetrante e delicado. Aquilo o fez lembrar a ocasião em que leu em voz alta a sua parte do *haftarah* durante o bar mitzvah, apesar de que naquela vez ele sabia o que as palavras significavam, e agora não.

À medida que o cântico avançava, ele sentia um aperto em volta de si, como se o ar estivesse ficando mais denso e pesado, pressionando seu peito e os ombros. O ar também estava se tornando mais quente. Se fosse humano, talvez o calor tivesse sido insuportável. Sendo vampiro, pôde sentir a queimadura na pele, chamuscando os cílios, a camisa. Manteve os olhos fixos no papel à sua frente enquanto uma gota de sangue corria do couro cabeludo e pingava no papel.

Então acabou. A última palavra — *Raziel* — foi enunciada, e ele levantou a cabeça. Estava sentindo o sangue escorrer pelo rosto. A neblina ao redor clareou e à frente viu a água do lago, azul e brilhante, lisa como vidro.

Em seguida explodiu.

O centro do lago se tornou dourado, depois negro. A água se afastou, correndo em direção às bordas do lago, voando pelo ar até que Simon estivesse olhando para um anel de água, como um círculo ininterrupto de cachoeiras, todo brilhante, a água se movendo para cima e para baixo, o efeito bizarro e estranhamente lindo. Gotículas de água caíram nele, resfriando sua pele queimada. Simon inclinou a cabeça para trás exatamente no momento em que o céu se tornou negro — todo o azul desapareceu, engolido por um súbito choque de escuridão e nuvens cinzentas que rugiam. A água caiu de volta no lago, e do centro, na maior concentração de prata, ergueu-se uma figura dourada.

A boca de Simon ficou seca. Ele já tinha visto diversas pinturas de anjos, acreditava neles, e ouvira o alerta de Magnus. E mesmo assim se sentiu como se tivesse sido atingido por uma lança quando diante de seus olhos um par de asas surgiu. Pareceram abarcar o céu. Eram vastas, brancas, douradas e prateadas, as penas continham olhos dourados ardentes. Os olhos o encararam com desdém. Então as asas se levantaram, espalhando as nuvens diante deles, e se recolheram; um homem — ou a forma de um homem —, imponente e incrivelmente alto, surgiu e se elevou.

Os dentes de Simon começaram a bater. Ele não sabia exatamente por quê. Mas ondas de poder, de algo maior do que poder — da força elementar do universo —, pareceram irradiar do Anjo enquanto ele se erguia em sua altura total. O primeiro pensamento bizarro de Simon foi que parecia que alguém tinha pegado Jace e o aumentado ao tamanho de um outdoor. Só que ele não se parecia em nada com Jace. Era completamente dourado, das asas à pele e aos olhos, que não tinham nenhuma parte branca, apenas um brilho dourado, como uma membrana. Os cabelos eram dourados e pareciam feitos a partir de pedaços de metal que se curvavam como ferro forjado. Ele era estranho e assustador. Qualquer coisa em excesso pode destruir uma pessoa, pensou Simon. Escuridão demais pode matar, mas luz em demasia pode cegar.

Quem ousa me evocar?, o Anjo falou na mente de Simon, com uma voz que parecia o soar de grandes sinos.

Pergunta capciosa, pensou Simon. Se fosse Jace, poderia responder "um dos Nephilim", e se fosse Magnus, poderia dizer que era um dos filhos de Lilith, e um Alto Feiticeiro. Clary e o Anjo já tinham se encontrado, então Simon supunha que pudessem botar o papo em dia. Mas ele era Simon, sem qualquer título ou grande feito no currículo.

— Simon Lewis — respondeu afinal, repousando o livro de feitiços e se reerguendo. — Filho da Noite e... vosso servo.

Meu servo?, a voz de Raziel era gélida de reprovação. *Você me chama como se faz com um cachorro e ousa se intitular meu servo? Será dizimado deste mundo, para que seu destino sirva de alerta para outros não fazerem o mesmo. Meus próprios Nephilim são proibidos de me evocar. Por que deveria ser diferente para você, Diurno?*

Simon supôs que não deveria ficar perturbado pelo Anjo saber o que ele era, mas não deixava de ser impressionante, tão impressionante quanto o tamanho do Anjo. De alguma forma, pensara que Raziel fosse mais humano.

— Eu...

Pensa que, por carregar o sangue de um de meus descendentes, devo ter compaixão? Se for isso, apostou e perdeu. A solidariedade do Céu é para os que merecem. Não para aqueles que transgridem nossas Leis do Pacto.

O Anjo ergueu uma das mãos, os dedos apontados diretamente para Simon.

Simon se preparou. Desta vez não tentou dizer as palavras, apenas pensou. *Ouvi, Israel! O Senhor é nosso Deus, o Senhor é um...*

Que Marca é essa?, a voz de Raziel soou confusa. *Na sua testa, criança.*

— É a Marca — gaguejou Simon. — A primeira Marca. A Marca de Caim.

O enorme braço de Raziel abaixou lentamente.

Eu o mataria, mas a Marca me impede. Essa Marca foi feita para ser posta no cenho pelas mãos do Céu, contudo, sei que não foi. Como é possível?

O franco espanto do Anjo encorajou Simon.

— Uma de suas filhas, Nephilim — respondeu. — Uma com um talento especial. Ela a colocou aqui para me proteger. — Deu um passo mais para perto da borda do círculo. — Raziel, vim pedir um favor, em nome dos Nephilim. Estão diante de um grave perigo. Um deles foi... foi corrompido pelas sombras; e ele ameaça o restante. Precisam da sua ajuda.

Eu não intervenho.

— Mas interveio — argumentou Simon. — Quando Jace morreu, você o trouxe de volta. Não que não tenhamos ficado muito felizes com isso, mas se não o tivesse ressuscitado, nada disto estaria acontecendo. Então, de certa forma, cabe a você consertar as coisas.

Posso não conseguir matá-lo, refletiu Raziel. *Mas não existe razão para lhe dar o que quer.*

— Eu nem disse o que quero — respondeu Simon.

Quer uma arma. Algo que possa separar Jonathan Morgenstern de Jonathan Herondale. Mataria um e preservaria o outro. Claro, é mais fácil matar os dois. Seu Jonathan esteve morto, e talvez a morte o queira e ele a queira. Já pensou nessa possibilidade?

— Não — disse Simon. — Sei que não somos grande coisa em comparação a você, mas não matamos nossos amigos. Tentamos salvá-los. Se o Céu não quisesse assim, jamais deveríamos ter recebido a capacidade de amar. — Ele puxou o cabelo para trás, exibindo a Marca completamente. — Não, não precisa me ajudar. Mas se não o fizer, nada me impede de chamá-lo sem parar, agora que sei que não pode me matar. Pense em mim tocando sem parar a campainha do Céu... para sempre.

Raziel, incrivelmente, pareceu rir daquilo.

Você é teimoso, falou. *Um verdadeiro guerreiro dos seus, como aquele cujo nome o batizou, Simon Maccabeus. E assim como ele deu tudo para o irmão Jonathan, você o fará por seu Jonathan. Ou não está disposto?*

— Não é só por ele — explicou Simon, um pouco atordoado. — Mas sim, o que quiser. Darei.

Se eu lhe der o que quer, também jura nunca mais me incomodar?

— Não acho — disse Simon — que isso será um problema.

Muito bem, disse o Anjo. *Digo o que desejo. Desejo essa Marca blasfema na sua testa. Eu removerei a Marca de Caim de você, pois nunca esteve em seu lugar carregá-la.*

— Eu... Mas se retirar a Marca, poderá me matar — disse Simon. — A Marca não é a única coisa entre mim e sua fúria, e fogo celestial?

O Anjo fez uma pausa para pensar por um instante.

Juro não machucá-lo. Com ou sem a Marca.

Simon hesitou. A expressão do Anjo se tornou furiosa.

O juramento de um Anjo do Céu é o mais sagrado que há. Ousa desconfiar de mim, filho do Submundo?

— Eu... — Simon fez uma pausa, por um momento doloroso. Seus olhos se encheram com a lembrança de Clary na ponta do pé para pressionar a estela em sua testa; com a primeira vez em que viu a Marca em ação, quando se sentiu o condutor de um raio, com energia pura passando por ele com força mortal. Foi uma maldição que o aterrorizou e o transformou em um objeto de desejo e medo. Ele a detestava. No entanto, agora, diante da possibilidade de abrir mão dela, da coisa que o tornava especial...

Engoliu em seco.

— Tudo bem. Sim. Concordo.

O Anjo sorriu, e o sorriso era terrível; foi como olhar diretamente para o sol.

Então juro não feri-lo, Simon Maccabeus.

— Lewis — disse Simon. — Meu sobrenome é Lewis.

Mas tem o sangue e a fé dos Macabeus. Alguns dizem que os Macabeus foram Marcados pela mão de Deus. De qualquer forma, é um guerreiro do Céu, Diurno, gostando ou não.

O Anjo se moveu. Os olhos de Simon lacrimejaram, pois Raziel parecia arrastar o céu consigo como um pano, em espirais de preto, prata e branco-nuvem. O ar em torno dele tremeu. Algo brilhou alto como o fulgor de luz em metal, então um objeto atingiu a areia e as pedras ao lado de Simon com um ruído metálico.

Uma espada — nada especial aos olhos, uma velha espada de ferro com um cabo escurecido. As bordas eram irregulares, como se tivessem sido corroídas por ácido, apesar de ter uma ponta afiada. Parecia algo revelado por uma escavação arqueológica, que ainda não tinha sido adequadamente limpo.

O Anjo se pronunciou:

Certa vez, quando Joshua estava perto de Jericó, olhou para o alto e viu um homem diante dele empunhando na mão uma espada. Joshua foi até ele e disse: "Você é um de nós, ou um de nossos adversários?" Ele respondeu: "Nem uma coisa, nem outra, mas como comandante do exército do Senhor, vim até aqui."

Simon olhou para o objeto nada atraente aos seus pés.

— E aquela é *esta* espada?

É a espada do Arcanjo Miguel, comandante dos exércitos do Céu. Detém o poder do fogo Celestial. Atinja seu inimigo com ela, e queimará o mal dele. Se ele for mais mau do que bom, mais do Inferno que do Céu, também queimará a vida dele. Certamente romperá o laço dele com seu amigo, e só pode ferir um deles de cada vez.

Simon se abaixou e pegou a espada. O objeto enviou um choque pela mão, pelo braço, até o coração inanimado no peito. Instintivamente a levantou, e as nuvens no céu pareceram se abrir por um instante, um raio de luz descendo para atingir o metal da espada e fazê-lo cantar.

O Anjo olhou para ele com olhos frios.

O nome da espada não pode ser pronunciado por sua língua humana deficiente. Pode chamá-la de Gloriosa.

— Eu... — começou Simon. — Obrigado.

Não me agradeça. Eu o teria matado, Diurno, mas sua Marca, e agora meu juramento, me impedem. A Marca de Caim foi feita para ser aplicada por Deus, e não foi. Será removida de seu cenho, assim como a proteção que ela confere. E se voltar a me chamar, não o ajudarei.

Instantaneamente, o raio de luz brilhando das nuvens se intensificou, atingindo a espada como um chicote de fogo, cercando Simon em uma gaiola de luz brilhante e calor. A espada ardeu; ele gritou e caiu no chão, com uma forte dor na cabeça. Parecia que alguém estava enfiando uma agulha em brasa entre seus olhos. Ele cobriu o rosto, enterrando a cabeça nos braços, deixando a dor inundá-lo. Foi a pior agonia que sentiu desde a noite em que morreu.

A sensação passou aos poucos, baixando como a maré. Ele rolou de costas, olhando para o alto, a cabeça ainda doendo. As nuvens negras estavam começando a retroceder, mostrando uma tira crescente de azul; o Anjo se foi, o lago se agitou sob a luz crescente, como se a água estivesse fervendo.

Simon começou a sentar lentamente, seus olhos apertados de dor contra o sol. Ele viu alguém correndo pela trilha que ia da casa ao lago. Alguém com cabelos longos e negros, e um casaco roxo que voava atrás dela como se fosse um par de asas. Ela chegou ao fim da trilha e pulou para a beira do lago, as botas levantando areia atrás dela. Alcançou-o e se jogou no chão, abraçando-o.

— Simon — sussurrou.

Ele sentiu as batidas fortes e firmes do coração de Isabelle.

— Achei que estivesse morto — continuou. — Eu o vi caindo e... pensei que estivesse morto.

Simon permitiu que ela o abraçasse, e se apoiou nas próprias mãos. Percebeu que estava se inclinando como um navio com o casco furado e tentou não se mover. Temeu que, se o fizesse, fosse cair.

— Eu *estou* morto.

— Eu *sei* — rebateu Izzy. — Quis dizer mais morto do que o normal.

— Iz. — Simon levantou o rosto para o dela.

Ela estava ajoelhada sobre ele, com as pernas em torno das dele, os braços em volta do pescoço. Parecia desconfortável. Ele se permitiu cair novamente na areia, levando-a consigo. Caiu de costas no solo frio, com ela por cima, e olhou nos olhos negros da menina. Eles pareciam ocupar o céu inteiro.

Ela tocou a testa de Simon, maravilhada.

— Sua Marca sumiu.

— Raziel a levou. Em troca da espada. — Ele gesticulou na direção da lâmina. Na casa, viu dois pontos escuros na frente da varanda, observando-os. Alec e Magnus. — É a espada do Arcanjo Miguel. Chama-se Gloriosa.

— Simon... — Isabelle o beijou na bochecha. — Você conseguiu. Chamou o Anjo. Pegou a espada.

Magnus e Alec tinham começado a percorrer a trilha que levava ao lago. Simon fechou os olhos, exausto. Isabelle se inclinou sobre ele, seu cabelo roçando as faces dele.

— Não tente falar. — Isabelle cheirava a lágrimas. — Você não está mais amaldiçoado — sussurrou ela. — Não está mais amaldiçoado.

Simon entrelaçou os dedos nos dela. Sentiu como se estivesse flutuando em um rio escuro, as sombras se fechando ao seu redor. Apenas a mão de Isabelle o ancorava à terra.

— Eu sei.

—◁ Capítulo 19 ▷—
AMOR E SANGUE

Metódica e cuidadosamente, Clary estava revirando o quarto de Jace. Ainda usava a mesma camiseta, apesar de ter vestido uma calça jeans; o cabelo estava preso em um coque bagunçado, e as unhas salpicadas de poeira. Tinha procurado embaixo da cama, em todas as gavetas e armários, se enfiado embaixo do guarda-roupa e da escrivaninha, e verificado todos os bolsos de todas as vestes à procura de uma segunda estela, mas não encontrou nada.

Tinha dito a Sebastian que estava exausta, que precisava subir e deitar; ele pareceu distraído e, com um aceno, indicou que ela fosse. Imagens do rosto de Jace surgiam sem parar por trás de suas pálpebras cada vez que fechava os olhos — o jeito como olhou para ela, traído, como se não a conhecesse mais.

Mas não havia sentido em ficar pensando naquilo. Poderia sentar na beira da cama e chorar com o rosto nas mãos, pensando no que tinha feito, mas de nada adiantaria. Devia a Jace, a si mesma, continuar. Procurar. Se ao menos pudesse encontrar uma estela...

Estava levantando o colchão da cama, procurando no vão entre a cama e as molas, quando ouviu uma batida à porta.

Derrubou o colchão, mas não antes de perceber que não havia nada ali. Cerrou as mãos em punhos, respirou fundo, foi até a porta e a abriu.

Sebastian estava na entrada. Pela primeira vez, estava usando algo que não era preto ou branco. A mesma calça e os mesmos sapatos pretos, é verdade, mas também estava com uma túnica vermelha de couro, elaborada com símbolos dourados e prateados, tudo preso por uma fileira de grampos metálicos na frente. Tinha pulseiras de prata e usava o anel Morgenstern.

Clary piscou para ele.

— Vermelho?

— Cerimonial — respondeu Sebastian. — Cores significam coisas diferentes para Caçadores de Sombras e humanos. — Disse a palavra "humanos" com desdém. — Conhece o verso infantil dos Nephilim, não conhece?

> *Preto para caçar pela noite,*
> *Branco é a cor da tristeza e da morte.*
> *Ouro para a noiva a caráter vestida,*
> *E vermelho é a cor de invocar um feitiço.*

— Caçadores de Sombras se casam de dourado? — perguntou Clary. Não que se importasse particularmente com isso, mas estava tentando encaixar o corpo no espaço entre a porta e o batente para que ele não conseguisse enxergar por trás dela e ver a bagunça que tinha feito no quarto normalmente irretocável de Jace.

— Desculpe arrasar seus sonhos de se casar de branco. — Ele sorriu para ela. — Por falar nisso, trouxe uma coisa para você vestir.

Tirou a mão de trás das costas. Estava segurando uma roupa dobrada. Clary a pegou e a desdobrou. Era uma tira longa e leve de tecido vermelho com um estranho brilho dourado no material, como o contorno de uma chama. As tiras eram douradas.

— Nossa mãe usava isso nas cerimônias do Círculo antes de trair nosso pai — falou. — Vista-o. Quero que use esta noite.

— *Esta noite?*

— Bem, não pode ir à cerimônia com o que está vestindo agora. — Sebastian a avaliou dos pés descalços à camiseta suada grudada ao corpo, passando pela calça jeans suja. — Sua aparência hoje, a impressão que causará nos nossos novos acólitos, é importante. Vista-se.

A mente de Clary estava girando. *A cerimônia esta noite. Nossos novos acólitos.*

— Quanto tempo tenho... para me vestir? — perguntou.

— Uma hora, talvez — respondeu. — Temos de chegar ao sítio sagrado antes da meia-noite. Os outros estarão reunidos lá. Não podemos nos atrasar.

Uma hora. Com o coração acelerado, Clary jogou a roupa na cama, onde brilhou como uma cota de malha. Quando se virou novamente, ele ainda estava na entrada, com um meio sorriso no rosto, como se pretendesse esperar enquanto ela se vestia.

Ela foi fechar a porta. Ele a pegou pelo pulso.

— Esta noite — disse ele — você me chamará de Jonathan. Jonathan Morgenstern. Seu irmão.

Um tremor percorreu todo o corpo de Clary, e ela olhou para baixo, torcendo para que ele não conseguisse enxergar seu ódio.

— Como queira.

Assim que ele se retirou, Clary pegou uma das jaquetas de couro de Jace. Vestiu-a, confortando-se com o calor e o cheiro familiar. Calçou os sapatos e foi até o corredor, desejando uma estela e um novo símbolo de silêncio. Ouviu água correndo e o assobio desafinado de Sebastian, mas os próprios passos ainda soavam como explosões de canhão aos ouvidos. Foi andando, mantendo-se perto da parede, até chegar à porta de Sebastian e entrar.

Estava escuro, a única iluminação vinha da luz da cidade penetrando as janelas, cujas cortinas estavam abertas. Estava uma bagunça, exatamente como na primeira vez em que esteve ali. Começou pelo armário, cheio de roupas caras — camisas de seda, jaquetas de couro, ternos Armani, sapatos Magli. No chão do armário havia uma camisa branca, amassada e manchada de sangue, sangue antigo o suficiente para ter secado e escurecido. Clary olhou por um longo instante e fechou a porta do armário.

Em seguida, seguiu para a mesa, abrindo gavetas, remexendo papéis. Torcera para encontrar alguma coisa simples, como uma folha de papel pautada com MEU PLANO MALIGNO escrito no topo, mas não teve sorte. Havia dezenas de papéis com caracteres numéricos e alquímicos complexos, e até um papel de carta que começava com as palavras *Minha bela* escritas na letra pequena de Sebastian. Dedicou um instante a se perguntar quem no mundo poderia ser a bela de Sebastian — não o enxergava como alguém capaz de nutrir sentimentos românticos por ninguém — antes de partir para seu criado-mudo.

Abriu a gaveta. Dentro dela havia uma pilha de bilhetes. Sobre eles, algo brilhava. Algo circular e metálico.

Seu anel de fada.

Isabelle estava sentada com o braço em torno de Simon enquanto dirigiam de volta ao Brooklyn. Ele estava exausto, a cabeça latejando, o corpo todo dolorido. Apesar de Magnus ter devolvido o anel no lago, ele não tinha conseguido falar com Clary. E o pior de tudo é que estava com fome. Gostava da proximidade de Isabelle, da maneira como apoiava a mão logo acima da dobra do seu cotovelo, traçando linhas ali, às vezes deslizando os dedos até o pulso. Mas o cheiro dela — perfume e sangue — fez seu estômago roncar.

Estava começando a escurecer lá fora, o pôr do sol do fim de outono, que trazia cedo a escuridão, diminuindo a iluminação no interior da cabine da picape. As vozes de Alec e Magnus eram murmúrios nas sombras. Simon permitiu que seus olhos fechassem, vendo a imagem do Anjo marcada no fundo das pálpebras, uma explosão de luz branca.

Simon! A voz de Clary explodiu em sua cabeça, acordando-o instantaneamente. *Está aí?*
Um arquejo profundo escapou dos seus lábios.
Clary? Eu estava tão preocupado...
Sebastian me tomou o anel, Simon. Talvez não tenhamos muito tempo. Preciso contar. Eles têm um segundo Cálice Mortal. Planejam invocar Lilith e criar um exército de Caçadores de Sombras do mal — com os mesmos poderes dos Nephilim, mas aliados ao mundo dos demônios.

— Está brincando — disse Simon. Levou um instante para perceber que tinha falado em voz alta. Isabelle se mexeu contra ele, e Magnus o olhou, curioso.

— Tudo bem, vampiro?

— É Clary — respondeu Simon. Os três o olharam com expressões atônitas idênticas. — Está tentando falar comigo. — Colocou as mãos nos ouvidos, encolhendo-se no assento e tentando se concentrar nas palavras.

Quando vão fazer isso?
Hoje à noite. Não sei exatamente onde estamos, mas são mais ou menos dez da noite aqui.
Então está cinco horas à frente da gente. Está na Europa?
Não consigo nem imaginar. Sebastian mencionou alguma coisa chamada Sétimo Sítio Sagrado. Não sei o que é isso, mas encontrei algumas anotações, e aparentemente é algum túmulo antigo. Parece uma espécie de entrada e dá para evocar demônios através dela.
Clary, nunca nem ouvi falar em nada assim...
Mas Magnus e os outros talvez sim. Por favor, Simon. Conte a eles o mais rápido possível. Sebastian vai ressuscitar Lilith. Ele quer guerra, uma guerra total com os Caçadores de Sombras. Ele tem quarenta ou cinquenta dos Nephilim prontos para segui-lo. Estarão todos lá. Simon, ele quer destruir o mundo. Temos de fazer tudo para impedir.
Se as coisas estão tão perigosas, você precisa sair daí.

Clary soava cansada.

Estou tentando. Mas pode ser tarde demais.

Simon só estava vagamente ciente do fato de que todos na caminhonete olhavam para ele, com os rostos carregados de preocupação. Não se importou com isso. A voz de Clary em sua mente parecia uma corda arremessada em um abismo, e se ele conseguisse agarrar a ponta, talvez pudesse puxá-la de volta à segurança, ou pelo menos impedi-la de escorregar.

Clary, ouça. Não posso contar como, pois é uma história muito longa, mas temos uma arma. Pode ser utilizada em Jace ou Sebastian sem que o outro se machuque e, de acordo com... a pessoa que nos deu, pode ser capaz de separá-los.
Separá-los? Como?

Ele disse que queimaria o mal de dentro daquele em quem a utilizássemos. Então, se atingirmos Sebastian, suponho, queimaria o laço entre eles, pois este laço é maligno. Simon sentiu a cabeça latejar, e torceu para que soasse mais confiante do que de fato se sentia. *Não tenho certeza. Mas é muito poderosa. Chama-se Gloriosa.*

E a gente usaria contra Sebastian? E isso queimaria o laço entre os dois, sem matá-los?

303

Bem, a ideia é essa. Quero dizer, existe a chance de que destrua Sebastian. Depende de quanto bem ele ainda tem dentro dele. "Se ele for mais do Inferno que do Céu", acho que foi o que o Anjo disse...

O Anjo? O tom de alarme de Clary era palpável. *Simon, o que você...*

A voz dela sumiu, e Simon foi subitamente invadido por um clamor de emoção — surpresa, raiva, pavor. Dor. Gritou, sentando-se.

Clary?

Mas obteve apenas silêncio, soando em sua mente.

Clary!, gritou. Em seguida, falou em voz alta:

— Droga. Ela sumiu de novo.

— O que aconteceu? — perguntou Isabelle. — Ela está bem? O que está havendo?

— Acho que temos muito menos tempo do que imaginávamos — declarou Simon, com uma voz mais calma do que o que estava sentindo. — Magnus, encoste a picape. Precisamos conversar.

— Então — disse Sebastian, preenchendo a entrada ao olhar para Clary. — Seria um *déjà vu* se eu perguntasse o que você está fazendo no meu quarto, irmãzinha?

Clary engoliu em seco. A luz no corredor brilhava forte atrás de Sebastian, transformando-o em uma silhueta. Ela não conseguiu enxergar a expressão no rosto dele.

— Procurando por você? — arriscou.

— Está sentada na minha cama — disse ele. — Achou que eu estivesse embaixo?

— Eu...

Ele entrou no quarto; caminhando, na verdade, como se soubesse de algo que ela não sabia. Algo que mais ninguém sabia.

— Então, por que está me procurando? E por que não se vestiu para a cerimônia?

— O vestido — disse ela. — Não... me cabe.

— Claro que cabe — Sebastian respondeu, sentando na cama ao lado dela. Virou-se para ela, de costas para a cabeceira da cama. — Tudo naquele quarto cabe em você. O vestido também deve caber.

— É de seda e chiffon. Não estica.

— Você é magrinha. Não deveria ter de esticar. — Sebastian pegou o pulso direito de Clary, e ela encolheu os dedos, tentando desesperadamente esconder o anel. — Olhe, consigo envolver seu pulso com meus dedos.

A pele dele era quente contra a dela, enviando pontadas agudas para os seus nervos. Lembrou-se de como, em Idris, o toque de Sebastian a queimou como se fosse ácido.

— O Sétimo Sítio Sagrado — disse ela, sem olhar para ele. — Foi para lá que Jace foi?

— Foi. Mandei que ele fosse na frente. Está preparando tudo para nossa chegada. Vamos encontrá-lo lá.

O coração de Clary afundou no peito.

— Ele não vai voltar?

— Não antes da cerimônia. — Clary viu a ponta curva do sorriso de Sebastian. — O que é uma boa coisa, porque ele ficaria muito decepcionado quando eu contasse sobre *isto.* — Deslizou rapidamente a mão sobre a dela, esticando os dedos da irmã. O anel dourado brilhava ali, como um sinal de fogo. — Achou que eu não fosse reconhecer o trabalho das fadas? Pensa que a Rainha é tola o bastante para pedir que você fosse buscar estes anéis para ela sem saber que os guardaria para si? Ela *queria* que você o trouxesse para cá, onde eu o encontraria. — Ele tirou o anel dela com um sorriso.

— Você esteve em contato com a Rainha? — perguntou Clary. — Como?

— Com este anel — ronronou Sebastian, e Clary se lembrou da Rainha declarando, com sua voz doce e aguda: *Jonathan Morgenstern pode ser um grande aliado. O Povo das Fadas é antigo; não tomamos decisões precipitadas, mas esperamos para ver em que direção sopram os ventos.* — Realmente acha que ela deixaria que você pusesse as mãos em alguma coisa que permitisse que se comunicasse com seus amiguinhos sem que ela conseguisse ouvir? Desde que o tirei de você, falei com ela, ela falou comigo, você foi uma tola em confiar nela, irmãzinha. Ela gosta de ficar do lado vencedor, a Rainha Seelie. E esse lado será o nosso, Clary. *Nosso.* — A voz de Sebastian estava suave e baixa. — Esqueça-os, seus amigos Caçadores de Sombras. Seu lugar é conosco. *Comigo.* Seu sangue pede poder, assim como o meu. O que quer que sua mãe tenha feito para distorcer sua consciência, você sabe quem é. — Ele a pegou pelo pulso novamente, puxando-a para perto de si. — Jocelyn fez todas as escolhas erradas. Ficou ao lado da Clave e contra a própria família. Esta é sua chance de reparar o erro dela.

Tentou libertar o braço.

— Solte-me, Sebastian. Estou falando sério.

A mão dele subiu pelo braço dela, envolvendo a parte superior com os dedos.

— Você é uma coisinha. Quem imaginaria que você teria tanto fogo? Principalmente na cama.

Clary se levantou com um salto, afastando-se dele.

— *O que* você disse?

Ele também ficou de pé, curvando os cantos dos lábios. Era tão mais alto do que ela, quase da exata altura de Jace. Inclinou-se para perto dela ao falar, a voz baixa e áspera:

— Tudo que marca Jace me marca — disse. — Até suas unhas. — Ele continuava sorrindo. — Oito arranhões paralelos nas minhas costas, irmãzinha. Está dizendo que não foi você que fez?

Houve uma débil explosão na mente dela, como fogos de fúria. Olhou para o rosto sorridente dele e pensou em Jace, em Simon, e nas palavras que tinham acabado de trocar. Se a Rainha realmente conseguisse escutar as conversas, então talvez já soubesse sobre a Gloriosa. Mas Sebastian, não. E nem poderia.

305

Ela arrancou o anel da mão e o arremessou no chão. Escutou o grito do irmão, mas já tinha afundado o pé com tudo, sentindo o anel ceder e o ouro virar pó.

Ele a olhou incrédulo quando ela tirou o pé de cima do objeto.

— Você...

Clary recolheu a mão direita, a mais forte, e o socou no estômago.

Ele era mais alto, mais largo e mais forte do que ela, mas Clary contou com o elemento surpresa. Ele se curvou, arquejando, e Clary puxou a estela do cinto de armas do irmão. E correu.

Magnus virou o volante tão depressa que os pneus cantaram. Isabelle gritou. Bateram no acostamento da estrada, sob a sombra de um bosque de árvores parcialmente despidas.

Em seguida as portas se abriram, e todos estavam saltando. O sol se punha, e os faróis da picape estavam acesos, iluminando todos com um brilho sinistro.

— Muito bem, vampiro — disse Magnus, balançando a cabeça forte o bastante para soltar purpurina. — Que *diabos* está acontecendo?

Alec se apoiou no carro enquanto Simon explicava, repetindo a conversa que tivera com Clary o mais precisamente possível, antes que tudo se perdesse em sua mente.

— Ela falou alguma coisa sobre sair e levar Jace de lá? — perguntou Isabelle quando Simon concluiu o relato, com o rosto pálido à luz amarelada dos faróis.

— Não — respondeu. — E Iz... não acho que Jace queira sair. Ele quer estar onde está.

Isabelle cruzou os braços e olhou para baixo, os cabelos negros caindo sobre o rosto.

— Que história é essa de Sétimo Sítio Sagrado? — perguntou Alec. — Sei sobre as Sete Maravilhas do Mundo, mas Sete Sítios Sagrados?

— São mais do interesse de feiticeiros do que dos Nephilim — disse Magnus. — Cada um é um local onde Linhas Ley convergem, formando uma matriz, uma espécie de rede na qual feitiços mágicos são amplificados. O sétimo é um túmulo na Irlanda, em Poll na mBrón; o nome quer dizer "a caverna dos lamentos". Fica em uma área erma e desabitada chamada Burren. Um bom lugar para invocar um demônio, se for grande. — Mexeu numa mecha espetada de cabelo. — Isto é ruim. Muito ruim.

— Acha que ele consegue? Fabricar... Caçadores de Sombras malignos? — perguntou Simon.

— Tudo tem uma aliança, Simon. A aliança dos Nephilim é seráfica, mas se fosse demoníaca, continuariam sendo tão poderosos quanto são. Mas se dedicariam ao fim da raça humana e não à sua salvação.

— Precisamos ir para lá — disse Isabelle. — Temos de impedi-los.

— "Impedi-lo", você quer dizer — lembrou Alec. — Temos de contê-lo. Sebastian.

— Jace é aliado dele agora. Precisa aceitar isso, Alec — disse Magnus. Uma garoa suave começou a cair. As gotas brilhavam como ouro à luz dos faróis. — Na Irlanda, são cinco horas a mais do que aqui, mais ou menos. Vão executar a cerimônia à meia-noite. São cinco da tarde aqui. Temos uma hora e meia, duas no máximo, para detê-los.

— Então não deveríamos esperar. Deveríamos ir logo — disse Isabelle, com uma ponta de pânico na voz. — Se vamos impedi-lo...

— Iz, somos apenas quatro — disse Alec. — Não sabemos nem quantas pessoas teremos de enfrentar...

Simon olhou para Magnus, que estava assistindo a Isabelle e Alec discutirem, com uma expressão estranhamente alheia.

— Magnus — disse Simon. — Por que não fomos para a fazenda por um Portal? Você transportou metade de Idris para Brocelind.

— Queria lhes dar tempo o suficiente para desistirem — respondeu Magnus, sem tirar os olhos do namorado.

— Mas podemos ir de Portal daqui — disse Simon. — Quero dizer, você poderia fazer isso por nós.

— Poderia — concordou. — Mas, como disse Alec, não sabemos o que vamos enfrentar em termos de número. Sou um feiticeiro bastante poderoso, mas Jonathan Morgenstern não é um Caçador de Sombras comum, nem Jace, por sinal. E se conseguirem invocar Lilith... ela estará muito mais fraca do que antes, mas ainda assim, será Lilith.

— Mas ela está morta — argumentou Isabelle. — Simon a matou.

— Demônios Maiores não morrem — explicou Magnus, novamente. — Simon... a espalhou entre mundos. Ela vai levar tempo para se reconstituir, e ficará fraca por anos. A não ser que Sebastian a chame mais uma vez. — Magnus passou a mão pelos cabelos arrepiados molhados.

— Temos a espada — disse Isabelle. — Podemos acabar com Sebastian. Temos Magnus, e Simon...

— Não sabemos nem se a espada vai funcionar — disse Alec. — E não nos servirá de nada se não conseguirmos chegar a Sebastian. E Simon não é mais o Sr. Indestrutível. Pode ser morto como todos nós.

Todos olharam para Simon.

— Precisamos tentar — disse. — Vejam... não sabemos quantas pessoas estarão lá. Temos pouco tempo. Não muito, mas o suficiente, se usarmos um Portal, para obter alguns reforços.

— Reforços de onde? — perguntou Isabelle.

— Eu vou até o apartamento atrás de Maia e Jordan — disse Simon, sua mente percorrendo rapidamente as possibilidades. — Vejo se Jordan consegue assistência da Praetor Lupus. Magnus, vá até a delegacia de polícia, veja como convocar os integrantes do bando que estiverem por perto. Isabelle e Alec...

— Está nos dividindo? — perguntou Isabelle, elevando a voz. — E mensagens de fogo, ou...

— Ninguém vai confiar em uma mensagem de fogo quando o assunto é esse — interrompeu Magnus. — Além disso, mensagens de fogo são para Caçadores de Sombras. Realmente quer comunicar esta informação à Clave por mensagem de fogo em vez de ir pessoalmente ao Instituto?

— Está bem. — Isabelle foi para a lateral do carro. Abriu a porta, mas não entrou: em vez disso, esticou o braço e pegou a Gloriosa.

A espada brilhou à luz fraca como um raio, as palavras gravadas na lâmina piscando sob a luz do carro: *Quis ut Deus?*

A chuva estava começando a fazer o cabelo de Isabelle grudar na nuca. Ela estava linda ao caminhar de volta para o grupo.

— Então deixamos o carro aqui. Vamos nos dividir, mas nos encontramos no Instituto daqui a uma hora. Que é quando partiremos com quem quer que esteja conosco. — Olhou nos olhos dos companheiros, um por um, desafiando-os a contestá-la. — Simon, leve isto.

Estendeu a Gloriosa, com o cabo na direção do vampiro.

— Eu? — Simon se espantou. — Mas eu não... Nunca usei uma espada antes.

— Você a invocou — disse Isabelle, com os olhos escuros brilhantes na chuva. — O Anjo a deu a você, Simon, e você será o guardião.

Clary correu pelo corredor e pisou nos degraus com estrondo, correndo para o andar de baixo, para o ponto na parede onde Jace disse que ficava a única entrada e a única saída do apartamento.

Não tinha ilusões de que poderia escapar. Precisava apenas de alguns instantes para fazer o que tinha de ser feito. Ouviu as botas de Sebastian pisando forte na escada de vidro atrás dela e aumentou a velocidade, quase batendo na parede. Encostou a ponta da estela, desenhando freneticamente: *um desenho tão simples quanto uma cruz, novo para o mundo...*

O punho de Sebastian se fechou nas costas do casaco de Clary, puxando-a para trás, e a estela voou da mão da irmã. Ela engasgou quando ele a levantou e a jogou contra a parede, deixando-a sem fôlego. Sebastian olhou para a marca que ela tinha feito na parede, e seus lábios se curvaram em uma careta.

— O Símbolo de Abertura? — disse. Inclinou-se para a frente e sibilou no ouvido dela: — E você sequer o concluiu. Não que isso tenha importância. Acha mesmo que existe algum lugar nesse mundo para o qual possa ir onde eu não vá encontrá-la?

Clary respondeu com um epíteto que a teria feito ser expulsa da sala no St. Xavier. Quando Sebastian começou a rir, Clary levantou a mão e deu um tapa na cara dele com tanta força que os dedos doeram. Com a surpresa, ele afrouxou as mãos que a seguravam, e Clary se afastou e saltou sobre a mesa, correndo para o quarto do andar de baixo, que ao menos tinha uma tranca na porta...

308

E ele apareceu na frente dela, agarrando as laterais da jaqueta e girando-a. Os pés voaram de baixo dela, e Clary teria caído se ele não a tivesse prendido à parede com o corpo, com os braços em ambos os lados, formando uma jaula ao seu redor.

O sorriso de Sebastian era diabólico. O menino estiloso que caminhou pelo Sena, tomou chocolate quente e conversou sobre pertencer a algum lugar desaparecera. Os olhos estavam completamente negros, sem pupilas, como túneis.

— O que foi, irmãzinha? Você parece chateada.

Ela mal conseguiu recuperar o fôlego.

— Estraguei... meu... esmalte batendo nessa sua... cara horrível. Viu? — Mostrou o dedo, apenas um dedo.

— Que gracinha — riu. — Sabe como sei que nos trairia? Como sei que não conseguiria evitar? Porque você se parece demais comigo.

Ele a apertou ainda mais forte contra a parede. Ela sentiu o peito de Sebastian subir e descer contra o dela. Estava com os olhos na altura da linha afiada e reta da clavícula do irmão. O corpo dele parecia uma prisão em volta do dela, mantendo-a no lugar.

— Não sou nada como você. Solte-me...

— Você é inteiramente como eu — rosnou ao ouvido dela. — Infiltrou-se aqui. Fingiu amizade, fingiu se importar.

— Nunca tive de fingir que me importo com *Jace*.

Clary viu alguma coisa brilhar nos olhos dele naquele instante, um ciúme sombrio, e ela sequer soube de quem. Ele colocou os lábios na bochecha dela, perto o bastante para que Clary os sentisse se movendo contra sua pele quando ele falou.

— Você nos ferrou — murmurou Sebastian. Sua mão envolvia o braço esquerdo de Clary como um torno; começou a abaixá-la, devagar. — Provavelmente ferrou Jace... literalmente.

Clary não conseguiu evitar, se encolheu. Sentiu Sebastian respirar fundo.

— Foi isso — disse ele. — Dormiu com ele. — Soou quase traído.

— Não é da sua conta.

Sebastian agarrou o rosto dela, virando-a para ele, enterrando os dedos no queixo da irmã.

— Não pode *transar* com uma pessoa até torná-la boa. Mas belo movimento sem coração, no entanto. — A boca adorável de Sebastian se curvou em um sorriso frio. — Sabe que ele nem se lembra, não sabe? Ele pelo menos te divertiu? Porque eu teria.

Ela sentiu a bile na garganta.

— Você é meu irmão.

— Essas palavras não querem dizer nada para nós. Não somos humanos. As regras deles não se aplicam a nós. Leis estúpidas sobre quais DNAs não podem se misturar. São hipócritas, na verdade. Já somos experimentos. Os governantes do antigo Egito costumavam se casar com irmãos, você sabe. Cleópatra se casou com o dela. Fortalece a linha de sucessão.

Ela o olhou com desprezo.

— Sabia que você era louco — disse. — Mas não sabia que estava absoluta, espetacularmente fora de si.

— Oh, não acho que haja nada de louco nisso. A quem pertencemos, senão um ao outro?

— Jace — disse ela. — Pertenço a Jace.

Sebastian emitiu um ruído de desprezo.

— Pode ficar com Jace.

— Pensei que precisasse dele.

— Preciso. Mas não para o que você precisa. — De repente estava com as mãos na cintura de Clary. — Podemos dividi-lo. Não ligo para o que fizerem. Contanto que você saiba que pertence a mim.

Ela levantou as mãos, com a intenção de empurrá-lo.

— Não pertenço a você. Pertenço a *mim*.

O olhar dele a congelou no lugar.

— Acho que é mais esperta do que isso — falou, e beijou-lhe a boca, com força.

Por um instante Clary voltou a Idris, na frente do solar Fairchild queimado. Sebastian a estava beijando e ela teve a sensação de estar caindo na escuridão, em um túnel sem fim. Na ocasião, ela achou que havia algo de errado com ela. Que não conseguisse beijar ninguém além de Jace. Que estava quebrada.

Agora sabia. A boca de Sebastian se moveu na dela, dura e fria como uma navalha no escuro, então ela ficou na ponta dos pés e mordeu o lábio do irmão com força.

Ele gritou e girou para longe dela, levando a mão à boca. Clary sentiu o gosto do sangue de Sebastian, cobre amargo; pingou pelo queixo dele enquanto a olhava com olhos incrédulos.

— Você...

Clary girou e o chutou com força na barriga, torcendo para que ainda estivesse dolorida do soco de antes. Enquanto Sebastian se curvava, ela passou disparada por ele, correndo para a escada. Estava na metade do caminho quando o sentiu agarrá-la pelo colarinho. Ele virou a irmã, como se estivesse girando um taco de beisebol, arremessando-a contra a parede. Ela bateu com força e caiu de joelhos, perdendo o ar.

Sebastian foi em direção a ela, as mãos flexionadas nas laterais, os olhos brilhando, negros como os de um tubarão. Parecia assustador; Clary sabia que deveria estar apavorada, mas um desprendimento frio e vítreo a dominou. O tempo pareceu desacelerar. Lembrou-se da luta na loja de quinquilharias em Praga, de como havia desaparecido no próprio mundo, onde cada movimento era preciso como os de um relógio. Sebastian esticou o braço para ela, e ela empurrou o próprio corpo contra o chão, movimentando as pernas de lado enquanto levantava, dando uma rasteira que levantou Sebastian do chão.

Ele caiu para a frente, e ela rolou para fora do caminho, levantando-se. Não perdeu tempo tentando correr desta vez. Em vez disso, pegou o vaso de porcelana da mesa e, enquanto Sebastian se levantava, lançou-o contra sua cabeça. O vaso estilhaçou, entornando água e folhas, e ele cambaleou para trás, sangue brotando em seus cabelos branco-prata.

Ele rosnou e saltou para cima dela. Foi como ser atingida por uma bola de demolição. Clary voou para trás, destruindo a mesa de vidro, e caiu no chão em uma explosão de cacos e agonia. Ela gritou quando Sebastian aterrissou nela, empurrando seu corpo contra o vidro quebrado, os lábios retraídos em um rosnado. Desceu o braço em um movimento inverso e bateu na cara dela. O sangue a cegou; Clary engasgou com o gosto na boca, o sal ardeu em seus olhos. Ela levantou o joelho, acertando-o na barriga, mas foi como chutar uma parede. Sebastian agarrou as mãos da irmã, forçando-as nas laterais do corpo.

— Clary, Clary, Clary — disse. Estava ofegante. Pelo menos, tinha dado um cansaço nele. Sangue corria em um rastro lento de um corte na lateral da cabeça, manchando os cabelos de vermelho. — Nada mau. Você não era uma grande combatente em Idris.

— Saia de cima de mim...

Ele abaixou o rosto para perto do dela. Botou a língua para fora. Ela tentou se afastar, mas não conseguiu ser rápida o suficiente quando ele lambeu o sangue do seu rosto e sorriu. O sorriso abriu o lábio de Sebastian, e mais sangue escorreu pelo queixo.

— Você me perguntou a quem pertenço — sussurrou. — Pertenço a *você*. Seu sangue é meu sangue, seus ossos, meus ossos. Na primeira vez em que me viu, pareci familiar, não foi? Exatamente como você pareceu familiar a mim.

Ela o encarou.

— Você está louco.

— Está na Bíblia — falou. — O cântico de Salomão. "Tu violentaste meu coração, minha irmã, minha esposa; violentaste meu coração com um de teus olhos, com uma corrente do teu pescoço." — Os dedos de Sebastian esfregaram sua garganta, se enrolando no cordão ali, o cordão do qual se pendurava o anel Morgenstern. Ficou imaginando se ele a enforcaria. — "Eu durmo, mas meu coração desperta: é a voz da minha amada que bate, dizendo, Abra para mim, minha irmã, meu amor." — O sangue de Sebastian pingou no rosto dela. Ela manteve a face imóvel, o corpo chiando com o esforço, enquanto a mão escorregava para a garganta, pela lateral, até a cintura. Deslizou os dedos para dentro da cintura da calça. Tinha a pele quente, ardente; Clary pôde sentir que ele a queria.

— Você não me ama — disse ela. Sua voz soou fraca; ele estava forçando para fora o ar de seus pulmões.

Lembrou-se do que a mãe tinha dito, que todas as emoções demonstradas por Sebastian eram forjadas. Os pensamentos de Clary estavam claros como cristais; ela agradeceu silenciosamente à euforia da batalha por fazer o que tinha de ser feito e mantê-la concentrada enquanto Sebastian a enojava com seu toque.

— E você não liga para o fato de eu ser seu irmão — declarou. — Sei como se sentia em relação a Jace, mesmo quando achou que ele fosse seu irmão. Não pode mentir para mim.

— Jace é melhor do que você.

— Ninguém é melhor do que eu. — Sebastian sorriu, todo dentes brancos e sangue. — "Um jardim anexo é minha irmã" — falou. — "Uma fonte fechada, um chafariz selado." Mas não mais, certo? Jace cuidou disso. — Ele mexeu no botão da calça jeans de Clary, que se aproveitou da distração para pegar um pedaço grande e triangular de vidro e enfiar a ponta no ombro dele.

O vidro deslizou pelos dedos de Clary, cortando-os. Ele gritou, indo para trás, mais por surpresa do que por dor — o uniforme o protegera. Ela apunhalou, desta vez com mais força, a coxa dele com o vidro. Quando Sebastian recuou, ela enfiou o cotovelo do outro braço na garganta dele. Ele caiu de lado, engasgando, e Clary rolou, prendendo-o sob ela enquanto puxava o caco da perna dele. Abaixou-o na direção da veia pulsante do pescoço dele — e parou.

Sebastian ria. Estava embaixo dela, rindo, a risada vibrando pelo corpo de Clary. Estava com a pele suja de sangue — sangue dela, pingando nele, e o dele escorrendo do corte, os cabelos branco-prateados manchados. Ele permitiu que os braços caíssem para os lados do corpo, abertos como asas, um anjo quebrado, caído do céu.

Ele disse:

— Mate-me, irmãzinha. Mate-me e matará Jace também.

Ela usou o caco.

— ◁ Capítulo 20 ▷ —
UMA PORTA NO ESCURO

Clary gritou alto de pura frustração quando o caco de vidro se alojou no piso de madeira, a centímetros da garganta de Sebastian.

Ela o sentiu rir embaixo dela.

— Não consegue — disse ele. — Não consegue me matar.

— Você pode ir para o inferno — rosnou ela. — Não consigo matar *Jace*.

— Dá no mesmo — respondeu Sebastian, e, sentando-se tão velozmente que Clary mal o viu se mover, bateu no rosto dela com força o suficiente para enviá-la derrapando pelo chão cheio de cacos de vidro.

O movimento foi interrompido quando Clary atingiu a parede, teve uma ânsia e tossiu sangue. Enterrou a cabeça no antebraço, o gosto e o cheiro do próprio sangue espalhados por todo lado, enjoativos e metálicos. Um segundo depois, a mão de Sebastian a estava agarrando pela jaqueta, e ele a levantou do chão.

Clary não lutou. De que adiantaria? Por que lutar contra alguém quando a pessoa estava disposta a matar, mas sabia que você não desejava matá-la ou sequer feri-la seriamente? O adversário sempre venceria. Ela ficou parada enquanto Sebastian a examinava.

— Poderia ser pior — disse ele. — Parece que essa jaqueta impediu que você sofresse algum dano verdadeiro.

Dano *verdadeiro*? Seu corpo parecia ter sido inteiramente perfurado por facas finas. Ela o encarou através dos cílios enquanto ele a erguia em seus braços. Foi como em Paris, quando ele a levou para longe dos demônios Dahak, mas naquela ocasião ela se sentiu... se não grata, pelo menos confusa, e agora estava preenchida por um ódio fervente. Manteve o corpo tenso enquanto ele a levava para o andar de cima, as botas emitindo ruídos no vidro. Clary estava tentando se esquecer de que o estava tocando, de que o braço dele estava sob suas coxas, as mãos, possessivas, nas costas.

Vou *matá-lo*, pensou. *Vou descobrir uma maneira e vou matá-lo.*

Sebastian entrou no quarto de Jace e a jogou no chão. Ela cambaleou para trás. Ele a pegou e arrancou o casaco dela. Por baixo Clary só vestia uma camiseta. Estava rasgada, como se tivesse passado um ralador na roupa, e toda manchada de sangue.

Sebastian assobiou.

— Você está péssima, irmãzinha — disse ele. — É melhor ir até o banheiro e lavar um pouco desse sangue.

— Não — respondeu ela. — Deixe que me vejam assim. Deixe que vejam o que você teve de fazer para que eu fosse junto.

A mão dele avançou e a pegou pelo queixo, forçando-a a olhar para ele. Seus rostos estavam a poucos centímetros um do outro. Ela quis fechar os olhos, mas se recusou a dar a Sebastian essa satisfação; encarou de volta, os círculos prateados naqueles olhos negros, o sangue no lábio onde o mordeu.

— Você pertence a mim — repetiu ele. — E estará ao meu lado, independentemente de como precisei forçá-la.

— Por quê? — perguntou Clary, a fúria em sua língua amarga como sangue. — Por que se importa? Sabe que não posso matar Jace, mas você pode me matar. Por que não *mata* logo?

Por apenas um segundo, os olhos de Sebastian ficaram distantes, *vítreos*, como se estivessem enxergando algo invisível a Clary.

— Este mundo será consumido pelo fogo do inferno — afirmou. — Mas manterei você e Jace protegidos das chamas se fizerem o que peço. É uma gentileza que não estendo a mais ninguém. Vê a tolice que é me rejeitar?

— Jonathan — disse ela. — Não vê como é impossível me pedir para lutar ao seu lado quando o que quer é *destruir o mundo*?

Os olhos dele voltaram a se focar no rosto dela.

— Mas por quê? — Era quase uma reclamação. — Por que este mundo é tão precioso para você? Você *sabe* que existem outros. — O sangue dele estava muito vermelho contra a pele clara. — Diga que me ama. Diga que me ama e que vai lutar ao meu lado.

— Jamais o amarei. Você se enganou quando disse que temos o mesmo sangue. Seu sangue é veneno. Veneno de demônio. — Cuspiu as últimas palavras.

Ele apenas sorriu, os olhos brilhando sombriamente. Clary sentiu alguma coisa queimar seu braço, e deu um pulo antes de perceber que se tratava de uma estela; Sebastian estava desenhando um *iratze* na pele dela. Clary o detestou mesmo enquanto a dor diminuía. A pulseira dele tilintou no pulso enquanto movia habilidosamente a mão, completando o símbolo.

— Eu sabia que tinha mentido — declarou Clary, de repente.

— Conto tantas mentiras, querida — respondeu. — De qual está falando?

— Sua pulseira — disse. — *"Acheronta movebo"*. Não significa "Assim, sempre aos tiranos". Isso seria *"Sic semper tyrannis"*. Isso é de Virgílio. *"Flectere si nequeo superos, Acheronta movebo"*. "Se não posso mover o Céu, elevarei o Inferno".

— Seu latim é melhor do que pensei.

— Aprendo rápido.

— Não rápido o bastante. — Sebastian soltou o queixo dela. — Agora vá até o banheiro e se limpe — comandou, empurrando-a para trás. Pegou o vestido cerimonial da mãe e o jogou nos braços de Clary. — O tempo é curto e minha paciência está se esgotando. Se não aparecer em dez minutos, vou atrás de você. E confie em mim, não vai gostar.

— Estou morta de fome — disse Maia. — Parece que não como há dias. — Ela abriu a porta da geladeira e olhou o que tinha. — Ah, eca.

Jordan a puxou para perto, abraçando-a, e acariciou sua nuca com o nariz.

— Podemos pedir comida. Pizza, tailandesa, mexicana, o que você quiser. Desde que não custe mais de 25 dólares.

Ela girou nos braços dele, rindo. Vestia uma das camisas de Jordan; ficava um pouco grande nele, e nela batia quase no joelho. Estava com o cabelo preso em um nó na nuca.

— Que mão aberta — disse ela.

— Qualquer coisa por você. — Ele a levantou pela cintura, colocando-a em um dos bancos da bancada. — Pode comer um taco. — Ele a beijou. Os lábios de Jordan estavam doces, ligeiramente mentolados por causa da pasta de dentes. Maia sentiu no corpo a agitação que vinha quando o tocava, que começava na base da espinha e corria pelos nervos.

Ela deu um risinho na boca de Jordan, abraçando-o pelo pescoço. Um ruído agudo cortou a agitação em seu sangue enquanto ele recuava, franzindo o cenho.

— Meu telefone. — Segurando-a com uma das mãos, apalpou a bancada atrás de si até encontrar o aparelho. Tinha parado de tocar, mas ele o levantou assim mesmo, franzindo as sobrancelhas. — É a Praetor.

A Praetor nunca ligava, ou raramente o fazia. Só quando era um assunto de importância vital. Maia suspirou e se inclinou para trás.

— Atenda.

Ele assentiu, já levando o telefone ao ouvido. A voz de Jordan se tornou um murmúrio suave no fundo da consciência de Maia quando ela saltou do banco e foi até a geladeira, onde os cardápios de *delivery* estavam afixados. Examinou-os até encontrar o menu do restaurante tailandês local de que gostava e se virou com o papel na mão.

Jordan agora estava no meio da sala, pálido, com o telefone esquecido na mão. Maia ouviu uma voz baixa e distante vindo do aparelho, dizendo o nome dele.

Maia derrubou o cardápio e correu até ele. Pegou o telefone, encerrou a chamada e colocou o aparelho na bancada.

— Jordan? O que houve?

— Meu colega de quarto... Nick... lembra? — disse, com incredulidade nos olhos amendoados. — Você não o conheceu, mas...

— Vi as fotos dele — respondeu. — Aconteceu alguma coisa?

— Ele está morto.

— Como?

— Garganta cortada, todo o sangue drenado. Acham que ele rastreou a menina da qual estava encarregado, e ela o matou.

— Maureen? — Maia ficou chocada. — Mas ela era só uma garotinha.

— É uma vampira agora. — Ele inspirou de um jeito irregular. — Maia...

Ela o encarou. Ele estava com os olhos vítreos, os cabelos emaranhados. Um pânico súbito cresceu dentro dela. Beijos, carícias e até mesmo sexo eram uma coisa. Confortar uma pessoa abalada pela perda de alguém era outra. Significava compromisso. Significava amor. Significava que você queria suavizar a dor e ao mesmo tempo agradecia a Deus por qualquer que fosse o mal em questão não ter acontecido a *ele*.

— Jordan — falou suavemente. Colocando-se nas pontas dos pés, ela o abraçou. — Sinto muito.

O coração de Jordan batia forte contra o dela.

— Nick tinha apenas 17 anos.

— Ele era um Praetor, como você — falou Maia, suavemente. — Sabia que era perigoso. *Você* só tem dezoito. — Ele a apertou com mais força, mas não disse nada. — Jordan — falou ela. — Eu amo você. Eu amo você e sinto muito.

Maia o sentiu congelar. Era a primeira vez que ela dizia isso desde as semanas que antecederam sua mordida. Ele parecia estar prendendo a respiração. Finalmente exalou, arquejando.

— Maia — disse ele, rouco. Então, inacreditavelmente, antes que pudesse dizer mais uma palavra, o telefone dela tocou.

— Deixe para lá — disse ela. — Vou ignorar.

Ele a soltou, com a expressão suave, perplexo de dor e espanto.

— Não — respondeu. — Não, pode ser importante. Atenda.

CIDADE DAS ALMAS PERDIDAS

Ela suspirou e foi até a bancada. Já tinha parado de tocar quando ela atendeu, mas havia uma mensagem de texto piscando na tela. Maia sentiu os músculos da barriga enrijecerem.

— O que foi? — perguntou Jordan, como se tivesse sentido a tensão súbita de Maia. E talvez tivesse mesmo.

— Uma emergência. — Ela se virou para ele, segurando o telefone. — Uma convocação de batalha. Foi para todos do bando. Quem enviou foi Luke... e Magnus. Temos de ir imediatamente.

Clary se sentou no chão do banheiro de Jace, com as costas no azulejo da banheira, as pernas esticadas. Já tinha limpado o sangue do rosto e do corpo, e lavado o cabelo ensanguentado na pia. Estava com o vestido cerimonial da mãe, com pregas até as coxas, e o chão de azulejo estava frio sob seus pés e panturrilhas.

Olhou para as próprias mãos. Deveriam parecer diferentes, pensou. Mas eram as mesmas mãos de sempre, dedos finos, unhas cortadas — uma artista não podia ter unhas compridas — e sardas nas partes posteriores das juntas. Seu rosto também estava igual. Ela parecia toda igual, mas não era. Os últimos dias a haviam transformado de maneiras que ela ainda não conseguia compreender inteiramente.

Levantou-se e se olhou no espelho. Estava pálida, entre as cores ardentes do cabelo e do vestido. Hematomas decoravam os ombros e a garganta.

— Está se admirando? — Clary não tinha escutado Sebastian abrir a porta, mas lá estava ele, um sorrisinho intolerável como sempre, apoiado na soleira da porta. Vestia uma espécie de roupa de combate que ela nunca tinha visto antes: o mesmo material resistente de sempre, mas de cor escarlate como sangue fresco. Também tinha acrescentado um acessório, uma besta de arco curvo. Ele a segurava casualmente em uma das mãos, apesar de parecer pesada. — Está adorável, irmã. Uma companhia adequada para mim.

Ela engoliu as palavras com o gosto do sangue que ainda permanecia em sua boca, e foi até ele. Ele a pegou pelo braço quando ela tentou passar por ele na entrada. Passou a mão no ombro nu de Clary.

— Ótimo — disse ele. — Não está Marcada aqui. Detesto quando as mulheres destroem a pele com cicatrizes. Mantenha as Marcas nos braços e pernas.

— Prefiro que não me toque.

Ele riu e levantou a besta. A flecha estava encaixada, pronta para o disparo.

— Vá — disse ele. — Estou logo atrás.

Ela precisou de todo o esforço do mundo para não recuar. Virou-se e foi até a porta, sentindo uma queimadura entre as omoplatas onde imaginava que a flecha mirava. Desceram assim pelas escadas, até a cozinha e a sala. Ele rosnou ao ver o símbolo de Clary

317

desenhado na parede, esticou o braço em volta dela, e sob sua mão uma entrada apareceu. A porta em si se abriu em um quadrado de escuridão.

A flecha espetou Clary com força nas costas.

— Ande.

Respirando fundo, ela deu um passo para as sombras.

Alec bateu no botão do pequeno elevador e se apoiou na parede.

— Quanto tempo temos?

Isabelle checou a tela brilhante do celular.

— Mais ou menos quarenta minutos.

O elevador subiu. Isabelle olhou furtivamente para o irmão. Ele parecia cansado — com olheiras escuras sob os olhos. Apesar da altura e da força, Alec, com seus olhos azuis e cabelos negros suaves quase na clavícula, parecia mais delicado do que era.

— Estou bem — disse ele, respondendo à pergunta que não tinha sido feita. — É você que vai se encrencar por estar fora de casa. Eu tenho mais de 18 anos. Posso fazer o que quiser.

— Mandei mensagem para mamãe todas as noites e avisei que estava com você e com Magnus — explicou Isabelle, quando o elevador parou. — Não é como se ela não soubesse onde eu estava. E por falar em Magnus...

Alec esticou o braço e abriu a porta da gaiola interior do elevador.

— O quê?

— Vocês estão bem? Digo, estão se dando bem?

Alec lançou a Isabelle um olhar incrédulo ao pisar na entrada.

— A merda bateu no ventilador, e você quer saber sobre meu relacionamento com Magnus?

— Sempre me intrigou essa expressão — falou Isabelle, pensativa, ao se apressar pelo corredor atrás do irmão. Alec tinha pernas muito longas, e apesar de Isabelle ser rápida, era difícil acompanhá-lo quando ele queria dificultar. — Por que um ventilador? Que tipo de ventilador, e por que alguém jogaria sujeira nele?

Alec, que era *parabatai* de Jace havia tempo o suficiente para já ter aprendido a ignorar detalhes tangentes às conversas, respondeu:

— Eu e Magnus estamos bem, acho.

— Uh-oh — disse Isabelle. — Tá, você acha? Sei o que significa quando você diz isso. O que aconteceu? Vocês brigaram?

Alec estava batendo com os dedos na parede enquanto se apressavam pelo corredor, um claro sinal de que estava desconfortável.

— Pare de tentar se meter em minha vida amorosa, Iz. E você? Por que você e Simon não são um casal? Você obviamente gosta dele.

Isabelle soltou um ganido.

— Eu *não* sou óbvia.

— É sim, na verdade — disse Alec, soando como se também estivesse surpreso, agora que tinha parado para pensar no assunto. — Olhando para ele com olhos grandes. O ataque que deu no lago quando o Anjo apareceu...

— Pensei que Simon estivesse morto!

— O quê, *mais* morto? — perguntou Alec, sem qualquer gentileza. Ao ver a expressão no rosto da irmã, encolheu os ombros. — Olhe, se gosta dele, tudo bem. Só não entendo por que não estão namorando.

— Porque ele não gosta de *mim*.

— Claro que gosta. Meninos sempre gostam de você.

— Perdoe-me se considero sua opinião parcial.

— Isabelle — disse Alec, e agora havia gentileza na voz, o tom que ela associava ao irmão, amor e exasperação misturados. — Você sabe que é linda. Os meninos a perseguem desde... sempre. Por que Simon seria diferente?

Ela deu de ombros.

— Não sei. Mas ele é. Acho que agora está nas mãos dele. Ele sabe como me sinto. Mas não acho que vá correr para fazer nada a respeito.

— Para ser justo, não é como se ele não estivesse cheio de problemas no momento.

— Eu sei, mas... sempre foi assim. Clary...

— Acha que ele ainda é apaixonado por Clary?

Isabelle mordeu o lábio.

— Eu... Não exatamente. Acho que ela é a única coisa que ele ainda tem da vida humana e não consegue abrir mão dela. E enquanto não abrir mão dela, não sei se existe espaço para mim.

Já estavam quase na biblioteca. Alec olhou de lado, através dos cílios, para Isabelle.

— Mas se são só amigos...

— Alec. — Ela estendeu a mão, indicando que ele deveria ficar quieto. Havia vozes na biblioteca, a primeira estridente e imediatamente reconhecível como a de sua mãe:

— Como assim, desapareceu?

— Ninguém a vê há dois dias — disse outra voz, suave, feminina, e parecendo meio que a pedir desculpas. — Ela mora sozinha, então as pessoas não têm certeza, mas achamos que, como você conhece o irmão dela...

Sem parar, Alec abriu a porta da biblioteca. Isabelle passou por ele para ver a mãe sentada atrás da enorme mesa de madeira ao centro da sala. Na frente dela, havia duas figuras familiares: Aline Penhallow, uniformizada, e ao seu lado Helen Blackthorn, cujos cabelos cacheados apresentavam-se desarranjados. Ambas se viraram, olhando surpresas, quando a porta se abriu. Helen, por baixo das sardas, estava pálida; também uniformizada, o que a deixava ainda mais pálida.

— Isabelle — disse Maryse, levantando-se. — Alexander. O que houve?

Aline pegou a mão de Helen. Anéis de prata brilhavam nos dedos das duas. O anel Penhallow, com desenhos de montanhas, brilhava no dedo de Helen, enquanto a estampa de espinhos entrelaçados da família Blackthorn adornava o anel de Aline. Isabelle sentiu as sobrancelhas subirem; trocar anéis de família era coisa séria.

— Se estamos nos intrometendo, podemos ir... — começou Aline.

— Não, fiquem — disse Izzy, avançando. — Podemos precisar de vocês.

Maryse se ajeitou na cadeira.

— Então — disse. — Meus filhos resolvem me agraciar com as respectivas presenças. Por onde andaram?

— Eu falei — disse Isabelle. — Estávamos na casa de Magnus.

— Por quê? — perguntou Maryse. — E não estou perguntando a você, Alexander. Estou perguntando para a minha filha.

— Porque a Clave parou de procurar por Jace — disse Isabelle. — Mas nós, não.

— E Magnus se dispôs a ajudar — acrescentou Alec. — Ele tem passado todas estas noites acordado, pesquisando nos livros de feitiços, tentando descobrir onde Jace poderia estar. Ele até invocou...

— Não — Maryse levantou a mão para silenciá-lo. — Não me conte. Não quero saber. — O telefone preto na escrivaninha começou a tocar. Todos olharam para o aparelho. Uma ligação no telefone preto era uma ligação de Idris. Ninguém se moveu para atender, e em um instante o toque cessou. — Por que estão aqui? — perguntou Maryse, voltando a atenção para os filhos.

— Estávamos procurando por Jace... — recomeçou Isabelle.

— Isso é função da Clave — disparou Maryse. Parecia cansada, Isabelle notou, a pele fina embaixo dos olhos. Rugas nos cantos da boca transformavam seus lábios em uma careta. Estava magra o bastante para que os ossos nos pulsos parecessem protuberantes. — E não de vocês.

Alec bateu a mão na mesa, forte o bastante para fazer as gavetas tremerem.

— Pode nos *ouvir*? A Clave não encontrou Jace, mas nós encontramos. E junto com ele, Sebastian. E agora sabemos o que estão planejando, e — olhou para o relógio na parede — quase não temos tempo para contê-los. Vai ajudar ou não?

O telefone preto tocou novamente. Mais uma vez, Maryse sequer se mexeu para atender. Estava olhando para Alec, com o rosto branco de choque.

— Vocês o quê?

— Sabemos onde Jace está, mãe — respondeu Isabelle. — Ou, pelo menos, onde vai estar. E o que vai fazer. Sabemos qual é o plano de Sebastian, e que ele precisa ser detido. Ah, e sabemos como podemos matar Sebastian sem matar Jace...

— Pare. — Maryse balançou a cabeça. — Alexander, explique. De forma concisa e sem histeria, se possível.

Alec começou o relato, excluindo, pensou Isabelle, todas as partes *boas*, que foi como ele conseguiu resumir tão bem as coisas. Por mais abreviada que tenha sido a narrativa de Alec, tanto Aline quanto Helen ficaram boquiabertas no final. Maryse permaneceu parada, as feições imóveis. Quando Alec terminou, ela falou com a voz abafada:

— Por que fizeram essas coisas?

Alec pareceu em choque.

— Por Jace — respondeu Isabelle. — Para trazê-lo de volta.

— Você percebe que, me colocando nesta posição, não me dá escolha senão notificar a Clave — disse Maryse, com a mão no telefone preto. — Preferia que não tivessem vindo.

A boca de Isabelle ficou seca.

— Está mesmo irritada por finalmente contarmos o que está acontecendo?

— Se eu notificar a Clave, eles enviarão reforços. Jia não terá escolha além de instruí-los a matar Jace imediatamente. Vocês fazem alguma ideia de quantos Caçadores de Sombras estão seguindo o filho de Valentim?

Alec balançou a cabeça.

— Talvez quarenta, ao que parece.

— Digamos que nós levemos mais ou menos o dobro disto. Poderíamos ficar relativamente confiantes de que venceríamos as forças dele, mas que chance Jace teria? Não existe qualquer certeza de que ele pudesse escapar com vida. Vão matá-lo só para garantir.

— Então, não podemos contar — argumentou Isabelle. — Nós mesmos vamos. Faremos isso sem a Clave.

Mas Maryse a olhava, balançando a cabeça.

— A Lei diz que devemos contar.

— Não ligo para a Lei... — começou Isabelle, furiosa. Viu Aline olhando para ela e fechou a boca.

— Não se preocupe — disse Aline. — Não vou falar nada para a minha mãe. Devo isso a vocês. Principalmente a você, Isabelle. — Cerrou a mandíbula, e Isabelle se lembrou da escuridão sob a ponte em Idris, o chicote dela agredindo um demônio cujas garras estavam em Aline. — Além disso, Sebastian matou meu primo. O *verdadeiro* Sebastian Verlac. Sabe, tenho meus próprios motivos para odiá-lo.

— Independentemente disso — declarou Maryse. — Se não contarmos, estaremos transgredindo a Lei. Podemos ser sancionados, ou pior.

— Pior? — ecoou Alec. — Do que estamos falando? Exílio?

— Não sei, Alexander — respondeu a mãe. — Ficaria a cargo de Jia Penhallow, e de quem quer que esteja na vaga de Inquisidor, decidir nossa punição.

— Talvez seja papai — murmurou Izzy. — Talvez pegue leve conosco.

— Se não os notificarmos desta situação, Isabelle, seu pai não tem a menor chance de ser Inquisidor. Nenhuma — afirmou Maryse.

Isabelle respirou fundo.

— Podem tirar nossas Marcas? — perguntou ela. — Podemos... perder o Instituto?

— Isabelle — disse Maryse. — Podemos perder *tudo*.

Clary piscou, os olhos se acostumando à escuridão. Estava em uma planície rochosa, com o vento soprando, sem nada para conter a força da corrente de ar. Trechos de grama cresciam entre pedaços de pedra cinza. Ao longe, colinas ermas e pedregosas se erguiam, negras e férreas contra o céu noturno. Havia luzes à frente. Clary reconheceu o brilho branco flutuante de pedra enfeitiçada quando a porta do apartamento se fechou atrás deles.

Ouviu-se o som de uma explosão abafada. Clary girou para ver que a porta havia desaparecido; havia um trecho queimado de terra e grama, ainda soltando fumaça, onde esta estivera. Sebastian ficou encarando, absolutamente atônito.

— O quê...

Clary riu. Um contentamento sombrio se inflou nela ao ver a cara do irmão. Nunca o vira tão chocado, com a arrogância desaparecida, a expressão nua e horrorizada.

Ele preparou o arco, a centímetros do peito de Clary. Se disparasse a essa distância, a flecha perfuraria o coração e a mataria instantaneamente.

— O que você fez?

Clary o olhou com um triunfo sombrio.

— Aquele símbolo. O que você achou que fosse um símbolo inacabado de Abertura. Não era. Só não era algo que você já tivesse visto. Um símbolo que eu criei.

— Um símbolo para *quê*?

Ela se lembrou, ao colocar a estela na parede, da forma do símbolo que havia inventado na noite em que Jace a visitou na casa de Luke.

— Para destruir o apartamento assim que alguém abrisse a porta. O apartamento já era. Não pode mais usá-lo. Ninguém pode.

— *Já era?* — O arco tremeu. Os lábios de Sebastian se contorciam, os olhos desgovernados. — Sua *vaca*. Sua...

— Mate-me — disse ela. — Vá em frente. E depois explique para Jace. *Duvido.*

Ele olhou para ela, o peito subindo e descendo, os dedos tremendo para disparar. Lentamente, ele afastou a mão. Seus olhos estavam pequenos e furiosos.

— Existem coisas piores do que morrer — falou. — E farei todas elas com você, irmãzinha, depois que beber do Cálice. *E você vai gostar.*

Clary cuspiu nele. Ele a empurrou com força, de forma agonizante, com a ponta do arco.

— Vire — rosnou, e ela o fez, tonta com uma mistura de terror e triunfo enquanto ele a conduzia pelo declive acidentado.

Ela estava com sapatilhas finas e sentiu todas as rochas e rachaduras no solo. Ao se aproximarem da pedra de luz enfeitiçada, Clary viu o cenário diante deles.

Na frente dela, o chão se elevava em uma colina baixa. No topo, apontando para o norte, havia um enorme túmulo de pedra. Lembrava um pouco Stonehenge: havia duas pedras estreitas altas que sustentavam um capeamento, fazendo com que a estrutura parecesse uma entrada. Na frente do túmulo havia uma pedra lisa, como o piso de um palco, esticado por cima do xisto e da grama. Agrupado diante da pedra lisa havia um semicírculo de cerca de quarenta Nephilim, vestidos de vermelho, empunhando tochas de luz enfeitiçada. Dentro do semicírculo, contra o chão escuro, brilhava um pentagrama branco-azulado.

Sobre a pedra lisa estava Jace. Ele estava com um uniforme escarlate como Sebastian; nunca tinham se parecido tanto.

Clary pôde ver o brilho do cabelo dele mesmo de longe. Ele estava caminhando na beira da pedra lisa, e, ao se aproximarem, Clary empurrada por Sebastian, ela ouviu o que ele estava dizendo.

— ...gratidão por sua lealdade, mesmo ao longo destes difíceis últimos anos, e pela crença de vocês no nosso pai, e agora em seus filhos. E filha.

Um murmúrio percorreu o quadrado. Sebastian empurrou Clary para a frente, e eles se moveram pelas sombras, depois subiram na pedra atrás de Jace. Jace os viu e inclinou a cabeça antes de se voltar novamente para a multidão; estava sorrindo.

— Vocês serão os salvos — disse. — Há mil anos o Anjo nos deu seu sangue, para nos tornar especiais, nos tornar guerreiros. Mas não foi suficiente. Mil anos se passaram e ainda nos escondemos nas sombras. Protegemos mundanos que não amamos de forças sobre as quais continuam ignorantes, e uma Lei antiga e engessada nos impede de revelarmos que somos seus salvadores. Morremos às centenas, sem agradecimentos, sem que ninguém além dos nossos nos preste homenagens, e sem poder recorrer ao Anjo que nos criou. — Ele se aproximou da beira da plataforma de pedra. Os Caçadores de Sombras estavam em um semicírculo. O cabelo de Jace parecia fogo claro. — Sim. Ouso dizer. O Anjo que nos criou não vai nos ajudar, estamos sozinhos. Mais sozinhos até mesmo do que os mundanos, pois como um de seus grandes cientistas uma vez disse, são como crianças brincando com pedras em um litoral enquanto ao redor deles um imenso oceano de verdades permanece inexplorado. Mas nós conhecemos a verdade. Somos os salvadores desta terra *e deveríamos governá-la.*

Jace era um bom orador, Clary pensou, com uma espécie de dor no coração, assim como Valentim fora. Ela e Sebastian estavam atrás dele agora, olhando para a planície e para a multidão reunida; Clary sentiu os olhares dos Caçadores de Sombras neles dois.

— Sim. Governar. — Jace sorriu, um sorriso leve e adorável, cheio de charme, com uma ponta de escuridão. — Raziel é cruel e indiferente aos nossos sofrimentos. É hora de deixá-lo para trás. De nos voltarmos para Lilith, Mãe Maior, que nos concederá poderes sem castigo, liderança sem a Lei. O poder é nosso direito de nascença. É hora de reivindicá-lo.

Olhou de lado com um sorriso quando Sebastian avançou.

— E agora vou deixar que escutem o resto de Jonathan, que é quem tem esse sonho — concluiu Jace, suavemente, e recuou, deixando Sebastian tomar seu lugar. Deu mais um passo para trás e ficou ao lado de Clary, abaixando a mão para segurar a dela.

— Belo discurso — murmurou ela. Sebastian estava falando; Clary o ignorou, concentrando-se em Jace. — Muito convincente.

— Você acha? Eu ia começar com "Amigos, romanos, malfeitores...", mas não achei que fossem entender o humor.

— Acha que são malfeitores?

Jace deu de ombros.

— A Clave acharia. — Desviou o olhar de Sebastian, voltando-o para ela. — Você está linda — disse, mas estava com a voz estranhamente seca. — O que aconteceu?

Ela foi pega de surpresa.

— Como assim?

Ele abriu o casaco. Por baixo estava com uma camisa branca. Na lateral e na manga, a roupa estava manchada de vermelho. Clary notou que ele foi cuidadoso o bastante para ficar de costas para a multidão enquanto mostrava o sangue para ela.

— Sinto o que ele sente — falou. — Ou você se esqueceu? Tive de fazer *iratzes* em mim sem que ninguém notasse. Parecia que alguém estava cortando minha pele com uma lâmina.

Clary encontrou o olhar de Jace. Não havia razão para mentir, certo? Não tinha como voltar atrás, nem no sentido figurado, nem no literal.

— Eu e Sebastian tivemos uma briga.

Os olhos de Jace investigaram o rosto de Clary.

— Bem — falou, fechando o casaco. — Espero que a tenham resolvido, qualquer que tenha sido o motivo.

— Jace... — Ela começou, mas ele tinha voltado a atenção para Sebastian. Seu perfil era frio e claro ao luar, como uma silhueta feita de papel escuro. Na frente deles, Sebastian, que havia abaixado o arco, ergueu os braços.

— Estão comigo? — gritou.

Um murmúrio percorreu o local, e Clary ficou tensa. Um dos integrantes do grupo dos Nephilim, um homem mais velho, tirou o capuz e franziu o rosto.

— Seu pai nos fez muitas promessas. Não cumpriu nenhuma. Por que deveríamos confiar em você?

— Porque trarei o cumprimento de minhas promessas agora. Esta noite — disse Sebastian, e da túnica retirou a réplica do Cálice Mortal. O objeto brilhava suavemente à luz do luar.

O burburinho foi mais alto agora. Aproveitando o barulho, Jace falou:

— Espero que corra tudo bem. Estou sentindo como se não tivesse dormido nada ontem à noite.

Ele estava olhando para a multidão e para o pentagrama, com uma expressão interessada no rosto. Sua face era delicadamente angular sob a luz enfeitiçada. Ela viu a cicatriz na bochecha dele, as concavidades nas têmporas, o lindo formato da boca. *Não vou me lembrar disto*, tinha dito. *Quando eu voltar... a ficar como estava, sob o controle dele, não vou me lembrar de ter voltado a mim.* E era verdade. Tinha se esquecido de cada detalhe. De algum jeito, apesar de ela saber disso, de tê-lo visto se esquecer, a dor da realidade foi aguda.

Sebastian desceu da pedra e foi em direção ao pentagrama. Na beira do símbolo, começou a entoar:

— *Abyssum invoco. Lilith invoco. Mater mea, invoco.*

Sacou uma adaga fina do cinto. Segurando o Cálice com a curva do braço, utilizou a ponta da lâmina para cortar a própria palma. O sangue brotou, preto ao luar. Sebastian deslizou a faca de volta ao cinto e segurou a mão sangrando sobre o Cálice, ainda entoando cânticos em latim.

Era agora ou nunca.

— Jace — sussurrou Clary. — Sei que este não é você realmente. Sei que há uma parte de você que não pode estar satisfeita com isso. Tente se lembrar de quem é, Jace Lightwood.

Ele virou a cabeça e a olhou, espantado.

— Do que está falando?

— Por favor, tente se lembrar, Jace. Eu amo você. Você me ama...

— Eu amo você sim, Clary — falou, com a voz ligeiramente tensa. — Mas você disse que compreendia. Chegou a hora. O ápice da razão pela qual nós vínhamos trabalhando tanto.

Sebastian entornou o conteúdo do Cálice no centro do pentagrama.

— *Hic est enim calix sanguinis mei.*

— *Nós não* — sussurrou Clary. — Eu não sou parte disto. Nem você...

Jace respirou fundo. Por um instante, Clary achou que fosse pelo que ela tinha acabado de falar — que talvez, de algum jeito, ela estivesse rompendo a casca —, mas seguiu o olhar dele e viu que uma bolsa de fogo rotatória tinha aparecido no centro do pentagrama. Tinha mais ou menos o tamanho de uma bola de beisebol, mas enquanto ela observava, cresceu, se alongando e se moldando, até finalmente se transformar no contorno de uma mulher, toda feita de fogo.

— Lilith — disse Sebastian, com uma voz melódica. — Como você me chamou, eu agora a chamo. Como me deu a vida, eu agora lhe dou a vida.

325

Lentamente as chamas escureceram. Ela agora estava diante de todos, Lilith, com a metade da altura de um ser humano normal, nua, seus cabelos negros caindo até os calcanhares. O corpo era da cor de cinzas, marcado por linhas negras como lava vulcânica. Voltou os olhos para Sebastian, eram cobras negras e sinuosas.

— Meu filho — arfou ela.

Sebastian parecia brilhar, como luz enfeitiçada — pele pálida, cabelos pálidos e as roupas pareciam negras ao luar.

— Mãe, eu a chamei como queria que eu fizesse. Hoje não será apenas minha mãe, mas a mãe de uma nova raça. — Indicou os Caçadores de Sombras que aguardavam, imóveis, provavelmente em choque. Uma coisa era saber que um Demônio Maior seria invocado, outra era testemunhar. — O Cálice — disse ele, e o estendeu para ela, a aba branca manchada com o sangue dele.

Lilith riu. Soou como pedras gigantescas se arrastando umas nas outras. Ela pegou o cálice e, tão casualmente quanto alguém pegaria um inseto de uma folha, rasgou o próprio pulso cinzento com os dentes. Muito lentamente, sangue negro e gosmento emergiu, caindo no Cálice, que pareceu mudar, escurecendo ao seu toque, a transparência se transformando em lama.

— Como o Cálice Mortal foi para os Caçadores de Sombras tanto um talismã quanto um meio de transformação, assim será este Cálice Infernal para vocês — disse, com sua voz chamuscada carregada pelo vento. Ela se ajoelhou, estendendo o Cálice para Sebastian. — Pegue meu sangue e beba-o.

Sebastian pegou o Cálice das mãos dela. Estava preto, um preto luminoso como hematita.

— Conforme seu exército cresce, também crescerá minha força — sibilou Lilith. — Logo estarei forte o bastante para retornar de fato, e compartilharemos a fogueira do poder, meu filho.

Sebastian inclinou a cabeça.

— Nós a proclamamos Morte, minha mãe, e professamos sua ressurreição.

Lilith riu, erguendo os braços. Fogo lambeu seu corpo, e ela se lançou ao ar, explodindo em uma dúzia de partículas giratórias de luz, que desbotaram como brasas de um fogo se apagando. Quando desapareceram completamente, Sebastian chutou o pentagrama, rompendo a continuidade, e levantou a cabeça. Estava com um sorriso horrível no rosto.

— Cartwright — falou. — Traga o primeiro.

A multidão se abriu, e um homem encapuzado trouxe uma mulher que cambaleava ao seu lado. Uma corrente a prendia ao braço dele, cabelos longos e emaranhados escondiam seu rosto. Clary ficou tensa.

— Jace, o que é isto? O que está acontecendo?

— Nada — respondeu ele, olhando distraído para a frente. — Ninguém vai se machucar. Só vão se transformar. Observe.

Cartwright, de cujo nome Clary se lembrava vagamente da época em Idris, pôs a mão na cabeça da refém e a fez se ajoelhar. Em seguida abaixou e agarrou o cabelo da mulher, puxando a cabeça para cima. Ela olhou para Sebastian, piscando de pavor e desafiadoramente, a lua emprestando um contorno claro ao rosto.

Clary respirou fundo.

— *Amatis*.

—— ⋈ Capítulo 21 ⋈ ——

ELEVANDO O INFERNO

A irmã de Luke levantou o rosto, os olhos azuis, tão parecidos com os do irmão, voltando-se para Clary. Ela parecia tonta, impressionada, e um pouco aérea, como se tivesse sido dopada. Tentou se levantar, mas Cartwright a empurrou novamente para baixo. Sebastian foi em direção a eles, com o Cálice na mão.

Clary cambaleou para a frente, mas Jace a pegou pelo braço, puxando-a de volta. Ela deu um chute nele, mas Jace já a tinha erguido pelos braços e lhe tapado a boca com a mão. Sebastian falava com Amatis com uma voz baixa e hipnótica. Ela balançou a cabeça violentamente, mas Cartwright a pegou pelos longos cabelos e puxou sua cabeça para trás. Clary a ouviu gritar, um ruído fraco ao vento.

Clary pensou na noite em que ficou acordada observando o peito de Jace subir e descer, pensando em como poderia acabar com tudo aquilo com um único golpe de faca. Mas *tudo aquilo* não tinha um rosto, uma voz, um plano. Agora que tinha o rosto da irmã de Luke, agora que Clary conhecia o plano, era tarde demais.

Com uma das mãos, Sebastian segurava o cabelo de Amatis, e o Cálice pressionado contra sua boca. Enquanto forçava o conteúdo pela garganta dela, ela teve ânsia e tossiu, líquido negro escorrendo pelo queixo.

Sebastian puxou o Cálice de volta, mas já tinha feito o serviço. Amatis emitiu um terrível ruído seco, o corpo se erguendo num espasmo. Os olhos dela se arregalaram, tornando-se negros como os de Sebastian. Bateu com as mãos no rosto, soltando um uivo,

CIDADE DAS ALMAS PERDIDAS

e Clary observou chocada que o símbolo de Clarividência estava desbotando da mão — empalidecendo — até desaparecer.

Amatis abaixou as mãos. Sua expressão tinha se suavizado, e os olhos voltado ao tom azul. Fixaram-se em Sebastian.

— Solte-a. — Ordenou o irmão de Clary a Cartwright, com o olhar em Amatis. — Deixe-a vir até mim.

Cartwright soltou a corrente que o prendia a Amatis e deu um passo para trás, com uma mistura curiosa de apreensão e fascínio no rosto.

Amatis ficou parada um instante, com as mãos penduradas nas laterais do corpo. Em seguida, ela se levantou e foi até Sebastian. Ajoelhou-se diante dele, os cabelos roçando na terra.

— Mestre — disse ela. — Como posso servi-lo?

— Levante-se — disse Sebastian, e Amatis se levantou com graça.

Subitamente, ela parecia se mover de um jeito diferente. Todos os Caçadores de Sombras eram ágeis, mas ela agora se movimentava com uma elegância silenciosa que Clary achou estranhamente fria. Colocou-se diante de Sebastian. Pela primeira vez, Clary viu que o que tinha pensado ser um longo vestido branco era, na verdade, uma camisola, como se tivesse sido acordada e arrancada da cama. Que pesadelo, acordar aqui, entre estas figuras encapuzadas, neste local cruel e abandonado.

— Venha a mim — chamou Sebastian, e Amatis foi na direção dele. Ela era uma cabeça mais baixa do que ele, no mínimo, e esticou o pescoço enquanto ele sussurrava a seu ouvido. Um sorriso frio dividiu seu rosto.

Sebastian ergueu a mão.

— Gostaria de lutar contra Cartwright?

Cartwright derrubou a corrente que estava segurando, levando a mão ao cinto de armas pelo buraco na capa. Era um homem jovem; cabelos claros, e um rosto largo e de mandíbula quadrada.

— Mas eu...

— Certamente ela precisa demonstrar seu poder — declarou Sebastian. — Vamos, Cartwright, ela é uma mulher, e mais velha do que você. Está com medo?

Cartwright pareceu espantado, mas sacou uma adaga comprida do cinto.

— Jonathan...

Os olhos de Sebastian brilharam.

— Lute com ele, Amatis.

Os lábios dela se curvaram.

— Será um prazer — disse ela, e atacou.

Sua velocidade foi impressionante. Saltou no ar e chutou, arrancando a adaga da mão dele. Clary assistiu em choque enquanto ela corria para cima dele, dando uma joelhada na barriga. Ele cambaleou para trás, e ela bateu a cabeça na dele, contornando o corpo do homem para puxá-lo por trás pelas vestes, empurrando-o contra o chão. Ele aterrissou aos pés dela com um barulho doentio de rachadura e grunhiu de dor.

— E *isso* é por ter me arrancado da cama no meio da noite — disse Amatis, e passou a traseira da mão no lábio, que estava sangrando um pouquinho. Um murmúrio fraco de risadas abafadas passou pela multidão.

— E aí está — disse Sebastian. — Mesmo uma Caçadora de Sombras sem grandes habilidades ou força, perdoe-me, Amatis, pode se tornar mais forte e mais veloz do que seus aliados seráficos. — Ele bateu com o punho na palma da outra mão. — Poder. Poder *verdadeiro*. Quem está pronto para isso?

Houve um instante de hesitação, em seguida Cartwright se levantou cambaleando, com uma das mãos protegendo o estômago.

— Eu — disse, lançando um olhar venenoso a Amatis, que apenas sorriu.

Sebastian ergueu o Cálice Infernal.

— Então, venha a mim.

Cartwright foi em direção a Sebastian e, ao fazê-lo, os outros Caçadores de Sombras desfizeram o círculo, avançando para onde Sebastian estava, formando uma fila. Amatis permaneceu serena ao lado, com as mãos cruzadas. Clary a encarou, desejando que a mulher olhasse para ela. Era a irmã de Luke. Se as coisas tivessem corrido conforme os planos, ela seria tia adotiva de Clary agora.

Amatis. Clary pensou na casa no canal em Idris, em como ela havia sido gentil, no quanto amara o pai de Jace. *Por favor, olhe para mim*, pensou. *Por favor, mostre-me que continua sendo você.* Como se tivesse ouvido a oração silenciosa, Amatis levantou a cabeça e olhou diretamente para Clary.

E sorriu. Não um sorriso gentil ou reconfortante. Um sorriso escuro, frio e silenciosamente entretido. O sorriso de alguém que assistiria enquanto você se afoga, pensou Clary, sem levantar um dedo para ajudar. Não era o sorriso de Amatis. Não era Amatis. Amatis não estava mais lá.

Jace havia tirado a mão da boca de Clary, mas ela não sentiu qualquer vontade de gritar. Ninguém ali a ajudaria e a pessoa com o braço em volta dela, aprisionando-a com o próprio corpo, não era Jace. Aquele jeito como as roupas retinham o formato de quem as usa mesmo quando não eram vestidas havia anos, ou um travesseiro conserva o contorno da cabeça do dono mesmo depois que este já morreu há tempos: Jace agora era isso. Uma casca vazia que ela havia preenchido com seus desejos, amor e sonhos.

E ao fazer isso, tinha falhado feio com o verdadeiro Jace. Em sua jornada para salvá-lo, ela quase se esqueceu de quem estava salvando. E se lembrou do que ele tinha dito naquele momento em que foi ele mesmo. *Detesto pensar nele com você.* Ele. *Aquele outro eu.* Jace sabia que eram pessoas diferentes — que ele, com a alma comprometida, já não era ele.

Tinha tentado se entregar para a Clave, mas ela impediu. Não deu ouvidos ao que ele queria. Fez a escolha por ele — em um instante de desespero e pânico, mas fez —, sem perceber que seu Jace preferiria morrer a ficar assim, e que ela não salvou a vida dele, mas o condenou a uma existência que ele próprio desprezaria.

Clary caiu em cima dele, e Jace, interpretando a mudança repentina como um indicador de que ela não estava mais lutando contra ele, afrouxou o aperto. O último dos Caçadores de Sombras estava diante de Sebastian, levando as mãos ansiosamente para o Cálice Infernal que seu irmão estendia.

— Clary... — começou Jace.

Ela não descobriu o que ele teria dito. Ouviu um grito, e o Caçador de Sombras que erguia a mão para o Cálice cambaleou para trás, com uma flecha na garganta. Incrédula, Clary virou o rosto e viu, no alto do dólmen de pedra, Alec, uniformizado, segurando o arco. Sorriu com satisfação e levou a mão para trás do ombro para pegar outra flecha.

E em seguida, atrás dele, surgiram os outros. Um bando de lobos, correndo baixo no chão, os pelos brilhando à luz de várias cores. Maia e Jordan estavam ali, supôs. Atrás destes, Caçadores de Sombras familiares em uma linha ininterrupta: Isabelle e Maryse Lightwood, Helen Blackthorn e Aline Penhallow, e Jocelyn, seus cabelos ruivos visíveis mesmo ao longe. Com elas, Simon, e o cabo de uma espada de prata acima da curva do seu ombro, e Magnus, com as mãos crepitando com o fogo azul.

O coração de Clary saltou no peito.

— Estou aqui! — gritou para eles. — *Estou aqui!*

— Conseguem vê-la? — perguntou Jocelyn. — Ela está aqui?

Simon tentou prestar atenção na escuridão adiante, seus sentidos vampirescos se aguçando com o cheiro de sangue. Diferentes tipos de sangue, misturados — sangue de Caçadores de Sombras, sangue demoníaco e o amargor do sangue de Sebastian.

— Estou vendo — disse. — Jace a está segurando. Está puxando Clary para trás daquela fila de Caçadores de Sombras ali.

— Se forem leais a Jonathan como o Círculo era leal a Valentim, farão uma parede humana para protegê-lo, e a Clary e Jace também. — Jocelyn se transformou em frieza materna furiosa, os olhos verdes ardendo. — Vamos ter de rompê-la para chegarmos a eles.

— O que precisamos é chegar a Sebastian — disse Isabelle. — Simon, vamos abrir a passagem para você. Você vai até Sebastian e o ataca com a Gloriosa. Quando ele cair...

— Os outros provavelmente vão fugir — completou Magnus. — Ou, dependendo do laço com Sebastian, podem morrer ou cair junto com ele. Podemos pelo menos torcer. — Esticou a cabeça para trás. — Por falar em torcer, viu o tiro que Alec acertou com o arco? Esse é o meu namorado! — Sorriu e mexeu os dedos; faíscas azuis saíram deles. Ele estava

331

todo brilhante. Somente Magnus, pensou Simon resignado, teria acesso a uma armadura de lantejoulas.

Isabelle desenrolou o chicote do pulso. Ele se esticou na frente dela, um golpe de fogo dourado.

— Muito bem, Simon — disse ela. — Está pronto?

Os ombros de Simon enrijeceram. Ainda estavam a alguma distância da linha do exército rival — não sabia de que outra forma pensar neles —, que estava se mantendo alinhado com suas túnicas e uniformes vermelhos, as mãos brilhando com armas. Alguns deles exclamavam, confusos. Simon não conseguiu conter um sorriso.

— Em nome do Anjo, Simon — disse Izzy. — Qual é o motivo para sorrir?

— As lâminas serafim deles não funcionam mais — disse Simon. — Estão tentando entender por quê. Sebastian acabou de gritar com eles para usarem outras armas. — Um grito veio da linha quando outra flecha voou do túmulo e se enterrou nas costas cobertas por túnica vermelha de um Caçador de Sombras corpulento, que caiu para a frente. A linha se moveu e abriu um pouco, como uma fratura em uma parede. Simon, percebendo a chance, correu, e os outros acompanharam.

Foi como mergulhar em um oceano negro à noite, um oceano cheio de tubarões e criaturas marinhas com dentes vis colidindo umas contra as outras. Não era a primeira batalha de Simon, mas durante a Guerra Mortal ele tinha acabado de ser Marcado com a Marca de Caim. Ainda não tinha começado a funcionar, mas muitos demônios recuaram ao vê-la. Jamais pensou que fosse sentir falta dela, mas estava sentindo agora, ao tentar passar por um aglomerado de Caçadores de Sombras, que os atacaram com suas lâminas. Isabelle flanqueava um lado, Magnus, o outro, protegendo-o — protegendo a Gloriosa. O chicote de Isabelle avançou, forte e certeiro, e as mãos de Magnus cuspiram fogo, vermelho, verde e azul. Açoites de chamas coloridas atingiram os Nephilim malignos, queimando-os onde estavam. Outros Caçadores de Sombras gritaram quando os lobos de Luke chegaram sorrateiros, arranhando e mordendo, mirando as gargantas.

Uma adaga voou com uma velocidade assombrosa e rasgou a lateral do corpo de Simon. Ele gritou mas prosseguiu, sabendo que o machucado cicatrizaria sozinho em alguns segundos. Avançou...

E congelou. Diante dele, um rosto familiar. A irmã de Luke, Amatis. Quando os olhos dela se fixaram nele, Simon viu que ela o reconheceu. O que ela estava fazendo aqui? Tinha vindo para lutar com eles? Mas...

Ela o atacou, uma adaga escura e brilhante na mão. Foi *rápida* — mas não tanto que seus reflexos de vampiro não pudessem salvá-lo, se ele não estivesse assustado demais para se mover. Amatis era irmã de Luke; ele a conhecia; e aquele instante de incredulidade poderia ter selado seu fim, se Magnus não tivesse pulado na frente dele, empurrando-o para trás. Fogo azul voou da mão do feiticeiro, mas Amatis também foi mais rápida do que ele. Girou para longe da chama e para baixo do braço de Magnus, e Simon viu o lampejo de luz da lua refletida na lâmina de sua faca. Os olhos de Magnus se arregalaram em choque quando a lâmina cor de meia-noite desceu, rasgando sua armadura. Ela a puxou de volta, e a arma agora estava com uma mancha reluzente de sangue; Isabelle gritou quando Magnus caiu de joelhos. Simon tentou correr até ele, mas a ondulação e a pressão da multidão que combatia o afastavam. Ele berrou o nome de Magnus quando Amatis se curvou sobre o feiticeiro caído e ergueu a adaga uma segunda vez, mirando o coração.

— Solte-me! — gritou Clary, se contorcendo e distribuindo chutes, dando o máximo de si para se libertar das garras de Jace. Não conseguia enxergar quase nada por cima da multidão acumulada de Caçadores de Sombras com roupas vermelhas na frente dela, de Jace e de Sebastian, bloqueando sua família e seus amigos. Os três estavam alguns metros atrás da linha de batalha; Jace a segurava com força enquanto ela se debatia, e Sebastian, ao lado, observava o desenrolar dos eventos com uma expressão de fúria negra no rosto. Seus lábios se moviam. Clary não soube dizer se ele estava xingando, rezando ou entoando as palavras de um feitiço. — Solte-me, seu...

Sebastian se virou, uma expressão assustadora no rosto, algo entre um sorriso e uma careta.

— Cale-a, Jace.

Jace, ainda agarrando Clary, falou:

— Vamos simplesmente ficar aqui deixando que nos protejam? — Apontou com o queixo para os Caçadores de Sombras.

— Vamos — respondeu Sebastian. — Somos importantes demais para corrermos risco de nos ferirmos, eu e você.

Jace balançou a cabeça.

— Não estou gostando. Tem muitos do outro lado. — Jace esticou o pescoço para enxergar por cima da multidão. — E Lilith? Pode invocá-la outra vez, para que nos ajude?

— O quê? Aqui? — O tom de Sebastian era de desdém. — Não. Além disso, ela está fraca demais neste momento para conseguir nos ajudar. Em outros tempos, poderia destruir um exército, mas aquele maldito ser do Submundo com sua Marca de Caim espalhou a essência dela pelos vãos entre os mundos. Aparecer e nos dar seu sangue foi tudo o que ela pôde fazer.

— Covarde! — Clary gritou para ele. — Transformou todas essas pessoas em escravos, e sequer vai à luta para protegê-los...

Sebastian levantou a mão como se pretendesse agredi-la no rosto. Clary torceu para que o fizesse, para que Jace visse, mas em vez disso um sorriso se formou na boca de Sebastian. Ele abaixou a mão.

— E se Jace soltá-la, suponho que lutaria?

— Claro que lutaria...

— *De que lado?* — Sebastian deu um passo em direção a ela, levantando o Cálice Infernal. Ela pôde ver o que havia dentro. Apesar de muitos terem bebido, o sangue continuava no mesmo nível. — Levante a cabeça dela, Jace.

— Não! — Clary redobrou os esforços para escapar. A mão de Jace foi para baixo de seu queixo, mas ela teve a impressão de sentir hesitação no toque.

— Sebastian — disse ele. — Não...

— *Agora* — comandou Sebastian. — Não há motivo para continuarmos aqui. *Nós* somos os importantes, não essas buchas de canhão. Provamos que o Cálice Infernal funciona. É isso que importa. — Ele pegou a frente do vestido de Clary. — Mas será mais fácil escapar — acrescentou — sem esta aí chutando e gritando e socando pelo caminho.

— Podemos fazê-la beber mais tarde...

— Não — rosnou Sebastian. — Segure-a firme. — E ergueu o Cálice, forçando-o contra os lábios de Clary, tentando abrir-lhe a boca. Ela combateu, cerrando os dentes. — Beba — ordenou Sebastian, em um sussurro vil, tão baixo que ela duvidou que Jace tivesse escutado. — Eu disse que até o fim desta noite você faria o que eu quisesse. *Beba.* — Os olhos já negros escureceram, e ele empurrou o Cálice, cortando o lábio inferior de Clary.

Ela sentiu gosto de sangue ao colocar as mãos para trás, utilizando o corpo de Jace como apoio ao aplicar um chute com as pernas. Sentiu a costura arrebentar no vestido quando este rasgou na lateral, e seus pés bateram com firmeza nas costelas de Sebastian. Ele cambaleou para trás, sem ar, exatamente no momento em que Clary jogou a cabeça para trás, ouvindo um *crack* sólido quando seu crânio bateu na cara de Jace. Ele gritou e afrouxou o aperto o bastante para ela conseguir se libertar. Afastou-se dele e correu para o meio da batalha sem olhar para trás.

Maia correu pelo chão rochoso, a luz das estrelas acariciando seus pelos, os odores fortes da batalha atiçando seu nariz sensível — sangue, suor e o cheiro de borracha queimada da magia negra.

O bando havia se espalhado pelo campo, saltando e matando com dentes e garras mortais. Maia se manteve perto de Jordan, não por precisar da proteção dele, mas por ter descoberto que lado a lado lutavam melhor e com mais eficiência. Ela só tinha participado de uma batalha até então, em Brocelind, e aquilo tinha sido um turbilhão caótico de demônios e membros do Submundo. Aqui em Burren, havia bem menos combatentes, mas os Caçadores de Sombras do mal eram formidáveis, empunhando suas espadas e adagas com uma força ágil e assustadora. Maia viu um homem esguio utilizando uma adaga de lâmina curta para arrancar a cabeça de um lobo no meio de um salto; o que caiu no chão foi um corpo humano decapitado, sangrento e irreconhecível.

Mesmo enquanto ela pensava nisso, um dos Nephilim de roupa vermelha apareceu diante deles, com uma espada de dois gumes nas mãos. A lâmina estava manchada com um vermelho enegrecido à luz da lua. Jordan, ao lado de Maia, rosnou, mas foi ela que saltou para cima do homem. Ele se esquivou, atacando com a lâmina. Ela sentiu uma dor aguda no ombro e caiu no chão sobre as quatro patas, invadida pela sensação. Ouviu um baque e soube que tinha derrubado a arma da mão do inimigo. Rosnou de satisfação e girou, mas Jordan já estava pulando para a garganta do sujeito...

E o homem o pegou pelo pescoço, no ar, como se estivesse agarrando um filhotinho rebelde.

— Lixo do Submundo — disparou, e apesar de não ter sido a primeira vez que Maia ouvia esse insulto, alguma coisa no ódio gélido do tom a fez estremecer. — Você deveria ser um casaco. Eu deveria *vesti-lo*.

Maia enterrou os dentes na perna dele. Sangue cúprico explodiu na sua boca enquanto o homem gritava de dor e cambaleava, chutando-a, soltando o aperto em Jordan. Maia o segurou com força, então Jordan atacou novamente; e desta vez o grito do Caçador de Sombras foi interrompido quando as garras de licantrope rasgaram sua garganta.

Amatis mirou a faca no coração de Magnus — exatamente quando uma flecha zuniu pelo ar e a atingiu no ombro, derrubando-a de lado com tanta força que ela girou e caiu de cara no chão rochoso. Estivera berrando no momento do golpe, um barulho rapidamente sobrepujado pela colisão de armas ao redor. Isabelle ajoelhou ao lado de Magnus; Simon, olhando para cima, viu Alec no túmulo de pedra, congelado com o arco na mão. Provavelmente estava afastado demais para ver Magnus com clareza; Isabelle estava com as mãos no peito do feiticeiro, mas Magnus — Magnus, sempre tão ativo, tão cheio de energia — estava completamente parado sob os cuidados de Isabelle. Ela levantou o olhar e viu que Simon os encarava; estava com as mãos vermelhas de sangue, mas Isabelle balançou a cabeça violentamente para ele.

— *Continue!* — gritou. — *Encontre Sebastian!*

Com um aperto no peito, Simon virou e voltou para a batalha. A linha coesa de Caçadores de Sombras de vermelho tinha começado a se desfazer. Os lobos saltavam aqui e ali, afastando os Caçadores de Sombras uns dos outros. Jocelyn estava lutando com a espada contra um sujeito que rosnava, e de cujo braço livre pingava sangue —, e Simon notou algo bizarro ao avançar, passando pelos espaços estreitos entre as lutas: *nenhum dos Nephilim de vermelho estava Marcado*. Suas peles não tinham qualquer decoração.

Também eram, percebeu — enxergando com o canto do olho um dos inimigos atacando Aline com um bastão, apenas para ser eviscerado por Helen, aparecendo pelo lado —, muito mais velozes que qualquer Nephilim que já tivesse visto, fora Jace e Sebastian. Moviam-se com a rapidez dos vampiros, pensou, quando um deles atacou um lobo que saltava, rasgando a barriga dele. O lobisomem morto caiu no chão, na forma de um homem atarracado com cabelos claros e cacheados. *Não é Maia nem Jordan.* Foi inundado pela sensação de alívio, depois culpa; continuou avançando, o cheiro de sangue era denso ao seu redor, e mais uma vez sentiu falta da Marca de Caim. Se ainda a tivesse, pensou, poderia ter queimado totalmente estes Nephilim inimigos...

Um dos Nephilim malignos ergueu-se diante dele, brandindo uma espada. Simon esquivou-se, mas não precisou. O sujeito estava na metade do golpe quando uma flecha o acertou no pescoço, e ele caiu, gorgolejando sangue. A cabeça de Simon levantou, e ele viu Alec, ainda no alto do túmulo; seu rosto uma máscara de pedra. Ele estava disparando com a precisão de uma máquina, a mão buscando novas flechas mecanicamente, encaixando-as no arco e soltando-as. Cada uma atingia um alvo, mas Alec mal parecia notar. Enquanto uma flecha atravessava o ar, ele já estava preparando outra, Simon escutou mais uma passando por ele, e atingindo um corpo enquanto avançava, mirando um setor vazio do campo de batalha...

Congelou. Lá estava ela. Clary, uma figura pequena lutando para passar pela batalha, sem nada nas mãos, chutando e empurrando para abrir caminho. Usava um vestido rasgado e seus cabelos estavam emaranhados. Quando o viu, um olhar de espanto maravilhado cruzou seu rosto e seus lábios formaram o nome do melhor amigo.

Logo atrás vinha Jace. Estava com o rosto ensanguentado. A multidão se abriu enquanto ele atravessava, permitindo que passasse. Atrás dele, no espaço deixado por sua passagem, Simon enxergou um brilho em vermelho e prateado — uma figura familiar, com cabelos brancos como os de Valentim.

Sebastian. Ainda escondido atrás da última linha de defesa dos Caçadores de Sombras malignos. Ao vê-lo, Simon passou a mão por cima do ombro e sacou a Gloriosa da bainha. Um instante depois, uma ondulação na multidão empurrou Clary em direção a ele. Os olhos dela estavam quase negros de adrenalina, mas a alegria em vê-lo foi clara. Simon ficou absolutamente aliviado e percebeu que estava se perguntando se ela continuava sendo ela mesma, ou se tinha se transformado, como Amatis.

— *Me dê a espada!* — gritou Clary, a voz quase afogada pelo ruído de metal contra metal.

Ela esticou o braço para pegá-la e, naquele instante, não era mais Clary, sua amiga de infância, mas uma Caçadora de Sombras, um anjo vingador que deveria estar com aquela espada na mão.

Ele a estendeu para ela, segurando pela lâmina.

A batalha era como uma redemoinho, pensou Jocelyn, usando a espada para abrir caminho pela multidão, atacando com a *kindjal* de Luke todas as coisas vermelhas que via. Coisas a surpreendiam, depois sumiam tão depressa que tudo o que a pessoa percebia era uma noção do perigo incontrolável, da luta para se manter vivo e não se afogar.

Seus olhos se moveram freneticamente pela massa de combatentes, procurando pela filha, algum vislumbre dos seus cabelos ruivos — ou até mesmo Jace, pois onde ele estivesse, Clary também estaria. Havia pedras espalhadas pelo chão, como icebergs em um mar que não se movia. Ela subiu na borda áspera de um deles, tentando enxergar melhor o campo de batalha, mas só conseguia identificar corpos próximos, o brilho de armas e as formas próximas do chão dos lobos correndo entre os combatentes.

Virou-se para descer da pedra...

Apenas para encontrar alguém esperando embaixo. Jocelyn parou, encarando.

Ele estava com roupas vermelhas e tinha uma cicatriz lívida em uma das bochechas, uma relíquia de alguma batalha desconhecida para ela. O rosto era magro e não tinha mais a juventude, mas não havia como confundi-lo.

— Jeremy — disse, lentamente, a voz quase inaudível com o clamor da luta. — Jeremy Pontmercy.

O homem que outrora fora o integrante mais jovem do Círculo a encarou com olhos vermelhos.

— Jocelyn Morgenstern. Veio se juntar a nós?

— Juntar-me a vocês? Jeremy, não...

— Você já foi do Círculo uma vez — disse, aproximando-se dela. Tinha uma adaga comprida e afiada na mão direita. — Já foi uma de nós. Agora seguimos seu filho.

— Rompi com vocês quando seguiam meu marido — disse Jocelyn. — Por que acha que os seguiria agora que meu filho os lidera?

— Ou está conosco, ou contra nós, Jocelyn. — O rosto dele enrijeceu. — Não pode se colocar contra seu filho.

— Jonathan — falou Jocelyn, com suavidade. — Ele é o maior mal que Valentim já cometeu. Nunca me colocarei ao lado dele. No fim, não fiquei do lado de Valentim. Então, que esperança tem de me convencer agora?

Ele balançou a cabeça.

— Não está me entendendo — falou. — Estou dizendo que não pode ficar contra ele. Contra nós. A Clave não pode. Não estão preparados. Não para o que podemos fazer. Para o que estamos *dispostos* a fazer. O sangue correrá nas ruas de todas as cidades. O mundo irá queimar. Tudo que conhece será destruído. E vamos nos elevar das cinzas de sua derrota, a fênix triunfante. Esta é sua única chance. Duvido que seu filho dê outra.

— Jeremy — disse ela. — Você era tão jovem quando Valentim o recrutou. Poderia voltar, voltar até mesmo para a Clave. Seriam clementes...

— Jamais poderei voltar para a Clave — disse, com dura satisfação. — Não entende? Aqueles que estão ao lado de seu filho não são mais Nephilim.

Não são mais Nephilim. Jocelyn começou a responder, mas antes que pudesse falar, sangue explodiu da boca de Jeremy. Ele caiu, e, ao fazê-lo, Jocelyn viu, atrás dele, empunhando uma espada, Maryse.

As duas se olharam por um instante sobre o corpo de Jeremy. Então Maryse se virou e voltou à batalha.

Assim que os dedos de Clary se fecharam em torno do cabo, a espada explodiu em luz dourada. Fogo ardeu pela lâmina a partir da ponta, iluminando as palavras marcadas na lateral — *Quis ut Deus?* —, e fazendo o cabo brilhar como se contivesse a luz do sol. Ela quase a derrubou, achando que tinha pegado fogo, mas a chama parecia contida no interior da espada, e o metal permanecida frio sob suas palmas.

Tudo depois disso pareceu acontecer muito lentamente. Ela se virou, a espada brilhando na mão. Seus olhos vasculharam a multidão desesperadamente à procura de Sebastian. Não conseguiu vê-lo, mas sabia que ele estava atrás do bando de Caçadores de Sombras que havia socado para abrir caminho até ali. Agarrando a espada, ela foi na direção dele, apenas para ver sua passagem bloqueada.

Por Jace.

— Clary — disse ele.

Parecia impossível que conseguisse ouvi-lo; os barulhos ao redor eram ensurdecedores: gritos e rugidos, metal contra metal. Mas o mar de figuras lutando pareceu escorrer para longe deles, como o mar Vermelho se abrindo, deixando um espaço claro em torno dela e de Jace.

A espada ardeu, escorregando em sua mão.

— Jace. Saia do meu caminho.

Ela ouviu Simon, atrás dela, gritar alguma coisa; Jace balançava a cabeça. Seus olhos dourados eram inexpressivos, ilegíveis. O rosto ensanguentado. Ela tinha batido com a cabeça na bochecha dele, e a pele estava inchando e escurecendo.

— Entregue-me a espada, Clary.

— Não. — Ela balançou a cabeça, dando um passo para trás. A Gloriosa iluminou o espaço onde estavam, a grama pisoteada e suja de sangue ao redor, e Jace quando ele foi em direção a ela. — Jace. Eu posso separá-lo de Sebastian. Posso matá-lo sem que você se machuque...

O rosto dele se contorceu. Seus olhos tinham a mesma cor do fogo na espada, ou estavam refletindo o brilho, ela não sabia exatamente o quê, e ao olhar para ele, percebeu que não tinha importância. Ela estava vendo Jace e o não Jace: as lembranças que tinha dele, o menino lindo que conheceu, inconsequente consigo mesmo e com os outros, aprendendo a se importar e a cuidar. Lembrou-se da noite que passaram juntos em Idris, de mãos dadas naquela cama estreita, e do menino sujo de sangue que a olhou com olhos assombrados e confessou ser um assassino em Paris.

— *Matá-lo?* — perguntou o Jace-que-não-era-Jace. — Está louca?

E lembrou-se daquela noite perto do Lago Lyn, quando Valentim enfiou a espada nele, e de como sua própria vida pareceu sangrar com o sangue dele.

Clary o viu morrer, ali na praia em Idris. E depois, quando o ressuscitou, ele engatinhou até ela e a olhou com aqueles olhos que queimavam como a Espada, como o sangue incandescente de um anjo.

Eu estava no escuro, dissera. *Não havia nada além de sombras, e eu era uma sombra. Então ouvi sua voz.*

Mas aquela voz se misturou a outra: Jace olhando para Sebastian na sala do apartamento de Valentim, dizendo a ela que preferia morrer a viver assim. Conseguiu escutá-lo agora, falando, mandando lhe entregar a espada, e que se ela não o fizesse, a arrancaria à força. A voz soou dura, impaciente, a voz de alguém conversando com uma criança. E soube naquele instante que, assim como ele não era Jace, a Clary que ele amava não era ela. Era uma lembrança dela, borrada e distorcida: a imagem de uma pessoa dócil, obediente; alguém que não entendia que o amor concedido sem livre-arbítrio ou sinceridade não era amor.

— Entregue a espada. — Ele estava com a mão esticada, o queixo levantado, o tom imperioso. — Entregue, Clary.

— Você a quer?

Ergueu a Gloriosa, exatamente como ele havia ensinado, equilibrando-a, apesar de estar pesada em sua mão. A chama brilhou com mais intensidade, até parecer alcançar o céu e tocar as estrelas. Somente a espada a separava de Jace, seus olhos dourados, incrédulos. Mesmo agora, ele não pôde crer que ela pudesse machucá-lo, machucá-lo de verdade. Mesmo agora.

Ela respirou fundo.

— Pegue.

Ela viu os olhos dele se acenderem, como naquele dia perto do lago, então enfiou a espada nele, exatamente como Valentim havia feito. Ela entendeu agora que era assim que deveria que ser. Ele tinha morrido assim, e ela o arrancara da morte. E agora, a morte estava de volta.

Não se pode trapacear a morte. No final ela reclama os seus.

A Gloriosa afundou no peito dele, e ela sentiu a mão ensanguentada deslizar no cabo quando a lâmina acertou os ossos da costela, penetrando-o até o pulso de Clary tocar o corpo de Jace, e ela congelar. Ele não tinha se mexido, e ela estava pressionada contra ele agora, agarrando a Gloriosa enquanto o sangue começava a entornar do machucado no peito.

Ouviu-se um grito — um ruído de dor e pavor, o ruído de alguém sendo brutalmente dilacerado. *Sebastian*, pensou Clary. Sebastian, gritando enquanto seu laço com Jace era rompido.

Mas Jace. Jace não emitiu um único som. Apesar de tudo, estava com o rosto calmo e pacífico, lembrava uma estátua. Ele olhou para Clary e seus olhos brilharam, como se ele estivesse se enchendo de luz.

E então começou a queimar.

Alec não se lembrava de ter descido do topo do túmulo, nem de ter aberto caminho pelo chão rochoso entre os corpos abatidos: Caçadores de Sombras malignos, lobisomens mortos feridos. Seus olhos buscavam apenas uma pessoa. Tropeçou e quase caiu; quando levantou os olhos, examinando o campo de batalha, viu Isabelle, ajoelhada ao lado de Magnus no solo rochoso.

Parecia não ter ar nos pulmões. Nunca tinha visto Magnus tão pálido, nem tão imóvel. Havia sangue na armadura de couro e no chão abaixo dele. Mas era impossível. Magnus tinha vivido tanto. Era permanente. Fixo. Em nenhum mundo a imaginação de Alec podia conjurar Magnus morrendo antes dele.

— Alec. — Foi a voz de Izzy, nadando em direção a ele, como que através da água. — Alec, ele está respirando.

Alec soltou a própria respiração em um engasgo trêmulo. Estendeu a mão para a irmã.

— Adaga.

Ela entregou uma silenciosamente. Nunca tinha prestado tanta atenção quanto ele às aulas de primeiros socorros; sempre dizia que os símbolos cuidariam de tudo. Ele rasgou a frente da armadura de couro de Magnus, e em seguida a roupa abaixo, com os dentes cerrados. Talvez a armadura fosse tudo que ainda o sustentava.

Puxou as laterais cuidadosamente, surpreso com a firmeza das próprias mãos. Tinha muito sangue, e um corte amplo abaixo do lado direito das costelas de Magnus. Mas pelo ritmo da respiração do feiticeiro, estava claro que os pulmões não tinham sido perfurados. Alec tirou a jaqueta, embolou o tecido, e pressionou contra o ferimento que ainda sangrava.

Os olhos de Magnus se abriram.

— Ai — disse ele, debilmente. — Pare de se apoiar em mim.

— *Raziel* — suspirou Alec, agradecido. — Você está bem. — Levou a mão livre à nuca de Magnus, acariciando gentilmente com o polegar a bochecha sangrenta do feiticeiro. — Pensei...

Levantou a cabeça para olhar para a irmã antes que pudesse dizer alguma coisa constrangedora demais, mas ela já havia se retirado discretamente.

— Eu o vi cair — contou Alec, baixinho. Curvou-se e beijou de leve a boca de Magnus, não querendo machucá-lo. — Pensei que estivesse morto.

Magnus sorriu um sorriso torto.

— Por quê, por causa desse arranhão? — Olhou para o casaco avermelhado na mão de Alec. — Tudo bem, foi um arranhão profundo. Tipo, de um gato muito, mas muito grande.

— Está delirando? — perguntou Alec.

— Não. — Magnus cerrou as sobrancelhas. — Amatis mirou meu coração, mas não acertou nenhum órgão vital. O problema é que a perda de sangue está afetando minha energia e minha capacidade de me curar. — Ele respirou fundo e acabou tossindo. — Aqui, me dê sua mão. — Levantou a mão, e Alec entrelaçou os dedos nos dele, a palma de Magnus dura contra a dele. — Você se lembra, na noite da batalha no navio de Valentim, quando precisei da sua força?

— Precisa de novo? — perguntou Alec. — Porque você pode pegar.

— Sempre preciso da sua força, Alec — disse Magnus, e fechou os olhos quando os dedos entrelaçados começaram a brilhar, como se entre eles segurassem a luz de uma estrela.

Fogo explodiu pelo cabo e pela lâmina da espada do anjo. A chama percorreu o braço de Clary como um raio de eletricidade, derrubando-a para o chão. Raios de calor percorreram suas veias, e ela se curvou em agonia, segurando-se como se pudesse impedir que o próprio corpo explodisse.

Jace caiu de joelhos. A espada ainda o perfurava, mas agora ardia com uma chama branco-dourada, e o fogo preenchia o corpo dele como água colorida enchendo uma jarra de vidro. Uma chama dourada ardeu nele, deixando-o com a pele translúcida. Seus cabelos eram bronze; os ossos duros, brilhando visíveis através da pele. A Gloriosa estava queimando, dissolvendo em gotas líquidas como ouro derretendo em um cadinho. A cabeça de Jace estava jogada para trás, o corpo arqueado, enquanto o incêndio ardia através dele. Clary tentou se arrastar até ele pelo solo rochoso, mas o calor que irradiava do corpo de Jace era forte demais. Ele estava com as mãos no peito, e um rio de sangue dourado escorria pelos seus dedos. A pedra na qual estava ajoelhado escurecia, rachando, se transformando em cinzas. Então a Gloriosa queimou como o restinho de uma fogueira, em um banho de faíscas, e Jace caiu para a frente, sobre as pedras.

Clary tentou se levantar, mas as pernas falharam embaixo dela. As veias ainda pareciam ter fogo circulando, e a dor cortava a superfície da sua pele como o toque de atiçadores quentes. Ela se forçou a ir para a frente, fazendo os dedos sangrarem, ouvindo o vestido cerimonial rasgar, até alcançar Jace.

Ele estava deitado de lado com a cabeça apoiada em um dos braços, o outro esticado. Clary desabou ao lado dele. Calor irradiava do corpo de Jace como se ele fosse um aglomerado de brasas, mas ela não se importou. Clary viu o rasgo na parte de trás do uniforme de combate de Jace, onde a Gloriosa havia atravessado. Havia cinzas das pedras queimadas misturadas ao dourado do cabelo dele, e sangue.

Movendo-se lentamente, cada segundo doendo como se ela fosse velha, como se tivesse envelhecido um ano para cada segundo que Jace queimou, ela o puxou para si, de modo que ele ficou de costas para a pedra escurecida e suja de sangue. Ela olhou para o rosto dele, que não estava mais dourado, mas imóvel, e ainda assim lindo.

Clary pôs a mão no peito dele, onde o vermelho do sangue se destacou contra o vermelho mais escuro do uniforme. Ela havia sentido as bordas da lâmina raspando os ossos de suas costelas. Tinha visto o sangue de Jace entornar pelos dedos, tanto sangue que manchou de preto as pedras no chão e endureceu as pontas dos cabelos dele.

E ainda assim... *Não se ele for mais do Céu do que do Inferno.*

— Jace — sussurrou. Ao redor deles, pés corriam. Os restos estilhaçados do pequeno exército de Sebastian escapavam pelo Burren, derrubando as armas pelo caminho. Clary os ignorou. — *Jace.*

Ele não se moveu. Estava com o rosto imóvel, sereno sob a luz da lua. Seus cílios projetavam sombras escuras e compridas nas maçãs do rosto.

— Por favor — disse ela, e sua voz parecia sair arranhando a garganta. Ao respirar, seus pulmões queimaram. — Olhe para mim.

Clary fechou os olhos. Quando os abriu novamente, a mãe estava ajoelhada ao seu lado, tocando-a no ombro. Lágrimas corriam pelo rosto de Jocelyn. Mas não poderia ser... Por que sua mãe choraria?

— Clary — sussurrou ela. — Deixe-o ir. Ele está morto.

Ao longe, Clary viu Alec ajoelhado ao lado de Magnus.

— Não — disse Clary. — A espada... ela queima apenas o que é vil. Ele ainda pode viver.

A mãe passou a mão nas costas da filha, prendendo os dedos nos cachos sujos de Clary.

— Clary, não...

Jace, Clary pensou furiosamente, com as mãos se fechando nos braços dele. *Você é mais forte do que isso. Se este é você, se é você de fato, vai abrir os olhos para mim.*

Subitamente, Simon apareceu, ajoelhando do outro lado de Jace, com o rosto sujo de sangue e fuligem. Esticou o braço para Clary. Ela levantou a cabeça para olhar para ele, para ele e para a mãe, e viu Isabelle chegando por trás, de olhos arregalados, aproximando-se lentamente. A frente do uniforme dela estava suja de sangue. Sem conseguir encarar Izzy, Clary virou o rosto, voltando os olhos para o dourado no cabelo de Jace.

— Sebastian — disse Clary, ou tentou dizer. A voz saiu rouca. — Alguém precisa ir atrás dele. — *E me deixar sozinha.*

— Estão procurando agora mesmo. — Jocelyn se inclinou para a frente, ansiosa os olhos arregalados. — Clary, deixe-o ir. Clary, meu amor...

— Deixe-a! — Clary ouviu Isabelle falar incisivamente. Escutou a mãe protestar, mas tudo que faziam parecia ocorrer ao longe, como se Clary estivesse assistindo a uma peça da última fila. Nada além de Jace importava. Jace, queimando. Lágrimas arderam no fundo de seus olhos.

— Jace, maldição — disse ela, com a voz áspera. — *Você não está morto.*

— Clary. — Simon falou gentilmente. — Era uma chance...

Afaste-se dele. Era isso que Simon estava pedindo, mas ela não podia. Não faria.

— Jace — sussurrou Clary. Era como um mantra, do jeito que ele uma vez a segurou em Renwick e entoou seu nome sem parar. — Jace *Lightwood...*

Clary congelou. Ali. Um movimento tão ínfimo, que quase não foi um movimento. O tremor de um cílio. Ela se inclinou para a frente, quase se desequilibrando, e pressionou a mão contra o material vermelho rasgado sobre o peito dele, como se pudesse curar o ferimento que tinha feito. Em vez disso sentiu — tão maravilhoso que por um instante não fez nenhum sentido para ela, não poderia ser — sob as pontas dos dedos, as batidas do coração de Jace.

Epílogo

Inicialmente, Jace não teve consciência de nada. Depois veio a escuridão e, na escuridão, uma dor ardente. Foi como se tivesse engolido fogo, que o fez engasgar e queimou sua garganta. Tentou respirar desesperadamente, um ar que esfriasse o fogo, e seus olhos se abriram.

Viu escuridão e sombras — um quarto mal iluminado, conhecido e desconhecido, com fileiras de camas e uma janela que permitia a entrada de uma depressiva luz azul, e ele estava em uma das camas, com cobertores e lençóis enrolados como cordas em seu corpo. Seu peito doía como se houvesse um peso morto sobre ele, e sua mão subiu para descobrir o que era, encontrando apenas uma atadura grossa sobre a pele. Engasgou-se novamente, inspirou novamente para se refrescar.

— Jace. — A voz era tão familiar quanto a própria, então uma mão pegou a dele, entrelaçando-lhe os dedos. Com um reflexo nascido de anos de amor e familiaridade, apertou-a.

— Alec — falou, e quase se assustou com o som de sua voz aos próprios ouvidos. Não havia mudado. Jace tinha a sensação de ter sido queimado, derretido e recriado como ouro em um cadinho, mas recriado como o quê? Será que realmente poderia voltar a ser ele mesmo? Olhou para os olhos azuis e ansiosos de Alec, e soube onde estava. Na Enfermaria do Instituto. Em casa. — Sinto muito...

Uma mão esguia e calejada acariciou sua bochecha, então uma segunda voz familiar disse:

— Não se desculpe. Não tem nada por que se desculpar.

Jace semicerrou os olhos. O peso no peito continuava ali: metade pelo ferimento, metade por culpa.

— Izzy.

A respiração dela falhou.

— É você mesmo, não é?

— Isabelle — começou Alec, como se pretendesse avisar para que não perturbasse Jace, mas Jace tocou a mão dela.

Viu os olhos escuros de Isabelle brilhando à luz do amanhecer, o rosto cheio de expectativa e esperança. Esta era a Izzy que só a família conhecia, amorosa e preocupada.

— Sou eu — disse ele, e limpou a garganta. — Posso entender se não acreditarem, mas juro pelo Anjo, Iz, sou eu.

Alec não disse nada, mas o aperto na mão de Jace ficou mais forte.

— Não precisa jurar — disse ele, e com a mão livre tocou o símbolo *parabatai* perto da clavícula. — Eu sei. Sinto. Não é mais como se parte de mim estivesse faltando.

— Eu também senti. — Jace inspirou com dificuldade. — Alguma coisa faltando. Senti, mesmo com Sebastian, mas não sabia o que estava faltando. Era você. Meu *parabatai*. — Olhou para Izzy. — E você. Minha irmã. E... — As pálpebras de Jace arderam repentinamente com uma luz violenta: o machucado no peito latejou, e ele viu o rosto *dela*, aceso pelo brilho da espada. Uma queimação estranha se espalhou por suas veias, como fogo branco. — Clary. Por favor, digam que...

— Ela está perfeitamente bem — respondeu Isabelle o mais depressa que pôde. Mas havia mais alguma coisa em sua voz; surpresa, desconforto.

— Jura? Não está me falando isso só porque não quer me chatear.

— Foi *ela* quem apunhalou *você* — observou Isabelle.

Jace soltou um riso engasgado; doeu.

— Ela me salvou.

— Salvou — concordou Alec.

— Quando posso vê-la? — Jace tentou não soar muito ansioso.

— Realmente *é* você — disse Isabelle, com a voz satisfeita.

— Os Irmãos do Silêncio têm entrado e saído, verificando seu estado — disse Alec. — Verificando isto — tocou o curativo no peito de Jace — e checando se você já estava acordado. Quando descobrirem que está, provavelmente vão querer falar com você antes que veja Clary.

— Há quanto tempo estou apagado?

— Mais ou menos dois dias — respondeu Alec. — Desde que o trouxemos do Burren, praticamente certos de que você ia morrer. Pelo visto, não é tão fácil assim curar um ferimento provocado pela lâmina de um arcanjo.

— Então o que está dizendo é que vou ficar com uma cicatriz.

— Grande e feia — disse Isabelle. — Bem no peito.

— Droga — disse Jace. — Eu já estava contando com o dinheiro daquela propaganda de cueca que eu ia fazer — falou ironicamente.

345

Mas estava pensando que era correto, de alguma maneira, que tivesse uma cicatriz: que *deveria* ficar marcado pelo que tinha acontecido, tanto física quanto mentalmente. Quase perdera a alma e a cicatriz serviria para lembrá-lo da fragilidade da vontade, e da dificuldade do bem.

E de coisas mais sombrias. Do que estaria por vir, e do que não poderia permitir que acontecesse. Sua força estava voltando; podia sentir, e a dedicaria integralmente a combater Sebastian. Sabendo disso, de repente se sentiu mais leve, um pouco do peso deixou seu peito. Virou a cabeça, o bastante para olhar nos olhos de Alec.

— Nunca achei que fosse ficar do lado oposto de uma batalha com você — disse, a voz rouca. — Nunca.

— E isso jamais se repetirá — respondeu Alec, com a mandíbula cerrada.

— Jace — disse Isabelle. — Tente ficar calmo, tudo bem? É só...

O que foi *agora?*

— Mais algum problema?

— Bem, você está brilhando um pouco — respondeu Isabelle. — Digo, só um pouquinho. De brilho.

— *Brilhando?*

Alec levantou a mão que segurava a de Jace. Jace pôde ver, no escuro, um brilho fraco no antebraço, que parecia traçar as linhas das veias como um mapa.

— Achamos que é um efeito remanescente da espada do arcanjo — disse ele. — Provavelmente vai desbotar em breve, mas os Irmãos do Silêncio estão curiosos. Claro.

Jace suspirou e deixou a cabeça despencar para o travesseiro. Estava exausto demais para reunir muito interesse naquele novo estado iluminado.

— Isso quer dizer que vocês têm de ir? — perguntou. — Precisam buscar os Irmãos?

— Eles nos instruíram a chamá-los quando você acordasse — respondeu Alec, mas balançava a cabeça mesmo enquanto falava. — Mas não se não quiser que a gente vá.

— Estou cansado — confessou Jace. — Se eu pudesse dormir mais algumas horas...

— Claro. Claro que pode. — Os dedos de Isabelle empurraram os cabelos de Jace para trás, afastando-os dos olhos. O tom de Izzy foi firme, absoluto: feroz como uma mãe ursa protegendo seu filhote.

Os olhos de Jace começaram a fechar.

— E não vão me deixar?

— Não — respondeu Alec. — Não, jamais o deixaremos. Você sabe disso.

— Nunca. — Isabelle pegou a mão dele, a que Alec não estava segurando, e apertou com força. — Os irmãos Lightwood, todos juntos — sussurrou.

De repente, a mão de Jace ficou molhada onde ela estava segurando, e ele percebeu que Isabelle estava chorando, as lágrimas caindo, chorando por ele, porque o amava; mesmo depois de tudo que havia se passado, ainda o amava.

Ambos o amavam.

Dormiu assim, com Isabelle de um lado e Alec do outro, enquanto o sol nascia com o amanhecer.

— Como assim, ainda não posso vê-lo? — perguntou Clary. Ela estava sentada na beira do sofá na sala de Luke, com o fio do telefone enrolado com tanta força nos dedos que as pontas já estavam brancas.

— Só se passaram três dias, e ele esteve inconsciente durante dois — respondeu Isabelle. Havia vozes atrás dela, e Clary apurou os ouvidos para escutar quem estava falando. Achou ter identificado a voz de Maryse, mas ela estava falando com Jace? Alec? — Os Irmãos do Silêncio ainda o estão examinando. Continuam proibindo visitas.

— Mande os Irmãos do Silêncio se danarem!

— Não, obrigada. São fortes e quietos. Mas também bizarros.

— Isabelle! — Clary sentou, esmagando as almofadas. Era um dia claro de outono, e a luz do sol entrava pelas janelas da sala, mas não estava ajudando a suavizar o humor de Clary. — Só quero saber que ele está bem. Que não sofreu nada permanente, que não está inchado como um melão...

— Claro que ele não está inchado como um melão, não seja ridícula.

— Eu não teria como saber. Não teria como porque ninguém me conta nada.

— Ele está bem — respondeu Isabelle, apesar de alguma coisa em sua voz informar que ela estava retendo informações. — Alec tem dormido na cama ao lado dele, e eu e mamãe fazendo turnos e acompanhando durante todo o dia. Os Irmãos do Silêncio não o estão *torturando*. Só precisam saber o que ele sabe. Sobre Sebastian, o apartamento, tudo.

— Mas não consigo acreditar que Jace não me ligaria se pudesse. A não ser que não queira me ver.

— Talvez não queira — disse Isabelle. — Pode ser por causa daquela coisa de você tê-lo apunhalado.

— *Isabelle...*

— Só estou brincando, acredite se quiser. Em nome do Anjo, Clary, não consegue ter um pouco de paciência? — Isabelle suspirou. — Deixe para lá. Esqueci com quem estou falando. Olhe, Jace falou, não que eu devesse repetir, por sinal, que precisava falar pessoalmente com você. Se pudesse apenas esperar...

— Isso é tudo que tenho feito — disse Clary. — Esperado. — E era verdade. Tinha passado as últimas duas noites deitada no quarto na casa de Luke, aguardando notícias de Jace e revivendo a última semana com grande riqueza de detalhes. A Caçada Selvagem; a loja de antiguidades em Praga; chafarizes de sangue; os túneis nos olhos de Sebastian; o corpo de Jace no dela; Sebastian apertando o Cálice Infernal contra seus lábios, tentando abri-los; o fedor amargo de icor demoníaco. A Gloriosa ardendo em seu braço, perfurando Jace como um raio de fogo, os batimentos do coração do namorado sob as pontas de seus dedos. Ele sequer tinha aberto os olhos, mas Clary gritou que ele estava vivo, que o coração estava batendo, e a família correu para cima dele, até Alec, meio apoiando um Magnus excepcionalmente pálido. — Tudo que faço é percorrer minha mente, várias vezes. Está me deixando maluca.

— E é aí que concordamos. Quer saber, Clary?

— O quê?

Fez-se uma pausa.

— Você não precisa da *minha* permissão para vir aqui ver Jace — disse Isabelle. — Não precisa da autorização de ninguém para fazer nada. Você é Clary Fray. Você se mete em todo tipo de situação sem a menor ideia do que diabos vai acontecer, e depois sobrevive à base de coragem e loucura.

— Não no que se refere à minha vida pessoal, Iz.

— Hum — disse Isabelle. — Bem, talvez devesse. — E desligou o telefone.

Clary ficou encarando o fone, ouvindo o ruído distante do som de discagem. Então, com um suspiro, desligou e foi para o quarto.

Simon estava esparramado na cama, com os pés nos travesseiros, o queixo apoiado nas mãos. O laptop aberto ao pé da cama, congelado em uma cena de *Matrix*. Ele levantou o olhar quando ela entrou.

— Alguma sorte?

— Não exatamente. — Clary foi até o armário. Já tinha se vestido para a possibilidade de encontrar Jace hoje, de calça jeans e um casaco azul-claro que sabia que ele gostava. Colocou uma jaqueta de veludo e sentou na cama ao lado de Simon, calçando os sapatos.

— Isabelle não me conta nada. Os Irmãos do Silêncio não querem que Jace receba visitas, mas dane-se. Vou assim mesmo.

Simon fechou o computador e rolou de costas.

— Essa é minha maluquinha corajosa.

— Cale a boca — disse ela. — Quer vir comigo? Visitar Isabelle?

— Vou me encontrar com Becky — falou. — No apartamento.

— Bom. Mande um beijo. — Ela terminou de amarrar os cadarços e esticou o braço para afastar o cabelo de Simon da testa. — Primeiro tive de me acostumar com aquela Marca em você. Agora preciso me acostumar com a falta dela.

Os olhos castanhos de Simon percorreram o rosto dela.

— Com ou sem ela, continuo sendo apenas eu.

— Simon, você se lembra do que estava escrito na lâmina da espada? Da Gloriosa?

— *Quis ut Deus.*

— É latim — disse ela. — Pesquisei. Significa *Quem é como Deus?* É uma pergunta capciosa. A resposta é: ninguém... Ninguém é como Deus. Não vê?

Ele olhou para ela.

— Ver o quê?

— Você disse. *Deus.*

Simon abriu a boca e fechou novamente.

— Eu...

— Sei que Camille falou que só conseguia pronunciar o nome de Deus porque não acreditava Nele, mas acho que tem a ver com o que a pessoa acredita a respeito dela mesma. Se acreditar que é condenado, acaba sendo. Mas se não...

Clary tocou a mão do amigo; ele apertou os dedos dela brevemente, então soltou, com o rosto confuso.

— Preciso de um tempo para pensar sobre isso.

— Como quiser. Mas estou aqui, se precisar conversar.

— E eu estou aqui se *você* precisar. Qualquer coisa que acontecer com você e Jace no Instituto... sabe que sempre pode ir pra minha casa se quiser conversar.

— Como está Jordan?

— Muito bem — respondeu. — Ele e Maia estão definitivamente juntos. Estão naquela fase em que eu tenho a sensação de que preciso dar espaço a eles sempre. — Ele franziu o nariz. — Quando ela não está lá, ele fala sobre como se sente inseguro porque ela namorou vários meninos, e ele passou os últimos três anos em treinamento quase militar para a Praetor e fingindo ser assexuado.

— Ah. Qual é. Duvido que ela ligue para isso.

— Você sabe como são os homens. Temos egos muito delicados.

— Eu não descreveria o ego de Jace como delicado.

— Não, Jace é como o tanque de artilharia dos egos masculinos — admitiu Simon. Estava deitado com a mão direita sobre a barriga, e o anel dourado de fada brilhava em seu dedo. Desde que o outro tinha sido destruído, aquele não parecia mais ter poder algum, mas Simon continuava usando ainda assim. Impulsivamente, Clary se inclinou e o beijou na testa.

— Você é o melhor amigo que alguém poderia ter, sabia? — disse ela.

— Sabia sim, mas é sempre bom ouvir.

Clary riu e se levantou.

— Bem, vamos juntos até o metrô. A não ser que queira ficar por aqui com os pais em vez de ir para seu ninho de solteiro.

— Certo. Com meu colega de casa apaixonado e minha irmã. — Deslizou da cama e foi atrás de Clary, que já se dirigia à sala. — Não vai de Portal?

CASSANDRA CLARE

Ela deu de ombros.

— Não sei. Parece... desperdício. — Ela atravessou o corredor e, após bater rapidamente, enfiou a cabeça para dentro do quarto principal. — Luke?

— Entre.

Ela entrou, com Simon ao lado. Luke estava sentado na cama. O volume do curativo que o envolvia no peito era visível sob a camisa de flanela. Tinha uma pilha de revistas na cama. Simon pegou uma.

— *Brilhe como uma princesa de gelo: A noiva de inverno.* — Leu em voz alta. — Não sei, cara. Não tenho certeza de que uma tiara de flocos de neve seria o melhor acessório para você.

Luke olhou em volta da cama e suspirou.

— Jocelyn achou que planejar o casamento poderia nos fazer bem. Voltar ao normal e tudo o mais. — Havia olheiras sob seus olhos azuis. Jocelyn tinha ficado encarregada de revelar a notícia sobre Amatis, quando ele ainda estava na delegacia. Apesar de Clary tê-lo recebido com abraços quando ele veio, Luke não tinha mencionado a irmã nenhuma vez, e nem ela. — Por mim, iríamos para Las Vegas e faríamos um casamento de cinquenta dólares com tema de pirata, celebrado por um Elvis.

— Posso ser a meretriz de honra — sugeriu Clary. Olhou cheia de expectativa para Simon. — E você poderia ser...

— Ah, não — disse ele. — Sou hipster. Sou legal demais para participar de um casamento temático.

— Você joga Dungeons & Dragons. É um nerd — corrigiu-o, satisfeita.

— Nerd é chique — declarou Simon. — Garotas adoram nerds.

Luke limpou a garganta.

— Presumo que esteja aqui para me falar alguma coisa?

— Estou indo ao Instituto visitar Jace — disse Clary. — Quer que eu traga alguma coisa?

Ele balançou a cabeça.

— Sua mãe foi ao mercado, fazer estoque. — Ele se inclinou para afagá-la na cabeça e fez uma careta. Estava melhorando, mas lentamente. — Divirta-se.

Clary pensou no que provavelmente enfrentaria no Instituto — uma Maryse irritada, uma Isabelle desgastada, um Alec distante e um Jace que não queria vê-la — e suspirou.

— Pode apostar.

O túnel do metrô cheirava ao inverno que finalmente havia chegado — metal frio, úmido, terra molhada e um leve toque de fumaça. Alec, caminhando pelo trilho, viu lufadas de respiração à sua frente e enfiou a mão livre no bolso do casaco azul para se esquentar. A luz enfeitiçada que segurava com a outra mão iluminava o túnel — azulejos em verde e creme,

350

descoloridos pelo efeito do tempo, e fiações, penduradas como teias de aranha nas paredes. Havia muito tempo que por aquele túnel não passava um trem.

Alec havia acordado antes de Magnus, mais uma vez. Magnus andava dormindo até tarde; estava descansando da batalha em Burren. Tinha gastado bastante energia para se curar, mas ainda não estava inteiramente bem. Feiticeiros eram imortais, porém vulneráveis, e "mais alguns centímetros e eu já era", fora o que ele dissera ao examinar a facada. "Teria parado meu coração."

Houve alguns momentos — minutos, até — em que realmente acreditou que Magnus estivesse morto. E após tanto tempo se preocupando com a possibilidade de envelhecer e morrer antes de Magnus. Que ironia teria sido. O tipo de coisa que ele merecia, por ter contemplado a oferta de Camille, ainda que por um segundo.

Ele viu uma luz à frente — a estação City Hall, iluminada por lustres e claraboias. Estava prestes a guardar a pedra de luz enfeitiçada quando escutou uma voz familiar atrás de si.

— Alec — disse a voz. — Alexander Gideon Lightwood.

Alec sentiu o coração pular. Virou-se lentamente.

— Magnus?

Magnus avançou, para o círculo de luz projetado pela pedra de Alec. Parecia estranhamente obscuro, com os olhos sombreados. Seus cabelos espetados estavam bagunçados. Vestia apenas um paletó sobre uma camiseta, e Alec não pôde deixar de se perguntar se ele estaria com frio.

— Magnus — repetiu Alec. — Pensei que estivesse dormindo.

— Evidentemente — disse Magnus.

Alec engoliu em seco. Nunca tinha visto Magnus irritado, não de fato. Não assim. Os olhos felinos de Magnus estavam remotos, impossíveis de interpretar.

— Você me seguiu? — perguntou Alec.

— Pode-se dizer que sim. Ajudou o fato de que eu sabia para onde estava indo. — Movendo-se com rapidez, Magnus pegou um quadrado dobrado de papel do bolso. À pouca luz, tudo que Alec conseguiu ver foi que estava coberto por uma letra cuidadosa e bonita. — Sabe, quando ela me contou que você tinha estado aqui, sobre o acordo que ofereceu, eu não acreditei. Não *quis* acreditar. Mas cá está você.

— Camille *contou*...

Magnus ergueu a mão para interrompê-lo.

— Pare — falou, cansado. — Claro que me contou. Eu avisei que ela era especialista em manipulação e política, mas você não me ouviu. Quem você acha que ela prefere ter ao lado, você ou eu? Você tem 18 anos, Alexander. Não é exatamente um aliado poderoso.

— Já disse a ela — revelou Alec. — Falei que não mataria Raphael. Vim aqui cancelar o acordo, eu não faria...

— Você teve de vir até aqui, para essa estação de metrô abandonada, para falar isso? — Magnus ergueu as sobrancelhas. — Não acha que poderia ter transmitido essencialmente o mesmo recado, talvez... se mantendo longe daqui?

— Foi...

— E mesmo que tenha vindo aqui, desnecessariamente, e dito a ela que o acordo estava cancelado — prosseguiu Magnus, com uma voz mortalmente calma —, por que está aqui *agora*? Convocação? Uma visita? Explique, Alexander, se estou deixando de ver alguma coisa.

Alec engoliu em seco. Certamente, deveria haver uma maneira de explicar. O fato de que andava vindo aqui, visitando Camille, porque ela era a única pessoa com quem podia conversar sobre Magnus. A única pessoa que o conhecia, como ele, não apenas como o Alto Feiticeiro do Brooklyn, mas alguém que sabia amar e ser amado, que tinha fragilidades humanas, peculiaridades e ondas estranhas de humor nas quais Alec não fazia ideia de como navegar sem conselho.

— Magnus... — Alec deu um passo em direção ao namorado e, pela primeira vez desde que se lembrava, Magnus recuou. Estava com uma postura rígida e nada amistosa. Olhava para Alec como olharia para um estranho, um estranho do qual não gostava muito.

— Sinto tanto — disse Alec. A voz soou rouca e desigual aos próprios ouvidos. — Jamais quis...

— Eu andava pensando nisso, sabe — disse Magnus. — Isso era parte da razão para eu querer o Livro Branco. A imortalidade pode ser um fardo. Você pensa nos dias que se estendem diante de você, quando já esteve em todos os lugares, já viu todas as coisas. A única coisa que não experimentei foi envelhecer ao lado de alguém, alguém que eu amasse. Pensei que talvez essa pessoa pudesse ser você. Mas isso não lhe dá o direito de tornar a minha duração de vida uma *escolha sua*, e não minha.

— Eu sei. — O coração de Alec acelerou. — Eu sei, e não ia fazer isso...

— Passarei o dia fora — disse Magnus. — Vá buscar suas coisas no apartamento. Deixe a chave na mesa de jantar. — Seus olhos investigaram o rosto de Alec. — Acabou. Não quero vê-lo mais, Alec. Nem nenhum de seus amigos. Estou cansado de ser o feiticeiro de estimação.

As mãos de Alec começaram a tremer, forte o bastante para que derrubasse a pedra de luz enfeitiçada. A luz piscou, então ele caiu de joelhos, no chão entre o lixo e a sujeira. Finalmente, alguma coisa acendeu diante de seus olhos e ele se levantou para ver Magnus à sua frente, com a pedra de luz na mão. Brilhava e piscava com uma cor estranha.

— Não deveria acender assim — disse Alec, automaticamente. — Para ninguém que não seja um Caçador de Sombras.

Magnus estendeu a mão. O coração da pedra brilhava em vermelho-escuro, como carvão em uma fogueira.

— É por causa do seu pai? — perguntou Alec.

Magnus não respondeu, apenas derrubou a pedra na mão de Alec. Quando as mãos se tocaram, o rosto de Magnus mudou.

— Você está congelando.

— Estou?

— Alexander... — Magnus o puxou para perto, e a luz enfeitiçada brilhou entre eles, a cor mudando rapidamente.

Alec nunca tinha visto uma pedra enfeitiçada fazer isso antes. Pôs a cabeça no ombro de Magnus e permitiu que o feiticeiro o abraçasse. O coração de Magnus não batia como um coração humano. Era mais lento, porém firme. Às vezes Alec pensava que era a coisa mais firme de sua vida.

— Me beije — disse Alec.

Magnus pôs a mão gentilmente na lateral do rosto de Alec, quase distraído, e passou o polegar na maçã do rosto de Alec. Quando se inclinou para beijá-lo, cheirava a sândalo. Alec agarrou a manga da jaqueta de Magnus e a pedra enfeitiçada, presa entre os corpos, brilhou em rosa, azul e verde.

Foi um beijo lento e triste. Quando Magnus recuou, Alec descobriu que de algum jeito estava segurando a pedra sozinho; a mão de Magnus não estava mais lá. A luz tornou-se branca e fraca.

Suavemente, Magnus disse:

— *Aku cinta kamu.*

— O que quer dizer?

Magnus se soltou do abraço de Alec.

— Significa eu amo você. Não que isso mude alguma coisa.

— Mas se me ama...

— Claro que amo. Mais do que achei que pudesse. Mas acabou, ainda assim — disse Magnus. — Não muda o que você fez.

— Mas foi apenas um erro — sussurrou Alec. — Um erro...

Magnus riu.

— Um erro? Isso é o mesmo que chamar a viagem do *Titanic* de um pequeno acidente naval. Alec, você tentou encurtar minha vida.

— Foi só... ela ofereceu, mas pensei a respeito e não consegui levar a cabo... Não poderia fazer isso com você.

— Mas teve de pensar. E não falou comigo sobre o assunto. — Magnus balançou a cabeça. — Não confiou em mim. Nunca confiou.

— Confio — disse Alec. — Vou confiar... vou tentar. Me dê mais uma chance...

— Não — respondeu Magnus. — E se me permite oferecer um conselho: evite Camille. Estamos prestes a entrar em guerra, Alexander, e você não quer ninguém questionando suas lealdades. Quer?

E com isso, ele virou e se afastou, com as mãos nos bolsos — caminhando lentamente, como se estivesse machucado, e não apenas pelo corte na lateral do corpo. Mas estava se afastando ainda assim. Alec o observou até ele ultrapassar o brilho da luz enfeitiçada e desaparecer de vista.

O interior do Instituto ficava fresco no verão, mas agora, com o inverno consolidado, pensou Clary, estava quente. A nave cintilava com as fileiras de lustres, e os vitrais brilhavam suavemente. Ela permitiu que a porta da frente se fechasse atrás de si e foi até o elevador. Estava na metade do caminho quando escutou alguém rindo.

Virou-se. Isabelle estava em um dos velhos bancos, as longas pernas apoiadas no encosto do banco da frente. Usava botas que batiam no meio da coxa, jeans justos e um suéter vermelho, que deixava um dos ombros expostos. A pele estava marcada por desenhos negros; Clary se lembrou do que Sebastian tinha dito sobre não gostar de mulheres que desfiguravam a pele com Marcas e estremeceu.

— Não me ouviu chamar seu nome? — perguntou Izzy. — Sabe ser incrivelmente obcecada.

Clary parou e se apoiou em um banco.

— Não a ignorei de propósito.

Isabelle abaixou as pernas e se levantou. Os saltos das botas eram altos, fazendo-a se erguer como uma torre diante de Clary.

— Sim, eu sei. Por isso disse "obcecada" e não "grossa".

—Vai me mandar embora? — Clary ficou satisfeita com o fato de que sua voz não tremeu.

Queria ver Jace. Queria vê-lo mais que qualquer coisa. Mas depois de tudo que havia passado no último mês, sabia que o importante era ele estar vivo, e que era o velho Jace. O resto era secundário.

— Não — respondeu, e começou a caminhar em direção ao elevador. Clary a acompanhou. — Acho isso tudo ridículo. Você salvou a vida dele.

Clary engoliu em seco para aliviar o frio na garganta.

—Você disse que havia coisas que eu não entendia.

— E há. — Isabelle apertou o botão do elevador. — Jace pode explicar para você. Desci porque achei que precisava saber de mais algumas coisas.

Clary ouviu o rangido familiar, a chacoalhada e o ronco da grade do velho elevador.

—Tipo?

— Meu pai voltou — contou, sem olhar nos olhos de Clary.

—Voltou para visitar, ou voltou de vez?

— De vez. — Isabelle parecia calma, mas Clary se lembrou do quanto ficou magoada quando descobriu que Robert estava tentando conquistar a vaga de Inquisidor. —

Basicamente Aline e Helen nos salvaram de uma verdadeira encrenca pelo que aconteceu na Irlanda. Quando fomos ajudá-los, não contamos nada para a Clave. Minha mãe tinha certeza de que se contássemos enviariam combatentes para matar Jace. Ela não conseguiu. Quero dizer, é a nossa família.

O elevador chegou com uma trepidação e um solavanco antes que Clary pudesse dizer qualquer coisa. Ela seguiu Isabelle, lutando contra o estranho impulso de abraçá-la. Duvidava que Izzy fosse gostar.

— Então Aline falou para a Consulesa, que é, afinal de contas, mãe dela, que não tiveram tempo de notificar a Clave, que ela tinha ficado para trás com ordens expressas de ligar para Jia, mas que os telefones estavam com algum problema e não deu certo. Basicamente, mentiu sem pudores. De qualquer forma, essa é nossa história, e vamos mantê-la. Acho que Jia não acreditou, mas não importa; não é como se ela quisesse punir mamãe. Ela só precisava de alguma coisa à qual pudesse se agarrar para que não *precisasse* nos sancionar. Afinal, não é como se a operação tivesse sido um desastre. Fomos lá, buscamos Jace, matamos a maioria dos Nephilim malignos, e Sebastian fugiu.

O elevador parou de subir e se deteve com um estrondo.

— Sebastian fugiu — repetiu Clary. — Então não fazemos ideia de onde ele esteja? Pensei que por ter destruído o apartamento, o bolso dimensional, ele pudesse ser rastreado.

— Tentamos — disse Isabelle. — Onde quer que esteja, continua fora do alcance do rastreamento. E, de acordo com os Irmãos do Silêncio, a magia de Lilith... Bem, ele é forte, Clary. Muito forte. Temos de presumir que está por aí, com o Cálice Infernal, planejando o próximo passo. — Ela abriu a grade do elevador e saltou. — Acha que ele vai voltar atrás de você... ou de Jace?

Clary hesitou.

— Não imediatamente — respondeu, afinal. — Para ele, somos as últimas peças do quebra-cabeça. Ele quer tudo preparado antes. Vai querer um exército. Vai querer estar pronto. Nós somos como... os prêmios pela vitória. Assim não vai ter de ficar sozinho.

— Ele deve ser muito solitário — comentou Isabelle. Não tinha qualquer solidariedade na voz; foi uma simples observação.

Clary pensou nele, no rosto que vinha tentando esquecer, que assombrava seus pesadelos e devaneios. *Você me perguntou a quem pertenço.*

— Você nem imagina.

Chegaram às escadas que levavam até a enfermaria. Isabelle parou, com a mão na garganta. Clary viu o contorno quadrado do colar de rubi sob o tecido do casaco.

— Clary...

Clary de repente se sentiu desconfortável. Ajeitou a bainha do casaco, não querendo olhar para Isabelle.

— Como é? — perguntou Isabelle, subitamente.

— Como é o *quê*?

— Estar apaixonada — respondeu Isabelle. — Como você sabe que está? E como sabe que alguém está apaixonado por você?

— Hum...

— Tipo Simon — falou Isabelle. — Como soube que ele estava apaixonado por você?

— Bem — respondeu Clary. — Ele me disse.

— Ele disse.

Clary encolheu os ombros.

— E antes disso você não fazia ideia?

— Não, nenhuma — disse Clary, recordando-se do instante. — Izzy... se você gosta dele ou se quer saber se ele gosta de você... talvez devesse *contar* para ele.

Isabelle ficou mexendo numa linha inexistente do punho do casaco.

— Contar o quê?

— O que você sente por ele.

Isabelle pareceu revoltada.

— Não deveria ter de falar nada.

Clary balançou a cabeça.

— Meu Deus. Você e Alec são tão parecidos...

Os olhos de Isabelle se arregalaram.

— Não somos nada! Somos completamente diferentes. Eu namoro vários meninos; ele nunca tinha namorado antes de Magnus. Ele sente ciúme; eu não...

— Todo mundo sente ciúme — declarou Clary, com segurança. — E vocês dois são tão *estoicos*. É amor, não é a Batalha das Termópilas. Não precisam tratar tudo como se fosse uma posição a se guardar. Não precisa manter tudo dentro de você.

Isabelle jogou as mãos para o alto.

— De repente você é uma especialista?

— Não sou especialista — disse Clary. — Mas conheço Simon. Se não disser nada, ele vai presumir que é porque não está interessada, e vai desistir. Ele *precisa* de você, Iz, e você precisa dele. Só que ele também precisa que você se declare antes.

Isabelle suspirou e se virou para começar a subir os degraus. Clary a ouviu murmurando pelo caminho.

— A culpa é sua, você sabe. Se não tivesse destruído o coração dele...

— Isabelle!

— Bem, você destruiu.

— Ah, e se bem me lembro quando ele foi transformado em rato você sugeriu que o deixássemos daquele jeito. Permanentemente.

CIDADE DAS ALMAS PERDIDAS

— Não sugeri, não.

— Sugeriu... — Clary se interrompeu.

Estavam no andar seguinte, onde um longo corredor se esticava em ambas as direções. Diante das portas duplas da enfermaria estava a figura com uma capa cor de pergaminho de um Irmão do Silêncio, com as mãos cruzadas, o rosto abaixado em posição de meditação.

Isabelle o apontou com um aceno exagerado.

— Aí está — disse ela. — Boa sorte na missão de passar por ele para ver Jace. — E partiu pelo corredor, com as botas estalando no piso de madeira.

Clary suspirou internamente e alcançou a estela no cinto. Duvidava que houvesse algum símbolo de feitiço capaz de enganar um Irmão do Silêncio, mas talvez, se conseguisse se aproximar o bastante para desenhar um símbolo de sono na pele dele...

Clary Fray. A voz na cabeça dela soou entretida e familiar. Não tinha som, mas ela reconheceu a forma dos pensamentos, como alguém reconheceria a maneira como alguém ri ou respira.

— Irmão Zachariah. — Resignada, ela guardou a estela de volta no lugar e se aproximou dele, desejando que Isabelle tivesse ficado.

Presumo que esteja aqui para ver Jonathan, falou, levantando a cabeça. O rosto continuava sombreado sob o capuz, apesar de ela conseguir enxergar o contorno de uma maçã do rosto angular. *Apesar das ordens da Irmandade.*

— Por favor, chame-o de Jace. Senão é confuso demais.

"Jonathan" é um antigo nome de Caçadores de Sombras, o primeiro. Os Herondale sempre mantiveram os nomes na família.

— Ele não foi batizado por um Herondale — observou Clary. — Apesar de ter uma adaga do pai. Traz *S.W.H.* gravado na lâmina.

Stephen William Herondale.

Clary deu mais um passo em direção à porta, aproximando-se de Zachariah.

— Você sabe muito sobre os Herondale — disse ela. — E dentre todos os Irmãos do Silêncio, você parece o mais humano. A maioria não demonstra qualquer emoção. São como estátuas. Mas você parece sentir as coisas. Você se lembra da sua vida.

Ser um Irmão do Silêncio é vida, Clary Fray. Mas se quer dizer que me lembro da vida antes da Irmandade, sim, me lembro.

Clary respirou fundo.

— Você já se apaixonou? Antes da Irmandade? Já houve alguém por quem pudesse morrer?

Fez-se um longo silêncio. Em seguida:

Duas pessoas, respondeu o Irmão Zachariah. *Existem lembranças que o tempo não apaga, Clarissa. Pergunte a seu amigo Magnus Bane, se não acreditar em mim. A eternidade não torna a perda esquecível, apenas tolerável.*

357

— Bem, eu não tenho a eternidade — disse Clary, com voz baixa. — Por favor, me deixe ver Jace.

O Irmão Zachariah não se moveu. Ela ainda não conseguia ver seu rosto, apenas uma sugestão de sombras e planos abaixo do capuz. Somente as mãos, unidas diante do corpo.

— *Por favor* — pediu Clary.

Alec subiu na plataforma da estação City Hall e foi em direção às escadas. Havia bloqueado a imagem de Magnus se afastando com um pensamento, e apenas um:

Ia matar Camille Belcourt.

Subiu rapidamente, sacando uma lâmina serafim ao fazê-lo. A luz aqui era fraca e tremulante — ele emergiu no mezanino abaixo do City Hall Park, onde claraboias de vidros coloridos permitiam a entrada de uma luz de inverno. Guardou a pedra de luz enfeitiçada no bolso e ergueu a lâmina serafim.

— *Amriel* — sussurrou, e a espada acendeu, um raio de luz em sua mão.

Levantou o rosto, varrendo o lobby com o olhar. O sofá de encosto alto estava lá, mas Camille não. Ele tinha enviado um recado dizendo que viria, mas depois da forma como foi traído, supôs que não deveria estar surpreso por ela não ter ficado para recebê-lo. Furioso, ele atravessou o recinto e chutou o sofá, com força; o móvel virou com uma batida de madeira e uma lufada de poeira, uma das pernas se quebrando.

Do canto veio uma risada como o tilintar de prata.

Alec girou, com a lâmina serafim ardendo na mão. As sombras nos cantos eram espessas e profundas; nem a luz de Amriel conseguia penetrá-las.

— Camille? — falou, com a voz perigosamente calma. — Camille Belcourt. Venha aqui *agora*.

Ouviu mais uma risadinha, e uma figura apareceu da escuridão. Mas não era Camille.

Era uma menina — que provavelmente não tinha mais do que 12 ou 13 anos — muito magra, com um par de jeans rasgados e uma camiseta rosa de manga curta com um unicórnio brilhante estampado. Também usava um cachecol cor-de-rosa, com a ponta suja de sangue. A parte inferior do seu rosto também estava sangrenta, e a substância manchava a borda da camisa. Olhou para Alec com olhos arregalados e felizes.

— Conheço você. — Ela arfou e, ao falar, ele viu os caninos da garota brilharem. *Vampira.* — Alec Lightwood. Amigo de Simon. Já o vi nos shows.

Ele a encarou. Será que já a tinha visto? Talvez — a faísca de um rosto entre as sombras de um bar, em uma daquelas apresentações para as quais Isabelle o tinha arrastado. Não tinha certeza. Mas isso não queria dizer que não soubesse quem ela era.

— Maureen — disse. — Você é a Maureen de Simon.

Ela pareceu satisfeita.

— Sou — respondeu. — Sou a Maureen de Simon — olhou para as próprias mãos, cobertas de sangue, como se tivesse mergulhado em uma piscina. E não era sangue humano, pensou Alec. Era o sangue escuro e rubi dos vampiros. — Está procurando por Camille — disse, com a voz cantante. — Mas ela não está mais aqui. Ah, não. Se foi.

— Se foi? — perguntou Alec. — Como assim, se foi?

Maureen riu.

— Você sabe como funciona a lei dos vampiros, não sabe? Quem matar o líder de um clã de vampiros, assume a liderança. E Camille era líder do clã de Nova York. Ah, sim, era.

— Então... alguém a matou?

Maureen riu alegremente.

— Não apenas *alguém*, tolo — respondeu. — Fui eu.

O teto arqueado da enfermaria era azul, pintado com um padrão de querubins com laços dourados e nuvens brancas. Fileiras de camas metálicas preenchiam as paredes da esquerda e da direita, deixando um amplo corredor no meio. Duas claraboias altas permitiam a entrada de uma límpida luz de inverno, apesar de o sol fazer pouco para aquecer o recinto frio.

Jace estava sentado em uma das camas, apoiado em uma pilha de travesseiros que pegara das outras camas. Estava de jeans, com as bordas desfiadas, e uma camiseta cinza. Estava com um livro equilibrado nos joelhos. Levantou os olhos quando Clary entrou, mas não disse nada quando ela se aproximou da cama.

O coração de Clary começou a acelerar. O silêncio parecia imutável, quase opressor; os olhos de Jace a seguiram enquanto ela chegava ao pé da cama e parava ali, com as mãos no encosto metálico. Ela estudou o rosto dele. Tantas vezes tentou desenhá-lo, pensou, tentou captar aquela qualidade inefável que o tornava Jace, mas seus dedos jamais conseguiram passar para o papel o que ela via. Estava ali agora, e não estivera enquanto Jace era controlado por Sebastian; qualquer que fosse o nome, sua alma, ou seu espírito, irradiando dos olhos.

Ela fechou as mãos na grade da ponta da cama.

— Jace...

Ele colocou uma mecha de cabelo dourado atrás da orelha.

— Está... os Irmãos do Silêncio disseram que não tinha problema você entrar?

— Não exatamente.

O canto da boca dele estremeceu.

— Então você os derrubou com um tronco de árvore e invadiu? A Clave não vê com bons olhos esse tipo de coisa, você sabe.

— Uau. Você não deixa passar nada, não é mesmo? — Ela foi sentar ao lado dele, em parte para ficarem da mesma altura, em parte para disfarçar o fato de que seus joelhos estavam tremendo.

— Aprendi a não deixar — falou, e pôs o livro de lado.

Ela sentiu as palavras como um tapa.

— Não quis machucá-lo — falou, e a voz veio quase como um sussurro. — Sinto muito.

Ele se sentou, passando as pernas pela beirada da cama. Não estavam longe um do outro, na mesma cama, mas ele estava se segurando; deu para perceber. Deu para perceber que havia segredos no fundo de seus olhos claros, deu para sentir a hesitação. Ela queria esticar a mão, mas se manteve parada, conservou a voz firme.

— Nunca quis machucá-lo. E não falo só de Burren. Falo desde o instante em que você, *você* de verdade, me contou o que queria. Eu deveria ter escutado, mas tudo que pensei foi em salvá-lo, em livrá-lo. Não dei ouvidos quando você disse que queria se entregar para a Clave, e, por causa disso, nós dois quase acabamos como Sebastian. Mas não consegui alcançá-lo através da multidão. Simplesmente não consegui. E pensei no que você me disse, que preferia morrer a viver controlado por Sebastian. — A voz de Clary falhou. — O *verdadeiro* você, quero dizer. Não pude perguntar, tive de supor. Precisa saber que para mim foi horrível machucá-lo daquele jeito. Saber que poderia ter morrido, e que minhas mãos é que teriam empunhado a espada que o matou. Eu teria desejado a morte, mas arrisquei sua vida porque achei que fosse isso que pediria, e depois que o traí uma vez, me senti em dívida. Mas se errei... — Ela fez uma pausa, mas ele estava em silêncio. Seu estômago revirou, uma cambalhota horrível, doentia. — Então, me desculpe. Não há nada que eu possa fazer para compensá-lo. Mas queria que soubesse. Que sinto muito.

Ela parou novamente, e desta vez o silêncio se prolongou entre eles, cada vez mais extenso, um fio impossivelmente retesado.

— Pode falar agora — disparou Clary, afinal. — Aliás, seria ótimo se falasse.

Jace a olhou, incrédulo.

— Deixe-me entender direito — falou. — Você veio até aqui pedir desculpas a *mim*?

Clary se espantou.

— Claro que vim.

— Clary — disse ele. — Você salvou minha vida.

— Eu o apunhalei. Com uma espada *imensa*. Você pegou *fogo*.

Os lábios dele tremeram, quase imperceptivelmente.

— Tudo bem — disse ele. — Então talvez nossos problemas não sejam como os dos outros casais. — Levantou a mão como se pretendesse tocar o rosto dela e a abaixou apressadamente. — Eu a ouvi, sabe — falou, com mais suavidade. — Dizendo que eu não estava morto. Pedindo para que eu abrisse os olhos.

Olharam-se em silêncio durante o que devem ter sido alguns momentos, mas que pareceram horas para Clary. Era tão bom vê-lo assim, sendo completamente ele, que isso quase apagou o medo de que tudo fosse dar terrivelmente errado nos próximos instantes. Por fim, Jace falou:

— Por que você acha que me apaixonei por você?

Era a última coisa que Clary esperava ouvir dele.

— Eu não... Essa não é uma pergunta justa.

— Para mim parece justa — respondeu. — Acha que não a conheço, Clary? A menina que entrou em um hotel infestado de vampiros porque o melhor amigo estava lá e precisava ser salvo? Que fez um Portal e se transportou para Idris porque não suportou a ideia de ficar de fora das coisas?

— Você gritou comigo por causa disso...

— Estava gritando comigo mesmo — falou. — Somos tão parecidos de algumas formas. Somos inconsequentes. Não pensamos antes de agir. Fazemos qualquer coisa pelos que amamos. E nunca pensei no quanto isso era assustador para as pessoas que *me* amavam até ver isso em você e me apavorar. Como posso protegê-la se você não deixa? — Inclinou-se para a frente. — Essa, aliás, foi uma pergunta retórica.

— Ótimo. Porque não preciso de proteção.

— Eu sabia que ia responder isso. Mas às vezes precisa. E às vezes eu também preciso. Temos de nos proteger, mas não de *tudo*. Não da verdade. É isso que significa amar alguém, mas permitir que a pessoa continue sendo ela mesma.

Clary olhou para as próprias mãos. Queria esticá-las e tocá-lo. Era como visitar alguém na prisão, onde se podia ver a pessoa tão perto e tão claramente, mas com um vidro inquebrável no meio.

— Eu me apaixonei por você — disse ele —, porque você é uma das pessoas mais corajosas que já conheci. Então, como poderia pedir que você deixasse de ser corajosa só porque a amo? — Ele passou as mãos no cabelo, levantando-o em cachos e ondas que Clary se coçou para abaixar. — Você foi atrás de mim — falou. — Você me salvou quando quase todo mundo já tinha desistido, e mesmo os que não desistiram não sabiam o que fazer. Acha que não sei o que aconteceu? — Os olhos dele escureceram. — Como acha que eu poderia ficar bravo com você?

— Então, por que não queria me ver?

— Porque... — Jace exalou. — Certo, justo, mas tem uma coisa que você não sabe. A espada que você utilizou, a que Raziel entregou a Simon...

— Gloriosa — disse Clary. — A espada do Arcanjo Miguel. Foi destruída.

— Não foi destruída. Voltou de onde veio depois de ser consumida pelo fogo celestial. — Jace sorriu singelamente. — Do contrário, nosso Anjo teria precisado dar muitas explicações depois que Miguel descobrisse que o amiguinho Raziel havia emprestado sua espada preferida a um bando de humanos descuidados. Mas estou me desviando do assunto. — A espada... a maneira como queimou... aquilo não foi um fogo comum.

— Não imaginei que tivesse sido. — Clary gostaria que Jace estendesse o braço e a puxasse para perto. Mas ele parecia querer conservar o espaço entre os dois, então ela ficou onde estava. Parecia uma dor em seu corpo, estar tão perto dele e não poder tocá-lo.

— Gostaria que você não tivesse vestido esse casaco — murmurou Jace.

— O quê? — Clary olhou para baixo. — Pensei que você gostasse desse casaco.

— Gosto — respondeu, e balançou a cabeça. — Deixa para lá. Aquele fogo... era fogo Divino. A Sarça Ardente, o fogo e o enxofre, o pilar de fogo que se estendeu diante dos filhos de Israel, é desse fogo que estamos falando. "Pois uma fogueira é acesa em minha ira, e vai arder no mais profundo inferno, e consumirá a terra e suas colheitas, e incendiará os sopés das montanhas." Foi esse fogo que queimou o que Lilith fez comigo. — Ele levou a mão à bainha da camisa e a levantou. Clary inspirou com força: acima do coração, na pele lisa do peito de Jace, não havia mais Marca: apenas uma cicatriz branca curada onde a espada havia penetrado.

Ela esticou a mão, querendo tocá-lo, mas ele recuou, balançando a cabeça. Clary sentiu a expressão de mágoa no rosto antes de conseguir contê-la enquanto ele abaixava a camisa.

— Clary — falou. — Esse fogo... ainda está dentro de mim.

Ela o encarou.

— Como assim?

Ele respirou fundo e estendeu as mãos, com as palmas para baixo. Clary olhou para elas, esguias e familiares, o símbolo de Clarividência na direita, com cicatrizes brancas por cima. Enquanto os dois olhavam, as mãos de Jace começaram a tremer levemente — e então, sob os olhos incrédulos de Clary, foram ficando transparentes. Como a lâmina da Gloriosa quando começou a arder, a pele de Jace pareceu se transformar em vidro, vidro retendo um ouro que se movia, escurecia e *queimava*. Ela pôde ver o contorno do esqueleto de Jace através da transparência da pele, ossos dourados conectados por tendões de fogo.

Clary o ouviu respirar fundo. Ele então levantou os olhos e encontrou os dela. Os dele estavam dourados. Sempre foram dourados, mas ela podia jurar que agora esse dourado estava vivo e ardendo também. Ele estava respirando pesadamente, e nas suas bochechas e clavícula brilhavam gotas de suor.

— Tem razão — disse Clary. — Nossos problemas realmente não são como os dos outros.

Jace a olhou, incrédulo. Lentamente, cerrou as mãos em punhos, e o fogo desapareceu, deixando para trás apenas suas mãos normais, familiares e intactas. Meio engasgando com um riso, ele falou:

— É *isso* que tem a dizer?

— Não. Tenho muito mais a dizer. *O que* está acontecendo? Suas mãos são armas agora? Você é o Tocha Humana? Mas o quê...

— Não sei o que ou quem é o Tocha Humana, mas... Tudo bem, olhe, os Irmãos do Silêncio me disseram que eu agora tenho o fogo celestial em mim. Nas minhas veias. Na minha alma. Quando acordei, tive a sensação de estar respirando fogo. Alec e Isabelle acharam que fosse apenas um efeito temporário da espada, mas como não passou, os Irmãos do

Silêncio foram chamados, e o Irmão Zachariah me falou que não sabia o quão temporário seria. E eu o queimei; ele estava tocando minha mão quando disse, então senti um impulso de energia passar por mim.

— Uma queimadura séria?

— Não. Mínima. Mas mesmo assim...

— É por isso que não quer me tocar. — Clary percebeu em voz alta. — Está com medo de me queimar.

Jace assentiu.

— Ninguém nunca viu nada assim, Clary. Nunca. A espada não me matou, mas deixou este... este pedaço de uma coisa letal dentro de mim. Algo tão poderoso que provavelmente mataria um ser humano comum, talvez até um Caçador de Sombras comum. — Ele respirou fundo. — Os Irmãos do Silêncio estão tentando descobrir como posso controlar, ou me livrar disso. Mas como pode imaginar, não sou prioridade.

— Porque a prioridade é Sebastian. Você soube que eu destruí aquele apartamento. Sei que ele tem outras maneiras de se locomover, mas...

— Essa é a minha garota. Mas ele tem reservas. Outros esconderijos. Não sei o que são. Ele não me contou. — Jace se inclinou para a frente, perto o bastante para que ela pudesse ver as cores mudando em seus olhos. — Desde que acordei, os Irmãos do Silêncio têm ficado comigo quase o tempo todo. Tiveram de executar a cerimônia em mim outra vez, a que fazem quando nasce um Caçador de Sombras, para mantê-lo seguro. Depois entraram na minha mente. Procurando, tentando extrair qualquer informação sobre Sebastian, qualquer coisa que eu possa saber e não me lembre. Mas... — Jace balançou a cabeça, frustrado. — Não tem nada. Eu sabia dos planos até a cerimônia em Burren. Depois disso, não faço ideia do próximo passo. Onde pode atacar. Sabem que ele está trabalhando com demônios, então estão fortalecendo as barreiras, principalmente em torno de Idris. Mas sinto que podemos tirar uma coisa útil disso tudo, algum conhecimento secreto da minha parte, mas nem isso temos.

— Mas se você soubesse de alguma coisa, Jace, ele simplesmente mudaria os planos — argumentou Clary. — Ele sabe que o perdeu. Vocês estavam ligados. Ouvi Sebastian gritar quando apunhalei você. — Clary estremeceu. — Foi um ruído horrível e perdido. Ele realmente gostava de você de algum jeito estranho, eu acho. E apesar de tudo ter sido horrível, nós dois conseguimos dele uma coisa que pode ser útil.

— Que é...?

— Nós o entendemos. Digo, tanto quanto alguém pode entendê-lo. E isso não é algo que ele possa apagar com uma mudança de planos.

Jace assentiu lentamente.

— Sabe quem mais eu tenho a impressão de entender agora? Meu pai.

— Valen... Não — disse Clary, observando a expressão de Jace. — Está falando de Stephen.

— Tenho lido as cartas dele. As coisas na caixa que Amatis me deu. Ele escreveu uma para mim, sabe, que queria que eu lesse depois que ele morresse. Pediu para que eu fosse um homem melhor do que ele foi.

— Você é — disse Clary. — Naqueles instantes no apartamento em que você foi *você*, se preocupou em fazer o que era certo mais do que com a própria vida.

— Eu sei — disse Jace, olhando para as próprias juntas cheias de cicatrizes. — Isso é que é estranho. Eu *sei*. Tive tantas dúvidas sobre mim, sempre, mas agora sei a diferença. Entre mim e Sebastian. Entre mim e Valentim. Mesmo a diferença entre eles dois. Valentim realmente acreditava que estava fazendo a coisa certa. Detestava demônios. Mas para Sebastian, a criatura que vê como mãe é um demônio. Ele ficaria feliz em governar uma raça de Caçadores de Sombras malignos que fossem aliados a demônios, enquanto os seres humanos comuns desse mundo seriam exterminados por puro prazer deles. Valentim ainda acreditava que proteger a raça humana fosse o encargo dos Caçadores de Sombras. Sebastian acredita que os humanos são baratas. E não quer proteger ninguém. Só quer o que quer, na hora que quer. E a única coisa verdadeira que sente é irritação quando está frustrado.

Clary ficou pensando. Tinha visto Sebastian olhar para Jace, mesmo para ela, e soube que uma parte dele era extremamente solitária, como o vácuo mais negro do espaço. A solidão o motivava tanto quanto o desejo de poder — a solidão e uma necessidade de ser amado sem qualquer compreensão de que o amor era algo que se conquistava. Mas tudo que ela disse foi:

— Bem, vamos começar com a frustração, então.

Um sorriso se esboçou no rosto dele.

— Sabe que quero implorar para que fique fora disso, certo? Vai ser uma batalha vil. Pior do que acho que a Clave consegue ser capaz de começar a entender.

— Mas não vai fazer isso — disse Clary. — Porque isso faria de você um idiota.

— Diz isso porque precisamos do seu poder com os desenhos de símbolos?

— Bem, isso, e... Não ouviu nada do que acabou de falar? Aquela história toda de nos protegermos?

— Pois fique sabendo que eu treinei aquele discurso. Na frente do espelho, antes de você chegar.

— Então, o que *você* acha que quis dizer com aquilo?

— Não tenho certeza — admitiu Jace —, mas sei que fico lindo falando.

— Meu Deus, esqueci o quanto o você não possuído é irritante — murmurou Clary.

— Preciso lembrar que acabou de dizer que não pode me proteger de tudo? A única maneira de nos protegermos é se *estivermos juntos*. Se enfrentarmos as coisas juntos. Se confiarmos um no outro. — Ela olhou nos olhos dele. — Eu não deveria tê-lo impedido de procurar a Clave chamando Sebastian. Deveria respeitar suas decisões. E você deveria respeitar as minhas. Porque vamos ficar juntos por muito tempo, e só assim vai funcionar.

A mão dele se esticou para ela no cobertor.

— Estar sob a influência de Sebastian — disse, rouco. — Parece um pesadelo agora. Aquele lugar louco, aqueles armários cheios de roupas para a sua mãe...

— Então você se lembra. — Clary quase sussurrou.

As pontas dos dedos de Jace tocaram as dela, e ela chegou perto de pular. Ambos prenderam a respiração enquanto ele a tocava; Clary não se moveu, observando quando os ombros dele relaxavam lentamente, e o olhar ansioso deixava seu rosto.

— Eu me lembro de tudo — falou. — Do barco em Veneza. Da boate em Praga. Daquela noite em Paris, quando fui eu mesmo.

Clary sentiu o sangue correr sob a pele, fazendo seu rosto queimar.

— De certa forma, passamos por coisas que ninguém além de nós dois pode entender — disse Jace. — E isso me fez perceber. Somos sempre absolutamente melhores juntos. — Ele ergueu o próprio rosto para o dela. Ele estava pálido, e o fogo piscou nos seus olhos. — Vou matar Sebastian — falou. — Vou matá-lo pelo que fez comigo, pelo que fez com você e pelo que fez com Max. Vou matá-lo pelo que fez e pelo que vai fazer. A Clave o quer morto e vai caçá-lo. Mas quero que seja a minha mão a derrubá-lo.

Ela então esticou o braço e pôs a mão no rosto dele. Ele estremeceu e semicerrou os olhos. Clary esperava que a pele dele estivesse quente, mas estava fria.

— E se eu matá-lo?

— Meu coração é seu coração — respondeu. — Minhas mãos são suas mãos.

Os olhos de Jace estavam da cor do mel e deslizaram com a lentidão do mel pelo corpo de Clary ao olhá-la da cabeça aos pés, como se fosse a primeira vez que o fazia desde que ela tinha entrado; dos cabelos esvoaçados aos pés calçados, de volta aos cabelos. Quando os olhares se encontraram, a boca de Clary ficou seca.

— Você se lembra — disse ele — de quando nos conhecemos, e eu falei que tinha noventa por cento de certeza de que colocar um símbolo em você não a mataria? Então você me deu um tapa e disse que o fez pelos outros dez por cento?

Clary assentiu.

— Sempre achei que um demônio fosse me matar — disse Jace. — Algum rebelde do Submundo. Uma batalha. Mas naquele momento percebi que poderia morrer se não a beijasse, e logo.

Clary lambeu os lábios secos.

— Bem, mas aconteceu — disse ela. — O beijo, quero dizer.

Ele esticou o braço e pegou um cacho de cabelo de Clary entre os dedos. Estava tão próximo que ela sentiu o calor do corpo dele, o cheiro do sabão, da pele e do cabelo.

— Não o suficiente — disse ele, deixando o cabelo de Clary escorregar de seus dedos. — Se beijá-la o dia todo, todos os dias pelo resto da minha vida, não será o bastante.

Jace abaixou a cabeça. Ela não pode evitar o rosto angular para cima. Sua mente estava cheia de lembranças de Paris, de segurá-lo como se fosse a última vez, e quase foi. O gosto, a sensação, o hálito. Podia ouvi-lo respirando agora. Os cílios de Jace fizeram cócegas na bochecha dela. Os lábios de ambos estavam a poucos milímetros de distância; em seguida, sem distância alguma, tocaram-se levemente, e depois com mais pressão, apoiaram-se um no outro...

E Clary sentiu uma faísca — não dolorosa, mais como um estalo de eletricidade estática — passar entre eles. Jace se afastou rapidamente. Estava ruborizado.

— Talvez precisemos trabalhar nisso.

A mente de Clary ainda estava girando.

— Tudo bem.

Ele estava olhando para a frente, ainda arfando.

— Tem algo que quero lhe dar.

— Percebi.

Com isso, ele desviou os olhos de volta para os dela e — quase com relutância — sorriu.

— Não é isso. — Levou a mão ao colarinho da camisa e pegou o anel Morgenstern na corrente. Tirou-a pela cabeça e, inclinando-se para a frente, derrubou o objeto levemente na mão dela. Estava morno por causa da pele dele. — Alec pegou de volta com Magnus. Vai voltar a usar?

Clary fechou a mão no anel.

— Sempre.

O sorriso de Jace suavizou, e, ousada, ela pôs a cabeça no ombro dele. Clary sentiu-o prender a respiração, mas ele não se moveu. Inicialmente, ficaram parados, mas aos poucos a tensão desapareceu, e eles se apoiaram um no outro. Não foi quente e passional, mas compassivo e doce.

Ele limpou a garganta.

— Você sabe que isso significa que o que a gente fez... o que a gente quase fez em Paris...

— Visitar a Torre Eiffel?

Ele colocou um cacho de cabelo de Clary atrás da orelha.

— Você não deixa nada passar, deixa? Esqueça. É uma das coisas que amo em você. Mas então, a *outra* coisa que quase fizemos em Paris... está fora de cogitação por um tempo.

A não ser que você queira que aquela coisa de meu-bem-eu-pego-fogo-quando-nos-beijamos se torne assustadoramente literal.

— Sem beijos?

— Bem, *beijos*, provavelmente. Mas o restante...

Ela passou a bochecha levemente na dele.

— Por mim, tudo bem, se por você estiver.

— Claro que não está tudo bem. Sou um menino adolescente. Até onde sei, esta é a pior coisa que me aconteceu desde que descobri por que Magnus foi banido do Peru. — Seus olhos suavizaram. — Mas isso não muda o que somos um para o outro. É como se sempre estivesse faltado um pedaço da minha alma, e esse pedaço está dentro de *você*, Clary. Sei que uma vez falei que, quer Deus exista ou não, estamos sozinhos. Mas quando estou com você, não fico sozinho.

Clary fechou os olhos para que ele não visse as lágrimas — lágrimas de alegria, pela primeira vez em muito tempo. Apesar de tudo, apesar de as mãos de Jace terem permanecido cuidadosamente no colo dele, Clary teve uma sensação de alívio tão grande que afogou todo o resto — a preocupação com o paradeiro de Sebastian, o medo de um futuro desconhecido —, tudo ficou em segundo plano. Nada importava. Eles estavam juntos, e Jace tinha voltado a si. Ela o sentiu virar a cabeça e beijá-la de leve no cabelo.

— Eu queria *muito* que você não tivesse usado esse casaco — murmurou Jace.

— É um bom treinamento para você — respondeu ela, com os lábios na pele dele. — Amanhã, meia arrastão.

Na lateral do corpo, caloroso e familiar, Clary o sentiu rir.

— Irmão Enoch — disse Maryse, levantando-se de trás da mesa. — Obrigada por se juntar a mim e ao Irmão Zachariah tão prontamente.

É sobre Jace?, perguntou Zachariah, e se Maryse não soubesse, teria imaginado uma pontinha de ansiedade na voz mental. *Eu o verifiquei diversas vezes hoje. O estado dele não se alterou.*

Enoch se mexeu dentro das vestes.

E eu tenho pesquisado nos arquivos e nos documentos antigos sobre o fogo Celestial. Existem algumas informações sobre a maneira como pode ser escoado, mas precisa ter paciência. Não há necessidade de nos chamar. Se tivermos notícias, nós a procuraremos.

— Não é sobre Jace — disse Maryse, e deu a volta na mesa, os saltos estalando no piso de pedra da biblioteca. — É um assunto completamente diferente. — Olhou para baixo. Um tapete tinha sido disposto com cuidado no chão, onde normalmente não havia nada. Não estava liso, mas repousava sobre uma forma encolhida e irregular. Escondia o delicado desenho de azulejos do Cálice, da Espada e do Anjo. Maryse abaixou a mão, pegou o canto do tapete e o puxou de lado.

CASSANDRA CLARE

Os Irmãos do Silêncio não engasgaram, é claro; não podiam emitir ruídos. Mas uma cacofonia preencheu a mente de Maryse, o eco psíquico do choque e horror de ambos. O Irmão Enoch deu um passo para trás, enquanto o Irmão Zachariah erguia uma das mãos para cobrir o rosto, como se pudesse bloquear os olhos da visão diante deles.

— Não estava aqui hoje de manhã — relatou Maryse. — Mas quando voltei esta tarde, estava esperando por mim.

À primeira vista, Maryse tinha achado que algum pássaro grande tinha entrado na biblioteca e morrido, talvez quebrado o pescoço em uma das janelas altas. Mas ao se aproximar, a verdade do que via se revelou. Não falou nada sobre o choque visceral de desespero que a penetrou como uma flecha, nem sobre como cambaleou até a janela e vomitou assim que percebeu o que estava vendo.

Um par de asas brancas — não exatamente brancas, na verdade, mas um amálgama de cores que mudava e piscava enquanto ela olhava: prateado-claro, traços de violeta, azul--escuro, cada linha contornada em ouro. E então, na raiz, um corte feio de osso e tendão podado. Asas de anjo — asas cortadas do corpo de um anjo vivo. Icor angelical, da cor de ouro líquido, manchava o chão.

No topo das asas havia um pedaço de papel dobrado, endereçado ao Instituto de Nova York. Após jogar água no rosto, Maryse pegou a carta e leu. Era curta — uma frase — e tinha uma assinatura estranhamente familiar, pois havia nela o eco da caligrafia de Valentim, o floreio de suas cartas, a mão forte e firme. Mas não era o nome de Valentim. Era o do filho.

Jonathan Christopher Morgenstern.

Ela o entregou ao Irmão Zachariah. Ele pegou o bilhete e abriu, lendo, assim como ela o fizera, a palavra em grego antigo grafada no topo da página.

Erchomai, dizia.

Estou chegando.

OBSERVAÇÕES

A invocação de Magnus em latim na página 170 que chama Azazel, começando por "*Quod tumeraris: per Jehovam, Gehennam*" foi retirada de *The Tragical History of Doctor Faustus*, de Christopher Marlowe.

Os trechos da música que Magnus ouve no carro, nas páginas 270-271 foram retiradas com autorização de "Alack, for I Can Get No Play" de Elka Cloke. elkacloke.com

A camiseta JAI SEI, MANDEI MAL foi inspirada no quadrinho do meu amigo Jeph Jacques em questionablecontent.net. As camisetas podem ser compradas em topatoco.com. A ideia de *Magical Love Gentleman* também pertence a ele.

AGRADECIMENTOS

Como sempre, devo agradecer a minha família: meu marido, Josh; minha mãe e meu pai, assim como Jim Hill e Kate Connor; Melanie, Jonathan e Helen Lewis; Florence e Joyce. Muitos agradecimentos aos leitores e críticos iniciais Holly Black, Sarah Rees Brennan, Delia Sherman, Gavin Grant, Kelly Link, Ellen Kushner e Sarah Smith. Créditos especiais a Holly, Sarah, Maureen Johnson, Robin Wasserman, Cristi Jacques e Paolo Bacigalupi, por ajudarem a destacar cenas. Maureen, Robin, Holly, Sarah, vocês estão sempre presentes para minhas reclamações — vocês são incríveis. Obrigada a Martange pela ajuda com as traduções para o francês e aos meus fãs da Indonésia pela declaração de Magnus a Alec. Wayne Miller, como sempre, ajudou com as traduções de latim, e Aspasia Diafa e Rachel Kory prestaram assistência extra com o grego antigo. Ajuda inestimável veio do meu agente, Barry Goldblatt, de minha editora, Karen Wojtyla, e de sua cúmplice, Amily Fabre. Meus agradecimentos a Cliff Nielson e Russel Gordon, por prepararem uma belíssima capa, e às equipes da Simon and Schuster e da Walker Books, por fazerem o restante da magia acontecer.

Cidade das Almas Perdidas foi escrito com o programa Scrivener na cidade de Goult, França.

vire a página para ler
Tornando-se Sebastian Verlac

Uma nova cena mostrando o primeiro encontro de Jonathan Morgenstern com Sebastian Verlac

EXTRAS

Era um bar muito pequeno, em uma rua estreita e inclinada de uma cidade cercada por muros e cheia de sombras. Jonathan Morgenstern estava sentado no bar havia pelo menos quinze minutos, terminando um drinque lentamente, antes de se levantar e descer pela longa e frágil escada de madeira para a boate. O som da música parecia tentar subir pelos degraus enquanto ele descia: dava para sentir a madeira vibrando sob seus pés.

O local estava cheio de corpos se contorcendo e fumaça obscurecida. Era o tipo de lugar de onde demônios espreitavam. O que fazia com que fosse o tipo de lugar frequentado por caçadores de demônios.

E um local perfeito para alguém que estava caçando um caçador de demônios.

Fumaça colorida pairava pelo ar, com um cheiro vagamente ácido. Havia longos espelhos pelas paredes da boate. Ele conseguia se ver enquanto circulava pelo local: uma figura esguia vestida de preto, com os cabelos do pai, brancos como a neve. Estava úmido ali na parte de baixo da boate, abafado e quente, e sua camisa grudava nas costas com o suor. Um anel de prata brilhava na mão direita enquanto ele examinava o recinto em busca de suas presas.

Lá estava ele, no bar, como se estivesse tentando se misturar com os mundanos apesar de estar invisível para eles.

Um menino. De talvez uns 17 anos.

Um Caçador de Sombras.

Sebastian Verlac.

Jonathan normalmente tinha pouco interesse em qualquer pessoa da sua idade — se havia alguma coisa mais maçante do que outras pessoas, eram outros adolescentes —, mas Sebastian Verlac era diferente. Jonathan o escolhera, cuidadosa e especificamente. Escolhera-o como alguém talvez selecionasse um terno caro e feito sob medida.

Jonathan foi até ele, sem pressa, para medir o menino. Já tinha visto fotos, claro, mas as pessoas sempre eram diferentes pessoalmente. Sebastian era alto — da mesma altura do próprio Jonathan, e tinha o mesmo corpo esguio. Suas roupas provavelmente caberiam com perfeição em Jonathan. Seus cabelos eram escuros — Jonathan teria que pintar o próprio, o que era irritante, porém não impossível. Os olhos dele também eram pretos, e suas

375

feições, embora irregulares, formavam um conjunto agradável: tinha um carisma simpático que era atraente. Aparentava confiar e sorrir facilmente.

Parecia um tolo.

Jonathan foi até o bar e se apoiou na bancada. Ele virou a cabeça, permitindo que o outro garoto percebesse que conseguia enxergá-lo.

— *Bonjour*.

— Olá — respondeu Sebastian, na língua dele, a língua de Idris, apesar de um ligeiro sotaque francês. Seus olhos estavam cerrados. Ele pareceu muito espantado por ser visto, e como se estivesse tentando entender o que Sebastian poderia ser: um colega Caçador de Sombras, ou um feiticeiro com uma marca que não aparecia?

Alguma coisa ruim está para acontecer, pensou Jonathan. *E você nem sabe.*

— Eu mostro o meu se você me mostrar o seu — sugeriu, abrindo um sorriso. Ele conseguia se ver no espelho engordurado sobre o bar. Sabia como o sorriso iluminava o seu rosto e o tornava quase irresistível. Seu pai tinha passado anos treinando-o para sorrir daquele jeito, como um ser humano.

A mão de Sebastian apertou na beirada do balcão

— Eu não...

Jonathan expandiu o sorriso e mostrou seu símbolo de Visão nas costas da mão. Sebastian suspirou, aliviado, e sorriu com o reconhecimento — como se qualquer Caçador de Sombras fosse um camarada e um amigo em potencial.

— Você também está indo para Idris? — perguntou Jonathan, muito profissional, como se tivesse contato regular com a Clave. *Protegendo os inocentes*, ele projetava para o mundo, e para Sebastian, em particular. *Não me canso disso!*

— Estou — respondeu Sebastian. — Representando o Instituto de Paris. Sou Sebastian Verlac, a propósito.

— Ah, um Verlac. Uma bela família antiga. — Jonathan aceitou a mão dele e a apertou com firmeza. — Mark Blackthorn — apresentou-se com facilidade. — Do Instituto de Los Angeles, originalmente, mas estou estudando em Roma. Pensei em vir para Alicante. Ver a paisagem.

Ele tinha pesquisado os Blackthorn, uma família grande, e sabia que eles e os Verlac não viviam na mesma cidade havia dez anos. Tinha certeza de que não teria problema em apresentar um nome falso: jamais tivera. Seu verdadeiro nome era Jonathan, mas ele nunca se sentiu particularmente conectado a ele, talvez por sempre ter sabido que o nome não era só seu.

O outro Jonathan foi criado não tão longe, em uma casa exatamente como essa, visitado por *seu* pai. O anjinho do papai.

— Há anos não vejo outro Caçador de Sombras — continuou Sebastian; ele estava falando, mas Jonathan tinha se esquecido de prestar atenção. — Engraçado encontrá-lo aqui. Meu dia de sorte.

— Deve ser — murmurou Jonathan. — Apesar de não ter sido totalmente por acaso, é claro. Os relatos de que um demônio Eluthied anda espreitando por aqui, presumo que você também os tenha ouvido?

Sebastian sorriu e tomou um último gole do copo, repousando-o sobre o balcão do bar.

— Depois que matarmos a coisa, podemos tomar um drinque para comemorar.

Jonathan assentiu e tentou parecer muito focado em analisar o terreno à procura de demônios. Estavam ombro a ombro, como irmãos guerreiros. Era tão fácil que quase chegava a ser chato: tudo que precisou fazer foi aparecer, e lá estava Sebastian Verlac, como um cordeiro levando a própria cabeça a uma lâmina. Quem *confiava* em outras pessoas assim? Queria fazer amizade com essa facilidade?

Ele nunca fora gentil com os outros. Claro, nunca tivera essa oportunidade: seu pai sempre o manteve longe do outro Jonathan. Uma criança com sangue de demônio e outra com sangue de anjo — crie os dois e veja quem dá orgulho ao pai.

O outro menino não passou em um teste quando pequeno e foi mandado para longe. Até aí Jonathan sabia. Ele tinha passado em todos os exames que seu pai determinou. Talvez tivesse se saído bem demais, perfeitamente demais, imperturbável pela câmara de isolamento e pelos animais, pelo chicote ou pela caça. Jonathan havia detectado uma sombra nos olhos do pai em alguns momentos, uma sombra que representava sofrimento ou dúvida.

Mas o que podia haver de errado para fazê-lo sofrer? Por que deveria duvidar? Jonathan não era o guerreiro perfeito? Não era tudo que seu pai o criou para ser?

Humanos eram tão confusos.

Jonathan jamais gostou da ideia do outro Jonathan, de seu pai tendo outro garoto, um garoto que às vezes fazia o pai sorrir, sem qualquer sombra no olhar ao pensar nele.

Jonathan uma vez cortou um de seus bonecos de treino no joelho, e passou um dia agradável estrangulando-o e eviscerando-o, cortando-o do pescoço ao umbigo. Quando seu pai lhe perguntou por que ele tinha removido parte das pernas, ele disse que queria saber como seria matar um menino do tamanho dele.

— Eu me esqueço, terá que me desculpar — disse Sebastian, que estava se saindo irritantemente conversador. — Quantos são na sua família?

— Ah, somos uma família grande — respondeu Jonathan. — Sete, ao todo. Tenho três irmãos e três irmãs.

Os Blackthorn realmente eram sete: a pesquisa de Jonathan foi profunda. Ele não conseguia imaginar como seria isso, tanta gente, tanta desorganização. Jonathan também tinha uma irmã de sangue, apesar de nunca tê-la conhecido.

O pai havia lhe contado sobre a fuga de sua mãe quando Jonathan era um bebê, e ela estava grávida outra vez, inexplicavelmente chorosa e triste porque tinha alguma espécie de objeção a seu primogênito ser melhorado.

Mas teve uma segunda criança. Uma menina. Há apenas algumas semanas o pai havia conhecido Clarissa; e no segundo encontro Clarissa provou que também sabia usar o próprio poder. Ela afundara o navio do pai no oceano.

Uma vez que ele e o pai dominassem e transformassem os Caçadores de Sombras, assolassem seu orgulho e sua cidade, o pai prometeu que a mãe, o outro Jonathan e Clarissa iriam morar com eles.

Jonathan detestava a mãe, que aparentemente era tão fraca que tinha fugido dele quando ele era um bebê. E seu único interesse pelo outro Jonathan era para provar o quanto era superior: o verdadeiro filho do pai, de sangue, e com a força de demônios e do caos naquele sangue também.

Mas ele tinha interesse em Clarissa.

Clarissa nunca escolheu deixá-lo. Ela tinha sido levada e forçada a crescer entre mundanos, dentre todas as coisas nojentas. Ela provavelmente sempre soube que era diferente de todos que a cercavam, que era feita para coisas muito distintas, poder e estranheza estalando sob sua pele.

Devia se sentir como a única criatura como ela mesma em todo o mundo.

Ela tinha anjo em si, como o outro Jonathan, e não o sangue infernal que corria por suas veias. Mas Jonathan era totalmente filho de seu pai, tanto quanto qualquer outra coisa: ele era como o pai fortalecido, temperado pelos fogos do inferno. Clarissa também era verdadeira filha do pai, e quem poderia saber que estranho resultado a combinação do sangue dele com o poder do Paraíso tinha sido produzido para correr nas veias de Clarissa? Ela talvez não fosse muito diferente do próprio Jonathan.

Essa ideia o animava de um jeito que ele jamais havia experimentado antes. Clarissa era *sua* irmã; ela não pertencia a mais ninguém. Era dele. Ele sabia disso, porque apesar de não sonhar com frequência — isso era uma coisa humana —, depois que o pai lhe contou sobre Clarissa ter afundado o navio, ele sonhou com ela.

Jonathan sonhou com uma menina no mar, de cabelos que pareciam fumaça vermelha serpenteando sobre seus ombros, enrolando e desenrolando no vento indomado. Tudo era escuridão tempestuosa, e no mar revolto havia destroços que outrora foram um barco, e corpos flutuando com o rosto para baixo. Ela olhava para eles, os olhos verdes e frios, e não tinha medo.

Clarissa tinha feito aquilo, causado aquela destruição, como ele teria feito. No sonho, sentiu orgulho dela. Sua irmãzinha.

No sonho, eles riam juntos de toda a bela ruína ao redor. Estavam suspensos no mar. Não podiam se machucar; a destruição era seu elemento. Clarissa olhava para baixo enquanto ria, passando suas mãos brancas e iluminadas pela lua na água. Quando as levantou, as mãos estavam escuras, pingando: ele percebeu que o mar era todo de sangue.

EXTRAS

Jonathan tinha acordado do sonho ainda rindo.

Quando o momento certo chegasse, dissera o pai, eles ficariam juntos, todos eles. Jonathan tinha que esperar.

Mas ele não era muito bom em esperar.

— Você está com um olhar muito estranho no rosto — disse Sebastian Verlac, gritando por cima da batida da música, alegre e áspero aos ouvidos de Jonathan.

Jonathan se inclinou, falou suave e precisamente ao ouvido de Sebastian.

— Atrás de você — disse ele. — Demônio. Na diagonal.

Sebastian Verlac virou, e o demônio, em forma de uma menina com uma nuvem de cabelos escuros, afastou-se apressadamente do garoto com quem estava falando e deslizou pela multidão. Jonathan e Sebastian foram atrás, saindo por uma porta lateral que dizia SORTIE DE SECOURS em letras rachadas brancas e vermelhas.

A porta levava a um beco, pelo qual o demônio corria apressado, quase desaparecendo.

Jonathan pulou, lançando-se contra a parede de tijolos do lado oposto, e usou a força do ressalto para voar sobre a cabeça do demônio. Ele girou no ar, com a lâmina marcada na mão, ouvindo-a assobiar pelo ar. O demônio congelou onde estava, encarando-o. A máscara do rosto de uma menina já estava começando a desbotar, e Jonathan conseguia enxergar as feições por trás: olhos agrupados como os de uma aranha, uma boca cheia de presas, aberta em surpresa. Nada daquilo o enojava. O icor que corria nas veias do demônio também corria nas suas.

Não que isso inspirasse qualquer solidariedade, ao contrário. Sorrindo para Sebastian sobre o ombro do demônio, ele o atacou com sua lâmina. Cortou-o como um dia fez com o boneco de treino, do pescoço ao umbigo. Um grito borbulhante preencheu o beco enquanto o demônio se contorcia e desaparecia, deixando apenas algumas gotas de sangue negro esguichado nas pedras.

— Pelo Anjo — sussurrou Sebastian Verlac.

Ele encarava Jonathan sobre o sangue e o vazio entre eles, e seu rosto estava branco. Por um instante Jonathan quase ficou satisfeito por Sebastian ter o bom senso de sentir medo.

Mas não deu essa sorte. Sebastian Verlac permaneceu um tolo até o fim.

— Você é incrível! — exclamou Sebastian, com a voz trêmula, porém impressionada. — Nunca vi ninguém tão veloz! *Alors*, você tem que me ensinar esse truque. Pelo Anjo — prosseguiu ele. — Nunca vi ninguém fazer nada parecido com o que você acabou de fazer.

— Eu adoraria ajudá-lo — respondeu Jonathan. — Mas infelizmente tenho que ir. Meu pai precisa de mim, entende? Ele tem planos. E simplesmente não consegue ficar sem mim.

Sebastian pareceu absurdamente desapontado.

— Ora, vamos, você não pode ir agora — lisonjeou. — Caçar com você foi tão divertido, *mon pote*. Temos que repetir a dose.

379

— Temo... — disse Jonathan a ele, passando o dedo no cabo de sua arma — que não seja possível.

Sebastian pareceu tão surpreso quando foi morto. Aquilo fez Jonathan rir, a lâmina na mão e a garganta de Sebastian abrindo por baixo, sangue quente escorrendo por seus dedos.

Não poderia permitir que o corpo de Sebastian fosse encontrado em um momento inconveniente e tudo fosse arruinado, então Jonathan o arrastou pelas ruas, como se estivesse carregando um amigo bêbado para casa.

Não estava muito longe de uma pequena ponte, delicada como filigrana, ou como os ossos frágeis e bolorentos de uma criança morta. Jonathan lançou o corpo sobre a lateral e o observou atingir as águas negras e velozes do rio abaixo, com um borrifo.

O cadáver afundou sem deixar vestígios, e Jonathan se esqueceu do assunto antes mesmo que chegasse ao fundo. Ele viu os dedos curvados aparecendo na corrente, como se tivessem voltado a vida e implorassem por ajuda, ou ao menos respostas, e pensou em seu sonho. Sua irmã e o mar de sangue. Água tinha esguichado onde o corpo caiu, e respingou em sua manga, batizando-o com um novo nome. Ele agora era Sebastian.

Caminhou pela ponte para a parte velha da cidade, onde havia lâmpadas elétricas disfarçadas de lampiões de gás, mais brinquedos para turistas. Ele seguia na direção ao hotel no qual Sebastian Verlac estava hospedado; tinha verificado antes de ir ao bar, e sabia que poderia simplesmente entrar pela janela e recuperar os pertences do outro garoto. E, depois disso, um frasco de tinta de cabelo barata...

Um grupo de meninas com vestidos de noite passou por ele, todas direcionando o olhar, e uma delas, de saia prateada justa, o olhou diretamente e sorriu.

Ele se juntou a elas.

— *Comment tu t'appelles, beaugosse?* — perguntou outra menina, com a voz ligeiramente embriagada. *Como você se chama, bonitinho?*

— Sebastian — respondeu ele suavemente, sem um segundo de hesitação. Era quem seria a partir de agora, quem os planos de seu pai exigiam que fosse, quem precisava ser para trilhar o caminho que levava à vitória e a Clarissa. — Sebastian Verlac.

Ele olhou para o horizonte e pensou nas torres de vidro de Idris, pensou nelas cobertas por sombras, chamas e ruínas. Pensou em sua irmã esperando por ele, naquela imensidão.

Ele sorriu.

Tinha a impressão de que ia gostar de ser Sebastian.

LIVRO 6

Cidade do Fogo Celestial

Para Elias e Jonah

*Em Deus está a glória: E quando os homens a ela aspiram,
Não passa de uma centelha do fogo celestial.*

— John Dryden, Absalão e Aitofel

─── ◁ **Prólogo** ▷ ───

CAINDO
COMO CHUVA

INSTITUTO DE LOS ANGELES, DEZEMBRO DE 2007

No dia em que os pais de Emma Carstairs foram assassinados, o clima estava perfeito. Por outro lado, o clima costumava estar perfeito em Los Angeles. Naquela manhã límpida de inverno, os pais de Emma a deixaram no Instituto nas colinas atrás da autoestrada Pacific Coast, que dava para o oceano azul. O céu estendia-se, sem nuvens, dos penhascos das Pacific Palisades até as praias de Point Dume.

À noite, eles tinham recebido um relatório sobre atividade demoníaca próxima às cavernas na praia de Leo Carrillo. Os Carstairs foram enviados para dar uma olhada naquilo. Mais tarde, Emma se recordaria da mãe colocando uma mecha de cabelo soprada pelo vento atrás da orelha enquanto se oferecia para desenhar uma marca de Coragem no pai de Emma, e de John Carstairs rindo e dizendo que não sabia bem como se sentia em relação a símbolos novos. Ele estava mais que satisfeito com o que estava escrito no Livro Gray.

Na hora, porém, Emma estava impaciente com os pais, por isso deu um abraço rápido nos dois antes de sair correndo pelos degraus do Instituto, com a mochila balançando nos ombros e os pais acenando do pátio.

Emma adorava treinar no Instituto. Não apenas porque seu melhor amigo, Julian, morava ali, mas porque toda vez que entrava ali ela sentia como se estivesse voando e depois mergulhando no oceano. O prédio era uma estrutura imensa de madeira e rocha ao fim de uma estrada comprida com um calçamento de pedras sinuoso por entre as montanhas. Todos os cômodos, todos os andares davam para o oceano, para as montanhas e para o céu, extensões onduladas de azul, verde e dourado. O sonho de Emma era subir com Jules até o telhado (embora até então os dois estivessem proibidos por seus pais de fazer isso) para conferir se a vista se estendia até o deserto ao sul.

As portas principais a reconheceram e se abriram sem dificuldade ao seu toque. A entrada e os primeiros andares do Instituto estavam cheios de Caçadores de Sombras adultos, andando de um lado a outro. Era algum tipo de reunião, imaginou Emma. Então ela avistou o pai de Julian, Andrew Blackthorn, diretor do Instituto, no meio da multidão. Sem querer se atrasar por causa dos cumprimentos, Emma correu para o vestiário do segundo andar, onde trocou o jeans e a camiseta pelo uniforme de treino: uma camiseta extragrande, calças de malha largas e o item mais importante de todos: a espada trespassada nas costas.

Cortana. O nome significava simplesmente "espada curta", mas ela não era pequena para Emma. Tinha o comprimento do antebraço da garota, feita de metal reluzente, e levava gravadas na lâmina as palavras que sempre lhe causavam calafrios: *Eu sou Cortana, do mesmo aço e da mesma têmpera que Joyeuse e Durendal*. O pai havia lhe explicado o significado daqueles dizeres ao pôr a espada em suas mãos pela primeira vez, quando ela estava com 10 anos.

— Você pode usar a espada para treinar até os 18 anos, quando então ela será sua — explicou John Carstairs, sorrindo ao observá-la trilhar os dedos pelas palavras. — Compreende a importância disto?

Emma balançara a cabeça. Ela sabia o que era "aço", mas não o que era "têmpera". "Têmpera" lembrava "temperamento", uma coisa que o pai sempre dizia que ela devia controlar, como a raiva. O que isso tinha a ver com a lâmina?

— Você já ouviu falar na família Wayland — dissera ele. — Eles foram armeiros antes de as Irmãs de Ferro começarem a forjar as armas dos Caçadores de Sombras. Wayland, o Ferreiro, criou Excalibur e Joyeuse, as espadas de Arthur e Lancelote, e Durendal, a espada do herói Rolando. E eles forjaram esta espada também, com o mesmo aço. Todo aço deve ser temperado, isto é, submetido ao calor intenso, suficiente quase para derretê-lo ou destruí-lo, com o objetivo de tornar o aço mais resistente. — O pai lhe dera um beijo no alto da cabeça. — Os Carstairs têm carregado esta espada por gerações. A inscrição nos recorda de que os Caçadores de Sombras são as armas do Anjo. Tempere-nos no fogo, e ficaremos mais fortes. Quando sofremos, sobrevivemos.

A menina mal podia esperar até completar 18, dali a seis anos, quando poderia viajar pelo mundo combatendo demônios, quando poderia ser temperada no fogo. Agora ela colocava a espada a tiracolo e saía do vestiário, se perguntando como seria esse dia. Em sua imaginação, ela estava parada no topo dos penhascos no litoral de Point Dume, repelindo os ataques de um grupo de demônios Raum com a espada Cortana. Julian estava com ela, claro, e brandia sua arma favorita, a besta.

Quando Emma fantasiava, Jules sempre aparecia. Emma o conhecia desde que se entendia por gente. Os Blackthorn e os Carstairs sempre foram muito chegados, e Jules era apenas alguns meses mais velho; ela nunca vivera sem ele, literalmente. Tinha aprendido a nadar no mar com ele, quando ainda eram bebês. Aprenderam a andar e a correr juntos. Os pais de Jules pegaram Emma no colo, e o irmão e a irmã mais velhos dele os castigavam quando os dois faziam alguma coisa errada.

E vira e mexe eles faziam alguma coisa errada. Quando os dois tinham 7 anos, Emma teve a ideia de tingir Oscar, o gato branco e fofinho da família Blackthorn, de azul bem forte. Julian levou a culpa; e ele quase sempre levava a culpa. Afinal de contas, conforme Jules observara, Emma era filha única e ele tinha seis irmãos; os pais de Jules esqueceriam que estavam aborrecidos com ele muito mais depressa do que os pais de Emma esqueceriam a chateação com ela.

Emma se recordava da época em que a mãe de Jules morreu, pouco depois do nascimento de Tavvy, e de como Emma ficara segurando a mão dele enquanto o corpo ardia nos desfiladeiros e a fumaça ia até o céu. Ela se lembrava do jeito como ele chorara, e também de pensar como meninos choravam diferente das meninas, com soluços estranhos, entrecortados, como se estivessem sendo pescados com um anzol. Talvez fosse pior para eles porque não deviam chorar...

— Uf! — Emma cambaleou para trás; estivera tão perdida nos pensamentos que trombara no pai de Julian, um sujeito alto com o cabelo castanho bagunçado tal como a maioria dos filhos. — Desculpe, Sr. Blackthorn!

Ele sorriu.

— Nunca vi uma pessoa tão ansiosa pelo treinamento — gritou, enquanto ela disparava pelo corredor.

A sala de treinamento era um dos cômodos favoritos de Emma. Ocupava praticamente um andar inteiro, e as paredes leste e oeste eram de vidro transparente. Dava para ver o mar azul em praticamente todos os lados para os quais se olhasse. A curva do litoral era visível de norte a sul, as águas infinitas do oceano Pacífico se estendendo até o Havaí.

No centro do assoalho de madeira extremamente encerado estava a tutora da família Blackthorn, uma mulher autoritária, que se chamava Katerina e que, no momento, se dedicava a ensinar lançamento de facas para os gêmeos. Livvy acompanhava as instruções com boa vontade, como sempre, mas Ty estava de cara feia, resistente.

Julian, nas roupas de treinamento leves e frouxas, estava deitado de costas perto da janela oeste e conversava com Mark, que mantinha a cabeça enfiada num livro e fazia o possível para ignorar o meio-irmão mais novo.

— Você não acha que "Mark" é um nome meio esquisito para um Caçador de Sombras? — Era o que Julian comentava quando Emma se aproximou. — Tipo, se você parar para pensar bem, é confuso. "Mark, me marque."

Mark levantou a cabeça loura que estava voltada para o livro e fitou o irmão mais novo com expressão severa. Julian girava uma estela na mão distraidamente. Ele a segurava como um pincel, e Emma sempre o olhava de cara feia por isso. A estela deveria ser tratada como uma estela, como uma extensão do seu braço, não como a ferramenta de um artista.

Mark suspirou de modo teatral. Aos 16 anos, era mais velho o suficiente para considerar Emma e Julian irritantes ou ridículos.

— Se isso incomoda tanto você, pode me chamar pelo nome completo — falou.

— Mark Antony Blackthorn? — Julian franziu o nariz. — Leva muito tempo para dizer tudo. E se fôssemos atacados por um demônio? Quando eu estivesse pronunciando metade do nome, você já estaria morto.

— Na atual situação, *você* está salvando a *minha* vida? — perguntou Mark. — Está se antecipando, não acha, pirralho?

— Poderia acontecer. — Julian não gostou de ser chamado de pirralho e sentou-se muito ereto. O cabelo estava arrepiado em tufos rebeldes. A irmã mais velha, Helen, sempre o atacava com escovas de cabelo, mas isso nunca dava jeito. Ele tinha o cabelo dos Blackthorn, assim como o pai e a maior parte dos irmãos e irmãs: ondulado e rebelde, da cor de chocolate amargo. A semelhança da família sempre fascinara Emma, que se parecia muito pouco com seus pais, a menos que você considerasse o fato de o pai dela ser louro.

Helen agora já estava em Idris há vários meses com a namorada, Aline; elas haviam trocado anéis de família e falavam com "muita seriedade" uma sobre a outra, de acordo com os pais de Emma, o que indicava, sobretudo, que se entreolhavam de um jeito sentimentaloide. Caso se apaixonasse um dia, Emma estava decidida a nunca ser sentimentaloide assim. Compreendia que havia alguma agitação por Helen e Aline serem meninas, mas não entendia o porquê, e os Blackthorn pareciam gostar muito de Aline. A garota possuía uma presença tranquilizadora e evitava que Helen se aborrecesse.

A ausência atual de Helen significava que não havia ninguém para cortar o cabelo de Jules, e a luz do sol no quarto deixava as pontas cacheadas do cabelo com um tom dourado. As janelas ao longo da parede leste indicavam a extensão sombria das montanhas que separavam o mar de San Fernando Valley — morros secos e poeirentos recortados por desfiladeiros, cactos e espinheiros. Às vezes os Caçadores de Sombras treinavam ao ar livre, e Emma adorava esses momentos, amava encontrar trilhas ocultas, quedas d'água secretas e lagartos adormecidos, que descansavam nas rochas perto deles. Julian conseguia persuadir os lagartos a rastejar para sua palma e dormir ali enquanto lhes afagava a cabeça com o polegar.

— Preste atenção!

Emma se abaixou quando uma espada com ponta de madeira voou perto de sua cabeça, bateu na janela e atingiu Mark na perna ao quicar de volta. Ele atirou o livro de lado e ficou parado, olhando de cara feia. Tecnicamente, Mark estava na supervisão secundária e auxiliava Katerina, embora preferisse ficar lendo a ensinar.

— Tiberius — censurou ele. — *Não* jogue facas em mim.

— Foi um acidente. — Livvy se pôs entre o irmão gêmeo e Mark.

Tiberius era tão moreno quanto Mark era louro, o único dos Blackthorn (além de Mark e Helen, que não contavam muito por causa do sangue do Submundo) que não tinha cabelo castanho nem olhos azuis esverdeados, os traços de família. Os cabelos de Ty eram pretos e cacheados, e os olhos de um cinza da cor do aço.

— Não, não foi — retrucou Ty. — Eu mirei em você.

Mark respirou fundo de modo exagerado e passou as mãos pelo cabelo, deixando os fios espetados. Mark tinha os olhos dos Blackthorn, da cor do azinhavre, porém o cabelo, assim como o de Helen, era louro platinado, tal como o de sua mãe. O rumor era de que a mãe de Mark fora uma princesa da corte das fadas; ela tivera um caso com Andrew Blackthorn, dando origem às duas crianças, as quais ela abandonara uma noite nos degraus do Instituto de Los Angeles antes de desaparecer para sempre.

O pai de Julian assumira os filhos com sangue de fada e os criara como Caçadores de Sombras. O sangue dos Caçadores de Sombras era dominante, e, embora o Conselho não gostasse nada disso, eles aceitavam crianças com sangue do Submundo na Clave, desde que a pele tolerasse os símbolos. Tanto Mark quanto Helen foram marcados aos 10 anos, e a pele suportara os símbolos sem problemas, embora Emma tivesse percebido que Mark tivera mais problemas de cicatrização que um Caçador de Sombras comum. Ela notara que ele se encolheu, apesar de ter tentando disfarçar, quando a estela fora posta em sua pele. Mais tarde, Emma percebeu mais um monte de outras coisas a respeito de Mark: o modo como o formato do rosto, diferente e influenciado pelo sangue de fadas, era atraente, e a largura de seus ombros sob as camisetas. Ela não sabia por que notava essas coisas, e não exatamente gostava disso. Sentia vontade de bater em Mark ou de se esconder, com frequência as duas coisas ao mesmo tempo.

— Você está encarando — falou Julian, olhando para Emma acima dos joelhos do uniforme de treinamento todo manchado de tinta.

Ela voltou a prestar atenção num sobressalto.

— Quem?

— Mark... de novo. — Ele pareceu aborrecido.

— Cale a boca! — sibilou Emma, e arrancou a estela das mãos do garoto.

Ele a pegou de volta e uma disputa começou. A garota dava risinhos enquanto se afastava de Julian. Ela treinara com ele por tanto tempo que conhecia cada gesto antes mesmo que

393

ele o fizesse. O único problema era que Emma tinha tendência a facilitar demais as coisas para ele. A ideia de alguém machucar Julian a deixava furiosa, e, algumas vezes, isso a incluía.

— Isso é por causa das abelhas no seu quarto? — Quis saber Mark enquanto caminhava na direção de Tiberius. — Você sabe por que tivemos que nos livrar delas!

— Suponho que tenha feito isso para me agastar — disse Ty.

Ele era baixinho para sua idade, 10 anos, mas tinha o vocabulário e a dicção de um homem de 80. Ele não costumava mentir, sobretudo porque não compreendia a necessidade disso. E também não compreendia por que algumas das coisas que fazia irritavam ou incomodavam as pessoas, e considerava sua raiva frustrante ou assustadora, dependendo do próprio humor.

— Não é uma questão de *agastar*, Ty. Simplesmente não dá para ter abelhas no quarto...

— Eu estava estudando as abelhas! — explicou o menino, e o rosto pálido corou. — Era importante, elas eram minhas amigas e eu sabia o que estava fazendo.

— Assim como sabia o que estava fazendo com a cascavel? — perguntou Mark. — Algumas vezes, tomamos as coisas de você porque não queremos que se machuque; sei que é difícil entender, Ty, mas nós te amamos.

Ty olhou para ele com uma expressão vazia. Conhecia o significado de "eu te amo", e sabia que era bom, mas não compreendia por que isso servia como explicação para qualquer coisa.

Mark se abaixou, mãos nos joelhos, e manteve os olhos na mesma altura dos olhos cinzentos de Ty.

— Está bem, preste atenção no que nós vamos fazer...

— Ha! — Emma conseguira deixar Julian deitado de costas e tirar a estela dele. O garoto ria, se contorcendo debaixo dela, até que ela prendeu-lhe o braço, segurando-o contra o assoalho.

— Desisto — disse ele. — Eu desis...

Ele continuava a rir, e de repente Emma foi invadida pela constatação de que era meio esquisito estar deitada em cima de Jules, e também pela constatação de que ele tinha um belo formato de rosto, tal como Mark. Redondo e juvenil, e realmente familiar, mas ela quase conseguia enxergar, através do rosto dele agora, o rosto que *teria* quando ficasse mais velho.

O som da campainha do Instituto ecoou pelo cômodo. Era um repicar doce e grave, como sinos de igreja. A olhos mundanos, a fachada do Instituto se parecia com as ruínas de uma antiga missão espanhola. Embora houvesse cartazes de PROPRIEDADE PRIVADA e MANTENHA DISTÂNCIA colocados em toda parte, algumas vezes as pessoas (normalmente, mundanos com uma pequena dose de Visão) tentavam subir e passar pela porta principal mesmo assim.

Emma rolou e saiu de cima de Julian enquanto espanava as próprias roupas com as mãos. Ela não estava rindo mais. Julian sentou-se muito ereto e se ergueu, apoiando-se nas mãos, os olhos curiosos.

— Está tudo bem? — indagou ele.

— Bati o cotovelo — mentiu Emma, e olhou para os outros por cima do ombro.

Katerina estava mostrando a Livvy como segurar a faca, e Ty balançava a cabeça para Mark. *Ty*. Foi Emma quem deu a Tiberius o apelido quando ele nasceu porque, com 18 meses, ela não conseguia dizer "Tiberius", então o chamara de "TyTy". Às vezes, se perguntava se ele se lembrava disso. Era estranho pensar no que importava e no que não importava para Ty. Não dava para prever.

— Emma? — Julian se inclinou para ela, e tudo pareceu explodir ao redor deles. Os dois viram um clarão imenso e repentino, e o mundo exterior ficou branco, dourado e vermelho, como se o Instituto estivesse pegando fogo. Ao mesmo tempo, o assoalho debaixo deles estremeceu como o convés de um navio. Emma escorregou para a frente no momento exato em que começou uma gritaria no primeiro andar: um grito irreconhecível e terrível.

Livvy tomou fôlego e foi atrás de Ty, abraçando-o como se pudesse envolver e proteger o corpo do irmão com o dela. Era uma das poucas pessoas que podia tocar Ty sem que ele se importasse; o garoto se levantou com os olhos arregalados, e uma das mãos agarrou a manga da camiseta da irmã. Mark já estava de pé, e Katerina empalideceu sob os cachos de cabelo escuro.

— Fiquem aqui — ordenou ela para Emma e Julian enquanto desembainhava a espada presa à cintura. — Tomem conta dos gêmeos. Mark, venha comigo.

— Não! — gritou Julian, e fez um esforço para se erguer. — Mark...

— Vou ficar bem, Jules — disse Mark, e sorriu de modo tranquilizador; já segurava uma adaga em cada mão. Era hábil e veloz com facas, e sua mira era certeira. — Fique com Emma — pediu e assentiu para os dois; depois, desapareceu seguindo Katerina, e a porta da sala de treinamento se fechou atrás deles.

Jules se aproximou de Emma, segurou a mão dela e a ajudou a ficar de pé; ela queria dizer que estava bem e que era capaz de se levantar por conta própria, mas deixou para lá. Emma compreendia a necessidade de Jules de se sentir útil, e, para ele, valia qualquer coisa para ajudar. Outro grito foi ouvido vindo do primeiro andar; houve o barulho de vidro se quebrando. Emma correu até os gêmeos; imóveis feito pequenas estátuas. Livvy estava pálida; Ty agarrava-lhe a camiseta com um aperto apavorado.

— Vai ficar tudo bem — consolou Jules, e pôs a mão entre os ombros frágeis do irmão. — Não importa o que...

— Você não tem ideia do que seja — interrompeu Ty, a voz entrecortada. — Não pode dizer que vai ficar tudo bem. Você não *sabe*.

Então houve um novo barulho. Pior que o som de um grito. Um uivo terrível, selvagem e cruel. *Lobisomens?* Foi o que Emma pensou, admirada, embora já tivesse ouvido o uivo de um lobisomem antes. Este era algo mais sinistro e cruel.

Livvy abraçava os ombros de Ty com força. Ele ergueu um pouco o rosto branco e seus olhos abandonaram Emma, pousando em Julian.

— Se ficarmos escondidos aqui — falou Ty —, e essa coisa, seja lá o que for, nos encontrar e machucar nossa irmã, aí vai ser culpa sua.

O rosto de Livvy estava aninhado em Ty; ele falou baixinho, mas Emma não teve dúvida de que fora sincero. Apesar da inteligência assustadora, apesar das esquisitices e da indiferença em relação às outras pessoas, ele era inseparável da irmã gêmea. Se Livvy ficava doente, Ty dormia aos pés da cama dela; se ela ganhava algum arranhão, ele entrava em pânico, e o inverso também acontecia.

Emma viu o conflito de emoções persegui-los ao fitar o rosto de Julian; os olhos dele buscaram os dela, e a garota deu um rápido aceno com a cabeça. A ideia de permanecer na sala de treinamento e esperar aquela coisa uivar outra vez e vir atrás deles a fez sentir como se a pele estivesse descolando dos ossos.

Julian caminhou pela sala e depois voltou com uma besta curva e duas adagas.

— Precisa soltar Livvy, Ty — falou ele, e, após um instante, os gêmeos se separaram. Jules entregou uma adaga à irmã e ofereceu a outra a Tiberius, que olhou para a arma como se fosse uma criatura alienígena. — Ty — disse Jules, baixando a mão —, por que você mantém as abelhas no seu quarto? Do que gosta nelas?

Ty não respondeu.

— Você gosta do fato de trabalharem juntas, não é isso? — emendou Julian. — Bem, nós temos que trabalhar juntos agora. Vamos chegar até o gabinete e telefonar para a Clave, ok? Um pedido de socorro. Então eles vão mandar reforços para nos proteger.

Ty estendeu a mão para pegar a faca e meneou a cabeça brevemente.

— Era isso que eu ia sugerir, se Mark e Katerina tivessem me ouvido.

— Ele teria sugerido isso mesmo — disse Livvy. Ela segurava a adaga com mais confiança que Ty e a esticou como se soubesse o que fazer com a lâmina. — Ele estava pensando nisso.

— Vamos ter que ficar muito quietos agora. Os dois vão me acompanhar até o gabinete — falou Jules, e ergueu os olhos. Seu olhar encontrou o de Emma. — Emma vai atrás de Tavvy e Dru e depois vai nos encontrar lá. Certo?

O coração de Emma arremeteu contra o peito como uma gaivota caçando comida no mar. Octavius, Tavvy, o caçula, com apenas 2 anos. E Dru, de 8 anos, jovem demais para começar o treinamento físico. Sem dúvida, alguém ia ter que pegar os dois, e o olhar de Jules implorou que ela fizesse isso.

— Sim — falou ela. — É exatamente o que eu ia fazer.

Cortana estava presa às costas de Emma, e ela também segurava uma faca de arremesso. Parecia que o metal pulsava através de suas veias, como batimentos cardíacos, à medida que ela deslizava pelo corredor do Instituto, as costas para a parede. De vez em quando, o corredor era entrecortado por uma janela, e a visão do mar azul, das montanhas verdes e das nuvens brancas e pacíficas a incomodava. Ela pensou nos pais, em algum lugar na praia, sem fazer ideia do que estava ocorrendo no Instituto. Emma queria que eles estivessem ali, e, ao mesmo tempo, se sentia contente por não estarem. Ao menos estavam a salvo.

Emma se encontrava na parte do Instituto que conhecia melhor: os dormitórios familiares. Passou pelo quarto vazio de Helen, com as roupas embaladas e a colcha empoeirada. Passou pelo quarto de Julian, familiar por causa dos milhões de noites em que ela dormira ali, e depois pelo quarto de Mark, com a porta firmemente fechada. O quarto seguinte era o do Sr. Blackthorn, e imediatamente ao lado dele ficava o quarto das crianças. Emma respirou fundo e empurrou a porta com o ombro para abri-la.

O visão do quartinho pintado de azul a fez arregalar os olhos. Tavvy estava no berço, as mãozinhas agarrando as barras e as bochechas vermelhas de tanto berrar. Drusilla estava parada, diante da cama, agarrada a uma espada (sabe o Anjo como ela conseguira aquilo); a arma estava apontada para Emma. A mão de Dru tremia o suficiente para que a ponta da espada dançasse; as tranças projetavam-se das laterais do rosto rechonchudo, mas a expressão nos olhos típicos dos Blackthorn era de determinação férrea: *Não se atreva a tocar no meu irmão.*

— Dru — falou Emma no tom mais baixo que conseguiu. — Dru, sou eu. Jules me mandou aqui para pegar vocês.

Dru deixou a espada cair com um estrondo e irrompeu em lágrimas. Emma passou por ela e tirou o bebê do berço com o braço livre, erguendo-o até a altura do quadril. Tavvy era pequeno para a idade, mas ainda assim pesava uns bons 11 quilos; ela se encolheu quando o bebê puxou seu cabelo.

— Mamã — falou.

— Shhhh. — Ela deu um beijo no topo de sua cabeça, que cheirava a talco de bebê e lágrimas. — Dru, se agarre no meu cinturão, ok? Nós vamos até o gabinete. Vamos estar seguros lá.

Dru agarrou o cinturão de Emma com as mãozinhas; já havia parado de chorar. Os Caçadores de Sombras não choravam muito, mesmo quando tinham 8 anos.

Emma conduziu as crianças pelo corredor. Os sons do andar de baixo estavam piores agora. Os gritos ainda continuavam, o uivo grave, os sons de vidro se partindo e de madeira se quebrando. Emma prosseguia, agarrada a Tavvy e murmurando sem parar que tudo ficaria bem, que ele ficaria bem. E lá estavam mais algumas janelas, o sol abrindo caminho por elas cruelmente, quase a cegando.

Emma *estava* cega por causa do pânico e do sol; era a única explicação para ela ter errado o caminho. Emma passou pelo corredor e, em vez de se encontrar na entrada que imaginava, se viu parada no topo da ampla escadaria que levava ao saguão e às enormes portas duplas da entrada do prédio.

O saguão estava cheio de Caçadores de Sombras. Ela conhecia alguns como os Nephilim do Conclave de Los Angeles, usando uniforme preto; outros vestiam vermelho. Havia fileiras de esculturas, todas tombadas agora, em pedaços e pó no chão. A janela com vista para o mar fora estilhaçada, e tinha vidro quebrado e sangue por toda parte.

Emma sentiu um revirar nauseante no estômago. No meio do saguão havia um vulto alto vestido com trajes escarlate. Tinha cabelo louro platinado, quase branco, e o rosto parecia entalhado no mármore como o de Raziel, mas sem a compaixão. Os olhos eram pretos como carvão, e, em uma das mãos, ele trazia uma espada ornada com estrelas; na outra, um cálice reluzente feito de *adamas*.

A visão do cálice despertou alguma coisa na mente de Emma. Os adultos não gostavam de conversar sobre política perto dos Caçadores de Sombras mais jovens, no entanto ela sabia que o filho de Valentim Morgenstern tinha assumido um nome diferente e jurado vingança contra a Clave. Também sabia que ele havia fabricado um cálice que era o inverso do Cálice do Anjo, o qual transformava os Caçadores de Sombras em criaturas demoníacas e más. Ela ouvira o Sr. Blackthorn chamar os Caçadores de Sombras malignos de Crepusculares; o pai de Jules chegara a mencionar que preferia morrer a ser um deles.

Aquele era ele então. Jonathan Morgenstern, a quem todos chamavam Sebastian — uma figura saída de contos de fadas, uma história contada para assustar crianças ganhava vida. *O filho de Valentim.*

Emma pôs uma das mãos na parte de trás da cabeça de Tavvy e pressionou o rosto dele contra o ombro. Ela não conseguia se mexer. Parecia que tinha chumbo nos pés. Ao redor de Sebastian havia Caçadores de Sombras de preto e vermelho, e vultos com capas escuras; será que também eram Caçadores de Sombras? Ela não sabia dizer; seus rostos estavam escondidos, e havia Mark, com as mãos presas atrás do corpo por um Caçador de Sombras de uniforme vermelho. As adagas estavam aos pés dele, e havia sangue nas roupas de treinamento.

Sebastian ergueu uma das mãos e meneou um dedo branco e longo.

— Tragam-na — falou ele; ouviu-se um murmúrio na multidão, e o Sr. Blackthorn deu um passo à frente, arrastando Katerina consigo.

Ela lutava, se debatia, mas o homem era muito forte. Horrorizada e sem querer acreditar no que via, Emma observava enquanto o Sr. Blackthorn puxava a mulher, até deixá-la de joelhos.

— Agora beba do Cálice Infernal — ordenou Sebastian, com uma voz suave, impelindo a borda da taça entre os dentes de Katerina.

Foi então que Emma descobriu o que era o uivo terrível que havia escutado. Katerina lutava para se libertar, mas Sebastian era muito forte; ele forçou o cálice entre seus lábios, e Emma a viu engasgar e engolir. A mulher se contorceu para longe deles e, desta vez, o

Sr. Blackthorn permitiu que ela se desvencilhasse; ele gargalhava, assim como Sebastian. Katerina caiu no chão, o corpo em espasmos, e da garganta saiu um único grito — pior que um grito, um uivo de dor, como se sua alma estivesse sendo arrancada do corpo.

Uma gargalhada percorreu o cômodo; Sebastian sorriu, e havia algo terrível e belo em relação a ele, da mesma forma que havia algo terrível e belo em cobras venenosas e grandes tubarões brancos. Emma percebeu que ele estava ladeado por dois acompanhantes: uma mulher com cabelo castanho ficando grisalho e um machado nas mãos, e um vulto alto completamente coberto com uma capa preta. Não dava para ver nenhuma parte dele, a não ser as botas pretas que apareciam debaixo da bainha do traje. Somente o peso e a largura indicavam que, afinal, se tratava de um homem.

— Esta era a última dentre os Caçadores de Sombras aqui? — perguntou Sebastian.

— Tem um garoto, Mark Blackthorn — falou a mulher parada ao lado dele, e apontou para Mark. — Deve ter idade suficiente.

Sebastian baixou os olhos para Katerina, que havia parado de se contorcer e estava deitada, imóvel, com os cabelos escuros emaranhados sobre o rosto.

— Levante-se, irmã Katerina — falou ele. — Traga-me Mark Blackthorn.

Emma ficou olhando, paralisada, enquanto Katerina se erguia lentamente. Ela fora tutora do Instituto desde que Emma se entendia por gente; Katerina tinha sido professora deles quando Tavvy nasceu, quando a mãe de Jules morreu, quando Emma começou o treinamento físico. Havia ensinado idiomas, costurado cortes, aliviado a dor de arranhões e lhes dado as primeiras armas; ela era parte da família e agora caminhava, os olhos inexpressivos, em meio à bagunça do salão, esticando-se para capturar Mark.

Dru arfou, trazendo Emma de volta à consciência. Emma girou e colocou Tavvy nos braços de Dru; a menina cambaleou um pouco e então se recuperou, apertando o irmãozinho com firmeza.

— Corra — disse Emma. — Corra até o gabinete. Diga a Julian que já vou para lá.

O desespero na voz de Emma era evidente; Drusilla não discutiu, simplesmente apertou Tavvy com mais força ainda e saiu correndo, os pés descalços e silenciosos sobre o piso do corredor. Emma virou-se para voltar a fitar o horror que se desdobrava. Katerina estava atrás de Mark, empurrando-o para a frente, com uma adaga encostada no espaço entre os ombros dele. Mark cambaleou e quase caiu diante de Sebastian; O garoto estava mais perto dos degraus agora, e Emma notou que ele estivera brigando. Havia ferimentos nos pulsos e nas mãos, cortes no rosto e, com certeza, não houve tempo para símbolos de cura. Tinha sangue por toda a bochecha direita; Sebastian olhou para o garoto e fez um muxoxo, aborrecido.

— Este não é totalmente Nephilim — falou ele. — Ele é parte fada. Acertei? Por que não fui informado?

CASSANDRA CLARE

Ouviu-se um murmúrio. A mulher de cabelo castanho falou:

— Isso significa que o Cálice não funciona nele, Lorde Sebastian?

— Significa que não quero o garoto — retrucou Sebastian.

— Nós poderíamos levá-lo para o vale de sal — emendou a mulher de cabelo castanho. — Ou para os montes de Edom, e sacrificá-lo para agradar Asmodeus e Lilith.

— Não — observou Sebastian devagar. — Não, creio que não seria prudente fazer isso a alguém com sangue do povo fada.

Mark cuspiu nele.

Sebastian pareceu assustado. Ele se virou para o pai de Julian:

— Dê um jeito nele — falou. — Se quiser, pode machucá-lo. Não tenho paciência para seu filho mestiço.

O Sr. Blackthorn adiantou-se, segurando uma espada longa. A lâmina já estava manchada de sangue. Mark arregalou os olhos de pavor. A arma foi erguida...

A faca de arremesso deixou a mão de Emma. Voou pela sala e se enterrou no peito de Sebastian Morgenstern.

Sebastian cambaleou para trás e a mão do Sr. Blackthorn, que segurava a espada, caiu ao lado do corpo. Os outros estavam gritando; Mark ficou de pé num salto enquanto Sebastian baixava os olhos para a faca em seu peito, o cabo se projetando do coração. Ele franziu a testa.

— Ai — disse, e retirou a faca. A lâmina estava manchada de sangue, mas Sebastian em si parecia não se incomodar com o ferimento.

Ele jogou a arma longe e ergueu o olhar. Emma sentiu aqueles olhos escuros e vazios em cima dela, como o toque de dedos frios. Sentiu quando ele a mediu de cima a baixo, para avaliá-la, tomar conhecimento de quem ela era e então dispensá-la.

— É uma pena que você não vá viver — falou para ela. — Viver para contar à Clave que Lilith me fortaleceu tremendamente. Talvez a Gloriosa pudesse pôr fim à minha vida. Uma pena para os Nephilim que não haja mais favores que possam pedir aos Céus, e que nenhuma das insignificantes armas de guerra que forjam na Cidadela Adamant possa me ferir agora. — Ele se virou para os outros. — Matem a garota — ordenou, e esfregou com nojo o casaco que agora estava ensanguentado.

Emma viu Mark avançar para as escadas e tentar chegar a ela primeiro, mas o vulto escuro ao lado de Sebastian já estava agarrando o garoto e arrastando-o para trás com as mãos revestidas por luvas pretas; os braços envolveram Mark, prendendo-o, quase como se o protegessem. Mark se debateu e depois desapareceu da vista de Emma quando os Crepusculares irromperam nos degraus.

Emma deu meia-volta e correu. Tinha aprendido a correr nas praias da Califórnia, onde a areia se movia sob os pés a cada passo, portanto era rápida como o vento no piso sólido. Disparou pelo corredor, o cabelo voando, então pulou e desceu alguns degraus,

400

virou para a direita e irrompeu no gabinete. Bateu a porta atrás de si e fechou o trinco antes de se virar para olhar.

O gabinete era um cômodo amplo, com paredes cobertas por enciclopédias. Havia outra biblioteca no último andar também, mas era dali que o Sr. Blackthorn administrava o Instituto. Havia uma escrivaninha de mogno com dois telefones: um branco e um preto. O fone do aparelho preto estava fora do gancho. Julian segurava o fone e gritava para o outro lado da linha:

— Vocês precisam manter o Portal aberto! Não estamos totalmente seguros ainda! Por favor...

A porta atrás de Emma fez um estrondo e ecoou quando os Crepusculares se jogaram contra ela; Julian ergueu os olhos, alarmado, e deixou o fone cair quando viu Emma. Ela retribuiu o olhar, depois desviou os olhos para além dele, em direção à parede leste, que brilhava. No centro, via-se um Portal, uma abertura retangular através da qual Emma podia ver formas prateadas girando, um caos de nuvens e vento.

Ela cambaleou até Julian, que a segurou pelos ombros. Seus dedos apertavam a pele dela com força, como se o garoto não conseguisse acreditar que ela estava ali ou que era real.

— Emma — sussurrou ele, e então começou a falar mais depressa: — Em, onde está Mark? Onde está meu pai?

Ela balançou a cabeça.

— Eles não conseguem... eu não consegui... — Ela engoliu em seco. — É Sebastian Morgenstern — falou, e piscou quando a porta estremeceu novamente por causa de outro ataque. — Temos que voltar e ir atrás deles... — falou Emma, e deu meia-volta, mas a mão de Julian já estava ao redor do pulso dela.

— O Portal! — gritou ele acima do som do vento e das pancadas na porta. — Ele vai para Idris! A Clave o abriu! Emma... ele vai ficar aberto apenas por alguns segundos!

— E Mark?! — gritou a garota, embora não tivesse ideia do que poderia fazer, de como poderiam lutar e abrir caminho pelos Crepusculares que lotavam o corredor, de como poderiam derrotar Sebastian Morgenstern, que era mais poderoso que qualquer Caçador de Sombras comum. — Nós temos que...

— *Emma!* — gritou Julian, e então a porta foi aberta com força e os Crepusculares tomaram a sala. Emma ouviu a mulher de cabelo castanho gritar para ela, algo sobre como os Nephilim queimariam, como todos queimariam nas fogueiras de Edom, que queimariam, morreriam e seriam destruídos...

Julian correu em direção ao Portal e puxou Emma por uma das mãos; depois de dar uma olhada apavorada para trás, ela permitiu que a puxasse. E se abaixou quando uma flecha passou por eles e estilhaçou uma janela do lado direito. Julian agarrou Emma freneticamente, passando os braços ao seu redor; ela sentia os dedos dele se apertando nas costas da camiseta enquanto se jogavam dentro do Portal e eram engolidos pela tempestade.

parte 1
Fiz Jorrar o Fogo

Assim, de ti fiz jorrar o fogo que te devorou, e te reduzi à cinza sobre a Terra, aos olhos dos observadores. Todos aqueles que te conheciam entre os povos ficaram estupefatos com o teu destino; acabaste sendo um objeto de espanto; foste banido para sempre!

— Ezequiel 28:18,19

—◁ Capítulo 1 ▷—
A PORÇÃO DO CÁLICE

— Imagine uma cena relaxante. A praia em Los Angeles, areia branca, água azul batendo, você caminhando na beira da praia...

Jace abriu um dos olhos.

— Isso parece *muito* romântico.

O garoto sentado à frente dele suspirou e passou as mãos pelo cabelo escuro bagunçado. Embora fosse um dia frio do mês de dezembro, os lobisomens não sentiam a temperatura tão intensamente quanto os humanos, e Jordan havia tirado a jaqueta e arregaçado as mangas da camisa. Eles estavam sentados frente a frente em um trecho de grama escurecida numa clareira do Central Park, ambos com as pernas cruzadas, as mãos nos joelhos e as palmas viradas para cima.

Uma rocha se projetava e se erguia no chão perto deles. Ela se partia em pedregulhos maiores e menores, e, acima de um dos pedregulhos maiores, estavam Alec e Isabelle Lightwood. Quando Jace ergueu os olhos, Isabelle o encarou e deu um aceno de incentivo. Alec, ao observar o gesto, deu um tapinha no ombro dela. Jace percebera que ele dera uma bronca em Izzy, provavelmente dizendo para ela não interromper sua concentração. Ele sorriu para si; nenhum deles realmente tinha uma razão para estar ali, mas foram mesmo assim, "para dar apoio moral". No entanto, Jace suspeitava que tivesse mais a ver com o fato de Alec odiar não ter o que fazer nesses dias, de Isabelle odiar que o irmão estivesse solitário e de ambos estarem evitando os pais e o Instituto.

Jordan estalou os dedos debaixo do nariz de Jace.

— Está prestando atenção?

Jace franziu a testa.

— Eu estava, até nós entrarmos no território dos anúncios classificados ruins.

— Ora, que tipo de coisa *faz* você se sentir calmo e em paz?

Jace tirou as mãos dos joelhos — a posição de lótus lhe dava câimbras nos pulsos — e se apoiou com os braços. O vento frio chacoalhava as poucas folhas secas que ainda estavam presas aos galhos das árvores, as quais apresentavam uma elegância frugal contra o céu pálido de inverno, como desenhos feitos com caneta e tinta.

— Matar demônios — falou ele. — Uma boa matança limpa é muito relaxante. As matanças bagunçadas são mais entediantes porque depois você precisa limpar tudo...

— Não. — Jordan ergueu as mãos. As tatuagens eram visíveis debaixo das mangas da camisa. *Shanti, shanti, shanti.* Jace sabia que isso significava "a paz que ultrapassa o entendimento" e que a palavra deveria ser dita três vezes para acalmar a mente. Mas nada parecia acalmar a dele atualmente. O fogo em suas veias também acelerava o pensamento, as ideias surgiam depressa demais, uma depois da outra, como fogos de artifício estourando. Os sonhos eram tão vívidos e saturados de cores quanto pinturas a óleo. Ele tentara tirar aquilo de dentro de si, passara horas e horas na sala de treinamento, com sangue, hematomas, suor e, uma vez, com dedos quebrados. Mas não conseguira nada senão irritar Alec com pedidos de símbolos de cura e, em uma ocasião memorável, acidentalmente incendiou uma das vigas.

Foi Simon quem observou que o colega de quarto meditava todos os dias, e que tal hábito acalmava os ataques de raiva incontroláveis que costumavam ser parte da transformação em lobisomem. A partir daí, fora um pequeno salto para Clary sugerir que Jace "poderia muito bem tentar", e ali estavam eles, na segunda sessão. A primeira terminara com Jace deixando uma marca de queimadura no piso de madeira de Simon e Jordan, por isso, Jordan sugerira que eles ficassem ao ar livre para a segunda rodada, a fim de evitar mais danos à propriedade.

— Sem mortes — falou Jordan. — Estamos tentando fazer você ficar tranquilo. Sangue, mortes, guerra não são coisas tranquilas. Não há mais nada de que goste?

— Armas — falou Jace. — Eu gosto de armas.

— Estou começando a pensar que você tem um probleminha de filosofia pessoal aqui.

Jace inclinou-se para a frente, as palmas apoiadas na grama.

— Sou um guerreiro — disse ele — Fui criado como um guerreiro. Não tinha brinquedos, eu tinha armas. *Dormi* com uma espada de madeira até completar 5 anos. Meus primeiros livros foram sobre demonologias medievais, cheios de iluminuras. As primeiras canções que aprendi foram cânticos para banir demônios. Sei o que me dá paz, e não são praias nem gorjeios de passarinhos em florestas tropicais. Quero uma arma e uma estratégia para vencer.

Jordan olhou fixamente para ele.

406

— Então está dizendo que o que te dá paz é a guerra.

Jace jogou as mãos para o alto e ficou em pé, tirando a grama do jeans.

— Agora você entendeu. — Ele ouviu o estalo da grama seca e deu meia-volta, a tempo de ver Clary se abaixar através de uma abertura entre duas árvores e emergir na clareira, com Simon a apenas alguns passos atrás. Clary estava com as mãos nos bolsos traseiros da calça e ria.

Jace os observou por um instante. Havia alguma coisa em olhar pessoas que não sabiam que estavam sendo observadas. Ele se recordou da segunda vez que viu Clary, do outro lado do salão principal do Java Jones. Ela estava rindo e conversando com Simon do mesmo jeito que fazia agora. Ele se lembrou da pontada desconhecida de ciúme no peito, dificultando a respiração, e da sensação de satisfação quando ela abandonou Simon e foi conversar com ele.

As coisas mudaram. Ele deixara de ser consumido pelo ciúme de Simon e passara a ter um respeito relutante pela tenacidade e coragem do rapaz, até efetivamente considerá-lo um amigo, embora duvidasse que um dia fosse capaz de dizer isso em voz alta. Jace observou quando Clary olhou por cima do ombro e soprou um beijo enquanto o cabelo vermelho balançava no rabo de cavalo. Ela era tão pequena, delicada, semelhante a uma boneca, pensara uma vez, antes de descobrir como a garota era forte.

Clary foi até Jace e Jordan, e Simon escalou o solo rochoso aos saltos, até o local em que Alec e Isabelle estavam sentados; ele desabou ao lado de Isabelle, que, no mesmo instante, se inclinou para dizer algo ao seu ouvido, a cortina de cabelos pretos encobrindo o rosto dela.

Clary parou na frente de Jace, balançando nos calcanhares com um sorriso.

— Como estão as coisas?

— Jordan quer que eu pense numa praia — comentou Jace, em tom de tristeza.

— Ele é teimoso — advertiu Clary. — Está dizendo que gosta disso.

— Não estou, não — retrucou Jace.

Jordan fez um barulho, mostrando desagrado.

— Se não fosse por mim, você estaria correndo pela Madison Avenue e atirando faíscas por todos os orifícios. — O garoto se pôs de pé, encolheu os ombros cobertos pelo casaco verde e falou para Clary: — Seu namorado é doido.

— É, mas ele é gostoso — retrucou Clary. — É isso.

Jordan fez uma careta de brincadeira.

— Vou cair fora. Tenho que encontrar Maia no centro. — Ele fez um gesto de despedida engraçadinho e foi embora, se enfiando entre as árvores e desaparecendo com o passo silencioso do lobo que era debaixo da própria pele. Jace observou sua partida. *Salvadores improváveis*, pensou. Seis meses atrás, ele não teria acreditado se alguém dissesse que ia acabar tendo aulas de comportamento com um lobisomem.

Jordan, Simon e Jace meio que tinham começado uma amizade nos últimos meses. Jace não conseguia evitar usar o apartamento deles como um refúgio, que o mantinha distante das pressões diárias do Instituto e distante das lembranças de que a Clave ainda não estava preparada para a guerra contra Sebastian.

Erchomai. A palavra tocou algum ponto da mente de Jace com a delicadeza de uma pena e o fez estremecer. Ele viu uma asa de anjo, arrancada do corpo, estirada numa poça de sangue dourado.

Estou chegando.

— O que houve? — perguntou Clary; Jace subitamente pareceu estar a milhões de quilômetros dali.

Desde que o fogo celestial entrara em seu corpo, ele tendia a divagar por mais tempo. Clary tinha a sensação de que era um efeito colateral pelo fato de ele reprimir as emoções. Ela sentiu uma pontada de dor. Quando o conhecera, Jace era muito controlado e só um tiquinho de seu eu verdadeiro vazava pelas fissuras da armadura pessoal, como a luz passando pelas rachaduras de uma parede. Foi necessário um longo tempo para romper todas aquelas defesas. Agora, porém, o fogo em suas veias o obrigava a se controlar, a engolir as emoções em prol da segurança. Mas quando o fogo se extinguisse, será que ele seria capaz de demolir aquelas defesas?

Ele piscou; a voz dela o chamara de volta. O sol de inverno estava alto e frio e destacava os ossos do rosto de Jace, além de acentuar as olheiras. Ele esticou a mão para segurar a dela e respirou fundo.

— Você está certa — falou, usando uma voz baixa e mais séria que ele reservava apenas para ela. — Isto está ajudando... as lições com Jordan. Está ajudando, e eu gosto disto.

— Eu sei. — Clary segurou o pulso dele. A pele era quente sob o toque; ele parecia ter ficado alguns graus mais quente que o normal desde o encontro com a Gloriosa. O coração dele ainda batia no ritmo familiar, regular, mas o sangue nas veias parecia bombear com a energia cinética do fogo prestes a arder.

Ela ficou na ponta dos pés para beijar a bochecha dele, mas Jace se virou e os lábios se tocaram. Eles não tinham feito nada além de se beijar desde que o fogo queimara pela primeira vez no sangue dele, e mesmo isso era feito com muita cautela. Jace tomava cuidado agora, a boca roçando a dela delicadamente, a mão segurando o ombro. Por um momento, seus corpos se encontraram, e ela sentiu a batida e a pulsação do sangue dele. Jace a puxou para si, e uma faísca direta e forte passou no meio deles, como o zumbido de eletricidade estática.

Jace interrompeu o beijo e deu um passo para trás, com um suspiro. Antes que Clary pudesse dizer alguma coisa, um coro de aplausos sarcásticos irrompeu da colina mais próxima. Simon, Isabelle e Alec acenavam para eles. Jace fez uma mesura enquanto Clary dava um passo para trás, levemente constrangida, os polegares enfiados no cós do jeans.

Jace soltou um suspiro.

— Devemos nos juntar aos nossos amigos irritantes e voyeurs?

— Infelizmente, é o único tipo de amigos que nós temos. — Clary bateu o ombro contra o braço dele, e os dois se dirigiriam para as rochas. Simon e Isabelle estavam lado a lado e conversavam em voz muito baixa. Alec estava sentado um pouco afastado e fitava a tela de seu celular com uma expressão de concentração intensa.

Jace desabou ao lado de seu *parabatai*.

— Ouvi dizer que se você encarar tempo suficiente uma coisa dessas, ela toca.

— Ele mandou uma mensagem de texto para Magnus — explicou Isabelle, olhando por cima do ombro com ar de reprovação.

— Eu não — respondeu Alex automaticamente.

— Mandou, sim — retrucou Jace, e esticou o pescoço para olhar por cima do ombro de Alec. — *E* está telefonando. Dá para ver as chamadas realizadas.

— É aniversário dele — explicou Alec, e fechou o telefone. Ele parecia menor nos últimos dias, quase esquelético no pulôver azul desbotado com furinhos nos cotovelos, e os lábios mordidos e rachados. Clary sentia pena dele. Depois que Magnus terminara com ele, Alec passara a primeira semana após o rompimento numa confusão de tristeza e descrença. Nenhum deles conseguia realmente acreditar. Ela sempre pensara que Magnus amava Alec, que realmente o amava; era evidente que Alec também tinha acreditado nisso.

— Eu não queria que ele pensasse que eu não... que pensasse que eu me esqueci.

— Você está com saudades.

Alec deu de ombros.

— Olhe só quem fala: "Oh, eu a amo. Oh, ela é minha irmã. Oh, por quê, por quê, por quê..."

Jace jogou um punhado de folhas secas em Alec e fez o garoto cuspir.

Isabelle estava rindo.

— Você sabe que ele tem razão, Jace.

— Me passe o telefone — disse Jace, ignorando Isabelle. — Ande, Alexander.

— Não é da sua conta — falou Alec e afastou o celular. — Esquece isso tudo, está bem?

— Você não come, não dorme, fica olhando para o telefone, e eu é que tenho que *esquecer* tudo isso? — retrucou Jace.

Havia uma quantidade surpreendente de agitação em sua voz. Clary sabia como a infelicidade de Alec o incomodava, mas não tinha certeza se Alec tinha noção disso. Em circunstâncias normais, Jace teria matado, ou ao menos ameaçado, qualquer um que magoasse Alec; mas agora era diferente. Jace gostava de vencer, mas não dava para vencer nada com o coração partido, mesmo que fosse o de outra pessoa. Mesmo que fosse de uma pessoa que você amasse.

Jace se inclinou e tirou o telefone da mão do *parabatai*. Alec protestou e esticou o braço para pegar o aparelho, mas Jace o afastou com uma das mãos, rolando pela tela para ver as mensagens habilmente com a outra mão. *"Magnus, retorne a ligação. Preciso saber se você está bem..."* Ele balançou a cabeça.

— Tudo bem, não. Não mesmo. — Com um movimento decidido, quebrou o telefone ao meio. A tela ficou em branco enquanto Jace deixava as peças caírem no chão. — Pronto.

Alec baixou os olhos para as peças quebradas sem acreditar.

— Você QUEBROU meu TELEFONE.

Jace deu de ombros.

— Caras não permitem que outros caras fiquem ligando para outros caras. Tá, saiu errado. Amigos não deixam que amigos fiquem ligando para ex-namorados e depois desligando. Sério. Você tem que parar.

Alec parecia furioso.

— Então você quebrou meu telefone novinho em folha? Valeu mesmo.

Jace sorriu com serenidade e se recostou na rocha.

— De nada.

— Veja o lado bom — emendou Isabelle. — Você não vai mais receber as mensagens da mamãe. Ela me enviou seis hoje. Eu desliguei o telefone. — E ela bateu no bolso com um olhar expressivo.

— O que ela quer? — perguntou Simon.

— Reuniões constantes — falou Isabelle. — Tomar depoimentos. A Clave continua querendo ouvir o que aconteceu quando enfrentamos Sebastian em Burren. Todos nós temos que dar informações, tipo, umas cinquenta vezes. Como Jace absorveu o fogo celestial da Gloriosa. Descrições dos Caçadores de Sombras malignos, do Cálice Infernal, das armas que eles usaram, dos símbolos que estavam marcados neles. O que vestiam, o que Sebastian vestia, o que *todo mundo* vestia... tipo telessexo, só que chato.

Simon fez um barulho de quem se engasgava.

— O que achamos que Sebastian quer — continuou Alec. — Quando ele vai voltar. O que vai fazer quando voltar.

Clary apoiou os cotovelos nos joelhos.

— É sempre bom saber que a Clave tem um plano cuidadoso e confiável.

— Eles não querem acreditar — falou Jace, e fitou o céu. — Esse é o problema. Não importa quantas vezes contemos o que vimos em Burren. Nem quantas vezes digamos o quanto os Crepusculares são perigosos. Eles não querem acreditar que os Nephilim realmente poderiam ser corrompidos. Esses Caçadores de Sombras poderiam matar os Caçadores de Sombras.

Clary presenciara quando Sebastian criara os primeiros Crepusculares. Ela vira a expressão vazia em seus olhos, a fúria com que lutavam. Eles a apavoravam.

— Eles não são mais Caçadores de Sombras — acrescentou ela em voz baixa. — Aliás, nem *pessoas* eles são mais.

410

— É difícil acreditar, se você não viu — disse Alec. — E Sebastian tem poucos deles. Um grupo pequeno, disperso... eles não querem acreditar que seja uma ameaça de fato. Ou, se for uma ameaça, preferem acreditar que é uma ameaça maior para nós, para Nova York, mas não para os Caçadores de Sombras como um todo.

— Eles não estão errados: se Sebastian se importa com alguma coisa é com Clary — falou Jace, e Clary sentiu um calafrio na espinha, uma mistura de nojo e apreensão. — Ele não possui emoções de fato. Não como nós. Mas, se as tivesse, ele as teria por causa dela. E por causa de Jocelyn. Ele a odeia. — Jace fez uma pausa, com ar pensativo. — Mas não acho que tentaria um ataque direto. Seria muito... óbvio.

— Espero que você tenha dito isso à Clave — falou Simon.

— Umas mil vezes — informou Jace. — Não creio que tenham muita consideração pelas minhas ideias.

Clary baixou o olhar para as próprias mãos. Tinha sido interrogada pela Clave, assim como o restante deles, e respondera a todas as perguntas. No entanto ainda havia coisas sobre Sebastian que ela não revelara, que não contara a ninguém. As coisas que ele dissera querer dela.

Ela não havia sonhado muito desde que eles voltaram de Burren com as veias de Jace cheias de fogo, mas quando tinha pesadelos, eram sobre o irmão.

— É como tentar lutar contra um fantasma — falou Jace. — Eles não são capazes de rastrear Sebastian, não conseguem encontrá-lo nem encontrar os Caçadores de Sombras que ele transformou.

— Eles estão fazendo o que podem — disse Alec. — Estão reforçando as barreiras ao redor de Idris e Alicante. Todas as barreiras, na verdade. E enviaram dezenas de especialistas para a Ilha de Wrangel.

A Ilha de Wrangel era a sede de todas as barreiras do mundo, dos feitiços que protegiam o planeta, e Idris em especial, dos demônios e de invasões demoníacas. A rede de barreiras não era perfeita, por isso algumas vezes os demônios conseguiam passar por elas mesmo assim, mas Clary só seria capaz de imaginar a gravidade da situação se as barreiras não existissem.

— Ouvi mamãe dizer que os feiticeiros do Labirinto Espiral andaram procurando um meio de reverter os efeitos do Cálice Infernal — falou Isabelle. — Sem dúvida, seria mais fácil se eles tivessem cadáveres para estudar...

Ela parou a frase no meio; Clary sabia o porquê. Os corpos dos Caçadores de Sombras malignos abatidos em Burren tinham sido trazidos de volta à Cidade dos Ossos para que os Irmãos do Silêncio os examinassem. Porém isto jamais aconteceu. Da noite para o dia, os corpos entraram em decomposição até ficarem como cadáveres com décadas de putrefação. Não havia nada a fazer além de queimar os restos.

Isabelle recuperou a voz:

— E as Irmãs de Ferro estão fabricando armas em massa. Vamos receber milhares de lâminas serafim, espadas, *chakrams*, tudo... forjado no fogo celestial. — Ela olhou para Jace. Nos dias que se seguiram imediatamente à batalha em Burren, quando o fogo se espalhou pelas veias de Jace com violência suficiente para fazê-lo gritar algumas vezes por causa da dor, os Irmãos do Silêncio o examinaram repetidamente, o testaram com gelo e chamas, com metal bento e ferro frio, a fim de tentar ver se havia algum modo de retirar o fogo dele, de contê-lo.

Eles não encontraram nem sequer um modo. O fogo da Gloriosa, depois de capturado numa lâmina, parecia não ter pressa de habitar outra, nem de abandonar o corpo de Jace em troca de qualquer tipo de receptáculo, na verdade. O Irmão Zachariah dissera a Clary que, nos primórdios dos Caçadores de Sombras, os Nephilim tentaram capturar o fogo celestial dentro de uma arma, algo que pudessem brandir contra os demônios. Jamais conseguiram, e, um dia, as lâminas serafim se tornaram as armas escolhidas. No fim, mais uma vez, os Irmãos do Silêncio tinham desistido. O fogo da Gloriosa contorcia-se nas veias de Jace como uma serpente, e, na melhor das hipóteses, ele só poderia ter esperanças de controlá-lo para não ser destruído por ele.

Ouviram o bipe alto de uma mensagem de texto chegando no celular; Isabelle tinha ligado o telefone.

— Mamãe diz para voltarmos ao Instituto agora — falou. — Tem uma reunião. Temos que participar. — A garota ficou em pé e espanou a terra do vestido. — Eu te convidaria para ir lá — disse ela a Simon —, mas sabe como é, tem aquela história de ser banido por ser um morto-vivo e tal.

— Eu me lembro disso — concordou Simon, e se pôs de pé. Clary fez um esforço para se levantar e estendeu a mão para Jace, que a aceitou e se levantou.

— Simon e eu vamos fazer compras de Natal — comentou ela. — E ninguém pode ir com a gente porque precisamos comprar os presentes de vocês.

Alec pareceu estar horrorizado.

— Ai, Deus. Então isso significa que preciso comprar presentes para vocês?

Clary balançou a cabeça.

— Caçadores de Sombras não... comemoram o Natal? — No mesmo momento, ela pensou no jantar desgastante de Ação de Graças na casa de Luke, quando pediram a Jace para cortar o peru e ele o abateu com uma espada até sobrarem pouco mais que alguns resquícios da ave. Talvez não.

— Nós trocamos presentes e comemoramos a mudança das estações — falou Isabelle.

— Costumava haver uma celebração do Anjo no inverno, no dia em que os Instrumentos Mortais foram entregues a Jonathan Caçador de Sombras. Mas acho que os Caçadores de

Sombras se aborreceram por serem deixados de lado em todas as comemorações mundanas, por isso muitos Institutos têm festas de Natal. A de Londres é a mais famosa. — A garota deu de ombros. — Mas não acho que a gente vá fazer isso... este ano.

— Ora. — Clary sentiu-se mal. Sem dúvida eles não queriam festejar o Natal depois de perder Max. — Bem, deixem ao menos a gente comprar presentes para vocês. Não é preciso ter uma festa ou coisa assim.

— Exato. — Simon ergueu os braços para o alto. — Tenho que comprar presentes de Chanuká. É obrigatório pela lei judaica. O Deus dos Judeus é um Deus zangado. E ele gosta muito de presentes.

Clary sorriu para ele. Estava ficando cada vez mais fácil dizer a palavra "Deus" ultimamente.

Jace suspirou e beijou Clary — um beijo breve de despedida na testa dela, mas que a fez estremecer. O fato de não poder tocar Jace nem beijá-lo de verdade estava começando a deixá-la nervosa. Ela prometera a ele que isso nunca importaria, que o amaria mesmo que nunca pudessem voltar a se tocar, mas odiava isso, de qualquer forma, odiava sentir falta do modo reconfortante como seus corpos sempre se encaixavam.

— Vejo você mais tarde — prometeu Jace. — Vou voltar com Alec e Izzy...

— Não, você não vai, não — falou Isabelle inesperadamente. — Você quebrou o telefone de Alec. Tá certo que a gente queria fazer isso há várias semanas...

— ISABELLE — disse Alec.

— Mas o fato é, você é o *parabatai* de Alex e o único que não foi ver Magnus. Vá até lá e fale com ele.

— E digo o quê? — perguntou Jace. — Não dá para *convencer* as pessoas a não terminarem o namoro... ou talvez dê — emendou ele rapidamente ao ver a expressão de Alec. — Quem sabe? Vou tentar.

— Valeu. — Alec deu um tapinha no ombro de Jace. — Ouvi dizer que você sabe ser muito charmoso quando quer.

— Ouvi dizer a mesma coisa — falou Jace, e começou a correr de costas. Até fazendo isso ele ficava bem, pensou Clary com tristeza. E sexy. Definitivamente sexy. Ela ergueu a mão num aceno sem entusiasmo.

— Vejo você depois — gritou ela. *Se eu não morrer de frustração até lá.*

Os Fray nunca foram uma família religiosa, mas Clary adorava a Quinta Avenida na época do Natal. O ar tinha cheiro de castanhas torradas no açúcar, e as vitrines reluziam em prata e azul, verde e vermelho. Este ano havia imensos cristais de gelo pendurados em cada poste, e eles refletiam a luz invernal em feixes dourados. Isso sem mencionar a gigantesca árvore de Natal, no Rockefeller Center. Ela lançava sua sombra sobre eles quando Clary e Simon se esticaram pelo portão no lado do rinque de patinação, observando os turistas levando tombos enquanto tentavam se deslocar no gelo.

Clary segurava um chocolate quente, o calor da bebida se espalhando pelo corpo. Ela se sentia quase normal; isso: ir até a Quinta Avenida para ver as vitrines e a árvore era uma tradição de inverno para ela e Simon desde sempre.

— Parece os velhos tempos, não é? — comentou ele, ecoando os pensamentos dela enquanto apoiava o queixo nos braços cruzados sobre a grade.

A garota lhe deu uma olhadela de soslaio. Simon vestia um sobretudo e um cachecol pretos que destacavam a palidez da pele. Também tinha olheiras, o que indicava que não vinha se alimentando de sangue nos últimos dias. Ele parecia o que era: um vampiro cansado e faminto.

Bem, pensou ela. *Quase* como nos velhos tempos.

— Tem mais gente para comprarmos presentes — confessou ela. — Além disso, tem a pergunta sempre traumática de o-que-comprar-para-alguém-no-primeiro-Natal-depois-do--início-do-namoro.

— O que comprar para o Caçador de Sombras que tem tudo — comentou Simon, e deu um sorriso.

— Jace gosta de armas mais do que tudo — falou Clary. — Gosta de livros, mas eles têm uma biblioteca imensa no Instituto. Também gosta de música clássica... — Seu rosto se iluminou. Simon era músico e, embora sua banda fosse horrível e sempre mudasse de nome (atualmente ela se chamava Suflê Mortal), ele tinha prática. — O que daria a alguém que gosta de tocar piano?

— Um piano.

— *Simon*.

— Um metrônomo imenso que também pudesse fazer as vezes de arma?

Clary suspirou, exasperada.

— Uma partitura. Rachmaninoff é bem difícil, mas ele gosta de um desafio.

— Boa ideia. Vou ver se tem alguma loja de música por aqui. — Clary, que já havia terminado de beber o chocolate quente, jogou o copo numa lata de lixo próxima e pegou o celular. — E quanto a você? O que vai dar para Isabelle?

— Não faço a menor ideia — respondeu Simon. Eles caminharam até a avenida, onde um fluxo constante de pedestres que olhavam as vitrines amontoava as ruas.

— Ora, o que é isso?! Isabelle é fácil.

— É da minha namorada que você está falando. — Simon franziu as sobrancelhas. — Eu acho. Não tenho certeza. Nós não conversamos sobre isso. Sobre a relação, quero dizer.

— Vocês têm que ter uma DR, Simon.

— O quê?

— Vocês têm que discutir a relação, definir as coisas. O que é, para onde vai. São namorados, só estão se divertido, estão enrolados ou o quê? Quando ela vai contar para os pais? Vocês podem sair com outras pessoas?

Simon ficou pálido.

— O quê? Isso é sério?

— É sério. Mas, nesse meio-tempo... perfume! — Clary puxou Simon pelas costas do casaco e o arrastou até uma loja de cosméticos. Era imensa do lado de dentro, com fileiras de frascos reluzentes por toda parte. — E uma coisa exótica — falou ela, indo até a área dos perfumes. — Isabelle não vai querer cheirar como as outras pessoas. Vai querer cheirar a figos, vetiver ou...

— Figos? Figos têm cheiro? — Simon pareceu horrorizado; Clary estava prestes a rir dele quando o telefone vibrou. Era a mãe.

ONDE VOCÊ ESTÁ?

Clary revirou os olhos e respondeu à mensagem. Jocelyn ainda ficava nervosa ao pensar que ela estava na rua com Jace. Muito embora, conforme Clary observara, provavelmente Jace fosse o namorado mais seguro do mundo, pois ele estava proibido de: (1) se aborrecer, (2) fazer avanços no quesito sexo e (3) fazer qualquer coisa que aumentasse a adrenalina.

Por outro lado, ele *tinha sido* possuído; ela e a mãe ficaram observando enquanto ele, imóvel, deixava Sebastian ameaçar Luke. Clary ainda não tinha contado tudo o que vira no apartamento que dividira com Jace e Sebastian durante aquele breve intervalo fora do tempo, uma mistura de sonho e pesadelo. Ela jamais contara à mãe que Jace tinha matado alguém; havia coisas que Jocelyn não precisava saber, coisas que Clary não queria enfrentar também.

— Tem tanta coisa nesta loja que posso imaginar o que Magnus ia querer — falou Simon, e pegou um frasco de vidro de glitter corporal flutuando em algum tipo de óleo. — Comprar presentes para alguém que terminou com o seu melhor amigo viola algum tipo de regra?

— Acho que depende. Quem é seu amigo mais chegado: Magnus ou Alec?

— Alec se lembra do meu nome — falou Simon, e pôs o frasco de volta no lugar. — E eu me sinto péssimo por ele. Compreendo por que Magnus fez isso, mas Alec está *tão* arrasado. Acho que, quando você lamenta de verdade, a pessoa que te ama deveria te perdoar.

— Acho que depende do que você fez — opinou Clary. — E não estou me referindo a Alec... falo em geral. Tenho certeza de que Isabelle te perdoaria por alguma coisa — emendou ela rapidamente.

Simon pareceu em dúvida.

— Fique parado aí — anunciou ela, balançando um frasco perto da cabeça de Simon. — Em três minutos, vou cheirar seu pescoço.

415

— Ora, eu nunca... — falou Simon. — Você esperou muito tempo para dar esse passo, Fray, é o que digo.

Clary não se importou com a resposta engraçadinha; ela ainda estava pensando no que Simon tinha falado sobre perdão e se lembrar de alguém, da voz, do rosto e dos olhos de alguém. Sebastian sentado à frente dela numa mesa em Paris. *Você acha que pode me perdoar? Quero dizer, você acha que é possível perdoar alguém como eu?*

— Algumas coisas são imperdoáveis — disse ela. — Não sou capaz de perdoar Sebastian.

— Você não o ama.

— Não. Mas ele é meu irmão. Se as coisas fossem diferentes...

Mas não são diferentes. Clary abandonou aquele pensamento e se inclinou para sentir o cheiro.

— Você está com cheiro de figo e damasco.

— Acha de verdade que Isabelle quer cheirar como uma bandeja de frutas secas?

— Talvez não. — Clary pegou outro frasco. — Então, o que você vai fazer?

— Quando?

Clary ergueu o olhar, refletindo sobre a diferença entre uma tuberosa e uma rosa comum, e viu Simon fitá-la com uma expressão de espanto nos olhos castanhos. Ela falou:

— Bem, não dá para morar com Jordan para sempre, não é? Tem a faculdade...

— Você não vai para a faculdade — observou ele.

— Não. Mas sou uma Caçadora de Sombras. Nós continuamos a estudar depois dos 18, somos enviados a outros Institutos... essa é a nossa faculdade.

— Não gosto da ideia de ver você indo embora. — Ele pôs as mãos nos bolsos do casaco. — Não posso ir para a faculdade — comentou. — Minha mãe não vai pagar por ela, e eu não posso obter crédito estudantil. Legalmente, estou morto, na pior. Além disso, quanto tempo levaria para alguém na faculdade perceber que eles envelhecem, e eu não? Garotos de 16 anos não se parecem com veteranos, não sei se já percebeu.

Clary guardou o frasco.

— Simon...

— Talvez eu devesse comprar alguma coisa para minha mãe — falou amargamente. — Que presente diz "Obrigado por me botar para fora de casa e fingir que morri"?

— Orquídeas?

Mas o humor de Simon já não estava mais para brincadeiras.

— Talvez não seja como nos velhos tempos — falou ele. — Normalmente eu compraria lápis ou material de desenho para você, só que você não desenha mais, né? A não ser com a estela? Você não desenha, e eu não respiro. Não é como no ano passado.

— Talvez você devesse conversar com Raphael — disse Clary.

— *Raphael?*

— Ele sabe como os vampiros vivem. Como ganham a vida, ganham dinheiro, arrumam apartamentos. Ele sabe essas coisas e poderia te ajudar.

— Poderia, mas não ajudaria — observou Simon, e franziu a testa. — Eu não ouvi falar nada do bando de Dumort desde que Maureen substituiu Camille. Sei que Raphael é o sucessor dela. E tenho quase certeza de que eles ainda acham que carrego a Marca de Caim; caso contrário, teriam mandado alguém atrás de mim agora. Questão de tempo.

— Não. Eles sabem que não é para tocar em você. Seria uma guerra contra a Clave. O Instituto foi *muito* claro — disse Clary. — Você está protegido.

— Clary, nenhum de nós está protegido.

Antes que Clary pudesse responder, ouviu alguém chamar seu nome; totalmente confusa, olhou por cima do ombro e viu a mãe abrindo caminho em meio à multidão de clientes. Pela vitrine, Clary viu Luke, que esperava do lado de fora, na calçada. Com sua camisa de flanela, ele parecia não se encaixar entre os estilosos nova-iorquinos.

Livrando-se da multidão, Jocelyn se aproximou e abraçou a filha. Clary olhou para Simon por cima do ombro da mãe, confusa. Ele deu de ombros. Finalmente, Jocelyn soltou Clary e deu um passo para trás.

— Eu tive tanto medo de que alguma coisa acontecesse a você...

— Na *Sephora*? — perguntou Clary.

Jocelyn franziu a testa.

— Vocês não ouviram? Pensei que Jace já teria enviado uma mensagem de texto a essa hora.

Clary sentiu uma súbita onda de frio pelas veias, como se tivesse engolido água muito gelada.

— Não. Eu... O que está acontecendo?

— Eu sinto muito, Simon — falou Jocelyn —, mas Clary e eu temos que ir para o Instituto imediatamente.

O lugar onde Magnus morava não tinha mudado muito desde a primeira vez em que Jace estivera ali. A mesma entradinha e a única lâmpada amarela. Jace usou um símbolo de Abertura para passar pela porta da frente, subiu os degraus de dois em dois e tocou a campainha do apartamento. Era mais seguro que usar outro símbolo, calculou Jace. Afinal, Magnus podia estar jogando videogame pelado ou, na verdade, podia estar fazendo praticamente qualquer coisa. Quem saberia o que os feiticeiros inventavam no tempo livre?

Jace tocou de novo e, dessa vez, grudou o dedo na campainha. Tocou mais duas vezes, demoradamente, e Magnus afinal abriu a porta num tranco, furioso. Ele estava usando um robe de seda preta por cima de uma camisa branca e calça de tweed. Os pés estavam descalços. O cabelo preto estava emaranhado, e via-se a sombra da barba por fazer.

— O que você está fazendo aqui?

— Ora, ora — respondeu Jace. — Isso não foi nada acolhedor.

— Porque não é para ser.

Jace ergueu uma sobrancelha.

— Pensei que fôssemos amigos.

— Não. Você é amigo de Alec. Ele era meu namorado, por isso eu tinha que te tolerar. Mas agora ele não é mais, então não preciso te aguentar. Não que vocês pareçam perceber isso. Você deve ser o... o quê, o quarto?... do grupo a vir me incomodar. — Magnus contou nos dedos compridos. — Clary, Isabelle, Simon...

— *Simon* passou por aqui?

—Você parece surpreso.

— Não achei que ele estivesse tão interessado na sua relação com Alec.

— Eu não *tenho* uma relação com Alec — afirmou Magnus sem rodeios, mas Jace já estava passando por ele e entrando na sala de estar, olhando ao redor com curiosidade.

Uma das coisas que Jace sempre apreciara em segredo no apartamento de Magnus era que raramente parecia o mesmo duas vezes. Algumas vezes, era um loft grande e moderno. Outras, parecia um bordel francês ou um covil de ópio vitoriano ou o interior de uma nave espacial. Agora, porém, estava bagunçado e escuro. Pilhas de embalagens velhas de comida chinesa se amontoavam na mesa de café. Presidente Miau estava deitado no tapete de retalhos, as quatro patas muito esticadas e retas, como um cervo morto.

— Tem cheiro de coração partido aqui dentro — comentou Jace.

— É a comida chinesa. — Magnus se jogou no sofá e esticou as pernas compridas. — Ande, acabe logo com isso. Diga o que você veio dizer.

— Acho que você devia voltar com Alec — falou Jace.

Magnus revirou os olhos e fitou o teto.

— E por que isso?

— Porque ele está infeliz — explicou Jace. — E está arrependido. Está arrependido pelo que fez. Não vai fazer de novo.

— Ah, ele não vai se encontrar em segredo com uma das minhas ex, nem planejar encurtar minha vida *outra vez*? Muito nobre da parte dele.

— Magnus...

— Além disso, Camille está morta. Ele *não pode* fazer isso de novo.

—Você entendeu — falou Jace. — Ele não vai mentir, nem enganar ou esconder coisas, nem qualquer outra coisa que esteja te aborrecendo.

Ele se jogou numa poltrona de couro e ergueu uma das sobrancelhas.

— Então?

Magnus virou para o lado.

— Por que você se importa se Alec está infeliz?

— Por que eu me *importo*? — repetiu Jace tão alto que Presidente Miau sentou-se muito empertigado, como se estivesse em choque. — Claro que eu me importo com Alec; ele é meu melhor amigo, meu *parabatai*. E ele está infeliz. E você também, pelo estado das coisas. Embalagens de comida por toda parte, você não fez nada para arrumar o local, seu gato parece morto...

— Ele não está morto.

— Eu me importo com Alec — falou Jace, e fixou o olhar em Magnus. — Eu me importo com ele mais do que comigo.

— Você nunca pensou — refletiu Magnus, e puxou uma lasca do esmalte — que toda essa história de *parabatai* é um tanto cruel? Você pode escolher seu *parabatai*, mas então não pode nunca desescolhê-lo. Mesmo que ele se volte contra você. Olhe para Luke e Valentim. E, embora seu *parabatai* seja a pessoa mais próxima de você no mundo, em certos aspectos você não pode se apaixonar por ele. E, se ele morrer, uma parte de você morre também.

— Como sabe tanto sobre os *parabatai*?

— Eu conheço os Caçadores de Sombras — disse Magnus, dando tapinhas no sofá ao lado dele para que Presidente pulasse para as almofadas e cutucasse Magnus com a cabeça. Os dedos compridos do feiticeiro afundaram no pelo do gato. — E eu conheço há muito tempo. Vocês são criaturas estranhas. De um lado, tudo é humanidade e nobreza frágil, e do outro, tudo é fogo impensado dos anjos. — Os olhos dele se moveram até Jace. — Você, em particular, Herondale, pois tem o fogo dos anjos no sangue.

— Você já foi amigo de Caçadores de Sombras?

— Amigo? — repetiu Magnus. — O que isso realmente significa?

— Saberia se tivesse um — observou Jace. — Você tem? Você tem amigos? Quero dizer, além das pessoas que frequentam suas festas. A maioria tem medo de você ou parece te dever alguma coisa, ou então já dormiu com você, mas amigos... eu não vejo você com um monte deles.

— Ora, isso é novo — falou Magnus. — Nenhum dos outros do grupo tentou me insultar.

— Está funcionando?

— Se você quer saber se me senti subitamente impelido a voltar para Alec, então não — respondeu Magnus. — Surgiu um desejo estranho por pizza, mas não deve estar relacionado a ele.

— Alec disse que você faria isso: se desviar das perguntas pessoais com piadas — retrucou Jace.

Magnus semicerrou os olhos.

— E eu sou o *único* que faz isso?

— Exatamente. Aprenda com alguém que sabe. Você odeia falar de si e preferiria aborrecer as pessoas a fazê-las sentir pena. Quantos anos você tem, Magnus? A resposta verdadeira.

Magnus não disse nada.

419

— Quais eram os nomes dos seus pais? Qual é o nome do seu pai?

Magnus olhou feio para ele com os olhos verdes e dourados.

— Se eu quisesse me deitar num divã e falar mal dos meus pais para alguém eu iria a um psiquiatra.

— Ah — continuou Jace. — Mas meus serviços são de graça.

— Ouvi falar isso de você.

Jace sorriu e deslizou em sua cadeira. Havia uma almofada com a bandeira do Reino Unido sobre o divã. Ele a pegou e a colocou atrás da cabeça.

— Não tenho que ir a lugar algum. Posso ficar sentado aqui o dia todo.

— Ótimo! — falou Magnus. — Vou tirar um cochilo. — Ele esticou a mão para pegar um cobertor amassado no chão, justamente quando o celular de Jace tocou. Magnus observou, interrompido no meio do movimento, enquanto Jace remexia no bolso e abria o telefone para atender.

Era Isabelle.

— Jace?

— Sim. Estou na casa de Magnus. Talvez eu esteja fazendo algum progresso. O que aconteceu?

— Volte — pediu Isabelle, e Jace sentou-se muito ereto, a almofada caindo no chão. A voz dela estava muito tensa. Ele percebia a rispidez nela, como as notas dissonantes de um piano mal-afinado. — Para o Instituto. Imediatamente, Jace.

— Qual é o problema? — insistiu ele. — O que aconteceu? — E ele viu Magnus sentar-se muito esticado também, e o cobertor caiu da mão dele.

— Sebastian — falou Isabelle.

Jace fechou os olhos e viu sangue dourado e penas brancas espalhadas sobre o piso de mármore. Ele se recordou do apartamento, de uma faca nas mãos dele, do mundo a seus pés, de Sebastian apertando seu pulso e dos olhos negros profundos demais fitando-o com um prazer obscuro. Havia um zumbido nos ouvidos dele.

— O que foi? — A voz de Magnus interrompeu os pensamentos de Jace. Ele percebeu que já estava na porta, o celular guardado no bolso. E se virou. Magnus estava atrás dele, a expressão sombria. — Foi Alec? Ele está bem?

— E você se importa? — perguntou Jace, e Magnus se encolheu. Jace não achou que já tivesse visto Magnus se encolher antes. Foi a única coisa que evitou que Jace batesse a porta antes de sair.

Havia dezenas de casacos e jaquetas desconhecidos pendurados na entrada do Instituto. Clary sentia os ombros vibrarem de tensão enquanto abria o zíper do próprio casaco de lã e o pendurava em um dos ganchos enfileirados nas paredes.

— E Maryse não disse o que aconteceu? — perguntou Clary. — A voz dela estava muito baixa por causa da ansiedade.

Jocelyn desenrolava um cachecol cinza comprido do pescoço e mal olhava para Luke enquanto ele o pegava e o pendurava num gancho. Os olhos verdes da mulher percorriam o cômodo, assimilando o portão do elevador, o teto abobadado, os murais desbotados de homens e anjos.

Luke balançou a cabeça.

— Só que houve um ataque à Clave e que temos que ir para lá o mais rápido possível.

— A parte do "nós" é que me preocupa. — Jocelyn enrolou o cabelo em um coque alto e prendeu-o com os dedos. — Não venho ao Instituto há anos. Por que eles me querem aqui?

Luke apertou o ombro dela para tranquilizá-la. Clary sabia o que Jocelyn temia, o que todos temiam. A única razão para a Clave querer que ela estivesse ali é porque havia notícias do filho.

— Maryse disse que estariam na biblioteca — falou Jocelyn. Clary seguiu na frente. Ouvia Luke e a mãe conversando atrás de si, além do som macio dos passos, e os de Luke estavam mais lentos que antes. Ele ainda não havia se recuperado totalmente do ferimento que quase o matara em novembro.

Sabe por que está aqui, não sabe?, sussurrava a voz baixa atrás dela. Clary sabia que a voz não estava realmente ali, mas isso não ajudava. Não via o irmão desde o combate em Burren, mas o trazia em alguma parte pequenina da mente, um fantasma indesejado e intruso. *Por minha causa. Você sempre soube que eu não tinha ido embora para sempre. Falei que isso aconteceria. Falei em voz alta para você.*

Erchomai.

Estou chegando.

Eles chegaram à biblioteca. A porta estava entreaberta, e um burburinho de vozes transbordava dali. Jocelyn parou por um instante com a expressão tensa.

Clary pôs uma das mãos na maçaneta.

— Você está pronta? — Ela não tinha percebido até aquele momento que a mãe vestia jeans pretos, botas e uma blusa preta de gola alta. Como se tivesse escolhido o que havia de mais próximo do uniforme de combate, sem se dar conta disso.

Jocelyn assentiu para a filha.

Alguém tinha empurrado toda a mobília da biblioteca para um canto e aberto um espaço imenso no meio do cômodo, bem em cima do mosaico do Anjo. Uma mesa imensa fora colocada ali, um grande bloco de mármore equilibrado sobre dois anjos de pedra. Ao redor da mesa, sentava-se o Conclave. Clary conhecia alguns de seus integrantes pelo nome: Kadir e Maryse. Os outros eram apenas rostos familiares. Maryse estava parada, contando nomes nos dedos enquanto entoava em voz alta.

— Berlim — falou. — Sem sobreviventes. Bangcoc. Sem sobreviventes. Moscou. Sem sobreviventes. Los Angeles...

— Los Angeles? — repetiu Jocelyn. — Eram os Blackthorn. Eles estão...?

Maryse pareceu assustada, como se não tivesse percebido que Jocelyn havia entrado. Os olhos azuis passaram por Luke e Clary. Ela parecia abatida e exausta, o cabelo estava preso com firmeza e havia uma mancha (seria vinho tinto ou sangue?) na manga de seu casaco feito sob medida.

— Há sobreviventes — falou ela. — As crianças. Estão em Idris agora.

— Helen — disse Alec, e Clary se lembrou da garota que havia enfrentando Sebastian com eles em Burren. Ela se recordava de Helen na nave do Instituto, com um garoto de cabelos escuros agarrado ao pulso dela. *Meu irmão, Julian.*

— A namorada de Aline — exclamou Clary, e viu o Conclave olhar para ela com hostilidade sutilmente velada. Sempre faziam isso, como se quem ela era e o que representava os deixasse praticamente incapazes de enxergá-la. *A filha de Valentim. A filha de Valentim.* — Ela está bem?

— Está em Idris, com Aline — respondeu Maryse. — Os irmãos e irmãs mais novos sobreviveram, embora pareça ter havido algum problema com o irmão mais velho, Mark?

— Algum problema? — repetiu Luke. — O que exatamente está acontecendo, Maryse?

— Não acho que vamos saber da história toda antes de chegarmos a Idris — falou Maryse, alisando o cabelo já alisado. — Mas houve ataques, alguns deles no curso de duas noites, em seis Institutos. Não temos certeza ainda de como os Institutos foram invadidos, mas sabemos...

— Sebastian — falou a mãe de Clary. As mãos estavam dentro dos bolsos do jeans preto, mas Clary suspeitava que, se a mãe não tivesse feito isso, ela veria as mãos de Jocelyn em punho. — Direto ao ponto, Maryse. Meu filho. Você não teria me chamado aqui se ele não fosse o responsável. Teria? — Os olhos de Jocelyn encontraram os de Maryse, e Clary se perguntou se tinha sido assim quando as duas estiveram no Ciclo, as bordas afiadas das personalidades de ambas encontrando-se e gerando faíscas.

Antes que Maryse pudesse falar, a porta se abriu e Jace entrou. Vermelho, com a cabeça fria e descoberta, e o cabelo louro desgrenhado por causa do vento. Não usava luvas, as pontas dos dedos estavam vermelhas por causa do clima, e as mãos tinham cicatrizes de Marcas novas e antigas. Ele viu Clary e deu um sorriso breve ao se acomodar numa cadeira contra a parede.

Como sempre, Luke interferiu para pacificar.

— Maryse? Sebastian foi o responsável?

Maryse respirou fundo.

— Sim, foi. E os Crepusculares estavam com ele.

— Claro que foi Sebastian — falou Isabelle. Ela estivera fitando a mesa, mas agora erguia a cabeça. O rosto refletia ódio e fúria. — Ele disse que estava chegando. Bem, agora ele chegou.

Maryse soltou um suspiro.

— Nós imaginamos que ele atacaria Idris. Era isso que os serviços de inteligência indicavam. Não os Institutos.

— Então ele fez algo que vocês não esperavam. Talvez a Clave devesse ter se planejado para *isso*. — Jace baixou a voz. — Eu avisei. Avisei que ele ia querer mais soldados.

— Jace — disse Maryse. — Você não está ajudando.

— Eu não estava tentando ajudar.

— Eu teria acreditado que ele atacaria aqui primeiro — falou Alec. — Conforme Jace falou, e é verdade... todos que ele ama ou odeia estão aqui.

— Ele não *ama* ninguém — rebateu Jocelyn sem rodeios.

— Mãe, pare — pediu Clary. O coração dela batia com força e de modo doloroso; ainda assim, ao mesmo tempo, havia uma sensação estranha de alívio. Todo esse tempo esperando que Sebastian chegasse e agora ele tinha chegado. A espera havia acabado. A guerra teria início. — E o que devemos fazer? Reforçar o Instituto? Nos *esconder*?

— Deixe-me adivinhar — falou Jace, com a voz cheia de sarcasmo. — A Clave chamou o Conselho. Outra reunião.

— A Clave ordenou evacuação imediata — afirmou Maryse, e, ao dizer isso, todos ficaram em silêncio, até Jace. — Todos os Institutos devem ser esvaziados. Todos os Conclaves devem retornar a Alicante. As barreiras ao redor de Idris serão redobradas depois de amanhã. Ninguém conseguirá entrar ou sair.

Isabelle engoliu em seco.

— Quando partiremos de Nova York?

Maryse empertigou-se. Um pouco do costumeiro ar de comando retornara, a boca estava contraída, e o queixo, cerrado com determinação.

— Arrume suas coisas — ordenou ela. — Vamos embora hoje à noite.

— ⚔ Capítulo 2 ⚔ —
LUTAR OU CAIR

Acordar foi como ser jogada numa banheira com água gelada. Emma sentou-se, arrancada do sono, a boca aberta para gritar.

— Jules! *Jules!*

Houve uma movimentação na penumbra, a mão em seu ombro e uma luz súbita que feriu seus olhos. Emma puxou o ar com força e se arrastou para trás, empurrando-se contra as almofadas. Percebeu então que estava deitada na cama, que os travesseiros se empilhavam às costas dela e que os lençóis encontravam-se ao redor do corpo num emaranhado suado. Emma piscou para afastar a escuridão, tentando focar.

Helen Blackthorn inclinava-se sobre ela, com os olhos azuis-esverdeados apreensivos e uma pedra de luz enfeitiçada na mão. Elas estavam em um cômodo com um telhado de empena irregular, que se curvava acentuadamente de cada lado, como uma cabana de contos de fadas. Havia uma cama grande de madeira com quatro reposteiros no centro do cômodo, e, nas sombras atrás de Helen, Emma via a mobília se assomando: um guarda-roupa quadrado imenso, um sofá comprido, uma mesa com pernas bambas.

— O-onde estou? — perguntou Emma, com dificuldade.

— Em Idris — respondeu Helen, e deu tapinhas no braço da garota a fim de acalmá-la. — Você conseguiu chegar a Idris, Emma. Estamos no porão da casa dos Penhallow.

— M-meus pais. — Os dentes de Emma trincavam. — Onde estão meus pais?

— Você veio pelo Portal com Julian — explicou Helen, com delicadeza, sem responder à pergunta. — Todos vocês chegaram de um jeito ou de outro... é um milagre, sabe? A

CIDADE DO FOGO CELESTIAL

Clave abriu o caminho, mas a viagem pelo Portal é difícil. Dru passou agarrada a Tavvy, e os gêmeos vieram juntos, claro. Depois, quando já tínhamos quase desistido, vocês dois chegaram. Você estava inconsciente, Em. — Ela tirou o cabelo da testa de Emma. — Ficamos muito preocupados. Você devia ter visto Jules...

— O que está *acontecendo*? — perguntou Emma. Ela se afastou do toque de Helen, não porque não gostasse dela, mas porque seu coração estava martelando. — E quanto a Mark e ao Sr. Blackthorn...?

Helen hesitou.

— Sebastian Morgenstern atacou seis Institutos nos últimos dias. Ele matou todas as pessoas presentes ou as Transformou. Ele usa o Cálice Infernal para fazer com que os Caçadores de Sombras deixem de ser quem são.

— Eu o vi fazer isso — murmurou Emma. — Com Katerina. E ele Transformou seu pai também. Eles iam fazer isso com Mark, mas Sebastian disse que não o queria por causa do sangue de fada.

Helen se encolheu.

— Temos razões para acreditar que Mark ainda está vivo — disse ela. — Eles foram capazes de rastreá-lo até o ponto em que desapareceu, mas os símbolos indicam que ele não está morto. É possível que Sebastian o esteja mantendo como refém.

— Meus... meus pais — repetiu Emma, com a garganta seca desta vez. Ela sabia o que significava Helen não ter respondido na primeira vez que perguntara. — Onde estão? Eles não estavam no Instituto, então Sebastian não teria como machucá-los...

— Em... — Helen soltou o ar. Subitamente, pareceu jovem, quase tão jovem quanto Jules. — Sebastian não ataca apenas os Institutos; ele mata ou tira os membros do Conclave das próprias casas. A Clave tentou localizar seus pais, mas não conseguiu. Então os corpos apareceram na Marina del Rey, na praia, hoje de manhã. A Clave não sabe o que aconteceu exatamente, mas...

A voz de Helen se perdeu numa sequência sem sentido de palavras, palavras como "identificação confirmada" e "cicatrizes e marcas nos corpos" e "não foram encontradas evidências". Coisas como "na água havia horas", "não há meio de transportar os corpos" e "de acordo com os ritos funerários apropriados, foram queimados na praia conforme ambos pediram, você entende...".

Emma gritou. Foi um grito mudo no início, elevando-se cada vez mais, um grito que rasgou sua garganta e trouxe o gosto de metal. Foi um grito de perda tão imenso que não havia palavra para descrevê-lo. Foi o grito inexprimível de ter o céu acima de sua cabeça e o ar em seus pulmões arrancados para sempre. Ela gritou, e gritou mais uma vez, e rasgou o colchão com as mãos até cavar dentro dele, e havia penas e sangue presos debaixo de suas unhas enquanto Helen soluçava e tentava segurá-la, dizendo:

425

— Emma, Emma, por favor, Emma, por favor.

E então houve mais luz. Alguém havia acendido um lampião no cômodo, e Emma ouviu o próprio nome, com uma voz familiar, delicada e urgente, e logo Helen a soltou, e Jules apareceu e se inclinou na beirada da cama, esticando alguma coisa para ela, uma coisa que brilhava, dourada, sob a nova luz cruel.

Era Cortana. Sem a bainha exposta e na palma da mão dele como uma oferenda. Emma pensou que ainda estivesse gritando, mas pegou a espada, e as palavras brilharam na lâmina e queimaram seus olhos: *Eu sou Cortana, do mesmo aço e da mesma têmpera que Joyeuse e Durendal.*

Ela ouviu a voz do pai em sua mente. *Os Carstairs portam esta espada há muitas gerações. A inscrição nos recorda que os Caçadores de Sombras são as armas do Anjo. Tempere-nos no fogo, e ficaremos mais fortes. Quando sofremos, sobrevivemos.*

Emma engasgou, engolindo os gritos, obrigando-os a baixar até o silêncio. Era isso que o pai queria dizer: a exemplo de Cortana, ela também possuía aço nas veias e estava destinada a ser forte. Mesmo se os pais não estivessem ali para ver, ela seria forte para eles.

A garota abraçou a espada contra o peito. Como se estivesse bem longe, ela ouvia Helen exclamando e esticando a mão para ela, mas Julian... Julian, que sempre soubera do que Emma precisava, empurrou a mão de Helen. Os dedos de Emma seguravam a lâmina, e o sangue desceu por seus braços e pelo peito quando a ponta cortou sua clavícula. Ela não sentiu. Balançando para a frente e para trás, Emma agarrou a espada como se fosse a única coisa que tivesse amado, e deixou o sangue escorrer no lugar das lágrimas.

Simon não conseguia afastar a sensação de *déjà vu*.

Ele estivera ali antes, parado, do lado de fora do Instituto, e observara os Lightwood desaparecerem através de um Portal reluzente. Embora na época, muito antes de ele ter a Marca de Caim, o Portal tivesse sido criado por Magnus e, desta vez, estivesse sob a supervisão de uma feiticeira de pele azul chamada Catarina Loss. Daquela vez, ele fora convocado porque Jace queria conversar sobre Clary antes de desaparecer em outro país.

Desta vez, Clary estava desaparecendo com eles.

Ele sentiu a mão dela na dele, os dedos envolvendo levemente seu pulso. Todo o Conclave — praticamente todo Caçador de Sombras na cidade de Nova York — havia cruzado os portões do Instituto e passado pelo Portal reluzente. Os Lightwood, como guardiões do Instituto, iriam por último. Simon estava ali desde o início do crepúsculo, e linhas de céu vermelho deslizavam para trás dos edifícios no horizonte de Nova York, e agora a pedra de luz enfeitiçada iluminava o cenário diante dele, captando detalhes que reluziam: o chicote de Isabelle, a faísca de fogo que pulava do anel da família de Alec conforme ele gesticulava, os relances no cabelo claro de Jace.

— Ele parece diferente — observou Simon.

Clary ergueu o olhar para ele. Assim como o restante dos Caçadores de Sombras, ela estava vestida com o que Simon poderia descrever como uma capa. Parecia a capa que eles usavam ao ar livre durante o inverno, feita de veludo preto pesado, presa no peito. Ele se perguntou onde ela havia arrumado aquilo. Talvez eles apenas as tivessem enviado.

— O que parece diferente?

— O Portal — respondeu ele. — Parece diferente de quando Magnus fazia. Mais... azul.

— Talvez todos eles tenham estilos diferentes?

Simon olhou para Catarina. Ela parecia energicamente eficiente, como uma enfermeira ou professora do jardim de infância. Definitivamente não era como Magnus.

— Como Izzy está?

— Preocupada, acho. Todos estão preocupados.

Fez-se um breve silêncio. Clary expirou, e o ar da respiração dela condensou por causa do frio.

— Não quero que vá — falou Simon, no instante em que Clary disse:

— Eu não quero ir e deixar você aqui.

— Vou ficar bem — falou Simon. — Tenho Jordan para tomar conta de mim. — De fato, Jordan estava ali, sentado no topo da parede que circundava o Instituto, e parecia atento. — E ninguém tenta me matar há, pelo menos, duas semanas.

— Não tem graça. — Clary olhou para ele com expressão severa. O problema, Simon refletiu, era a dificuldade de tranquilizar alguém de que você ficaria bem quando se era um Diurno. Alguns vampiros poderiam querer Simon do lado deles, ansiosos para se beneficiarem dos seus poderes incomuns. Camille havia tentado recrutá-lo, e outros poderiam tentar, mas Simon tinha a nítida impressão de que a maioria dos vampiros queria matá-lo.

— Tenho certeza absoluta de que Maureen ainda espera pôr as mãos em mim — afirmou Simon. Maureen era a líder do clã dos vampiros de Nova York e acreditava estar apaixonada por Simon. O que teria sido menos esquisito se ela não tivesse 13 anos. — Sei que a Clave avisou às pessoas para não tocarem em mim, mas...

— Maureen quer tocar em você — disse Clary, com um sorriso malicioso. — Toque do mal.

— Calada, Fray.

— Jordan vai mantê-la longe de você.

Simon olhou para a frente com expressão contemplativa. Ele estava tentando não olhar para Isabelle, que o cumprimentara apenas com um breve aceno desde que ele chegara ao Instituto. Ela estava ajudando a mãe, o cabelo preto voando ao vento forte.

— Você poderia simplesmente ir falar com ela — disse Clary. — Em vez de ficar olhando todo esquisitão de um jeito bizarro.

— Não estou olhando de um jeito bizarro. Só estou olhando com sutileza.

— Eu percebi — observou Clary. — Olhe, você sabe como Isabelle fica. Quando está aborrecida, se afasta. Ela não vai falar com ninguém, além de Jace ou Alec, porque mal confia em alguém. Mas se você vai ser o namorado dela, tem que mostrar que é uma dessas pessoas em quem ela pode confiar.

— Não sou o namorado dela. Pelo menos, não acho que seja o namorado dela. De qualquer forma, ela nunca usou a palavra "namorado".

Clary o chutou no tornozelo.

— Vocês dois precisam de uma DR mais do que qualquer outro "casal" que já conheci.

— Está rolando uma DR por aqui? — falou uma voz atrás deles. Simon virou-se e viu Magnus, muito alto contra o céu escuro atrás deles. Estava vestido discretamente, com um jeans e uma camiseta preta, o cabelo escuro parcialmente caído nos olhos. — Vejo que mesmo quando o mundo se lança na escuridão e no perigo iminente, vocês dois ficam por aí discutindo a vida amorosa. Adolescentes.

— O que você está fazendo aqui? — perguntou Simon, surpreso demais para uma reação inteligente.

— Vim ver Alec — falou Magnus.

Clary ergueu as sobrancelhas para ele.

— E que história foi aquela de adolescentes?

Magnus esticou um dedo para advertir.

— Não dê um passo maior que a perna, docinho — disse ele, e passou pelos dois, desaparecendo na multidão ao redor do Portal.

— Docinho? — questionou Simon.

— Acredite se quiser, ele já me chamou assim — comentou Clary. — Dê uma olhada, Simon. — E se virou para ele, retirando a mão do bolso do jeans. Ela olhou para o objeto e sorriu. — O anel — explicou. — Foi bem útil quando funcionou, não foi?

Simon também olhou para o anel. Um anel de ouro com formato de folha circulava o dedo anelar direito. Em outra época, o anel fora uma ligação com Clary. Agora que o dela tinha sido destruído, era apenas um anel, mas ele o guardava mesmo assim. Ele sabia que era como possuir a metade de um cordão de melhores amigos, mas não conseguia evitar. Era um belo objeto e ainda era um símbolo da conexão entre eles.

Clary apertou a mão dele com força e ergueu o olhar. Sombras se remexeram no verde de sua íris; dava para ver que ela estava com medo.

— Sei que é apenas uma reunião do Conselho... — começou a dizer Clary.

— Mas você vai ficar em Idris.

— Só até eles descobrirem o que está acontecendo com os Institutos e como protegê--los — falou Clary. — Depois nós vamos voltar. Sei que telefones e mensagens de texto e tal não funcionam em Idris, mas se precisar falar comigo, dê um toque no Magnus. Ele vai encontrar um jeito de me mandar o recado.

428

Simon sentiu um bolo na garganta.

— Clary...

— Eu te amo — disse ela. — Você é meu melhor amigo. — Ela soltou a mão dele, os olhos brilhavam. — Não, não precisa dizer nada. Não quero que diga nada. — Ela se virou e quase correu de volta para o Portal, onde Jocelyn e Luke a aguardavam, com três bolsas de lona cheias de coisas aos pés deles. Luke olhou para Simon do outro lado do pátio, a expressão pensativa.

Mas onde estava Isabelle? A multidão de Caçadores de Sombras tinha diminuído. Jace se aproximou e ficou ao lado de Clary, com a mão no ombro dela; Maryse estava perto do Portal, mas Isabelle, que estava com...

— Simon — disse uma voz ao ombro dele, e ele se virou e viu Izzy. Seu rosto era um borrão pálido entre o cabelo escuro e a capa preta, e ela o fitava com uma expressão meio zangada, meio triste. — Acho que essa é a parte em que dizemos adeus, não é?

— Tudo bem — disse Magnus. — Você queria falar comigo. Então fale.

Alec o encarava, de olhos arregalados. Eles tinham contornado a igreja e estavam parados em um jardim pequeno, queimado pelo inverno, entre cercas vivas desfolhadas. Videiras grossas cobriam o muro de pedra e o portão enferrujado perto dele, e agora estavam tão desnudas por causa do clima que Alec podia ver a rua mundana através do gradeado do portão de ferro. Havia um banco de pedra por perto, e a superfície áspera estava coberta com gelo.

— Eu queria... o quê?

Magnus olhava para ele com uma expressão irritadiça, como se o garoto tivesse feito alguma coisa tola. Alec suspeitava que tivesse feito mesmo. Os nervos estavam à flor da pele, e ele tinha uma sensação nauseante no fundo do estômago. Da última vez que vira Magnus, o feiticeiro havia se afastado dele, desaparecendo dentro de um túnel do metrô desativado e ficando cada vez menor até sumir. *Aku cinta kamu*, dissera a Alec. "Eu te amo", em indonésio.

Isso dera ao garoto uma centelha de esperança, o suficiente para que ligasse dezenas de vezes para Magnus, o suficiente para que ele continuasse a verificar o telefone, verificar a correspondência e até verificar as janelas do quarto — que parecia estranho, vazio e desconhecido sem Magnus nele, muito diferente do quarto de sempre — em busca de recados ou bilhetes enviados por mágica.

E no presente momento Magnus estava parado diante dele, o cabelo preto bagunçado e os olhos de gato com pupilas em fenda, a voz feito melaço e as feições belas, acentuadas e interessantes agora inexpressivas, e Alec sentiu como se tivesse engolido cola.

— Você queria conversar comigo — disse Magnus. — Suponho que esse fosse o motivo de todos aqueles telefonemas. E o motivo de ter mandado todos os seus amigos idiotas ao meu apartamento. Ou simplesmente faz isso com todo mundo?

CASSANDRA CLARE

Alec engoliu para abrandar a secura na garganta e falou a primeira coisa que lhe veio à mente.

— Você nunca vai me perdoar?

— Eu... — Magnus parou e desviou o olhar, balançando a cabeça. — Alec, eu te *perdoei*.

— Não acredito. Você parece zangado.

Quando Magnus voltou a olhar para ele, tinha uma expressão mais suave.

— Estou preocupado com você. Os ataques aos Institutos. Acabei de saber — retrucou o feiticeiro.

Alec estava tonto. Magnus o perdoara; Magnus se preocupava com ele.

— Você sabia que estamos partindo para Idris?

— Catarina me contou que havia sido convocada para criar um Portal. Eu imaginei — falou Magnus ironicamente. — Fiquei um pouco surpreso por você não ter ligado ou enviado um torpedo dizendo que estava indo embora.

— Você nunca atende nem responde às mensagens — observou Alec.

— Isso não te impediu antes.

— Todo mundo desiste em algum momento — respondeu o garoto. — Além disso, Jace quebrou meu celular.

Magnus soltou uma gargalhada bufada.

— Ora, Alexander.

— O quê? — perguntou Alec, confuso de verdade.

— Você é simplesmente... Você é tão... Eu quero muito te beijar — comentou Magnus abruptamente e depois balançou a cabeça. — Entende, é por isso que eu não queria te ver.

— Mas você está aqui agora — falou Alec. Ele se lembrou da primeira vez que Magnus o beijou, contra a parede, em frente ao apartamento; todos os ossos dele viraram líquido, e ele pensou: *Ah, beleza, é assim que deve ser então. Agora eu entendi.* — Você poderia...

— Não posso — continuou Magnus. — Não está funcionando, não estava funcionando. Você tem que enxergar isso, não é? — As mãos dele estavam nos ombros de Alec. O garoto sentiu o polegar do feiticeiro roçando seu pescoço por cima da gola, e seu corpo inteiro deu um pulo. — Não é? — repetiu Magnus, e o beijou.

Alec se entregou ao beijo. Foi totalmente silencioso. Ele ouvia o barulho das botas esmagando a neve no chão enquanto se aproximava, a mão de Magnus deslizando para apoiar sua nuca, e o sabor de sempre, doce, amargo e familiar. Alec entreabriu os lábios para suspirar, respirar ou sorver Magnus, porém era tarde demais porque o outro se afastou dele bruscamente, deu um passo para trás e pôs fim naquilo.

— O que foi? Magnus, o que foi? — perguntou Alec, confuso e se sentindo estranhamente diminuído.

430

— Eu não devia ter feito isso — respondeu Magnus num ímpeto. Era evidente que ele estava agitado, de um modo que Alec nunca tinha visto, com um rubor nas bochechas marcadas. — Eu te perdoo, mas não posso ficar com você. Não posso. Não funciona. Vou viver para sempre ou pelo menos até alguém finalmente me matar, e você não, e é coisa demais para você assumir...

— Não venha me dizer o que é coisa demais para mim — falou Alec, com uma indiferença mortal.

Era tão raro Magnus ficar surpreso que a expressão foi quase estranha ao rosto dele.

— É coisa demais para a maior parte das pessoas — comentou ele. — Para a maioria dos mortais. E não é fácil para nós também. Ver alguém que se ama envelhecer e morrer. Eu conheci uma garota, uma vez, imortal como eu...

— E ela estava com alguém mortal? — perguntou Alec. — O que aconteceu?

— Ele morreu — explicou Magnus. Havia uma peremptoriedade no modo como ele disse aquilo, que dava conta de uma tristeza mais profunda do que as palavras poderiam expressar. Os olhos de gato brilharam no escuro. — Não sei por que achei que isso funcionaria — disse ele. — Desculpe, Alec. Eu não devia ter vindo.

— Não — retrucou Alec. — Não devia.

Magnus fitava Alec com um pouco de cautela, como se estivesse se aproximando de alguém familiar na rua e descobrisse, afinal, que se tratava de um estranho.

— Não sei por que você fez isso — desabafou Alec. — Sei que tenho me torturado há semanas por sua causa e pelo que eu fiz, e por que não devia ter feito, por que nunca devia ter falado com Camille. Eu me arrependi, compreendi e pedi desculpas várias vezes, e *você nunca esteve lá*. Eu fiz tudo isso sem você. Então isso me faz pensar no que mais eu poderia fazer sem você. — Ele olhou para Magnus com uma expressão pensativa. — O que aconteceu foi minha culpa. Mas foi culpa sua também. Eu poderia ter aprendido a não me importar por você ser imortal e eu ser mortal. Todo mundo tem o tempo que tem junto com outra pessoa, e nada mais. Talvez a gente não seja tão diferente assim. Mas sabe o que não consigo superar? Que você nunca me diga nada. Não sei quando você nasceu. Não sei nada sobre sua vida: qual é o seu nome verdadeiro, nem sei nada sobre sua família ou qual foi o primeiro rosto que você amou, ou a primeira vez que partiram seu coração. Você sabe tudo sobre mim, e eu não sei nada sobre você. Esse é o verdadeiro problema.

— Eu te contei — respondeu Magnus, baixinho —, no nosso primeiro encontro, que você teria que me aceitar do jeito que cheguei, sem perguntas...

Alec fez um gesto com a mão para rejeitar aquilo.

— Não é justo pedir uma coisa dessas, e você sabe... sim, você sabia que na época eu não compreendia o suficiente sobre o amor para entender aquilo. Você age como se fosse a parte enganada, mas teve uma mãozinha sua nisso tudo, Magnus.

431

— Teve — comentou Magnus, depois de uma pausa. — Suponho que sim.

— Mas isso não muda nada, não é? — perguntou Alec, sentindo o ar gelado entrando sorrateiramente debaixo das costelas. — Nunca muda com você.

— Não posso mudar — falou Magnus. — Faz tempo demais. Sabe, nós imortais ficamos petrificados como fósseis que viram rocha. Quando te conheci, pensei que você tivesse toda essa admiração e alegria, e que tudo fosse novo para você, e achei que isso iria me mudar, mas...

— Mude por você mesmo — interrompeu Alec, mas a voz não saiu zangada nem severa como ele pretendia, mas baixa, como um apelo.

Mas Magnus apenas balançou a cabeça.

— Alec — disse ele. — Você conhece meu sonho. Aquele sobre a cidade feita de sangue, com sangue nas ruas e torres de ossos. Esse vai ser o mundo real se Sebastian conseguir o que quer. O sangue será o dos Nephilim. Vá para Idris. Vai estar mais seguro lá, mas não confie em ninguém e não baixe a guarda. Eu preciso que você viva. — Ele inspirou, deu meia-volta muito abruptamente e se afastou.

Eu preciso que você viva.

Alec sentou-se no banco de pedra congelado e pôs o rosto entre as mãos.

— Não é um adeus definitivo — protestou Simon, mas Isabelle simplesmente franziu a testa.

— Venha comigo — disse ela, e puxou-lhe a manga. Ela estava usando luvas de veludo vermelho-escuro, e sua mão parecia um borrifo de sangue contra o tecido azul-marinho do casaco.

Simon afastou aquele pensamento. Ele gostaria de não pensar em sangue em momentos inoportunos.

— Ir aonde?

Isabelle apenas revirou os olhos e puxou o garoto para o lado, até um recesso obscuro perto dos portões dianteiros do Instituto. O espaço não era amplo, e Simon podia sentir o calor do corpo de Isabelle — calor e frio não o afetavam desde que se tornara vampiro, exceto se fosse o calor do sangue. Ele não sabia se isso ocorria porque já havia bebido o sangue de Isabelle, ou se era algo mais profundo, mas estava consciente da pulsação do sangue nas veias dela de um jeito que não ficava a respeito de mais ninguém.

— Eu queria ir com você a Idris — disse ele, sem preâmbulos.

— Você está mais seguro aqui — respondeu a garota, embora os olhos escuros tenham se suavizado. — Além disso, não vamos para sempre. Os únicos integrantes do Submundo que podem ir até Alicante são os membros do Conselho porque eles precisam se reunir, pensar no que todos vamos fazer, e provavelmente nos mandar de volta. Não podemos nos esconder em Idris enquanto Sebastian destrói tudo do lado de fora. Caçadores de Sombras não fazem isso.

Simon passou um dedo pela bochecha dela.

— Mas você quer que eu me esconda aqui?

— Jordan pode tomar conta de você aqui — comentou ela. — Seu guarda-costas pessoal. Você é o melhor amigo de Clary — acrescentou. — Sebastian sabe disso. Você pode ser um refém e devia estar onde ele não está.

— Ele jamais demonstrou interesse por mim. Não vejo por que começaria agora.

Ela deu de ombros e puxou mais a capa para si.

— Ele nunca demonstrou interesse em ninguém além de Clary e Jace, mas isso não significa que ele não vá começar a se interessar. Ele não é idiota. — observou ela com ar relutante, como se odiasse dar tanto crédito a Sebastian. — Clary faria qualquer coisa por você.

— Ela também faria qualquer coisa por você, Izzy. — E, diante do olhar desconfiado de Isabelle, ele abarcou a bochecha dela. — Tudo bem, então, se você não vai ficar fora tanto tempo, por que tudo isso?

Isabelle fez uma careta. A boca e as bochechas estavam rosadas, o frio trazendo o rubor à superfície. Ele queria poder encostar os lábios gelados nos dela, tão cheios de sangue, vida e calor, mas sabia que os pais dela estavam olhando.

— Ouvi Clary quando estava se despedindo de você. Ela disse que te ama.

Simon olhou fixamente para ela.

— Sim, mas ela não se referia *àquele* jeito... Izzy...

— Eu sei — protestou Isabelle. — Por favor, eu sei. Mas é só que ela diz isso com tanta facilidade, e você diz para ela com tanta facilidade, e eu nunca disse isso para ninguém. Para ninguém que não fosse meu parente.

— Mas se você diz que ama — falou Simon —, pode acabar se magoando. É por isso que não diz.

— Você também poderia acabar assim. — Os olhos dela eram grandes e pretos, e refletiam as estrelas. — Se magoando. Eu poderia magoar você.

— Eu sei — confirmou Simon. — Eu sei e não me importo. Jace me falou uma vez que você pisaria no meu coração com botas de salto alto, e isso não me impediu de ir em frente.

Isabelle arfou de um modo sutil, com uma risada espantada.

— Ele disse isso? E você continuou por perto?

Ele se inclinou em direção a ela. Se respirasse, teria remexido o cabelo de Isabelle.

— Eu consideraria isso uma honra.

Ela virou a cabeça, e os lábios deles se tocaram. Os dela eram dolorosamente quentes. Ela estava fazendo alguma coisa com as mãos — abrindo a capa, pensou Simon por um momento, mas certamente Isabelle não começaria a tirar a roupa diante de toda a família, não é? Não que Simon estivesse seguro de que teria persistência para impedi-la. Afinal de contas, ela era Isabelle, e quase — *quase* — tinha falado que o amava.

Os lábios dela roçavam a pele de Simon enquanto ela falava.

— Fique com isto — murmurou ela, e ele sentiu uma coisa fria em sua nuca, e o veludo deslizando suavemente enquanto ela se afastava e as luvas roçavam o pescoço dele.

Simon baixou o olhar. Um quadrado vermelho-sangue reluzia em seu peito. O pingente de rubi de Isabelle. Era uma herança dos Caçadores de Sombras e tinha um encanto para detectar a presença de energia demoníaca.

— Não posso ficar com isto — respondeu, chocado. — Iz, isto deve valer uma fortuna.

Ela ajeitou os ombros.

— É um empréstimo, não um presente. Guarde-o até nosso próximo encontro. — Ela passou os dedos enluvados pelo rubi. — Uma história antiga diz que ele entrou na nossa família graças a um vampiro. Então combina com você.

— Isabelle, eu...

— Não — interrompeu ela, embora ele não soubesse exatamente o que iria dizer. — Não diga isso, não agora.

Ela se afastou dele. Simon podia ver a família atrás dela, tudo que restara do Conclave. Luke tinha atravessado o Portal, e Jocelyn estava prestes a segui-lo. Alec, que vinha contornando o Instituto com as mãos nos bolsos, olhou para Isabelle e Simon, ergueu uma das sobrancelhas e continuou andando.

— Só não... só não saia com mais ninguém enquanto eu estiver fora, tá?

Ele olhou para ela.

— Isso quer dizer que a gente está namorando? — perguntou, mas Isabelle apenas esboçou um sorriso e depois deu meia-volta, correndo para o Portal. Simon viu quando ela pegou a mão de Alec e os dois entraram juntos. Maryse foi a seguinte, depois Jace, e então Clary foi a última, parada ao lado de Catarina, emoldurada pela luz azul ofuscante.

Clary piscou para Simon e passou. O garoto viu o giro do Portal ao capturá-la, e então ela se foi.

Simon pôs a mão no rubi em seu pescoço. Pensou ter sentido um batimento no interior da pedra, uma pulsação mutante. Era quase como voltar a ter um coração.

Capítulo 3
PÁSSAROS ATÉ A MONTANHA

Clary colocou a bolsa no chão perto da porta e olhou em volta.

Ela ouvia a mãe e Luke se movendo ao redor, acomodando a própria bagagem, acendendo as pedras de luz enfeitiçada que iluminavam a casa de Amatis. Clary se abraçou. Eles ainda faziam pouca ideia de como Amatis tinha sido levada por Sebastian. Embora o lugar já tivesse sido examinado pelos membros do Conselho em busca de materiais perigosos, Clary conhecia o irmão. Se fosse controlado pelo humor, teria destruído tudo na casa, simplesmente para demonstrar que podia — transformado os sofás numa fogueira, estilhaçado os espelhos e explodido as janelas em pedacinhos.

Ela ouviu a mãe dar um leve suspiro de alívio, e soube que Jocelyn deve ter pensado o mesmo que Clary: não importava o que tivesse ocorrido, a casa parecia ótima. Não havia nada nela que indicasse que algo ruim tivesse acontecido a Amatis. Os livros estavam empilhados na mesa de centro, o piso estava empoeirado, mas não se via lixo, as fotografias na parede pareciam arrumadas. Clary sentiu uma pontada ao ver que perto da lareira havia uma fotografia recente dela, de Luke e de Jocelyn em Coney Island, abraçados e sorrindo.

Pensou na última vez que vira a irmã de Luke, Sebastian forçando Amatis a beber do Cálice Infernal enquanto ela gritava em protesto. O modo como a personalidade desaparecera dos olhos dela depois de engolir o conteúdo. Clary se perguntava se era assim ao ver alguém morrer. Não que já não tivesse presenciado a morte também. Valentim morrera diante dela. Certamente, ela era jovem demais para ter tantos fantasmas.

Luke se deslocara para olhar a lareira e as fotografias que estavam ali. Esticou a mão para tocar uma que mostrava duas crianças de olhos azuis. Uma delas, o menino mais novo, desenhava enquanto a irmã o observava com expressão carinhosa.

Ele parecia exausto. A viagem no Portal os levara até Gard, e eles caminharam pela cidade até a casa de Amatis. Luke estremecia com frequência por causa da dor da ferida na lateral que ainda não estava curada, mas Clary duvidava que o ferimento fosse o verdadeiro problema. O silêncio na casa de Amatis, os tapetes caseiros de retalhos, os objetos de recordação cuidadosamente arrumados — tudo manifestava uma vida comum interrompida da pior forma possível.

Jocelyn caminhou e pôs a mão no ombro dele, murmurando carinhosamente. Ele se virou no círculo formado pelos braços dela e pôs a cabeça contra o ombro da mulher. Era mais um gesto de solidariedade que algo romântico, mas Clary ainda sentia como se tivesse se deparado com um momento íntimo. Silenciosamente, pegou a bolsa de lona e subiu pela escada.

O cômodo extra não tinha mudado nada. Pequeno; paredes pintadas de branco; as janelas eram circulares, como escotilhas — lá estava a janela pela qual Jace havia se arrastado determinada noite —, e a mesma colcha de retalhos na cama. Clary largou a bolsa no chão, perto da mesa de cabeceira. A mesa, onde Jace deixara uma carta certa manhã, na qual dizia que ia embora e não ia voltar.

Ela se sentou na beirada da cama e tentou espanar a teia de lembranças. Clary não havia percebido como seria difícil voltar a Idris. Nova York era o lar, normal. Idris era guerra e destruição. Em Idris, tinha visto a morte pela primeira vez.

O sangue dela zunia e latejava em seus ouvidos. Ela queria ver Jace, ver Alec e Isabelle — eles a apoiariam, dariam a sensação de normalidade. Ela conseguia, de modo muito fraco, ouvir a mãe e Luke se movimentando no andar de baixo, possivelmente até mesmo o tinir das xícaras na cozinha. Ela se obrigou a se levantar e foi até os pés da cama, onde havia um baú quadrado. Era o baú que Amatis trouxera para ela quando Clary ficara ali antes, e lhe dissera para remexer nele e pegar roupas.

Agora ela estava ajoelhada, abrindo o baú. As mesmas roupas, cuidadosamente separadas entre camadas de papel: uniformes escolares, suéteres e jeans sem enfeites, blusas e saias mais formais e, por baixo de tudo, um vestido que Clary inicialmente pensara ser um vestido de casamento. Ela o pegou. Agora que estava mais familiarizada com os Caçadores de Sombras e o mundo deles, reconhecia aquilo.

Roupas de luto. Um vestido branco simples e um casaco justinho com símbolos prateados de luto bordados no tecido — e ali, nos punhos, um desenho quase invisível de aves.

Garças. Clary pousou as roupas na cama com cuidado. Em sua mente via Amatis vestindo aquelas roupas após a morte de Stephen Herondale. Vestindo com cuidado, alisando

436

o tecido, abotoando o casaquinho justo, tudo para chorar por um homem com quem não estava mais casada. As roupas de viúva para alguém que não fora capaz de se intitular viúva.

— Clary? — Era a mãe, inclinando-se na entrada e observando a filha. — O que são essas... Oh. — Ela cruzou o cômodo, tocou o tecido do vestido e suspirou. — Oh, Amatis.

— Ela nunca esqueceu Stephen, não é? — perguntou Clary.

— Às vezes as pessoas não esquecem. — A mão de Jocelyn foi do vestido para o cabelo de Clary, ajeitando-o com rápida precisão maternal. — E os Nephilim... nós tendemos a amar de forma muito avassaladora. Apaixonar-se uma única vez e morrer por amor. Meu antigo tutor costumava dizer que os corações dos Nephilim eram como os corações dos anjos: sentiam todas as dores humanas e nunca se curavam.

— Mas você se curou. Você amava Valentim, mas agora ama Luke.

— Eu sei. — O olhar de Jocelyn estava distante. — Foi somente quando passei mais tempo no universo mundano que comecei a perceber que os seres humanos não encaravam o amor dessa forma. Percebi que era possível tê-lo mais de uma vez, que seu coração poderia se curar, que você poderia amar várias vezes. E eu sempre amei Luke. Talvez não soubesse disso, mas eu sempre o amei. — Jocelyn apontou as roupas na cama. — Você deveria vestir o casaco de luto — falou ela. — Amanhã.

Assustada, Clary perguntou:

— Para a reunião?

— Caçadores de Sombras morreram e foram transformados em Caçadores malignos — falou Jocelyn. — Todo Caçador de Sombras perdido é filho, irmão, irmã, primo de alguém. Os Nephilim são uma família. Uma família problemática, mas... — Ela tocou o rosto da filha, a expressão seguinte escondida pelas sombras. — Durma um pouco, Clary — sugeriu. — Amanhã vai ser um dia longo.

Depois de a mãe sair e fechar a porta, Clary vestiu a camisola e deitou-se obedientemente na cama. Ela fechou os olhos e tentou dormir, mas o sono não chegava. Imagens continuavam a irromper atrás das pálpebras feito fogos de artifício: anjos caindo do céu; sangue dourado; Ithuriel em suas correntes, os olhos vendados, falando-lhe sobre as imagens dos símbolos que ele lhe dera durante a vida, visões e sonhos com o futuro. Ela se recordava dos sonhos do irmão, com asas pretas que espirravam sangue, caminhando sobre um lago congelado...

Tirou a colcha. Estava com calor e coceira, agitada demais para dormir. Depois de sair da cama, andou na ponta dos pés até o andar de baixo, buscando um copo de água. A sala de estar estava semi-iluminada, e a pouca claridade da pedra de luz enfeitiçada se derramava pelo corredor. Ouviam-se murmúrios atrás da porta. Clary seguiu com cautela pelo corredor até que os sussurros começaram a ganhar forma e familiaridade. Ela reconheceu primeiro a voz da mãe, tensa por causa da ansiedade.

— Mas eu não compreendo como isto poderia ter ficado no armário — dizia ela. — Eu não vejo desde... desde que Valentim tirou tudo o que era nosso, lá em Nova York.

— Clary não disse que estava com Jonathan? — perguntou Luke.

— Sim, mas então ele teria sido destruído com aquele apartamento nojento, não teria? — A voz de Jocelyn se elevou quando Clary se postou à entrada da cozinha. — Aquele com todas as roupas que Valentim comprou para mim. Como se eu estivesse voltando.

Clary ficou bem quietinha. A mãe e Luke estavam sentados à mesa da cozinha; Jocelyn, com a cabeça apoiada em uma das mãos, e Luke esfregando as costas dela. Clary contara à mãe tudo sobre o apartamento, sobre como Valentim o mantivera com todas as coisas de Jocelyn, certo de que um dia a esposa voltaria a morar com ele. A mãe ouvira tranquilamente, mas era evidente que a história a perturbara muito mais do que Clary percebera.

— Agora ele se foi, Jocelyn — disse Luke. — Sei que pode parecer quase impossível. Valentim sempre foi uma presença tão grandiosa, mesmo quando estava se escondendo. Mas ele realmente está morto.

— Mas meu filho não está — falou Jocelyn. — Você sabia que eu costumava pegar esta caixa e chorar sobre ela, todos os anos, no aniversário dele? Às vezes sonho com um garoto de olhos verdes, um garoto que nunca foi envenenado com o sangue demoníaco, um garoto capaz de rir, de amar e de ser humano, e era por esse garoto que eu chorava; mas esse garoto nunca existiu.

Pegava e chorava sobre ela, pensou Clary; ela sabia sobre qual caixa a mãe se referia. A tal caixa era um memorial a uma criança que havia morrido, embora ainda estivesse viva. A caixa continha cachos de cabelo do bebê, fotografias e um sapatinho minúsculo. Da última vez que Clary a vira, ela estava com o irmão. Valentim deve tê-la dado a ele, embora ela nunca pudesse compreender por que ele a guardara. Dificilmente era do tipo sentimental.

— Você vai ter que contar à Clave — observou Luke. — Se for algo relacionado a Sebastian, vão querer saber.

Clary sentiu o estômago gelar.

— Eu queria não ter que fazer isso — falou Jocelyn. — Queria poder jogar toda essa história numa fogueira. Odeio que isso seja minha culpa — desabafou. — E tudo que eu sempre quis foi proteger Clary. Porém o que mais me apavora por causa dela, por causa de todos nós, é que ele é alguém que não estaria vivo se não fosse por mim. — A voz de Jocelyn se tornou indiferente e amarga. — Eu deveria tê-lo matado quando era um bebê — disse e recostou-se, afastando-se de Luke de modo que Clary conseguiu ver o que havia na superfície da mesa da cozinha. Era a caixa de prata, exatamente como ela se recordava dela. Pesada, com uma tampa simples e as iniciais *J.C.* entalhadas na lateral.

O sol da manhã refletiu nos portões novos diante do Gard. Os antigos, imaginou Clary, tinham sido destruídos na batalha que arrasara grande parte do Gard e chamuscara as árvores ao longo da encosta. Dava para ver Alicante logo abaixo, depois dos portões, a água reluzente nos canais, as torres demoníacas estendendo-se até um ponto onde o sol as fazia cintilar feito mica brilhando na pedra.

O Gard em si tinha sido restaurado. O incêndio não destruíra os muros de pedra nem as torres, e o muro ainda o cercava, com os novos portões feitos do mais rígido e puro *adamas* que formava as torres demoníacas. Eles pareciam ter sido forjados à mão, com as linhas se curvando para circular o símbolo do Conselho — três *Cs* e um *P* dentro de um quadrado, que representavam o Conselho, a Clave, o Cônsul e o Pacto. A curva de cada letra tinha um símbolo de uma das divisões dos membros do Submundo. Uma lua crescente para os lobos, um livro de magia para os feiticeiros, uma flecha élfica para o povo fada e, para os vampiros, uma estrela.

Uma estrela. Clary não conseguira pensar em nada que simbolizasse os vampiros. Sangue? Presas? Mas havia algo de simples e elegante na estrela. Era reluzente na escuridão. Uma escuridão que nunca seria iluminada, e era solitária de um jeito que apenas criaturas imortais poderiam ser.

Clary sentia uma saudade tão grande de Simon que chegava a doer. Ela estava exausta após uma noite de pouco sono, e as reservas emocionais estavam baixas. O fato de sentir-se como se fosse o centro de uma centena de olhares hostis também não ajudava. Dezenas de Caçadores de Sombras perambulavam pelos portões, e a maioria era desconhecida. Muitos lançavam olhares disfarçados para Jocelyn e Luke; alguns vinham cumprimentá-los, enquanto outros ficavam para trás e observavam com curiosidade. Jocelyn parecia manter a calma com um pouco de esforço.

Mais Caçadores de Sombras estavam subindo a trilha ao longo da Colina de Gard. Aliviada, Clary reconheceu os Lightwood — Maryse na frente, com Robert ao lado dela; Isabelle, Alec e Jace vinham em seguida. Eles vestiam as roupas de luto brancas. Maryse parecia especialmente melancólica. Clary notou que ela e Robert caminhavam lado a lado, porém afastados, nem mesmo as mãos se tocavam.

Jace afastou-se do grupo e caminhou em direção a ela. Os olhares o acompanhavam conforme ele prosseguia, embora ele parecesse indiferente. Jace era famoso de um modo estranho entre os Nephilim: era o filho de Valentim que, na verdade, não tinha sido filho. Sequestrado por Sebastian, resgatado pela lâmina do Céu. Clary conhecia muito bem aquela história, bem como todos os outros próximos a Jace, mas os rumores cresceram como corais, ganhando camadas e novas tonalidades.

"... sangue do anjo..."

"... poderes especiais..."

"... ouvi que Valentim ensinou truques a ele..."

"... fogo em seu sangue..."

"... não serve para os Nephilim..."

Ela ouvia os murmúrios, mesmo enquanto Jace caminhava entre eles.

Era um dia claro de inverno, frio, porém ensolarado, e a luz destacava as mechas douradas e prateadas do cabelo de Jace e faziam Clary apertar os olhos conforme ele se aproximava dela no portão.

— Roupa de luto? — perguntou ele, e tocou a manga do casaco.

— Você está usando — observou ela.

— Não achei que você tivesse alguma.

— É de Amatis — falou Clary. — Olhe, eu tenho que te contar uma coisa.

Ele permitiu que ela o puxasse para o lado. Clary descreveu a conversa entre sua mãe e Luke a respeito da caixa.

— Sem dúvida é a caixa da qual me lembro. É a caixa que minha mãe tinha quando eu era criança, e a que estava no apartamento de Sebastian quando estive lá.

Jace passou uma das mãos pelas mechas finas do cabelo.

— Achei mesmo que houvesse alguma coisa — falou ele. — Maryse recebeu um recado de sua mãe hoje de manhã. — O olhar dele era íntimo. — Sebastian Transformou a irmã de Luke — acrescentou. — Ele fez isso de propósito, para magoar Luke e magoar sua mãe através de Luke. Ele a odeia. Deve ter vindo a Alicante para pegar Amatis, naquela noite que lutamos no Burren. Ele me contou o que ia fazer, quando nós estávamos ligados. Disse que ia raptar um Caçador de Sombras de Alicante, mas não disse qual.

Clary assentiu. Sempre era estranho ouvir Jace falar sobre o *eu* que ele tinha sido. O Jace que era amigo de Sebastian, mais que amigo, um aliado. O Jace que usava a pele e o rosto de Jace, mas que na verdade era alguém totalmente diferente.

— Ele deve ter trazido a caixa e deixado na casa dela — completou o garoto. — Ele saberia que sua família a encontraria um dia. Pensou nela como uma mensagem ou assinatura.

— É isso o que a Clave acha? — perguntou Clary.

— É isso o que eu acho — falou Jace, e se concentrou nela. — E você sabe que nós dois podemos interpretar Sebastian melhor do que eles podem ou poderão. Eles não o compreendem de modo algum.

— Sorte a deles.

O som de um sino ecoou, e os portões se abriram. Clary e Jace se juntaram aos Lightwood, a Luke e a Jocelyn na torrente de Caçadores de Sombras que se reuniam ali. Eles passaram pelos jardins externos da fortaleza, subiram alguns degraus, depois passaram por outro conjunto de portas e adentraram um corredor que terminava na câmara do Conselho.

Jia Penhallow, em trajes de Consulesa, parou à entrada da câmara enquanto Caçadores de Sombras se acomodavam, um após o outro. Originalmente, o cômodo era um anfiteatro: um semicírculo de bancos em camadas que davam para um estrado retangular na

CIDADE DO FOGO CELESTIAL

parte da frente da sala. Havia dois púlpitos no estrado: um para a Consulesa e um para o Inquisidor e, atrás dos púlpitos, duas janelas, retângulos imensos com vista para Alicante.

Clary sentou-se com os Lightwood e a mãe, enquanto Robert Lightwood se dirigia ao corredor central para assumir o lugar do Inquisidor. No estrado, atrás dos púlpitos, havia quatro cadeiras, e, nas costas altas de cada uma, havia um símbolo inscrito: um livro de magia, a lua, a flecha, a estrela. Os assentos para os integrantes do Submundo do Conselho. Luke deu uma olhada em seu assento, porém sentou-se ao lado de Jocelyn. Não era uma reunião plena do Conselho, com a presença de membros do Submundo. Luke não estava desempenhando uma função. Diante dos assentos fora erguida uma mesa coberta com veludo azul. Sobre o veludo, via-se um objeto longo e afiado, uma coisa que brilhava sob a luz das janelas. A Espada Mortal.

Clary olhou ao redor. A torrente de Caçadores de Sombras tinha diminuído para um gotejo; o cômodo estava praticamente cheio até o teto, que produzia ecos. Antigamente havia outras entradas além daquela do Gard. A abadia de Westminster tivera uma, ela sabia, bem como a Sagrada Família e a catedral de São Basílio, o Abençoado, mas todas foram fechadas com a invenção dos Portais. Ela não conseguia evitar se perguntar se era algum tipo de magia que evitava que a sala do Conselho transbordasse. Estava cheia como ela nunca vira, mas ainda assim havia assentos vazios quando Jia Penhallow subiu no estrado e bateu palmas com força.

— Por favor, prestem atenção, membros do Conselho — falou ela.

O silêncio se instaurou rapidamente, muitos dos Caçadores de Sombras estavam se inclinando para a frente. Os rumores tinham voado como pássaros em pânico, e havia uma eletricidade no ambiente, a corrente crepitante de pessoas desesperadas por informações.

— Bangcoc, Buenos Aires, Oslo, Berlim, Moscou, Los Angeles — falou Jia. — Atacadas em rápida sucessão, antes que os ataques pudessem ser informados. Antes que avisos pudessem ser dados. Em todos os Conclaves nessas cidades, tivemos Caçadores de Sombras capturados e Transformados. Uns poucos, lamentavelmente poucos, os muito velhos ou muito jovens, foram mortos. Os corpos foram abandonados para nós queimarmos, para acrescentarmos às vozes dos Caçadores de Sombras na Cidade do Silêncio.

Uma voz falou de uma das fileiras da frente. Uma mulher com cabelos pretos, o desenho prateado de uma carpa tatuado e se destacando na pele morena da bochecha. Clary raramente via Caçadores de Sombras com tatuagens que não fossem Marcas, mas não era um caso inédito.

— Você falou "Transformados" — observou ela. — Mas não quer dizer "destruídos"?

Jia enrijeceu a boca.

— Não quero dizer "destruídos" — falou. — Quero dizer "Transformados". Nós estamos falando dos Crepusculares, aqueles que Jonathan Morgenstern ou Sebastian, como ele prefere ser chamado, Transformou para desviar de seus fins como Nephilim usando o Cálice Infernal. Todos os Institutos receberam relatórios do ocorrido em Burren. A existência dos Crepusculares é algo sobre o qual sabíamos há algum tempo, mesmo que talvez houvesse aqueles que não queriam acreditar.

Um murmúrio circulou pela sala. Clary mal o ouviu. Estava consciente da mão de Jace ao redor da sua, mas ouvia o vento em Burren e via os Caçadores de Sombras se erguendo do Cálice Infernal e encarando Sebastian, com as Marcas do Livro Gray já desaparecendo da pele...

— Caçadores de Sombras não enfrentam Caçadores de Sombras — afirmou um homem idoso em uma das primeiras fileiras. Jace murmurou no ouvido de Clary que o sujeito era o líder do Instituto de Reykjavík. — É uma blasfêmia.

— *É* blasfêmia — concordou Jia. — Blasfêmia é o credo de Sebastian Morgenstern. O pai dele queria limpar o mundo dos Caçadores de Sombras. Sebastian quer algo muito diferente. Ele quer os Nephilim reduzidos a cinzas, e quer usar os Nephilim para fazer isso.

— Sem dúvida, se ele foi capaz de transformar os Nephilim em... em monstros, deveríamos ser capazes de encontrar um meio de transformá-los de volta — falou Nasreen Choudhury, a líder do Instituto de Mumbai, magnífica em seu sari branco decorado com símbolos. — Sem dúvida, não deveríamos desistir tão facilmente.

— O corpo de um dos Crepusculares foi encontrado em Berlim — disse Robert. — Estava ferido, provavelmente abandonado para morrer. Os Irmãos do Silêncio o estão examinando neste momento para ver se conseguem reunir alguma informação que talvez leve a uma cura.

— Qual dos Crepusculares? — perguntou a mulher com a tatuagem de carpa. — Ele tinha um nome antes de ser Transformado. Um nome de Caçador de Sombras.

— Amalric Kriegsmesser — disse Robert após um momento de hesitação. — A família já foi avisada.

Os feiticeiros do Labirinto Espiral estão trabalhando numa cura. A voz multidirecional e sussurrada de um Irmão do Silêncio ecoou no cômodo. Clary reconheceu Irmão Zachariah parado, com as mãos cruzadas, próximo ao estrado. Ao lado dele, Helen Blackthorn, vestida com a roupa branca de luto e parecendo ansiosa.

— Eles são feiticeiros — falou outra pessoa em tom indiferente. — Sem dúvida, não vão fazer melhor que nossos próprios Irmãos do Silêncio.

— Será que Kriegsmesser não pode ser interrogado? — interrompeu uma mulher alta com cabelo branco. — Talvez ele conheça o próximo passo de Sebastian, ou mesmo uma forma de curar sua condição...

Amalric Kriegsmesser mal está consciente; além disso, ele é um servo do Cálice Infernal, disse Irmão Zachariah. *O Cálice Infernal o controla completamente. Ele não tem vontade própria e, portanto, não tem vontade a ser quebrada.*

A mulher com a tatuagem de carpa voltou a falar em voz alta:

— É verdade que Sebastian Morgenstern está invulnerável agora? Que não pode ser morto?

Ouviu-se um murmúrio na sala. Jia falou, erguendo a voz:

— Como eu disse, não houve sobreviventes Nephilim do primeiro ataque. Mas o último foi no Instituto em Los Angeles e seis sobreviveram. Seis crianças. — Ela se virou. — Helen Blackthorn, por favor, traga as testemunhas.

Clary viu Helen assentir e desaparecer por uma porta lateral. Um instante depois, ela retornou; caminhava devagar e cuidadosamente agora, a mão nas costas de um garoto magro com cabelos castanhos ondulados e desgrenhados. Ele não podia ter mais de 12 anos. Clary o reconheceu imediatamente. Ela o tinha visto na nave do Instituto na primeira vez que encontrara Helen, o pulso preso no aperto da irmã mais velha, as mãos cobertas de cera porque estivera brincando com os tocos de vela que decoravam o interior da catedral. Ele tinha um sorriso travesso e os mesmos olhos azuis-esverdeados da irmã.

Julian, Helen o chamara. Seu irmão mais novo.

O sorriso travesso tinha esmorecido agora. O garoto parecia cansado, sujo e apavorado. Pulsos finos emergiam dos punhos de uma jaqueta de luto branca, com mangas curtas demais para ele. Carregava um menininho, provavelmente com não mais de 3 anos, com cachos castanhos embaraçados; parecia uma característica de família. As crianças restantes usavam roupas de luto similares emprestadas. Atrás de Julian havia uma garota de cerca de 10 anos, sua mão firmemente presa na mão de um menino da mesma idade. O cabelo da garota era castanho-escuro, mas o menino tinha cachos pretos embaraçados que praticamente obscureciam o rosto dele. Gêmeos fraternos, imaginou Clary. Depois deles, veio uma garota que poderia ter 8 ou 9 anos, com o rosto redondo e muito pálido entre tranças castanhas. Todos os Blackthorn — pois a semelhança de família era impressionante — pareciam admirados e assustados, menos Helen, cuja expressão era uma mistura de fúria e tristeza.

A infelicidade em seus rostos partiu o coração de Clary. Ela pensou no poder dos símbolos, desejando poder criar um que diminuísse o golpe da perda. As marcas de luto existiam, mas somente para homenagear os mortos, do mesmo modo que existiam símbolos de amor, como as alianças de casamento, para simbolizar o vínculo do amor. Você não poderia fazer alguém amar com uma marca, e não poderia diminuir a tristeza com um símbolo também. Tanta mágica, pensou Clary, e nada para emendar um coração partido.

— Julian Blackthorn — disse Jia Penhallow, e sua voz foi gentil. — Dê um passo à frente, por favor.

Julian engoliu em seco e acenou com a cabeça, entregando o menininho que segurava para a irmã mais velha. Ele deu um passo adiante, e seus olhos percorreram o salão. Era evidente que estava examinando o espaço em busca de alguém. Os ombros começavam a

443

se encolher quando outro vulto correu até o estrado. Uma garota, com mais ou menos 12 anos também e um emaranhado de cabelo louro-escuro que descia pelos ombros. Vestia um jeans e uma camiseta que não lhe cabiam muito bem, e a cabeça estava abaixada, como se não conseguisse suportar tantas pessoas olhando para ela. Era evidente que não queria estar ali (no estrado ou talvez até em Idris), mas no instante em que a viu, Julian pareceu relaxar. O olhar apavorado desapareceu de sua expressão enquanto ela caminhava para ficar ao lado de Helen, o rosto ainda abaixado e distante da multidão.

— Julian — disse Jia, com a mesma voz gentil —, você faria uma coisa para nós? Você pegaria a Espada Mortal?

Clary sentou-se muito ereta. Ela havia segurado a Espada Mortal; sentira o peso daquela arma. O frio, semelhante a ganchos em sua pele, arrancava a verdade de você. Ao segurar a Espada Mortal, você não conseguia mais mentir, mas a verdade, mesmo a verdade que você queria contar, era uma agonia.

— Eles não podem — murmurou ela. — Ele é apenas uma criança...

— Ele é o mais velho das crianças que escaparam do Instituto de Los Angeles — comentou Jace bem baixinho. — Eles não têm opção.

Julian acenou com a cabeça, os ombros magros esticados.

— Vou pegar.

Então Robert Lightwood passou por trás do púlpito e foi até a mesa. Ele ergueu a Espada e voltou, até parar na frente de Julian. O contraste entre eles era quase engraçado — o homem grande e de peito largo e o adolescente de cabelos selvagens e cheios.

Julian esticou uma das mãos e pegou a Espada. Quando os dedos apertaram ao redor do cabo, ele estremeceu, uma onda de dor rapidamente forçada para baixo. A garota loura atrás dele correu para a frente, e Clary captou um relance da expressão no rosto dela: fúria pura, antes de Helen segurá-la e puxá-la para trás.

Jia se ajoelhou. Era uma visão estranha, o garoto com a Espada, apoiado de um lado pela Consulesa, com as vestes se espalhando ao redor dela, e, do outro lado, pelo Inquisidor.

— Julian — disse Jia, e, embora sua voz fosse baixa, espalhava-se por toda a sala do Conselho. — Pode nos dizer quem está no estrado aqui com você hoje?

Em sua voz límpida de garoto, Julian falou:

— A senhora. O Inquisidor. Minha família: minha irmã Helen, Tiberius e Livia, Drusilla e Tavvy. Octavian. E minha melhor amiga, Emma Carstairs.

— E todos eles estavam com você quando o Instituto foi atacado?

Julian balançou a cabeça.

— Helen, não — disse ele. — Ela estava aqui.

— Pode nos contar o que viu, Julian? Sem esquecer nenhum detalhe?

Julian engoliu em seco. Ele estava pálido. Clary podia imaginar a dor que sentia, o peso da Espada.

— Foi à tarde — começou ele. — Estávamos praticando na sala de treinamento. Katerina estava nos ensinando. Mark observava. Os pais de Emma estavam numa patrulha rotineira na praia. Vimos um clarão de luz; pensei que fosse um relâmpago ou fogos de artifício. Mas... não era. Katerina e Mark nos deixaram e desceram para o primeiro andar. Disseram para ficarmos na sala de treinamento.

— Mas vocês não ficaram — falou Jia.

— Nós ouvíamos os sons de luta. E nos dividimos: Emma foi pegar Drusilla e Octavian, e eu fui até o gabinete com Livia e Tiberius para chamar a Clave. Tivemos que nos esgueirar pela entrada principal para chegar lá. Quando chegamos, eu o vi.

— Viu?

— Eu sabia que era um Caçador de Sombras, só que não. Ele estava usando uma capa vermelha, coberta com símbolos.

— Que símbolos?

— Eu não os conhecia, mas havia alguma coisa errada com eles. Não eram como os símbolos do Livro Gray. Ao olhar, eles me deram um tipo de enjoo. E ele puxou o capuz para trás; tinha cabelo branco, por isso no início pensei que fosse velho. Depois percebi que era Sebastian Morgenstern. Ele segurava uma espada.

— Você pode descrever a espada?

— Prateada, com um padrão de estrelas pretas na lâmina e no cabo. Ele a estendeu e... — A respiração de Julian saiu de uma vez, e Clary quase conseguiu sentir, sentir o horror da lembrança lutando contra a compulsão de contar, de reviver aquilo. Ela se inclinou, com as mãos em punhos, e mal percebeu que as unhas estavam se enterrando nas palmas. — Ele a segurou contra o pescoço do meu pai — prosseguiu o garoto. — Havia outros com Sebastian. Também estavam vestidos de vermelho...

— Caçadores de Sombras? — perguntou Jia.

— Eu não sei. — Julian começou a ficar ofegante. — Alguns usavam capas pretas. Outros, o uniforme, mas era vermelho. Nunca vi uniforme vermelho. Havia uma mulher, com cabelo castanho, e ela segurava um cálice que parecia o Cálice Mortal. Ela fez meu pai beber dele. Meu pai caiu e gritou. Também ouvi meu irmão gritando.

— Qual dos seus irmãos? — perguntou Robert Lightwood.

— Mark — respondeu Julian. — Vi quando começaram a passar pela entrada, e Mark se virou e gritou para nós corrermos para o andar de cima e fugirmos. Caí no degrau do alto, e, quando olhei para baixo, estavam se amontoando em cima dele... — Julian fez um som como se estivesse engasgando. E meu pai estava parado, e os olhos dele também estavam pretos, e ele começou a andar na direção de Mark, assim como o restante deles, como se nem o conhecesse...

445

A voz de Julian falhou, no mesmo instante em que a garota loura se soltou do aperto de Helen, se jogando entre Julian e a Consulesa.

— Emma! — chamou Helen, e deu um passo à frente, mas Jia esticou uma das mãos para mantê-la para trás. Emma estava com o rosto pálido e ofegante. Clary pensou que jamais tinha visto tanta raiva contida numa figura tão pequena.

— Deixem-no em paz! — berrou Emma, e abriu bem os braços, como se pudesse proteger Julian atrás de si, embora fosse bem mais baixa. — Vocês o estão torturando! Deixem-no em paz!

— Está tudo bem, Emma — falou Julian, embora a cor estivesse começando a voltar ao seu rosto, agora que não o interrogavam mais. — Eles precisam fazer isso.

Ela se virou para ele.

— Não. Não precisam. Eu estava lá também. Vi o que aconteceu. Façam comigo. — Ela esticou as mãos, como se implorando para colocarem a Espada ali. — Fui eu quem golpeou Sebastian no coração. Fui eu quem viu quando ele não morreu. Vocês deveriam estar perguntando *a mim!*

— Não — começou Julian, e depois Jia falou, ainda com voz gentil:

— Emma, nós *vamos* perguntar a você, a seguir. A Espada é dolorosa, mas não causa mal...

— Parem! — falou a garota. — Apenas parem. — E ela foi até Julian, que segurava a Espada com força. Era evidente que ele não tinha a intenção de entregá-la. O garoto balançava a cabeça para Emma, mesmo quando ela pôs as mãos sobre a ele, de modo que ambos estavam segurando a Espada agora.

— Eu golpeei Sebastian — falou Emma, e sua voz soou pelo cômodo. — E ele arrancou a adaga do peito, deu uma risada. E falou: "É uma pena que você não vá viver — falou para ela. — Viver para contar à Clave que Lilith me fortaleceu tremendamente. Talvez a Gloriosa pudesse pôr fim à minha vida. Uma pena para os Nephilim que não haja mais favores que possam pedir aos Céus, e que nenhuma das insignificantes armas de guerra que forjam na Cidadela Adamant possa me ferir agora."

Clary estremeceu. Ela ouviu Sebastian nas palavras de Emma e quase podia enxergá-lo parado diante de si. Conversas irromperam entre a Clave, abafando o que Jace falou a ela em seguida.

— Você tem certeza de que não errou o coração dele? — perguntou Robert, as sobrancelhas escuras franzidas.

Foi Julian quem respondeu:

— Emma não erra. — E pareceu ofendido, como se tivessem acabado de insultá-lo.

— Sei onde fica o coração — disse Emma, e se afastou de Julian com um passo para trás, lançando um olhar de raiva, mais que raiva, e sim mágoa, à Consulesa e ao Inquisidor. — Mas não acho que vocês saibam.

A voz se elevou, e a garota girou e saiu correndo do estrado, praticamente dando uma cotovelada em Robert ao passar. Desapareceu pela mesma porta por onde tinha entrado, e Clary ouviu a própria respiração se esvair entre os dentes — será que ninguém ia atrás da menina? Era evidente que Julian queria ir, mas, preso entre a Consulesa e o Inquisidor e carregando o peso da Espada Mortal, não conseguia se mexer. Helen procurava por ela com uma expressão de pura dor, e seus braços aninhavam o menino mais novo, Tavvy.

E então Clary ficou de pé. A mãe esticou a mão para ela, mas a garota já seguia apressada pelo corredor inclinado entre as fileiras de assentos. O corredor transformou-se em degraus de madeira; Clary fazia barulho ao subir neles, passando pela Consulesa, pelo Inquisidor, por Helen, até a porta lateral, indo atrás de Emma.

Ela quase derrubou Aline, que estava parada perto da porta aberta e observava, de cara feia, o que acontecia na sala do Conselho. A careta desapareceu quando ela viu Clary, e foi substituída por uma expressão de surpresa.

— O que você está fazendo?

— A garotinha — disse Clary, sem fôlego. — Emma. Ela correu aqui para trás.

— Eu sei. Tentei bloqueá-la, mas ela se afastou de mim. Ela simplesmente... — Aline suspirou e olhou para a sala do Conselho, onde Jia havia recomeçado a interrogar Julian. — Tem sido tão difícil para eles, para Helen e os outros. Você sabe que a mãe deles morreu há apenas alguns anos. Tudo que têm agora é um tio em Londres.

— Isso significa que vão mudar as crianças para Londres? Sabe, quando tudo isso acabar — questionou Clary.

Aline balançou a cabeça.

— Ofereceram ao tio a liderança do Instituto de Los Angeles. Acho que eles têm esperanças de que ele assuma o trabalho e crie os sobrinhos. No entanto, temo que ainda não tenha concordado. Provavelmente está em choque. Quero dizer, ele perdeu o sobrinho, o irmão... Andrew Blackthorn não está morto, mas poderia muito bem estar. De certo modo, é pior. — A voz dela era amarga.

— Eu sei — disse Clary. — Sei exatamente como é.

Aline olhou para ela com mais atenção.

— Suponho que sim — comentou ela. — É só que... Helen. Queria poder fazer mais por ela. Está se roendo de culpa por estar aqui comigo, e não em Los Angeles, quando o Instituto foi atacado. E está se esforçando tanto, mas não pode ser a mãe de todas aquelas crianças, e o tio não chegou aqui ainda, e tem Emma, que o Anjo a ajude. Ela nem mesmo tem um resquício de família...

— Eu gostaria de conversar com ela. Com Emma.

Aline pôs um cacho do cabelo para trás da orelha; o anel dos Blackthorn reluziu na mão direita.

— Ela não vai conversar com ninguém, a não ser com Julian.

— Deixe-me tentar — pediu Clary. —- Por favor.

Aline olhou para a expressão determinada no rosto de Clary e suspirou.

— Siga o corredor... o primeiro quarto à esquerda.

O corredor fazia uma curva depois da sala do Conselho. Clary ouvia as vozes dos Caçadores de Sombras diminuindo conforme caminhava. As paredes eram de pedra lisa, cobertas com tapeçarias que representavam cenas gloriosas da história dos Caçadores de Sombras. A primeira porta que apareceu à esquerda era de madeira, muito simples. Estava parcialmente aberta, mas Clary bateu levemente antes de abrir, para não surpreender quem estivesse lá dentro.

O quarto era simples, com revestimento de madeira e uma confusão de cadeiras, amontadas às pressas. Clary achou ali parecido com a sala de espera de um hospital. Tinha aquela sensação pesada no ar, de um local impermanente onde as pessoas enfrentavam a ansiedade e a tristeza em ambientes desconhecidos.

No canto do quarto, via-se uma cadeira apoiada na parede, e ali estava Emma. Parecia menor do que quando vista à distância. Vestia apenas a camiseta de mangas curtas, e nos braços nus era possível ver as Marcas, o símbolo da Clarividência na mão esquerda — então ela era canhota como Jace —, que pousava no cabo de uma espada curta sem bainha, no colo da menina. De perto, Clary podia ver que o cabelo de Emma era louro-claro, mas estava embaraçado e sujo o suficiente para parecer mais escuro. Em meio ao emaranhado de cabelo, a garota olhou com expressão de desafio.

— O quê? — disse ela. — O que você quer?

— Nada — retrucou Clary, e empurrou a porta, fechando-a atrás de si. — Apenas conversar com você.

Emma semicerrou os olhos, desconfiada.

— Você quer usar a Espada Mortal em mim? Me interrogar?

— Não. Já usaram a espada em mim, e foi horrível. Lamento por a terem usado no seu amigo. Acho que deveriam ter encontrado outro meio.

— Acho que deveriam confiar nele — falou Emma. — Julian não mente. — Ela olhou para Clary, como se a desafiando a discordar.

— Claro que não — disse Clary, e deu um passo para dentro do quarto; ela sentia como se estivesse tentando não assustar algum tipo de criatura selvagem, na floresta. — Julian é seu melhor amigo, não é?

Emma fez que sim com a cabeça.

— Meu melhor amigo também é um garoto. O nome dele é Simon.

— E onde ele está? — Os olhos de Emma se moveram para trás de Clary, como se ela esperasse que Simon subitamente se materializasse.

— Ele está em Nova York — respondeu Clary. — Sinto muita saudade dele.

Parecia que aquilo fazia todo o sentido.

— Uma vez Julian foi para Nova York — disse ela. — Eu senti saudade dele, então, quando ele voltou, eu o fiz prometer que não iria a parte alguma sem mim novamente.

Clary sorriu e se aproximou de Emma.

— Sua espada é bonita — falou ela, apontando para a arma apoiada no colo da garota.

A expressão de Emma se suavizou um pouco. Ela tocou a lâmina, gravada com um padrão delicado de folhas e símbolos. O guarda-mão era dourado, e na lâmina estavam entalhadas as palavras: *Eu sou Cortana, do mesmo aço e da mesma têmpera que Joyeuse e Durendal.*

— Era do meu pai. Tem passado de geração em geração na família Carstairs. É uma espada famosa — acrescentou ela, com orgulho. — Foi feita há muito tempo.

— Do mesmo aço e da mesma têmpera que Joyeuse e Durendal — disse Clary. — As duas são espadas famosas. Você sabe quem foram os donos dessas espadas?

— Quem?

— Heróis — disse Clary, e se ajoelhou no chão para poder olhar o rosto da garota.

Emma fez uma careta.

— Não sou um herói — retrucou ela. — Não fiz nada para salvar o pai de Julian nem Mark.

— Eu sinto muito — disse Clary. — Sei como é ver alguém de quem você gosta ir para as trevas. Ser transformado em outra pessoa.

Mas Emma estava balançando a cabeça.

— Mark não foi para as trevas. Eles o levaram embora.

Clary franziu a testa.

— Levaram embora?

— Não queriam que ele bebesse do Cálice por causa do sangue de fada — explicou Emma, e Clary se lembrou de Alec dizendo que havia um ancestral fada na árvore genealógica dos Blackthorn. Como se prevendo a pergunta seguinte de Clary, Emma falou, cansada:

— Apenas Mark e Helen têm sangue das fadas. A mãe deles era a mesma, mas ela os deixou com o Sr. Blackthorn quando eram pequenos. A mãe de Julian e dos outros não é a mesma.

— Ah — disse Clary, sem querer pressionar muito e sem desejar que a garota magoada pensasse que ela era apenas mais um adulto enxergando-a como uma fonte de respostas para suas perguntas e nada mais. — Eu conheço Helen. Mark se parece com ela?

— Sim. Helen e Mark têm orelhas um pouco pontudas e cabelo claro. Nenhum dos outros Blackthorn é louro. Eles têm cabelo castanho, menos Ty, e ninguém sabe por que ele tem cabelo preto. Livvy não tem e é a gêmea dele. — Um pouco de cor e animação tinha voltado ao rosto de Emma; era evidente que ela gostava de falar dos Blackthorn.

449

— Então eles não queriam que Mark bebesse do Cálice? — continuou Clary. Intimamente, ela estava surpresa por Sebastian se importar, de um jeito ou de outro. Ele nunca tivera a obsessão de Valentim com os membros do Submundo, embora não aparentasse gostar deles. — Talvez não funcione se você tiver o sangue de um integrante do Submundo.

— Talvez — disse Emma.

Clary esticou a mão e a colocou sobre a mão de Emma. Ela temia a resposta, mas precisava perguntar:

— Ele não Transformou seus pais, não é?

— Não... não — falou Emma, e a voz estava tremendo. — Eles estão mortos. Não estavam no Instituto; eles investigavam uma informação sobre atividade demoníaca. Os corpos foram levados para a praia depois do ataque. Eu poderia ter ido com eles, mas queria ficar no Instituto. Queria treinar com Jules. Se eu tivesse ido com eles...

— Se você tivesse ido, também estaria morta — observou Clary.

— Como você sabe? — indagou Emma, mas havia algo em seus olhos, alguma coisa que queria acreditar naquilo.

— Posso ver que você é uma boa Caçadora de Sombras — falou Clary. — Estou vendo suas Marcas. E vejo suas cicatrizes. E o modo como você segura a espada. Se é assim tão boa, só posso imaginar que eles realmente eram bons também. E algo capaz de matar os dois não poderia ser detido por você. — Ela tocou a espada de leve e concluiu: — Heróis nem sempre são os que vencem. Algumas vezes, são os que perdem. Mas eles continuam lutando, continuam voltando. Não desistem. É isso que faz deles heróis.

Emma inspirou de forma entrecortada, no mesmo instante em que uma batida soou à porta. Clary virou um pouco quando esta abriu, deixando a luz do corredor entrar, e também Jace. Ele sustentou o olhar dela e sorriu, se apoiando no batente. O cabelo era louro-dourado-escuro, e os olhos tinham um tom mais claro. Às vezes Clary acreditava-se capaz de ver o fogo dentro dele, iluminando os olhos, a pele e as veias, correndo pouco abaixo da superfície.

— Clary — chamou ele.

Ela pensou ter ouvido um gritinho atrás de si. Emma estava agarrando a espada e olhava de Clary para Jace com olhos muito arregalados.

— O Conselho terminou — explicou ele. — E não acho que Jia tenha ficado muito satisfeita por você ter corrido para cá.

— Então estou encrencada — falou Clary.

— Como sempre — disse Jace, mas o sorriso dele tirou qualquer irritação daquilo. — Estamos todos indo embora. Está pronta para ir?

Ela balançou a cabeça.

— Vou encontrar vocês na sua casa. Aí vão poder me contar o que aconteceu no Conselho. Ele hesitou.

— Peça a Aline ou Helen para irem com você — aconselhou, finalmente. — A casa da Consulesa fica no fim da rua, depois da casa do Inquisidor. — Ele fechou o zíper da jaqueta e saiu do quarto silenciosamente, fechando a porta.

Clary virou-se novamente para Emma, que ainda a fitava.

— Você conhece Jace Lightwood? — perguntou a garota.

— Eu... O quê?

— Ele é famoso — falou Emma, com espanto evidente. — Ele é o melhor Caçador de Sombras. O *melhor*.

— Ele é meu amigo — falou Clary, e percebeu que a conversa havia tomado um rumo inesperado.

Emma deu uma olhadela com ar superior.

— Ele é seu namorado.

— Como você...?

— Eu vi o modo como ele olhou para você — disse Emma —, e, de qualquer forma, todo mundo sabe que Jace Lightwood tem uma namorada, que se chama Clary Fairchild. Por que não me disse seu nome?

— Acho que não pensei que você fosse conhecê-lo — respondeu Clary, se afastando.

— Não sou idiota — retrucou Emma, com um ar de irritação que fez Clary se aprumar toda rapidamente antes que pudesse rir.

— Não. Não é não. Você é realmente esperta — disse Clary. — E fico feliz por saber quem sou, porque quero que saiba que pode vir falar comigo a qualquer hora. Não apenas sobre o que aconteceu no Instituto... sobre qualquer coisa que você queira. E pode falar com Jace também. Você precisa de orientação para saber onde nos encontrar?

Emma balançou a cabeça.

— Não — falou, com a voz baixa novamente. — Eu sei onde fica a casa do Inquisidor.

— Certo. — Clary cruzou as mãos, sobretudo para evitar abraçar a garota. Ela não achava que Emma fosse gostar daquilo. Clary virou-se em direção à porta.

— Se você é a namorada de Jace Lightwood, deveria ter uma espada melhor — disse Emma subitamente, e Clary baixou os olhos para a arma que havia pegado naquela manhã; uma espada antiga que tinha embalado juntamente aos pertences de Nova York.

Ela tocou o cabo.

— Esta não é boa?

Emma balançou a cabeça.

— De jeito nenhum.

A outra pareceu tão séria que Clary sorriu.

— Obrigada pela dica.

Capítulo 4

MAIS ESCUROS QUE OURO

Quando Clary bateu à porta da casa do Inquisidor, ela foi aberta por Robert Lightwood.

Por um instante ela congelou, sem saber o que dizer. Nunca havia conversado com o pai adotivo de Jace, jamais o conhecera muito bem. Ele sempre fora uma sombra em segundo plano, normalmente atrás de Maryse, com a mão na cadeira. Era um sujeito grande; cabelos escuros e barba bem-aparada. Ela não conseguia imaginar aquele homem sendo amigo de seu pai, embora soubesse que ele pertencera ao Ciclo de Valentim. Havia rugas demais no rosto dele, e o queixo era rijo demais para ela conseguir imaginá-lo jovem.

Quando ele a fitou, Clary notou que seus olhos tinham um tom azul-marinho tão escuro que ela sempre pensara serem pretos. A expressão dele não mudou; ela sentia a reprovação irradiando dele. E suspeitava que Jia não fosse a única pessoa aborrecida por ela ter fugido da reunião do Conselho e ido atrás de Emma.

— Se você está procurando por meus filhos, eles estão lá em cima. — Foi tudo que o homem disse. — No último andar.

Ela passou por ele e foi até a gigantesca sala principal. A casa, a qual fora oficialmente designada para o Inquisidor e sua família, era grandiosa em suas dimensões, com pés-direitos altos e móveis maciços de aparência cara. O espaço era grande o suficiente para ter arcadas em seu interior, uma escadaria imensa e magnífica, além de um lustre que pendia do teto e brilhava com uma luz encantada. Clary se perguntou onde Maryse estava e se ela gostava da casa.

— Obrigada — disse Clary.

Robert Lightwood deu de ombros e desapareceu nas sombras sem dizer mais nenhuma palavra. Clary subiu os degraus de dois em dois, passando por vários patamares até chegar ao último andar, que ficava a um lance da escada íngreme do sótão que levava a um corredor. Havia uma porta entreaberta ao final do corredor; Clary ouvia vozes do outro lado.

Com uma batida leve, ela entrou. As paredes do sótão eram brancas e havia um imenso guarda-roupa no canto, com ambas as portas abertas: as roupas de Alec, práticas e um pouco gastas, estavam penduradas de um lado, e as de Jace, pretas e cinzas, como novas, do outro. Os uniformes de ambos estavam cuidadosamente dobrados na parte de baixo.

Clary esboçou um sorriso; mas não tinha muita certeza do motivo. Havia algo de adorável na ideia de Alec e Jace dividindo um quarto. Ela se perguntou se um mantinha o outro acordado durante as conversas à noite, do mesmo jeito como ela e Simon sempre faziam.

Alec e Isabelle estavam sentados no peitoril da janela. Atrás deles, dava para ver as cores do pôr do sol cintilando na água do canal abaixo. Jace estava esparramado sobre uma das camas de solteiro, as botas plantadas de modo desafiador na colcha de veludo.

— Acho que eles querem dizer que não podem simplesmente ficar esperando que Sebastian ataque outros Institutos — falava Alec. — Que isso seria se esconder. Caçadores de Sombras não se escondem.

Jace esfregou a bochecha no ombro; parecia cansado; o cabelo claro todo bagunçado.

— Parece que a gente está se escondendo — falou. — Sebastian está lá fora; nós, aqui. Com barreiras duplas. Todos os Institutos foram evacuados. Ninguém para proteger o mundo dos demônios. *Quem vigia os vigilantes?*

Alec suspirou e esfregou o rosto.

— Com sorte, não vai demorar muito.

— Difícil imaginar o que aconteceria — disse Isabelle. — Um mundo sem Caçadores de Sombras. Demônios por toda parte, membros do Submundo atacando uns aos outros.

— Se eu fosse Sebastian... — começou Jace.

— Mas você não é. Você não é Sebastian — falou Clary.

Todos olharam para ela. Alec e Jace não eram nem um pouco parecidos, pensou Clary, mas de vez em quando havia uma semelhança no modo como eles olhavam ou nos gestos que a fazia se lembrar que tinham sido criados juntos. Ambos pareciam curiosos e um pouco preocupados. Isabelle parecia mais cansada e irritada.

— Você está bem? — perguntou Jace, como se fosse um cumprimento, e lhe ofereceu um sorriso torto. — Como está Emma?

— Arrasada — respondeu Clary. — O que aconteceu depois que eu saí da reunião?

453

— O interrogatório praticamente acabou — comentou Jace. — É óbvio que Sebastian está por trás dos ataques, e ele tem uma força considerável de guerreiros Crepusculares que o apoiam. Ninguém sabe exatamente quantos são, mas devemos supor que todos os desaparecidos foram Transformados.

— Ainda assim, temos quantidades muito maiores — observou Alec. — Ele tem suas forças originais e os seis Conclaves que Transformou; nós temos todos os outros.

Havia alguma coisa nos olhos de Jace que os deixou mais escuros que ouro.

— Sebastian sabe disso — murmurou ele. — Ele conhecerá suas forças, até o último guerreiro. E vai saber exatamente o que é capaz ou não de rivalizar.

— Nós temos o Submundo do nosso lado — completou Alec. — É por isso que haverá a reunião amanhã. Não é? Conversar com os representantes, fortalecer nossas alianças. Agora que sabemos o que Sebastian está fazendo, podemos criar uma estratégia, atingi-lo com as Crianças Noturnas, com as Cortes, os feiticeiros...

Os olhos de Clary encontraram os de Jace em comunicação silenciosa. *Agora que sabemos o que Sebastian está fazendo, ele fará outra coisa. Alguma coisa que ainda não imaginamos.*

— E então todos falaram sobre Jace — disse Isabelle. — Aí, você sabe, foi o de sempre.

— Sobre Jace? — Clary se apoiou contra o pé da cama de Jace. — O que falaram sobre ele?

— Houve muita discussão para concluir se Sebastian estava basicamente invulnerável agora, se há meios de feri-lo e de matá-lo. A Gloriosa poderia ter feito isso por causa do fogo celestial, mas atualmente a única fonte de fogo celestial é...

— Jace — concluiu Clary, com expressão sombria. — Mas os Irmãos do Silêncio tentaram de *tudo* para separar Jace do fogo celestial, e eles não conseguem fazer isso. Está impregnado na *alma* dele. Então qual é o plano deles, bater na cabeça de Sebastian com Jace até ele desmaiar?

— Irmão Zachariah disse praticamente a mesma coisa — comentou Jace. — Talvez com menos ironia.

— Enfim, eles destrincharam os meios de capturar Sebastian sem matá-lo... Se podem destruir todos os Crepusculares, se ele pode ficar preso em algum lugar ou de algum modo, isso não importa tanto se ele não puder ser morto — completou Alec.

— Minha sugestão é que o coloquem num caixão de *adamas* e joguem no mar — disse Isabelle.

— Mas então, quando terminaram de falar sobre mim, o que sem dúvida foi a melhor parte — continuou Jace —, voltaram rapidamente a discutir sobre meios de curar os Crepusculares. Eles estão pagando uma fortuna ao Labirinto Espiral para tentar descobrir o feitiço que Sebastian usou para criar o Cálice Infernal e realizar o ritual.

— Eles precisam parar de se preocupar em curar os Crepusculares e começar a pensar em como derrotá-los — disse Isabelle, com voz firme.

454

— Muitos deles conhecem as pessoas que foram Transformadas, Isabelle — rebateu Alec. — Sem dúvida, querem que elas voltem.

— Bem, eu quero meu irmão caçula de volta — disse Isabelle, elevando a voz. — Eles não entendem o que Sebastian fez? Ele os *matou*. Ele matou o que havia de humano neles, e deixou demônios andando por aí na pele das pessoas que conhecíamos; é tudo...

— Fale *baixo* — pediu Alec, com o tom-determinado-de-irmão-mais-velho. — Você sabe que mamãe e papai estão em casa, não é? Eles vão subir.

— Ah, eles estão aqui — disse Isabelle. — O mais longe possível um do outro, dentro do quarto, mas ainda estão aqui.

— Não é problema nosso onde dormem, Isabelle.

— Eles são nossos *pais*.

— Mas têm as próprias vidas — censurou Alec. — E temos que respeitar e ficar fora disso. — Sua expressão ficou sombria. — Muita gente se separa quando um filho morre.

Isabelle soltou um pequeno suspiro.

— Izzy? — Alec pareceu perceber que fora longe demais. As referências a Max pareciam deixar Isabelle mais arrasada que quaisquer dos outros Lightwood, incluindo Maryse.

Isabelle deu meia-volta e saiu correndo do cômodo, batendo a porta atrás de si.

Alec passou os dedos pelo cabelo, deixando-os arrepiados feito penugem de pato.

— Mas que droga — xingou ele, depois corou. Alec raramente xingava, e costumava falar baixinho quando o fazia. O garoto lançou um olhar de desculpas a Jace e foi atrás da irmã.

Jace suspirou, girou as pernas compridas para sair da cama e ficou de pé. Então se espreguiçou como um gato, estalando os ombros.

— Acho que essa é a deixa para eu levar você para casa.

— Eu posso ir sozinha...

Ele balançou a cabeça e tateou para pegar a jaqueta na cabeceira da cama. Havia algo de impaciente em seus movimentos, alguma coisa observando e à espreita que fazia a pele de Clary pinicar.

— Eu quero sair daqui, de qualquer forma. Ande. Vamos embora.

— Já faz uma hora. Pelo menos, uma hora. Eu juro — disse Maia. Ela estava deitada no sofá do apartamento de Jordan e Simon, com os pés descalços no colo de Jordan.

— Não deveria ter pedido comida tailandesa — argumentou Simon, indiferente. Ele estava sentado no chão e mexia no controle do Xbox. Ele não funcionava havia dias. Tinha uma tora artificial Duraflame na lareira, que estava malconservada, como todo o restante no apartamento, e que quase sempre enfumaçava o cômodo quando era acesa. Jordan sempre reclamava do frio, das rachaduras nas janelas e paredes, e do desinteresse do proprietário em consertar alguma coisa. — Eles nunca chegam na hora.

Jordan sorriu com bom humor.

— E você se importa? Você nem come.

— Agora eu posso beber — observou Simon. Era verdade. Ele havia treinado o estômago para aceitar a maioria dos líquidos: leite, café, chá, embora alimentos sólidos ainda o fizessem ter ânsia de vômito. Ele duvidava que a bebida servisse para nutri-lo; apenas o sangue parecia capaz de fazer isso, no entanto ele se sentia mais humano quando consumia em público alguma coisa que não fazia todo mundo gritar. Com um suspiro, ele deixou o controle cair. — Acho que esta coisa está quebrada. De vez. O que é ótimo, porque não tenho dinheiro para substituir.

Jordan olhou para ele com ar curioso. Simon havia trazido todas as economias de casa quando se mudara, mas não fora muita coisa. Felizmente, ele tinha poucas despesas. O apartamento era emprestado da Praetor Lupus, que também fornecia sangue para Simon.

— Eu tenho dinheiro — disse Jordan. — Vamos ficar bem.

— É o seu dinheiro, não o meu. Você não vai ficar tomando conta de mim para sempre — ponderou Simon, e fitou as chamas azuis na lareira. — E depois o quê? Vou me inscrever na faculdade logo se... tudo não acontecer. Escola de música. Eu poderia estudar, arrumar um emprego. Ninguém vai me empregar agora. Pareço ter 16 anos; e sempre vou parecer.

— Hum — murmurou Maia. — Acho que vampiros não têm empregos de verdade, têm? Quero dizer, alguns lobisomens têm... Morcego é DJ, e Luke é dono daquela livraria. Mas vampiros vivem em clãs. Não há, de fato, vampiros cientistas.

— Nem vampiros músicos — observou Simon. — Vamos encarar os fatos. Minha carreira agora é a de vampiro profissional.

— Na verdade, estou meio surpresa pelo fato de os vampiros não estarem destruindo as ruas nem comendo os turistas com Maureen como líder — comentou Maia. — Ela é bem sanguinária.

Simon fez uma careta.

— Imagino que alguns vampiros do clã estejam tentando controlá-la. Provavelmente Raphael. Lily... Ela é uma das vampiras mais inteligentes do clã. Sabe tudo. Ela e Raphael sempre foram muito grudados. Mas não tenho exatamente amigos vampiros. Considerando que sou um alvo, algumas vezes fico surpreso por ter *algum* amigo.

Ele ouviu a amargura na própria voz e ficou observando o cômodo, os retratos que Jordan pregara na parede: retratos dele com os amigos, na praia, com Maia. Simon pensara em pendurar as próprias fotos. Embora não tivesse trazido nenhuma de casa, Clary tinha algumas. Ele poderia pegar emprestadas, deixar o apartamento mais com a cara dele. No entanto, embora gostasse de morar com Jordan e se sentisse à vontade ali, não era seu lar. Não parecia permanente, como se ele pudesse ter uma vida ali.

— Eu nem mesmo tenho uma cama — falou ele em voz alta.

Maia virou a cabeça na direção dele.

— Simon, qual é o problema? É porque Isabelle foi embora?

Simon deu de ombros.

— Não sei. Quero dizer, sim, eu sinto falta de Izzy, mas... Clary diz que nós dois precisamos ter uma DR.

— Ai, discutir a relação — falou Maia ao perceber o olhar confuso de Jordan. — Você sabe, para decidir se vão assumir que são namorados. E, por falar no assunto, você deveria fazer isso.

— Por que todo mundo conhece essa sigla, menos eu? — perguntou-se Simon em voz alta. — Será que Isabelle *quer* ser minha namorada?

— Não sei dizer — falou Maia. — Ética feminina. Pergunte a ela.

— Izzy está em Idris.

— Pergunte quando ela voltar. — Simon ficou calado, e Maia acrescentou, mais gentil: — Ela vai voltar, e Clary também. É só uma reunião.

— Não sei. Os Institutos não estão seguros.

— Nem vocês estão — observou Jordan. — Por isso precisam de mim.

Maia olhou para Jordan. Havia alguma coisa estranha no olhar, algo que Simon não conseguia identificar. Há algum tempo estava rolando um climão entre Maia e Jordan; Maia meio distante dele, os olhos questionadores quando ela olhava para o namorado. Simon esperava que Jordan fosse contar alguma coisa para ele, mas Jordan não o fez. Simon se perguntava se Jordan estava percebendo o distanciamento de Maia — era óbvio — ou se ele se negava teimosamente a reconhecer.

— Você ainda seria um Diurno? — perguntou Maia, e voltou a atenção para Simon. — Se pudesse mudar?

— Não sei. — Simon havia se perguntado a mesma coisa, mas daí afastara a ideia; não fazia sentido se preocupar com isso se não dava para mudar. Ser um Diurno significava ter ouro nas veias. Outros vampiros queriam isso, pois se bebessem seu sangue, poderiam caminhar sob o sol. Mas também haveria muitos outros desejando destruir você, pois a maior parte dos vampiros acreditava que os Diurnos eram uma abominação a ser eliminada. Simon se lembrou das palavras de Raphael para ele no telhado de um hotel de Manhattan. *E é melhor rezar, Diurno, para não perder a Marca antes da guerra. Pois se isso acontecer, haverá uma fila de inimigos esperando pela chance de matá-lo. E eu serei o primeiro.*

E ainda assim.

— Eu sentiria falta do sol — falou ele. — Isso me mantém humano, acho.

A luz da lareira iluminou os olhos de Jordan quando ele fitou Simon.

— Ser humano é superestimado — disse, com um sorriso.

Maia girou e tirou os pés das pernas de Jordan abruptamente. Ele olhou para ela, preocupado, no exato instante em que a campainha tocou.

457

Simon se levantou num instante.

— É a entrega do restaurante — anunciou ele. — Vou pegar. Além disso — emendou, por cima do ombro, enquanto caminhava pelo corredor até a porta de entrada —, ninguém tentou me matar em duas semanas. Talvez tenham ficado entediados e desistido.

Ele ouviu o murmúrio de vozes atrás de si, mas não prestou atenção; eles estavam falando um com o outro. Girou a maçaneta e abriu a porta com força, já fuçando no bolso em busca da carteira.

E sentiu uma pancada contra o peito. Simon olhou para baixo e viu o pingente de Isabelle brilhando em tom escarlate, então se jogou para trás, para se desviar da mão que se lançava para agarrá-lo. Ele deu um berro — um vulto usando uniforme vermelho se agigantava na entrada, um Caçador de Sombras com manchas feias de símbolos em ambas as bochechas, um nariz aquilino e uma testa larga e pálida. Ele rosnou para Simon e avançou.

— Simon, *abaixe*-se! — gritou Jordan, e Simon se jogou no chão e rolou para o lado assim que a seta da besta explodiu no corredor. O Caçador de Sombras maligno girou para o lado com velocidade praticamente inacreditável; a seta fincou na porta. Simon ouviu Jordan xingar, frustrado, e então Maia, já na forma de lobo, saltou no Crepuscular.

Ouviu-se um uivo satisfatório de dor quando os dentes dela cravaram no pescoço do Caçador de Sombras maligno. O sangue jorrou e preencheu o ambiente com uma névoa vermelha salgada; Simon a inalou, provou o gosto travoso e amargo do sangue demoníaco quando se pôs de pé. Ele deu um passo à frente bem quando a criatura crepuscular agarrou Maia e a jogou pelo corredor, uma bola com garras e dentes, que uivava e apanhava.

Jordan gritou. Simon emitia um ruído baixo na garganta, uma espécie de sibilo de vampiro, e sentia as presas se liberando. O Crepuscular deu um passo à frente, vertendo sangue, porém ainda equilibrado. Simon sentiu uma pontada de medo no fundo do estômago. Ele vira como os soldados de Sebastian lutaram em Burren e sabia que eram mais fortes, velozes e difíceis de se matar que os Caçadores de Sombras. Ele não tinha pensado de fato em como era mais difícil matá-los em relação aos *vampiros*.

— Saia do caminho! — Jordan agarrou Simon pelos ombros e praticamente o jogou para trás de Maia, que se levantara com algum esforço. Havia sangue nos pelos do pescoço, e os olhos de lobo estavam dilatados por causa da raiva. — Saia daqui, Simon. Deixe que a gente lide com isso. *Vá embora!*

Simon não se moveu.

— Eu não vou... Ele está aqui por minha causa...

— *Eu sei disso!* — gritou Jordan. — Sou seu guardião da Praetor Lupus. Agora *me deixe fazer meu trabalho!*

Jordan girou no lugar e ergueu a besta novamente. Desta vez, a seta afundou no ombro do Caçador de Sombras maligno, que cambaleou para trás e soltou uma sequência de palavrões em um idioma que Simon não compreendia. Alemão, pensou ele. O Instituto de Berlim fora atingido...

Maia pulou por cima de Simon, e ela e Jordan se aproximaram do Caçador de Sombras maligno. Jordan virou o rosto para trás uma vez para olhar Simon, e os olhos cor de avelã estavam cruéis e selvagens. Simon acenou com a cabeça e correu de volta à sala de estar. Ele abriu violentamente a janela — que cedeu com um guincho cruel de madeira dilatada e uma explosão de lascas de tinta velha — e subiu até a saída de incêndio, onde os acônitos de Jordan, ressecados pelo ar do inverno, lotavam o parapeito de metal.

Cada parte dele gritava que ele não deveria ir embora, mas havia prometido a Isabelle, prometera que deixaria Jordan fazer o trabalho de guarda-costas, prometera que não seria um alvo. Ele segurou o pingente de Izzy, quente sob os dedos, como se tivesse estado no pescoço dela recentemente, e desceu correndo os degraus de metal. Eles tiniam e escorregavam por causa da neve; ele quase caíra algumas vezes antes de alcançar o último degrau e pular para a calçada sombria abaixo.

Imediatamente, foi cercado por vampiros. Simon teve tempo de reconhecer apenas dois deles como parte do clã do Hotel Dumort — Lily, delicada, com cabelos escuros, e o louro Zeke, ambos sorrindo como demônios — antes de sentir alguma coisa lhe acertando a cabeça. Um pedaço de pano foi puxado com força ao redor do pescoço, e ele engasgou, não porque precisasse de ar, mas por causa da dor por ter o pescoço apertado.

— Maureen manda lembranças — disse-lhe Zeke ao ouvido.

Simon abriu a boca para gritar, mas a escuridão o dominou antes que pudesse emitir algum som.

— Eu não percebi que você era tão famoso — observou Clary, enquanto ela e Jace caminhavam pela calçada estreita ao longo do Canal Oldway. A noite se aproximava, o cair da escuridão tinha acabado de acontecer, e as ruas estavam cheias de pessoas correndo de um lado para outro, embrulhadas em casacos grossos, com os rostos frios e fechados.

As estrelas começavam a sair, delicados pontinhos de luz pelo céu a leste. Elas iluminaram os olhos de Jace quando ele olhou para Clary por cima do ombro, com expressão de curiosidade.

— Todo mundo conhece o filho de Valentim.

— Eu sei, mas... quando Emma te viu, agiu como se você fosse a paixonite famosa dela. Como se você estivesse na capa de uma revisa sobre os *Caçadores de Sombras* todo mês.

— Sabe, quando eles me pediram para posar, disseram que seria de bom gosto...

— Desde que você estivesse segurando a lâmina serafim em posição estratégica, não vejo problema — completou Clary, e Jace riu, um som entrecortado que indicava que ela o surpreendera fazendo graça. Era a risada favorita dela. Jace sempre era tão controlado;

ainda era um prazer ser uma das poucas pessoas capazes de adentrar na armadura cuidadosamente construída e surpreendê-lo.

— Você gostou dela, não foi? — perguntou Jace.

Confusa, Clary falou:

— Gostou de quem?

Eles estavam passando por uma praça da qual ela se recordava, tinha calçamento de
pedra, com um poço no centro, agora coberto com uma tampa circular feita de pedra,
provavelmente para evitar que a água congelasse.

— Daquela garota. Emma.

— Havia algo nela — reconheceu Clary. — No modo como ela protegeu o irmão de
Helen, talvez. Julian. Ela faria qualquer coisa por ele. Emma realmente ama os Blackthorn
e perdeu todos os outros.

— Você se identificou com ela.

— Não acho que seja isso — concluiu Clary. — Acho que talvez ela tenha feito eu
me lembrar de *você*.

— Porque sou baixinho, louro e fico bem de marias-chiquinhas?

Clary o empurrou com o ombro. Eles tinham chegado ao alto de uma rua ladeada de
lojas. Estavam fechadas agora, embora a pedra de luz enfeitiçada brilhasse entre as janelas
gradeadas. Clary tinha a sensação de estar em um sonho ou conto de fadas, uma sensação
que Alicante nunca deixara de lhe dar: o céu vasto acima, os edifícios antigos entalhados
com cenas de lendas e, acima de tudo, as torres demoníacas transparentes, que conferiam a
Alicante sua denominação vulgar: a Cidade de Vidro.

— Porque — emendou ela, enquanto passavam por uma loja com fatias de pão em-
pilhadas na vitrine — ela perdeu a família consanguínea. Mas tem os Blackthorn. Ela não
tem mais ninguém, nem tias nem tios, ninguém para recebê-la, mas os Blackthorn vão fazer
isso. Então ela terá que aprender o que você aprendeu: que família não é sangue. São as
pessoas que te amam. As pessoas que te protegem. Como os Lightwood, para você.

Jace tinha parado de caminhar. Clary deu meia-volta para encará-lo. A multidão de
pedestres tinha se dividido ao redor deles. Jace estava parado diante da entrada para um
beco estreito perto de uma loja. O vento que soprava na rua bagunçava seu cabelo louro e
esvoaçava a jaqueta aberta; Clary via a pulsação na garganta dele.

— Venha cá — pediu Jace, e a voz estava rouca.

Clary deu um passo até ele, com um pouco de cautela. Será que tinha dito alguma coisa
que o aborrecera? No entanto, Jace raramente se zangava com ela, e, quando isso acontecia,
ele falava sem rodeios. Jace esticou a mão, pegou a dela com delicadeza e a puxou atrás de
si enquanto contornava o prédio e se enfiava nas sombras de uma passagem estreita que se
abria para um canal ao longe.

CIDADE DO FOGO CELESTIAL

Não havia mais ninguém na passagem com eles, e a entrada estreita bloqueava a vista da rua. O rosto de Jace era todo anguloso na escuridão: maçãs do rosto acentuadas, boca macia e os olhos dourados de um leão.

— Eu te amo — disse ele. — Não digo isto com frequência suficiente. Eu te amo.

Ela se encostou na parede. A pedra era fria. Em outras circunstâncias, teria sido desconfortável, mas, no momento, Clary não se importava. Ela o puxou para si com cuidado, até os corpos estarem alinhados, embora sem se tocar, mas tão próximos que ela podia sentir o calor irradiando dele. Claro que ele não precisava fechar a jaqueta com o zíper, não com o fogo ardendo em suas veias. O cheiro de pimenta-do-reino, sabonete e ar frio o envolvia enquanto Clary encostava o rosto no ombro dele e respirava fundo.

— Clary — continuou ele. A voz um murmúrio e um alerta. Ela percebia a aspereza da saudade na voz dele, saudade do conforto físico resultante da intimidade, de qualquer toque. Com cuidado, ele esticou as mãos ao redor dela e apoiou as palmas na parede de pedra, prendendo-a no espaço criado pelos braços. Clary sentiu a respiração em seus cabelos, o roçar delicado do corpo contra o dela. Cada centímetro parecia supersensível; onde quer que ele a tocasse, era como se minúsculas agulhas de dor e prazer estivessem sendo arrastadas por sua pele.

— Por favor, não diga que você me puxou para um beco, que está me tocando e *não* planeja me beijar porque não acho que eu vá ser capaz de suportar isso — comentou ela num tom baixo.

Ele fechou os olhos. Dava para notar os cílios escuros pairando sobre as bochechas, e Clary se lembrou da sensação de delinear o formato do rosto dele com os dedos, do peso do corpo dele sobre o dela, do modo como a pele de Jace ficava contra a dela.

— Não vou te beijar — respondeu ele, e Clary sentiu a aspereza obscura sob o deslizar macio costumeiro da voz dele. Doçura se sobrepondo a alfinetadas. Eles estavam próximos o suficiente, a ponto de Jace inspirar e Clary sentir o peito dele se expandindo. — Nós não podemos.

Ela pôs a mão no peito dele; o coração batendo como asas engaioladas.

— Leve-me para casa, então — murmurou ela, e se inclinou para roçar os lábios no cantinho da boca de Jace. Ou pelo menos ela queria ter roçado, como um bater de asas de borboleta de lábios nos lábios, no entanto ele se inclinou e seu movimento mudou o ângulo rapidamente; ela acabou por tocá-lo com mais força que o pretendido, os lábios deslizando para o centro dos dele. Clary sentiu quando ele soltou o ar, surpreso, de encontro a sua boca, e então eles estavam se beijando, se beijando de verdade, de modo maravilhosamente lento, quente e intenso.

Leve-me para casa. Mas ali era a casa dela, os braços de Jace, o vento frio de Alicante nas roupas, os dedos procurando a nuca dele, o local onde o cabelo se enrolava suavemente contra a pele. As mãos dele ainda estavam espalmadas na pedra atrás de Clary, porém ele

461

estava movimentando o corpo contra o dela, pressionando-a delicadamente contra a parede; dava para ouvir o murmúrio rouco da respiração dele. Jace não a tocaria com as mãos, mas ela podia tocá-lo, então Clary permitiu que suas mãos corressem livremente sobre o volume dos braços, pelo peito dele, traçando os contornos dos músculos, pressionando para agarrar as laterais do corpo de Jace até a camiseta dele enrugar sob seus dedos. As pontas dos dedos tocaram a pele nua, então ela deslizou as mãos por baixo da camiseta; e ela não o tocava assim há tanto tempo que quase se esquecera de como a pele era macia onde não havia cicatrizes, de como os músculos nas costas saltavam ao toque. Jace suspirou dentro da boca de Clary, e tinha gosto de chá, chocolate e sal.

Ela assumira o controle do beijo. E agora o sentia tenso enquanto ele retomava o controle e lhe mordia o lábio inferior até Clary estremecer, mordiscando-lhe o canto da boca, beijando ao longo do contorno do queixo para sugar o local da pulsação no pescoço e engolir os batimentos cardíacos disparados. A pele dele ardia sob as mãos dela, *queimava...*

Ele se afastou, girando para trás quase como se estivesse bêbado e batendo na parede oposta. Os olhos estavam arregalados, e, por um momento vertiginoso, Clary acreditou ter visto chamas neles, como fogos gêmeos na escuridão. Então a luz os abandonou, e ele ficou ofegante como se tivesse corrido, pressionando as palmas das mãos contra o próprio rosto.

— Jace — disse Clary.

Ele baixou as mãos.

— Olhe a parede atrás de você — falou em voz baixa.

Ela se virou — e encarou com surpresa. Atrás de si, onde Jace tinha se apoiado, havia duas marcas chamuscadas na pedra. No formato exato das mãos dele.

A Rainha Seelie estava deitada na cama e ergueu o olhar para o teto de pedra do quarto. Ele se contorcia com treliças suspensas de rosas, espinhos ainda intactos, cada flor perfeita num tom vermelho-sangue. Todas as noites elas murchavam e morriam, e todas as manhãs eram substituídas, tão frescas quanto no dia anterior.

As fadas dormiam pouco, raramente sonhavam, mas a Rainha gostava da cama confortável. Era um imenso divã de pedra, com um colchão de penas e coberta com grossas camadas de veludo e cetim escorregadio.

— A senhora já se machucou num dos espinhos, Vossa Majestade? — perguntou o garoto ao lado da cama dela.

Ela se virou para Jonathan Morgenstern, esparramado entre as cobertas. Embora ele tivesse pedido para ser chamado de Sebastian, o que ela respeitava... afinal nenhuma fada permitiria que outra pessoa a chamasse pelo nome verdadeiro. Ele estava deitado de bruços, a cabeça apoiada nos braços cruzados, e, mesmo sob a pouca luz, era possível ver as marcas antigas de chicote ao longo das costas.

A Rainha sempre fora fascinada pelos Caçadores de Sombras — eles eram meio anjos, assim como o povo fada; sem dúvida devia haver um parentesco entre eles —, mas ela nunca havia imaginado que encontraria um cuja personalidade pudesse ser tolerada por mais de cinco minutos, até Sebastian aparecer. Todos eram tão terrivelmente hipócritas. Menos Sebastian. Ele era muito incomum para um humano e, sobretudo, para um Caçador de Sombras.

— Não tão frequentemente quanto você se corta com seus gracejos, penso eu, meu querido — respondeu ela. — Sabe que não gosto de ser chamada de "Vossa Majestade", mas apenas de "Lady" ou "Milady", se preferir.

— Você não parece se importar quando me refiro a você como minha "bela" ou "minha bela dama". — O tom não era de penitência.

— Hum — disse ela, passando os dedos finos pela massa de cabelo prateado. Ele tinha uma cor adorável para um mortal: cabelo como uma lâmina, olhos de ônix. Ela se recordou da irmã dele, tão diferente e nem de perto tão elegante. — O sono foi reparador? Você está cansado?

Ele se deitou de costas e sorriu para ela.

— Não tão cansado, acho.

Ela se inclinou para beijá-lo, e ele esticou a mão para enrolar os dedos nos cabelos ruivos dela. Fitou um cacho, escarlate contra a pele dos nós dos dedos repletos de cicatrizes, e roçou o cacho em sua bochecha. Antes que ela pudesse dizer mais uma palavra, ouviu-se uma batida à porta do quarto.

A Rainha gritou:

— O que é? Se não for uma questão importante, saia imediatamente, ou você vai alimentar as nixies do rio.

A porta se abriu, e uma das damas mais jovens da corte entrou: Kaelie Whitewillow. Uma pixie. Ela fez uma mesura e falou:

— Milady, Meliorn está aqui e gostaria de falar com a senhora.

Sebastian franziu uma das sobrancelhas claras.

— O trabalho de uma Rainha nunca está concluído.

A Rainha suspirou e girou para fora da cama.

— Traga-o aqui — ordenou — e traga-me um de meus robes também, pois o ar está gélido.

Kaelie assentiu e saiu do quarto. Um instante depois, Meliorn entrou e fez uma mesura com a cabeça. Se Sebastian achou estranho a Rainha ter cumprimentado os cortesãos ficando de pé, nua, no meio do quarto, ele não manifestou isto em nenhum movimento de sua expressão. Uma mulher mortal teria ficado constrangida, poderia ter tentado se cobrir, mas a Rainha era a Rainha, eterna e orgulhosa, e sabia que ficava tão gloriosa sem roupas quanto com elas.

— Meliorn — falou. — Você tem notícias dos Nephilim?

Meliorn se aprumou. Como sempre, ele usava armadura branca com um desenho de escamas sobrepostas. Os olhos eram verdes e o cabelo preto e muito comprido.

— Milady — disse, e deu uma olhadela para Sebastian, atrás da Rainha, que estava sentado na cama com a colcha enrolada ao redor da cintura. — Tenho muitas notícias. Nossas novas forças dos Caçadores de Sombras malignos foram posicionadas na fortaleza de Edom. E aguardam novas ordens.

— E os Nephilim? — perguntou a Rainha, quando Kaelie voltou ao quarto trazendo um robe tecido com pétalas de lírios. Ela o ergueu, e a Rainha deslizou para dentro da roupa, enrolando-se na brancura sedosa.

— As crianças que escaparam do Instituto de Los Angeles deram informações suficientes, elas sabem que Sebastian está por trás dos ataques — respondeu Meliorn um tanto amargo.

— Eles teriam imaginado, de qualquer forma — concluiu Sebastian. — Eles têm o lamentável hábito de me culpar por tudo.

— A pergunta é: nosso povo foi identificado? — perguntou a Rainha.

— Não — respondeu Meliorn, satisfeito. — As crianças supuseram que os agressores fossem Crepusculares.

— Isso é impressionante, considerando a presença de sangue de fada no garoto Blackthorn — observou Sebastian. — Era de se imaginar que eles estariam em sintonia com isso. E por falar no assunto, o que vocês estão planejando fazer com ele?

— Ele tem sangue de fada; é nosso. Gwyn solicitou que se juntasse à Caçada Selvagem; ele será enviado para lá — disse Meliorn, e se virou para a Rainha: — Precisamos de mais soldados. Os Institutos estão ficando vazios, e os Nephilim estão fugindo para Idris — emendou ele.

— E quanto ao Instituto de Nova York? — Quis saber Sebastian, sem rodeios. — E quanto ao meu irmão e à minha irmã?

— Clary Fray e Jace Lightwood foram mandados para Idris — explicou Meliorn. — Não podemos tentar resgatá-los ainda sem nos revelarmos.

Sebastian tocou a pulseira. Era um hábito que a Rainha havia percebido, algo que ele fazia quando estava irritado e tentava não demonstrar. O metal tinha uma inscrição numa linguagem antiga dos seres humanos: *Se não puder dobrar os céus, moverei o inferno.*

— Eu os quero — disse ele.

— E você os terá — afirmou a Rainha. — Não me esqueci de que isso era parte de nossa barganha. Mas você deve ser paciente.

Sebastian sorriu, embora o sorriso não alcançasse os olhos.

— Nós, mortais, podemos ser precipitados.

— Você não é um mortal comum — observou a Rainha, e se virou novamente para Meliorn. — Meu cavaleiro, o que o senhor aconselha à sua Rainha?

— Precisamos de mais soldados — respondeu Meliorn. — Devemos dominar mais um Instituto. Mais armas seria uma vantagem também.

— Pensei que você tivesse dito que todos os Caçadores de Sombras estivessem em Idris? — observou Sebastian.

— Não ainda — retrucou Meliorn. — Algumas cidades levaram mais tempo que o esperado para evacuar todos os Nephilim; os Caçadores de Sombras de Londres, Rio de Janeiro, Cairo, Taipé e Istambul permanecem. Devemos ter, pelo menos, mais um Instituto.

Sebastian sorriu. Era o tipo de sorriso que transformava o rosto adorável, não em algo mais adorável, mas numa máscara cruel, cheia de dentes, como o sorriso de uma mantícora.

— Então ficarei com Londres — respondeu ele. — Se isso não for de encontro aos seus desejos, minha Rainha.

Ela não conseguiu evitar senão sorrir. Fazia séculos que um amante mortal não lhe estimulava um sorriso. Ela se inclinou para beijá-lo, e sentiu suas mãos deslizarem sobre as pétalas do robe.

— Fique com Londres, meu amor, e transforme tudo em sangue — disse ela. — Meu presente para você.

— Você está bem? — perguntou Jace, pelo que parecia a Clary a centésima vez. Ela estava parada no degrau da frente da casa de Amatis, parcialmente iluminada pelas luzes das janelas. Jace estava logo abaixo dela, as mãos nos bolsos, como se tivesse medo de deixá-las livres.

Ele ficara encarando as marcas de queimadura que deixara na parede da loja durante algum tempo antes de ajeitar a camisa e praticamente empurrar Clary para a rua lotada, como se ela não devesse ficar a sós com ele. E se comportara de modo taciturno pelo restante do trajeto de volta, a boca contraída numa linha tensa.

— Eu estou *bem* — tranquilizou ela. — Sabe, você queimou a parede, não a mim. — Ela deu um rodopio exagerado, como se estivesse exibindo uma roupa nova. — Está vendo?

Os olhos dele estavam tristes.

— Se eu machucasse você...

— Mas não machucou — disse ela. — Não sou tão frágil assim.

— Pensei que estivesse controlando isso melhor, que os exercícios com Jordan estivessem ajudando. — A frustração perpassou a voz dele.

— Você está; isso está melhorando. Sabe, você foi capaz de concentrar o fogo nas mãos; isso é progresso. Eu toquei você, beijei você e não estou machucada. — Ela pôs uma das mãos na bochecha dele. — Nós vamos fazer isso juntos, lembra-se? E nada de me dispensar. Sem fugas dramáticas.

— Eu estava pensando em fugir para Idris nas próximas Olimpíadas — falou Jace, mas sua voz já estava mais suave, e a ponta de desprezo próprio diminuíra e dera lugar à ironia e à diversão.

— Você e Alec podiam disputar a fuga em dupla — falou Clary, com um sorriso.

465

— Você ficaria com o ouro.

Ele virou a cabeça e beijou a palma da mão dela. O cabelo dele roçou as pontas dos dedos de Clary. Tudo ao redor deles parecia tranquilo e silencioso; Clary quase seria capaz de acreditar que eles eram as únicas pessoas em Alicante.

— Fico me perguntando — disse ele, se encostando na pele dela — o que o dono daquela loja vai pensar quando chegar para o trabalho de manhã e notar duas marcas de mãos queimadas na parede.

— "Espero que haja seguro para isso"?

Jace sorriu, um pequeno sopro de ar contra a mão dela.

— E por falar nisso — disse Clary —, a próxima reunião do Conselho é amanhã, certo?

Jace acenou com a cabeça.

— Conselho de guerra — respondeu ele. — Apenas membros selecionados da Clave. — E remexeu os dedos com irritação. Clary sentiu a perturbação dele. — Jace era um excelente estrategista e um dos melhores combatentes da Clave, e se ressentiria por ficar de fora de qualquer reunião sobre combates. Em especial, pensou ela, se houvesse um debate sobre o uso do fogo celestial como arma.

— Então talvez você possa me ajudar com uma coisa. Preciso de uma loja de armas. Quero comprar uma espada. Uma espada realmente boa.

Jace pareceu surpreso, depois, pareceu se divertir.

— Para quê?

— Ah, você sabe. Matança. — Clary fez um gesto com a mão, o qual esperava que transmitisse suas intenções assassinas contra todas as coisas malignas. — Tipo, já faz um tempinho que sou uma Caçadora de Sombras. Eu devia ter uma arma adequada, certo?

Um sorriso lento se abriu no rosto dele.

— A melhor loja de espadas é a loja de Diana, na Flintlock Street — disse ele, os olhos brilhando. — Eu te pego amanhã à tarde.

— É um encontro — disse Clary. — Um encontro com armas.

— Bem melhor que jantar e cinema — retrucou Jace, e desapareceu nas sombras.

Capítulo 5

A MEDIDA DA VINGANÇA

Maia ergueu o olhar quando a porta do apartamento de Jordan abriu com um estrondo e ele correu para dentro, quase deslizando no piso escorregadio de madeira de lei.

— Nada? — perguntou ele.

Ela balançou a cabeça. A decepção ficou estampada no rosto dele. Depois de matarem os Crepusculares, ela convocara o bando para ajudar os dois a limpar a bagunça. Ao contrário dos demônios, os Crepusculares não evaporavam quando eram mortos. Era necessário eliminá-los. Normalmente eles teriam convocado os Caçadores de Sombras e os Irmãos do Silêncio, mas agora as portas para o Instituto e a Cidade dos Ossos estavam fechadas. Em vez disso, o Morcego e o restante do bando apareceram com um saco mortuário, enquanto Jordan, ainda sangrando por causa da luta, tinha saído para procurar por Simon.

Ele demorou horas para voltar, e, quando retornou, a expressão em seus olhos expunha toda a história para Maia. Tinha encontrado o celular de Simon, em pedaços, abandonado no degrau mais baixo da saída de incêndio como um bilhete irônico. De outro modo, não haveria sinal algum dele.

Nenhum dos dois dormiu depois disso, claro. Maia tinha voltado para a sede da matilha de lobos com Morcego, que prometera — mesmo que com alguma hesitação — pedir aos lobos que procurassem por Simon e tentassem (ênfase em tentar) alcançar os Caçadores de Sombras em Alicante. Havia linhas abertas para a capital dos Caçadores de Sombras, linhas que somente os líderes dos lobos e dos clãs podiam usar.

Maia retornara ao apartamento de Jordan ao alvorecer, exausta e desesperada. Estava parada na cozinha quando ele entrou, com um pedaço de papel-toalha úmido na testa, o qual ela afastou assim que Jordan a encarou e sentiu a água descer pelo rosto feito lágrimas.

— Não — disse ela. — Nenhuma notícia.

Jordan desabou contra a parede. Vestia apenas uma camiseta de manga curta, e as tatuagens dos *Upanishads* estavam escuras e visíveis ao redor do bíceps. O cabelo estava suado, grudado na testa, e havia uma linha vermelha no pescoço, bem no ponto onde passava a faixa da aljava. Ele parecia infeliz.

— Não consigo acreditar nisso — desabafou, pelo que pareceu a Maia a milionésima vez. — Eu o perdi. Era responsável por ele e, droga, eu o perdi.

— Não é sua culpa. — Ela sabia que isso não o faria sentir-se melhor, mas precisava dizê-lo. — Sabe, você não pode lutar contra cada vampiro e vilão na área dos três estados, e a Praetor não deveria ter pedido para você tentar. Quando Simon perdeu a Marca, você pediu reforços, não pediu? E eles não mandaram ninguém. Você fez o possível.

Jordan olhou para as próprias mãos e falou alguma coisa em voz baixa:

— Não foi bom o suficiente.

Maia sabia que ela deveria ir até ele, abraçá-lo e confortá-lo. Dizer que ele não devia se culpar.

Mas ela não conseguia. O peso da culpa era tão grande em seu peito quanto uma barra de ferro, e palavras não ditas obstruíam sua garganta. Já estava daquele jeito há semanas. *Jordan, preciso te dizer uma coisa. Jordan, preciso. Jordan, eu.*

Jordan...

O som de um telefone tocando rompeu o silêncio entre eles. Quase freneticamente, Jordan remexeu no bolso e pegou o celular; abriu o aparelho já encostando-o ao ouvido.

— Alô?

Maia o observava, inclinando-se tanto para a frente que a bancada esmagava suas costelas. No entanto, ela conseguia ouvir apenas murmúrios no outro lado da linha e estava praticamente gritando de impaciência quando Jordan fechou o celular e olhou para ela, um brilho de esperança nos olhos.

— Era Teal Waxelbaum, segundo em comando da Praetor — disse ele. — Eles me querem na sede imediatamente. Acho que vão ajudar a procurar Simon. Você vem? Se sairmos agora, devemos chegar lá pelo meio-dia.

Sob a torrente de ansiedade em relação a Simon, havia uma súplica em sua voz. Ele não era bobo, pensou Maia. Sabia que algo estava errado. Ele sabia...

Ela respirou fundo. As palavras abarrotavam sua garganta — *Jordan, nós precisamos conversar sobre uma coisa* —, mas ela as conteve. Simon era a prioridade agora.

— Claro — respondeu. — Claro que vou.

A primeira coisa que Simon viu foi o papel de parede, que não era tão ruim assim. Um pouco ultrapassado. Definitivamente descascando. Sério problema de mofo. Mas, em geral, não era a pior coisa que ele já tinha visto. Simon piscou uma ou duas vezes, assimilando as listras pesadas que interrompiam o padrão floral. Bastou um segundo para perceber que as listras eram, na verdade, barras. Estava numa jaula.

Rapidamente, Simon girou sobre as costas e ficou de pé, sem verificar a altura da jaula. Bateu a cabeça nas barras superiores, se abaixando num reflexo enquanto xingava em voz alta.

E depois ele se viu.

Vestia uma camisa branca fluida e fofa. Mais perturbador era o fato de também estar vestindo calças de couro muito apertadas.

Muito apertadas.

Muito de couro.

Simon se examinou e assimilou aquilo tudo. Os babados da camisa. O decote profundo em V que mostrava o peito. O couro justo.

— Por que sempre que eu acho que encontrei a coisa mais terrível que podia me acontecer descubro que estou errado?

Como se fosse uma deixa, a porta se abriu e uma figura minúscula correu para dentro do cômodo. Um vulto escuro fechou a porta instantaneamente atrás de si, com velocidade de Serviço Secreto.

O vulto caminhou na ponta dos pés até a jaula e espremeu o rosto entre duas barras.

— Siiimon — murmurou ela.

Maureen.

Normalmente, Simon teria tentado pelo menos pedir a ela para soltá-lo, encontrar uma chave ou ajudá-lo. Mas alguma coisa na aparência de Maureen lhe dizia que isso não seria útil. Especificamente, a coroa de ossos que ela estava usando. Ossos de dedos. Talvez ossos dos pés. E a coroa de ossos tinha joias — ou talvez fosse enfeitiçada. E então havia o vestido de baile rosa e cinza, mais largo nos quadris, num estilo que o fazia se recordar das roupas de época do século XVIII. Não era o tipo de roupa que inspirava confiança.

— Ei, Maureen — disse ele, com cautela.

Maureen sorriu e encostou o rosto na abertura com mais força.

— Você gosta da sua roupa? — perguntou ela. — Eu tenho algumas para você. Tenho uma casaca e um kilt, e todo tipo de coisas, mas eu queria que usasse essa primeiro. Eu fiz sua maquiagem também. Fui eu.

Simon não precisava de um espelho para saber que estava usando delineador. A noção foi total e imediata.

— Maureen...

— Estou fazendo um colar — continuou ela, interrompendo-o. — Quero que você use mais joias. Quero que você use mais *pulseiras*. Quero coisas em volta dos seus *pulsos*.

— Maureen, onde estou?

— Você está comigo.

— Tá. Onde *nós* estamos?

— O hotel, o hotel, o hotel...

O Hotel Dumort. Pelo menos aquilo fazia algum sentido.

— Tá — disse ele. — E por que eu estou... numa jaula?

Maureen começou a murmurar uma canção para si e passou a mão ao longo das barras da jaula, perdida no próprio mundo.

— Juntos, juntos, juntos... agora estamos juntos. Você e eu. Simon e Maureen. Finalmente.

— Maureen...

— Este vai ser seu quarto — disse ela. — E assim que você estiver pronto, poderá sair. Tenho coisas para você. Tenho uma cama. E outras coisas. Umas cadeiras. Coisas das quais você vai gostar. E a banda vai poder tocar!

Ela girou e quase perdeu o equilíbrio por causa do peso estranho do vestido.

Simon sentiu que provavelmente deveria escolher as próximas palavras com muito cuidado. Ele sabia que tinha uma voz tranquilizadora. E sabia ser sensível. Reconfortante.

— Maureen... você sabe... eu gosto de você...

Ao ouvir aquilo, Maureen parou de girar e voltou a agarrar as barras.

— Você precisa de tempo — disse ela, com uma bondade terrível na voz. — Apenas tempo. Você vai aprender. Vai se apaixonar. Estamos juntos agora. E vamos governar. Você e eu. Você vai governar meu reino. Agora que sou a rainha.

— Rainha?

— Rainha. Rainha Maureen. Rainha Maureen da noite. Rainha Maureen da escuridão. Rainha Maureen. Rainha Maureen. Rainha Maureen dos mortos.

Ela pegou uma vela que queimava em um suporte na parede e, subitamente, meteu-a entre as barras, em direção a Simon. Ela a inclinou muito levemente e sorriu quando a cera branca caiu em forma de lágrimas nos restos destruídos do carpete escarlate. Ela mordeu o lábio, concentrada, girando o pulso delicadamente, acumulando as gotas juntinhas.

— Você é... uma rainha? — disse Simon baixinho. Ele sabia que Maureen era a líder do clã de vampiros de Nova York. Ela havia matado Camille, afinal de contas, e assumido o lugar desta. No entanto os líderes do clã não eram chamados reis nem rainhas. Eles se

470

vestiam normalmente, como Raphael fazia, não com fantasias. Eram figuras importantes na comunidade das Crianças da Noite.

Mas Maureen, sem dúvida, era diferente. Maureen era uma criança, uma criança morta-viva. Simon se recordou das manguinhas de arco-íris, da vozinha ruidosa, dos olhos grandes. Ela permanecera uma garotinha com toda sua inocência de garotinha quando Simon a mordera, quando Camille e Lilith a levaram e mudaram, injetando tal maldade em suas veias que retirara toda a inocência e a corrompera rumo à loucura.

Era culpa dele, Simon sabia. Se Maureen não o tivesse conhecido, não o tivesse seguido por aí, nada disso teria acontecido.

Maureen acenou com a cabeça e sorriu, concentrando-se na pilha de cera, que agora parecia um vulcão minúsculo.

— Eu preciso... fazer coisas — falou abruptamente, e deixou a vela cair, ainda acesa.

A vela se apagou quando atingiu o chão, e Maureen correu para a porta. O mesmo vulto escuro a abriu no instante que ela se aproximou. E então Simon ficou sozinho novamente, com os restos fumegantes da vela e a nova calça de couro e o peso horrível de sua culpa.

Maia ficara calada durante todo o trajeto pela via expressa de Long Island, entupida de carros, até a Praetor; o sol se elevava no céu e os arredores passavam de edifícios lotados de Manhattan a sítios e cidadezinhas pastorais de North Fork. Eles estavam perto da Praetor, e dava para ver as águas azuis do Sound à esquerda, ondulando com o vento gelado. Maia se imaginou jogando-se nelas, e estremeceu ao pensar no frio.

— Você está bem? — perguntou Jordan, que também mal falara durante a maior parte da viagem.

O interior da van estava gelado, e ele usava luvas de couro para dirigir, porém elas não escondiam os nós brancos dos dedos no volante. Maia sentia a ansiedade fluindo dele em ondas.

— Estou bem — respondeu ela. Não era verdade. Ela estava preocupada com Simon e ainda lutava com as palavras que não conseguia dizer, que lhe obstruíam a garganta. Agora não era a hora certa para expeli-las, não com Simon desaparecido, e, ainda assim, todos os instantes em que ela deixava de dizê-las pareciam uma mentira.

Os dois viraram na estrada comprida e branca que se estendia ao longe, na direção do Sound. Jordan pigarreou.

— Você sabe que eu te amo, não é?

— Eu sei — disse Maia em voz baixa, e lutou contra a vontade de dizer "Obrigada". Não era correto responder "Obrigada" quando alguém dissesse que te amava. E sim responder o que Jordan evidentemente estava esperando...

Ela olhou pela janela e se assustou, saindo do devaneio subitamente.

— Jordan, está *nevando*?

— Acho que não.

Entretanto flocos brancos caíam diante das janelas da van, acumulando-se no para-brisa. Jordan estacionou o veículo, baixou uma das janelas e abriu a mão para pegar um floco. Ele recuou a mão, e sua expressão ficou sombria.

— Isto não é neve — falou ele. — São cinzas.

Maia sentiu uma pontada no peito enquanto ele voltava a ligar o motor da van e eles avançavam, dando a volta na esquina. À frente, onde deveria ergue-se a sede da Praetor Lupus, dourada contra o céu cinzento de meio-dia, via-se uma concentração de fumaça preta. Jordan xingou e girou o volante para a esquerda; a van atingiu uma vala e fez um barulho alto. Ele chutou a porta para que abrisse e saiu do veículo; Maia o seguiu um instante depois.

A sede da Praetor Lupus fora construída sobre um imenso lote de terreno verde que se inclinava para o Sound. O edifício central era de rocha dourada, um solar romanesco circundado por pórticos em arco. Ou pelo menos tinha sido. Agora era um amontoado de madeira e pedra fumegantes, chamuscadas feito ossos em um crematório. Pó branco e cinzas flutuavam densamente pelos jardins, e Maia engasgou com o ar pungente, erguendo uma das mãos para proteger o rosto.

O cabelo castanho de Jordan estava todo salpicado com as cinzas. Ele olhou ao redor, a expressão chocada e incompreensível.

— Eu não...

Alguma coisa atraiu o olhar de Maia, um lampejo de movimento através da fumaça. Ela agarrou a manga de Jordan.

— Veja... tem alguém ali...

Ele caminhou, se desviando da ruína fumegante do edifício da Praetor. Maia o acompanhou, embora não conseguisse evitar recuar, horrorizada, ao fitar os destroços chamuscados da estrutura que se projetava da terra: as paredes que sustentavam um telhado agora inexistente, janelas que explodiram ou derreteram, vislumbres de branco que poderiam ter sido tijolos ou ossos...

Jordan parou à frente de Maia. Ela andou até ficar do lado dele. As cinzas grudavam em seus sapatos, partículas entre os cadarços. Ela e Jordan estavam na parte principal dos edifícios destruídos pelo fogo. Dava para ver a água não muito longe. O fogo não tinha se espalhado, embora houvesse folhas mortas chamuscadas e cinzas sopradas ali também — e, em meio às cercas vivas aparadas, havia corpos.

Lobisomens — de todas as idades, embora a maioria fosse jovem — estavam esparramados ao longo das trilhas bem-cuidadas, os corpos lentamente cobertos por cinzas, como se estivessem sendo engolidos por uma nevasca. Lobisomens possuíam o instinto de se cercar de outros indivíduos da própria espécie, de tirar forças um do outro. Aquela quantidade de licantropos mortos era uma dor lancinante, um buraco de perda no mundo. Ela se recordou das palavras de Kipling, escritas nas paredes da Praetor. *A força do bando é o lobo, e a força do lobo é o bando.*

Jordan estava olhando ao redor, os lábios se movendo conforme ele murmurava os nomes dos mortos: *Andrea, Teal, Amon, Kurosh, Mara.* Na beira da água, Maia subitamente viu algo se mexer — um corpo, submerso pela metade. Ela disparou, Jordan em seu encalço. Ela escorregou pelas cinzas até o local onde a grama dava lugar à areia, e desabou ao lado do cadáver.

Era Praetor Scott, o corpo balançando com o rosto virado para baixo, o cabelo louro grisalho encharcado, a água ao redor dele manchada de um vermelho rosado. Maia se abaixou para virá-lo e quase engasgou. Os olhos dele estavam abertos, fitando o céu cegamente, a garganta aberta por um corte.

— Maia. — Ela sentiu um toque em suas costas. Era a mão de Jordan. — Não...

A frase foi interrompida por um suspiro, e ela deu meia-volta e sentiu um pavor tão intenso que sua visão quase escureceu. Jordan estava atrás dela, uma das mãos esticada, uma expressão de choque total.

Do meio de seu peito, projetava-se a lâmina de uma espada, o metal gravado com estrelas pretas. Parecia bizarro demais, como se alguém a tivesse pregado ali com fita, ou como se fosse um tipo de acessório teatral.

O sangue começou a se espalhar em um círculo ao redor da lâmina e manchou a frente da jaqueta. Jordan deu mais um suspiro borbulhante e caiu de joelhos, a espada retraindo e saindo de seu corpo enquanto ele desabava no chão e revelava quem estava logo atrás.

Um garoto que carregava uma imensa espada preta e prateada olhava para Maia por cima do corpo ajoelhado de Jordan. O cabo estava melado de sangue — na verdade, estava totalmente ensanguentado, do cabelo claro até as botas, respingadas como se ele tivesse ficado de pé diante de um ventilador que soprava tinta escarlate. Exibia um sorriso largo.

— Maia Roberts e Jordan Kyle — falou. — Ouvi falar muito sobre *vocês.*

Maia caiu de joelhos, ao mesmo tempo que Jordan desabou para o lado. Ela o segurou, apoiando-o no colo. Maia sentia o corpo inteiro dormente por causa do pavor, como se estivesse deitada no fundo congelado do rio. Jordan estremecia em seus braços, e ela o abraçava enquanto o sangue escorria pelos cantos da boca.

Ela ergueu o olhar para o garoto. Por um instante vertiginoso pensou que ele tivesse saído de um dos pesadelos com seu irmão, Daniel. Ele era belo como Daniel fora, embora não pudesse ser mais diferente. A pele de Daniel era morena como a dela, ao passo que a do garoto parecia ter sido entalhada no gelo. Pele branca, maçãs do rosto pálidas e proeminentes, cabelo branco como sal, caindo na testa. Os olhos eram negros, olhos de tubarão, fixos e frios.

— Sebastian — disse ela. — Você é o filho de Valentim.

— Maia — murmurou Jordan. As mãos dela estavam sobre o peito dele, encharcadas de sangue, assim como a camiseta e a areia debaixo deles, os grãos se acumulando no escarlate grudento. — Não fique... corra...

— Shhhh. — Ela o beijou na bochecha. — Você vai ficar bem.

— Não. Não vai — falou Sebastian, parecendo entediado. — Ele vai morrer.

Maia ergueu a cabeça.

— Cale a boca — sibilou ela. — Cale a boca, sua... sua *coisa*...

O pulso de Sebastian fez um movimento rápido com um estalo — ela nunca vira ninguém fazer aquilo tão depressa, a não ser, talvez, Jace —, e a ponta da espada estava em seu pescoço.

— Quieta, menina do Submundo — ordenou ele. — Veja quantos estão mortos à sua volta. Você acha que eu hesitaria em matar mais um?

Ela engoliu em seco, mas não se afastou.

— Por quê? Pensei que sua guerra fosse contra os Caçadores de Sombras...

— É uma longa história... — explicou ele, com voz arrastada. — Basta dizer que o Instituto de Londres é irritantemente bem protegido e que a Praetor pagou o preço. Eu ia matar *alguém* hoje. Só não tinha certeza de quem, quando acordei esta manhã. Adoro as manhãs. Tão cheias de possibilidades.

— A Praetor não tem nada a ver com o Instituto de Londres...

— Ah, você está errada nesse ponto. Tem uma história e tanto. Mas é de pouca importância. Você está correta ao dizer que minha guerra é contra os Nephilim, o que significa que eu estou em guerra contra seus aliados. Este — ele abanou a mão livre para trás e indicou as ruínas incendiadas — é meu recado. E você vai transmiti-lo por mim.

Maia começou a balançar a cabeça, mas sentiu que alguma coisa agarrava sua mão — eram os dedos de Jordan. Ela baixou os olhos para ele. Jordan estava branco feito um fantasma, os olhos buscavam os dela. *Por favor*, pareciam dizer. *Faça o que ele pede.*

— Qual recado? — murmurou ela.

— Que eles deveriam se recordar de Shakespeare — disse ele. — *Eu nunca vou parar, nunca vou ficar imóvel, até que a morte feche os meus olhos, ou a fortuna me dê a medida da vingança.* — Os cílios roçavam a bochecha ensanguentada enquanto ele piscava. — Diga aos membros do Submundo. Estou atrás de vingança e vou conseguir. Vou lidar desse modo com qualquer um que se alie aos Caçadores de Sombras. Não quero dialogar com sua espécie, a menos que vocês sigam os Nephilim na batalha; nesse caso, vocês alimentarão minha lâmina e as lâminas do meu exército, até o último ser extinto da superfície deste mundo.

Ele baixou a ponta da espada, de modo que a lâmina roçou os botões da camisa de Maia, como se houvesse pretensão de cortar o corpo dela. Sebastian ainda estava sorrindo quando afastou a arma.

— Acha que consegue se lembrar disso, garota-lobo?

— Eu...

— Claro que consegue — disse ele, e baixou o olhar para o corpo de Jordan, que ainda estava nos braços dela. — Seu namorado está morto, por sinal — emendou, depois enfiou a espada na bainha presa à cintura e se afastou. Suas botas faziam subir nuvens de cinzas enquanto ele caminhava.

Magnus nunca havia entrado no Hunter's Moon, uma vez que tinha sido um bar clandestino durante os anos da Proibição, um local onde mundanos se reuniam tranquilamente para beber até cair. Em algum momento dos anos de 1940 ele fora assumido por proprietários do Submundo e, desde então, atendia à essa clientela — sobretudo, lobisomens. Fora sujo na época e era sujo agora, o chão coberto com uma camada de poeira grudenta. Havia um balcão de madeira com uma bancada manchada, marcada por décadas de anéis feitos com copos úmidos e arranhões causados por garras compridas. Pete Furtivo, o barman, servia uma Coca-cola para Morcego Velasquez, o líder temporário do bando de lobos de Luke, em Manhattan. Magnus semicerrou os olhos para ele, pensativo.

— Você está de olho no novo líder do bando dos lobos? — perguntou Catarina, espremida na mesa sombria ao lado de Magnus, os dedos azuis segurando um Long Island Iced Tea. — Pensei que estivesse de saco cheio dos lobos, depois de Woolsey Scott.

— Não estou de olho nele — disse Magnus, exaltado. Morcego não era nada feio se você gostava de tipos com queixo quadrado e ombros largos, mas Magnus estava imerso em pensamentos. — Minha mente estava em outras coisas.

— Não importa o que seja, não faça! — falou Catarina. — É uma péssima ideia.

— E por que você diz isso?

— Porque eles são do único tipo que você tem — disse ela. — Eu te conheço há muito tempo, e tenho certeza absoluta nesse quesito. Se você está planejando virar pirata de novo, é uma péssima ideia.

— Eu não repito meus erros — retrucou Magnus, ofendido.

— Tem razão. Você comete erros novos e até piores — disse Catarina. — Não faça isso, seja o que for. Não lidere um motim de lobisomens, não faça nada que possa contribuir acidentalmente para o apocalipse, e não comece sua própria linha de glitter para tentar vendê-la na Sephora.

— A última ideia tem mérito real — observou Magnus. — Mas não estou cogitando uma mudança de carreira. Eu estava pensando em...

— Alec Lightwood? — Catarina deu um sorriso. — Nunca vi alguém te impressionar tanto quanto aquele garoto.

— Você não me conhece tanto assim — resmungou Magnus, mas o comentário não foi sincero.

475

— Por favor. Você me fez assumir o trabalho com o Portal no Instituto para não ter que vê-lo, e depois apareceu mesmo assim, só para se despedir. Não negue. Eu te vi.

— Não neguei coisa alguma. Apareci para me despedir; foi um erro. Eu não devia ter feito isso. — Magnus tomou um gole de sua bebida.

— Ora, poupe-me — falou Catarina. — *Que* história é essa, de verdade, Magnus? Nunca vi você tão feliz como quando estava com Alec. Normalmente, quando se apaixona, você fica infeliz. Lembre-se de Camille. Eu a odiava. Ragnor a odiava...

Magnus abaixou a cabeça sobre a mesa.

— *Todos* a odiavam — emendou Catarina cruelmente. — Ela era desonesta *e* má. E então seu pobre e doce namorado foi mordido por ela; bem, sério, há alguma razão para terminar um relacionamento perfeito? É como incitar uma píton a atacar um coelhinho e depois ficar zangado quando o coelhinho perde.

— Alec não é um coelhinho. É um Caçador de Sombras.

— E você nunca namorou um Caçador de Sombras. É disso que se trata?

Magnus se afastou da mesa, o que foi um alívio, pois ela cheirava a cerveja.

— De certa forma, o mundo está mudando. Você não sente isso, Catarina? — perguntou ele.

Ela o espiou por cima da borda do copo.

— Não posso dizer que sinta.

— Os Nephilim sobreviveram durante milhares de anos — observou Magnus. — Mas alguma coisa está chegando, uma grande mudança. Sempre aceitamos os Caçadores de Sombras como um fato de nossa existência. Mas há feiticeiros velhos o suficiente para se lembrar de quando os Nephilim não caminhavam sobre a Terra. Eles poderiam ser extintos tão rapidamente quanto chegaram.

— Mas você não acredita realmente...

— Sonhei com isso — disse ele. — Você sabe que tenho sonhos verdadeiros, algumas vezes.

— Por causa do seu pai. — Ela pousou a bebida na mesa. Sua expressão estava concentrada agora, não havia humor nela. — Ele poderia simplesmente estar tentando te assustar.

Catarina era uma das poucas pessoas no mundo que sabia quem o pai de Magnus realmente era; a outra fora Ragnor Fell. Não era algo que Magnus gostasse de revelar às pessoas. Uma coisa era ter por pai um demônio. Outra era seu pai ser proprietário de grande parte do Inferno.

— Qual é a finalidade disso? — Magnus deu de ombros. — Não sou o centro do que quer que seja este turbilhão que está por vir.

— Mas tem medo que Alec seja — falou Catarina. — E você quer afastá-lo, antes que o perca.

— Você disse para não fazer nada que pudesse contribuir acidentalmente para o apocalipse — observou o feiticeiro. — Sei que estava brincando. Mas é menos engraçado quando não consigo me livrar da sensação de que o apocalipse virá de qualquer jeito. Valentim Morgenstern praticamente acabou com os Caçadores de Sombras, e seu filho é duas vezes mais inteligente e seis vezes mais cruel. E ele não virá sozinho. Ele tem auxílio, de demônios maiores que meu pai, de outros...

— Como você sabe disso? — O tom de voz de Catarina era agudo.

— Eu olhei.

— Pensei que você tivesse parado de ajudar os Caçadores de Sombras — disse Catarina, e então ergueu a mão antes que ele pudesse falar alguma coisa. — Deixe para lá. Já ouvi você repetir esse tipo de coisa vezes suficientes para saber que você nunca fala sério.

— Essa é a questão — disse Magnus. — Eu olhei, mas não encontrei nada. Não importa quais sejam os aliados de Sebastian, ele não deixou rastros da aliança. Continuo sentindo como se estivesse prestes a descobrir alguma coisa, e então me flagro agarrando o ar. Não acho que eu *possa* ajudá-los, Catarina. Não sei se alguém pode.

Magnus desviou o olhar da expressão súbita de compaixão do outro lado do balcão. Morcego estava inclinado contra o móvel e brincava com o telefone — a luz da tela lançava sombras em seu rosto. Sombras que Magnus via em todos os rostos mortais: em todos os humanos, em todos os Caçadores de Sombras, em todas as criaturas destinadas a morrer.

— Mortais têm esse nome exatamente porque não são eternos — observou Catarina. — Você sempre soube disso e ainda assim já os amou.

— Não desse jeito — falou Magnus.

Catarina arfou, surpresa.

— Oh — murmurou. — Oh... — Ela pegou a bebida. — Magnus, você é absurdamente tolo — emendou carinhosamente.

O feiticeiro semicerrou os olhos para ela.

— Sou?

— Se é desse jeito que você se sente, deveria ficar com ele — aconselhou. — Pense em Tessa. Você aprendeu alguma coisa com ela? Sobre quais amores valem a dor de perdê-los?

— Ele está em Alicante.

— E daí? — insistiu Catarina. — Você deveria ser o feiticeiro representante do Conselho; você depositou essa responsabilidade em mim. Estou devolvendo a você. Vá para Alicante. De qualquer forma, para mim, você tem mais a dizer ao Conselho do que eu jamais poderia. — Ela enfiou a mão no bolso do uniforme de enfermeira que estava vestindo: tinha vindo direto do trabalho no hospital. — Ah, e fique com isto.

Magnus puxou o pedaço de papel amassado dos dedos dela.

— Um convite para jantar? — falou, desconfiado.

— Meliorn, do povo fada, deseja que todos os membros do Submundo no Conselho se encontrem para jantar na véspera do grande Conselho — disse ela. — Um tipo de gesto de paz e boa vontade, ou talvez ele apenas queira chatear todo mundo com enigmas. De um jeito ou de outro, deve ser interessante.

— Comida de fada — retrucou Magnus, melancólico. — Odeio comida de fada. Quero dizer, mesmo o tipo seguro, que não vai fazer você ficar dançando músicas típicas durante o próximo século. Todos aqueles besouros e vegetais crus...

Ele se interrompeu. Do outro lado do cômodo, Morcego encostou o telefone no ouvido. A outra mão agarrou o balcão do bar.

— Tem alguma coisa errada — disse o feiticeiro. — Alguma coisa referente ao bando.

Catarina pousou o copo na mesa. Ela conhecia Magnus muito bem e sabia quando ele provavelmente estava certo. Ela também olhou para Morcego, que tinha fechado o celular. Ele empalidecera, a cicatriz se destacava, lívida, na bochecha. Ele se inclinou para dizer alguma coisa para Pete Furtivo, atrás do balcão, depois levou dois dedos à boca e assobiou.

Pareceu o apito de um trem a vapor e interrompeu o murmúrio baixo de vozes no bar. Em instantes, todos os licantropos estavam de pé, irrompendo em direção a Morcego. Magnus se pôs de pé também, embora Catarina segurasse sua manga.

— Não...

— Vou ficar bem. — Ele a afastou e empurrou a multidão até chegar a Morcego. O restante do bando estava parado em um círculo frouxo ao redor dele. Eles se retesaram, inseguros ao ver o feiticeiro no meio deles, abrindo caminho para ficar perto do líder do bando. Um dos lobisomens, uma loura, saiu de seu lugar e bloqueou Magnus, porém Morcego ergueu a mão.

— Está tudo bem, Amabel — disse ele. A voz era de poucos amigos, mas educada. — Magnus Bane, correto? Alto Feiticeiro do Brooklyn? Maia Roberts diz que posso confiar em você.

— Você pode.

— Ótimo, mas temos negócios urgentes do bando aqui. O que você quer?

— Você recebeu um telefonema? — Magnus apontou para o celular de Morcego. — Foi Luke? Aconteceu alguma coisa em Alicante?

Morcego balançou a cabeça, e sua expressão era indecifrável.

— Outro ataque ao Instituto, então? — insistiu Magnus.

Ele se acostumara a ter todas as respostas e odiava não saber algo. Embora o Instituto de Nova York estivesse vazio, isso não significava que outros Institutos estivessem desprotegidos, que poderia não ter havido uma batalha, uma na qual Alec talvez tivesse resolvido se envolver...

— Não foi a um Instituto — falou Morcego. — Era Maia ao telefone. A sede da Praetor Lupus foi incendiada e destruída. Pelo menos uma centena de lobisomens estão mortos, incluindo Praetor Scott e Jordan Kyle. Sebastian Morgenstern trouxe o combate até nós.

Capítulo 6

IRMÃO DE CHUMBO E IRMÃ DE AÇO

— Não jogue... por favor, por favor, não jogue... Ai, Deus, ele jogou — falou Julian, com voz resignada, quando um pedaço de batata voou pelo cômodo e por pouco não acertou a orelha dele.

— Nada foi quebrado — tranquilizou Emma. Ela estava sentada com as costas apoiadas no berço de Tavvy e observava Julian dar a refeição da tarde ao irmão caçula. Tavvy havia chegado à idade na qual era muito restrito em relação ao que gostava de comer, e qualquer coisa que não o agradasse era jogada no chão. — O abajur está um pouco embatatado, só isso.

Felizmente, embora o restante da casa dos Penhallow fosse um tanto elegante, o sótão onde ficavam os "órfãos da guerra" — termo coletivo aplicado às crianças dos Blackthorn e a Emma desde que chegaram a Idris — era extremamente simples, funcional e sólido no design. Ocupava o último andar inteiro da casa: vários cômodos conectados, uma pequena cozinha e um banheiro, uma coleção fortuita de camas e pertences espalhados por toda parte. Helen dormia no andar de baixo com Aline, embora subisse diariamente; Emma recebera o próprio quarto, assim como Julian, que mal ficava nele. Drusilla e Octavian ainda acordavam todas as noites gritando, e Julian se acostumara a dormir no piso do quarto deles, com o travesseiro e o cobertor amontoados ao lado do berço de Tavvy. Não havia cadeirinha de comer para bebês, por isso Julian sentava-se no chão, na frente do menininho, em um cobertor todo sujo de comida, com um prato na mão e uma expressão desesperada.

Emma se aproximou e sentou-se de frente para ele, erguendo Tavvy até seu colo. O rostinho dele estava enrugado de tristeza.

— Mamã — falou, quando ela o ergueu.

— Faz o trenzinho piuí-piuí — aconselhou a Jules. Ela se perguntou se deveria avisar que ele estava com molho de espaguete no cabelo. Hesitou e achou melhor não.

Ela observava enquanto ele selecionava a comida, antes de colocá-la na boca de Tavvy. O menininho dava risadas agora. Emma tentava engolir a sensação de perda: ela se lembrava do próprio pai separando a comida no prato pacientemente na fase em que ela se recusava a comer qualquer coisa verde.

— Ele não está comendo o suficiente — disse Jules baixinho, enquanto transformava um pedaço de pão com manteiga num trem barulhento e Tavvy esticava as mãos meladas para ele.

— Ele está triste. É um bebê, mas entende que alguma coisa ruim aconteceu — explicou Emma. — Ele sente saudade de Mark e do pai.

Jules esfregou os olhos, cansado, deixando uma mancha de molho em uma das bochechas.

— Não posso substituir Mark nem papai. — Ele pôs um pedaço de maçã na boca de Tavvy. O menininho cuspiu, com uma expressão cruel de prazer. Julian suspirou. — Vou verificar Dru e os gêmeos. Eles estavam jogando Monopoly no quarto, mas você nunca sabe quando as coisas vão sair do controle.

Era verdade. Tiberius, com a mente analítica, tendia a vencer a maior parte dos jogos. Livvy nunca se importava, mas Dru, que era competitiva, sim, e muitas vezes uma partida terminava em puxões de cabelo de ambos os lados.

— Pode deixar que faço isso. — Emma devolveu Tavvy e estava se levantando quando Helen entrou no quarto com a expressão sombria. Quando viu os dois, a expressão se transformou em apreensão. Emma sentiu os pelos da nuca se arrepiarem.

— Helen — disse Julian. — Qual é o problema?

— As forças de Sebastian atacaram o Instituto de Londres.

Emma percebeu Julian tenso. Ela quase conseguiu sentir, como se os nervos dele fossem os dela, como se o pânico dele fosse o dela. O rosto dele — já muito magro — pareceu se retesar, embora continuasse a segurar o bebê com cuidado e delicadeza.

— Tio Arthur? — perguntou ele.

— Ele está bem — avisou Helen rapidamente. — Ficou ferido. Isso vai atrasar a chegada dele em Idris, mas está bem. Na verdade, todos estão bem no Instituto de Londres. O ataque foi um fracasso.

— Por quê? — A voz de Julian foi pouco mais que um sussurro.

— Não sabemos ainda, não com certeza — disse Helen. — Vou até o Gard com Aline, a Consulesa e o restante do grupo para tentar descobrir o que aconteceu. — Ela se ajoelhou e passou a mão pelos cachos de Tavvy. — É uma *boa* notícia — falou para Julian, que parecia mais confuso que qualquer coisa. — Sei que é assustador o fato de Sebastian ter atacado de novo, mas ele não venceu.

Emma fitou Julian nos olhos. Sabia que deveria estar animada com as boas notícias, mas havia uma sensação violenta dentro dela — uma inveja terrível. Por que os habitantes do Instituto de Londres estavam vivos se a família dela morreu? De que maneira eles tinham lutado melhor, feito mais?

— Não é justo — desabafou Julian.

— Jules — disse Helen, e se pôs de pé. — É uma derrota. Isso significa alguma coisa. Significa que *podemos* derrotar Sebastian e suas forças. Dominá-los. Virar a maré. Isso vai deixar todo mundo com menos medo. É importante.

— Espero que o peguem com vida — disse Emma, os olhos em Julian. — Espero que o matem na Praça do Anjo para que possamos assistir à sua morte, e espero que seja lenta.

— *Emma* — disse Helen, soando chocada, mas os olhos azuis-esverdeados de Julian ecoaram a própria crueldade de Emma, sem qualquer vestígio de reprovação. Emma nunca o amara tanto quanto naquele momento por refletir até os sentimentos obscuros nas profundezas de seu coração.

A loja de armas era linda. Clary nunca tinha pensado que descreveria uma loja de armas desta forma — talvez um pôr do sol ou uma vista noturna límpida no horizonte de Nova York, mas não uma loja cheia de clavas, machados e bengalas-espada.

Mas aquela era. A placa de metal que pendia do lado de fora tinha o formato de uma aljava e o nome da loja — Flecha de Diana — escrito em letra cursiva. No interior da loja, havia facas exibidas como leques mortais de ouro, aço e prata. Um imenso candelabro pendia de um teto pintado com um desenho rococó de flechas douradas em pleno voo. Flechas de verdade eram exibidas em suportes de madeira entalhados. Espadas tibetanas, com os pomos decorados em turquesa, prata e coral, pendiam nas paredes ao lado de sabres *dha* birmaneses com pontas de metal trabalhadas em cobre e latão.

— Então... o que despertou isso? — perguntou Jace com curiosidade, segurando uma *naginata* entalhada com caracteres japoneses. Quando ele a pôs no chão, a lâmina ergueu-se acima de sua cabeça, e os dedos compridos se curvaram ao redor do punho para mantê-la firme. — Esse desejo por uma espada?

— Quando uma garota de 12 anos diz que sua arma é uma porcaria, é hora de mudar — falou Clary.

A mulher atrás do balcão deu uma risada. Clary a reconheceu como a mulher com tatuagem de peixe que tinha se manifestado na reunião do Conselho.

— Ora, você veio ao melhor lugar.

— Esta loja é sua? — perguntou Clary, e esticou a mão para testar a ponta de uma espada longa com cabo de ferro.

A mulher sorriu.

— Eu sou Diana Wrayburn.

Clary esticou a mão para um florete, mas Jace, depois de apoiar a *naginata* na parede, balançou a cabeça para ela.

— Aquela claymore ficaria mais alta que você. Não que isso seja difícil.

Clary mostrou a língua para ele e pegou uma espada curta que pendia na parede. Havia arranhões ao longo da lâmina — arranhões que, após um exame mais atento, Clary viu serem letras de uma linguagem que ela não conhecia.

— São símbolos, mas não são símbolos dos Caçadores de Sombras — falou Diana. — Esta é uma espada viking; muito antiga. E muito pesada.

— A senhora sabe o que diz?

— Somente os Valorosos — falou Diana. — Meu pai costumava dizer que você poderia conhecer uma grande arma se ela tivesse um nome ou inscrição.

— Eu vi uma ontem — recordou-se Clary. — Dizia algo como *"Sou do mesmo aço e da mesma têmpera que Joyeuse e Durendal."*

— Cortana! — Os olhos de Diana se iluminaram. — A espada de Ogier. Isso é impressionante. É como possuir Excalibur ou Kusanagi-no-Tsurugi. Cortana é uma espada dos Carstairs, creio. Emma Carstairs, a garota que estava na reunião do Conselho ontem, é a dona agora?

Clary assentiu.

Diana fez um muxoxo.

— Pobre criança — disse ela. — E os Blackthorn também. Perderam tanta coisa num único golpe... Gostaria de poder fazer alguma coisa por eles.

— Eu também — emendou Clary.

Diana deu uma olhadela, avaliando Clary, e se abaixou atrás do balcão. Ela ressurgiu um instante depois com uma espada mais ou menos do tamanho do antebraço de Clary.

— O que você acha desta?

Clary fitou a espada. Sem dúvida, era bela. A guarda, o cabo e o pomo eram dourados com ranhuras de obsidiana; a lâmina, de uma prata tão escura que era quase preta. A mente de Clary percorreu rapidamente todos os tipos de armas que ela estivera memorizando nas lições: cimitarras, sabres, espadões, espadas.

— É uma *cinquedea*? — Ela tentou adivinhar.

— É uma espada curta. Você pode querer olhar o outro lado — falou Diana, e ela virou a espada. No lado oposto da lâmina, no sulco central, havia um desenho de estrelas pretas.

482

— Oh. — O coração de Clary bateu dolorosamente; ela deu um passo para trás e quase esbarrou em Jace, que estava atrás dela, franzindo a testa. — É uma espada dos Morgenstern.

— Sim, é. — Os olhos de Diana eram penetrantes. — Há muito tempo os Morgenstern encomendaram duas espadas com Wayland, o ferreiro... um conjunto. — Uma grande e outra menor, para pai e filho. Como Morgenstern significa Estrela da Manhã, cada uma tem seu nome em função de características da estrela: a menor, esta aqui, chama-se Heosphoros, que significa "que traz a manhã", enquanto a maior se chama Phaesphoros ou "que porta a luz". Sem dúvida você já viu Phaesphoros, pois Valentim Morgenstern era o dono dela, e agora é o filho dele quem a carrega.

— Você sabe quem nós somos — disse Jace. Não era uma pergunta. — Quem é Clary.

— O mundo dos Caçadores de Sombras é pequeno — afirmou Diana, e olhou de um para o outro. — Estou no Conselho. Vi seu depoimento, filha de Valentim.

Clary observava a espada, em dúvida.

— Eu não entendo — disse. — Valentim nunca teria abandonado uma espada Morgenstern. Por que você ficou com ela?

— A esposa dele a vendeu — explicou Diana — para meu pai, que era proprietário da loja na época da Ascensão. Era dela. Deveria ser sua agora.

Clary estremeceu.

— Eu vi dois homens portarem a versão maior desta espada, e odeio os dois. Não há Morgenstern neste mundo agora que se dedique a algo que não seja o mal.

Jace falou:

— Há você.

Ela olhou para ele, mas sua expressão era ilegível.

— De qualquer forma, eu não teria como comprá-la — emendou Clary. — É de ouro, e de ouro negro, e *adamas*. Não tenho dinheiro para este tipo de arma.

— Eu dou a espada para você — falou Diana. — Tem razão sobre as pessoas odiarem os Morgenstern; elas contam histórias sobre como as espadas foram criadas para conter a mágica mortal e, ao mesmo tempo, matar milhares. São apenas histórias, claro, nenhuma verdade nelas, mas ainda assim... não é o tipo de item que eu poderia vender em outro lugar. Ou que necessariamente iria querer vender. Ela deveria ir para boas mãos.

— Eu não a quero — murmurou Clary.

— Se você se encolher diante dela, estará permitindo que te domine — falou Diana. — Fique com ela, corte a garganta de seu irmão e devolva a honra a seu sangue.

Ela deslizou a arma pelo balcão, até Clary. Sem dizer nada, a garota a pegou, a mão envolvendo o pomo, que se acomodou bem entre seus dedos — perfeitamente, como se tivesse sido feita para ela. Mesmo contendo aço e metais preciosos, a espada parecia leve

483

como uma pluma. Clary a ergueu, as estrelas pretas ao longo da lâmina piscando para ela, uma luz como fogo correndo e faiscando ao longo do aço.

Clary ergueu o olhar para ver Diana pegar algo no ar: um brilho de luz que se transformou num pedaço de papel. Ela o leu, franziu as sobrancelhas de preocupação.

— Pelo Anjo — disse ela. — O Instituto de Londres foi atacado.

Clary quase derrubou a espada. Ouviu Jace arfar ao seu lado.

— *O quê?* — perguntou ele.

Diana ergueu o olhar.

— Está tudo bem — disse. — Aparentemente algum tipo de proteção especial foi posta sobre o Instituto de Londres, algo que o Conselho ainda não conhece direito. Há feridos, mas ninguém foi morto. As forças de Sebastian foram repelidas. Infelizmente, nenhum dos Crepusculares foi capturado ou morto. — Enquanto Diana falava, Clary percebia que a proprietária da loja estava usando roupas de luto brancas. Será que tinha perdido alguém na guerra de Valentim? Nos ataques de Sebastian aos Institutos?

Quanto sangue fora derramado pelas mãos dos Morgenstern?

— Eu... eu sinto muito. — Clary arfou. Ela conseguia enxergar Sebastian, podia vê-lo em sua mente, o uniforme vermelho e o sangue vermelho, o cabelo prateado e a espada prateada. Ela cambaleou para trás.

Subitamente, sentiu alguém tocando seu braço, e percebeu que estava respirando no ar frio. De alguma forma, estava em frente à loja de armas, numa rua cheia de pessoas, com Jace ao seu lado.

— Clary — disse ele. — Está tudo bem. Tudo está bem. Os Caçadores de Londres, todos escaparam.

— Diana falou que há feridos — repetiu Clary. — Mais sangue derramado por causa dos Morgenstern.

Ela baixou os olhos para a espada, a qual sua mão direita ainda agarrava; os dedos pálidos no cabo.

— Você não precisa ficar com a espada.

— Não. Diana tinha razão. Ter medo de tudo que é dos Morgenstern dá... dá a Sebastian poder sobre mim. E é exatamente isso que ele quer.

— Concordo — disse Jace. — Por essa razão eu trouxe isto.

Ele lhe entregou uma bainha de couro preto, ornada com um desenho de estrelas prateadas.

— Você não pode andar para cima e para baixo com uma arma desembainhada — emendou ele. — Quero dizer, você pode, mas é provável que te olhem de maneira estranha.

Clary pegou a bainha, cobriu a espada, a enfiou no cinto e fechou o casaco por cima.

— Melhor?

Ele afastou uma mecha de cabelo ruivo do rosto dela.

— É sua primeira arma de verdade, que pertence a você. O nome Morgenstern não é amaldiçoado, Clary. É um sobrenome de Caçadores de Sombras antigo e glorioso que remonta a centenas de anos. *A estrela da manhã.*

— A estrela da manhã não é uma estrela — afirmou Clary, mal-humorada. — É um planeta. Aprendi isto na aula de astronomia.

— Lamentavelmente, a educação mundana é prosaica. Olhe — refutou ele, e apontou para cima. Clary olhou, mas não para o céu. Ela olhou para ele, para o sol no cabelo claro, para a curvatura da boca quando ele sorria. — Muito antes de alguém saber sobre planetas, eles sabiam que havia fendas no tecido da noite. As estrelas. E sabiam que havia uma que se erguia a leste, ao nascer, e a chamaram de estrela da manhã, aquela que trazia a luz, o mensageiro da aurora. É tão ruim assim? Trazer luz para o mundo?

Impulsivamente, Clary se esticou e beijou a bochecha de Jace.

— Certo, está bem — ponderou ela. — Então isso foi mais poético que a aula de astronomia.

Ele abaixou a mão e sorriu para ela.

— Bom — falou ele. — Vamos fazer outra coisa poética agora. Venha. Quero te mostrar uma coisa.

Dedos frios contra as têmporas de Simon o acordaram.

— Abra os olhos, Diurno — ordenou uma voz impaciente. — Não temos o dia todo.

Simon sentou-se com tal rapidez que a pessoa diante dele deu um pulo para trás com um sibilo. Simon observou. Ele ainda estava cercado pelas barras da jaula de Maureen, ainda estava dentro do quarto decadente no Hotel Dumort. Do outro lado, estava Raphael. Ele vestia uma camisa branca abotoada e calça jeans, o brilho do ouro visível no pescoço. Ainda assim... Simon só o vira arrumado e com a roupa engomada, como se estivesse indo a uma reunião de negócios. Agora havia gel no cabelo, a camisa branca estava rasgada e manchada de terra.

— Bom dia, Diurno — disse Raphael.

— O que *você* está fazendo aqui? — perguntou Simon, sem rodeios. Ele se sentia sujo, enjoado e zangado. E ainda vestia a camisa com babados. — Já é de manhã?

— Você dormiu, agora está acordado... é de manhã. — Raphael pareceu obscenamente alegre. — Quanto ao que estou fazendo aqui: estou aqui por sua causa, óbvio.

Simon se reclinou contra as barras da jaula.

— O que você quer dizer? E, por falar nisso, como você entrou aqui?

Raphael olhou para Simon com expressão de pena.

— A jaula abre do lado de fora. Foi fácil entrar.

— Então é apenas solidão e um desejo pela companhia de outro garoto ou o quê? — Quis saber Simon. — Da última vez que te vi, você me pediu para ser seu guarda-costas e, quando eu disse que não, deixou claro que se um dia eu perdesse a Marca de Caim, você me mataria.

Raphael sorriu para ele.

— Então esta é a parte em que você me mata? — perguntou Simon. — Devo avisar, não é tão sutil assim. Provavelmente você vai ser pego.

— Sim — refletiu Raphael. — Maureen ficaria muito infeliz com sua morte. Uma vez mencionei a mera ideia de vender você para feiticeiros inescrupulosos, e ela não achou graça. Foi lamentável. Por causa dos poderes de cura, o sangue dos Diurnos vale muito. — Ele suspirou. — Teria sido uma tremenda oportunidade. Infelizmente, Maureen é tola demais para ver as coisas sob meu ponto de vista. Ela prefere manter você vestido como uma boneca. Mas daí, ela é louca.

— Você pode falar esse tipo de coisa da sua rainha vampira?

— Houve um tempo em que eu quis ver você morto, Diurno — retrucou Raphael, em tom casual, como se estivesse contando a Simon que cogitara comprar uma caixa de chocolates para ele em determinada época. — Mas tenho um inimigo maior. Você e eu, nós estamos do mesmo lado.

As barras da jaula pressionavam as costas de Simon de modo desconfortável. Ele mudou de posição.

— Maureen? — perguntou. — Você sempre quis ser o líder dos vampiros, e agora ela assumiu seu lugar.

Raphael torceu o lábio em um rosnado.

— Você acha que isso é apenas um jogo de poder? — disse ele. — Você não entende. Antes de Maureen ser Transformada, ela foi aterrorizada e torturada até o ponto da loucura. Quando se ergueu, saiu do caixão com as garras. Não havia ninguém para ensiná-la. Ninguém para dar o primeiro sangue. Como eu fiz por você.

Simon encarou Raphael. Subitamente, ele se recordou do cemitério, de sair do solo para o frio do ar e da terra, e da fome, da fome insuportável, e de Raphael lhe jogando uma bolsa cheia de sangue. Ele nunca pensara naquilo como um favor ou um serviço, mas teria dilacerado qualquer criatura viva que tivesse encontrado se não fosse por sua primeira refeição. Ele quase dilacerara Clary. Fora Raphael quem impedira isso de acontecer.

Fora Raphael quem levara Simon do Dumort ao Instituto; que o deitara, sangrando, nos degraus da frente quando eles não conseguiram mais avançar; e que explicara aos amigos de Simon o que havia acontecido. Simon supôs que Raphael poderia ter tentado esconder isso, poderia ter mentido para os Nephilim, mas ele confessara e assumira as consequências.

Raphael nunca fora particularmente bom para Simon, mas, à sua maneira, ele possuía um tipo estranho de honra.

— Eu criei você — afirmou Raphael. — Meu sangue em suas veias fez de você um vampiro.

— Você sempre disse que eu era um vampiro terrível — observou Simon.

— Não espero sua gratidão — disse Raphael. — Você nunca quis ser o que é. Nem Maureen, imagina-se. Ela ficou louca com a Transformação e ainda está louca. Ela mata sem pensar. Não pensa nos perigos de nos expor ao mundo humano por meio de uma matança descuidada. Ela não pensa que, talvez, se vampiros matarem sem necessidade ou consideração, um dia não haverá mais comida.

— Seres humanos — corrigiu Simon. — Não haveria mais seres humanos.

— Você *é* um vampiro terrível — disse Raphael. — Mas estamos lado a lado nisso. Você quer proteger os humanos. Eu quero proteger os vampiros. Nosso objetivo é um só, é o mesmo.

— Então mate Maureen — disse Simon. — Mate Maureen e assuma o clã.

— Não posso. — Raphael assumiu uma expressão sombria. — As outras crianças do clã a adoram. Elas não enxergam a longa estrada, a escuridão no horizonte. Veem apenas a liberdade para matar e consumir de acordo com a própria vontade. Não se submetem aos Acordos, não seguem uma Lei externa. Maureen deu a elas toda a liberdade do mundo, e elas vão se destruir com isso. — O tom era amargo.

— Você realmente se preocupa com o que acontece ao clã — afirmou Simon, surpreso. — Você daria um ótimo líder.

Raphael o olhou com expressão severa.

— Embora eu não saiba como você ficaria com uma tiara de ossos — emendou Simon. — Olhe, eu entendo o que está dizendo, mas como posso ajudar? Caso não perceba, estou preso numa jaula. Se me libertar, serei pego. E se eu sair, Maureen vai me encontrar.

— Não em Alicante — disse Raphael.

— Alicante? — Simon encarou o outro. — Você quer dizer... a capital de Idris, Alicante?

— Você não é muito inteligente — respondeu. — Sim, é dessa Alicante que estou falando. — Ao ver a expressão confusa de Simon, Raphael esboçou um sorriso. — Há um representante dos vampiros no Conselho, Anselm Nightshade. Um tipo recluso, o líder do clã de Los Angeles, mas é um sujeito que conhece certos... amigos meus. Feiticeiros.

— Magnus? — falou Simon, surpreso. Raphael e Magnus eram imortais, moravam em Nova York e eram representantes razoavelmente importantes de suas divisões do Submundo. Ainda assim, ele nunca havia pensado em como eles poderiam se conhecer, ou no quão bem eles poderiam se conhecer.

Raphael ignorou a pergunta de Simon.

— Nightshade concordou em me enviar como representante em seu lugar, embora Maureen não saiba disso. Portanto, irei a Alicante e me sentarei no Conselho para a grande reunião, mas exijo que você vá comigo.

— Por quê?

— Os Caçadores de Sombras não confiam em mim — disse Raphael, sem rodeios. — Mas confiam em você. Sobretudo, os Nephilim de Nova York. Olhe para você. Usa o colar de Isabelle Lightwood. Eles sabem que você está mais para um Caçador de Sombras do que para uma Criança Noturna. Vão acreditar no que você diz se lhes contar que Maureen violou os Acordos e deve ser detida.

— Muito bem — disse Simon. — Eles confiam em mim. — Raphael o fitou com olhos arregalados, sinceros. — E isso não tem nada a ver com o fato de você não querer que o clã descubra que transformou Maureen, porque eles gostam dela e então se voltariam contra você feito animais.

— Você conhece os filhos do Inquisidor — disse ele. — Pode testemunhar diretamente para ele.

— Claro — emendou Simon. — Ninguém no clã vai se importar se eu dedurar a rainha deles e for morto. Tenho certeza de que minha vida será fantástica quando eu voltar.

Raphael deu de ombros.

— Eu tenho seguidores aqui — informou ele. — Alguém me deixou entrar neste cômodo. Assim que cuidarem de Maureen, é provável que possamos voltar a Nova York com poucas consequências negativas.

— Poucas consequências negativas. — Simon fez um muxoxo. — Você me tranquiliza.

— De qualquer forma, você está em perigo aqui — disse Raphael. — Se não tivesse seu protetor lobisomem ou seus Caçadores de Sombras, já teria encontrado a morte eterna muitas vezes. Se não quiser ir comigo a Alicante, ficarei feliz em deixá-lo aqui nesta jaula, e você pode ser o brinquedinho de Maureen. Ou pode se juntar aos seus amigos na Cidade de Vidro. Catarina Loss está esperando no andar de baixo para criar um Portal para nós. A escolha é sua.

Raphael reclinou-se, com uma das pernas cruzadas e a mão pendendo frouxa no joelho, como se ele estivesse relaxando no parque. Atrás dele, através das barras da jaula, Simon via o vulto de outro vampiro de pé à porta, uma garota de cabelos negros, com os traços à sombra. A garota que tinha deixado Raphael entrar, imaginou Simon. Ele pensou em Jordan. *Seu protetor lobisomem.* Mas isto, este conflito de clãs e lealdades e, acima de tudo, o desejo homicida de Maureen por sangue e morte, era muita coisa para Jordan suportar.

— Não tenho muita opção, tenho? — perguntou Simon.

Raphael sorriu.

— Não, Diurno. Não tem muita opção.

Da última vez que Clary havia estado no Salão dos Acordos, ele quase fora destruído — o teto de cristal estilhaçado, o soalho rachado, a fonte central seca.

Tinha que admitir que os Caçadores de Sombras haviam feito um serviço impressionante na reconstrução do lugar desde então. O telhado voltara a ser uma peça única, o piso de mármore estava limpo e liso, com fios de ouro. Os arcos erguiam-se acima das cabeças, a luz que se infiltrava através do telhado iluminava os símbolos entalhados ali. A fonte central, com a estátua de sereia, reluzia sob o sol de final de tarde, transformando a água em bronze.

— Quando você ganha a primeira arma de verdade, a tradição manda vir aqui e abençoar a lâmina nas águas da fonte — disse Jace. — Os Caçadores de Sombras têm feito isso há gerações. — Ele deu um passo para a frente, sob a luz dourada sombria, até a beira da fonte. Clary se lembrou dos sonhos que tinha, dançando com ele ali. Ele olhou para trás e fez um gesto para que ela se aproximasse. — Venha cá.

Clary caminhou e parou ao lado dele. A estátua central na fonte, a sereia, tinha escamas sobrepostas, de bronze e cobre, esverdeadas com o azinhavre. A sereia segurava um cântaro do qual jorrava água, e o rosto estava congelado num sorriso de guerreira.

— Ponha a lâmina na fonte e repita depois de mim — pediu Jace. — *Que as águas desta fonte purifiquem esta lâmina. Consagrada apenas ao meu uso. Permita-me usá-la somente em auxílio de causas justas. Permita-me brandi-la com virtude. Deixe-me guiá-la para ser uma guerreira valiosa de Idris. E que ela me proteja para que eu possa retornar a esta fonte e mais uma vez abençoar seu metal. Em nome de Raziel.*

Clary deslizou a lâmina dentro da água e repetiu as palavras depois dele. A água ondulou e reluziu ao redor da espada, e ela então se recordou de outra fonte, em outro lugar, e de Sebastian sentado atrás dela, olhando para a imagem distorcida do próprio rosto. *Você tem um coração sombrio, filha de Valentim.*

— Ótimo — disse Jace. Clary sentiu a mão dele em seu pulso; a água da fonte espirrou, deixando sua pele fria e úmida onde ele a havia tocado. Ele a incitou a recuar a mão com a espada e a soltou para que Clary pudesse erguer a lâmina. O sol estava ainda mais baixo agora, porém havia luz suficiente para lançar centelhas nas estrelas de obsidiana ao longo do sulco central. — Agora dê o nome à espada.

— Heosphoros — falou, deslizando-a de volta na bainha e prendendo-a no cinto. — A que traz a aurora.

Ele abafou uma risada, e se inclinou para lhe dar um beijo delicado no canto da boca.

— Eu deveria levar você para casa... — E se aprumou.

— Você tem pensado nele — disse ela.

— Talvez você devesse ser mais específica — afirmou Jace, embora suspeitasse saber do que ela estava falando.

— Sebastian — emendou ela. — Quero dizer, mais que o normal. E alguma coisa está incomodando você. O que é?

— O que não é? — Ele começou a se afastar dela, cruzando o piso de mármore até as grandes portas duplas do Salão, que se abriram. Ela o acompanhou e saiu para o amplo patamar acima da escadaria que conduzia à Praça do Anjo. O céu escureceu para o cobalto, a cor do espelho do mar.

— Não — pediu Clary. — Não se retraia.

— Eu não ia fazer isso. — Ele soltou a respiração com força. — É só que não há nada de novo. Sim, eu penso nele. Penso nele o tempo todo. Queria não pensar. Não sei explicar, não para outra pessoa, além de você, porque você estava lá. Era como se eu fosse ele, e agora, quando você me conta coisas como o fato de ele ter deixado aquela caixa na casa de Amatis, sei exatamente o *porquê*. E odeio saber.

— Jace...

— Não diga que não sou como ele — pediu Jace. — Eu sou. Fui criado pelo mesmo pai... nós dois temos as vantagens da educação *especial* de Valentim. Falamos os mesmos idiomas. Aprendemos o mesmo estilo de combate. Ele nos ensinou os mesmos princípios. Tínhamos os mesmos animais de estimação. Sem dúvida, isso mudou; tudo mudou quando completei 10 anos, mas a base da infância fica com a pessoa. Algumas vezes, eu me pergunto se isso tudo é minha culpa.

Aquilo tomou Clary de sobressalto.

— Você não pode estar falando sério. Nada do que você fez quando estava com Sebastian foi opção sua...

— Eu *gostava* — retrucou Jace, e ouviu-se um tom rouco em sua voz, como se o fato o arranhasse como uma lixa. — Sebastian é brilhante, mas há buracos no pensamento dele, locais que ele *desconhece...* eu o ajudei com isso. Nós nos sentávamos ali e conversávamos sobre incendiar e destruir o mundo, e era emocionante. Eu queria isso. Varrer todas as coisas, recomeçar, um holocausto de fogo e sangue, e depois uma cidade reluzente sobre a colina.

— Ele fez você pensar que queria essas coisas — disse Clary, mas a voz tremia um pouco. *Você tem um coração sombrio, filha de Valentim.* — Ele fez você oferecer a ele o que *ele* queria.

— Eu gostei de oferecer — afirmou Jace. — Por que você acha que eu conseguia pensar em meios de quebrar e destruir com tanta facilidade, mas agora não consigo pensar num meio de consertar? Quero dizer, para quê exatamente isso me qualifica? Um trabalho no exército do inferno? Eu poderia ser general, como Asmodeus ou Samael.

— Jace...

— Antigamente eram os servos mais brilhantes de Deus — emendou Jace. — É isso que acontece quando você decai. Tudo que era brilhante em você se torna escuridão. Por mais brilhante que tenha sido, você se torna mau. É um *longo* caminho para decair.

— Você não decaiu.

— Ainda não — retrucou ele, e então o céu explodiu em faíscas vermelhas e douradas. Por um momento vertiginoso, Clary recordou-se dos fogos de artifício que pintaram o céu na noite em que eles comemoraram na Praça do Anjo. Ela deu um passo para trás e tentou obter uma visão melhor.

Mas agora não era uma comemoração. Quando os olhos de Clary se adaptaram ao brilho, ela notou que a luz vinha das torres demoníacas. Cada uma se acendera como uma tocha, tons de vermelho e dourado flamejante contra o céu.

Jace empalidecera.

— As luzes de batalha — falou. — Temos que ir para o Gard. — O garoto segurou a mão de Clary e começou a puxá-la degraus abaixo

Clary protestou.

— Mas minha mãe. Isabelle, Alec...

— Todos estão a caminho do Gard também. — Eles chegaram à base da escada. A Praça do Anjo estava ficando movimentada, com pessoas abrindo as portas das casas com violência e esvaziando as ruas, todas correndo em direção à trilha iluminada que subia pela encosta da colina até o topo do Gard. — É isto que o sinal vermelho-e-dourado significa: "Ir até o Gard." É isto que eles esperam que a gente faça... — Ele se desviou de um Caçador de Sombras que passou correndo por eles enquanto amarrava uma braçadeira. — O que está acontecendo? — gritou Jace atrás dele. — Por que o alarme?

— Houve outro ataque! — berrou um sujeito idoso vestindo um uniforme puído.

— Outro Instituto? — gritou Clary.

Eles voltaram a uma rua com lojas dos dois lados, da qual ela se lembrava de ter visitado com Luke antes: eles corriam colina acima, mas ela não estava sem fôlego. Em silêncio, agradeceu os últimos meses de treinamento.

O homem com a braçadeira deu meia-volta e correu, de costas, colina acima.

— Não sabemos ainda. O ataque está em andamento.

Ele girou e redobrou a velocidade, disparando pela rua em curva em direção ao fim da trilha do Gard. Clary se concentrava em não esbarrar nas pessoas na multidão. Era uma horda correndo e empurrando. Ela continuava segurando a mão de Jace enquanto corriam, a nova espada batendo contra a lateral externa da perna, como se a recordando de que estava ali — ali e pronta para ser usada.

A trilha que conduzia ao Gard era íngreme, de terra batida. Clary tentava correr com cuidado por causa das botas e do jeans que vestia, a jaqueta do uniforme com o zíper fechado até em cima, mas não era tão bom quanto estar com o uniforme completo. De algum modo, uma pedrinha tinha entrado na bota esquerda e estava espetando a sola do pé quando chegaram ao portão principal do Gard e diminuíram a velocidade, observando.

Os portões foram abertos com violência. Lá dentro havia um pátio amplo, que ficava coberto de grama no verão, embora agora estivesse nu, cercado pelos muros internos do Gard. Contra um dos muros, via-se um imenso quadrado girando, tomado por vento e vazio.

Um Portal. Dentro dele, Clary pensou ter visto traços de preto, verde e branco incandescente, e até mesmo um trecho de céu salpicado de estrelas...

Robert Lightwood agigantou-se diante deles e bloqueou o caminho; Jace quase colidiu contra ele e soltou a mão de Clary, equilibrando-se. O vento do Portal era frio e poderoso, e atravessava o tecido da jaqueta do uniforme de Clary, agitando o cabelo dela.

— O que está acontecendo? — perguntou Jace sem rodeios. — Isto tem a ver com o ataque de Londres? Pensei que tivesse sido repelido.

Robert balançou a cabeça, com expressão sombria.

— Parece que Sebastian fracassou em Londres e voltou a atenção para outro lugar.

— Onde...? — começou Clary.

— A Cidadela Adamant foi sitiada! — Era a voz de Jia Penhallow, erguendo-se acima dos gritos da multidão. Estava de pé, próxima ao Portal; o movimento do ar dentro e fora agitava sua capa como as asas de um melro imenso. — Vamos ajudar as Irmãs de Ferro! Caçadores de Sombras que estão armados e prontos, apresentem-se a mim!

O pátio estava cheio de Nephilim, embora não tantos quanto Clary imaginara de início. Parecia uma torrente enquanto eles disparavam colina acima até o Gard, mas agora ela via que estava mais para um grupo de quarenta ou cinquenta guerreiros. Alguns usavam uniforme, outros estavam em roupas comuns. Nem todos estavam armados. Os Nephilim que serviam o Gard corriam de um lado para o outro, até a porta aberta do arsenal, acrescentando armas a uma pilha de espadas, lâminas serafim, machados e clavas empilhados ao lado do Portal.

— Vamos atravessar — afirmou Jace para Robert. Com o uniforme completo e vestido com o cinza do Inquisidor, Robert Lightwood fazia Clary se lembrar do lado íngreme e rochoso de um penhasco: irregular e imóvel.

Robert balançou a cabeça.

— Não há necessidade — disse ele. — Sebastian tentou um ataque furtivo. Ele tinha apenas vinte ou trinta guerreiros Crepusculares consigo. Temos guerreiros suficientes para o serviço, sem mandarmos nossas crianças.

— Eu *não* sou *uma criança* — falou Jace ferozmente. Clary se perguntou o que Robert pensara ao olhar para o garoto que adotara; se Robert enxergara o pai de Jace no rosto do garoto, ou se ainda buscava vestígios ausentes de Michael Wayland. Jace examinou a expressão de Robert Lightwood, a desconfiança obscurecendo os olhos dourados. — O que você está fazendo? Tem alguma coisa que não quer que eu saiba.

O rosto de Robert adquiriu linhas rígidas. Naquele momento, uma mulher loura de uniforme passou por Clary, falando, agitada, com seu companheiro: "... disse que podemos tentar capturar os Crepusculares e trazê-los de volta para cá. Ver se podem ser curados. O que significa que talvez possam salvar Jason."

Clary olhou severamente para Robert.

—Você não vai deixar. Você *não* vai deixar que as pessoas que tiveram os parentes levados nos ataques atravessem. Você não vai dizer que os Crepusculares podem ser salvos.

Robert olhou para ela com expressão sombria.

— Não sabemos se não podem.

— *Nós* sabemos — falou Clary. — Eles não podem ser salvos! Não são quem eram! Não são *humanos*. Mas quando estes soldados aqui virem os rostos das pessoas que conhecem, eles vão hesitar, vão *querer* que não seja verdade...

— E serão massacrados — disse Jace, com pesar. — Robert, você precisa impedir isso.

Robert balançava a cabeça.

— Esta é a vontade da Clave. É isso que eles querem que seja feito.

— Então por que enviá-los? — perguntou Jace. — Por que simplesmente não ficam aqui e apunhalam cinquenta indivíduos do próprio povo? Por que não poupar o tempo?

— Não ouse fazer piada — rosnou Robert.

— Eu não estava fazendo piada...

— E não ouse me dizer que *cinquenta* Nephilim não são capazes de derrotar *vinte* guerreiros Crepusculares.

Os Caçadores de Sombras começavam a passar pelo Portal, guiados por Jia. Clary sentiu uma pontada de pânico descer por sua espinha. Jia só permitia a passagem daqueles que usavam o uniforme completo, mas alguns poucos eram muito jovens, ou muito idosos, e muitos tinham ido desarmados e estavam simplesmente pegando armas da pilha fornecida pelo arsenal, antes de atravessar.

— Sebastian espera exatamente esta reação — afirmou Jace, desesperado. — Se ele foi com apenas vinte guerreiros, então há uma razão, e ele terá reforços...

— Ele não pode ter reforços! — Robert ergueu a voz. — Você não pode abrir um Portal para a Cidadela Adamant, a menos que as Irmãs de Ferro permitam. Elas estão permitindo que nós façamos isso, mas Sebastian deve ter ido por terra. Sebastian não imagina que estejamos vigiando a Cidadela por causa dele. Sabe que temos noção de que não pode ser rastreado; sem dúvida, pensou que estivéssemos vigiando apenas os Institutos. Isso é um presente...

— Sebastian não dá presentes! — gritou Jace. — Vocês estão cegos!

— Não estamos cegos! — rugiu Robert. — Você pode estar com medo dele, Jace, mas ele é só um garoto; ele não é a mente militar mais brilhante que já existiu! Ele te enfrentou em Burren *e perdeu!*

Robert deu meia-volta e se afastou, caminhando na direção de Jia. Era como se Jace tivesse sido estapeado. Clary duvidava que alguém já o tivesse acusado de sentir medo em alguma outra ocasião.

Ele se virou e olhou para ela. O movimento de Caçadores de Sombras em direção ao Portal tinha diminuído; Jia acenava e dispensava as pessoas. Jace tocou a espada curta no quadril de Clary.

— Eu vou atravessar — informou ele.

— Eles não vão deixar — disse Clary.

— Eles não precisam *deixar*.

O rosto de Jace parecia entalhado em mármore sob aquelas luzes vermelhas-e-douradas das torres. Atrás dele, Clary via outros Caçadores de Sombras subindo a colina. Conversavam entre si como se fosse um combate habitual, uma situação que poderia ser resolvida com o envio de uns cinquenta Nephilim ao local do ataque. Eles não tinham estado em Burren. Não tinham visto. Eles não *sabiam*. Os olhos de Clary encontraram os de Jace.

Ela notava as linhas de tensão no rosto dele, aprofundando os ângulos das maçãs do rosto, enrijecendo o queixo.

— A pergunta é: há alguma chance de *você* concordar em ficar aqui? — perguntou ele.

— Você sabe que não — disse ela.

Jace inspirou de maneira exasperada.

— Muito bem. Clary, isso pode ser perigoso, perigoso de verdade... — Ela ouvia as pessoas murmurando ao redor, vozes agitadas, erguendo-se na noite em nuvens de ar exalado, pessoas fofocando que a Consulesa e o Conselho haviam se encontrado para discutir o ataque a Londres no momento em que Sebastian subitamente passou a existir no mapa de rastreamento, que ele somente estivera ali havia pouco tempo e com alguns reforços, que eles tinham uma chance real de impedi-lo, que ele fora repelido em Londres e que seria novamente...

— Eu te amo — disse Clary. — Mas não tente me impedir.

Jace esticou a mão e pegou a dela.

— Muito bem — falou. — Então nós corremos juntos. Em direção ao Portal.

— Nós corremos — concordou ela, e foi o que fizeram.

Capítulo 7

CONFLITO NOTURNO

A planície vulcânica se esparramava feito uma paisagem lunar pálida diante de Jace, se estendendo até uma linha de montanhas ao longe, negras contra o horizonte. A neve branca salpicava o solo: densa em alguns lugares; em outros, gelo fino e firme, juntamente aos galhos desfolhados de cercas-vivas e musgo congelado.

A lua estava atrás de nuvens, o céu escuro de veludo pintadinho com estrelas aqui e ali, e obscurecido por uma cortina de nuvens. A luz ardia ao redor deles, porém, vinda das lâminas serafim — e, Jace começava a enxergar, conforme os olhos se adaptavam, a luz do que parecia uma fogueira ardendo à distância.

O Portal havia depositado Jace e Clary a alguns poucos metros um do outro, na neve. Estavam lado a lado agora, Clary muito silenciosa, com o cabelo cor de cobre salpicado de flocos brancos. Ao redor, gritos e berros, o som das lâminas serafim sendo acesas, o murmúrio dos nomes de anjos.

— Fique perto de mim — murmurou Jace, enquanto ele e Clary se aproximavam do topo da serra. Ele pegara uma espada da pilha perto do Portal pouco antes de pular, o grito desesperado de Jia alcançando-os através dos ventos que guinchavam. Jace meio que esperara que ela ou Robert os seguissem, mas, em vez disso, o Portal se fechara imediatamente atrás deles, como uma porta batendo.

A espada pouco familiar pesava nas mãos dele. Jace preferia usar o braço esquerdo, mas o punho da espada era para destros. A arma estava amassada dos lados, como se já tivesse presenciado algumas batalhas. Ele queria estar com uma das próprias armas na mão...

Subitamente tudo apareceu, erguendo-se diante deles como um peixe rompendo a superfície da água com um brilho prateado repentino. Jace só tinha visto a Cidadela Adamant em fotografias até então. Feita do mesmo material que as lâminas serafim, a Cidadela reluzia contra o céu noturno como uma estrela; era isso que Jace confundira com a luz de uma fogueira. Um muro circular de *adamas* a envolvia, sem aberturas, exceto por um único portão, formado por duas lâminas imensas cravadas no solo, formando um ângulo, como um par de tesouras aberto.

Ao redor da Cidadela, o solo vulcânico se estendia, preto e branco como um tabuleiro de xadrez — metade rocha vulcânica e metade neve. Jace sentiu os pelos da nuca se arrepiando. Era como estar de volta ao Burren, embora ele se recordasse daquilo tal como se fosse um sonho: o Nephilim maligno de Sebastian com o uniforme vermelho, e o Nephilim da Clave de preto, lâmina contra lâmina, as faíscas da batalha se elevando na noite, e então o fogo da Gloriosa, varrendo tudo que existia.

A terra do Burren costumava ser escura, mas agora os guerreiros de Sebastian estavam parados como gotas de sangue contra o solo branco. Estavam aguardando, o vermelho sob a luz das estrelas, as lâminas das trevas nas mãos. Eles estavam entre os Nephilim que tinham passado pelo Portal e os portões da Cidadela Adamant. Embora os Crepusculares estivessem ao longe, e Jace não conseguisse ver nenhum dos rostos com clareza, de alguma forma ele *sentia* que sorriam.

E sentia também a inquietação nos Nephilim em torno dele, os Caçadores de Sombras que tinha vindo tão confiantes pelo Portal, tão dispostos para a batalha. Estavam parados e baixaram os olhos diante dos Crepusculares, e Jace percebia a hesitação em suas bravatas. Finalmente (tarde demais), eles sentiram a estranheza, a diferença dos Crepusculares. Aqueles não eram Caçadores de Sombras que tinham perdido o rumo temporariamente. Não eram, de modo algum, Caçadores de Sombras.

— Onde ele está? — sussurrou Clary. A respiração estava esbranquiçada por causa do frio. — Onde está Sebastian?

Jace balançou a cabeça; muitos dos Caçadores de Sombras tinham os capuzes levantados, e seus rostos estavam invisíveis. Sebastian poderia ser qualquer um deles.

— E as Irmãs de Ferro? — Clary examinou a planície com o olhar. A única brancura era a da neve. Não havia sinal das Irmãs em suas vestes, familiares por causa das muitas ilustrações do *Códex*.

— Elas vão ficar dentro da Cidadela — disse Jace. — Precisam proteger o que está em seu interior. O arsenal. Presumidamente, é por isso que Sebastian está aqui... pelas armas. As Irmãs terão cercado o arsenal interior com os próprios corpos. Se ele conseguir cruzar os portões, ou se os Crepusculares conseguirem, as Irmãs destruirão a Cidadela antes de deixá-los ficar com ela. — A voz dele era sombria.

— Mas e se Sebastian souber disso, se ele souber o que as Irmãs farão...? — começou Clary.

Um grito cortou a noite como uma faca. Jace se lançou para a frente antes de perceber que o grito vinha de detrás dele. Jace girou e viu um homem com uniforme puído cair com a lâmina de um Caçador de Sombras maligno enfiada em seu peito. Era o sujeito que havia gritado para Clary em Alicante, antes de chegarem ao Gard.

O Caçador de Sombras maligno girou e sorriu. Ouviu-se um grito dos Nephilim, e a mulher loura que Clary tinha visto falando no Gard com agitação deu um passo à frente.

— Jason! — gritou ela, e Clary percebeu que a mulher falava com o guerreiro Crepuscular, um homem robusto com cabelo louro igual ao dela. — Jason, por favor. — A voz dela falhava quando avançou e esticou a mão para o Crepuscular, que desembainhou outra espada do cinto e olhou para ela com expectativa.

— Por favor, *não* — pediu Clary. — Não... não se aproxime dele...

Mas a mulher loura estava a apenas um passo do Caçador de Sombras maligno.

— Jason — murmurou ela. — Você é meu irmão. Você é um de nós, um Nephilim. Não tem que fazer isso... Sebastian não pode te obrigar. Por favor... — Ela olhou ao redor, desesperada. — Venha conosco. Eles estão procurando uma cura; vamos curar você...

Jason riu. A lâmina brilhou, com um golpe lateral. A cabeça da Caçadora de Sombras loura caiu. O sangue começou a jorrar, escuro contra a neve branca, quando o corpo da mulher desabou no chão. Alguém começou a gritar sem parar, histericamente, e então outra pessoa deu um berro e gesticulou de modo selvagem atrás deles.

Jace ergueu os olhos e viu uma fileira de Crepusculares avançando, todos vindos de trás, da direção do Portal fechado. As lâminas brilhavam sob a luz da lua. Os Nephilim começaram a cambalear pela serra, porém não era mais uma caminhada ordenada — havia pânico entre eles; Jace podia sentir, como o gosto de sangue ao vento.

— Martelo e bigorna! — gritou ele, torcendo para que entendessem. Pegou a mão de Clary e a empurrou para trás, para longe do corpo decapitado. — É uma armadilha — gritou para ela, acima do barulho da luta. — Vá para o muro, para algum lugar onde você possa fazer um Portal! Tire a gente daqui!

Clary arregalou os olhos verdes. Jace queria agarrá-la, beijá-la, grudar nela e protegê-la, mas o combatente nele sabia que a havia trazido para esta vida. Que a encorajara. Treinara. Quando viu a compreensão nos olhos dela, ele assentiu e a soltou.

Clary se afastou da mão dele, passando por um guerreiro Crepuscular que se preparava para enfrentar um Irmão do Silêncio, o qual brandia um bastão na ensanguentada túnica de pergaminho. As botas dela escorregavam na neve enquanto ela corria para a Cidadela. A multidão a engoliu, até que um guerreiro Crepuscular desembainhou a arma e atacou Jace.

Como todos os Caçadores de Sombras Crepusculares, seus movimentos eram rápidos e cegantes, quase selvagens. Quando ele ergueu a espada, pareceu riscar a lua. E o sangue de

Jace também ferveu, disparando como fogo através das veias conforme sua consciência se estreitava: não havia mais nada no mundo, apenas aquele momento, apenas aquele arma na mão. Ele pulou na direção do Caçador de Sombras maligno, a espada esticada.

Clary inclinou-se para pegar Heosphoros, bem onde ela havia caído na neve. A lâmina estava suja de sangue, o sangue de um Caçador de Sombras maligno que mesmo agora estava correndo para longe dela, lançando-se na batalha que se agitava na planície.

Isso tinha acontecido meia dúzia de vezes. Clary atacava, tentando chamar um dos Crepusculares para a luta, e eles largavam as armas, recuavam, se afastavam como se ela fosse um fantasma, e saíam em disparada. Nas primeiras duas vezes, Clary se perguntou se eles tinham medo de Heosphoros, confusos por causa de uma espada que tanto se assemelhava à de Sebastian. Ela suspeitava de outra coisa agora. Provavelmente, Sebastian dissera para não tocarem nela, nem a machucarem, e eles estavam obedecendo.

Isso a fazia querer gritar. Ela sabia que deveria ir atrás deles quando corressem, acabar com eles com uma lâmina nas costas ou um corte no pescoço, mas não conseguia fazê-lo. Eles ainda *pareciam* Nephilim, humanos o suficiente. O sangue corria vermelho sobre a neve. Ela ainda achava covardia atacar alguém que não poderia contra-atacar.

O gelo foi esmagado atrás dela, e Clary girou o corpo, a espada em prontidão. Tudo aconteceu rapidamente: a percepção de que havia duas vezes mais Crepusculares do que eles tinham imaginado, que agora os cercavam dos dois lados, o apelo de Jace para que ela criasse um Portal. Agora Clary estava abrindo caminho em meio a uma turba desesperada. Alguns Caçadores de Sombras tinham debandado, e outros plantaram-se no local onde estavam, determinados a lutar. Como uma massa, estavam sendo empurrados lentamente encosta abaixo, em direção à planície, bem onde a batalha era mais difícil e as lâminas serafim brilhantes reluziam contra os cavaleiros das trevas, uma mistura de preto, branco e vermelho.

Pela primeira vez, Clary teve motivos para agradecer a baixa estatura. Ela foi capaz de correr em meio à multidão, o olhar captando os quadros vivos desesperadores do combate. Ali, um Nephilim pouco mais velho que ela estava envolvido numa batalha desesperada contra um dos Crepusculares com o dobro do tamanho dele, o qual a empurrou pela neve escorregadia; uma espada girou e então um grito, e uma lâmina serafim foi escurecida para sempre. Um jovem de cabelos escuros, com uniforme preto, estava parado acima do corpo de um guerreiro de vermelho morto. Ele segurava uma espada ensanguentada, e lágrimas escorriam pelo rosto, livremente. Perto de um Irmão do Silêncio, uma visão inesperada porém bem-vinda em sua túnica de pergaminho, o esmagamento do crânio de um Caçador de Sombras maligno com um golpe do cajado de madeira; o Crepuscular desabou em silêncio. Um homem caiu de joelhos, agarrando as pernas de uma mulher de uniforme vermelho; ela o fitou com indiferença, depois enfiou a espada entre os ombros dele. Nenhum dos guerreiros se moveu para impedi-la.

Clary correu para o outro lado da multidão e se flagrou ao lado da Cidadela. Os muros brilhavam com uma luz intensa. Ela pensou ter visto o brilho de alguma coisa vermelha e dourada através da arcada do portão de tesouras, como uma fogueira. Tateou pela estela no cinto, pegou-a, pôs a ponta no muro — e congelou.

A poucos passos dela, um Caçador de Sombras maligno havia se afastado da batalha e seguia para os portões da Cidadela. Ele carregava uma clava e um flagelo debaixo do braço; com um olhar irônico para a batalha, passou pelo portão da Cidadela...

E as tesouras se fecharam. Não houve grito, mas o som nauseante de ossos e cartilagem sendo esmagados pôde ser ouvido mesmo em meio ao burburinho da batalha. Uma bolha de sangue se espalhou pelo portão fechado, e Clary percebeu que não era a primeira. Havia outras manchas, dispersas pelo muro, escurecendo o solo logo abaixo...

Ela se virou, sentindo uma pontada no estômago, e encostou a estela na pedra. Começou a obrigar a mente a pensar em Alicante e tentou visualizar a extensão coberta de relva diante do Gard, procurando afastar todas as distrações à sua volta.

— Baixe a estela, filha de Valentim — alertou uma voz fria e controlada.

Ela congelou. Atrás de Clary, estava Amatis, com a espada em punho, a ponta afiada diretamente voltada para ela. Havia um sorriso selvagem em seu rosto.

— Muito bem — disse ela. — Deixe a estela no chão e venha comigo. Sei de alguém que vai ficar *muito* feliz em te ver.

— Ande, Clarissa. — Amatis golpeou a lateral do corpo de Clary com a ponta da espada. Não foi forte o suficiente para rasgar a jaqueta, mas o bastante para deixar a garota desconfortável. Clary deixou a estela cair; ficou a alguns metros, na neve suja, reluzindo com um brilho hipnótico. — Pare de enrolar.

— Você não pode me machucar — disse Clary. — Sebastian deu ordens.

— Ordens para não matar você — concordou Amatis. — Ele nunca disse nada sobre te machucar. Ficarei feliz em te entregar a ele com todos os dedos faltando, garota. Não pense que não.

Clary encarou a outra com expressão severa antes de dar meia-volta e deixar que Amatis a conduzisse em direção à batalha. O olhar dela se movia entre os Crepusculares, procurando por uma cabeça loura familiar no mar de escarlate. Precisava saber quanto tempo tinha antes de Amatis jogá-la aos pés de Sebastian e dar fim à chance de luta ou fuga. Amatis pegara Heosphoros, claro, e a lâmina Morgenstern agora pendia do quadril da mulher mais velha, as estrelas ao longo da lâmina piscando sob a luz fraca.

— Aposto que nem sabe onde ele está — provocou Clary.

Amatis a cutucou de novo, e Clary se jogou para a frente, quase tropeçando sobre o cadáver de um Caçador de Sombras maligno. O solo era uma massa de neve, terra e sangue revirados.

— Eu sou a primeira-tenente; sempre sei onde ele está. E é por isso que ele confia em mim para levar você até ele.

— Ele não confia em você. Não se importa com você nem com nada. Veja. — Elas chegaram ao cume de uma pequena serra; Clary diminuiu até parar e fez um gesto amplo com o braço, apontando o campo de batalha. — Veja quantos de vocês estão caindo. Sebastian quer apenas bucha de canhão. Só quer usar vocês.

— É isso que você vê? Eu vejo Nephilim mortos. — Clary conseguia ver Amatis de soslaio. O grisalho cabelo castanho flutuava no ar frio, e os olhos eram severos. — Você acha que a Clave não foi dominada? Dê uma boa analisada. Olhe ao redor. — Ela cutucou Clary com um dedo, que olhou, contra sua vontade. As duas metades do exército de Sebastian tinham se unido e estavam cercando os Nephilim no meio. Muitos dos Nephilim estavam lutando com habilidade e malícia. Era adorável vê-los em batalha, em seu estilo muito peculiar; a luz das lâminas serafim traçava desenhos no céu escuro. Não que isso mudasse o fato de serem amaldiçoados. — Eles fizeram o que sempre fazem quando há um ataque do lado de fora de Idris e um Conclave não é iminente. Enviam guerreiros pelo Portal, qualquer um que chegue ao Gard primeiro. Alguns desses guerreiros jamais combateram numa batalha de verdade. Outros lutaram em batalhas demais. Nenhum deles está preparado para matar um inimigo que carrega o rosto dos filhos, namorados, amigos, *parabatai*. — Ela cuspiu a última palavra. — A Clave não compreende nosso Sebastian nem as forças dele, e todos serão mortos antes disso.

— De onde eles vieram? — questionou Clary. — Os Crepusculares. A Clave disse que eram apenas vinte, e não havia meio de Sebastian esconder quantos havia. Como...

Amatis jogou a cabeça para trás e deu uma risada.

— Como se eu fosse contar. Sebastian tem aliados em mais lugares do que você imagina, pequena.

— Amatis. — Clary tentava manter a voz firme. — Você é uma de nós. Nephilim. Você é a irmã de Luke.

— Ele é um membro do Submundo, e não meu irmão. Devia ter se suicidado quando Valentim ordenou.

— Você não está falando sério. Ficou feliz ao vê-lo quando fomos à sua casa. Eu sei que ficou.

Desta vez o golpe da ponta da lâmina entre os ombros foi mais do que desconfortável: doeu.

— Na época, eu era prisioneira — disse Amatis. — Eu pensava que precisava da aprovação da Clave e do Conselho. Os Nephilim tiraram tudo de mim. — Ela se virou e olhou a Cidadela com expressão severa. — As Irmãs de Ferro tiraram minha mãe. Depois uma delas presidiu meu divórcio. Dividiram as Marcas de casamento em duas, e eu gritei com a dor. Elas não têm coração, apenas *adamas*, assim como os Irmãos do Silêncio. Você pensa que eles são gentis, que os Nephilim são gentis, porque são bons, mas bondade não é gentileza, e não há nada mais cruel que a virtude.

— Mas nós podemos *escolher* — falou Clary, mas como ela poderia explicar a alguém que não compreendia que as escolhas tinham sido retiradas, que havia uma coisa chamada livre-arbítrio?

— Ora, diabos, fique quieta... — interrompeu Amatis, retesando-se.

Clary seguiu o olhar dela. Por um instante, não conseguiu ver o que a outra estava encarando. Via apenas o caos da luta, sangue na neve, o brilho das estrelas nas lâminas e o ardor intenso da Cidadela. Depois percebeu que a batalha parecia ter se desenvolvido a um tipo estranho de padrão; alguma coisa estava abrindo caminho em meio à multidão como um navio abrindo as águas e deixando o caos em seu rastro. Um Caçador de Sombras magro, vestido de preto, com cabelo brilhante, se movimentava tão rápido que era como observar o fogo pular de cume em cume numa floresta, incendiando tudo.

Só que nesse caso a floresta era o exército de Sebastian, e os Crepusculares caíam um por um. Caíam com tanta rapidez que mal tinham tempo para pegar as armas, muito menos para brandi-las. E enquanto caíam, outros começavam a recuar, confusos e inseguros, de modo que Clary via o espaço livre no meio da batalha, bem como quem permanecia em seu centro.

Apesar de tudo, ela sorriu.

— Jace.

Amatis arfou, surpresa — foi um momento de distração, mas era tudo de que Clary precisava para se jogar e enganchar a perna nos tornozelos da mulher, do mesmo modo que Jace ensinara, e então ela puxou os pés de Amatis, que caiu. Em seguida a espada se afastou da mão dela e deslizou pelo solo congelado. Amatis estava se inclinando para se levantar quando Clary deu um encontrão nela — não foi gracioso nem eficiente, mas a mulher caiu de costas na neve. Amatis reagiu, agarrando Clary e puxando sua cabeça para trás, no entanto a mão da menina alcançou o cinto da mulher mais velha e liberou Heosphoros, para depois encostar a ponta afiada no pescoço de Amatis.

A mulher ficou imóvel.

— Muito bem — disse Clary. — Nem pense em se mexer.

— Solte-me! — gritou Isabelle para o pai! — *Solte*-me!

Quando as torres demoníacas ficaram vermelhas e douradas com o aviso para ir para o Gard, ela e Alec saíram aos tropeços para pegar os uniformes e as armas e subir pela colina. O coração de Isabelle batia forte, não por causa do esforço, mas da agitação. Alec estava sombrio e prático como sempre, porém o flagelo de Isabelle cantava para ela. Talvez fosse isso: uma batalha de verdade; talvez fosse o momento de voltar a enfrentar Sebastian em campo, e desta vez ela o mataria.

Por seu irmão. Por Max.

Alec e Isabelle não estavam preparados para a multidão no pátio do Gard, ou para a velocidade com que os Nephilim estavam sendo empurrados pelo Portal. Isabelle perdera o irmão na multidão, mas avançara até o Portal; tinha visto Jace e Clary ali, prestes a entrar, e redobrara a velocidade, até subitamente duas mãos saírem da multidão e agarrarem seus braços.

Era o pai dela. Isabelle começou a espernear e gritou por Alec, mas Jace e Clary já tinham ido embora, rumo ao redemoinho do Portal. Rosnando, Isabelle lutou, porém seu pai era alto e forte, e tinha muitos anos a mais de treinamento.

Ele a soltou quando o Portal deu um último rodopio e se fechou com força, desaparecendo na parede branca do arsenal. Os Nephilim restantes no pátio ficaram quietos, aguardando instruções. Jia Penhallow anunciou que quantidade suficiente deles tinha passado pela Cidadela, e que os outros deveriam aguardar dentro do Gard, caso reforços se fizessem necessários; não havia necessidade de ficar no pátio e congelar. Ela compreendia o quanto todos desejavam lutar, mas muitos guerreiros já haviam sido despachados para a Cidadela, e Alicante ainda precisava de uma força para guardá-la.

— Viu? — disse Robert Lightwood, gesticulando com exasperação para a filha quando ela girou para encará-lo. Ficou satisfeita ao ver que havia arranhões sangrando nos pulsos dele, bem onde ela enfiara as unhas. — Você é necessária aqui, Isabelle...

— Cale a boca — sibilou ela para o pai, entre dentes. — Cale a boca, mentiroso *filho da mãe*.

O espanto deixou Robert sem expressão. Isabelle sabia por meio de Simon e Clary que alguns berros com os pais eram esperados na cultura mundana, no entanto os Caçadores de Sombras acreditavam no respeito pelos mais velhos, bem como no controle das emoções.

No entanto, Isabelle não tinha vontade de controlar as emoções. Não agora.

— Isabelle... — Era Alec, deslizando para ficar ao lado dela. A multidão ao redor diminuía, e ela estava remotamente consciente de que muitos dos Nephilim já haviam entrado no Gard. Aqueles que sobraram olhavam para outra direção de modo esquisito. As discussões de famílias alheias não eram da conta dos Caçadores de Sombras. — Isabelle, vamos voltar para casa.

Alec esticou a mão; ela a afastou com um movimento irritado. Isabelle adorava o irmão, mas nunca havia sentido tanta vontade de socá-lo como agora.

— Não — retrucou ela. — Jace e Clary atravessaram; nós devíamos ir com eles.

Robert Lightwood parecia exausto.

— Não era para terem ido — disse ele. — Eles fizeram isso contra as ordens estritas. O que não significa que você deveria acompanhar.

— Eles sabiam o que estavam fazendo — interrompeu Isabelle. — Você precisa de mais Caçadores de Sombras para enfrentar Sebastian, não de menos.

— Isabelle, não tenho tempo para isso — falou Robert, e fitou Alec, exasperado, como se esperando que o filho ficasse ao lado dele. — Há apenas vinte Crepusculares com Sebastian. Mandamos cinquenta guerreiros pelo Portal.

— Vinte guerreiros deles são como uma centena de Caçadores de Sombras — afirmou Alec em sua voz baixa. — Nosso lado poderia ser massacrado.

— Se alguma coisa acontecer a Jace e Clary, será culpa sua — disse Isabelle. — Assim como aconteceu com Max.

Robert Lightwood recuou.

— *Isabelle.* — A voz da mãe rompeu o silêncio terrível e súbito. Isabelle girou a cabeça e viu que Maryse estava atrás deles; a exemplo de Alec, ela parecia espantada. Uma pequena parte longínqua de Isabelle sentia-se culpada e nauseada, mas a parte dela que parecia ter assumido o controle, que estava borbulhando dentro dela como um vulcão, sentia somente um triunfo amargo. Estava cansada de fingir que tudo ia bem. — Alec está certo — emendou Maryse. — Vamos voltar para casa...

— Não — disse Isabelle. — Você não ouviu a Consulesa? Somos necessários aqui, no Gard. Eles podem querer reforços.

— Eles vão querer adultos, não crianças — afirmou Maryse. — Se você não vai voltar, então peça desculpas ao seu pai. A morte de... O que aconteceu a Max não foi culpa de ninguém; foi culpa de Valentim.

— Talvez se vocês já não tivessem ficado do lado de Valentim uma vez, não *haveria* uma Guerra Mortal — sibilou Isabelle para a mãe. Depois, ela se virou para o pai: — Estou cansada de fingir que não sei o que sei. Sei que você traiu mamãe. — Isabelle não conseguiu deter as palavras agora; elas continuaram saindo como uma torrente. Ela viu Maryse empalidecer, Alec abrir a boca para protestar. Robert parecia ter levado um golpe. — Antes de Max nascer. Eu sei. Ela me contou. Com uma mulher que morreu na Guerra Mortal. E você ia embora, ia abandonar todos nós, e só ficou porque Max nasceu, e aposto que você está feliz por ele estar morto, não é? Porque agora não precisa ficar.

— Isabelle... — começou Alec, horrorizado.

Robert virou-se para Maryse.

— Você *contou* a ela? Pelo Anjo, Maryse, quando?

— O senhor está dizendo então que é verdade? — A voz de Alec tremia, enojado.

Robert se voltou para ele.

— Alexander, por favor...

Mas Alec lhe dera as costas. O pátio estava quase vazio agora. Isabelle podia ver Jia de pé ao longe, perto da entrada do arsenal, esperando que o último deles entrasse. Viu Alec ir até Jia, ouviu o som da discussão com ela.

Os pais de Isabelle a fitavam como se seus mundos estivessem desmoronando. Ela nunca havia se imaginado capaz de destruir o mundo dos pais. Esperava que o pai fosse berrar com ela, e não ficar ali, com sua maturidade de Inquisidor, parecendo arrasado. Finalmente, ele pigarreou.

— Isabelle — disse, com voz rouca. — Não importa o que você pense, tem que acreditar... você não pode realmente acreditar que quando perdemos Max, que eu...

— Não fale comigo — retrucou Isabelle, afastando-se aos trancos, o coração batendo de modo irregular no peito. — Simplesmente... não fale comigo.

Ela se virou e correu.

Jace disparou no ar, colidiu contra um Caçador de Sombras maligno e conduziu o corpo do Crepuscular até o solo, dando-lhe um golpe cruel, semelhante a uma tesoura. De alguma forma ele havia obtido uma segunda lâmina; não tinha certeza de onde. Tudo era sangue e fogo em sua mente.

Já havia lutado antes, muitas vezes. Conhecia a emoção da batalha conforme esta se desenrolava, o mundo ao redor dele baixando para um sussurro, todos os movimentos precisos e exatos. Uma parte de sua mente era capaz de afastar o sangue, a dor e o mau cheiro daquilo para detrás de um muro de gelo cristalino.

Mas aquilo não era gelo; era fogo. O calor que percorria suas veias o conduzia, acelerava seus movimentos de tal modo que era como se estivesse voando. Ele chutou o corpo decapitado do Caçador de Sombras maligno para o caminho de outro, um vulto vestido de vermelho que voava na direção dele. O Crepuscular tropeçou, e Jace o cortou rigorosamente ao meio. O sangue surgiu na neve. Jace já estava empapado nele: sentia o uniforme pesado e encharcado contra o corpo, e sentia o cheio ferroso e salgado, como se o sangue invadisse o ar que ele respirava.

Ele praticamente pulou o corpo do Crepuscular morto e caminhou até outro deles, um homem de cabelo castanho com um rasgo na manga do uniforme vermelho. Jace ergueu a espada na mão direita, e o homem se encolheu, surpreendendo-o. Os Caçadores de Sombras malignos não pareciam sentir muito medo e morriam sem gritar. Este, porém, tinha o rosto contorcido pelo medo.

— Na verdade, Andrew, não há necessidade de ficar assim. Não vou fazer nada com você — afirmou uma voz por trás de Jace, aguda, límpida e familiar. E apenas um pouco exasperada. — A menos que você não saia do caminho.

O Caçador de Sombras de cabelo castanho disparou para longe de Jace, que deu meia-volta, já sabendo o que veria.

Sebastian estava parado atrás dele. Aparentemente tinha vindo de lugar nenhum, embora isso não surpreendesse Jace. Ele sabia que Sebastian ainda possuía o anel de Valentim, o qual permitia que ele aparecesse e desaparecesse quando quisesse. Vestia o uniforme vermelho, desenhado com símbolos dourados — símbolos de proteção, cura e boa sorte. Símbolos do Livro Gray, do tipo que os seguidores não podiam usar. O vermelho fazia o cabelo claro parecer mais claro ainda, o sorriso era uma abertura branca no rosto enquanto seu olhar examinava Jace da cabeça às botas.

— Meu Jace — disse ele. — Sentiu minha falta?

Em um lampejo, as espadas de Jace se ergueram e as pontas pairaram bem sobre o coração de Sebastian. Jace ouviu um murmúrio da multidão à sua volta. Parecia que os Caçadores de Sombras malignos e seus equivalentes Nephilim tinham parado a luta para observar o que estava acontecendo.

— Você não pode pensar de verdade que senti sua falta.

Sebastian ergueu o olhar lentamente, a expressão divertida encontrando a de Jace. Os olhos eram negros como os do pai. Na profundidade escura deles Jace enxergava a si mesmo, via o apartamento que tinha dividido com Sebastian, as refeições que fizeram juntos, as piadas que contaram, os combates que compartilharam. Ele tinha se incorporado a Sebastian, desistido completamente do livre-arbítrio, e isso fora agradável e fácil, e, no fundo das profundezas mais obscuras de seu coração pérfido, Jace sabia que aquela parte dele desejava tudo aquilo novamente.

Isso fazia com que odiasse Sebastian ainda mais.

— Bem, não consigo imaginar outro motivo para você estar aqui. Sabe que não posso ser morto com uma espada — relembrou Sebastian. — O pirralho do Instituto Los Angeles deve ter lhe contado isso, pelo menos.

— Eu poderia fatiar você — afirmou Jace. — Ver se você consegue sobreviver em pedacinhos. Ou eu corto sua cabeça. Isso talvez não te matasse, mas seria engraçado observar você tentando encontrá-la.

Sebastian ainda sorria.

— Eu não tentaria se fosse você — acrescentou ele.

Jace soltou o ar, o hálito parecia uma pluma branca. *Não deixe que ele te controle*, gritava sua mente, mas a maldição era que ele conhecia Sebastian bem o suficiente para não acreditar que ele estivesse blefando. Sebastian odiava blefar. Ele gostava de ter a vantagem e de ter consciência disso.

— Por que não? — rosnou Jace através dos dentes trincados.

— Minha irmã — disse Sebastian. — Você mandou Clary criar um Portal? Não foi muito inteligente se separarem. Ela está sendo mantida a alguma distância daqui por um de meus tenentes. Se você me machucar, cortam a garganta dela.

Houve um murmúrio dos Nephilim atrás dele, mas Jace não conseguiu ouvir. O nome de Clary pulsava no sangue de suas veias, e o local onde o símbolo de Lilith outrora o conectara a Sebastian ardia. Diziam que era melhor você conhecer seu inimigo, mas em que ajudava saber que a fraqueza de seu inimigo era a sua também?

A multidão que murmurava ergueu-se a um rugido quando Jace começou a baixar as espadas. Sebastian se movimentou com tanta rapidez que Jace viu apenas um borrão quando o outro garoto girou e chutou seu pulso. A espada se soltou do aperto dormente da mão direita, e ele se jogou para trás. No entanto Sebastian foi mais rápido, sacou a espada Morgenstern e acertou um golpe que Jace conseguiu evitar apenas girando o corpo para o lado. A ponta da espada fez um corte superficial em suas costelas.

Agora um pouco do sangue em seu uniforme era dele mesmo.

Ele se abaixou quando Sebastian o atacou novamente, e a espada sibilou por sua cabeça. Ele ouviu o xingamento de Sebastian e se lançou girando a própria espada. As duas espadas colidiram com o som de metal estridente, e Sebastian deu um sorriso.

— Você não pode vencer — provocou ele. — Eu sou melhor que você, sempre fui. Eu poderia ser o melhor.

— Modesto também — disse Jace, e as espadas se separaram com um rangido. Ele recuou, apenas o suficiente para ter alcance.

— E não pode me machucar, não de verdade, por causa de *Clary* — emendou Sebastian, insistente. — Da mesma forma que ela não poderia me machucar por sua causa. Sempre a mesma dança. Nenhum dos dois está disposto a fazer o sacrifício. — Ele se aproximou de Jace com um giro lateral; Jace se defendeu, embora a força do golpe de Sebastian tivesse enviado um choque por todo seu braço. — Você pensaria, com toda a sua obsessão pela *bondade*, que um de vocês estaria disposto a abrir mão do outro por uma causa maior. Mas não. Em essência, o amor é egoísta, e vocês dois também são.

— Você não conhece nenhum de nós — arfou Jace; estava ofegante agora, e sabia que lutava defensivamente, evitando Sebastian mais do que atacando. O símbolo de Força no braço ardia, incendiando o restante de seu poder. Isso era ruim.

— Conheço minha irmã — afirmou Sebastian. — E agora não, mas em breve eu a conhecerei de *todos* os modos que se é possível conhecer alguém. — Ele sorriu mais uma vez, selvagem. Era o mesmo olhar de muito tempo atrás, numa noite de verão em frente ao Gard, quando ele dissera: *Ou, talvez, só esteja irritado porque eu beijei sua irmã. Porque ela me quis.*

A náusea invadiu Jace, náusea e raiva, e ele se lançou contra Sebastian, esquecendo-se, por um minuto, das regras da luta, esquecendo-se de manter a pressão do aperto no punho distribuída igualmente, esquecendo-se do balanço, da precisão, de tudo, menos do ódio, e o sorriso de Sebastian se abriu quando ele escapou do ataque e chutou a perna de Jace com exatidão.

O garoto caiu com força, e as costas colidiram com o solo congelado, deixando-o sem fôlego. Jace ouviu o sibilo da Morgenstern antes de vê-la, e rolou para o lado quando a espada acertou o ponto onde ele estivera um segundo antes. As estrelas giravam enlouquecidas acima de sua cabeça, pretas e prateadas, e então Sebastian ficou de pé acima dele, mais preto e prata, e a espada baixou outra vez; depois ele rolou para o lado, mas não foi veloz o suficiente, e desta vez sentiu o golpe.

A agonia foi instantânea, nítida e clara, quando a lâmina bateu em seu ombro. Foi como ser eletrocutado — Jace sentiu a dor através do corpo inteiro, seus músculos se contraíram, as costas arquearam. O calor chamuscava através dele, como se os ossos estivessem sendo fundidos ao carvão. As chamas se reuniram e percorreram suas veias, subindo pela espinha...

Ele viu Sebastian arregalar os olhos, e se viu refletido na escuridão deles, esparramado no solo preto e vermelho, e seu ombro estava *incendiando*. Chamas se erguiam da ferida feito sangue. Faiscavam para cima, e uma única centelha percorreu a espada Morgenstern e ardeu para dentro do cabo.

Sebastian xingou e jogou a mão para trás, como se tivesse sido golpeado. A espada retiniu no chão; ele ergueu a mão e a encarou. E mesmo através da confusão de dor, Jace notara uma marca preta, uma queimadura na palma da mão do rival, no formato do cabo de uma espada.

Jace esforçou-se para se apoiar nos cotovelos, embora o movimento enviasse uma onda de dor tão severa pelo ombro que ele pensou que fosse desmaiar. Sua visão escureceu. Quando ele voltou a enxergar, Sebastian estava de pé acima dele, com um rosnado contorcendo seus traços, a espada Morgenstern de volta à mão — e os dois estavam cercados por um círculo de vultos. Mulheres vestidas de branco como oráculos gregos, os olhos jorrando chamas alaranjadas. Seus rostos eram tatuados com máscaras, como vinhas delicadas e contorcidas. Elas eram belas e terríveis. Eram as Irmãs de Ferro.

Cada uma segurava uma espada de *adamas*, com a ponta virada para baixo. Estavam em silêncio, e a boca formava uma linha rígida. Entre duas delas, estava o Irmão do Silêncio que Jace tinha visto, lutando na planície, o cajado de madeira na mão.

— Em seiscentos anos, não abandonamos nossa Cidadela — disse uma das Irmãs, uma mulher alta, com cabelo preto que caía em tranças até a cintura. Os olhos faiscavam, fornalhas gêmeas na escuridão. — Mas o fogo celestial nos chamou, e nós viemos. Afaste-se de Jace Lightwood, filho de Valentim. Se machucá-lo de novo, nós vamos te destruir.

— Nem Jace Lightwood nem o fogo em suas veias vão te salvar, Cleophas — retrucou Sebastian, ainda empunhando a espada. Sua voz era firme. — O Nephilim não tem salvação.

— Você não sabia temer o fogo celestial. Agora sabe — disse Cleophas. — Hora de se retirar, garoto.

A ponta da espada Morgenstern baixou na direção de Jace — baixou —, e, com um grito, Sebastian atacou. A espada passou sibilando por Jace e se enterrou no solo.

A terra pareceu uivar, como se mortalmente ferida. Um tremor fendeu o solo, espalhando-se a partir da ponta da espada Morgenstern. A visão de Jace ia e voltava, a consciência escapava dele como o fogo que escapava de sua ferida, porém, mesmo enquanto as trevas o dominavam, ele via o triunfo no rosto de Sebastian, e o ouviu começar a rir quando, com uma contorção terrível e súbita, a terra se rompeu. Uma rachadura negra imensa se abriu ao lado deles. Sebastian pulou para dentro dela e desapareceu.

— Não é tão simples, Alec — disse Jia, com voz cansada. — A magia do Portal é complicada, e não temos notícias das Irmãs de Ferro para indicar que precisam de nosso auxílio. Além disso, depois do que aconteceu hoje cedo em Londres, precisamos ficar aqui, alertas...

— Eu estou dizendo, eu *sei* — afirmou Alec. Ele estava tremendo, apesar do uniforme. Estava frio na Colina do Gard, mas não era somente por isso. Em parte, era o choque pelo que Isabelle dissera aos pais, pela expressão do pai. Mas grande parte daquilo era por causa da apreensão. O pressentimento frio pingava por sua espinha como gelo. — Você não compreende os Crepusculares; você não entende como eles são...

Ele se curvou. Uma coisa quente o havia perfurado, passando do ombro até as vísceras, como uma lança de fogo. Ele atingiu o solo, de joelhos, gemendo.

— Alec... Alec! — As mãos da Consulesa estavam nos ombros dele.

Alec tinha consciência remota dos pais correndo até ele. Sua visão nadou em agonia. Dor, sobreposta e duplicada porque não era dor de modo algum; as centelhas sob as costelas não queimavam em seu corpo, mas sim no de outra pessoa.

— Jace. — Ele trincou os dentes. — Alguma coisa está acontecendo... o fogo. Você precisa abrir um Portal, *rápido*.

Amatis, deitada de costas no chão, soltou uma risada.

— Você não vai me matar. Não tem coragem.

Respirando com dificuldade, Clary cutucou o queixo de Amatis com a ponta da espada.

— Você não sabe do que sou capaz.

— Olhe para mim. — Os olhos de Amatis reluziram. — Olhe para mim e me diga o que vê.

Clary olhou, mas já sabia. Amatis não se parecia exatamente com o irmão, mas tinha o mesmo queixo, os mesmos olhos azuis confiáveis, o mesmo cabelo castanho com toques de cinza.

— Clemência — disse Amatis, e ergueu as mãos como se quisesse evitar o golpe de Clary. — Você a daria para mim.

Clemência. Clary ficou imóvel, mesmo quando Amatis ergueu o olhar para ela, evidentemente se divertindo. *Bondade não é gentileza e nada é mais cruel que a virtude.* Ela sabia que deveria cortar a garganta da outra, queria até, mas como contar a Luke que tinha matado a irmã dele? Que havia matado a irmã dele enquanto ela jazia no solo, implorando por clemência?

Clary sentiu a própria mão tremer, como se estivesse desligada do corpo. Ao redor, os sons da batalha tinha diminuído: ela ouvia gritos e murmúrios, mas não ousava virar a cabeça e ver o que acontecia. Estava concentrada em Amatis, no aperto no cabo de Heosphoros, no filete de sangue que descia abaixo do queixo de Amatis, onde a ponta da espada de Clary perfurara a pele...

O solo se abriu. As botas de Clary escorregaram na neve, e ela se lançou para o lado; rolou, mal conseguindo evitar se cortar com a própria lâmina. A queda fez com que perdesse o fôlego, mas ela tropeçou para trás e agarrou Heosphoros enquanto o solo sacudia em volta. *Terremoto*, pensou furiosamente. Clary pegou uma pedra com a mão livre enquanto Amatis ficava de joelhos, olhando ao redor com um sorriso de predador.

Ouviram-se gritos por toda parte e um estranho som de algo se partindo. Quando Clary olhou, apavorada, o solo havia se dividido em dois, uma fenda imensa se abrindo. Pedras, terra e pedaços irregulares de gelo caíam pela abertura enquanto Clary saía dela com dificuldade. A fenda aumentava rapidamente, a rachadura irregular se tornando uma fissura ampla com laterais íngremes que desapareciam em meio à sombra.

O solo começava a parar de sacudir. Clary ouvira a gargalhada de Amatis. Ela ergueu o olhar e viu a mulher mais velha se levantar e sorrir com sarcasmo.

— Dê lembranças ao meu irmão — pediu Amatis, e pulou para dentro da fissura.

Clary se levantou, com o coração acelerado, e correu até a beira da fissura. Olhou por cima dela. A garota conseguia ver apenas alguns metros de terreno íngreme e então trevas, e sombras, sombras que se movimentavam. Ela se virou e viu que, em toda parte do campo de batalha, os Crepusculares corriam em direção à fissura e pulavam dentro dela. Eles a recordavam dos mergulhadores olímpicos, seguros e determinados, confiantes de sua aterrissagem.

Os Nephilim fugiam da fissura aos trancos enquanto os inimigos vestidos com roupas vermelhas disparavam por eles, lançando-se dentro da cova. O olhar de Clary rastreou entre eles, ansioso, procurando por uma figura vestida de preto em particular, com a cabeça com cabelo claro.

Ela parou. Ali, exatamente na fissura, a alguma distância dela, estava um grupo de mulheres usando branco. As Irmãs de Ferro. Através das brechas entre elas, notou um vulto no chão, e outro, com a túnica de pergaminho, encolhida...

Clary começou a correr. Sabia que não devia com a espada fora da bainha, mas não se importou. Pisava na neve com força, saindo do caminho de Crepusculares apressados, passando no meio dos Nephilim, e a neve estava ensanguentada, encharcada e escorregadia, mas mesmo assim ela continuava correndo, até que irrompeu no círculo das Irmãs do Ferro e alcançou Jace.

Ele estava no chão, e o coração de Clary, que parecia prestes a explodir dentro do peito, diminuiu lentamente os batimentos quando viu que os olhos dele estavam abertos. No entanto, Jace parecia pálido e respirava com dificuldade suficiente para que ela pudesse ouvir. O Irmão do Silêncio estava ajoelhado ao lado dele, e os dedos pálidos e compridos abriam o uniforme no ombro de Jace.

— O que está acontecendo? — perguntou Clary, olhando ao redor com expressão feroz. Dezenas de Irmãs de Ferro retribuíam aquele olhar, impassíveis e silenciosas. Havia outras Irmãs de Ferro também, do outro lado da fissura, observando, imóveis, enquanto os Crepusculares se lançavam dentro dela. Era assustador. — O que aconteceu?

— Sebastian — falou Jace entredentes, e ela se deixou cair ao lado dele, de frente para o Irmão do Silêncio, enquanto ele tirava o uniforme e ela via o corte no ombro. — Foi Sebastian quem aconteceu.

A ferida era fogo jorrando.

Não havia sangue, mas fogo, dourado como a linfa dos anjos. A respiração de Clary estava entrecortada, então ela ergueu o olhar e viu o Irmão Zachariah olhando para ela. Captou um único lampejo do rosto dele, todo ângulos, palidez e cicatrizes, antes de ele tirar uma estela das vestes. Em vez de passá-la na pele de Jace, conforme Clary teria imaginado, ele a passou na própria pele e entalhou um símbolo em sua palma. Ele fez isso rapidamente, entretanto Clary conseguia sentir o poder que emanava do símbolo. Ele a fazia estremecer.

Fique imóvel. Isto vai acabar com a dor, falou em seu sussurro baixo multidirecional, e colocou a mão sobre o corte ardente no ombro de Jace.

Jace gritou alto. O corpo dele se elevara um pouco do chão, e o fogo que sangrava da ferida como lágrimas lentas ergueu-se como se tivesse recebido gasolina, chamuscando o braço do Irmão Zachariah. Um fogo incontrolável consumiu a manga de pergaminho das vestes de Zachariah; o Irmão do Silêncio teve um sobressalto, mas não antes de Clary perceber que as brasas cresciam, consumindo-o. Nas profundezas das chamas, conforme ondulavam e estalavam, Clary viu uma forma — a forma de um símbolo que pareciam duas asas unidas por uma única barra. Um símbolo que ela já tinha visto, de pé num telhado em Manhattan: o primeiro símbolo que ela já visualizara, que não era do Livro Gray. Ele tremeluziu e desapareceu com tanta rapidez que ela supôs ter imaginado aquilo. Parecia ser um símbolo que aparecia para ela em momentos de estresse e pânico, mas o que ele significava? Será que significava um modo de ajudar Jace — ou o Irmão Zachariah?

O Irmão do Silêncio se reclinou para trás na neve, em silêncio, desabando como uma árvore queimada virando cinzas.

Um murmúrio irrompeu das fileiras de Irmãs do Ferro. O que quer que estivesse acontecendo ao Irmão Zachariah, não deveria acontecer. Alguma coisa dera terrivelmente errado.

As Irmãs do Ferro avançaram até o irmão caído. Elas bloquearam a visão que Zachariah tinha de Clary quando ela se dirigiu a Jace. Ele estava encolhido e convulsionando no chão, os olhos fechados e a cabeça inclinada para trás. Ela olhou em volta, desesperada. Através das brechas entre as Irmãs do Ferro, Clary via Irmão Zachariah, remexendo-se no chão: seu corpo estava brilhando e crepitando com fogo. Um grito irrompeu de sua garganta: um barulho humano, o grito de um homem com dor, não o sussurro mental silencioso dos Irmãos. A Irmã Cleophas o pegou — túnica de pergaminho e fogo, e Clary ouviu a voz da Irmã crescendo: "Zachariah, Zachariah..."

Mas ele não era o único ferido. Alguns dos Nephilim estavam reunidos em volta de Jace, mas muitos outros estavam com os colegas feridos, administrando símbolos de cura e procurando ataduras nos uniformes.

— Clary — murmurou Jace. Ele tentava se apoiar nos cotovelos, com esforço, mas eles não o sustentavam. — Irmão Zachariah... o que aconteceu? O que eu fiz para ele...?

— Nada. Jace. Deite quietinho. — Clary guardou a espada na bainha e tateou em busca da estela no cinturão de armas, com dedos dormentes. Ela esticou a mão para encostar a ponta na pele dele, mas o garoto se contorceu e se afastou dela, convulsionando.

— Não — arfou. Os olhos dele eram imensos e de uma cor dourada ardente. — Não me toque. Vou te machucar também.

— Você não vai.

Desesperada, ela se jogou em cima dele, o peso de seu corpo fazendo-o afundar na neve. Ela tocava o ombro de Jace enquanto ele se contorcia debaixo dela, as roupas e a pele do garoto escorregadias com o sangue e quentes com o fogo. Os joelhos deslizaram para as laterais dos quadris quando ela jogou todo o peso contra o peito dele, prendendo-o ao chão.

— Jace — disse. — Jace, por favor. — Mas os olhos dele não conseguiam focalizá-la e as mãos se contorciam contra o solo. — *Jace* — repetiu Clary, e pôs a estela na pele dele, pouco acima do ferimento.

E ela estava novamente no barco com o pai, com Valentim, e jogava tudo que tinha, todos os fragmentos de força, cada átomo derradeiro de vontade e energia para criar um símbolo que destruísse o mundo com fogo, que revertesse a morte, que fizesse os oceanos voarem para os céus. Porém desta vez era o mais simples dos símbolos, o símbolo que todo Caçador de Sombras aprendia no primeiro ano de treinamento.

Cure-me.

A *iratze* tomou forma no ombro de Jace, a cor produzia espirais da ponta tão preta que a luz que vinha das estrelas e da Cidadela parecia desaparecer dentro dela. Clary conseguia sentir a própria energia desaparecendo enquanto desenhava. Ela nunca sentira tanto a estela como uma extensão das próprias veias, como se estivesse escrevendo no próprio sangue, como se toda a energia nela estivesse sendo drenada através da mão e dos dedos, e a visão escurecendo enquanto ela lutava para manter a estela firme, para terminar o símbolo. A última coisa que viu foi o grande redemoinho ardente de um Portal, o qual se abriu para a visão impossível da Praça do Anjo, antes de deslizar para o nada.

Capítulo 8

FORÇA NO QUE PERMANECE

Raphael estava parado, as mãos nos bolsos, e ergueu o olhar para as torres demoníacas que brilhavam com uma cor vermelho-escura.

— Está acontecendo alguma coisa — disse ele. — Alguma coisa incomum.

Simon queria retrucar que a coisa incomum era que ele tinha acabado de ser sequestrado e levado para Idris pela segunda vez, no entanto estava enjoado demais. Ele se esquecera de que a travessia de um Portal parecia despedaçar você e depois remontar do outro lado, com peças importantes faltando.

Além disso, Raphael tinha razão. Estava acontecendo alguma coisa. Simon estivera em Alicante antes e se recordava das estradas e dos canais, da colina erguendo-se acima de tudo com o Gard no topo. Ele se recordava de que, em noites comuns, as ruas ficavam tranquilas, iluminadas pelo brilho pálido das torres. Mas hoje à noite havia barulho, o qual vinha sobretudo do Gard e da colina, onde as luzes dançavam como se dezenas de fogueiras tivessem sido acesas. As torres demoníacas brilhavam em um sinistro tom vermelho e dourado.

— Eles mudam as cores das torres para comunicar mensagens — explicou Raphael. — Dourado para casamentos e comemorações. Azul para os Acordos.

— O que significa o vermelho? — perguntou Simon.

— Magia — disse Raphael, e semicerrou os olhos. — Perigo.

Ele se virou, num círculo lento, e olhou ao redor da rua tranquila, das casas imensas ao lado do canal. Era praticamente uma cabeça mais baixo que Simon. O Diurno se perguntava quantos anos Raphael teria quando fora Transformado. Catorze? Quinze? Só um pouquinho mais velho que Maureen? Quem o Transformara? Magnus sabia, mas nunca revelara.

— A casa do Inquisidor é ali — disse Raphael, e apontou para uma das casas maiores, com um telhado pontudo e sacadas para o canal. — Mas está escura.

Simon não podia negar tal fato, embora seu coração inerte tivesse dado um pulinho quando ele olhou para o local. Isabelle estava morando ali agora; uma daquelas janelas era a dela.

— Provavelmente todos estão no Gard — refletiu. — Eles fazem isso, para reuniões e outras coisas. — Ele mesmo não tinha boas lembranças do Gard, depois de ter ficado preso por causa do último Inquisidor. — Nós podíamos ir até lá, acho. Ver o que está acontecendo.

— Sim, obrigado. Sei das "reuniões e outras coisas" — rebateu Raphael, mas parecendo inseguro de um modo que soava inédito para Simon. — Seja lá o que estiver acontecendo, isso é problema dos Caçadores de Sombras. Tem uma casa, não muito longe daqui, que foi doada ao representante dos vampiros no Conselho. Podemos ir até lá.

— Juntos?

— É uma casa muito grande — disse Raphael. — Você ficará de um lado, e eu, do outro.

Simon ergueu as sobrancelhas. Não tinha certeza do que esperara que fosse acontecer, mas não tinha lhe ocorrido passar a noite numa casa com Raphael. Não que achasse que Raphael fosse matá-lo durante o sono. Mas a ideia de dividir aposentos com alguém que parecia odiá-lo intensamente, e sempre odiara, era estranho.

A visão de Simon era clara e precisa agora — uma das poucas coisas que ele realmente gostava em ser um vampiro —, e ele era capaz de enxergar detalhes mesmo à distância. Ele a viu antes que ela pudesse vê-lo. Caminhava depressa, com a cabeça abaixada, o cabelo escuro na longa trança que ela costumava usar quando lutava. Estava usando o uniforme, e as botas batiam nos paralelepípedos enquanto caminhava.

Você é de arrasar corações, Isabelle Lightwood.

Simon virou-se para Raphael.

— Vá embora.

Raphael deu um sorriso irônico.

— *La belle Isabelle* — disse ele. — Sabe que é um caso perdido, você e ela.

— Porque sou um vampiro e ela é uma Caçadora de Sombras?

— Não. Porque ela simplesmente é, como se diz?, muita areia para o seu caminhãozinho.

Isabelle estava a meio caminho da rua agora. Simon trincou os dentes.

— Se você se meter, eu vou te empalar. E falo sério.

Raphael deu de ombros, inocente, mas não se mexeu. Simon se afastou dele e saiu das sombras, em direção à rua.

Isabelle parou imediatamente, com a mão no chicote enrolado no cinto. Um instante depois, ela piscou, impressionada, a mão caindo, e falou com voz insegura:

— *Simon?*

Simon sentiu-se subitamente estranho. Talvez ela não tivesse gostado da aparição repentina em Alicante — este era o mundo dela, não o dele.

— Eu... — começou ele, mas não foi muito além porque Isabelle se jogou em cima dele e o abraçou, quase derrubando-o no chão.

Simon se permitiu fechar os olhos e enterrar o rosto no pescoço dela. Sentia o coração de Isabelle batendo, mas afastou violentamente quaisquer pensamentos sobre sangue. Ela era forte e delicada nos braços dele, o cabelo fazia cócegas no rosto de Simon, e, enquanto a abraçava, ele se sentia normal, maravilhosamente normal, como qualquer adolescente apaixonado por uma garota.

Apaixonado. Ele recuou com um susto e se flagrou olhando para Izzy a alguns centímetros de distância, os imensos olhos escuros brilhando.

— Não consigo acreditar que você esteja aqui — afirmou ela, sem fôlego. — Eu estava desejando que você estivesse, e pensei quanto tempo levaria até eu poder te ver e... *Ai, meu Deus, o que você está vestindo?*

Simon baixou os olhos para a camisa de babados e a calça de couro. Ele estava vagamente consciente da presença de Raphael, em algum lugar nas sombras, dando risadinhas.

— É uma longa história — explicou. — Você acha que a gente poderia entrar?

Magnus virou a caixa de prata com as iniciais, os olhos de gato reluzindo sob a luz enfeitiçada fraca no porão de Amatis.

Jocelyn o fitava com um olhar de ansiedade curiosa. Luke não conseguia evitar pensar em todas as vezes que Jocelyn levara Clary ao apartamento de Magnus quando ela era pequena, em todas as vezes que os três ficaram sentados juntos, um trio improvável, enquanto Clary crescia e começava a se lembrar do que deveria esquecer.

— Alguma coisa? — perguntou Jocelyn.

— Você precisa me dar tempo — pediu Magnus, cutucando a caixa com um dedo. — Armadilhas mágicas, maldições, coisas assim, elas podem estar muito bem escondidas.

— Leve o tempo que precisar — disse Luke, reclinando-se contra uma mesa que tinha sido empurrada para um canto cheio de teias de aranha.

Há muito tempo ela fizera o papel de mesa da cozinha de sua mãe. Ele reconheceu o padrão de marcas de faca no tampo de madeira, até mesmo a marca que ele havia deixado em uma das pernas, ao chutá-la durante sua adolescência.

Durante anos, ela fora de Amatis. Fora dela quando se casara com Stephen, e algumas vezes servira para oferecer jantares na casa Herondale. Fora dela após o divórcio, depois que Stephen se mudara para o solar no interior com a nova mulher. Na verdade, todo o porão havia ficado empilhado com mobília velha: itens que Luke reconhecia como pertencentes aos pais deles, quadros e bibelôs da época em que Amatis tinha sido casada. Ele se perguntava por que ela escondera as coisas ali. Talvez não suportasse olhar para elas.

— Não acho que haja algo errado com a caixa — disse Magnus, finalmente, colocando a caixa de volta na prateleira onde Jocelyn a enfiara, sem vontade de ter o item em casa, mas também sem vontade de jogá-lo fora. Ele estremeceu e esfregou as mãos. Estava embrulhado em um casaco cinza e preto que o fazia se assemelhar a um detetive durão; Jocelyn não lhe dera chance de pendurar o casaco quando ele chegara, simplesmente o agarrara pelo braço e o arrastara até o porão. — Sem truques, sem armadilhas, sem mágica alguma.

Jocelyn pareceu um pouco constrangida.

— Obrigada. Por ter verificado. Eu posso estar um pouco paranoica. E depois do que aconteceu em Londres...

— O que *aconteceu* em Londres?

— Nós não sabemos muita coisa — explicou Luke. — Recebemos uma mensagem de fogo do Gard sobre isso hoje à tarde, mas não há muitos detalhes. Londres foi um dos poucos Institutos que ainda não tinha sido evacuado. Aparentemente, Sebastian e suas forças tentaram atacar. Eles foram repelidos por algum tipo de feitiço de proteção, algo que nem mesmo o Conselho conhecia. Algo que advertiu os Caçadores de Sombras sobre o que estava vindo e os conduziu para a segurança.

— Um fantasma — disse Magnus, e um sorriso pairou em seus lábios. — Um espírito, dedicado à proteção do lugar. Ela está ali há 130 anos.

— *Ela?* — repetiu Jocelyn, recostando-se na parede empoeirada. — Um fantasma? Sério? Qual era o nome dela?

— Você a reconheceria pelo sobrenome, se eu lhe contasse, mas ela não ia gostar que eu contasse. — O olhar de Magnus estava distante. — Espero que isso signifique que ela encontrou a paz. — Ele voltou a prestar atenção imediatamente. — De qualquer forma, eu não queria levar a conversa para este rumo. Não foi por essa razão que vim até vocês.

— Imaginei que não — disse Luke. — Agradecemos a visita, embora eu admita ter ficado surpreso ao te ver na entrada. Não achei que você fosse vir para cá.

A frase *Pensei que iria para a casa dos Lightwood* ficou parando entre eles, sem ser verbalizada.

— Eu tinha uma vida antes de Alec — afirmou Magnus, sem rodeios. — Sou o Alto Feiticeiro do Brooklyn. Estou aqui para assumir um lugar no Conselho em nome dos Filhos de Lilith.

— Pensei que Catarina Loss fosse a representante dos feiticeiros — disse Luke, surpreso.

— Ela era — admitiu Magnus. — Ela me fez assumir seu lugar para que pudesse vir até aqui e ver Alec. — Ele suspirou. — Na verdade, ela insistiu nesse ponto em especial enquanto estávamos no Hunter's Moon. E é sobre isso que queria conversar com vocês.

CASSANDRA CLARE

Luke sentou-se na mesa manca.

— Você viu Morcego? — perguntou ele.

Morcego costumava trabalhar no bar Hunter's Moon durante o dia, em vez de na delegacia; não era oficial, mas todos sabiam que era onde o encontrariam.

— Sim. Ele acabou de receber um telefonema de Maia. — Magnus passou uma das mãos pelo cabelo preto. — Sebastian não gosta exatamente do fato de ser repelido — disse ele lentamente, e Luke sentiu os nervos enrijecerem. Era evidente que Magnus estava hesitante em compartilhar as notícias ruins. — Parece que depois que tentou atacar o Instituto de Londres e se deu mal, ele voltou sua atenção à Praetor Lupus. Aparentemente, ele não vê muita utilidade para os licantropos, não pode transformá-los em Crepusculares, por isso queimou e destruiu o local, e assassinou todos eles. Matou Jordan Kyle na frente de Maia. E a deixou viver para que entregasse um recado.

Jocelyn abraçou o próprio corpo.

— Meu Deus.

— Qual era o recado? — perguntou Luke, recobrando a voz.

— Era um recado para os integrantes do Submundo — disse Magnus. — Falei com Maia pelo telefone. Ela teve que memorizá-lo. Aparentemente dizia: "Diga aos membros do Submundo. Estou atrás de vingança e vou conseguir. Vou lidar desse modo com qualquer um que se alie aos Caçadores de Sombras. Não tenho nada contra sua espécie, a menos que vocês sigam os Nephilim na batalha; nesse caso, vocês alimentarão minha lâmina e as lâminas do meu exército, até o último ser extinto da superfície deste mundo."

Jocelyn fez um som exasperado.

— Ele fala como o pai, não fala?

Luke olhou para Magnus.

— Você vai entregar esse recado ao Conselho?

Magnus bateu no queixo com um dedo cheio de glitter na unha.

— Não — respondeu ele. — Mas também não vou esconder dos membros do Submundo. Minha lealdade aos Caçadores de Sombras não está acima da lealdade a eles.

Não é como a sua. As palavras pendiam entre eles, tácitas.

— Eu tenho isto — disse Magnus, e tirou um pedaço de papel do bolso. Luke reconheceu, pois ele também tinha um.

— Você vai ao jantar de amanhã à noite?

— Vou. As fadas encaram convites como este com muita seriedade. Meliorn e a Corte ficariam aborrecidos se eu não fosse.

— Então planejo contar a elas — disse Magnus.

— E se entrarem em pânico? — perguntou Luke. — Se abandonarem o Conselho e os Nephilim?

— Não é como se o que aconteceu com a Praetor pudesse ser ocultado.

516

CIDADE DO FOGO CELESTIAL

— O recado de Sebastian poderia — disse Jocelyn. — Ele está tentando assustar os integrantes do Submundo, Magnus. Está tentando fazer com que se afastem enquanto destrói os Nephilim.

— Seria direito deles — retrucou Magnus.

— Se fizerem isso, acha que os Nephilim vão perdoá-los um dia? — insistiu Jocelyn. — A Clave não perdoa. São mais rigorosos que Deus em pessoa.

— Jocelyn — interrompeu Luke. — Isso não é culpa de Magnus.

Mas Jocelyn ainda fitava o feiticeiro.

— O que Tessa lhe diria para fazer? — questionou ela.

— Por favor, Jocelyn — disse Magnus. — Você mal a conhece. Ela iria pregar a honestidade; normalmente é o que faz. Esconder a verdade nunca funciona. Quando você vive por tempo suficiente, aprende a enxergar isso.

Jocelyn baixou o olhar para as mãos: eram mãos de artista, que Luke sempre amara — ágeis, cuidadosas e manchadas de tinta.

— Não sou mais uma Caçadora de Sombras — emendou ela. — Fugi deles. Contei isso a vocês dois. Mas um mundo sem Caçadores de Sombras... eu tenho medo disso.

— Antes dos Nephilim, havia um mundo — disse Magnus. — E haverá um depois deles.

— Um mundo onde possamos sobreviver? Meu filho... — começou Jocelyn, e parou quando ouviu batidas vindo do andar de cima. Alguém estava batendo à porta da frente.

— Clary? — perguntou ela, em voz alta. — Talvez ela tenha esquecido a chave de novo.

— Eu atendo — disse Luke, e se levantou. Ele trocou um olhar breve com Jocelyn quando saiu do porão, a mente girando.

Jordan morto, Maia de luto. Sebastian tentando colocar os membros do Submundo contra os Caçadores de Sombras.

Ele abriu a porta da frente, e uma corrente de ar frio da noite entrou. Parada, na entrada, estava uma jovem com cabelo louro-claro cacheado, vestindo o uniforme. Helen Blackthorn. Luke mal teve tempo de registrar que as torres demoníacas acima deles estavam brilhando com um tom vermelho-sangue quando ela disse:

— Tenho um recado do Gard — disse ela. — A respeito de Clary.

— Maia.

Uma voz baixa em meio ao silêncio. Maia se virou, sem desejar abrir os olhos. Havia alguma coisa terrível esperando na escuridão, algo do qual ela poderia escapar somente se dormisse para sempre.

— *Maia.* — Ele a fitava das sombras, olhos claros e pele escura. O irmão dela, Daniel. Enquanto ela observava, ele arrancava as asas de uma borboleta e deixava o corpo desta cair no chão, contorcendo-se.

517

— Maia, por favor. — Um toque leve no braço. Ela se ergueu num sobressalto, e todo o corpo convulsionou. As costas bateram em uma parede, e ela arfou, abrindo os olhos. Eles estavam grudentos, os cílios tinham sal nas beiradas. Havia chorado durante o sono.

Ela se encontrava num quarto semi-iluminado, com uma única janela virada para a rua sinuosa no centro. Dava para ver os arbustos desfolhados através do vidro manchado e a borda de alguma coisa de metal: uma escada de incêndio, imaginou ela.

Maia baixou os olhos — uma cama estreita com cabeceira de ferro e um cobertor fino que ela havia chutado para os pés. As costas contra uma parede de tijolos. Uma única cadeira, velha e lascada, ao lado da cama. Morcego estava sentado nela, olhos arregalados, baixando a mão lentamente.

— Eu sinto muito — disse ele.

— Não — rosnou ela. — Não me toque.

— Você estava gritando — informou ele. — Durante o sono.

Ela passou os braços em volta do corpo. Vestia um jeans e uma camiseta regata. O suéter que tinha vestido em Long Island se perdera, e a pele dos braços se arrepiava com calafrios.

— Onde estão minhas roupas? — perguntou ela. — Minha jaqueta, meu suéter...

Morcego limpou a garganta.

— Estavam cobertos de sangue, Maia.

— Tá — disse ela. O coração batia forte.

— Você se lembra do que aconteceu? — questionou ele.

Ela fechou os olhos. Lembrava-se de tudo: da viagem, da van, do edifício em chamas, da praia coberta com corpos. De Jordan desabando em cima dela, do sangue jorrando em cima e ao redor dela feito água, misturando-se à areia. *Seu namorado está morto.*

— Jordan — disse ela, embora já soubesse.

Morcego estava com uma expressão séria; havia um reflexo esverdeado em seus olhos castanhos que os fazia brilhar à penumbra. Era um rosto que ela conhecia bem. Ele fora um dos primeiros lobisomens que ela encontrara. E saíram juntos até ela dizer que se achava nova demais para a cidade, agitada demais, que ainda pensava demais em Jordan para um novo relacionamento. Ele terminara com ela no dia seguinte; surpreendentemente, continuaram amigos.

— Está morto — respondeu ele. — Junto a praticamente toda a Praetor Lupus. Praetor Scott, os alunos... alguns sobreviveram. Maia, por que você estava lá? O que estava fazendo na Praetor?

Maia contou sobre o desaparecimento de Simon, o telefonema da Praetor para Jordan, a viagem frenética até Long Island, a descoberta da Praetor em ruínas.

Morcego pigarreou.

— Eu estou com algumas coisas do Jordan. As chaves, o pingente da Praetor...

Era como se Maia não conseguisse recuperar o fôlego.

— Não. Não quero... Não quero as coisas dele — disse ela. — Ele ia querer que Simon ficasse com o pingente. Quando encontrarmos Simon, entregaremos a ele.

Morcego não prolongou o assunto.

— Tenho boas notícias — disse ele. — Tivemos novidades de Idris: seu amigo Simon está bem. Na verdade, ele está com os Caçadores de Sombras.

— Ah. — Maia sentiu o aperto no coração se afrouxar um pouco, de alívio.

— Eu devia ter te contado logo de cara — desculpou-se ele. — É só que... fiquei preocupado. Você estava muito mal quando te trouxemos de volta à sede. E ficou dormindo desde então.

Eu queria dormir para sempre.

— Eu sei que você já contou a Magnus — emendou Bat, com o rosto tenso. — Mas explique pra mim outra vez por que Sebastian Morgenstern atacaria os licantropes.

— Ele falou que era uma mensagem. — Maia ouviu a letargia da própria voz, como se estivesse distante. — Ele queria que soubéssemos que o ataque ocorreu porque os lobisomens eram aliados dos Caçadores de Sombras e que era isso que ele planejava fazer com todos os aliados dos Nephilim.

"Eu nunca vou parar, nunca vou ficar imóvel, até que a morte feche os meus olhos, ou a fortuna me dê a medida da vingança."

— Agora os Caçadores de Sombras saíram de Nova York, e Luke está em Idris com eles. Estão erguendo barreiras extras. Em breve não conseguiremos enviar nem receber mensagens. — Morcego se remexeu na cadeira; Maia sentiu que havia mais alguma coisa que ele não estava lhe contando.

— O que foi? — disse ela.

Os olhos dele se desviaram com rapidez.

— Morcego...

— Você conhece Rufus Hastings?

Rufus. Maia se recordava da primeira vez que estivera na Praetor Lupus, um homem com rosto marcado por arranhões e expressão irritada, saindo do escritório de Praetor Scott num acesso de fúria.

— Não de fato.

— Ele sobreviveu ao massacre. Está aqui na delegacia. Está nos colocando a par de tudo — prosseguiu Morcego. — E tem conversado com os outros sobre Luke. Diz que ele é mais um Caçador de Sombras que um licantropo, que não tem sido leal ao bando, que o bando precisa de um novo líder agora.

— *Você é* o líder — corrigiu ela. — Você é o segundo em comando.

— Pois é, e fui delegado a essa função por Luke. Isso significa que também não sou confiável.

Maia deslizou para a beirada da cama. O corpo inteiro doía; ela percebeu isso quando pôs os pés descalços no piso frio de pedra.

— Ninguém está prestando atenção nele, está?

Morcego deu de ombros.

— Isso é ridículo. Depois do que aconteceu, temos que nos unir, e não tolerar alguém tentando nos separar. Os Caçadores de Sombras são nossos aliados...

— E foi por essa razão que Sebastian nos atacou.

— Ele atacaria de qualquer forma. Não é amigo dos membros do Submundo. Ele é *filho* de Valentim Morgenstern. — Os olhos dela ardiam. — Ele pode estar tentando nos fazer abandonar os Nephilim temporariamente para poder ir atrás deles, mas se conseguir extingui-los da face da Terra, virá atrás de nós em seguida.

Morcego juntou e separou as mãos, depois, pareceu tomar uma decisão.

— Sei que você tem razão — disse ele, e foi até uma mesinha no canto do cômodo. Voltou com uma jaqueta, além de meias e botas, e as entregou a ela.

— Apenas... faça-me um favor e não diga nada assim hoje à tarde. Os ânimos já vão estar bem exaltados do jeito que as coisas estão.

Ela vestiu a jaqueta.

— Hoje à tarde? O que tem hoje à tarde?

Ele suspirou.

— O funeral — respondeu.

—Vou *matar* Maureen — afirmou Isabelle. Ela abrira as duas portas do guarda-roupa de Alec e jogava as roupas sobre o piso, formando montinhos.

Simon estava deitado e descalço em uma das camas (de Jace? Ou de Alec?), depois de ter tirado as assustadoras botas afiveladas. Embora sua pele não estivesse realmente machucada, parecia incrível deitar-se sobre uma superfície macia depois de ter passado tantas horas no chão sujo e duro do Hotel Dumort.

— Você vai ter que enfrentar todos os vampiros de Nova York para fazer isso — disse ele. — Aparentemente, eles a adoram.

— Gosto não se discute. — Isabelle estendeu um suéter azul-escuro que Simon reconheceu como sendo de Alec, sobretudo pelos buracos nos punhos. — Então Raphael te trouxe aqui para você poder conversar com meu pai?

Simon se ergueu e se apoiou nos cotovelos para observá-la.

— Você acha que ele vai encarar isso numa boa?

— Claro, por que não? Meu pai adora conversar. — Ela pareceu amarga. Simon se inclinou para a frente, mas, quando ela ergueu a cabeça, estava sorrindo para ele, e ele pensou ter imaginado aquilo. — No entanto, quem sabe o que acontecerá com o ataque à

Cidadela hoje à noite. — Ela mordeu o lábio em preocupação. — Isso poderia significar o cancelamento da reunião ou sua antecipação. Obviamente, Sebastian é um problema maior do que eles pensavam. Ele não devia nem ser capaz de se aproximar da Cidadela.

— Ora — falou Simon —, ele é um Caçador de Sombras.

— Não, não é — retrucou Isabelle com raiva, e arrancou um suéter verde de um cabide de madeira. — E mais: ele é um homem.

— Desculpe — disse Simon. — Deve ser angustiante esperar para ver como a batalha vai terminar. Quantas pessoas eles atravessaram?

— Cinquenta ou sessenta — respondeu Isabelle. — Eu quis ir, mas... eles não me deixaram. — A voz sustentava o tom cauteloso que significava a aproximação de um assunto sobre o qual ela não queria falar.

— Eu teria ficado preocupado com você — disse ele.

Simon viu Isabelle esboçar um sorriso relutante.

— Experimente isto — falou, e jogou o suéter verde para ele, um pouco menos puído que o restante das roupas.

— Você tem certeza de que não tem problema eu pegar as roupas emprestadas?

— Não pode andar por aí *desse jeito* — disse ela. — Você parece ter fugido de um romance. — Isabelle pôs uma das mãos contra a testa dramaticamente. — Oh, Lorde Montgomery, o que o senhor pretende fazer comigo neste quarto quando estivermos totalmente a sós? Uma donzela inocente e desprotegida? — Ela abriu o zíper da jaqueta e a jogou no chão, revelando uma camiseta regata branca. Lançou um olhar ardente para ele: — Minha honra está segura?

— Eu, ah... o quê? — balbuciou Simon, temporariamente desprovido de vocabulário.

— Sei que o senhor é um homem perigoso — declarou Isabelle, caminhando em direção à cama. Ela abriu a calça e a tirou, chutando-a pelo chão. Vestia boy shorts preta por baixo da roupa. — Alguns o chamam de libertino. Todos sabem que o senhor é um demônio com as mulheres, com sua calça irresistível e camisa poeticamente cheia de babados. — Ela pulou na cama e engatinhou até ele, fitando-o como uma serpente prestes a devorar sua presa. — Rogo-lhe que considere minha inocência — sussurrou ela. — E meu pobre e vulnerável coração.

Simon concluiu que aquilo era muito parecido com jogar D&D, porém potencialmente muito mais divertido.

— Lorde Montgomery não tem consideração por nada, além dos próprios desejos — disse ele, com voz rouca. — Vou lhe dizer mais uma coisa. Lorde Montgomery tem uma propriedade muito grande... e terrenos imensos também.

Isabelle deu uma risadinha, e Simon sentiu a cama balançar debaixo deles.

— Tá bem, eu não esperava que você entrasse *tanto* assim na brincadeira.

— Lorde Montgomery sempre supera as expectativas — retrucou Simon, agarrando Isabelle pela cintura e rolando-a para que ficasse debaixo dele, com o cabelo preto espalhado sobre o travesseiro. — Mães, tranquem suas filhas, depois, tranquem as criadas e então se tranquem. Lorde Montgomery está à solta.

Isabelle emoldurou o rosto com ambas as mãos.

— Milorde — disse ela, com os olhos brilhando. — Temo que não possa resistir por mais tempo aos seus encantos masculinos e modos viris. Por favor, faça o que o senhor quiser comigo.

Simon não tinha muita certeza do que Lorde Montgomery faria, mas sabia o que *ele* queria fazer. Inclinou-se e deu um beijo demorado em sua boca. Os lábios de Isabelle se abriram sob os dele, e subitamente tudo se transformou em calor doce e sombrio, e os lábios de Isabelle roçaram os dele, primeiro provocando, depois, com força. Ela cheirava, como sempre, a rosas e sangue, de um modo inebriante. Simon encostou os lábios no ponto onde o sangue pulsava em sua garganta, abocanhando-o com delicadeza, mas sem morder, e Izzy ofegou; as mãos dela desceram para a frente da camisa dele. Por um instante, Simon ficou preocupado com a ausência de botões, mas Isabelle agarrou o tecido nas mãos fortes e rasgou a camisa ao meio, deixando-a pendurada nos ombros dele.

— Caramba, esta coisa rasga que nem papel — exclamou ela, se posicionando para tirar a camiseta regata. Estava no meio da ação quando a porta se abriu e Alec entrou no quarto.

— Izzy, você... — começou ele. Então arregalou os olhos e recuou tão depressa que bateu a cabeça na parede atrás de si. — *O que* ele está fazendo aqui?

Isabelle endireitou a camiseta e olhou com expressão severa para o irmão.

— Você não bate mais?

— É... é o *meu* quarto! — cuspiu Alec.

Ele parecia tentar deliberadamente não olhar para Izzy e Simon, que, de fato, estavam em uma posição comprometedora. Simon girou rapidamente para longe de Isabelle, que se sentou muito esticada, espanando-se como se estivesse com fiapos nas roupas. Simon sentou-se mais devagar, tentando fechar as metades da camisa rasgada.

— Por que todas as minhas roupas estão no chão? — perguntou Alec.

— Eu estava tentando encontrar alguma coisa para Simon usar — explicou Isabelle. — Maureen o fez vestir calça de couro e uma camisa com babados porque ele era um escravo digno de um romance.

— Ele era o *quê?*

— Um escravo digno de um romance — repetiu Isabelle, como se Alec tivesse falado algo particularmente estúpido.

Alec balançou a cabeça como se estivesse num pesadelo.

— Sabe de uma coisa? Não explique. Apenas... se vistam, vocês dois.

— Você não vai sair... vai? — perguntou Isabelle, em tom desanimado, descendo da cama. Ela pegou a jaqueta e a vestiu, depois jogou o suéter verde para Simon. Ele o trocara com satisfação, no lugar da camisa de pirata, que, de qualquer forma, estava em frangalhos.

— Não. É meu quarto. Além do mais, preciso conversar com você, *Isabelle*. — O tom de Alec era ríspido. Simon pegou o jeans e os sapatos do chão e entrou no banheiro para se trocar, demorando-se de propósito. Quando voltou, Isabelle estava sentada na cama amarrotada e parecia tensa.

— Então eles vão abrir o Portal para trazer todo mundo de volta? Ótimo.

— É bom, mas o que eu senti... é que não é bom. — Inconscientemente Alec pôs a mão no próprio braço, perto do símbolo de *parabatai*. — Jace não está morto — emendou apressadamente quando Isabelle empalideceu. — Eu saberia se ele estivesse. Mas alguma coisa aconteceu. Algo com o fogo celestial, acho.

— Você sabe se ele está bem agora? E Clary? — perguntou Isabelle.

— Espere aí, rebobine — interrompeu Simon. — Que história é essa sobre Clary? E Jace?

— Eles atravessaram o Portal — respondeu Isabelle, com voz sombria. — Para a batalha na Cidadela.

Simon percebeu que inconscientemente havia esticado a mão para o anel de ouro na mão direita e agora o apertava com os dedos.

— Eles não são muito jovens?

— Eles não tinham exatamente permissão. — Alec estava reclinado contra a parede. Ele parecia cansado, as olheiras estavam azuladas, da cor de hematomas. — A Consulesa tentou impedi-los, mas não deu tempo.

Simon virou-se para Isabelle.

— E você não me contou?

Isabelle não teve coragem de encará-lo.

— Eu sabia que você ia surtar.

Alec olhou de Isabelle para Simon.

— Você não contou para ele? Sobre o que aconteceu no Gard?

Isabelle cruzou os braços e pareceu desafiá-lo.

— Não. Eu esbarrei nele na rua, aí nós subimos e... e não é da sua conta.

— É da minha conta quando você está no meu quarto — disse Alec. — Se você vai usar Simon para esquecer que está zangada e confusa, tudo bem, mas faça isso no seu quarto.

— Eu não estava usando...

Simon pensou nos olhos de Isabelle, que brilharam quando ela o vira parado na rua. Ele pensou que fosse felicidade, mas agora percebia que provavelmente era por causa de lágrimas não derramadas. O modo como ela caminhara em direção a ele, com a cabeça abaixada, os ombros encolhidos, como se ela estivesse se controlando.

— Estava, sim... — disse ele. — Ou você teria me contado o que aconteceu. Você sequer mencionou Clary ou Jace, ou que estava preocupada ou *qualquer coisa*. — Ele sentiu uma pontada no estômago quando percebeu como Isabelle se desviara habilmente de suas perguntas e o distraíra com beijos, e sentiu-se um idiota. Ele tinha pensado que ela estava feliz por vê-lo, especificamente, mas talvez pudesse ter sido com qualquer um.

O rosto de Isabelle estava imóvel.

— Por favor — pediu ela. — Você nem sequer *perguntou*. — Ela estivera remexendo no cabelo; agora havia esticado a mão e começado a retorcê-lo quase furiosamente num coque no topo da cabeça. — Se vocês dois vão ficar aí me culpando, talvez devessem simplesmente ir...

— Não estou te culpando — começou Simon, mas Isabelle já estava de pé. Ela agarrou o pingente de rubi, arrancando-o sem muita delicadeza por cima da cabeça dele, e o recolocou no próprio pescoço. — Eu nunca devia ter dado isto a você — falou, os olhos brilhando.

— Ele salvou a minha vida — retrucou Simon.

Isso a fez parar.

— Simon... — sussurrou Isabelle.

Ela desistiu de falar quando Alec subitamente agarrou o próprio ombro e começou a arfar. Ele deslizou até o chão. Isabelle correu até ele e se ajoelhou ao seu lado.

— Alec? *Alec?* — A voz dela se ergueu ao tom de pânico.

Alec tirou a jaqueta, afrouxou a gola da camisa e a afastou para ver a marca no ombro. Simon reconheceu o esboço do símbolo *parabatai*. Alec passou os dedos em cima, que ficaram sujos com alguma coisa escura, semelhante a cinzas.

— Eles voltaram pelo Portal — disse ele. — E tem alguma coisa errada com Jace.

Era como voltar a um sonho, ou a um pesadelo.

Após a Guerra Mortal, a Praça do Anjo ficara cheia de corpos. Corpos de Caçadores de Sombras, estendidos em fileiras organizadas, cada cadáver com os olhos cobertos com a seda branca da morte.

Mais uma vez, havia corpos na praça, mas agora também havia caos. As torres demoníacas reluziam com uma luz brilhante na cena que saudara Simon quando ele finalmente chegou ao Salão dos Acordos, depois de seguir Isabelle e Alec pelas ruas sinuosas de Alicante. A praça estava cheia de pessoas. Havia Nephilim uniformizados deitados no solo, alguns se contorcendo com dor e gritando, outros, imóveis de modo alarmante.

O Salão dos Acordos era escuro e bem fechado. Um dos maiores edifícios de pedra na praça estava aberto e cintilava com as luzes, as portas duplas escancaradas. Uma corrente de Caçadores de Sombras ia e vinha.

Isabelle se erguera na ponta dos pés e examinava a multidão com ansiedade. Simon acompanhava o olhar dela. Conseguia distinguir alguns poucos vultos familiares: a Consulesa correndo ansiosamente entre as pessoas, Kadir, do Instituto de Nova York, Irmãos do Silêncio nas túnicas de pergaminho, orientando silenciosamente as pessoas para que seguissem rumo ao prédio iluminado.

— O Basilias está aberto — disse Isabelle para um Alec abatido. — Talvez tenham levado Jace lá para dentro, se ele estiver ferido...

— Ele estava ferido — emendou Alec, sem rodeios.

— O Basilias? — perguntou Simon.

— O hospital — falou Isabelle, indicando o edifício iluminado. Simon sentia a energia de Isabelle pulsando, nervosa, em pânico. — Eu deveria... nós deveríamos...

— Vou com vocês — disse Simon.

Ela balançou a cabeça.

— Apenas Caçadores de Sombras.

Alec chamou:

— Isabelle. Vamos. — Ele segurava o ombro marcado pelo símbolo de *parabatai* rigidamente. Simon queria dizer alguma coisa a ele, queria dizer que seu melhor amigo também tinha ido para a batalha e que também estava desaparecido, queria dizer que compreendia. Mas talvez só fosse possível compreender um *parabatai* quando se era um Caçador de Sombras. Ele duvidava que Alec fosse agradecê-lo por dizer que compreendia. Raramente Simon sentira a divisão entre os Nephilim e os não Nephilim tão intensamente.

Isabelle assentiu e seguiu o irmão sem dizer mais nada. Simon os observou enquanto cruzavam a praça e passavam pela estátua do Anjo, cujo olhar mirava as consequências da batalha com olhos tristes de mármore. Eles subiram os degraus da frente do Basilias e desapareceram até mesmo para sua visão de vampiro.

— Você acha — disse uma voz baixa em seu ombro — que eles se importariam se nós nos alimentássemos dos mortos?

Era Raphael. O cabelo enrolado tinha um halo bagunçado ao redor da cabeça, e ele vestia apenas uma camiseta fina e um jeans. Parecia uma criança.

— O sangue dos recém-falecidos não é minha bebida favorita — emendou ele —, mas é melhor que sangue engarrafado, não acha?

— Você tem uma personalidade incrivelmente charmosa — disse Simon. — Espero que alguém já tenha te dito isso.

Raphael fez um muxoxo.

— Sarcasmo — falou. — Entediante.

Simon emitiu um som exasperado e incontrolável.

— Vá na frente então. Alimente-se dos Nephilim mortos. Tenho certeza de que eles realmente estão no clima para isso. Talvez deixem você viver por cinco ou até dez segundos.

Raphael deu uma risadinha.

— Parece pior do que é — disse. — Não há tantos mortos assim. Um bocado de feridos. Eles foram suplantados. Agora não vão esquecer o que significa enfrentar os Crepusculares.

Simon semicerrou os olhos.

— O que sabe sobre os Crepusculares, Raphael?

— Sussurros e sombras — rebateu o vampiro. — Mas meu negócio é saber das coisas.

— Então, se sabe das coisas, diga-me onde estão Jace e Clary — disse Simon, sem muita esperança. Raramente Raphael era útil, a menos que isso fosse ser útil para ele.

— Jace está no Basílias — respondeu Raphael, para surpresa de Simon. — Parece que o fogo celestial em suas veias finalmente foi demais para ele. Ele quase se destruiu e a um dos Irmãos do Silêncio com ele.

— O quê? — A ansiedade de Simon passou de geral a específica. — Será que ele vai sobreviver? Onde está Clary?

Raphael lançou um olhar arrematado por cílios longos e escuros; o sorriso era torto.

— Para os vampiros, não adianta se inquietar muito pela vida dos mortais.

— Juro por Deus, Raphael, se você não começar a ajudar...

— Muito bem então. Venha comigo. — Raphael avançou nas sombras, mantendo-se nos limites da praça. Simon apressou-se para acompanhá-lo. Ele avistou uma cabeça loura e uma cabeça escura inclinadas, eram Aline e Helen, cuidando de um dos feridos, e pensou, por um instante, em Alec e Jace.

— Se você está se perguntando o que aconteceria se bebesse o sangue de Jace agora, a resposta é que isso te mataria — explicou Raphael. — Vampiros e fogo celestial não se misturam. Sim, mesmo você, Diurno.

— Eu não estava pensando nisso. — Simon fez uma careta. — Estava me perguntando o que aconteceu na batalha.

— Sebastian atacou a Cidadela Adamant — esclareceu Raphael, e contornou um amontoado de Caçadores de Sombras. — Onde as armas dos Caçadores de Sombras são forjadas. O local onde ficam as Irmãs de Ferro. Ele enganou a Clave ao fazê-los acreditar que tinha uma força de apenas vinte homens consigo, quando, na verdade, eram mais. Ele teria matado todos e provavelmente tomado a Cidadela se não fosse por seu Jace.

— Ele não é meu Jace.

— E Clary — continuou Raphael, como se Simon não tivesse dito nada. — Embora eu não saiba os detalhes. É só o que ouvi por aí, e parece haver muita confusão entre os Nephilim quanto ao ocorrido.

— Como Sebastian conseguiu levá-los a pensar que havia menos guerreiros?

Raphael ergueu os ombros, como se respondendo que não sabia.

— Os Caçadores de Sombras se esquecem, algumas vezes, de que nem toda mágica é deles. A Cidadela é construída sobre Linhas Ley. Há uma magia antiga, selvagem, que existia antes de Jonathan Caçador de Sombras, e que voltará a existir...

Ele parou de falar, e Simon acompanhou seu olhar. Por um instante, viu apenas uma cortina de luz azul. Depois que ela diminuiu, ele viu Clary deitada no solo. E ouviu um som de rugido, como sua corrente sanguínea ressoando nos ouvidos. Ela estava pálida e imóvel, os dedos e a boca tingidos de um violeta azulado e escuro. O cabelo caía em mechas soltas ao redor do rosto, e os olhos estavam circundados por manchas escuras. Ela vestia um uniforme rasgado e ensanguentado, e perto da mão havia uma espada Morgenstern, a lâmina gravada com estrelas.

Magnus estava inclinado perto dela, a mão no rosto de Clary, as pontas dos dedos brilhando num tom azulado. Jocelyn e Luke estavam ajoelhados ali também. Jocelyn ergueu o olhar e viu Simon. Os lábios dela articularam o nome dele. Simon não conseguia ouvir nada acima do rugido nos ouvidos. Será que Clary estava morta? Ela parecia morta ou quase isso.

Ele avançou, mas Luke já estava de pé, esticando a mão para Simon. Agarrou os braços dele e o arrastou para onde Clary estava deitada.

A natureza vampírica de Simon lhe dava uma força sobrenatural, força que ele mal aprendera a usar, mas Luke era tão forte quanto ele. Seus dedos cravaram nos braços de Simon.

— O que aconteceu? — perguntou Simon, a voz se elevando. — Raphael...? — Ele girou, procurando pelo vampiro, mas Raphael tinha ido embora; ele se misturara às sombras. — Por favor — pediu Simon a Luke, desviando os olhos deste para o rosto familiar de Clary. — Deixe-me...

— Simon, não — vociferou Magnus. Ele acariciava o rosto de Clary, deixando centelhas azuis de rastro. Ela não se mexia nem reagia. — Isto é delicado... a energia dela está extremamente baixa.

— Ela não deveria estar no Basilias? — questionou Simon, virando-se para olhar o edifício do hospital.

A luz ainda estava vertendo da janela, e, para sua surpresa, Simon viu Alec de pé nos degraus. Estava encarando Magnus. Antes que Simon pudesse se mover ou fazer sinal para ele, Alec virou-se abruptamente e voltou para o interior da construção.

— Magnus... — começou Simon.

— Simon, *cale a boca* — disse Magnus entre dentes. Simon se contorceu para desvencilhar-se do aperto de Luke, tropeçou e bateu contra a lateral de um muro de pedra.

— Mas Clary... — recomeçou ele.

Luke estava arrasado, mas sua expressão era firme.

— Clary se esgotou ao fazer um símbolo de cura. Mas ela não está ferida, o corpo está intacto, e Magnus pode ajudá-la mais do que os Irmãos do Silêncio. A melhor coisa a fazer é ficar fora do caminho.

— Jace — disse Simon. — Alec sentiu alguma coisa acontecer a ele, graças à ligação de *parabatai*. Tem algo a ver com o fogo celestial. E Raphael estava tagarelando sobre Linhas Ley...

— Veja, a batalha foi mais sangrenta do que os Nephilim esperavam. Sebastian feriu Jace, mas o fogo celestial ricocheteou nele, de alguma forma. E quase destruiu Jace também. Clary salvou a vida de Jace, mas os Irmãos ainda precisam trabalhar muito para curá-lo. — Luke olhou para Simon com olhos azuis cansados. — E por que você estava com Isabelle e Alec? Pensei que fosse ficar em Nova York. Veio por causa de Jordan?

Imediatamente, o nome chamou a atenção de Simon.

— Jordan? O que ele tem a ver com isso?

Pela primeira vez, Luke parecia verdadeiramente confuso.

— Você não sabe?

— Não sei o quê?

Luke hesitou por um longo momento. Depois falou:

— Tenho uma coisa para você. Magnus trouxe de Nova York. — Ele enfiou a mão no bolso e retirou um medalhão numa corrente. A peça era de ouro, gravada com a pata de um lobo e a inscrição latina *Beati Bellicosi.*

Abençoados são os guerreiros.

Simon soube imediatamente. O pingente de Jordan da Praetor Lupus. Estava lascado e manchado de sangue. Vermelho-escuro como ferrugem, manchando a corrente e a face do medalhão. Mas se alguém sabia a diferença entre ferrugem e sangue, esse alguém era um vampiro.

— Não compreendo — disse Simon. O rugido voltou novamente aos seus ouvidos. — Por que você está com isto? Por que está me dando?

— Porque Jordan queria que você ficasse com ele — respondeu Luke.

— Queria? — A voz de Simon se ergueu. — Você não devia dizer "quer"?

Luke respirou fundo.

— Lamento, Simon. Jordan está morto.

Capítulo 9

AS ARMAS QUE VOCÊ PORTA

Clary acordou e viu em suas pálpebras fechadas a imagem de um símbolo desaparecendo. Era um símbolo parecido com asas ligadas por uma única barra. Todo seu corpo doía, e por um instante ela ficou imóvel, temendo a dor que o movimento traria. Lembranças a invadiram lentamente — a planície de lava endurecida pelo frio diante da Cidadela, a gargalhada de Amatis, desafiando Clary para que a machucasse, Jace abrindo caminho em meio a um campo de Crepusculares; Jace no chão, sangrando fogo, Irmão Zachariah se jogando para trás, afastando-se das chamas.

Ela abriu os olhos de repente. Meio que tinha esperado acordar em algum lugar totalmente estranho, mas, em vez disso, estava deitada na pequena cama de madeira do quarto de hóspedes simples de Amatis. A luz pálida do sol atravessava as cortinas de renda e formava desenhos no teto.

Clary começou a fazer esforço para sentar. Perto dela, alguém cantarolava baixinho: era sua mãe. Jocelyn interrompeu-se imediatamente e levantou-se de um pulo, inclinando-se sobre a filha. Aparentemente tinha ficado acordada durante a noite inteira. Vestia uma camiseta velha e um jeans, e seu cabelo estava puxado para trás num coque, preso com um lápis. Uma onda de familiaridade e alívio invadiu Clary, mas foi rapidamente acompanhada pelo pânico.

— Mãe — disse ela, enquanto Jocelyn se inclinava, encostando as costas da mão na testa de Clary como se verificando se ela estava com febre. — Jace...

— Jace está bem — respondeu Jocelyn, retirando a mão.

Diante do olhar desconfiado de Clary, Jocelyn balançou a cabeça.

— Ele está bem, de verdade. Está no Basilias agora, com o Irmão Zachariah. Está se recuperando.

Clary olhou para a mãe, com ar severo.

— Clary, sei que já lhe dei razões para não confiar em mim, mas por favor, acredite, Jace está *perfeitamente bem*. Sei que você nunca me perdoaria se eu não contasse a verdade a respeito dele.

— Quando vou poder vê-lo?

— Amanhã. — Jocelyn recostou-se na cadeira ao lado da cama e revelou Luke, que ficara apoiado na parede do quarto. Ele sorriu para Clary; um sorriso triste, carinhoso, protetor.

— Luke! — exclamou, aliviada por vê-lo. — Diga a mamãe que estou bem. Que posso ir ao Basilias...

Luke balançou a cabeça.

— Sinto muito, Clary. Sem visitas para Jace neste momento. Além disso, hoje você precisa descansar. Ficamos sabendo sobre o que você fez com aquela *iratze*, na Cidadela.

— Ou, pelo menos, o que as pessoas viram você fazer. Não tenho certeza se um dia vou entender isso direito. — As rugas nos cantos da boca de Jocelyn se aprofundaram. — Você quase se matou curando Jace, Clary. Vai ter que tomar cuidado, pois não tem reservas de energia infinitas...

— Ele estava morrendo — interrompeu Clary. — Estava sangrando fogo. Eu tinha que salvá-lo.

— Mas não era para *você* fazer isso! — Jocelyn afastou dos olhos da filha um cacho solto do cabelo ruivo. — O que você estava fazendo naquela batalha?

— Eles não tinham mandado pessoas suficientes pelo Portal — disse Clary, com voz desanimada. — E todo mundo estava falando sobre como ia ser quando chegassem lá, que iam resgatar os Crepusculares, que iam trazê-los de volta, encontrar uma cura... mas eu estava em Burren. E você também, mãe. Sabe que não dá para resgatar os Nephilim que Sebastian controlou com o Cálice Infernal.

— Você viu minha irmã? — perguntou Luke, em voz baixa.

Clary engoliu em seco e assentiu.

— Lamento. Ela... Ela é a tenente de Sebastian. Não é mais ela, nem um tiquinho.

— Ela te machucou? — perguntou Luke. A voz ainda estava calma, mas um músculo latejava em seu rosto.

Clary balançou a cabeça; não conseguia manter a compostura para mentir, mas também não conseguia contar a verdade a Luke.

— Está tudo bem — disse ele, interpretando a ansiedade dela de outra maneira. — A Amatis que está a serviço de Sebastian é tão minha irmã quanto o Jace que servia a Sebastian era o garoto que você amava. É tão minha irmã quanto Sebastian é o filho que sua mãe teve um dia.

Jocelyn segurou a mão de Luke e beijou-lhe as costas levemente. Clary desviou o olhar. A mãe se virou novamente para ela um instante depois.

— Deus, a Clave... se eles ao menos *ouvissem*. — Ela bufou, frustrada. — Clary, compreendemos por que fez o que fez na noite passada, mas pensamos que você estivesse segura. Depois Helen apareceu na nossa porta e nos contou que você havia sido ferida na batalha da Cidadela. Quase tive um enfarto quando achamos você na praça. Seus lábios e dedos estavam azuis. Como se você tivesse se afogado. Se não fosse por Magnus...

— Magnus me curou? O que ele está fazendo aqui, em Alicante?

— Isso não tem a ver com Magnus — censurou Jocelyn, com aspereza. — Isso tem a ver com você. Jia tem andado fora de si, achando que permitiu que você atravessasse o Portal e que você poderia ter morrido. Estavam chamando Caçadores de Sombras experientes, não crianças...

— Era Sebastian — insistiu Clary. — Eles não compreenderiam.

— Sebastian não é nossa responsabilidade. E, por falar nisso... — Jocelyn enfiou a mão debaixo da cama; quando levantou, estava segurando Heosphoros. — É sua? Estava no seu cinturão de armas quando trouxeram você para casa.

— Sim! — Clary bateu palmas. — Pensei que a tivesse perdido.

— É uma espada Morgenstern, Clary — disse a mãe, e segurou-a como se fosse um pedaço de alface mofada. — A espada que vendi há muito tempo. Onde você a conseguiu?

— Na loja de armas onde você a vendeu. A proprietária da loja disse que ninguém mais ia comprá-la. — Clary tirou Heosphoros da mão da mãe. — Sabe, eu *sou* uma Morgenstern. Não podemos fingir que não tenho um pouco do sangue de Valentim. Preciso descobrir um jeito de ser parte Morgenstern sem que isso seja um problema; sem fingir que sou outra pessoa... alguém com um nome falso que não significa nada.

Jocelyn recuou ligeiramente.

— Você quer dizer "Fray"?

— Não é exatamente um nome de Caçadora de Sombras, é?

— Não — disse a mãe. — Não exatamente, mas ele tem significado.

— Pensei que você o tivesse escolhido ao acaso.

Jocelyn balançou a cabeça.

— Você conhece a cerimônia que deve ser realizada nas crianças Nephilim quando nascem? Aquela que concede a proteção que Jace perdeu quando voltou dos mortos, aquela que permitiu a Lilith se aproximar dele? Normalmente a cerimônia é realizada por uma

Irmã de Ferro e um Irmão do Silêncio, mas, no seu caso, como estávamos nos escondendo, eu não podia participar oficialmente. Ela foi feita pelo Irmão Zachariah e por uma feiticeira, no lugar da Irmã de Ferro. Dei a você o sobrenome dela.

— "Fray"? O sobrenome dela era "Fray"?

— O sobrenome foi um impulso — falou Jocelyn, sem exatamente responder à pergunta. — Eu... gostava dela. Ela conhecia a perda, a dor e o luto, no entanto era forte, do jeito que eu queria que você fosse. É tudo que eu sempre quis. Que você fosse forte, ficasse segura e não tivesse que sofrer o que sofri: o terror, a dor e o perigo.

— Irmão Zachariah. — Clary se ergueu subitamente. — Ele estava lá ontem à noite. Ele tentou curar Jace, mas o fogo celestial o queimou. Ele está bem? Não está morto, está?

— Eu não sei. — Jocelyn parecia um pouco confusa com a veemência de Clary. — Sei que ele foi levado para o Basilias. Os Irmãos do Silêncio têm mantido segredo sobre o estado de todo mundo; certamente não falariam sobre um deles.

— Ele disse que os Irmãos deviam aos Herondale por causa de laços antigos — afirmou Clary. — Se ele morrer, será...

— Não será culpa de ninguém — disse Jocelyn. — Eu me lembro de quando ele pôs o feitiço de proteção em você. Falei para ele que nunca ia querer que você tivesse algo a ver com Caçadores de Sombras. Ele disse que talvez não fosse minha escolha. Disse que a atração dos Caçadores de Sombras é como a rebentação... e ele estava certo. Pensei que estivéssemos livres, mas cá estamos, de volta a Alicante, de volta à guerra, e aí está minha filha, com sangue no rosto e uma espada Morgenstern nas mãos.

Havia um tom obscuro e tenso na voz de Jocelyn, o qual fez os nervos de Clary chisparem.

— Mãe — disse ela. — Aconteceu mais alguma coisa? Tem mais alguma coisa que não está me contando?

Jocelyn trocou um olhar com Luke. Ele falou primeiro:

— Você já sabe que ontem de manhã, antes da batalha na Cidadela, Sebastian tentou atacar o Instituto de Londres.

— Mas ninguém ficou ferido. Robert falou...

— Então Sebastian voltou sua atenção para outro lugar — emendou Luke, com firmeza. — Ele e seu exército abandonaram Londres e atacaram a Praetor Lupus em Long Island. Quase todos os Praetorianos, incluindo o líder, foram massacrados. Jordan Kyle... — A voz foi dele falhou. — Jordan foi morto.

Clary não tinha consciência de que havia se levantado, mas de repente não estava mais debaixo das cobertas. Jogara as pernas por cima da lateral da cama e esticava a mão para a bainha de Heosphoros na mesinha de cabeceira.

— Clary — chamou a mãe e esticou o braço, colocando os dedos compridos no pulso de Clary, limitando seus movimentos. — Clary, acabou. Não há nada que você possa fazer.

Clary sentia o gosto das lágrimas, quentes e salgadas, ardendo no fundo da garganta, e, sob as lágrimas, o gosto mais áspero e obscuro do pânico.

— E quanto à Maia? Se Jordan está machucado, Maia está bem? E Simon? Jordan era o guardião dele! *Simon está bem?*

— Eu estou bem. Não se preocupe, estou bem — disse a voz de Simon. A porta do quarto estava aberta, e, para o completo espanto de Clary, Simon entrou e parecia surpreendentemente tímido. Ela deixou a bainha de Heosphoros cair sob a coberta, e também se deixou cair, desabando em cima de Simon com tanta força que chegou a bater a cabeça na clavícula dele. Clary não percebeu se doeu ou não. Estava ocupada demais se agarrando a ele como se ambos tivessem acabado de cair de um helicóptero e estivessem se deslocando velozmente para o chão. Ela agarrava o suéter verde amassado, apertando o rosto de maneira desajeitada contra o ombro dele enquanto se esforçava para não chorar.

Ele a abraçou, acalmando-a com tapinhas constrangidos, como aqueles que os garotos dão nas costas e ombros uns dos outros. Quando ela finalmente o soltou e deu um passo para trás, viu que o suéter e o jeans que ele estava usando eram muito grandes. Uma corrente de metal pendia ao redor do pescoço.

— O que está fazendo aqui? — perguntou. — De quem são estas *roupas* que você está usando?

— É uma longa história, e a maior parte destas roupas são de Alec — respondeu Simon. Suas palavras eram casuais, mas ele parecia tenso. — Você devia ter visto o que eu estava usando antes. E, por falar nisso, belo pijama.

Clary olhou para si. Estava usando pijamas de flanela, curtos demais na perna e apertados demais no peito, com estampa de caminhões de bombeiro.

Luke ergueu uma sobrancelha.

— Acho que era meu quando eu era pequeno.

— Você só pode estar brincando que não havia outra coisa que pudessem usar para me vestir...?

— Se insistir em tentar ser morta, vou insistir em escolher o que você veste enquanto se recupera — disse Jocelyn, com um risinho minúsculo.

— O pijama da vingança — resmungou Clary. Ela pegou o jeans e uma camiseta do chão, e olhou para Simon. — Eu vou me trocar e, quando voltar, é melhor você estar pronto para me contar um pouco sobre como chegou aqui, algo além de "é uma longa história".

Simon resmungou alguma coisa que soou como "mandona", mas Clary já tinha saído. Ela tomou banho em tempo recorde, desfrutando da sensação da água lavando a sujeira da batalha. Ainda estava preocupada com Jace, apesar de a mãe tê-la tranquilizado, mas a visão de Simon levantara seu ânimo. Talvez não fizesse sentido, mas ela estava mais feliz por ele estar onde ela podia ficar de olho nele, em vez de ter optado por voltar a Nova York. Sobretudo, depois de Jordan.

Quando Clary voltou ao quarto, o cabelo úmido amarrado num rabo de cavalo, Simon estava sentado na mesinha de cabeceira, imerso na conversa com a mãe dela e Luke, recontando o que havia acontecido em Nova York, como Maureen o sequestrara e Raphael o resgatara e o levara para Alicante.

— Nesse caso, espero que Raphael tenha a pretensão de participar do jantar organizado pelos representantes da Corte de Seelie hoje à noite — dizia Luke. — Anselm Nightshade teria sido convidado, mas se Raphael o estiver representando no Conselho, então ele deve comparecer. Sobretudo, depois do que aconteceu à Praetor, a importância da solidariedade dos integrantes do Submundo para com os Caçadores de Sombras é maior que nunca.

— Você tem notícias de Maia? — perguntou Simon. — Odeio pensar que ela esteja sozinha, agora que Jordan está morto. — Ele se encolheu um pouco ao falar "Jordan está morto", como se dizer tais palavras causasse dor.

— Ela não está sozinha. O bando está cuidando dela. Morcego tem mantido contato comigo; fisicamente, ela está bem. Emocionalmente, aí já não sei. Ela foi incumbida de transmitir o recado de Sebastian, depois que ele matou Jordan. Isso não deve ter sido fácil.

— O bando vai acabar tendo que lidar com Maureen — disse Simon. — Ela está encantada com o fato de os Caçadores de Sombras terem ido embora. Vai transformar Nova York no seu quintal sangrento, se conseguir fazer as coisas do jeito que quer.

— Se ela está matando mundanos, a Clave terá que despachar alguém para lidar com ela — emendou Jocelyn. — Mesmo que isso signifique deixar Idris. Se ela quebrar os Acordos...

— Será que Jia não deveria ouvir tudo isso? — perguntou Clary. — Nós poderíamos ir falar com ela. Jia não é como o último Cônsul. Daria ouvidos a você, Simon.

Simon fez que sim com a cabeça.

— Prometi a Raphael que falaria com o Inquisidor e com a Consulesa por ele... — Subitamente, ele parou de falar e estremeceu.

Clary o fitou com mais atenção. Ele estava sentado sob um feixe sutil de luz, a pele pálida feito mármore. As veias eram visíveis, tão fortes e pretas quanto marcas de tinta. As maçãs do rosto pareciam acentuadas, as sombras abaixo delas eram severas e irregulares.

— Simon, há quanto tempo você não se alimenta?

Ele se encolheu; ela sabia que Simon odiava ser lembrado de sua necessidade de sangue.

— Três dias — disse em voz baixa.

— Alimento — falou Clary, olhando da mãe para Luke. — Precisamos alimentá-lo.

— Eu estou bem — rebateu Simon, de modo pouco convincente. — Estou mesmo.

— O local mais razoável para obter sangue seria a casa do representante dos vampiros — disse Luke. — Eles têm de fornecê-lo para uso do representante das Crianças da Noite no Conselho. Eu iria pessoalmente, mas dificilmente vão dá-lo a um lobisomem. Poderíamos mandar um recado...

CIDADE DO FOGO CELESTIAL

— Nada de recados. Demora demais. Vamos agora. — Clary abriu a porta do closet com força e pegou um casaco. — Simon, você consegue ir até lá?

— Não é tão longe assim — disse ele, com voz enfraquecida. — Algumas portas depois da casa do Inquisidor.

— Raphael vai estar dormindo — observou Luke. — Estamos no meio do dia.

— Então vamos acordá-lo. — Clary vestiu o casaco e fechou o zíper. — É tarefa dele representar os vampiros; ele vai ter que ajudar Simon.

Simon fez um muxoxo.

— Raphael não acha que *tem* que fazer alguma coisa.

— Não me importo. — Clary pegou Heosphoros e deslizou-a na bainha.

— Clary, não sei se você está bem o suficiente para sair assim... — começou Jocelyn.

— Estou bem. Nunca me senti melhor.

Jocelyn balançou a cabeça, e a luz do sol captou os reflexos vermelhos no cabelo dela.

— Em outras palavras, não há nada que eu possa fazer para impedir.

— Nadinha — falou Clary, enfiando Heosphoros no cinto. — Nada mesmo.

— O jantar dos membros do Conselho é hoje à noite — comentou Luke, reclinando-se contra a parede. — Clary, vamos ter que sair antes de você estar de volta. Vamos botar um guardião na casa para ter certeza de que vai voltar antes de escurecer...

— Vocês *estão* brincando.

— De modo algum. Queremos você aqui dentro, com a casa fechada. Se não voltar antes do pôr do sol, o Gard será notificado.

— Isso é uma ditadura — resmungou Clary. — Ande, Simon. Vamos embora.

Maia sentou-se na praia em Rockaway, fitando a água, e estremeceu.

Rockaway ficava lotada no verão, porém vazia e exposta ao vento agora, em dezembro. As águas do Atlântico se estendiam, um cinza pesado, da cor do ferro, sob um céu igualmente cor de ferro.

Os corpos dos lobisomens que Sebastian tinha matado, inclusive o de Jordan, tinham sido queimados entre as ruínas da Praetor Lupus. Um dos lobos do bando se aproximou da praia e lançou o conteúdo de uma caixa com cinzas na água.

Maia observava enquanto a superfície do mar ficava preta com os restos mortais.

— Lamento. — Era Morcego, sentando-se ao lado dela na areia. Eles observavam enquanto Rufus caminhava pela areia e abria outra caixa com cinzas. — Sobre Jordan.

Maia puxou o cabelo para trás. Nuvens cinzentas se reuniam no horizonte. Ela se perguntava quando começaria a chover.

— Eu ia terminar com ele — confessou ela.

— O quê? — Morcego ficou chocado.

— Eu ia terminar com ele — repetiu Maia. — No dia em que Sebastian o matou.

— Pensei que tudo estivesse ótimo entre vocês dois. Pensei que fossem felizes.

— Pensou? — Maia enfiou os dedos na areia úmida. — Você não gostava dele.

— Ele te magoou. Foi há muito tempo, e sei que ele tentou consertar as coisas, mas... — Morcego deu de ombros. — Talvez eu não saiba perdoar.

Maia soltou o ar.

— Talvez eu também não saiba — comentou. — Na cidade em que cresci, todas essas meninas brancas, ricas, magras e mimadas faziam eu me sentir um lixo porque eu não me parecia com elas. Quando eu tinha 6 anos, minha mãe tentou fazer uma festa de aniversário com o tema da Barbie para mim. Eles fazem a Barbie preta, sabe, mas não fazem coisas que combinam com ela... os descartáveis de festas e enfeites de bolo e tal. Por isso minha festa teve uma boneca loura como tema, um monte de convidadas louras, e todas elas riram de mim, tapando a boca com as mãos. — O ar da praia era frio em seus pulmões. — Então quando eu conheci Jordan e ele me disse que eu era bonita, bem, não foi preciso muito. Eu me apaixonei completamente por ele cinco minutos depois.

— Você é bonita — disse Morcego. Um caranguejo paguro abria caminho na areia aos poucos, e ele o cutucou com os dedos.

— A gente era feliz — falou Maia. — Mas então tudo aconteceu, e ele me Transformou, e eu o odiei. Vim para Nova York e o odiei, e então ele voltou a aparecer, e tudo que ele queria era que eu o perdoasse. Ele queria tanto e estava tão arrependido. E eu sabia, as pessoas fazem coisas loucas quando são mordidas. Tinha ouvido falar de pessoas que mataram as próprias famílias...

— Por isso temos a Praetor — disse Morcego. — Bem. Tínhamos.

— E pensei: o quanto você pode responsabilizar alguém pelos seus atos quando essa pessoa não conseguia controlá-los? Achei que devia perdoá-lo, ele queria tanto. Tinha feito de tudo para compensar suas falhas. Pensei que pudéssemos voltar ao normal, voltar ao modo como a gente costumava ser.

— Algumas vezes, não dá para voltar — ponderou Morcego. Ele tocou a cicatriz na bochecha, pensativo; Maia nunca havia perguntado como ele ganhara aquilo. — Algumas vezes, muita coisa já mudou.

— Não conseguimos reatar — disse Maia. — Pelo menos, eu não consegui. Ele queria tanto que eu o perdoasse que, às vezes, simplesmente olhava para mim e enxergava o perdão. A redenção. Ele enxergava a *mim*. — Ela balançou a cabeça. — Não sou a absolvição de ninguém. Sou apenas Maia.

— Mas você se importava com ele — rebateu Morcego em voz baixa.

— O suficiente para ficar adiando terminar com ele. Pensei que talvez eu me sentiria diferente. E então tudo começou a acontecer: Simon foi sequestrado, e nós fomos atrás dele, e eu ainda ia contar a Jordan. Eu ia contar a ele assim que chegássemos a Praetor, mas quando chegamos foi... — Ela engoliu em seco. —... uma carnificina.

— Eles disseram que quando te encontraram, você estava abraçando Jordan. Ele estava morto, e o sangue manchava a maré, mas você estava abraçada ao corpo dele.

— Todos deviam morrer recebendo um abraço — disse Maia, e pegou um punhado de areia. — Eu só... me senti tão culpada. Ele morreu pensando que eu ainda o amava, que íamos ficar juntos e que tudo estava bem. Morreu comigo mentindo para ele. — Maia deixou os grãos escorrerem pelos dedos. — Eu devia ter falado a verdade.

— Pare de se punir. — Morcego ficou de pé. Ele parecia alto e musculoso no casaco anoraque com o zíper fechado até a metade, o vento mal agitando seu cabelo curto. As nuvens cinzentas aglomeradas delineavam seu vulto. Maia podia ver o restante do bando, reunido ao redor de Rufus, que estava gesticulando enquanto falava. — Se ele não estivesse morrendo, então sim, você deveria ter contado a verdade. Mas ele morreu pensando que era amado e que fora perdoado. Há presentes muito piores a se dar a alguém. O que ele fez com você foi terrível, e ele sabia disso. Mas poucas pessoas são completamente boas ou completamente más. Pense nisso como um presente que você deu à parte boa nele. Não importa aonde Jordan vá, e eu acredito que todos vamos para algum lugar, pense nisso como a luz que vai levá-lo para casa.

Se você está deixando o Basilias, deve compreender que isso é contrário ao que os Irmãos aconselharam.

— Tudo bem — disse Jace, calçando a segunda luva e dobrando os dedos. — Vocês deixaram isso bem claro.

O Irmão Enoch se agigantou acima dele, a expressão severa, enquanto Jace se curvava com precisão lenta para amarrar o cadarço dos coturnos. Ele estava sentado na beirada do leito da enfermaria, um dentre uma fileira de macas com lençóis brancos que percorriam a extensão do cômodo comprido. Muitas das outras macas estavam ocupadas por Caçadores de Sombras guerreiros que se recuperavam da batalha na Cidadela. Os Irmãos do Silêncio caminhavam entre os leitos como se fossem enfermeiras fantasmagóricas. O ar tinha cheiro de ervas e cataplasmas estranhos.

Você devia descansar mais uma noite, pelo menos. Seu corpo está exaurido, e o fogo celestial ainda arde dentro de você.

Depois de terminar de amarrar os coturnos, Jace ergueu os olhos. O teto abobadado acima estava pintado com um desenho entrelaçado de símbolos de cura em prata e azul. Ele ficara fitando aquilo pelo que pareceram semanas, embora soubesse ter sido apenas uma noite. Os Irmãos do Silêncio mantiveram as visitas afastadas e ficaram pairando perto dele com símbolos de cura e cataplasmas. Também fizeram exames nele, colhendo sangue, fios de cabelo e até cílios; tocando sua pele com uma série de lâminas: ouro, prata, aço, sorveira-brava. Ele se sentia bem. Tinha a forte sensação de que queriam mantê-lo no Basilias mais para estudar o fogo celestial que para curá-lo.

— Quero ver o Irmão Zachariah — pediu ele.

Ele está bem. Você não precisa se preocupar com ele.

— Eu quero vê-lo — insistiu. — Eu quase o matei na Cidadela...

Não foi você. Foi o fogo celestial. E não fez nada além de feri-lo.

Jace piscou por causa da estranha escolha de palavras.

— Quando eu o encontrei, ele disse que acreditava ter uma dívida com os Herondale. Eu sou um Herondale. Ele queria me ver.

E então você pretende deixar o Basilias?

Jace ficou de pé.

— Não há nada errado comigo. Não preciso ficar na enfermaria. Sem dúvida, vocês poderiam usar seus recursos com mais proveito nos feridos de verdade. — Ele pegou sua jaqueta em um gancho ao lado do leito. — Sabe, você pode me levar ao Irmão Zachariah ou posso andar por aí berrando por ele até ele aparecer.

Você traz um bocado de problema, Jace Herondale.

— Foi o que me disseram — respondeu Jace.

Havia janelas arqueadas entre as camas; elas lançavam amplos feixes de luz no chão de mármore. O dia estava começando a escurecer: Jace acordara no início da tarde, com um Irmão do Silêncio ao lado de sua cama. Ele se empertigara, querendo saber onde Clary estava, ao mesmo tempo que as lembranças da noite anterior o invadiam: ele se recordou da dor quando Sebastian o acertou, se recordou do fogo fazendo a lâmina arder, e de Zachariah queimando. Dos braços de Clary em volta dele, do cabelo dela caindo ao redor dos dois, do fim da dor que viera juntamente à escuridão. E depois... nada.

Depois que os Irmãos garantiram que Clary estava bem, segura na casa de Amatis, ele perguntara por Zachariah, se o fogo o havia machucado, mas recebera apenas respostas irritantemente vagas.

Agora ele acompanhava Enoch pela enfermaria até um corredor mais estreito, de gesso branco. As portas se abriram na saída do corredor. Quando passaram por uma, Jace deu uma olhadela num corpo que se contorcia, amarrado a uma cama, e ouviu o som de gritos e xingamentos. Um Irmão do Silêncio estava de pé acima do homem que se debatia, vestido com restos do uniforme vermelho. O sangue respingava na parede branca atrás deles.

Amalric Kriegsmesser, falou Irmão Enoch sem virar a cabeça. *Um dos Crepusculares de Sebastian. Como você sabe, temos tentado reverter o feitiço do Cálice Infernal.*

Jace engoliu em seco. Parecia não haver nada a dizer. Ele tinha visto o ritual do Cálice Infernal ser realizado. No fundo do coração, não acreditava que o feitiço pudesse ser revertido. O feitiço gerava uma mudança muito fundamental. Mas ele também sequer havia imaginado que um Irmão do Silêncio pudesse ser tão humano quanto o Irmão Zachariah sempre parecera. Era por isso que ele estava tão determinado a vê-lo? Jace se recordava do que Clary contara, algo que o Irmão Zachariah dissera uma vez quando ela perguntara se ele chegara a amar alguém o suficiente para morrer por eles:

Duas Pessoas. Existem lembranças que o tempo não apaga. Pergunte a seu amigo Magnus Bane, se não acreditar em mim. A eternidade não torna a perda esquecível, apenas tolerável.

Tinha alguma coisa naquelas palavras, alguma coisa que falava de uma dor e de um tipo de lembrança que Jace não associava aos Irmãos. Eles estavam presentes em sua vida desde que tinha 10 anos: estátuas pálidas e silenciosas que traziam a cura, guardavam segredos, que não amavam, desejavam, cresciam nem morriam, apenas *existiam*. Mas o Irmão Zachariah era diferente.

Chegamos. Irmão Enoch parou diante de uma porta comum pintada de branco. Ele ergueu a mão larga e bateu. Ouviu-se um som no interior, como uma cadeira sendo arrastada, e depois uma voz masculina:

— Entre.

O Irmão Enoch abriu a porta e fez um gesto para Jace entrar. As janelas ficavam viradas para oeste, e o cômodo estava muito claro, a luz do sol poente pintava as paredes com um fogo pálido. Havia um vulto na janela: uma silhueta, esguia, sem a túnica de um Irmão. Jace se virou e fitou o Irmão Enoch com surpresa, porém o Irmão do Silêncio já tinha ido embora, fechando a porta atrás de si.

— Onde está o Irmão Zachariah? — perguntou Jace.

— Estou bem aqui. — Uma voz baixa, suave, um pouco desafinada, como um piano que há muito não era tocado.

O vulto se virara da janela. Jace se flagrou olhando para um garoto somente um pouco mais velho que ele. Cabelos escuros, um rosto fino e delicado, olhos que pareciam jovens e velhos ao mesmo tempo. Os símbolos dos Irmãos marcavam as maçãs do rosto proeminentes, e, quando o garoto se virou, Jace notou a beirada pálida de um símbolo desbotado na lateral do pescoço.

Um parabatai. Como ele. E Jace sabia também o que o símbolo desbotado significava: um *parabatai* cuja outra metade estava morta. Ele sentiu a compaixão aumentar em relação ao Irmão Zachariah, ao mesmo tempo que se imaginava sem Alec, com apenas aquele símbolo desbotado para lembrá-lo de que outrora ele fora ligado a alguém que conhecia todas as melhores e piores partes de sua alma.

— Jace Herondale — disse o garoto. — Mais uma vez, um Herondale é o portador da minha salvação. Eu devia ter previsto.

— Eu não... isso não é... — Jace estava espantado demais para pensar em alguma coisa inteligente para dizer. — Não é possível. Quando você é um Irmão do Silêncio, não pode deixar de sê-lo. Você... eu não entendo.

O garoto — Zachariah, Jace supôs, embora não mais um Irmão — sorriu. Era um sorriso angustiantemente vulnerável, jovem e gentil.

— Não tenho certeza também se compreendo totalmente — disse ele. — Mas nunca fui um Irmão do Silêncio comum. Trouxeram-me a esta vida porque havia magia negra sobre mim. Não havia outro meio de me salvar. — O garoto baixou o olhar para as próprias mãos, as mãos lisas de um garoto, macias como poucas mãos de Caçadores de Sombras o eram. Os Irmãos podiam lutar como guerreiros, mas raramente faziam isso. — Abandonei tudo que eu conhecia e tudo que eu amava. Talvez não tenha abandonado totalmente, mas ergui uma parede de vidro entre mim e a vida que levava. Eu podia vê-la, mas não podia tocá-la nem tomar parte nela. Comecei a me esquecer de como era ser um ser humano comum.

— Nós não somos seres humanos comuns.

Zachariah ergueu o olhar.

— Ah, nós dizemos isso a nós mesmos — falou. — Mas tenho estudado os Caçadores de Sombras durante o último século e deixe-me dizer que nós somos mais humanos que a maioria dos seres humanos. Quando ficamos de coração partido, ele se quebra em lascas que não podem ser coladas facilmente. Algumas vezes, invejo a resistência dos mundanos.

— Mais de um século de idade? Você parece bem... resistente para mim.

— Eu pensei que iria ser um Irmão do Silêncio para sempre. Nós... eles não morrem, você sabe; eles perdem a vitalidade depois de muitos anos. Param de falar, param de se movimentar. No fim, são enterrados vivos. Pensei que esse seria meu destino, mas quando toquei em você com a mão marcada pelo símbolo, quando você estava ferido, absorvi o fogo celestial em suas veias. Ele queimou e destruiu a escuridão no meu sangue. Voltei a ser a pessoa que era antes de fazer os votos. Antes mesmo disso. Eu me tornei o que sempre quis ser.

A voz de Jace estava rouca.

— Doeu?

Zachariah pareceu confuso.

— Como?

— Quando Clary me golpeou com a Gloriosa foi... agonizante. Senti como se meus ossos estivessem se desmanchando e virando cinzas dentro de mim. Continuei a pensar nisso quando acordei... continuei a pensar sobre a dor, e se doeu quando você me tocou.

Zachariah olhou pare ele, surpreso.

— Você pensou em mim? Se eu estava sentindo dor?

— Claro. — Jace podia ver o reflexo na janela atrás de Zachariah. O garoto era tão alto quanto ele, porém mais magro, e com o cabelo escuro e a pele clara parecia um negativo de Jace.

— Herondales. — A voz de Zachariah era um sussurro, metade risada metade dor. — Eu quase tinha esquecido. Nenhuma outra família faz tantas coisas por amor ou sente tanta culpa. Não carregue o fardo do mundo, Jace. É pesado demais até para um Herondale suportar.

— Não sou um santo — disse Jace. — Talvez eu devesse suportá-lo.

Zachariah balançou a cabeça.

— Acho que você conhece a frase da Bíblia: *"Mene mene tequel ufarsim"*?

— Pesado foste na balança e foste considerado em falta. Sim, conheço. O Escrito na Parede.

— Os egípcios acreditavam que no portão dos mortos, seu coração era pesado em balanças, e, se ele pesasse mais que uma pena, seu caminho era o caminho para o Inferno. O fogo do Céu nos avalia, Jace Herondale, como as balanças dos Egípcios. Se há em nós mais mal do que bem, isso vai nos destruir. Eu apenas sobrevivi, assim como você. A diferença entre nós é que eu somente fui tocado pelo fogo, ao passo que ele penetrou seu coração. Você ainda o carrega dentro de si, um grande fardo e um grande dom.

— Mas tudo que tenho tentado fazer é me livrar dele...

— Você não pode se livrar disso. — A voz de Irmão Zachariah ficou muito séria. — Isso não é uma espécie de maldição, da qual você deve se livrar; é uma arma que lhe foi confiada. Você *é* a lâmina do Paraíso. Certifique-se de que é digno dela.

— Você fala como Alec — disse Jace. — Ele sempre fala sobre responsabilidade e mérito.

— Alec. Seu *parabatai*. O garoto dos Lightwood?

— Você... — Jace apontou a lateral do pescoço de Zachariah. — Você teve um *parabatai* também. Mas seu símbolo desbotou.

Zachariah baixou os olhos.

— Ele morreu há muito tempo. Eu era... Quando ele morreu, eu... — Ele balançou a cabeça, frustrado. — Durante anos, tenho apenas falado com a minha mente, embora você possa ouvir meus pensamentos — disse ele. — O processo de formar a linguagem do modo comum, de encontrar a fala, não ocorre tão facilmente para mim agora. — Ele ergueu a cabeça para encarar Jace. E falou: — Valorize seu *parabatai*, pois é um laço precioso. Todo amor é precioso. É por isso que fazemos o que fazemos. Por que enfrentamos demônios? Por que eles não são guardiões adequados para este mundo? O que nos torna melhores? É porque eles não constroem, apenas destroem. Eles não amam, somente odeiam. Somos humanos e falíveis, nós, Caçadores de Sombras. Mas se não tivéssemos a capacidade de amar, não poderíamos guardar os seres humanos; devemos amá-los para guardá-los. Meu *parabatai*, ele amou como poucos seriam capazes de amar, foi assim com tudo e com todos. Vejo que você também é assim; isso arde com mais brilho em você do que o fogo do Céu.

O Irmão Zachariah estava olhando para Jace com uma intensidade tão feroz que era como se arrancasse a carne dos ossos.

— Sinto muito — disse Jace em voz baixa — por você ter perdido seu *parabatai*. Tem alguém... alguém que sobrou, para quem você possa voltar?

541

O garoto sorriu levemente.

— Tem uma pessoa. Ela sempre ficou em casa por mim. Mas não tão rápido. Primeiro, eu devo ficar.

— Para lutar?

— E amar e chorar. Quando eu era um Irmão do Silêncio, meus amores e minhas perdas emudeceram lentamente, como a música ouvida à distância, uma harmonia genuína, porém abafada. Agora... agora tudo desceu sobre mim de uma vez só. Estou curvado debaixo de tudo. Tenho que estar mais forte antes de vê-la. — O sorriso dele era melancólico. — Você já sentiu seu coração preenchido por tanta coisa a ponto de se romper?

Jace pensou em Alec ferido em seu colo, em Max imóvel e pálido no chão do Salão dos Acordos; pensou em Valentim abraçando-o enquanto o sangue encharcava a areia debaixo deles. E, finalmente, pensou em Clary: na bravura alerta que o mantivera a salvo, na inteligência mais alerta que aquela que o mantinha são, na firmeza do amor dela.

— Armas, quando quebram e são remendadas, podem ficar mais fortes nos locais remendados — disse Jace. — Talvez aconteça a mesma coisa com o coração.

Irmão Zachariah, que agora era apenas um garoto como Jace, sorriu com um pouco de tristeza.

— Espero que você tenha razão.

— Não consigo acreditar que Jordan esteja morto — disse Clary. — Eu tinha acabado de vê-lo. Ele estava sentado próximo ao muro do Instituto quando atravessamos o Portal.

Ela caminhava com Simon ao longo de um dos canais, dirigindo-se para o centro da cidade. As torres demoníacas se erguiam ao redor e o brilho delas refletia nas águas do canal.

Simon deu uma olhadela de soslaio para Clary. Ele não parava de pensar no estado dela quando a vira na noite anterior, a pele azulada, exausta e semiconsciente, com as roupas rasgadas e ensanguentadas. Agora parecia ela mesma outra vez, com as bochechas coradas, as mãos nos bolsos e o cabo da espada se projetando do cinto.

— Nem eu — falou ele.

Os olhos de Clary eram distantes e brilhantes; Simon se perguntava do que ela estava se lembrando — de Jordan ensinando Jace a controlar as emoções no Central Park? De Jordan no apartamento de Magnus conversando com um pentagrama? De Jordan, na primeira vez em que o viram, abaixando-se e passando debaixo da porta de uma garagem para fazer um teste para a banda de Simon? Jordan sentado no sofá no apartamento deles, jogando Xbox com Jace? Jordan contando a Simon que havia jurado protegê-lo?

Simon sentiu um vazio por dentro. Ele tinha dormido mal à noite, acordando de pesadelos nos quais Jordan aparecia, parado, encarando-o em silêncio, os olhos castanhos pedindo para ajudá-lo, para salvá-lo, enquanto a tinta nos braços escorria feito sangue.

— Pobre Maia — disse Clary. — Queria que ela estivesse aqui, que a gente pudesse conversar. Ela passou por tanta coisa, e agora isso...

— Eu sei — emendou Simon, quase engasgando. Pensar em Jordan já era ruim. Se pensasse em Maia também, ficaria arrasado.

Clary respondeu ao tom ríspido dele esticando a mão.

— Simon. Você está bem?

Ele permitiu que ela segurasse sua mão, entrelaçando os dedos frouxamente. E notou o olhar dela baixando para o anel de ouro das fadas que ele sempre usava.

— Acho que não — retrucou ele.

— Não, claro que não. Como poderia estar? Ele era seu... — *Amigo? Colega de quarto? Guarda-costas?*

— Era minha responsabilidade — disse Simon.

Ela pareceu confusa.

— Não... Simon, você era responsabilidade dele. Jordan era seu guardião.

— Ora, Clary. O que você acha que ele estava fazendo na sede da Praetor Lupus? Ele nunca chegou lá. Se estava lá, era por minha causa, porque estava procurando por mim. Se eu não tivesse me deixado sequestrar...

— Tivesse se deixado sequestrar? — rebateu Clary. — O quê? Você foi sequestrado por Maureen de boa vontade?

— Maureen não me sequestrou — disse ele em voz baixa.

Ela olhou para ele, espantada.

— Pensei que ela tivesse mantido você numa jaula no Dumort. Pensei que você tivesse dito...

— Ela fez isso — emendou Simon. — Mas a única razão para eu estar do lado de fora, onde ela poderia me pegar, se deu porque fui atacado por um dos Crepusculares. Eu não queria contar ao Luke nem à sua mãe. Achei que eles fossem surtar.

— Porque se Sebastian mandou um Caçador de Sombras maligno atrás de você foi por minha causa — disse Clary, relutante. — Ele queria te sequestrar ou matar?

— Eu realmente não tive chance de perguntar. — Simon enfiou as mãos nos bolsos. — Jordan me falou para correr, então corri... bem na direção de alguém do clã de Maureen. Evidentemente, ela estava vigiando o apartamento. Suponho que foi isso que ganhei por sair correndo e abandoná-lo. Se não tivesse feito isso, se não tivesse sido levado, ele nunca teria ido à Praetor e nunca teria sido morto.

— Pare. — Simon a encarou, surpreso. Clary parecia irritada de verdade. — Pare de se culpar. Jordan não foi enviado para você por acaso. Ele queria o trabalho para poder ficar perto de Maia. Ele conhecia os riscos de ser seu guardião. Ele os aceitou de boa vontade. Foi escolha dele. Jordan estava procurando redenção. Por causa do que tinha acontecido entre ele e Maia. Por causa do que ele *fez*. Era isso que a Praetor era para Jordan. Ela o salvou. Ser o seu guardião, de pessoas como você, o salvou. Ele havia se transformado num monstro. Tinha magoado Maia. Ele a transformara num monstro também. O que ele fez foi imperdoável. Se ele não tivesse a Praetor, se não tivesse você para cuidar, isso o teria consumido até ele se matar.

— Clary... — Simon estava chocado pela dureza das palavras dela.

A garota estremeceu, como se estivesse se sacudindo para tirar teias de aranha. Eles tinham dobrado uma longa rua, próxima ao canal, ladeada por casas velhas e grandiosas. A rua fazia Simon se recordar de fotografias dos bairros ricos de Amsterdã.

— Aquela ali é a casa dos Lightwood. Há membros do Alto Conselho morando nesta rua. A Consulesa, o Inquisidor, os representantes do Submundo. Só precisamos descobrir qual delas é a de Raphael...

— Ali — disse Simon, e indicou uma casa estreita no canal com uma porta preta. Uma estrela prateada fora pintada na porta. — Uma estrela para os Filhos da Noite. Porque não vemos a luz do Sol. — Ele sorriu, ou tentou sorrir. A fome ardia em suas veias; elas pareciam arame quente sob a pele.

Ele se virou e subiu os degraus. A aldrava tinha o formato de um símbolo e era pesada. O som que fazia quando baixada reverberava no interior da casa.

Simon ouviu Clary subir os degraus atrás de si no momento em que a porta foi aberta. Raphael estava parado, no interior da casa, cuidadosamente afastado da luz que invadia pela porta aberta. Nas sombras, Simon distinguia o vulto do vampiro: o cabelo cacheado, o clarão branco dos dentes quando ele os cumprimentou.

— Diurno. Filha de Valentim.

Clary emitiu um ruído exasperado.

—Você nunca chama ninguém pelo nome?

— Apenas meus amigos — rebateu Raphael.

—Você tem amigos? — perguntou Simon.

Raphael olhou de cara feia.

— Presumo que vocês estejam aqui pelo sangue?

— Sim — disse Clary. Simon não disse uma única palavra. Ao ouvir a palavra "sangue", sentiu-se levemente tonto. Seu estômago roncava. Estava faminto.

Raphael deu uma olhadela em Simon.

—Você parece com fome. Talvez devesse ter aceitado minha sugestão na praça ontem à noite.

Clary arqueou as sobrancelhas, mas Simon apenas fez uma careta.

— Se quiser que eu converse com o Inquisidor em seu nome, vai ter que me dar sangue. Caso contrário, vou desmaiar aos pés dele ou devorá-lo.

— Suspeito que isso não pegaria bem com a filha dele. Embora ela não parecesse nem um pouco satisfeita com você ontem à noite. — Raphael desapareceu novamente nas sombras da casa. Clary olhou para Simon.

— Suponho que você tenha visto Isabelle ontem?

— Supôs certo.

— E as coisas não foram bem?

Simon foi poupado de responder quando Raphael reapareceu. Ele trazia uma garrafa de vidro com rolha, cheia de líquido vermelho. Simon pegou-a com voracidade.

O cheiro do sangue atravessou o vidro, ondulante e doce. Simon retirou a rolha e engoliu, as presas se projetando, apesar de não precisar delas. Os vampiros não eram feitos para beber em garrafas. Os dentes arranharam a pele quando ele esfregou a boca com as costas da mão.

Os olhos castanhos de Raphael brilhavam.

— Fiquei triste ao ouvir as notícias sobre seu amigo lobisomem.

Simon se retesou. Clary colocou a mão no braço dele.

— Você não está sendo sincero — observou Simon. — Você odiava que eu tivesse um guardião Praetoriano.

Raphael resmungou, pensativo.

— Sem guardião, sem Marca de Caim. Todas as suas proteções arrancadas. Deve ser estranho, Diurno, saber que pode mesmo morrer.

Simon o encarou.

— Por que você se esforça tanto? — perguntou, e tomou outro gole da garrafa. Desta vez, o sabor foi mais amargo, um pouco ácido. — Para fazer com que eu te odeie? Ou a questão é apenas que você me odeia?

Houve um longo silêncio. Simon percebeu que Raphael estava descalço, bem na beiradinha onde a luz do sol formava uma faixa no piso de madeira de lei. Outro passo adiante, e a luz lhe queimaria a pele.

Simon engoliu em seco, saboreando o sangue na boca, sentindo-se ligeiramente tonto.

— Você não me odeia — percebeu ele, e fitou a cicatriz branca na base do pescoço de Raphael, onde, algumas vezes, um crucifixo se apoiava. — Você *tem ciúmes*.

Sem dizer mais nenhuma palavra, Raphael fechou a porta entre eles.

Clary suspirou.

— Uau. Isso terminou bem.

Simon não disse nada, simplesmente deu meia-volta e se afastou, descendo os degraus. Fez uma pausa na base para finalizar a garrafa de sangue e então, para surpresa dela, a jogou a esmo. Ela voou rua abaixo e atingiu um poste de luz, estilhaçando-se e deixando uma mancha de sangue no ferro.

— Simon? — Clary apressou-se degraus abaixo. — Você está bem?

Ele fez um gesto vago.

— Não sei. Jordan, Maia, Raphael, tudo isso é... é demais. Não sei o que fazer.

— Você se refere a falar ao Inquisidor em nome de Raphael? — Clary acelerou para acompanhar Simon quando ele começou a andar sem rumo pela rua. O vento estava mais forte, bagunçando o cabelo castanho dele.

— Não, a qualquer coisa. — Ele cambaleou um pouco quando se afastou dela. Clary semicerrou os olhos, desconfiada. Se não o conhecesse bem, acharia que ele estava bêbado.

— Eu não pertenço a este lugar — disse ele. Tinha parado diante da residência do Inquisidor. Simon inclinou a cabeça para trás, erguendo o olhar para as janelas. — O que você acha que eles estão fazendo ali dentro?

— Jantando? — palpitou Clary. Os lampiões com luz enfeitiçada começavam a acender, iluminando a rua. — Vivendo as próprias vidas? Ora, Simon. Provavelmente eles conheciam as pessoas que morreram na batalha de ontem. Se você quer ver Isabelle, amanhã é a reunião do Conselho e...

— Ela sabe — emendou ele. — Que os pais provavelmente vão terminar. Que o pai dela teve um caso.

— Ele *o quê*? — disse Clary, fitando Simon. — Quando?

— Há muito tempo. — Simon definitivamente estava com a fala arrastada. — Antes de Max. Ele ia embora, mas... descobriu sobre Max e ficou. Maryse contou a Isabelle anos atrás. Não foi justo contar tudo isso a uma menininha. Izzy é forte, mas ainda assim. Não se deve fazer isso. Não ao próprio filho. Você deve... aguentar o próprio fardo.

— Simon. — Ela pensou na mãe dele, enxotando-o de sua porta. *Não se deve fazer isso. Não ao próprio filho.* — Há quanto tempo você sabe disso? Sobre Robert e Maryse?

— Há meses. — Ele caminhou até o portão da frente da casa. — Eu sempre quis ajudá-la, mas ela jamais quis que eu dissesse nada, fizesse nada... e, por falar nisso, sua mãe sabe. Foi ela quem revelou a Izzy com quem Robert teve o caso. Não era alguém de quem ela já tivesse ouvido falar. Não sei se isso melhora ou piora as coisas.

— O quê? Simon, você está enrolando a língua. Simon...

Ele desabou na cerca que rodeava a casa do Inquisidor, causando um estrondo.

— Isabelle! — chamou ele, inclinando a cabeça para trás. — *Isabelle!*

— Ai, caramba... — Clary puxou Simon pela manga. — Simon — sussurrou ela. — Você é um vampiro, no meio de Idris. Talvez não devesse *gritar para chamar atenção*.

Simon a ignorou.

— Isabelle! — berrou mais uma vez. — Jogue suas tranças, Isabelle!

— Ai, meu Deus — resmungou Clary. — Tinha alguma coisa naquele sangue que Raphael te deu, não tinha? Vou matá-lo.

— Ele já está morto — observou Simon.

— Ele é um morto-vivo. Obviamente ainda pode morrer, sabe, mais uma vez. Eu vou matá-lo de novo. Ande, Simon. Vamos voltar para você poder se deitar e pôr gelo na cabeça...

— Isabelle! — gritava Simon.

Uma das janelas do andar de cima da casa se abriu, e Isabelle se inclinou para fora. Os cabelos *estavam* jogados, caindo ao redor do rosto. No entanto, ela parecia furiosa.

— Simon, cale a boca — sibilou.

— Não vou calar! — anunciou Simon, com rebeldia. — Pois tu és minha bela dama, e devo ganhar teus favores.

Isabelle deixou a cabeça cair entre as mãos.

— Ele está bêbado? — gritou para Clary.

— Eu não sei. — Clary estava dividida entre a lealdade a Simon e uma necessidade urgente de tirá-lo dali. — Acho que ele bebeu sangue fora do prazo de validade ou coisa assim.

— Eu te amo, Isabelle Lightwood! — gritou Simon, assustando todo mundo. As luzes foram acesas por toda a casa e nas casas vizinhas também. Ouviu-se um barulho rua abaixo, e, um instante depois, Aline e Helen apareceram; ambas pareciam exaustas, Helen tentava amarrar o cabelo louro cacheado para trás. — Eu te amo e não vou embora até você dizer que me ama também!

— Diga que você o ama — gritou Helen. — Ele está assustando toda a rua. — Ela acenou para Clary. — Bom te ver.

— Bom te ver também — respondeu Clary. — Sinto muito pelo que aconteceu em Los Angeles e, se houver alguma coisa que eu possa fazer para ajudar...

Alguma coisa desceu do céu, flutuando. Duas coisas: uma calça de couro e uma camisa branca de pirata com babados. Elas aterrissaram aos pés de Simon.

— Pegue suas roupas e vá embora! — gritou Isabelle.

Acima dela, outra janela se abriu, e Alec se inclinou.

— O que está acontecendo? — O olhar dele pousou em Clary e nos outros; ele contraiu as sobrancelhas, confuso. — O que é isso? Vão cantar canções de Natal mais cedo este ano?

— Eu não canto canções de Natal — disse Simon. — Sou judeu. Sei apenas a canção do Chanuká.

— Ele está bem? — perguntou Aline a Clary, parecendo preocupada. — Vampiros enlouquecem?

— Ele não está louco — explicou Helen. — Está bêbado. Deve ter consumido o sangue de alguém que tinha ingerido bebida alcoólica. Isso pode deixar os vampiros doidões por... osmose.

— Odeio Raphael — resmungou Clary.

— Isabelle! — gritou Simon. — Pare de jogar roupas em mim! Só porque você é uma Caçadora de Sombras e eu, um vampiro, não quer dizer que a gente não possa dar certo. Nosso amor é proibido como o amor de um tubarão e de uma... de uma caçadora de tubarões. Mas é isso que o torna especial.

— Hã? — interrompeu Isabelle. — Quem de nós é o tubarão, Simon? *Quem de nós é o tubarão?*

A porta da frente foi aberta com força. Era Robert Lightwood, e ele não parecia satisfeito. Desceu pelo caminho da entrada da casa, chutou o portão para abri-lo e foi até Simon.

— O que está acontecendo aqui? — perguntou. Seus olhos se dirigiram a Clary. — Por que vocês estão gritando do lado de fora da minha casa?

— Ele não está se sentindo bem — respondeu Clary, segurando o pulso de Simon. — Estamos indo embora.

— Não — disse Simon. — Não. Eu... eu preciso falar com ele. Com o Inquisidor.

Robert enfiou a mão no casaco e retirou um crucifixo. Clary ficou observando enquanto ele o erguia entre ele e Simon.

— Eu falo com o representante do Conselho das Crianças da Noite ou com o líder do clã de Nova York — emendou Robert. — Não com um vampiro qualquer que bate à minha porta, mesmo que seja amigo dos meus filhos. E você nem deveria estar aqui em Alicante sem permissão...

Simon esticou a mão e arrancou a cruz da mão de Robert.

— Religião errada — falou.

Helen assobiou baixinho.

— E eu fui enviado como representante das Crianças Noturnas ao Conselho. Raphael Santiago me trouxe até aqui para falar com o senhor...

— Simon! — Isabelle correu para fora da casa, colocando-se rapidamente entre Simon e o pai. — O que você está fazendo?

Ela olhou com expressão severa para Clary, que tinha agarrado o pulso de Simon novamente.

— Nós *realmente* temos que ir — resmungou Clary.

O olhar de Robert foi de Simon para Isabelle. Sua expressão mudou.

— Há alguma coisa entre vocês dois? Toda aquela gritaria foi por isso?

Clary olhou para Isabelle, surpresa. Ela pensou em Simon, confortando Isabelle quando Max morreu. Em o quanto Simon e Izzy tinham se aproximado nos últimos meses. E o pai dela não fazia ideia.

— Ele é um amigo. É amigo de todos nós — disse Isabelle, cruzando os braços. Clary não sabia se a outra estava mais irritada com o pai ou com Simon. — E ponho minha mão no fogo por ele se isso significar que ele pode ficar em Alicante. — Ela olhou com expressão severa para Simon. — Mas agora ele vai voltar para a casa de Clary. Não vai, Simon?

— Minha cabeça está girando — falou Simon, com tristeza. — Girando tanto.

Robert baixou o braço.

— O quê?

— Ele bebeu sangue com alguma droga — falou Clary. — Não é culpa dele.

Robert voltou os olhos azuis para Simon.

— Amanhã conversarei com você na reunião do Conselho, *se* você estiver sóbrio — disse ele. — Se Raphael Santiago quer que você me conte alguma coisa, pode fazê-lo diante da Clave.

— Eu não... — começou Simon.

Mas Clary o interrompeu, apressada:

— Ótimo. Vou levá-lo comigo à reunião do Conselho amanhã. Simon, temos que voltar antes de escurecer, você sabe disso.

Simon parecia ligeiramente confuso.

— Temos?

— Amanhã, no Conselho — disse Robert rapidamente, deu meia-volta e caminhou em direção à casa. Isabelle hesitou um momento; ela vestia uma camiseta larga escura e jeans, os pés pálidos descalços na calçada estreita de pedras. E tremia.

— Onde ele conseguiu o sangue batizado? — perguntou ela, apontando para Simon.

— Raphael — explicou Clary.

Isabelle revirou os olhos.

— Vai estar bem amanhã — disse. — Faça com que ele durma. — Ela acenou para Helen e Aline, que estavam inclinadas perto do portão com curiosidade evidente. — Vejo vocês na reunião — emendou.

— Isabelle... — começou Simon, balançando os braços furiosamente; porém, antes que ele pudesse causar mais danos, Clary agarrou as costas de sua jaqueta e o puxou para a rua.

Como Simon percorrera vários becos e insistira em tentar invadir uma loja de doces fechada, já estava escuro quando ele e Clary chegaram à casa de Amatis. Clary olhou ao redor, buscando o guardião que Jocelyn dissera que seria colocado a postos, mas não viu ninguém. Ou ele estava excepcionalmente bem escondido ou, mais provavelmente, já havia partido para informar aos pais de Clary sobre o atraso dela.

Melancólica, Clary subiu os degraus da casa, destrancou a porta e empurrou Simon para dentro. Ele tinha parado de protestar e começado a bocejar em algum lugar perto da Praça da Cisterna, e agora suas pálpebras estavam baixando.

— Odeio Raphael — disse ele.

— Eu estava pensando a mesma coisa — retrucou ela, girando-o. — Ande. Vamos botar você para dormir.

Ela o arrastou até o sofá, onde ele desabou, afundando nas almofadas. A luz fraca da lua era filtrada pelas cortinas de renda que cobriam as amplas janelas principais. Os olhos de Simon estavam da cor de quartzo fumê enquanto ele se esforçava para abri-los.

— Você devia dormir — aconselhou Clary para ele. — Minha mãe e Luke provavelmente voltarão a qualquer minuto. — Ela deu meia-volta para sair.

— Clary — chamou ele, puxando a manga da roupa dela. — Tome cuidado.

Ela se desvencilhou com delicadeza e subiu as escadas, pegando a pedra enfeitiçada com símbolos de luz para clarear o caminho. As janelas ao longo do corredor superior estavam abertas, e uma brisa fria soprava, com cheiro de pedras urbanas e água do canal, afastando o cabelo dela do rosto. Clary chegou à porta de seu quarto, abriu-a e... congelou.

A luz enfeitiçada pulsava em sua mão, lançando feixes brilhantes através do cômodo. Havia uma pessoa sentada na cama. Uma pessoa alta, com cabelo louro esbranquiçado, uma espada no colo e uma pulseira prateada que faiscava como fogo sob a luz enfeitiçada.

Se não puder dobrar os céus, moverei o inferno.

— Olá, minha irmã — disse Sebastian.

—◁ Capítulo 10 ▷—
ESTES PRAZERES
VIOLENTOS

A própria respiração ofegante soava alto nos ouvidos de Clary.

Ela pensou na primeira vez em que Luke a levara para nadar, no lago da fazenda, e de como afundara tão profundamente na água azul-esverdeada que o mundo lá fora desaparecera, restando apenas o som dos próprios batimentos cardíacos, ecoando distorcidos. Ela se perguntara se tinha deixado o mundo para trás, se ficaria perdida para sempre, até Luke puxá-la de volta para a luz do sol, cuspindo e desorientada.

Era assim que ela se sentia agora, como se tivesse caído em outro mundo, distorcido, sufocante e irreal. O quarto era o mesmo, a mesma mobília gasta e as paredes de madeira; o mesmo tapete colorido, obscurecido e esbranquiçado por causa da luz da lua, mas agora Sebastian surgira no meio disso como uma planta venenosa exótica, crescendo num canteiro de ervas conhecidas.

Clary deu meia-volta para correr e sair pela porta aberta no que pareceu um movimento em câmera lenta — somente para a porta se fechar em sua cara com um estrondo. Uma força invisível a agarrou, a girou e a fez bater na parede do quarto, a cabeça atingindo a madeira. Ela piscou para afastar as lágrimas de dor e tentou mover as pernas, sem conseguir. Estava pregada à parede, paralisada da cintura para baixo.

— Minhas desculpas pelo feitiço de contenção — falou Sebastian, com um tom leve, zombeteiro na voz. Ele se reclinou nos travesseiros e esticou os braços até tocar a cabeceira da cama, num arco semelhante ao que os gatos fazem. A camiseta subira, deixando a barriga lisa e pálida à vista, toda traçada com contornos de símbolos. Havia alguma coisa de sedutora naquela posição, algo que deixava Clary nauseada. — Levei algum tempo para criar tudo, mas você sabe como é. Não dá para correr riscos.

— Sebastian. — Para surpresa de Clary, a voz saiu firme. Ela estava muito consciente de cada centímetro da própria pele. Sentia-se exposta e vulnerável, como se estivesse sem uniforme ou proteção diante de vidro estilhaçado voando. — Por que você está aqui?

O rosto anguloso estava pensativo, examinando. Uma serpente dormindo ao sol, acabando de acordar, ainda apresentando pouco perigo.

— Porque senti sua falta, irmãzinha. Você sentiu saudade de mim?

Ela pensou em gritar, mas Sebastian enfiaria uma adaga no pescoço dela antes mesmo que conseguisse emitir algum som. Ela tentava acalmar o coração acelerado: tinha sobrevivido em outra ocasião. Seria capaz de fazê-lo de novo.

— Da última vez que te vi, você apontava uma besta para minhas costas — disse ela. — Então a resposta é não.

Ele fez um desenho preguiçoso no ar usando os dedos.

— Mentirosa.

— Você também — respondeu ela. — Você não veio porque sente minha falta; veio porque quer alguma coisa. O que é?

Subitamente, ele ficou de pé — gracioso, rápido demais para ela captar o movimento. O cabelo louro platinado caía sobre os olhos. Ela se lembrou de ter estado de pé na beira do rio Sena com ele, observando a luz iluminar o cabelo dele, tão fino e louro quanto o caule felpudo de um dente-de-leão. Ela ficara se perguntando se Valentim era igual quando jovem.

— Talvez eu queira negociar um cessar-fogo — disse ele.

— A Clave não vai querer negociar um cessar-fogo com você.

— Sério? Depois da noite passada? — Ele deu um passo à frente, na direção dela. A constatação de que ela não podia correr a invadiu por dentro; Clary engoliu um grito. — Estamos em dois lados diferentes. Temos exércitos que se opõem. Não é isso que se faz? Propor uma trégua? Isso ou lutar até um dos lados perder gente suficiente para desistir? Mas, nesse caso, talvez eu não esteja interessado num cessar-fogo com *eles*. Talvez só esteja interessado num cessar-fogo com você.

— Por quê? Você não sabe perdoar. Conheço você. O que eu fiz... você não perdoaria.

Ele se moveu mais uma vez, num lampejo, e de repente estava encostando-se nela, os dedos ao redor do pulso esquerdo, imobilizando-o acima da cabeça.

— Qual parte? Destruir minha casa... a casa do meu pai? Me trair e mentir para mim? Romper minha ligação com Jace? — Ela podia ver um lampejo de raiva nos olhos do irmão, sentir-lhe o coração batendo com força.

Tudo que Clary queria era chutá-lo, mas as pernas dela não se moviam. A voz tremia.

— Qualquer parte.

Ele estava tão perto que ela sentiu quando o corpo dele relaxou. Ele era rijo, esguio e muito magro, os ossinhos proeminentes do corpo encostados nela. — Acho que você pode ter feito um favor para mim. Talvez até fosse essa sua intenção. — Clary enxergava o próprio reflexo nos olhos estranhos dele, as íris tão escuras que quase se confundiam com as pupilas. — Eu estava dependente demais do legado e da proteção de nosso pai. De Jace. Eu precisava me sustentar por contra própria. Algumas vezes é necessário perder tudo para se ganhar de novo, e a reconquista é mais doce sobre a dor da perda. Sozinho, reuni os Crepusculares. Sozinho, criei alianças. Sozinho, tomei os Institutos de Buenos Aires, Bangcoc, Los Angeles...

— Sozinho, você matou pessoas e destruiu famílias — emendou ela. — Havia um guardião parado na frente desta casa. Ele estava ali para me proteger. O que fez com ele?

— Fiz com que se lembrasse de desempenhar melhor sua função — disse Sebastian. — Proteger minha irmã. — Ele ergueu a mão que não estava prendendo o pulso dela à parede e tocou um cacho do cabelo ruivo, esfregando as mechas entre os dedos. — Vermelho — falou, a voz meio sonolenta — como o pôr do sol, o sangue e o fogo. Como a ponta principal de uma estrela cadente, ardendo ao tocar a atmosfera. Nós somos *Morgenstern* — acrescentou ele, com uma dor obscura na voz. — As estrelas brilhantes da manhã. Os filhos de Lúcifer, o mais belo de todos os anjos de Deus. Nós somos tão mais adoráveis quando decaímos. — Ele fez uma pausa. — Olhe para mim, Clary. Olhe para mim.

Ela olhou para ele, relutante. Os olhos negros se concentravam nela com uma avidez evidente; contrastavam com o cabelo branco como sal, a pele pálida, o leve rosado ao longo das maçãs do rosto. A artista em Clary sabia que ele era bonito, do mesmo modo como panteras eram bonitas, ou garrafas de veneno reluzentes, ou os esqueletos polidos. Luke dissera a Clary certa vez que seu talento era ver a beleza e o horror nas coisas banais. Embora Sebastian estivesse longe de ser banal, ela enxergava ambas as características nele.

— Lúcifer Estrela da Manhã era o anjo mais belo do Céu. A criação mais orgulhosa de Deus. E então chegou o dia em que Lúcifer se recusou a se curvar diante da humanidade. Dos seres humanos. Porque ele sabia que eram inferiores. E por isso foi lançado na cova com os anjos que ficaram ao seu lado: Belial, Azazel, Asmodeus e Leviatã. E Lilith, minha mãe.

— Ela não é sua mãe.

— Você tem razão. Ela é mais que minha mãe. Se ela fosse minha mãe, eu seria um feiticeiro. Em vez disso, ela me alimentou com seu sangue, antes de eu nascer. Sou algo muito diferente de um feiticeiro; algo melhor. Pois ela já foi um anjo, Lilith.

— Aonde você quer chegar, afinal? Demônios são simplesmente anjos que tomam decisões erradas na vida?

— Demônios *maiores* não são tão diferentes dos anjos — disse ele. — Você e eu não somos tão diferentes. Eu já disse isso.

— Eu me lembro — concordou Clary. — "Você tem um coração maligno, filha de Valentim".

— Não tem? — insistiu ele, e acariciou os cachos dela, descendo até o ombro, depois até o peito, parando pouco acima do coração. Clary sentia sua pulsação bater forte contra as veias; queria empurrá-lo, mas obrigou seu braço direito a permanecer junto à lateral do corpo. Os dedos da mão estavam apoiados na beirada da jaqueta, e, debaixo dela, estava Heosphoros. Mesmo que ela não pudesse matá-lo, talvez conseguisse usar a espada para apagá-lo por tempo suficiente até a ajuda chegar. Talvez pudessem até prendê-lo. — Nossa mãe me traiu — disse ele. — Ela me renegou e me odiou. Eu era uma criança, e ela me odiava. Assim como nosso pai.

— Valentim criou você...

— Mas todo o amor dele era para Jace. O problemático, o rebelde, o fraco. Fiz tudo que nosso pai já me pediu, e ele me odiava por isso. E odiava você também. — Os olhos estavam brilhando, prata sobre o preto. — É irônico, não é, Clarissa? Nós somos filhos de sangue de Valentim, e ele nos odiava. Você, por tirar nossa mãe dele, e a mim por eu ser exatamente o que ele me criara para ser.

Clary recordou-se de Jace então, ensanguentado e cortado, de pé, com a espada Morgenstern na mão às margens do Lago Lyn, gritando com Valentim: Por que *você me adotou? Não precisava de um filho. Você já tinha um filho.*

E Valentim, com a voz rouca:

— *Não era de um filho que eu precisava. Era de um soldado. Achei que Jonathan pudesse ser esse soldado, mas tinha muito de natureza demoníaca. Também era muito selvagem, impetuoso, não possuía sutileza. Eu temia que, mesmo naquela época, quando ele mal havia abandonado a primeira infância, que jamais tivesse a paciência ou a compaixão para me seguir, para seguir meus passos no comando da Clave. Então tentei novamente com você. E tive o oposto do problema. Você era gentil demais. Empático demais. Entenda, meu filho... eu o amei por causa dessas coisas.*

Ela ouviu a respiração de Sebastian, pesada no silêncio.

— Você sabe — falou ele — que o que estou dizendo é verdade.

— Mas não sei por que isso tem importância.

— Porque nós somos *iguais*! — Sebastian elevou a voz; como Clary se encolheu, isso permitiu que ela baixasse os dedos mais um milímetro, em direção ao cabo de Heosphoros. — Você é minha — emendou ele, controlando a voz com esforço óbvio. — Você sempre foi minha. Quando nasceu, era minha, *minha irmã*, embora não me conhecesse. Há laços que não podem ser desfeitos. E por isso eu te darei uma segunda chance.

— Uma chance de quê? — Ela desceu a mão mais um centímetro.

— Vou vencer isto — disse ele. — Você sabe. Você estava no Burren, na Cidadela. Viu o poder dos Crepusculares. Sabe do que o Cálice Infernal é capaz. Se você virar as costas para Alicante e vier comigo, e jurar lealdade, eu te darei o que jamais dei a outra pessoa. Jamais, pois guardei para você.

Clary deixou a cabeça cair para trás, contra a parede. O estômago se contorcia, os dedos mal tocavam o cabo da espada no cinturão. Os olhos de Sebastian estavam fixos nela.

— Você vai me dar o quê?

Então ele sorriu, soltando o ar como se a pergunta fosse, por alguma razão, uma espécie de alívio. Ele pareceu resplandecer com a própria convicção por um instante; olhar para ele era como observar uma cidade queimar.

— Compaixão — disse ele.

O jantar foi surpreendentemente elegante. Magnus jantara com as fadas somente umas poucas vezes antes na vida, e a decoração sempre tinha uma tendência naturalista: mesas de troncos de árvore, talheres com formatos elaborados feitos de ramos, pratos de nozes e bagos. Ele sempre terminava com a sensação de que teria aproveitado mais tudo aquilo se fosse um esquilo.

Ali em Idris, porém, na casa oferecida ao povo fada, a mesa fora posta com toalhas brancas. Luke, Jocelyn, Raphael, Meliorn e Magnus comiam em pratos de mogno polido; os decantadores eram de cristal, e os talheres — em respeito a Luke e às fadas presentes — não eram feitos de prata nem de ferro, mas de brotos delicados. Cavaleiros fadas ficaram de guarda, silenciosos e imóveis, em cada uma das saídas do cômodo. Havia lanças brancas e longas ao lado deles, desprendendo uma iluminação fraca e lançando um brilho suave pelo cômodo.

A comida também não era ruim. Magnus pegou um pedaço de um *coq au vin* bem decente e mastigou, pensativo. Não tinha muito apetite, isso era verdade. Estava tenso — um estado que ele abominava. Em alguma parte, lá fora, além dos muros e do jantar exigido, estava Alec. Não havia mais distância geográfica que os separasse. Claro, eles não tinham ficado longe um do outro em Nova York também, mas a distância que os separava não era feita de quilômetros, porém de experiências na vida de Magnus.

Era estranho, pensou ele. Magnus sempre pensava em si como alguém corajoso. Era necessário coragem para viver uma vida imortal e não fechar seu coração e mente para qualquer experiência ou pessoa nova. Porque o que era novo quase sempre era temporário. E o que era temporário, partia seu coração.

— Magnus? — chamou Luke, acenando um garfo de madeira quase debaixo do nariz do feiticeiro. — Está prestando atenção?

— O quê? Claro que estou — respondeu ele, e bebeu um gole de vinho. — Concordo. Cem por cento.

— Sério? — disse Jocelyn secamente. — Você concorda que os membros do Submundo deveriam abandonar o problema de Sebastian e do exército maligno, e deixar por conta dos Caçadores de Sombras, como um problema dos Nephilim?

— Eu disse que ele não estava prestando atenção — emendou Raphael, que tinha recebido um fondue de sangue e parecia estar gostando muito dele.

— Ora, é um problema dos Caçadores de Sombras... — começou Magnus, e então suspirou, pousando o copo de vinho. O vinho estava muito forte; ele estava começando a sentir a cabeça leve. — Ah, muito bem, eu não estava prestando atenção. E não, claro que não acredito que...

— Cachorrinho de estimação dos Caçadores de Sombras — interrompeu Meliorn. Os olhos verdes estavam semicerrados. O povo fada e os feiticeiros sempre tiveram uma relação um pouco complicada. Nenhum deles gostava muito dos Caçadores de Sombras, o que oferecia um inimigo em comum, mas o povo fada menosprezava os feiticeiros pela disposição em fazer magia por dinheiro. Ao passo que os feiticeiros desprezavam o povo fada pela incapacidade de mentir, pelos costumes conservadores e pela tendência a irritar os mundanos azedando o leite e roubando suas vacas. — Há alguma razão para você querer preservar a amizade com os Caçadores de Sombras, além do fato de um deles ser seu amante?

Luke tossiu violentamente dentro da taça de vinho. Jocelyn deu tapinhas nas costas dele. Raphael simplesmente pareceu estar se divertindo.

— Meliorn, você precisa se atualizar — falou Magnus. — Ninguém mais diz "amante".

— Além disso — emendou Luke. — Eles terminaram. — O lobisomem esfregou as costas da mão nos olhos e suspirou. — E, para falar a verdade, será que devíamos ficar fofocando agora? Não vejo de que modo as relações pessoais de alguém têm a ver com isso.

— Tudo tem a ver com relações pessoais — disse Raphael, mergulhando uma coisa de aparência desagradável no fondue. — Por que vocês, Caçadores de Sombras, têm este problema? Porque Jonathan Morgenstern jurou vingança contra vocês. Por que ele jurou vingança? Porque ele odeia o pai e a mãe. Sem querer ofender você — emendou ele, e acenou com a cabeça para Jocelyn —, mas todos nós sabemos que isso é verdade.

— Não ofendeu — disse Jocelyn, embora seu tom fosse frio. — Se não fosse por mim e por Valentim, Sebastian não existiria, em nenhum sentido da palavra. Assumo total responsabilidade por isso.

Luke soou estrondoso.

— Foi Valentim quem o transformou num monstro — continuou ele. — E, sim, Valentim foi um Caçador de Sombras. Mas não é como se o Conselho estivesse endossando e apoiando Valentim ou o filho. Eles estão ativamente em guerra contra Sebastian e querem nossa ajuda. Todas as raças, licantropes, vampiros e feiticeiros e, sim, o Povo das Fadas, têm o potencial de fazer o bem ou o mal. Parte do objetivo dos Acordos é dizer que todos nós que fazemos o bem, ou que esperamos fazer, estamos unidos contra os que fazem o mal. Independentemente das linhagens.

Magnus apontou o garfo para Luke.

— Este — disse ele — foi um belo discurso.

O feiticeiro fez uma pausa. Definitivamente estava com dificuldade para pronunciar as palavras. Como ele conseguiu ficar tão embriagado bebendo tão pouco vinho? Normalmente, era muito mais cuidadoso com isso. Magnus franziu a testa.

— Que tipo de vinho é este? — perguntou.

Meliorn se inclinou na cadeira e cruzou os braços. Seus olhos brilharam quando respondeu:

— A safra não te agrada, feiticeiro?

Jocelyn pousou o copo lentamente.

— Quando fadas respondem a perguntas com perguntas — disse. — Nunca é um bom sinal.

— Jocelyn... — Luke esticou a mão para colocá-la no pulso dela.

E errou.

Ele fitou a própria mão por um instante, confuso, antes de baixá-la lentamente sobre a mesa.

— O que — disse ele, pronunciando cada palavra com cuidado — você fez, Meliorn?

O cavaleiro fada riu. O som era um borrão musical nos ouvidos de Magnus. O feiticeiro pousou o copo de vinho, mas percebeu que o havia derrubado. O vinho escorreu pela mesa feito sangue. Ele ergueu o olhar até Raphael, mas o vampiro estava com o rosto sobre a mesa, quieto e imóvel. Magnus tentou articular o nome dele com os lábios dormentes, mas não emitiu nenhum som.

De algum modo, ele fez um esforço e conseguiu ficar de pé. A sala estava girando. Ele viu Luke afundar na cadeira; Jocelyn se pôs de pé, depois desabou no chão, e a estela rolou para longe da mão dela. Magnus se lançou para a porta, esticou a mão para abri-la...

Do outro lado, estavam os Crepusculares, vestidos com o uniforme vermelho. Os rostos não tinham expressão, os braços e pescoços estavam decorados com símbolos, mas nenhum familiar a Magnus. Tais símbolos não eram as marcas do Anjo. Eles falavam de dissonância, de domínios demoníacos e de poderes malignos e decaídos.

Magnus se preparou para se afastar deles — e suas pernas cederam. Ele caiu de joelhos. Alguma coisa branca se ergueu diante do feiticeiro. Era Meliorn, na armadura branca como a neve, curvando-se sobre um dos joelhos para fitar Magnus no rosto.

— Filho do demônio — disse —, você realmente acreditou que nós nos aliaríamos à sua espécie?

Magnus puxou o ar. O mundo estava escurecendo nas beiradas e se curvando nas laterais, como uma fotografia pegando fogo.

— O Povo das Fadas não mente — respondeu ele.

— Criança — prosseguiu Meliorn, e quase havia compaixão em sua voz —, não sabe, depois de todos esses anos, que o engodo pode se esconder à luz do dia? Ah, mas você é um ingênuo, afinal.

Magnus tentou erguer a voz para protestar que ele era tudo, menos ingênuo, mas as palavras não saíram. A escuridão, no entanto, se manifestou, e o arrastou para bem longe.

O coração de Clary ficou apertado no peito. Ela tentou mais uma vez mover os pés, mas as pernas permaneceram congeladas.

— Acha que não entendi o que você quis dizer com "compaixão"? — murmurou ela. — Você vai usar o Cálice Infernal em mim. Vai me tornar um de seus Crepusculares, como Amatis...

— Não — disse ele, com uma urgência estranha na voz. — Não vou mudar você se não quiser. Vou te perdoar, e ao Jace também. Podem ficar juntos.

— Juntos de você — falou ela, e deixou uma ponta de ironia lhe tocar a voz.

Mas ele não pareceu registrar isso.

— Juntos, comigo. Se vocês jurarem lealdade, se prometerem isso em nome do Anjo, acreditarei. Embora todo o restante mude, preservarei vocês apenas.

Ela desceu a mão mais um centímetro e agora segurava o cabo de Heosphoros. Só precisava apertar o punho...

— E se eu não fizer isso?

A expressão dele endureceu.

— Se você me rejeitar agora, vou Transformar todos a quem você ama em Crepusculares, e então Transformarei você por último, para que seja obrigada a observá-los mudando enquanto ainda for capaz de sentir a dor.

Clary engoliu para umedecer a garganta seca.

— Essa é sua compaixão?

— Compaixão é uma condição de nosso acordo.

— Não vou concordar.

Ele baixou os cílios, dispersando a luz; o sorriso era uma promessa de coisas terríveis.

— Qual é a diferença, Clarissa? Você combaterá por mim, de qualquer forma. Ou você mantém sua liberdade e fica comigo, ou a perde e fica comigo. Por que não ficar comigo?

— O anjo — disse ela. — Qual era o nome dele?

Confuso, Sebastian hesitou por um momento antes de responder.

— O anjo?

— Aquele de quem você cortou as asas e enviou para o Instituto — falou ela. — Que você matou.

— Não compreendo — emendou ele. — Que diferença faz?

— Não — respondeu ela, devagar. — Você não compreende. As coisas que fez são terríveis demais para serem esquecidas, e você nem mesmo sabe que são terríveis. E é por isso que não. É por isso que *nunca*. Nunca vou te perdoar. Nunca vou te amar. *Nunca*.

Ela viu cada palavra atingi-lo como um tapa. Enquanto Sebastian respirava fundo para responder, ela girou a espada de Heosphoros e apontou para o coração dele.

Mas ele foi mais veloz, e o fato de as pernas dela estarem presas por mágica diminuía seu alcance. Sebastian girou; ela esticou a mão, tentando puxá-lo para si, mas ele afastou o braço com facilidade. Ela ouviu um chacoalhar e percebeu remotamente que havia arrebentado a pulseira prateada. Ela tiniu no piso. Clary deu outro golpe com a espada; ele se lançou para trás, e Heosphoros fez um corte nítido na parte da frente da camisa. Ela o notou contraindo os lábios, de dor e de raiva. Sebastian a agarrou pelo braço e girou a mão dela, batendo-a contra a porta e fazendo com que uma onda de dormência subisse até o ombro de Clary. Os dedos ficaram moles, e Heosphoros caiu da mão dela.

Sebastian baixou os olhos para a espada caída e depois voltou a olhar para ela, respirando de maneira ofegante. O sangue brotou no tecido onde ela havia cortado a camisa; a ferida não foi o suficiente para deixá-lo menos ágil. A decepção invadiu Clary, mais dolorosa que a dor no pulso. Sebastian imprensou a irmã contra a porta; ela sentia a tensão em cada contorno dele. A voz era cortante.

— Aquela espada é Heosphoros, A que traz o alvorecer. Onde a encontrou?

— Numa loja de armas — arfou ela. A sensação estava voltando ao ombro; a dor era intensa. — A proprietária do local a deu para mim. Disse que ninguém mais... ia querer uma espada Morgenstern. Nosso sangue está *contaminado*.

— Mas é *nosso sangue*. — Ele se aferrou às palavras. — E você pegou a espada. Você a quis. — Ela podia sentir o calor emanando dele; parecia brilhar ao redor, como a chama de uma estrela se apagando. Ele inclinou a cabeça até seus lábios tocarem o pescoço dela, falou contra a pele, e as palavras tinham o mesmo ritmo da pulsação dela. Clary fechou os olhos com um tremor enquanto as mãos dele percorriam seu corpo. — Você mente quando me diz que nunca vai me amar — disse ele. — Que nós somos diferentes. Você mente, assim como eu...

— Pare — ordenou ela. — Tire suas mãos de mim.

— Mas você é minha — insistiu Sebastian. — Eu quero você para... eu preciso de você para... — Ele puxou o ar, ofegante; as pupilas tinham se dilatado; alguma coisa naquilo a apavorava mais que qualquer coisa que ele já tivesse feito. Ver Sebastian no controle era assustador; e Sebastian fora de controle era algo terrível demais para se contemplar.

— Deixe-a ir — disse uma voz firme e clara do outro lado do cômodo. — E tire as mãos dela ou eu vou te transformar em cinzas.

Jace.

Clary o viu acima do ombro de Sebastian; surgiu de repente, onde há um minuto não havia ninguém. Jace estava diante da janela, as cortinas soprando atrás dele com a brisa do canal, e seus olhos eram tão firmes quanto pedras de ágata. Ele vestia o uniforme, a lâmina na mão, ainda com vestígios dos hematomas no queixo e no pescoço, e sua expressão enquanto ele fitava Sebastian era de absoluto repúdio.

Clary sentiu todo o corpo de Sebastian enrijecer contra o dela; um momento depois, ele girou e se afastou, chutou Heosphoros, e a mão voou para o próprio cinto. Seu sorriso era como um corte de navalha, mas os olhos estavam cautelosos.

—Vá em frente e tente — disse ele. — Na Cidadela, você teve sorte. Eu não esperava que você fosse queimar daquele jeito quando te cortei. Foi meu erro. Não vou cometê-lo duas vezes.

Os olhos de Jace moveram-se rapidamente para Clary, com uma pergunta neles; ela meneou a cabeça para indicar que estava bem.

— Então admita — falou Jace, dando a volta e se aproximando mais deles. A pisada das botas era suave no piso de madeira. — O fogo celestial surpreendeu você. Tirou você do jogo. Foi por isso que fugiu. Você perdeu a batalha na Cidadela, e não gosta de perder.

O sorriso cortante de Sebastian ficou um pouco mais reluzente, um pouco rígido.

— Eu não consegui o que fui buscar. Mas aprendi algumas coisas.

—Você não rompeu os muros da Cidadela — continuou Jace. — Não entrou no arsenal. Não Transformou as Irmãs.

— Eu não fui à Cidadela atrás de armas e armaduras — zombou Sebastian. — Posso conseguir isso com facilidade. Fui atrás de vocês. De vocês dois.

Clary olhou de soslaio para Jace, que estava parado, sem expressão e imóvel, o rosto rijo como pedra.

— Não tinha como saber que estávamos lá — disse. — Está mentindo.

— Não estou. — Ele praticamente irradiava como uma tocha ardente. — Eu consigo te ver, irmãzinha. Consigo ver tudo que acontece em Alicante. Dia e noite, na escuridão ou na claridade, *eu consigo te ver.*

— Pare com isso — ordenou Jace. — Não é verdade.

— Sério? — disse Sebastian. — Como eu sabia que Clary estaria *aqui*? Sozinha, hoje à noite?

Jace avançou na direção deles, como um gato na caçada.

— Por que você não soube que eu estaria aqui também?

Sebastian fez uma careta.

— Difícil observar duas pessoas ao mesmo tempo. Tantos ferros no fogo...

— E, se você queria Clary, por que não a pegar simplesmente? — questionou Jace. — Por que passar todo esse tempo conversando? — A voz dele pingava desprezo. — Você quer que ela *queira* ir com você — disse ele. — Ninguém na sua vida fez outra coisa senão te desprezar. Sua mãe. Seu pai. E agora sua irmã. Clary não nasceu com ódio no coração. Você fez com que ela te odiasse. Mas não era o que você queria. Você se esqueceu de que nós estávamos ligados, eu e você. Esqueceu que eu tinha visto seus sonhos. Em alguma parte dentro dessa sua cabecinha existe um mundo em chamas, e lá está você o observando de uma sala do trono, e nessa sala há dois tronos. Então quem ocupa o segundo trono? Quem senta a seu lado nos seus sonhos?

Sebastian deu um riso ofegante; havia marcas vermelhas nas bochechas dele, como se estivesse febril.

— Você está cometendo um erro ao falar comigo assim, garoto anjo — alertou ele.

— Mesmo em seus sonhos, você não é um solitário — disse Jace, e agora a voz dele era a voz pela qual Clary havia se apaixonado, a voz do garoto que lhe contara a história sobre uma criança e um falcão, e as lições que ele aprendera. — Mas quem você poderia encontrar, capaz de compreendê-lo? Você não entende o amor; seu pai te ensinou muito bem. Mas você entende o sangue. Clary tem seu sangue. Se pudesse tê-la a seu lado, vendo o mundo queimar, seria toda a aprovação da qual você precisaria.

— Eu nunca desejei aprovação — disse Sebastian, através dos dentes trincados. — Nem a sua, nem a dela, nem a de ninguém.

— Sério? — Jace sorriu quando Sebastian ergueu a voz. — Então por que você nos deu tantas segundas chances? — Ele tinha desistido de avançar e estava parado diante deles, os olhos dourado-claros brilhando sob a pouca luz. — Você mesmo disse isso. Você me apunhalou. Foi direto no meu ombro. Poderia ter ido no coração. Você estava se contendo. Por quê? Por mim? Ou porque em alguma minúscula parte da sua mente você sabe que Clary nunca te perdoaria se pusesse fim à minha vida?

— Clary, você deseja se manifestar nesta questão? — perguntou Sebastian, embora ele nunca tirasse os olhos da lâmina nas mãos de Jace. — Ou quer que ele dê as respostas por você?

Jace desviou os olhos para Clary, e Sebastian também. Ela sentiu o peso dos olhares por um instante, preto e dourado.

— Nunca vou querer ir com você, Sebastian — disse ela. — Jace tem razão. Se a escolha fosse passar a vida com você ou morrer, eu preferiria morrer.

Os olhos de Sebastian escureceram.

— Você vai mudar de ideia — afirmou ele. — Vai subir ao trono ao meu lado espontaneamente, quando o fim chegar ao fim. Eu te dei a chance de vir de boa vontade. Paguei com sangue e aborrecimentos para ter você comigo por opção própria. Mas vou te levar contra sua vontade, da mesma forma.

— Não! — gritou Clary, bem quando uma pancada alta soou no andar de baixo. Subitamente, a casa ficou cheia de vozes.

— Ora, ora — começou Jace, a voz cheia de sarcasmo. — Acho que enviei uma mensagem de fogo à Clave quando vi o corpo do guardião que você matou e arrastou até debaixo daquela ponte. Você foi tolo por não o descartar com mais cuidado, Sebastian.

A expressão de Sebastian ficou rígida por tão pouco tempo que Clary imaginou que a maior parte das pessoas jamais teria notado. Ele esticou a mão para ela, os lábios articulando palavras — um feitiço para libertá-la de qualquer que fosse a magia que a estivesse prendendo à parede. Ela fazia força, tentava se impelir contra ele, e então Jace pulou sobre os dois, a lâmina mergulhando...

Sebastian se desvencilhou, mas não conseguiu impedir a espada de acertá-lo: um fio de sangue escorria pelo braço. Ele gritou, cambaleou e parou. Sorriu quando Jace o encarou, o rosto pálido.

— O fogo celestial — disse Sebastian. — Você ainda não consegue controlá-lo. Algumas vezes funciona, outras vezes, não, hein, irmãozinho?

Os olhos de Jace ardiam, dourados.

— Veremos — falou ele, atacando Sebastian, a espada cortando a escuridão com luz.

Mas Sebastian era rápido demais para aquilo representar alguma diferença. Ele caminhou e arrancou a espada da mão de Jace. Clary se debatia, mas a magia de Sebastian a mantinha presa no lugar; antes que Jace pudesse se mover, Sebastian girou a espada e a enfiou no próprio peito.

A ponta afundou, rasgando a camisa, depois a pele. Ele sangrou em vermelho, sangue humano, escuro como rubis. Era evidente que sentia dor: os dentes expostos num riso de escárnio, a respiração ficando irregular, mas a espada continuou a avançar, a mão firme. As costas da camisa incharam e se rasgaram quando a ponta da espada irrompeu através dela, em uma bolha de sangue.

O tempo pareceu esticar-se como um elástico. O cabo chegou ao peito de Sebastian, a lâmina se projetava das costas, pingando em escarlate. Jace ficou parado, chocado e imóvel, enquanto Sebastian esticava as mãos ensanguentadas para ele e o puxava para si. Acima do som de passos subindo os degraus, Sebastian falou:

— Posso sentir o fogo do Céu em suas veias, garoto anjo, ardendo sob a pele — disse. — A força pura da destruição da bondade suprema. Ainda posso ouvir seus gritos quando Clary enterrou a espada em você. Queimou sem parar? — A voz sem fôlego era obscura, com intensidade venenosa. — Você acha que tem uma arma que pode usar contra mim agora, não é? E talvez em cinquenta anos ou cem, pudesse aprender a dominar o fogo, mas tempo é precisamente o que você não tem. O fogo se alastra, sem controle, dentro de você, com muito mais chance de te destruir do que de me destruir um dia.

Sebastian ergueu uma das mãos e agarrou a nuca de Jace, puxando-o para mais perto, tão perto que suas testas quase se tocavam.

— Clary e eu somos iguais — disse ele. — E você... você é meu espelho. Um dia ela me escolherá em vez de você, eu juro. E você estará lá para ver. — Com um gesto repentino, ele beijou Jace na bochecha, com firmeza e rapidez; quando se afastou, havia uma mancha de sangue ali. — *Ave*, Mestre Herondale — falou Sebastian, e girou o anel de prata no dedo; viu-se um brilho, e ele desapareceu.

Jace encarou silenciosamente o local onde Sebastian tinha estado, depois caminhou até Clary, e as pernas da menina desabaram, subitamente livres em função do desaparecimento de Sebastian. Ela caiu de joelhos e se abaixou no mesmo instante, tateando para pegar a lâmina de Heosphoros. A mão se fechou em volta da arma, a qual ela puxou para si, curvando o corpo em volta dela como se fosse uma criança necessitando de proteção.

— Clary... Clary... — Jace estava ali, os joelhos afundando no chão ao lado dela, e seus braços a envolviam; ela se aninhou entre eles, encostando a testa no ombro do garoto. E sentiu que a camisa dele, e agora a pele dela, estavam úmidas com o sangue de seu irmão. Então a porta abriu com violência, e os guardiões da Clave irromperam no quarto.

— E lá vamos nós — falou Leila Haryana, uma das integrantes mais recentes do bando de lobos, ao entregar uma pilha de roupas a Maia.

Maia pegou-as com gratidão.

— Obrigada... você não faz ideia do que significa ter roupas limpas para usar — disse ela, e olhou a pilha: uma camiseta regata, jeans, um casaco de lã. Ela e Leila tinham mais ou menos o mesmo tamanho, e, mesmo que as roupas não coubessem tão bem, era melhor que voltar ao apartamento de Jordan. Fazia um tempo desde que Maia passara a morar na sede do bando, e todas as coisas dela estavam no apartamento de Jordan e de Simon, mas era horrível pensar no apartamento sem os meninos dentro dele. Pelo menos ali ela estava cercada por outros lobisomens, cercada pelo constante murmúrio de vozes, pelo cheiro do delivery de comida chinesa e de comida da Malásia, pelo barulho de pessoas preparando a comida na cozinha. E Morcego estava lá... nunca invadindo o espaço dela, mas sempre por perto caso ela precisasse de alguém com quem conversar, ou apenas com quem ficar sentada em silêncio, observando o tráfego na Baxter Street.

Sem dúvida, também havia pontos negativos. Rufus Hastings, imenso, cheio de cicatrizes e assustador nas roupas pretas de motoqueiro, parecia estar em toda parte, a voz rouca audível na cozinha, enquanto resmungava ao longo do almoço sobre o fato de Luke Garroway não ser um líder confiável, que ele ia se casar com uma ex-Caçadora de Sombras, que sua lealdade estava em dúvida, e que eles precisavam de alguém de quem pudessem depender para priorizar os lobisomens.

— Sem problema. — Leila remexia no grampo dourado no cabelo escuro, parecendo sem graça. — Maia, só um conselho — emendou ela —, talvez você pudesse diminuir o tom dessa sua lealdade-a-Luke.

CASSANDRA CLARE

Maia congelou.

— Pensei que todos fossem leais a Luke — disse ela, em tom cuidadoso. — E a Morcego.

— Se Luke estivesse aqui, talvez — falou Leila. — Mas mal tivemos notícias desde que ele foi embora para Idris. A Praetor não é um bando, mas Sebastian nos desafiou. Quer que a gente escolha entre os Caçadores de Sombras e ir à guerra por eles, e...

— Sempre haverá guerra — disse Maia, com um tom de voz baixo e furioso. — Minha lealdade não é cega. Eu *conheço* os Caçadores de Sombras. E conheci Sebastian também. Ele nos odeia. Tentar acalmá-lo não vai funcionar...

Leila ergueu as mãos.

— Tudo bem, tudo bem. Como eu disse, era apenas um conselho. Espero que as roupas sirvam — emendou, e caminhou para o corredor.

Maia se remexeu dentro do jeans — apertado, como ela imaginara — e da camiseta, e vestiu o casaco de Leila. Pegou a carteira em cima da mesa, calçou as botas e caminhou pelo corredor até bater na porta de Morcego.

Ele a abriu, sem camisa, e ela não esperava por isso. Além da cicatriz na bochecha direita, ele tinha uma cicatriz no braço direito, onde a bala — que não era de prata — havia acertado. A cicatriz parecia uma cratera lunar, branca contra a pele morena. Ele ergueu uma das sobrancelhas.

— Maia?

— Sabe, vou dar uma bronca em Rufus — disse ela. — Ele está enchendo a cabeça das pessoas com lixo, e estou cansada disso.

— Opa. — Morcego ergueu uma das mãos. — Não acho que seja uma boa ideia...

— Ele não vai parar até que alguém lhe diga para fazê-lo — alertou ela. — Eu me lembro de ter esbarrado nele na Praetor, com Jordan. Praetor Scott disse que Rufus tinha quebrado a perna de outro lobisomem sem motivo. Algumas pessoas veem um vácuo de poder e querem preenchê-lo. E não se importam se ferem alguém no processo.

Maia deu meia-volta e desceu; ela ouviu os sons abafados dos xingamentos de Morcego atrás de si. Um segundo depois, ele se juntou a ela na escada, vestindo uma camiseta apressadamente.

— Maia, eu realmente não...

— Lá vem você — falou ela. Maia tinha chegado ao saguão, onde Rufus estava apoiado no que antes fora uma escrivaninha pesada. Um grupo de cerca de dez lobisomens, incluindo Leila, estava ao redor dele.

— ... temos que mostrar a eles que somos mais fortes. — Ele estava falando. — E que nossa lealdade é para nós mesmos. A força do bando é o lobo, e a força do lobo é o bando. — A voz dele era tão rouca quanto ela se lembrava, como se alguma coisa tivesse ferido sua garganta há muito tempo. As cicatrizes profundas na face eram lívidas contra a

564

pele pálida. Ele sorriu ao ver Maia. — Olá. Creio que já nos encontramos antes. Lamentei pelo que aconteceu ao seu namorado — emendou.

Duvido.

— Força é lealdade e união, não divisão das pessoas com mentiras — disse Maia.

— Acabamos de nos reunir, e você já está me chamando de mentiroso? — indagou Rufus. O tom dele ainda era casual, mas havia um lampejo de tensão, como um gato pronto para atacar.

— Se você está dizendo às pessoas que elas deveriam ficar fora da guerra dos Caçadores de Sombras, então você é um mentiroso. Sebastian não vai parar depois de exterminar os Nephilim. Se ele os destruir, virá atrás de nós em seguida.

— Ele não se importa com os integrantes do Submundo.

— Ele acabou de destruir a Praetor Lupus! — gritou Maia. — Ele se importa em destruir. E *vai* matar a todos nós.

— Não vai se não nos unirmos aos Caçadores de Sombras!

— É mentira — disse Maia. Ela viu Morcego passar uma das mãos sobre os olhos, e depois alguma coisa bateu com força no ombro dela, fazendo com que cambaleasse para trás. Ela foi pega de surpresa, o suficiente para tropeçar e depois se equilibrar na beirada da escrivaninha.

— Rufus! — rosnou Morcego, e Maia percebeu que fora Rufus quem a atingira no ombro. Ela endureceu o queixo, sem querer dar a ele a satisfação de ver a dor em seu rosto.

Rufus ficou parado em meio ao grupo imóvel de lobisomens, dando um sorrisinho malicioso. Murmúrios percorreram o grupo quando Morcego deu um passo à frente. Rufus era enorme, assomava-se até mesmo a Bat, e seus ombros eram tão largos e rombudos quanto uma tora.

— Rufus — disse Morcego. — Na ausência de Garroway, sou o líder aqui. Você é um convidado entre nós, mas não faz parte do nosso bando. É hora de ir embora.

Rufus semicerrou os olhos para Morcego.

— Você está me expulsando? Sabendo que não tenho para onde ir?

— Tenho certeza de que encontrará um lugar — disse Morcego, e começou a dar as costas para ele.

— Eu te desafio — falou Rufus. — Morcego Velasquez, eu te desafio pela liderança do bando de Nova York.

— Não! — gritou Maia, horrorizada, mas Morcego já estava aprumando os ombros. Os olhos dele se fixaram nos de Rufus; a tensão entre os dois lobisomens era tão palpável quanto uma cerca eletrificada.

— Aceito seu desafio — disse Morcego. — Amanhã à noite, em Prospect Park. Encontro você lá.

Ele deu meia-volta e saiu da delegacia. Depois de um instante imóvel, Maia correu atrás dele.

O ar frio a atingiu no minuto em que ela chegou aos degraus da frente da casa. O vento gelado rodopiava por Baker Street, atravessando o casaco. Ela desceu os degraus fazendo barulho, o ombro doendo. Morcego praticamente tinha chegado à esquina da rua na hora que ela conseguiu alcançá-lo, lhe agarrando o braço e girando-o para que ele a encarasse.

Ela estava consciente de que outras pessoas na rua olhavam para eles, e desejou, por um instante, ter os símbolos de feitiço. Morcego a fitou. Havia uma ruga de raiva entre seus olhos, e a cicatriz se ressaltava, nítida na bochecha.

— Você está louco? — perguntou ela. — Como poderia aceitar o desafio de Rufus? Ele é *imenso*.

— Você conhece as regras, Maia — disse Morcego. — Um desafio deve ser aceito.

— Somente se você for desafiado por alguém do próprio bando! Você poderia ter se recusado.

— E perdido todo o respeito do bando — respondeu. — Eles nunca mais seguiriam minhas ordens.

— Ele vai te matar — afirmou Maia, e se perguntou se ele conseguia ouvir o que ela estava dizendo nas entrelinhas: que ela havia acabado de ver Jordan morrer, e não se achava capaz de suportar isso de novo.

— Talvez não. — Ele retirou do bolso uma coisa que tinia e tilintava, e a comprimiu na mão. Depois de um momento, Maia percebeu do que se tratava: eram as chaves de Jordan.

— A van está estacionada bem na esquina — disse Morcego. — Pegue e vá embora. Fique longe da delegacia até isso se resolver. Não confio em Rufus perto de você.

— Venha comigo — implorou Maia. — Você nunca deu importância para essa coisa de ser líder do bando. Nós poderíamos simplesmente ir embora até Luke voltar e resolver isso...

— Maia. — Morcego pôs a mão no pulso dela, e os dedos se curvaram delicadamente em sua palma. — Esperar Luke voltar é exatamente o que Rufus quer que a gente faça. Se formos embora, basicamente estaremos abandonando o bando com ele. E você sabe o que ele vai decidir fazer. Vai deixar Sebastian matar os Caçadores de Sombras sem mexer um dedo, e, na hora que Sebastian resolver voltar e nos pegar como as últimas peças num tabuleiro de xadrez, será tarde demais para todos.

Ela baixou os olhos para os dedos dele, delicados em sua pele.

— Sabe — disse ele —, eu me lembro de quando você me disse que precisava de mais espaço. Que você não conseguia ter um relacionamento de verdade. Eu acreditei e te dei espaço. Eu até comecei a sair com aquela garota, a feiticeira, qual era o nome dela...

— Eve — emendou Maia.

— Isso. Eve. — Morcego pareceu surpreso por Maia se lembrar. — Mas não deu certo e, de qualquer forma, talvez eu tivesse te dado espaço demais. Talvez eu devesse ter dito como eu me sentia. Talvez eu devesse...

Ela ergueu o olhar para ele, assustada e admirada, e viu a expressão mudando, os olhos se fechando, ocultando a breve vulnerabilidade.

— Deixe pra lá — disse. — Não é justo despejar tudo isso em você agora. — Ele soltou Maia e deu um passo para trás. — Pegue a van — falou, e se afastou dela, indo em direção à multidão e a Canal Street. — Saia da cidade. E se cuide, Maia. Por mim.

Jace pousou a estela no braço do sofá e passou um dedo pela *iratze* que ele tinha desenhado no braço de Clary. Uma faixa prateada brilhou no pulso dele. Em algum momento, Clary não se lembrava bem quando, ele pegara a pulseira caída de Sebastian e a prendera no próprio pulso. Ela não teve vontade de perguntar o porquê.

— Como você está se sentindo?

— Melhor. Obrigada. — O jeans de Clary estava enrolado acima dos joelhos; ela observava enquanto os hematomas nas pernas começavam a desaparecer lentamente. Eles estavam numa sala do Gard, uma espécie de local de reunião, Clary supunha. Havia algumas mesas e um sofá comprido de couro, posicionado diante de uma lareira com chama fraca. Livros cobriam uma das paredes. A sala era iluminada pela luz do fogo. A janela sem cortinas proporcionava uma visão de Alicante e das reluzentes torres demoníacas.

— Ei! — A luz dos olhos dourados de Jace examinou o rosto dela. — Você está bem?

Sim, ela queria dizer, mas a resposta ficou presa na garganta. Fisicamente, ela estava bem. Os símbolos haviam curado os machucados. Ela estava bem, Jace estava bem — Simon, derrubado pelo sangue batizado, dormira durante todos os acontecimentos e no momento ainda estava dormindo, em outro cômodo do Gard.

Uma mensagem fora enviada a Luke e Jocelyn. O jantar no qual estavam tinha barreiras de proteção, explicara Jia, mas eles a receberiam na saída. Clary estava ansiosa para vê-los mais uma vez. O mundo parecia instável sob seus pés. Sebastian tinha ido embora, ao menos por enquanto, mas ela ainda se sentia destruída, amarga, irritada, vingativa e *triste*.

Os guardiões permitiram que ela arrumasse uma bolsa com suas coisas antes de ir embora da casa de Amatis: uma muda de roupas, o uniforme, a estela, o caderno de desenhos e as armas. Parte dela queria desesperadamente trocar de roupa, livrar-se do toque de Sebastian no tecido, mas uma parte maior não queria sair do quarto, não queria ficar sozinha com as lembranças e os pensamentos.

— Estou bem.

Ela desenrolou as pernas do jeans e ficou de pé, caminhando até a lareira. Estava consciente de que Jace a observava do sofá. Clary esticou as mãos como se as esquentasse junto ao fogo, embora não sentisse frio. Na verdade, sempre que seu irmão cruzava sua mente, ela sentia uma onda de raiva, como fogo líquido percorrendo o corpo. As mãos tremiam; ela as olhava com uma sensação de distanciamento, como se fossem as mãos de um estranho.

— Sebastian tem medo de você — disse Clary. — Ele tentou nos jogar um contra o outro, em especial no fim, mas dava para ver.

— Ele tem medo do fogo celestial — corrigiu Jace. — Não acho que ele tenha certeza do que o fogo causa, não mais que nós. Uma coisa, porém, é certa: ele não se machuca só de me tocar.

— Não — disse ela, sem dar meia-volta para olhar para Jace. — Por que ele te beijou? — Não era isso que ela queria dizer, mas não parava de pensar naquela cena. Sebastian com a mão ensanguentada, se curvando até o pescoço de Jace, e então aquele beijo estranho e surpreendente no rosto.

Ela ouviu o estalido do sofá de couro enquanto Jace mudava de posição.

— Era um tipo de citação — explicou ele. — Da Bíblia. Quando Judas beijou Jesus no jardim do Getsêmani. Era um sinal da traição. Ele o beijou e disse "Salve, mestre", e foi assim que os romanos souberam a quem prender e crucificar.

— Foi por essa razão que ele disse "*Ave*, mestre" para você — disse Clary, ao compreender. — "Salve, mestre."

— Ele queria dizer que planejava ser o instrumento de minha destruição. Clary, eu... — Ela se virou e fitou Jace quando ele parou de falar. Estava sentado na beirada do sofá, passando a mão no cabelo louro bagunçado, os olhos fixos no chão. — Quando entrei no quarto e vi você ali, e ele ali, eu quis matá-lo. Eu devia tê-lo atacado imediatamente, mas tive medo de que fosse uma armadilha. Que, se eu fosse até vocês, qualquer um de vocês, ele encontraria um meio de te matar ou te machucar. Ele sempre distorceu tudo que fiz. Ele é inteligente. Mais inteligente que Valentim. E eu nunca tive...

Ela aguardou, o único som no cômodo era o estalido e o crepitar da madeira úmida na lareira.

— Eu nunca tive medo de alguém assim — concluiu ele, engolindo as palavras enquanto as pronunciava.

Clary sabia o quanto custava a Jace confessar aquilo, o quanto de sua vida fora dedicada a esconder o medo, a dor e qualquer vulnerabilidade perceptível. Ela queria dizer alguma coisa, falar que ele não precisava ficar com medo, porém não conseguiu. Clary também tinha medo, e ela sabia que ambos possuíam boa razão para ter. Não havia ninguém em Idris que tivesse mais motivos que eles para sentir pavor.

— Ele se arriscou muito vindo aqui — disse Jace. — Ele deixou que a Clave soubesse que ele consegue atravessar as barreiras. Eles vão tentar aumentá-las novamente. Talvez funcione, talvez não, mas provavelmente será um inconveniente para Sebastian. Ele queria muito ver você. O suficiente para fazer o risco valer a pena.

— Ele ainda acredita que pode me convencer.

— Clary. — Jace se pôs de pé e caminhou até ela, a mão esticada. — Você...

Ela se encolheu, desvencilhando-se do toque dele. Uma luz alarmada ardia nos olhos dourados dele.

— Qual é o problema? — Ele baixou o olhar para as mãos; o brilho suave do fogo nas veias era visível. — O fogo celestial?

— Não — disse ela.

— Então...

— Sebastian. Eu devia ter te contado, mas simplesmente... não consegui.

Ele não se mexeu, só ficou olhando para ela.

— Clary, você pode me contar qualquer coisa; sabe que pode.

Ela respirou fundo e olhou para o fogo, observando as chamas: douradas, verdes e azul-safira, perseguindo umas às outras.

— Em novembro — falou —, antes de a gente ir a Burren, depois de você sair do apartamento, ele percebeu que eu estivera espionando. Esmagou meu anel e então ele... ele me bateu, me empurrou através da mesa de vidro. Me derrubou no chão. Eu quase o matei na hora, quase enterrei um pedaço de vidro em seu pescoço, mas percebi que, se fizesse isso, eu mataria você, por isso, não o fiz. E ele ficou tão satisfeito. Ele riu e me puxou. Estava tirando minha roupa e recitando trechos dos Cânticos de Salomão, dizendo que irmãos e irmãs costumavam se casar para manter as linhagens de sangue real puras, e que eu *pertencia* a ele. Como se eu fosse uma peça de bagagem com seu monograma gravado em mim...

Jace se impressionou de um modo que ela raramente vira; ela interpretava os níveis da expressão dele: mágoa, medo, apreensão.

— Ele... ele...?

— Me violentou? — disse ela, e as palavras soaram feias e terríveis na tranquilidade do quarto. — Não. Ele não fez isso. Ele... parou. — A voz baixou para um sussurro.

Jace ficou branco como papel. Ele abriu a boca para dizer alguma coisa, mas Clary ouvia apenas o eco distorcido da própria voz, como se estivesse debaixo d'água de novo. Ela tremia inteira, violentamente, embora o quarto estivesse quente.

— Hoje à noite — disse ela, por fim. — Eu não conseguia me mexer, e ele me empurrou contra a parede, e eu não conseguia sair, e simplesmente...

— Eu vou matá-lo — falou Jace. Um pouco de cor tinha voltado ao rosto dele, e ele parecia pesaroso. — Vou fazê-lo em pedaços. Vou arrancar as mãos de Sebastian por tocarem em você...

— Jace — disse Clary, sentindo-se subitamente esgotada. — Temos um milhão de razões para quê-lo morto. Além disso — emendou ela, com um sorriso sem graça —, Isabelle já arrancou a mão dele, e isso não funcionou.

Jace fechou a mão num punho, levou-a ao próprio estômago e enfiou-a no plexo solar, como se pudesse interromper sua respiração.

— Todo esse tempo em que estive ligado a ele, pensei que conhecesse sua mente, seus desejos, seus anseios, mas não imaginei, eu não *sabia*. E você não me contou.

— Isso não é sobre você, Jace...

— Eu sei — disse ele. — Eu sei. — Mas o punho estava cerrado com tanta força que parecia branco, as veias das costas da mão saltando numa topografia acentuada. — Eu sei e não te culpo por não me contar. O que eu poderia ter feito? O quão totalmente inútil eu sou aqui? Eu estava de pé a um metro e meio dele, e tenho fogo nas veias que deveria ser capaz de matá-lo, e tentei, e isso não funcionou. Eu não fui capaz de fazer funcionar.

— Jace.

— Sinto muito. É só que... você me conhece. Eu só tenho duas reações a notícias ruins. Ira incontrolável e então uma curva acentuada à esquerda para o autodesprezo furioso.

Ela ficou em silêncio. Acima de tudo, estava cansada, muito cansada. Contar a ele o que Sebastian fizera tinha sido como erguer um peso impossível, e agora tudo que ela queria era fechar os olhos e desaparecer na escuridão. Tinha ficado tão irritada por tanto tempo — a raiva sempre sob a superfície de tudo, quer ela estivesse no shopping para comprar presentes com Simon, ou sentada no parque, ou sozinha em casa tentando desenhar, a raiva sempre estava com ela.

Era evidente que Jace estava lutando; ele não tentava esconder nada dela, pelo menos, e Clary viu o lampejo breve de emoções no fundo dos olhos dele: ira, frustração, impotência, culpa e, então, tristeza. Era uma tristeza surpreendentemente tranquila, para Jace, e, quando ele por fim falou, sua voz também parecia surpreendentemente tranquila:

— Eu só queria poder dizer a coisa certa, fazer a coisa certa, facilitar isso para você — disse ele, sem olhar para ela e, em vez disso, fitando o chão. — O que você quiser de mim, eu quero fazer. Quero te apoiar da melhor maneira, Clary.

— Isso — falou ela em voz baixa.

Ele ergueu os olhos.

— O quê?

— O que você acabou de dizer. Foi perfeito.

Ele piscou.

— Bem, isso é bom porque não tenho certeza se tenho capacidade de um bis dentro de mim. Qual das partes foi perfeita?

Ela retorceu os lábios ligeiramente. Havia alguma coisa tão Jace na reação dele, a estranha mistura de arrogância e vulnerabilidade, de resistência, amargura e devoção.

— Eu só quero saber — disse ela — que sua opinião a meu respeito não mudou. Que meu valor seja menor.

— Não. Não — respondeu ele, consternado. — Você é corajosa e brilhante, é perfeita e eu te amo. Eu simplesmente te amo e sempre te amei. E as atitudes de algum lunático não vão mudar isso.

— Sente-se — disse Clary, e ele sentou no sofá de couro que estalava, a cabeça inclinada para trás, olhando para ela. A luz refletida da lareira se acumulava feito centelhas no cabelo de Jace. Ela respirou fundo e foi até ele, acomodando-se cuidadosamente no colo dele. — Você poderia me abraçar? — pediu ela.

Ele pôs os braços ao redor dela, apertando-a contra si. Clary sentia os músculos nos braços dele, a força em suas costas enquanto a tocava delicadamente, muito delicadamente. As mãos dele eram feitas para lutar, e ainda assim ele sabia ser muito gentil com ela, com o piano, com todas as coisas com as quais se importava.

Ela se ajeitou contra ele, sentada de lado em seu colo, com os pés no sofá, e inclinou a cabeça contra o ombro dele. Clary sentia as batidas rápidas do coração de Jace.

— Agora me beije também — disse ela.

Ele hesitou.

— Você tem certeza?

Ela assentiu.

— Sim. Sim — falou. — Deus sabe que não temos conseguido fazer isso ultimamente, mas sempre que te beijo, sempre que você me toca, é uma vitória, se você quer saber. Sebastian fez o que fez porque... porque não compreende a diferença entre amar e ter. Entre se doar e tomar. E ele acha que se conseguisse me obrigar a me doar, ele me teria, eu seria dele, e, para ele, isso é amor, porque ele não conhece mais nada. Mas, quando eu toco em você, faço isso porque quero, e essa é toda diferença. E ele não vai ter isso nem tirar isso de mim. Não vai — disse ela, e se esticou para beijá-lo, um toque leve dos lábios nos dele, apoiando a mão nas costas do sofá.

Ela sentiu quando Jace puxou o ar ao ver a leve centelha que saltou entre a pele de ambos. Ele roçou a bochecha contra a dela, as mechas do cabelo deles se entrelaçando, vermelhas e douradas.

Clary voltou a se ajeitar contra ele. As chamas pularam na grade, e um pouco do calor invadiu os ossos dela. Estava apoiada no ombro marcado com a estrela branca dos homens da família Herondale, e pensou em todos os que tinham partido antes de Jace, cujo sangue, ossos e vidas fizeram dele o que era.

— O que você estava pensando? — perguntou ele. Jace passou a mão pelo cabelo dela e deixou os cachos soltos deslizarem entre seus dedos.

— Que fico feliz por ter te contado — respondeu Clary. — O que você está pensando?

Ele ficou em silêncio por um longo instante enquanto as chamas subiam e baixavam. Depois, falou:

— Estava pensando no que você disse sobre Sebastian ser solitário. Estava tentando me lembrar de como era estar naquela casa com ele. Sebastian me levou por um monte de motivos, claro, mas em parte era apenas para ter companhia. A companhia de alguém que ele acreditava ser capaz de entendê-lo, porque fomos criados da mesma forma. Eu estava tentando me lembrar se eu realmente gostava dele, se gostava de passar o tempo com ele.

— Acho que não. Só de estar ali com você, nunca parecia relaxado, não exatamente. Você era você, mas não era você. É difícil de explicar.

Jace olhou para o fogo.

— Não é tão difícil assim — disse ele. — Acho que existe uma parte em nós, separada até de nossa vontade ou da nossa mente, e era essa parte que ele não podia tocar. Nunca fui exatamente eu, e ele sabia disso. Ele queria que gostassem dele ou que realmente o amassem pelo que era, genuinamente. Mas ele não acha que precisa mudar para ser digno de ser amado; em vez disso, ele quer mudar o mundo inteiro, mudar a humanidade, transformá-la em algo que o ame. — Ele fez uma pausa. — Sinto muito pela psicologia de sofá. Literalmente. Cá estamos em um sofá.

Mas Clary estava mergulhada em pensamentos.

— Quando eu remexi nas coisas de Sebastian, na casa, encontrei uma carta escrita por ele. Estava incompleta, mas estava endereçada "à minha bela". Eu me lembro de ter achado estranho. Por que ele escreveria uma carta de amor. Quero dizer, ele entende um pouco de sexo e desejo, mas amor romântico? Não pelo que eu vi.

Jace puxou-a para si, ajeitando-a melhor na curva da lateral de seu corpo. Ela não tinha certeza sobre quem estava acalmando quem, apenas que o coração dele batia com regularidade contra a pele dela, e o cheiro de metal-suor-sabonete dele era familiar e reconfortante. Clary amoleceu de encontro a ele, o cansaço tomando conta e a extenuando, pesando as pálpebras. Foram um dia e uma noite muito longos, e, antes disso, havia sido um longo dia.

— Se minha mãe e Luke chegarem enquanto eu estiver dormindo, me acorde — pediu ela.

— Ah, você será acordada — disse Jace, sonolento. — Sua mãe vai pensar que estou me aproveitando de você, e vai me perseguir ao redor do cômodo com um atiçador.

Ela esticou a mão e fez um carinho na bochecha dele.

— Eu te protejo.

Jace não respondeu. Ele já estava dormindo, respirando com tranquilidade, o ritmo das batidas do coração se adequando lentamente. Ela ficou acordada enquanto ele dormia — olhando para as chamas que pululavam, e franzindo a testa, as palavras "minha bela" ecoando em seus ouvidos como a lembrança de palavras ouvidas em sonho.

Capítulo 11

O MELHOR ESTÁ PERDIDO

— Clary. Jace. Acordem.

Clary levantou a cabeça e quase gritou enquanto a dor disparava em seu pescoço enrijecido. Ela havia adormecido aninhada no ombro de Jace; ele também estava dormindo, encostado no canto do sofá com a jaqueta embolada debaixo da cabeça, como se fosse um travesseiro. O cabo da espada do rapaz estava enterrado desconfortavelmente no quadril de Clary quando ele resmungou e se esticou.

A Consulesa estava parada, diante deles, vestida com a túnica do Conselho, muito séria. Jace fez um esforço para se levantar.

— Consulesa — disse ele, com um tom de voz tão formal quanto possível enquanto recolhia as roupas emboladas e ajeitava o cabelo claro que se arrepiava em todas as direções possíveis.

— Nós quase nos esquecemos de que vocês dois estavam aqui — afirmou Jia. — A reunião do Conselho já começou.

Clary ficou de pé mais lentamente, estalando as costas e o pescoço. A boca estava seca feito giz, e o corpo doía por causa da tensão e do cansaço.

— Onde está minha mãe? — perguntou ela. — Onde está Luke?

— Vou esperar vocês no corredor — disse Jia, mas não se mexeu.

Jace enfiava os braços na jaqueta.

— Iremos imediatamente, Consulesa.

Havia algo na voz da Consulesa que fez Clary olhar de novo para ela. Jia era bonita, como a filha dela, Aline, mas no momento tinha rugas de tensão nos cantos da boca e dos olhos. Clary já vira aquela expressão.

— O que está acontecendo? Tem alguma coisa errada, não tem? Onde está minha mãe? Onde está Luke?

— Não temos certeza — disse Jia baixinho. — Eles não responderam à mensagem que enviamos ontem à noite.

Muitas ondas de choque, enviadas rapidamente, deixaram Clary entorpecida. Ela não conseguia arfar nem exclamar, somente sentir o frio espalhando-se pelas veias. Pegou Heosphoros da mesa onde a havia deixado e a enfiou no cinturão. Sem dizer uma palavra, passou pela Consulesa e seguiu para o corredor em frente ao quarto.

Simon estava esperando ali. Parecia amarrotado e exausto, pálido até mesmo para um vampiro. Ela esticou a mão para cumprimentá-lo, e os dedos roçaram o anel dourado de folha no dedo dele.

— Simon vai para a reunião do Conselho — disse Clary, e sua expressão desafiava a Consulesa a retrucar.

Jia simplesmente assentiu. Ela parecia cansada demais para argumentar.

— Ele pode ser o representante das Crianças da Noite.

— Mas Raphael ia se apresentar como representante — protestou Simon, alarmado. — Não estou preparado.

— Não conseguimos entrar em contato com nenhum representante do Submundo, incluindo Raphael. — Jia começou a caminhar pelo corredor.

As paredes eram de madeira, com a cor clara e o cheiro forte de ripas recém-cortadas. Provavelmente era parte do Gard reconstruída depois da Guerra Mortal. Clary estivera cansada demais na noite anterior para perceber. Havia símbolos de poder angélico entalhados em intervalos ali. Cada um deles brilhava com uma luz intensa, iluminando o corredor desprovido de janelas.

— O que você quer dizer com "não conseguimos entrar em contato"? — exigiu saber Clary, apressando-se atrás de Jia. Simon e Jace acompanhavam. O corredor tinha uma curva, conduzindo mais para o centro do Gard. Clary ouvia um rugido abafado como o som do oceano, pouco à frente deles.

— Nem Luke nem sua mãe voltaram do compromisso na casa do Povo das Fadas. — A Consulesa parou em uma enorme antecâmara. Havia grande quantidade de luz natural ali, atravessando as janelas feitas de quadrados alternados de vidro simples e colorido. Portas duplas erguiam-se diante deles, adornadas com o tríptico do Anjo e dos Instrumentos Mortais.

— Não entendo — disse Clary, e sua voz se elevou. — Então eles ainda estão lá? Na casa de Meliorn?

Jia balançou a cabeça.

— A casa está vazia.

— Mas... e quanto a Meliorn, e quanto a *Magnus*?

— Não temos certeza ainda — respondeu Jia. — Não há ninguém na casa, e nenhum dos representantes responde às mensagens. Patrick saiu e está revistando a cidade agora com uma equipe de guardiões.

— Havia sangue na casa? — perguntou Jace. — Sinais de luta, alguma coisa?

Jia balançou a cabeça.

— Não. A comida ainda estava na mesa. Era como se eles simplesmente tivessem... evaporado.

— Tem mais coisa, não tem? — questionou Clary. — Pela sua expressão, dá para ver que tem mais.

Jia não respondeu, simplesmente empurrou a porta da sala do Conselho. O barulho tomou conta da antecâmara. Aquele era o som que Clary estava ouvindo, como o quebrar do oceano. Ela correu e ultrapassou a Consulesa, então fez uma pausa na entrada, pairando, insegura.

A sala do Conselho, tão tranquila há apenas alguns dias, agora estava lotada de Caçadores de Sombras gritando. Todos estavam de pé, alguns em grupos e outros isolados. A maioria dos grupos discutia. Clary não conseguia distinguir as palavras, mas via gestos irritados. Os olhos examinaram a multidão buscando rostos familiares; nada de Luke nem de Jocelyn, mas lá estavam os Lightwood, Robert nos trajes de Inquisidor, ao lado de Maryse; lá estavam Aline e Helen, e o amontoado de crianças dos Blackthorn.

E lá, bem no centro do anfiteatro, estavam os quatro assentos de madeira entalhada dos integrantes do Submundo, organizadas em um semicírculo em volta dos púlpitos. Estavam vazios, e, diante deles, bem no meio do assoalho de madeira, havia uma única palavra, rabiscada numa grafia torta, no que parecia uma tinta dourada e grudenta:

Veni.

Jace passou por Clary e entrou na sala. Os ombros dele ficaram tensos quando viu o rabisco.

— Isto é icor — disse ele. — Sangue de anjo.

Em um lampejo, Clary viu a biblioteca do Instituto, o chão escorregadio com sangue e penas, os ossos ocos do anjo.

Erchomai.

Estou chegando.

E agora uma única palavra: *Veni.*

Cheguei.

Uma segunda mensagem. Ah, Sebastian andou ocupado. *Idiota*, pensou Clary, tão idiota da sua parte pensar que ele tinha vindo apenas por causa dela, que isso não era parte de algo maior, que ele não tinha querido mais, mais destruição, mais terror, mais insurgência. Ela pensou no risinho dele quando mencionara a batalha na Cidadela. Sem dúvida, tinha sido mais que um ataque; tinha sido uma distração. Voltar a atenção dos Nephilim para fora de Alicante, fazê-los rodar pelo mundo atrás dele e dos Crepusculares, e entrar em pânico por causa dos feridos e mortos. E, nesse meio-tempo, Sebastian fora até o coração do Gard e pintara o chão com sangue.

Próximo ao estrado havia um grupo de Irmãos do Silêncio em suas túnicas cor de osso, os rostos escondidos pelo capuz. Com a memória faiscando, Clary se virou para Jace.

— O Irmão Zachariah... Nunca tive a oportunidade de perguntar se você sabia se ele estava bem.

Jace fitava o que estava escrito no estrado, ostentando um olhar doentio.

— Eu o vi no Basilias. Ele está bem. Ele está... diferente.

— Diferente de um jeito bom?

— Diferente de um jeito humano — retrucou Jace, e antes que Clary pudesse perguntar o que isso significava, ela ouviu alguém chamar seu nome.

No centro da sala, Clary viu a mão se erguendo no meio da multidão, acenando freneticamente para ela. Isabelle. Ela estava em pé com Alec, a pouca distância dos pais. Clary ouviu Jia chamá-la, mas já estava acotovelando as pessoas, com Jace e Simon em seu encalço. Ela percebeu os olhares curiosos em sua direção. Todos sabiam quem ela era, afinal. Sabiam quem todos eles eram. A filha de Valentim, o filho adotivo de Valentim e o vampiro Diurno.

— Clary! — gritou Isabelle, quando Clary, Jace e Simon se livraram dos observadores que os fitavam e quase caíram sobre os irmãos Lightwood, os quais conseguiram liberar um espacinho para si no meio da multidão.

Isabelle deu uma olhadela irritada para Simon antes de se esticar para abraçar Jace e Clary. Assim que soltou Jace, Alec o puxou pela manga e o agarrou, os nós dos dedos ficando brancos ao redor do tecido. Jace pareceu surpreso, mas não disse nada.

— É verdade? — perguntou Isabelle para Clary. — Sebastian esteve na sua casa ontem à noite?

— Na casa de Amatis, sim... como você sabia? — perguntou Clary.

— Nosso pai é o Inquisidor; claro que sabemos — disse Alec. — Os rumores sobre Sebastian na cidade foram o assunto unânime antes de abrirem a sala do Conselho e a gente ver... isto.

— É verdade — acrescentou Simon. — A Consulesa perguntou sobre isso quando me acordou... como se eu soubesse de alguma coisa. Dormi o tempo todo — emendou, quando Isabelle lançou um olhar questionador para ele.

— A Consulesa contou alguma coisa a vocês sobre isto? — perguntou Alec, e fez um gesto com o braço para a cena sombria abaixo. — Sebastian contou?

— Não — disse Clary. — Sebastian não exatamente partilha de seus planos.

— Ele não devia conseguir se aproximar dos representantes do Submundo. Não apenas Alicante está guardada, como cada uma das casas seguras tem barreiras — emendou Alec. A pulsação latejava no pescoço feito um martelo; a mão, onde ela se apoiava na manga de Jace, tremia levemente. — Eles estavam no jantar. Deviam estar em segurança. — Ele soltou Jace e enfiou as mãos nos bolsos. — E Magnus... Magnus nem mesmo deveria estar lá. Era Catarina quem iria no lugar dele. — E olhou para Simon. — Eu te vi com ele na Praça do Anjo, na noite da batalha. Ele explicou por que estava em Alicante?

Simon balançou a cabeça.

— Ele simplesmente me mandou fazer silêncio. Estava curando Clary.

— Talvez tenha sido um blefe — disse Alec. — Talvez Sebastian esteja tentando nos fazer pensar que causou alguma coisa aos representantes do Submundo para nos jogar...

— Nós não *sabemos* se ele fez alguma coisa com eles. Mas... eles estão desaparecidos — falou Jace em voz baixa, e Alec desviou o olhar, como se não conseguisse suportar a troca de olhares.

— *Veni* — murmurou Isabelle, olhando para o estrado. — Por que...?

— Ele está nos dizendo que tem poder — disse Clary. — Poder que nenhum de nós sequer começou a entender. — Ela pensou no modo como ele surgira no quarto e depois desaparecera. No modo como o chão se abrira sob os pés dele na Cidadela, como se a Terra o estivesse recebendo, escondendo-o da ameaça do mundo acima.

Um alerta breve soou pelo cômodo, o sino que chamava o Conselho à ordem. Jia estava no púlpito, com um guardião da Clave armado usando túnicas encapuzadas de cada lado dela.

— Caçadores de Sombras — disse, e a palavra ecoou tão claramente pelo salão quanto se ela tivesse usado um microfone. — Por favor, silêncio.

A sala foi ficando gradativamente silenciosa, embora, pelo olhar rebelde em alguns dos rostos, fosse um silêncio pouco cooperativo.

— Consulesa Penhallow! — gritou Kadir. — Que respostas a senhora tem para nós? Qual é o significado disto... deste sacrilégio?

— Não temos certeza — disse Jia. — Aconteceu à noite, entre os turnos dos guardiões.

— Isso é vingança — falou um Caçador de Sombras magro, de cabelos escuros, a quem Clary reconhecia como o líder do Instituto de Budapeste. Lazlo Balogh era o nome dele, supunha ela. — Vingança pelas nossas vitórias em Londres e na Cidadela.

— Nós não tivemos vitórias em Londres e na Cidadela, Lazlo — disse Jia. — O Instituto de Londres, no fim das contas, foi protegido por uma força da qual nem temos conhecimento, uma força que não podemos replicar. Os Caçadores de Sombras de lá foram avisados e retirados em segurança. Ainda assim, alguns foram feridos: nenhuma das forças de Sebastian foi ferida. Na melhor das hipóteses, poderia ser chamada de retirada bem-sucedida.

— Mas o ataque à Cidadela — protestou Lazlo. — Ele não entrou na Cidadela. Ele não chegou ao arsenal...

— Mas também não foi derrotado. Mandamos sessenta guerreiros, e ele matou trinta e feriu dez. Ele tinha quarenta guerreiros e perdeu, talvez, 15. Se não fosse pelo ocorrido quando ele feriu Jace Lightwood, os quarenta teriam exterminado nossos sessenta.

— Nós somos Caçadores de Sombras — disse Nasreen Choudhury. — Estamos acostumados a defender o que temos que defender com nosso último fôlego, nossas últimas gotas de sangue.

— Uma ideia nobre — disse Josiane Pontmercy, do Conclave de Marselha —, mas talvez não totalmente prática.

— Fomos extremamente conservadores em relação à quantidade que enviamos para enfrentá-los na Cidadela — disse Robert Lightwood, a voz ressoando através da sala. — Estimamos, desde os ataques, que Sebastian tivesse quatrocentos guerreiros Crepusculares ao seu lado. De acordo com os números, uma batalha corpo a corpo entre as forças dele e todos os Caçadores de Sombras significaria a derrota dele.

— Então o que precisamos fazer é enfrentá-lo assim que for possível, antes que ele Transforme mais um Caçador de Sombras — emendou Diana Wrayburn.

— Você não pode enfrentar aquilo que não consegue encontrar — disse a Consulesa. — Nossas tentativas de rastreá-lo continuam infrutíferas. — Ela elevou a voz. — O melhor plano de Sebastian Morgenstern agora é nos atrair em pequenos números. Ele precisa que enviemos grupos de rastreadores para caçar demônios, ou para caçá-lo. Precisamos ficar juntos aqui, em Idris, onde ele não consegue nos enfrentar. Se nos separarmos, se deixarmos nossa casa, então nós perderemos.

— Ele vai esperar por nós lá fora — disse uma Caçadora de Sombras loura, do Conclave de Copenhague.

— Temos que acreditar que ele não tem paciência para isso — falou Jia. — Temos que presumir que ele atacará, e, quando fizer isso, nossos números superiores o derrotarão.

— Há mais do que paciência a ser considerada — ponderou Balogh. — Nós abandonamos nossos Institutos, viemos até aqui com a compreensão de que retornaríamos logo após uma reunião do Conselho com os representantes do Submundo. Sem a gente lá fora, quem vai protegê-lo? Temos um mandato, um *mandato* celestial, para proteger o mundo, reprimir os demônios. Não podemos fazer isso daqui de Idris.

— Todas as barreiras estão com força total — disse Robert. — A Ilha de Wrangel está funcionando em tempo extra. E dada nossa cooperação com os membros do Submundo, teremos que confiar neles para manter os Acordos. Isso era parte do que íamos discutir no Conselho hoje...

— Ora, boa sorte com isso — disse Josiane Pontmercy —, considerando que os representantes do Submundo estão desaparecidos.

Desaparecidos. A palavra caiu no silêncio como um seixo dentro da água, enviando ondas pelo cômodo. Clary sentiu Alec enrijecer por um instante ao lado dela. Não se permitira pensar naquilo, não se permitira acreditar que eles realmente poderiam estar desaparecidos. Era uma peça que Sebastian estava pregando neles, dizia para si. Uma peça cruel, mas nada mais.

— Não sabemos isso! — protestou Jia. — Os guardiões estão lá fora fazendo uma busca...

— Sebastian escreveu no chão diante dos assentos deles! — berrou um homem com um braço enfaixado. Era o líder do Instituto do Novo México e estivera na batalha da Cidadela. Clary supunha que o sobrenome dele fosse Rosales. — *Veni*. "Cheguei". Assim como ele nos enviou uma mensagem com a morte do anjo em Nova York, agora ele nos ataca no coração do Gard...

— Mas ele não nos atacou — interrompeu Diana. — Ele atacou os representantes do Submundo.

— Atacar nossos aliados é nos atacar — gritou Maryse. — Eles são membros do Conselho, com todos os direitos de participantes que isso representa.

— Nem mesmo sabemos o que aconteceu a eles! — disse alguém, sem rodeios, na multidão. — Eles podem estar perfeitamente bem...

— Então *onde eles estão*? — gritou Alec, e até Jace pareceu assustado ao ouvi-lo elevar a voz. Alec franzia o cenho, os olhos azuis dilatados, e Clary subitamente recordou-se do garoto irritado que ela conhecera no Instituto havia muito tempo, ao que parecia. — Alguém tentou rastreá-los?

— Nós tentamos — retrucou Jia. — Não funcionou. — Nem todos eles podem ser rastreados. Você não pode rastrear um feiticeiro ou os mortos... — Jia parou de falar, arfando subitamente. Sem aviso, o guardião da Clave à esquerda viera por trás dela e a agarrara pela túnica. Um grito percorreu a assembleia quando ele a puxou e encostou a lâmina comprida de uma adaga prateada em seu pescoço.

— Nephilim! — rugiu o homem, e o capuz caiu, exibindo olhos inexpressivos e serpenteantes Marcas desconhecidas dos Crepusculares.

Um urro começou a se elevar da multidão, interrompido rapidamente quando o guardião pressionou a lâmina na garganta de Jia ainda mais. O sangue brilhou ao redor, visível mesmo ao longe.

— Nephilim! — rugiu o homem novamente. A mente de Clary lutava para localizá-lo; de alguma forma, ele parecia familiar. Era alto, cabelos castanhos, provavelmente tinha uns 40 anos. Os braços eram musculosos, as veias se destacavam feito réstias conforme

579

CASSANDRA CLARE

ele se esforçava para manter Jia parada. — Fiquem onde estão! Não se aproximem ou a Consulesa morre!

Aline gritou. Helen a conteve, evitando nitidamente que ela corresse para a frente. Atrás das duas, as crianças Blackthorn se amontoavam em volta de Julian, que carregava o mais jovem dos irmãos; Drusilla havia encostado o rosto na lateral do corpo dele. Emma, cujo cabelo brilhava mesmo à distância, estava parada com a Cortana desembainhada, protegendo os outros.

— É Matthias Gonzales — disse Alec, com voz chocada. — Ele era o líder do Instituto de Buenos Aires...

— Silêncio! — rugiu o sujeito atrás de Jia, Matthias, e um silêncio desconfortável se instalou. A maioria dos Caçadores de Sombras estava parada, como Jace e Alec, com as mãos a meio caminho das armas. Isabelle estava agarrando o cabo do chicote. — Ouçam-me, Caçadores de Sombras! — gritou Matthias, os olhos ardendo com uma luz fanática. — Ouçam-me, pois sou um de vocês. Seguindo a regra da Clave de maneira cega, convencido de minha segurança no interior das barreiras de Idris, protegido pela luz do Anjo! Mas não há segurança aqui. — Ele virou o queixo para o lado e indicou os rabiscos no chão. — Ninguém está seguro, nem mesmo os mensageiros celestes. Esse é o alcance do poder do Cálice Infernal e de quem o porta.

Um murmúrio percorreu a multidão. Robert Lightwood avançou, o rosto ansioso ao olhar para Jia e a lâmina em sua garganta.

— O que ele quer? — questionou. — O filho de Valentim. O que ele quer de nós?

— Ah, ele quer muitas coisas — disse o Caçador de Sombras Crepuscular. — Mas, por enquanto, ele vai se contentar se receber de presente sua irmã e seu irmão adotivo. Deem Clarissa Morgenstern e Jace Lightwood a ele, e o desastre será evitado.

Clary ouviu Jace inspirar com força. Ela olhou para ele, em pânico; sentia todos olhando para ela, e era como se estivesse se dissolvendo, feito sal na água.

— Somos Nephilim — disse Robert, com frieza. — Não negociamos os de nossa espécie. Ele sabe disso.

— Nós, do Cálice Infernal, temos em nossa posse cinco de seus aliados. — Foi a resposta. — Meliorn, do Povo das Fadas, Raphael Santiago, dos Filhos da Noite, Luke Garroway, dos Filhos da Lua, Jocelyn Morgenstern, dos Nephilim, e Magnus Bane, dos Filhos de Lilith. Se vocês não entregarem Clarissa e Jonathan, eles receberão mortes de ferro e prata, de fogo e sorveira-brava. E quando seus aliados do Submundo souberem que vocês sacrificaram seus representantes porque não queriam abandonar a própria espécie, eles se voltarão contra vocês. Eles se juntarão a nós, e vocês vão se flagrar lutando não apenas contra quem porta o Cálice Infernal, mas contra todo o Submundo.

Clary sentiu uma onda de vertigem, tão intensa que era quase um enjoo. Ela sabia — claro que sabia, com uma noção incerta e crescente, impossível de ser ignorada — que sua mãe, Luke e Magnus estavam em perigo, mas ouvir isso era outra coisa. Ela começou a tremer, as palavras de uma oração incoerente ecoando em sua mente sem parar: *Mãe, Luke, fiquem bem, por favor, fiquem bem. E que Magnus fique bem, por Alec. Por favor.*

Ela ouvia a voz de Isabelle em sua mente também, dizendo que Sebastian não poderia enfrentá-los e nem a todo o Submundo. Mas ele havia encontrado um meio adequado de fazer isso se voltar contra eles: se algum mal fosse feito aos representantes do Submundo, pareceria culpa dos Caçadores de Sombras.

A expressão de Jace era vaga, mas ele encontrou os olhos dela com a mesma compreensão que se alojara como uma agulha no coração dela. Não podiam recuar e deixar isso acontecer. Iriam até Sebastian. Era a única opção.

Clary começou a avançar, com a intenção de gritar, mas se viu contida por um aperto forte no pulso. Virou-se, esperando ver Simon, e, para sua surpresa, percebeu que era Isabelle.

— Não faça isso — pediu a garota.

— Você é um tolo e um seguidor — disse Kadir sem rodeios, os olhos cheios de raiva ao fitar Matthias. — Nenhum integrante do Submundo nos culpará por poupar duas de nossas crianças à pira de corpos de Jonathan Morgenstern.

— Ora, mas ele não vai matá-las — alegou Matthias, com uma alegria sinistra. — Você tem a promessa dele sobre o Anjo de que nenhum mal recairá sobre a garota Morgenstern ou o garoto Lightwood. São a família dele, e ele quer que fiquem ao seu lado. Portanto, não há sacrifício.

Clary sentiu uma coisa tocar sua bochecha. Era Jace. Ele a tinha beijado, rapidamente, e ela se recordou do beijo de Judas que Sebastian lhe dera na noite anterior e girou para agarrá-lo, mas ele já tinha ido embora, afastando-se de todos eles, indo até o corredor de degraus entre os bancos.

— Eu irei! — gritou ele, e sua voz soou pelo cômodo. — Eu irei de boa vontade. — A espada estava em sua mão. Ele a jogou, e ela retiniu nos degraus. — Vou com Sebastian — disse para o silêncio que se seguiu. — Apenas deixem Clary fora disso. Deixem que fique. Irei sozinho.

— Jace, *não* — falou Alec, mas sua voz foi abafada pelo clamor que percorreu o ambiente, com as vozes se erguendo feito fumaça e se curvando em direção ao teto, e Jace parado ali calmamente, com as mãos esticadas, para mostrar que não portava armas, o cabelo brilhando sob a luz dos símbolos. Um anjo sacrificial.

Matthias Gonzales riu.

— Não haverá barganha sem Clarissa — disse ele. — Sebastian a quer, e eu faço o que meu mestre quer.

— Você acha que somos tolos — rebateu Jace. — Na verdade, sou mais esperto que isso. Você não *pensa*, de modo algum. Você é um porta-voz do demônio, é isso que todos vocês são. Não se importam com mais nada. Nem com família, nem com sangue ou honra. Vocês não são mais humanos.

Matthias fez uma careta irônica.

— Por que alguém iria querer ser humano?

— Porque sua barganha não tem valor — disse Jace. — Basta que a gente se entregue e Sebastian devolve os reféns. Depois, o quê? Você fez tanto esforço para nos contar que ele é melhor que os Nephilim, que ele é mais forte, que é mais inteligente. Que pode nos atingir aqui em Alicante, e que todas as nossas barreiras e todos os nossos guardiões não são capazes de mantê-lo longe. Que ele vai destruir todos nós. Se quiser barganhar com alguém, ofereça uma chance de *vitória*. Se você fosse humano, saberia disso.

No silêncio que se seguiu, Clary achou ser possível ouvir uma gota de sangue atingindo o chão. Matthias estava imóvel, a lâmina ainda encostada no pescoço de Jia, os lábios se articulando como se ele estivesse murmurando alguma coisa ou recitando algo que tinha ouvido...

Ou estivesse ouvindo, percebeu ela, ouvindo as palavras sendo sussurradas ao seu ouvido...

— Você não pode vencer — disse Matthias finalmente, e Jace riu, o riso agudo e amargo pelo qual Clary tinha se apaixonado. Não um anjo sacrificial, pensou ela, mas um anjo vingador, todo dourado, sangue e fogo, confiante até diante da derrota.

— Você entende o que quero dizer — falou Jace. — Então que diferença faz se morremos agora ou depois...

— Vocês não podem vencer — disse Matthias —, mas podem sobreviver. Aqueles que escolherem isso podem ser Transformados pelo Cálice Infernal; vocês se tornarão soldados da Estrela da Manhã e governarão o mundo com Jonathan Morgenstern como líder. Aqueles que escolherem permanecer como filhos de Raziel podem fazê-lo, contanto que permaneçam em Idris. As fronteiras de Idris ficarão seladas, isolando-a do restante do mundo, que pertencerá a nós. Esta terra doada a vocês pelo Anjo será mantida desde que permaneçam no interior de suas fronteiras, assim estarão seguros. Isso pode ser prometido.

Jace olhou com expressão severa.

— As promessas de Sebastian não significam nada.

— As promessas dele são tudo que vocês têm — disse Matthias. — Mantenham sua aliança com os integrantes do Submundo, fiquem no interior das fronteiras de Idris e vocês sobreviverão. Mas esta oferta vigora apenas se vocês dois se entregarem de boa vontade para nosso mestre. Você e Clarissa. Não há negociação.

Clary olhou lentamente ao redor do cômodo. Alguns dos Nephilim pareciam ansiosos, uns, assustados, outros, cheios de raiva. E o restante estava calculando. Ela se recordou do dia em que tinha ficado parada na Sala dos Acordos, diante daquelas mesmas pessoas e mostrado a elas o símbolo de ligação capaz de vencer a guerra. Na época, ficaram gratos.

CIDADE DO FOGO CELESTIAL

Mas aquele era o mesmo Conselho que tinha votado para encerrarem as buscas por Jace quando Sebastian o levara, pois a vida de um garoto não valia seus recursos.

Em especial, quando esse garoto era filho adotivo de Valentim.

Ela pensara uma vez que havia pessoas boas e pessoas ruins, que existia um lado de luz e um lado de escuridão, porém não pensava mais assim. Tinha visto o mal, no irmão e no pai, o mal de boas intenções que dera errado, e o mal de puro desejo de poder. No entanto também não havia segurança na bondade: a virtude poderia cortar como uma faca, e o fogo do Paraíso era ofuscante.

Ela se afastou de Alec e Isabelle, sentiu Simon agarrar seu braço. Deu meia-volta, olhou para ele e balançou a cabeça. *Você tem que me deixar fazer isso.*

Os olhos escuros imploravam para ela.

— Não faça isso — murmurou ele.

— Ele falou nós dois — murmurou ela em resposta. — Se Jace for até Sebastian sem mim, Sebastian vai matá-lo.

— Ele vai matar vocês dois, de qualquer forma. — Isabelle estava praticamente chorando de frustração. — Você não pode ir, e Jace também não... Jace!

Jace se virou e olhou para eles. Clary viu sua expressão mudar quando percebeu que ela estava se esforçando para se aproximar dele. Jace balançou a cabeça e pronunciou uma palavra, sem emitir som:

— Não.

— Dê-nos tempo — gritou Robert Lightwood. — Dê-nos um pouco de tempo para votar, pelo menos.

Matthias afastou a lâmina do pescoço de Jia e a ergueu; o outro braço ainda prendia a consulesa, agarrando a parte da frente da túnica. Ele ergueu a lâmina até o teto, e a luz faiscou nela com o gesto.

— Tempo. — Ele fez uma careta. — Por que Sebastian daria tempo a vocês?

Um silvo agudo cortou o ar. Clary viu alguma coisa brilhante passar por ela, e ouviu um barulho retinir quando uma flecha atingiu a lâmina de Matthias, erguida acima da cabeça de Jia, que se viu livre do aperto dele. Clary girou a cabeça e viu Alec, com a besta erguida, a corda ainda vibrando.

Matthias deixou escapar um urro e cambaleou para trás, a mão sangrando. Jia correu para longe enquanto ele mergulhava para pegar a lâmina caída. Clary ouviu Jace gritar "Nakir!". Ele havia retirado uma lâmina serafim do cinto, e sua luz iluminava o salão.

— Saia do meu *caminho!* — gritou ele, e começou a abrir passagem, empurrando com os ombros, escada abaixo, em direção ao estrado.

— Não! — Alec derrubou a besta e se lançou sobre a parte de trás da fileira de bancos, mergulhando sobre Jace, derrubando-o enquanto o estrado se consumia em chamas como

583

uma fogueira apagada com gasolina. Jia gritou e pulou da plataforma para a multidão; Kadir a amorteceu e a pôs no chão delicadamente enquanto todos os Caçadores de Sombras se viravam para olhar as chamas que se erguiam.

— Que diabos! — murmurou Simon, os dedos ainda apertados ao redor do braço de Clary.

Ela podia ver Matthias, uma sombra preta no coração das chamas. Era evidente que elas não o feriam; ele parecia rir, jogando os braços para cima como um maestro regendo uma orquestra de fogo. A sala estava tomada por gritos e pelo odor e estalido de madeira queimada. Aline tinha corrido para agarrar a mãe, que sangrava, chorando; Helen estava observando, impotente, enquanto tentava, juntamente a Julian, proteger os jovens Blackthorn do motim abaixo.

No entanto, ninguém protegia Emma. Ela estava parada, distante do grupo, o rostinho branco de choque enquanto, acima dos sons horríveis que enchiam o cômodo, os gritos de Matthias suplantavam o barulho.

— Dois dias, Nephilim! Vocês têm dois dias para decidir o seu destino! E então todos arderão! Vocês vão arder no fogo do Inferno, e as cinzas de Edom cobrirão seus ossos!

A voz dele se ergueu a um grito sobrenatural e subitamente se calou quando as chamas diminuíram e ele desapareceu junto a elas. A última das brasas lambeu o piso, as pontas reluzentes mal tocando a mensagem ainda rabiscada no icor ao longo do estrado.

Veni.

CHEGUEI.

Maia precisou respirar fundo durante dois minutos diante do apartamento antes de conseguir enfiar a chave na fechadura.

Tudo no corredor parecia normal, sinistramente normal. Os casacos de Jordan — e de Simon — pendurados na entrada estreita. As paredes decoradas com placas de rua compradas em mercados de pulgas.

Ela passou para a sala de estar, que parecia congelada no tempo: a TV estava ligada, a tela, com estática, os dois controles do video game ainda no sofá. Eles tinham se esquecido de desligar a cafeteira. Ela desligou o interruptor, tentando ignorar ao máximo todas as fotografias dela e de Jordan presas na geladeira: os dois na ponte do Brooklyn, bebendo café no restaurante da Waverly Place, Jordan rindo e exibindo as unhas que Maia tinha pintado de azul, verde e vermelho. Ela não percebera quantas fotografias Jordan havia tirado deles, como se estivesse tentando recordar cada segundo de suas interações, temendo que fossem escorrer através de suas lembranças feito água.

Maia teve que reassumir a postura durona antes de entrar no quarto. A cama ainda estava desarrumada e com os lençóis espalhados — Jordan nunca fora particularmente organizado —, as roupas jogadas pelo cômodo. Maia cruzou o quarto até a escrivaninha onde ela guardava os próprios pertences e tirou as roupas de Leila.

Com alívio, vestiu um jeans e uma camiseta. Esticou a mão para pegar um casaco quando a campainha tocou.

Jordan guardava suas armas, enviadas a ele pela Praetor, no baú aos pés da cama. Ela abriu o baú e ergueu um frasco pesado de ferro com uma cruz entalhada na frente.

Ela vestiu o casaco e entrou na sala de estar, o frasco no bolso, os dedos ao redor dele. Abriu a porta da frente.

A garota que estava de pé do outro lado tinha cabelo escuro na altura dos ombros. Em contraste, a pele era branca como a de um cadáver, os lábios vermelho-escuros. Vestia um terno preto com corte impecável; era uma Branca de Neve moderna, em sangue, carvão e gelo.

— Você me chamou — disse ela. — A namorada de Jordan Kyle, estou certa?

Lily. Uma das vampiras mais inteligentes do clã. Sabe de tudo. Ela e Raphael sempre foram muito unidos.

— Não finja que você não sabe, Lily — falou Maia sem rodeios. — Você já esteve aqui; tenho certeza de que sequestrou Simon deste apartamento para entregá-lo a Maureen.

— E? — Lily cruzou os braços, fazendo o terno caro farfalhar. — Vai me convidar a entrar ou não?

— Não vou — retrucou Maia. — Vamos conversar aqui, no corredor.

— Chata. — Lily se encostou na parede com tinta descascando e fez uma careta. — Por que você me invocou, lobisomem?

— Maureen está louca — falou Maia. — Raphael e Simon sumiram. Sebastian Morgenstern está matando os membros do Submundo para reforçar seus argumentos aos Nephilim. E talvez seja hora de vampiros e licantropes conversarem. Até de se aliarem.

— Ora, você é muito lindinha — disse Lily, se aprumando. — Sabe, Maureen é louca, mas ainda é a líder do clã. E posso dizer uma coisa: ela não vai conversar com um integrante qualquer do bando que perdeu o fio da meada porque o namorado morreu.

Maia apertou mais ainda o frasco em sua mão. Sentiu vontade de jogar o líquido no rosto de Lily, tanta vontade que isso a assustou.

— Pode me chamar quando você for a líder do bando. — Havia uma luz escura nos olhos da vampira, como se ela estivesse tentando dizer algo a Maia sem enunciar. — Aí conversaremos.

Lily se virou e saiu caminhando pelo corredor nos saltos altos. Aos poucos, Maia foi soltando o aperto no frasco de água benta em seu bolso.

— Belo tiro — comentou Jace.

— Não precisa me ridicularizar. — Alec e Jace estavam em um dos vertiginosos conjuntos de salas de reuniões; não era o mesmo cômodo no qual Jace estivera com Clary, mas outra sala, mais austera, em uma parte antiga do Gard. As paredes eram de pedra, e havia um banco comprido ao longo da parede a oeste. Jace estava ajoelhado nele, a jaqueta jogada de lado, a manga direita da camisa arregaçada.

— Não estou ridicularizando — protestou ele, enquanto Alec encostava a ponta da estela na pele nua do braço. Quando as linhas escuras começaram a espiralar, saindo do *adamas*, Jace não conseguiu evitar a lembrança do outro dia, em Alicante, quando Alec enfaixou a mão dele, dizendo com raiva: *Pode se curar como um mundano. Vagarosa e desagradavelmente.* Jace tinha socado uma janela naquele dia; ele merecera tudo que Alec lhe dissera.

Alec suspirou lentamente; sempre era muito cuidadoso com os símbolos, em particular com as *iratzes*. Ele parecia sentir o leve ardor, a picada na pele que Jace sentia, embora o garoto nunca tivesse se importado com a dor — o mapa de cicatrizes brancas que cobriam seus bíceps e desciam até o antebraço comprovava isso. Havia uma força especial num símbolo desenhado pelo *parabatai*. Foi por isso que eles enviaram os dois para outro local, ao passo que o restante da família Lightwood se encontrava no gabinete da Consulesa, para que Alec pudesse curar Jace da forma mais rápida e eficiente possível. Jace ficara um pouco assustado; ele meio que tinha achado que o fariam participar da reunião com o pulso roxo e inchado.

— Não estou ridicularizando — repetiu Jace, enquanto Alec terminava e dava um passo para trás para examinar seu trabalho. Jace já podia sentir a dormência da *iratze* se espalhando por suas veias, acalmando a dor no braço, selando os lábios abertos. — Você acertou a faca de Matthias a meio anfiteatro de distância. Lançamento limpo, não atingiu Jia. E ele estava se mexendo.

— Eu estava motivado. — Alec deslizou a estela de volta para o cinto. O cabelo escuro caía bagunçado sobre os olhos; ainda não o havia cortado direito desde que ele e Magnus terminaram.

Magnus. Jace fechou os olhos.

— Alec — disse ele. — Eu vou. Você sabe que eu vou.

— Você está dizendo isso porque acha que vai me tranquilizar — rebateu Alec. — Acha que eu quero que você se entregue a Sebastian? Ficou maluco?

— Acho que esse pode ser o único jeito de resgatar Magnus — respondeu Jace da escuridão que emanava de suas pálpebras.

— E você está disposto a trocar a vida de Clary também? — O tom de Alec era ácido. Jace abriu os olhos; Alec estava olhando para ele com firmeza, porém sem expressão.

— Não — disse Jace, ouvindo a derrota na própria voz. — Eu não seria capaz disso.

— E eu não pediria que você fizesse uma coisa dessas — emendou Alec. — É isso... É isso que Sebastian está tentando fazer. Afastar-nos uns dos outros usando as pessoas que amamos como iscas para nos separar. Não devemos permitir isso.

— Quando foi que você ficou tão sábio? — perguntou Jace.

586

Alec riu, uma risada curta e frágil.

— O dia em que eu me tornar um sábio será o dia em que você vai precisar ter cuidado.

— Talvez você sempre tenha sido sábio — comentou Jace. — Eu me lembro quando te perguntei se queria ser *parabatai*, e você disse que precisava de um dia para pensar. E então você voltou e disse sim, e, quando eu perguntei por que concordou, você disse que era porque eu precisava de alguém para cuidar de mim. Você estava certo. Eu nunca voltei a pensar no assunto porque nunca precisei. Eu tinha você, e você sempre cuidou de mim. Sempre.

A expressão de Alec ficou mais séria; Jace quase conseguia enxergar a tensão latejando nas veias de seu *parabatai*.

— Não — disse Alec. — Não fale assim.

— Por que não?

— Porque — disse Alec — é assim que as pessoas falam quando acham que vão morrer.

— Se Clary e Jace forem entregues a Sebastian, eles estarão sendo entregues à morte — disse Maryse.

Estavam no gabinete da Consulesa, provavelmente o cômodo mais luxuosamente decorado em todo o Gard. Tinha um tapete grosso no chão, as paredes de madeira eram cobertas por tapeçarias, uma escrivaninha imensa ficava em posição diagonal no cômodo. Em um dos lados estava Jia Penhallow, o corte na garganta se fechando enquanto as *iratzes* faziam efeito. Atrás da cadeira dela, estava Patrick, o marido, com a mão no ombro da mulher.

Diante deles, estavam Maryse e Robert Lightwood. Para surpresa de Clary, ela, Isabelle e Simon tinham sido autorizados a ficar na sala também. Supunha que fossem discutir o destino dela e de Jace, mas daí, até então, decidir o destino das pessoas sem consultar a parte interessada nunca parecera ser um problema.

— Sebastian diz que não vai machucá-los — disse Jia.

— A palavra dele não tem valor — emendou Isabelle sem rodeios. — Ele mente. E o fato de jurar pelo Anjo não significa nada, pois ele não se importa com o Anjo. Ele serve a Lilith, se é que serve a alguém.

Ouviu-se um clique baixo, e a porta se abriu, então Alec e Jace entraram. Os dois tinham tropeçado em alguns degraus, e Jace levara a pior, estava com um lábio cortado e um pulso quebrado ou torcido. Agora, porém, ele parecia normal outra vez; tentou sorrir para Clary quando entrou, mas seus olhos estavam assombrados.

— Você tem que entender como a Clave verá isso — disse Jia. — Você lutou contra Sebastian em Burren. Eles ouviram dizer, mas não *viram*, não até a Cidadela, a diferença entre guerreiros Crepusculares e Caçadores de Sombras. Nunca houve uma raça de guerreiros mais poderosa que os Nephilim. Agora há.

— Ele só atacou a Cidadela para reunir informações — rebateu Jace. Ele queria saber do que os Nephilim eram capazes: não apenas o grupo que conseguimos organizar de última hora no Burren, mas os guerreiros enviados para lutar pela Clave. Ele queria ver como os guerreiros lutariam contra as forças dele.

— Estava nos avaliando — completou Clary. — Ele estava nos pesando na balança.

Jia olhou para ela.

— *Mene mene tequel ufarsim* — murmurou ela.

— Você estava com a razão quando falou que Sebastian não quer lutar uma grande batalha — disse Jace. — Seu interesse é lutar um monte de pequenas batalhas onde possa Transformar alguns Nephilim. Aumentar suas forças. E isso poderia ter funcionado, ficar em Idris, deixá-lo trazer a batalha para cá, quebrar a onda de seu exército nas rochas de Alicante. No entanto, agora que ele levou os representantes do Submundo, ficar aqui não vai funcionar. Sem nossa vigilância, com o Submundo contra nós, os Acordos serão extintos. O mundo... será extinto.

O olhar de Jia foi até Simon.

— O que você diz, integrante do Submundo? Matthias estava certo? Se recusarmos a pagar pelos reféns de Sebastian, isso significará guerra com o Submundo?

Simon parecia assustado por se dirigirem a ele num tom tão oficial. Conscientemente ou não, sua mão foi até o medalhão de Jordan no pescoço; ele o segurou enquanto falava.

— Eu acho — disse ele, com relutância — que embora haja alguns membros do Submundo que seriam razoáveis, os vampiros não seriam. Eles já creem que os Nephilim estabeleceram um preço baixo por suas vidas. Feiticeiros... — Ele balançou a cabeça. — Eu realmente não compreendo os feiticeiros. Nem as fadas... quero dizer, a Rainha Seelie parece cuidar de si. Ela ajudou Sebastian com eles. — Ele ergueu a mão, onde o anel reluzia.

— Parece provável que teve menos a ver com uma ajuda a Sebastian e mais com o desejo insaciável de saber tudo — disse Robert. — É verdade, ela espionava você, mas não sabíamos na época que Sebastian era nosso inimigo. O mais impressionante é que Meliorn tinha jurado que a lealdade do Povo das Fadas era para conosco e que Sebastian é inimigo deles, e fadas não podem mentir.

Simon deu de ombros.

— De qualquer forma, não compreendo como eles pensam. Mas os lobisomens adoram Luke. Eles ficarão desesperados para tê-lo de volta.

— Ele costumava ser um Caçador de Sombras... — começou Robert.

— Isso piora as coisas — disse Simon, mas não o Simon, o amigo mais antigo de Clary; era outra pessoa, alguém bem informado sobre a política do Submundo. — Para eles, o modo como os Nephilim tratam os integrantes do Submundo que já foram Nephilim é uma evidência de que os Caçadores de Sombras creem que os membros do Submun-

588

do têm sangue contaminado. Uma vez, Magnus me contou sobre um jantar ao qual foi convidado, num Instituto, para membros do Submundo e Caçadores de Sombras; depois do evento, os Caçadores de Sombras jogaram todos os pratos fora. Porque os convidados do Submundo tinham tocado neles.

— Nem todos os Nephilim são assim — retrucou Maryse.

Simon deu de ombros.

— A primeira vez que vim ao Gard foi porque Alec me trouxe — continuou ele. — Eu confiei que a Consulesa queria apenas conversar comigo. Em vez disso, fui jogado na prisão e passei fome. Luke foi estimulado a se suicidar pelo próprio *parabatai* depois que foi Transformado. A Praetor Lupus foi incendiada por um Caçador de Sombras, ainda que este fosse um inimigo de Idris.

— Então você está dizendo que sim, haverá guerra? — perguntou Jia.

— A guerra já está acontecendo, não é? — respondeu Simon. — A senhora não foi ferida numa batalha? Só estou dizendo: Sebastian está usando as brechas em suas alianças para destruir vocês, e está fazendo isso direitinho. Talvez ele não compreenda os humanos, não estou dizendo que compreende, mas ele compreende o mal, a traição e o egoísmo, e isso é uma coisa que se aplica a tudo que possua uma mente e um coração. — Ele fechou a boca abruptamente, como se com medo de ter falado demais.

— Então acha que deveríamos fazer o que Sebastian pede: enviar Jace e Clary para ele? — perguntou Patrick.

— Não — respondeu Simon. — Acho que ele sempre mente, e enviá-los não ajudará em nada. Mesmo quando jura, ele mente, como Isabelle falou. — Ele olhou para Jace, depois para Clary, —*Vocês* sabem disso — disse ele. — Vocês o conhecem melhor que qualquer um, sabem que ele nunca fala sério. Digam a eles.

Clary balançou a cabeça, muda. Foi Isabelle quem respondeu por ela:

— Eles não conseguem — emendou ela. — Era como se estivessem implorando pelas próprias vidas, e nenhum deles vai fazer isso.

— Eu já me ofereci de boa vontade — completou Jace. — Falei que iria. Vocês *sabem* por que ele me quer. — Ele abriu os braços. Clary não se surpreendeu ao ver que o fogo celestial estava visível na pele dos antebraços, como arame dourado. — O fogo celestial feriu Sebastian em Burren. Ele tem medo disso, sendo assim, tem medo de mim. Eu vi isso no rosto dele, no quarto de Clary.

Fez-se um longo silêncio. Jia afundou na cadeira.

— Vocês têm razão. Não discordo de nenhum de vocês. Mas não posso controlar a Clave, e há alguns entre aqueles que vão escolher o que consideram seguro, e há outros que odeiam a ideia de sermos aliados dos membros do Submundo, para começar, e que acolherão uma oportunidade de recusar. Se Sebastian queria dividir a Clave em facções, e

589

tenho certeza de que queria, escolheu um bom meio de fazer isso. — Ela olhou em volta, para os Lightwood, para Jace e Clary, com o olhar firme pousando em cada um deles. — Eu adoraria ouvir sugestões — emendou ela, um pouco secamente.

— Poderíamos nos esconder — respondeu Isabelle de pronto. — Desaparecer em um lugar onde Sebastian nunca fosse nos encontrar; você pode informar a ele que Jace e Clary fugiram, apesar das tentativas de mantê-los conosco. Ele não pode nos culpar por isso.

— Uma pessoa sensata não culparia a Clave — rebateu Jace. — Sebastian não é sensato.

— E não existe lugar onde possamos nos esconder dele — retrucou Clary. — Ele me encontrou na casa de Amatis. Sebastian é capaz de me encontrar em qualquer parte. Talvez Magnus pudesse ter nos ajudado, mas...

— Há outros feiticeiros — disse Patrick, e Clary arriscou um olhar para o rosto de Alec, que parecia entalhado na pedra de tão rijo.

— Não dá para contar com a ajuda deles, não importa o quanto se pague, pelo menos não agora — explicou Alec. — Esse é o intuito do sequestro. Eles não virão nos ajudar, não até constatarem se vamos ajudá-los primeiro.

Ouviu-se uma batida à porta, e dois Irmãos do Silêncio entraram, as túnicas brilhando como pergaminhos sob a luz enfeitiçada.

— Irmão Enoch — disse Patrick, saudando-o — e...

— Irmão Zachariah — completou o segundo, retirando o capuz.

Apesar do que Jace sugerira na sala do Conselho, ver o agora humano Zachariah foi um choque. Mal dava para reconhecê-lo, somente os símbolos escuros nos arcos das maçãs do rosto, um lembrete do que ele fora. Ele era esbelto, quase esquelético, e alto, com uma elegância delicada e muito humana no formato do rosto, e tinha cabelo escuro. Parecia, talvez, ter uns 20 anos.

— Este é o *Irmão Zachariah*? — perguntou Isabelle em uma voz baixa, confusa. — Quando foi que ele ficou gato?

— Isabelle! — murmurou Clary, mas o Irmão Zachariah não a ouviu, ou então tinha grande autocontrole. Estava olhando para Jia. Daí, para surpresa de Clary, falou algo num idioma que ela não conhecia.

Os lábios de Jia tremeram por um instante. Então se contraíram numa linha rígida. Ela se virou para os outros:

— Amalric Kriegsmesser está morto — informou.

Entorpecida por uma dezena de choques nas últimas horas, Clary precisou de alguns segundos para se lembrar de quem era: o Crepuscular capturado em Berlim e levado ao Basilias enquanto os Irmãos procuravam uma cura.

— Nada que tentamos nele funcionou — disse Irmão Zachariah. A voz era melodiosa. Ele tinha sotaque britânico, pensou Clary, ela só ouvira a voz dele em sua mente até então, e aparentemente a comunicação telepática apagava os sotaques. — Nem um único feitiço, nem uma única poção. Finalmente, nós o fizemos beber do Cálice Mortal.

Isso o destruiu, falou Enoch. *A morte foi imediata.*

— O corpo de Amalric deve ser enviado pelo Portal para os feiticeiros no Labirinto Espiral, para análise — disse Jia. — Talvez se agirmos depressa o bastante, ela... eles consigam aprender alguma coisa a partir da morte dele. Encontrar alguma pista para a cura.

— Que infelicidade para a família — comentou Maryse. — Eles nem mesmo verão o corpo ser cremado e enterrado na Cidade do Silêncio.

— Ele não é mais um Nephilim — disse Patrick. — Se tivesse que ser enterrado, seria na encruzilhada diante da Floresta Brocelind.

— Como minha mãe— emendou Jace. — Porque ela se matou. Criminosos, suicidas e monstros são enterrados no local onde todas as vias se cruzam, certo?

Ele ostentava uma voz falsamente alegre, aquela que Clary sabia que encobria raiva ou dor; ela queria se aproximar dele, mas a sala estava cheia demais.

— Nem sempre — disse Irmão Zachariah, baixinho. — Um dos jovens Longford estava na batalha da Cidadela. Ele se viu forçado a se suicidar, incentivado pelo próprio *parabatai*, que fora Transformado por Sebastian. Depois disso, virou a espada para si e cortou os pulsos. Ele será enterrado com o restante dos mortos hoje, com todas as devidas honras.

Clary se lembrou do jovem que ela vira na Cidadela, de pé sobre um Caçador de Sombras morto, de uniforme vermelho, chorando enquanto a batalha se intensificava à volta dele. Clary se perguntava se deveria ter parado e falado com ele, se isso teria ajudado, se havia alguma coisa que pudesse ter feito.

Jace parecia prestes a vomitar.

— É por isso que vocês têm que me deixar ir atrás de Sebastian — completou ele. — Isso não pode continuar acontecendo. Essas batalhas, os combates contra os Crepusculares... ele encontrará coisas piores para fazer. Sebastian sempre encontra. Ser Transformado é pior que morrer.

— *Jace* — disse Clary rispidamente, mas o garoto lhe ofereceu um olhar desesperado e, ao mesmo tempo, suplicante. Um olhar que implorava a ela para não duvidar dele. Jace se inclinou para a frente, as mãos na escrivaninha da Consulesa.

— Enviem-me até ele — pediu Jace. — E eu tentarei matá-lo. Tenho o fogo celestial. É nossa melhor chance.

— Não é uma questão de *enviar* você a algum lugar — disse Maryse. — Não podemos mandar você a ele; não sabemos onde Sebastian está. É uma questão de permitir que ele o capture.

— Então deixem que me capture...

— Absolutamente não. — Irmão Zachariah parecia sério, e Clary se lembrou do que ele lhe dissera uma vez: *Se recebo a chance de salvar o último na linha de sucessão dos Herondale, considero isto algo de importância maior que minha fidelidade à Clave.* — Jace Herondale — disse ele. — A Clave pode escolher obedecer ou desafiar Sebastian, mas de um jeito ou de outro, você não pode ser entregue do modo como ele espera. Devemos surpreendê-lo. Caso contrário, simplesmente estaremos enviando a única arma que sabemos que ele teme.

— Você tem outra sugestão? — perguntou Jia. — Nós devemos atraí-lo? Usar Jace e Clary para capturá-lo?

— Vocês não podem usá-los como isca — protestou Isabelle.

— Talvez pudéssemos separá-lo de suas forças? — sugeriu Maryse.

— Vocês não podem enganar Sebastian — explicou Clary, sentindo-se exausta. — Ele não se importa com razões ou pretextos. Há apenas ele e o que ele quer, e se ficarem entre essas duas coisas, Sebastian vai destruir vocês.

Jia se inclinou sobre a mesa.

— Talvez possamos convencê-lo a querer outra coisa. Há algo que possamos oferecer a ele para barganhar?

— Não — murmurou Clary. — Não há nada. Sebastian é... — Como ela definiria o irmão? Como explicar o que era olhar para o núcleo escuro de um buraco negro? *Imagine que você seja o último Caçador de Sombras na Terra, imagine toda sua família e todos seus amigos mortos, imagine não haver mais ninguém capaz de acreditar no que você era. Imagine que estivesse na Terra em um bilhão, um bilhão de anos, depois que o sol tivesse extinguido toda a vida, e estivesse chorando consigo por uma única criatura viva que ainda respirasse ao seu lado, mas não houvesse nada, apenas rios de fogo e cinzas. Imagine ser tão solitário, e então imagine que houvesse apenas um meio de resolver isso. Então imagine o que você faria para que isso acontecesse.* — Não. Ele não vai mudar de ideia. Nunca.

Um murmúrio irrompeu. Jia bateu palmas e pediu silêncio.

— Chega— disse. — Estamos andando em círculos. É hora de a Clave e o Conselho discutirem a situação.

— Se eu puder dar uma sugestão. — Os olhos do Irmão Zachariah varreram o cômodo, pensativos debaixo dos cílios escuros, antes de pousarem em Jia. — Os ritos fúnebres para os mortos da Cidadela estão prestes a começar. A presença da senhora é esperada, Consulesa, assim como a do senhor, Inquisidor. Eu sugeriria que Clary e Jace permanecessem na casa do Inquisidor, considerando a controvérsia em torno deles, e que o Conselho se reunisse após os ritos.

— Temos direito de estar na reunião — disse Clary. — A decisão diz respeito a nós. É sobre nós.

— Vocês serão convocados — informou Jia, sem pousar o olhar em Clary nem em Jace, passando por eles e fitando apenas Robert, Maryse, Irmão Enoch e Zachariah. — Até lá, descansem; vocês precisarão de energia. Pode vir a ser uma longa noite.

—⊰ Capítulo 12 ⊱—

O PESADELO FORMAL

Os corpos estavam ardendo em fileiras de piras ordenadas e posicionadas ao longo da estrada até a Floresta Brocelind. O sol começava a se pôr em um céu com nuvens brancas, e, conforme cada pira se elevava, explodia em faíscas cor de laranja. O efeito era estranhamente belo, embora Jia Penhallow duvidasse que alguém dentre os que lamentavam reunidos na planície pensasse assim.

Por alguma razão, um versinho que ela aprendera na infância se repetia em sua mente.

Preto para caçar de noite e dar sorte,
Pois o branco é a cor do pranto e da morte.
Dourado para a noiva em seu vestido,
E vermelho para acabar com um feitiço.
Seda branca quando nossos corpos queimam;
Bandeiras azuis aos perdidos que retornam, pois teimam.
Chamas para o nascimento de um Nephilim,
E, para apagar nossos pecados, és um fim.
Cinza para o conhecimento que não deve ser dito;
Cor de osso para aquele que não envelhece, bendito.
Açafrão ilumina a cor da vitória,
Verde para um coração partido, almejando a glória.
Prata para as torres demoníacas, cor de adamas,
E bronze para invocar poderes malignos, nada mais.

Cor de osso para aquele que não envelhece. Irmão Enoch, na túnica cor de osso, caminhava nos arredores da fileira de piras. Havia Caçadores de Sombras de pé, ajoelhados ou lançando nas chamas alaranjadas punhados de flores de Alicante, brancas e pálidas, que cresciam até mesmo no inverno.

— Consulesa. — A voz ao seu lado era baixa. Ela se virou e viu o irmão Zachariah, ou o garoto que um dia tinha sido o Irmão Zachariah, parado próximo ao ombro dela. — Irmão Enoch disse que a senhora queria falar comigo.

— Irmão Zachariah — começou ela, e então parou. — Há algum outro nome pelo qual você gostaria de ser chamado? Seu nome antes de se tornar Irmão do Silêncio?

— Zachariah está ótimo por enquanto — respondeu. — Ainda não estou pronto para reclamar meu antigo nome.

— Eu soube — disse ela, e fez uma pausa, pois a parte seguinte era difícil — que você conheceu uma das feiticeiras do Labirinto Espiral, Theresa Gray, a qual foi importante durante sua vida mortal. E, para alguém que foi Irmão do Silêncio pelo tempo que você foi, isso deve ser raro.

— Ela é tudo que restou daquela época — declarou Zachariah. — Ela e Magnus. Eu gostaria de conversar com Magnus, se eu pudesse, antes de ele...

— Você gostaria de ir ao Labirinto Espiral? — interrompeu Jia.

Zachariah baixou o olhar, com olhos assustados. Parecia ter a mesma idade da filha dela, pensou Jia, os cílios do garoto eram impossivelmente longos, os olhos ao mesmo tempo jovens e velhos.

— Está me liberando de Alicante? Vocês não precisam de todos os guerreiros?

— Você serviu à Clave por mais de 130 anos. Não podemos lhe pedir mais nada.

Ele virou a cabeça para olhar as piras, a fumaça preta poluindo o ar.

— Quanto o Labirinto Espiral sabe? A respeito dos ataques aos Institutos, à Cidadela, aos representantes?

— Eles estudam o conhecimento popular — disse Jia. — Nem guerreiros nem políticos. Sabem o que aconteceu em Burren. Conversamos sobre a magia de Sebastian, sobre possíveis curas para os Crepusculares, sobre meios de fortalecer as barreiras. Eles não perguntam mais que isso...

— E a senhora não precisa contar — completou Zachariah. — Então não sabem da Cidadela nem dos representantes?

Jia trincou os dentes.

— Suponho que você vá dizer que eu tenho que contar a eles.

— Não — retrucou o garoto. As mãos dele estavam nos bolsos; a respiração era visível no ar frio da noite. — Não vou dizer isso.

Eles estavam parados lado a lado, na neve e no silêncio, até que, para surpresa de Jia, ele voltou a falar:

— Não vou para o Labirinto Espiral. Ficarei aqui em Idris.

— Mas você não quer vê-la?

— Eu quero ver Tessa mais que qualquer outra coisa no mundo — respondeu Zachariah. — No entanto, se ela soubesse mais sobre o que está acontecendo aqui, ia querer estar aqui e lutar ao nosso lado, e eu percebi que não quero isso. — O cabelo escuro caiu para a frente quando ele balançou a cabeça. — Percebi que, depois de deixar de ser um Irmão do Silêncio, sou capaz de não querer isso. Talvez seja egoísmo. Não tenho certeza. Mas sei que os feiticeiros no Labirinto Espiral estão seguros. Tessa está segura. Se eu for até ela, ficarei seguro também, mas estarei me escondendo. Não sou um feiticeiro; não posso ser útil ao Labirinto. Posso ser útil aqui.

— Você poderia ir ao Labirinto e voltar. Seria complicado, mas eu poderia solicitar...

— Não — murmurou. — Não vou conseguir encarar Tessa e omitir o que está acontecendo aqui. E, mais isso, não posso ir à Tessa e me apresentar a ela como um mortal, como um Caçador de Sombras, e mentir sobre o que eu sentia por ela quando era... — Ele parou de falar. — Que o que eu senti não mudou. Não posso dizer isso e depois voltar a um lugar onde eu poderia ser morto. É melhor ela achar que nunca houve chance para nós.

— É melhor você achar isso também — disse Jia, olhando para o rosto dele, para a esperança e o desejo pintados ali nitidamente para qualquer um ver. Ela olhou para Robert e Maryse Lightwood, um pouco distantes um do outro na neve. Não muito longe deles, estava Aline, com a cabeça inclinada no cabelo louro de Helen Blackthorn. — Nós, Caçadores de Sombras, nos colocamos em perigo o tempo todo, todos os dias. Acho que algumas vezes somos imprudentes com nossos corações do mesmo modo como somos com nossas vidas. Quando nós os oferecemos, damos todos os pedaços. E, se não conseguimos o que tanto queremos, como viver?

— Acha que existe a possibilidade de ela não me amar? — questionou Zachariah. — Depois de todo esse tempo.

Jia não disse nada. Afinal de contas, era exatamente o que ela pensava.

— É uma dúvida razoável — disse ele. — E talvez ela não ame. Enquanto ela estiver viva, bem e feliz neste mundo, vou encontrar um jeito de ser feliz também, mesmo que não seja ao lado dela. — Zachariah olhou na direção das piras, para as silhuetas estiradas dos mortos. — Qual dos corpos é o do jovem Longford? Aquele que matou seu *parabatai*?

— Ali — apontou Jia. — Por que você quer saber?

— Não consigo imaginar alguém sendo obrigado a fazer nada pior. Eu não teria tido coragem suficiente. Como alguém teve essa coragem, quero prestar meus respeitos a ele — disse Zachariah, e caminhou pelo solo salpicado de neve, em direção às fogueiras.

— O funeral acabou — afirmou Isabelle. — Ou, pelo menos, a fumaça parou de subir. — Ela estava apoiada no peitoril da janela do quarto, na casa do Inquisidor. O cômodo era

CASSANDRA CLARE

pequeno e pintado de branco, com cortinas floridas. Não tinha muito a ver com Isabelle, pensou Clary, mas teria sido difícil reproduzir o quarto de Isabelle em Nova York, todo salpicado de glitter, de última hora.

— Eu estava lendo meu *Códex* no outro dia. — Clary terminou de abotoar o cardigã de lã azul que havia acabado de vestir. Ela não conseguira suportar nem mais um segundo usando o suéter da véspera, o mesmo com o qual dormira e no qual Sebastian tinha tocado. — E estava pensando. Mundanos matam uns aos outros o tempo todo. Nós... eles... têm guerras, todos os tipos de guerras, e destroem uns aos outros, mas esta é a primeira vez que os Nephilim tiveram que matar outros Caçadores de Sombras. Quando Jace e eu estávamos tentando convencer Robert a nos deixar entrar na Cidadela, eu não conseguia entender a teimosia dele. Mas acho que agora entendo. Acho que ele não conseguia acreditar que Caçadores de Sombras poderiam realmente ser uma ameaça entre si. Por mais que a gente tivesse contado a eles sobre o Burren.

Isabelle deu uma risadinha.

— Isto é muita generosidade da sua parte. — Ela dobrou os joelhos para junto do peito. — Sabe, sua mãe me levou para a Cidadela Adamant. Elas disseram que eu teria sido uma ótima Irmã de Ferro.

— Eu as vi em combate — comentou Clary. — As Irmãs. Elas eram lindas. E assustadoras. Era como olhar para o fogo.

— Mas elas não podem se casar. Não podem ficar com ninguém. Elas vivem para sempre, mas não... não têm vida. — Isabelle pousou o queixo nos joelhos.

— Há todo tipo de vida — disse Clary. — E veja o Irmão Zachariah...

Isabelle ergueu o olhar.

— Ouvi meus pais conversando a respeito dele a caminho da reunião do Conselho hoje — falou ela. — Eles disseram que o que aconteceu a ele foi um milagre. Nunca ouvi falar de ninguém deixar de ser um Irmão do Silêncio antes. Tipo, eles podem morrer, mas reverter os feitiços, não deveria ser possível.

— Há muitas coisas que não deveriam ser possíveis — disse Clary, passando os dedos pelo cabelo. Ela queria tomar um banho, mas não suportava a ideia de ficar sozinha sob a água. Pensando na mãe. Em Luke. A ideia de perder qualquer um deles, quanto mais os dois, era tão terrível quando a ideia de ser abandonada no mar: um cisquinho de humanidade cercado por quilômetros de água em volta e abaixo, e o céu vazio acima. Nada para ancorá-la à terra.

Ela começou a dividir o cabelo em duas tranças de forma mecânica. Um segundo depois, Isabelle surgiu atrás dela, no espelho.

— Deixe-me fazer isso — disse ela bruscamente, e segurou as mechas do cabelo de Clary, os dedos manipulando os cachos habilmente.

596

Ela fechou os olhos e se deixou perder por um momento na sensação de ter alguém mais tomando conta dela. Quando era pequena, a mãe trançava seu cabelo todas as manhãs, antes de Simon ir buscá-la para levá-la à escola. Ela se recordou do hábito dele de desamarrar as fitas enquanto ela desenhava, e de escondê-las em algum lugar — nos bolsos, na mochila —, esperando que ela percebesse e jogasse um lápis nele.

Algumas vezes era impossível acreditar que sua vida tinha sido tão comum.

— Ei — chamou Isabelle, cutucando-a. — Você está bem?

— Estou bem — disse Clary. — Estou bem. Está tudo bem.

— Clary. — Ela sentiu a mão de Isabelle na sua, abrindo seus dedos lentamente. A mão dela estava úmida. Clary percebeu que estava apertando um dos grampos com tanta força que as extremidades se enterraram na palma da mão, e o sangue começou a escorrer pelo pulso. — Eu não... eu nem me lembro de ter pegado isto — disse, entorpecida.

— Eu fico com isto. — Isabelle retirou o grampo. — Você não está bem.

— Eu tenho que ficar bem — disse Clary. — Eu *tenho* que ficar. Tenho que me controlar e não desmoronar. Por minha mãe e por Luke.

Isabelle fez um barulho baixinho, evasivo. Clary estava consciente da estela da outra passando pelas costas de sua mão e do fio de sangue diminuindo. Mesmo assim, ela não sentia dor. Havia apenas a escuridão no limite da visão, a escuridão que ameaçava se fechar sempre que ela pensava nos pais. Era como se estivesse se afogando, chutando os limites da própria consciência para se manter alerta e acima da água.

Subitamente, Isabelle arfou e pulou para trás.

— O que foi? — perguntou Clary.

— Eu vi um rosto, um rosto na janela...

Clary tirou Heosphoros do cinturão e começou a cruzar o cômodo. Isabelle estava bem atrás, o chicote dourado e prateado desenrolando em sua mão. Ele estalou à frente, e a ponta se enrolou no pegador da janela, abrindo-a. Ouviu-se um gritinho, e um vulto obscuro e pequeno caiu sobre o tapete, aterrissando de quatro.

O chicote estalou de volta para a mão de Isabelle enquanto ela fitava, com um raro olhar de espanto. A sombra no chão se desenrolou e revelou um vulto diminuto, vestido de preto, o borrão de uma face pálida e um tufo de cabelo louro e comprido, liberando-se de uma trança descuidada.

— *Emma?* — disse Clary.

A parte sudoeste de Long Meadow, em Prospect Park, ficava deserta à noite. A lua, em quarto crescente, iluminava os edifícios de tijolos do Brooklyn para além do parque, o contorno de árvores nuas e o espaço aberto pelo bando na grama seca por causa do frio.

Era um círculo, com cerca de 5 metros de diâmetro, formado pelos lobisomens. Todo o bando do centro de Nova York estava lá: trinta ou quarenta lobos, jovens e velhos.

Leila, com o cabelo escuro puxado num rabo de cavalo, parada no centro do círculo, bateu palmas uma vez para chamar atenção.

— Lobos do bando — disse. — Um desafio foi feito. Rufus Hastings desafiou Bartholomew Velasquez pela antiguidade e a liderança na ausência de Luke Garroway. A substituição de Luke como líder não será discutida neste momento —. Ela juntou as mãos atrás das costas. — Bartholomew e Rufus, um passo à frente, por favor.

Morcego avançou para dentro do círculo, e, um instante depois, Rufus o acompanhou. Os dois estavam vestidos de forma inadequada: jeans, camiseta, coturnos e os braços nus, apesar do ar gélido.

— Eis as regras do desafio — anunciou Leila. — Lobo deve lutar contra lobo, sem armas, salvo dentes e garras. Porque é um desafio pela liderança, a luta será uma luta até a morte, e não até haver sangue. Quem sobreviver será o líder, e todos os outros lobos jurarão lealdade a ele hoje. Entenderam?

Morcego assentiu. Ele parecia tenso, com o queixo rígido; Rufus estava sorrindo, os braços balançando ao lado do corpo. Fez um gesto, dispensando as palavras de Leila.

— Todos nós sabemos como funciona, criança.

Ela contraiu os lábios numa linha fina.

— Então podem começar — disse ela, no entanto, ao se afastar até o círculo para ficar com os outros, murmurou "Boa sorte, Morcego" baixinho, porém alto o suficiente para que todos a ouvissem.

Rufus não parecia incomodado. Ele ainda sorria e, no momento em que Leila voltou para o círculo, junto ao bando, ele avançou.

Morcego se desviou dele. Rufus era grande e pesado; Morcego era mais leve e mais ágil. Ele girou para o lado, e por pouco as garras de Rufus não o atingiram, e retornou com um golpe no queixo que jogou a cabeça de Rufus para trás. Ele forçou sua vantagem rapidamente, dando golpes que fizeram o outro lobo cambalear; Rufus arrastou os pés quando um rosnado baixo começou nas profundezas de sua garganta.

As mãos pendiam para os lados, os dedos feito garras. Morcego girou novamente, dando um soco no ombro de Rufus no mesmo instante em que este girou e deu um golpe com a mão esquerda. Suas garras estavam totalmente estendidas, imensas e reluzindo sob a luz da lua. Parecia claro que ele as afiara de algum modo. Cada uma delas estava como uma navalha, e passaram pelo peito de Morcego, rasgando sua camisa e, com ela, a pele. O tom escarlate surgiu nas costelas de Morcego.

— Primeiro sangue — gritou Leila, e os lobos começaram a bater os pés lentamente, cada um deles erguendo o pé esquerdo e abaixando-o numa batida regular, de tal modo que o chão parecia ecoar como um tambor.

Rufus sorriu mais uma vez e avançou em Morcego, que girou e revidou num golpe, aterrissando outro soco no queixo do oponente, fazendo-o sangrar. Rufus virou a cabeça para o lado e cuspiu vermelho na grama — e depois continuou avançando. Morcego se manteve firme; com as garras expostas agora, os olhos em fenda e amarelos. Ele uivou e deu um chute; Rufus agarrou a perna dele e a torceu, mandando Morcego para o chão. Ele se lançou atrás de Morcego, mas o outro lobisomem já havia rolado para longe, e Rufus pousou agachado no solo.

Morcego cambaleou, ficando de pé, mas era evidente que estava perdendo sangue. O sangue que escorria pelo peito encharcava o cós do jeans, e suas mãos estavam úmidas com ele. Morcego esticou as garras; Rufus se virou, recebendo o golpe no ombro, quatro cortes superficiais. Com um rosnado, agarrou o pulso de Morcego e torceu. O som de osso estalando foi alto, e Morcego arfou e recuou.

Rufus atacou. O peso dele levou Morcego ao chão, batendo sua cabeça com força contra uma raiz de árvore. Morcego ficou mole.

Os outros lobos ainda esperneavam. Alguns choramingavam abertamente, mas nenhum avançou quando Rufus sentou-se em cima de Morcego, uma das mãos prendendo-o contra a grama e a outra mão erguida, as navalhas dos dedos brilhando. Ele se preparava para dar o golpe fatal.

— Pare. — A voz de Maia soou através do parque. Os outros lobos ergueram o olhar, em choque. Rufus sorriu.

— Ei, garotinha — disse ele.

Maia não se mexeu. Estava no meio do círculo. De alguma forma, tinha passado pela fila de lobos sem que percebessem. Vestia calça de veludo e uma jaqueta jeans, e o cabelo estava bem puxado para trás. Sua expressão era severa, quase impassível.

— Quero lançar um desafio — disse ela.

— Maia — começou Leila. — Você conhece a lei! "Quando lutares com um lobo da alcateia, deves enfrentá-lo apartado do grupo e sozinho, para que outros não tomem parte na disputa, nem o bando seja diminuído pela guerra." Você não pode interromper a batalha.

— Rufus está prestes a dar o golpe fatal — disse Maia sem emoção. — Você realmente acredita que preciso aguardar estes cinco minutos antes de lançar meu desafio? Vou lançá-lo, se Rufus tiver muito medo de lutar comigo enquanto Morcego ainda estiver respirando...

Rufus saiu de cima do corpo amolecido de Morcego com um rugido e avançou na direção de Maia. A voz de Leila se ergueu em pânico:

— Maia, saia daqui! Quando há o primeiro sinal de sangue, não podemos parar a luta...

Rufus partiu para cima de Maia. Suas garras rasgaram a lateral da jaqueta dela; Maia caiu de joelhos e rolou, daí se ergueu, ainda de joelhos, com as garras eretas. O coração dela batia forte contra o peito e enviava onda após onda de sangue quente e gelado pelas veias. Ela sentia o ardor do corte no ombro. *Primeiro sangue.*

Os lobisomens começaram a espernear novamente, embora dessa vez não houvesse silêncio. Havia murmúrios e arfares nas fileiras. Maia fez o possível para bloquear e ignorar o barulho. Ela viu Rufus dar um passo em sua direção. Ele era uma sombra delineada pela lua, e, nesse momento, ela via não apenas Rufus, mas também Sebastian, agigantando-se sobre ela na praia, um príncipe frio, entalhado em gelo e sangue.

Seu namorado está morto.

O punho dela estava contra o solo. Quando Rufus se lançou em cima dela, com as garras de navalha esticadas, Maia se ergueu e jogou um punhado de terra e grama em seu rosto.

Ele cambaleou para trás, engasgando e cego. Maia avançou e chutou o pé de Rufus; ela percebeu os ossinhos se quebrando e ouviu o grito dele. Naquele momento, quando ele estava distraído, ela enfiou as garras nos olhos dele.

Um grito rasgou sua garganta, interrompido rapidamente. Ele caiu para trás e desabou sobre a grama com uma pancada que a fez pensar numa árvore caindo. Ela baixou os olhos para a mão. Estava coberta com sangue e manchas de líquido: massa encefálica e humor vítreo.

Ela caiu de joelhos e vomitou na grama. As garras se retraíram, e ela limpou as mãos no chão, repetidas vezes, enquanto seu estômago se contraía. A mão de alguém lhe tocou as costas, e Maia ergueu o olhar, flagrando Leila inclinada bem pertinho.

— Maia — disse ela delicadamente, a voz abafada pelo bando entoando o nome de sua nova líder: "Maia, Maia, Maia."

Os olhos de Leila estavam sombrios e preocupados. Maia se pôs de pé, limpando a boca na manga da jaqueta, e correu pela grama até Morcego. Ela se agachou ao lado dele e lhe tocou o rosto com a mão.

— Morcego? — chamou ela.

Com um esforço, ele abriu os olhos. Havia sangue na boca, mas ele respirava normalmente. Maia imaginou que ele já estivesse se recuperando dos golpes de Rufus.

— Eu não sabia que você lutava sujo — disse ele, com um meio-sorriso.

Maia pensou em Sebastian e em seu sorriso reluzente, e nos corpos na praia. Pensou no que Lily lhe dissera. Pensou nos Caçadores de Sombras atrás das barreiras e na fragilidade dos Acordos e do Conselho. *Vai ser uma guerra suja*, pensou, e não foi isso que ela falou em voz alta:

— Eu não sabia que seu nome era Bartholomew. — Ela ergueu a mão dele, segurando-a em sua mão ensanguentada. Ao redor deles, o bando ainda entoava: "Maia, Maia, Maia."

Ele fechou os olhos.

— Todo mundo tem segredos.

— Quase não parece fazer diferença — disse Jace, sentado no banco de janela no quarto dele e de Alec, no sótão. — Tudo parece uma prisão.

— Você acha que isto é um efeito colateral por haver guardas armados por toda a casa? — sugeriu Simon. — Quero dizer, é só uma ideia.

Jace lançou um olhar irritado a ele.

— Qual é o problema com os mundanos e sua compulsão incontrolável de afirmar o óbvio? — perguntou Jace. Ele se inclinou para a frente, fitando através dos painéis da janela. Talvez Simon estivesse exagerando um pouco, mas só um pouco. Os vultos escuros de pé nos pontos cardeais ao redor da casa do Inquisidor talvez fossem invisíveis para olhos não treinados, mas não para Jace.

— Não sou um mundano — afirmou Simon, com frieza na voz. — E quanto aos Caçadores de Sombras e sua compulsão incontrolável de morrer e matar todos com quem se importam?

— Pare de discutir. — Alec estava encostado na parede, na clássica pose de pensador, o queixo na mão. — Os guardas estão ali para nos proteger, não para nos manter aqui dentro. Coloquem as coisas em perspectiva.

— Alec, você me conhece há sete anos — disse Jace. — Quando foi que já coloquei as coisas em perspectiva?

Alec fez uma careta para o amigo.

— Você ainda está com raiva porque quebrei seu telefone? — perguntou Jace. — Porque você quebrou meu pulso, então, eu diria que estamos empatados.

— Eu torci seu pulso — retrucou Alec. — Não quebrei. *Torci*.

— Agora quem está discutindo? — provocou Simon.

— Não fale. — Alec fez um gesto para ele com uma expressão de nojo vago. — Sempre que olho para você, eu me lembro de ter flagrado você agarrando minha irmã.

Jace sentou ereto.

— Eu não sabia dessa história.

— Ah, deixe disso... — falou Simon.

— Simon, você está ficando vermelho — observou Jace. — E você é um vampiro e quase nunca fica vermelho, então é melhor que isso seja picante de verdade. E estranho. Isso envolvia alguma bizarrice com bicicletas? Aspiradores de pó? Guarda-chuvas?

— Guarda-chuvas dos grandes ou aqueles pequenos que vêm enfeitando o copo de bebida? — perguntou Alec.

— *Importa...?* — começou Jace, e então parou quando Clary entrou no quarto com Isabelle, segurando uma garotinha pela mão.

Depois de um momento de silêncio chocado, Jace a reconheceu: Emma, a garota a quem Clary tinha consolado depois de fugir da reunião do Conselho. A menina que tinha olhado para ele com admiração mal disfarçada por um herói. Não que ele se *importasse* com a admiração, mas era um pouco estranho ver uma criança subitamente jogada no meio de uma conversa que, sendo muito sincero, estava começando a ficar excêntrica.

— Clary — disse ele. — Você sequestrou Emma Carstairs?

Clary deu uma olhadela exasperada para ele.

— Não. Ela chegou aqui sozinha.

— Entrei por uma das janelas — revelou Emma. — Como em *Peter Pan*.

Alec esboçou um protesto. Clary ergueu a mão livre para impedi-lo; a outra mão estava no ombro de Emma.

— Pessoal, quietos só por um segundo, está bem? — pediu Clary. — Sei que ela não devia estar aqui, mas veio por uma razão. Ela tem informações.

— Isso mesmo — disse Emma em voz baixa, determinada. Na verdade, ela era um pouco mais baixa que Clary, mas daí Clary era minúscula. Um dia Emma provavelmente seria alta. Jace tentou se lembrar do pai da menina, John Carstairs; ele tinha certeza de que o vira em reuniões do Conselho, e tinha quase certeza de que se lembrava do sujeito alto e louro. Ou será que o cabelo era escuro? Ele se recordava dos Blackthorn, óbvio, mas os Carstairs haviam se apagado de sua memória.

Clary devolveu o olhar severo com outro que dizia: *Seja bonzinho*. Jace fechou a boca. Ele não sabia muito bem se gostava de crianças, embora sempre tivesse gostado de brincar com Max, o qual era surpreendentemente adepto de estratégias para um garotinho, e Jace sempre gostava de fazer quebra-cabeças para ele solucionar. O fato de o menino venerar o chão que Jace pisava também não era nada mau.

Jace pensou no soldado de madeira que tinha dado a Max e fechou os olhos por causa da dor repentina. Quando voltou a abrir os olhos, Emma o estava encarando. Não do modo como o olhara quando ele a encontrara com Clary no Gard, aquele olhar assustado, meio impressionado, meio apavorado, do tipo *Você é Jace Lightwood*, mas sim com um pouco de preocupação. Na verdade, toda a postura dela era uma mistura de medo evidente e confiança de que Jace sabia que ela estava fingindo. Os pais dela estavam mortos, pensou ele, tinham morrido há poucos dias. E ele se lembrou da época, sete anos antes, quando enfrentou os Lightwood, sabendo em seu coração que seu pai havia acabado de morrer, com o travo amargo da palavra "órfão" em seus ouvidos.

— Emma — disse ele, com a maior delicadeza possível. — Como você entrou pela janela?

— Eu subi pelos telhados — confirmou ela, e apontou para a janela. — Não foi tão difícil assim. Lucarnas são quase como quartos, então eu subi na primeira e... era o quarto de Clary. — Ela deu de ombros, como se seu feito não fosse arriscado nem impressionante.

— Era a minha, na verdade — disse Isabelle, que olhava para Emma como se ela fosse um espécime fascinante. Isabelle sentou-se no baú aos pés da cama de Alec, esticando as pernas compridas. — Clary mora na casa de Luke.

Emma parecia confusa.

602

— Eu não sei onde fica isso. E todo mundo disse que você estava ficando aqui. Foi por isso que vim.

Alec baixou os olhos para Emma, metade de seu olhar continha carinho, e metade, a preocupação de um irmão muito mais velho.

— Não tenha medo — começou ele.

— Eu *não* tenho medo — rebateu Emma. — Eu vim porque vocês precisam de ajuda.

Jace sentiu a boca repuxar involuntariamente no canto.

— Que tipo de ajuda? — perguntou ele.

— Eu reconheci aquele homem hoje — disse ela. — Aquele que ameaçou a Consulesa. Ele veio com Sebastian e atacou o Instituto. — Ela engoliu em seco. — Aquele lugar no qual ele disse que todos íamos queimar, Edom...

— É outro nome para "Inferno" — explicou Alec. — Não é um lugar real, você não precisa se preocupar...

— Ela não está preocupada, Alec — disse Clary. — Apenas ouça com atenção.

— *É* um lugar — afirmou Emma. — Quando eles atacaram o Instituto, eu ouvi. Ouvi um deles dizendo que poderiam levar Mark para Edom e sacrificá-lo ali. E, quando nós escapamos pelo Portal, ouvi a mulher gritando atrás de nós que íamos queimar em Edom, que não havia fuga real. — A voz estremeceu. — Pelo modo como eles falavam de Edom, sei que era um lugar real ou um lugar real para eles.

— Edom — disse Clary, recordando-se. — Valentim chamou Lilith de alguma coisa assim; ele a chamou de "Milady de Edom".

Os olhos de Alec se fixaram nos de Jace. Alec meneou a cabeça e saiu do quarto sem fazer barulho. Jace sentiu seus ombros relaxando levemente; em meio ao clamor geral, era bom ter um *parabatai* ciente do que você estava pensando sem que houvesse a necessidade de verbalizar.

— Você contou sobre isso a mais alguém?

Emma hesitou e então balançou a cabeça.

— Por que não? — perguntou Simon, que tinha ficado quieto até então. Emma olhou para ele e piscou; tinha apenas 12 anos, pensou Jace, e provavelmente mal vira integrantes do Submundo tão de perto antes. — Por que não contou à Clave?

— Porque eu não confio na Clave — respondeu Emma em voz baixa. — Mas eu confio em vocês.

Clary engoliu em seco visivelmente.

— Emma...

— Quando chegamos aqui, a Clave interrogou a todos nós, em especial Jules, e eles usaram a Espada Mortal para ter certeza de que não estávamos mentindo. Ela causa dor, mas eles não deram a mínima para isso. Usaram em Ty e em Livvy. Usaram em Dru. —

603

Emma parecia ultrajada. — Provavelmente teriam usado em Tavvy se ele soubesse falar. E ela causa dor. A Espada Mortal causa dor.

— Eu sei — disse Clary, baixinho.

— Ficamos com os Penhallow — explicou Emma. — Por causa de Aline e Helen, e porque a Clave quer ficar de olho na gente. Por causa do que eu vi. Eu estava no primeiro andar quando eles voltaram do funeral e ouvi a conversa, por isso... por isso me escondi. Um grupo inteiro deles, não apenas Patrick e Jia, mas um monte de outros líderes do Instituto também. Eles estavam conversando sobre o que deveriam fazer, sobre o que a Clave deveria fazer, se deveriam entregar Jace e Clary para Sebastian, como se fosse escolha deles. Uma decisão deles. Mas eu pensei que a decisão devia ser de vocês. Alguns deles disseram que não tinha importância se vocês queriam ir ou não...

Simon estava de pé.

— Mas Jace e Clary se ofereceram para ir, praticamente imploraram para ir...

— Nós teríamos contado a verdade a eles. — Emma afastou o cabelo embaraçado do rosto. Os olhos dela eram enormes, castanhos com toques de ouro e âmbar. — Eles não precisavam usar a Espada Mortal, nós teríamos contado a verdade ao Conselho, mas eles a usaram mesmo assim. Usaram em Jules até as mãos dele... as mãos dele ficarem queimadas por causa dela. — A voz de Emma estremeceu. — Então pensei que vocês deviam saber o que eles estavam dizendo. Não querem que vocês saibam que não é escolha de vocês, porque sabem que Clary pode criar Portais. Sabem que ela pode sair daqui e, se ela escapar, acham que não haverá mais jeito de barganhar com Sebastian.

A porta se abriu, e Alec voltou para o quarto, trazendo um livro encadernado em couro marrom. Ele o segurava de tal maneira que encobria o título, mas seus olhos encontraram os de Jace, e ele meneou a cabeça levemente, depois deu uma olhadela em Emma. Os batimentos cardíacos de Jace aceleraram; Alec tinha encontrado alguma coisa. Alguma coisa da qual não tinha gostado, a julgar pela expressão sombria, mas, de qualquer forma, era alguma coisa.

— Será que os representantes da Clave que você ouviu escondida deram alguma noção de quando iam decidir o que fazer? — perguntou Jace a Emma, em parte para distraí-la, enquanto Alec sentava na cama e deslizava o livro para trás de si.

Emma balançou a cabeça.

— Eles ainda estavam discutindo quando saí. Engatinhei até a janela do andar de cima. Jules me disse para não fazer isso porque eu ia morrer, mas sabia que não ia porque sou uma boa escaladora — acrescentou ela, com uma pontinha de orgulho. — E ele se preocupa demais.

— É bom ter pessoas que se preocupam com você — disse Alec. — Significa que se importam. É assim que você fica sabendo que são bons amigos.

O olhar de Emma foi de Alec para Jace, curioso.

CIDADE DO FOGO CELESTIAL

— Você se preocupa com ele? — perguntou ela a Alec, fazendo-o gargalhar de surpresa.

— O tempo todo — disse ele. — Jace poderia acabar se matando ao vestir a calça de manhã. Ser o *parabatai* dele é trabalho em tempo integral.

— Eu queria ter um *parabatai* — comentou Emma. — É como alguém da sua família, mas porque quer ser, e não porque é obrigado a ser. — Ela corou, subitamente constrangida. — De qualquer forma, não acho que alguém devesse ser punido por salvar as pessoas.

— É por isso que você confia na gente? — perguntou Clary, emocionada. — Você acha que salvamos as pessoas?

Emma cutucou o carpete com a ponta das botas. Então ergueu o olhar.

— Eu sabia sobre você — disse Emma para Jace, corando. — Tipo, *todo mundo* sabe sobre você. Que era filho de Valentim, mas que depois não era mais, que era Jonathan Herondale. E eu não acho que isso tenha significado alguma coisa para a maioria das pessoas... Muitas chamam você de Jace Lightwood... Mas fez diferença para meu pai. Ouvimos ele dizer para mamãe que achava que os Herondale não existissem mais, que a família estivesse morta, mas que você era o último deles, e ele votou na reunião do Conselho para a Clave continuar a cuidar de você porque, nas palavras dele "Os Carstairs têm uma dívida com os Herondale".

— Por quê? — perguntou Alec. — O que os Carstairs devem aos Herondale?

— Sei lá — retrucou Emma. — Mas vim porque meu pai ia querer que eu viesse, mesmo que fosse perigoso.

Jace abafou uma risada baixinha.

— Algo me diz que você não dá a mínima para o perigo. — Ele se agachou, os olhos na mesma altura dos de Emma. — Tem mais alguma coisa que você possa contar? Alguma outra coisa mais que eles disseram?

A menina balançou a cabeça.

— Eles não sabem onde Sebastian está. Não sabem sobre essa história de Edom... Eu até mencionei quando estava segurando a Espada Mortal, mas acho que simplesmente pensaram ser outra palavra para "Inferno". Eles nunca me perguntaram se era um lugar real, por isso não falei.

— Obrigado por nos contar. É uma ajuda. Uma ajuda imensa. Você deve ir embora agora — acrescentou ele, o mais gentilmente possível —, antes que percebam que você saiu. Mas a partir de agora os Herondale têm uma dívida com os Carstairs. Certo? Lembre-se disso.

Jace se levantou quando Emma se virou para Clary, que acenou com a cabeça e a conduziu até a janela onde Jace estivera sentado mais cedo. Clary se inclinou e abraçou a garotinha antes de esticar a mão e destravar a janela. Emma subiu com a agilidade de um macaco. Ela se pendurou até somente as botas ficarem visíveis, e, um instante depois, elas também se foram. Jace ouviu um leve barulho de raspagem acima, enquanto ela se lançava pelo telhado, e depois silêncio.

605

— Eu gosto dela — disse Isabelle por fim. — Ela meio que me lembra Jace quando ele era pequeno, teimoso e agia como se fosse imortal.

— Duas dessas características ainda valem — falou Clary, travando a janela. Ela sentou-se no banco de janela. — Acho que a grande pergunta é: devemos contar a Jia ou a outra pessoa do Conselho o que Emma nos revelou?

— Isso depende — falou Jace. — Jia tem que se submeter às vontades da Clave; ela mesma disse isso. — Se decidirem que querem nos jogar numa jaula até Sebastian vir nos buscar... bem, isso elimina qualquer vantagem que essa informação poderia nos dar.

— Então depende se a informação é ou não realmente útil — disse Simon.

— Certo — confirmou Jace. — Alec, o que você descobriu?

Alec retirou o livro de trás de si. Era uma *encyclopedia daemonica*, o tipo de livro que toda biblioteca de Caçadores de Sombras teria.

— Pensei que Edom pudesse ser um nome para um dos reinos demoníacos...

— Bem, todos têm teorizado que Sebastian poderia estar numa dimensão diferente, pois ele não pode ser rastreado — disse Isabelle. — Mas as dimensões demoníacas... há milhões delas, e as pessoas não podem simplesmente ir lá.

— Umas são mais conhecidas que outras — afirmou Alec. — A Bíblia e os textos de Enoque mencionam algumas, disfarçadas e incluídas, claro, em histórias e mitos. Edom é mencionado como um local desolado... — Ele leu em voz alta, a voz controlada: — *E os rios de Edom se transformarão em betume, e o solo, em enxofre; a terra se transformará em betume ardente. Noite e dia, ele não se apagará; sua fumaça subirá para sempre. De geração em geração, permanecerá desolado; ninguém passará por ele para todo o sempre.* — Ele suspirou. — E, claro, tem as lendas sobre Lilith e Edom, que ela foi banida dali, que governa o local com o demônio Asmodeus. Provavelmente foi por isso que os Crepusculares falaram em sacrificar Mark Blackthorn a ela em Edom.

— Lilith protege Sebastian — disse Clary. — Se ele estivesse indo para um reino demoníaco, iria para o dela.

— *Ninguém passará por ele para todo o sempre* não parece muito encorajador — comentou Jace. — Além disso, não há meio de entrar nos reinos demoníacos. Viajar para lá e para cá neste mundo é uma coisa...

— Ora, há um meio, acho — disse Alec. — Uma trilha que os Nephilim não podem fechar porque fica fora da jurisdição de nossas Leis. É antiga, mais antiga que os Caçadores de Sombras... magia antiga e primitiva. — Ele suspirou. — Fica na Corte Seelie e é protegida pelo Povo das Fadas. Nenhum ser humano pôs os pés naquela trilha em mais de cem anos.

Capítulo 13

CALCADO EM BOAS INTENÇÕES

Jace caminhava pelo quarto feito um gato. Os outros o observavam, Simon com uma sobrancelha arqueada.

— Não tem outro jeito de chegar lá? — perguntou Jace. — Não podemos tentar um Portal?

— Não somos demônios. Só podemos atravessar um Portal no interior de uma dimensão — explicou Alec.

— Eu sei, mas se Clary experimentasse com os símbolos do Portal...

— Não vou fazer isso — interrompeu Clary, colocando a mão protetoramente sobre o bolso onde a estela se encontrava. — Não vou colocar vocês todos em perigo. Eu mesma passei pelo Portal com Luke para Idris e quase nos matei. Não vou arriscar.

Jace ainda caminhava. Era o que ele fazia quando estava pensando. Clary sabia disso, mas o observava com preocupação mesmo assim. Ele fechava e abria as mãos, e murmurava. Finalmente, ele parou.

— Clary — disse. — Você pode criar um Portal para a Corte Seelie, certo?

— Sim — respondeu ela. — Isso eu poderia fazer... Já estive lá e me lembro. Mas será que estaríamos seguros? Nós não fomos convidados, e o Povo das Fadas não gosta de incursões em seu território...

— Não tem "nós" — falou Jace. — Nenhum de vocês vai. Vou fazer isso sozinho.

Alec ficou de pé com um salto.

— Eu sabia, eu sabia, meleca, e absolutamente não. Sem chance.

Jace arqueou uma das sobrancelhas para Alec; aparentemente ele estava calmo, mas Clary notava a tensão nos ombros e no modo como ele oscilava devagar para a frente, apoiado nos calcanhares.

— Desde quando você fala "meleca"?

— Desde quando a situação é uma *meleca*. — Alec cruzou os braços. — E pensei que fôssemos discutir se contaríamos à Clave.

— Não podemos fazer isso — observou Jace. — Não se vamos chegar aos domínios demoníacos através da Corte Seelie. Não é como se metade da Clave pudesse simplesmente invadir a Corte; isso pareceria uma declaração de guerra contra o Povo das Fadas.

— E se formos apenas nós cinco, podemos falar umas palavras bonitas e convencê-los a nos deixar passar? — Isabelle ergueu uma sobrancelha.

— Nós já negociamos com a Rainha — disse Jace. — Você foi atrás da Rainha quando eu... quando Sebastian estava comigo.

— E ela nos enganou para levarmos os anéis de comunicação para que ela pudesse escutar tudo — emendou Simon. — Eu acredito nela tanto quanto na minha capacidade de erguer um elefante de tamanho médio.

— Eu não falei em confiar nela. A Rainha fará qualquer coisa que seja de seu interesse no momento. Só temos que fazê-la se interessar pelo nosso acesso à estrada para Edom.

— Ainda somos Caçadores de Sombras — disse Alec —, ainda somos representantes da Clave. Não importa o que a gente faça no reino das fadas, os Caçadores responderão por isso.

— Então usaremos tato e inteligência — insistiu Jace. — Olhe, eu adoraria fazer a Clave lidar com a Rainha e a corte por nós. Mas não temos tempo. Eles, Luke e Jocelyn, Magnus e Raphael, não têm tempo. Sebastian está se preparando para entrar em ação; está acelerando seus planos, sua sede de sangue. Você não sabe como ele é quando fica assim, mas eu sei. Eu *sei*. — Ele recuperou o fôlego; havia uma cortina fina de suor nas maçãs do rosto. — Por isso quero fazer isso sozinho. Irmão Zachariah me disse: Eu *sou* o fogo celestial. Não vamos conseguir outra Gloriosa. Não podemos exatamente convocar outro anjo. Já jogamos essa carta.

— Ótimo — rebateu Clary —, mas mesmo que você seja a única fonte do fogo celestial, não significa que tenha que fazer isso sozinho.

— Ela tem razão — disse Alec. — Nós sabemos que o fogo celestial pode ferir Sebastian. Mas não sabemos se é a única coisa capaz de feri-lo.

— E isso definitivamente não quer dizer que você seja a única pessoa capaz de matar todos os Crepusculares que Sebastian tiver ao redor dele — observou Clary. — Ou que você possa passar sozinho e em segurança pela Corte Seelie ou, depois disso, por algum reino demoníaco abandonado onde você tenha que *encontrar* Sebastian...

— Não podemos rastreá-lo porque não estamos na mesma dimensão — disse Jace. Ele ergueu o pulso onde a pulseira de Sebastian brilhava. — Assim que eu estiver no mundo dele, posso rastreá-lo. Já fiz isso antes...

— *Nós* podemos rastreá-lo — retrucou Clary. — Jace, há mais coisas além de simplesmente encontrá-lo; isso é imenso, maior que qualquer coisa que já fizemos. Não é apenas matar Sebastian; tem a ver com os prisioneiros. É uma missão de resgate. É a vida deles, bem como a nossa. — A voz dela falhou.

Jace fez uma pausa nas passadas pelo quarto; olhou para os amigos, um a um, quase implorando.

— Eu só não quero que algo aconteça a vocês.

— É, eu sei, nenhum de nós quer que algo aconteça a nós também — disse Simon.

— Mas pense bem: o que acontece se você for e nós ficarmos? Sebastian quer Clary, mais ainda do que quer você, e ele é capaz de encontrá-la aqui em Alicante. Nada o impede de vir aqui, salvo uma promessa de que vai esperar dois dias. E de que valem as promessas dele? Sebastian poderia vir atrás de nós a qualquer momento; ele demonstrou isso com os representantes do Submundo. Estamos sem ação aqui. Melhor irmos a algum lugar onde ele não imagina que iremos, ou onde não esteja procurando por nós.

— Não vou ficar parado aqui em Alicante enquanto Magnus está em perigo — falou Alec, com uma voz surpreendentemente adulta e fria. — Se você for sem mim, desrespeitará nossos juramentos de *parabatai*, me desrespeitará como Caçador de Sombras, além do fato de que esta também é minha batalha.

Jace ficou chocado.

— Alec, eu nunca desrespeitaria nossos juramentos. Você é um dos melhores Caçadores de Sombras que conheço...

— E é por isso que vamos com você — disse Isabelle. — Você *precisa* da gente. Precisa de mim e de Alec para te ajudar, do modo como sempre fizemos. Precisa dos poderes dos símbolos de Clary e da força de vampiro de Simon. Essa luta não é só sua. Se nos respeita como Caçadores de Sombras e como seus amigos, a todos nós, então iremos com você. Simples assim.

— Eu sei — concordou Jace, em voz baixa. — Sei que preciso de vocês.

Jace olhou para Clary, e ela ouviu a voz de Isabelle dizendo *você precisa dos poderes dos símbolos de Clary*, então se lembrou da primeira vez em que o viu, com Alec e Isabelle de cada lado, e de como achou que ele parecia perigoso.

Nunca lhe ocorreu que ela era como ele — que ela também era perigosa.

— Obrigado — disse ele, e pigarreou. — Certo. Pessoal, vistam os uniformes e peguem as bolsas. Arrumem as coisas para uma viagem por terra: água, toda comida que conseguirem carregar, estelas extras, cobertores. E você — acrescentou, se dirigindo a Simon —, pode até não precisar de comida, mas se tiver uma garrafa com sangue, leve. Pode não haver nada que você possa... consumir onde vamos.

— Sempre tem vocês quatro — respondeu Simon, mas esboçou um sorriso, e Clary soube que era porque Jace o incluíra entre eles sem hesitar um segundo. Finalmente, Jace tinha aceitado que, aonde quer que fossem, Simon iria também, sendo ou não um Caçador de Sombras.

— Muito bem — disse Alec. — Vamos nos encontrar aqui em dez minutos. Clary, prepare-se para criar um Portal. E Jace...

— Sim?

— É bom você ter uma estratégia para quando chegarmos à Corte das Fadas. Porque vamos precisar de uma.

O turbilhão no interior do Portal foi quase um alívio. Clary foi a última a passar pela entrada reluzente, depois de os outros quatro avançarem, e permitiu que a escuridão fria a levasse como água, puxando cada vez mais para baixo, roubando o ar de seus pulmões e fazendo-a se esquecer de tudo, menos do clamor e da queda.

Acabou rápido demais, o aperto do Portal soltando-a para a queda brusca, a mochila rodopiando debaixo dela, no chão de terra batida de um túnel. Ela prendeu o fôlego e rolou para o lado, usando uma raiz pendente e comprida para se endireitar. Alec, Isabelle, Jace e Simon estavam se levantando ao redor, espanando as roupas com mãos. Eles não tinham caído na terra, ela percebeu, mas num tapete de musgo. Mais musgo se espalhava ao longo das paredes lisas e marrons do túnel, no entanto ele reluzia com luz fosforescente. Pequenas flores brilhantes, como margaridas elétricas, cresciam entre o musgo e sarapintavam o verde de branco. Raízes serpenteantes pendiam do teto do túnel e faziam Clary se perguntar o que exatamente estava crescendo acima do solo. Vários túneis menores se ramificavam a partir do principal, alguns pequenos demais para comportar uma figura humana.

Isabelle tirou um pedaço de musgo do cabelo e franziu a testa.

— Onde exatamente nós estamos?

— Eu mirei para chegarmos diante da sala do trono — disse Clary. — Já estivemos aqui. Mas sempre parece diferente.

Jace já tinha seguido pelo corredor principal. Mesmo sem o símbolo de Silêncio, ele estava quieto como um gato no musgo fofo. Os outros o acompanhavam, Clary com a mão no cabo da espada. Estava meio surpresa pelo pouco tempo que levara para se acostumar a uma arma pairando na lateral de seu corpo; caso ela esticasse a mão em busca de Heosphoros e não a encontrasse ali, pensou, entraria em pânico.

— Aqui — murmurou Jace, e fez um gesto para o restante do grupo ficar calado. Eles estavam na arcada, uma cortina os separava de uma sala maior, mais além. Da última vez em que Clary estivera ali, a cortina era feita de borboletas vivas, e seus esforços no bater de asas a faziam farfalhar.

Hoje eram espinhos, espinhos como os que circundavam o castelo da Bela Adormecida, espinhos entrelaçados um ao outro de tal modo que formavam uma divisória que pendia do alto. Clary captava alguns lampejos do cômodo além — um brilho branco e prata —, mas todos ouviam o som de risadas, vindo dos corredores ao redor.

Os símbolos de Feitiço não funcionavam com o Povo das Fadas; não havia meio de se esconder da vista deles. Jace estava alerta, o corpo tenso. Cuidadosamente, ele ergueu a adaga e abriu a divisória de espinhos do modo mais silencioso possível. Todo o grupo se inclinou, observando.

O cômodo além deles era uma terra invernal de contos de fadas, do tipo que Clary raramente via, a não ser nas visitas ao sítio de Luke. As paredes eram divisórias de cristal branco, e a Rainha estava reclinada no divã, que também era de cristal branco para combinar, riscado com veias prateadas na rocha. O chão estava coberto com neve, e o teto parecia repleto de estalactites compridas, todas amarradas com cordas de espinhos dourados e prateados. Havia pilhas de rosas brancas ao redor do cômodo, espalhadas aos pés do divã da Rainha, além de algumas entrelaçadas nos cabelos ruivos, como uma coroa. O vestido também era branco e prateado, tão diáfano quanto uma placa de gelo; dava para entrever o corpo dela, mas não claramente. Gelo, rosas e a Rainha. O efeito era ofuscante. Ela estava jogada no divã, com a cabeça inclinada, falando com um cavaleiro fada com armadura pesada. A armadura era marrom-escura, da cor de um tronco de árvore; um dos olhos era preto, o outro azul-claro, quase branco. Por um momento, Clary pensou que ele tivesse uma cabeça de cervo enfiada sob o braço imenso, mas ao olhar com atenção percebeu que era um capacete decorado com chifres.

— E como foi a Caçada Selvagem, Gwyn? — perguntou a Rainha. — Os Coletores dos Mortos? Imagino que os despojos tenham sido ótimos para vocês na Cidadela Adamant na outra noite. Ouvi dizer que os uivos dos Nephilim rasgavam o céu enquanto eles morriam.

Clary sentiu a tensão dos outros Caçadores de Sombras. Ela se lembrava de ter ficado deitada ao lado de Jace num barco em Veneza, observando a Caçada Selvagem acima deles; um turbilhão de gritos e comandos de batalha, cavalos cujos cascos brilhavam em escarlate, martelando pelo céu.

— Assim ouvi dizer, milady — disse Gwyn, com uma voz tão rouca que mal se podia compreender. A criatura soava como uma lâmina arranhando a casca áspera de uma árvore. — A Caçada Selvagem vem quando os corvos do campo de batalha grasnam e pedem o sangue: nós recolhemos nossos cavaleiros entre os mortos. Mas não estávamos na Cidadela Adamant. Os jogos de guerra dos Nephilim e dos Crepusculares são intensos demais para nosso sangue. O Povo das Fadas não combina muito bem com demônios e anjos.

— Você me decepciona, Gwyn — comentou a Rainha, com um muxoxo. — Este é um momento de poder para o Povo das Fadas; vencemos, nos erguemos, chegamos ao mundo. Pertencemos aos tabuleiros do poder, tanto quanto os Nephilim. Eu esperava seu conselho.

— Perdoe-me, milady — respondeu Gwyn. — Xadrez é um jogo delicado demais para nós. Não posso aconselhá-la.

— Mas eu lhe dei um presente. — A Rainha afundou no divã. — O garoto Blackthorn. A combinação de sangue de Caçador de Sombras e de fadas; é raro. Ele vai cavalgar às suas costas, e os demônios o temerão. Um presente meu e de Sebastian.

Sebastian. Ela falou o nome muito à vontade, com familiaridade. Havia carinho na voz dela, se é que se podia dizer que a Rainha das Fadas era carinhosa. Clary ouvia a respiração de Jace ao lado: forte e rápida; os outros ficaram tensos também, o pânico suplantando a compreensão no rosto de todos conforme assimilavam as palavras da Rainha.

Clary sentiu Heosphoros cada vez mais fria em sua mão. *Uma trilha aos domínios demoníacos que conduz através das terras das fadas. A terra rachando e se abrindo aos pés de Sebastian, que contava vantagem e dizia que tinha aliados.*

A Rainha e Sebastian oferecendo o presente de uma criança Nephilim capturada. Juntos.

— Os demônios já têm medo de mim, bela dama — disse Gwyn, e sorriu.

Bela dama. O sangue nas veias de Clary era um rio congelado, descendo até o coração. Ao baixar o olhar, ela viu Simon se reposicionando e cobrindo a mão de Isabelle com a dele, um gesto breve para oferecer conforto; Isabelle estava pálida e parecia doente, assim como Jace e Alec. Simon engoliu em seco; o anel de ouro no dedo brilhou, e ela ouviu a voz de Sebastian em sua mente:

Realmente acha que ela deixaria que você pusesse as mãos em alguma coisa que permitisse que se comunicasse com seus amiguinhos sem que ela conseguisse ouvir? Desde que o tirei de você, falei com ela, ela falou comigo, você foi uma tola em confiar nela, irmãzinha. Ela gosta de ficar do lado vencedor, a Rainha Seelie. E esse lado será o nosso, Clary. Nosso.

— Você me deve um favor então, Gwyn, em troca do garoto — disse a Rainha. — Sei que a Caçada Selvagem segue as próprias leis, mas solicito sua presença na próxima batalha.

Gwyn franziu a testa.

— Não tenho certeza se um garoto vale uma promessa com tantas consequências. Como falei, a Caçada tem pouco desejo de se envolver nessa história dos Nephilim.

— Você não precisa lutar — disse a Rainha, com uma voz delicada. — Eu pediria apenas sua ajuda com os corpos posteriormente. E haverá corpos. Os Nephilim pagarão por seus crimes, Gwyn. Todos devem pagar.

Antes que Gwyn pudesse responder, outra figura entrou no cômodo, vindo do túnel escuro que fazia uma curva atrás do trono da Rainha. Era Meliorn, em sua armadura branca, com o cabelo preto em uma trança que descia pelas costas. As botas tinham uma crosta do que parecia piche preto. Ele franziu a testa ao avistar Gwyn.

— Um Caçador nunca traz boas notícias — disse ele.

— Acalme-se, Meliorn — disse a Rainha. — Gwyn e eu estamos apenas discutindo uma troca de favores.

Meliorn inclinou a cabeça.

— Trago notícias, milady, mas gostaria de lhe falar em particular.

Ela se virou para Gwyn.

— Estamos de acordo?

Gwyn hesitou, então assentiu brevemente e, com um olhar de desagrado para Meliorn, desapareceu pelo túnel escuro do qual o cavaleiro fada viera.

A Rainha deslizou no divã, os dedos pálidos feito mármore contra o vestido.

— Muito bem, Meliorn. Sobre o que você queria falar? São notícias dos prisioneiros do Submundo?

Os prisioneiros do Submundo. Clary ouviu Alec inspirar com força atrás de si, e a cabeça de Meliorn virar para o lado. Ela notou que ele semicerrou os olhos.

— Se não estou enganado — disse ele, esticando a mão para pegar a espada —, milady, temos visitantes...

Jace já estava deslizando a mão para o lado, murmurando *"Gabriel"*. A lâmina serafim ardeu, e Isabelle ficou de pé de um salto, estalando o chicote para a frente e partindo a cortina de espinhos, que desmoronou ruidosamente no chão.

Jace passou correndo pelos espinhos e avançou para a sala do trono, Gabriel ardendo em sua mão. Clary empunhou sua espada.

Eles invadiram a sala e se organizaram num semicírculo: Alec com o arco já de prontidão, Isabelle com o chicote reluzindo e Clary com a espada, além de Simon — Simon não tinha arma melhor que ele mesmo, mas estava parado e sorria para Meliorn, as presas reluzindo.

A Rainha se levantou com um sibilo, e se cobriu rapidamente; foi a única vez que Clary a viu nervosa.

— Como ousam entrar na Corte sem permissão? — questionou ela. — Este é o maior dos crimes, uma violação do Pacto...

— Como a senhora ousa falar em violação do Pacto! — gritou Jace, e a lâmina serafim queimou em sua mão. Clary imaginava que Jonathan Caçador de Sombras deve ter ficado com essa mesma aparência tantos séculos atrás, quando conduziu os demônios de volta e salvou um mundo inocente da destruição. — Você, que assassinou e mentiu, e prendeu os membros do Conselho do Submundo. Você se aliou às forças do mal e pagará por isso.

— A Rainha da Corte Seelie não paga — disse ela.

— Todos pagam — rebateu Jace, e de repente ele estava de pé no divã, acima da Rainha, a ponta da lâmina encostada na garganta dela. A Rainha recuou, porém estava acuada, Jace acima dela, os pés apoiados no divã. — Como a senhora fez isso? — perguntou ele.

613

— Meliorn jurou que vocês estavam do lado dos Nephilim. Fadas não podem mentir. Por isso o Conselho *confiou* em vocês...

— Meliorn é metade fada. Ele pode mentir — disse a Rainha, lançando um olhar divertido a Isabelle, que parecia em choque. Só mesmo a Rainha conseguia parecer se divertir com uma lâmina no pescoço, pensou Clary. — Algumas vezes, a resposta mais simples é a correta, Caçadora de Sombras.

— *Por isso* você o queria no Conselho — declarou Clary, recordando-se do favor que a Rainha lhe pedira e que agora parecia ter sido há tanto tempo. — Porque ele consegue mentir.

— Uma traição há muito planejada — disse a Rainha, sem se mexer. A ponta da espada contra o pescoço. — Se tocarem na Rainha da Corte Seelie, o Povo das Fadas vai se revoltar contra vocês para sempre.

Jace arfava enquanto falava, e seu rosto estava tomado pela luz ardente.

— Então o que vocês são agora? — perguntou ele. — Ouvimos a senhora. A senhora falou de Sebastian como um aliado. A Cidadela Adamant se encontra sobre Linhas Ley. Linhas Ley são a província dos seres sobrenaturais. *A senhora* os conduziu até ali, abriu o caminho e permitiu que ele nos emboscasse. Como a senhora *já* não estava organizada contra nós?

Um olhar feio cruzou o rosto de Meliorn.

— Você pode ter ouvido a conversa, pequeno Nephilim — disse ele. — Mas se matarmos vocês antes que voltem à Clave e contem suas histórias, ninguém mais precisará saber...

O cavaleiro começou a avançar. Alec disparou uma flecha, e ela afundou na perna de Meliorn, que caiu para trás com um grito.

Alec avançou, já preparando outra flecha no arco. Meliorn estava no chão, gemendo, a neve ao redor dele ficando vermelha. Alec parou acima dele, a besta de prontidão.

— Diga como chegar a Magnus... como resgatar os prisioneiros — disse ele. — Responda ou vou te transformar numa almofada de alfinetes.

Meliorn cuspiu. A armadura branca parecia se misturar na neve ao redor.

— Não vou contar nada. Me torture, me mate, não vou trair minha Rainha.

— De qualquer forma, não importa o que ele diz — declarou Isabelle. — Ele consegue mentir, lembra-se?

Alec fechou a cara.

— É verdade. Morra então, mentiroso. — E disparou a flecha seguinte.

Ela afundou no peito de Meliorn, e o cavaleiro fada caiu para trás, a força da flecha fazendo o corpo deslizar na neve. A cabeça dele bateu na parede da caverna com uma pancada úmida.

A Rainha gritou. O som invadiu os ouvidos de Clary e a tirou do choque. Ela ouvia a gritaria de fadas, ouvia pés correndo do lado de fora.

— Simon! — gritou ela, e ele deu meia-volta. — Venha cá!

Ela voltou a enfiar Heosphoros no cinturão, agarrou a estela e disparou para a porta principal, agora sem as cortinas irregulares de espinhos. Simon estava bem no encalço dela.

— Me levante — pediu Clary, e, sem perguntar, ele pôs as mãos ao redor da cintura dela e a ergueu, a força de vampiro quase a lançando para o teto.

Com a mão livre, ela se agarrou com força no alto da arcada e olhou para baixo. Simon a fitava, obviamente confuso, mas o aperto dele era firme.

— Fique firme — disse ela, e começou a desenhar. Era o oposto do símbolo que ela havia desenhado no barco de Valentim: este era um símbolo para fechar e trancar, para isolar todas as coisas, para um esconderijo e segurança.

Linhas pretas saíram da ponta da estela enquanto Clary rabiscava, então ela ouviu Simon dizer "Depressa, eles estão vindo", exatamente quando terminou e retirou a estela.

O chão abaixo deles se moveu. Eles caíram juntos, Clary pousou em cima de Simon — não foi a aterrissagem mais confortável, ele era todo joelhos e cotovelos — e rolou para o lado quando um muro de terra começou a deslizar pela arcada aberta, como uma cortina de teatro sendo puxada. Havia vultos correndo para as portas, vultos que começaram a tomar forma e revelaram o Povo das Fadas às pressas, e Simon puxou Clary exatamente no momento em que a entrada que dava para o corredor desapareceu com um estrondo final, isolando as fadas do outro lado.

— Pelo Anjo — disse Isabelle, com voz assustada.

Clary deu meia-volta, com a estela na mão. Jace estava de pé, a Rainha Seelie diante dele, a espada agora apontada para o coração dela. Alec estava parado acima do cadáver de Meliorn; ele não esboçava expressão alguma quando olhou para Clary e, em seguida, para o *parabatai*. Atrás dele, a passagem por onde Meliorn entrara e Gwyn saíra se abriu.

— Você vai fechar o túnel dos fundos? — perguntou Simon a Clary.

Ela balançou a cabeça.

— Meliorn tinha piche nos sapatos — disse ela. — *E os rios de Edom se transformarão em piche*, lembra? Acho que ele veio do reino demoníaco. Creio que o caminho é por ali.

— Jace — chamou Alec. — Diga à Rainha o que nós queremos e que, se ela obedecer, nós a deixaremos viver.

A Rainha riu, um som agudo.

— Pequeno arqueiro — disse. — Subestimei você. Afiadas são as flechas de um coração partido.

O rosto de Alec endureceu.

— A senhora subestimou a todos nós; sempre subestimou. A senhora e sua arrogância. O Povo das Fadas é um povo antigo, um povo bom. A senhora não é adequada para liderá-los. Se continuarem sob seu governo, todos vão acabar assim — disse, meneando o queixo para o cadáver de Meliorn.

CASSANDRA CLARE

— Foi você quem o matou — disse a Rainha —, não eu.

— Todos pagam — rebateu Alec, e o olhar em cima dela era firme, azul e gélido.

— Desejamos o retorno seguro dos reféns feitos por Sebastian Morgenstern — disse Jace.

A Rainha abriu as mãos.

— Eles não estão neste mundo, nem aqui com o Povo das Fadas, nem em qualquer território sobre o qual eu tenha jurisdição. Não há nada que eu possa fazer para resgatá-los, absolutamente nada.

— Muito bem — disse Jace, e Clary teve a sensação de que ele já esperava aquela resposta. — Há outra coisa que a senhora pode fazer, uma coisa que pode nos mostrar, que me fará poupá-la.

A Rainha ficou imóvel.

— O que é, Caçador de Sombras?

— A estrada para o reino demoníaco — disse Jace. — Queremos uma passagem segura até ele. Seguiremos por ela e sairemos de seu reino.

Para surpresa de Clary, a Rainha pareceu relaxar. A tensão desapareceu de sua postura, e um sorrisinho repuxou o canto da boca — um sorriso que não agradou a Clary.

— Muito bem. Vou guiá-los até a estrada para o reino demoníaco. — A Rainha ergueu o vestido diáfano de modo que pudesse abrir caminho pelos degraus que cercavam o divã. Os pés estavam descalços e eram tão brancos quanto a neve. Ela começou a caminhar pelo cômodo até a passagem escura que se estendia atrás do trono.

Alec seguiu bem no encalço de Jace, com Isabelle atrás dele; Clary e Simon foram na retaguarda, uma estranha procissão.

— Eu realmente, realmente odeio dizer isso — murmurou Simon, enquanto eles saíam da sala do trono e entravam na penumbra cheia de sombras da passagem subterrânea —, mas isso meio que pareceu fácil demais.

— Não foi fácil — murmurou Clary em resposta.

— Eu sei, mas a Rainha... ela é inteligente. Poderia ter encontrado um meio de escapar se quisesse. Ela não tem que nos deixar ir ao reino demoníaco.

— Mas ela quer — disse Clary. — Acha que vamos morrer lá.

Simon lhe lançou um olhar de soslaio.

—Vamos?

— Não sei — respondeu Clary, e acelerou o passo para se aproximar dos outros.

O corredor não era tão longo quanto Clary pensara. A escuridão fazia a distância parecer impossível, mas eles só precisaram caminhar por mais ou menos meia hora até sair das sombras para um espaço maior, iluminado.

616

A caminhada na escuridão foi silenciosa, Clary perdida em pensamentos — lembranças da casa que ela, Sebastian e Jace tinham dividido, do som da Caçada Selvagem rugindo no céu, do pedaço de papel com as palavras "minha bela dama". Aquilo não era sinal de romance; era sinal de respeito. A Rainha Seelie, a bela dama. *A Rainha gosta de ficar do lado vencedor, Clary, e esse lado será o nosso*, dissera Sebastian a ela certa vez; mesmo quando informara isso à Clave, Clary tomara este trecho como parte da arrogância dele. Havia acreditado, juntamente ao Conselho, que a palavra do Povo das Fadas jurando lealdade era suficiente, que a Rainha ao menos esperaria para ver de que lado o vento soprava antes de romper alianças. Clary pensou em Jace prendendo a respiração quando a Rainha falou *uma traição há muito planejada*. Talvez nenhum deles tivesse cogitado isso porque a ideia era insuportável demais: a Rainha tinha tanta certeza da vitória de Sebastian que havia topado escondê-lo no reino das fadas, onde ele não poderia ser rastreado. Que concordara em ajudá-lo na batalha. Clary pensou na terra se abrindo na Cidadela Adamant, engolindo Sebastian e os Crepusculares; aquilo tinha sido fruto de magia das fadas: afinal de contas, as Cortes ficavam no subterrâneo. Por que outro motivo os Caçadores de Sombras malignos que tinham atacado o Instituto de Los Angeles pegaram Mark Blackthorn? Todos presumiram que Sebastian temia a vingança do Povo das Fadas, no entanto ele não temia. Era aliado deles. Pegou Mark porque tinha sangue fada e, por causa desse sangue, pensaram que Mark pertencia a eles.

Em toda a vida dela, Clary nunca pensara tanto em linhagens e seus significados quanto nos últimos seis meses. O sangue Nephilim era puro; Clary era uma Caçadora de Sombras. O sangue do Anjo: isso a fazia ser o que era, lhe dava o poder dos símbolos. Fazia de Jace o que ele era, deixava-o forte, veloz e brilhante. O sangue dos Morgenstern: Clary também o possuía, assim como Sebastian, e por essa razão ele se importava com ela. Isso lhe dava um coração sombrio também ou não? Era o sangue de Sebastian — Morgenstern e demônio misturados — que fazia dele um monstro, ou ele poderia ter sido mudado, modificado, melhorado, ensinado de outro modo, tal qual os Lightwood tinham feito com Jace?

— Aqui estamos — disse a Rainha Seelie, e sua voz parecia divertida. — Vocês são capazes de adivinhar qual é a estrada correta?

Eles estavam parados numa caverna imensa, com o teto camuflado em meio às sombras. As paredes reluziam com um brilho fosforescente, e quatro vias se ramificavam do ponto onde se encontravam: uma atrás deles, e mais três. Uma era limpa, ampla e plana, e conduzia diretamente à frente. A outra, à esquerda, brilhava com folhas verdes e flores brilhantes, e Clary pensou ter visto o brilho do céu azul ao longe. O coração dela desejava seguir aquele caminho. E a última, a mais escura, era um túnel estreito, a entrada era sinuosa, com lanças de metal e espinheiros cobrindo as laterais. Clary pensou ter visto a escuridão e as estrelas no fim.

Alec deu uma risada breve.

— Nós somos Caçadores de Sombras — disse. — Conhecemos as histórias antigas. Estas são as Três Vias. — Explicou ao notar o olhar confuso de Clary: — As fadas não gostam que seus segredos escapem, porém alguns músicos humanos foram capazes de codificar antigos segredos das fadas em baladas antigas. Há uma chamada "Thomas, o poeta", sobre um homem que foi sequestrado pela Rainha das Fadas...

— Ele não foi sequestrado — objetou a Rainha. — Ele veio espontaneamente.

— E ela o levou a um lugar onde havia três vias, e lhe disse que uma conduzia ao Céu, a outra conduzia à terra das Fadas, e a terceira conduzia ao Inferno. *Vês aquele caminho estreito, com densa cobertura de espinhos e de sarças? Essa é a trilha da correção moral, embora poucos perguntem por ela.* — Alec apontou na direção do túnel estreito.

— Ele conduz ao domínio mundano — disse a Rainha, com doçura. — Seu povo o considera celestial o suficiente.

— Foi assim que Sebastian chegou à Cidadela Adamant, auxiliado por guerreiros que a Clave não podia ver — disse Jace, com nojo. — Ele usou este túnel. Os guerreiros ficaram no reino das fadas, onde não poderiam ser rastreados. E passaram por aqui quando Sebastian precisou deles. — Jace lançou um olhar sombrio à Rainha. — Muitos Nephilim morreram por sua causa.

— Mortais — alegou a Rainha. — Eles morrem.

Alec a ignorou.

— Ali — falou, e apontou para o túnel cheio de folhas. — Vai mais longe no reino das fadas. E esse — apontou adiante — é o caminho para o Inferno. É para onde vamos.

— Eu sempre ouvi dizer que ele era calcado em boas intenções — disse Simon.

— Coloque seus pés no caminho e você descobrirá, Diurno — emendou a Rainha.

Jace girou a ponta da lâmina nas costas dela.

— O que vai impedir a senhora de contar a Sebastian que viemos atrás dele quando nós a deixarmos para trás?

A Rainha não emitiu qualquer ruído de dor; somente contraiu os lábios. Naquele momento, ela pareceu velha, apesar da juventude e beleza do rosto.

— Você fez uma boa pergunta. E mesmo que me matasse, há aqueles em minha Corte que contarão a ele sobre vocês, e ele adivinhará suas intenções, pois é inteligente. Vocês não podem evitar que ele saiba, a menos que matem todo o Povo das Fadas em minha Corte.

Jace fez uma pausa. Ele segurava a lâmina serafim, a ponta encostada nas costas da Rainha Seelie. A luz iluminava seu rosto, entalhando sua beleza em picos e vales, as maçãs do rosto pronunciadas e o ângulo do queixo. Ela alcançou a ponta do seu cabelo e o lambeu com fogo, como se ele estivesse usando uma coroa de espinhos em chamas.

Clary o observava, e os outros faziam o mesmo, em silêncio, oferecendo confiança. Não importa qual fosse a decisão, eles a apoiariam.

CIDADE DO FOGO CELESTIAL

— Ora, vamos — disse a Rainha. — Você não tem estômago para tanta matança. Sempre foi o filho mais delicado de Valentim. — Os olhos dela pairaram um momento sobre Clary, em júbilo. *Você tem um coração sombrio, filha de Valentim.*

— Prometa — disse Jace. — Sei que promessas significam muito para seu povo. Sei que você não consegue mentir. Jure que não dirá nada sobre nós a Sebastian, nem que permitirá que alguém de sua Corte o faça.

— Eu juro — respondeu a Rainha. — Juro que ninguém na minha Corte, por meio de palavras ou atos, contará a ele que vocês estiveram aqui.

Jace se afastou da Rainha, baixando a lâmina junto à lateral do corpo.

— Sei que você acha que está nos enviando para a morte — disse ele. — Mas não vamos morrer assim tão facilmente. Não vamos perder esta guerra. E quando formos vitoriosos, faremos você e seu povo *sangrar* pelo que fizeram.

O sorriso da Rainha abandonou seu rosto. Eles se afastaram dela e, em silêncio, começaram a seguir o caminho para Edom; Clary olhou por cima do ombro assim que saíram e viu o esboço da Rainha, imóvel, observando-os ir embora, os olhos ardendo.

O corredor fazia uma curva ao longe e era como se tivesse sido escavado pelo fogo na rocha que o cercava. Conforme os cinco avançavam, em total silêncio, as paredes de pedra clara ao redor escureciam, manchadas aqui e ali por filetes cor de carvão, como se a pedra em si tivesse queimado. O chão liso começou a ceder lugar a um mais rochoso, a brita sendo esmagada debaixo dos saltos das botas. A fosforescência nas paredes começou a diminuir; Alec retirou a pedra de luz enfeitiçada do bolso e a ergueu acima da cabeça.

Quando a luz se ampliou entre os dedos dele, Clary sentiu Simon ficando tenso ao seu lado.

— O que foi? — murmurou ela.

— Alguma coisa está se mexendo. — Ele apontou um dedo para as sombras mais adiante. — Ali.

Clary semicerrou os olhos, mas não viu nada; a visão de vampiro de Simon era melhor que a de um Caçador de Sombras. Do modo mais silencioso possível, ela desembainhou Heosphoros e deu alguns passos, mantendo-se nas sombras das laterais do túnel. Jace e Alec mergulharam numa conversa. Clary bateu no ombro de Izzy e murmurou para ela:

— Tem alguém aqui. Ou alguma *coisa.*

Isabelle não respondeu, apenas se virou para o irmão e fez um gesto: um movimento complicado dos dedos. Os olhos de Alec mostraram que ele compreendeu, então ele se voltou para Jace imediatamente. Clary se lembrou da primeira vez que vira os três, na boate Pandemônio, anos de prática fundindo-os numa unidade que pensava, se movimentava, respirava e lutava unida. Ela não conseguia evitar se perguntar, independentemente do

619

que acontecesse e por mais dedicada que ela fosse como Caçadora de Sombras, se sempre ficaria à margem...

Subitamente, Alec virou a mão para baixo, diminuindo a luz. Um clarão e uma centelha, e Isabelle foi para o lado de Clary, que deu meia-volta, segurando Heosphoros; daí ouviu os sons de uma luta: uma pancada e, em seguida, um grito de dor muito humano.

— Parem! — gritou Simon, e a luz explodiu ao redor deles.

Foi como se o flash de uma câmera tivesse sido disparado. Clary precisou de um segundo para adaptar os olhos à nova claridade. A cena a invadiu lentamente: Jace segurava a pedra de luz enfeitiçada, o brilho irradiava ao redor dele como a luz de um pequeno sol. Alec, o arco erguido e travado. Isabelle apertava o cabo do chicote com força, a tira enrolada nos tornozelos de um vulto pequeno curvado contra a parede da caverna: um garoto, com cabelo louro-claro que cacheava por cima das orelhas ligeiramente pontudas.

— Ai, meu Deus — murmurou Clary, enfiando a arma de volta no cinto e indo em frente. — Isabelle, pare. Está tudo bem — disse ela, caminhando até o garoto. As roupas dele estavam rasgadas e sujas, os pés, descalços e pretos por causa da sujeira. Os braços também estavam nus, e havia marcas de símbolos neles. Símbolos de Caçadores de Sombras.

— Pelo Anjo. — Izzy recolheu o chicote. Alec baixou a besta junto ao corpo. O garoto ergueu a cabeça e olhou com expressão severa.

— Você é um Caçador de Sombras? — perguntou Jace em tom incrédulo.

O garoto voltou a olhar com expressão severa e ainda mais feroz. Havia raiva em seus olhos, porém era mais que isso: havia angústia e medo. Não restava dúvida de quem ele era. Tinha os mesmos traços delicados da irmã, o mesmo queixo anguloso, e o cabelo era da cor de trigo descorado, cacheado nas pontas. Ele tinha cerca de 16 anos, recordou Clary. Parecia mais jovem.

— É Mark Blackthorn — informou Clary. — O irmão de Helen. Olhem para o rosto. Olhem para a *mão* dele.

Por um momento, Mark pareceu confuso. Clary tocou no próprio anel, e os olhos dele se iluminaram ao compreender. Ele ergueu a mão direita magra de menino. No dedo anelar reluzia o anel de família dos Blackthorn, com o desenho de espinhos entrelaçados.

— Como você veio parar aqui? — perguntou Jace. — Como sabia como nos encontrar?

— Eu estava com os Caçadores no subterrâneo — disse Mark, baixinho. — Ouvi Gwyn falando com alguns dos outros que vocês tinham aparecido nos aposentos da Rainha. Eu me esgueirei para longe dos Caçadores, eles não estavam prestando atenção em mim, aí procurei por vocês e terminei... aqui. — Ele fez um gesto para o túnel em volta. — Eu precisava falar com vocês. Tinha que saber sobre minha família. — O rosto do garoto estava na sombra, mas Clary notou os traços enrijecendo. — As fadas me disseram que estavam todos mortos. É verdade?

Houve um silêncio chocado, e Clary leu o pânico na expressão de Mark enquanto ele ia dos olhos baixos de Isabelle, passando pela expressão indiferente de Jace até a postura rígida de Alec.

— É verdade — disse Mark finalmente —, não é? Minha família...

— Seu pai foi Transformado. Mas seus irmãos e irmãs estão vivos — explicou Clary. — Estão em Idris. Eles escaparam e estão bem.

Se ela esperava algum alívio da parte de Mark, ficou decepcionada. Ele ficou pálido.

— O quê?

— Julian, Helen, os outros... estão todos vivos. — Clary pôs a mão no ombro do garoto, no entanto ele recuou. — Estão vivos e preocupados com você.

— Clary — disse Jace, com uma advertência na voz.

Clary deu uma olhadela para ele por cima do ombro; será que a coisa mais importante a se dizer era que os irmãos de Mark estavam vivos?

— Comeu ou bebeu alguma coisa desde que o Povo das Fadas capturou você? — perguntou Jace, avançando para examinar o rosto de Mark.

Mark se desviou, mas não antes de Clary ouvir Jace inspirar com força.

— O que foi? — perguntou Isabelle.

— Os olhos dele — disse Jace, erguendo a pedra de luz enfeitiçada e iluminando o rosto de Mark. Mais uma vez, Mark fez uma careta, mas permitiu que o outro o examinasse.

Os olhos eram grandes, com cílios longos, como os de Helen; só que, ao contrário dos dela, as cores dos olhos do garoto não combinavam entre si. Um era azul dos Blackthorn, da cor da água. O outro era dourado, enevoado pelas sombras, numa versão mais escura que o de Jace.

Jace engoliu em seco, visivelmente.

— A Caçada Selvagem — disse ele. — Você é um deles agora.

Jace examinava o garoto, como se Mark fosse um livro que pudesse ser lido.

— Estique as mãos — pediu enfim, e Mark obedeceu. Jace as segurou e as virou para mostrar os pulsos do menino. Clary sentiu a garganta apertar. Mark vestia apenas uma camiseta, e os antebraços estavam riscados com marcas ensanguentadas de chicote. Clary pensou no modo como Mark recuara quando ela lhe tocou no ombro. Deus sabia quais eram os outros ferimentos debaixo das roupas. — Quando isto aconteceu?

Mark puxou as mãos. Elas tremiam.

— Meliorn fez isso — respondeu. — Quando ele me pegou pela primeira vez. Disse que pararia se eu comesse e bebesse a comida deles, então eu comi. Não achei que isso fizesse diferença, se minha família estava morta. E pensei que as fadas não conseguissem mentir.

— Meliorn consegue — disse Alec sombriamente. — Ou, pelo menos, *conseguia*.

— Quando foi que aconteceu isso tudo? — perguntou Isabelle. — As fadas só pegaram você há menos de uma semana...

Mark balançou a cabeça.

— Estou com o Povo das Fadas há muito tempo — respondeu ele. — Não sei dizer quanto...

— O tempo corre diferente no reino das fadas — disse Alec. — Algumas vezes, mais rápido, outras vezes, mais devagar.

Mark falou:

— Gwyn me contou que eu pertencia à Caçada e que não poderia abandoná-los, a menos que eles me deixassem ir. É verdade?

— É verdade — disse Jace.

Mark desmoronou contra a parede da caverna. Ele virou a cabeça para Clary.

— Você os viu. Você viu meus irmãos e irmãs. E Emma?

— Eles estão bem, todos eles. Emma também — respondeu Clary. Ela se perguntava se aquilo ajudava de algum modo. Ele tinha jurado permanecer no reino das fadas porque pensava que a família estivesse morta, e a promessa se mantinha, apesar de se basear numa mentira. Seria melhor pensar que você havia perdido tudo e começar de novo? Ou seria mais fácil saber que as pessoas que você amava estavam vivas, mesmo se nunca mais pudesse vê-las?

Ela pensou na própria mãe, em algum lugar do mundo além do fim do túnel. Melhor saber que estavam vivos, pensou ela. Melhor que a mãe e Luke estivessem vivos e bem, e que ela nunca os visse novamente, a estarem mortos.

— Helen não consegue tomar conta deles. Não sozinha — disse Mark, um pouco desesperado. — E Jules é jovem demais. Não consegue tomar conta de Ty; não sabe do que ele precisa. Ele nem sabe falar com Ty... — Mark respirou, trêmulo. — Deixem eu ir com vocês.

— Sabe que não pode — respondeu Jace, embora não conseguisse encarar Mark; ele fitava o chão. — Se você jurou fidelidade à Caçada Selvagem, agora você é um deles.

— Me levem com vocês — repetiu Mark. Ele tinha o olhar assustado e confuso de alguém que havia sido mortalmente ferido, mas que ainda não conhecia a extensão do ferimento. — Não quero ser um deles. Quero ficar com minha família...

— Nós vamos para o Inferno — disse Clary. — Não poderíamos levar você conosco, mesmo que você pudesse sair do reino das fadas em segurança...

— E você não pode — repetiu Alec. — Se tentar sair, vai morrer.

— Eu preferia morrer — retrucou Mark, e Jace girou a cabeça rapidamente. Os olhos dele eram dourados e brilhantes, quase brilhantes demais, como se o fogo em seu interior estivesse jorrando através deles.

— Eles pegaram você justamente pelo sangue de fada, mas também porque você tem sangue de Caçador de Sombras. Querem punir os Nephilim — disse Jace, com olhar determinado. — Mostre a eles do que um Caçador de Sombras é feito; mostre que não tem medo. Você pode sobreviver a isso.

Na iluminação ondulante da pedra de luz enfeitiçada, Mark olhou para Jace. Lágrimas trilharam pela sujeira em seu rosto, mas os olhos estavam secos.

— Não sei o que fazer — disse. — O que faço?

— Encontre um jeito de avisar os Nephilim — respondeu Jace. — Vamos para o Inferno, conforme Clary já disse. Talvez a gente nunca volte. Alguém tem que contar aos Nephilim que o Povo das Fadas não é aliado.

— Os Caçadores me pegarão se eu tentar enviar uma mensagem. — Os olhos do garoto brilharam. — Eles vão me matar.

— Não se você for rápido e inteligente — disse Jace. — Você consegue fazer isso. Sei que consegue.

— Jace — chamou Alec, com o arco ao lado. — Jace, precisamos deixar que ele vá antes que a Caçada perceba que desapareceu.

— Muito bem — disse Jace, e hesitou. Clary notou que Jace segurou a mão de Mark; ele pressionou a pedra de luz enfeitiçada na palma da mão do garoto, onde ela bruxuleou e depois recuperou o brilho constante. — Leve isto com você — pediu Jace —, pois pode estar escuro no território debaixo da montanha, e os anos podem ser muito longos.

Mark parou por um instante, a pedra de símbolos na mão. Parecia tão pequeno na luz ondulante que o coração de Clary bateu sem querer acreditar — certamente eles poderiam ajudá-lo, eram Nephilim, não deixariam os seus para trás —, e então ele deu meia-volta e correu, se afastando deles, os pés descalços silenciosos.

— Mark... — murmurou Clary, e parou; ele tinha ido embora. As sombras o engoliram, e apenas a luz que se deslocava com pressa da pedra do símbolo era visível, até que ela também se misturou à escuridão. Clary ergueu o olhar para Jace. — O que você quis dizer com "o território debaixo da montanha"? — perguntou ela. — Por que disse isso?

Jace não respondeu; ele parecia confuso. Ela imaginava se Mark, frágil, órfão e solitário, de alguma forma fazia Jace se recordar de si mesmo.

— O território debaixo da montanha é o reino das fadas — disse Alec. — Um nome muito antigo para o reino. Ele vai ficar bem — informou a Jace. — Vai ficar.

— Você lhe deu sua pedra de luz enfeitiçada — falou Isabelle. — Você sempre teve aquela pedra...

— Dane-se a pedra de luz enfeitiçada — respondeu Jace, com violência, e bateu a mão contra a parede da caverna; viu-se um breve clarão de luz e ele afastou o braço. A marca de sua mão chamuscou a pedra do túnel, e sua palma ainda brilhava, como se o sangue nos dedos fosse fósforo. Ele deu uma risada estranha, engasgada. — Eu não preciso dela, de qualquer forma.

— Jace — disse Clary, e pôs a mão no braço dele. Jace não se afastou, mas também não reagiu. Ela baixou o tom de voz. — Você não pode salvar todo mundo — continuou ela.

— Talvez não — retrucou Jace, enquanto a luz na mão diminuía. — Mas seria bom salvar alguém para variar.

— Pessoal — chamou Simon, que estivera estranhamente quieto durante todo o encontro com Mark, por isso Clary ficou assustada por ouvi-lo falar agora. — Não sei se vocês conseguem enxergar, mas tem alguma coisa... alguma coisa no fim do túnel.

— Uma luz? — disse Jace, a voz com uma ponta de sarcasmo. Os olhos dele brilhavam.

— O oposto. — Simon avançou, e depois de hesitar um instante, Clary tirou a mão do braço de Jace e o acompanhou. O túnel seguia reto mais adiante, e então se curvava de maneira sutil; na curva Clary viu o que Simon devia ter visto e parou no mesmo instante.

Escuridão. O túnel terminava em um vórtex de escuridão. Alguma coisa se mexia dentro do redemoinho, dando forma à escuridão como o vento que dava forma às nuvens. Ela também podia ouvir aquilo, o ronronar e o ribombar do escuro, como o som de motores.

Os outros se juntaram a ela. Daí formaram uma fila, observando as trevas. Observando-a se mover. Uma cortina de sombra e, além dela, o desconhecido.

Foi Alec quem falou, espantado, encarando as sombras que se movimentavam. O ar que soprava pelo corredor era quente e ardente, feito pimenta jogada no centro de uma fogueira.

— Isto — disse ele — é a coisa mais doida que já fizemos.

— E se não conseguirmos voltar? — perguntou Isabelle. O rubi ao redor do pescoço estava pulsando, brilhando como um sinal de trânsito, iluminando o rosto dela.

— Então ao menos estaremos juntos — disse Clary, e olhou para os companheiros. Ela esticou a mão e segurou a mão de Jace e, do outro lado, a mão de Simon, apertando ambas. — Vamos passar por isto juntos e, do outro lado, *permaneceremos* juntos. Está bem?

Nenhum deles respondeu, mas Isabelle pegou a outra mão de Simon, e Alec, a de Jace. Todos ficaram parados por um momento, observando. Clary sentiu a mão de Jace apertar a dela, uma pressão quase imperceptível.

Eles deram um passo para a frente, e as sombras os engoliram.

— *Espelho, espelho meu* — disse a Rainha, colocando a mão sobre o espelho. — Mostre minha Estrela da Manhã.

O espelho pendia na parede do quarto da Rainha. Era cercado por coroas de flores: rosas das quais ninguém cortara os espinhos.

A névoa no interior do espelho ficou mais densa, e o rosto anguloso de Sebastian apareceu.

— Minha bela dama — disse ele. A voz estava calma e composta, embora houvesse sangue em seu rosto e nas roupas. Ele segurava a espada, e as estrelas ao longo da lâmina estavam escurecidas com a cor escarlate. — Eu estou... um pouco ocupado no momento.

— Pensei que talvez você quisesse saber que sua irmã e irmão adotivo acabaram de sair deste lugar — avisou a Rainha. — Eles encontraram o caminho para Edom. Estão indo até você.

O rosto dele se transformou com um sorriso cruel.

— E eles não fizeram você prometer não me contar que foram à sua Corte?

— Fizeram — disse a Rainha. — Mas não disseram nada sobre contar que saíram.

Sebastian deu uma gargalhada.

— Eles mataram um de meus cavaleiros — informou a Rainha. — Respingou sangue diante do meu trono. Eles estão além do meu alcance agora. Você sabe que meu povo não pode sobreviver às terras envenenadas. Terá que se vingar por mim.

A luz nos olhos de Sebastian mudou. A Rainha sempre havia percebido que o que Sebastian sentia pela irmã, e por Jace também, era um tipo de mistério, no entanto o próprio Sebastian era um mistério muito maior. Antes de ele aparecer para fazer sua oferta a ela, Seelie nunca teria cogitado uma aliança verdadeira com os Caçadores de Sombras. O sentido peculiar de honra os tornava pouco confiáveis. Foi a falta de honra de Sebastian que a fez confiar nele. A delicada arte da traição era uma segunda natureza para o Povo das Fadas, e Sebastian era um artista das mentiras.

— Servirei aos seus interesses de todas as maneiras, minha Rainha — disse ele. — Em breve seu povo e o meu controlarão as rédeas do mundo, e, quando nós fizermos isso, você poderá se vingar de qualquer um que a tenha afrontado.

Ela sorriu para ele. O sangue ainda manchava a neve na sala do trono, e Seelie ainda sentia o golpe da lâmina de Jace em seu pescoço. Não era um sorriso de verdade, mas ela era esperta o suficiente para deixar que algumas vezes sua beleza fizesse todo o trabalho.

— Eu adoro você — disse ela.

— Sim — falou Sebastian, e os olhos tremeluziram, a cor semelhante a nuvens escuras. A Rainha se perguntou distraidamente se ele pensava nos dois do mesmo modo que ela pensava: como amantes que, embora abraçados, seguravam uma faca nas costas um do outro, prontos para ferir e trair. — E eu gosto de ser adorado. — Ele sorriu. — Fico feliz por eles estarem chegando. Deixe-os vir.

parte dois
Aquele Mundo Invertido

E que toda a terra dai é enxofre, e sal, e está queimando, que não é semeada, nem fértil, nem tem grama crescendo.

— Deuteronômio 29:23

ω

Capítulo 14

O SONO DA RAZÃO

Clary estava em um gramado sombrio que se estendia por uma colina oblíqua. O céu jazia perfeitamente azul, pontuado por nuvens brancas aqui e ali. Aos seus pés, um caminho de pedras se esticava até a entrada de um grande solar, feito de pedras douradas barrentas.

Ela jogou a cabeça para trás, olhando para cima. A casa era linda: as pedras tinham cor de manteiga ao sol de primavera, coberta por treliças de rosas vermelhas, douradas e alaranjadas. Varandas de ferro se curvavam a partir da fachada, e havia duas imensas portas arqueadas de madeira cor de bronze, de superfície forjada com desenhos delicados de asas. *Asas para os Fairchild*, disse uma voz suave, tranquilizante, no fundo de sua mente. *Este é o solar Fairchild. Existe há quatrocentos anos, e existirá por quatrocentos mais.*

— Clary! — Sua mãe apareceu em uma das varandas, trajando um elegante vestido cor de champanhe; os cabelos ruivos estavam soltos, e ela parecia jovem e bela. Os braços estavam expostos, marcados por símbolos negros. — O que achou? Não é lindo?

Clary seguiu o olhar da mãe em direção ao gramado aplainado. Havia um arco de rosas armado ao fim de um corredor ladeado por fileiras de bancos de madeira. Flores brancas se espalhavam por ali: as flores brancas que só cresciam em Idris. O ar estava carregado pelo aroma de mel.

Ela olhou novamente para a mãe, que não estava mais sozinha na varanda. Luke encontrava-se atrás dela, com um braço em sua cintura. Ele usava uma camisa com mangas dobradas e calças formais, como se ainda estivesse se arrumando para uma festa. Os braços dele também estavam marcados por símbolos: símbolos para boa sorte, perspicácia, força, amor.

— Está pronta? — perguntou ele a Clary.

— Pronta para quê? — respondeu ela, mas eles não pareceram ter ouvido. Sorrindo, desapareceram para dentro da casa. Clary deu alguns passos pela trilha.

— Clary!

Ela deu meia-volta. Ele estava vindo pela grama em direção a ela — esguio, com cabelos platinados que brilhavam ao sol, vestindo roupa preta formal com símbolos dourados no colarinho e nos punhos. Ele sorria, uma mancha de sujeira na bochecha, e levantava uma mão para bloquear o brilho do sol.

Sebastian.

Estava exatamente igual, mas ao mesmo tempo totalmente diferente: era ele, genuinamente, mas ainda assim o formato e disposição das feições pareciam ter mudado, os ossos menos proeminentes, a pele bronzeada pelo sol em vez de pálida, e os olhos...

Os olhos brilhavam, verdes como a grama da primavera.

Ele sempre teve olhos verdes, disse a voz na mente de Clary. *As pessoas sempre se impressionam com o quanto vocês são parecidos, ele, sua mãe e você. O nome dele é Jonathan e ele é seu irmão; ele sempre protegeu você.*

— Clary — falou ele novamente —, você não vai acreditar...

— Jonathan! — disse uma vozinha, e Clary virou os olhos confusos para flagrar uma garotinha correndo pela grama. A menina tinha cabelos ruivos, no mesmo tom dos de Clary, que esvoaçavam atrás dela feito uma bandeira. Ela estava descalça, com um vestido verde de renda tão rasgado nos punhos e na bainha que parecia alface picada. Ela devia ter 4 ou 5 anos, o rosto estava sujo e era uma graça, e, quando alcançou Jonathan, estendeu os braços e ele se abaixou para carregá-la.

Ela deu um gritinho em deleite quando ele a levantou acima da cabeça.

— Ai, ai... pare com isto, diabinha — disse ele, enquanto ela puxava seu cabelo. — Val, eu disse para parar, ou vou segurá-la de cabeça para baixo. Estou falando sério.

— Val? — ecoou Clary. *Mas é claro, o nome dela é Valentina*, disse a voz sussurrante no fundo de sua mente. *Valentim Morgenstern foi um grande herói de guerra; morreu em batalha contra Hodge Starkweather, mas não sem antes salvar o Cálice Mortal e, juntamente a ele, a Clave. Quando Luke se casou com sua mãe, eles fizeram uma homenagem através do nome da filha.*

— Clary, faça ele me soltar, faça... aaaaii! — gritava Val, enquanto Jonathan a virava de cabeça para baixo e a balançava. Val explodia em risadas quando ele a colocou na grama, e ela olhou para Clary com um par de olhos azuis como os de Luke. — Seu vestido é bonito — comentou ela, com naturalidade.

— Obrigada — respondeu Clary, ainda entorpecida, e olhou para Jonathan, que sorria para a irmã caçula. — Isso no seu rosto é sujeira?

Jonathan esticou o braço e tocou a própria bochecha.

— Chocolate — explicou. — Você nunca vai imaginar o flagrante que dei em Val. Ela estava com os dois punhos enfiados no bolo do casamento. Vou ter que consertar. — Ele franziu o rosto para Clary. — Tudo bem, talvez eu não devesse ter dito isto. Você parece a ponto de desmaiar.

— Estou bem — respondeu Clary, puxando um cacho de cabelo de maneira tensa. Jonathan levantou as mãos como se fosse apará-la.

— Olhe, eu faço uma cirurgia no bolo. Ninguém nunca vai saber que alguém comeu metade das flores. — Ele pareceu pensativo. — Posso comer a outra metade, só para igualar.

— Isso! — disse Val da grama, aos pés de Jonathan. Ela estava ocupada arrancando dentes-de-leão, as pontas brancas voando ao vento.

— Além disso — acrescentou Jonathan —, detesto tocar neste assunto, mas talvez você queira colocar os sapatos antes do casamento.

Clary olhou para si. Ele tinha razão, ela estava descalça. Descalça e usando um vestido dourado-claro. A bainha ao redor dos tornozelos parecia uma nuvem colorida pelo pôr do sol.

— Eu... Que casamento?

Os olhos verdes do irmão se arregalaram.

— *Seu* casamento? Sabe, com Jace Herondale? Mais ou menos desta altura, alto, as meninas são loooucas por ele... — Ele parou. — Você está insegura? É isso? — Ele se inclinou para ela, em tom de conspiração. — Porque se for isso, posso passar você pela fronteira, para a França, clandestinamente. E não contarei seu destino a ninguém. Mesmo que enfiem pedaços afiados de bambu por baixo das minhas unhas.

— Eu não... — Clary o encarou. — Bambu?

Ele deu de ombros com eloquência.

— Pela minha única irmã, tirando a criatura que no momento se encontra sentada no meu pé — Val deu um gritinho —, eu faria isso. Mesmo que signifique não presenciar Isabelle Lightwood em um vestido tomara que caia.

— Isabelle? Você gosta de Isabelle? — Clary sentia como se estivesse correndo numa maratona e não conseguisse recuperar o fôlego.

Ele semicerrou os olhos para ela.

— Isso é um problema? Ela é alguma criminosa foragida ou coisa do tipo? — Ele pareceu pensativo. — Isso seria sexy, na verdade.

— Tudo bem. Não preciso saber o que você acha sexy — respondeu Clary automaticamente. — Eca.

Jonathan sorriu. Um sorriso feliz e despreocupado; o sorriso de alguém que nunca tivera muito com que se preocupar além de meninas, ou se uma de suas irmãs havia comido o bolo

631

de casamento da outra. Em algum lugar nas profundezas da mente de Clary, ela viu olhos negros e marcas de chicote, mas não sabia por quê. *Ele é seu irmão e ele sempre cuidou de você.*

— Certo — disse Jonathan. — Como se eu não tivesse passado pelo sofrimento durante anos, com você dizendo "Ahhh, Jace é tão lindo. Você acha que ele gosta de miiiim?".

— Eu... — balbuciou Clary, e parou de falar, sentindo-se um pouco tonta. — Só não me lembro dele me pedindo em casamento.

Jonathan se ajoelhou e puxou o cabelo de Val. Ela estava cantarolando sozinha, acumulando uma pilha de margaridas. Clary piscou — tinha certeza de que eram dentes-de-leão.

— Ah, nem sei se ele pediu — respondeu Jonathan num tom casual. — Todos nós simplesmente sabíamos que vocês acabariam juntos. Era inevitável.

— Mas eu devia ter o direito de escolher — protestou ela, quase num sussurro. — Eu devia ter podido dizer sim.

— Bem, você teria dito, não teria? — questionou ele, observando as margaridas voando pela grama. — Por falar nisso, você acha que Isabelle sairia comigo se eu a convidasse?

Clary prendeu a respiração.

— Mas e Simon?

Ele olhou para ela, o sol forte em seus olhos.

— Quem é Simon?

Clary sentiu o chão desabar. Esticou o braço como se fosse se apoiar no irmão, porém sua mão o atravessou. A grama verde, a mansão dourada, o menino e a menina na grama voaram para longe, e ela tropeçou, colidindo contra o chão violentamente, machucando os cotovelos com uma dor que subiu pelos braços.

Ela rolou para o lado, engasgando. Estava deitada em um pedaço de solo vazio. Havia pedras quebradas atravessando o chão; e os esqueletos das casas de pedras incendiadas se assomavam sobre a figura dela. O céu tinha um tom de aço cinza-esbranquiçado, marcado por nuvens negras, como veias de vampiros. Era um mundo morto, um mundo desbotado, um mundo sem vida. Clary se encolheu no chão, vendo diante de si não a casca de uma cidade destruída, mas os olhos do irmão e da irmã que ela jamais teria.

Simon estava na frente da janela, assimilando a vista de Manhattan.

Era uma visão impressionante. Da cobertura do Carolina, dava para ver o Central Park, o Metropolitan Museum, os prédios altos do centro. A noite caía, e as luzes da cidade começavam a brilhar, uma por uma, como uma cama de flores elétricas.

Flores elétricas. Ele olhou ao redor, franzindo o rosto de forma contemplativa. Era uma frase bonita; talvez devesse anotá-la. Ultimamente não vinha tendo tempo nenhum para se esmerar em letras de música; o tempo estava sendo consumido por outras coisas: promoção, turnê, autógrafos, aparições. Às vezes era difícil lembrar que sua principal função era fazer música.

Mesmo assim. Era um bom problema para se ter. O céu do crepúsculo transformava a janela em um espelho. Simon sorriu para o próprio reflexo no vidro. Cabelos desgrenhados, jeans, camiseta velha; dava para ver o cômodo atrás de si, hectares de piso de madeira, aço reluzente e móveis de couro, um quadro com moldura dourada solitário e elegante na parede. Um Chagall — o favorito de Clary, todo cheio de tons rosados, azuis e verdes, incongruente com a modernidade do apartamento.

Havia um vaso de hortênsias na ilha da cozinha, um presente de sua mãe, parabenizando-o por um show com a Stepping Razor na semana anterior. *Te amo*, dizia o bilhete anexado. *Tenho muito orgulho de você.*

Ele piscou. Hortênsias; que estranho. Se havia uma flor favorita para ele, era rosa, e a mãe sabia disso. Ele se afastou da janela e observou o vaso com mais cuidado. *Eram* rosas. Simon balançou a cabeça para desanuviá-la. Rosas brancas. Sempre foram rosas brancas. Certo.

Ouviu um tilintar de chaves, e a porta foi aberta, permitindo a entrada de uma menina pequena, com longos cabelos ruivos e um sorriso contagiante.

— Ai, meu Deus — disse Clary, meio rindo, meio sem fôlego. Ela fechou a porta atrás e se apoiou contra ela. — O lobby parece um *zoológico*. Imprensa, fotógrafos; vai ser uma loucura sair hoje.

Ela atravessou o cômodo, jogando as chaves na mesa. Estava com um vestido longo, seda amarela estampada com borboletas coloridas, e uma presilha de borboleta no longo cabelo ruivo. Parecia calorosa, receptiva e amorosa, e levantou os braços ao se aproximar, então Simon a beijou.

Exatamente como fazia todos os dias quando ela chegava em casa.

Cheirava a Clary, perfume e giz, e os dedos estavam manchados de cor. Ela passou os dedos pelo cabelo dele enquanto se beijavam, puxando-o para baixo, rindo de encontro à sua boca quando Simon quase se desequilibrou.

— Você vai ter que começar a usar salto, Fray — disse ele, os lábios na bochecha dela.

— Odeio salto alto. Você vai ter que aprender a lidar com isso, ou comprar uma escada portátil para mim — disse ela, soltando-o. — A não ser que queira me trocar por uma groupie bem alta.

— Nunca — afirmou ele, colocando um cacho do cabelo de Clary atrás da orelha. — Uma groupie bem alta saberia quais são todas as minhas comidas favoritas? Iria se lembrar de quando eu tinha uma cama em forma de carro de corrida? Saberia como me vencer sem dó no Scrabble? Se disporia a aturar Matt, Kirk e Eric?

— Uma groupie faria mais do que aturar Matt, Kirk e Eric.

— Seja boazinha — alertou ele, e sorriu para ela. — Você vai ter que me aturar.

— Vou sobreviver — respondeu ela, tirando os óculos dele e os colocando na mesa. Ela o encarou, olhos arregalados e escuros. Dessa vez o beijo foi mais quente. Ele a abraçou, puxando-a contra si enquanto ela sussurrava: — Eu te amo; sempre te amei.

— Eu também te amo — ecoou ele. — Meu Deus, eu te amo, Isabelle.

Ele a sentiu enrijecer em seus braços, e, em seguida, o mundo ao redor pareceu ganhar linhas negras, como vidro estilhaçado. Ele ouviu um gemido agudo e cambaleou para trás, tropeçando, caindo, sem atingir o chão, mas girando eternamente no escuro.

— Não olhe, *não* olhe...

Isabelle riu.

— *Não* estou olhando.

Havia mãos cobrindo os olhos dela: as mãos de Simon, esguias e flexíveis. Os braços dele a envolviam, e eles estavam caminhando para a frente juntos, rindo. Ele a agarrou no instante em que ela atravessou a porta, abraçando-a quando ela derrubou as sacolas de compra.

— Tenho uma surpresa para você — disse ele, sorrindo. — Feche os olhos. Sem olhar. Não, é sério. Não estou brincando.

— Detesto surpresas — protestava Isabelle agora. — Sabe disso. — Ela conseguia ver só a pontinha do tapete sob as mãos de Simon. Ela mesma o havia escolhido, e era espesso, rosa intenso e peludo. O apartamento deles era pequeno e aconchegante, uma miscelânea de Isabelle e Simon: instrumentos musicais e catanas, pôsteres antigos e colchas cor-de-rosa. Simon tinha trazido seu gato, Yossarian, quando se mudaram, e Isabelle protestou por isso, mas gostou secretamente: ela sentia a falta de Church desde que deixara o Instituto.

O tapete rosa desapareceu, e agora os saltos de Isabelle estalavam contra o piso de lajotas da cozinha.

— Tudo bem — disse Simon, e tirou as mãos. — Surpresa!

— Surpresa! — A cozinha estava cheia de gente: o pai e a mãe de Isabelle, Jace, Alec e Max, Clary, Jordan e Maia, Kirk, Matt e Eric. Magnus segurava uma vela de faíscas prateadas e acenava com ela de um lado a outro enquanto as fagulhas voavam por todos os lados, aterrissando nas bancadas de pedra e na camiseta de Jace, fazendo-o uivar. Clary segurava uma faixa um pouco desajeitada que dizia: Feliz aniversário, Isabelle. Ela levantou a faixa e acenou.

Isabelle se virou para Simon com ares de acusação.

— Você *planejou* isto!

— Claro que planejei — justificou ele, puxando-a para si. — Caçadores de Sombras podem não se importar com aniversários, mas eu me importo. — Ele beijou a orelha dela, murmurando "Você merece tudo, Izzy", antes de soltá-la e de a família atacá-la.

Houve uma rodada de abraços, presentes e bolo — preparado por Eric, que de fato tinha talento para a criação de doces, e decorado por Magnus com uma cobertura resplandecente cujo sabor era melhor que a aparência. Robert estava com os braços em torno de Maryse, que se apoiava nele, parecendo orgulhosa e contente, ao passo que Magnus, que acariciava o cabelo de Alec com uma das mãos, tentava convencer Max a usar um chapéu de festa. Max, com toda a marra de um menino de 9 anos, não iria concordar. Ele afastou a mão de Magnus impacientemente e disse:

— Izzy, eu fiz a faixa. Você viu a faixa?

Ela olhou para a faixa feita a mão, agora toda suja de cobertura, em cima da mesa. Clary deu uma piscadela para Izzy.

— Ficou linda, Max; obrigada.

— Eu ia escrever sua idade — disse ele —, mas Jace falou que depois dos 20 a pessoa é simplesmente velha, então não faz diferença.

Jace freou o garfo no trajeto até a boca.

— Eu falei isso?

— Bela maneira de transformar todos nós em anciãos — disse Simon, afastando o próprio cabelo para trás para sorrir para Isabelle.

Ela sentiu uma pontada de dor no peito; era o volume do amor por ele, por fazer aquilo por ela, por sempre pensar nela. Não conseguia se lembrar de nenhuma ocasião na qual não o tivesse amado, ou confiado nele, e Simon jamais dera qualquer motivo para o contrário.

Isabelle saiu do banco no qual estava sentada e se ajoelhou diante de seu irmãozinho. Dava para ver os reflexos de ambos no aço inox da geladeira: o cabelo escuro de Izzie cortado na altura do ombro agora — ela se lembrava vagamente de quando, há anos, seu cabelo alcançava a cintura —, e os cachos castanhos de Max, e os óculos.

— Sabe quantos anos tenho? — perguntou ela.

—Vinte e dois — respondeu Max, com um tom de voz que indicava que ele não entendia por que ela fazia uma pergunta tão estúpida.

Vinte e dois, pensou ela. Era sete anos mais velha que Max, Max a surpresa, Max o irmãozinho inesperado.

Max, que deveria ter 15 anos agora.

Ela engoliu em seco, sentindo frio de repente. Todo mundo continuava conversando e rindo ao redor, mas as risadas soavam distantes e ecoavam, como se viessem de muito, muito longe. Ela via Simon, apoiando-se na bancada, os braços cruzados, os olhos escuros ilegíveis enquanto ele a observava.

— E quantos anos você tem? — perguntou Isabelle.

— Nove — respondeu Max. — Sempre tive 9 anos.

Isabelle o encarou. A cozinha começou a tremular. Dava para enxergar através dela, como se Isabelle estivesse olhando por um tecido estampado: tudo se tornando transparente, tão mutável quanto água.

— Meu bebê — sussurrou ela. — Meu Max, meu irmãozinho, por favor, por favor, fique.

— Sempre vou ter 9 anos — falou ele, e tocou o rosto dela. Os dedos de Max atravessaram a irmã, como se ele estivesse passando a mão por fumaça. — Isabelle? — disse ele, com a voz esmorecendo, e sumiu.

Isabelle sentiu os joelhos cederem. Caiu no chão. Não havia mais risos ao redor, nem a cozinha com azulejos charmosos, apenas cinzas e pedras escurecidas. Ela ergueu as mãos para conter as lágrimas.

O Salão dos Acordos estava cheio de estandartes azuis, cada qual estampado com o brasão dourado da família Lightwood. Quatro mesas longas tinham sido arrumadas frente a frente. No centro, um palanque com espadas e flores.

Alec estava sentado à mesa mais longa, na cadeira mais alta. À sua esquerda estava Magnus, e à direita, sua família se estendia ao longo da mesa: Isabelle e Max, Robert e Maryse; Jace; e ao lado de Jace, Clary. Havia primos Lightwood também, alguns dos quais ele não encontrava desde a infância; todos transbordando de orgulho, mas nenhum rosto brilhava tanto quanto o de seu pai.

— Meu filho — repetia ele para quem quisesse ouvir. Neste instante tinha cercado a Consulesa, que passava pela mesa com uma taça de vinho na mão. — Meu filho venceu a batalha; aquele ali é meu filho. O sangue Lightwood sempre aparece; nossa família sempre foi de guerreiros.

A Consulesa riu.

— Economize para o discurso, Robert — advertiu ela, dando uma piscadela para Alec por sobre a borda da taça.

— Ai, meu Deus, o discurso — falou Alec, horrorizado, escondendo o rosto nas mãos.

Magnus passou as juntas dos dedos gentilmente pelas costas de Alec, como se estivesse afagando um gato. Jace olhou para ambos e ergueu as sobrancelhas.

— Como se todos nós já não tivéssemos estado em um salão cheio de gente dizendo como somos incríveis — provocou ele, e quando Alec o olhou feio, ele sorriu. — Ah, então só aconteceu comigo, mesmo.

— Deixe meu namorado em paz — censurou Magnus. — Conheço feitiços capazes de virar suas orelhas do avesso.

Jace tocou as próprias orelhas com preocupação enquanto Robert se levantava, a cadeira sendo arrastada para trás, e bateu de leve o garfo na taça. O som ecoou pelo salão, e os Caçadores de Sombras caíram no silêncio, olhando para a mesa dos Lightwood com expectativa.

— Estamos aqui reunidos — disse Robert, esticando os braços expansivamente — para homenagear meu filho, Alexander Gideon Lightwood, que destruiu sozinho as forças dos Crepusculares e derrotou em batalha o filho de Valentim Morgenstern. Alec salvou a vida de nosso terceiro filho, Max. Juntamente a seu *parabatai*, Jace Herondale, tenho orgulho em dizer que meu filho é um dos maiores guerreiros que já conheci. — Ele se virou e sorriu para Alec e Magnus. — É preciso mais que um braço forte para ser um grande guerreiro — prosseguiu. — É preciso uma grande mente e um grande coração. Por isso também queria compartilhar nossa outra boa notícia. Ontem meu filho ficou noivo de seu parceiro, Magnus Bane...

Um coro de vibrações explodiu. Magnus aceitou com um aceno modesto de garfo. Alec deslizou pela cadeira, as bochechas ardendo. Jace olhou pensativamente.

— Parabéns — disse ele. — Tenho a sensação de que perdi uma oportunidade.

— O... o quê? — gaguejou Alec.

Jace deu de ombros.

— Sempre soube que você gostava de mim, e eu meio que gostava de você também. Achei que devia te contar.

— O quê? — repetiu Alec.

Clary se sentou ereta.

— Sabe — começou ela —, acham que existe alguma chance de vocês... — Ela gesticulou entre Jace e Alec. — Seria sexy.

— Não — declarou Magnus. — Sou um feiticeiro muito ciumento.

— Somos *parabatai* — falou Alec, recobrando a voz. — A Clave iria... digo... é *ilegal*.

— Ora, vamos — disse Jace. — A Clave deixaria você fazer qualquer coisa que quisesse. Veja, todos te amam. — Ele gesticulou para o salão repleto de Caçadores de Sombras. Todos vibravam enquanto Robert discursava, alguns limpavam lágrimas. Uma menina em uma das mesas menores levantou uma placa que dizia Alec Lightwood, nós te amamos.

— Acho que vocês deveriam se casar no inverno — sugeriu Isabelle, olhando desejosa para o enfeite de mesa floral branco. — Nada muito grandioso. Quinhentas ou seiscentas pessoas.

— Isabelle — resmungou Alec.

Ela deu de ombros.

— Você tem muitos fãs.

— Ah, pelo amor de Deus — disse Magnus, e estalou os dedos na cara de Alec. Seus cabelos negros estavam arrepiados, e os olhos verde-dourados brilhavam de irritação. — ISTO NÃO ESTÁ ACONTECENDO.

— O quê? — Alec se espantou.

— É uma alucinação — falou Magnus —, ocasionada por sua entrada no reino demoníaco. Provavelmente causada por um demônio à espreita perto da entrada do mundo e que se alimenta dos sonhos de viajantes. Desejos têm muito poder — acrescentou, examinando o próprio reflexo na colher. — Principalmente os desejos mais profundos de nossos corações.

Alec olhou em volta do salão.

— Este é o desejo mais profundo do meu coração?

637

— Claro — respondeu Magnus. — Seu pai orgulhoso de você. Você, o herói do momento. Eu, amando você. *Todo mundo* te aprovando.

Alec olhou para Jace.

— Certo, e a coisa com Jace?

Magnus deu de ombros.

— Sei lá. Essa parte foi só esquisita.

— Então preciso acordar. — Alec pôs as mãos sobre a mesa, esticadas; o anel Lightwood brilhou em seu dedo. Tudo aparentava ser real, parecia real, mas ele não conseguia se lembrar das palavras de seu pai. Não conseguia se lembrar de ter derrotado Sebastian, nem de ter vencido uma guerra. Não conseguia se lembrar de ter salvado Max.

— Max — sussurrou.

As pupilas de Magnus dilataram.

— Sinto muito — disse ele. — Os desejos de nossos corações são armas que podem ser usadas contra nós. Lute, Alec. — Ele tocou o rosto de Alec. — Não é isto que você quer, este sonho. Demônios não compreendem corações humanos, não muito bem. Enxergam como se fosse através de um vidro distorcido e lhe mostram o que você deseja, mas de um jeito deformado e errado. Use estes erros para se retirar do sonho. A vida é cheia de perdas, Alexander, mas é melhor que isso.

— Meu Deus — falou Alec, e fechou os olhos. Sentiu o mundo ao redor rachar, como se estivesse se livrando de uma casca. As vozes ao redor desapareceram, assim como o tato da cadeira na qual estava sentado, o cheiro da comida, o clamor dos aplausos e, finalmente, o toque de Magnus em seu rosto.

Seus joelhos atingiram o chão. Ele engasgou e abriu os olhos. Ao redor, só paisagem cinza. O fedor de lixo atingiu suas narinas, e ele recuou instintivamente quando uma coisa avançou em cima dele — um monte de fumaça rudimentar, um aglomerado de olhos amarelos brilhantes pendurados na escuridão. Olhavam para ele enquanto tentava pegar o arco e preparar uma flecha.

A coisa rugiu e avançou, atacando-o como uma onda quebrando na praia. Alec soltou a flecha marcada por símbolos — a qual esvoaçou no ar e se enterrou no demônio de fumaça. Um grito estridente rachou o ambiente, o demônio pulsando em torno da flecha enterrada em seu corpo, tentáculos de fumaça se expandindo, arranhando o céu...

E o demônio evaporou. Alec se levantou, armando mais uma flecha, e girou, examinando a paisagem. Parecia-se com as fotos que ele já tinha visto da superfície da lua, marcada e cinzenta, e no alto havia um céu chamuscado, cinza e amarelo, sem nuvens. O sol estava alaranjado e baixo, uma brasa morta. Não havia sinal dos outros.

Lutando contra o pânico, ele correu para o topo da colina mais próxima, aí desceu pelo outro lado. O alívio o atingiu como uma onda. Havia uma depressão entre os dois montes

CIDADE DO FOGO CELESTIAL

de cinza e pedra, e agachada naquele ponto estava Isabelle, lutando para se levantar. Alec desceu pelo lado íngreme da colina e a tomou em um aperto de um braço só.

— Iz — disse ele.

Ela emitiu um ruído suspeitosamente parecido com uma fungada e se afastou.

— Estou bem — disse ela. Tinha marcas de lágrimas no rosto; ele se perguntava o que ela teria visto. *Os desejos de nossos corações são armas que podem ser usadas contra nós.*

— Max? — perguntou ele.

Isabelle assentiu, os olhos brilhando de raiva e com lágrimas não derramadas. Claro que estaria irritada. Ela detestava chorar.

— Eu também — falou ele, e em seguida girou ao ouvir o som de um passo, meio que puxando Isabelle para trás de si.

Era Clary e, ao lado dela, Simon. Ambos pareciam espantados. Isabelle saiu de trás de Alec.

— Vocês dois...?

— Estamos bem — respondeu Simon. — Nós... vimos coisas. Coisas estranhas. — Simon não conseguiu encarar Isabelle, e Alec ficou se perguntando o que ele teria imaginado. Quais eram os sonhos e desejos de Simon? Alec nunca tinha parado para pensar a respeito.

— Foi um demônio — explicou Alec. — Do tipo que se alimenta de sonhos e desejos. Eu o matei — O olhar dele foi de Clary e Simon para Isabelle. — Onde está Jace?

Clary empalideceu sob a sujeira no rosto.

— Achamos que ele estivesse com vocês.

Alec balançou a cabeça.

— Ele está bem — falou. — Eu saberia se não estivesse...

Mas Clary já tinha dado meia-volta e estava praticamente correndo de volta pelo caminho de onde viera; após um instante, Alec a seguiu, e os outros fizeram o mesmo. Ela subiu aos tropeços e, depois, subiu mais um pouco. Alec percebeu que ela estava procurando um ponto mais alto, de onde a vista seria melhor. Dava para escutá-la tossindo; os pulmões do próprio Alec também pareciam cobertos de cinzas.

Morto, pensou ele. *Tudo neste mundo está morto e queimado, reduzido a pó. O que* aconteceu *aqui?*

No topo da colina havia um marco fúnebre — um círculo de pedras lisas, como um poço seco. Sentado na beira das pedras, estava Jace, olhando para o chão.

— Jace! — Clary parou na frente dele, ajoelhou e lhe segurou os ombros. Ele a encarou com o olhar vazio. — Jace — repetiu ela, desesperada. — Jace, acorde. Não é real. É um demônio nos fazendo ver coisas que queremos. Alec o matou. Tudo bem? Não é real.

— Eu sei. — Ele levantou a cabeça, e Alec sentiu o olhar como um golpe. Jace parecia estar sofrendo uma hemorragia, apesar de estar claramente inteiro.

— O que você viu? — perguntou Alec. — Max?

Jace balançou a cabeça.

— Não vi nada.

— Tudo bem, o que quer que tenha visto... Está tudo bem — consolou Clary. Ela se inclinou, tocou o rosto de Jace; Alec foi lembrado de forma intensa dos dedos de Magnus em sua bochecha no sonho. Magnus declarando que o amava. Magnus, que talvez nem estivesse mais vivo. — Eu vi Sebastian — falou ela. — Eu estava em Idris. O solar Fairchild continuava de pé. Minha mãe estava com Luke. Eu... ia haver um casamento. — Ela engoliu em seco. — E eu também tinha uma irmãzinha. Foi batizada em homenagem a Valentim. Ele era um herói. Sebastian estava lá, mas ele parecia bem, estava normal. E me amava. Como um irmão de verdade.

— Que bagunça — comentou Simon. Ele se aproximou de Isabelle, e eles ficaram ombro a ombro. Jace esticou o braço e passou um dedo por um dos cachos de Clary, cuidadosamente, deixando-o se enrolar em sua mão. Alec se lembrou da primeira vez em que percebeu que Jace estava apaixonado por ela: observava seu *parabatai* do outro lado da sala, assistindo aos movimentos. Ele se lembrava de ter pensado: *ela é tudo que ele vê*.

— Todos temos sonhos — disse Clary. — Isso não significa nada. Lembra-se do que eu disse? Vamos ficar juntos.

Jace a beijou na testa e se levantou, estendendo a mão; após um instante Clary a segurou, e ficou de pé ao lado dele.

— Eu não vi nada — justificou-se ele, gentil. — Tudo bem?

Ela hesitou, claramente não acreditando; e com a mesma clareza, não queria insistir no assunto.

— Tudo bem.

— Detesto tocar no assunto — falou Isabelle —, mas alguém viu algum caminho de *volta*?

Alec pensou na corrida pelas colinas do deserto, enquanto procurava os outros, examinando o horizonte. Viu os companheiros empalidecerem enquanto olhavam em volta.

— Eu acho — disse ele — que não tem caminho de volta. Não daqui, não pelo túnel. Acho que fechou depois que passamos.

— Então foi uma viagem só de ida — falou Clary, com um leve tremor na voz.

— Não necessariamente — interveio Simon. — Temos que chegar a Sebastian, sempre soubemos disso. E, quando chegarmos, Jace pode tentar fazer a mágica dele com o fogo celestial, seja lá o que isso for... sem ofensa...

— Não ofendeu — respondeu Jace, voltando os olhos para o céu.

— E uma vez que resgatarmos os prisioneiros — emendou Alec —, Magnus pode nos ajudar a voltar. Ou podemos descobrir como Sebastian vai e vem; este não pode ser o único caminho.

— Isso é um tanto otimista — comentou Isabelle. — E se não conseguirmos resgatar os prisioneiros, ou não conseguirmos matar Sebastian?

— Aí ele vai nos matar — disse Jace. — E não vai ter importância não sabermos como voltar.

Clary aprumou os ombros pequenos.

— Então é melhor a gente encontrar logo Sebastian, não?

Jace pegou sua estela e tirou a pulseira de Sebastian do pulso. Fechou os dedos em torno da peça, usando a estela para desenhar um símbolo de rastreamento na parte de cima da mão. Um momento se passou, em seguida, mais um; um olhar de concentração intensa passou pelo rosto de Jace, como uma nuvem. Ele levantou a cabeça.

— Ele não está tão longe — informou. — A um dia de distância, talvez dois dias caminhando a partir daqui. — Ele recolocou a pulseira no pulso. Alec encarou a pulseira, depois encarou Jace. *Se não puder dobrar os céus, moverei o inferno.*

— Usar a pulseira vai me impedir de perdê-la — explicou-se Jace, e, quando Alec não respondeu, deu de ombros e começou a descer a colina. — Temos que ir — disse ele. — Temos um longo caminho a percorrer.

Capítulo 15

ENXOFRE E SAL

— Por favor, não arranque minha mão — disse Magnus. — Eu gosto desta mão. *Preciso* desta mão.

— Humpf — disse Raphael, que estava ajoelhado ao lado dele, as mãos na corrente que se esticava entre a algema na mão direita de Magnus e no círculo de *adamas* enterrado no chão. — Só estou tentando ajudar. — Ele bateu na corrente com força, e Magnus gritou de dor e o encarou. Raphael tinha mãos magras, de menino, mas isso era ilusório: ele possuía a força de um vampiro e, no momento, estava empregando essa força no propósito de arrancar as correntes de Magnus pela raiz.

A cela onde se encontravam era circular. O chão era feito de pedras de granito, sobrepostas. Bancos de pedra ornavam os interiores das paredes. Não havia porta perceptível, apesar de haver janelas estreitas — tão estreitas quanto flechas. Não tinham vidro, e pela profundidade delas dava para notar que as paredes tinham no mínimo 30 centímetros de espessura.

Magnus tinha acordado naquele recinto, com um círculo de Caçadores de Sombras malignos trajando vermelho ao redor dele, prendendo as correntes no chão. Antes de a porta se fechar atrás deles, viu Sebastian no corredor lá fora, sorrindo para ele como um ceifador.

Agora Luke estava diante de uma das janelas, olhando para fora. Nenhum deles tinha recebido muda de roupas, e ele continuava com a calça social e a camisa que usara para o jantar em Alicante. A frente estava marcada por manchas cor de ferrugem. Magnus tinha que ficar lembrando a si que se tratava de vinho. Luke parecia desvairado, o cabelo desgrenhado, uma das lentes dos óculos rachada.

— Está vendo alguma coisa? — perguntava Magnus agora, enquanto Raphael ia até o outro lado para ver se seria mais fácil tirar a corrente da mão esquerda. Magnus era o único acorrentado. Quando acordou, Luke e Raphael já estavam conscientes, Raphael deitado em um dos bancos enquanto Luke chamava por Jocelyn até ficar rouco.

— Não — respondeu Luke sucintamente. Raphael ergueu uma sobrancelha para Magnus. Ele estava com o cabelo bagunçado e com aspecto jovial, enterrando os dentes no lábio enquanto as juntas embranqueciam ao redor das correntes. Eram longas o bastante para que Magnus sentasse ereto, mas não dava para ficar de pé. — Só fumaça. Fumaça cinza-amarelada. Talvez montanhas ao longe. É difícil dizer.

— Acha que ainda estamos em Idris? — perguntou Raphael.

— Não — respondeu Magnus sem rodeios. — Não estamos em Idris. Posso sentir no meu sangue.

Luke olhou para ele.

— Onde estamos?

Magnus conseguia sentir o sangue fervendo, o início de uma febre. Formigando por seus nervos, secando sua boca, fazendo a garganta doer.

— Estamos em Edom — disse. — Uma dimensão demoníaca.

Raphael derrubou a corrente e praguejou em espanhol.

— Não consigo libertá-lo — falou, claramente frustrado. — Por que os serviçais de Sebastian só acorrentarem você, e nós não?

— Porque Magnus precisa das mãos para fazer mágica — esclareceu Luke.

Raphael olhou para Magnus, surpreso. Magnus meneou as sobrancelhas.

— Não sabia disso, vampiro? — falou. — Achei que a essa altura já teria percebido; está vivo há tempo o suficiente.

— Talvez. — Raphael sentou-se nos calcanhares. — Mas nunca me relacionei muito com feiticeiros.

Magnus o encarou, com um olhar que dizia: *nós dois sabemos que isso não é verdade*. Raphael desviou o olhar.

— Uma pena — disse Magnus. — Caso Sebastian tivesse feito o dever de casa, saberia que não posso fazer mágica neste reino. Não há necessidade disto. — Ele bateu as correntes como o fantasma de Marley.

— Então é aqui que Sebastian vem se escondendo durante esse tempo todo — falou Luke. — Por isso não conseguíamos rastreá-lo. Esta é a base de operações.

— Ou — disse Raphael — este aqui é só um lugar no qual nos abandonou para morrermos e apodrecermos.

— Ele não se daria o trabalho — emendou Luke. — Se nos quisesse mortos, já estaríamos mortos, nós três. Ele tem algum plano maior. Sempre tem. Só não sei por quê... — Ele parou, olhando para as próprias mãos, e de repente Magnus se lembrou de Luke muito mais jovem, cabelos esvoaçantes, feições preocupadas e coração aberto.

— Ele não vai machucá-la — afirmou Magnus. — Refiro-me a Jocelyn.

— Pode machucar — respondeu Raphael. — Ele é muito louco.

— Por que não a machucaria? — Luke parecia segurar um medo que ameaçava explodir. — Porque é mãe dele? Não é assim que funciona. Não é assim que *Sebastian* funciona.

— Não porque é mãe dele — explicou Magnus. — Porque é mãe de Clary. Ela é uma peça de negociação. E ele não vai abrir mão dela tão facilmente.

Estavam andando pelo que pareciam horas agora, e Clary se sentia exausta.

O solo acidentado dificultava a caminhada. Nenhuma das colinas era muito alta, mas não havia trilhas e eram cobertas por pedras xistosas e denteadas. Às vezes havia planícies grudentas e alcatroadas, e os pés afundavam quase até os calcanhares, arrastando a caminhada.

Eles pararam para aplicar símbolos para força e firmeza nos pés, e para beber água. O lugar era seco, todo cheio de fumaça e cinzas, com alguns rios brilhantes de pedras fundidas passando pela terra queimada. Seus rostos já estavam manchados de sujeira e cinza, o uniforme coberto de pó.

— Economizem a água — alertou Alec, fechando sua garrafa de plástico. Tinham parado à sombra de uma pequena montanha. O topo recortado erguia-se em picos e ameias que lembravam uma coroa. — Não sabemos quanto tempo vamos passar viajando.

Jace tocou a pulseira e, em seguida, o símbolo de rastreamento. Franziu o rosto para a estampa na parte de cima da mão.

— Estes símbolos que acabamos de colocar — disse. — Alguém me mostre algum.

Isabelle emitiu um ruído impaciente, em seguida esticou o pulso, onde Alec havia desenhado um símbolo de Velocidade mais cedo. Ela piscou para a Marca.

— Está desbotando — falou, com uma súbita incerteza na voz.

— Meu símbolo de rastreamento também, e os outros — disse Jace, olhando para a própria pele. — Acho que os símbolos desbotam mais depressa aqui. Vamos ter que tomar cuidado ao utilizá-los. Verificar se precisam ser aplicados novamente.

— Nossos símbolos de Velocidade estão desvanecendo — observou Isabelle, soando frustrada. — Isso pode determinar a diferença de dois ou três dias andando. Sebastian pode fazer *qualquer coisa* com os prisioneiros.

Alec franziu o rosto.

— Não vai fazer — observou Jace. — São a garantia dele de que a Clave vai nos entregar. Não vai fazer nada, a não ser que tenha certeza de que isso não vai acontecer.

— Podíamos andar a noite inteira — disse Isabelle. — Poderíamos usar símbolos de Vigília. Continuar aplicando-os.

Jace olhou em volta. Tinha manchas de sujeira abaixo dos olhos, nas bochechas e na testa, onde havia esfregado a palma da mão. O céu havia passado de amarelo a laranja-escuro, marcado por nuvens negras turbulentas. Clary supôs que fosse um indício da proximidade da noite. Ela ficou imaginando se dias e noites eram a mesma coisa neste lugar, ou se as horas eram diferentes, se as rotações deste planeta eram sutilmente desalinhadas.

— Quando os símbolos de Vigília desbotarem, você sucumbe — respondeu Jace. — Aí vai encarar Sebastian basicamente de ressaca... não é uma boa ideia.

Alec seguiu o olhar de Jace pela paisagem morta.

— Então temos que encontrar um lugar para descansar. Dormir. Não é mesmo?

Clary não escutou nada do que Jace falou em seguida. Já havia se afastado da conversa, escalando o lado íngreme de uma rocha. O esforço a fez tossir; o ar estava podre, carregado de fumaça espessa e cinzas, mas ela não estava a fim de ficar para assistir a uma discussão. Sentia-se exausta, a cabeça latejando, e não parava de enxergar a mãe em sua cabeça, o tempo todo. A mãe e Luke, juntos na varanda, de mãos dadas, olhando carinhosamente para ela.

Arrastou-se para o topo da elevação e parou ali. A colina descia de forma íngreme do outro lado, dando em um platô de rocha acinzentada que se estendia pelo horizonte, com pilhas aqui e ali, com montes de entulho e xisto. O sol havia baixado, apesar de ainda apresentar a mesma cor de laranja queimado.

— O que está olhando? — perguntou uma voz ao seu lado; ela se assustou e se virou para flagrar Simon ali. Ele não estava tão gordurento quanto os outros. A sujeira nunca parecia grudar em vampiros. Mas tinha o cabelo cheio de poeira.

Ela apontou para buracos escuros que marcavam a lateral de uma colina próxima, como tiros de armas de fogo.

— São entradas de cavernas, acho — falou.

— Parece até uma cena de *World of Warcraft*, não é não? — disse ele, gesticulando em volta, indicando a paisagem arrasada, o céu marcado por cinzas. — Só que aqui não dá para desligar e sair.

— Há muito tempo que não consigo desligar. — Clary podia ver Jace e os outros Lightwood à distância, ainda discutindo.

— Você está bem? — perguntou Simon. — Não tive chance de conversar com você desde tudo que aconteceu com sua mãe, e Luke...

— Não — respondeu Clary. — Não estou bem. Mas preciso continuar. Se eu continuar, não fico pensando no assunto.

— Sinto muito. — Simon colocou as mãos nos bolsos, a cabeça abaixada. Seus cabelos castanhos voavam sobre a testa, sobre o ponto onde estivera a Marca de Caim.

— Está brincando? Eu é que sinto muito. Por tudo. Por você ter virado vampiro, pela Marca de Caim...

— Que me *protegeu* — protestou Simon. — Aquilo foi um milagre. Foi uma coisa que só você podia fazer.

— É disso que tenho medo — sussurrou Clary.

— De quê?

— De não ter mais nenhum milagre em mim — respondeu, e pressionou os lábios enquanto os outros se juntavam a eles, Jace olhando com curiosidade de Simon para Clary, como se estivesse imaginando o tema da conversa entre eles.

Isabelle olhava para a planície, para os hectares de vazio adiante, para a vista engasgada de pó.

— Está vendo alguma coisa?

— E aquelas cavernas? — Perguntou Simon, apontando para as entradas escuras na lateral da montanha. — Podem ser abrigo...

— Boa ideia — respondeu Jace. — Estamos em uma dimensão demoníaca, só Deus sabe o que mora ali, e você quer se arrastar por um buraco escuro e...

— Tudo bem — interrompeu Simon. — Foi só uma sugestão. Não precisa se irritar...

Jace, que claramente estava de mau humor, lhe lançou um olhar frio.

— Isso não sou eu irritado, vampiro...

Um pedaço escuro de nuvem se destacou do céu e de repente avançou para baixo, mais veloz que qualquer um deles seria capaz de acompanhar. Clary viu de relance uma imagem terrível de asas e dentes, e dúzias de olhos vermelhos, e então Jace estava subindo ao céu, preso às garras de um demônio voador.

Isabelle gritou. A mão de Clary foi para o cinto, mas o demônio já tinha voado para o céu, um turbilhão de asas de couro, emitindo um grito agudo de triunfo. Jace não fez qualquer barulho; Clary via as botas penduradas, imóveis. Será que ele estava *morto*?

A visão de Clary ficou branca. Ela se virou para Alec, que já estava com o arco na mão e uma flecha preparada.

— Atire! — gritou ela.

Ele rodou como um dançarino, examinando o céu.

— Não consigo mirar; está escuro demais... posso acertar Jace...

O chicote de Isabelle se desenrolou da mão, um fio brilhante alcançando o céu, subindo, impossivelmente alto. A luz brilhante iluminou o céu nebuloso, e Clary ouviu o demônio gritar de novo, desta vez um uivo estridente de dor. A criatura estava girando pelo ar, vacilante, Jace preso às suas garras. As garras estavam enterradas nas costas dele — ou ele estaria se segurando à *criatura*? Clary teve a impressão de ter visto o brilho de uma lâmina

646

serafim, ou talvez tivesse sido apenas a luz do chicote de Izzy enquanto este se elevava, depois descia novamente como uma serpentina brilhante.

Alec xingou e soltou uma flecha. Ela voou, perfurando a escuridão; um segundo depois, uma massa escura despencava para a terra, atingindo o chão com um estrondo que levantou uma nuvem de cinzas.

Todos ficaram encarando. Esticado, o demônio era grande, quase do tamanho de um cavalo, com um corpo verde-escuro, parecido com o de uma tartaruga; asas flácidas que pareciam de couro; seis apêndices cheios de garras e que lembravam centopeias; e um pescoço longo que culminava em um círculo de olhos e dentes afiados e tortos. A cauda da flecha de Alec se elevava da lateral da criatura.

Jace estava ajoelhado nas costas do demônio, com uma lâmina serafim na mão. Golpeava a nuca do monstro furiosamente, sem parar, liberando pequenos esguichos de icor negro que espirravam em suas roupas e em seu rosto. O demônio gorgolejou e sucumbiu, seus muitos olhos vermelhos ficando vazios e apagados.

Jace saiu das costas da criatura, ofegante. A lâmina serafim já tinha começado a se contorcer com icor; ele a limpou, jogando o icor fora, e olhou para o pequeno grupo de amigos, todos o encarando com expressões de espanto.

— *Isto* — falou — sou eu irritado.

Alec resmungou, algo entre um gemido e uma onomatopeia, e baixou o arco. Seus cabelos negros estavam grudados à testa por causa do suor.

— Não precisam parecer todos tão preocupados — disse Jace. — Eu estava me saindo bem.

Clary, tonta de alívio, engasgou.

— *Bem?* Se sua definição de "bem" inclui virar o lanchinho de uma tartaruga voadora assassina, então vamos precisar ter uma *conversinha*, Jace Lightwood...

— Ele não desapareceu — interrompeu Simon, tão assustado quanto o restante deles. — O demônio. Não desapareceu quando você o matou.

— Não, não desapareceu — disse Isabelle. — O que significa que a dimensão dele é esta. — Ela estava com a cabeça esticada para trás e examinava o céu. Clary viu o brilho de um símbolo de Visão de Longo Alcance recém-aplicado em seu pescoço. — E aparentemente esses demônios conseguem circular à luz do dia. Provavelmente porque o sol aqui está quase desbotado. Precisamos sair desta área.

Simon tossiu alto.

— O que vocês estavam falando sobre o abrigo em uma caverna ser uma ideia ruim?

— Na verdade, foi só Jace — disse Alec. — Pra mim a ideia parece boa.

Jace encarou os dois e esfregou o rosto com uma das mãos, tendo êxito na missão de se sujar de icor negro.

— Vamos olhar as cavernas. Encontraremos uma pequena e verificaremos minuciosamente antes de descansar. Eu fico com o primeiro turno de vigilância.

Alec assentiu e foi em direção à entrada mais próxima. O restante do grupo o seguiu; Clary acompanhava os passos de Jace. Ele estava em silêncio, perdido nos próprios pensamentos; sob a coberta pesada de nuvens, seu cabelo brilhava num tom dourado, e Clary via os enormes rasgos nas costas do casaco do uniforme de luta, onde as garras do demônio o haviam prendido. De repente Jace sorriu.

— O quê? — perguntou Clary. — Qual é a graça?

— "Tartaruga voadora assassina"? — falou ele. — Só você mesmo.

— "Só eu mesmo"? Isso é bom ou ruim? — perguntou ela, enquanto chegavam à entrada da caverna, que se erguia diante deles como uma boca escura aberta.

Mesmo às sombras, o sorriso de Jace brilhava.

— É perfeito.

Avançaram apenas alguns metros no túnel antes de descobrirem o caminho bloqueado por um portão metálico. Alec praguejou, olhando por cima do ombro. A entrada da caverna estava logo atrás, e através dela Clary enxergava o céu laranja e formas escuras e circulares.

— Não... isso é bom — disse Jace, aproximando-se do portão. — Vejam. Símbolos.

E de fato havia símbolos nas curvas do metal: alguns familiares, outros que Clary não conhecia. Mesmo assim, lhe transmitiam mensagens de proteção, de lutas contra forças demoníacas, um sussurro nos recônditos de sua mente.

— São símbolos de proteção — disse ela. — Proteção contra demônios.

— Ótimo — declarou Simon, lançando mais um olhar ansioso por sobre o ombro. — Porque demônios estão vindo... acelerados.

Jace olhou para trás, em seguida agarrou o portão e o sacudiu. A tranca explodiu, soltando flocos de ferrugem. Ele puxou de novo, com mais força, e o portão se abriu; as mãos de Jace brilhavam sob a luz fraca, e o metal onde ele tocou ficou preto.

Ele correu para a escuridão além, e os outros foram atrás, Isabelle alcançando sua pedra de luz enfeitiçada. Simon foi em seguida, e Alec por último, esticando a mão para fechar o portão. Clary levou um instante para desenhar um símbolo de fechamento, só para garantir.

A luz enfeitiçada de Izzy brilhou, iluminando o fato de estarem em um túnel que avançava sinuosamente pela escuridão. As paredes eram lisas, de mármore, marcadas incessantemente com símbolos de proteção, sacralidade e defesa. O chão era de pedra arenosa, fácil de caminhar. O ar se tornava mais limpo à medida que penetravam a montanha, o veneno da bruma e dos demônios retrocedendo aos poucos até Clary respirar com mais facilidade do que durante todo o tempo em que estivera naquele reino.

648

Por fim chegaram a um espaço circular amplo, claramente esculpido por mãos humanas. Parecia o interior da cúpula de uma catedral: redondo, com um teto enorme arqueado acima. Havia uma fogueira no centro do salão, há muito apagada. Havia pedrinhas brancas no teto. Brilhavam suavemente, preenchendo o recinto com uma iluminação fraca. Isabelle abaixou sua pedra, deixando-a se apagar na mão.

— Acho que este era um esconderijo — falou Alec, com a voz sussurrada. — Uma espécie de barricada final, onde quem quer que morasse aqui pudesse ficar seguro contra os demônios.

— Quem quer que tenha morado aqui conhecia magia de símbolos — disse Clary. — Eu não reconheço todas as Marcas, mas consigo sentir o que significam. São símbolos sagrados como os de Raziel.

Jace tirou a mochila dos ombros e a deslizou para o chão.

— Hoje vamos dormir aqui.

Alec pareceu desconfiado.

— Tem certeza de que é seguro?

— Vamos examinar os túneis — disse Jace. — Clary, venha comigo. Isabelle, Simon, fiquem com o corredor leste. Vamos torcer para que isto funcione no reino demoníaco. — Ele bateu no símbolo de bússola no antebraço, que era uma das primeiras Marcas recebidas pelos Caçadores de Sombras.

Isabelle largou sua mochila, pegou duas lâminas serafim e as guardou nos coldres nas costas.

— Tudo bem.

— Vou com vocês — disse Alec, fitando Isabelle e Simon com olhos desconfiados.

— Se tem que ser assim — respondeu Isabelle, com uma indiferença exagerada. — Devo alertá-lo de que vamos nos agarrar no escuro. Beijação caprichada e molhada.

Simon ficou espantado.

— Vamos... — começou Simon, mas Isabelle pisou no pé dele, e ele se calou.

— "*Beijação*"? — perguntou Clary. — Esta palavra existe?

Alec pareceu nauseado.

— Suponho que eu possa ficar aqui.

Jace sorriu e jogou uma estela para ele.

— Faça uma fogueira — falou. — Prepare uma torta para a gente ou algo assim. Essa coisa de caçar demônios dá fome.

Alec enterrou a estela no chão e começou a desenhar o símbolo de fogo. Pareceu murmurar algo sobre como Jace não gostaria de acordar de manhã com a cabeça raspada.

Jace sorriu para Clary. Sob o icor e o sangue estava o fantasma de seu velho sorriso endiabrado, mas isso era bom. Ela pegou Heosphoros em seu cinto. Simon e Isabelle já tinham

649

desaparecido pelo corredor leste; ela e Jace viraram para o caminho oposto, que se inclinava levemente para baixo. Enquanto adquiriam ritmo, Clary ouviu Alec gritar atrás deles:

— E as sobrancelhas também!

Jace riu secamente.

Maia não sabia ao certo o que tinha pensado sobre ser líder do bando, mas não imaginava que fosse assim.

Estava sentada à mesa do saguão do prédio da Segunda Delegacia, Morcego na cadeira atrás dela, explicando pacientemente vários aspectos da administração de um bando de lobos: como se comunicavam com os outros membros da Praetor Lupus na Inglaterra, como mensagens eram transmitidas de e para Idris, até mesmo como coordenavam pedidos no restaurante Jade Wolf. Ambos levantaram as cabeças quando as portas se abriram e uma feiticeira de pele azul com uniforme de enfermeira entrou no recinto, seguida por um homem alto de casaco preto.

— Catarina Loss — disse Morcego, de forma a apresentá-la. — Nossa nova líder do bando, Maia Roberts...

Catarina o dispensou com um aceno. Ela era *muito* azul, quase cor de safira, e tinha cabelos brancos lustrosos arrumados em um coque. O uniforme tinha caminhões desenhados.

— Este é Malcolm Fade — disse ela, indicando o homem alto ao seu lado. — Alto Feiticeiro de Los Angeles.

Malcolm Fade inclinou a cabeça. Tinha feições angulares, cabelo da cor de papel, e olhos roxos. *Muito* roxos, de uma cor diferente de quaisquer olhos humanos. Era atraente, pensou Maia, se você gostasse desse tipo de coisa.

— Magnus Bane sumiu! — anunciou ele, como se esse fosse o título de um livrinho ilustrado.

— Luke também — falou Catarina sombriamente.

— Sumiu? — ecoou Maia. — Como assim, sumiu?

— Bem, não sumiu, exatamente. Foi sequestrado — explicou Malcolm, e Maia derrubou a caneta que estava segurando. — Quem sabe onde podem estar? — Ele soava como se a coisa fosse empolgante e ele estivesse triste por não estar mais envolvido.

— Sebastian Morgenstern é o responsável? — perguntou Maia a Catarina.

— Sebastian capturou todos os representantes do Submundo. Meliorn, Magnus, Raphael e Luke. E Jocelyn também. E vai mantê-los reféns, diz, a não ser que a Clave concorde em entregar Clary e Jace.

— E se não o fizerem? — perguntou Leila. A entrada dramática de Catarina tinha atraído o bando, e estavam todos enchendo o recinto, ocupando a escadaria e se agrupando em volta da mesa, como licantropes curiosos que eram.

CIDADE DO FOGO CELESTIAL

— Então ele vai matar os representantes — disse Maia. — Certo?

— A Clave deve saber que se permitirem que ele faça isso, os membros do Submundo vão se rebelar — declarou Morcego. — Seria o mesmo que dizer que as vidas de quatro integrantes do Submundo valem menos que a segurança de dois Caçadores de Sombras.

Não apenas dois Caçadores de Sombras, pensou Maia. Jace era difícil e irritadiço, e Clary se mostrara reservada no começo, mas eles lutaram por ela e com ela; salvaram sua vida, e ela salvou as deles.

— Entregar Jace e Clary seria assassiná-los — disse Maia. — E sem garantias de que teríamos Luke de volta. Sebastian é mentiroso.

Os olhos de Catarina brilharam.

— Se a Clave ao menos não fizer algum movimento para resgatar Magnus e os outros, não perderão apenas os representantes do Submundo no Conselho. Perderão os Acordos.

Maia ficou quieta por um momento; estava consciente de todos os olhos nela. Os outros lobos ficaram observando qual seria sua reação. A reação da líder.

Ela se aprumou.

— O que dizem os feiticeiros? O que vão fazer? E o Povo das Fadas e as Crianças Noturnas?

— A maioria dos membros do Submundo não sabe — disse Malcolm. — Acontece que tenho um informante. Compartilhei as notícias com Catarina por causa de Magnus. Achei que ela precisava saber. Digo, esse tipo de situação não acontece todo dia. Sequestros! Resgates! Amor separado por tragédia!

— Cale a boca, Malcolm — falou Catarina. — É por isso que ninguém leva você a sério. — Ela se voltou para Maia. — Veja. A maior parte do Submundo sabe que os Caçadores de Sombras fizeram as malas e foram para Idris, é claro; mas não sabem *por quê*. Estão esperando notícias dos respectivos representantes, as quais, claro, não vieram.

— Mas essa situação não pode esperar — declarou Maia. — O Submundo vai descobrir.

— Ah, vão descobrir — disse Malcolm, aparentemente se esforçando muito para soar sério. — Mas vocês conhecem os Caçadores de Sombras; eles são reservados. Todos sabem sobre Sebastian Morgenstern, é claro, e sobre os Caçadores de Sombras malignos, mas os ataques nos Institutos permaneceram relativamente brandos.

— Os feiticeiros do Labirinto Espiral estão trabalhando em uma cura para os efeitos do Cálice Infernal, mas mesmo eles desconhecem a urgência da situação e o que se passa em Idris — relatou Catarina. — Temo que os Caçadores de Sombras acabem se eliminando pela própria discrição. — Ela estava ainda mais azul que antes; a cor parecia mudar com o humor.

651

— Então por que vieram até nós, até mim? — questionou Maia.

— Porque Sebastian já transmitiu o recado para você através do ataque a Praetor — respondeu Catarina. — E sabemos que você é íntima dos Caçadores de Sombras, dos filhos do Inquisidor, e da própria irmã de Sebastian, por exemplo. Sabe tanto quanto nós, talvez até mais, sobre o que está se passando.

— Não sei tanto assim — admitiu Maia. — As barreiras em torno de Idris têm dificultado o envio de mensagens.

— Podemos ajudar com isso — disse Catarina. — Não podemos, Malcolm?

— Hum? — Malcolm vagava ociosamente pelo recinto, parando para olhar coisas que Maia considerava cotidianas, um corrimão, um azulejo rachado na parede, um vitral, como se fossem coisas reveladoras. O bando o observava com espanto.

Catarina suspirou.

— Não liguem para ele — falou baixinho para Maia. — Ele é bem poderoso, mas passou por alguma situação esquisita no começo do século passado e, desde então, nunca mais foi o mesmo. É bem inofensivo.

— Ajudar? Claro que podemos ajudar — disse Malcolm, virando-se para olhar para eles. — Precisa transmitir algum recado? Sempre existem os gatinhos-correio.

— Você quer dizer pombos — corrigiu Morcego. — Pombos-correio.

Malcolm balançou a cabeça.

— Gatinhos-correio. São tão bonitinhos que ninguém resiste. E resolvem problemas com ratos também.

— Não temos problemas com ratos — disse Maia. — Temos um problema de megalomania. — Ela olhou para Catarina. — Sebastian está determinado a criar um afastamento entre o Submundo e os Caçadores de Sombras. Sequestrando representantes, atacando a Praetor, ele não vai parar por aí. Logo, logo todo o Submundo vai saber o que está acontecendo. A questão é: que posição tomarão?

— Ficaremos bravamente ao seu lado! — anunciou Malcolm. Catarina o olhou de forma sombria, e ele hesitou. — Bem, ficaremos bravamente perto de vocês. Ou, pelo menos, ao alcance dos ouvidos.

Maia o olhou, séria.

— Então, basicamente, sem garantias?

Malcolm deu de ombros.

— Feiticeiros são independentes. E é difícil fazer contato conosco. Como gatos, mas com menos rabos. Bem, existem *alguns* rabos. Eu não tenho...

— *Malcolm* — disse Catarina.

— A questão é — continuou Maia —, ou os Caçadores de Sombras vencem, ou Sebastian vence, e se ele ganhar, vai vir atrás de nós, de todos os membros do Submundo.

Tudo que ele quer é transformar este mundo em um terreno baldio de cinzas e ossos. Ninguém vai sobreviver.

Malcolm pareceu ligeiramente alarmado, embora nem perto do grau de alarme que deveria apresentar, pensou Maia. O aspecto predominante era de alegria inocente e infantil; não tinha nada da sabedoria travessa de Magnus. Ela ficou se perguntando qual era a idade dele.

— Não acho que vamos conseguir entrar em Idris para lutar ao lado deles, como já fizemos — continuou Maia. — Mas podemos tentar difundir a notícia. Chegar a outros integrantes do Submundo antes de Sebastian. Ele vai tentar recrutá-los; temos que fazê-los entender o que significará se juntar a ele.

— A destruição deste mundo — disse Morcego.

— Existem Altos Feiticeiros em várias cidades; provavelmente vão cogitar a questão. Mas somos lobos solitários, como Malcolm disse — respondeu Catarina. — O Povo das Fadas dificilmente conversará com qualquer um de nós; nunca o fazem...

— E quem se importa com o que os vampiros fazem? — rebateu Leila. — Eles se viram sozinhos, de qualquer forma.

— Não — disse Maia após um instante. — Não, eles sabem ser leais. Temos que nos encontrar com eles. Já é hora de os líderes do bando de Nova York e do clã de vampiros formarem uma aliança.

Um murmúrio de choque percorreu o recinto. Lobisomens e vampiros não se relacionavam, a não ser que fossem reunidos por forças externas maiores, como a Clave.

Ela esticou a mão para Morcego.

— Caneta e papel — pediu, e ele obedeceu. Ela rabiscou um bilhete breve, arrancou a folha e a entregou a um dos lobos mais jovens. — Leve isto a Lily, no Dumort — instruiu. — Diga que quero me encontrar com Maureen Brown. Ela pode escolher um local neutro; nós aprovaremos antes da reunião. Diga que tem que ser o quanto antes. As vidas de nossos representantes e dos deles dependem disso.

— Quero ficar brava com você — falou Clary. Eles atravessavam o túnel sinuoso; Jace segurava a pedra de luz enfeitiçada dela, o brilho atuava como guia. Ela se lembrou da primeira vez em que ele pressionara uma dessas pedras lisas na mão. *Todo Caçador de Sombras deve ter a própria pedra de luz enfeitiçada.*

— Ah é? — disse Jace, lançando um olhar cauteloso a ela. O chão era liso e polido, e as paredes do corredor se curvavam graciosamente por dentro. Havia novos símbolos, marcados em intervalos. — Por quê?

— Por arriscar sua vida — retrucou ela. — Só que, na verdade, não arriscou. Só ficou ali parado e o demônio te agarrou. E é fato, você estava sendo grosso com Simon.

— Se um demônio me agarrasse toda vez que eu fosse grosso com Simon, eu teria morrido no dia em que você me conheceu.

— Eu só... — Ela balançou a cabeça. Sua visão estava ficando turva de tanta exaustão, e o peito doía de saudade da mãe, de Luke. De casa. — Não sei como cheguei aqui.

— Provavelmente posso refazer nossos passos — disse Jace. — Passamos pelo corredor das fadas, viramos à esquerda na vila dizimada, à direita na planície dos amaldiçoados, curva acentuada sobre o demônio morto...

— Você entendeu. Não sei como cheguei *aqui*. Minha vida era normal. Eu era normal...

— Você nunca foi normal — disse Jace, com a voz muito calma. Clary ficou imaginando se algum dia deixaria de ficar tonta com as transformações repentinas de humor a seriedade, depois a humor de novo.

— Eu queria ser. Queria ter uma vida normal. — Ela olhou para si, sapatos empoeirados e uniforme manchado, as armas brilhando no cinto. — Estudar arte.

— Casar com Simon? Ter seis filhos? — A voz de Jace estava ligeiramente irritada agora. O corredor tinha uma curva aguda, e ele desapareceu nela. Clary apressou o passo para alcançá-lo...

E arfou. Tinham saído do túnel e chegado a uma caverna enorme, semipreenchida por um lago subterrâneo. A caverna se estendia pelas sombras. Era linda. A primeira coisa linda que Clary via desde a chegada ao reino demoníaco. O teto da caverna era de pedra, esculpido a golpes de água durante anos, e brilhava com um azul intenso. O lago abaixo era tão azul quanto, um crepúsculo profundo luminoso, com pilares de quartzo se projetando aqui e ali, como hastes de cristal.

A trilha desembocava em uma pequena praia de areia muito fina, quase tão delicada quanto cinzas, que levava à água. Jace caminhou pela praia e agachou perto da água, enfiando as mãos nela. Clary chegou logo depois, as botas levantando nuvens de areia, e se ajoelhou enquanto ele jogava água no rosto e no pescoço, esfregando as manchas de icor.

— Cuidado... — Ela o pegou pelo braço. — Pode ser venenosa.

Ele balançou a cabeça.

— Não é. Veja abaixo da superfície.

O lago era cristalino, vítreo. O fundo era de pedra lisa, marcado por símbolos que emitiam um brilho fraco. Eram símbolos de pureza, cura e proteção.

— Desculpe — disse Jace, arrancando-a do devaneio. Ele estava com os cabelos molhados, grudados nas curvas proeminentes das bochechas e têmporas. — Eu não devia ter falado aquilo sobre Simon.

Clary enfiou as mãos na água. Pequenas ondulações se espalharam a partir do movimento de seus dedos.

654

— Quero te dizer que eu não desejaria ter outra vida — disse ela. — Esta vida me trouxe você. — Ela posicionou as mãos em concha, levando água à boca. Estava fria e doce, revitalizando sua energia fragilizada.

Ele lançou a ela um de seus sorrisos verdadeiros, não apenas um repuxar de lábios.

— Espero que não só eu.

Clary buscava palavras.

— Esta vida é real — disse ela. — A outra era mentira. Um sonho. É só que...

— Há muito tempo você não desenha — completou ele. — Desde que começou a treinar. Não seriamente.

— Não — respondeu ela baixinho, porque era verdade.

— Às vezes fico imaginando... Meu pai... Valentim, quero dizer... adorava música. Ele me ensinou a tocar. Bach, Chopin, Ravel. E me lembro de uma vez ter perguntado por que os compositores eram todos mundanos. Não existem Caçadores de Sombras que tenham feito música. E ele falou que, nas almas deles, mundanos possuem uma faísca criativa, mas nossas almas são guerreiras, e as duas coisas não conseguem existir no mesmo espaço, não mais do que uma chama consegue se dividir.

— Então você acha que a Caçadora de Sombras em mim... está afastando a artista? — perguntou Clary. — Mas minha mãe pintava... digo, pinta. — Ela sufocou a dor por ter pensado em Jocelyn no passado, ainda que brevemente.

— Valentim dizia que foi isso que o Céu deu aos mundanos, qualidade artística e dom de criação — disse Jace. — Era isso que os tornava dignos de proteção. Não sei se era verdade — acrescentou. — Mas se as pessoas têm um fogo dentro delas, então o seu é o mais brilhante que conheço. Você consegue lutar *e* desenhar. E vai fazer os dois.

Impulsivamente, Clary se inclinou para beijá-lo. Ele estava com os lábios frios. Com gosto de água doce e de Jace, e ela teria se entregado mais ao beijo, no entanto algo intenso como eletricidade estática se passou entre eles; Clary sentou-se para trás, os lábios ardendo.

— Ai — queixou-se ela pesarosamente. Jace parecia arrasado. Ela esticou a mão para tocá-lo no cabelo molhado. — Mais cedo, com o portão. Vi suas mãos brilharem. O fogo celestial...

— Não consigo controlar aqui, não como controlava em casa — disse Jace. — Tem alguma coisa neste mundo. Parece que empurra o fogo mais para perto da superfície. — Ele olhou para as próprias mãos, cujo brilho já estava desbotando. — Acho que nós dois precisamos ter cuidado. Este lugar vai nos afetar mais que aos outros. Maior concentração de sangue angelical.

— Então teremos cuidado. Você consegue controlar. Lembre-se dos exercícios que Jordan fez com você...

— Jordan está morto. — A voz de Jace saiu rígida enquanto ele se levantava, espanando a areia das roupas. Ele estendeu a mão para ajudar Clary a se levantar. — Vamos — disse.

— Vamos voltar para Alec antes que ele pense que Isabelle e Simon estão transando nas cavernas e comece a surtar.

— Você sabe que todo mundo acha que estamos transando — disse Simon. — Provavelmente estão surtando.

— Humpf — respondeu Isabelle. O brilho de sua luz enfeitiçada bateu nas paredes da caverna. — Como se fôssemos transar em uma caverna cercada por montes de demônios. Esta é a realidade, Simon, e não sua imaginação fervorosa.

— Fique sabendo que houve uma época na minha vida em que a ideia de transar um dia me parecia *mais* provável que a ideia de estar cercado por demônios — falou, contornando uma pilha de pedras derrubadas.

Todo o lugar lembrava um passeio às Cavernas Luray na Virgínia, que ele tinha feito com a mãe e Rebecca durante o ensino fundamental. Dava para ver o brilho de mica nas pedras com sua visão de vampiro; não precisava da pedra de luz enfeitiçada de Isabelle para guiá-lo, mas supunha que ela precisasse, então não falou nada a respeito.

Isabelle murmurou alguma coisa; ele não entendeu exatamente o quê, mas teve a sensação de que não foi nada elogioso.

— Izzy — disse ele. — Existe algum motivo para estar com tanta raiva de mim?

As palavras seguintes saíram em uma onda de suspiros que soaram como "cênãodeviatáqui". Mesmo com a audição aguçada, Simon não conseguiu entender.

— O quê?

Ela se virou para ele.

— Você não devia estar aqui! — disse ela, a voz ecoando das paredes do túnel. — Quando o deixamos em Nova York, foi para você ficar *em segurança*...

— Não quero ficar em segurança — protestou ele. — Quero ficar com você.

— Você quer ficar com Clary.

Simon fez uma pausa. Estavam se encarando pelo túnel, ambos parados agora, Isabelle com as mãos cerradas.

— É esse o problema? Clary?

Ela ficou em silêncio.

— Não amo Clary dessa forma — disse ele. — Ela foi meu primeiro amor, minha primeira paixonite. Mas o que sinto por você é totalmente diferente... — Ele levantou a mão quando ela começou a balançar a cabeça. — Ouça, Isabelle — falou. — Se está me pedindo para escolher entre você e minha melhor amiga, então sim, não vou escolher. Porque ninguém que me amasse me obrigaria a fazer uma escolha tão sem sentido; seria como eu pedir a você para escolher entre mim e Alec. Fico incomodado por ver Clary e Jace juntos? Não, de jeito nenhum. De um jeito incrivelmente estranho, eles são ótimos um para o outro. Pertencem um ao outro. Meu lugar não é com Clary, não desse jeito. Meu lugar é com você.

— Está sendo sincero? — Ela estava corada.

Ele assentiu.

— Venha cá — pediu ela, e ele a deixou puxá-lo para si, até grudar o corpo ao dela, a rigidez da parede atrás deles a forçando a curvar o próprio corpo contra o dele. Simon sentiu a mão de Isabelle subir por suas costas, por baixo da camiseta, os dedos mornos contornando a espinha gentilmente. A respiração dela agitou o cabelo dele, e o corpo dele também se agitou, só de chegar perto dela.

— Isabelle, eu amo...

Ela bateu no braço dele, mas não foi um tapa de raiva.

— *Agora* não.

Ele aninhou o nariz no pescoço dela, no aroma adocicado da pele de Isabelle e sangue.

— Quando, então?

Ela recuou de repente, deixando-o com a desagradável sensação de ter tido um curativo arrancado sem cerimônia.

— Ouviu isso?

Ele estava prestes a balançar a cabeça quando *de fato* ouviu — o que pareceu ser um sussurro e um grito, vindo da parte ainda inexplorada do túnel. Isabelle correu, a pedra de luz enfeitiçada refletindo das paredes aos solavancos, e Simon, praguejando por Caçadores de Sombras serem, acima de tudo, Caçadores de Sombras, foi atrás.

O túnel só tinha mais uma curva antes de desembocar nos restos de um portão destruído de metal. Além dos restos do portão havia um platô de pedra que descia para uma paisagem maldita. Era áspero, marcado por rochas denteadas e gastas. No limite da areia, abaixo, o deserto recomeçava, marcado aqui e ali por árvores negras e retorcidas. Algumas nuvens desapareceram, e Isabelle, olhando para cima, arfou levemente.

— Veja a lua — disse ela

Simon olhou — e se espantou. Não era bem uma lua, mas luas, como se a lua tivesse sido cortada em três pedaços. Eles flutuavam, com bordas recortadas, como dentes de tubarão espalhados pelo céu. Cada pedaço emitia um brilho fastidioso, e, sob o luar quebrado, a visão vampiresca de Simon identificou o movimento circular de *criaturas*. Algumas pareciam a coisa voadora que tinha capturado Jace mais cedo; outras se assemelhavam mais a um inseto. Todas eram horríveis. Ele engoliu em seco.

— O que está vendo? — perguntou Isabelle, sabendo que mesmo um símbolo de Visão de Longo Alcance não lhe daria uma visão melhor que a de Simon, principalmente ali, onde símbolos desbotavam tão depressa.

— Está cheio de demônios ali. Muitos. Quase todos voadores.

O tom de Isabelle foi sombrio:

— Então eles conseguem sair durante o dia, porém são mais ativos à noite.

— Isso — Simon forçou a vista. — Tem mais. Há um planalto de pedra que avança um pouco e, em seguida desce, e tem alguma coisa atrás, alguma coisa brilhando.

— Um lago, talvez?

— Talvez — respondeu Simon. — Quase se parece com...

— O quê?

— Uma cidade — respondeu ele relutantemente. — Uma cidade demoníaca.

— Ah. — Ele viu Isabelle assimilar as implicações, e por um instante ela empalideceu; em seguida, no seu jeito Izzy de ser, ela se ajeitou e meneou a cabeça, virando-se de costas, para longe das ruínas destroçadas daquele mundo. — É melhor voltarmos e avisarmos aos outros.

Estrelas de granito se penduravam do teto em correntes de prata. Jocelyn encontrava-se deitada no palete de pedra que servia de cama, observando as estrelas.

Ela já havia gritado até ficar rouca, arranhado a porta — grossa, feita de carvalho com dobradiças de aço e parafusos — até as mãos sangrarem, remexido em suas coisas para tentar achar uma estela, e batido tão forte contra a parede que machucou o antebraço.

Nada aconteceu. Ela também não esperava que acontecesse. Se Sebastian fosse como o pai — e Jocelyn imaginava que ele fosse muito parecido com o pai —, então ele seria muito detalhista.

Detalhista e criativo. Ela encontrara os pedaços da sua estela em um dos cantos, destruída e inútil. Continuava com as mesmas roupas da paródia de jantar de Meliorn, mas seus sapatos tinham sido removidos. Os cabelos estavam cortados abaixo dos ombros, as pontas tortas, como se tivessem usado uma lâmina cega.

Pequenas crueldades pitorescas que demonstravam uma natureza terrível, paciente. Tal como Valentim, Sebastian sabia esperar para obter o que queria, mas tornaria a espera dolorosa.

A porta se abriu. Jocelyn levantou de um pulo, mas Sebastian já estava lá dentro, a porta fechada em segurança atrás de si com o estalo de uma tranca. Ele sorriu para ela.

— Finalmente acordou, mãe?

— Já estava acordada — disse Jocelyn. Ela colocou um pé cuidadosamente atrás do outro, ganhando equilíbrio e vantagem.

Ele desdenhou.

— Não se incomode. Não tenho qualquer intenção de atacá-la.

Ela não disse nada, apenas o observou enquanto ele se aproximava. A luz que entrava pelas janelas estreitas era forte o suficiente para refletir nos cabelos brancos dele e iluminar os planos de seu rosto. Jocelyn enxergava pouco de si ali. Ele era todo Valentim. O rosto de

Valentim, os olhos negros, os movimentos de um dançarino ou de um assassino. Apenas sua estrutura física, alta e esguia, era herança dela.

— Seu lobisomem está seguro — disse ele. — Por enquanto.

Jocelyn ignorou o salto de seu coração. *Não demonstre nada no rosto.* Emoções eram sua fraqueza — essa fora a lição de Valentim.

— E Clary — falou ele. — Clary também está segura. Caso você se importe, é lógico. — Ele a contornou, um círculo lento, contemplativo. — Jamais consegui saber ao certo. Afinal, uma mãe sem coração o suficiente para abandonar um de seus filhos...

— Você não era meu filho — soltou, e em seguida fechou a boca apressadamente. *Não caia no jogo dele*, pensou. *Não demonstre fraqueza. Não dê o que ele quer.*

— No entanto, você guardou a caixa — provocou ele. — Você sabe de qual caixa estou falando. Eu a deixei na cozinha de Amatis para você; um presentinho, algo para se lembrar de mim. Como se sentiu ao encontrá-la? — Ele sorriu, e em seu sorriso também não havia qualquer traço de Valentim. Valentim fora humano; um monstro humano. Mas Sebastian era outra coisa. — Eu sei que você pegava a caixa todos os anos e chorava em cima dela — falou. — Por que fazia isso?

Ela permaneceu calada, e ele esticou o braço sobre o ombro para tocar o cabo da lâmina Morgenstern, presa às suas costas.

— Sugiro que me responda — incitou. — Eu não teria qualquer remorso em cortar seus dedos, um por um, e utilizá-los como franjas de um tapetinho.

Ela engoliu em seco.

— Eu chorava sobre a caixa porque meu filho foi roubado de mim.

— Um filho com o qual você nunca se importou.

— Isto não é verdade — falou. — Antes de você nascer, eu o amava, a ideia de tê-lo. Amei você quando senti seu coração dentro de mim. Então você nasceu e de repente era...

— Um monstro?

— Sua alma estava morta — disse ela. — Dava para enxergar em seus olhos quando eu olhava para você. — Ela cruzou os braços, reprimindo o impulso de tremer. — Por que estou aqui?

Os olhos dele brilharam.

— Eu é que pergunto, considerando que você me conhece tão bem, mãe.

— Meliorn nos drogou — falou ela. — Pelas atitudes dele, eu diria que o Povo das Fadas é seu aliado. E que o é há algum tempo. Acreditam que você vai vencer a guerra dos Caçadores de Sombras e querem estar do lado vencedor; além disso, eles detestam os Nephilim há mais tempo e com mais intensidade que a qualquer outro grupo do Submundo. Eles ajudaram você a atacar os Institutos; aumentaram seu exército enquanto você recrutava novos Caçadores de Sombras com o Cálice Infernal. No fim, quando você estiver poderoso o suficiente, vai traí-los e destruí-los, pois na verdade os despreza. — Fez-se uma longa pausa enquanto ela o fitava nos olhos. — Acertei?

Jocelyn notava a pulsação na garganta de Sebastian enquanto ele exalava, e soube então que estava correta.

— Quando adivinhou isso tudo? — perguntou ele entre dentes.

— Não adivinhei. Conheço você. Conheci seu pai, e você é como ele, na criação, se não na natureza.

Ele continuava a encará-la, os olhos insondáveis e negros.

— Se você não achasse que eu estava morto — disse ele —, se soubesse que eu tinha sobrevivido, teria procurado por mim? Teria ficado comigo?

— Teria — respondeu. — Teria tentado criá-lo, ensinar as coisas certas, mudá-lo. Eu me culpo pelo que você é. Sempre me culpei.

— Teria me criado? — Ele piscou, quase sonolento. — Teria me criado, me odiando como odiava?

Ela assentiu.

— Acha que eu teria sido diferente? Mais parecido com ela?

Jocelyn levou um instante para perceber.

— Clary — disse ela. — Está falando de Clary. — Doía dizer o nome da filha; ela sentia muita saudade de Clary e, ao mesmo tempo, temia por ela. Sebastian a amava, pensou; se ele era capaz de amar alguém, esta pessoa era a irmã, e, se existia alguém que sabia o quanto era mortal ser amada por alguém como Sebastian, era Jocelyn. — Nunca saberemos — falou afinal. — Valentim tirou isso de nós.

— Você deveria ter me amado — falou ele, e agora soava petulante. — Sou seu filho. Você deveria me amar agora, independentemente do que sou, se sou como ela ou não...

— Mesmo? — Jocelyn o interrompeu no meio da frase. — *Você me* ama? Só porque sou sua mãe?

— Você não é minha mãe — respondeu, um sorriso sutil. — Venha. Veja isto. Deixe--me mostrar o que minha *verdadeira* mãe me deu o poder de fazer.

Ele retirou uma estela do cinto. Jocelyn se espantou — esquecia, às vezes, que ele era um Caçador de Sombras e podia usar as ferramentas de um Caçador de Sombras. Com a estela, ele desenhou na parede de pedra do recinto. Símbolos, um desenho que ela reconhecia. Uma coisa que todos os Caçadores de Sombras sabiam fazer. A pedra começou a ficar transparente, e Jocelyn se preparou para o que veria além das paredes.

Mas o que viu foi a sala da Consulesa no Gard, em Alicante. Jia estava sentada atrás de sua mesa imensa coberta por pilhas de arquivos. Ela parecia exausta, seus cabelos negros generosamente marcados por mechas brancas. Havia uma pasta aberta sobre a mesa. Jocelyn conseguia enxergar fotos de uma praia: areia, céu azul-cinzento.

— Jia Penhallow — disse Sebastian.

A cabeça de Jia levantou. Ela ficou de pé, a pasta caindo no chão em uma zorra de papeis.

— Quem é? Quem está aí?

— Não me reconhece? — perguntou Sebastian, um sorriso na voz.

Jia olhou desesperadamente para a frente. Ficou claro que, o que quer que ela estivesse enxergando, a imagem não era clara.

— Sebastian — arfou ela. — Mas ainda não se passaram dois dias.

Jocelyn passou por ele.

— Jia — falou ela. — Jia, não dê ouvidos a nada do que ele disser. Ele é um mentiroso...

— Ainda é cedo demais — falou Jia, como se Jocelyn não tivesse se pronunciado, e Jocelyn percebeu, para seu horror, que Jia não conseguia enxergá-la nem escutá-la. Era como se ela não estivesse lá. — É possível que eu não tenha sua resposta, Sebastian.

— Ah, eu acho que tem — disse Sebastian. — Não tem?

Jia endireitou os ombros.

— Se insiste — disse ela friamente. — A Clave discutiu seu pedido. Não vamos lhe entregar nem Jace Lightwood nem Clarissa Fairchild...

— Clarissa *Morgenstern* — corrigiu Sebastian, um músculo de sua bochecha pulsando. — Ela é minha irmã.

— Eu a chamo pelo nome que ela prefere, assim como faço com você — disse Jia. — Não faremos uma barganha. Não por acharmos que nosso sangue é mais valioso que o sangue do Submundo. Não por não querermos nossos prisioneiros de volta. Mas porque não podemos ceder às suas táticas de intimidação.

— Como se eu buscasse a sua aprovação — desdenhou Sebastian. — Você entende o que isto significa? Posso enviar a cabeça de Luke Garroway enfiada em um espeto.

Jocelyn sentiu como se alguém a tivesse socado no estômago.

— Poderia — disse Jia. — Mas se machucar algum dos prisioneiros, será uma declaração de guerra até a morte. E acreditamos que você tem tanto medo de uma guerra contra nós quanto nós temos de uma contra você.

— Acreditam errado — respondeu Sebastian. — E acho que, se procurar, você vai descobrir que sua decisão de não me entregar Jace e Clary, embrulhados como um presente de natal, não tem a menor importância.

— O que quer dizer? — A voz de Jia ficou mais aguda.

— Ah, teria sido *conveniente* se você tivesse resolvido entregá-los — explicou Sebastian. — Menos aporrinhação para mim. Menos aporrinhação para todos nós. Mas agora é tarde, veja bem: eles já se foram.

Ele girou a estela, e a janela que abriu para o mundo de Alicante se fechou no rosto espantado de Jia. A parede era uma tela branca de pedra lisa novamente.

— Bem — disse ele, guardando a estela no cinto de armas. — Isto *foi* divertido, não acha?

Jocelyn engoliu em seco.

— Se Jace e Clary não estão em Alicante, onde estão? Onde estão, Sebastian?

Ele a encarou por um instante e em seguida, riu: uma risada tão pura e fria quanto água gelada. Ele continuava a rir quando seguiu para a porta e saiu, deixando-a se fechar atrás de si.

—⊰ Capítulo 16 ⊱—
O HORRORES DA TERRA

A noite já havia caído sobre Alicante, e as estrelas brilhavam como sentinelas luminosos, reluzindo as torres demoníacas e as águas nos canais — semicongeladas agora. Emma estava sentada no parapeito do quarto dos gêmeos, olhando a cidade.

Ela sempre achara que iria a Alicante pela primeira vez com os pais, que a mãe lhe mostraria os lugares que conhecera durante a infância e adolescência, a Academia agora fechada, onde tinha estudado, a casa dos avós. Que o pai lhe mostraria o monumento da família Carstairs, da qual sempre falara com orgulho. Nunca havia imaginado que seu primeiro olhar sobre as torres demoníacas de Alicante seria com o coração tão inchado de dor que às vezes parecia sufocá-la.

O luar entrava pelas janelas do sótão, iluminando os gêmeos. Tiberius tinha passado o dia dando um ataque, chutando as barras do berço quando lhe diziam que não poderia sair de casa, berrando por Mark quando Julian tentava acalmá-lo, e por fim socou e quebrou o vidro de uma caixinha de joias. Era jovem demais para receber símbolos de cura, então Livvy o abraçou para mantê-lo parado enquanto Julian tirava o vidro da mão sangrenta do irmão mais novo com uma pinça, fazendo um curativo com cuidado em seguida.

Ty finalmente caíra na cama, apesar de não ter dormido até Livvy, calma como sempre, se deitar ao lado dele e segurar a mão machucada. Ele agora se encontrava adormecido, com a cabeça no travesseiro, virado para a irmã. Só quando Ty dormia era possível ver como era uma criança extraordinariamente linda, quando a raiva e o desespero eram vencidos pelo cansaço.

Desespero, pensou Emma. Era a palavra adequada, pela solidão dos gritos de Tavvy, pelo vazio no cerne da raiva de Ty e pela calma assustadora de Livvy. Ninguém com 10 anos de idade deveria sentir desespero, mas ela concluiu que não havia outra forma de descrever as palavras que pulsavam por seu sangue quando pensava nos pais, cada batimento era uma ladainha lúgubre: adeus, adeus, adeus.

— Ei. — Emma levantou o olhar ao som da voz tranquila que veio da entrada, e viu Julian à porta. Seus cachos escuros, um pouco mais claros que os cabelos negros de Ty, estavam desgrenhados, e ele exibia um rosto pálido e cansado ao luar. Parecia muito magro, pulsos finos saindo dos punhos do casaco. Trazia algo peludo na mão. — Eles estão...

Emma assentiu.

— Dormindo. É, estão.

Julian olhou para a cama dos gêmeos. De perto Emma conseguia enxergar as digitais ensanguentadas de Ty na camisa de Jules; ele não havia tido tempo de trocar de roupa. Estava agarrando uma abelha de pelúcia que Helen recuperara do Instituto quando a Clave voltou para revistar o local. Pertencia a Tiberius desde que Emma conseguia se lembrar. Ty estava gritando por causa do brinquedo antes de cair no sono. Julian atravessou o quarto e se abaixou para colocar o bicho aconchegado no peito do irmãozinho, em seguida pausou gentilmente para desembaraçar um dos cachos de Ty antes de recuar.

Emma pegou a mão de Jules enquanto ele se movimentava, gesto que o garoto aceitou. Ele estava com a pele fria, como se tivesse ficado na janela, na brisa da noite. Ela virou a mão dele e desenhou na pele do antebraço com o dedo. Era uma coisa que faziam desde pequenos quando não queriam ser flagrados conversando durante as aulas. Ao longo dos anos ficaram tão bons nisso que conseguiam mapear recados detalhados nas mãos, nos braços e até mesmo nos ombros, através das camisas um do outro.

V-O-C-Ê-C-O-M-E-U?, soletrou ela.

Julian balançou a cabeça, ainda observando Livvy e Ty. Os cachos dele estavam levantados em tufos, como se tivesse passado as mãos no cabelo. Ela sentiu os dedos dele, bem de leve, na parte superior de seu braço. *S-E-M-F-O-M-E.*

— Que pena. — Emma saltou do parapeito. — Vamos.

Ela o retirou do quarto, para o corredor do andar. Era um espaço pequeno, com escadas íngremes que desciam para a casa principal. Os Penhallow tinham deixado claro que as crianças podiam comer na hora que quisessem, mas não havia horários marcados para refeições, e certamente não havia refeições em família. Tudo era comido sem formalidade às mesas do sótão, com Tavvy e até mesmo Dru se cobrindo de comida, e Jules como o único responsável pela limpeza depois, por lavar as roupas e até por se certificar de que tinham comido tudo.

No instante em que a porta se fechou atrás deles, Julian se apoiou contra a parede, jogando a cabeça para trás, os olhos fechados. Seu peito magro inflava e desinflava rapidamente embaixo da blusa. Emma ficou parada, incerta quanto ao que fazer.

— Jules? — chamou ela.

Ele a encarou. As pupilas estavam dilatadas à luz baixa, os olhos contornados por cílios espessos. Dava para perceber que ele lutava para não chorar.

Julian fazia parte das primeiras lembranças de Emma. Foram colocados juntos no berço pelos pais quando bebês; aparentemente ela saíra e mordera o lábio ao cair no chão. Não chorou, mas Julian gritou ao ver o sangue, até os pais chegarem correndo. Deram os primeiros passos juntos: primeiro Emma, como sempre, Julian em seguida, agarrando a mão dela com determinação. Começaram a treinar ao mesmo tempo, receberam as primeiras Marcas juntos: Clarividência na mão direita dele, e na esquerda dela. Julian não gostava de mentir, mas se Emma se encrencasse, mentia por ela.

Agora tinham perdido os pais mais ou menos na mesma época. A mãe de Julian morrera dois anos antes, e ver os Blackthorn passarem por aquela perda tinha sido horrível, mas esta era uma experiência completamente diferente. Era devastadora, e Emma conseguia sentir a ruptura, conseguia senti-los sendo destruídos e tendo os cacos colados de um jeito novo e diferente. Estavam se tornando algo mais, ela e Julian, algo maior que melhores amigos, mas não chegava a ser família.

— Jules — repetiu ela, e pegou a mão dele, que por um instante ficou parada e fria na dela; em seguida ele a pegou pelo pulso e a agarrou com força.

— Não sei o que fazer — disse ele. — Não posso tomar conta deles. Tavvy é só um bebê, Ty me odeia...

— Ele é seu irmão. E só tem 10 anos. Ele não te odeia.

Julian suspirou de maneira trêmula.

— Talvez.

— Eles vão dar um jeito — consolou Emma. — Seu tio sobreviveu ao ataque de Londres. Então quando tudo acabar, você vai morar com ele, e ele vai cuidar de você e dos outros. Não será responsabilidade sua.

Julian deu de ombros.

— Eu mal me lembro do tio Arthur. Ele nos manda livros em latim; às vezes vem de Londres para o Natal. O único de nós que sabe ler em latim é Ty, e ele só aprendeu para irritar todo mundo.

— E daí que ele dá presentes ruins? Ele se lembrou de vocês no Natal. E se importa o suficiente para cuidar de vocês. Eles não vão ter que mandar vocês para um Instituto qualquer ou para Idris...

CASSANDRA CLARE

Julian se virou para encará-la.

— Não é isso que acha que vai acontecer com você, é? — perguntou. — Porque não vai. Você vai ficar conosco.

— Não necessariamente — falou Emma. Era como se seu coração estivesse sendo esmagado. A ideia de abandonar Jules, Livvy, Dru, Tavvy, até mesmo Ty, a deixava nauseada e perdida, como se estivesse à deriva em um oceano, sozinha. — Depende do seu tio, não é mesmo? Se ele vai me querer no Instituto. Se estará disposto a me acolher.

A voz de Julian soou feroz. Julian raramente era feroz, mas quando acontecia, seus olhos ficavam quase negros, e ele tremia todo, como se estivesse congelando.

— Não depende dele. Você vai ficar conosco.

— Jules... — começou Emma, e congelou quando vozes vieram lá de baixo. Jia e Patrick Penhallow estavam passando pelo corredor abaixo. Ela não sabia ao certo por que estava nervosa; não era como se eles não pudessem passear pela casa, mas a ideia de ser flagrada pela Consulesa, acordada tão tarde, a deixava desconfortável.

— ... o desgraçado estava certo, é claro — dizia Jia. Ela soava desgastada. — Não só Jace e Clary desapareceram, mas Isabelle e Alec também. Os Lightwood estão completamente enlouquecidos.

A voz grossa de Patrick resmungou uma resposta:

— Bem, Alec é adulto, tecnicamente. Espero que esteja cuidando do restante deles.

Jia bufou de maneira abafada e impaciente em resposta. Emma se inclinou para a frente, tentando ouvi-la.

— ... podiam ter pelo menos deixado um bilhete — dizia. — Obviamente estavam furiosos quando fugiram.

— Provavelmente acharam que iríamos entregá-los a Sebastian.

Jia suspirou.

— Irônico, considerando o quanto lutamos contra isso. Presumimos que Clary tenha feito um Portal para tirá-los daqui, mas como bloquearam o rastreamento, não temos como saber. Não estão em lugar nenhum do mapa. É como se tivessem desaparecido da face da terra.

— Exatamente como Sebastian — falou Patrick. — Não faz sentido presumir que estão no mesmo lugar que ele? Que o lugar em si os bloqueia, e não os símbolos ou qualquer outro tipo de magia?

Emma se inclinou mais ainda, porém o restante das palavras desvaneceu com a distância. Ela teve a impressão de ter ouvido uma menção ao Labirinto Espiral, mas não tinha certeza. Quando se ajeitou outra vez, notou o olhar de Julian.

— Você sabe onde eles estão — disse ele —, não sabe?

Emma colocou o dedo nos lábios e balançou a cabeça. *Não pergunte.*

Julian arfou uma risada.

666

— Só você, mesmo. Como... Não, não me diga, nem quero saber. — Ele a olhou, investigando-a, do jeito que fazia às vezes quando tentava descobrir se ela estava mentindo ou não. — Sabe — disse ele —, tem um jeito de não mandarem você para longe do nosso Instituto. Teriam que deixá-la ficar.

Emma ergueu uma sobrancelha.

— Vamos ouvir, gênio.

— Poderíamos... — começou ele, depois parou, engoliu em seco, e recomeçou: — Poderíamos nos tornar *parabatai*.

Ele falou timidamente, meio que desviando o rosto do dela, de modo que as sombras encobrissem parcialmente sua expressão.

— Aí não poderiam nos separar — acrescentou ele. — Nunca.

Emma sentiu seu coração revirar.

— Jules, ser *parabatai* é uma coisa importantíssima — censurou ela. — É... é para sempre.

Ele a encarou, o rosto sincero e inocente. Não havia truques na natureza de Jules, nem maldade.

— Nós não somos para sempre? — perguntou ele.

Emma pensou. Não conseguia imaginar sua vida sem Julian. Era só uma espécie de buraco negro de solidão terrível: ninguém seria capaz de compreendê-la como ele, de entender as piadas como ele entendia, de protegê-la como ele fazia — não fisicamente, mas protegê-la de seus sentimentos, de seu coração. Não haveria ninguém para ficar feliz com ela, ou irritado, ou para ter ideias ridículas. Ninguém para completar suas frases, ou tirar todos os pepinos da salada porque ela detestava pepino, ou para comer as cascas das suas torradas, ou para encontrar as chaves quando ela as perdia.

— Eu... — começou ela, e de repente houve um barulho no quarto. Emma trocou olhares de pânico com Julian antes de correrem para o quarto de Ty e Livvy, e encontrarem Livia sentada, sonolenta e confusa. Ty estava à janela, com um atiçador na mão. A janela tinha um buraco no centro e sua vidraça brilhava pelo chão.

— Ty! — reprimiu Julian, claramente apavorado pelos cacos acumulados ao redor dos pés descalços do irmão. — Não se mexa. Vou buscar uma vassoura...

Ty olhou para os dois por baixo dos cabelos escuros. Tinha alguma coisa na mão direita. Emma semicerrou os olhos ao luar — seria uma noz?

— É um recado — disse Ty, deixando o atiçador cair. — Fadas normalmente escolhem objetos da natureza para enviar recados: nozes, folhas, flores.

— Está dizendo que é um recado das fadas? — perguntou Julian, cético.

— Não seja burro — respondeu Tiberius. — Claro que não é um recado das fadas. É um recado de Mark. E está endereçado à Consulesa.

Deve ser dia aqui, pensou Luke, pois Raphael estava encolhido em um canto da cela de pedra, o corpo tenso mesmo enquanto dormia, os cachos escuros formando um montinho no braço. Era difícil dizer, considerando que dava para enxergar muito pouco além de bruma espessa através da janela.

— Ele precisa se alimentar — disse Magnus, olhando para Raphael com uma gentileza tensa que surpreendeu Luke.

Ele não achava que existisse muito amor entre o feiticeiro e o vampiro. Eles pareciam se encarar com cautela desde que Luke os conhecia; educados, ocupando as respectivas diferentes esferas de poder no Submundo de Nova York.

— Vocês se conhecem — disse Luke, perspicaz. Ele continuava apoiado contra a parede, perto da janela estreita de pedras, como se a vista lá fora, nuvens e veneno amarelado, pudessem dizer alguma coisa.

Magnus ergueu uma sobrancelha, como fazia quando alguém lhe perguntava algo claramente estúpido.

— Digo — esclareceu Luke —, vocês se conheciam. Antes.

— Antes de quê? Antes de você nascer? Deixe-me esclarecer uma coisa, lobisomem; quase tudo na minha vida aconteceu antes de você nascer. — Os olhos de Magnus se fixaram num Raphael adormecido; apesar da aspereza do tom, sua expressão era quase gentil. — Há cinquenta anos — falou —, em Nova York, uma mulher veio até mim e me pediu para salvar seu filho de um vampiro.

— E o vampiro era Raphael?

— Não — respondeu Magnus. — O filho dela era Raphael. Não consegui salvá-lo. Era tarde demais. Ele já tinha sido Transformado. — Ele suspirou, de repente Luke enxergou nos olhos dele sua idade muito, muito avançada, a sabedoria e a tristeza de séculos. — O vampiro tinha matado todos os amigos dele. Não sei por que resolveu Transformar Raphael. Acho que viu alguma coisa nele. Determinação, força, beleza. Não sei. Ele era um bom menino quando o encontrei, um anjo de Caravaggio pintado em sangue.

— Ele continua parecendo uma criança — disse Luke. Raphael sempre o lembrava um coroinha rebelde, com seu rosto meigo e jovem, e seus olhos negros mais velhos que a lua.

— Não para mim — disse Magnus. E suspirou. — Espero que ele sobreviva a isto — completou. — Os vampiros de Nova York precisam de alguém com bom senso para governar o clã, e Maureen está longe disso.

— Você espera que Raphael sobreviva a isto? — disse Luke. — Ora... quantas pessoas ele já matou?

Magnus voltou os olhos frios para ele.

— Quem de nós não tem sangue nas mãos? O que você fez, Lucian Graymark, para conquistar um bando, dois bandos, de lobisomens?

— Aquilo foi diferente. Era necessário.

— O que você fazia quando estava no Ciclo? — perguntou Magnus.

CIDADE DO FOGO CELESTIAL

Com isso, Luke se calou. Ele detestava se lembrar de tal época. Dias de sangue e prata. Dias com Valentim ao seu lado, lhe dizendo que estava tudo bem, calando sua consciência.

— Estou preocupado com minha família agora — falou. — Estou preocupado com Clary, Jocelyn e Amatis. Não posso me preocupar com Raphael também. E você... achei que fosse ficar preocupado com Alec.

Magnus suspirou através de dentes cerrados.

— Não quero falar sobre Alec.

— Tudo bem. — Luke não disse mais nada, apenas repousou contra a parede fria de pedra e assistiu a Magnus remexendo as correntes. Um instante mais tarde, Magnus falou de novo:

— Caçadores de Sombras — começou. — Eles entram no seu sangue, penetram sua pele. Já estive com vampiros, lobisomens, fadas, feiticeiros como eu e mundanos, tantos mundanos frágeis. Mas eu sempre disse para mim que não entregaria meu coração a um Caçador de Sombras. Já quase os amei, já me encantei por eles: Edmund, Will, James, Lucie... os que salvei, e os que não consegui salvar. — A voz dele ficou embargada por um segundo, e Luke, encarando-o com espanto, percebeu que aquele era o máximo de emoção genuína que já presenciara Magnus Bane expressar. — E Clary também, eu a amei, pois a vi crescer. Mas nunca me apaixonei por um Caçador de Sombras, não até Alec. Pois eles têm sangue de anjo, e o amor dos anjos é uma coisa grande e sagrada.

— Isso é tão ruim assim? — perguntou Luke.

Magnus deu de ombros.

— Às vezes é uma questão de escolha — falou. — Entre salvar uma pessoa e salvar o mundo inteiro. Já vi acontecer, e sou egoísta o suficiente para querer que a pessoa que me ama me escolha. Mas os Nephilim sempre vão escolher o mundo. Olho para Alec e me sinto como Lúcifer em *Paraíso Perdido*. *"Embaraçado o Diabo ficou, E sentiu como o bem é opressor."* Ele queria dizer no sentido clássico. "Opressor" no bom sentido. E opressão pode ser bom, mas para o amor é um veneno. O amor precisa ser entre iguais.

— Ele é só um menino — disse Luke. — Alec... não é perfeito. E você não é terrível.

— Somos todos terríveis — respondeu Magnus, daí se enrolou nas correntes e ficou em silêncio.

— Você só pode estar brincando — disse Maia. — Aqui? Sério?

Morcego esfregou a nuca com os dedos, levantando seus cabelos curtos.

— Isto é uma roda-gigante?

Maia virou em um círculo lento. Eles estavam dentro da enorme loja de brinquedos da Rua 44. Do lado de fora, o brilho neon da Times Square iluminava a noite com tons de azul, vermelho e verde. A loja se estendia para cima, andares e andares de brinquedos: super-heróis de plástico, ursinhos de pelúcia, Barbies cor-de-rosa e brilhantes. A roda-gigante

669

se assomava sobre eles, cada peça de metal carregando uma cabine de plástico decorada com decalques. Maia tinha uma vaga lembrança de sua mãe levando o irmão e ela para uma volta na roda-gigante quando tinham 10 anos. Daniel tentou empurrá-la na borda da cabine e a fez chorar.

— Isto é... uma loucura — sussurrou ela.

— Maia — disse um dos lobos mais jovens, magro e nervoso, com dread-locks. Maia treinara a todos para se livrarem do hábito de chamarem-na de "dama" ou "senhora", ou qualquer coisa diferente de Maia, ainda que ela fosse a líder temporária do bando. — Vasculhamos todo o território. Se havia seguranças, alguém já deu um jeito neles.

— Ótimo. Obrigada. — Maia olhou para Morcego, que deu de ombros. Havia mais ou menos outros 15 lobos do bando com eles, parecendo incongruentes entre as bonecas de princesas da Disney e as renas de pelúcia. — Você poderia...

A roda-gigante deu a partida de repente, com um chiado e um rangido. Maia pulou para trás, quase trombando em Morcego, que a segurou pelos ombros. Ambos ficaram se encarando enquanto a roda-gigante girava e a música começava a tocar — It's a Small World —, Maia tinha quase certeza, apesar de não ter letra, apenas instrumental.

— Lobos! Ooooh! Loooobos! — entoou uma voz, e Maureen, parecendo uma princesa da Disney com um vestido cor-de-rosa e uma coroa de arco-íris, desceu descalça de um mostruário de bengalinhas doces de natal. Foi seguida por mais ou menos vinte vampiros, tão pálidos quanto bonecas ou manequins sob a luz débil. Lily veio logo atrás, os cabelos negros perfeitamente arrumados, os saltos estalando no chão. Ela olhou Maia da cabeça aos pés, como se jamais a tivesse visto. — Olá, olá! — disse Maureen. — Que prazer em conhecê-la.

— O prazer é meu — respondeu Maia, tensa. Estendeu a mão para que Maureen a apertasse, mas ela apenas riu e pegou uma varinha brilhante de uma caixa próxima. Abanou-a no ar.

— Sinto muito por saber que Sebastian matou todos os seus amigos lobos — disse Maureen. — Ele é um menino malvado.

Maia se encolheu com a visão do rosto de Jordan, a lembrança do peso morto dele em seus braços.

Ela enrijeceu.

— É sobre isso que quero conversar — falou. — Sebastian. Ele está tentando ameaçar os integrantes do Submundo... — Ela pausou quando Maureen, cantarolando, começou a subir em uma pilha de caixas de Barbies de Natal, cada uma com uma minissaia vermelha e branca de papai Noel. — Tentando nos jogar contra os Caçadores de Sombras — prosseguiu Maia, ligeiramente confusa. Será que Maureen sequer estava prestando atenção? — Se nos unirmos...

— Ah, sim — disse Maureen, acocorando-se sobre a caixa mais alta. — Temos que nos unir contra os Caçadores de Sombras. Definitivamente.

670

— Não, eu disse...

— Eu ouvi o que você disse. — Os olhos de Maureen brilharam. — Foi bobagem. Vocês, lobisomens, vivem cheios de ideias tolas. Sebastian não é muito gentil, mas os Caçadores de Sombras são piores. Eles inventam regras idiotas e nos fazem segui-las. Eles roubam de nós.

— Roubam? — Maia esticou a cabeça para ver Maureen.

— Roubaram Simon de mim. Eu o tinha, e agora ele se foi. Sei quem levou. Caçadores de Sombras.

Maia encontrou o olhar de Morcego. Ele encarava. Ela percebeu que tinha se esquecido de contar a ele sobre a paixonite de Maureen por Simon. Teria que explicar mais tarde — se houvesse um mais tarde. Os vampiros atrás de Maureen pareciam mais do que um pouco famintos.

— Pedi para que você viesse me encontrar para formarmos uma aliança — disse Maia da forma mais gentil possível, como se estivesse tentando não assustar um animal.

— Adoro alianças — respondeu Maureen, e pulou do alto das caixas. Tinha pegado um pirulito enorme em algum lugar, do tipo com espirais multicoloridas. Ela começou a desembrulhá-lo. — Se formarmos uma aliança, podemos fazer parte da invasão.

— Da invasão? — Maia ergueu as sobrancelhas.

— Sebastian vai invadir Idris — explicou Maureen, jogando o plástico no chão. — Ele vai lutar e vai vencer. Depois então dividiremos o mundo, todos nós, e ele vai nos dar todas as pessoas que quisermos comer... — Ela mordeu o pirulito e fez uma careta. — Urgh. Eca. — Cuspiu o doce, mas já estava com os lábios manchados de vermelho e azul.

— Entendi — rebateu Maia. — Nesse caso... absolutamente, vamos nos aliar contra os Caçadores de Sombras.

Ela sentiu Morcego ficar tenso ao seu lado.

— Maia...

Maia o ignorou, dando um passo para a frente. Ofereceu seu pulso.

— O sangue faz um pacto — disse ela. — É o que dizem as leis antigas. Beba meu sangue para selar nosso acordo.

— Maia, não — exclamou Morcego. Ela lançou a ele um olhar de repreensão.

— É como tem que ser feito — disse Maia.

Maureen sorria. Descartou o pirulito, que despedaçou no chão.

— Ah, que legal — falou ela. — Como irmãs de sangue.

— Exatamente — respondeu Maia, se preparando enquanto a menina mais jovem a pegava pelo braço. Os dedinhos de Maureen se entrelaçaram aos dela. Estavam frios e grudentos de açúcar. Fez-se um clique quando as presas de Maureen surgiram. — Exatamen...

Os dentes de Maureen se enterraram no pulso de Maia. Ela não fez qualquer esforço para ser gentil: uma dor subiu pelo braço de Maia, e ela arfou. Os lobos atrás se mexeram desconfortavelmente. Ela ouvia Morcego respirando de maneira ofegante, por causa do esforço para não avançar em Maureen e arrancá-la de lá.

Maureen engoliu em seco, sorrindo, os dentes ainda enterrados no braço de Maia. Os vasos sanguíneos no braço de Maia latejavam de dor; ela encontrou os olhos de Lily acima da cabeça de Maureen. Lily sorriu friamente.

De repente, Maureen engasgou e recuou. Levou a mão à boca; os lábios estavam inchando, como os de alguém tendo uma reação alérgica a abelhas.

— Está doendo — queixou-se ela, e em seguida fissuras começaram a se espalhar pelo seu rosto, começando a partir da boca. Seu corpo sofreu espasmos. — Mamãe — sussurrou com a voz pequena, e começou a sucumbir: o cabelo se reduziu a cinzas, em seguida a pele, descascando até os ossos. Maia deu um passo para trás, o pulso latejando enquanto o vestido de Maureen se amontoava no chão, rosa, brilhante e... vazio.

— Meu... O que aconteceu? — indagou Morcego, e segurou Maia enquanto ela tropeçava. Seu pulso rasgado já estava começando a se curar, mas ela parecia um pouco tonta. O bando de lobos murmurava ao redor. O mais perturbador foi ver os vampiros se juntando, sussurrando, os rostos pálidos venenosos, cheios de ódio.

— O que você fez? — perguntou um deles, um menino louro, com a voz estridente. — O que fez com nossa líder?

Maia encarou Lily. A expressão desta estava fria e vazia. Pela primeira vez, Maia sentiu a ameaça do pânico se expandir pelo seu corpo. Lily...

— Água benta — disse Lily. — Nas veias. Ela aplicou mais cedo, com uma seringa, para que Maureen fosse envenenada.

O vampiro louro exibiu os dentes, as presas crescendo.

— A traição tem consequências — alertou ele. — Lobisomens...

— Pare — disse Lily. — Ela fez porque eu pedi.

Maia exalou, quase surpresa pelo alívio que a atingiu. Lily estava olhando para os outros vampiros, que a encaravam, confusos.

— Sebastian Morgenstern é nosso inimigo, assim como é inimigo de todos os habitantes do Submundo — explicou Lily. — Se destruir os Caçadores de Sombras, logo depois ele voltará a atenção para nós. Seu exército de guerreiros Crepusculares mataria Raphael e depois acabaria com o restante das Crianças da Noite. Maureen jamais teria enxergado isso. Ela teria levado todos nós à destruição.

Maia sacudiu o pulso e se voltou para o bando.

— Eu e Lily fizemos um acordo — informou. — Esta foi a única maneira. A aliança entre nós foi sincera. Esta é a nossa chance, quando os exércitos de Sebastian estão pequenos e os Caçadores de Sombras ainda são poderosos; agora é a hora em que podemos fazer diferença. É o momento em que podemos vingar os que morreram na Praetor.

CIDADE DO FOGO CELESTIAL

— Quem vai nos comandar? — resmungou o vampiro louro. — Quem mata o antigo líder é que assume a liderança, mas não podemos ser liderados por uma licantrope. — Ele olhou para Maia. — Sem ofensas.

— Não ofendeu — murmurou ela.

— Fui eu que matei Maureen — disse Lily. — Maia foi a arma que utilizei, mas o plano foi meu, minha mão é que estava por trás. Eu serei a líder. A não ser que alguém se oponha.

Os vampiros se entreolharam, confusos. Morcego, para a surpresa e divertimento de Maia, estalava as juntas dos dedos sonoramente no silêncio.

Os lábios vermelhos de Lily sorriram.

— Achei mesmo que não iriam se opor. — Ela deu um passo em direção a Maia, evitando o vestido e a pilha de cinzas que restavam de Maureen. — Agora — disse —, por que não discutimos esta aliança?

— Não preparei nenhuma torta — anunciou Alec quando Jace e Clary voltaram para a grande câmara central da caverna. Ele estava deitado de costas, sobre um cobertor esticado, a cabeça apoiada em um casaco amassado. Havia uma fogueira produzindo fumaça, as chamas projetando sombras alongadas nas paredes.

Ele tinha espalhado suprimentos: pão e chocolate, castanhas e barras de cereal, água e maçãs machucadas. Clary sentiu o estômago enrijecer, só então percebendo o quanto estava faminta. Havia três garrafas plásticas perto da comida: duas de água e uma mais escura com vinho.

— Não preparei nenhuma torta — repetiu Alec, gesticulando expressivamente com uma das mãos —, por três motivos. Um, porque não tenho nenhum ingrediente de torta. Dois, porque não sei fazer torta.

Ele pausou, claramente aguardando.

Removendo a espada e se apoiando contra a parede da caverna, Jace perguntou, exaurido:

— E três?

— Porque não sou sua empregada — disse Alec, claramente satisfeito consigo.

Clary não conseguiu conter o sorriso. Desatou o cinto de armas e o repousou cautelosamente perto da parede; Jace, retirando o próprio cinto, revirou os olhos.

— Você sabe que o vinho é para motivos antissépticos — disse Jace, se espalhando elegantemente pelo chão, perto de Alec. Clary sentou ao lado dele. Todos os músculos do corpo dela protestaram: nem mesmo os meses de treinamento a prepararam para a caminhada do dia pela areia ardente.

— Não tem álcool suficiente no vinho para que possa ser utilizado com fins antissépticos — respondeu Alec. — Além disso, não estou embriagado. Estou contemplativo.

— Certo. — Jace pegou uma maçã, cortou-a em dois e ofereceu metade a Clary. Ela mordeu a fruta, lembrando. O primeiro beijo com Jace teve gosto de maçã.

673

— Então — falou ela. — O que está contemplando?

— O que está acontecendo em casa — disse Alec. — Agora que provavelmente já perceberam que a gente saiu e tudo o mais. Estou me sentindo mal por Aline e Helen. Queria ter avisado a elas.

— Não se sente mal por seus pais? — perguntou Clary.

— Não — respondeu Alec após uma longa pausa. — Eles tiveram a chance de fazer a coisa certa. — Ele rolou para o lado e olhou para eles. Seus olhos ficavam muito azuis à luz do fogo. — Sempre achei que ser um Caçador de Sombras significava ter que aprovar tudo que a Clave decidia — falou. — Achava que, de outra forma, eu não seria leal. Procurava pretextos para eles. Sempre procurei. Mas sinto que sempre que temos que lutar, estamos lutando uma guerra em duas frentes. Combatemos o inimigo e também combatemos a Clave. Eu não... Simplesmente não sei mais como me sinto.

Jace sorriu docemente para ele através da fogueira.

— Rebelde — falou.

Alec fez uma careta e se apoiou sobre os cotovelos.

— Não faça piada comigo — irritou-se, com vigor suficiente para deixar Jace surpreso.

As expressões de Jace eram ilegíveis para a maioria das pessoas, mas Clary o conhecia bem o bastante para reconhecer o rápido lampejo de dor que passou por seu rosto, e a ansiedade ao se inclinar para a frente para responder a Alec... exatamente quando Isabelle e Simon entraram no recinto. Isabelle estava rubra, mas o rubor de alguém que estava correndo, e não se entregando à paixão. Pobre Simon, pensou Clary, entretida; um entretenimento que passou quase instantaneamente quando notou os olhares dos dois.

— O corredor a leste termina em uma porta — anunciou Isabelle sem preâmbulos. — Um portão, como o que atravessamos na entrada, mas está quebrado. E tem muitos demônios, do tipo voador. Não estão se aproximando daqui, mas dá para vê-los. Provavelmente alguém deveria ficar de olho, só para garantir.

— Eu fico — disse Alec, levantando-se. — Não vou dormir mesmo.

— Nem eu. — Jace se levantou, cambaleando. — Além do mais, alguém precisa te fazer companhia. — Ele olhou para Clary, que ofereceu um sorriso animador. Ela sabia que Jace detestava quando Alec ficava com raiva dele. Clary não sabia ao certo se ele conseguia sentir o desacordo pelo laço *parabatai*, ou se era apenas empatia normal, ou um pouco dos dois.

— Tem três luas — falou Isabelle, e sentou-se perto da comida, alcançando uma barra de cereais. — E Simon teve a impressão de ter visto uma cidade. Uma cidade demoníaca.

— Não deu para ter certeza — acrescentou Simon rapidamente.

— Nos livros Edom tem uma capital, chamada Idumeia — disse Alec. — Pode ser alguma coisa. Vamos ficar de olho. — Ele se abaixou para pegar o arco e foi para o corredor leste. Jace pegou uma lâmina serafim, deu um rápido beijo em Clary e o seguiu; Clary sentou-se ao lado de Izzy, olhando para o fogo, permitindo que o suave murmúrio da conversa entre Isabelle e Simon embalasse seu sono.

Jace sentia os tendões nas costas e no pescoço estalarem de exaustão enquanto se abaixava entre as pedras, deslizando de encontro a uma das rochas até ficar sentado, recostado em uma das maiores, tentando não inalar demais o ar pungente. Ouviu Alec se ajeitando ao seu lado, o material resistente do uniforme arranhando contra o chão. A luz do luar refletia de seu arco enquanto ele o repousava sobre o próprio colo e observava a paisagem.

As três luas estavam baixas no céu; cada fragmento parecia inchado e enorme, cor de vinho, e tingia a paisagem com um brilho sangrento.

— Você vai falar? — perguntou Jace. — Ou esta é uma daquelas ocasiões em que está tão irritado comigo que não diz nada?

— Não estou irritado com você — disse Alec, e passou a mão enluvada sobre o arco, batendo os dedos ociosamente sobre a madeira.

— Achei que pudesse estar — falou Jace. — Se eu tivesse concordado em procurar abrigo, não teria sido atacado. Coloquei todos nós em perigo...

Alec respirou fundo e exalou devagar. As luas estavam ligeiramente mais altas no céu e projetavam um brilho escuro no rosto dele. Alec parecia jovem, os cabelos sujos e bagunçados, a camisa rasgada.

— Sabíamos dos riscos que estávamos correndo quando viemos para cá com você. Nos candidatamos a morrer. Digo, é óbvio que prefiro sobreviver. Mas todos nós escolhemos.

— Na primeira vez em que me viu — disse Jace, olhando para as próprias mãos, que abraçavam os joelhos —, aposto que não pensou: *Ele vai ser a causa da minha morte*.

— Na primeira vez em que o vi, desejei que voltasse a Idris. — Jace olhou incrédulo para Alec, que deu de ombros. — Você sabe que não gosto de mudanças.

— Mas passou a gostar de mim — declarou Jace, confiante.

— Em algum momento, sim — concordou Alec. — Como musgo ou uma doença de pele.

— Você me ama. — Jace inclinou a cabeça para trás, de encontro à pedra, admirando a paisagem morta através de olhos cansados. — Acha que deveríamos ter deixado um bilhete para Maryse e Robert?

Alec deu uma risada seca.

— Acho que vão acabar descobrindo para onde viemos. No devido tempo. Talvez eu não me importe se meu pai vai descobrir ou não. — Alec jogou a cabeça para trás e suspirou. — Ai, Deus, eu sou um clichê — disse, desesperado. — Por que me importo? Se papai concluir que me odeia porque não sou heterossexual, ele não vale meu sofrimento, certo?

— Não olhe para mim — falou Jace. — Meu pai adotivo foi um assassino em massa. E eu continuava preocupado com o que ele pensava. É o que somos programados para fazer. Seu pai sempre me pareceu excelente em comparação ao meu.

675

— Claro, ele gosta de você — disse Alec. — Você é heterossexual e tem expectativas baixas em relação a figuras paternas.

— Acho que provavelmente vão colocar isso na minha lápide. "Era Heterossexual e Tinha Expectativas Baixas".

Alec sorriu — um lampejo breve e forçado de um sorriso. Jace o fitou com olhos semicerrados.

— Tem certeza de que não está irritado? Você me parece um pouco irritado.

Alec olhou para o céu. Não havia estrelas visíveis através da coberta de nuvem, só uma manchinha preto-amarelada.

— Nem tudo gira em torno de você.

— Se você não está bem, deveria me contar — incitou Jace. — Estamos todos estressados, mas temos que nos manter tão firmes quanto...

Alec virou-se para ele. Seus olhos estavam descrentes.

— Estar bem? Como você estaria? — perguntou. — Como estaria se Clary tivesse sido levada por Sebastian? Se fosse ela que estivéssemos indo resgatar, sem saber se estaria viva ou morta? Como você estaria?

Jace sentiu como se tivesse levado um tapa de Alec. Também sentiu que merecia. Precisou de diversas tentativas antes de conseguir dizer as palavras seguintes:

— Eu... Eu estaria um caco.

Alec se levantou. Uma silhueta contra o céu cor de hematoma, o brilho das luas quebradas refletindo do chão; Jace conseguia enxergar cada faceta da expressão de Alec, tudo que este vinha guardando. Pensou na maneira como Alec matara aquele cavaleiro fada na Corte; de forma fria, rápida e implacável. Nada daquilo correspondia a Alec. No entanto, Jace nem tinha parado para pensar no assunto, pensar no que havia provocado aquela frieza: a dor, a raiva, o medo.

— Isto — disse Alec, gesticulando para si. — Isto sou eu sendo um caco.

— Alec...

— Não sou como você — justificou Alec. — Eu... Não consigo criar a fachada perfeita o tempo todo. Consigo contar piadas, consigo tentar, mas existem limites. Não consigo...

Jace se levantou, cambaleando.

— Mas não precisa criar uma fachada — retrucou, espantado. — Não precisa fingir. Você pode...

— Posso sucumbir? Nós dois sabemos que isso não é verdade. Precisamos nos manter firmes, e, durante todos aqueles anos eu observei você, eu o vi se segurando, vi quando achou que tinha perdido seu pai, vi quando pensou que Clary fosse sua irmã, observei você, e foi assim que você sobreviveu, então, se eu tenho que sobreviver, farei o mesmo.

— Mas você não é como eu — disse Jace, e sentiu como se o solo firme estivesse rachando sob seus pés. Quando tinha 10 anos de idade, ele construíra sua vida sobre o alicerce dos Lightwood, principalmente de Alec. Sempre achara que como *parabatai* estariam lado a lado, pensara ter estado presente para Alec tanto quanto Alec estivera para ele, mas agora percebia, horrorizado, que pouco tinha pensado em Alec desde que os prisioneiros haviam sido levados, e não pensara em como cada hora e cada minuto deviam estar sendo para ele, sem saber se Magnus estava vivo ou morto. — Você é melhor.

Alec o encarou, o peito inflando e desinflando rapidamente.

— O que você imaginou? — perguntou bruscamente. — Quando viemos para este mundo? Eu vi sua expressão quando encontramos você. Não diga que não previu "nada". Um "nada" não teria deixado você com aquela cara.

Jace balançou a cabeça.

— O que *você* viu?

— Vi o Salão dos Acordos. Havia um enorme banquete da vitória, e todo mundo estava lá. Max estava lá. E você, e Magnus, e todo mundo, e papai estava fazendo um discurso sobre como eu era o melhor guerreiro que ele conhecera... — A voz falhou. — Nunca achei que eu iria querer ser o melhor guerreiro — falou. — Sempre achei que ficaria feliz sendo a estrela escura da sua supernova. Digo, você tem o dom do anjo. E eu poderia treinar e treinar... jamais serei como você.

— Você jamais iria querer ser como eu — disse Jace. — Você não é assim.

A respiração de Alec desacelerou.

— Eu sei — disse ele. — Não tenho inveja. Sempre soube, de cara, que todos achavam você melhor que eu. Meu pai achava. A Clave achava. Izzy e Max o olhavam como o grande guerreiro em quem queriam se espelhar. Mas no dia em que você me chamou para ser seu *parabatai*, eu soube que isso significava que confiava em mim o bastante para me pedir ajuda. Estava me dizendo que não era o guerreiro solitário e autossuficiente. Você precisava de mim. Então percebi que existia uma pessoa que não o achava melhor que eu. Você mesmo.

— Existem muitas formas de ser o melhor — completou Jace. — Desde aquela época eu já sabia disso. Eu podia ser fisicamente mais forte, no entanto você tem o coração mais verdadeiro dentre todos que conheço, é o que mais tem fé nos outros, e por esse aspecto você é muito melhor do que eu jamais poderia ser.

Alec o encarou com surpresa.

— A melhor coisa que Valentim fez por mim foi me mandar para vocês — acrescentou Jace. — Para os seus pais também, é claro, mas principalmente para vocês. Você, Izzy e Max. Se não fossem vocês, eu teria sido... como Sebastian. Iria querer isto. — Ele apontou para o terreno baldio na frente deles. — Iria querer ser o rei de uma terra de esqueletos e corpos. — Jace parou de falar, semicerrando os olhos para a distância. — Viu isso?

Alec balançou a cabeça.

— Não vejo nada.

— Luz, refletindo de algum lugar. — Jace procurou entre as sombras do deserto. Tirou uma lâmina serafim do cinto. Sob o luar, mesmo desativado, o *adamas* brilhou com o fulgor de um rubi. — Espere aqui — disse ele. — Fique de guarda na entrada. Vou olhar.

— Jace... — começou Alec, mas Jace já estava correndo pelo declive, pulando de pedra em pedra.

Ao se aproximar do sopé, as pedras se tornaram mais claras e começaram a sucumbir assim que ele aterrissou nelas. Por fim deram lugar à areia, marcada por pedras arqueadas enormes. Havia algumas coisas que cresciam pontuando a paisagem: árvores que pareciam fossilizadas por uma explosão súbita, uma chama solar.

Atrás dele estava Alec e a entrada dos túneis. Adiante havia desolação. Jace começou a caminhar cuidadosamente por entre as pedras e as árvores mortas. Ao se mexer, viu de novo, uma faísca avançando, algo vivo entre tanta morte. Ele se virou em direção àquilo, colocando cada pé cuidadosamente na frente do outro.

— Quem está aí? — perguntou, em seguida franziu o rosto. — É claro — acrescentou, se endereçando à escuridão ao redor —, mesmo eu, como Caçador de Sombras, já vi filmes o suficiente para saber que qualquer um que grita "Quem está aí?" vai ser morto automaticamente.

Um barulho ecoou pelo ar — um arquejo, um engulho de respiração entrecortada. Jace ficou tenso e avançou velozmente. Lá estava: uma sombra, evoluindo do escuro para uma forma humana. Uma mulher, encolhida, ajoelhada, vestindo uma túnica pálida manchada de sujeira e sangue. Ela parecia chorar.

Jace cerrou o punho em volta do cabo da lâmina. Ele já havia abordado demônios fingindo estar desamparados ou disfarçando a verdadeira natureza em ocasiões suficientes, de modo que aprendera a sentir menos compaixão e mais desconfiança.

— *Dumah* — sussurrou ele, e a lâmina brilhou com a luz.

Conseguia enxergar a mulher com mais clareza agora. Tinha cabelos longos que caíam para o chão e se misturavam à terra chamuscada, e um círculo de ferro ao redor do cenho. Tinha cabelos ruivos às sombras, cor de sangue seco, e por um instante, antes de ela se levantar e se virar para ele, pensou na Rainha Seelie...

Mas não era ela. Esta mulher era uma Caçadora de Sombras. Era mais que isso. Usava as túnicas brancas de uma Irmã de Ferro amarrada abaixo dos seios, os olhos no tom alaranjado nítido de uma chama. Símbolos escuros desfiguravam suas bochechas e testa. Estava com as mãos fechadas sobre o peito. Agora as relaxava, deixando que caíssem junto às laterais do corpo, e Jace sentiu o ar gelar nos pulmões ao ver o ferimento massivo em seu peito, o sangue se espalhando pelo tecido branco do vestido.

— Você me conhece, não conhece, Caçador de Sombras? — perguntou ela. — Sou a Irmã Magdalena das Irmãs de Ferro, aquela que você assassinou.

678

Jace engoliu em seco.

— Não é ela. Você é um demônio.

Ela balançou a cabeça.

— Fui amaldiçoada por ter traído a Clave. Quando você me matou, vim para cá. Este é meu Inferno, e fico vagando por aqui. Sem nunca me curar, sangrando eternamente. — Ela apontou para trás, e ele viu as pegadas atrás da moça, que traziam a este local, as marcas de pés descalços contornadas em sangue. — Foi isto que você fez comigo.

— Não fui eu — falou ele, rouco.

Ela inclinou a cabeça para o lado.

— Não foi? — questionou ela. — Não se lembra?

E ele se lembrava, o pequeno estúdio em Paris, o Cálice de *adamas*, Magdalena sendo pega de surpresa pelo ataque quando ele sacou a lâmina e a golpeou; o olhar dela enquanto caía sobre a mesa de trabalho, morrendo...

Sangue na lâmina, nas mãos, nas roupas. Não era sangue de demônio nem icor. Não era sangue inimigo. Era sangue de um Caçador de Sombras.

— Você se lembra — disse Magdalena, inclinando a cabeça para o lado com um sorrisinho. — Como um demônio saberia das coisas que sei, Jace Herondale?

— Não... é meu nome — sussurrou Jace.

O sangue corria quente em suas veias, apertando sua garganta, estrangulando as palavras. Ele pensou na caixa de prata com a estampa de passarinhos, em garças graciosas no ar, na história de uma das grandes famílias de Caçadores de Sombras exposta em livros, cartas e heranças, e em como não se sentia merecedor de tocar aquele conteúdo.

A expressão dela tremeu, como se não tivesse entendido exatamente o que Jace dissera, porém continuou suavemente, caminhando em direção a ele pelo chão rachado.

— Então o que você é? Não possui qualquer legitimidade para se chamar Lightwood. É um Morgenstern? Como Jonathan?

Jace respirou fundo, e sua garganta queimou como fogo. Estava com o corpo grudento de suor, as mãos trêmulas. Tudo nele gritava para avançar, perfurar a criatura Magdalena com sua lâmina serafim, no entanto ele não parava de enxergá-la caindo, morrendo, em Paris, e a si mesmo acima dela, assimilando o que tinha feito, que era um assassino, e como poderia matar a mesma pessoa duas vezes...

— Você gostou, não gostou? — sussurrou ela. — De ter sido ligado a Jonathan, vocês dois sendo um? Isso libertou você. Pode dizer a si, agora, que tudo o que fez foi obrigado, que não estava no controle, que não me perfurou com a lâmina, mas nós dois sabemos a verdade. O laço de Lilith foi apenas um pretexto para você fazer o que já desejava.

Clary, pensou ele, dolorosamente. Se ela estivesse aqui, ele teria sua convicção inexplicável para se apoiar, a crença dela de que Jace era intrinsecamente bom, uma crença que servia como fortaleza, que nenhuma dúvida atravessava. Mas ela não estava ali e ele estava sozinho em uma terra queimada, morta, a mesma terra morta...

— Você viu, não viu? — sussurrou Magdalena, e ela estava quase em cima dele agora, os olhos saltando e ardendo em laranja e vermelho. — Esta terra queimada, toda a destruição, e você no comando? Essa foi sua visão? O desejo de seu coração? — Ela pegou o pulso dele, e a voz se elevou, exultante, não mais humana. — Acha que seu segredo sombrio é querer ser como Jonathan, mas vou lhe contar o verdadeiro segredo, o mais sombrio de todos. Você já é.

— Não! — gritou Jace, e levantou a lâmina, um arco de fogo pelo céu.

Magdalena deu um pulo para trás, e, por um instante, Jace pensou que o fogo da lâmina tivesse acendido a ponta da túnica da criatura, pois uma chama explodiu diante dos olhos dele. Sentiu a ardência e a contorção de veias e músculos em seus braços, ouviu o grito de Magdalena se tornar gutural e desumano. Ele cambaleou para trás...

E percebeu que o fogo transbordava dele, que tinha explodido de suas mãos e das pontas dos dedos em ondas que corriam o deserto, explodindo tudo adiante. Ele viu Magdalena se contorcer e girar, se transformar em algo horrendo, cheio de tentáculos e repulsivo, antes de definhar em cinzas, dando um grito final. Jace viu o chão escurecer e brilhar enquanto ele caía de joelhos, a lâmina serafim derretendo em chamas que subiam e o cercavam. Ele pensou: *Vou queimar até a morte aqui*, enquanto o fogo rugia pela planície, riscando o céu.

Ele não estava com medo.

—◁ Capítulo 17 ▷—
OFERTAS ARDENTES

Clary sonhou com fogo, um pilar de fogo varrendo uma paisagem desértica, queimando tudo pela frente: árvores, mato, pessoas gritando. Os corpos ficavam pretos ao desmoronarem diante da força das chamas, e acima deles havia um símbolo, pairando como um anjo, uma figura como duas asas unidas por uma barra solitária...

Um grito cortou a fumaça e a sombra, arrancando Clary de seus pesadelos. Ela abriu os olhos e viu o fogo, brilhante e quente, e se levantou, para alcançar Heosphoros.

Com a lâmina na mão, os batimentos cardíacos dela foram desacelerando aos poucos. O fogo não estava violento nem descontrolado. Estava contido, a fumaça flutuando em direção ao enorme teto da caverna. Iluminava o espaço em volta. Ela via Simon e Isabelle sob o brilho, Izzy se levantando do colo de Simon e piscando, confusa.

— O que...

Clary já estava de pé.

— Alguém gritou — disse ela. — Vocês dois fiquem aqui... Vou ver o que aconteceu.

— Não... não. — Isabelle se levantou exatamente quando Alec entrou na câmara, arfando.

— Jace — alertou ele. — Aconteceu alguma coisa... Clary, pegue a estela e vamos. — Ele se virou e correu de volta para o túnel.

Clary enfiou Heosphoros no cinto e foi atrás. Ela acelerou pelo corredor, as botas arrastando por pedras irregulares, e irrompeu pela noite, com a estela na mão.

A noite queimava. O planalto acinzentado de pedras se inclinava para o deserto, e havia fogo onde as pedras encontravam a areia — fogo ardendo pelo ar, deixando o céu dourado, queimando o chão. Ela olhou fixamente para Alec.

— Onde está Jace? — gritou sobre o estalar das chamas.

Ele desviou o olhar dela para o fogo.

— Ali — respondeu. — Ali dentro. Vi o fogo sair dele e engoli-lo.

Ela sentiu um aperto no peito; cambaleou para trás, para longe de Alec, como se ele a tivesse golpeado, e em seguida ele a alcançou, dizendo:

— Clary. Ele não está morto. Se estivesse, eu saberia. Eu saberia...

Isabelle e Simon irromperam da entrada da caverna atrás deles; Clary viu ambos reagirem ao fogo celestial, Isabelle com olhos arregalados e Simon se encolhendo de pavor — fogo e vampiros não se misturavam, mesmo com Simon sendo um Diurno. Isabelle o pegou pelo braço, como que para protegê-lo; Clary ouvia os gritos, as palavras perdidas contra a ferocidade das chamas. O braço de Clary ardia e doía. Ela olhou para baixo e percebeu que tinha começado a desenhar na própria pele, o reflexo assumindo o controle em lugar da consciência. Observou enquanto um símbolo *pyr*, para proteger do fogo, aparecia em seu pulso, espesso e negro contra a pele. Tratava-se de um símbolo forte: Clary era capaz de sentir o poder irradiando.

Ela começou a descer a colina, virando-se ao sentir Alec em seu encalço.

— Fique para trás — gritou para ele, e levantou o pulso, mostrando o símbolo. — Não sei se vai funcionar — berrou. — Fique aqui; cuide de Simon e de Izzy, o fogo celestial deve manter os demônios afastados, mas só para garantir. — E em seguida ela se voltou à corrida, disparando entre as pedras, diminuindo a distância entre ela e a lâmina, enquanto Alec ficava parado na trilha, as mãos cerradas junto às laterais do corpo.

De perto o fogo era uma parede dourada, se movimentando e se transformando, cores piscando em seu núcleo: vermelho ardente, línguas alaranjadas e verdes. Clary não enxergava nada *senão* chamas; o calor que irradiava fazia sua pele formigar e os olhos lacrimejarem. Ela inspirou e queimou a garganta, daí entrou no fogo.

Foi envolvida como se fosse um abraço. O mundo ficou vermelho, dourado e laranja, e tremulando diante de seus olhos. Seu cabelo levantou, esvoaçando ao vento quente, e Clary não sabia ao certo diferenciar suas mechas quentes do fogo em si. Ela avançou cuidadosamente, cambaleando como se estivesse caminhando contra um vento muito forte — dava para sentir o símbolo Corta-Fogo latejando em seu braço a cada passo — enquanto as chamas subiam e espiralavam ao redor.

Ela aspirou o fogo mais uma vez e avançou, os ombros curvados como se estivesse levantando um peso. Não havia nada além de fogo em volta. Ia morrer em meio às chamas, pensou, queimando como uma pena, sem deixar sequer uma pegada naquele mundo alienígena para registrar que tinha passado por ali.

Jace, pensou ela, e deu um último passo. As chamas se partiram em volta como uma cortina se abrindo, e ela engasgou, caindo para a frente, os joelhos batendo na terra com força. O símbolo Corta-Fogo no braço estava desbotando, ficando branco, sugando sua energia juntamente ao seu poder. Ela levantou a cabeça e olhou.

O fogo se erguia em um círculo, chamas buscando o céu demoníaco chamuscado. Ao centro encontrava-se Jace, ajoelhado; ele próprio era intocado pelo fogo, a cabeça loura para trás, os olhos semifechados. Estava com as mãos no chão, e um rio do que parecia ouro derretido escorria de suas palmas. Costurava pela terra como pequenas correntes de lava, iluminando o solo. Não, pensou ela, estava fazendo mais do que iluminar. Estava *cristalizando* a terra, transformando-a em um material sólido e dourado que brilhava como...

Como *adamas*. Ela se arrastou em direção a Jace, o chão abaixo deixando de ser um solo acidentado e virando uma substância vítrea escorregadia, como *adamas*, porém de cor dourada em vez de branca. Jace não se mexeu: como o Anjo Raziel se erguendo do Lago Lyn e pingando água, ele permanecia parado enquanto o fogo saía de seu corpo, e o solo endurecia ao redor, se transformando em ouro.

Adamas. O poder daquilo subiu por Clary, fazendo seus ossos tremerem. Imagens floresciam em sua mente: símbolos, se elevando e em seguida desaparecendo como fogos de artifício, e ela lamentou a perda de todos, tantos símbolos cujos significados e funções ela jamais conheceria, mas daí ela estava próxima a Jace e o primeiro símbolo que imaginou, o símbolo com o qual vinha sonhando nos últimos dias, surgiu em sua cabeça. *Asas, ligadas por uma barra... não, não eram asas... o cabo de uma espada... sempre fora o cabo de uma espada...*

— Jace! — gritou ela, e ele abriu os olhos. Mais dourados até mesmo que o fogo. Ele a olhou, totalmente incrédulo, e ela imediatamente percebeu o que ele pensava estar fazendo: ajoelhado, aguardando para morrer, aguardando para ser consumido pelo fogo como um santo medieval.

Ela queria estapeá-lo.

— Clary, *como...*

Ela se esticou para segurá-lo pelo pulso, porém ele foi mais veloz e desviou.

— Não! Não me toque. Não é seguro...

— Jace, pare. — Ela levantou o braço, com o símbolo *pyr* brilhando, prateado naquele fulgor sobrenatural. — Eu atravessei o fogo para chegar até você — disse ela sobre o chiado das chamas. — Estamos aqui. Nós dois estamos aqui agora, entendeu?

Os olhos dele estavam com um tom maníaco, desesperados.

— Clary, *saia...*

— Não! — Ela o segurou pelos ombros, e dessa vez ele não recuou. Ela agarrou a roupa dele. — *Eu sei como consertar isto!* — gritou, e se inclinou para pressionar os lábios nos dele.

A boca de Jace estava quente e seca, a pele ardia enquanto ela passava as mãos pelo pescoço dele para segurar as laterais de seu rosto. Ela sentia gosto de fogo, carvão e sangue na boca dele, e se perguntava se ele sentia o mesmo gosto nela.

— Confie em mim — sussurrou ela de encontro aos lábios dele, e apesar de as palavras terem sido engolidas pelo caos ao redor, ela o sentiu relaxar minimamente e assentir, inclinando-se para ela, deixando o fogo passar entre eles enquanto respiravam o hálito um do outro, saboreando as faíscas nos lábios um do outro.

— Confie em mim — sussurrou ela outra vez, e alcançou sua lâmina.

Isabelle estava com os braços em torno de Simon, detendo-o. Ela sabia que se o soltasse, ele correria para o fogo, onde Clary desaparecera, e se jogaria ali dentro.

E queimaria como um pavio, como um pavio ensopado de gasolina. Ele era um vampiro. Isabelle o segurou, prendendo-o pelo peito com as mãos, e teve a impressão de que podia sentir o vazio sob as costelas dele, no local onde seu coração *não* batia. O dela estava acelerado. Seu cabelo esvoaçava com o vento quente da imensa fogueira que ardia ao pé do planalto. Alec tinha descido metade da trilha e estava ali, inquieto; era uma silhueta negra contra as chamas.

E as chamas... saltavam em direção ao céu, riscando a lua quebrada. Mudando e se transformando, uma parede de ouro mortalmente linda. Conforme as chamas tremiam, Isabelle conseguia identificar sombras se movimentando ali dentro — a sombra de uma pessoa ajoelhada, e depois outra, menor, abaixada e engatinhando. *Clary*, pensou, se arrastando para Jace no coração do incêndio. Sabia que Clary havia aplicado um símbolo *pyr* no braço, mas Isabelle nunca tinha ouvido falar em um símbolo Corta-Fogo que pudesse suportar aquele tipo de chama.

— Iz — sussurrou Simon. — Eu não...

— Shhh. — Ela o segurou com mais força, como se aquilo fosse impedir ela mesma de sucumbir. Jace estava ali, no centro do fogo, e ela não podia perder outro irmão, não podia... — Eles estão bem — avisou ela. — Se Jace estivesse ferido, Alec saberia. E se ele está bem, então Clary também está.

— Eles vão queimar até a morte — respondeu Simon, soando perdido.

Isabelle gritou quando as chamas se elevaram mais alto de repente. Alec deu um passo para a frente e em seguida caiu de joelhos, e pôs as mãos no chão. A curva de suas costas formava um arco de dor. O céu se transformara em espirais de fogo, rotatórios e vertiginosos.

Isabelle soltou Simon e correu pela trilha, para o irmão. Curvou-se sobre ele, agarrando-o pelo casaco, puxando-o para que se levantasse.

— Alec, *Alec*...

Alec ficou de pé, cambaleando, o rosto inteiramente pálido, exceto por onde estava manchado com fuligem preta. Ele deu meia-volta, ficando de costas para Isabelle, tirando a jaqueta.

684

— Meu símbolo de *parabatai*... consegue vê-lo?

Isabelle sentiu um aperto no estômago; por um instante pensou que fosse desmaiar. Ela agarrou Alec pela gola da camisa, puxou-o para baixo e exalou, aliviada.

— Continua aí.

Alec vestiu a jaqueta novamente.

— Senti alguma coisa mudar; foi como se algo dentro de mim tivesse se *contorcido*. — Ele levantou a voz. — Vou até lá.

— Não! — Isabelle o pegou pelo braço, e em seguida Simon gritou, ao lado dela:

— *Vejam*.

Ele estava apontando para o fogo. Isabelle olhou, sem compreender por um instante, até que percebeu o que ele mostrava. As chamas tinham começado a diminuir. Ela balançou a cabeça como se quisesse clarear as ideias, a mão ainda no braço de Alec, mas não era ilusão. O fogo estava diminuindo. As chamas encolheram, passando de pilares laranjas a um amarelo desbotado, se curvando para dentro como dedos. Ela soltou Alec, e os três ficaram enfileirados, ombro a ombro, enquanto o fogo abaixava, revelando um círculo de terra ligeiramente escurecido onde as chamas queimaram, e ali dentro, duas figuras. Clary e Jace.

Era difícil enxergá-los através da fumaça e do brilho vermelho das brasas que ainda queimavam, mas ficou claro que estavam vivos e inteiros. Clary de pé, e Jace ajoelhado diante dela, segurando suas mãos, quase como se estivesse recebendo o título de cavaleiro. Havia algo ritualístico naquela posição, algo que remetia a um feitiço estranho e antigo. Quando a fumaça se dissipou, Isabelle viu o brilho claro do cabelo de Jace, que se levantava. Ambos começaram a caminhar pela trilha.

Isabelle, Simon e Alec romperam a fila e correram para eles. Isabelle se jogou em Jace, que a abraçou, ao mesmo tempo esticando-se para agarrar a mão de Alec mesmo enquanto ele segurava Isabelle com firmeza. A pele dele era fria contra a dela, quase gelada. O uniforme não apresentava qualquer queimadura ou marca, assim como a terra desértica atrás deles não apresentava sinal de ter passado por um incêndio massivo há poucos instantes.

Isabelle apoiou a cabeça no peito de Jace e viu Simon abraçando Clary. Ele a segurava com firmeza, balançando a cabeça, e quando Clary ofereceu um sorriso radiante para ele, Isabelle percebeu que não sentia nenhuma fagulha de ciúme. Não havia qualquer diferença entre o abraço de Simon e Clary para o dela e de Jace. Tinha amor ali, claramente, mas era um amor fraterno.

Ela se afastou de Jace e sorriu para Clary, que retribuiu timidamente. Alec tomou a iniciativa de abraçar Clary, e Simon e Jace se entreolharam cautelosamente. De repente Simon sorriu — aquele sorriso súbito e inesperado que surgia até mesmo nas piores circunstâncias, o qual Isabelle adorava — e estendeu os braços para Jace.

Jace balançou a cabeça.

— Não me importo se acabei de me incendiar — falou. — Não vou te abraçar.

Simon suspirou e abaixou os braços.

— Pior para você — disse ele. — Se tivesse abraçado, eu teria deixado, mas sinceramente, teria sido um abraço de pena.

Jace se voltou para Clary, que não estava mais abraçando Alec, e sim parada, parecendo entretida, com a mão no cabo de Heosphoros. A lâmina parecia brilhar, como se tivesse absorvido parte da luz do fogo.

— Ouviram isso? — perguntou Jace. — Um abraço de *pena*?

Alec levantou a mão. Surpreendentemente, Jace se calou.

— Reconheço que estamos tomados pela alegria da sobrevivência, o que explica este comportamento estúpido — disse Alec. — Mas primeiro — levantou um dedo —, acho que nós três merecemos uma explicação. O que aconteceu? Como você perdeu o controle do fogo? Foi atacado?

— Foi um demônio — respondeu Jace após uma pausa. — Assumiu a forma de uma mulher que... alguém que eu machuquei quando Sebastian me possuiu. Me provocou até eu perder o controle sobre o fogo celestial. Clary me ajudou a recuperá-lo.

— E é isso? Vocês dois estão bem? — perguntou Isabelle, meio incrédula. — Achei... quando vi o que se passava... Pensei que fosse Sebastian. Que ele tivesse vindo até nós de alguma forma. Que você tivesse tentado incendiá-lo e tivesse acabado se queimando...

— Isso não vai acontecer. — Jace tocou o rosto de Izzy delicadamente. — Já estou com o fogo controlado. Sei como usar, e como não usar. Como direcionar.

— Como? — perguntou Alec, impressionado.

Jace hesitou. Seus olhos desviaram para Clary, e as pupilas pareceram dilatar, como se uma cortina tivesse descido sobre eles.

— Vocês terão simplesmente que confiar em mim.

— É isso? — Simon se manifestou, incrédulo. — Simplesmente confiar em você?

— Não confiam? — perguntou Jace.

— Eu... — Simon olhou para Isabelle, que olhou para o irmão.

Após um instante, Alec assentiu.

— Confiamos o suficiente para vir até aqui — falou. — Vamos confiar até o fim.

— Se bem que seria incrível conhecer seu plano, tipo, um pouco antes — disse Isabelle. — Antes do fim, quero dizer. — Alec ergueu uma sobrancelha para ela. Izzy deu de ombros inocentemente. — Só um pouquinho antes — continuou. — Quero poder me preparar.

Os olhos do irmão encontraram os dela, e, em seguida, ele começou a rir, um pouco rouco — quase como se tivesse se esquecido de como fazê-lo.

À Consulesa:

O Povo das Fadas não é seu aliado. Eles são seus inimigos. Odeiam os Nephilim e planejam traí-los e destruí-los. Colaboraram com Sebastian Morgenstern nos ataques e nas destruições dos Institutos. Não confie em Meliorn nem em qualquer conselheiro de nenhuma Corte. A Rainha Seelie é sua inimiga. Não tente responder esta mensagem. Estou com a Caçada Selvagem agora, e eles vão me matar se acharem que contei alguma coisa.

Mark Blackthorn

Jia Penhallow olhou por cima dos óculos de leitura para Emma e Julian, que estavam parados, tensos, na frente da escrivaninha da biblioteca da casa. Uma grande janela retangular encontrava-se aberta atrás da Consulesa, e Emma via a paisagem de Alicante se estendendo: casas colinas abaixo, canais correndo em direção ao Salão dos Acordos, a Colina de Gard se erguendo contra o céu.

Jia olhou para baixo novamente, para o papel que haviam lhe trazido. Tinha sido dobrado com uma esperteza quase diabólica dentro da noz, e foram necessários séculos, além dos dedos hábeis de Ty, para soltá-lo.

— Seu irmão escreveu mais alguma coisa além disto? Algum recado particular para você?

— Não — respondeu Julian, e deve ter demonstrado alguma coisa na tensão dolorosa de sua voz, pois Jia acreditou nele e não insistiu no assunto.

— Você entende o que isto significa — questionou ela. — O Conselho não vai querer acreditar. Vão afirmar que é um truque.

— É a letra de Mark — disse Julian. — E a forma como assinou... — Ele apontou para a marca na base do papel: uma impressão nítida de espinhos, feita com o que parecia ser uma tinta marrom-avermelhada. — Ele passou o anel de família em sangue e o utilizou para fazer isto — explicou Julian, o rosto rubro. — Uma vez me mostrou como fazer. Mais ninguém teria o anel da família Blackthorn, nem tampouco saberia fazer esta marca com ele.

Jia olhou dos punhos cerrados de Julian para a expressão firme de Emma e assentiu.

— Vocês estão bem? — perguntou ela mais gentilmente. — Sabem o que é a Caçada Selvagem?

Ty tinha oferecido um discurso extenso sobre o assunto, mas Emma descobria que agora, sob o olhar sombrio e solidário da Consulesa, não era capaz de encontrar as palavras. Foi Julian que se pronunciou:

— Fadas caçadoras — explicou. — Cavalgam pelo céu. As pessoas acreditam que se você segui-las, elas podem guiá-lo até a terra dos mortos, ou a Faerie, o reino das fadas.

— Gwyn ap Nudd lidera o bando — disse Jia. — Ele não tem aliança; faz parte de uma magia mais selvagem. É chamado de Coletor dos Mortos. Apesar de ser uma fada, ele e seus cavaleiros não estão envolvidos nos Acordos. Não têm qualquer entendimento com os Caçadores de Sombras, não reconhecem nossa jurisdição e não seguem leis, nenhuma lei. Compreendem?

Eles a olharam, confusos. Ela suspirou.

— Se Gwyn pegou seu irmão para se tornar um de seus Caçadores, pode ser impossível...

— Você está dizendo que não vai conseguir trazê-lo de volta? — perguntou Emma, e viu alguma coisa se despedaçar nos olhos de Julian. Aquela visão a fez desejar pular sobre a mesa e espancar a Consulesa com sua pilha de pastas etiquetadas, cada uma com um nome diferente.

Uma delas saltou aos olhos de Emma, como um letreiro aceso em neon. CARSTAIRS: FALECIDO. Tentou não permitir que o reconhecimento de seu sobrenome ficasse expresso em seu rosto.

— Estou dizendo que não sei. — A Consulesa espalmou as mãos na superfície da mesa. — Tem tanta coisa que não sabemos agora — disse, e sua voz soou baixa e quase arrasada. — Perder o Povo das Fadas como aliados é um golpe forte. Dentre todos os integrantes do Submundo, eles são nossos inimigos mais sutis, e os mais perigosos. — Ela se pôs de pé. — Esperem aqui um instante.

Ela se retirou por uma porta camuflada no painel e, após alguns instantes de silêncio, Emma ouviu o ruído de pés e o murmúrio da voz de Patrick. Captou palavras isoladas — "julgamento", "mortal" e "traição".

Dava para sentir Julian ao seu lado, tão tenso quanto a corda de um arco armado. Esticou o braço para tocar as costas dele, e com o dedo desenhou entre os ombros: V-O-C-Ê-E-S-T-Á-B-E-M?

Ele balançou a cabeça, sem olhar para ela. Emma olhou para a pilha de pastas sobre a mesa, depois para a porta, em seguida para Julian, calado e sem expressão, e decidiu. Lançou-se à mesa, passando a mão pela pilha de pastas, e puxou a que dizia CARSTAIRS.

Era uma pasta de capa dura, leve, e Emma esticou o braço para puxar a camisa de Julian, que teve seu grito de surpresa abafado pela mão dela. Emma usou a outra mão para enfiar a pasta na traseira da calça jeans dele. Puxou a camisa do amigo para baixo exatamente quando a porta se abriu e Jia voltou.

688

— Vocês dois estariam dispostos a depor diante do Conselho uma última vez? — perguntou ela, olhando de Emma, que imaginava estar corada, para Julian, que parecia ter sido eletrocutado. O olhar dele endureceu, e Emma ficou impressionada. Julian era tão gentil que ela às vezes se esquecia de que aqueles olhos da cor do mar podiam se tornar tão frios quanto as ondas do litoral no inverno. — Sem Espada Mortal — esclareceu a Consulesa. — Só quero que contem a eles o que sabem.

— Se você prometer que vai tentar trazer Mark de volta — disse Julian. — E não apenas prometer, mas tentar de fato.

Jia o olhou solenemente.

— Prometo que os Nephilim não vão abandonar Mark Blackthorn enquanto ele viver.

Os ombros de Julian relaxaram minimamente.

— Tudo bem, então.

Brotou como uma flor contra o céu negro e nebuloso: uma explosão súbita e silenciosa de chamas. Luke, parado à janela, recuou com surpresa antes de se encostar na abertura estreita, tentando identificar a fonte do resplendor.

— O que é? — Raphael olhou de onde estava ajoelhado para Magnus.

Magnus parecia adormecido, os olhos projetando sombras em forma de lua crescente contra a pele. Estava desconfortavelmente encolhido em torno das correntes que o prendiam, e parecia doente, ou no mínimo exausto.

— Não tenho certeza — disse Luke, e ficou parado enquanto o menino vampiro vinha se juntar a ele na janela.

Ele nunca se sentira completamente confortável perto de Raphael. O vampiro parecia Loki ou algum outro deus traiçoeiro, às vezes trabalhando para o bem, às vezes para o mal, mas sempre de acordo com os próprios interesses.

Raphael murmurou alguma coisa em espanhol e passou por Luke. As chamas refletiram nas pupilas de seus olhos escuros, vermelho-douradas.

— Acha que é obra de Sebastian? — perguntou Luke.

— Não. — O olhar de Raphael estava longe, e Luke foi lembrado de que o menino diante dele, embora parecesse um anjo atemporal de 14 anos, na verdade era mais velho que ele, mais velho que seus pais seriam caso estivessem vivos, ou, no caso de sua mãe, se ela tivesse permanecido mortal. — Há algo de sagrado neste fogo. A obra de Sebastian é demoníaca. Esta é a forma como Deus apareceu para andarilhos no deserto. *"Durante o dia Deus ia à frente deles em um pilar nebuloso para guiá-los, e à noite em um pilar de fogo que lhes fornecia luz, de modo que pudessem viajar de dia ou de noite."*

Luke ergueu uma sobrancelha para ele.

Raphael deu de ombros.

— Fui criado em um ambiente católico — inclinou a cabeça para o lado. — Acho que nosso amigo Sebastian não vai gostar muito disto, seja lá o que for.

— Consegue enxergar mais alguma coisa? — perguntou Luke; a visão dos vampiros era mais poderosa até mesmo que a visão aguçada de um lobisomem.

— Alguma coisa... ruínas, talvez, como uma cidade morta... — Raphael balançou a cabeça em frustração. — Veja onde o fogo acaba. Está morrendo.

Houve um murmúrio suave vindo no chão, e Luke olhou para baixo. Magnus tinha rolado de costas. As correntes eram longas, lhe dando ao menos liberdade de movimento o suficiente para curvar as mãos sobre o estômago, como se estivesse com dor. Os olhos estavam abertos.

— Por falar em morrer...

Raphael voltou para seu lugar, ao lado de Magnus.

— Precisa nos contar, feiticeiro — incitou ele — se existe alguma coisa que possamos fazer por você. Nunca o vi tão doente.

— Raphael... — Magnus passou a mão pelos cabelos negros suados. A corrente tilintou. — É meu pai — falou abruptamente. — Este é o reino dele. Bem, um deles.

— Seu pai?

— Ele é um demônio — respondeu Magnus sucintamente. — O que não deveria ser uma grande surpresa. Não espere mais informações além desta.

— Tudo bem, mas por que estar no reino de seu pai o deixaria doente?

— Ele está tentando me fazer chamá-lo — disse Magnus, apoiando-se nos cotovelos. — Ele poderia vir até mim facilmente. Não consigo fazer mágica neste reino, portanto não posso me proteger. Ele consegue me deixar saudável ou doente. Mas está me deixando doente por achar que, se eu me desesperar o suficiente, vou pedir a ajuda dele.

— E vai? — perguntou Luke.

Magnus balançou a cabeça e franziu o rosto.

— Não. Não valeria o preço. Quando meu pai está envolvido, *sempre* há um preço.

Luke sentiu o próprio corpo ficar tenso. Ele e Magnus não eram íntimos, mas ele sempre gostara do feiticeiro, sempre o respeitara. Respeitava Magnus e feiticeiros tanto quanto respeitava Catarina Loss e Ragnor Fell, e os outros, aqueles que trabalharam com Caçadores de Sombras por várias gerações. Ele não estava gostando do som do desespero na voz de Magnus, nem de seu olhar ecoante.

— Não pagaria? Se a escolha fosse sua vida?

Magnus olhou para Luke, exaurido, e se jogou novamente no chão de pedra.

— Pode ser que não seja eu a pessoa a pagar — respondeu, e fechou os olhos.

— Eu... — começou Luke, mas Raphael balançou a cabeça para ele, um gesto repreensivo. Ele tinha se encolhido perto do ombro de Magnus, abraçando os joelhos. As veias escuras em suas têmporas e no pescoço eram visíveis, sinais de que fazia muito tempo que não se alimentava. Luke só podia imaginar a cena estranha que compunham: o vampiro faminto, o feiticeiro moribundo e o lobisomem observando pela janela.

— Você não sabe nada sobre o pai dele — disse Raphael, com a voz baixa. Magnus estava parado, obviamente dormindo outra vez, a respiração ofegante.

— E suponho que você saiba quem é o pai de Magnus? — provocou Luke.

— Já paguei muito dinheiro uma vez para descobrir.

— Por quê? De que adianta para você saber isso?

— Gosto de saber das coisas — explicou Raphael. — Pode ser útil. Ele conhecia minha mãe; me pareceu justo que eu conhecesse seu pai. Magnus salvou minha vida uma vez — acrescentou Raphael, com a voz sem emoção. — Assim que me tornei um vampiro, eu quis morrer. Achava que fosse uma coisa maldita. Ele me impediu de me jogar à luz do sol... Magnus me ensinou a caminhar por território sagrado, a pronunciar o nome de Deus, a usar um crucifixo. Ele não me deu mágica, apenas paciência, mas ainda assim salvou minha vida.

— Então você deve a ele — disse Luke.

Raphael tirou a jaqueta e, em um movimento único e rápido, a colocou sob a cabeça de Magnus. Ele se remexeu, mas não acordou.

— Entenda como quiser — falou. — Não vou entregar os segredos dele.

— Responda-me uma coisa — disse Luke, com a parede de pedra fria em suas costas. — O pai de Magnus é alguém que pode nos ajudar?

Raphael riu: uma risada aguda, vociferada, sem qualquer divertimento.

— Você é muito engraçado, lobisomem — falou. — Volte para a janela, e você, se for do tipo que reza, então talvez deva rezar para que o pai dele não resolva querer nos ajudar. Se não confia em mim em relação a nada, então ao menos confie em mim quanto a isso.

— Você acabou de comer *três* pizzas? — Lily encarava Morcego com uma mistura de nojo e espanto.

— Quatro — respondeu Morcego, colocando uma caixa de pizza, agora vazia, da Joe's Pizza no topo de uma pilha de outras caixas e sorrindo serenamente.

Maia sentiu uma onda de afeto por Morcego. Ela não contara sobre o plano para o encontro com Maureen, e ele não reclamara nem uma vez, apenas a parabenizara por ter disfarçado tão bem. Ele concordou em se sentar com ela e Lily para discutir a aliança, apesar de Maia saber que ele não gostava muito de vampiros.

E ele guardara para ela a pizza que só tinha queijo, pois sabia que era a única da qual ela gostava. Maia estava em sua quarta fatia. Lily, apoiada na beira da mesa no saguão da delegacia, fumava um cigarro longo (Maia supôs que câncer de pulmão não fosse uma preocupação de quem já estava morto) e olhava para a pizza, desconfiada. Não se importava com a quantidade que Morcego comia — alguma coisa tinha que sustentar todos aqueles músculos — desde que ele parecesse feliz em lhe fazer companhia durante a reunião. Lily havia respeitado o trato que tinham feito em relação a Maureen, mas ela ainda causava calafrios em Maia.

— Sabe — disse Lily, balançando os pés envoltos em botas. — Devo admitir que esperava algo mais... animado. E menos burocrático. — Ela franziu o nariz.

Maia suspirou e olhou em volta. O saguão da delegacia de polícia estava cheio de lobisomens e vampiros, provavelmente pela primeira vez desde sua construção. Havia pilhas de papel listando contatos de membros importantes do Submundo, todos obtidos através de súplicas, empréstimos, furtos e investigações — os vampiros tinham registros impressionantes de quem estava no comando e onde —, e todos estavam nos celulares ou computadores, telefonando ou mandando mensagens de texto e e-mails para os líderes de clãs e matilhas, e para todos os feiticeiros que conseguiam rastrear.

— Ainda bem que as fadas são centralizadas — falou Morcego. — Uma Corte Seelie, uma Corte Não Seelie.

Lily sorriu.

— A terra embaixo da colina é muito extensa — disse. — As Cortes são tudo que podemos alcançar neste mundo, só isso.

— Bem, este é o mundo com o qual estamos preocupados agora — comentou Maia, se espreguiçando e esfregando a nuca.

Ela mesma tinha passado o dia fazendo ligações e enviando e-mails, por isso estava exausta. Os vampiros só se juntaram a eles ao cair da noite, e esperava-se que trabalhassem até o amanhecer, enquanto os lobisomens dormiam.

— Você tem noção do que Sebastian Morgenstern vai fazer conosco se o lado dele vencer? — perguntou Lily, olhando contemplativamente para a sala lotada. — Duvido que vá ser indulgente com quem trabalha contra ele.

— Talvez ele nos mate antes — respondeu Maia. — Mas nos mataria de qualquer jeito. Sei que os vampiros adoram a ideia de racionalidade, lógica, inteligência, alianças meticulosas, mas não é assim que ele funciona. Sebastian quer reduzir o mundo a cinzas. É só o que quer.

Lily soprou a fumaça.

— Bem — falou. — Isso seria inconveniente, considerando nossa relação com o fogo.

— Não está arrependida, está? — perguntou Maia, se esforçando ao máximo para manter a voz despreocupada. — Você parecia muito segura quanto a se colocar contra Sebastian quando conversamos antes.

— Estamos nos colocando em uma situação muito perigosa, só isso — disse Lily. — Você já ouviu a expressão "quando o gato sai, os ratos fazem a festa"?

— Claro — respondeu Maia, olhando para Morcego, que murmurou alguma coisa em espanhol.

— Durante centenas de anos, os Nephilim mantiveram suas regras e se certificaram de que nós também as mantivéssemos — continuou Lily. — Por isso são muito detestados. Agora foram se esconder em Idris, e não podemos fingir que os habitantes do Submundo não gostam de certas... vantagens trazidas pela ausência deles.

— Tipo poder devorar pessoas? — perguntou Morcego, dobrando uma fatia de pizza ao meio.

— Não são apenas os vampiros — argumentou Lily friamente. — As fadas adoram provocar e atormentar humanos; somente os Caçadores de Sombras as impedem. Eles vão começar a pegar bebês humanos outra vez. Os feiticeiros venderão sua mágica pela melhor oferta como...

— Prostitutas mágicas? — Todos ergueram o olhar em surpresa; Malcolm Fade tinha aparecido na entrada, limpando os flocos brancos de neve do seu cabelo também branco. — É isso que você ia dizer, não é?

— Eu não — respondeu Lily, claramente pega de surpresa.

— Ah, diga o que quiser. Não me importo — falou Malcolm alegremente. — Nada contra prostituição. É o que mantém a civilização funcionando. — Ele sacudiu a neve do casaco. Trajava um terno preto e um sobretudo velho; ele não tinha nada do ecleticismo brilhante de Magnus. — Em que posição vocês estão agora, meu povo? — indagou.

— "Povo"? — Morcego se eriçou. — Está falando dos lobisomens?

— Estou falando do povo da Costa Leste — esclareceu Malcolm. — Quem enfrentaria este clima se pudesse evitar? Neve, granizo, chuva. Eu me mudaria para Los Angeles em um instante. Sabia que instante é de fato uma medida de tempo? É um sessenta avos de segundo. Não dá para fazer nada em um instante, não mesmo.

— Sabe — disse Maia —, Catarina comentou que você era uma belezura de inofensivo... Malcolm pareceu satisfeito.

— Catarina disse que sou uma belezura?

— Podemos nos ater ao foco? — perguntou Maia. — Lily, se o que a preocupa é o fato de os Caçadores de Sombras descontarem nos membros do Submundo caso algum de nós se rebele enquanto eles estiverem em Idris, bem... é por isso que estamos fazendo o que estamos fazendo. Garantindo aos integrantes do Submundo que os Acordos são válidos, que os Caçadores de Sombras estão tentando recuperar nossos prisioneiros e que Sebastian é o verdadeiro inimigo, minimizaremos as chances de o caos fora de Idris afetar os acontecimentos em caso de uma batalha, ou quando tudo isso acabar...

— Catarina! — anunciou Malcolm subitamente, como se lembrando de algo agradável. — Eu quase me esqueci por que parei aqui. Catarina me pediu para procurá-la. Ela está no necrotério do hospital Beth Israel e quer que você vá até lá o mais rápido possível. Ah, e leve uma jaula.

Um dos tijolos na parede perto da janela estava solto. Jocelyn passou o tempo todo usando a parte de metal de seu prendedor de cabelo para tentar soltá-lo. Não era tola o bastante para achar que podia criar um espaço pelo qual pudesse escapar, mas tinha a esperança de que, liberando um tijolo, teria uma arma. Algo que pudesse usar para bater na cabeça de Sebastian.

Se conseguisse fazer isso. Se não vacilasse.

Ela hesitara quando ele era bebê. Tomou-o nos braços, percebeu que havia algo de errado com ele, algo incorrigível, mas não conseguiu fazer nada a respeito. Em algum recôndito da mente acreditava que ele ainda poderia ser salvo.

Houve um barulho à porta, e ela girou, colocando a presilha de volta no cabelo. Era a presilha de Clary, a qual Jocelyn pegara na mesa da filha para manter o cabelo longe da tinta. Não devolveu porque o acessório a fazia se lembrar da filha, mas parecia errado sequer pensar em Clary ali, na frente de seu outro filho, apesar de sentir tanta saudade dela que chegava a doer.

A porta se abriu, e Sebastian entrou.

Estava com uma camisa branca tricotada e mais uma vez lembrava o pai. Valentim gostava de vestir branco. Fazia com que parecesse ainda mais pálido, o cabelo mais branco, um tiquinho menos humano ainda, e causava o mesmo efeito em Sebastian. Seus olhos pareciam gotas de tinta negra em uma tela branca. Ele sorriu para ela.

— Mãe — saudou.

Ela cruzou os braços.

— O que está fazendo aqui, Jonathan?

Ele balançou a cabeça, ainda com o mesmo sorriso, e tirou uma adaga do cinto. Era estreita, com uma lâmina fina como a de uma sovela.

— Se me chamar assim outra vez — disse ele —, arranco seus olhos com isto.

Ela engoliu em seco. *Ah, meu bebê.* Lembrou-se de segurá-lo, frio e parado em seus braços, bem diferente de uma criança normal. Ele não chorava. Nunca.

— Foi isso que veio me dizer?

Ele deu de ombros.

— Vim fazer uma pergunta. — Olhou em volta, a expressão entediada. — E para mostrar uma coisa. Venha. Venha comigo.

Ela se juntou a ele quando Sebastian saiu do quarto, com uma mistura de relutância e alívio. Detestava sua cela, e certamente seria melhor conhecer mais do lugar onde estava sendo mantida... O tamanho, as saídas?

O corredor diante do quarto era de pedra, grandes blocos de pedra ligados por concreto. O chão era liso, gasto por passos. No entanto, havia um aspecto empoeirado no local, como se ninguém passasse por ali há décadas, até mesmo séculos.

Havia portas nas paredes, dispostas em intervalos aleatórios. Jocelyn sentiu o coração acelerar mais uma vez. Luke podia estar atrás de uma delas. Queria avançar nelas, abri-las, mas a adaga continuava na mão de Sebastian, e ela não tinha a menor dúvida de que ele estava mais atento a este fato do que ela.

O corredor começou a se curvar, e Sebastian se pronunciou:

— E se eu dissesse que te amava?

Jocelyn fechou as mãos frouxamente na frente do próprio corpo.

— Creio — respondeu com cuidado — que eu diria que você não era capaz me amar mais do que eu poderia te amar.

Chegaram a um par de portas duplas. Pararam diante delas.

— Você não tem ao menos que fingir?

Jocelyn respondeu:

— Você conseguiria? Você é parte de mim, e sabe. O sangue de demônio o transformou, mas você acha que, fora isso, todas as suas características vêm de Valentim?

Sem responder, Sebastian abriu as portas com o ombro e entrou. Após um instante Jocelyn o seguiu — e parou onde estava.

A sala era imensa e semicircular. Um chão de mármore se estendia a uma plataforma construída em pedra e madeira, se erguendo contra a parede oeste. No centro da plataforma havia dois tronos. Não tinha outra palavra para definir — cadeiras imensas de marfim com camadas de ouro; ambas com o encosto arredondado e seis degraus na base. E atrás de cada trono, uma janela enorme, o vidro refletindo apenas negritude. Alguma coisa naquele recinto era estranhamente familiar, mas Jocelyn não sabia exatamente o quê.

Sebastian foi até a plataforma e gesticulou para que ela o seguisse. Jocelyn subiu os degraus lentamente para se juntar ao filho, que estava diante dos tronos ostentando um olhar de triunfo. Ela já tinha visto aquele mesmo olhar no pai do rapaz quando este vira o Cálice Mortal.

— *"Ele será notável"* — entoou Sebastian — *"e será chamado de Filho do Maioral, e o Demônio lhe dará o trono de seu pai. E ele vai governar sobre o Inferno eternamente, e seu reino não terá fim."*

— Não entendo — disse Jocelyn, e sua voz soou fria e morta até mesmo aos próprios ouvidos. — Você quer governar este mundo? Um mundo morto de demônios e destruição? Quer dar ordens a cadáveres?

Sebastian riu. Tinha a risada de Valentim: áspera e musical.

— Ah, não — disse ele. — Você entendeu tudo errado. — Ele fez um gesto rápido com os dedos, algo que ela já havia visto Valentim fazer quando aprendera mágica, e de repente as imensas janelas atrás dos tronos não estavam mais vazias.

CASSANDRA CLARE

Uma mostrava uma paisagem maldita: árvores secas e terra queimada, vis criaturas aladas circulando em frente a uma lua quebrada. Um planalto de pedras se estendia diante das janelas. Era habitado por figuras sombrias, cada qual a uma curta distância da outra, e Jocelyn percebeu que se tratava de Crepusculares em vigília.

A outra janela mostrava Alicante, dormindo pacificamente ao luar. Uma lua minguante, um céu cheio de estrelas, o brilho da água nos canais. Era uma vista que Jocelyn já conhecia, e, com um sobressalto, ela percebeu por que a sala onde se encontrava parecia familiar.

Era o salão do Conselho em Gard — transformado de anfiteatro a sala de tronos, mas com o mesmo teto abobadado, o mesmo tamanho, a mesma vista da Cidade de Vidro, antes aparecendo em duas janelas enormes. Só que agora uma janela dava vista para o mundo que ela conhecia, a Idris de onde viera. E a outra mostrava o mundo em que estava.

— Esta minha fortaleza tem entrada para os dois mundos — informou Sebastian, com o tom arrogante. — Este mundo está seco e esgotado, sim. Um cadáver exangue. Ah, mas o *seu* mundo está pronto para ser governado. Sonho com isto dia e noite. Se devo arruiná-lo lentamente com peste e fome, ou se a destruição deve ser rápida e indolor... Toda aquela vida, destruída tão depressa, imagine como *queimaria!* — Seus olhos estavam febris. — Imagine as alturas que eu poderia alcançar, transportado até o alto pelos gritos de bilhões de pessoas, erguido pela fumaça de milhões de corações em chamas! — Ele se voltou para ela. — Agora — disse. — Diga-me que herdei isso de você. Diga que alguma destas características é sua.

Aquilo ficou reverberando na cabeça de Jocelyn.

— Há dois tronos — apontou ela.

Uma ruguinha apareceu na testa dele.

— O quê?

— *Dois* tronos — repetiu ela. — E não sou tola; sei quem você pretende que sente ao seu lado. Você precisa dela ali; a quer ali. Seu triunfo não significa nada se ela não estiver presente para ver. E isso, essa necessidade de ter alguém que o ame, isso *vem* de mim.

Ele a encarou. Estava mordendo o lábio com tanta força que Jocelyn tinha certeza de que ia sangrar.

— Fraqueza — falou ele, em parte para si. — É uma fraqueza.

— É humano — retrucou ela. — Mas você realmente acha que Clary seria capaz de sentar ao seu lado aqui e ser feliz ou solícita?

Por um instante ela pensou ter visto algo brilhar nos olhos do filho, mas um segundo depois já estavam negros e gélidos novamente.

— Prefiro tê-la feliz, solícita e aqui, mas aceito simplesmente tê-la aqui — afirmou. — Não ligo tanto assim para solicitude.

Algo pareceu explodir no cérebro de Jocelyn. Ela avançou, visando a adaga na mão dele; Sebastian recuou, desviando, e girou com um movimento veloz e gracioso, passando uma rasteira nela. Jocelyn atingiu o chão, rolou e se agachou. Antes que pudesse levantar, viu a mão dele a agarrando pelo casaco, puxando-a para cima.

— Vaca maldita — rosnou Sebastian, a poucos centímetros de seu rosto, os dedos da mão esquerda enterrando na pele abaixo da clavícula. — Acha que pode me ferir? O feitiço da minha mãe verdadeira me protege.

Jocelyn chegou para trás.

— Me *solte!*

A janela da esquerda explodiu com muita luz. Sebastian recuou, o rosto surpreso enquanto encarava. A paisagem maldita do mundo morto de repente se acendeu com fogo, ardendo com fogo dourado, erguendo-se num pilar em direção ao céu rachado. Os Caçadores de Sombras malignos corriam de um lado para o outro como formigas. As estrelas reluziam, refletindo o fogo, vermelho, dourado, azul e laranja. Era tão lindo e tão terrível quanto um anjo.

Jocelyn sentiu um esboço de sorriso nos cantos da boca. Seu coração se encheu com a primeira ponta de esperança que sentia desde que acordara naquele mundo.

— Fogo celestial — sussurrou.

— De fato. — Um sorriso também brincou pela boca de Sebastian. Jocelyn o encarou, espantada. Esperava que ele fosse ficar horrorizado, mas em vez disso parecia inflamado. — Como o Bom Livro diz: *"Esta é a lei da oferta ardente: é na oferta ardente, por causa do fogo sobre o altar por toda a noite até o amanhecer, e o fogo do altar deve arder nela"* — gritou ele, e ergueu os braços, como se almejando abraçar o fogo que ardia tão alto e tão forte além da janela. — Desperdice seu fogo no ar do deserto, meu irmão! — berrou. — Deixe que entorne pelas areias como sangue ou água, e que você não deixe de vir, nunca deixe de vir até estarmos cara a cara.

Capítulo 18

PELAS ÁGUAS DA BABILÔNIA

Os símbolos de energia eram todos muito bons, pensou Clary, exausta, assim que chegou ao topo de mais uma elevação de areia, mas eram fichinha perto de uma xícara de café. Clary tinha certeza de que poderia encarar mais um dia de caminhada, com os pés afundando até os tornozelos em cinzas ocasionalmente, caso simplesmente tivesse a doce cafeína pulsando nas veias...

— Está pensando no que eu estou pensando? — perguntou Simon, surgindo ao lado dela.

Ele parecia esgotado e cansado, os polegares enfiados nas alças da mochila. Todos pareciam muito extenuados. Alec e Isabelle tinham assumido as funções de vigias depois do incidente com o fogo celestial e não reportaram nenhum demônio ou Caçador de Sombras maligno nos arredores do esconderijo. Mesmo assim estavam todos inquietos, e nenhum deles dormira mais que algumas horas. Jace parecia funcionar à base de tensão e adrenalina, seguindo a trilha do feitiço de rastreamento na pulseira que usava, às vezes se esquecendo de parar e esperar pelos outros em meio a sua pressa louca de correr até Sebastian, até que eles gritavam ou corriam para alcançá-lo.

— Um café com leite enorme do Mud Truck alegraria tudo agora.

— Tem um lugar para vampiros não muito longe da Union Square onde colocam a quantidade ideal de sangue no café — disse Simon. — Não fica muito doce, nem muito salgado.

Clary parou; um galho seco e contorcido fincado na terra tinha prendido em seus cadarços.

— Lembra-se de quando conversamos sobre *não dividir informações*?

— Isabelle me ouve sobre assuntos vampirescos.

Clary pegou Heosphoros. A espada, com o novo símbolo marcado em preto na lâmina, parecia brilhar em sua mão. Ela utilizou a ponta para cortar o galho duro e espinhento.

— Isabelle é sua namorada — disse Clary. — Ela *tem* que ouvir o que você diz.

— Ela é? — Simon pareceu espantado.

Clary jogou as mãos para o alto num gesto de impaciência e então começou a descer a colina. O solo era íngreme, marcado aqui e ali por rachaduras, tudo coberto por uma camada infinita de poeira. O ar continuava acre, o céu esverdeado. Dava para ver Alec e Isabelle próximos a Jace ao pé da colina; ele tocava a pulseira em seu braço e olhava para o horizonte.

De soslaio, Clary notou alguma coisa brilhando, e parou de repente. Semicerrou os olhos, tentando enxergar o que era. O brilho de alguma coisa prateada ao longe, bem depois das pedras e dos montes do deserto. Ela pegou a estela e desenhou rapidamente um símbolo de Visão de Longo Alcance no braço, a ardência e a picada da ponta da estela irrompendo na névoa de exaustão em sua mente, potencializando o modo como via.

— Simon! — falou ela, quando ele a alcançou. — Está vendo aquilo?

Ele seguiu o olhar de Clary.

— Vi ontem à noite. Lembra-se de quando Isabelle disse que eu pensava ter visto uma cidade?

— Clary! — Era Jace, olhando para eles, o rosto pálido e inexpressivo no ar empoeirado. Ela fez um gesto para ele se aproximar. — O que está acontecendo?

Ela apontou outra vez, em direção ao que definitivamente era um brilho, um aglomerado de formas ao longe.

— Tem alguma coisa ali — comentou. — Simon acha que é uma cidade...

Ela parou de falar, pois Jace já havia começado a correr até o ponto indicado. Isabelle e Alec ficaram espantados antes de disparar atrás dele; Clary bufou, exasperada, e, com Simon ao lado, seguiu também.

Eles começaram a descer o declive, que estava coberto por seixos, meio correndo, meio deslizando, permitindo que as pedrinhas os carregassem. Clary agradeceu verdadeiramente por estar usando o uniforme de combate, e não era a primeira vez que o fazia: só ficava imaginando como os estilhaços de cascalho rasgariam sapatos e calças normais.

Chegou à base da montanha correndo. Jace estava mais adiantado, com Alec e Isabelle logo atrás, acelerando, saltando por pedras e riachos de lava derretida. Enquanto Clary se aproximava dos três, reparou que se dirigiam ao local onde o deserto parecia cair — a borda de um platô? Um penhasco?

Clary acelerou, tropeçando sobre as últimas pilhas de pedra e quase caindo na última. Aterrissou de pé — Simon muito mais gracioso à frente dela — e viu que Jace estava na beira de um enorme penhasco, cuja borda descia como o Grand Canyon. Alec e Isabelle já o haviam alcançado, um de cada lado. Os três encontravam-se assustadoramente calados, olhando para a luz fraca adiante.

Algo na postura de Jace, na forma como estava, disse a Clary, mesmo quando chegou perto dele, que havia alguma coisa errada. Em seguida, ela notou a expressão dele e corrigiu mentalmente o "errada" para "extremamente errada".

Ele olhava para o vale abaixo como se estivesse observando o túmulo de uma pessoa amada. Havia ruínas de uma cidade no vale. Uma cidade antiga, muito antiga, que outrora fora construída ao redor de uma colina. O topo da colina era cercado por nuvens cinzentas e bruma. As antigas casas agora eram apenas montes de pedras, e as ruas pareciam cobertas de cinzas e de ruínas chanfradas de prédios. Dentre os destroços, jogados como palitos de fósforo descartados, havia pilares quebrados, feitos de pedra clara, brilhante, uma coisa linda que destoava naquela terra arruinada.

— Torres demoníacas — sussurrou ela.

Jace assentiu sombriamente.

— Não sei como — falou —, mas de algum jeito... esta é Alicante.

— É um fardo horroroso, ter uma responsabilidade dessas, tão jovens — dizia Zachariah, enquanto a porta do Salão do Conselho se fechava atrás de Emma Carstairs e Julian Blackthorn.

Aline e Helen tinham ido com eles para acompanhá-los de volta para a casa onde estavam hospedados. Ambas as crianças estavam caindo de sono de exaustão ao fim do interrogatório do Conselho, exibindo olheiras fundas.

Restavam poucos membros do Conselho no recinto: Jia e Patrick, Maryse e Robert Lightwood, Kadir Safar, Diana Wrayburn, Tomas Rosales e um grupo de Irmãos do Silêncio e líderes de Institutos. A maioria deles conversava entre si, mas Zachariah estava perto do atril de Jia, olhando para ela com uma tristeza profunda nos olhos.

— Enfrentaram muitas perdas — disse Jia. — Mas somos Caçadores de Sombras; muitos de nós suportamos grandes dores com pouca idade.

— Eles têm Helen e o tio — falou Patrick, não muito longe de Robert e Maryse, ambos pareciam tensos e esgotados. — Vão cuidar bem deles, além disso, Emma Carstairs claramente considera os Blackthorn como familiares.

— Frequentemente aqueles que nos criam, que são nossos guardiões, não são do nosso sangue — observou Zachariah. Jia pensou ter visto uma suavidade especial em seus olhos quando repousaram em Emma, quase um lamento. Mas talvez tivesse imaginado. — Aqueles que nos amam e a quem amamos. Foi o que aconteceu comigo. O mais importante é que ela não seja separada dos Blackthorn, ou, acima de tudo, do menino Julian.

Jia ouviu ao longe o marido tranquilizando o antigo Irmão do Silêncio, mas sua mente estava em Helen. Nas profundezas de seu coração, Jia às vezes se preocupava com a filha, que havia entregado seu coração completamente para uma menina que era parte fada, uma espécie conhecida por não ser confiável. E ela sabia que Patrick não gostava de saber que Aline havia escolhido uma menina em vez de um menino, que ele sofria — de forma egoísta, na concepção dela — pelo que enxergava como o fim da perpetuação dos Penhallow. Ela própria na verdade se preocupava mais com a possibilidade de Helen Blackthorn partir o coração de sua filha.

— Quanto crédito você dá à acusação de uma traição por parte das fadas? — perguntou Kadir.

— Todo o crédito — respondeu Jia. — Explica muita coisa. Como as fadas conseguiram entrar em Alicante e ocultar os prisioneiros da casa destinada ao representante do Povo das Fadas; como Sebastian conseguiu esconder tropas na Cidadela; por que ele poupou Mark Blackthorn... não por medo de fadas furiosas, mas por respeito à aliança. Amanhã vou confrontar a Rainha das Fadas e...

— Com todo respeito — disse Zachariah, com a voz suave. — Não acho que você deva fazer isso.

— Por que não? — perguntou Patrick.

Porque vocês agora dispõem de informações que a Rainha das Fadas não quer que tenham, disse o Irmão Enoch. *É muito raro isso acontecer. Na guerra, existem vantagens no poder, mas também há vantagens no conhecimento. Não desperdicem a vantagem que têm.*

Jia hesitou.

— As coisas podem estar piores do que você sabe — rebateu ela, e tirou alguma coisa do bolso do casaco. Era uma mensagem de fogo dela para o Labirinto Espiral. Entregou-a a Zachariah.

Ele pareceu congelar. Por um instante simplesmente olhou para ela; em seguida passou um dedo sobre o papel, e Jia percebeu que ele não estava lendo, mas acariciando a assinatura do autor, uma assinatura que claramente o atingira como uma flecha no coração.

Theresa Gray.

— Tessa diz — começou ele afinal, e em seguida pigarreou, pois sua voz saiu rouca e entrecortada. — Ela diz que os feiticeiros do Labirinto Espiral examinaram o corpo de Amalric Kriegsmesser. Que ele estava com o coração murcho, os órgãos dissecados. Ela diz que lamentam, mas não há nada que possa ser feito para curar os Crepusculares. A necromancia pode fazer com que os corpos voltem a se mexer, mas as almas se foram para sempre.

— Apenas o poder do Cálice Infernal os mantém vivos — disse Jia, a voz latejando de tristeza. — Estão mortos por dentro.

— Se o Cálice Infernal pudesse ser destruído... — devaneou Diana.

— Aí pode ser que todos morram, sim — declarou Jia. — Mas não temos o Cálice Infernal. Está com Sebastian.

— Matar todos eles com um único golpe parece errado — disse Tomas, parecendo horrorizado. — São Caçadores de Sombras.

— Não são — respondeu Zachariah, com uma voz muito menos suave do que Jia associava a ele. Ela o olhou, surpresa. — Sebastian confia que pensamos neles como Caçadores de Sombras. Conta com nossa hesitação, com nossa incapacidade de matar monstros ostentando rostos humanos.

— Conta com nossa piedade — concluiu Kadir.

— Se eu tivesse sido Transformado, iria querer ser libertado do sofrimento — disse Zachariah. — *Isso* é piedade. Foi isso que Edward Longford deu a seu *parabatai* antes de voltar a espada para si. Por isso prestei minhas homenagens a ele. — Zachariah tocou o símbolo desbotado no pescoço.

— Então devemos pedir ao Labirinto Espiral para desistir? — perguntou Diana. — Que pare de procurar uma cura?

— Eles já desistiram. Não viu o que Tessa escreveu? — respondeu Zachariah. — Uma cura nem sempre pode ser encontrada, não a tempo. Eu sei, digo, aprendi, que não se pode contar com isso. Não pode ser nossa única esperança. Temos que sofrer pelos Crepusculares como se já estivessem mortos, e confiar no que somos: Caçadores de Sombras, guerreiros. Temos que fazer o que fomos moldados para fazer. Lutar.

— Mas como nos defendemos de Sebastian? Já estava ruim o bastante quando era só com os Crepusculares; agora temos que combater o Povo das Fadas também! — retrucou Tomas. — E você é só um menino...

—Tenho 146 anos — rebateu Zachariah. — E esta não é a minha primeira guerra invencível. Acredito que podemos transformar a traição das fadas em uma vantagem. Para isso precisaremos da ajuda do Labirinto Espiral, mas se me escutarem, direi como fazer.

Clary, Simon, Jace, Alec e Isabelle caminharam em silêncio pelas ruínas misteriosas de Alicante. Pois Jace tinha razão: *era* Alicante, inconfundível. Eles se depararam com muita coisa familiar para que pudesse ser outro lugar. Os muros em torno da cidade, agora desmoronados; os portões corroídos por marcas de chuva ácida. A Praça da Cisterna. Os canais vazios, cheios de musgo preto e esponjoso.

A colina estava destruída, tendo sobrado apenas uma pilha de pedras. As marcas de onde outrora havia passagens agora estavam claramente visíveis como cicatrizes pelas laterais. Clary sabia que o Gard devia estar no topo, mas se era mesmo o caso, estava invisível, escondido sob a névoa cinzenta.

Finalmente passaram por uma colina de cascalhos e se flagraram na Praça do Anjo. Clary respirou, surpresa — apesar de a maioria dos prédios que a cercavam terem desabado, a praça estava surpreendentemente preservada, paralelepípedos se estendendo à luz amarelada. O Salão dos Acordos ainda encontrava-se de pé.

Mas não era pedra branca. Na dimensão humana, parecia um templo grego, mas neste mundo era metal laqueado. Um prédio alto e quadrado, se é que algo semelhante a ouro fundido caído do céu pudesse ser descrito como um prédio. Gravuras imensas percorriam a estrutura, como um laço embrulhando uma caixa; a coisa toda brilhava fracamente à luz laranja.

— O Salão dos Acordos. — Isabelle estava parada com o chicote enrolado no pulso, olhando para a estrutura. — Inacreditável.

Eles começaram a subir os degraus, dourados e marcados por cinzas e corrosão. Pararam no alto da escadaria para encarar as portas duplas enormes. Eram cobertas por quadrados de metal martelado. Cada uma era um painel com uma imagem.

— É uma história — disse Jace, se aproximando e tocando as gravuras com um dedo enluvado. Havia escritos em uma língua desconhecida na base de cada ilustração. Ele olhou para Alec. — Consegue ler?

— Será que sou a *única* pessoa que prestou atenção nas aulas de idiomas? — perguntou Alec, fatigado, no entanto se aproximou para olhar os rabiscos mais de perto. — Bem, primeiro os painéis — começou ele. — São uma história. — Apontou para o primeiro, que mostrava um grupo de pessoas descalças e vestindo túnicas, se encolhendo enquanto as nuvens no céu se abriam expondo a mão cheia de garras que se esticava para eles. — Humanos viveram aqui, ou alguma coisa parecida com humanos — explicou Alec, apontando para as figuras. — Viviam em paz, e então os demônios vieram. E aí... — Parou, a mão sobre um painel cuja imagem era tão familiar a Clary quanto as costas da própria mão. O Anjo Raziel, ascendendo do Lago Lyn, empunhando os Instrumentos Mortais. — Pelo Anjo.

— Literalmente — disse Isabelle. — Como... Este é o *nosso* Anjo? Nosso lago?

— Não sei. Aqui diz que demônios vieram e que os Caçadores de Sombras foram criados para combatê-los — prosseguiu Alec, continuando pelas paredes à medida que as gravuras progrediam. Apontou o dedo para a escritura. — Esta palavra aqui significa "Nephilim". Mas os Caçadores de Sombras recusaram a ajuda dos integrantes do Submundo. Os feiticeiros e o Povo das Fadas se juntaram a seus genitores infernais. Ficaram ao lado dos demônios. Os Nephilim foram derrotados e abatidos. Em seus últimos dias, criaram uma arma com a intenção de conter os demônios. — Ele indicou um painel que mostrava uma mulher empunhando uma espécie de haste de ferro com uma pedra ardente na ponta. — Não dispunham de lâminas serafim. Ainda não as tinham desenvolvido. E também não me parece que tinham Irmãs de Ferro ou Irmãos do Silêncio. Tinham ferreiros e desenvolveram uma espécie de arma, algo que imaginaram que pudesse auxiliar. A palavra aqui é "*skeptron*", mas não quer dizer nada para mim. Enfim, o *skeptron* não foi suficiente. — Ele seguiu para a gravura seguinte, que ilustrava destruição: os Nephilim mortos, a mulher

703

com a haste de ferro encolhida no chão, a haste caída de lado. — Os demônios, aqui são chamados de *asmodei*, arderam ao sol e preencheram o céu com cinzas e nuvens. Arrancaram fogo da terra e assolaram cidades. Mataram tudo que se movia e respirava. Secaram os mares até que tudo na água também estivesse morto.

— *Asmodei* — ecoou Clary. — Já ouvi isso. Foi alguma coisa que Lilith disse, sobre Sebastian. Antes de ele nascer. *"A criança nascida com este sangue terá mais poder que os Demônios Maiores dos abismos entre os mundos. Será mais potente que Asmodei."*

— Asmodeus é um dos Demônios Maiores dos abismos entre os mundos — disse Jace, encontrando o olhar de Clary. Ela sabia que ele se lembrava do discurso de Lilith tão bem quanto ela. Ambos tinham compartilhado da mesma visão, apresentada a eles pelo anjo Ithuriel.

— Como Abbadon? — perguntou Simon. — Ele era um Demônio Maior.

— Muito mais poderoso que isso. Asmodeus é um Príncipe do Inferno; existem nove deles. Os *Fati*. Os Caçadores de Sombras nem sonham em derrotá-los. Eles são capazes de destruir anjos em combate. Conseguem refazer mundos — explicou Jace.

— Os *asmodei* são filhos de Asmodeus. Demônios poderosos. Drenaram este mundo até secá-lo e o deixaram para demônios mais fracos varrerem. — Alec soou nauseado. — Este não é mais o Salão dos Acordos. É um mausoléu. Um mausoléu para a vida deste mundo.

— Mas este é o *nosso* mundo? — A voz de Isabelle se elevou. — Avançamos no tempo? Se a Rainha nos pregou uma peça...

— Não pregou. Pelo menos não em relação ao local onde estamos — disse Jace. — Não avançamos no tempo; desviamos para um lado paralelo. Esta é uma dimensão espelho do nosso mundo. Um local onde a história se desenvolveu um pouco diferente. — Ele enganchou os polegares no cinto e olhou em volta. — Um mundo sem Caçadores de Sombras.

— É como o *Planeta dos Macacos* — observou Simon. — Só que lá era no futuro.

— Bem, este pode ser nosso futuro se Sebastian conseguir o que deseja — emendou Jace. Ele deu uma batidinha no painel em que a mulher empunhava o *skeptron* em chamas, e franziu o rosto, em seguida empurrou a porta.

Ela abriu com um chiado de dobradiças que cortou o ar como uma faca. Clary fez uma careta. Jace sacou a espada e espiou cautelosamente pela fenda na porta. Havia uma sala, preenchida por uma luz cinzenta. Jace empurrou a porta com o ombro e entrou, gesticulando para os outros esperarem.

Isabelle, Alec, Clary e Simon trocaram olhares e, sem uma palavra, foram imediatamente atrás dele. Alec foi na frente, o arco preparado; em seguida, Isabelle com o chicote, Clary com sua espada e Simon com os olhos brilhando como os de um gato na penumbra.

O interior do Salão dos Acordos era ao mesmo tempo familiar e estranho. O piso era de mármore, rachado e quebrado. Em muitos pontos, grandes manchas negras se espalhavam pela pedra, resquícios de manchas de sangue. O teto, que na Alicante deles era de vidro, já tinha há muito desaparecido, e restavam apenas cacos, como facas em contraste com o céu.

A sala em si estava vazia, exceto por uma estátua ao centro. O recinto preenchia-se de uma luz pálida amarelo-acinzentada. Jace, que estava de frente para a estátua, girou quando se aproximaram.

— Falei para esperarem — irritou-se com Alec. — Não conseguem fazer *nada* do que falo?

— Tecnicamente você não falou nada — disse Clary. — Só gesticulou.

— Gesticular também conta — argumentou Jace. — Eu gesticulo com muita expressividade.

— Você não está no comando — rebateu Alec, abaixando o arco. Parte da tensão abandonou sua postura. Claramente, não havia demônios escondidos nas sombras: nada bloqueava a visão das paredes corroídas, e a única coisa presente ali era a estátua. — Não precisa nos proteger.

Isabelle revirou os olhos para os dois e se aproximou da estátua, olhando para cima. Era a figura de um homem de armadura; os pés calçados com botas estavam apoiados em um pedestal dourado. Usava uma cota de malha elaborada feita de pequenos círculos de pedraria entrelaçados, decorada com um tema de asas de anjo no peito. Trazia na mão uma réplica de ferro de um *skeptron*, com um ornamento circular metálico na ponta, contornando uma joia vermelha.

Quem quer que fosse o escultor, era talentoso. O rosto era bonito, com queixo acentuado e um olhar límpido e distante. Mas o artista registrou mais do que a boa aparência: havia uma rigidez na apresentação dos olhos e do maxilar, uma curva na boca que traduzia egoísmo e crueldade.

Havia palavras escritas no pedestal, e, apesar de estarem num idioma diferente, Clary conseguiu ler.

JONATHAN CAÇADOR DE SOMBRAS. PRIMEIRO E ÚLTIMO NEPHILIM.

— Primeiro e último — sussurrou Isabelle. — Este lugar *é* um mausoléu.

Alec se abaixou. Havia mais palavras no pedestal, abaixo do nome de Jonathan Caçador de Sombras. Ele as leu em voz alta:

— *"E aquele que triunfar, que mantiver meus feitos até o fim, a ele irei conferir autoridade sobre as nações; e ele as governará com um bastão de ferro, e a ele darei a Estrela da Manhã."*

— O que isto quer dizer? — perguntou Simon.

— Acho que Jonathan Caçador de Sombras ficou arrogante — sugeriu Alec. — Acho que pensou que esse tal *skeptron* fosse não apenas salvá-los como também permitir que ele governasse o mundo.

705

— "*E a ele darei a Estrela da Manhã*" — disse Clary. — Isto é bíblico. Da nossa Bíblia. E "Morgenstern" significa "Estrela da Manhã".

— "A estrela da manhã" significa muitas coisas — declarou Alec. — Pode significar "a estrela mais brilhante do céu", ou "fogo celestial", ou pode significar "o fogo que cai com anjos quando são derrubados do Céu". É também o nome de Lúcifer, o portador da luz, o demônio do orgulho. — Ele se levantou.

— Seja como for, significa que essa coisa que a estátua está segurando é uma arma de verdade — observou Jace. — Como nas gravuras da porta. Você disse que o *skeptron* foi desenvolvido aqui, em vez de lâminas serafim, para combater os demônios. Veja as marcas no cabo. Esteve em batalha.

Isabelle tocou o pingente em seu pescoço.

— E a pedra vermelha. Parece feita do mesmo material que meu colar.

Jace assentiu.

— Acho que é a mesma pedra. — Clary sabia o que ele ia falar antes mesmo que ele dissesse. — Aquela arma. Eu a quero.

— Bem, você não pode tê-la — respondeu Alec. — Está presa à estátua.

— Não esta — apontou Jace. — Veja, a estátua está segurando, mas são duas peças independentes. Esculpiram a estátua e depois colocaram o cetro nas mãos. *É para ser* removível.

— Não sei se é bem isso... — começou Clary, mas Jace já estava pisando no pedestal, se preparando para subir. Ele tinha o brilho no olhar que ela ao mesmo tempo amava e temia, aquele que dizia *eu faço o que quero, e que se danem as consequências*.

— Espere! — Simon correu para bloquear Jace e impedir que subisse mais. — Desculpem, mas ninguém mais percebe o que está acontecendo aqui?

— Nããão — entoou Jace. — Por que não nos conta tudo? Digo, temos todo o tempo do mundo.

Simon cruzou os braços.

— Já participei de campanhas o suficiente...

— Campanhas? — ecoou Isabelle, espantada.

— Ele está falando de jogos de RPG tipo *Dungeons and Dragons* — explicou Clary.

— *Jogos?* — repetiu Alec, incrédulo. — Caso não tenha reparado, isto não é um jogo.

— A questão não é essa — disse Simon. — A questão é que quando você joga *Dungeons and Dragons* e sua equipe encontra um monte de tesouro, ou uma pedra grande e luminosa, ou um esqueleto dourado mágico, você *nunca* deve pegar. Sempre é uma armadilha. — Ele descruzou os braços e gesticulou enlouquecidamente. — *Isto* é uma armadilha.

Jace ficou em silêncio. Olhava pensativamente para Simon, como se nunca o tivesse visto, ou pelo menos nunca tivesse prestado tanta atenção assim nele.

— Venha cá — disse.

Simon obedeceu, as sobrancelhas erguidas.

— O que... uuf!

Jace colocou a espada nas mãos de Simon.

— Segure isto enquanto subo — ordenou Jace, e pulou no pedestal.

Os protestos de Simon foram abafados pelo ruído dos sapatos de Jace batendo contra a pedra enquanto ele subia na estátua, se erguendo com a ajuda das mãos. Alcançou o meio da estátua, onde a cota de malha entalhada oferecia apoio para os pés, e se preparou, esticando o braço para pegar o *skeptron* pelo cabo.

Pode ter sido uma ilusão, mas Clary teve a impressão de ter visto a boca sorridente da estátua se curvar em um sorriso ainda mais cruel. A pedra vermelha ardeu de repente; Jace recuou, mas a sala já estava preenchida por um barulho ensurdecedor, a combinação terrível de um alarme de incêndio e de um grito humano, se arrastando indefinidamente.

— Jace! — Clary correu para a estátua; ele já tinha caído no chão, se encolhendo com aquele barulho horrível. A luz da pedra vermelha só aumentava, preenchendo a sala com uma iluminação sangrenta.

— Maldição — gritou Jace acima do barulho. — *Odeio* quando Simon tem razão.

Com um olhar, Simon jogou a espada de Jace de volta para ele, examinando em volta atentamente. Alec ergueu o arco mais uma vez; Isabelle estava pronta com o chicote. Clary sacou uma adaga do cinto.

— É melhor sairmos daqui — disse Alec. — Pode não ser nada, mas...

Isabelle berrou e levou a mão ao peito. O pingente tinha começado a brilhar, pulsações lentas, firmes e reluzentes, como um coração batendo.

— Demônios! — gritou ela, exatamente quando o céu se encheu de coisas voadoras.

E eram *coisas*, tinham corpos rotundos e pesados, como vermes pálidos imensos, com fileiras de sugadores. Não tinham rosto: ambas as extremidades terminavam em enormes bocas rosadas circulares apinhadas com dentes de tubarão. Fileiras de asas atarracadas percorriam os corpos, cada asa com uma garra afiada como adaga na ponta. E havia muitos deles.

Até Jace empalideceu.

— Pelo Anjo... *corram!*

Correram, mas as criaturas, apesar do tamanho, era mais velozes: estavam aterrissando ao redor de todos eles, com ruídos horríveis e sedentos. Para Clary, soavam como bolas de fogo gigantes caindo do céu. A luz irradiada pelo *skeptron* desapareceu assim que eles surgiram, e agora o recinto estava banhado pelo brilho amarelado e feio do céu.

— Clary! — gritou Jace, quando uma das criaturas se lançou para cima dela, a boca circular aberta. Cordas de saliva amarelada pendiam dela.

Pow. Uma flecha se enterrou no céu da boca do demônio. A criatura recuou, cuspindo sangue. Clary viu Alec preparar outra flecha, apontar e atirar. Outro demônio recuou, e logo Isabelle já estava nele, golpeando de um lado a outro, reduzindo-o a trapos. Simon tinha agarrado outro demônio e estava enterrando as mãos no corpo cinzento da criatura, então Jace cravou a espada. O demônio desabou, derrubando Simon: ele aterrissou sobre a mochila. Clary teve a impressão de ter ouvido um som como vidro se quebrando, mas um instante mais tarde Simon estava de pé outra vez, Jace se ajeitando com a mão no próprio ombro antes de ambos voltarem à luta.

Clary sentiu o corpo gelar: a frieza silenciosa da batalha. O demônio que Alec atingira estava se contorcendo, tentando cuspir a flecha alojada em sua boca; ela passou por cima e enfiou a adaga em seu corpo, sangue negro esguichando dos ferimentos, ensopando a roupa de Clary. O recinto estava preenchido pelo fedor de demônios, envolvido pelo icor ácido; ela sentiu ânsia de vômito quando o demônio deu um último espasmo e desmoronou.

Alec estava recuando, disparando flechas sem parar, fazendo os demônios recuarem, feridos. Enquanto se debatiam, Jace e Isabelle avançavam neles, destruindo-os com a espada e o chicote. Clary os acompanhou, pulando em outro demônio ferido, rasgando a carne macia sob a boca, a mão dela, coberta pelo sangue gorduroso, escorregava no cabo da adaga. O demônio desabou com um chiado, levando Clary consigo para o chão. A lâmina caiu da mão dela, e ela se jogou para recuperá-la, pegou-a e rolou para o lado exatamente quando outro demônio a atacou com um golpe de seu corpo poderoso.

Atingiu o espaço em que ela estivera caída, e se encolheu, sibilando, de modo que Clary ficou cara a cara com duas bocas escancaradas. Ela preparou a lâmina para arremessá-la quando viu um flash dourado-prateado e o chicote de Isabelle surgiu, partindo a criatura ao meio.

O demônio caiu em dois pedaços, uma bagunça de órgãos internos vazando. Mesmo tomada pela frieza da batalha, Clary quase passou mal. Demônios normalmente morriam e desapareciam antes que você pudesse ver as entranhas. Aquele ali continuava se contorcendo, mesmo cortado ao meio, estremecendo. Isabelle fez uma careta e ergueu o chicote novamente — e a tremedeira de repente se transformou em uma convulsão violenta quando metade do monstro girou para trás e enterrou os dentes na perna de Isabelle.

Izzy gritou, manejando o chicote, e a criatura a soltou; ela caiu para trás, a perna erguida. Clary pulou para a frente, apunhalando a outra metade da criatura, enfiando a adaga em suas costas até o bicho sucumbir e ela se flagrar ajoelhada em uma poça de sangue de demônio, ofegante, com a lâmina ensopada na mão.

Fez-se silêncio. O alarme silenciou, e os demônios pararam de vir. Estavam todos destruídos, mas não havia a alegria da vitória. Isabelle estava no chão, o chicote enrolado no pulso, sangue jorrando do entalhe em forma de lua crescente na perna esquerda. Ela estava engasgando, as pálpebras tremendo.

— Izzy! — Alec largou o arco e correu pelo chão sangrento em direção à irmã. Então caiu de joelhos, pegando-a no colo. Tirou a estela do cinto dela. — Iz, Izzy, aguente firme...

Jace, que havia pegado o arco caído de Alec, parecia a ponto de vomitar ou desmaiar; Clary notou, surpresa, que Simon estava com a mão no braço de Jace, os dedos afundando, como se ele estivesse mantendo Jace de pé.

Alec rasgou o tecido da roupa de Isabelle, abrindo a perna da calça até o joelho. Clary abafou um grito. A perna de Isabelle estava destruída: parecia com aquelas fotos de mordidas de tubarão que Clary já tinha visto, sangue e tecido ao redor de entalhes profundos.

Alec colocou a estela na pele do joelho e desenhou um *iratze*, e depois mais um, um pouco abaixo. Seus ombros tremiam, mas a mão estava firme. Clary segurou a mão de Jace e a apertou. A dele estava gelada.

— Izzy — sussurrou Alec, enquanto os *iratzes* desbotavam e se enterravam na pele da irmã, deixando linhas brancas. Clary se lembrou de Hodge, de como desenharam símbolos e mais símbolos nele; no entanto os ferimentos eram profundos demais: os símbolos desbotaram, e ele sangrou e morreu, apesar do poder das marcas.

Alec levantou o olhar. Seu rosto estava estranho, contorcido; tinha sangue na bochecha: sangue de Isabelle, pensou Clary.

— Clary — disse ele. — Talvez se você tentasse...

De repente Simon enrijeceu.

— Temos que sair daqui — falou. — Estou ouvindo barulhos de asas. Vão chegar mais.

Isabelle não estava mais engasgando. O sangramento do machucado na perna estancou, mas Clary ainda via, com o coração em frangalhos, que os ferimentos ainda estavam lá, vermelhos, inchados e furiosos.

Alec se levantou, o corpo flácido da irmã nos braços, os cabelos negros pendurados como uma bandeira.

— Ir *para onde*? — perguntou duramente. — Se corrermos, eles nos alcançarão...

Jace girou.

— Clary...

Ele estava com olhos suplicantes. Clary estava com o coração despedaçado por pena dele. Jace, que quase nunca suplicava por nada. Por Isabelle, a mais corajosa de todos.

Alec olhou da estátua para Jace, para o rosto pálido de sua irmã inconsciente.

— *Alguém* — disse ele, a voz falhando — faça alguma coisa...

Clary deu meia-volta e correu até a parede. Daí praticamente se jogou contra ela, arrancando a estela da bota, e foi para a pedra. O contato da ponta do instrumento com o mármore lhe enviou uma onda de choque pelo braço, mas ela continuou, os dedos vibrando enquanto desenhava. Linhas negras se espalharam pela pedra, formando uma porta; as bordas das linhas começaram a brilhar. Atrás de si, Clary ouvia os demônios: o grito das vozes, a batida das asas, os chamados sibilantes evoluindo para gritos enquanto a porta ardia em luz.

Era um retângulo prateado, tão raso quanto água, mas não era água, emoldurado por símbolos de fogo. Um Portal. Clary esticou a mão, tocou a superfície. Todos os pontos de sua mente se concentraram na visualização de um único lugar.

— *Vamos!* — gritou ela, os olhos fixados no portal enquanto Alec, carregando a irmã, passava por ele e desaparecia, sumindo completamente.

Simon foi atrás, depois Jace, agarrando a mão livre de Clary ao passar. Ela só teve um segundo para virar, olhar para trás e flagrar uma asa negra imensa passando por seus olhos, uma visão aterrorizante de dentes pingando veneno, antes de a tempestade do Portal levá--la e tirá-la do caos.

Clary bateu violentamente no chão, machucando os joelhos. O Portal a havia separado de Jace; ela rolou, ficou de pé e olhou em volta, arfando — e se o Portal não tivesse funcionado? E se os tivesse levado para o lugar errado?

Mas o teto da caverna se erguia sobre eles, alto e familiar, marcado pelos símbolos. Lá estava a fogueira, as marcas no chão onde tinham dormido na noite anterior. Jace, se erguendo, o arco de Alec caindo da mão dele, Simon...

E Alec, ajoelhado ao lado de Isabelle. Qualquer satisfação de Clary com o sucesso do Portal estourou como um balão. Isabelle estava deitada, com aparência esgotada, engasgando fracamente. Jace ajoelhou ao lado de Alec e tocou o cabelo de Isabelle com ternura.

Clary sentiu Simon agarrá-la pelo pulso. A voz falhando.

— Se você puder fazer alguma coisa...

Ela avançou, como em um sonho, e se ajoelhou do outro lado de Isabelle, em frente a Jace, com a estela escorregando por seus dedos ensanguentados. Ela colocou a ponta no pulso de Izzy, lembrando-se do que havia feito nos contornos da Cidadela Adamant, de como se doara para curar Jace. *Cure, cure, cure*, rezou, e finalmente a estela ganhou vida, e as linhas negras começaram a girar pelo antebraço de Izzy, que gemeu e estremeceu nos braços de Alec. Ele estava com a cabeça abaixada, o rosto enterrado nos cabelos da irmã.

— Izzy, por favor — sussurrou. — Não depois de Max. Izzy, por favor, fique comigo.

Isabelle engasgou, as pálpebras tremendo. E arqueou o corpo — em seguida caiu quando o *iratze* desapareceu de sua pele. Uma pulsação fraca de sangue escorria do ferimento na perna: o sangue parecia tingido de preto. A mão de Clary apertava a estela com tanta firmeza que ela teve a impressão de sentir o instrumento dobrando.

— Não consigo — sussurrou. — Não consigo fazer algo que seja forte o suficiente.

— Não é você, é o veneno — disse Jace. — Veneno de demônio. No sangue dela. Às vezes símbolos não dão conta.

— Tente outra vez — pediu Alec a Clary. Os olhos dele estavam secos, mas tinham um brilho terrível. — Com o *iratze*. Ou um símbolo novo; você poderia criar um símbolo...

A boca de Clary estava seca. Ela nunca desejara tanto conseguir criar um símbolo, mas a estela não parecia mais uma extensão de seu braço; parecia um objeto morto em sua mão. Nunca sentira-se tão desamparada.

Isabelle respirava com dificuldade.

— Alguma coisa tem que servir! — gritou Simon de repente, a voz ecoando das paredes. — Vocês são Caçadores de Sombras, combatem demônios o tempo todo. Têm que conseguir fazer alguma coisa...

— *E morremos o tempo todo!* — berrou Jace para ele, e em seguida se encolheu sobre o corpo de Isabelle, curvando-se como se tivesse levado um soco no estômago. — Isabelle, meu Deus, me desculpe, sinto tanto...

— Afaste-se — disse Simon, e de súbito ele estava de joelhos ao lado de Isabelle, todos agrupados ao seu redor, e Clary se lembrou daquele quadro vivo terrível no Salão dos Acordos, quando os Lightwood se reuniram ao redor do corpo de Max, e não podia estar acontecendo de novo, não podia...

— Deixa-a em paz — rosnou Alec. — Você não é da família dela, vampiro...

— Não — respondeu Simon —, não sou. — E suas presas apareceram, afiadas e brancas. Clary respirou fundo quando Simon levou o próprio pulso à boca e o rasgou, abrindo as veias, e o sangue começou a escorrer em filetes por sua pele.

Jace arregalou os olhos. Ele se levantou e recuou; as mãos estavam em punhos, mas ele não se mexeu para impedir Simon, que segurou o pulso acima do entalhe na perna de Isabelle e permitiu que seu sangue escorresse pelos dedos, respingando nela, cobrindo o machucado.

— O que... você... está... fazendo? — rosnou Alec entre dentes, mas Jace levantou a mão, com os olhos em Simon.

— Deixe-o — disse Jace, quase num sussurro. — Pode funcionar, já ouvi falar em casos que deram certo...

Isabelle, ainda inconsciente, arqueou novamente nos braços do irmão. A perna tremia. O calcanhar da bota se enterrou no chão quando a pele rasgada começou a se restaurar. O sangue de Simon entornava em um fluxo uniforme, cobrindo o ferimento, mas mesmo assim Clary conseguia ver uma pele nova e rosada cobrindo o rasgo da carne.

Isabelle abriu os olhos. Estavam arregalados e escuros. Os lábios tinham ficado quase brancos, mas a cor começava a voltar. Ela olhou para Simon sem entender nada, e em seguida para a perna.

A pele que tinha sido rasgada parecia limpa e pálida, apenas a meia lua desbotada com cicatrizes brancas em intervalos regulares delatava onde os dentes do demônio tinham cravado. O sangue de Simon continuava pingando lentamente dos dedos, embora o machucado no pulso já tivesse praticamente desaparecido. Ele estava pálido, Clary percebeu, ansiosa, mais pálido que o normal, e as veias se destacavam contra a pele. Ele levou o pulso à boca outra vez, os dentes expostos...

— Simon, não! — disse Isabelle, se esforçando para sentar-se, apoiada em Alec, que olhava para ela com olhos azuis assustados.

Clary segurou o pulso de Simon.

— Tudo bem — disse ela. O sangue manchava a manga, a camisa e os cantos da boca de Simon. A pele dele estava fria ao toque, o punho sem pulsação. — Tudo bem... Isabelle está bem — falou, e puxou Simon para que ficasse de pé. — Vamos dar um minuto a eles — sugeriu suavemente, e o levou para longe, onde ele pudesse se apoiar nela, perto da parede. Jace e Alec estavam curvados sobre Isabelle, as vozes baixas e murmurantes. Clary segurou Simon pelo pulso quando ele desabou contra a pedra, os olhos se fechando de exaustão.

—⊰ Capítulo 19 ⊱—
NA TERRA DO SILÊNCIO

A mulher Crepuscular tinha pele pálida e longas mechas cor de cobre. Seu cabelo deve ter sido bonito um dia, mas agora estava embaraçado com sujeira e gravetos. E ela não parecia se importar, simplesmente colocou no chão os pratos de comida — mingau de aveia ralo e cinzento para Magnus e Luke e uma garrafa de sangue para Raphael — e virou as costas para os prisioneiros.

Nem Luke nem Magnus fizeram menção de pegar a comida. Magnus estava enjoado demais para ter apetite. Além disso, tinha uma ligeira desconfiança de que Sebastian havia envenenado ou batizado o mingau com drogas, ou ambos. Raphael, no entanto, pegou a garrafa e bebeu, sedento, engolindo até o sangue escorrer pelos cantos da boca.

— Ora, ora, Raphael — disse uma voz vinda das sombras, e Sebastian Morgenstern apareceu à entrada. A mulher Crepuscular fez uma reverência e passou por ele, apressada, então saiu e fechou a porta atrás de si.

Ele era mesmo espantosamente parecido com o pai nesta idade, pensou Magnus. Aqueles olhos negros estranhos, totalmente negros, sem qualquer indício de castanho ou âmbar, o tipo de atributo que era lindo por ser incomum. A mesma contração fanática no sorriso. Jace nunca tivera tais características — ele possuía a imprudência e a alegria anárquica de uma autoaniquilação imaginada, mas não era um fanático. Por isso, pensou Magnus, precisamente por isso Valentim o mandou embora. Para destruir seus rivais você precisa de um martelo, e Jace era uma arma muito mais delicada que isso.

— Onde está Jocelyn? — Foi Luke quem perguntou, é claro, a voz um rosnado. Magnus ficou imaginando como seria para Luke olhar para Sebastian, se a semelhança com Valentim, que outrora fora seu *parabatai*, era dolorosa, ou se aquela perda já tinha desbotado há tempos. — *Onde ela está?*

Sebastian riu, e aquilo foi peculiar; Valentim não era um homem que ria facilmente. O humor sarcástico de Jace parecia estar em seu sangue, um traço bastante característico de um Herondale.

— Ela está bem — respondeu —, apenas bem, e com isso quero dizer que ainda está viva. O que é o melhor que você pode esperar, na verdade.

— Quero vê-la — declarou Luke.

— Hum — respondeu Sebastian, como se estivesse pensando no caso. — Não, não vejo que vantagem isso poderia me trazer.

— Ela é sua mãe — disse Luke. — Você poderia ser gentil com ela.

— Não é da sua conta, cachorrinho. — Pela primeira vez se ouviu um vestígio de juventude na voz de Sebastian, uma ponta de petulância. — Você, botando suas mãos sujas em minha mãe, fazendo Clary acreditar que faz parte da família dela...

— Sou mais da família dela que você — respondeu Luke, e Magnus lhe lançou um olhar de alerta enquanto Sebastian empalidecia, os dedos trêmulos indo para o cinto, onde o cabo da espada Morgenstern era visível.

— Não — disse Magnus, com a voz baixa, e em seguida, mais alto: — Você sabe que se encostar em Luke, Clary vai odiá-lo. Jocelyn também.

Sebastian afastou a mão da espada com um esforço visível.

— Falei que nunca tive a intenção de machucá-la.

— Não, só de mantê-la como refém — retrucou Magnus. — Você quer alguma coisa... alguma coisa da Clave, ou de Clary e Jace. Suponho que seja a segunda opção; a Clave nunca lhe interessou muito, mas você se importa com o que sua irmã pensa. Eu e ela somos muito próximos, aliás — acrescentou.

— Não são tão próximos assim. — O tom de Sebastian estava seco. — Não vou poupar a vida de todo mundo que ela já conheceu. Não sou tão louco assim.

— Você parece bem louco — comentou Raphael, que tinha ficado em silêncio até então.

— Raphael — disse Magnus em tom de alerta, mas Sebastian não pareceu se irritar. Olhava para Raphael pensativamente.

— Raphael Santiago — começou ele. — Líder do clã de Nova York... ou não é? Não, este cargo era de Camille e agora pertence àquela garota maluca. Deve ser muito frustrante para você. Parece-me que os Caçadores de Sombras de Manhattan já deveriam ter feito alguma coisa. Nem Camille nem a pobre Maureen Brown eram líderes adequadas. Violaram os Acordos, não deram qualquer importância à Lei. Mas você dá. Tenho a impressão de que, dentre todos os grupos do Submundo, os vampiros foram os mais maltratados pelos Caçadores de Sombras. Basta olhar para a sua situação.

— *Raphael* — repetiu Magnus, e tentou avançar para encarar o vampiro, mas as correntes de Magnus estavam apertadas, tilintando. Ele franziu o rosto diante da dor nos pulsos.

Raphael estava sentado sobre os próprios pés, as bochechas rubras por ter se alimentado recentemente. Cabelos desgrenhados; parecia tão jovem quanto era quando Magnus o conhecera.

— Não entendo por que você está me dizendo estas coisas — falou.

— Você não pode dizer que eu o maltratei mais do que seus líderes vampiros — argumentou Sebastian. — Eu o alimentei. Não o coloquei em uma jaula. Você sabe que vou sair vencedor; todos vocês sabem. E nesse dia ficarei feliz em garantir que você, Raphael, lidere todos os vampiros de Nova York; aliás, todos os vampiros da América do Norte. Pode controlar todos. Só preciso que você traga outras Crianças Noturnas para o meu lado. O Povo das Fadas já se juntou a mim. A Corte sempre escolhe o lado vencedor. Você não deveria fazer o mesmo?

Raphael se pôs de pé. Tinha sangue nas mãos; franziu o rosto para elas. Raphael não era nada senão exigente.

— Isso me parece razoável — disse. — Ficarei ao seu lado.

Luke apoiou a cabeça nas mãos. Então Magnus disse entre dentes:

— Raphael, você realmente correspondeu às minhas mais baixas expectativas a seu respeito.

— Magnus, não importa — emendou Luke; ele estava sendo protetor, Magnus sabia. Raphael já tinha ido para perto de Sebastian. — Deixe-o ir. Não perdemos nada.

Raphael riu.

— Não perdem nada, você diz — falou ele. — Já cansei de vocês dois idiotas, debatendo sobre esta cela, resmungando sobre amigos e amantes. São fracos e sempre foram...

— Eu devia tê-lo deixado caminhar para o sol — disse Magnus, a voz gelada.

Raphael vacilou — um gesto muito sutil, mas Magnus notou. Não que tenha lhe trazido alguma satisfação.

Sebastian percebeu o vacilo, no entanto, e o olhar em suas íris escuras se intensificou. Então levou a mão ao cinto e sacou uma faca — fina, com uma lâmina estreita. Uma misericórdia, uma "assassina-clemente", o tipo de lâmina feita para perfurar as fendas de uma armadura e dar um golpe fatal.

Raphael, vendo o lampejo do metal, recuou rapidamente, mas Sebastian apenas sorriu e girou a faca na mão. Ofereceu-a a Raphael, segurando pela lâmina.

— Pegue — disse ele.

Raphael esticou a mão, com olhos desconfiados. Pegou a faca e a segurou, timidamente — vampiros não tinham o costume de usar armas. Eles próprios eram as armas.

— Muito bem — disse Sebastian. — Agora vamos selar nosso acordo em sangue. Mate o feiticeiro.

A lâmina caiu da mão de Raphael e bateu no chão ruidosamente. Com um olhar de irritação Sebastian se inclinou e a pegou, colocando de volta na mão do vampiro.

— Não matamos com facas — disse Raphael, olhando da lâmina para a expressão fria de Sebastian.

— Agora matam — respondeu Sebastian. — Não vou querer que destrua a garganta dele; faz muita bagunça, é muito fácil errar. Faça como estou mandando. Vá até o feiticeiro e o apunhale até a morte. Corte a garganta, perfure o coração... como quiser.

Raphael virou-se para Magnus. Luke começou a avançar; Magnus levantou a mão, em alerta.

— Luke — disse ele. — Não.

— Raphael, se fizer isso não haverá paz entre o bando e os Filhos da Noite, nem agora, nem nunca mais — avisou Luke, os olhos iluminados por um brilho esverdeado.

Sebastian riu.

— Você não está achando que vai voltar a liderar o bando, está, Lucian Graymark? Quando eu vencer esta guerra, e vou vencer, governarei com minha irmã ao meu lado, e o manterei em uma jaula para que ela lhe dê ossos quando quiser se divertir.

Raphael deu mais um passo em direção a Magnus. Estava com os olhos muito arregalados. Sua garganta tinha sido beijada tantas vezes pelo crucifixo que a cicatriz jamais sumia. A lâmina brilhava na mão.

— Se você acha que Clary vai tolerar... — começou Luke, e em seguida virou. Foi em direção a Raphael, mas Sebastian já estava na frente dele, bloqueando a passagem com a lâmina Morgenstern.

Com um desprendimento estranho, Magnus assistiu a Raphael se aproximando dele. O coração de Magnus batia forte, ele tinha consciência disso, mas não sentia medo algum. Havia ficado perto da morte muitas vezes; tantas que a ideia não o assustava mais. Às vezes achava que parte dele desejava aquilo, aquele país desconhecido, o único lugar em que jamais havia estado, aquela única experiência ainda não vivida.

A ponta da faca o tocou no pescoço. A mão de Raphael tremia; Magnus sentiu a ferroada da lâmina furar o vão da garganta.

— Isso mesmo — disse Sebastian, com um sorriso cruel. — Corte a garganta dele. Deixe o sangue correr pelo chão. Ele já viveu tempo demais.

Magnus então pensou em Alec, nos olhos azuis e no sorriso constante. Lembrou-se de quando se afastara dele nos túneis subterrâneos de Nova York. Lembrou-se do motivo que o levara a fazê-lo. Sim, a disposição de Alec em encontrar Camille o enfurecera, porém fora mais que isso.

Lembrou-se de Tessa chorando em seus braços em Paris, e de ter pensado que nunca havia experimentado a perda sofrida por ela, pois nunca amara como ela, e que temia um dia amar e, tal como Tessa, perder seu amor mortal. E que era melhor ser o morto ao sobrevivente.

Mais tarde descartou aquilo como uma fantasia mórbida e não se lembrou mais do assunto até conhecer Alec. Mas o amor de um imortal por um mortal foi a causa da destruição dos deuses, e, se até deuses eram destruídos por isso, Magnus não poderia esperar coisa melhor. Olhou para Raphael através dos cílios.

— Você se lembra — disse o feiticeiro, com a voz baixa, tão baixa que duvidava que Sebastian pudesse ouvi-lo. — Sabe o que me deve.

— Você salvou minha vida — falou Raphael, mas a voz soou entorpecida. — Uma vida que eu nunca quis.

— Prove que está falando sério, Santiago — disse Sebastian. — Mate-o.

A mão de Raphael apertou o cabo da faca. As juntas estavam brancas. Ele se voltou para Magnus:

— Não tenho alma — disse. — Mas lhe fiz uma promessa à porta da casa da minha mãe, e ela era sagrada para mim.

— Santiago... — começou Sebastian.

— Eu era uma criança naquele momento. Agora não sou mais. — A faca caiu no chão. Raphael virou e olhou para Sebastian, seus olhos escuros e arregalados estavam muito límpidos. — Não posso — disse. — Não o farei. Tenho uma dívida de muitos anos com ele.

Sebastian ficou muito quieto.

— Você me decepciona, Raphael — afirmou, e guardou a espada Morgenstern. Então avançou e pegou a faca aos pés de Raphael, virando-a na mão. Uma luz breve brilhou pela lâmina, uma lágrima cantante de fogo. — Você me decepciona muito — declarou, e em seguida, rápido demais para que o olhar pudesse acompanhar, enfiou a lâmina no coração de Raphael.

Estava congelando no interior do necrotério do hospital. Maia não tremia, mas podia sentir, como pontadas de agulha em sua pele.

Catarina estava apoiada na bancada de compartimentos metálicos que guardavam os corpos, a qual ocupava uma parede inteira. As luzes fluorescentes amareladas faziam com que ela parecesse esgotada, um borrão azul claro nas roupas médicas verdes. Murmurava em uma língua estranha que fez Maia sentir calafrios pela espinha.

— Onde está? — perguntou Morcego. Ele trazia uma faca de caça em uma das mãos e uma jaula do tamanho de um cachorro na outra. Largou a jaula no chão com um estrondo, o olhar varrendo o recinto.

Havia duas mesas de metal vazias no centro do necrotério. Enquanto Maia olhava, uma delas começou a arredar para a frente. As rodas se arrastavam pelo chão de azulejos.

Catarina apontou.

— Ali — disse. O olhar estava fixado na jaula; fez um gesto com os dedos, e a jaula pareceu vibrar e faiscar. — Embaixo da mesa.

— Não me diga — enunciou Lily, os saltos estalando no piso quando ela avançou. Lily se inclinou para olhar embaixo da mesa, em seguida recuou, dando um grito. Voou pelo ar e aterrissou em uma das bancadas, onde se empoleirou como um morcego, seus cabelos negros caindo do rabo de cavalo. — É *horrível* — disse.

— É um demônio, oras — observou Catarina. A mesa tinha parado de se mexer. — Provavelmente um Dantalion ou algum outro do tipo *ghoul*. Eles são necrófagos.

— Ai, pelo amor de Deus — disse Maia, dando um passo à frente; antes de ela chegar perto da mesa, Morcego chutou esta com a bota. A mesa voou com um ruído metalizado, revelando a criatura abaixo.

Lily tinha razão: *era* horrível. Tinha mais ou menos o tamanho de um cachorro grande, mas lembrava uma bola de intestino cinzento e pulsante, com rins malformados e nódulos de pus e sangue. Um olho amarelo solitário encarava através do emaranhado de órgãos.

— Eca — disse Morcego.

— Eu avisei — comentou Lily, exatamente quando uma corda de intestino se lançou do demônio e se enrolou no calcanhar de Morcego, puxando com força. Ele caiu ruidosamente no chão.

— Morcego! — gritou Maia, mas antes que ela precisasse tomar alguma atitude, ele se curvou e cortou com sua faca a matéria pulsante que o segurava. Arrastou-se para trás enquanto o icor demoníaco se espalhava pelo chão.

— Que *nojo* — disse Lily. Ela estava sentada na bancada agora, segurando um objeto retangular de metal, seu celular, como se aquilo fosse espantar o demônio.

Morcego se levantou, cambaleando, enquanto o demônio ia em direção a Maia. Ela lhe deu um chute, e ele rolou para trás, guinchando, irritado. Morcego olhou para a faca. O metal estava derretendo, dissolvido pelo icor. Ele largou a faca com um muxoxo de desgosto.

— Armas — falou, olhando em volta. — Preciso de uma arma...

Maia pegou um bisturi de uma mesa próxima e arremessou. Atingiu a criatura, causando um barulho gosmento. O demônio chiou. Um instante depois, o bisturi saltou como se tivesse sido expelido por uma torradeira particularmente potente. Quicou pelo chão, derretendo e chiando.

— Armas normais não funcionam neles! — Catarina avançou, erguendo a mão direita. Estava cercada por uma chama azul. — Só lâminas Marcadas...

— Então vamos arrumar algumas! — disse Morcego, ofegante, recuando enquanto a criatura avançava em direção a ele.

— Só Caçadores de Sombras podem usá-las! — gritou Catarina, e um raio de fogo azul partiu de sua mão, atingindo a criatura em cheio, fazendo-a rolar para trás. Morcego pegou a jaula e a colocou na frente do demônio, abrindo a portinhola exatamente quando a criatura rolou para dentro.

Maia fechou a porta, e a cadeado, trancando o demônio. Todos recuaram, encarando horrorizados enquanto ele chiava e se debatia nos confins da prisão reforçada pelo poder da feitiçaria. Todos menos Lily, que continuava apontando o telefone para a cena.

— Você está *filmando* isso? — perguntou Maia.

— Talvez — respondeu Lily.

Catarina passou as mangas da roupa na testa.

— Obrigada pela ajuda — disse. — Nem a magia dos feiticeiros consegue matar Dantalions; são durões.

— *Por que* está filmando isso? — perguntou Maia a Lily.

A vampira deu de ombros.

— Quando o gato sai, os ratos fazem a festa... É sempre bom lembrar aos ratos que nesse caso, quando o gato sai, os ratos serão devorados por demônios. Vou enviar esse arquivo de vídeo para todos os nossos contatos do Submundo. Só um lembrete de que há demônios a serem destruídos pelos Caçadores de Sombras. É para isso que existem.

— Não vão existir por muito tempo — sibilou o demônio Dantalion. Morcego deu um berro e sobressaltou-se para trás. Maia não o culpou. A boca do bicho estava aberta. Parecia um túnel negro com dentes enfileirados. — Amanhã à noite será o ataque. Amanhã à noite será a guerra.

— Que guerra? — perguntou Catarina. — Conte-nos, criatura, ou quando levá-lo para casa vou torturá-lo de todas as formas que conseguir conceber...

— Sebastian Morgenstern — disse o demônio. — Amanhã à noite ele irá atacar Alicante. Amanhã à noite os Caçadores de Sombras deixarão de existir.

Um fogo ardeu no meio da caverna, a fumaça espiralando em direção ao teto abobadado, perdido na sombra. Simon sentia o calor, um estalo tenso contra a pele, mais forte que a verdadeira sensação de calor. Supôs que estivesse frio na caverna, baseando-se no fato de que Alec estava encolhido em um casaco pesado e que havia enrolado um cobertor em volta de Isabelle cuidadosamente; a garota dormia esticada pelo chão, a cabeça no colo do irmão. Mas Simon não conseguia sentir, não de fato.

Clary e Jace tinham ido verificar os túneis para certificar-se de que ainda estavam livres de demônios e outras possíveis criaturas desagradáveis. Alec não quis deixar Isabelle sozinha, e Simon estava fraco e tonto demais para cogitar qualquer movimentação. Não que ele tivesse dito isso a alguém. Tecnicamente estava vigiando, tentando escutar qualquer coisa nas sombras.

Alec encarava a chama. A luz amarela o fazia parecer cansado, mais velho.

— Obrigado — disse ele subitamente.

Simon quase deu um pulo. Alec não tinha dito uma palavra desde o *O que você está fazendo?*.

— Pelo quê?

— Por salvar minha irmã — esclareceu Alec, e passou a mão nos cabelos escuros de Isabelle. — Eu sei — falou, um pouco hesitante. — Digo, eu sabia, quando viemos para cá, que esta podia ser uma missão suicida. Sei que é perigoso. Sei que não posso esperar que todos saiamos vivos no final. Mas achei que seria eu, não Izzy...

— Por quê? — perguntou Simon. Estava com a cabeça latejando, a boca seca.

— Porque prefiro que seja eu — respondeu Alec. — Ela é... Isabelle. É inteligente, forte e uma boa guerreira. Melhor que eu. Merece ficar bem, ser feliz. — Alec olhou para Simon através do fogo. — Você tem uma irmã, não tem?

Simon se espantou com a pergunta — Nova York parecia a um mundo, a uma vida de distância dali.

— Rebecca — falou. — É este o nome dela.

— E o que você faria com alguém que a magoasse?

Simon olhou para Alec cautelosamente.

— Conversaria com a pessoa — disse. — Discutiria. Talvez desse um abraço compreensivo.

Alec riu e pareceu a ponto de responder; então virou a cabeça, como se tivesse ouvido alguma coisa. Simon ergueu uma sobrancelha. Era raro um humano escutar alguma coisa antes de um vampiro. Um segundo mais tarde, ele mesmo reconheceu o som e entendeu: era a voz de Jace. Viu uma iluminação no túnel, e Clary e Jace apareceram, ela segurando uma pedra de luz enfeitiçada.

Mesmo de bota, Clary mal batia no ombro de Jace. Não estavam se tocando, mas avançavam juntos em direção ao fogo. Simon pensou que apesar de os dois parecerem um casal desde a primeira vez que voltaram de Idris, agora pareciam algo mais. Pareciam uma equipe.

— Alguma coisa interessante? — perguntou Alec, enquanto Jace ia sentar ao lado do fogo.

— Clary colocou símbolos de feitiço nas entradas da caverna. Ninguém deve conseguir enxergar que existe uma entrada.

— Quanto tempo vão durar?

— A noite toda, provavelmente até amanhã — respondeu Clary, olhando para Izzy. — No entanto, com o problema dos símbolos desbotarem rápido aqui, terei que verificá-las mais tarde.

— E eu estou com uma noção melhor da nossa posição em relação a Alicante. Tenho quase certeza de que o lixão de pedras onde estivemos ontem à noite dá vista para o que acho ser a Floresta Brocelind. — Jace apontou para o túnel da extrema direita.

Alec semicerrou os olhos.

— Isso é deprimente. A floresta era... linda.

CIDADE DO FOGO CELESTIAL

— Não mais. — Jace balançou a cabeça. — Só terreno baldio, até onde a vista alcança. — Então abaixou-se e tocou o cabelo de Isabelle, e Simon sentiu uma pontada inútil de ciúme por ele poder tocá-la tão naturalmente, mostrar seu afeto sem pensar. — Como ela está?

— Bem. Dormindo.

— Acha que ela vai estar bem o suficiente para andar amanhã? — O tom de Jace estava ansioso. — A gente não pode ficar aqui. Já demos sinais demais de que estamos presentes. Se não pegarmos Sebastian, ele vai nos encontrar primeiro. E estamos ficando sem comida.

Simon não ouviu a resposta murmurada de Alec, e uma dor súbita o atingiu, e ele se encolheu. Sentiu-se privado de ar, exceto pelo detalhe de que ele *não* respirava. Mesmo assim, seu peito doeu, como se algo tivesse sido arrancado.

— Simon. Simon! — gritou Clary, com a mão no ombro dele, e ele a encarou, os olhos entornando lágrimas tingidas de sangue. — Meu Deus, Simon, o que houve? — perguntou ela, preocupada.

Ele voltou a sentar-se ereto, lentamente. A dor já estava começando a diminuir.

— Não sei. Foi como se alguém tivesse enfiado uma faca no meu peito.

Jace rapidamente se ajoelhou na frente dele, os dedos sob o queixo de Simon. Seu olhar dourado-claro analisava o rosto de Simon.

— Raphael — disse Jace afinal, a voz seca. — Ele é seu gerador, o vampiro cujo sangue o transformou.

Simon assentiu.

— E daí?

Jace balançou a cabeça.

— Nada — murmurou. — Quando foi a ultima vez que você se alimentou?

— Estou bem — disse Simon, mas Clary já havia agarrado a mão direita dele e a erguido. A mão em si estava completamente branca, as veias sob a pele aparecendo negras, como uma rede de fissuras no mármore.

— Você não está bem... não se alimentou? Perdeu todo aquele sangue!

— Clary...

— Onde estão as garrafas que trouxe? — Ela olhou em volta, procurando a mochila, e a encontrou apoiada na parede. Puxou-a para si. — Simon, se não começar a se cuidar melhor...

— Não. — Ele agarrou a alça da mochila e a tirou das mãos de Clary; ela o encarou. — Elas quebraram — disse ele. — As garrafas quebraram quando estávamos lutando contra os demônios no Salão dos Acordos. O sangue já era.

Clary se levantou.

— Simon Lewis — falou, furiosa. — Por que você não *avisou*?

— Avisar sobre o quê? — Jace se afastou de Simon.

721

— Simon está faminto — explicou Clary. — Perdeu sangue para curar Izzy, e o estoque dele foi destruído no Salão...

— *Por que* não disse alguma coisa? — perguntou Jace, levantando e afastando um cacho de cabelo louro do rosto.

— Porque não — respondeu Simon. — Não é como se houvesse animais aqui para eu me alimentar.

— Tem a gente — lembrou Jace.

— Não quero me alimentar do sangue dos meus amigos.

— Por que não? — Jace passou pela fogueira e olhou para Simon; ostentava uma expressão acessível e curiosa. — Já passamos por isso, não passamos? Na última vez em que estava faminto, eu dei meu sangue. Foi um pouco homoerótico talvez, mas sou seguro da minha sexualidade.

Simon suspirou internamente; dava para perceber que, sob as brincadeiras, Jace oferecia de verdade. Provavelmente menos por ser sensual do que por ter um desejo de morrer do tamanho do Brooklyn.

— Não vou morder alguém cujas veias estão cheias de fogo celestial — afirmou Simon. — Não tenho o menor desejo de torrar de dentro para fora.

Clary jogou o cabelo para trás, exibindo o pescoço.

— Ouça, beba meu sangue. Eu sempre disse que quando precisasse, você podia...

— Não — falou Jace imediatamente, e Simon se flagrou lembrando-se do navio de Valentim, da maneira como Simon dissera *Eu o teria matado* e Jace respondera, contemplativo, *Eu teria deixado.*

— Ah, por Deus. Deixem por minha conta. — Alec se levantou, reposicionando Izzy cuidadosamente no cobertor. Ajeitou a borda em volta dela e se levantou.

Simon deixou a cabeça cair para trás contra a parede da caverna.

— Você sequer gosta de mim. Agora está me oferecendo seu sangue?

— Você salvou minha irmã. Devo isso a você. — Alec deu de ombros, a sombra longa e escura à luz das chamas.

— Certo. — Simon engoliu em seco, desconfortável. — Tudo bem.

Clary esticou a mão para baixo. Após um instante, Simon aceitou e permitiu que ela o levantasse. Ele não conseguia deixar de olhar para Isabelle, do outro lado, dormindo, semienrolada no cobertor azul de Alec. Ela estava respirando, lenta e constantemente. Izzy, ainda respirando, por causa dele.

Simon deu um passo em direção a Alec e cambaleou. Alec o segurou e o aprumou. A mão no ombro de Simon estava firme. Simon sentia a tensão de Alec, e de repente percebeu o quão bizarra era aquela situação: Jace e Clary boquiabertos para eles, Alec agindo como se fosse levar um balde de água gelada na cabeça.

Alec virou a cabeça um pouco para a esquerda, exibindo o pescoço. Olhava fixamente para a parede oposta. Simon concluiu que ele se assemelhava menos a alguém prestes a levar um balde d'água gelada na cabeça e mais a alguém prestes a passar por um exame médico constrangedor.

— Não vou fazer isto na frente de todo mundo — anunciou Simon.

— Isto não é jogo de verdade ou consequência, Simon — disse Clary. — É só comida. Não que você seja comida, Alec — acrescentou, quando ele olhou feio para ela. Clary ergueu as mãos. — Deixe para lá.

— Ah, pelo Anjo... — começou Alec, e segurou o braço de Simon. — Vamos — disse, daí arrastou Simon pelo túnel que levava ao portão, longe o bastante para que os outros sumissem de vista, desaparecendo atrás de um pedregulho.

Embora Simon tivesse escutado a última coisa dita por Jace, pouco antes de saírem do alcance auditivo:

— O quê? Eles precisam de privacidade. É um momento íntimo.

— Acho que você devia simplesmente me deixar morrer — declarou Simon.

— Cale a boca — respondeu Alec, e o empurrou contra a parede da caverna. Então o encarou, pensativo. — Tem que ser no pescoço?

— Não — respondeu Simon, sentindo como se tivesse entrado num sonho bizarro. — Pulsos também servem.

Alec começou a arregaçar a manga do casaco. Tinha o braço pálido, exceto pelos locais onde havia Marcas, e Simon enxergou as veias sob a pele. Apesar de sua resistência, sentiu uma pontada de fome, despertando-o da exaustão: sentia o cheiro de sangue, suave e salgado, enriquecido com luz. Sangue de Caçador de Sombras, como o de Izzy. Passou a língua pelos dentes superiores e ficou só um pouco surpreso ao sentir os caninos enrijecendo e se afiando, transformando-se em presas.

— Só quero que saiba — disse Alec, enquanto estendia o pulso —, que sei que para vocês vampiros essa coisa de alimentação às vezes se iguala a momentos sexuais.

Simon arregalou os olhos

— É possível que minha irmã tenha me contado mais do que eu gostaria de saber — admitiu Alec. — Enfim, o que quero dizer é que não sinto a menor atração por você.

— Certo — respondeu Simon, e segurou a mão de Alec. Tentou uma pegada fraterna, mas não deu muito certo, considerando que precisava curvar a mão de Alec para trás para exibir a parte vulnerável do pulso. — Você também não me desperta nada, então acho que empatamos. Mas você poderia ter fingido por cinco...

— Não, não poderia — respondeu Alec. — Detesto quando héteros pensam que todos os gays se sentem atraídos por eles. Não sinto atração por todos os caras, assim como você também não sente por todas as garotas.

Simon respirou fundo, propositalmente. Era sempre uma sensação estranha, respirar quando não precisava, mas aquilo o acalmava.

— Alec — disse ele. — Acalme-se. Não acho que você esteja apaixonado por mim. Aliás, na maior parte do tempo tenho a impressão de que você me odeia.

Alec fez uma pausa.

— Não o odeio. Por que odiaria?

— Porque sou do Submundo? Porque sou um vampiro apaixonado pela sua irmã, a qual você acha boa demais para mim?

— *Você* não acha? — disse Alec, mas sem rancor; após um instante, ele sorriu, aquele sorrisinho Lightwood que iluminava seu rosto e fazia Simon pensar em Izzy. — Ela é minha irmãzinha. Acho que é boa demais para todo mundo. Mas você... você é uma boa *pessoa*, Simon. Independentemente de ser um vampiro. É leal, inteligente e... e faz Isabelle feliz. Não sei por quê, mas faz. Sei que não gostei de você quando nos conhecemos. Mas isso mudou. E eu nunca julgaria minha irmã por namorar um integrante do Submundo.

Simon ficou imóvel. Alec se dava bem com feiticeiros, pensou ele. Isso estava suficientemente claro. Mas feiticeiros nasciam feiticeiros. Alec era o mais conservador dos Lightwood — não adorava o caos e nem corria riscos como Jace e Isabelle —, e Simon sempre sentira em Alec aquela noção de que vampiros eram humanos transformados em uma coisa *errada*.

—Você não aceitaria ser vampiro — disse Simon. — Nem mesmo para ficar com Magnus para sempre. Certo? Você não quis viver para sempre; quis tirar a imortalidade dele. Foi por isso que ele terminou com você.

Alec vacilou.

— Não — disse. — Não. Eu não aceitaria ser um vampiro.

— Então acha que sou pior que você — concluiu Simon.

A voz de Alec falhou.

— Estou *tentando* — confessou, e Simon sentiu, sentiu o quanto Alec queria ser sincero, e talvez até estivesse sendo um pouco. Afinal, se Simon não fosse um vampiro, ainda seria mundano, continuaria a ser inferior. Ele sentiu a pulsação de Alec acelerar. —Vá em frente — falou Alec, exalando as palavras, claramente em uma agonia de espera. — Apenas... morda.

— Prepare-se — disse Simon, e levou o pulso de Alec à boca. Apesar da tensão entre eles, seu corpo, faminto e em abstinência, reagiu. Os músculos enrijeceram, e as presas surgiram espontaneamente. Viu os olhos de Alec dilatarem de surpresa e medo. A fome se espalhou como um incêndio pelo corpo de Simon, e ele então falou com toda a sinceridade, lutando para tentar dizer alguma coisa humana para Alec. Torceu para que tivesse saído alto o bastante para ser compreendido por causa das presas: — Sinto muito por Magnus.

— Eu também. Agora morda — disse Alec, e Simon obedeceu.

724

As presas perfuraram velozmente a pele, o sangue explodindo em sua boca. Ouviu Alec engasgar, então o agarrou com mais força, involuntariamente, como se quisesse impedir Alec de tentar sair dali. Mas Alec não tentou. Sua pulsação acelerada estava audível para Simon, latejando nas veias como um sino. Juntamente ao sangue de Alec, Simon sentiu o gosto metálico do medo, a faísca de dor e a chama ansiosa de alguma outra coisa, algo que ele sentira na primeira vez em que bebera o sangue de Jace no chão metálico imundo do navio de Valentim. Talvez todos os Caçadores de Sombras tivessem um desejo de morrer, afinal.

Capítulo 20

AS SERPENTES DO PÓ

Quando Alec e Simon voltaram à caverna central, encontraram Isabelle ainda dormindo, enrolada em uma pilha de cobertores. Jace estava sentado perto do fogo, apoiado nas mãos, o jogo de luz e sombra dançando pelo rosto. Clary estava deitada com a cabeça no colo dele, embora Simon pudesse notar, pelo brilho nos olhos dela enquanto os observava se aproximando, que ela não estava dormindo.

Jace ergueu as sobrancelhas.

— E aí, rolou? Foi bom pra vocês, meninos?

Alec o olhou ameaçadoramente. Estava com o pulso esquerdo virado para dentro, escondendo as marcas de perfuração, apesar de estarem praticamente desbotadas graças ao *iratze* que ele havia colocado no pulso. Não afastara Simon em momento algum, deixou que bebesse seu sangue enquanto quisesse e, como resultado, parecia um pouco pálido.

— Não foi sexy — disse.

— Foi um pouco sexy — retrucou Simon, que estava se sentindo muito melhor após ter se alimentado e não pôde deixar de cutucar Alec um pouquinho.

— Não foi — rebateu Alec.

— Eu senti alguma coisa — provocou Simon.

— Sinta-se livre para se torturar sobre isso quando estiver sozinho — falou Alec, e se abaixou para pegar a alça da mochila. — Vou fazer um turno de vigia.

Clary sentou-se, dando um bocejo.

— Tem certeza? Precisa de um símbolo de reposição sanguínea?

— Já apliquei dois — respondeu Alec. — Vou ficar bem. — Ajeitou-se e olhou para a irmã adormecida. — Apenas cuidem de Isabelle, está bem? — Seu olhar se voltou para Simon. — Principalmente você, vampiro.

Alec saiu pelo corredor, a pedra de luz enfeitiçada projetando sua sombra, longa e esticada contra a parede da caverna. Jace e Clary trocaram um olhar breve antes de Jace se levantar, cambaleante, e seguir Alec pelo túnel. Simon ouvia as vozes deles — murmúrios suaves ressoando nas rochas, embora não conseguisse identificar as palavras.

As palavras de Alec ecoaram em sua mente. *Cuidem de Isabelle.* Pensou em Alec no túnel. *Você é leal, inteligente e... e faz Isabelle feliz. Não sei por quê, mas faz.*

A ideia de fazer Isabelle feliz o encheu de entusiasmo. Simon sentou-se calado ao lado dela — Izzy estava como um gato, encolhida em uma bola de cobertores, a cabeça deitada no próprio braço. Ele se abaixou gentilmente para deitar ao lado dela. Estava viva graças a ele, e o irmão dela tinha feito o mais próximo que um dia faria de dar a bênção ao namoro dos dois.

Ele ouviu Clary, do outro lado da fogueira, rindo suavemente.

— Boa noite, Simon — disse ela.

Simon sentiu o cabelo de Isabelle macio como seda sob seu rosto.

— Boa noite — respondeu, e fechou os olhos, as veias cheias de sangue Lightwood.

Jace alcançou Alec facilmente; ele estava parado no ponto onde o corredor da caverna se curvava em direção ao portão. As paredes eram lisas, como se tivessem sido desgastadas por anos de água ou vento, e não por cinzéis, embora Jace tivesse certeza de que aquelas passagens eram fruto de mãos humanas.

Alec, que estava apoiado contra a parede da caverna, claramente aguardando por Jace, ergueu sua pedra de luz enfeitiçada.

— Aconteceu alguma coisa?

Jace desacelerou ao se aproximar do *parabatai.*

— Só queria ter certeza de que você estava bem.

Alec deu de ombros.

— Estou, na medida do possível, creio.

— Sinto muito — disse Jace. — Mais uma vez. Eu assumo riscos idiotas. Não consigo evitar.

— Nós permitimos que você faça isso — respondeu Alec. — Às vezes os riscos valem a pena. Permitimos porque precisamos permitir. Porque se não permitíssemos nada nunca seria feito. — Ele esfregou o rosto com a manga rasgada. — Isabelle diria o mesmo.

— Acabamos não concluindo a conversa de antes — lembrou Jace. — Só quero dizer que você não precisa ter sempre razão. Eu pedi para você ser meu *parabatai* porque precisava de você, mas você também pode precisar de mim. Isto — indicou sua Marca de *parabatai* — significa que você é minha metade, a melhor de mim, e eu me importo mais com você do que comigo. Lembre-se disto. Sinto muito por não ter percebido o quanto estava sofrendo. Não enxerguei antes, mas agora enxergo.

Alec ficou completamente parado por um instante, mal respirando. Então, para surpresa de Jace, esticou o braço e afagou o cabelo dele, do jeito que um irmão mais velho faria com o irmão mais novo. Seu sorriso foi cauteloso, porém repleto de afeto.

— Obrigado por me enxergar — falou, e seguiu pelo túnel.

— *Clary.*

Ela acordou lentamente, despertando de sonhos alegres envolvendo calor e fogo, cheiro de feno e maçãs. No sonho, ela estava na fazenda de Luke, pendurada de cabeça para baixo em um galho de árvore, rindo enquanto Simon acenava lá de baixo. Lentamente, foi ficando ciente da pedra dura sob seus quadris e suas costas, da cabeça deitada nas pernas de Jace.

— *Clary* — repetiu ele, ainda sussurrando. Simon e Isabelle estavam esparramados, juntos, a alguma distância, um montinho escuro nas sombras. Os olhos de Jace brilhavam para ela, dourados e dançando com a luz refletida do fogo. — Quero um banho.

— Sim, bem, e eu quero um milhão de dólares — disse ela, esfregando os olhos. — Todo mundo quer alguma coisa.

Ele ergueu uma sobrancelha.

— Vamos, pense nisso — falou. — Aquela caverna? A que tem o lago? Poderíamos.

Clary pensou na caverna, na bela água azul, intensa como crepúsculo, e de repente sentiu como se estivesse coberta por uma casca de sujeira — pó, sangue, icor e suor, o cabelo preso em um emaranhado gordurento.

Os olhos de Jace dançaram, e Clary sentiu aquele impulso familiar dentro do peito, aquele mesmo puxão que sentira desde a primeira vez em que o vira. Ela não sabia dizer o instante exato em que se apaixonou por Jace, mas sempre existira alguma coisa nele que a fazia se lembrar de um leão, de um animal selvagem que desconhece regras, a promessa de uma vida de liberdade. Nunca "não posso", mas sempre "eu posso". Sempre o risco e a certeza, nunca o medo ou a dúvida.

Ela se levantou aos trancos, o mais silenciosamente possível.

— Tudo bem.

Ele se levantou instantaneamente, pegando-a pela mão e puxando-a pelo corredor oeste que saía da caverna central. Seguiram em silêncio, a pedra de luz enfeitiçada dela iluminando o caminho, um silêncio que Clary quase teve medo de romper, como se fosse quebrar a calma ilusória de um sonho ou feitiço.

728

A imensa caverna se abriu diante deles repentinamente, e ela guardou a pedra, apagando a luz. A bioluminescência da caverna era suficiente: luz brilhando das paredes, das estalactites brilhantes que se penduravam do teto como pingentes eletrificados. Facas de luz perfuravam as sombras. Jace soltou a mão dela e caminhou os últimos passos da trilha até a beira da água, onde a areia era fina e macia, brilhando com mica. Ele fez uma pausa a alguns metros da água e falou:

— Obrigado.

Ela olhou para ele, surpresa.

— Pelo quê?

— Por ontem à noite — disse. — Você me salvou. O fogo celestial teria me matado, eu acho. O que você fez...

— Mesmo assim não podemos contar para os outros — falou ela.

— Não contei ontem, contei? — perguntou ele. Era verdade. Jace e Clary sustentaram a versão de que Clary simplesmente o ajudara a controlar e a dissipar o fogo, e que nada mais havia mudado.

— Não podemos arriscar revelar, até mesmo através de um olhar ou expressão errados — disse ela. — Você e eu, nós temos alguma prática em esconder coisas de Sebastian, mas eles não. Isso não seria justo com eles. Eu quase gostaria que *a gente* não soubesse...

Ela deixou a frase solta, enervada pela ausência de resposta. Jace olhava para a água, azul e rasa, de costas para ela. Clary deu um passo à frente e o cutucou levemente no ombro.

— Jace — disse. — Se você quiser fazer algo diferente, se acha que devemos seguir outro plano...

Ele virou, e de repente ela estava nos braços dele. Aquilo provocou um choque por todo o corpo dela. As mãos de Jace lhe envolviam os ombros, os dedos acariciavam levemente o tecido da camisa. Clary estremeceu, os pensamentos voaram da cabeça como penas espalhadas pelo vento.

— Quando você se tornou tão cautelosa?

— Não sou cautelosa — respondeu ela, enquanto ele lhe tocava a têmpora com os lábios. O hálito morno remexeu os cachos perto da orelha. — Só não sou você.

Ela o sentiu rir. As mãos dele deslizaram pelas laterais do corpo dela e então a agarraram pela cintura.

— Isso você definitivamente não é. Você é *muito* mais bonita.

— Você deve me amar — comentou ela, a respiração falhando enquanto os lábios dele roçavam provocativamente por sua mandíbula. — Nunca pensei que você fosse admitir que existe alguém mais bonito que você. — Ela se surpreendeu quando a boca de Jace encontrou a sua, os lábios dele se abrindo para sentir o gosto dos dela, daí ela se ofereceu a ele, ao beijo, determinada a recuperar um pouco do controle. Levou os braços ao pescoço dele, entreabrindo a boca para ele, e mordeu gentilmente o lábio inferior de Jace.

Fez mais efeito do que ela esperava; as mãos dele apertaram a cintura dela, e ele gemeu baixinho de encontro à boca de Clary. Um instante depois ele se afastou, vermelho, os olhos brilhando.

— Você está bem? — perguntou ele. — Você quer isto?

Ela assentiu, engolindo em seco. O corpo todo parecia vibrar como uma corda estimulada de um instrumento musical.

— Sim, eu quero. Eu...

— É que fiquei tanto tempo sem poder te tocar de verdade, e agora eu posso — falou ele. — Mas talvez este não seja o lugar...

— É, isto é bem sujo — admitiu ela.

— "Bem sujo" parece um pouco crítico pra situação.

Clary levantou as mãos, as palmas para cima. Tinha sujeira na pele e embaixo da unha. Ela sorriu para ele.

— Estou falando *literalmente* — explicou, e meneou o queixo em direção à água. — Não íamos nos lavar? Na água?

O brilho dos olhos dele escureceu para uma tonalidade âmbar.

— Claro — disse ele, e começou a abrir o zíper do casaco.

Clary quase ganiu *O que você está fazendo?*, mas o que ele estava fazendo era perfeitamente óbvio. Ela dissera "na água", e não era como se pudessem entrar com uniforme de combate. Só que ela não tinha pensado no assunto até esse ponto.

Ele tirou o casaco e a camisa; o colarinho prendeu por um instante, e Clary simplesmente ficou olhando, de repente muito consciente do fato de que estavam sozinhos, e do corpo dele: da pele morena mapeada por Marcas novas e antigas, de uma cicatriz desbotando abaixo da curva do músculo do peitoral esquerdo. Da barriga lisa e definida descendo até os quadris estreitos; ele tinha emagrecido, e o cinto de armas estava frouxo. Das pernas e dos braços, com um charme como os de um dançarino; ele se livrou da camisa e sacudiu os cabelos brilhosos, e Clary pensou, com um súbito frio na barriga, que simplesmente não era possível que ele fosse dela; Jace não era o tipo de pessoa de quem as pessoas comuns costumavam se aproximar, quanto mais tocar, e então ele olhou para ela, as mãos no cinto, e lançou seu familiar sorriso torto.

— Vai ficar de roupa? — perguntou. — Eu poderia prometer não olhar, mas estaria mentindo.

Clary abriu o zíper da jaqueta de combate e a jogou para ele. Jace a pegou e deixou cair sobre a pilha de roupas, sorrindo. Ele afrouxou o cinto e também o jogou no chão.

— Pervertido — disse ela. — Mas ganha pontos pela honestidade.

CIDADE DO FOGO CELESTIAL

— Tenho 17 anos; somos todos pervertidos — falou ele, tirando os sapatos e a calça. Estava de cueca samba-canção preta e, para alívio e decepção de Clary, seguiu para a água sem tirar a peça, entrando até a altura do joelho. — Ou, pelo menos, terei 17 daqui a algumas semanas — disse, olhando para trás. — Fiz as contas com as cartas do meu pai e a época da Ascensão. Nasci em janeiro.

Alguma coisa na total normalidade do tom deixou Clary confortável. Ela tirou as botas, depois a camisa e a calça, e foi para a beira da água. Estava fresca, mas não fria, lambendo seus tornozelos.

Jace olhou para ela e sorriu. Então os olhos viajaram do rosto para o corpo, para a calcinha e o sutiã lisos de algodão. Ela gostaria de ter vestido alguma coisa mais bonita, mas não era como se "lingerie chique" fosse um item da lista de coisas a se levar para o reino demoníaco. O sutiã era azul-claro, do tipo bem monótono, vendido em hipermercados, embora Jace estivesse olhando para ele como se fosse alguma coisa exótica e incrível.

De repente ele enrubesceu, desviou o olhar, recuando de modo que a água subiu e o cobriu até os ombros. Ele mergulhou e ressurgiu, menos ruborizado, porém muito mais molhado, os cabelos dourados escurecidos e escorrendo filetes de água.

— É mais fácil se entrar de uma vez só — avisou ele.

Clary respirou fundo e mergulhou, a água cobrindo até a cabeça. E era linda — azul-escura, com fios de prata por causa da luz vinda do alto. O pó das rochas havia se misturado à água, lhe conferindo uma textura pesada e macia. Era fácil boiar; assim que Clary relaxou o corpo, ela voltou à superfície, sacudindo água do cabelo.

Suspirou, aliviada. Não havia sabonete, então ela esfregou as mãos, vendo as partículas de sujeira e sangue derreterem na água. O cabelo flutuava na superfície, vermelho misturado a azul.

Um esguicho de gotículas de água a fez olhar para cima. Jace estava a alguns metros de distância, sacudindo o cabelo.

— Acho que isso faz de mim um ano mais velho que você — disse ele. — Sou papa-anjo.

— Seis meses — corrigiu Clary. — E você é de capricórnio, hum? Teimoso, inconsequente, desrespeita as regras... parece correto.

Jace a pegou pelos quadris e a puxou para si através da água. Era funda o suficiente para que ele ficasse de pé, mas ela não. Clary se segurou nos ombros dele para se manter ereta enquanto ele puxava as pernas dela para sua cintura. Ela olhou de cima para ele, com um calor no estômago, para as linhas molhadas do pescoço, dos ombros e do peito, as gotículas de água como estrelas nos cílios de Jace.

Ele se esticou para cima para beijá-la exatamente quando ela se inclinou para baixo; os lábios se chocaram com uma força que enviou um choque de prazer e dor pelo corpo dela.

731

As mãos de Jace deslizaram pela pele de Clary; ela encaixou a mão na nuca dele, entrelaçando os dedos nos cachos molhados. Ele entreabriu os lábios dela e acariciou-lhe a boca com a língua. Ambos estavam trêmulos, e ela estava ofegante, a respiração se misturando à dele.

Jace esticou uma das mãos para trás, tocando a parede da caverna em busca de firmeza, mas ela estava escorregadia por causa da água e ele deslizou um pouco; Clary interrompeu o beijo enquanto ele recuperava o equilíbrio, sem soltar o braço esquerdo dela, pressionando os corpos um contra o outro. As pupilas dele dilataram, e o coração batia forte de encontro ao dela.

— Isto foi — arfou ele, e pressionou o rosto na junção do pescoço e do ombro de Clary, inspirando como se a estivesse sorvendo. Ele tremia um pouco, embora o aperto no braço dela fosse firme. — Isto foi... intenso.

— Já fazia um tempinho — murmurou ela, tocando o cabelo de Jace gentilmente —, que, você sabe, não podíamos relaxar.

— Não consigo acreditar — disse ele. — Ainda não consigo acreditar que posso te beijar, te tocar, tocar de verdade, sem medo... — Ele lhe deu um beijo no pescoço e ela se sobressaltou; ele recuou para olhar para ela. A água escorria pelo rosto de Jace como se fossem lágrimas, contornando as bordas proeminentes das maçãs, a curva da mandíbula. — Imprudente — falou ele. — Sabe, quando cheguei ao Instituto pela primeira vez, Alec me chamou de imprudente tantas vezes que fui ao dicionário pesquisar o que era. Não que eu não soubesse o que significava, mas... eu sempre achei um pouco que significasse corajoso. Na verdade significa "alguém que não se importa com as consequências de suas ações".

Clary sofreu pelo pequeno Jace.

— Mas você se importa.

— Talvez não o suficiente. Não o tempo todo. — A voz dele estremeceu. — Por exemplo a forma como te amo. Te amei de maneira imprudente desde que te conheci. Nunca me importei com as consequências. Eu dizia a mim que me importava, dizia que você queria, então tentei, mas jamais consegui. Queria você mais do que queria ser bom. Queria você mais que qualquer outra coisa, que jamais quis. — Os músculos dele estavam rijos, o corpo tremendo de tensão. Ela se inclinou para tocar os lábios de Jace com os próprios, para apagar aquela tensão com um beijo, no entanto ele recuou, mordendo o lábio inferior com força suficiente para deixar a pele branca.

— Clary — falou ele, asperamente. — Espere, apenas... espere.

Clary sentiu-se momentaneamente atordoada. Jace adorava beijar; podia passar horas beijando, e era *bom* nisso. E não estava desinteressado. Estava *muito* interessado. Ela apertou os joelhos em torno dos quadris de Jace e, insegura, perguntou:

— Está tudo bem?

— Preciso contar uma coisa.

— Ah, não. — Ela apoiou a cabeça no ombro dele. — Tudo bem, o que é?

— Lembra quando entramos no reino demoníaco e todo mundo viu alguma coisa? — perguntou. — E eu disse que não vi nada?

— Não precisa me contar o que viu — falou Clary gentilmente. — É assunto seu.

— Preciso — insistiu ele. — Você tem que saber. Vi uma sala com dois tronos, tronos dourado e marfim, e eu enxergava o mundo pela janela, e era feito de cinzas. Era igual a este mundo, mas a destruição era mais recente. As fogueiras ainda ardiam, e o céu estava cheio de criaturas voadoras horríveis. Sebastian estava sentado em um dos tronos, e eu, no outro. Você estava lá, e Alec, Izzy e Max... — Ele engoliu em seco. — Mas estavam todos enjaulados. Uma jaula grande com uma tranca enorme na porta. E eu sabia que os tinha colocado lá e fechado a tranca. Mas não sentia arrependimento. Sentia-me... triunfante. — Ele exalou pesadamente. — Pode me empurrar de desgosto agora. Não tem problema.

Mas é claro que tinha problema; tudo no tom dele — seco e morto, desprovido de esperança — tinha problema. Clary estremeceu nos braços dele; não de horror, mas de pena, e pela tensão de saber quão pouca fé Jace tinha em si, e do quão cuidadosa teria que ser sua resposta a ele.

— O demônio nos mostrou o que ele achava que queríamos — disse ela afinal. — Não o que queremos de fato. Ele errou em algumas coisas; foi assim que conseguimos nos libertar. Quando o encontramos, você já havia conseguido se libertar sozinho. Então aquilo que ele mostrou a você não era seu desejo genuíno. Quando Valentim te criou, ele controlava tudo, nada era seguro, e nada que você amasse estava seguro. Então o demônio olhou para dentro de você e viu isso, aquela fantasia infantil de controlar o mundo totalmente para que nada de mal pudesse acontecer às pessoas que ele ama, e tentou lhe dar isso, mas não era o que você queria, não mesmo. Então você acordou. — Ela tocou a bochecha dele. — Parte de você ainda é aquele garotinho que acha que amar é destruir, mas está aprendendo. Você aprende todos os dias.

Por um instante ele a olhou, espantado, os lábios levemente abertos; Clary sentiu as bochechas corando. Ele a olhava como se ela fosse a primeira estrela a surgir no céu, um milagre no qual ele mal conseguia acreditar.

— Deixe só eu... — disse ele, e parou. — Posso beijá-la?

Em vez de fazer que sim com a cabeça, ela se inclinou para ele, para os lábios se tocarem. Se o primeiro beijo na água foi uma espécie de explosão, este foi como o sol em supernova. Foi um beijo forte, quente, entorpecente, uma mordiscada no lábio inferior de Clary e o choque de línguas e dentes, os dois pressionando o máximo possível para se aproximarem ainda mais. Estavam grudados, pele e tecido, uma mistura do frio da água com o calor dos corpos e o deslizar desprovido de atrito das peles molhadas.

Os braços de Jace a envolveram completamente, e de repente ele estava com ela nos braços, saindo do lago, a água escorrendo de ambos. Ele se ajoelhou na areia, colocando-a o mais gentilmente possível sobre a pilha de roupas amassadas. Ela tentou se ajeitar por um instante e então desistiu, deitando e puxando-o para si, beijando-o furiosamente até ele gemer e sussurrar:

— Clary, não consigo... você precisa me falar... não consigo *pensar*...

Ela passou as mãos nos cabelos dele, afastando-os apenas o bastante para conseguir olhar o rosto de Jace. Ele estava ruborizado, os olhos dilatados de desejo, o cabelo começando a cachear à medida que secava, caindo sobre os olhos. Clary tomou os fios gentilmente entre os dedos.

— Tudo bem — sussurrou ela de volta. — Tudo bem, não precisamos parar. Eu quero. — Ela o beijou, lenta e intensamente. — Eu quero se você quiser.

— Se eu quiser? — Houve uma nota de ferocidade em seu riso baixinho. — Não dá para notar? — E então ele a estava beijando novamente, sugando o lábio inferior, beijando-a no pescoço e na clavícula enquanto ela passava as mãos por todo o corpo dele, livre por saber que podia tocá-lo o quanto quisesse, como quisesse.

Clary sentia como se o estivesse desenhando, as mãos mapeando o corpo, a curvatura das costas, a barriga lisa, os entalhes dos quadris, os músculos nos braços. Era como se, tal como uma pintura, ele estivesse ganhando vida sob suas mãos.

Quando as mãos dele deslizaram sob o sutiã, ela ofegou com a sensação e, quando ele congelou, a dúvida no olhar, ela fez que sim com a cabeça. *Continue.* Ele parava a todo instante; parou antes de tirar cada peça de roupa deles, perguntando com olhares e palavras se deveria continuar, e em todas as vezes ela assentira e dissera *Sim, continue, sim*. E quando finalmente não havia nada além de pele entre eles, as mãos de Clary pararam, e ela pensou que não havia nenhuma forma de estar mais íntima de outra pessoa do que esta, que dar mais um passo seria como abrir seu peito e expor o coração.

Clary sentiu os músculos de Jace flexionando quando ele se esticou para pegar alguma coisa atrás dela, e então ouviu o farfalhar de papel-alumínio. De repente tudo pareceu muito real; ela sentiu uma onda súbita de tensão. Realmente estava acontecendo.

Jace parou. A mão livre acariciava os cabelos dela, os cotovelos enterrados na areia, um de cada lado de Clary, aliviando o próprio peso de cima dela. Jace estava totalmente tenso e trêmulo, as pupilas dilatadas, as íris eram pequenos círculos dourados.

— Algum problema?

Ao ouvir a insegurança na voz dele... ela achou que talvez seu coração estivesse de fato partindo, quebrando em pedaços.

— Não — sussurrou, e o puxou para baixo novamente. Ambos estavam com gosto de sal. — Me beije — pediu, e ele o fez, beijos quentes e lentos que foram acelerando juntamente ao coração de Jace, juntamente aos movimentos dos corpos.

Cada beijo era diferente, cada um mais intenso que o outro, como faíscas numa fogueira crescente: beijos breves e suaves, que diziam que ele a amava; beijos longos e lentos, repletos de idolatria, que diziam que ele confiava nela; beijos leves e brincalhões, que diziam que ele ainda tinha esperança; beijos de adoração que diziam que ele tinha nela uma fé que não tinha em mais ninguém. Clary se perdeu nos beijos, na linguagem deles, no discurso mudo entre os dois. As mãos de Jace estavam tremendo, mas percorriam o corpo de Clary rápida e habilidosamente, toques leves que a enlouqueceram até ela se contorcer de encontro a ele, incentivando-o com o apelo silencioso dos dedos, lábios e mãos.

E mesmo naquele último instante, quando vacilou, ela o estimulou a continuar, se enroscando nele, impedindo-o de se afastar. Clary mantinha os olhos bem abertos enquanto Jace estremecia, o rosto no pescoço dela, repetindo seu nome sem parar, e, quando ela finalmente fechou os olhos, teve a impressão de ver a caverna arder em dourado e branco, envolvendo os dois em fogo celestial, a coisa mais linda que já tinha visto.

Simon ficou vagamente consciente de Clary e Jace se levantando e saindo da caverna, sussurrando um para o outro enquanto caminhavam. *Não são tão sutis quanto pensam*, pensou, meio entretido, mas também condenou um pouco, considerando o que teriam que encarar no dia seguinte.

— Simon. — Mal foi um sussurro, mas Simon se apoiou no cotovelo e olhou para Isabelle. Ela se deitou de costas para olhar para ele. Os olhos estavam grandes e escuros, as bochechas ruborizadas, o peito apertado de ansiedade.

— Tudo bem? — perguntou ele. — Está febril?

Ela balançou a cabeça e saiu um pouco do casulo de cobertas.

— Só um pouco quente. Quem me enrolou como uma múmia?

— Alec — respondeu Simon. — Quero dizer, talvez... você deva continuar enrolada.

— Prefiro não ficar — respondeu Isabelle, abraçando-o pelos ombros e puxando-o para perto.

— Não posso aquecê-la. Não tenho calor humano. — A voz de Simon soou pequena.

Ela aconchegou a cabeça no ombro dele.

— Acho que já estabelecemos de muitas maneiras que eu sou quente o suficiente pra nós dois.

Sem conseguir se conter, Simon esticou o braço para acariciar as costas dela. Isabelle tinha tirado o uniforme de combate e estava só com a camisa térmica preta, o material espesso e macio sob os dedos dele. Era substancial e real, humana e respirava, e ele agradeceu silenciosamente ao Deus cujo nome ele agora podia pronunciar por ela estar bem.

— Tem mais alguém aqui?

— Jace e Clary escaparam sorrateiramente, e Alec assumiu o primeiro turno de vigilância — disse Simon. — Estamos a sós. Digo, não *a sós*, a sós, digo, eu não faria... — Simon engasgou quando ela rolou para cima dele, prendendo-o ao chão. Isabelle colocou o braço delicadamente sobre o peito dele. — Eu talvez não faria *isto* — avisou ele. — Não que você devesse parar.

— Você salvou minha vida — falou ela.

— Eu não... — Ele parou quando ela semicerrou os olhos. — Sou um salvador corajoso e heroico? — arriscou.

— Ahã. — Ela roçou o queixo no dele.

— Nada de coisas de Lorde Montgomery — alertou ele. — Qualquer um pode aparecer.

— Que tal beijos normais?

— Tudo bem — respondeu, e Isabelle o beijou imediatamente, os lábios quase insuportavelmente macios. Simon enfiou as mãos por baixo da camisa dela, acariciando a espinha, delineando os ombros. Quando ela se desvencilhou, estava com os lábios vermelhos e ele notou o sangue pulsando na garganta dela... O sangue de Isabelle, doce e salgado, e apesar de não estar com fome, ele *queria*...

— Pode me morder — sussurrou ela.

— Não. — Simon se contorceu para trás levemente. — Não... você perdeu muito sangue. Não posso. — Dava para sentir o peito dele se enchendo de ar desnecessário. — Você estava dormindo quando conversamos a respeito, mas não podemos ficar aqui. Clary colocou símbolos de feitiço nas entradas, mas não vão durar muito, e estamos ficando sem comida. A atmosfera está deixando todo mundo enfraquecido e doente. E Sebastian vai nos encontrar. Temos que ir até ele, amanhã, no Gard. — Ele passou os dedos pelos cabelos macios de Isabelle. — E isso significa que você precisa de toda a sua força.

Ela contraiu os lábios, os olhos alvejando-o.

— Quando viemos da Corte das Fadas para este mundo, o que você viu?

Ele a tocou levemente no rosto, não querendo mentir, mas a verdade — a verdade era dura e desconfortável.

— Iz, não precisamos...

— Eu vi Max — disse ela. — Mas também vi você. Era meu namorado. Morávamos juntos, e toda minha família aceitava você. Posso até tentar me convencer de que não quero que você seja parte da minha vida, mas meu coração sabe que não é verdade — falou. — Você entrou na minha vida, Simon Lewis, e não sei como, nem por quê, e nem mesmo quando aconteceu, e eu meio que odeio isso, mas não consigo mudar, e é isso.

Ele emitiu um pequeno ruído engasgado.

— Isabelle...

— Agora me conte o que viu — falou, e seus olhos brilharam como mica.

Simon colocou as mãos contra o chão de pedra da caverna.

CIDADE DO FOGO CELESTIAL

— Eu me vi famoso, um astro do rock — declarou lentamente. — Eu era rico, minha família estava junto, e eu estava com Clary. Ela era minha namorada. — Simon sentiu Isabelle ficar tensa em cima dele, a sentiu começando a rolar para longe, e a segurou pelos braços. — Isabelle, ouça. *Ouça*. Ela era minha namorada, e, quando veio até mim para dizer que me amava, eu falei "Eu também te amo, Isabelle".

Ela o encarou.

— *Isabelle* — repetiu ele. — Quando falei seu nome, despertei da visão. Porque eu sabia que a visão estava errada. Não era aquilo que eu queria.

— Porque você só diz que me ama quando está bêbado ou sonhando? — perguntou ela.

— Meu *timing* é horroroso — explicou Simon. — Mas não significa que não seja verdade. Existem coisas que queremos, por baixo do que sabemos, por baixo até mesmo do que sentimos. Existem coisas que nossas almas desejam, e a minha deseja você.

Ele sentiu Isabelle exalar.

— Diga — pediu ela. — Diga agora que está sóbrio.

— Eu te amo — falou Simon. — Não quero que você diga o mesmo, a não ser que seja verdade, mas eu te amo.

Ela se inclinou em cima dele e tocou as pontas dos dedos dele com as suas.

— Estou falando sério.

Ele se apoiou nos cotovelos enquanto ela se inclinava para baixo, e os lábios se encontraram. Eles se beijaram, longa, suave, doce e gentilmente, e então Isabelle recuou com delicadeza, a respiração ofegante, e Simon disse:

— Então acabou de rolar uma DR?

Isabelle deu de ombros.

— Não faço ideia do que isso signifique.

Simon escondeu o fato de ter ficado muito satisfeito com a declaração dela.

— Somos namorados oficialmente? Existe algum ritual de Caçadores de Sombras? Devo mudar meu status do Facebook de "em um relacionamento complicado" para "em um relacionamento sério"?

Isabelle franziu o nariz de um jeito adorável.

— Humm, mudar status do Facebook? Facebook...? Você tem um livro que também é um rosto?

Simon riu, e Isabelle se inclinou para beijá-lo novamente. Desta vez ele esticou os braços para puxá-la para si, e eles se enroscaram um no outro, envolvidos em cobertores, se beijando e sussurrando. Ele se perdeu no prazer do sabor da boca de Izzy, na curva dos quadris em suas mãos, na pele morna das costas. Esqueceu que estavam em um reino demoníaco, que iriam para a batalha no dia seguinte, que talvez nunca mais voltassem para casa: tudo desbotou e só restou Isabelle.

— POR QUE ISTO NÃO PARA DE ACONTECER? — Fez-se um barulho de vidro se estilhaçando, e ambos sentaram para flagrar Alec encarando-os. Tinha derrubado a garrafa de vinho que estava segurando, e pedacinhos de vidro brilhantes se espalharam por todo o chão da caverna. — POR QUE NÃO PODEM IR PARA OUTRO LUGAR FAZER ESTAS COISAS HORRÍVEIS? AI, MEUS OLHOS.

— É um reino demoníaco, Alec — disse Isabelle. — Não existe outro lugar para *a gente* ir.

— E você disse que eu deveria cuidar dela... — começou Simon, então percebeu que não seria uma linha produtiva de diálogo, daí se calou.

Alec sentou do outro lado da fogueira e olhou para eles.

— E onde estão Jace e Clary?

— Ah — respondeu Simon delicadamente. — Quem pode saber...

— Heterossexuais — declarou Alec. — Por que não conseguem se controlar?

— É um mistério — concordou Simon, e se deitou novamente para dormir.

Jia Penhallow estava sentada à mesa de seu escritório. Parecia tão casual que ela não conseguia evitar imaginar se seria condenável: a Consulesa sentada de maneira irreverente à antiga mesa de poder. Mas ela estava sozinha no recinto e cansada além de todas as medidas de cansaço.

Segurava o bilhete que tinha recebido de Nova York: uma mensagem de fogo de um feiticeiro, poderosa o suficiente para ultrapassar as barreiras que cercavam a cidade. Reconhecera a letra como sendo de Catarina Loss, mas as palavras não eram de Catarina.

Consulesa Penhallow,

Quem lhe escreve é Maia Roberts, líder temporária do bando de licantropes de Nova York. Entendemos que vocês estão fazendo o possível para trazer Luke e os outros prisioneiros de volta. Agradecemos por isso. Como sinal de nossa boa-fé, gostaria de lhe transmitir um recado. Sebastian e seus soldados vão atacar Alicante amanhã à noite. Por favor, faça o possível para se preparar. Gostaria de estar lá, lutando junto a vocês, mas sei que não é possível. Às vezes só resta alertar, aguardar e torcer. Lembre-se de que a Clave e o Conselho — Caçadores de Sombras e integrantes do Submundo juntos — são a luz do mundo.

Com esperança,

Maia Roberts

CIDADE DO FOGO CELESTIAL

Com esperança. Jia dobrou a mensagem novamente e guardou o papel no bolso. Pensou na cidade lá fora, sob o céu noturno, o prateado desbotado das torres demoníacas que em breve ganhariam o tom vermelho da guerra. Pensou no marido e na filha. Pensou nas caixas e caixas que havia recebido há pouco de Theresa Gray, se elevando da terra na Praça do Anjo, cada qual selada com o símbolo espiral do Labirinto. Sentiu uma agitação no coração — um pouco de medo, mas também algum alívio, finalmente a hora estava chegando, finalmente teriam sua chance. Ela sabia que os Caçadores de Sombras de Alicante lutariam até o último homem: com determinação, coragem, obstinação, vingança e glória.

Com esperança.

Capítulo 21

AS CHAVES DA MORTE E DO INFERNO

— Meu Deus, minha cabeça — disse Alec, enquanto ele e Jace se ajoelhavam ao lado de um cume de pedra que coroava uma colina cinza e coberta por seixos. A pedra lhes oferecia abrigo, e, além dela, utilizando símbolos de Visão de Longo Alcance, eles conseguiam enxergar a fortaleza semidestruída. Ao redor, Caçadores de Sombras malignos se acumulavam como formigas.

Era como um espelho deformado da Colina de Gard de Alicante. A estrutura no topo lembrava o Gard que conheciam, mas com um muro enorme ao redor, a fortaleza fechada como um jardim em um castelo.

— Talvez você não devesse ter bebido tanto ontem à noite — censurou Jace, inclinando-se para a frente e cerrando os olhos.

Ao redor do muro, os Crepusculares se dispunham em círculos concêntricos, um grupo fechado diante dos portões que davam para dentro. Havia grupos menores deles em pontos estratégicos da colina. Alec notava Jace computando os números do inimigo, considerando e descartando estratégias mentalmente.

— Talvez você devesse tentar parecer um pouco menos presunçoso pelo que *você* fez ontem — disse Alec.

Jace quase caiu da pedra.

— Não estou sendo presunçoso. Bem — corrigiu-se —, não mais que o normal.

— Por favor — falou Alec, pegando a estela. — Dá para ler seu rosto como um livro muito aberto e muito pornográfico. Quem dera não desse.

— Esta é sua maneira de me mandar fechar a cara?

— Lembra quando você zombou de mim por eu ter dado uma escapadinha com Magnus e me perguntou se eu tinha batido o pescoço? — perguntou Alec, posicionando a ponta da estela no antebraço e começando a desenhar um *iratze*. — Este é meu troco.

Jace riu e pegou a estela de Alec.

— Dê isto aqui — disse, e finalizou o *iratze* para o amigo, com seu floreio desordenado habitual. Alec sentiu as pontadas da dor de cabeça começando a diminuir, e Jace voltou a atenção para a colina.

— Sabe o que é interessante? — comentou ele. — Vi alguns demônios voadores, mas estão bem longe da Guarda Maligna...

Alec ergueu uma sobrancelha.

— Guarda Maligna?

— Tem um nome melhor? — Jace deu de ombros. — Enfim, estão mantendo distância da Guarda Maligna e da colina. Servem a Sebastian, mas parecem respeitar o espaço dele.

— Bem, não podem estar muito longe — disse Alec. — Chegaram bem depressa ao Salão dos Acordos quando você acionou o alarme.

— Eles poderiam estar *dentro* da fortaleza — ponderou Jace, verbalizando o que ambos estavam pensando.

— Queria que você tivesse conseguido pegar o *skeptron* — falou Alec, a voz resignada. — Tenho a sensação de que ele poderia destruir muitos dos demônios. Se ainda funcionasse, claro, após tantos anos. — Jace ostentava uma expressão esquisita. Alec se apressou em acrescentar: — Não que alguém pudesse ter pegado. Você tentou...

— Não tenho tanta certeza — respondeu Jace, a expressão ao mesmo tempo calculista e distante. — Vamos. Vamos voltar até onde os outros estão.

Não houve tempo para resposta; Jace já estava recuando. Alec o seguiu, engatinhando para trás, saindo do alcance visual da Guarda Maligna. Uma vez que percorreram uma distância segura, eles se levantaram e desceram meio que deslizando pelo declive de seixos, indo para onde os outros aguardavam. Simon estava com Izzy, e Clary segurava seu caderno e uma caneta, desenhando símbolos. A julgar pela maneira como balançava a cabeça, arrancando páginas e amassando-as, ela não estava indo tão bem quanto gostaria.

— Está sujando o chão? — perguntou Jace, enquanto ele e Alec corriam para ficar ao lado dos outros três.

Clary lançou a ele o que provavelmente era para ser um olhar fulminante, mas saiu bem meloso. Jace retribuiu com outro olhar tão meloso quanto. Alec ficou imaginando o que aconteceria se ele fizesse um sacrifício para os deuses do demônio maligno deste mundo em troca de não ficar se lembrando o tempo todo que estava solteiro. E não apenas solteiro. Não sentia *saudade* de Magnus apenas; temia imensamente por ele, com um pavor doloroso profundo e constante que nunca o abandonava por completo.

— Jace, este mundo foi incinerado e reduzido a cinzas, todas as criaturas vivas estão mortas — disse Clary. — Tenho quase certeza de que não sobrou ninguém para reciclar.

— Então, o que vocês viram? — perguntou Isabelle. Ela não estava nem um pouco satisfeita por ter sido deixada para trás enquanto Alec e Jace faziam o reconhecimento da área, mas Alec insistira que ela precisava poupar energia. Ela vinha dando ouvidos a eles com mais frequência, pensou Alec, e Izzy só obedecia às pessoas cujas opiniões respeitava. Isso era bom.

— Aqui. — Jace pegou a estela no bolso e se ajoelhou, tirando o casaco da roupa de combate. Os músculos de suas costas se movimentavam sob a camisa enquanto ele usava a ponta afiada da estela para desenhar na poeira amarelada. — Aqui está a Guarda Maligna. Tem uma entrada, pelo portão do muro externo. Está fechada, mas um símbolo de Abertura deve resolver. A questão é como chegar ao portão. Os pontos mais protegidos estão aqui, aqui e aqui. — A estela fazia rabiscos rápidos na terra. — Então temos que dar a volta e ir pelos fundos. Se a geografia daqui for como a de Alicante, e parece que é, existe uma trilha natural pela parte de trás da colina. Depois que nos aproximarmos, nos dividimos aqui e aqui. — A estela criava curvas e estampas enquanto Jace desenhava, uma mancha de suor se formando entre os ombros dele. — E tentamos arrebanhar demônios ou Crepusculares para o centro. — Ele se sentou, mordendo o lábio, preocupado. — Consigo abater vários deles, mas vou precisar de ajuda para mantê-los contidos enquanto faço isso. Entenderam o plano?

Todos o encararam durante alguns instantes silenciosos. Então Simon apontou:

— O que é essa coisa trêmula aqui? — perguntou ele. — É uma árvore?

— Estes são os *portões* — respondeu Jace.

— Ahh — disse Isabelle, irônica. — Então o que são as partes curvas? Tem um fosso?

— São linhas de trajetória... Sinceramente, eu sou a única pessoa que já viu um mapa de estratégia? — perguntou Jace, jogando a estela no chão e passando a mão pelo cabelo louro. — Entenderam *alguma coisa* do que acabei de falar?

— Não — respondeu Clary. — Sua estratégia provavelmente é incrível, mas sua capacidade de desenhar é péssima; todos os Crepusculares parecem árvores, e a fortaleza parece um sapo. Tem que haver um jeito melhor de explicar.

Jace agachou e cruzou os braços.

— Bem, eu adoraria ouvir.

— Tenho uma ideia — pronunciou-se Simon. — Lembram de quando eu estava falando sobre o RPG *Dungeons and Dragons*?

— Vividamente — respondeu Jace. — Foi uma época sombria.

Simon o ignorou.

— Todos os Caçadores de Sombras malignos se vestem de vermelho — falou. — E não são muito inteligentes ou dotados de livre-arbítrio. As vontades deles parecem submetidas, pelo menos em parte, às de Sebastian. Certo?

— Certo — respondeu Isabelle, e olhou repreensivamente para Jace.

— Em *Dungeons and Dragons*, meu primeiro passo quando estou enfrentando um exército assim é atrair um grupo, digamos, uns cinco, e pegar as roupas deles.

— Isso é para eles terem que voltar nus para a fortaleza e a vergonha ter um efeito moral negativo? — perguntou Jace. — Porque me parece complicado.

— Tenho certeza de que ele quer dizer que devemos pegar as roupas e vesti-las para nos disfarçarmos — respondeu Clary. — Para podermos passar pelos portões sem sermos notados. Se os outros Crepusculares não estiverem muito atentos, podem não perceber. — Jace olhou para ela, surpreso. Clary deu de ombros. — Acontece em todos os filmes, tipo, de todos os tempos.

— Nós não assistimos a filmes — explicou Alec.

— Acho que a questão é se *Sebastian* assiste — falou Isabelle. — Falando nisso, quando o encontrarmos a estratégia vai ser "confie em mim"?

— Ainda é "confie em mim" — respondeu Jace.

— Ah, ótimo — disse Isabelle. — Por um segundo fiquei preocupada que pudesse haver um plano, de fato, com etapas que pudéssemos seguir. Vocês sabem, alguma coisas que nos tranquilizasse.

— Existe um plano. — Jace guardou a estela no cinto e se levantou em um movimento fluido. — A ideia de Simon para entrarmos na fortaleza. Vamos fazer.

Simon o encarou.

— Sério?

Jace pegou o casaco.

— É uma boa ideia.

— Mas é uma ideia *minha* — disse Simon.

— E foi boa, então vamos executar. Parabéns. Vamos subir a colina do jeito que tracei, depois vamos seguir seu plano quando chegarmos perto do topo. E quando chegarmos... — Ele se voltou para Clary. — Aquela coisa que você fez na Corte Seelie. O jeito como pulou e desenhou o símbolo na parede; consegue fazer de novo?

— Não vejo por que não — respondeu Clary. — Por quê?

Jace começou a sorrir.

Emma estava sentada na cama no quartinho do sótão, cercada de papéis.

Finalmente os tirara da pasta que havia surrupiado do escritório da Consulesa. Estavam espalhados sobre o cobertor, iluminados pela luz do sol que entrava pela pequena janela, embora ela mal conseguisse reunir coragem para tocá-los.

Eram fotos granuladas, tiradas sob um céu claro de Los Angeles, dos corpos de seus pais. Agora dava para entender porque os corpos não haviam sido levados para Idris. Estavam despidos, as peles da cor das cinzas de um incêndio, exceto nos pontos onde estavam marcadas por rabiscos pretos feios, não como Marcas, e sim horrendos. A areia em volta deles parecia molhada, como se tivesse chovido; estavam longe da linha da rebentação. Emma lutava contra o impulso de vomitar enquanto tentava se forçar a absorver as informações: quando os corpos foram encontrados, quando foram identificados e como se desfizeram em pedacinhos quando os Caçadores de Sombras tentaram erguê-los...

— Emma. — Era Helen, na entrada. A luz que entornava pela janela deixava os cabelos dela prateados, como sempre acontecia com Mark. Ela estava mais parecida com ele que nunca; inclusive, o estresse a deixara mais magra, destacando mais claramente as curvas delicadas das maçãs do rosto, os topos pontiagudos das orelhas. — Onde conseguiu isso?

Emma empinou o queixo desafiadoramente.

— Peguei do escritório da Consulesa.

Helen sentou-se à beira da cama.

— Emma, você precisa devolver isso.

Emma apontou um dedo para os papéis.

— Não vão investigar para descobrir o que aconteceu com meus pais — disse. — Estão falando que foi só um ataque aleatório dos Crepusculares, mas não foi. Sei que não.

— Emma, os Crepusculares e seus aliados não mataram apenas os Caçadores de Sombras do Instituto. Varreram o Conclave de Los Angeles. Faz sentido que tenham ido atrás dos seus pais também.

— Por que não os Transformariam? — questionou Emma. — Precisavam de todos os guerreiros que pudessem conseguir. Quando você diz que varreram o Conclave, não deixaram *corpos*. Transformaram todos.

— Todos exceto os jovens e os muito velhos.

— Bem, meus pais não são uma coisa nem outra.

— Preferia que tivessem sido Transformados? — murmurou Helen, e Emma soube que ela estava pensando no próprio pai.

— Não — respondeu. — Mas você realmente está dizendo que não importa quem os matou? Que eu não deveria nem querer saber *por quê*?

— Por que o quê? — Tiberius estava à porta, os cachos negros desgrenhados caindo nos olhos. Parecia mais jovem que seus 10 anos, uma impressão alimentada pelo fato de sua abelha de pelúcia estar pendurada em uma das mãos. O rosto delicado estava manchado de cansaço. — Onde está Julian?

— Na cozinha pegando comida — respondeu Helen. — Você está com fome?

— Ele está com raiva de mim? — perguntou Ty, olhando para Emma.

— Não, mas sabe que ele se chateia quando você grita com ele, ou quando você se machuca — respondeu Emma cautelosamente. Era difícil saber o que podia assustar Ty ou fazê-lo ter um ataque. Sua experiência dizia que era melhor sempre contar a verdade a ele, sem censura. As mentiras que normalmente se contava a crianças, do tipo "essa vacina não vai doer nada", eram desastrosas quando ditas a Ty.

No dia anterior Julian tinha passado um bom tempo catando vidro quebrado dos pés do irmão e explicado com bastante vigor que se ele voltasse a caminhar sobre vidro quebrado, o fato teria de ser reportado aos adultos e ele teria que enfrentar qualquer castigo que recebesse. Ty respondeu lhe dando um chute, deixando uma pegada sangrenta na camisa de Julian.

— Jules quer que você fique bem — dizia Emma agora. — É só o que ele quer.

Helen esticou os braços para Ty... Emma não a culpou. Ty parecia pequeno e encolhido, e a maneira como se agarrava à abelha a preocupava. Ela também quereria abraçá-lo. Mas ele não gostava de ser tocado por ninguém além de Livvy. Esquivou-se da meia-irmã e foi até a janela. Após um instante, Emma se juntou a ele, com cuidado para lhe dar espaço.

— Sebastian consegue entrar e sair da cidade — disse Ty.

— Sim, mas ele é um só, e não está tão interessado na gente. Além disso, acho que a Clave tem um plano para nos manter em segurança.

— Acho o mesmo — murmurou Ty, olhando pela janela, e depois apontou para alguma coisa. — Só não sei se vai funcionar.

Emma levou um segundo para perceber o que ele indicava. As ruas estavam lotadas, e não de pedestres. Eram Nephilim em uniformes da Guarda, e alguns em uniforme de combate, indo e voltando pelas ruas, carregando martelos, pregos e caixas de objetos que fizeram Emma encarar com surpresa — tesouras, ferraduras, facas, adagas e diversas armas, até mesmo caixas com o que parecia ser terra. Um homem trazia diversos sacos de pano que diziam SAL.

Todas as caixas e sacos tinham um símbolo marcado: um espiral. Emma já o tinha visto em seu *Códex*: o sigilo do Labirinto Espiral dos feiticeiros.

— Ferro frio — disse Ty, pensativo. — Forjado, e não aquecido e moldado. Sal e terra de cemitério.

Helen estava com uma expressão, aquele olhar que adultos tinham quando sabiam de alguma coisa, mas não queriam contar o quê. Emma olhou para Ty, quieto e recomposto, os olhos cinzentos sérios mirando as ruas lá de fora. Ao lado dele estava Helen, que havia se levantado da cama, com a expressão ansiosa.

— Encomendaram munição mágica — observou Ty. — Do Labirinto Espiral. Ou talvez tenha sido ideia dos feiticeiros. É difícil saber.

Emma olhou pela janela, depois para Ty, que olhou para ela através de seus longos cílios.

— O que isso quer dizer? — perguntou ela.

Ty emitiu seu raro sorriso inexperiente.

— Significa que o que Mark disse no bilhete era verdade — respondeu.

Clary não se lembrava de ter visto tantas Marcas em si, ou de já ter visto os Lightwood cobertos por tantos símbolos mágicos como agora. Ela mesma tinha feito todos, doando-se ao máximo neles — todo seu desejo de que todos ficassem em segurança, toda vontade de encontrar sua mãe e Luke.

Os braços de Jace pareciam um mapa: símbolos se espalhavam pela clavícula e pelo peito, pelas costas das mãos. A pele de Clary lhe pareceu estranha aos próprios olhos. Lembrou-se de uma vez ter visto um menino que tinha a elaborada musculatura humana tatuada na pele, e de ter pensado que era como se ele tivesse ficado transparente. Agora ela estava um pouco assim também, pensou enquanto fitava os companheiros que subiam a colina em direção à Guarda Maligna: o mapa da coragem e das esperanças, dos sonhos e desejos, marcados claramente em seus corpos. Caçadores de Sombras nem sempre eram as pessoas mais acessíveis, porém suas peles eram honestas.

Clary havia se coberto de símbolos de cura, mas não eram suficientes para impedir que seus pulmões doessem com a poeira constante. Lembrou-se do que Jace havia falado sobre eles dois sofrendo mais que os outros em função da concentração mais intensa de sangue de anjo. Ela parou para tossir e virou-se de costas, cuspindo uma secreção preta. Passou rapidamente a mão na boca, antes que Jace pudesse virar e ver.

As capacidades artísticas de Jace para desenho podiam ser fracas, mas a estratégia era perfeita. Estavam subindo em uma espécie de formação em ziguezague, correndo de um monte de pedra escurecida para outro. Como não havia mais folhagem, as pedras eram as únicas coberturas que a colina oferecia. A colina basicamente não tinha árvores, só alguns cotocos de troncos mortos aqui e ali. Encontraram apenas um Crepuscular, rapidamente despachado, o sangue ensopando a terra cheia de cinzas. Clary lembrou-se da trilha para a Guarda em Alicante, verde e bela, e olhou com ódio para a destruição ao redor.

O ar estava pesado e quente, como se o sol alaranjado os pressionasse. Clary se juntou aos outros atrás de uma pilha alta de pedras. Tinham enchido as garrafas no lago na caverna naquela manhã, e Alec estava partilhando água com os companheiros, o rosto austero manchado de fuligem.

— Esta é a última — falou, e entregou a garrafa a Isabelle. Ela bebeu um golinho e passou para Simon, que balançou a cabeça, ele não precisava de água, e então a repassou para Clary.

Jace olhou para Clary. Ela conseguia enxergar-se refletida nos olhos dele, parecendo pequena, pálida e suja. Ficou imaginando se parecia diferente a ele depois da noite anterior. Ela quase esperara que ele lhe parecesse diferente quando acordaram na manhã seguinte perto dos restos já frios da fogueira, as mãos dele nas dela. Mas era o mesmo Jace, o Jace que ela sempre amara. E ele olhava para ela como sempre, como se ela fosse um pequeno milagre, do tipo que você guarda perto do coração.

Clary tomou um gole caprichado e passou a garrafa para Jace, que inclinou a cabeça para trás e engoliu. Com um breve fascínio, ela observou os músculos na garganta dele se movimentando, e em seguida desviou o olhar para não corar — tudo bem, talvez algumas coisas *tivessem* mudado, mas aquele realmente não era o momento para pensar nesse assunto.

— Pronto — disse Jace, e jogou fora a garrafa agora vazia. Todos ficaram olhando enquanto ela rolava pelas pedras. *Acabou a água.* — Uma coisa a menos para carregar — acrescentou, tentando soar leve, mas a voz saiu tão seca quanto a poeira que os cercava.

Seus lábios estavam rachados e sangrando levemente apesar dos *iratzes*. Alec tinha olheiras e um tique nervoso na mão esquerda. Os olhos de Isabelle estavam vermelhos por causa da poeira, e ela piscava e os esfregava quando achava que ninguém estava olhando. Todos estavam péssimos, pensou Clary, sendo Simon a possível exceção: ele basicamente parecia o mesmo.

Simon encontrava-se perto do monte de pedras, os dedos apoiados na saliência de uma rocha.

— São túmulos — falou ele subitamente.

Jace levantou o olhar.

— O quê?

— Essas pilhas de pedras. São túmulos. Antigos. As pessoas eram abatidas em combate, e as enterravam cobrindo os corpos com pedras.

— Caçadores de Sombras — disse Alec. — Quem mais morreria na Colina de Gard? Jace tocou as pedras com a mão coberta por uma luva de couro e franziu o rosto.

— Nós cremamos nossos mortos.

— Talvez não neste mundo — rebateu Isabelle. — As coisas são diferentes. Talvez não tivessem tempo. Talvez fosse o último recur...

— Parem — disse Simon. Estava com um olhar congelado e de intensa concentração. — Tem alguém vindo aí. Alguém humano.

— Como sabe que é humano? — Clary baixou a voz.

— Sangue — respondeu sucintamente. — Sangue de demônio tem um cheiro diferente. São pessoas: Nephilim, mas não.

Jace fez um gesto breve pedindo silêncio, e todos ficaram quietos. Ele pressionou as costas contra o monte de pedras e espiou pelo lado. Clary notou a mandíbula dele enrijecendo.

— Crepusculares — falou, com a voz baixa. — Cinco deles.

— O número perfeito — disse Alec, com um sorriso surpreendentemente cruel. O arco já estava na mão dele antes mesmo que Clary pudesse enxergar o movimento, e ele se afastou para o lado, saindo do abrigo das pedras, e deixou a flecha voar.

Clary percebeu a expressão surpresa de Jace — ele não esperava que Alec fosse fazer o primeiro movimento —, então em seguida ele agarrou uma das pedras do monte e se lançou para cima. Isabelle pulou atrás dele como um gato, e Simon seguiu, veloz e seguro, as mãos vazias. Era como se aquele mundo fosse feito para os que já estavam mortos, pensou Clary, então ouviu um grito longo gorgolejado, o qual foi encurtado abruptamente.

Alcançou Heosphoros, pensou melhor e, em vez disso, pegou uma adaga do cinto de armas antes de correr para o lado do monte de pedras. Havia uma inclinação atrás, a Guarda Maligna erguendo-se sombria e extenuada acima deles. Quatro Caçadores de Sombras vestidos de vermelho olhavam em volta, em choque e surpresa. Um deles, uma mulher loura, estava caída no chão, o corpo apontando para a subida, uma flecha atravessada na garganta.

Isso explica o barulho gorgolejado, pensou Clary, um pouco tonta enquanto Alec preparava o arco novamente e soltava mais uma flecha. Um homem moreno e barrigudo cambaleou para trás, dando um grito, a flecha enfiada na perna; Isabelle chegou nele em um instante, seu chicote cortando-o na garganta. Enquanto o sujeito caía, Jace saltou e terminou de levar o corpo dele ao chão, usando a força da queda para se lançar para a frente. Suas lâminas brilharam com um movimento de tesoura, arrancando a cabeça de um sujeito careca cuja roupa vermelha estava marcada por manchas de sangue seco. Mais sangue jorrou, ensopando o uniforme escarlate com outara camada de vermelho enquanto o corpo decapitado ia ao chão. Ouviu-se um grito, e a mulher que estava atrás dele ergueu uma lâmina curva para atacar Jace; Clary arremessou a adaga para a frente. A arma se enterrou na testa da mulher, que caiu silenciosamente no chão, sem dar mais um grito.

O último dos Crepusculares começou a fugir, tropeçando colina acima. Simon passou por Clary correndo, um movimento rápido demais para ser notado, e pulou como um gato. O Crepuscular caiu com um arfar de pavor, e Clary viu Simon saltando em cima dele e atacando como uma cobra. Fez-se um ruído parecido com papel se rasgando.

Todos desviaram os olhares. Após alguns longos segundos, Simon se levantou do corpo imóvel e desceu a colina em direção ao restante do grupo. Havia sangue na camisa, nas mãos e no rosto. Virou a cabeça para o lado, tossiu e cuspiu, parecendo enjoado.

— Amargo — falou. — O sangue. Tem gosto parecido com o de Sebastian.

Isabelle pareceu nauseada, de um jeito que não tinha ficado nem quando cortara a garganta do Caçador de Sombras maligno.

— Odeio ele — disse ela de repente. — Sebastian. O que fez com eles é pior que assassinato. Nem são mais pessoas. Quando morrerem, não poderão ser enterrados na Cidade do Silêncio. E ninguém vai ficar de luto por eles. Já ficaram. Se eu amasse alguém e esse alguém fosse Transformado assim... ficaria feliz se morresse.

Ela estava arfando; ninguém disse nada. Finalmente Jace olhou para o céu, olhos dourados brilhando naquele rosto sujo de poeira.

— É melhor irmos, o sol já está se pondo, e, além disso, alguém pode ter ouvido nossa movimentação.

Eles tiraram as roupas dos corpos, silenciosa e rapidamente. Havia algo nauseante na tarefa, algo que não tinha soado tão ruim quando Simon descrevera a estratégia, mas que agora parecia terrível. Ela já tinha matado; demônios e Renegados; teria matado Sebastian se tivesse sido capaz de fazê-lo sem ferir Jace. Mas havia algo cruel e carniceiro no ato de despir os corpos de Caçadores de Sombras, mesmo daqueles Marcados com símbolos de morte e Inferno. Clary não conseguiu evitar olhar para o rosto de um dos Caçadores de Sombras mortos, um homem de cabelos castanhos, e imaginar se poderia ser o pai de Julian.

Vestiu o casaco e a calça do uniforme da menor das mulheres, mas continuaram grandes demais. Um rápido trabalho com sua faca encurtou as mangas e bainhas, e o cinto segurou as calças. Não houve muito o que Alec pudesse fazer: acabou pegando o maior casaco, que por sua vez o engolia. As mangas de Simon ficaram muito curtas e apertadas; ele cortou a costura nos ombros para se permitir mais mobilidade. Jace e Isabelle conseguiram roupas que cabiam, apesar de a de Isabelle estar manchada de sangue. Jace ainda conseguiu ficar bonito com o vermelho escuro, o que era muito irritante.

Eles esconderam os corpos atrás do morro de pedras e voltaram a subir a colina. Jace tinha razão, o sol *estava* se pondo, banhando o reino com as cores de fogo e sangue. Ganharam ritmo à medida que foram se aproximando da grande silhueta da Guarda Maligna.

De repente o aclive acabou e o solo ficou plano, e lá estavam eles, em um platô em frente à fortaleza. Era como ver um negativo de fotografia sobrepondo-se a outro. Clary enxergava mentalmente o Gard de seu mundo, a colina coberta por árvores e verde, os jardins cercando a torre de menagem, o brilho da pedra de luz enfeitiçada iluminando todo o local. O sol brilhando durante o dia, e as estrelas à noite.

Ali o topo da colina era nu e varrido por um vento frio o bastante para atravessar o material do casaco roubado de Clary. O horizonte era uma linha vermelha como uma garganta cortada. Tudo era banhado por aquela luz sangrenta, da multidão de Crepusculares que circulavam pelo planalto à Guarda Maligna em si. Agora que estavam próximos, eles podiam ver o muro que cercava a área e os portões robustos.

— É melhor você levantar o capuz — disse Jace por trás dela, puxando-o sobre a cabeça de Clary. — Seu cabelo está reconhecível.

— Para os Crepusculares? — perguntou Simon, que, para Clary, estava muito estranho com uniforme vermelho. Ela *nunca* tinha imaginado Simon com uniforme de combate.

— Para Sebastian — respondeu Jace sucintamente, e puxou o próprio capuz.

Tinham sacado as armas: o chicote de Isabelle brilhava à luz vermelha e o arco de Alec estava em punho. Jace olhava para a Guarda Maligna. Clary quase esperava que ele fosse dizer alguma coisa, que fosse fazer um discurso, marcar a ocasião. Não fez. Ela notava o ângulo agudo das maçãs do rosto de Jace sob o capuz, a firmeza da mandíbula. Ele estava pronto. Todos eles estavam.

— Vamos até os portões — disse ele, e avançou.

Clary sentiu o frio tomar seu corpo — frio de batalha, mantendo a espinha reta e a respiração constante. A terra ali era diferente, percebeu ela, quase distraída. Ao contrário do restante da areia do mundo deserto, tinha sido remexida pela passagem de pés. Um guerreiro trajando vermelho passou por ela, um homem de pele morena, alto e musculoso. Não prestou a menor atenção a eles. Parecia caminhar em um ritmo, assim como vários dos outros Crepusculares, uma espécie de bando que seguia uma espécie de rota, de um lado a outro. Uma mulher caucasiana com cabelos grisalhos vinha alguns centímetros atrás dele. Clary sentiu seus músculos enrijecerem — *Amatis?* —, porém quando a outra passou mais perto, ficou claro que o rosto não era familiar. Clary teve a impressão de sentir os olhos da mulher neles, todavia, e ficou aliviada quando sumiram de vista.

A Guarda agora se erguia diante deles, os portões imensos e feitos de ferro. Eram marcados por uma estampa de mão empunhando uma arma — um *skeptron* com ponta esférica. Claramente os portões tinham sido submetidos a anos de profanação. As superfícies estavam lascadas e marcadas, manchadas aqui e ali com icor e algo perturbadoramente semelhante a sangue humano seco.

Clary se adiantou para colocar a estela contra os portões, pronta, com um símbolo de Abertura já mentalizado — no entanto, os portões se abriram ao seu toque. Ela lançou um olhar surpreso aos outros. Jace mordia o lábio; ela ergueu uma sobrancelha interrogativa para ele, que apenas deu de ombros como se dissesse: *Vamos continuar. O que mais podemos fazer?*

Então prosseguiram. Após o portão havia uma ponte sobre um barranco estreito. No fundo do abismo, a escuridão turvava, mais espessa que névoa ou fumaça. Isabelle foi a primeira a atravessar, com o chicote, e Alec foi o último da fila, com o arco e a flecha em riste. Enquanto atravessavam a ponte, Clary arriscou um olhar para baixo, para a fenda, e quase caiu de susto — a escuridão tinha membros, longos e curvos, como as patas de uma aranha, e algo similar a olhos amarelos brilhantes.

— *Não* olhe — disse Jace baixinho, e Clary desviou o olhar para o chicote de Isabelle, dourado e brilhando à frente deles. O chicote iluminava a escuridão de modo que, quando chegaram às portas da frente da torre de menagem, Jace conseguiu achar a tranca com facilidade, e então abriu a porta.

Adentraram na escuridão. Todos se entreolharam, uma breve paralisia que nenhum deles conseguiu quebrar. Clary percebeu que estava encarando os outros, tentando memorizá-los; os olhos castanhos de Simon, a curva da clavícula de Jace sob o casaco vermelho, o arco das sobrancelhas de Alec, a carranca preocupada de Isabelle.

Pare, disse ela a si. *Este não é o fim. Você vai vê-los novamente.*

750

Olhou para trás. Os portões ficavam depois da ponte, escancarados, e além deles estavam os Crepusculares, parados. Clary tinha a sensação de que eles também estavam observando, tudo parado como aquele momento no qual se prende a respiração, que precede a queda.

Agora. Ela deu um passo adiante, para a escuridão; ouviu Jace falar seu nome, muito baixo, quase um sussurro, e então ela atravessou a entrada, e havia luz por todos os lados, cegando em seu surgimento repentino. Clary ouviu o murmúrio dos outros enquanto sentavam-se ao seu lado, e em seguida a torrente fria de ar quando a porta se fechou atrás deles.

Ela ergueu o olhar. Todos estavam em uma enorme entrada, do tamanho do interior do Salão dos Acordos. Uma escadaria dupla imensa em espiral conduzia ao andar de cima, serpenteando e rodando, duas escadas que se entrelaçavam, mas jamais se encontravam. Ambas eram cercadas por corrimãos de pedra, e Sebastian estava apoiado em um dos corrimãos próximos, sorrindo para eles.

Definitivamente, um sorriso cruel: cheio de deleite e expectativa. Estava com uma roupa de combate vermelha impecável, e seu cabelo brilhava como ferro. Balançou a cabeça.

— Clary, Clary — falou. — Realmente achei que você fosse mais esperta que isto.

Clary pigarreou. Parecia congestionada pela poeira e bloqueada pelo medo. A pele formigava como se ela tivesse engolido adrenalina.

— Mais esperta que o quê? — perguntou, e quase se encolheu com o eco da própria voz, saltando das paredes lisas de pedra. Não havia tapeçarias, nem pinturas, nada para suavizar a aspereza.

Embora ela não soubesse o que mais deveria esperar de um mundo demoníaco. Claro que não havia arte.

— Estamos aqui — disse ela. — Dentro da sua fortaleza. Somos cinco e você é um.

— Ah, certo — zombou ele. — Eu deveria parecer surpreso? — Retorceu o rosto num sorriso sarcástico de falso espanto que fez as entranhas de Clary se contraírem.

— Quem iria *acreditar?* — falou, debochado. — Digo, se ignorarmos o fato de que obviamente descobri pela Rainha que vocês viriam para cá, mas desde que vocês chegaram, criaram um incêndio imenso, tentaram roubar um artefato que possui proteção demoníaca... digo, fizeram de tudo, exceto colocar uma enorme flecha luminosa apontando diretamente para onde estavam — suspirou. — Eu sempre soube que a maioria de vocês era imensamente burra. Até mesmo Jace, bem, você é bonito, mas não é muito inteligente, é? Talvez se Valentim tivesse tido mais alguns anos com você... mas não, provavelmente nem assim. Os Herondale sempre foram mais notórios pelas belas mandíbulas do que pela inteligência. Sobre os Lightwood, quanto menos tocarmos no assunto, melhor. Gerações de idiotas. Mas Clary...

— Você se esqueceu de mim — disse Simon.

Sebastian arrastou o olhar para Simon, como se ele fosse um horror.

— Você realmente não para de aparecer, como uma ave de mau agouro — disse. — Vampirinho tedioso. Eu matei o vampiro que criou você, sabia? Achei que vampiros sentissem esse tipo de coisas, mas você me parece indiferente. Terrivelmente insensível.

Clary sentiu Simon enrijecer minimamente ao lado dela, lembrou-se dele na caverna, se curvando como se estivesse com dor. Dizendo que tinha a sensação de estarem lhe enfiando uma faca no peito.

— Raphael — sussurrou Simon; Alec ficou muito pálido ao lado dele.

— E quanto aos outros? — perguntou, a voz rouca. — Magnus... Luke...

— Nossa mãe — falou Clary. — Certamente nem mesmo você a machucaria.

O sorriso de Sebastian se tornou irritadiço.

— Ela não é *minha* mãe — disse, e em seguida deu de ombros com uma espécie de exasperação exagerada. — Ela está viva — declarou. — Quanto ao feiticeiro e o lobisomem, não sei. Já faz um tempinho que não verifico. O feiticeiro não parecia muito bem na última vez em que o vi — acrescentou. — Acho que essa dimensão não tem feito bem a ele. Pode estar morto a essa altura. Mas você realmente não pode esperar que eu tivesse previsto *isso*.

Alec levantou o arco em um movimento fluido.

— Preveja isto — falou, e soltou uma flecha.

Voou diretamente para Sebastian, que se movimentou como um raio, agarrando a flecha no ar, os dedos se fechando em volta dela enquanto vibrava em suas garras. Clary ouviu Isabelle respirar fundo subitamente, sentiu a onda de sangue e pavor nas próprias veias.

Sebastian apontou a extremidade afiada da flecha para Alec, como se fosse um professor brandindo uma régua, e emitiu um cacarejo de reprovação.

— Que coisa feia — falou. — Tentando me ferir aqui na minha própria fortaleza, no núcleo do meu poder? Como falei, você é um tolo. Vocês são todos uns tolos. — Fez um gesto repentino, um giro com o pulso, e a flecha se quebrou, o barulho similar ao de um tiro.

As portas duplas das duas extremidades se abriram, e demônios entraram.

Clary já esperava, já tinha se preparado, mas não havia como se preparar de fato para algo assim. Ela já havia visto demônios, grandes quantidades, e mesmo assim, enquanto a enxurrada deles entrava pelos dois lados — criaturas semelhantes a aranhas, com corpos gordos e venenosos; monstros humanoides sem pele, pingando sangue; coisas com presas, dentes e garras, enormes louva-a-deus com mandíbulas que se abriam como se não possuíssem articulações —, a pele de Clary pareceu querer se desgrudar e fugir do corpo. Ela se forçou a ficar parada, a mão em Heosphoros, e olhou para o irmão.

Ele encontrou o olhar dela, sombrio, e ela se lembrou do menino em sua visão, o que tinha olhos verdes como os dela. Viu uma ruga surgir entre os olhos de Sebastian.

Ele levantou a mão; estalou os dedos.

— Parem — disse ele.

CIDADE DO FOGO CELESTIAL

Os demônios congelaram no meio da movimentação, ladeando Clary e os outros. Ela ouvia a respiração entrecortada de Jace, o sentia pressionando os dedos na mão que ela mantinha junto às costas. Um sinal silencioso. Os outros estava imóveis, cercando-a.

— Minha irmã — disse Sebastian. — Não a machuquem. Tragam-na para mim. Matem os outros. — Semicerrou os olhos para Jace. — Se conseguirem.

Os demônios avançaram. O colar de Isabelle pulsava como uma luz estroboscópica, irradiando línguas ardentes em vermelho e dourado, e àquela luz luminosa Clary viu os outros virarem para conter os demônios.

Era a chance dela. Girou e correu para a parede, sentindo a Marca da Agilidade arder em seu braço enquanto se lançava até lá, se apoiava na rocha áspera com a mão esquerda e se impulsionava, batendo a ponta da estela no granito como se fosse um machado golpeando um tronco de árvore. Ela sentiu a pedra tremer: pequenas fissuras apareceram, mas ela continuou severamente, arrastando a estela pela superfície da parede, veloz e determinada. Sentiu vagamente a trituração e a resistência. Tudo parecia ter recuado, mesmo os gritos e golpes da luta, o fedor e o uivo de demônios. Ela só conseguia sentir o poder dos símbolos familiares ecoando enquanto desenhava, desenhava e desenhava...

Alguma coisa a pegou pelo tornozelo e puxou. Um raio de dor subiu por sua perna; Clary olhou para baixo e viu um tentáculo parecido com uma corda enrolado em sua bota, arrastando-a para baixo. Pertencia a um demônio que parecia um papagaio depenado enorme com tentáculos onde deveria haver asas. Clary se agarrou na parede com mais força, movimentando a estela, a rocha tremendo enquanto linhas negras penetravam na pedra.

A pressão no tornozelo aumentou. Com um grito, Clary se soltou, a estela escapando enquanto ela caía, batendo com força no chão. Ela engasgou e rolou para o lado exatamente quando uma flecha passou voando acima de sua cabeça e se enterrou na carne do demônio. Ela levantou o olhar e viu Alec, alcançando outra flecha, exatamente quando os símbolos na parede atrás dela começaram a reluzir como um mapa de fogo celestial. Jace estava ao lado de Alec, a espada na mão, os olhos fixos em Clary.

Ela meneou a cabeça, minimamente. *Vá em frente.*

O demônio que estava segurando a perna de Clary rugiu; o tentáculo diminuiu a pressão, e Clary levantou-se, cambaleando, e ficou de pé. Não tinha conseguido desenhar uma entrada retangular, por isso o portal rabiscado na parede brilhava em um círculo irregular, como a abertura de um túnel. Ela via o brilho do portal naquele fulgor — ondulava como prata coloidal.

Jace passou correndo por ela e se jogou na abertura. Ela conseguiu ver de relance o que havia além — o Salão dos Acordos destruído, a estátua de Jonathan Caçador de Sombras — antes de se lançar para a frente, pressionando a mão ao Portal, mantendo-o aberto para que Sebastian não conseguisse fechá-lo. Jace só precisava de alguns segundos...

753

Clary ouviu Sebastian atrás de si, gritando em um idioma que ela desconhecia. Havia fedor de demônios por todos os lados; Clary ouviu um sibilo e uma chocalhada e virou, flagrando um Ravener correndo para cima dela, com a cauda de escorpião levantada. Ela se esquivou exatamente quando o demônio sucumbiu em dois pedaços, o chicote metálico de Isabelle cortando a criatura ao meio. A linfa fedorenta inundou o chão; Simon agarrou Clary e a puxou de volta bem no momento em que o Portal inflou com uma luz súbita, incrível e Jace atravessou.

Clary respirou fundo. Jace jamais ficara tão parecido quanto um anjo vingador, emergindo através de névoa e fogo. Seus cabelos claros pareciam queimar enquanto ele aterrissava gentilmente e erguia a arma que empunhava. Era o *skeptron* de Jonathan Caçador de Sombras. A esfera no centro brilhava. Pelo Portal, atrás de Jace, logo antes de aquele se fechar, Clary viu as sombras escuras de demônios voadores, ouviu os gritos de decepção e raiva quando chegaram e notaram que a arma tinha desaparecido e o ladrão estava fora de vista.

Quando Jace ergueu o *skeptron*, os demônios ao redor começaram a recuar. Sebastian estava apoiado no corrimão, as mãos agarradas com força a ele, totalmente brancas. Ele encarava Jace.

— Jonathan — disse ele, e a voz se elevou e se projetou. — Jonathan, eu *proíbo*...

Jace ergueu o *skeptron*, e a esfera ardeu em chamas. Era uma chama brilhante, contida e fria, mais luz que calor, ainda assim, uma luz penetrante que se espalhou por todo o recinto, pintando tudo com seu brilho. Clary viu os demônios se transformando em silhuetas ardentes antes de estremecerem e explodirem em cinzas. Os mais próximos de Jace caíram primeiro, mas a luz passou por eles como uma fissura se abrindo na terra, e um por um gritaram e se dissolveram, deixando uma camada espessa de cinzas escuras no chão.

A luz se intensificou, ardendo mais até Clary fechar os olhos, ainda enxergando a explosão do último brilho através das pálpebras. Quando os abriu novamente, a entrada estava quase vazia. Apenas ela e os companheiros permaneciam. Os demônios tinham ido embora — Sebastian continuava ali, pálido e chocado na escadaria.

— *Não* — resmungou ele através de dentes cerrados.

Jace ainda estava com o *skeptron* na mão; a esfera parecia preta e morta, como uma lâmpada queimada. Olhou para Sebastian, o peito inflando e desinflando rapidamente.

— Achou que não soubéssemos que você estava nos esperando — disse ele. — Mas *contávamos* com isso. — Ele deu um passo à frente. — *Eu conheço você* — continuou, ainda sem fôlego, os cabelos esvoaçados e os olhos dourados ardendo. — Você me possuiu, me controlou, me obrigou a fazer tudo que você queria, *mas aprendi com você*. Esteve na minha cabeça, e eu me lembro. Lembro-me de como pensa, de como planeja. Lembro-me de tudo. Eu sabia que você iria nos subestimar, que acharia que não estávamos imaginando que fosse uma armadilha, acharia que não teríamos nos planejado para isso. Você se esquece de que eu o conheço; até o último canto da sua cabecinha arrogante, eu o conheço...

— Cale *a boca* — sibilou Sebastian. Apontou para eles com a mão trêmula. — Vocês vão pagar por isso com sangue — avisou, e então virou e correu pelas escadas, desaparecendo tão depressa que nem a flecha de Alec que voou atrás dele foi capaz de alcançá-lo. Em vez disso, atingiu a curva da escadaria e se quebrou com o impacto na rocha, caindo no chão em dois pedaços.

— Jace — disse Clary. Tocou o braço dele. Parecia congelado. — Jace, quando ele fala em pagar com sangue não está se referindo ao nosso. Mas sim ao deles. Luke, Magnus e mamãe. *Temos* que encontrá-los.

— Concordo. — Alec abaixou o arco; a roupa de combate vermelha tinha sido rasgada durante a luta, e a braçadeira estava manchada de sangue. — Cada escada leva a um andar diferente. Vamos ter que nos dividir. Jace, Clary, vocês pegam a escadaria leste; o restante de nós vai para a outra.

Ninguém protestou. Clary sabia que Jace jamais teria concordado em separar-se dela, e Alec não teria deixado a irmã, e Isabelle e Simon não teriam se separado um do outro. Já que precisavam se separar, aquele era o único jeito.

— *Jace* — falou Alec novamente, e desta vez a palavra pareceu despertar Jace de seu estado de devaneio. Ele descartou o *skeptron* morto, o deixou cair no chão e levantou a cabeça, assentindo.

— Certo — falou, e a porta atrás deles se abriu. Caçadores de Sombras malignos em roupas vermelhas começaram a entrar na sala. Jace agarrou o pulso de Clary, e eles correram, Alec e os outros também aceleraram, até chegarem à escadaria e se separarem.

Clary teve a impressão de ter ouvido Simon chamar seu nome enquanto ela e Jace se lançavam para a escadaria leste. Ela virou para procurá-lo, mas ele já tinha sumido. A sala estava cheia de Crepusculares, vários deles elevando armas — flechas, e até mesmo estilingues — para mirar. Ela abaixou a cabeça e continuou correndo.

Jia Penhallow estava na varanda do Gard, observando a cidade de Alicante.

A varanda raramente era usada. Houve um tempo em que o Cônsul frequentemente falava com a população dali, bem acima deles, mas o hábito caiu em desuso no século XIX, quando a Consulesa Fairchild concluiu que aquilo se assemelhava muito ao comportamento de um papa ou de um rei.

O crepúsculo havia chegado, e as luzes de Alicante tinham começado a arder: havia uma pedra de luz enfeitiçada nas janelas de todas as casas e fachadas de lojas, luz enfeitiçada iluminando a estátua na Praça do Anjo, luz enfeitiçada jorrando das construções. Jia respirou fundo, segurando na mão esquerda o bilhete de Maia Roberts que falava sobre esperança enquanto ela se preparava.

As torres demoníacas brilharam em azul, e Jia começou a falar. A voz ecoou de uma torre para a outra, se difundindo pela cidade. Ela viu pessoas parando na rua, cabeças inclinadas para cima para olharem para as torres demoníacas, pessoas presas na entradas de suas casas, ouvindo as palavras que as banhavam feito uma maré.

— Nephilim — disse ela. — Filhos do Anjo, guerreiros, hoje nos preparamos, pois esta noite Sebastian Morgenstern lançará forças contra nós. — O vento que vinha das colinas ao redor de Alicante estava frio; Jia estremeceu. — Sebastian Morgenstern está tentando destruir o que somos — falou. — Ele trará ao nosso combate guerreiros que usam nossos rostos, mas não são Nephilim. Não podemos hesitar. Quando os encararmos, quando virmos um Crepuscular, não podemos enxergar irmão, mãe, irmã ou esposa, mas uma criatura em sofrimento. Um humano de quem toda a humanidade foi extraída. Somos o que somos porque temos livre-arbítrio. Temos liberdade de escolher. Escolhemos encarar e lutar. Escolhemos derrotar as forças de Sebastian. Eles têm a escuridão; nós temos a força do Anjo. O fogo testa o ouro. Neste fogo seremos testados, e nosso brilho será maior. Conhecem o protocolo; sabem o que fazer. Avante, filhos do Anjo.

"Avante e acendam as luzes da guerra."

— ◄ Capítulo 22 ►—

AS CINZAS DE NOSSOS PAIS

O som de uma sirene súbita e aguda cortou o ar, e Emma levou um susto, derrubando os papéis no chão. Seu coração estava acelerado.

Através das janelas abertas do quarto, ela conseguia enxergar as torres demoníacas, brilhando em dourado e vermelho. As cores da guerra.

Emma se levantou cambaleando, alcançando suas roupas de combate, que estavam em um cabide perto da cama. Tinha acabado de se vestir e estava se abaixando para amarrar as botas quando a porta de seu quarto se abriu violentamente. Era Julian. Ele derrapou até o meio do quarto antes de conseguir se aprumar. Olhou fixamente para os papéis no chão, e em seguida para Emma.

— Emma... não ouviu o anúncio?

— Eu estava cochilando — disse, enquanto prendia o arreio que mantinha Cortana às costas, enfiando a lâmina na bainha em seguida.

— A cidade está sofrendo um ataque — alertou ele. — Temos que nos dirigir ao Salão dos Acordos. Vão nos trancar lá dentro, todas as crianças, é o lugar mais seguro da cidade.

— Eu não vou — respondeu Emma.

Julian a encarou. Estava vestindo jeans, um casaco do uniforme de combate e tênis; tinha uma espada curta pendurada no cinto. Seus cachos castanho-claros estavam desgrenhados.

— Como assim?

— Não quero me esconder no Salão dos Acordos. Quero lutar.

Julian passou as mãos pelos cabelos embaraçados.

— Se você lutar, eu luto — falou. — E isso quer dizer que ninguém levará Tavvy para o Salão dos Acordos, e ninguém protegerá Livvy, Ty ou Dru.

— E Helen e Aline? — perguntou Emma. — Os Penhallow...

— Helen está nos esperando. Todos os Penhallow estão no Gard, inclusive Aline. Não tem ninguém além de Helen e da gente aqui na casa — disse Julian, estendendo a mão para Emma. — Helen não pode proteger a todos nós sozinha e carregar o bebê; ela é uma só.

— Ele a encarou, e Emma notou o medo nos olhos dele, o medo que Julian normalmente escondia dos mais novos.

— Emma. Você é a melhor, a melhor lutadora de todos nós. Não é só minha amiga, e eu não sou só o irmão mais velho deles. Sou o *pai*, ou o mais próximo disso, e eles precisam de mim, e eu de você. — A mão que estava estendida tremia. Os olhos da cor do mar estavam imensos no rosto pálido: ele não parecia pai de ninguém. — Por favor, Emma.

Lentamente, ela esticou o braço e pegou a mão dele, entrelaçando os dedos aos dele. Emma o viu soltar uma respiração mínima de alívio, e sentiu o peito apertar. Atrás dele, pela porta aberta, podia vê-los: Tavvy e Dru, Livia e Tiberius. Responsabilidade dela.

— Vamos — disse Emma.

No alto da escadaria Jace soltou a mão de Clary. Ela agarrou o corrimão, tentando não tossir, apesar de seus pulmões estivessem parecendo querer rasgar o peito para sair. Ele olhou para ela — *O que houve?* —, mas daí enrijeceu. Logo atrás, o barulho de pés correndo. Os Crepusculares estavam no encalço deles.

— Vamos — disse Jace, e começou a correr de novo.

Clary se obrigou a segui-lo. Jace parecia saber para onde estava indo, sem hesitar; ela supunha que ele estivesse utilizando o mapa mental do Gard em Alicante, penetrando o centro da torre.

Dobraram em um longo corredor, onde Jace parou, diante de um par de portas metálicas. Estavam marcadas por símbolos desconhecidos. Clary esperava símbolos de morte, que falassem de Inferno e escuridão, mas aqueles eram símbolos de tristeza e luto por um mundo destruído. Quem os teria feito ali?, se perguntou ela, e em que tipo de luto? Ela já tinha visto símbolos de luto em outras ocasiões. Caçadores de Sombras os vestiam como medalhas quando alguém que amavam morria, apesar de não fazerem nada para diminuir o sofrimento. Mas existe uma diferença entre luto por uma pessoa e luto por um mundo.

Jace virou a cabeça e beijou Clary na boca, breve e intensamente.

— Está pronta?

CIDADE DO FOGO CELESTIAL

Ela assentiu, e ele abriu a porta e entrou. Ela o seguiu.

A sala além era tão grande quanto a sala do Conselho no Gard de Alicante, quiçá maior. O teto se erguia alto acima deles, e em vez de haver uma fileiras de assentos, um piso amplo de mármore se estendia até um palanque no fim da sala. Atrás dele havia duas janelas enormes separadas. A luz do pôr do sol as atravessava, embora um deles fosse um pôr do sol dourado, e o outro, cor de sangue.

Sebastian estava ajoelhado ao centro, sob a luz dourada sangrenta. Estava marcando símbolos no chão, o círculo de sigilos sóbrios que se conectavam. Ao perceber o que seu irmão estava fazendo, Clary avançou até ele — e em seguida se esquivou com um grito enquanto a forma cinzenta enorme se ergueu diante dela.

Parecia uma larva enorme, e o único buraco naquele corpo cinza e escorregadio era a boca cheia de dentes afiados. Clary reconheceu. Já tinha visto um daqueles em Alicante, rolando o corpo sobre uma pilha de sangue, vidro e glacê. Um demônio Behemoth.

Ela alcançou a adaga, mas Jace já estava saltando para o bicho, a espada empunhada. Ele voou e aterrissou nas costas do demônio, apunhalando-o na cabeça sem olhos. Clary recuou enquanto o Behemoth se debatia, esguichando um icor pungente, um grito alto e uivante saindo da garganta aberta. Jace continuou agarrado às costas da criatura, o icor esguichando nele enquanto golpeava sem parar até o demônio sucumbir ruidosamente ao chão, com um grito gorgolejante. Jace continuou firme, montado na criatura, até o último momento. Rolou de cima do monstro e caiu de pé no chão.

Por um instante, fez-se silêncio. Jace olhou em volta como se esperando a vinda de outro demônio das sombras e um novo ataque, mas nada aconteceu, apenas o movimento de Sebastian, que havia se levantado no centro de seu círculo de símbolos agora completo.

Ele começou a bater palmas lentamente.

— Belo trabalho — falou. — Excelente despacho de demônio. Aposto que papai lhe daria uma estrelinha dourada. Agora. Vamos pular as gentilezas? Você reconhece onde estamos, não reconhece?

Os olhos de Jace percorreram o recinto, e Clary seguiu o olhar dele. A luz externa havia diminuído um pouco e agora dava para ver o palanque com mais clareza. Nele, havia dois enormes... bem, a única palavra para eles era "tronos". Eram de marfim e ouro, com degraus dourados ao redor. Cada um tinha um encosto curvo marcado por uma única chave.

— *"Sou aquele que vive e estava morto"* — disse Sebastian —, *"e veja, estou vivo para sempre, e detenho as chaves do inferno e da morte."* — Fez um gesto de varredura em direção aos tronos, e Clary percebeu com um susto repentino que havia alguém ajoelhado ao lado do trono da esquerda, uma Caçadora de Sombras maligna com uniforme vermelho. Uma mulher de joelhos, com as mãos fechadas diante de si. — Estas são as chaves, feitas em formato de tronos e entregues a mim pelos demônios que controlam este mundo, Lilith e Asmodeus.

759

CASSANDRA CLARE

Seus olhos escuros se dirigiram a Clary, e ela sentiu aquele olhar como dedos frios subindo por sua espinha.

— Não sei por que está me mostrando isso — declarou ela. — O que espera? Admiração? Não vai ter. Pode me ameaçar se quiser; sabe que não ligo. Não pode ameaçar Jace, ele tem o fogo celestial nas veias; não pode feri-lo.

— Não posso? Quem sabe quanto fogo celestial ainda resta nas veias dele depois da exibição de fogos que ele fez naquela noite? Aquela mulher-demônio o pegou de jeito, não foi, maninho? Eu sabia que você jamais suportaria saber daquilo, que matou sua própria espécie.

— Você me forçou a cometer assassinato — rebateu Jace. — Não era minha mão empunhando a faca que matou Irmã Magdalena; era a sua.

— Se prefere que seja assim. — O sorriso de Sebastian ficou frio. — Independentemente, existem outros que posso ameaçar. Amatis, levante-se, e traga Jocelyn aqui.

Clary sentiu pequenas adagas de gelo nas veias; tentou impedir que o rosto demonstrasse qualquer expressão enquanto a mulher ajoelhada perto do trono se levantava. Era Amatis, de fato, com seus olhos azuis desconcertantes como os de Luke. Ela sorriu.

— Com prazer — disse, e se retirou, a bainha do longo casaco vermelho se arrastando atrás.

Jace deu um passo para a frente com um rugido desarticulado — e parou no caminho, a muitos centímetros de Sebastian. Estendeu as mãos, mas elas pareceram atingir algo transparente, uma parede invisível.

Sebastian riu.

— Como se eu fosse deixá-lo chegar perto de mim... você, com o fogo que arde em você. Uma vez foi suficiente, muito obrigado.

— Então você sabe que posso matá-lo — respondeu Jace, olhando para ele, e Clary não conseguiu evitar pensar no quanto eram parecidos, e no quanto eram diferentes: como gelo e fogo, Sebastian todo preto e branco, e Jace ardendo em vermelho e dourado. — Não pode se esconder aí para sempre. Vai morrer de fome.

Sebastian fez um gesto breve com os dedos, de um jeito que Clary já tinha visto Magnus gesticular quando fazia algum feitiço — e Jace voou para cima e então para trás, e bateu na parede atrás deles. Ela arfou quando deu meia-volta para vê-lo caído no chão, com um corte sangrando na lateral da cabeça.

Sebastian cantarolou em deleite e abaixou a mão.

— Não se preocupe — disse em tom de conversa, e voltou o olhar para Clary. — Ele vai ficar bem. Em algum momento. Se eu não mudar de ideia quanto ao que fazer com ele. Tenho certeza de que você entende, agora que viu do que sou capaz.

Clary continuou parada. Sabia o quanto era importante manter o rosto inexpressivo, não olhar para Jace em pânico, não demonstrar a Sebastian sua raiva e seu medo. No fundo do coração, ela sabia o que ele queria, melhor que ninguém; sabia *como* ele era, e esta era sua melhor arma.

760

Bem, talvez a segunda melhor.

— Eu sempre soube que você possuía poder — falou, deliberadamente sem olhar para Jace, sem analisar sua imobilidade, o rastro espesso de sangue que escorria pela lateral do rosto. Isto sempre iria acontecer; sempre seria ela encarando Sebastian e mais ninguém, nem mesmo Jace, ao seu lado.

— *Poder* — ecoou ele, como se fosse uma ofensa. — É assim que você chama? Aqui eu tenho mais que poder, Clary. Aqui eu posso moldar o que é real. — Ele começou a caminhar pelo círculo que havia desenhado, as mãos entrelaçadas casualmente junto às costas, como um professor dando uma palestra. — Este mundo é ligado ao mundo onde nascemos apenas pelos fios mais tênues. A estrada por Faerie é um dos fios. Estas janelas são outro. Atravesse aquela ali. — Apontou para a janela da direita, pela qual Clary via o céu crepuscular azul-escuro, e as estrelas. — E voltará a Idris. Mas não é tão simples. — Ele olhou para as estrelas lá fora. — Vim para este mundo porque era um esconderijo. E então comecei a perceber. Tenho certeza de que nosso pai disse estas palavras para você muitas vezes — falou para Jace, como se Jace pudesse ouvi-lo —, mas é melhor governar no Inferno do que servir no Céu. E estou aqui para governar. Tenho meus Malignos e meus demônios. Tenho minha torre e minha cidadela. E quando as fronteiras deste mundo forem seladas, tudo aqui será minha arma. Rochas, árvores mortas, o próprio chão virá às minhas mãos e entregará a mim seu poder. E os Grandes, os antigos demônios, vão olhar para minha obra e me recompensarão. Vão me elevar em glória, e eu governarei os abismos entre os mundos e os espaços entre todas as estrelas.

— *"E ele os governará com um bastão de ferro"* — disse Clary, lembrando-se das palavras de Alec no Salão dos Acordos —, *"e a ele darei a Estrela da Manhã."*

Sebastian se virou para ela, os olhos iluminados.

— Sim! — falou. — Sim, muito bem, agora você está entendendo. Eu pensei que eu quisesse o nosso mundo, que quisesse derrotá-lo em um banho de sangue, porém quero mais que isso. Quero o legado do nome Morgenstern.

— Quer ser o demônio? — questionou Clary, meio espantada, meio apavorada. — Quer governar o Inferno? — Ela abriu as mãos. — Vá em frente, então — falou. — Nenhum de nós vai impedi-lo. Deixe-nos ir para casa, prometa que deixará nosso mundo em paz, e pode *ficar* com o Inferno.

— Ai de mim — disse Sebastian. — Pois descobri outra coisa que talvez me destaque de Lúcifer. Não quero governar sozinho. — Estendeu o braço, um gesto elegante, e apontou para os dois grandes tronos no palanque. — Um deles é meu. E o outro... o outro é para você.

As ruas de Alicante serpenteavam e se curvavam entre elas como as correntes de um oceano; se Emma não estivesse seguindo Helen, que carregava uma pedra de luz enfeitiçada em uma das mãos e o arco na outra, estaria completamente perdida.

Os resquícios do sol desapareciam do céu, e as ruas estavam escuras. Julian carregava Tavvy, o bebê agarrado ao pescoço dele; Emma segurava Dru pela mão, e os gêmeos estavam juntos, em silêncio.

Dru não era rápida e ficava tropeçando; caiu diversas vezes, e Emma tinha que ficar colocando-a de pé. Jules gritou para que Emma tivesse cuidado, e ela *estava* tentando ter cuidado. Não conseguia imaginar como Julian fazia, segurando Tavvy com tanto cuidado, murmurando tão reconfortantemente que o menininho sequer chorava. Dru soluçava silenciosamente; Emma limpou as lágrimas das bochechas da menina enquanto a ajudava a se levantar pela quarta vez, murmurando palavras de conforto que não faziam o menor sentido do mesmo jeito que sua mãe outrora fazia quando ela tropeçava e caía.

Emma nunca havia sentido uma saudade tão agonizante dos pais quanto agora; era como ter uma faca sob as costelas.

— Dru — começou, e em seguida o céu se acendeu em vermelho. As torres demoníacas brilharam puramente na cor escarlate, todo o ouro de alerta desaparecido.

— Os muros da cidade se romperam — disse Helen, olhando para o Gard. Emma sabia que ela estava pensando em Aline. O brilho vermelho das torres deixava seus cabelos claros com a cor do sangue. — Vamos... depressa.

Emma não tinha certeza se *conseguiam* ir mais depressa; segurou o pulso de Drusilla com mais força e puxou a garotinha, quase a arrancando do chão, murmurando pedidos de desculpas enquanto se apressava. Os gêmeos, de mãos dadas, aceleraram, mesmo enquanto corriam por uma escadaria em direção à Praça do Anjo, liderados por Helen.

Estavam quase no topo quando Julian engasgou:

— Helen, atrás da gente!

E Emma virou e flagrou um cavaleiro fada em armadura branca se aproximando da base da escadaria. Ele trazia um arco feito de um galho curvo, e tinha cabelos longos da cor de casca de árvore.

Por um instante, os olhos dele encontraram os de Helen. A expressão em seu rosto mudou, e Emma não conseguiu evitar imaginar se ele estaria reconhecendo o Povo das Fadas em seu sangue. E então Helen ergueu o braço direito e atirou nele com a besta.

Ele girou, se esquivando. A flecha atingiu a parede atrás dele. O fada riu, e saltou o primeiro degrau, em seguida o segundo — daí gritou. Emma ficou observando, em choque, enquanto as pernas dele se curvaram; ele caiu e uivou quando sua pele entrou em contato com a borda do degrau. Pela primeira vez, Emma notou que havia saca-rolhas, pregos e outros pedaços de ferro forjado frio afixados às bordas dos degraus. O guerreiro fada recuou e Helen atirou novamente. A flecha atravessou a armadura e o perfurou no peito. Ele caiu.

— Eles deixaram tudo *à prova de fadas* — disse Emma, lembrando-se de ter olhado pela janela com Ty e Helen na casa dos Penhallow. — Todo o metal, o ferro. — Apontou para um prédio próximo, onde havia uma longa fileira de tesouras penduradas por cordas na borda do telhado. — Era isso que os guardas estavam fazendo...

De repente Dru gritou. Outra figura corria pela rua. Uma segunda fada guerreira, uma mulher com armadura verde-clara, empunhando um escudo de folhas sobrepostas entalhadas.

Emma sacou uma faca do cinto e atirou. Instintivamente, a fada levantou o escudo para bloquear a lâmina, que voou por cima de sua cabeça e cortou a corda que prendia um par de tesouras do telhado acima. A tesoura caiu, a lâmina para baixo, e se alojou entre os ombros da fada. Ela caiu no chão com um grito, o corpo em espasmos.

— Bom trabalho, Emma — disse Helen com a voz firme. — Vamos, todos vocês...

Ela parou e deu um grito quando três Crepusculares surgiram de uma rua lateral. Trajavam a roupa vermelha de combate que tanto aparecia nos pesadelos de Emma, tingidas por um vermelho ainda mais forte pelas torres demoníacas.

As crianças estavam silenciosas como espectros. Helen ergueu a besta e atirou uma flecha. Atingiu um dos Crepusculares no ombro, e ele girou, cambaleando, mas não caiu. Ela procurou uma flecha para recarregar o arco; Julian se esforçava para segurar Tavvy enquanto alcançava a lâmina na lateral. Emma pôs a mão em Cortana...

Um círculo giratório de luz cortou o ar e se enterrou na garganta do primeiro Crepuscular, o sangue esguichando na parede atrás. Ele levou a mão à garganta e caiu. Mais dois círculos voaram, um após o outro, e cortaram os peitos dos outros Crepusculares. Eles sucumbiram silenciosamente, mais sangue se espalhando em uma piscina sobre os paralelepípedos.

Emma girou e olhou para cima. Havia alguém no topo da escadaria: um jovem Caçador de Sombras com cabelos escuros, um *chakram* brilhante na mão direita. Tinha vários outros presos ao cinto de armas. Ele parecia brilhar sob a luz vermelha das torres demoníacas — uma figura esguia com roupa de combate escura de encontro ao negrume da noite, o Salão dos Acordos se erguendo como uma lua clara atrás dele.

— *Irmão Zachariah?* — disse Helen, impressionada.

— O que está acontecendo? — perguntou Magnus, com a voz rouca. Não conseguia mais sentar, e por isso estava deitado, semiapoiado nos cotovelos, no chão da cela. Luke estava aos seus pés, o rosto pressionado contra a janela estreita. Estava com os ombros tensos, e mal tinha se mexido desde que os primeiros berros e gritos começaram.

— Luz — respondeu Luke afinal. — Tem alguma espécie de luz jorrando da torre, está afastando a bruma. Dá para ver o planalto abaixo, e alguns dos Crepusculares correndo em volta. Só não sei o que provocou isso.

Magnus riu quase silenciosamente, e sentiu gosto de metal na boca.

— Ora — falou. — Quem você acha que causou?

Luke olhou para ele.

— A Clave?

— A *Clave?* — respondeu Magnus. — Detesto ter que dar essa notícia, mas eles não se importam o suficiente conosco para virem até aqui. — Ele inclinou a cabeça para trás. Não se lembrava de nenhum momento no qual se sentira pior... bem, talvez não. Houve um incidente com ratos e areia movediça na virada do século. — Sua filha, no entanto — disse ele. — Ela se importa.

Luke pareceu horrorizado.

— Clary. Não. Ela não devia estar aqui.

— Ela não vive aparecendo onde não deve? — argumentou Magnus, com um tom moderado. Pelo menos, ele pensou ter soado moderado. Era difícil saber quando se sentia tão tonto. — E o restante deles. Os companheiros constantes. Meu...

A porta se abriu. Magnus tentou sentar, não conseguiu, e caiu novamente sobre os cotovelos. Sentiu um desgosto estúpido. Caso Sebastian tivesse vindo matá-los, ele preferia morrer de pé a estar apoiado sobre os cotovelos. Ouviu vozes: Luke, exclamando, e em seguida outras vozes, e então um rosto surgiu, pairando sobre o dele, olhos como estrelas em um céu claro.

Magnus exalou — por um instante parou de se sentir doente, temeroso, moribundo, ou sequer desgostoso ou amargo. Foi varrido por uma sensação de alívio, tão profunda quanto a tristeza, e esticou o braço para tocar a bochecha do menino que se inclinava para ele. Os olhos de Alec estavam enormes, azuis e cheios de angústia.

— Ah, meu Alec — disse. — Você tem estado tão triste. Eu não sabia.

Enquanto abriam caminho mais para o centro da cidade, a multidão crescia: mais Nephilim, mais Crepusculares, mais guerreiros fada — apesar de as fadas estarem se movimentando como lesmas, dolorosamente, muitas enfraquecidas pelo contato com o ferro, o aço, a madeira de sorveira e o sal que tinham sido espalhados pela cidade como proteção contra elas. A força dos soldados fada era lendária, mas Emma vira muitos deles — que do contrário poderiam ter saído vitoriosos — caírem sob as espadas dos Nephilim, o sangue correndo pelas pedras brancas da Praça do Anjo.

Os Crepusculares, no entanto, não se enfraqueceram. Pareciam despreocupados com os problemas dos companheiros fada, golpeando e abrindo caminho violentamente pela Praça do Anjo repleta de Nephilim. Julian estava com Tavvy preso dentro do zíper do casaco; agora o menininho se esgoelava, os berros perdidos entre os gritos de batalha.

— *Temos que parar!* — gritou Julian. — *Vamos acabar nos separando! Helen!*

Helen estava pálida e parecia doente. Quanto mais se aproximavam do Salão dos Acordos, agora se assomando sobre eles, mais fortes ficavam os feitiços de proteção contra fadas; mesmo Helen, com sua herança parcial, estava começando a sentir. Foi o Irmão Zachariah — só Zachariah agora, Emma lembrou a si, só um Caçador de Sombras, como eles — que tomou a iniciativa de organizá-los em uma fila, os Blackthorn e os Carstairs, todos de mãos dadas. Emma segurou no cinto de Julian, considerando que a outra mão estava apoiando Tavvy. Mesmo Ty foi obrigado a segurar a mão de Drusilla, apesar de ter feito uma careta para ela no processo, fazendo-a chorar outra vez.

Foram até o Salão, juntos, Zachariah na frente; ele tinha ficado sem lâminas para arremesso e havia sacado uma lança de lâmina longa. Varreu a multidão com a arma enquanto atravessavam, abrindo caminho de forma fria e eficiente entre os Crepusculares.

Emma estava desesperada para pegar Cortana, correr e golpear os inimigos que tinham matado seus pais, que haviam torturado e Transformado o pai de Julian, que levaram Mark para longe deles. Mas isso significaria largar Julian e Livvy, e isso ela não faria. Devia muito aos Blackthorn, principalmente a Jules, que a mantivera viva, que lhe dera Cortana quando ela pensava que fosse morrer de dor.

Finalmente chegaram aos degraus da frente do Salão e subiram atrás de Helen e Zachariah, chegando às enormes portas duplas da entrada. Havia um guarda de cada lado, um empunhando uma enorme barra de madeira. Emma reconheceu um deles: a mulher da tatuagem de carpa que às vezes falava em reuniões: Diana Wrayburn.

— Estamos prestes a fechar as portas — disse o guarda que segurava a barra de madeira. — Vocês dois: vão ter que deixá-los aí; só crianças podem entrar...

— Helen — falou Dru, com a voz trêmula. Então a fila se desfez, com as crianças Blackthorn correndo para Helen; Julian um pouco de lado, o rosto inexpressivo e pálido, a mão livre acariciando os cachos de Tavvy.

— Tudo bem — disse Helen, com a voz embargada. — Este é o lugar mais seguro de Alicante. Vejam, tem sal e terra de cemitério por todos os lados para manter as fadas longe.

— E ferro frio sob as pedras — acrescentou Diana. — As instruções do Labirinto Espiral foram seguidas à risca.

Ao ouvir a menção sobre o Labirinto Espiral, Zachariah respirou fundo e se ajoelhou, encarando os olhos de Emma.

— Emma Cordelia Carstairs — falou. Parecia ao mesmo tempo muito jovem, e muito velho. Tinha sangue na garganta onde seu símbolo desbotado se destacava, mas não era dele. Zachariah parecia examinar o rosto de Emma, mas ela não sabia por quê. — Fique com seu *parabatai* — falou ele afinal, tão baixinho que mais ninguém conseguiu escutar. — Às vezes é mais corajoso não lutar. Protegê-los, e guardar a vingança para outro dia.

Emma sentiu os olhos arregalarem.

— Mas eu não tenho um *parabatai*... e como você...

Um dos guardas deu um berro e caiu, uma flecha vermelha enfiada no peito.

— *Entrem!* — gritou Diana, pegando as crianças e praticamente jogando-as para dentro do Salão. Emma sentiu alguém lhe agarrar e lhe jogar para dentro; ela girou para dar mais uma olhada em Zachariah e em Helen, porém era tarde demais. As portas duplas já tinham se fechado atrás dela, a enorme tranca de madeira caindo no lugar com um som derradeiro ecoante.

— Não — disse Clary, olhando do trono apavorante para Sebastian, e novamente para o trono. *Esvazie a mente*, dizia ela a si. *Atenção em Sebastian, no que está acontecendo aqui, no que você pode fazer para contê-lo. Não pense em Jace.* — Você já deve saber que não vou ficar aqui. Talvez você prefira governar o Inferno a servir ao Céu, mas eu não quero nem uma coisa nem outra: só quero ir para casa e viver minha vida.

— Isso não é possível. Já fechei a entrada que a trouxe até aqui. Ninguém mais pode voltar por ela. Tudo que resta é isto, aqui. — Ele apontou para a janela. — E em pouco tempo isso também será fechado. Não vai ter volta para casa, não para você. Seu lugar é aqui, comigo.

— Por quê? — sussurrou ela. — Por que eu?

— Porque eu te amo — respondeu Sebastian. E pareceu... desconfortável. Tenso e esgotado, como se estivesse tentando alcançar algo intocável. — Não quero que você se machuque.

— Você não... você *me machucou*. Tentou...

— Não faz diferença se for *eu* a machucá-la — interrompeu ele. — Porque você me pertence. Eu posso fazer o que quiser com você. Mas não quero outras pessoas lhe tocando, lhe possuindo, ou machucando. Quero que você esteja por perto, para me admirar e ver o que fiz, o que conquistei. Isso é amor, não é?

— Não — respondeu Clary, com a voz suave, triste. — Não é. — Ela deu um passo em direção a ele e a bota bateu contra o campo de força invisível do círculo de símbolos. Ela não conseguia ir além. — Se você ama alguém, quer que a pessoa o ame de volta.

Sebastian semicerrou os olhos.

— Não tente me amparar. Sei o que você pensa que é o amor, Clarissa; acho que está errada. Você vai ascender ao trono e reinar ao meu lado. Você tem um coração sombrio, e esta é uma escuridão que compartilhamos. Quando eu for tudo que existe em seu mundo, quando eu for tudo que restar, você *vai* me amar de volta.

— Não entendo...

— Não imagino que entenda — riu Sebastian. — Você ainda não dispõe de todas as informações necessárias. Deixe-me adivinhar, você não sabe nada sobre o que aconteceu em Alicante desde que partiu?

Uma sensação fria se espalhou pelo estômago de Clary.

— Estamos em outra dimensão — disse ela. — Não há *como* saber.

— Não exatamente — continuou Sebastian, com a voz cheia de satisfação, como se ela tivesse caído precisamente na armadilha que ele queria. — Veja a janela acima do trono leste. Olhe e veja Alicante agora.

Clary olhou. Quando entrou na sala, viu só o que parecia um céu noturno estrelado através da referida janela, mas agora, assim que ela se concentrou, a superfície do vidro brilhou e tremeu. De repente pensou na história da Branca de Neve, o espelho mágico, a superfície brilhando e se transformando para revelar o mundo lá fora...

Ela estava vendo o interior do Salão dos Acordos. Estava cheio de crianças. Crianças Caçadoras de Sombras sentadas e de pé, todas juntas. Lá estavam os Blackthorn, as crianças agrupadas, Julian sentado com o bebê no colo, o braço livre esticado, como se para englobar os outros e mantê-los próximos, para protegê-los. Emma estava ao lado dele, a expressão dura, a espada dourada brilhando atrás do ombro...

A cena passou para a Praça do Anjo. Ao redor do Salão dos Acordos havia uma massa de Nephilim, e lutando contra eles via-se os Crepusculares, com suas roupas vermelhas, brandindo armas — e não apenas Crepusculares, mas figuras que Clary reconhecera, com o coração apertado, como sendo guerreiros fada. Uma fada alta de cabelos com mechas azuis e verdes combatia Aline Penhallow, a qual estava na frente da mãe, a espada empunhada, pronta para lutar até a morte. Do outro lado da praça, Helen tentava abrir caminho pela multidão para chegar a Aline, porém havia gente demais. A luta a obrigava a permanecer ali bem como os corpos: corpos de guerreiros Nephilim, abatidos e morrendo, muito mais os vestidos de preto que os de vermelho. Estavam perdendo a batalha, perdendo...

Clary girou para Sebastian quando a cena começou a desbotar.

— *O que está acontecendo?*

— Acabou — disse ele. — Pedi que a Clave entregasse você para mim; não entregaram. É verdade que você havia fugido, mas todavia, eles deixaram de ser úteis para mim. Minhas forças invadiram a cidade. As crianças Nephilim estão escondidas no Salão dos Acordos, mas quando todos estiverem mortos, o Salão será tomado. Alicante será minha. Os Caçadores de Sombras perderam a guerra... não que tenha sido exatamente uma guerra. Achei que fossem resistir mais.

— Esses estão longe de ser todos os Caçadores de Sombras que existem — disse Clary. — São só os que estavam em Alicante. Ainda há muitos Nephilim espalhados pelo mundo...

— Todos os Caçadores de Sombras que você vê ali beberão do Cálice Infernal em breve. Aí serão meus serventes, e vou enviá-los pelo mundo, à procura de irmãos, e os que restarem serão mortos ou Transformados. Vou destruir as Irmãs de Ferro e os Irmãos do Silêncio em suas respectivas cidadelas de pedra e silêncio. Em um mês a raça de Jonathan Caçador de Sombras será varrida do mundo. E então... — Ele sorriu aquele sorriso horroroso e gesticulou para a janela a oeste, que tinha vista para o mundo destruído de Edom. — Você viu o que acontece com um mundo sem proteção — gabou-se. — Seu mundo vai morrer. Morte sobre morte, e sangue nas ruas.

Clary pensou em Magnus. *Vi uma cidade toda de sangue, com torres feitas de ossos, e sangue correndo como água pelas ruas.*

— Não pode achar que — disse ela, com uma voz morta —, se seu plano funcionar, se isto que você está me dizendo realmente acontecer, haverá *alguma* chance de eu me sentar em um trono ao seu lado. Prefiro ser torturada até a morte.

— Ah, não acho — respondeu ele alegremente. — Por isso esperei, entende?! Para lhe dar uma escolha. Todos do Povo das Fadas que são meus aliados, todos os Crepusculares que você vê aí, aguardam pelos meus comandos. Se eu sinalizar, eles recuam. Seu mundo será salvo. Você nunca mais poderá voltar para lá, é claro... vou fechar as fronteiras entre este e aquele mundo, e nunca mais ninguém, demônio ou humano, irá viajar de um para o outro. Mas ficará seguro.

— Uma escolha — disse Clary. — Você disse que me daria uma escolha?

— Claro — respondeu ele. — Governe ao meu lado, e eu poupo seu mundo. Recuse, e ordenarei que o aniquilem. Escolha a mim e poderá salvar milhões, bilhões de vidas, minha irmã. Você poderia salvar um mundo inteiro condenando uma única alma. A sua. Então, diga-me, qual é a sua decisão?

— Magnus — falou Alec desesperadamente, esticando o braço para sentir as correntes de *adamas* enterradas no chão que se conectavam às algemas nos pulsos do feiticeiro. — Você está bem? Está machucado?

Isabelle e Simon estavam verificando Luke, para ver se estava ferido. Isabelle não parava de olhar para Alec, o rosto ansioso; Alec a ignorou propositalmente, não querendo que ela notasse o medo em seus olhos. Ele tocou o rosto de Magnus com as costas da mão.

Magnus estava magro e pálido, os lábios secos, olheiras acentuadas.

Meu Alec, dissera Magnus, *você tem estado tão triste. Eu não sabia.* E depois voltou para o chão, como se o esforço de falar o tivesse exaurido.

— Fique parado — falava Alec agora, sacando uma lâmina serafim do cinto. Abriu a boca para lhe dar um nome, então sentiu um toque súbito no pulso. Magnus enrolara os dedos magros em torno do pulso de Alec.

— Chame de Raphael — disse Magnus, e quando Alec o fitou, confuso, Magnus olhou para a lâmina na mão de Alec. Estava com os olhos semicerrados, e Alec se lembrou do que Sebastian tinha dito para Simon na entrada: *Matei aquele que criou você.* Magnus sorriu sutilmente. — *É* um nome de anjo — falou.

Alec assentiu.

— *Raphael* — repetiu suavemente, e quando a lâmina se acendeu, ele golpeou com força a corrente de *adamas*, que partiu sob o toque da faca. As correntes caíram, e Alec, jogando a lâmina no chão, segurou o ombro de Magnus e o ajudou a se levantar.

768

Magnus se esticou para Alec, mas em vez de se levantar, puxou Alec para si, a mão deslizando pelas costas do outro e se enredando em seus cabelos. Magnus o beijou, com força, estranheza e determinação, e Alec congelou por um instante, mas em seguida se entregou ao beijo, coisa que achou que jamais conseguiria fazer de novo. Alec deslizou as mãos pelos ombros de Magnus até chegar ao pescoço, onde parou, beijando até perder o fôlego.

Finalmente Magnus recuou, os olhos brilhando. Deixou a cabeça cair no ombro de Alec, os braços envolvendo-o, mantendo-os unidos.

— Alec... — começou suavemente.

— Sim? — perguntou Alec, desesperado para saber o que Magnus queria perguntar.

— Vocês estão sendo perseguidos?

— Eu... ah... alguns dos Crepusculares estão nos procurando — respondeu cautelosamente.

— Uma pena — disse Magnus, fechando os olhos novamente. — Seria bom se você pudesse simplesmente ficar aqui deitado um pouco comigo. Só... por um minutinho.

— Bem, não vai rolar — falou Isabelle, sem grosseria. — Temos que sair daqui. Os Crepusculares chegarão a qualquer instante, e já achamos o que viemos procurar...

— Jocelyn. — Luke se afastou da parede, aprumando-se. — Estão se esquecendo de Jocelyn.

Isabelle abriu a boca, em seguida fechou novamente.

— Tem razão — disse. A mão foi para o cinto de armas, e ela pegou uma espada; dando um passo pelo recinto, entregou-a a Luke, em seguida abaixou para pegar a lâmina ainda ardente de Alec.

Luke pegou a espada e a empunhou com a competência descuidada de alguém que manejara lâminas a vida inteira; às vezes era difícil para Alec recordar que Luke já tinha sido um Caçador de Sombras, mas agora ele se lembrava.

— Consegue ficar de pé? — perguntou Alec a Magnus gentilmente, e Magnus assentiu, permitindo que Alec o levantasse.

Durou quase dez segundos, até que os joelhos dele falharam e ele caiu para a frente, tossindo.

— Magnus! — exclamou Alec, e se jogou ao lado do feiticeiro, mas Magnus o descartou com um aceno e lutou para se ajoelhar.

— Vão sem mim — disse, com uma voz agravada pela rouquidão. — Vou acabar atrasando vocês.

— Não entendo. — Alec sentia como se um torno estivesse comprimindo seu coração. — O que aconteceu? O que ele fez com você?

Magnus balançou a cabeça; foi Luke quem respondeu:

— Esta dimensão está matando Magnus — falou, a voz seca. — Alguma coisa nela... em relação ao pai dele... o está destruindo.

Alec olhou para Magnus, que apenas balançou a cabeça outra vez. Alec lutou contra uma explosão irracional de raiva — *ainda guarda coisas, mesmo agora* — e respirou fundo.

— Encontrem Jocelyn — falou. — Vou ficar com Magnus. Vamos para o centro da torre. Quando a encontrarem, procurem pela gente lá.

Isabelle não gostou.

— Alec...

— Por favor, Izzy — disse Alec, e viu Simon colocar a mão nas costas de Isabelle e sussurrar alguma coisa ao ouvido dela.

Izzy fez que sim com a cabeça, finalmente, e virou-se para a porta; Luke e Simon foram atrás, ambos pausando para olhar para Alec antes de seguirem, mas foi a imagem de Izzy que ficou na mente dele, carregando a lâmina serafim brilhante na frente do corpo, como uma estrela.

— Aqui — falou ele para Magnus o mais gentilmente possível, e esticou o braço para levantá-lo.

Magnus ficou de pé aos trancos, e Alec conseguiu colocar um dos braços longos do feiticeiro sobre seu ombro. Magnus estava mais magro que nunca; a camisa larga sobre as costelas, e as bochechas encovadas, mas mesmo assim ainda tinha muito feiticeiro para apoiar: muitos braços e pernas finas, e uma espinha longa e ossuda.

— Apoie-se em mim — disse Alec, e Magnus deu o tipo de sorriso que fez Alec sentir como se alguém tivesse lhe enfiado uma faca no coração e tentado escavar o centro.

— Sempre me apoio, Alexander — falou. — Sempre.

O bebê finalmente dormiu no colo de Julian. Ele segurava Tavvy com firmeza, com cuidado, e ambos apresentavam olheiras imensas. Livvy e Ty estavam abraçados um do lado do outro, Dru, encolhida contra ele do outro lado.

Emma estava sentada atrás dele, com as costas nas dele, oferecendo apoio para que ele pudesse equilibrar o peso do bebê. Não havia pilares livres nos quais se apoiar, nem paredes; havia dezenas, centenas de crianças aprisionadas no Salão.

Emma apoiou a cabeça na de Jules. Ele estava com o cheiro de sempre: sabão, suor e oceano, como se carregasse aquele odor nas veias. Era confortante e desconfortante em sua familiaridade.

— Estou ouvindo alguma coisa — disse ela. — E você?

O olhar de Julian se desviou imediatamente para os irmãos e irmãs. Livvy estava meio dormindo, o queixo apoiado na mão. Dru olhava em volta, os grandes olhos verde-azulados assimilando tudo. Ty batucava com o dedo no chão de mármore, contando obsessivamente de um a cem, e depois de cem a um. Tinha berrado e esperneado quando Julian tentara examinar um vergão no braço dele quando Ty levara um tombo. Jules deixou para lá e permitiu que Ty voltasse a contar e se balançar. Isso o acalmava ao ponto da quietude, e era o que importava.

770

— O que está ouvindo? — perguntou Jules, e a cabeça de Emma caiu para trás enquanto o som aumentava, um som como uma grande ventania ou os estalos de uma fogueira enorme. As pessoas começaram a correr e a gritar, olhando para o teto de vidro no alto do Salão.

As nuvens estavam visíveis através do teto, movendo-se sobre a superfície da lua — e então, daquelas mesmas nuvens, uma variedade de cavaleiros eclodiu: cavaleiros de cavalos negros, cujos cascos eram de fogo, cavaleiros sobre enormes cachorros pretos com olhos de fogo alaranjado. Havia formas mais modernas de transporte misturadas também — carruagens pretas conduzidas por esqueletos de corcéis, e motos brilhando em cromo, osso e ônix.

— A Caçada Selvagem — sussurrou Jules.

O vento era uma coisa viva, chicoteando as nuvens em picos e vales que os cavaleiros subiam e desciam, os gritos audíveis mesmo com a ventania, as mãos cheias de armas: espadas, bastões, lanças e bestas. As portas da frente do Salão começaram a tremer e sacudir; a barra de madeira que tinha sido colocada sobre elas explodiu em farpas. Os Nephilim encararam as portas, com olhos apavorados. Emma ouviu a voz de uma das guardas em meio à multidão, falando em um sussurro severo:

— A Caçada Selvagem está afastando nossos guerreiros do Salão — disse ela. — Os Crepusculares estão limpando o ferro e a terra de cemitério. Vão arrombar as portas se os guardas não se livrarem deles!

— O Anfitrião Furioso chegou — disse Ty, interrompendo brevemente a contagem. — Os Coletores dos Mortos.

— Mas o Conselho protegeu a cidade contra as fadas — protestou Emma. — Por que...

— Não são fadas comuns — respondeu Ty. — O sal, a terra de cemitério, o ferro frio; não funcionarão contra a Caçada Selvagem.

Dru girou e olhou para cima.

— A Caçada Selvagem? — disse. — Isso quer dizer que Mark está aqui? Ele veio nos salvar?

— Não seja tola — falou Ty num tom murcho. — Mark está com os Caçadores agora, e a Caçada Selvagem *quer* que batalhas aconteçam. Eles vêm reunir os mortos, quando tudo acabar, e os mortos irão servir a eles.

Dru fez uma careta, confusa. As portas do Salão estavam tremendo violentamente agora, as dobradiças ameaçando arrebentar das paredes.

— Mas se Mark não vem nos salvar, quem vem?

— Ninguém — respondeu Ty, e somente o batuque nervoso dos dedos no mármore demonstrava que tal ideia o incomodava. — Ninguém virá nos salvar. Vamos morrer.

Jocelyn se lançou mais uma vez contra a porta. Seu ombro já estava machucado e sangrando, havia pedaços de unhas grudados no ponto onde tinha arranhado a tranca. Já estava ouvindo ruídos de batalha há 15 minutos, os sons inconfundíveis de correria, demônios gritando...

A maçaneta da porta começou a girar. Ela recuou e pegou o tijolo que tinha conseguido arrancar da parede. Não podia matar Sebastian, disso ela sabia, mas se pudesse feri-lo, atrasá-lo...

A porta se abriu, e o tijolo voou de sua mão. A figura na entrada desviou; o tijolo atingiu a parede, e Luke se aprumou e a olhou, curioso.

— Espero que quando nos casarmos você não me receba assim todos os dias quando eu voltar para casa — disse ele.

Jocelyn se jogou em cima dele. Luke estava sujo, sangrando e empoeirado, com a camisa rasgada, uma espada na mão direita, mas o braço esquerdo a envolveu e a puxou.

— Luke — disse ela grudada ao pescoço dele, e por um instante achou que pudesse sucumbir de alívio, delírio e medo, assim como sucumbira nos braços dele ao descobrir que ele tinha sido mordido. Se ela tivesse percebido naquele momento, se tivesse entendido que a maneira como o amava era a maneira como se amava a alguém com quem se queria passar o resto da vida, tudo teria sido diferente.

Mas aí ela nunca teria tido Clary. Ela recuou, olhando no rosto dele, os olhos azuis firmes nos dela.

— Nossa filha? — perguntou Jocelyn.

— Ela está aqui — informou ele, e deu um passo para trás para que Jocelyn pudesse enxergar atrás dele, onde Isabelle e Simon aguardavam no corredor. Ambos pareciam muito desconfortáveis, como se olhar dois adultos se abraçando fosse o pior flagra do mundo, mesmo nos reinos demoníacos. — Venha conosco... vamos encontrá-la.

— Não há certeza nisso — respondeu Clary desesperadamente. — Os Caçadores de Sombras podem não perder. Podem resistir.

Sebastian sorriu.

— É um risco que você pode assumir — falou ele. — Mas ouça. Eles já foram para Alicante, aqueles que cavalgam os ventos entre os mundos. São atraídos por lugares onde há carnificina. Compreende?

Ele apontou para a janela que dava vista para Alicante. Ali Clary via o Salão dos Acordos sob o luar; ao fundo, nuvens se movendo inquietas de um lado a outro — e então as nuvens ganharam forma e se transformaram em outra coisa. Algo que ela já tinha visto uma vez, com Jace, deitada no fundo de um barco em Veneza. A Caçada Selvagem, correndo pelo céu: guerreiros usando roupas escuras e rasgadas, brandindo armas, uivando enquanto seus corcéis fantasmagóricos cavalgavam pelo céu.

— A Caçada Selvagem — disse ela, entorpecida, e de repente se lembrou de Mark Blackthorn, das marcas de chicote no corpo dele, dos olhos quebrados.

— Os Coletores dos Mortos — declarou Sebastian. — Os corvos carniceiros da magia, vão para onde está o massacre. Um massacre que só você pode evitar.

CIDADE DO FOGO CELESTIAL

Clary fechou os olhos. Teve a sensação de estar boiando, flutuando em água escura, vendo as luzes da costa retrocederem e retrocederem ao longe. Logo estaria sozinha no oceano, o céu gelado acima e 13 quilômetros de escuridão vazia abaixo.

— Vá e assuma o trono — disse ele. — Se o fizer, pode salvar a todos.

Ela olhou para ele.

— Como sei que você vai cumprir com a palavra?

Ele deu de ombros.

— Eu seria um tolo se não cumprisse. Você saberia imediatamente que menti, e aí lutaria contra mim, coisa que não quero. E não é só. Para obter plenamente meu poder aqui, preciso selar as fronteiras entre este mundo e o nosso. Uma vez que as fronteiras forem fechadas, os Crepusculares do seu mundo serão enfraquecidos, isolados de mim, a fonte de força deles. Os Nephilim poderão derrotá-los. — Ele sorriu, um sorriso branco gélido que cegava. — Será um milagre. Um milagre executado para eles, por nós, por mim. Irônico, não acha? Que eu seja o anjo salvador?

— E todos que estão aqui? Jace? Minha mãe? Meus amigos?

— Todos poderão viver. Não faz diferença para mim. Não podem me ferir, nem agora, e muito menos depois, quando as fronteiras estiverem fechadas.

— E tudo que tenho que fazer é ascender ao trono — confirmou Clary.

— E prometer ficar ao meu lado enquanto eu viver. Que, vale dizer, será muito tempo. Quando este mundo for isolado, não me tornarei apenas invulnerável; vou viver para sempre. "E veja, estou vivo para sempre, e detenho as chaves do inferno e da morte."

— Está disposto a fazer isso? Abrir mão do mundo inteiro, dos seus Caçadores de Sombras malignos, da sua vingança?

— Estava começando a me entediar — disse Sebastian. — Isto é mais interessante. Para ser sincero, você também está começando a me entediar um pouco. Decida se vai subir ao trono ou não, sim? Ou precisa de persuasão?

Clary conhecia os métodos de persuasão de Sebastian. Facas sob unhas, mão na garganta. Parte dela queria que ele a matasse, tirasse dela o peso da decisão. Ninguém podia ajudá-la. Nesse caso, estava completamente sozinha.

— Não serei o único a viver eternamente — falou Sebastian, e, para a surpresa de Clary, com a voz quase gentil. — Desde que descobriu o Mundo das Sombras, você não desejou secretamente ser uma heroína? Ser a mais especial dentre os especiais? De certa forma, nós queremos ser os heróis da nossa espécie.

— Heróis salvam mundos — disse Clary. — Não os destroem.

— E eu estou lhe oferecendo esta chance — argumentou Sebastian. — Quando subir ao trono, você salvará o mundo. Salvará seus amigos. Terá poder ilimitado. Estou lhe dando um presente incrível, porque te amo. Você pode abraçar a própria

773

escuridão e ao mesmo tempo sempre repetir a si que fez a coisa certa. Isso não é tudo que você deseja?

Clary fechou os olhos durante um segundo, e depois mais um. Apenas o bastante para ver os rostos piscando sob suas pálpebras: Jace, Jocelyn, Luke, Simon, Isabelle, Alec. E tantos outros: Maia e Raphael e os Blackthorn, a pequena Emma Carstairs, as fadas da Corte Seelie, os rostos da Clave, até mesmo a lembrança fantasmagórica de seu pai.

Ela abriu os olhos e caminhou em direção ao trono. Ouviu Sebastian, atrás de si, e respirou fundo. Então, apesar de toda a certeza na voz, ele teve dúvida, não teve? Não confiava plenamente na decisão dela. Atrás dos tronos, as duas janelas piscavam como telas de TV: uma mostrando a destruição, a outra mostrando Alicante sendo atacada. Clary viu lampejos do interior do Salão dos Acordos ao alcançar os degraus e subi-los. Seguiu com firmeza. Tinha tomado sua decisão; não podia hesitar agora. O trono era enorme; era como subir em uma plataforma. O ouro era gelado ao tato. Ela subiu o último degrau e sentou-se.

Parecia estar olhando para baixo, a quilômetros do topo de um pico de uma montanha. Viu o Salão do Conselho se espalhar diante de si; Jace, deitado imóvel perto da parede. Sebastian, olhando para ela com um sorriso que se abria.

— Muito bem — falou ele. — Minha irmã, minha rainha.

—⊲ Capítulo 23 ⊳—
O BEIJO DE JUDAS

As portas do Salão explodiram com uma chuva de farpas; cacos de mármore e madeira voando para dentro como osso estilhaçado.

Emma olhou entorpecida enquanto guerreiros vestidos de vermelho começavam a invadir o Salão, seguidos por fadas de verde, branco e prateado. Depois vieram os Nephilim: Caçadores de Sombras com roupas pretas de combate, desesperados para proteger suas crianças.

Uma onda de guardas correu para encontrar os Crepusculares na porta. Foram todos contidos. Emma os observou caindo no que parecia câmera lenta. Ela sabia que tinha se levantado, assim como Julian, colocando Tavvy nos braços de Livia; ambos correram para proteger os Blackthorn mais jovens, por mais inútil que Emma soubesse que o gesto fosse.

É assim que acaba, pensou ela. Tinham escapado dos guerreiros de Sebastian em Los Angeles, fugido para a casa dos Penhallow, e da casa destes para o Salão e agora se encontravam presos como ratos e iriam morrer ali; sendo assim, talvez eles nem precisassem ter fugido.

Ela alcançou Cortana, pensando no pai, no que ele diria caso ela desistisse. Carstairs. Carstairs não desistiam. Sofriam e sobreviviam, ou morriam de pé. Ao menos se morresse, pensou, veria os pais novamente. Ao menos teria isso.

Os Crepusculares invadiram o recinto, dividindo os Caçadores de Sombras que lutavam desesperadamente como lâminas cortando um campo de trigo, correndo para o centro do Salão. Pareciam um borrão sanguinário, no entanto a visão de Emma entrou em foco de repente quando um deles se desvencilhou da multidão e foi diretamente para onde os Blackthorn estavam.

Era o pai de Julian.

Seu período como servo de Sebastian não lhe fizera bem. A pele parecia desgastada e cinzenta, o rosto marcado por cortes sangrentos, no entanto avançava com determinação, os olhos nos filhos.

Emma congelou. Julian, ao seu lado, tinha visto o pai; parecia hipnotizado, como se seu pai fosse uma cobra. Ele havia testemunhado o pai sendo obrigado a beber do Cálice Infernal, Emma se deu conta, porém não o vira depois, não o vira erguer uma lâmina contra o próprio filho, ou rir com a ideia da morte do filho, ou obrigar Katerina a se ajoelhar, a ser torturada e Transformada...

— Jules — disse ela. — Jules, esse *não é seu pai*...

Julian arregalou os olhos.

— Emma, cuidado...

Ela girou e gritou. Um guerreiro fada se assomava diante dela, trajando uma armadura prateada; seus cabelos não eram cabelos, mas um emaranhado de galhos espinhosos. Metade do rosto estava queimado e borbulhante, onde ele provavelmente fora atacado com pó de ferro ou halita. Um de seus olhos revirava, branco e cego, mas o outro encontrava-se fixo em Emma, com intenções assassinas. Emma viu Diana Wrayburn, os cabelos escuros sacudindo enquanto ela girava em direção a eles, a boca aberta em um grito de alerta. Diana foi para cima de Emma e do guerreiro fada, mas não tinha como chegar a tempo de jeito nenhum. O guerreiro fada ergueu sua espada de bronze com um rosnado selvagem...

Emma avançou, enterrando Cortana no peito dele.

O sangue do fada era como água verde. Esguichou na mão dela enquanto soltava a espada, em choque. Ele caiu como uma árvore, atingindo o chão de mármore do Salão com uma batida pesada. Emma pulou para a frente, alcançando o cabo de Cortana, e ouviu Julian gritar:

— *Ty!*

Ela girou. Em meio ao caos do Salão, Emma conseguiu ver o pequeno espaço onde estavam os Blackthorn. Andrew Blackthorn parou na frente dos filhos, com um sorriso estranho, e estendeu a mão.

E Ty — justamente Ty, dentre todos, o que menos confiava, o menos sentimental — estava avançando, com os olhos fixos no pai, a mãozinha esticada.

— Pai? — disse ele.

— Ty? — Livia tentou alcançar seu irmão gêmeo, mas segurou apenas ar. — Ty, não...

— Não dê ouvidos a ela — disse Andrew Blackthorn, e se havia dúvidas de que ele não era mais o homem que tinha sido pai de Julian, tal dúvida foi solucionada quando Emma ouviu a voz dele. Não havia qualquer bondade nela, apenas gelo, e um tom selvagem de satisfação cruel. — Venha aqui, meu menino, meu Tiberius...

Ty deu mais um passo, e Julian puxou a espada curta do cinto, então a atirou. A espada chiou pelo ar, reta e determinada, e Emma se lembrou com uma clareza bizarra daquele último dia no

Instituto, de Katerina ensinando a atirar uma lâmina tão direta e graciosa quanto um verso de poesia. Ensinando a arremessar uma lâmina de modo que esta jamais errasse o alvo.

A faca passou por Tiberius e se enterrou no peito de Andrew Blackthorn. Os olhos dele se arregalaram em choque, a mão cinza tateando em busca do cabo ressaltado de suas costelas — e em seguida ele caiu, sucumbindo ao chão. Seu sangue manchava o chão de mármore quando Tiberius soltou um grito, girando para atacar o irmão, socando o peito de Julian.

— Não — arfou Ty. — Por que fez isso, Jules? Eu te odeio, eu te *odeio*...

Julian mal pareceu sentir. Estava olhando para o local onde seu pai havia caído; os outros Crepusculares já estavam avançando, pisoteando o corpo de seu camarada abatido. Diana Wrayburn estava um pouco distante dali: tinha começado a correr em direção às crianças, mas logo parou, os olhos cheios de tristeza.

Mãos se elevaram e agarraram as costas da camisa de Tiberius, puxando-o de cima de Julian. Era Livvy, com o rosto rígido.

— Ty. — Ela abraçou o irmão gêmeo, prendendo os punhos do menino junto às laterais do corpo dele. — Tiberius, pare agora. — Ty parou e desabou em cima da irmã; embora pequena, ela aguentou o peso. — Ty — falou outra vez, suavemente. — Ele precisava fazer isso. Não entende? Ele precisava.

Julian deu um passo para trás, o rosto branco como papel, daí continuou recuando, até atingir um dos pilares de pedra e deslizar por ele, caindo, os ombros tremendo com soluços silenciosos.

Minha irmã. Minha rainha.

Clary sentou-se ereta no trono de ouro e marfim. Sentiu-se como uma criança em uma cadeira de adulto: aquilo tinha sido construído para alguém enorme, então seus pés ficavam pendurados, pairando sobre o degrau superior. Suas mãos agarraram os braços do trono, os seus dedos estavam longe de alcançar os apoios entalhados — embora, como cada um era esculpido em forma de crânio, ela não tivesse o menor desejo de tocá-los.

Sebastian caminhava de maneira inquieta dentro de seu círculo de símbolos protetores; de vez em quando parava para olhar para ela e sorria, uma espécie de sorriso desinibido e alegre, o qual ela associava ao Sebastian de sua visão, o menino de olhos verdes inocentes. Ele sacou uma adaga longa e afiada do cinto enquanto Clary o assistia e passou a lâmina na palma. Sua cabeça caiu para trás, os olhos semicerrados enquanto ele esticava a mão; sangue escorreu pelos dedos e caiu sobre os símbolos.

Ao serem atingidos pelo sangue, eles começaram a brilhar com uma faísca do alvorecer. Clary pressionou o corpo contra o encosto sólido do trono. Os símbolos não eram símbolos do Livro Gray; eram desconhecidos e estranhos.

777

A porta do cômodo se abriu, e Amatis entrou, seguida por duas filas de guerreiros Crepusculares. Os rostos eram vazios enquanto eles se postavam silenciosamente ao longo das paredes da sala, mas Amatis parecia preocupada. Seu olhar passou por Jace, imóvel no chão ao lado do corpo do demônio morto, para se concentrar em seu mestre.

— Lorde Sebastian — disse ela. — Sua mãe não está na cela.

Sebastian franziu o rosto e cerrou a mão sangrenta. À sua volta, os símbolos ardiam furiosamente agora, com uma chama fria e azul.

— Vergonhoso — falou. — Os outros devem tê-la soltado.

Clary sentiu uma onda de esperança misturada com pavor; forçou-se a permanecer em silêncio, mas viu os olhos de Amatis se voltarem para ela. Não pareceu surpresa em ver Clary no trono: pelo contrário, seus lábios se curvaram em um sorriso.

— Gostaria que eu enviasse o restante do exército para procurá-los? — perguntou a Sebastian.

— Não há necessidade. — Ele olhou para Clary e sorriu; de repente houve um ruído explosivo e a janela atrás dela, aquela com vista para Alicante, rachou em uma teia de aranha de linhas confusas. — As fronteiras estão se fechando — disse Sebastian. — Vou trazê-los a mim.

— As paredes estão se fechando — comentou Magnus.

Alec tentou levantar Magnus mais ainda; o feiticeiro pesava, a cabeça quase no ombro de Alec, que não fazia a menor ideia de para onde estavam indo. Tinha se perdido nos corredores curvos há o que parecia séculos, mas ele não estava com a menor vontade de comunicar isto a Magnus, que por sua vez já parecia mal o suficiente como estava — a respiração ofegante, o pulso acelerado. E agora isto.

— Está tudo bem — acalentou Alec, passando o braço em torno da cintura de Magnus. — Só temos que chegar a...

— Alec — repetiu Magnus, a voz surpreendentemente firme. — *Não estou tendo alucinações. As paredes estão se mexendo.*

Alec encarou — e sentiu uma onda de pânico. O corredor estava carregado com um ar pesado e empoeirado; as paredes pareciam brilhar e tremer. O chão se deformava à medida que as paredes se fechavam, o corredor se estreitando a partir de uma ponta como um compressor de lixo se fechando. Magnus deslizou e atingiu uma das paredes com um sibilo de dor. Em pânico, Alec o pegou pelo braço, puxando-o.

— Sebastian — arfou Magnus, enquanto Alec começava a arrastá-lo pelo corredor, para longe da pedra em queda. — Ele está fazendo isto.

Alec conseguiu fazer uma expressão incrédula.

— Como isso seria possível? Ele não controla tudo!

— Ele poderia... se selasse as fronteiras entre as dimensões. — Magnus tomou fôlego asperamente quando começou a correr.— Poderia controlar este mundo todo.

Isabelle gritou quando o chão se abriu atrás dela; jogou-se para a frente, bem a tempo de evitar cair no abismo que dividia o corredor.

— Isabelle! — gritou Simon, e se esticou para pegá-la pelos ombros.

Ele às vezes se esquecia da força que seu sangue de vampiro fazia circular pelo corpo. Pegou Isabelle com tanta força que ambos caíram para trás, Izzy caindo bem em cima dele. Em outro contexto talvez ele tivesse gostado, mas não com a pedra que não parava de desmoronar ao redor deles.

Isabelle se levantou, puxando-o em seguida. Tinham se perdido de Luke e Jocelyn em um dos outros corredores enquanto a parede se dividia, derramando pedras de argamassa em sequência. Tudo que veio a seguir foi uma loucura, desvio de pedras e madeiras afiadas, e agora abismos se abrindo no chão. Simon lutava contra o desespero — não conseguia deixar de pensar que aquilo era o fim; a fortaleza iria sucumbir ao redor, e todos morreriam e seriam enterrados ali.

— Não — falou Isabelle, sem fôlego. Seus cabelos escuros estavam cheios de terra, o rosto sangrando nos pontos onde tinha sido cortado por estilhaços de rocha.

— Não o quê? — O chão tremeu e Simon meio desviou, meio caiu para a frente em outro corredor. Não conseguia se livrar do pensamento de que, de algum jeito, a fortaleza os estava *arrebanhando*. Parecia haver um propósito naquela dissolução, como se de algum jeito os estivesse direcionando para...

— Não *desista* — arfou ela, lançando-se contra um par de portas enquanto o corredor atrás deles começava a ruir; as portas se abriram, e ela e Simon tropeçaram para a sala seguinte.

Isabelle engoliu em seco, engasgando, gesto rapidamente interrompido quando as portas se fecharam atrás deles, bloqueando o barulho explosivo da torre. Por um instante Simon apenas agradeceu a Deus pelo chão sob seus pés estar firme e as paredes não se moverem.

Então registrou onde estava, e o alívio desapareceu. Encontravam-se em uma sala enorme, com formato semicircular, com uma plataforma elevada na extremidade curva semi--imersa em sombra. As paredes estavam alinhadas por guerreiros Crepusculares trajando vermelho, como uma fileira de dentes escarlates.

A sala fedia a piche e fogo, enxofre e o veneno inconfundível de sangue de demônio. O corpo de um demônio inchado estava esticado contra uma parede e, ao lado deste, mais um corpo. Simon sentiu a boca secar. Jace.

Sebastian estava em um círculo de símbolos brilhantes desenhado no chão. Ele sorriu quando Isabelle soltou um grito, correu para Jace e agachou ao lado dele. Izzy colocou os dedos no pescoço dele, para sentir a pulsação; Simon notou os ombros dela relaxando de alívio.

— Ele está vivo — disse Sebastian, soando entediado. — Ordens da Rainha.

Isabelle levantou o olhar. Alguns chumaços do seu cabelo escuro estavam grudados no rosto com sangue. Ela estava feroz e linda.

— A Rainha Seelie? Desde quando ela se importa com Jace?

Sebastian riu. Parecia em um bom humor enorme.

— Não a Rainha Seelie — disse ele. — A Rainha deste reino. Talvez você a conheça.

Com um floreio ele gesticulou para a plataforma na extremidade oposta do salão, e Simon sentiu seu coração que não batia se contrair. Ele mal tinha olhado para o palanque quando entrara. Agora percebia que ali havia dois tronos de osso, marfim e ouro fundido, e no trono direito estava Clary.

Os cabelos ruivos contrastavam contra o branco e o dourado, extremamente vívidos, como uma bandeira de fogo. Seu rosto estava pálido e parado, sem expressão.

Simon deu um passo involuntário para a frente — e foi imediatamente bloqueado por uma dúzia de guerreiros Crepusculares, com Amatis no centro. Ela segurava com uma lança enorme e ostentava uma expressão venenosa assustadora.

— Pare onde está, vampiro — ordenou. — Você não vai se aproximar da senhora deste reino.

Simon cambaleou para trás; havia notado Isabelle olhando, incrédula, de Clary para Sebastian, e para ele.

— Clary — gritou Simon. Ela não vacilou nem se mexeu, mas o rosto de Sebastian escureceu como uma tempestade.

— Não dirás o *nome* da minha irmã — sibilou. — Você achava que ela pertencia a você; ela agora pertence a mim, e não vou *dividir*.

— Você é louco — disse Simon.

— E você está morto — respondeu Sebastian. — Isso faz diferença agora? — Seus olhos percorreram Simon. — Querida irmã — disse ele, elevando a voz o bastante para que toda a sala pudesse escutar. — Tem certeza de que quer manter este sujeitinho intacto?

Antes que ela pudesse responder, a porta de entrada da sala se abriu e Magnus e Alec chegaram, seguidos por Luke e Jocelyn. As portas bateram atrás deles, e Sebastian aplaudiu. Uma das mãos sangrava, e uma gota caiu aos pés dele, chiando ao atingir os símbolos, como água em uma chapa quente.

— Agora estão todos aqui — declarou, com a voz em deleite. — É uma festa!

Clary já tinha visto muitas coisas maravilhosas e lindas em sua vida, e muitas coisas terríveis também. Mas nenhuma tão terrível quanto o olhar de sua mãe quando a encarou, sentada no trono ao lado do assento de Sebastian.

— Mãe — arfou Clary, tão suavemente que ninguém conseguiu ouvi-la.

780

CIDADE DO FOGO CELESTIAL

Todos a encaravam; Magnus e Alec, Luke e sua mãe, Simon e Isabelle, que agora tinha Jace em seu colo, os cabelos escuros caindo em cima dele como a franja de um xale. Era tão horrível quanto Clary imaginara que seria. Pior. Ela esperava choque e horror; não tinha pensado em dor e traição. Sua mãe cambaleou para trás; os braços de Luke a envolveram, para mantê-la de pé, mas ele estava com os olhos em Clary, e parecia olhar para uma estranha.

— Bem-vindos, cidadãos de Edom — disse Sebastian, os lábios se curvando para cima como um arco sendo sacado. — Bem-vindos ao seu novo mundo.

E saiu do círculo de fogo que o protegia. A mão de Luke foi para o cinto; Isabelle começou a se levantar, mas foi Alec quem se movimentou mais rápido: uma das mãos no arco e a outra na aljava nas costas, a flecha armada e voando antes que Clary pudesse gritar para que ele parasse.

A flecha voou diretamente para Sebastian e se enterrou em seu peito. Ele cambaleou com a força do impacto, e Clary ouviu um arfar coletivo na fila de Caçadores de Sombras malignos. Um instante depois, Sebastian recobrou o equilíbrio e, com um olhar de irritação, arrancou a flecha do peito. Estava manchada de sangue.

— Tolo — berrou. — Não pode me ferir; nada sob o Paraíso pode. — Jogou a flecha aos pés de Alec. — Achou que você fosse uma exceção?

Os olhos de Alec desviaram para Jace; foi uma coisa mínima, mas Sebastian captou o olhar e sorriu.

— Ah, sim — falou. — Seu herói com o fogo celestial. Mas acabou, não acabou? Gastou em um ataque de fúria no deserto contra um demônio enviado por mim. — Ele estalou os dedos, e uma faísca azul se lançou dele, se erguendo como uma bruma.

Por um instante, a visão de Clary de Jace e Isabelle foi obscurecida; um segundo mais tarde, ela ouviu uma tossida e um engasgo, e os braços de Isabelle estavam se afastando de Jace enquanto ele se sentava e, em seguida, levantava. Atrás de Clary, a janela continuava rachando, lentamente; dava para ouvir a trituração do vidro. Através do vidro agora rachado penetrava uma camada de luz e sombra, o desenho semelhante a renda.

— Bem-vindo de volta, irmão — disse Sebastian, calmo, enquanto Jace olhava em volta com um rosto que empalidecia rapidamente à medida que ele absorvia a sala cheia de guerreiros, seus amigos horrorizados ao redor, e finalmente: Clary no trono. — Você *gostaria* de tentar me matar? Tem armas o suficiente aqui. Se quiser tentar me destruir com o fogo celestial, sua chance é agora.

Jace ficou de pé, encarando Sebastian. Tinham a mesma altura, quase o mesmo biotipo, embora Sebastian fosse mais magro, mais rijo. Jace estava imundo e manchado de sangue, a roupa rasgada, os cabelos emaranhados. Sebastian estava elegante de vermelho; mesmo a mão que sangrava parecia intencional. Os pulsos de Sebastian estavam nus; ao redor do pulso esquerdo de Jace, um círculo de prata brilhava.

781

— Está usando minha pulseira — observou Sebastian. — *"Se não posso alcançar o Céu, erguerei o Inferno"*. Adequado, não acha?

— Jace — sibilou Isabelle. — Jace, vá em frente. Dê uma punhalada nele. Vá em frente...

Mas Jace balançava a cabeça. Estava com a mão no cinto de armas; lentamente, a abaixou para o lado. Isabelle soltou um grito de desespero; o olhar no rosto de Alec foi tão gélido quanto, muito embora ele tivesse ficado em silêncio.

Sebastian abaixou os braços para as laterais e estendeu a mão.

— Acho que é hora de devolver minha pulseira, irmão. Hora de dar a César o que é de César. Devolva o que é meu, inclusive minha irmã. Renuncia a ela em meu favor?

— Não! — Não foi Jace; foi Jocelyn. Ela se afastou de Luke e avançou, esticando as mãos para Sebastian. — Você me odeia... então me mate. Torture. Faça o que quiser comigo, mas deixe Clary em paz!

Sebastian revirou os olhos.

— Eu *estou* lhe torturando.

— Ela é só uma menina — arfou Jocelyn. — Minha criança, minha filha...

Sebastian esticou a mão e agarrou o queixo de Jocelyn, meio levantando-a do chão.

— *Eu* era sua criança — falou. — Lilith me deu um reino; você me deu uma maldição. Você é uma péssima mãe e vai ficar longe da minha irmã. Você está viva pelo sofrimento dela. Todos vocês estão. Entenderam? — Ele soltou Jocelyn; ela cambaleou para trás, a impressão sangrenta da mão de Sebastian marcada em seu rosto. Luke a segurou. — Estão todos vivos porque Clarissa os quer vivos. Por nenhum outro motivo.

— Você disse a ela que não nos mataria caso ela subisse ao trono — disse Jace, tirando a pulseira prateada do braço. Sem qualquer entonação na voz. Não tinha olhado nos olhos de Clary. — Não foi?

— Não exatamente — disse Sebastian. — Ofereci a ela algo muito mais... substancial que isso.

— O mundo — disse Magnus. Ele parecia de pé por pura força de vontade. Sua voz soava como cascalho rasgando a garganta. — Está selando as fronteiras entre o nosso mundo e este, não está? É para isso que fez esse círculo de símbolos, não apenas para proteção. Para poder executar seu feitiço. É isso que está fazendo. Se fechar a passagem, não estará mais dividindo seus poderes entre dois mundos. Toda sua força ficará concentrada aqui. Com todo o seu poder concentrado nesta dimensão, você será quase invencível aqui.

— Se fechar as fronteiras, como ele voltará para o nosso mundo? — perguntou Isabelle. Ela estava de pé agora; seu chicote brilhava no pulso, mas ela não fez qualquer menção de utilizá-lo.

— Ele não vai voltar — disse Magnus. — Nenhum de nós vai. Os portões entre os mundos se fecharão para sempre, e ficaremos presos aqui.

782

CIDADE DO FOGO CELESTIAL

— Presos — refletiu Sebastian. — Uma palavra tão feia. Serão... hóspedes. — Ele sorriu. — Hóspedes presos.

— Foi isso que você ofereceu a ela — falou Magnus, erguendo os olhos para Clary. — Disse que se ela concordasse em governar este mundo, você fecharia as fronteiras e deixaria nosso mundo em paz. Governe Edom, salve o mundo. Certo?

— Você é muito perceptivo — observou Sebastian após uma breve pausa. — Isso é irritante.

— Clary, *não!* — gritou Jocelyn; Luke a puxou de volta, mas ela não estava prestando atenção em nada além da filha. — Não faça isso...

— Tenho que fazer — respondeu Clary, falando pela primeira vez. Com a voz embargada e arrastada, incrivelmente alta na sala de pedra. De repente todos estavam olhando para ela. Todos exceto Jace. Ele olhava para a pulseira presa entre seus dedos.

Ela se aprumou.

— Preciso fazer. Não entende? Se não fizer, ele vai matar todos no nosso mundo. Destruir tudo. Milhões, bilhões de pessoas. Vai transformar nosso mundo *nisto*. — Ela gesticulou para a janela com vista para as planícies queimadas de Edom. — Vale a pena. Tem que valer. Vou aprender a amá-lo. Ele não vai me machucar. Acredito nisso.

— Acha que pode mudá-lo, moldá-lo, torná-lo melhor, porque você é a única coisa com a qual ele se importa — falou Jocelyn. — Eu *conheço* os homens Morgenstern. Não funciona. Você vai se arrepender...

— Você nunca teve a vida de um mundo inteiro nas mãos, mãe — disse Clary, com uma doçura e uma tristeza infinitas. — Existe um limite para os conselhos que você pode me dar. — Ela olhou para Sebastian. — Escolho o que ele escolhe. O presente que ele me deu. Aceito.

Ela viu Jace engolir em seco. Ele derrubou a pulseira na mão aberta de Sebastian.

— Clary é sua — disse, e deu um passo para trás.

Sebastian estalou os dedos.

— Vocês ouviram — falou. — Todos vocês. Ajoelhem-se diante da sua rainha.

Não!, pensou Clary, mas se obrigou a ficar parada, em silêncio. Assistiu enquanto os Crepusculares começavam a se ajoelhar, um por um, as cabeças abaixadas; a última a se ajoelhar foi Amatis, no entanto ela não baixou a cabeça. Luke encarava a irmã, com o rosto destruído. Era a primeira vez que a via assim, percebeu Clary, apesar de ele já ter sido informado.

Amatis virou e olhou para os Caçadores de Sombras. O olhar dela capturou o do irmão por apenas um segundo; ela sorriu. Um olhar vil.

— Faça — disse ela. — Ajoelhe-se ou vou matá-los.

Magnus foi o primeiro a se ajoelhar. Se tivesse de palpitar, Clary jamais diria que ele seria o primeiro a fazê-lo. Magnus era tão orgulhoso, mas, pensando bem, era um orgulho que transcendia o vazio dos gestos. Ela duvidava que ele fosse se envergonhar de se ajoelhar

783

quando para ele aquilo não significava nada. Ele se ajoelhou graciosamente, e Alec seguiu o gesto; depois Isabelle, Simon, em seguida Luke, puxando a mãe de Clary ao seu lado. E por último, Jace, a cabeça loura abaixada; então Clary ouviu a janela atrás de si estilhaçar. Soou como seu coração se partindo.

Choveu vidro; por trás deste havia apenas pedra. Não mais uma janela com vista para Alicante.

— Está feito. Os caminhos entre os mundos estão fechados. — Sebastian não estava sorrindo, mas parecia... incandescente. Como se brilhasse. O círculo de símbolos no chão reluzia com fogo azul. Ele correu para a plataforma, subiu dois degraus de cada vez e esticou o braço para pegar as mãos de Clary; ela permitiu que ele a conduzisse, descendo do trono, até ficar diante dele. Sebastian continuava segurando a mão dela. As mãos dele pareciam pulseiras de fogo ao redor dos pulsos de Clary. — Você aceita — disse ele. — Você aceita sua escolha?

— Aceito — respondeu, se forçando a olhar diretamente para ele. — Aceito.

— Então me beije — falou ele. — Beije como se me amasse.

O estômago de Clary se contraiu. Esperava por isso, mas era como esperar um soco na cara: não tem jeito de se sentir preparado. O rosto dela investigou o dele; em outro mundo, outra época, outro irmão sorria pelo gramado para ela, com olhos tão verdes quanto a primavera. Ela tentou sorrir.

— Na frente de todo mundo? Não acho que...

— Temos que mostrar a eles — falou, e seu rosto estava tão impassível quanto o de um anjo pronunciando uma frase. — Que somos unidos. Prove a eles, Clarissa.

Ela se inclinou para ele; Sebastian estremeceu.

— Por favor — disse ela. — Ponha os braços em volta de mim.

Ela captou um lampejo de alguma coisa nos olhos dele — vulnerabilidade, surpresa pelo pedido — antes de Sebastian erguer os braços e envolvê-la. Ele a puxou para si; ela colocou a mão no ombro dele. A outra mão deslizou para a cintura, onde Heosphoros estava guardada na bainha, no cinto da roupa de combate. Seus dedos se curvaram na nuca do irmão. Sebastian estava com os olhos arregalados; dava para ver as batidas do coração dele, pulsando na garganta.

— Agora, Clary — disse ele, enquanto ela se arqueava, roçando os lábios no rosto dele. Clary o sentiu estremecer enquanto ela sussurrava, os lábios acariciando a bochecha dele.

— Saudações, mestre — falou ela, e viu os olhos dele arregalarem exatamente quando sacou Heosphoros e a levantou em um arco brilhante, a lâmina tocando as costelas dele, a ponta posicionada para perfurar seu coração.

Sebastian arfou e convulsionou nos braços dela; cambaleou, o cabo da lâmina ressaltando de seu peito. Estava com os olhos arregalados, e por um instante Clary viu o choque da traição neles, choque e *dor*, e de fato doeu; doeu em algum lugar profundo que ela pensara já estar enterrado há muito tempo, um lugar em luto pelo irmão que ele poderia ter sido.

— Clary — arfou ele, começando a se ajeitar, e agora o olhar de traição estava desvanecendo, e ela viu a faísca inicial de fúria. Não funcionou, pensou ela, horrorizada; não funcionou, e mesmo que as fronteiras entre os mundos estivessem fechadas agora, ele descontaria nela, em seus amigos, em sua família, em Jace. — Você *é mais esperta que isso* — falou ele, esticando o braço para segurar o cabo da espada. — Não posso ser ferido por nenhuma arma sob o Céu...

Ele engasgou e parou de falar. As mãos envolviam o cabo, logo acima do ferimento no peito. Não havia sangue, mas um lampejo vermelho, uma faísca — fogo. O ferimento estava começando a queimar.

— O que... é... isto? — perguntou entre dentes.

— *"E a ele darei a Estrela da Manhã"* — disse Clary. — Não é uma arma feita pelo Céu. É fogo celestial.

Com um grito, Sebastian puxou a espada. Deu uma olhada incrédula para o cabo com a estampa de estrelas antes de arder como uma lâmina serafim. Clary deu alguns passos vacilantes para trás, tropeçou na beira dos degraus para o trono e cobriu o rosto parcialmente com um braço. Ele estava ardendo, ardendo como o pilar de fogo diante dos israelitas. Ela ainda conseguia ver Sebastian dentro das chamas, mas elas estavam em volta dele, consumindo-o em sua luz branca, transformando-o em um contorno de carvão escuro dentro de uma chama tão brilhante que lhe feria os olhos.

Clary desviou o olhar, enterrando o rosto no braço. A mente acelerou para a noite em que foi ao encontro de Jace através das chamas, o beijou e pediu que ele confiasse nela. E ele confiou, mesmo quando ela se ajoelhou diante dele e enfiou a ponta de Heosphoros no chão. Clary tinha desenhado com a estela o mesmo símbolo repetidas vezes ao redor — o símbolo que vira uma vez, e que agora parecia ter sido há tanto tempo, em um telhado em Manhattan: o cabo alado da espada de um anjo.

Um presente de Ithuriel, supôs ela, o qual lhe dera tantos presentes. A imagem ficou guardada em sua mente até que precisasse dela. O símbolo para moldar o fogo celestial. Naquela noite, na planície demoníaca, a chama ao redor deles evaporou, absorvida pela lâmina de Heosphoros, até o metal queimar, brilhar e cantar ao toque dela, o som dos corais angelicais. O fogo deixou apenas um círculo largo de areia fundida em vidro, uma substância que brilhava como a superfície do lago com o qual ela sonhara tantas vezes, o lago congelado onde Jace e Sebastian lutavam até a morte em seus pesadelos.

Esta arma poderia matar Sebastian, dissera ela. Jace, por sua vez, fora mais cauteloso, mais desconfiado. Ele até tentara tirar a arma dela, no entanto a luz na lâmina morreu assim que ele a tocou. Reagia somente a ela, a criadora. Clary concordara que teriam que ser cautelosos caso não funcionasse. Parecia o ápice da húbris imaginar que ela havia prendido fogo sagrado na lâmina da Gloriosa...

Mas o anjo lhe deu este dom de criar, dissera Jace. *E não temos seu sangue em nossas veias?*

Qualquer que tivesse sido o cântico da lâmina, agora já havia passado, entrado no irmão. Clary ouviu Sebastian gritando e, acima deste, os gritos dos Crepusculares. Um vento ardente soprou por ela, carregando consigo o cheiro de desertos antigos, de um lugar onde milagres eram comuns e o divino se manifestava em fogo.

O ruído parou tão súbito quanto começou. O palanque balançou sob Clary enquanto um peso caía em cima dele. Clary levantou a cabeça e viu que o fogo havia se extinguido, e embora o chão estivesse marcado e ambos os tronos parecessem queimados, o ouro neles não era mais brilhante, e sim carbonizado, queimado e derretido.

Sebastian estava deitado a alguns centímetros de Clary, de costas. Havia um grande buraco enegrecido em seu peito. Ele virou a cabeça para ela, o rosto tenso e pálido de dor, e o coração de Clary contraiu.

Os olhos dele estavam verdes.

As pernas dela bambearam. Clary caiu de joelhos no palanque.

— Você — sussurrou ele, e ela o encarou com um fascínio horrorizado, incapaz de desviar o olhar do que havia forjado. O rosto dele estava completamente sem cor, como papel esticado sobre osso. Ela não ousou olhar para o peito dele, onde o casaco havia caído; dava para ver a mancha negra na camisa, como uma queimadura de ácido. — Você colocou... o fogo celestial... na lâmina da espada — falou. — Foi... inteligente.

— Foi um símbolo, só isso — respondeu ela, ajoelhando perto dele, os olhos investigando os de Sebastian. Ele parecia diferente, não só os olhos, mas todo o formato do rosto, a mandíbula mais suave, a boca sem o sorriso cruel. — Sebastian...

— Não. Não sou ele. Sou... Jonathan — sussurrou. — Sou Jonathan.

— Vão até Sebastian! — Amatis gritou se levantando, com todos os Crepusculares em seu encalço. Havia dor no rosto dela, e raiva. — Matem a garota!

Jonathan se esforçava para sentar.

— Não! — gritou, rouco. — Para trás!

Os Caçadores de Sombras malignos, que tinham começado a avançar, congelaram, confusos. Em seguida, passando por eles, veio Jocelyn; passou por Amatis, empurrando-a, sem sequer olhá-la, e subiu as escadas até o palanque. Foi em direção a Sebastian — Jonathan — e em seguida parou, de pé perto dele, encarando-o com um olhar de assombro, misturado a um pavor horroroso.

— Mãe? — disse Jonathan. Ele estava olhando fixamente, quase como se não conseguisse focar o olhar nela. Começou a tossir. O sangue lhe escorria da boca. A respiração ruidosa nos pulmões.

786

Às vezes sonho com um menino de olhos verdes, um menino que jamais foi envenenado com sangue demoníaco, um menino capaz de rir, de amar e de ser humano, e foi por esse menino que chorei, mas esse menino nunca existiu.

O rosto de Jocelyn enrijeceu, como se ela estivesse se preparando para fazer alguma coisa. Ajoelhou-se ao lado da cabeça de Jonathan e o puxou para seu colo. Clary ficou olhando; não acreditava que ela fosse capaz daquilo. De tocá-lo daquele jeito. Mas, pensando bem, sua mãe sempre se culpara pela existência de Jonathan. Havia algo em sua expressão determinada que dizia que ela o tinha trazido ao mundo, e ela o mandaria embora.

Assim que Jonathan foi levantado, a respiração dele se acalmou. Havia uma espuma cheia de sangue em seus lábios.

— Sinto muito — disse ele, com um engasgo. — Sinto tanto... — Desviou os olhos para Clary. — Sei que não há nada que eu possa fazer ou falar que me permita morrer com qualquer resquício de graça — continuou. — E eu não a culparia se cortasse minha garganta. Mas eu... Eu me arrependo. Eu... sinto muito.

Clary perdeu a fala. O que poderia dizer? *Tudo bem?* Mas não estava tudo bem. Nada do que ele havia feito estava bem, nem com o mundo nem com ela. Algumas coisas eram impossíveis de se perdoar.

No entanto ele não havia feito tais coisas, não exatamente. Aquela pessoa, o menino que sua mãe segurava como se ele fosse seu castigo, não era Sebastian, o sujeito que havia torturado, assassinado e causado destruição. Clary se lembrou do que Luke lhe dissera, que parecia ter sido há anos: *a Amatis que serve a Sebastian é tão minha irmã quanto o Jace que servia a Sebastian era o menino que você amava. Tão minha irmã quanto Sebastian era o filho que sua mãe deveria ter gerado.*

— Não — disse ele, e semicerrou os olhos. — Vejo que você está tentando entender, minha irmã. Se devo ser perdoado como Luke perdoaria a irmã caso o Cálice Infernal a libertasse agora. Mas veja, ela *foi* irmã dele um dia. Foi humana. Eu... — E tossiu, mais sangue surgindo nos lábios. — Nunca existi. O fogo celestial queima o que é mau. Jace sobreviveu à Gloriosa porque ele é bom. Restava um bem suficiente nele para que conseguisse viver. Mas eu nasci para ser inteiramente corrompido. Não resta de mim o bastante para que eu sobreviva. Você está vendo apenas o espectro de alguém que poderia ter sido, só isso.

Jocelyn estava chorando, lágrimas caindo silenciosamente pelo rosto enquanto ela continuava sentava, parada. Estava com a coluna ereta.

— Preciso lhes dizer — sussurrou ele. — Quando eu morrer, os Crepusculares vão correr para cima de vocês. Não conseguirei contê-los. — Ele desviou o olhar para Clary.

— Onde está Jace?

— Aqui — falou Jace.

E já estava no palanque, a expressão dura, confusa e triste. Clary encontrou o olhar dele. Sabia o quanto devia ter sido difícil para ele encenar junto com ela, entregá-la a Sebastian, permitir que ela se arriscasse no fim. E sabia o quanto isso devia estar sendo difícil para ele, Jace, que queria tanto se vingar, olhar para Jonathan e perceber que a parte de Sebastian que poderia, que deveria ser punida tinha desaparecido. Havia outra pessoa ali, completamente diferente, alguém que nunca tivera chance de viver, e que agora nunca mais teria.

— Pegue minha espada — disse Jonathan, a respiração saindo aos trancos, indicando Phaesphoros, que tinha caído a alguns passos de distância. — Corte... abra.

— Abra o quê? — perguntou Jocelyn, confusa, mas Jace já estava agindo, se abaixando para pegar Phaesphoros, descendo do palanque. Atravessou o salão, passou pelos Crepusculares agrupados, pelo anel de símbolos, indo até onde o demônio Behemoth se encontrava morto em meio ao icor.

— O que ele está fazendo? — questionou Clary, embora tenha ficado óbvio quando Jace ergueu a espada e cortou o corpo do demônio. — Como ele sabia...

— Ele... me conhece — arfou Jonathan.

Uma torrente de entranhas fedorentas de demônio entornou pelo chão. Jace fez uma careta de desgosto — depois de surpresa e, em seguida, demonstrou percepção. Ele se abaixou e pegou alguma coisa rugosa, brilhando com icor — ergueu e Clary reconheceu como o Cálice Infernal.

Ela olhou para Jonathan. Os olhos dele estavam revirando, tremores convulsionavam seu corpo.

— D-diga a ele — gaguejou. — Diga a ele para jogar no círculo de símbolos.

Clary levantou a cabeça.

— Jogue no círculo! — gritou Clary para Jace, e Amatis girou em alerta.

— Não! — gritou ela. — Se o Cálice for destruído, nós também seremos! — Virou-se para o palanque. — Lorde Sebastian! Não permita que seu exército seja destruído! Somos leais!

Jace olhou para Luke, que por sua vez olhava para a irmã com uma expressão de total tristeza, uma tristeza tão profunda quanto a morte. Luke tinha perdido a irmã para sempre, e Clary havia acabado de ganhar o irmão de volta, o irmão que nunca tivera, e mesmo assim era a morte em ambos os lados.

Jonathan, meio apoiado contra o ombro de Jocelyn, olhou para Amatis; seus olhos verdes eram como luzes.

— Sinto muito — disse. — Nunca deveria tê-los criado.

E virou o rosto.

Luke assentiu uma vez para Jace, que arremessou o Cálice com toda a força possível no círculo de símbolos. O cálice bateu no chão e se estilhaçou.

Amatis engasgou e colocou a mão no peito. Por um instante — só por um instante — encarou Luke com um olhar de reconhecimento: um olhar de reconhecimento, e até de amor.

— Amatis — sussurrou ele.

O corpo dela desabou no chão. O mesmo sucedeu com os outros Crepusculares, um por um, ruindo ao chão, até a sala estar cheia de corpos.

Luke virou para o outro lado, os olhos expressando dor demais para que Clary fosse capaz de suportar olhá-los. Ela ouviu um grito — distante e duro — e por um momento ficou imaginando se seria Luke, ou mesmo algum dos outros, horrorizados em verem tantos Nephilim caindo, mas o grito só fez crescer, até se transformar num uivo que rachou o vidro e fez girar a poeira do lado de fora da janela com vista para Edom. O céu ficou vermelho cor de sangue e o grito prosseguiu, daí começou a diminuir, virando um bufar engasgado de tristeza, como se o universo estivesse choramingando.

— Lilith — sussurrou Jonathan. — Ela chora pelos filhos mortos, os filhos de seu sangue. Está chorando por eles e por mim.

Emma retirou Cortana do corpo do guerreiro fada morto, ignorando o sangue que escorria em suas mãos. Seu único pensamento era chegar a Julian — ela vira o olhar terrível quando ele deslizara para o chão, e se Julian estivesse destruído, então o mundo inteiro estaria destruído e nada voltaria a ter sentido.

A multidão girava ao seu redor; ela mal os enxergava enquanto abria caminho pela massa em direção aos Blackthorn. Dru estava encolhida no pilar ao lado de Jules, o corpo protetoramente em volta de Tavvy; Livia continuava segurando Ty pelo pulso, mas agora olhava além dele, boquiaberta. E Jules — Jules continuava abaixado contra o pilar, porém tinha começado a levantar a cabeça, e, quando Emma notou que ele estava com o olhar fixo, virou para ver o que ele estava encarando.

Ao redor do salão, os Crepusculares começaram a sucumbir. Caíram como peças de xadrez, silenciosos. Caíram durante a batalha contra os Nephilim, e os irmãos fada também começaram a encarar enquanto os corpos dos Crepusculares desabavam no chão, um por um.

Um grito rouco de vitória se elevou de algumas gargantas de Caçadores de Sombras, mas Emma mal escutou. Correu aos tropeços até Julian e se ajoelhou ao seu lado; ele a encarou, os olhos verde-azulados do menino repletos de tristeza.

— Em — falou ele, rouco. — Pensei que aquele guerreiro fada fosse matá-la. Achei...

— Estou bem — sussurrou ela. — Você está bem?

Ele balançou a cabeça.

— Eu o matei — falou. — Matei meu pai.

— Aquele não era seu pai. — A garganta de Emma estava seca demais para continuar falando; em vez disso, ela desenhou nas costas da mão dele. Não uma palavra, mas um símbolo: o símbolo de coragem, e depois um coração torto.

Ele balançou a cabeça como se dizendo *Não, não, não mereço isto*, mas ela desenhou novamente, e em seguida se inclinou para ele, mesmo coberta de sangue como estava, e apoiou a cabeça no ombro do amigo.

CASSANDRA CLARE

As fadas estavam fugindo do Salão, abandonando as armas pelo caminho. Mais e mais Nephilim entravam no recinto, vindo da praça lá de fora. Emma viu Helen correndo na direção deles, com Aline ao lado, e pela primeira vez desde que saíram da casa dos Penhallow, Emma se permitiu acreditar que poderiam sobreviver.

— Estão mortos — disse Clary, olhando com assombro para os restos do exército de Sebastian. — Estão todos mortos.

Jonathan soltou um riso meio engasgado.

— *"Gostaria de fazer algum bem, apesar de minha natureza"* — murmurou ele, e Clary reconheceu a citação da aula de inglês. *Rei Lear*. A mais trágica dentre todas as tragédias. — Que coisa. Os Crepusculares se foram.

Clary se inclinou sobre ele, a voz desesperada.

— Jonathan — falou ela. — Por favor. Diga-nos como abrir a fronteira. Como voltar para casa. Tem que haver um jeito.

— Não... não tem jeito — sussurrou Jonathan. — Destruí a passagem. O caminho para a Corte Seelie está se fechando; todos os caminhos estão. É... é impossível. — O peito dele tremeu. — Sinto muito.

Clary não disse nada. Só conseguia sentir amargura na boca. Ela havia se arriscado, salvado o mundo, mas todos os que amava iriam morrer. Por um instante, seu coração se encheu de ódio.

— Ótimo — disse Jonathan, o olhar no rosto dela. — Me odeie. Alegre-se quando eu morrer. A última coisa que quero agora é lhe trazer mais dor.

Clary olhou para a mãe; Jocelyn estava parada e ereta, suas lágrimas caindo silenciosamente. Clary respirou fundo. Lembrava-se de uma praça em Paris, de ter visto Sebastian do outro lado de uma mesinha, dizendo: *Acha que consegue me perdoar? Digo, acha que o perdão é possível para alguém como eu? O que teria acontecido se Valentim a tivesse levado junto comigo? Você teria me amado?*

— Não o odeio — disse ela afinal. — Odeio Sebastian. Já você, não o conheço.

Os olhos de Jonathan se fecharam de maneira trêmula.

— Uma vez sonhei com um lugar verde — sussurrou. — Um solar, uma garotinha de cabelos ruivos e preparativos para um casamento. Se existirem outros mundos, então talvez haja algum onde fui um bom irmão e um bom filho.

Talvez, pensou Clary, e sofreu por esse mundo durante um instante, por sua mãe, e por si. Tinha consciência de Luke ao lado do palanque, observando-os; ciente de que havia lágrimas no rosto dele. Jace, os Lightwood e Magnus estavam bem atrás, e Alec segurava a mão de Isabelle. Em volta deles, estavam os corpos dos guerreiros Crepusculares.

— Não achei que você fosse capaz de sonhar — disse Clary, e respirou fundo. — Valentim encheu suas veias de veneno e o criou para odiar; você nunca teve escolha. Mas a espada queimou isso tudo. Talvez este seja quem você de fato é.

790

Ele inspirou de forma áspera e impossível.

— Seria uma linda mentira na qual se acreditar — falou, e, incrivelmente, o espectro de um sorriso doce e amargo passou pelo rosto dele. — O fogo da Gloriosa queimou o sangue demoníaco. Durante toda minha vida ele causticou minhas veias e cortou meu coração feito lâminas, e me fez pesar como chumbo... por toda minha vida, e eu nunca soube. Jamais conheci a diferença. Nunca me senti tão... leve — falou suavemente, então sorriu, fechou os olhos e morreu.

Clary se levantou lentamente, olhando para baixo. Sua mãe estava ajoelhada, segurando o corpo de Jonathan esticado em seu colo.

— Mãe — sussurrou, mas Jocelyn não levantou a cabeça. Um instante mais tarde alguém passou por Clary: Luke. Ele deu um aperto na mão da menina, e em seguida se ajoelhou ao lado de Jocelyn, colocando a mão suavemente no ombro dela.

Clary virou; não suportava mais. A tristeza parecia um peso compressor. Ouvia a voz de Jonathan na cabeça enquanto descia as escadas: *Nunca me senti tão leve.*

Ela avançou pelos corpos e pelo icor no chão, entorpecida e pesada com a noção de seu fracasso. Depois de tudo que fizera, não havia como salvá-los. Estavam esperando por ela: Jace, Simon e Isabelle, Alec e Magnus, que parecia doente, pálido e muito, muito cansado.

— Sebastian está morto — informou ela, e todos a olharam, com seus rostos cansados e sujos, como se estivessem exaustos e esgotados demais para sentir qualquer coisa em relação àquela notícia, até mesmo alívio. Jace deu um passo para a frente e pegou as mãos dela, as ergueu e as beijou rapidamente; Clary fechou os olhos, sentido como se apenas uma fração de luz e calor tivesse retornado.

— Mãos de guerreira — disse ele baixinho, e a soltou. Ela ficou olhando para os próprios dedos, tentando enxergar o que ele via. Suas mãos eram apenas mãos, pequenas e calejadas, manchadas com terra e sangue.

— Jace estava nos contando — falou Simon. — O que você fez, com a espada Morgenstern. Que estava fingindo com Sebastian o tempo todo.

— Agora no fim, não — respondeu. — Não quando ele voltou a ser Jonathan.

— Gostaria que tivesse nos contado sobre o plano — censurou Isabelle.

— Desculpem — sussurrou Clary. — Tive medo de que não funcionasse. Que ficassem decepcionados. Achei melhor... não criar muitas esperanças.

— Às vezes a esperança é tudo que nos mantém — disse Magnus, embora não soasse magoado.

— Eu precisava que ele acreditasse — explicou Clary. — Então precisava que vocês também acreditassem. Ele precisava ver as reações de vocês e achar que tinha vencido.

— Jace sabia — rebateu Alec, olhando para ela, mas também sem soar magoado, apenas confuso.

— E em nenhum momento olhei para ela, desde que se sentou no trono até a hora em que apunhalou Sebastian no coração — disse Jace. — Não consegui. Ao entregar a pulseira para ele, eu... — Ele parou de falar. — Desculpe. Eu não devia tê-lo chamado de desgraçado. Sebastian era, mas Jonathan não é, não *era* a mesma pessoa... e sua mãe...

— É como se tivesse perdido um filho duas vezes — disse Magnus. — Acho que poucas coisas podem ser piores.

— Que tal ficar preso em um reino demoníaco sem ter como sair? — sugeriu Isabelle. — Clary, precisamos voltar para Idris. Detesto perguntar, mas Seb... Jonathan disse alguma coisa sobre como reabrir as fronteiras?

Clary engoliu em seco.

— Ele disse que não tem como. Que estão fechadas para sempre.

— Então estamos presos aqui — disse Isabelle, seus olhos escuros tomados de choque. — Para sempre? Não pode ser. Deve haver um feitiço... Magnus...

— Ele não mentiu — falou Magnus. — Nós não temos como reabrir os caminhos daqui para Idris.

Fez-se um silêncio terrível. Então Alec, cujo olhar repousava sobre Magnus, perguntou:

— *Nós* não temos como fazer?

— Foi o que eu disse — respondeu Magnus. — Não há como abrir as fronteiras.

— Não — insistiu Alec, com um tom perigoso na voz. — Você disse que *nós* não temos como fazer, no sentido de que pode haver alguém que possa.

Magnus afastou-se de Alec e olhou em volta, para todos eles. Estava com a expressão aberta, despida daquele distanciamento habitual, e parecia ao mesmo tempo muito novo e muito, muito velho. Tinha o rosto de um jovem, mas aqueles olhos já haviam visto séculos correrem, e Clary nunca tivera tanta consciência disso como agora.

— Existem coisas piores que a morte — falou Magnus.

— Talvez você devesse deixar que nós julgássemos isso — argumentou Alec, e Magnus passou a mão desesperada no rosto e disse:

— Meu Deus, Alexander, eu passei a vida inteira sem ter que recorrer a isso, exceto por uma ocasião, quando aprendi minha lição. Não é uma lição que quero que vocês aprendam.

— Mas você está vivo — disse Clary. — Sobreviveu à lição.

Magnus sorriu, um sorriso horrível.

— Não teria sido uma lição se eu não tivesse sobrevivido — falou. — Mas fui devidamente avisado. Jogar dados com minha própria vida é uma coisa; brincar com a de todos vocês...

— Morreremos aqui de qualquer jeito — disse Jace. — É um jogo desvantajoso. Deixe que arrisquemos.

— Concordo — falou Isabelle, e os outros engrossaram o coro. Magnus olhou para o palanque, onde Luke e Jocelyn continuavam ajoelhados, e suspirou.

— Voto da maioria — falou. — Sabiam que existe um velho ditado no Submundo sobre cachorros loucos e Nephilim não ouvirem conselhos?

— Magnus... — começou Alec, mas Magnus apenas balançou a cabeça e se levantou fracamente.

Continuava vestindo os farrapos que tinha usado no jantar há tanto tempo no refúgio do Povo das Fadas em Idris: os rasgos incongruentes de um paletó formal e uma gravata. Os anéis brilharam em seus dedos quando ele juntou as mãos, como se estivesse em oração, daí fechou os olhos.

— Pai nosso — recitou, e Clary ouviu Alec respirar fundo e então ofegar. — Pai nosso que estais no Inferno, ímpio seja vosso nome. Venha a nós o vosso reino, seja feita a vossa vontade, assim em Edom como no Inferno. Não perdoai os meus pecados, pois naquele fogo dos fogos não haverá nem gentileza amorosa, nem compaixão, nem redenção. Meu pai, que causa guerras por todos os cantos, venha a mim agora; chamo-lhe como seu filho, e assumo a responsabilidade por vossa invocação.

Magnus abriu os olhos. Estava sem expressão. Cinco faces chocadas o encaravam.

— Pelo Anjo... — disse Alec.

— Não — falou uma voz logo além do grupo. — *Definitivamente* não é pelo seu Anjo.

Clary encarou. Inicialmente não viu nada, só um pedaço de sombra que se mexia, e em seguida uma figura se formou da escuridão. Um homem alto, pálido como ossos, em um terno totalmente branco; abotoaduras prateadas brilhavam em seus pulsos, esculpidas em forma de moscas. Tinha uma face humana, pele clara esticada, maçãs do rosto afiadas como lâminas. Não possuía cabelos, mas uma coroa brilhante de arame farpado.

Seus olhos eram verde-dourados, e tinha pupilas em fendas, como as de um gato.

— Pai — disse Magnus, e a palavra foi uma exalação de tristeza. — Você veio.

O homem sorriu. Os dentes da frente eram afiados, pontudos como dentes felinos.

— Meu filho — falou. — Faz muito tempo que não me chama. Estava começando a me desesperar, achando que você nunca mais o faria.

— Não estava nos meus planos — respondeu Magnus secamente. — Chamei-lhe uma vez para me certificar de que era meu pai. Aquela vez foi suficiente.

— Assim me machuca — disse o homem, e voltou seu sorriso afiado para os outros. — Sou Asmodeus — disse. — Um dos Nove Príncipes do Inferno. Talvez conheçam meu nome.

Alec emitiu um ruído curto, rapidamente abafado.

— Já fui serafim uma vez, um dos anjos de fato — continuou Asmodeus, parecendo satisfeito consigo. — Parte de uma companhia inumerável. Então veio a guerra, e todos nós caímos como estrelas do Céu. Segui o Portador da Luz para baixo, a Estrela da Manhã, pois fui um de seus conselheiros-chefe, e, quando ele caiu, eu caí junto. Ele me criou no Inferno e me fez um dos nove governantes. Caso tenham dúvida, *é* preferível governar no Inferno a servir no Paraíso: já fiz as duas coisas.

CASSANDRA CLARE

— Você é... o pai de Magnus? — disse Alec, com a voz sufocada. Virou-se para Magnus. — Quando você segurou a luz enfeitiçada no túnel do metrô, ela ardeu em cores... é por causa *dele?* — Apontou para Asmodeus.

— Sim — respondeu Magnus. Parecia muito cansado. — Avisei, Alexander, que era algo de que você não iria gostar.

— Não entendo o frenesi. Fui pai de muitos feiticeiros — disse Asmodeus. — Magnus foi quem mais me orgulhou.

— Quem são os outros? — perguntou Isabelle, os olhos escuros desconfiados.

— O que ele está dizendo é que a maioria já morreu — retrucou Magnus. Encontrou brevemente o olhar do pai, em seguida desviou, como se não suportasse o contato prolongado. Os lábios finos e sensíveis de Magnus estavam rijos. — Ele também não está contando que todos os príncipes do Inferno possuem um reino que governam; este é o dele.

— Como este lugar, Edom, é o *seu* reino — disse Jace —, então você é responsável pelo... pelo que aconteceu aqui?

— É meu reino, apesar de eu raramente vir para cá — explicou Asmodeus com um suspiro martirizado. — Era um lugar ótimo. Os Nephilim deste reino lutaram muito. Quando inventaram o *skeptron*, achei que pudessem sair vitoriosos no último segundo, mas o Jonathan Caçador de Sombras deste mundo era um divisor, não um agregador, e no fim eles se destruíram. Todos se destroem, vocês sabem. Nós demônios levamos a culpa, mas só abrimos a porta. É a humanidade que atravessa.

— Não venha com desculpas — irritou-se Magnus. — Você assassinou minha mãe...

— Ela era uma criaturinha bem disposta, garanto a você — disse Asmodeus, e Magnus enrubesceu. Clary sentiu uma pontada de choque por ser possível *fazer* aquilo com Magnus, machucá-lo com relação à própria família. Fazia muito tempo, e ele era tão reservado.

Mas daí, pais sempre eram capazes de mexer com os filhos, independentemente da idade.

— Vamos direto ao ponto — disse Magnus. — Você pode abrir uma porta, certo? Mandar-nos para Idris, de volta ao nosso mundo?

— Gostaria de uma demonstração? — perguntou Asmodeus, estalando os dedos em direção ao palanque, onde Luke estava de pé, olhando para eles. Jocelyn parecia prestes a se levantar também. Clary notava a expressão de preocupação de ambos, pouco antes de desaparecerem, levando consigo o corpo de Jonathan. Exatamente quando sumiram, por um instante, Clary viu o interior do Salão dos Acordos, o chafariz de sereia e o chão de mármore, e em seguida a visão desapareceu, como um rasgo no universo se costurando outra vez.

Um grito irrompeu da garganta de Clary.

— *Mãe!*

— Eu os enviei de volta ao seu mundo — disse Asmodeus. — Agora você sabe que consigo. — Examinou as próprias unhas.

794

Clary estava arfando, em parte pânico, em parte raiva.

— Como ousa...

— Bem, era o que queriam, não era? — disse Asmodeus. — Pronto, os dois primeiros foram de graça. O restante, bem, terá que pagar. — Suspirou ao ver os olhares ao redor. — Sou um *demônio* — falou, mordaz. — Sério, o que ensinam aos Nephilim hoje?

— Sei o que quer — falou Magnus, com a voz esgotada. — E pode ficar. Mas precisa jurar pela Estrela da Manhã que enviará todos os meus amigos de volta a Idris, *todos* eles, e nunca mais voltará a incomodá-los. Eles não lhe deverão *nada*.

Alec deu um passo adiante.

— Pare. Não... Magnus, o que quer dizer, o que ele quer? Por que está falando como se não fosse voltar conosco?

— Chega um momento — começou Asmodeus — em que todos devemos voltar a morar nas casas de nossos pais. Este é o momento de Magnus.

— *"Na casa de meu pai há muitas moradas"* — sussurrou Jace; estava muito pálido, como se fosse vomitar. — Magnus. Ele não pode... não quer levá-lo com ele? De volta a...

— Ao Inferno? Não precisamente — disse Asmodeus. — Como Magnus disse, Edom é meu reino. Eu o compartilhava com Lilith. Então o pestinha dela tomou tudo e arrasou o terreno, destruiu minha torre, está tudo aos pedaços. E *você* dizimou metade da população com o *skeptron*. — A parte final foi endereçada a Jace, bem petulante. — É preciso muita energia para abastecer um reino. Extraímos do poder do que abandonamos, a grande cidade de Pandemônio, o fogo em que caímos, mas chega um momento em que a vida deve nos abastecer. E a vida imortal é a melhor de todas.

O peso entorpecente que puxava os braços de Clary para baixo desapareceu quando ela ficou atenta de súbito, colocando-se na frente de Magnus. Ela quase colidiu contra os outros. Todos fizeram o mesmo movimento, visando bloquear o feiticeiro de seu pai demônio, até mesmo Simon.

— Quer tirar a *vida* dele? — perguntou Clary. — Isso é cruel e tolo, mesmo que você seja um demônio. Como pode querer matar seu próprio *filho*...

Asmodeus riu.

— Que ótimo! — comentou ele. — Veja só, Magnus, estes meninos que o amam e querem protegê-lo! Quem poderia imaginar! Quando você for enterrado, certificar-me-ei de que gravem no seu túmulo: *Magnus Bane, adorado pelos Nephilim*.

— Não vai tocá-lo — disse Alec, com a voz dura como ferro. — Talvez tenha se esquecido do que fazemos, nós, os Nephilim, mas *matamos demônios*. Até mesmo Príncipes do Inferno.

— Ah, sei bem o que fazem; destruíram meu compatriota Abbadon e disseminaram nossa princesa Lilith pelos ventos do vazio, embora ela vá voltar. Ela sempre terá lugar em Edom. Foi por isso que permiti que seu filho se estabelecesse aqui, mas admito que

795

não imaginei a bagunça que ele faria. — Asmodeus revirou os olhos; Clary suprimiu um calafrio. Em torno das pupilas verde-douradas, as escleras dos olhos eram como óleo negro. — Não tenho a intenção de matar Magnus. Seria desordeiro e tolo, e, além disso, eu poderia ter providenciado sua morte em qualquer tempo. O que quero é a vida dele cedida voluntariamente, pois a vida de um imortal tem poder, grande poder, e vai me ajudar a abastecer meu reino.

— Mas ele é seu filho — protestou Isabelle.

— E vai permanecer comigo — falou Asmodeus, com um sorriso. — Em espírito, por assim dizer.

Alec girou para Magnus, que estava com as mãos nos bolsos, franzindo o rosto.

— Ele quer tirar sua imortalidade?

— Exatamente — respondeu Magnus.

— Mas... você sobreviveria? Só não seria mais imortal? — Alec parecia arrasado, e Clary não conseguia evitar sentir-se péssima por ele. Depois do motivo pelo qual Alec e Magnus terminaram, Alec não precisava ser lembrado de que um dia já desejara que a imortalidade de Magnus fosse retirada.

— Minha imortalidade teria fim — explicou Magnus. — Todos os anos da minha vida me alcançariam de uma só vez. Seria muito improvável que eu sobrevivesse. Quase quatrocentos anos são muita coisa para assimilar, mesmo que você sempre use hidratante.

— Não pode — disse Alec, e tinha uma súplica na voz. — Ele disse "uma vida cedida voluntariamente". Diga não.

Magnus levantou a cabeça e olhou para Alec; foi um olhar que fez Clary enrubescer e desviar a cara. Tinha tanto amor, misturado a exasperação, orgulho e desespero. Um olhar sem reservas, que parecia errado testemunhá-lo.

— Não posso negar, Alexander — falou. — Se o fizer, todos permaneceremos aqui; morreremos de qualquer jeito. Passaremos fome, nossas cinzas se transformarão em pó para atormentarem os demônios deste reino.

— Tudo bem — disse Alec. — Nenhum de nós daria sua vida em troca da nossa.

Magnus olhou em volta, para os rostos dos companheiros, sujos, exaustos, brutalizados e desesperados, e Clary viu a expressão de Magnus mudar quando ele notou que Alec estava certo. Nenhum deles trocaria a vida de Magnus pela própria, nem pela de todos.

— Eu vivi por muito tempo — argumentou Magnus. — Tantos anos, e não, não parece suficiente. Não vou mentir e dizer que parece. Quero continuar; em parte por sua causa, Alec. Jamais quis viver tanto quanto nos últimos meses, com você.

Alec pareceu arrasado.

— Morreremos juntos — falou. — Permita que pelo menos eu fique, com você.

— Precisa voltar. Você precisa voltar para o mundo.

— Não quero o mundo. Quero você — suplicou Alec, e Magnus fechou os olhos, como se as palavras quase machucassem. Asmodeus observava enquanto falavam, ávidos, quase famintos, e Clary se lembrou de que demônios se alimentavam de emoções humanas: medo, alegria, amor e dor. Sobretudo dor.

— Você não pode ficar comigo — disse Magnus após uma pausa. — Não haverá mais eu; o demônio tomará minha força de vida, e meu corpo irá ruir. Quatrocentos anos, lembre-se.

— "O demônio" — reclamou Asmodeus, e fungou. — Poderia ao menos dizer meu nome enquanto me entedia.

Clary concluiu então que talvez odiasse Asmodeus mais que a qualquer outro demônio que já havia conhecido.

— Vá em frente, meu menino — acrescentou Asmodeus. — Não tenho toda a eternidade para esperar; nem você, não mais.

— Tenho que salvá-lo, Alec — disse Magnus. — Você e todos que você ama; é um preço pequeno a se pagar, não é, no fim das contas? Por tudo isso?

— Não *todos* que eu amo — sussurrou Alec, e Clary sentiu lágrimas acumuladas nos olhos. Ela havia se esforçado tanto, tanto para se tornar a pessoa a pagar o preço por aquilo tudo. Não era justo que Magnus pagasse; Magnus, quem menos tinha participação na história de Nephilim, anjos, demônios e vingança em comparação ao restante; Magnus, que era apenas parte daquilo porque amava Alec. — *Não* — disse Alec. Em meio a lágrimas Clary os viu agarrados; havia carinho até mesmo na curva dos dedos de Magnus em torno do ombro de Alec enquanto ele se abaixava para beijá-lo. Um beijo de desespero e apego, mais que paixão; Magnus chegou a cravar os dedos no braço de Alec, mas no fim recuou, e virou-se para o pai.

— Certo — falou Magnus, e Clary percebeu que ele estava se preparando como se estivesse prestes a se lançar em uma fogueira. — Certo, leve-me. Dou-lhe a minha vida. Eu sou...

Simon — que tinha permanecido em silêncio até aquele instante; Simon, que Clary quase esquecera que estava ali — deu um passo para a frente.

— Eu estou disposto.

As sobrancelhas de Asmodeus se ergueram.

— O que foi isso?

Isabelle pareceu entender antes de todo mundo. Empalideceu e disse:

— Não, Simon, não!

Mas Simon prosseguiu, as costas eretas, o queixo empinado.

— Também tenho vida imortal — falou. — Magnus não é o único. Pegue a minha; pegue minha imortalidade.

— Ahhh — respirou Asmodeus, com os olhos subitamente brilhantes. — Azazel me falou a seu respeito. Um vampiro não é interessante, mas um *Diurno!* Você carrega o poder do sol em suas veias. Luz do sol e vida eterna, é um poder e tanto.

— Sim — disse Simon. — Se aceitar minha imortalidade em vez da de Magnus, darei a você. Estou...

— *Simon!* — protestou Clary, porém já era tarde demais.

— Estou disposto — concluiu, e com uma olhada em volta para o restante do grupo, tensionou o maxilar, com um olhar que significava *Está dito. Está feito.*

— Meu Deus, Simon, não — interveio Magnus, com uma voz de terrível tristeza, e fechou os olhos.

— Só tenho 17 anos — falou Simon. — Se ele retirar minha imortalidade, vou viver minha vida, não morrerei aqui. Eu jamais quis ser imortal, jamais quis ser vampiro, jamais quis nada disso.

— Você não vai viver a sua vida! — Havia lágrimas nos olhos de Isabelle. — Se Asmodeus tirar sua imortalidade, você será um cadáver Simon. Você é morto-vivo.

Asmodeus emitiu um ruído grosseiro.

— Você é uma menina muito burra — falou. — Sou um Príncipe do Inferno. Posso derrubar paredes entre os mundos. Posso construir mundos e destruí-los. Você acha que não posso reverter a Transformação que torna um humano num vampiro? Acha que não posso fazer com que o coração dele volte a bater? Brincadeira de criança.

— Mas por que você faria isso? — questionou Clary, espantada. — Por que o faria viver? Você é um demônio. Não se importa...

— Não me importo. Mas quero — respondeu Asmodeus. —Tem mais uma coisa que desejo de vocês. Mais um item para adoçar o acordo. — Sorriu, e seus dentes brilharam como cristais afiados.

— O quê? — A voz de Magnus tremeu. — O que quer?

— As lembranças dele — respondeu Asmodeus.

— Azazel pegou uma lembrança de cada um de nós como pagamento por um favor — disse Alec. — Qual é a relação entre demônios e lembranças?

— Lembranças humanas, cedidas livremente, são como alimento para nós — explicou Asmodeus. — Demônios vivem dos gritos e da agonia dos amaldiçoados em tormenta. Imagine então que bela mudança de ritmo é um banquete de boas lembranças. Ficam deliciosas quando misturadas, o doce e o amargo. — Olhou em volta, os olhos de gato brilhando. — E já dá para perceber que haverá muitas lembranças boas para extrair, vampirinho, pois você é muito amado, não é?

Simon pareceu arrasado. Falou:

— Mas se você retirar minhas lembranças, quem eu serei? Eu não...

— Bem — disse Asmodeus. — Eu poderia tirar todas as suas lembranças e deixá-lo como um idiota babão, suponho, mas, sinceramente, quem quer as lembranças de um bebê? Chatice, chatice. A questão é: o que seria *mais* divertido? Lembranças são deliciosas, mas a dor também é. O que causaria mais dor aos seus amigos, aqui? O que os lembraria de temer

CIDADE DO FOGO CELESTIAL

o poder e a inteligência dos demônios? — Ele entrelaçou as mãos junto às costas. Cada um dos botões do terno branco tinha formato de mosca.

— Prometi minha imortalidade — disse Simon. — Não minhas lembranças. Você disse "cedidas voluntariamente"...

— Deus do Inferno, a banalidade — falou Asmodeus, e se moveu, rápido como uma chama, para pegar Simon pelo braço. Isabelle avançou, como se fosse segurar Simon, e então recuou com um arfar. Um vergão vermelho apareceu na bochecha dela. Izzy colocou a mão, parecendo chocada.

— Deixe-a em paz — disparou Simon, e desvencilhou o braço das garras do demônio.

— Membro do Submundo — arfou o demônio, e tocou os longos dedos aracnídeos no rosto de Simon. — Você devia ter um coração que batia muito forte, quando batia.

— Deixe-o em paz — disse Jace, sacando a espada. — Ele é nosso, não seu; os Nephilim protegem o que é deles...

— Não! — protestou Simon. Estava tremendo completamente, mas a coluna se mantinha ereta. — Jace, não. É o único jeito.

— De fato é — concordou Asmodeus. — Pois nenhum de vocês pode combater um Príncipe do Inferno em seu reino de poder; nem mesmo você, Jace Herondale, filho dos anjos, ou você, Clarissa Fairchild, com seus truques e símbolos. — Ele remexeu os dedos, sutilmente; a espada de Jace caiu no chão, e este puxou a mão, se contorcendo de dor, como se tivesse sofrido uma queimadura. Asmodeus lhe concedeu apenas um olhar antes de levantar a mão outra vez.

— Lá está o portal. Vejam. — Gesticulou para a parede, que brilhou e ficou clara. Através dela, Clary via os contornos do Salão dos Acordos. Lá estavam os corpos dos Crepusculares, caídos no chão em montes escarlate, e lá estavam os Caçadores de Sombras, correndo, tropeçando, se abraçando: vitória depois da batalha.

E lá estavam sua mãe e Luke, olhando em volta, espantados. Continuavam na mesma posição em que estavam no palanque. Luke de pé, Jocelyn ajoelhada com o corpo do filho nos braços. Outros Caçadores de Sombras estavam começando a olhar para eles, surpresos, como se tivessem surgido do nada — o que era o caso.

— Aí está tudo que vocês desejam — disse Asmodeus, enquanto o portal piscava e escurecia. — Em troca ficarei com a imortalidade do Diurno, e, além disso, com as lembranças que ele tem do Mundo das Sombras: todas as lembranças de todos vocês, de tudo que aprendeu, de tudo que passou. É o meu desejo.

Simon arregalou os olhos; Clary sentiu seu coração saltar. Magnus parecia ter sido apunhalado.

— Aí está — sussurrou. — O truque no coração do jogo. Sempre tem algum, com os demônios.

799

Isabelle pareceu incrédula.

— Está dizendo que quer que ele *se esqueça* de nós?

— Tudo sobre vocês, e que um dia os conheceu — disse Asmodeus. — Ofereço isto em troca. Ele vai viver. Terá a vida de um mundano. Terá a família de volta; a mãe, a irmã. Amigos, colégio, todos os aspectos de uma vida humana *normal*.

Clary olhou desesperadamente para Simon. Ele estava tremendo, abrindo e fechando as mãos. Não disse nada.

— De jeito nenhum — disse Jace.

— Tudo bem. Então todos morrerão aqui. Você não tem muitas condições de negociar, Caçadorzinho de Sombras. O que são as lembranças em comparação a este custo de vida?

— Você está falando sobre quem Simon *é* — argumentou Clary. — Está falando em tirá-lo de nós para sempre.

— Sim. Não é ótimo? — Asmodeus sorriu.

— Isso é ridículo — declarou Isabelle. — Digamos que você tire as lembranças dele. O que nos impede de encontrá-lo e contar sobre o Mundo das Sombras? De apresentá-lo à magia? Já fizemos isso, podemos fazer de novo.

— Antes, ele conhecia você, conhecia Clary e confiava nela — disse Asmodeus. — Agora não conhecerá nenhum de vocês. Todos serão estranhos para ele, e por que ele daria ouvidos a estranhos loucos? Além disso, conhecem a Lei do Pacto tão bem quanto eu. Vocês a estão violando ao contar sobre o Mundo das Sombras sem qualquer motivo, colocando a vida dele em risco. Antes as circunstâncias eram especiais. Agora não serão mais. A Clave retirará todas as suas Marcas, se tentarem.

— Por falar em Clave — falou Jace. — Não ficarão muito felizes se você jogar um mundano em uma vida onde todos que o conhecem pensam que ele é um *vampiro*. Todos os amigos de Simon sabem! A família sabe! A irmã, a mãe. *Eles* contarão, mesmo que nós não contemos.

— Entendo. — Amadeus pareceu desagradado. — Isso complica as coisas. Talvez seja melhor pegar a vida de Magnus, afinal...

— *Não* — berrou Simon. Estava chocado, nauseado, mas sua voz parecia determinada. Asmodeus olhou para ele, cheio de cobiça.

— Simon, cale a boca — interrompeu Magnus desesperadamente. — Leve a mim, pai...

— Quero o Diurno — disse Asmodeus. — Magnus, Magnus. Você nunca entendeu direito o que é ser demônio, entendeu? Alimentar-se de dor? Mas o que é a dor? Tormento físico, isso é tão tedioso; qualquer demônio de jardim é capaz de fazer isso. Ser um *artista* da dor, criar agonia, escurecer a alma, transformar motivos nobres em sujeira, amar cobiçar e depois odiar, transformar uma fonte de alegria em uma fonte de tortura, é para *isso* que existimos! — A voz dele ressoou. — Vou até o universo mundano. Tirarei as lembranças

CIDADE DO FOGO CELESTIAL

daqueles que são próximos do Diurno. Vão se lembrar dele apenas como mortal. Não se lembrarão de Clary.

— Não! — gritou Clary, e Asmodeus lançou a cabeça para trás e riu, uma risada deslumbrante que a fez se lembrar de que ele um dia ele fora anjo.

— Você não pode tirar nossas lembranças — falou Isabelle, furiosa. — Somos Nephilim. Seria equivalente a um ataque. A Clave...

— As lembranças de vocês podem ficar — cortou Asmodeus. — Nada do que se recordam sobre Simon vai me causar problemas com a Clave, e, além disso, vocês serão atormentados por isso, o que só aumentará meu júbilo. — Sorriu. — Vou abrir um buraco no coração do seu mundo, e, quando sentirem, pensarão em mim, e se lembrarão de mim. Lembrarão! — Asmodeus puxou Simon, sua mão deslizando para pressionar o peito de Simon, como se pudesse alcançar o coração dele através das costelas. — Começamos aqui. Está pronto, Diurno?

— Pare! — Isabelle deu um passo à frente, com o chicote na mão, os olhos em chamas. — Sabemos seu nome, demônio. Acha que tenho medo de acabar até mesmo com um Príncipe do Inferno? Eu colocaria sua cabeça na minha parede como um troféu, e, se ousar tocar em Simon, vou caçá-lo. Passarei minha *vida* caçando-o...

Alec passou os braços em volta da irmã e a segurou firme.

— Isabelle — disse baixinho. — Não.

— Como assim, não? — protestou Clary. — Não podemos permitir que isso aconteça... Jace...

— É uma escolha de Simon. — Jace continuava em choque; estava completamente pálido e imóvel. Os olhos se fixaram nos de Simon. — Temos que honrá-la.

Simon olhou para Jace e inclinou a cabeça. Seu olhar estava passeando lentamente por todos eles, de Magnus para Alec, e Isabelle, onde parou e ficou, e estava tão cheio de possibilidades arruinadas que Clary sentiu o próprio coração partir.

Então seu olhar foi para Clary, e ela sentiu o restante de si ruir. Havia tanto na expressão dele, tantos anos de tanto amor, tantos segredos sussurrados, promessas e sonhos compartilhados. Ela o viu esticar o braço, e em seguida algo brilhante voou em direção a ela. Clary levantou a mão e pegou, reflexivamente. Era o anel dourado que tinha dado a ele. Fechou a mão em volta da peça, sentindo a espetada do metal na palma da mão, a mão acolhendo a dor.

— Basta — disse Asmodeus. — Detesto despedidas. — E apertou Simon, que engasgou, arregalando os olhos; e levou a mão ao peito.

— Meu coração... — Engasgou-se, e Clary soube, soube pelo olhar dele, que seu coração tinha voltado a bater.

Ela piscou contra as lágrimas enquanto uma bruma branca explodia em torno deles. Ouviu Simon gritar de dor; os pés dela começaram a se movimentar espontaneamente, e ela correu para a frente, apenas para ser contida, como se tivesse batido em uma parede invisível. Alguém a segurou; Jace, pensou ela. Havia braços em volta dela, mesmo enquanto a bruma cercava Simon e o demônio como um pequeno tornado, bloqueando-os parcialmente da vista.

Formas começaram a aparecer na bruma conforme ela ficava mais densa. Clary se viu com Simon quando crianças, de mãos dadas, atravessando uma rua no Brooklyn; ela usava fivelas no cabelo, e Simon estava adoravelmente desgrenhado, os óculos caindo no nariz. Lá estavam os dois novamente, atirando bolas de neve no Prospect Park; e na fazenda de Luke, bronzeados pelo verão, pendurados de cabeça para baixo em galhos de árvores. Ela os viu no Java Jones, ouvindo a poesia terrível de Eric, e na garupa de uma moto voadora que aterrissava em um estacionamento, com Jace ali, olhando para eles, olhos semicerrados contra o sol. E Simon com Isabelle, com as mãos no rosto dela, beijando-a, e Clary enxergou Isabelle pelos olhos de Simon: frágil e forte, e muito, muito linda. E lá estava o navio de Valentim, Simon ajoelhado em Jace, sangue na boca e na camisa, sangue na garganta de Jace, a cela em Idris, o rosto esgotado de Hodge, e Simon e Clary novamente, Clary desenhando a Marca de Caim em sua testa. Maureen com seu sangue no chão, e o chapeuzinho rosa, e o telhado de Manhattan onde Lilith despertara Sebastian, e Clary passando para ele um anel sobre uma mesa, e um Anjo saindo de um lago diante dele, e ele beijando Isabelle...

Todas as lembranças de Simon, as lembranças de magia, as lembranças de todos eles, sendo extraídas e rodando em um turbilhão. Brilhavam num tom de ouro branco tão reluzente quanto a luz do dia. Havia um ruído em torno deles, como uma tempestade se formando, mas Clary mal ouvia. Esticou as mãos, rogando, apesar de não saber pelo que implorava.

— *Por favor...*

Sentiu os braços de Jace a apertarem, e em seguida a beira da tempestade a capturou. Ela foi elevada e carregada. Viu o salão de pedra se afastar a uma velocidade terrível, e a tempestade levou seus gritos por Simon e os transformou nos sons de uma ventania impetuosa. As mãos de Jace foram arrancadas dos ombros dela. Clary estava sozinha no caos, e por um instante achou que Asmodeus tivesse mentido afinal, que não havia passagem, e que flutuariam naquele nada para sempre, até morrer.

Então veio o chão, rápido. Ela viu o piso do Salão dos Acordos, mármore duro com veias douradas, antes de atingi-lo. A colisão foi forte, fazendo-a bater os dentes; ela rolou automaticamente, conforme aprendera, e parou ao lado do chafariz de sereia no centro.

Sentou-se e olhou em volta. O salão estava preenchido por rostos silenciosos que a encaravam, mas nenhum deles importava. Ela não estava procurando por estranhos. Viu Jace primeiro; ele tinha aterrissado agachado, em posição de combate. Clary notou os ombros dele relaxarem enquanto ele olhava em volta, percebendo onde estavam, que estavam em Idris, e que a guerra tinha acabado. E lá estava Alec; ainda segurando a mão de Magnus, que parecia nauseado e exausto, mas pelo menos estava vivo.

E Isabelle. Foi a que pousou mais perto de Clary, a mais ou menos 30 centímetros. Ela já estava de pé, seu olhar percorrendo a sala uma, duas, e uma terceira vez, desesperada. Estavam todos ali, todos, exceto um.

Ela olhou para Clary; os olhos brilhavam de lágrimas.

— Simon não está aqui — disse ela. — Ele realmente se foi.

O silêncio que dominou os Caçadores de Sombras reunidos pareceu romper como uma onda: de repente havia vários Nephilim correndo para eles. Clary viu a mãe e Luke, Robert e Maryse, Aline e Helen, e até Emma Carstairs, vindo cercá-los, abraçá-los, curá-los e ajudá-los. Clary sabia que todos tinham boas intenções, que estavam correndo para o bem, mas não sentiu alívio. Apertando o anel dourado na palma, ela se encolheu no chão e finalmente se permitiu chorar.

Capítulo 24

E CHAMAM ISSO DE PAZ

— Quem, então, será o representante das Cortes das Fadas? — perguntou Jia Penhallow.

O Salão dos Acordos estava decorado com as bandeiras de cor azul da vitória. Pareciam recortes do céu. Todas tinham o símbolo dourado do triunfo. Lá fora estava um dia claro de inverno, e a luz que entrava pelas janelas brilhava pelas longas filas de cadeiras colocadas de frente para o palanque no centro, onde a Consulesa e o Inquisidor se encontravam, sentados à uma mesa longa. A mesa tinha sido decorada com mais dourado e azul: enormes castiçais dourados que quase impediam Emma de enxergar os integrantes do Submundo que também estavam à mesa: Luke, representando os lobisomens, uma jovem chamada Lily, representando os vampiros; e o famosíssimo Magnus Bane, representante dos feiticeiros.

Não havia assento para um representante das fadas. Lentamente, dentre a multidão sentada, uma jovem se levantou. Tinha olhos completamente azuis, sem qualquer parte branca, e orelhas pontudas como as de Helen.

— Sou Kaelie Whitewillow — disse. — Represento a Corte Seelie.

— Mas não a Unseelie? — perguntou Jia, a caneta pairando sobre um pergaminho.

Kaelie balançou a cabeça, os lábios contraídos. Um burburinho tomou o salão. Apesar da clareza das bandeiras, o clima no recinto estava tenso, e não alegre. Na fileira de assentos em frente aos Blackthorn estavam os Lightwood: Maryse com a coluna ereta, e ao seu lado, Isabelle e Alec, cujas cabeças estavam abaixadas enquanto ambos sussurravam.

Jocelyn Fairchild estava ao lado de Maryse, mas não havia sinal de Clary Fray ou de Jace Lightwood em lugar nenhum.

— A Corte Unseelie recusa um representante — disse Jia, anotando com a caneta. Depois olhou para Kaelie sobre a armação dos óculos. — Que recado nos traz da Corte Seelie? Concordam com nossas condições?

Emma ouviu Helen respirando fundo, de lá da ponta de sua fileira de assentos. Dru, Tavvy e os gêmeos foram considerados jovens demais para comparecer à reunião; tecnicamente, ninguém com menos de 18 anos podia ir, mas exceções especiais foram abertas para aqueles que, como ela e Julian, tinham sido afetados diretamente pelo que estava passando a se chamar de Guerra Maligna.

Kaelie foi até a passagem entre as filas de assentos e começou a caminhar em direção ao palanque; Robert Lightwood se levantou.

— É preciso pedir permissão para se aproximar da Consulesa — informou ele, com voz grave.

— Permissão não concedida — declarou Jia, com firmeza. — Fique onde está, Kaelie Whitewillow. Estou ouvindo perfeitamente bem.

Emma sentiu uma onda repentina de piedade pela fada — todos a fuzilavam com o olhar. Exceto Aline e Helen, que estavam sentadas grudadas uma na outra, de mãos dadas, com as juntas dos dedos até brancas em função do aperto.

— A Corte das Fadas pede sua clemência — disse Kaelie, apertando as mãos na frente do corpo. — As condições que vocês determinaram são severas demais. As fadas sempre mantiveram a soberania, nossos próprios reis e rainhas. Sempre tivemos guerreiros. Somos um povo ancião. O que estão pedindo vai nos destruir completamente.

Um leve burburinho percorreu o salão. Não foi um ruído amistoso. Jia pegou o papel que estava sobre a mesa na frente dela.

— Vamos revisar? — sugeriu ela. — Solicitamos que as Cortes das Fadas aceitem toda a responsabilidade pelas baixas e pelos danos sofridos por Caçadores de Sombras e integrantes do Submundo durante a Guerra Maligna. O Povo das Fadas ficará responsável pelos custos de reconstrução das barreiras quebradas, pelo restabelecimento da Praetor Lupus em Long Island e pela reconstrução do que foi destruído em Alicante. Gastarão as próprias riquezas com isso. Quanto aos Caçadores de Sombras que foram tirados de nós...

— Se está se referindo a Mark Blackthorn, ele foi levado pela Caçada Selvagem — disse Kaelie. — Não temos jurisdição sobre eles. Terão que negociar diretamente com eles, mas não vamos impedir.

— Ele não foi o único tirado de nós — insistiu Jia. — Há aquilo que não pode ser reparado: a perda de vidas de Caçadores de Sombras e licantropes na batalha, aqueles que perdemos pelo Cálice Infernal...

— Isso foi Sebastian Morgenstern, não as Cortes — protestou Kaelie. — Ele era um *Caçador de Sombras*.

— E é por isso que não estamos punindo vocês com uma guerra que inevitavelmente perderiam — respondeu Jia, com frieza. — Em vez disso, insistimos para que meramente desmontem seus exércitos, pela extinção dos guerreiros fada. Não podem mais carregar armas. Qualquer fada encontrada armada sem licença da Clave será executada imediatamente.

— As condições são severas demais — protestou Kaelie. — O Povo das Fadas não pode se sujeitar a elas! Se não tivermos armas, não teremos como nos defender!

— Colocaremos em votação, então — disse Jia, repousando o papel. — Qualquer um que discorde das condições apresentadas ao Povo das Fadas, por favor, fale agora.

Fez-se um longo silêncio. Emma notou os olhos de Helen percorrendo a sala, a boca contraída; Aline a segurava pelo pulso, com força. Finalmente ouviu-se o som de uma cadeira se arrastando, ecoando no silêncio, e uma figura solitária se levantou.

Magnus Bane. Ainda estava pálido por conta do ocorrido em Edom, mas os olhos verde-dourados brilhavam com uma intensidade que Emma era capaz de enxergar do outro lado da sala.

— Sei que essa história mundana não interessa muito à maioria dos Caçadores de Sombras — disse ele. — Mas houve uma época anterior aos Nephilim. Uma época na qual Roma lutou contra a cidade de Cartago, e ao longo de muitas guerras foi vitoriosa. Após uma das guerras, Roma exigiu que Cartago lhe pagasse tributos, que se desfizesse do exército e que a terra de Cartago fosse coberta de sal. O historiador Tácito disse o seguinte dos romanos: "Eles fazem um deserto e chamam isso de paz." — Voltou-se para Jia: — Os cartagineses nunca se esqueceram. O ódio a Roma suscitou outra guerra, e tal guerra terminou em morte e escravidão. Aquilo não foi paz. *Isto* não é paz.

Com isso, vieram gritos da assembleia.

— Talvez não queiramos paz, feiticeiro! — gritou alguém.

— Então qual é a sua solução? — questionou outra pessoa.

— Clemência — respondeu Magnus. — O Povo das Fadas há muito odeia os Nephilim por sua severidade. Mostrem a eles algo além de severidade e em troca receberão algo além de ódio!

Um novo burburinho se irrompeu, porém dessa vez mais alto que nunca; Jia levantou a mão, e a multidão se aquietou.

— Mais alguém aqui fala em nome do Povo das Fadas? — perguntou ela.

Magnus, sentando-se novamente, olhou de soslaio para os colegas do Submundo, mas Lily sorria e Luke encarava a mesa fixamente. Era de conhecimento geral que a irmã dele tinha sido a primeira a ser levada e Transformada em Crepuscular por Sebastian Morgenstern, que muitos dos lobos da Praetor eram amigos dele, inclusive Jordan Kyle — e, mesmo assim, havia dúvida no rosto de Luke...

— Luke — falou Magnus, com uma voz suave que de algum jeito conseguira ecoar pelo salão. — Por favor.

A dúvida desapareceu. Luke balançou a cabeça de forma sombria.

— Não peça o que não posso dar — respondeu. — Toda a Praetor foi destruída, Magnus. Como representante dos lobisomens, não posso me pronunciar contra o que todos eles querem. Se eu fizesse isso, eles se voltariam contra a Clave, e nada de bom sairia disso.

— Pronto, então — disse Jia. — Fale, Kaelie Whitewillow. Concordará com as condições ou haverá uma guerra entre nós?

A menina fada baixou a cabeça.

— Concordamos com as condições.

A assembleia explodiu em aplausos. Apenas alguns não bateram palmas: Magnus, a fila dos Blackthorn, os Lightwood e a própria Emma. Ela estava ocupada demais observando Kaelie enquanto a fada se sentava. A cabeça podia estar abaixada em submissão, mas o rosto parecia carregado de fúria incandescente.

— Então está feito — disse Jia, claramente satisfeita. — Agora passaremos ao tópico sobre...

— Espere. — Um Caçador de Sombras magro e de cabelos escuros tinha se levantado. Emma não o reconhecera. Poderia ser qualquer um. Talvez um Cartwright? Um Pontmercy? — A questão de Mark e Helen Blackthorn permanece.

Helen fechou os olhos. Parecia um réu num tribunal — meio que à espera de uma condenação, meio que torcendo por um indulto —, bem no ato em que a condenação era decretada.

Jia pausou, a caneta na mão.

— O que quer dizer, Balogh?

Balogh se levantou.

— Já se discutiu o fato de que as forças de Morgenstern penetraram o Instituto de Los Angeles com grande facilidade. Tanto Mark quanto Helen têm sangue de fada. Sabemos que o menino já está com a Caçada Selvagem, então não podemos fazer nada, mas a menina não deve permanecer entre Caçadores de Sombras. Não é aceitável.

Aline se levantou.

— Isso é ridículo! — disparou. — Helen é Caçadora de Sombras; sempre foi! Ela tem sangue do Anjo, você não pode ignorar isso!

— E sangue de fada — argumentou Balogh. — Ela consegue mentir. Para nosso desgosto, já fomos enganados por um da espécie dela. E digo que temos que remover suas Marcas...

Luke bateu na mesa, causando um estrondo; Magnus estava inclinado para a frente, as mãos com dedos longos cobrindo-lhe o rosto, os ombros encolhidos.

— A menina não fez nada — disse Luke. — Você não pode puni-la por um acaso congênito.

— Acasos congênitos fazem de nós o que somos — rebateu Balogh, com teimosia. — Você não pode negar o sangue de fada nela. Não pode negar que ela consegue mentir. Se uma nova guerra acontecer, de que lado sua lealdade estará?

Helen se levantou.

— Do mesmo lado em que esteve agora — refutou ela. — Lutei em Burren, na Cidadela e em Alicante, para proteger minha família e proteger os Nephilim. Jamais dei qualquer motivo para que alguém questionasse minha lealdade.

— É assim que acontece — enfatizou Magnus, levantando-se. — Não conseguem enxergar que é assim que começa, *de novo*?

— Helen tem razão — disse Jia. — Ela não fez nada de errado.

Outra Caçadora de Sombras se levantou, uma mulher com cabelos escuros amontoados na cabeça.

— Com sua licença, Consulesa, mas a senhora não é imparcial — opinou ela. — Todos nós sabemos da relação de sua filha com a menina fada. A senhora deveria se abster da discussão.

— Helen Blackthorn é necessária, senhora Sedgewick — disse Diana Wrayburn, levantando-se. Parecia revoltada; Emma se lembrou dela no Salão dos Acordos, da maneira como tentou ajudá-la. — Os pais dela foram assassinados; ela tem cinco irmãos mais novos para cuidar...

— Ela não é necessária — disparou Sedgewick. — Estamos reabrindo a Academia; as crianças podem ir para lá, ou podem se dividir por diferentes Institutos...

— Não — sussurrou Julian. As mãos estavam cerradas, apoiadas nos joelhos.

— De jeito nenhum — berrou Helen. — Jia, você deve...

Jia encontrou os olhos dela e assentiu, lenta e relutantemente.

— Arthur Blackthorn — ordenou. — Por favor, levante-se.

Emma sentiu Julian congelando em choque ao seu lado quando um homem do outro lado do recinto, o qual estava oculto em meio à multidão, se levantou. Era uma versão magra, mais pálida e menor do pai de Julian, com cabelos castanhos ralos e os olhos dos Blackthorn semiescondidos por trás de óculos. Estava pesadamente apoiado em uma bengala de madeira, demonstrando um desconforto que a fez imaginar que o ferimento que requeria a bengala era recente.

— Gostaria de esperar até depois desta reunião para que as crianças conhecessem o tio adequadamente — disse Jia. — Chameio assim que soube dos ataques ao Instituto de Los Angeles, é claro, mas ele tinha sido ferido em Londres. Só chegou a Idris hoje de manhã. — Ela suspirou. — Senhor Blackthorn, pode se apresentar.

O homem tinha um rosto redondo e simpático, e parecia extremamente desconfortável ao ser encarado por tantas pessoas.

— Sou Arthur Blackthorn, irmão de Andrew Blackthorn — falou. Seu sotaque era britânico; Emma sempre se esquecia que o pai de Julian era de Londres originalmente. Ele tinha perdido o sotaque há anos. — Vou me mudar para o Instituto de Los Angeles assim que possível, e levarei meus sobrinhos comigo. As crianças ficarão sob minha proteção.

— Aquele é realmente seu tio? — sussurrou Emma, encarando o sujeito.

— Sim, é ele — sussurrou Julian de volta, claramente agitado. — É só que... eu imaginava... quero dizer, eu estava realmente começando a achar que ele não viria. Eu... eu preferia que Helen cuidasse de nós.

— Ao mesmo tempo em que tenho certeza de que estamos todos incomensuravelmente aliviados por você cuidar das crianças Blackthorn — disse Luke —, Helen é uma delas. Está dizendo que, ao assumir a responsabilidade pelos irmãos mais novos, concorda que as Marcas dela devam ser removidas?

Arthur Blackthorn pareceu horrorizado.

— De jeito nenhum — falou. — Meu irmão pode não ter sido sábio em seus... galanteios... mas todos os registros afirmam que os filhos de Caçadores de Sombras são Caçadores de Sombras. Como dizem, *ut incepit fidelis sic permanent.*

Julian deslizou no assento.

— Mais latim — murmurou. — Exatamente como papai.

— O que isso quer dizer? — perguntou Emma.

— "Ela começa leal e termina leal"... algo assim. — Os olhos de Julian percorreram o salão; todos estavam murmurando e encarando. Jia em uma conversa em surdina com Robert e os representantes do Submundo. Helen continuava de pé, mas Aline parecia ser a única coisa a sustentá-la.

O grupo no palanque se separou, e Robert Lightwood deu um passo para a frente. Sua expressão era ameaçadora.

— Para que não haja qualquer discussão de que a amizade pessoal entre Jia e Helen Blackthorn influenciou sua decisão, ela se absteve — informou ele. — O restante de nós decidiu que, como Helen tem 18 anos, a idade em que muitos jovens Caçadores de Sombras são colocados em outros Institutos para estudar, ela irá para a Ilha Wrangel para estudar as barreiras.

— Por quanto tempo? — manifestou-se Balogh imediatamente.

— Por tempo indeterminado — respondeu Robert, e Helen sentou-se na cadeira, com Aline ao lado, o rosto expressando dor e choque.

A Ilha Wrangel podia ser o berço de todas as barreiras que protegiam o mundo, um posto de muito prestígio sob muitos aspectos, mas era também uma ilha minúscula no congelado mar Ártico ao norte da Rússia, a milhares de quilômetros de Los Angeles.

— Está bom para vocês? — perguntou Jia, com a voz gélida. — Senhor Balogh? Senhora Sedgewick? Vamos votar? Todos a favor de enviar Helen Blackthorn para a Ilha Wrangel até que sua lealdade seja determinada, digam "sim".

Um coro dizendo "sim" e um mais discreto dizendo "não" atravessou a sala. Emma não disse nada, nem Jules; ambos eram jovens demais para votar. Emma esticou a mão e pegou a de Julian, apertando-a com força; os dedos dele pareciam gelo. Ele tinha o olhar de alguém que já havia apanhado tanto que nem queria mais levantar. Helen soluçava baixinho nos braços de Aline.

— Permanece a questão de Mark Blackthorn — disse Balogh.

— *Qual* questão? — perguntou Robert Lightwood, soando exasperado. — O menino foi levado pela Caçada Selvagem! Na improbabilidade de conseguir negociar a liberação dele, este não deveria ser um problema com o qual devamos nos preocupar quando for a hora?

— É justamente isso — disse Balogh. — Desde que não negociemos a soltura, o problema se resolve sozinho. O menino provavelmente está melhor com seus semelhantes.

O rosto redondo de Arthur Blackthorn empalideceu.

— Não — falou. — Meu irmão não quereria isso. Ele iria querer o menino em casa, com a família. — Ele apontou para onde Emma e Julian estavam sentados. — Tantas coisas já foram tiradas deles. Como podemos tirar mais?

— Estamos protegendo-os. — Sedgewick se irritou. — Contra um irmão e uma irmã que, com o tempo, provavelmente só irão traí-los, e eles vão perceber que a lealdade deles está com as Cortes. Todos em favor do abandono permanente das buscas por Mark Blackthorn digam "sim".

Emma esticou o braço para segurar Julian enquanto ele se inclinava para a frente na cadeira. Ela estava desajeitadamente agarrada a ele. Todos os músculos de Julian pareciam duros como ferro, como se ele estivesse se preparando para uma queda ou um golpe. Helen se inclinou para ele, sussurrando e murmurando, o rosto dela marcado por lágrimas. Quando Aline esticou o braço por cima de Helen para afagar o cabelo de Jules, Emma viu o anel Blackthorn brilhando no dedo dela. Enquanto o coro dizendo "sim" percorria o recinto em uma terrível sinfonia, o brilho da joia fazia Emma pensar na luz do sinal de alerta no oceano, onde ninguém podia ver, onde não havia ninguém para se importar.

Se aquilo era paz e vitória, pensou Emma, talvez guerra e luta fossem melhores, afinal.

Jace deslizou das costas do cavalo e esticou a mão para ajudar Clary a descer.

— Chegamos — disse ele, virando para olhar o lago.

CIDADE DO FOGO CELESTIAL

Estavam em uma praia rasa na costa oeste do Lago Lyn. Não era a mesma praia em que Valentim se postara ao invocar o Anjo Raziel, não era a mesma praia onde Jace sangrara até a morte e depois ressuscitara, mas Clary não vinha ao lago desde então, e a visão dele ainda lhe causava calafrios.

Era um local adorável, sem dúvida. O lago se estendia, tingido pela cor do céu de inverno, delineado em prata, a superfície escovada e ondulada de modo que lembrava um pedaço de papel-alumínio dobrando e desdobrando ao toque do vento. As nuvens eram brancas e altas, e as colinas ao redor, sem vegetação.

Clary avançou até a beira da água. Tinha achado que a mãe viria com ela, mas na última hora Jocelyn recusara, alegando já ter se despedido do filho havia muito tempo e afirmando que esta era a vez de Clary. A Clave tinha cremado o corpo — a pedido de Clary. A cremação era uma honra, e os que morriam em desgraça eram enterrados em cruzamentos, intactos e sem cremação, assim como acontecera à mãe de Jace. A cremação era mais que um favor, pensou Clary; era uma garantia para a Clave, a certeza absoluta de que ele estava morto. Mas, mesmo assim, as cinzas de Jonathan jamais poderiam ser levadas para a casa dos Irmãos do Silêncio. Jamais fariam parte da Cidade dos Ossos; ele jamais seria uma alma entre outras almas Nephilim.

Ele nunca seria enterrado entre aqueles cujas mortes havia provocado, e isso, pensou Clary, era muito justo. Os Crepusculares foram cremados, e suas cinzas enterradas no cruzamento próximo a Brocelind. Ergueriam um monumento ali, uma necrópole para que se recordassem daqueles que um dia foram Caçadores de Sombras, no entanto não haveria monumento para recordar Jonathan Morgenstern, de quem ninguém queria se lembrar. Até Clary queria poder esquecer, mas nada era tão fácil.

A água do lago estava límpida, com um ligeiro brilho de arco-íris, como uma lustrada de óleo. A água lambeu as botas de Clary enquanto ela abria a caixa prateada que segurava. Lá dentro estavam as cinzas, finas e cinzentas, pontilhadas com pedaços de ossos queimados. Entre as cinzas estava o anel Morgenstern, brilhante e prateado. O anel estivera pendurado em um cordão no pescoço de Jonathan quando ele fora cremado, e permanecera intacto e intocado pelo fogo.

— Nunca tive um irmão — disse ela. — Não de verdade.

Clary sentiu Jace colocando a mão em suas costas, entre os ombros.

— Teve, sim — corrigiu ele. — Teve Simon. Ele foi seu irmão de todas as maneiras que importam. Viu você crescer, defendeu você, lutou com e por você, se importou com você a vida toda. Foi o irmão que você escolheu. Mesmo que ele... não esteja mais aqui, nada nem ninguém pode tirar isso de você.

Clary respirou fundo e jogou a caixa o mais longe possível, a qual voou longe, sobre a água brilhante como arco-íris, cinzas pretas deixando um rastro, como a coluna de fumaça de um jatinho, e o anel caiu junto, girando sem parar, irradiando faíscas prateadas enquanto caía e caía e desaparecia sob a água.

— *Ave atque vale* — disse ela, recitando os versos completos do antigo poema. — *Ave atque vale in perpetuum, frater*. Saudações e adeus para sempre, meu irmão.

A brisa que vinha do lago era fria; Clary a sentia no rosto, gelada nas bochechas, e só então percebeu que chorava, e que seu rosto na verdade estava frio por estar molhado pelas lágrimas. Após saber que Jonathan estava vivo, ficou imaginando por que a mãe chorava todos os anos no aniversário dele. Por que chorar se o odiava? Mas agora Clary compreendia. A mãe chorava pelo filho que nunca teria, por todos os sonhos perdidos na imaginação de ter um filho, na ideia de como o menino seria. E chorava pelo acaso amargo que destruíra aquela criança antes mesmo de seu nascimento. Então, como Jocelyn havia feito durante tantos anos, Clary ficou ao lado do Espelho Mortal e chorou pelo irmão que jamais teria, pelo menino que nunca tivera a chance de viver. E também chorou por todos os que morreram na Guerra Maligna, e chorou pela mãe, pela perda que ela sofrera, por Emma e pelos Blackthorn, lembrando-se de como se esforçaram para segurar as lágrimas quando ela lhes contara que tinha visto Mark nos túneis de Faerie, e de como ele agora era parte da Caçada, e chorou por Simon e pelo buraco no coração onde ele habitara, e pelo quanto sentiria saudade dele todos os dias até morrer, e chorou por ela mesma e pelas mudanças que aconteceram dentro dela, pois às vezes mesmo mudanças para melhor se assemelhavam um pouco à morte.

Jace ficou ao lado de Clary enquanto ela chorava, segurando sua mão silenciosamente, até as cinzas de Jonathan acabarem de afundar sem deixar rastros.

— Não fique ouvindo a conversa alheia — disse Julian.

Emma o encarou. Tudo bem, então ela conseguia ouvir as vozes elevadas através da madeira espessa da porta do escritório da Consulesa, porta que estava fechada, exceto por uma rachadura. E talvez *estivesse* se inclinando em direção à porta, atormentada pelo fato de poder ouvir as vozes, quase identificá-las, mas não com precisão. E daí? Não era melhor saber das coisas do que não saber?

Ela articulou a boca sem emitir som:

— E daí?

Julian ergueu as sobrancelhas. Não se podia dizer particularmente que Julian *gostava* de regras, mas ele as obedecia. Emma achava que regras existiam para serem quebradas, ou no mínimo contornadas.

Além disso, estava entediada. Ambos tinham sido conduzidos à porta e deixados ali por um dos membros do Conselho, ao fim do longo corredor que se estendia por quase toda a extensão do Gard. Havia tapeçarias penduradas por toda a entrada do escritório, gastas pela passagem do tempo. A maioria delas ilustrava passagens da história dos Caçadores de Sombras: o Anjo ascendendo do lago com os Instrumentos Mortais, o Anjo entregando o Livro Gray a Jonathan Caçador de Sombras, os Primeiros Acordos, a Batalha de Xangai, o Conselho de Buenos Aires. Havia também outra tapeçaria, esta parecendo mais nova e recém-pendurada, que ilustrava o Anjo saindo do lago, desta vez sem os Instrumentos Mortais. Havia um homem louro à beira do lago e, perto dele, quase invisível, a figura de uma menina magrinha com cabelos ruivos, empunhando uma estela...

— Um dia vai existir uma tapeçaria sobre você — disse Jules.

Emma desviou o olhar para ele.

— É preciso fazer alguma coisa muito grande para ganhar uma tapeçaria. Tipo vencer uma guerra.

— Você pode vencer uma guerra — afirmou ele, confiante.

Emma sentiu um ligeiro aperto no coração. Quando Julian a olhava daquele jeito, como se ela fosse brilhante e incrível, diminuía um pouco a dor pela ausência dos pais. Ter alguém gostando de você daquele jeito era uma garantia de que nunca se sentiria totalmente só.

A não ser que eles decidissem tirar Emma de Jules, é claro. Que a obrigassem a se mudar para Idris, ou para algum dos Institutos onde tinha parentes distantes — Inglaterra, China ou Irã. Subitamente em pânico, ela pegou a estela e marcou um símbolo de audição no braço antes de encostar a orelha contra a madeira da porta, ignorando o olhar de Julian.

As vozes imediatamente se tornaram claras. Ela reconheceu primeiro a de Jia, e em um instante, a segunda: a Consulesa estava conversando com Luke Garroway.

— ... Zachariah? Ele não é mais um Caçador de Sombras ativo — falava Jia. — Ele foi embora hoje antes da reunião, dizendo que tinha algumas pontas soltas para atar, e em seguida um compromisso urgente em Londres no começo de janeiro, algo que não podia perder.

Luke murmurou uma resposta que Emma não ouviu; ela não sabia que Zachariah ia embora, e gostaria de ter podido agradecer pela ajuda que ele dera na noite da batalha. E de ter perguntado como ele sabia que seu nome do meio era Cordelia.

Ela se inclinou mais para a porta e ouviu Luke no meio de uma frase:

— ... tinha que contar primeiro a você — dizia. — Estou planejando renunciar a minha posição de representante. Maia Roberts ficará no meu lugar.

Jia emitiu um ruído surpreso.

— Ela não é um pouco jovem?

— É muito capaz — respondeu Luke. — Não precisa do meu aval...

— Não precisa mesmo — concordou Jia. — Sem o aviso dela de que Sebastian iria atacar, teríamos perdido muito mais Caçadores de Sombras.

— E ela será a líder do bando de Nova York a partir de agora, então faz mais sentido que ela seja a representante, e não eu. — Ele suspirou. — Além disso, Jia, perdi minha irmã. Jocelyn perdeu o filho... outra vez. E Clary ainda está arrasada pelo que aconteceu a Simon. Quero estar presente para minha filha.

Jia emitiu um ruído descontente.

— Talvez eu não devesse tê-la deixado tentar ligar para ele.

— Ela precisava saber — disse Luke. — É uma perda. Ela tem que assimilar. Tem que passar pelo luto. Gostaria de estar por perto para ajudá-la. Gostaria de me casar. Gostaria de estar presente para minha família. Preciso renunciar.

— Bem, você tem minha bênção, é claro — falou ela. — Embora eu fosse gostar de sua ajuda na reabertura da Academia. Perdemos tanta gente. Fazia muito tempo que a morte não levava tantos Nephilim. Precisamos fazer uma busca no universo mundano, encontrar aqueles que podem Ascender, ensiná-los e treiná-los. Teremos muito trabalho.

— E muitas pessoas para ajudar. — O tom de Luke era inflexível.

Jia suspirou.

— Vou receber Maia bem, não há o que temer. Pobre Magnus, cercado de mulheres.

— Duvido que ele vá se importar, ou notar — disse Luke. — No entanto, devo dizer, ele tem razão, Jia. Abandonar as buscas por Mark Blackthorn, enviar Helen Blackthorn para a Ilha Wrangel... Foi uma crueldade desmedida.

Fez-se uma pausa, e então:

— Eu sei — concordou Jia, com a voz baixa. — Acha que não sei o que fiz com minha própria filha? Mas permitir que Helen ficasse... vi o ódio nos olhos de meus próprios Caçadores de Sombras e temi por Helen. Temi por Mark, caso o encontremos.

— Bem, já eu notei a desolação nos olhos das crianças Blackthorn — argumentou Luke.

— Crianças são fortes.

— Eles perderam o irmão e o pai, e agora você os está deixando para que sejam criados por um tio que só viram algumas vezes na vida...

— Vão passar a conhecê-lo; ele é um homem bom. Diana Wrayburn também já solicitou o cargo de tutora deles, e estou inclinada a conceder. Ela ficou impressionada com a coragem deles...

— Mas não é mãe deles. Minha mãe me abandonou quando eu era criança — disse Luke. — Ela se tornou uma Irmã de Ferro. Cleophas. Nunca mais a vi. Amatis me criou. Não sei o que teria feito sem ela. Era... tudo que eu tinha.

Emma olhou rapidamente para Julian, para ver se ele tinha escutado. Achou que não; ele não estava olhando para ela, mas encarando o nada, os olhos verde-azulados tão distantes quanto o oceano ao qual se assemelhavam. Ela ficou se perguntando se ele estaria se lembrando do passado ou temendo o futuro; desejou que pudesse rebobinar o relógio, recuperar os pais, devolver o pai a Jules, Helen e Mark, consertar o que estava quebrado.

— Sinto muito por Amatis — disse Jia. — E estou preocupada com as crianças Blackthorn, acredite. Mas sempre tivemos órfãos; somos Nephilim. Você sabe disso tão bem quanto eu. Quanto à menina Carstairs, será trazida a Idris; temo que ela fique um pouco resistente...

Emma empurrou a porta do escritório, a qual cedeu com mais facilidade do que ela esperava, e ela meio que caiu lá dentro. Ouviu Jules soltar uma exclamação de espanto e em seguida ir atrás dela, puxando a traseira do cinto para colocá-la de pé.

— Não! — exclamou ela.

Tanto Jia quanto Luke a encararam, surpresos; a boca de Jia parcialmente aberta, Luke começando a esboçar um sorriso.

— Um pouco? — disse ele.

— Emma Carstairs — começou Jia, levantando —, como você ousa...

— Como *você* ousa. — E Emma ficou completamente surpresa por ter sido Julian a dizer aquela frase, seus olhos verdes queimando. Em cinco segundos ele passou de menino preocupado a jovem furioso, os cabelos castanhos arrepiados, como se também estivessem irritados. — Como ousa gritar com Emma quando foi você quem fez promessas? Você prometeu que a Clave jamais abandonaria Mark enquanto ele estivesse vivo, *você prometeu!*

Jia teve a decência de parecer envergonhada.

— Ele agora faz parte da Caçada Selvagem — justificou ela. — Eles não são mortos nem vivos.

— Então você sabia — disse Julian. — Quando fez sua promessa, sabia que não significava nada.

— Significava salvar Idris — respondeu Jia. — Sinto muito. Precisávamos de vocês dois, e eu... — Ela soou como se estivesse engasgando com as palavras. — Eu teria cumprido a promessa caso pudesse. Se houvesse um jeito... se pudesse ser feito... eu faria.

— Então você tem uma dívida conosco — disse Emma, plantando os pés com firmeza diante da mesa da Consulesa. — Você nos deve uma promessa quebrada. Então tem que fazer *isto* agora.

— Fazer o quê? — Jia pareceu espantada.

— Não vou me mudar para Idris. Não vou. Meu lugar é em Los Angeles.

Emma sentiu Jules congelar atrás dela.

— Claro que você não vai se mudar para Idris — interrompeu ele. — Do que está falando?

Emma apontou um dedo acusatório para Jia.

— Ela disse isso.

— De jeito nenhum — falou Julian. — Emma mora em Los Angeles; é a *casa* dela. Pode ficar no Instituto. É o que Caçadores de Sombras *fazem*. O Instituto é um abrigo.

— Seu tio vai controlar o Instituto — disse Jia. — Ele vai decidir.

— E o que ele disse? — perguntou Julian, e por trás daquelas palavras havia uma enormidade de sentimentos. Quando Julian amava alguém, amava para sempre; quando odiava, também era para sempre. Emma tinha a sensação de que a dúvida sobre odiar ou amar o tio para sempre seria respondida neste exato momento.

— Ele disse que a receberia — respondeu Jia. — Mas, sinceramente, acho que há lugar para Emma na Academia de Caçadores de Sombras aqui em Idris. Ela é excepcionalmente talentosa, estaria cercada pelos melhores instrutores, há muitos alunos que sofreram perdas e podem ajudá-la com sua dor...

Sua dor. De repente a mente de Emma navegou por uma série de imagens: as fotos dos corpos de seus pais na praia, cobertos por marcas. A clara falta de interesse da Clave no que acontecera com eles. Seu pai abaixando para beijá-la antes de ir para o carro, onde sua mãe esperava. A risada deles ao vento.

— *Eu* sofri perdas — falou Julian, entre dentes. — Posso ajudá-la.

—Você tem 12 anos — afirmou Jia, como se isso respondesse tudo.

— Não terei 12 para sempre! — gritou Julian. — Eu e Emma nos conhecemos desde sempre. Ela é como... ela é como...

— Nós vamos ser *parabatai* — declarou Emma subitamente, antes que Julian pudesse falar que ela era como se fosse sua irmã. Por algum motivo, ela não queria ouvir isso.

Os olhos de todos se arregalaram, inclusive os de Julian.

— Julian me pediu, e eu disse sim — esclareceu ela. — Temos 12 anos; temos idade suficiente para fazer essa escolha.

Os olhos de Luke brilharam ao olhar para ela.

—Você não pode separar *parabatai* — falou ele. — É contra a Lei da Clave.

— Precisamos poder treinar juntos — alegou Emma. — Fazer provas juntos, passar pelo ritual juntos...

— Sim, sim, compreendo — disse Jia. — Muito bem. Seu tio não se importa, Julian, se Emma morar no Instituto, e a instituição *parabatai* supera todas as outras considerações. — Ela olhou de Emma para Julian, cujos olhos estavam brilhando. Ele parecia feliz, feliz de verdade, pela primeira vez em tanto tempo que Emma quase não conseguia se lembrar da última vez em que o vira sorrir assim. — Tem certeza? — acrescentou a Consulesa.

— Tornar-se *parabatai* é algo muito sério, nada para ser encarado com leviandade. É um compromisso. Terão que cuidar um do outro, proteger um ao outro, se importar com o outro mais que consigo.

— Já fazemos tudo isso — respondeu Julian, confiante.

Emma demorou um pouco mais para falar. Ainda enxergava os pais em sua mente. Los Angeles tinha todas as respostas sobre o que havia acontecido com eles. Respostas das quais ela precisava. Se ninguém vingasse as mortes deles, seria como se nunca tivessem vivido.

E não era como se ela não quisesse ser *parabatai* de Julian. A ideia de passar a vida inteira sem nunca se separar dele, uma promessa de que jamais estaria sozinha, superava a voz no fundo de sua mente que sussurrava: *espere...*

Ela assentiu com firmeza.

— Absoluta — falou. — Temos certeza absoluta.

Idris era verde, dourada e castanho-avermelhada no outono, quando Clary esteve lá pela primeira vez. Tinha um esplendor forte no fim do inverno, tão perto do natal: as montanhas se erguiam ao longe, os cumes cobertos por neve branca, e as árvores cercando a estrada que levava de volta a Alicante a partir do lago estavam nuas, os galhos desfolhados formavam estampas semelhantes a renda contra o céu brilhante.

Cavalgaram sem pressa, Wayfarer galopando levemente pelo caminho, Clary atrás de Jace, os braços segurando-o pelo tronco. Às vezes ele desacelerava o cavalo para apontar para as casas das famílias de Caçadores de Sombras mais ricas, que ficavam escondidas da estrada quando as árvores estavam carregadas, no entanto estavam visíveis agora. Ela sentiu os ombros dele enrijecerem quando passaram por uma cujas pedras cobertas por hera quase se camuflavam na floresta ao redor. Obviamente tinha sido incendiada e reconstruída.

— O solar Blackthorn — disse ele. — O que significa que depois desta curva está... — Ele pausou quando Wayfarer subiu um pequeno monte, e então Jace o controlou para que pudessem olhar para onde a estrada se bifurcava. Uma das direções levava a Alicante. Clary achou estar vendo as torres demoníacas ao longe, enquanto a outra se curvava em direção a uma enorme construção de pedras douradas, cercada por um muro baixo. — O solar Herondale — concluiu Jace.

O vento aumentou; gelado, soprou os cabelos de Jace. Clary estava com o capuz levantado, mas Jace estava com a cabeça e as mãos desprotegidas, após declarar que detestava usar luvas quando montava. Gostava de sentir as rédeas na mão.

— Quer descer e dar uma olhada? — perguntou ela.

A respiração dele saiu em uma nuvem branca.

— Não tenho certeza.

Ela se aconchegou mais perto dele, tremendo.

— Está com medo de perder a reunião do Conselho? — Ela estava, apesar de que fossem voltar para Nova York no dia seguinte e não fosse haver outro momento no qual ela poderia pensar em repousar secretamente as cinzas de seu irmão; fora Jace quem sugerira pegar o cavalo no estábulo e cavalgar até o Lago Lyn quando quase todo mundo em Alicante estivesse no Salão dos Acordos. Jace entendia o que significava para Clary a ideia de enterrar o irmão, muito embora fosse ser difícil explicar para qualquer outra pessoa.

Ele balançou a cabeça.

— Somos jovens demais para votar. Além disso, acho que eles se viram bem sem nós dois. — Ele franziu a testa. — Teríamos que invadir. A Consulesa disse que enquanto eu quiser me chamar Lightwood, não terei qualquer direito legal sobre as propriedades Herondale. Sequer tenho um anel Herondale. Nem existe. As Irmãs de Ferro teriam que forjar um novo. Inclusive, quando eu fizer 18 anos, perderei totalmente o direito ao nome.

Clary ficou sentada, parada, segurando levemente a cintura dele. Havia momentos em que ele queria ser estimulado e queria que fizessem perguntas, e momentos em que não queria. Este se encaixava na segunda opção. Jace chegaria a uma conclusão sozinho. Ela o abraçou, respirando baixinho até ele ficar tenso de repente e bater os pés nas laterais de Wayfarer.

O cavalo trotou pela trilha que levava ao solar. Os portões baixos — decorados em ferro com motivos de pássaros voando — estavam abertos, e a trilha levava a uma entrada circular de cascalhos, ao centro da qual havia um chafariz de pedra, agora seco. Jace foi até a frente dos amplos degraus que levavam à porta principal e ficou olhando para as janelas vazias.

— Foi aqui que nasci — informou. — Aqui que minha mãe morreu, e onde Valentim me arrancou do corpo dela. E onde Hodge me pegou e me escondeu, para que ninguém soubesse. Também era inverno.

— Jace... — Ela abriu as mãos sobre o peito dele, sentindo o coração com os dedos.

— Acho que quero ser um Herondale — disse ele subitamente.

— Então seja um Herondale.

— Não quero trair os Lightwood — falou. — São minha família. Mas percebi que se eu não assumir o nome Herondale, este morrerá comigo.

— Não é responsabilidade sua...

— Eu sei — respondeu. — Na caixa, aquela que Amatis me deu, tinha uma carta do meu pai para mim. Ele escreveu antes de eu nascer. Li algumas vezes. Nas primeiras vezes em que li, simplesmente o odiei, apesar de ele ter falado que me amava. Mas havia algumas frases que não consegui tirar da minha cabeça. Ele disse *"quero que você seja um homem melhor do que eu fui. Não deixe que ninguém lhe diga quem você é ou deve ser"*. — Ele inclinou a cabeça para trás, como se capaz de ler o futuro na curva das calhas do solar. — Mudar o nome não muda a natureza. Veja só Sebastian... Jonathan. Chamar-se Sebastian não fez a menor diferença no fim. Eu queria me livrar do nome Herondale porque achava que odiava meu pai, mas não o odeio. Ele pode ter sido fraco e feito as escolhas erradas, mas estava ciente disso. Não tenho razão para odiá-lo. E houve gerações de Herondale antes dele; é uma família que fez muitas coisas boas, então deixar esta casa inteira ruir só para me vingar de meu pai seria um desperdício.

— Esta é a primeira vez que ouço você chamá-lo de pai, e que soa como tal — disse Clary. — Normalmente você só fala assim de Valentim.

Ela o sentiu suspirar, e então cobriu as mãos dela com a dele, que estavam em seu peito. Os dedos longos e esguios estavam gelados, tão familiares que ela seria capaz de reconhecê-los no escuro.

— Podemos morar aqui um dia — disse ele. — Juntos.

Ela sorriu, sabendo que ele não podia vê-la, mas sem conseguir se conter.

— Acha que me ganha com uma casa chique? — brincou ela. — Não se precipite, Jace. Jace *Herondale* — acrescentou, e o abraçou no frio.

Alec estava sentado na beira do telhado, balançando os pés. Supunha que se algum dos pais retornasse para casa e olhasse para cima, eles o veriam ali e gritariam com ele, mas duvidava que Maryse ou Robert fossem voltar tão cedo. Foram chamados ao escritório da Consulesa depois da reunião e provavelmente ainda estavam lá. O novo tratado com o Povo das Fadas seria acertado ao longo da semana seguinte, e durante este período eles ficariam em Idris, enquanto o restante dos Lightwood voltaria a Nova York e comemoraria o ano-novo sem eles. Alec tecnicamente iria administrar o Instituto naquela semana. Ficou surpreso em descobrir que estava ansioso por isso.

Tal responsabilidade era uma boa forma de distrair a mente de outras coisas. Coisas como o estado de Jocelyn quando seu filho morrera, ou a maneira como Clary abafara seus soluços silenciosos contra o chão ao perceber que tinham voltado de Edom sem Simon. A expressão de Magnus, carregada de desespero, enquanto dizia o nome de seu pai.

A perda era parte da vida dos Caçadores de Sombras, era algo esperado, mas isso não ajudara Alec em nada ao ver a expressão de Helen no Salão do Conselho quando ela foi exilada para a Ilha Wrangel.

— Não havia nada que você pudesse fazer. Não se condene. — A voz era familiar; Alec cerrou os olhos, tentando regular a respiração antes de responder.

— Como chegou aqui em cima? — perguntou. Fez-se um ruído de tecido farfalhando enquanto Magnus se acomodava ao lado de Alec na beira do telhado.

Alec arriscou uma olhada de soslaio para ele. Só tinha visto Magnus duas vezes, brevemente, desde a volta de Edom; uma quando os Irmãos do Silêncio os liberaram da quarentena, e outra no Salão do Conselho. Em nenhuma das ocasiões conseguiram conversar. Alec o olhava agora com uma ansiedade que desconfiava estar mal disfarçada. Magnus já recuperara a cor saudável depois da aparência desgastada que adquirira em Edom; os hematomas estavam praticamente curados, os olhos tinham recuperado a luz, brilhando sob o céu crepuscular.

Alec se lembrou de ter abraçado Magnus no reino demoníaco, quando o encontrou acorrentado, e ficou imaginando por que essas coisas eram mais fáceis quando você achava que estava prestes a morrer.

— Eu deveria ter falado alguma coisa — comentou Alec. — Votei contra o exílio.

— Eu sei — disse Magnus. — Você e mais ou menos outras dez pessoas. A votação foi imensamente favorável ao exílio de Helen. — Ele balançou a cabeça. — As pessoas se assustam e descontam em qualquer um que julgam ser diferente. É a mesma história que já vi mil vezes.

— Faz com que eu me sinta tão inútil.

— Você é tudo menos inútil. — Magnus inclinou a cabeça para trás, os olhos vasculhando o céu enquanto as estrelas começavam a aparecer, uma a uma. — Salvou minha vida.

— Em Edom? — perguntou Alec. — Ajudei, mas na verdade... você salvou a própria vida.

— Não só em Edom — falou Magnus. — Eu tinha... eu tenho quase 400 anos de idade, Alexander. Feiticeiros, à medida que envelhecem, começam a calcificar. Param de conseguir *sentir* coisas. De se importar, de se animar, de se surpreender. Eu sempre disse a mim que isso jamais aconteceria comigo. Que eu tentaria ser como Peter Pan, que não cresceria, sempre conservaria o senso de surpresa. Que sempre me apaixonaria, me surpreenderia, me disporia a me machucar tanto quanto me disporia a ser feliz. Mas ao longo dos últimos vinte anos mais ou menos, senti a idade me alcançar assim mesmo. Antes de você, eu não tinha ninguém há muito tempo. Ninguém que eu tenha amado. Ninguém que tenha me surpreendido ou me tirado o fôlego. Até você entrar naquela festa, eu achava que nunca mais voltaria a sentir com tanta intensidade.

Alec prendeu a respiração e olhou para as próprias mãos.

— O que está dizendo? — A voz saiu trêmula. — Que quer reatar?

— Se você quiser — falou Magnus, e de fato soou inseguro, o suficiente para Alec encará-lo, surpreso. Magnus parecia muito jovem, olhos arregalados, verde-dourados, o cabelo tocando as têmporas em cachos negros. — Se você...

Alec ficou paralisado. Há semanas vinha sonhando acordado com Magnus falando aquelas exatas palavras, mas agora que estava acontecendo, não se sentia como imaginara. Não houve fogos de artifício no peito; sentia-se vazio e frio.

— Não sei — respondeu.

A luz nos olhos de Magnus se apagou. Ele disse:

— Bem, consigo entender que você... não fui muito gentil.

— Não — respondeu Alec bruscamente. — Não foi, mas suponho que seja difícil terminar com alguém de modo gentil. A questão é que *realmente* lamento pelo que fiz. Errei. Errei feio. Mas o motivo pelo qual errei não vai mudar. Não posso passar a vida com a sensação de que não o conheço. Você fica dizendo que passado é passado, mas o passado fez de você quem é. Eu quero saber sobre a sua vida. E, se não estiver disposto a me contar, então não devo ficar com você. Porque eu me conheço, e nunca vou aceitar isso na boa. Então não devo submeter nós dois a tudo outra vez.

Magnus puxou os joelhos para o peito. No crepúsculo, ele parecia desengonçado contra as sombras, com pernas e braços longos e dedos esguios brilhando por causa dos anéis.

— Eu te amo — disse ele baixinho.

— Não... — retrucou Alec. — Não faça isso. Não é justo. Além disso... — Ele desviou o olhar. — Duvido que eu seja o primeiro a partir seu coração.

— Meu coração já foi partido mais vezes que a Lei da Clave sobre Caçadores de Sombras não poderem se envolver romanticamente com integrantes do Submundo foi violada — falou Magnus, mas a voz soou frágil. — Alec... você tem razão.

Alec olhou de esguelha para ele. Desconfiava que provavelmente nunca tinha visto um feiticeiro tão vulnerável.

— Não é justo com você — disse Magnus. — Eu sempre disse a mim mesmo que ia me abrir a novas experiências, então quando comecei a... a endurecer... fiquei surpreso. Achei que tivesse feito tudo certo, que não tivesse fechado o coração. E aí pensei no que você falou, e percebi que estava começando a morrer por dentro. Se jamais conta a ninguém a verdade sobre si, em algum momento começa a esquecê-la. O amor, a dor, a alegria, o desespero, as coisas boas que fiz, as vergonhosas... se eu guardasse todas para mim, minhas lembranças começariam a desaparecer. E eu desapareceria.

— Eu... — Alec não sabia ao certo o que dizer.

— Tive muito tempo para pensar desde que terminamos — falou Magnus. — E escrevi isto. — Ele tirou um caderno do bolso interno do paletó: um caderno normal, em espiral e com folhas pautadas, mas quando o vento bateu, Alec notou que as páginas estavam preenchidas por uma letra cursiva bem delicada. A letra de Magnus. — Escrevi a minha vida.

Alec arregalou os olhos.

— A vida toda?

— Não toda — respondeu Magnus cautelosamente. — Mas alguns dos incidentes que me moldaram. Como conheci Raphael, quando ele era bem jovem — falou Magnus, e soou triste. — Como me apaixonei por Camille. A história do Hotel Dumort, embora Catarina tenha precisado me ajudar nessa parte. Alguns dos meus primeiros amores, e alguns dos últimos. Nomes que você talvez conheça: Herondale...

— Will Herondale — disse Alec. — Camille o mencionou. — Ele pegou o caderno; as páginas finas pareciam irregulares, como se Magnus tivesse pressionado a caneta com muita força enquanto escrevia. — Você esteve... *com* ele?

Magnus riu e balançou a cabeça.

— Não... mas há muitos Herondale nessas páginas. O filho de Will, James Herondale, era incrível, assim como a irmã de James, Lucie. Mas devo dizer que Stephen Herondale me fez perder o encanto pela família, até Jace aparecer. Aquele sujeito era um saco. — Magnus notou Alec encarando-o e acrescentou rapidamente: — Nenhum Herondale. Nenhum Caçador de Sombras, aliás.

— Nenhum Caçador de Sombras?

— Nenhum está em meu coração como você está — disse Magnus. E tamborilou levemente no caderno. — Considere esta uma primeira edição de tudo que quero lhe contar. Eu não tinha muita certeza, mas torci para que... se você quisesse ficar comigo, do mesmo jeito que quero ficar contigo, você encarasse isto como uma prova. Prova de que quero dar a você algo que nunca dei a ninguém: meu passado, a verdade a meu respeito. Quero compartilhar minha vida com você, e isso significa hoje, o futuro e todo meu passado, se você quiser. Se me quiser.

Alec baixou o caderno. Havia algo escrito na primeira página, uma dedicatória: *Querido Alec...*

Ele via o caminho diante de si muito claramente: poderia devolver o caderno, afastar-se de Magnus, encontrar outra pessoa, um Caçador de Sombras para amar, ficar com ele, compartilhar a previsibilidade de dias e noites, a poesia diária de uma vida comum.

Ou poderia dar um passo para o nada e escolher Magnus, sua poesia muito mais estranha, seu brilho e sua fúria, seus maus-humores e alegrias, as incríveis habilidades de sua magia e a magia não menos incrível da forma extraordinária como ele amava.

E isso mal configurava uma escolha. Alec respirou fundo e mudou de atitude repentinamente.

— Tudo bem — falou.

Magnus correu para ele no escuro, todo enérgico agora, olhos brilhantes e maçãs do rosto acentuadas.

— Sério?

— Sério — respondeu Alec, que esticou a mão e entrelaçou os dedos nos de Magnus.

Havia uma animação sendo despertada no peito de Alec, onde até então tudo estivera escuro. Magnus segurou o rosto de Alec e o beijou, seu toque leve: um beijo lento e suave, um beijo que prometia que havia mais por vir, quando não estivessem mais em um telhado e pudessem ser vistos por qualquer um que passasse.

— Então sou seu primeiro Caçador de Sombras, hein? — perguntou Alec quando finalmente se afastaram.

— Você é meu primeiro muita coisa, Alec Lightwood — respondeu Magnus.

O sol estava se pondo quando Jace deixou Clary na casa de Amatis, a beijou e voltou pelo canal para a casa da Inquisidora. Clary ficou observando-o se afastar antes de virar para casa com um suspiro. Sentia-se feliz por estarem indo embora no dia seguinte.

Havia coisas que ela amava em Idris. Alicante continuava sendo a cidade mais charmosa que já vira: acima das casas, agora, dava para ver o pôr do sol fazendo faíscas irradiarem dos topos das torres demoníacas. As fileiras de casas pelo canal eram suavizadas pela sombra, como silhuetas de veludo. Mas era extremamente triste entrar na casa de Amatis, sabendo agora, com certeza, que a dona jamais voltaria.

Por dentro a casa estava aconchegante e pouco iluminada. Luke encontrava-se no sofá, lendo um livro. Jocelyn dormia ao lado dele, encolhida e coberta. Luke sorriu para Clary assim que ela entrou, e apontou para a cozinha, fazendo um gesto bizarro que Clary entendeu como uma indicação de que havia comida, caso ela quisesse.

Ela balançou a cabeça afirmativamente e subiu as escadas nas pontas dos pés, com cuidado para não acordar a mãe. Foi para o quarto, já tirando o casaco, e levou um instante para perceber que havia mais alguém ali.

O quarto estava frio, o ar gelado entrando pela janela semicerrada. Isabelle estava sentada no parapeito, com botas de cano alto cobrindo a calça jeans e com os cabelos soltos, esvoaçando singelamente ao vento. Olhou para Clary quando ela entrou, e sorriu fracamente.

Clary foi até a janela e sentou ao lado de Izzy. Havia espaço suficiente para as duas, mas no limite; a ponta do sapato de Clary tocou a perna de Izzy. Ela abraçou os joelhos e esperou.

— Desculpe — falou Isabelle, afinal. — Eu provavelmente devia ter vindo pela porta da frente, mas não queria ter que lidar com seus pais.

— Foi tudo bem na reunião do Conselho? — perguntou Clary. — Aconteceu alguma coisa...

Isabelle deu uma risada curta.

— As fadas concordaram com as condições impostas pela Clave.

— Bem, isso é bom, certo?

— Talvez. Magnus não pareceu achar. — Isabelle exalou. — É só que... Houve um monte de alfinetadas cheias de mágoa e raiva espetando para todos os lados. Não pareceu uma vitória. E vão mandar Helen Blackthorn para a Ilha Wrangel para "estudar as barreiras". Vai entender. Querem afastá-la porque ela tem sangue de fada.

— Que horror! E Aline?

— Aline vai junto. Ela contou para Alec — relatou Isabelle. — Tem um tio qualquer que vai vir para cuidar dos pequenos Blackthorn e da menina, a que gosta de você e de Jace.

— O nome dela é Emma — disse Clary, cutucando a perna de Isabelle com o pé. — Você podia ao menos *tentar* se lembrar. Ela nos ajudou, afinal.

— É, está um pouco difícil sentir gratidão no momento.

Isabelle passou as mãos pelas pernas envoltas no jeans e respirou fundo.

— Sei que não tinha outra solução. Fico tentando imaginar alguma, mas não consigo pensar em nada. Tínhamos que ir atrás de Sebastian, tínhamos que ter saído de Edom, ou todos teríamos morrido de qualquer jeito, mas estou com *saudades* de Simon. Sinto falta dele o tempo todo e vim aqui porque você é a única pessoa que sente tanta saudade quanto eu.

Clary congelou. Isabelle estava brincando com a pedra vermelha no pescoço, olhando pela janela, o tipo de olhar fixo que Clary conhecia bem. O olhar que dizia *estou tentando não chorar.*

823

— Eu sei — falou Clary. — Também sinto saudade dele o tempo todo, só que de um jeito diferente. É como acordar sem um braço ou uma perna, como se fosse uma coisa que eu sempre tive, e na qual sempre me apoiei, e agora não tenho mais.

Isabelle continuava olhando pela janela.

— Conte sobre o telefonema — pediu ela.

— Não sei — hesitou Clary. — Foi horrível, Iz. Não acho que você realmente queira...

— *Conte* — Isabelle repetiu entre dentes, e Clary suspirou e assentiu.

Não era como se não se lembrasse; todos os segundos daquele telefonema ardiam em seu cérebro.

Fazia três dias que tinham voltado, três dias durante os quais todos ficaram em quarentena. Nunca nenhum Caçador de Sombras havia sobrevivido a uma viagem a uma dimensão demoníaca, e os Irmãos do Silêncio queriam ter certeza absoluta de que o grupo não estava trazendo magia negra consigo. Clary passou os três dias gritando com os Irmãos do Silêncio que queria sua estela, queria um Portal, queria ver Simon, queria que alguém apenas *verificasse* como ele estava, se certificasse de que estava bem. Não viu Isabelle nem os outros naqueles dias, nem mesmo a mãe ou Luke, mas eles provavelmente ficaram aos berros também, pois no instante em que foram liberados pelos Irmãos do Silêncio, um guarda apareceu e levou Clary até o escritório da Consulesa.

Dentro do escritório da Consulesa, no Gard, no topo da Colina de Gard, situava-se o único telefone ativo em Alicante.

Tinha sido enfeitiçado pelo feiticeiro Ragnor Fell para funcionar em algum momento na virada do século, pouco antes do desenvolvimento das mensagens de fogo. Sobrevivera a diversas tentativas de remoção sob o argumento de que poderia comprometer as barreiras de proteção, considerando que nunca demonstrara qualquer sinal disto.

A única outra pessoa no recinto era Jia Penhallow, e ela gesticulou para Clary sentar.

— Magnus Bane me informou sobre o que aconteceu com seu amigo Simon Lewis no reino demoníaco — disse. — Gostaria de apresentar meus sentimentos por sua perda.

— Ele não *morreu* — respondeu Clary através de dentes cerrados. — Pelo menos não deveria ter morrido. Alguém se deu o trabalho de verificar? Alguém foi investigar se ele está bem?

— Sim — respondeu Jia, um tanto inesperadamente. — Ele está bem, morando em casa com a mãe e a irmã. Parece totalmente bem: não é mais um vampiro, é claro, mas simplesmente um mundano levando uma vida normal. Pelo que pudemos observar, ele não parece ter qualquer lembrança do Mundo das Sombras.

Clary se encolheu, em seguida se aprumou.

— Quero falar com ele.

Jia contraiu os lábios.

— Você conhece a Lei. Não pode contar a um mundano sobre o Mundo das Sombras, a não ser que o mundano em questão esteja correndo perigo. Não pode revelar a verdade, Clary. Magnus disse que o demônio que os libertou avisou a vocês sobre isso.

O demônio que os libertou. Então Magnus não revelara que tinha sido seu pai; não que Clary o culpasse por isso. Ela também não revelaria o segredo dele.

— Não vou revelar nada a Simon, tudo bem? Só quero ouvir a voz dele. Preciso saber que ele está bem.

Jia suspirou e empurrou o telefone para ela. Clary pegou, imaginando como se discava de Idris — como pagavam a conta de telefone? —, então deixou para lá, ia ligar como se estivesse no Brooklyn. Se não desse certo, pediria orientações.

Para sua surpresa o telefone tocou, e foi atendido quase imediatamente, a voz familiar da mãe de Simon ecoando pela linha.

— Alô?

— Alô. — O fone quase escorregou da mão de Clary; estava com a mão ensopada de suor. — Simon está?

— Como? Ah, sim, ele está no quarto — respondeu Elaine. — Quem fala?

Clary fechou os olhos.

— É Clary.

Fez-se um silêncio breve, e em seguida Elaine falou:

— Desculpe, quem?

— Clary Fray. — Sentiu um gosto amargo de metal no fundo da garganta. — Eu... eu estudo na Saint Xavier. É sobre nosso dever de inglês.

— Ah! Sim, muito bem, então — respondeu Elaine. — Vou chamá-lo. — Ela apoiou o fone, e Clary aguardou enquanto a mulher que expulsara Simon de casa e o chamara de monstro, abandonando-o ajoelhado enquanto vomitava sangue numa vala, fosse chamá-lo para atender o telefone como um adolescente comum.

Não foi culpa dela. Foi a Marca de Caim, atuando sem que ela tivesse conhecimento, transformando Simon em um viajante, cortando-o da família, disse Clary a si, no entanto sem conseguir fazer com que o ardor de fúria e ansiedade parasse de correr por suas veias. Ouviu os passos de Elaine se afastando, murmúrios, mais passos...

— Alô? — Era a voz de Simon, e Clary quase derrubou o telefone. O coração dela batia violentamente. Conseguia visualizá-lo com tanta clareza, magro e com cabelos castanhos, se apoiando na mesa no corredor estreito logo após a porta de entrada dos Lewis.

— Simon — disse ela. — Simon, sou eu. Clary.

Fez-se uma pausa. Quando falou novamente, ele pareceu espantado.

— Eu... a gente se conhece?

Cada palavra foi como um prego sendo martelado em sua pele.

— Fazemos aula de inglês juntos — disse ela, o que de certa forma era verdade; ambos faziam quase todas as aulas juntos quando Clary ainda frequentava o colégio mundano. — Senhor Price.

— Ah, certo. — Ele não soou antipático; foi alegre o suficiente, porém espantado. — Sinto muito. Sou péssimo com nomes e rostos. Tudo bem? Minha mãe falou alguma coisa sobre dever de casa, mas acho que não temos nenhum hoje.

— Posso fazer uma pergunta? — disse Clary.

— Sobre *Um conto de duas cidades*? — Ele soou entretido. — Olhe, ainda não li. Gosto de coisas mais modernas. *Ardil 22*, *O apanhador no campo de centeio*, essas coisas. — Estava flertando um pouco, pensou Clary. Ele devia pensar que ela havia telefonado do nada por tê-lo achado bonitinho. Uma garota qualquer da escola que ele sequer conhecia.

— Quem é a pessoa que você mais considera sua amiga? — perguntou ela. — No mundo inteiro?

Ele ficou em silêncio por um instante, em seguida riu.

— Devia ter imaginando que era sobre Eric — disse ele. — Sabe, se quisesse o telefone dele, bastava ter pedido...

Clary desligou e ficou sentada olhando para o aparelho como se fosse uma cobra venenosa. Teve consciência da voz de Jia, perguntando se estava bem, perguntando o que tinha acontecido, mas ela não respondeu, apenas enrijeceu a mandíbula, absolutamente determinada a não chorar na frente da Consulesa.

— Não acha que ele talvez só estivesse fingindo? — dizia Isabelle agora. — Fingindo que não sabia quem você era, sabe, porque podia ser perigoso?

Clary hesitou. A voz de Simon tinha soado tão jovial, tão banal, *tão completamente comum*. Ninguém seria capaz de fingir aquilo.

— Tenho total certeza — respondeu. — Ele não se lembra da gente. Não consegue.

Izzy desviou o olhar da janela, e Clary enxergou com clareza as lágrimas em seus olhos.

— Quero contar uma coisa — disse Isabelle. — E não quero que você me odeie.

— Eu não seria capaz de odiar você — respondeu Clary. — Impossível.

— É quase pior — disse ela — do que se ele tivesse morrido. Se estivesse morto, eu poderia ficar de luto, mas não sei o que pensar; ele está seguro, está vivo, eu deveria ser grata. Ele não é mais um vampiro, e ele *odiava* ser vampiro. Eu deveria estar feliz. Mas não estou. Ele disse que me amava. Disse que me amava, Clary, e agora nem sabe quem eu sou. Se eu estivesse na frente de Simon, ele não reconheceria meu rosto. Parece que nunca tive a menor importância. Que nada teve importância, ou que sequer aconteceu. Ele nunca me amou. — Ela passou a mão no rosto furiosamente. — *Odeio* isso! — disparou subitamente. — Odeio essa sensação, como se tivesse uma coisa pesando no meu peito.

— Saudade de alguém?

— É — respondeu Isabelle. — Nunca pensei que fosse me sentir assim por causa de um *garoto*.

— Não foi um garoto — disse Clary. — Foi Simon. E ele amou você de fato. E foi importante. Talvez ele não se lembre, mas você lembra. Eu me lembro. O Simon que agora mora no Brooklyn é o mesmo Simon que ele era há seis meses. E isso não é uma coisa horrível. Ele era maravilhoso. Mas ele mudou quando você o conheceu: ficou mais forte, foi ferido e ficou diferente. E *esse* foi o Simon por quem você se apaixonou, e o qual se apaixonou por você, então você está de luto, porque ele se foi. Mas pode mantê-lo um pouco vivo através das lembranças. Nós duas podemos.

Isabelle emitiu um ruído engasgado.

— *Odeio* perder as pessoas — falou, e havia um aspecto selvagem em sua voz: o desespero de alguém que tinha perdido muita coisa, muito jovem. — Odeio.

Clary segurou a mão de Izzy — a mão direita magra, a que possuía o símbolo da Clarividência se espalhando pelas juntas.

— Eu sei — disse Clary. — Mas lembre-se também das pessoas que você ganhou. Eu ganhei você. Sou grata por isso. — Ela apertou a mão de Izzy com força, e por um instante não houve reação. Então os dedos de Isabelle se fecharam sobre os dela. Ficaram sentadas em silêncio no parapeito, de mãos dadas através da distância que as separava.

Maia estava sentada no sofá do apartamento — agora era o apartamento dela. Ser líder do bando garantia um pequeno salário, e ela resolvera usá-lo para pagar um aluguel, para manter o que um dia fora a casa de Jordan e Simon, para impedir que as coisas deles fossem jogadas nas ruas por um senhorio irritado. Em algum momento ela reviraria os pertences, empacotaria o que pudesse, garimparia as lembranças. Exorcizaria os fantasmas.

Mas por ora, contudo, estava satisfeita em sentar e olhar o que tinha recebido de Idris em um pacotinho enviado por Jia Penhallow. A Consulesa não agradecera pelo alerta, embora tenha lhe dado as boas-vindas como a mais nova e permanente líder do bando de Nova York. Seu tom fora frio e distante. Na carta havia um selo de bronze, o selo do líder da Praetor Lupus, o selo com o qual a família Scott sempre assinava suas cartas. Fora recuperado das ruínas em Long Island. Havia um pequeno bilhete anexo, com duas palavras escritas com a letra cuidadosa de Jia.

Comece novamente.

— Você vai ficar bem. Prometo.

Provavelmente era a seiscentésima vez que Helen dizia a mesma coisa, pensou Emma. E provavelmente teria ajudado mais se ela não parecesse estar tentando convencer a si.

Helen praticamente havia terminado de empacotar os pertences que trouxera a Idris. Tio Arthur (ele tinha dito a Emma que o chamasse assim também) prometera enviar o restante depois. Ele estava lá embaixo esperando com Aline para levar Helen até Gard, onde pegaria o Portal para a Ilha Wrangel; Aline iria na semana seguinte, após o fim dos tratados e das votações em Alicante.

Tudo soava muito chato, complicado e horrível para Emma. Tudo que sabia era que lamentava um dia ter achado Helen e Aline sentimentais demais. Helen agora não parecia nem um pouco sentimental, só triste, os olhos vermelhos e as mãos trêmulas enquanto fechava a mala e se voltava para a cama.

Era uma cama enorme, grande o bastante para seis pessoas. Julian estava sentado apoiado no encosto de um lado, e Emma do outro. Daria para ter colocado o restante da família entre eles, pensou Emma, mas Dru, os gêmeos e Tavvy dormiam nos respectivos quartos. Dru e Livvy já tinham chorado até não poder mais; Tiberius recebera a notícia sobre a partida de Helen com olhos arregalados de assombro, como se não soubesse o que estava acontecendo ou como deveria reagir. No fim, ele apertou a mão dela solenemente e lhe desejou boa sorte, como se ela fosse uma colega partindo em uma viagem de negócios. Ela começou a chorar.

— Ah, Ty — dissera, e ele se esquivou, horrorizado.

Helen estava ajoelhada agora, cara a cara com Jules, que estava sentado na cama.

— Lembre-se do que falei, tudo bem?

— Vamos ficar bem — repetiu Julian.

Helen apertou a mão dele.

— Detesto deixá-los — falou. — Cuidaria de vocês se pudesse. Você sabe disso, não sabe? Eu assumiria o Instituto. Amo muito todos vocês.

Julian se encolheu do jeito que só um menino de 12 anos era capaz de fazer ao ouvir a palavra "amo".

— Eu sei — conseguiu responder.

— A única razão pela qual posso ir é porque sei que os estou deixando em boas mãos — explicou ela, olhando nos olhos dele.

— Está falando do tio Arthur?

— Estou falando de você — respondeu, e Jules arregalou os olhos. — Sei que é pedir muito — acrescentou. — Mas também sei que posso confiar em você. Sei que pode ajudar Dru com os pesadelos, e cuidar de Livia e Tavvy, e talvez até o tio Arthur possa fazer isso também. Ele é um homem bom. Um pouco distraído, mas parece disposto a tentar... — Ela se calou. — Mas Ty é... — Suspirou. — Ty é especial. Ele... traduz o mundo de um jeito diferente do restante de nós. Nem todo mundo fala a língua dele, mas você fala. Cuide dele por mim, tudo bem? Ele vai ser alguém incrível. Só temos que impedir que a Clave entenda o quanto ele é especial. Não gostam de pessoas diferentes — concluiu, e houve uma amargura em seu tom.

Julian estava sentando bem ereto agora, parecendo preocupado.

— Ty me odeia — disse ele. — Briga comigo o tempo todo.

— Ty *ama* você — corrigiu Helen. — Ele dorme com aquela abelha que você lhe deu. Ele observa você o tempo todo. Quer ser como você. Ele só é... é difícil — concluiu, sem saber ao certo como dizer o que queria: que Ty tinha inveja da forma como Julian navegava pelo mundo com tanta facilidade, de como conquistava facilmente o amor dos outros, da forma como os gestos cotidianos de Julian não pareciam nada de mais, soando como um truque de mágica para Ty. — Às vezes é difícil quando você quer ser como alguém e não sabe como.

Uma carranca expressiva de confusão apareceu entre as sobrancelhas de Julian, mas ele olhou para Helen e assentiu.

— Vou cuidar de Ty — falou. — Prometo.

— Ótimo. — Helen se levantou e beijou Julian rapidinho na cabeça. — Porque ele é incrível e especial. Todos vocês são. — Ela sorriu para Emma. — Você também, Emma — disse, e a voz apertou ao dizer o nome da menina, como se fosse começar a chorar. Fechou os olhos, abraçou Julian mais uma vez e saiu do quarto, pegando a mala e o casaco ao passar. Emma pôde ouvi-la correndo para baixo e, em seguida, a porta da frente se fechando entre murmúrios.

Emma olhou para Julian. Ele estava sentado reto, rijo, com o peito arfante, como se tivesse corrido. Ela esticou o braço rapidamente e pegou a mão dele, desenhando na palma do amigo: *O-Q-U-E-H-O-U-V-E?*

— Você ouviu o que Helen disse — falou com a voz baixa. — Ela confia em mim para cuidar deles. Dru, Tavvy, Livvy, Ty. Minha família inteira, basicamente. Eu vou... tenho 12 anos, Emma, e vou ter três filhos!

Ansiosamente, ela começou a escrever: *N-Ã-O-V-A-I-N-Ã-O...*

— Não precisa fazer isso — interrompeu ele. — Não é como se tivesse algum pai aqui para ouvir. — Aquela era uma coisa estranhamente amarga para Jules dizer, e Emma engoliu em seco.

— Eu sei — declarou ela afinal. — Mas gosto de ter uma linguagem secreta com você. Quero dizer, com quem mais podemos conversar sobre essas coisas, se não um com o outro?

Ele se recostou na cabeceira, virando-se para olhar para ela.

— A verdade é que não conheço nada sobre o tio Arthur. Só o vi nas festas de fim de ano. Sei que Helen diz que o conhece, e que ele é legal e tudo o mais, no entanto eles são *meus* irmãos. Eu os conheço. Ele não. — Cerrou as mãos. — Vou cuidar deles. Vou me certificar para que tenham tudo que desejam e que nada nunca seja tirado deles outra vez.

Emma esticou a mão para pegar o braço dele, e desta vez ele foi receptivo, deixando os olhos se fecharem enquanto ela escrevia na parte interna do pulso dele com o indicador.

E-U-V-O-U-A-J-U-D-A-R.

Ele sorriu para Emma, mas ela notou a tensão nos olhos dele.

— Sei que vai ajudar — respondeu, e esticou a mão e fechou sobre a dela. — Sabe qual foi a última coisa que Mark me disse antes de o levarem? — perguntou, apoiando-se contra o encosto. Parecia absolutamente exausto. — Ele falou "fique com Emma". Então vamos ficar juntos. Porque é isso que *parabatai* fazem.

Emma sentiu como se o ar tivesse sido arrancado de seus pulmões. *Parabatai*. Era uma palavra grande — para Caçadores de Sombras, uma das emoções mais fortes, mais intensas e mais envolventes que se podia ter, o compromisso mais significativo que se podia ter com alguém sem envolver amor romântico ou casamento.

Ela queria ter contado a Jules quando voltaram para casa, queria ter dito a ele de algum jeito que, quando disparou as palavras no escritório da Consulesa, sobre o plano de assumirem o compromisso *parabatai*, tinha sido mais que querer ser *parabatai*. *Diga a ele*, ecoava uma vozinha em sua mente. *Diga que é porque você precisava ficar em Los Angeles; diga que falou aquilo porque precisa estar lá para descobrir o que aconteceu com seus pais. Para se vingar.*

— Julian — falou ela suavemente, mas ele não se mexeu. Estava com os olhos fechados, os cílios escuros tocando o rosto.

O luar que adentrava pela janela o contornava em branco e prata. Os ossos da face já estavam começando a ficar proeminentes, a perda da suavidade da infância. De repente ela conseguia imaginar como seria a aparência dele quando ficasse mais velho, mais largo e forte, um Julian crescido. Ia ser muito bonito, pensou ela. As meninas iam ficar loucas por ele, e uma delas o levaria para sempre, porque Emma era sua *parabatai*, e isso significava que ela jamais poderia ser uma dessas meninas. Jamais poderia amá-lo assim.

Jules murmurou e se remexeu em seu sono inquieto. O braço estava esticado para Emma, os dedos não chegando a tocá-la no ombro. A manga estava arregaçada até o cotovelo. Ela esticou a mão e escreveu cuidadosamente em seu antebraço, onde a pele era mais clara e macia, ainda imaculada, sem nenhuma cicatriz.

S-I-N-T-O-M-U-I-T-O-J-U-L-E-S, escreveu, e se recostou, prendendo a respiração, mas ele não sentiu, e não acordou.

―◁ Epílogo ▷―
A BELEZA DE MIL ESTRELAS

MAIO, 2008

O ar estava começando a apresentar a primeira promessa tépida de verão: o sol brilhava, quente e claro, sobre a esquina da Carroll Street com a Sexta Avenida, e as árvores que cercavam o quarteirão de prédios baixos estavam carregadas de folhas verdes.

Clary tirou o casaco leve a caminho do metrô e ficou de jeans e camiseta em frente à entrada da Saint Xavier, vendo as portas se abrindo e os alunos saindo para a rua.

Isabelle e Magnus encontravam-se apoiados contra a árvore em frente a ela, Magnus com casaco de veludo e jeans, e Isabelle com um vestido prateado de festa, curto, que mostrava suas Marcas. Clary supunha que as próprias Marcas também estivessem bastante visíveis: pelos braços, na barriga onde a camiseta subia, na nuca. Algumas permanentes, outras temporárias. Todas marcando-a como diferente — não apenas diferente dos alunos agrupados na entrada do colégio, se despedindo uns dos outros, fazendo planos para ir até o parque ou de se encontrarem mais tarde no Java Jones, mas diferente de quem ela mesma havia sido um dia. Diferente da menina que fora uma deles.

Uma mulher mais velha com um poodle e um chapéu casamata assobiava enquanto caminhava ao sol. O poodle puxou a dona para a árvore onde Isabelle e Magnus estavam apoiados; a senhora pausou, assobiando. Isabelle, Clary e Magnus eram completamente invisíveis para ela.

Magnus lançou um olhar feroz para o poodle, que recuou com um ganido, meio que arrastando a dona pela rua. Magnus ficou olhando para eles.

— Feitiços de invisibilidade têm suas desvantagens — observou.

Isabelle sorriu, um sorriso que desapareceu quase imediatamente. Quando ela falou, a voz estava carregada de sentimentos reprimidos.

— Ali está ele.

Clary levantou a cabeça de repente. Os portões da escola tinham sido abertos novamente, e três meninos desceram pelos degraus da frente. Ela os reconheceu mesmo estando do outro lado da rua. Kirk, Eric e Simon. Não havia nada de diferente em Eric ou em Kirk; ela sentia o símbolo de Visão de Longo Alcance brilhar em seu braço enquanto seus olhos passavam por eles. Daí encarou Simon, sorvendo cada detalhe.

A última vez em que o vira fora em dezembro, pálido, sujo e ensanguentado no reino demoníaco. Agora tinha voltado a envelhecer, a crescer, não estava mais preso no tempo. O cabelo estava mais comprido. Caía sobre a testa e pela nuca. As bochechas tinham voltado a ter cor. Estava com um pé no primeiro degrau da escada, o corpo magro e anguloso como sempre, talvez um pouco mais encorpado do que ela se lembrava. Vestia uma camiseta azul desbotada que tinha há anos. Ele ajeitou a armação quadrada dos óculos, gesticulando animadamente com a outra mão, na qual trazia um bolo enrolado de papéis.

Sem tirar os olhos dele, Clary pegou a estela no bolso e desenhou no braço, cancelando os símbolos de invisibilidade. Ouviu Magnus murmurando alguma coisa sobre ter mais cuidado. Se alguém estivesse olhando, ela seria vista surgindo do nada entre as árvores. Mas ninguém parecia olhar para lá, e Clary guardou a estela de volta no bolso. Sua mão tremia.

— Boa sorte — disse Isabelle sem perguntar o que a outra ia fazer. Clary supôs que fosse óbvio.

Isabelle continuava apoiada na árvore; parecia esgotada e tensa, a coluna totalmente ereta. Magnus estava ocupado girando um anel de topázio azul na mão esquerda; ele simplesmente deu uma piscadela para Clary enquanto ela descia do meio-fio.

Izzy jamais iria conversar com Simon, pensou Clary, começando a atravessar a rua. Jamais arriscaria receber o olhar vazio, a ausência de reconhecimento. Jamais suportaria a prova de que tinha sido esquecida. Clary ficou imaginando se ela própria não seria algum tipo de masoquista, por se lançar nesse caminho.

Kirk já tinha saído, mas Eric a viu antes de Simon; ela ficou tensa por um instante, mas daí ficou claro que a lembrança dele a respeito dela também tinha sido apagada. Ele a olhou de um jeito confuso e apreciativo, claramente imaginando se ela estaria indo em direção a ele. Clary balançou a cabeça e apontou o queixo para Simon; Eric ergueu a sobrancelha e deu um tapinha no ombro de Simon que dizia *até mais, cara*, antes de se retirar.

Simon virou para olhar Clary, e ela sentiu como um soco no estômago. Ele estava sorrindo, os cabelos castanhos esvoaçando sobre o rosto. Usou a mão livre para afastar as mechas.

— Oi — disse ela, parando na frente dele. — Simon.

Os olhos castanho-escuros encobertos por confusão a encararam.

— Eu... a gente se conhece?

Ela engoliu em seco, o súbito gosto amargo na boca.

— Éramos amigos — disse ela, e em seguida esclareceu: — Foi há muito tempo. No jardim de infância.

Simon ergueu uma sobrancelha, duvidando.

— Eu devia ser um menino muito charmoso aos 6 anos para você ainda se lembrar de mim.

— Lembro — falou. — Também me lembro de sua mãe, Elaine, e de sua irmã, Rebecca. Ela nos deixava jogar seu jogo, o dos hipopótamos comilões, mas você comia todas as bolinhas.

Simon ficou um pouco pálido sob seu bronzeado sutil.

— Como você... isso aconteceu, mas eu estava sozinho — falou, a voz passando de espantada para alguma outra coisa.

— Não, não estava. — Ela investigou os olhos dele, tentando fazê-lo se lembrar, se lembrar de *alguma coisa*. — Estou falando, éramos amigos.

— Eu... Acho que não... me lembro — respondeu lentamente, apesar de haver sombras, uma escuridão nos olhos já escuros de Simon, que fez Clary se perguntar sobre as lembranças dele.

— Minha mãe vai se casar — disse ela. — Hoje à noite. Estou indo para lá, na verdade.

Ele esfregou a têmpora com a mão livre.

— E você precisa de um par para o casamento?

— Não. Já tenho. — Não deu para saber se ele tinha ficado decepcionado ou apenas mais confuso, como se a única explicação lógica para ela estar falando com ele tivesse acabado de desaparecer. Clary sentia as próprias bochechas ardendo. De algum jeito, se constranger daquele jeito parecia mais difícil que encarar um grupo de demônios Husa no Glick Park (e disso ela sabia bem; tinha acontecido na véspera). — Eu só... você e minha mãe eram muito próximos. Achei que você devesse saber. É um dia importante, e se as coisas tivessem dado certo, você estaria presente.

— Eu... — Simon engoliu em seco. — Desculpe?

— Não é culpa sua — continuou ela. — Nunca foi culpa sua. Nada. — Ela ficou na ponta dos pés, os olhos ardendo, e o beijou na bochecha brevemente. — Seja feliz — disse, e deu meia-volta. Conseguia enxergar as figuras borradas de Isabelle e Magnus, aguardando por ela do outro lado da rua.

— Espere!

Clary se virou. Simon tinha corrido atrás dela. Estava estendendo alguma coisa. Uma filipeta que tinha puxado do rolo que carregava.

— Minha banda... — disse ele, meio se desculpando. — Você devia ir a um show, talvez. Algum dia.

Ela pegou a filipeta e assentiu em silêncio, então correu para o outro lado da rua. Sentiu o olhar de Simon, mas não conseguia suportar a ideia de virar e flagrar aquele mesmo olhar: meio confuso, meio com pena.

Isabelle se desgrudou da árvore enquanto Clary corria até eles. Clary desacelerou o suficiente para pegar a estela e redesenhar o símbolo de invisibilidade no braço; doeu, mas ela acolheu a dor.

—Tinha razão — falou ela para Magnus. — Não adiantou nada.

— Eu não disse que não adiantaria. — Ele abriu as mãos. — Falei que ele não se lembraria de você. Falei que só devia fazer isso se aceitasse bem o fato.

— *Nunca* vou aceitar — rebateu Clary, e em seguida respirou fundo. — Desculpe — falou. — Sinto muito. Não é culpa sua, Magnus. E, Izzy... Isso também não deve ter sido divertido para você. Obrigada por ter vindo comigo.

Magnus deu de ombros.

— Não precisa se desculpar, querida.

Os olhos escuros de Isabelle examinaram Clary rapidamente; ela esticou a mão.

— O que é isso?

— Filipeta da banda — falou Clary, e entregou a Isabelle. Izzy pegou, a sobrancelha arqueada. — Não consigo olhar. Eu o ajudava a fazer cópias e distribuir... — Fez uma careta. — Deixe para lá. Talvez mais tarde eu fique feliz por ter vindo. — Então deu um sorriso torto, botando o casaco de volta. —Vou indo. Vejo vocês no sítio.

Isabelle observou Clary indo embora, caminhando pela rua, imperceptível aos outros pedestres. Em seguida, olhou para a filipeta na mão.

SIMON LEWIS, ERIC HILLCHURCH,
KIRK DUPLESSE E MATT CHARLTON

"OS INSTRUMENTOS MORTAIS"

19 DE MAIO, BANDSHELL NO PROSPECT PARK

Traga esta filipeta e ganhe 5 dólares de desconto na entrada!

A respiração de Isabelle ficou presa na garganta.

— *Magnus*.

Ele também tinha ficado observando Clary; agora olhava para Izzy, e o olhar baixou para a filipeta. Ambos ficaram encarando.

Magnus assobiou.

— Os Instrumentos Mortais?

— O nome da banda. — O papel tremia na mão de Isabelle. — Muito bem, Magnus, *temos* que... você disse que se ele se lembrasse de *qualquer coisa*...

Magnus olhou para Clary, mas ela já havia desaparecido.

— Tudo bem — falou ele. — Mas se não funcionar, se ele não quiser, nunca podemos contar para ela.

Isabelle estava amassando o papel, já alcançando a estela com a outra mão.

— Como quiser. Mas precisamos ao menos tentar.

Magnus assentiu, sombras perseguindo sombras em seus olhos verde-dourados. Isabelle notava que ele estava preocupado com ela, com medo de ela se machucar, se decepcionar, e de sentir raiva e gratidão em relação a ele.

— Tentaremos.

Tinha sido mais um dia estranho, pensou Simon. Primeiro a moça atrás do balcão do Java Jones, que perguntou sobre a amiga dele, a menina bonitinha que sempre o acompanhava e pedia café preto. Simon ficou encarando — não tinha nenhuma amiga íntima, certamente nenhuma cujas preferências sobre café ele conhecia. Quando ele disse para a moça que ela provavelmente o estava confundindo com alguém, ela o encarou como se ele fosse louco.

E em seguida a ruiva que o abordou na porta da Saint Xavier.

A frente da escola estava deserta agora. Eric deveria dar carona para Simon, mas desaparecera quando a tal ruiva se aproximara, e não ressurgiu mais. Era legal da parte de Eric achar que Simon conseguia arrumar garotas com tanta facilidade, pensou ele, mas irritante quando isso significava ter que pegar o metrô para casa.

Simon sequer pensara em tentar dar em cima dela, não mesmo. Ela parecia tão frágil, apesar das tatuagens que decoravam seus braços e sua clavícula. Talvez *fosse* louca — as provas indicavam que sim —, mas seus olhos verdes estavam enormes e tristes quando ela o olhou; aquilo o fez se lembrar de como ele estava no dia do enterro do pai. Como se alguma coisa tivesse aberto um buraco em suas costelas e esmagado seu coração. Uma perda assim — não, ela não estava dando em cima dele. A garota realmente acreditava que os dois tinham sido importantes um para o outro em algum momento.

Talvez ele *tivesse* conhecido aquela menina, pensou. Talvez se tratasse de algo que houvesse esquecido — quem se lembrava dos amigos de jardim de infância? No entanto não

835

conseguia se livrar da imagem dela, não triste, mas sorrindo sobre o ombro, segurando alguma coisa — um desenho? Ele balançou a cabeça em frustração. A imagem desapareceu como um peixe veloz escorregando do anzol.

Ele vasculhava o fundo da mente, tentando desesperadamente se lembrar. Ultimamente vinha se flagrando fazendo isso com frequência. Pedacinhos de lembranças que surgiam, fragmentos de poesias que ele não se lembrava de ter aprendido, lembranças de vozes, sonhos dos quais acordava tremendo e suando, incapaz de se lembrar do que havia se passado neles. Sonhos de paisagens desérticas, ecos, gosto de sangue, arco e flecha nas mãos (tinha aprendido a atirar com arco e flecha no acampamento de verão, mas nunca se importara *tanto assim* com aquilo, então por que estaria sonhando com isso agora?). E quase nunca voltava a dormir, a sensação dolorosa de que estava faltando alguma coisa, e ele não sabia o quê, mas *alguma coisa*, como um peso no meio do peito. Atribuía o fato a muitas campanhas noturnas de *Dungeons & Dragons*, ao estresse do terceiro ano do ensino médio, à preocupação com faculdades. Como sua mãe dissera, uma vez que se começava a se preocupar com o futuro, se começava a ter obsessão pelo passado.

— Tem alguém sentado aqui? — disse uma voz. Simon levantou o olhar e viu um homem alto de cabelos negros espetados. Trajava um paletó de veludo com um brasão bordado em fios brilhantes e usava no mínimo uma dúzia de anéis. Havia algo de estranho em suas feições...

— Quê? Eu, hum. Não — respondeu Simon, imaginando quantos estranhos o abordariam hoje. — Pode sentar, se quiser.

O homem olhou para baixo e fez uma careta.

— Vejo que muitos pombos sujaram estes degraus — observou. — Vou permanecer de pé se não for muito grosseiro.

Simon balançou a cabeça sem dizer nada.

— Sou Magnus — sorriu, mostrando dentes extremamente brancos. — Magnus Bane.

— Por acaso somos amigos de longa data que se distanciaram com o tempo? — perguntou Simon. — Só estou imaginando.

— Não, nunca nos demos muito bem — respondeu Magnus. — Conhecidos de longa data que se distanciaram? Compadres? Meu gato gostava de você.

Simon passou as mãos no rosto.

— Acho que estou enlouquecendo — falou, para ninguém em particular.

— Bem, então acho que vai receber bem o que estou prestes a lhe contar. — Magnus virou a cabeça para o lado singelamente. — Isabelle?

Do nada, uma garota apareceu. Talvez a garota mais linda que Simon já vira. Tinha cabelos negros e longos que caíam sobre um vestido prateado que o fazia querer escrever músicas sobre noites estreladas. Ela também tinha tatuagens: as mesmas da outra menina, pretas e curvilíneas, cobrindo os braços e pernas nuas.

836

— Oi, Simon — disse ela.

Simon simplesmente a encarou. Era completamente fora dos domínios de qualquer coisa que ele já tivesse imaginado, que uma menina com *aquela* aparência pudesse dizer o nome dele *daquele jeito*. Como se fosse o único nome que importasse no mundo. O cérebro dele parou como um carro velho.

— Humm? — resmungou ele.

Magnus estendeu a mão com dedos longos, e a menina colocou alguma coisa ali. Um livro, de capa branca com o título estampado em ouro. Simon não conseguia enxergar as palavras direito, mas estavam escritas com uma caligrafia elegante.

— Isto — falou Magnus — é um livro de feitiços.

Não parecia haver uma resposta para isso, então Simon nem tentou.

— O mundo é cheio de magia — declarou Magnus, e seus olhos brilhavam. — Demônios e anjos, lobisomens, fadas e vampiros. Um dia você conheceu tudo isso. Você possuía magia, mas ela foi tirada de você. A ideia era que vivesse o restante da vida sem isso, sem se lembrar. Que se esquecesse das pessoas que amava, se elas soubessem sobre a magia. Que você passasse o restante da vida sendo normal. — Ele girou o livro em seus dedos finos, e Simon viu um título em latim. Alguma coisa naquela imagem enviou uma onda de energia pelo corpo de Simon. — E há algo a ser dito sobre isso, sobre ser aliviado do fardo da grandeza. Porque você era grande, Simon. Era um Diurno, um guerreiro. Salvou vidas e destruiu demônios, e o sangue de anjos corria por suas veias como a luz do sol. — Magnus agora estava sorrindo, parecendo um pouco louco. — E não sei, mas simplesmente me parece um pouco fascista tirar isso tudo de você.

Isabelle jogou os cabelos negros para trás. Alguma coisa brilhava em seu pescoço. Um rubi vermelho. Simon sentiu a mesma onda de energia, dessa vez mais forte, como se seu corpo quisesse uma coisa que a mente não lembrava.

— Fascista? — ecoou ela.

— Sim — falou Magnus. — Clary nasceu especial. Simon se tornou especial. Adaptou-se. Porque o mundo não é dividido entre especiais e comuns. Todos têm potencial para serem extraordinários. Contanto que você tenha uma alma e livre-arbítrio, pode ser qualquer coisa, fazer qualquer coisa, escolher qualquer coisa. Simon deveria poder escolher.

Simon engoliu em seco.

— Desculpe — disse. — Mas do que você está falando?

Magnus deu uma batidinha no livro.

— Andei pesquisando uma forma de escapar desse feitiço, dessa maldição que lhe impuseram — explicou, e Simon quase protestou dizendo que não era amaldiçoado, porém desistiu. — Esta coisa que o fez esquecer. Então descobri. Deveria ter descoberto muito antes, mas sempre fui muito rígido em relação a Ascensões. Muito específico. Mas aí Alec mencionou: eles estão *desesperados* por novos Caçadores de Sombras. Perderam tantos na Guerra Maligna, seria fácil. Você tem tantas pessoas para votar em seu favor. Poderia ser um Caçador de Sombras, Simon. Como Isabelle. Posso fazer um pouco com este livro; não dá para consertar completamente, e não posso fazer com que volte a ser o que era, mas posso prepará-lo para Ascender, e depois que o fizer, uma vez que se tornar Caçador de Sombras, *ele* não pode tocá-lo. Você terá a proteção da Clave, e as regras sobre não lhe contar sobre o Mundo das Sombras, estas desaparecerão.

Simon olhou para Isabelle. Era um pouco como olhar para o sol, mas a maneira como ela retribuía aquele olhar facilitava as coisas. Ela o encarava como se sentisse saudade, embora Simon soubesse que isso não era possível.

— Existe mágica mesmo? — perguntou. — Vampiros, lobisomens e magos...

— Feiticeiros — corrigiu Magnus.

— E tudo isso? Existe?

— Existe — respondeu Isabelle. A voz dela era doce, um pouco rouca e... familiar. De repente ele se lembrou do cheiro de sol e flores, e sentiu um gosto metálico. Viu paisagens desérticas se estendendo sob um sol demoníaco, e uma cidade com torres que brilhavam como se fossem feitas de gelo e vidro. — Não é um conto de fadas, Simon. Ser Caçador de Sombras significa ser um guerreiro. É perigoso, mas se for a coisa certa para você, é incrível. Eu jamais quereria ser outra coisa.

— A decisão é sua, Simon Lewis — disse Magnus. — Permaneça em sua existência atual, vá para a faculdade, estude música, case-se. Viva sua vida. Ou... pode ter uma vida incerta de sombras e perigos. Pode desfrutar da alegria de ler histórias sobre acontecidos incríveis, ou pode fazer parte da história. — Ele se inclinou para perto, e Simon viu a luz se apagar nos olhos de Magnus, percebendo enfim porque eram estranhos. Eram verde-dourados e tinha pupilas em fenda, como as de um gato. Não eram olhos nada humanos. — A escolha é sua.

Era sempre uma surpresa que os lobisomens tivessem tanta destreza com arranjos florais, pensou Clary. O velho bando de Luke — agora de Maia — tinha se oferecido para decorar o terreno em volta da casa, onde aconteceria a recepção, e o velho celeiro onde a cerimônia seria realizada. O bando inspecionou toda a estrutura. Clary se lembrava de ter brincado com Simon no velho palheiro que rangia, da tinta descascada, dos tacos desiguais no piso. Agora tudo havia sido lixado e reformado, e o lugar pronto brilhava com a luz suave de madeiras antigas. Alguém também tinha senso de humor: as vigas foram decoradas com tremoços do gênero Lupinus.

Grandes vasos de madeira sustentavam arranjos de taboas, solidagos e lírios. O buquê de Clary era de flores silvestres, apesar de ter sofrido um pouco as consequências por estar sendo segurado por ela durante tantas horas. A cerimônia toda passou em uma espécie de borrão: votos, flores, luz de velas, o rosto feliz de sua mãe, o brilho nos olhos de Luke. No fim, Jocelyn evitou um vestido exagerado e usou um branco simples de verão, com o cabelo preso em um coque bagunçado rematado por, sim, um lápis de cor. Luke, que estava muito bonito de cinza, não pareceu se importar.

Os convidados estavam todos reunidos agora. Vários licantropes recolhiam as fileiras de cadeiras e empilhavam os presentes recebidos de maneira eficiente em uma mesa longa. O presente de Clary, um retrato da mãe e de Luke pintado por ela, estava pendurado na parede. Ela adorara desenhá-lo; havia adorado voltar a segurar pincel e tintas — desenhado não para criar símbolos, mas apenas uma coisa bonita que alguém um dia poderia apreciar.

Jocelyn estava ocupada abraçando Maia, que pareceu se divertir com o entusiasmo da noiva. Morcego conversava com Luke, que parecia entorpecido, mas de um jeito positivo. Clary sorriu para eles e saiu do celeiro, rumo à trilha lá fora.

A lua estava alta, brilhando sobre o lago ao pé da propriedade, fazendo o restante do sítio reluzir. Havia lanternas penduradas nas árvores, e todas balançavam com a brisa suave. As trilhas estavam contornadas por pequenos cristais brilhantes — uma das contribuições de Magnus, mas onde *estava* Magnus? Clary não o vira na multidão durante a cerimônia, apesar de ter visto quase todo mundo: Maia e Morcego, Isabelle vestida de prata, Alec com um terno preto muito sério, e Jace sem a gravata, a qual fora desafiadoramente descartada em algum lugar, provavelmente em algum arbusto próximo. Até Robert e Maryse estavam ali, adequadamente corteses; Clary não fazia ideia do que estava se passando no relacionamento dos dois, e nem queria perguntar a ninguém.

Clary foi para a maior das tendas brancas; a estação de DJ estava preparada para Morcego, e alguns dos membros do bando e outros convidados abriam espaço para dançar. As mesas estavam cobertas por longos panos brancos e tinham sido postas com louças antigas do sítio, obtidas através de anos de buscas em mercados de pulgas em cidadezinhas das redondezas. Nenhuma peça combinava, os copos eram potes de geleia antigos, e os enfeites de centro eram ásteres azuis colhidos à mão e trevos flutuando em vasilhas de cerâmica que também não combinavam entre si, no entanto Clary considerou aquele o casamento mais bonito que já tinha visto.

Uma mesa comprida fora arrumada com taças de champanhe; Jace estava ali perto, e ao ver Clary ergueu uma taça e deu uma piscadela. Ele tinha escolhido a opção desgrenhada: blazer amassado e cabelos despenteados, e agora sem gravata; mas estava tão lindo que o coração de Clary chegava a doer.

Ele estava com Isabelle e Alec; Izzy estava linda com o cabelo arrumado em um penteado mais solto. Clary sabia que ela própria não conseguiria ostentar toda aquela elegância nem em um milhão de anos, porém não se importava. Isabelle era Isabelle, e Clary era grata por ela existir, por fazer do mundo um lugar mais impetuoso com cada um de seus sorrisos. Isabelle agora dava um assovio, lançando um olhar através da tenda.

CASSANDRA CLARE

— Vejam só aquilo.

Clary olhou — e olhou outra vez. Viu uma menina de uns 19 anos; cabelos castanhos soltos e um rosto meigo. Usava um vestido verde, um pouco démodé em estilo, e um colar de jade. Clary já a tinha visto antes, em Alicante, conversando com Magnus na festa da Clave na Praça do Anjo.

Estava de mãos dadas com um menino muito familiar, muito bonito, de cabelos negros despenteados; ele parecia alto e esguio em um terno preto elegante e uma camisa branca que destacava as maçãs do rosto proeminentes. Enquanto Clary observava, ele se inclinou para sussurrar alguma coisa ao ouvido dela, e ela sorriu, iluminando o rosto.

— Irmão Zachariah — falou Isabelle. — De janeiro a dezembro no Calendário dos Irmãos do Silêncio gatos. O que ele está fazendo aqui?

— Existe um calendário de Irmãos do Silêncio gatos? — perguntou Alec. — Está à venda?

— Pare com isso. — Isabelle lhe deu uma cotovelada. — Magnus vai chegar a qualquer momento.

— Onde *está* Magnus? — perguntou Clary.

Isabelle sorriu, a boca dentro da taça de champanhe.

— Ele teve um assunto para resolver.

Clary olhou novamente para o Irmão Zachariah e para a menina, mas eles já haviam se misturado à multidão. Ela gostaria que não tivessem — alguma coisa na menina a deixara fascinada —, entretanto, no instante seguinte a mão de Jace lhe segurou o pulso, e ele estava repousando a própria taça em uma mesinha.

— Venha dançar comigo — chamou.

Clary olhou para o palco. Morcego havia assumido o posto na cabine de DJ, mas ainda não havia música. Alguém tinha colocado um piano no canto, e Catarina Loss, com a pele brilhando em azul, dedilhava as teclas.

— Mas não tem música — argumentou Clary.

Jace sorriu para ela.

— Não precisa.

— Eeeee, essa é a nossa deixa para sairmos — disse Isabelle, puxando Alec pelo cotovelo e levando-o para a multidão. Jace sorriu para ela.

— Isabelle tem urticária com sentimentalismo — brincou Clary. — Mas, sério, não podemos dançar sem música. Todo mundo vai ficar olhando...

— Vamos para onde ninguém consegue nos ver — disse Jace, e a afastou da tenda. Aquele era o momento do dia que Jocelyn chamava de "a hora azul", com tudo banhado pelo crepúsculo, a tenda branca parecendo uma estrela, e a grama macia, cada lâmina brilhando como prata.

Jace a puxou para si, encaixando o corpo de Clary ao dele, abraçando-a pela cintura, os lábios roçando a nuca.

840

— Podemos entrar na casa — disse ele. — Tem quartos lá.

Ela se virou nos braços dele e o cutucou no peito, com força.

— Este é o casamento da minha mãe — falou. — Não vamos transar. Você está louco.

— Mas "louco" é meu jeito preferido de transar.

— A casa está cheia de vampiros — respondeu ela alegremente. — Foram convidados e vieram ontem à noite. Estão lá dentro esperando o sol se pôr.

— Luke convidou *vampiros*?

— Maia convidou. Um gesto de paz. Estão tentando se entender.

— Certamente os vampiros respeitariam nossa privacidade.

— Certamente não — retrucou Clary, e o arrastou com firmeza para longe da trilha que levava até a casa, rumo a um bosque. Ali era coberto e escondido, o chão cheio de terra e raízes, folhas com pequenas flores brancas crescendo ao redor dos troncos em ramos.

Ela recuou contra um tronco, puxando Jace, de modo que ele se apoiasse contra ela, com uma das mãos de cada lado dos ombros de Clary, daí ela se aconchegou entre os braços dele. Passou as mãos no tecido macio do paletó.

— Eu te amo — disse ela.

Jace olhou para Clary.

— Acho que sei o que Madame Dorothea quis dizer — falou. — Quando ela disse que eu ia me apaixonar pela pessoa errada.

Clary arregalou os olhos. Ficou imaginando se ele iria terminar com ela. Em caso positivo, ela teria algumas coisas a dizer sobre o *timing* de Jace, depois que o afogasse no lago.

Ele respirou fundo.

— Você faz eu me questionar — disse ele. — O tempo todo, todos os dias. Fui criado para acreditar que eu devia ser perfeito. Um guerreiro perfeito, um filho perfeito. Mesmo quando fui morar com os Lightwood, pensava que tinha que ser perfeito, pois do contrário me mandariam embora. Não achava que amor vinha com perdão. Então você surgiu e destruiu tudo que eu acreditava, e comecei a enxergar tudo diferente. Você passava... tanto amor, tanto perdão e tanta fé. Que eu não precisava ser perfeito; tinha que tentar, e isso bastava. — Ele baixou o olhar; Clary notou a leve pulsação na têmpora dele, sentiu a tensão. — Então acho que você era a pessoa errada para o Jace que eu era, mas não para o Jace que sou agora, o Jace que você ajudou a construir. Que, por sinal, é um Jace de quem gosto muito mais em relação ao antigo. Você me fez mudar para melhor, e mesmo que me abandonasse, eu ainda teria isso. — Ele fez uma pausa. — Não que você deva me largar — acrescentou apressadamente, e inclinou a cabeça contra a dela, de modo que as testas se tocaram. — Diga alguma coisa, Clary.

As mãos dele estavam nos ombros dela, quentes contra a pele fria; ela conseguia senti-las tremendo. Os olhos de Jace eram dourados, mesmo à luz azulada do crepúsculo.

841

Ela se lembrou de quando os achava frios e distantes, até mesmo assustadores, antes de perceber que o que enxergava era o bloqueio experiente de 17 anos de escudo. Dezessete anos protegendo o coração.

— Você está tremendo — disse ela, com um pouco de assombro.

— É você quem causa isso — respondeu ele, respirando contra a bochecha dela, e então deslizou as mãos sobre os braços nus de Clary —, toda vez... toda vez.

— Posso revelar um fato científico tedioso? — sussurrou ela. — Aposto que você não aprendeu na aula de história dos Caçadores de Sombras.

— Se está tentando me distrair de falar sobre meus sentimentos, não está sendo nada sutil. — Ele tocou o rosto dela. — Você sabe que faço discursos. Tudo bem. Não precisa retribuir. Só diga que me ama.

— Não estou tentando distraí-lo. — Ela levantou a mão e abanou os dedos. — Existem cem trilhões de células no corpo humano — falou. — E cada uma das minhas células te ama. Nossas células morrem, e novas células nascem, e minhas células novas te amam mais que as antigas, e por isso te amo cada dia mais. É ciência. E quando eu morrer e cremarem meu corpo, e eu virar cinzas que se misturam ao ar, parte da terra, das árvores e das estrelas, todos que respirarem esse ar ou enxergarem as flores que crescerem do chão ou olharem para as estrelas vão se lembrar de você e amar você, por que esse é o *quanto* eu te amo. — Ela sorriu. — Que tal esse discurso?

Ele a encarou, sem palavras, pela primeira vez na vida. Antes que pudesse responder, Clary se esticou para beijá-lo — inicialmente um toque comportado de lábios, mas que rapidamente se aprofundou, e logo ele estava entreabrindo os lábios de Clary com os dele, acariciando a boca delicada com a língua, e ela sentiu o gosto de Jace: a doçura com um toque de champanhe. As mãos dele percorriam as costas de Clary, febris, sobre os nódulos da espinha, as alças de seda do vestido, os ombros, pressionando-a contra si. Ela deslizou as mãos sob o paletó dele, imaginando se talvez devessem ter ido para a casa, afinal, mesmo que *estivesse* cheia de vampiros...

— Interessante — disse uma voz entretida, e Clary se afastou de Jace rapidamente para flagrar Magnus, parado em um intervalo entre as árvores. A figura alta estava contornada pelo luar; ele não vestia nada particularmente escandaloso e trajava um terno preto perfeito que parecia um borrão de tinta entornada contra o céu que escurecia.

— *Interessante?* — ecoou Jace. — Magnus, o que você está fazendo aqui?

— Vim buscá-los — respondeu. — Tem uma coisa que acho que precisam ver.

Jace fechou os olhos, como se rezando por paciência.

— ESTAMOS OCUPADOS.

— Obviamente — comentou Magnus. — Sabe, dizem que a vida é curta, mas não é tão curta assim. Pode ser bem longa, e terão o restante da de vocês para ficar juntos, então *realmente* sugiro que venham comigo, pois vão se arrepender se não vierem.

842

Clary se afastou da árvore, com a mão ainda na de Jace.

— Tudo bem — falou ela.

— Tudo bem? — rebateu Jace, indo atrás dela. — Sério?

— Confio em Magnus — disse Clary. — Se é importante, é importante.

— E se não for, vou afogá-lo no lago — respondeu Jace, ecoando o pensamento não verbalizado que Clary tivera mais cedo. Ela escondeu o sorriso sob a escuridão.

Alec estava à beira da tenda, observando a dança. O sol já estava baixo o bastante, e agora era simplesmente uma listra vermelha pintada em um céu distante. Os vampiros tinham saído da casa e se juntado à festa. Uma discreta acomodação havia sido preparada de acordo com os gostos deles, e eles se misturaram aos outros convidados, segurando taças esguias de metal, obtidas na mesa de champanhe, cuja opacidade escondia o líquido dentro delas.

Lily, a líder do clã de vampiros de Nova York, estava às teclas marfim do piano, preenchendo o recinto com os sons do jazz. Uma voz falou ao ouvido de Alec, sobrepondo-se à música:

— Achei uma cerimônia adorável.

Alec virou e viu o pai, a mão grande envolvendo uma taça frágil de champanhe, observando os convidados. Robert era um homem grande, de ombros largos, que nunca ficava muito bem de terno: parecia um garoto grande demais em idade escolar e o qual fora obrigado a se vestir daquele jeito por um pai irritado.

— Oi — cumprimentou Alec. Viu a mãe do outro lado, conversando com Jocelyn. Maryse tinha mais mechas grisalhas nos cabelos escuros do que ele se recordava; estava elegante, como sempre. — Foi gentileza sua vir — acrescentou a contragosto. Seus pais ficaram quase dolorosamente agradecidos por ele e Isabelle terem voltado para eles após a Guerra Maligna, gratos demais para ficarem com raiva ou censurarem. Gratos demais a ponto de Alec poder falar o que quisesse sobre Magnus; quando a mãe voltou a Nova York, ele juntou o resto de suas coisas no Instituto e as levou para o loft no Brooklyn. Ainda ia ao Instituto quase todos os dias, ainda via a mãe com frequência, mas Robert tinha ficado em Alicante, e Alec não tentara contatá-lo. — Fingir ser civilizado com mamãe, essa coisa toda... muito gentil.

Alec viu o pai se encolher. Pretendia ser cortês, mas esse nunca foi seu forte. Sempre soava falso.

— Não estamos fingindo civilidade — disse Robert. — Ainda amo sua mãe; gostamos um do outro. Só... não conseguimos ficar casados. Devíamos ter terminado há mais tempo. Pensávamos estar fazendo a coisa certa. Nossas intenções eram boas.

— De boas intenções... — disse Alec de forma sucinta, e olhou para a própria taça.

— Às vezes — falou Robert — você escolhe com quem quer ficar quando ainda é muito jovem, aí você muda, mas a pessoa não muda com você.

Alec respirou fundo lentamente; de repente suas veias estavam fervendo de raiva.

843

— Se for uma indireta para mim e Magnus, pode esquecer — falou. — Você abriu mão de qualquer jurisdição sobre mim e minhas relações quando deixou claro que, até onde você sabia, um Caçador de Sombras gay não era um verdadeiro Caçador de Sombras. — Ele pousou a taça em uma caixa de som próxima. — Não estou interessado...

— Alec. — Alguma coisa na voz de Robert fez Alec virar; ele não soou irritado, apenas... arrasado. — Eu fiz, falei... coisas imperdoáveis. Sei disso — explicou-se. — Mas sempre tive orgulho de você, e não tenho menos orgulho agora.

— Não acredito em você.

— Quando eu tinha sua idade, mais novo até, tive um *parabatai* — contou Robert.

— Sim, Michael Wayland — disse Alec, sem se importar se soara amargo, sem ligar para a expressão no olhar do pai. — Eu sei. Foi por isso que você acolheu Jace. Sempre achei que vocês dois não fossem particularmente próximos. Você não parecia sentir tanto a falta dele, ou se importar com o fato de ele estar morto.

— Eu não acreditava que ele estivesse morto — explicou Robert. — Sei que deve parecer difícil imaginar; nosso laço foi rompido pela sentença de exílio decretada pela Clave, mas mesmo antes disso, nos distanciamos. Porém houve um tempo, no entanto, em que fomos próximos, melhores amigos; houve um tempo em que ele disse que me amava.

Alguma coisa no peso que seu pai colocara nas palavras pegou Alec de surpresa.

— Michael Wayland foi *apaixonado* por você?

— Eu não fui... gentil com ele em relação a isso — explicou Robert. — Falei para ele nunca mais repetir aquelas palavras. Tive medo, o deixei sozinho com os próprios pensamentos, sentimentos e medos, e nunca mais fomos próximos como antes. Acolhi Jace para compensar o que fiz, mesmo que de uma forma sutil, mas sei que não tinha como compensar. — Ele olhou para Alec, com os olhos azul-escuros firmes. — Você pensa que tenho vergonha de você, mas na verdade tenho vergonha de mim. Olho para você e enxergo o espelho da minha falta de generosidade com alguém que nunca mereceu. Enxergamos a nós mesmos em nossos filhos, que podem ser melhores do que somos. Alec, você é um homem tão melhor do que fui, ou do que um dia serei.

Alec ficou congelado. Lembrou-se do sonho nas terras demoníacas, do pai contando a todos sobre como seu filho era corajoso, como era um bom Caçador de Sombras e guerreiro, mas nunca imaginara seu pai lhe chamando de bom *homem*.

De algum jeito, isso era muito melhor.

Robert olhava para ele com as rugas de tensão evidentes em torno dos olhos e da boca. Alec não conseguiu evitar imaginar se seu pai já tinha contado sobre Michael a mais alguém, e o quão difícil havia sido falar nele agora.

Ele tocou levemente o braço do pai. Era a primeira vez que o tocava espontaneamente em meses, e em seguida abaixou a mão.

— Obrigado — falou. — Por me contar a verdade.

Não era um perdão, não exatamente, mas era um começo.

A grama estava úmida devido ao frio da noite que caía; Clary sentia o frio ensopando suas sandálias enquanto voltava à tenda com Jace e Magnus. Clary viu as fileiras de mesas sendo postas, louças e talheres brilhando. Todos se ofereceram para ajudar, mesmo as pessoas que normalmente ela considerava inabaláveis em sua reserva: Kadir, Jia, Maryse.

A música irradiava da tenda. Morcego estava na estação do DJ, mas alguém tocava jazz ao piano. Viu Alec com o pai, conversando seriamente, e então a multidão se dividiu e ela viu um borrão de rostos familiares: Maia e Aline confabulando, Isabelle ao lado de Simon, parecendo desconfortável...

Simon.

Clary parou. Seu coração falhou por um segundo, e mais um; ela sentiu frio e calor, como se estivesse prestes a desmaiar. Não podia ser Simon; devia ser outra pessoa. Algum outro menino magro, o mesmo cabelo castanho despenteado e óculos, mas ele estava com a mesma camiseta desbotada da manhã, e o cabelo continuava comprido demais sobre o rosto, e ele sorria para ela através da multidão, um pouco inseguro, e era Simon, e era Simon, e era *Simon*.

Nem mesmo se lembrava de ter começado a correr, mas de repente a mão de Magnus estava em seu ombro, uma garra forte como ferro, contendo-a.

— Tenha *cuidado* — disse Magnus. — Ele não se lembra de tudo. Consegui suscitar algumas lembranças, não muitas. O resto vai ter que esperar, mas, Clary... lembre-se de que ele *não* se recorda. Não espere nada.

Ela deve ter feito que sim com a cabeça, porque ele logo a soltou, e então Clary estava avançando pela grama e para a tenda, e atirou-se em cima de Simon com tanto ímpeto que ele chegou a cambalear, quase caindo. *Ele não tem mais a força de um vampiro; vá com calma, vá com calma*, dizia sua mente, mas o restante dela não queria ouvir. Estava com os braços em volta do menino, e estava meio abraçando, meio chorando aninhada no casaco dele.

Tinha noção de Isabelle, Jace e Maia ao lado deles, e de Jocelyn, também, correndo para lá. Clary recuou apenas o suficiente para olhar no rosto de Simon. E definitivamente era Simon. De perto, ela notava as sardas na bochecha direita, a pequena cicatriz no lábio que ele ganhara jogando futebol no oitavo ano.

— Simon — sussurrou ela, e em seguida —, você... me conhece? Sabe quem eu sou?

Ele ajeitou os óculos no nariz. A mão tremia um pouco.

— Eu... — Olhou em volta. — É como se fosse uma reunião de família em que quase não conheço ninguém, mas todos me conhecem — falou. — É...

— Opressivo? — perguntou Clary. Tentou esconder o tom de decepção profunda em seu peito por ele não a reconhecer. — Tudo bem se você não me conhecer. Teremos tempo.

Ele olhou para ela. Havia incerteza e esperança na expressão de Simon, e um olhar ligeiramente perturbado, como se ele tivesse acabado de acordar de um sonho e não soubesse ao certo onde estava. Então ele sorriu.

— Eu não me lembro de tudo — falou. — Ainda não. Mas me lembro de você. — Ele pegou a mão dela, tocou o anel de ouro no indicador direito, o metal de fada morno ao toque. — Clary — disse ele. — Você é Clary. É minha melhor amiga.

Alec foi até a colina onde Magnus se encontrava, no caminho com vista para a tenda. Ele estava apoiado contra uma árvore, as mãos nos bolsos, e Alec se juntou a ele para observar enquanto Simon — parecendo tão espantado quanto um patinho recém-nascido — era cercado pelos amigos: Jace, Maia, Luke, e até mesmo Jocelyn, chorando de felicidade ao abraçá-lo, borrando a maquiagem. Apenas Isabelle se destacava do grupo, as mãos cerradas na frente de si, o rosto quase sem expressão.

— Você quase fica achando que ela não se importa — disse Alec, enquanto Magnus esticava a mão para ajeitar a gravata dele. Magnus havia ajudado a escolher o terno que ele estava usando, e tinha muito orgulho por a peça ter uma listra azul fininha que destacava os olhos de Alec. — Mas tenho certeza de que se importa.

— Tem razão — falou Magnus. — Se importa até demais; é por isso que está isolada dos outros.

— Eu ia perguntar o que você fez, mas não sei se quero saber — disse Alec, apoiando as costas em Magnus, aconchegando-se no calor sólido do corpo atrás de si. Magnus firmou o queixo no ombro de Alec, e por um instante ficaram parados, juntos, olhando para a tenda e para a cena de caos feliz lá embaixo. — Foi bondade sua.

— Você faz a escolha que tem que fazer no momento — falou Magnus ao ouvido de Alec. — Torce para não haver consequências, pelo menos não consequências sérias.

— Não acha que seu pai vai ficar com raiva, acha? — perguntou Alec, e Magnus riu secamente.

— Ele tem muito mais o que fazer do que prestar atenção em mim — disse Magnus. — E você? Notei que estava falando com Robert.

Alec sentiu a postura de Magnus ficar tensa enquanto repetia o que o pai havia lhe contado.

— Sabe, eu *não* teria adivinhado isso — comentou Magnus, quando Alec terminou. — E conheci Michael Wayland. — Alec o sentiu dando de ombros. — Prova viva. De que "o coração é sempre inexperiente" e tudo o mais.

— O que você acha? Devo perdoá-lo?

— Acho que o que ele contou foi uma explicação, mas não um pretexto para a maneira como se comportou. Se perdoá-lo, faça-o por você, não por ele. É uma perda de tempo sentir raiva — falou Magnus —, sendo que você é uma das pessoas mais amorosas que conheço.

846

CIDADE DO FOGO CELESTIAL

— Foi por isso que me perdoou? Por mim, ou por você? — perguntou Alec, sem raiva, apenas curiosidade.

— Perdoei porque te amo e odeio ficar sem você. Eu odeio, meu gato odeia. E porque Catarina me convenceu de que eu estava sendo idiota.

— Hum. Gosto dela.

Magnus abraçou Alec, colocando as mãos no peito dele, como se estivesse sentindo o coração.

— E você me perdoa — disse ele. — Por não torná-lo imortal, ou acabar com minha imortalidade.

— Não há nada a ser perdoado — falou Alec. — Não quero viver para sempre. — E colocou uma das mãos sobre a de Magnus, entrelaçando os dedos. — Podemos não ter muito tempo — disse Alec. — Vou envelhecer e vou morrer. Mas prometo que não o abandonarei até lá. É a única promessa que *posso* fazer.

— Muitos Caçadores de Sombras não envelhecem — disse Magnus. Alec sentia a pulsação dele. Era estranho, Magnus assim, sem as palavras que normalmente lhe vinham tão facilmente.

Alec virou no abraço de Magnus de modo que ficaram frente a frente, assimilando todos os detalhes dos quais nunca se cansava: os ossos proeminentes no rosto de Magnus, o verde-dourado de seus olhos, a boca que sempre parecia prestes a sorrir, apesar de no momento demonstrar preocupação.

— Mesmo que fossem apenas dias, eu ia querer passar todos com você. Isso significa alguma coisa?

— Sim — respondeu Magnus. — Significa que a partir de agora tornaremos todos os dias importantes.

Estavam dançando.

Lily tocava alguma coisa lenta e suave ao piano, e Clary deslizava entre os outros convidados da festa, abraçada a Jace. Era exatamente o tipo de dança de que gostava: não muito complicada, envolvendo apenas segurar o parceiro e não fazer nada que pudesse resultar em um tropeção.

Estava com a bochecha apoiada na camisa de Jace, o tecido amarrotado e sedoso sob a pele. A mão dele brincava ociosamente nos cachos que tinham soltado do coque, os dedos traçando pela nuca. Ela não pôde deixar de se lembrar de um sonho que tivera há muito tempo, no qual dançava com Jace no Salão dos Acordos. Naquela época, ele era tão distante, tão frio; agora ela se espantava às vezes quando olhava para ele, ao ver que este era o mesmo Jace. *O Jace que você ajudou a construir*, dissera ele. *Um Jace de quem eu gosto muito mais.*

847

Porém ele não era o único que tinha mudado; Clary também mudara. Abriu a boca para falar isso para ele, quando sentiu um toque no ombro. Virou-se e viu a mãe, sorrindo para os dois.

— Jace — disse Jocelyn. — Posso lhe pedir um favor?

Jace e Clary pararam de dançar; nenhum dos dois disse nada. Jocelyn tinha passado a gostar muito mais de Jace nos últimos seis meses; ela até sentia carinho por ele, Clary ousaria dizer, mas nem sempre se empolgava pelo namorado Caçador de Sombras de Clary.

— Lily está cansada de tocar, mas todo mundo está gostando tanto do piano... e você toca, não toca? Clary me contou que é muito talentoso. Tocaria para nós?

Jace lançou um olhar na direção de Clary, tão breve que ela só percebeu porque o conhecia bem o suficiente. Mas ele tinha bons modos, muito bons quando resolvia utilizá-los. Sorriu para Jocelyn como um anjo e foi até o piano. Em seguida, notas de música clássica preencheram a tenda.

Tessa Gray e o menino que outrora fora o Irmão Zachariah estavam sentados à mesa mais afastada no canto e assistiam enquanto os dedos leves de Jace Herondale dançavam sobre as teclas do piano. Jace estava sem gravata e com a camisa parcialmente desabotoada, o rosto minuciosamente concentrado enquanto se perdia na música com paixão.

— Chopin — identificou Tessa, com um sorriso suave. — Fico imaginando... fico imaginando se a pequena Emma Carstairs vai tocar violino um dia.

— Cuidado — alertou seu companheiro, com um riso na voz. — Não se pode forçar essas coisas.

— É difícil — disse ela, virando-se para encará-lo seriamente. — Gostaria que você pudesse contar mais a ela sobre a ligação entre vocês, para que ela não se sentisse tão sozinha.

A boca de Irmão Zachariah assumiu uma expressão de tristeza.

— Você sabe que não posso. Ainda não. Mas dei a entender a ela. Foi tudo que pude fazer.

— Vamos ficar de olho nela — disse Tessa. — Vamos sempre ficar de olho nela. — Tessa tocou as marcas nas bochechas dele, resquícios de sua época de Irmão do Silêncio, quase com reverência. — Lembro-me que você disse que esta guerra era uma história dos Lightwood, Herondale e Fairchild, e é dos Blackthorn e Carstairs também, e é incrível vê-los. Mas quando os vejo, é como se enxergasse o passado se estendendo atrás deles. Quando vejo Jace Herondale tocar, enxergo os fantasmas que se elevam na música. Você não?

— Fantasmas são lembranças, e os carregamos porque aqueles que amamos não deixam o mundo.

— Sim — falou ela. — Queria que *ele* estivesse aqui para ver isso conosco, só mais uma vez.

Ela sentiu a seda grossa dos cabelos negros dele ao se curvar para beijar seus dedos levemente — um gesto cortês de uma época antiga.

— Ele está conosco, Tessa. Pode nos ver. Eu acredito. *Sinto*, do mesmo jeito que eu às vezes sabia se ele estava triste, com raiva, solitário ou feliz.

Ela tocou a pulseira de pérola no pulso, e em seguida o rosto dele, os dedos leves e carinhosos.

— E como ele está agora? — sussurrou ela. — Feliz, saudoso, triste ou solitário? Não me diga que está solitário. Pois você deve saber. Sempre soube.

— Ele está feliz, Tessa. Está feliz por nos ver juntos, assim como eu sempre fiquei feliz ao ver vocês dois juntos. — Ele sorriu, aquele sorriso que continha toda a verdade do mundo, e afastou os dedos dos dela quando voltou a se sentar. Duas figuras se aproximavam da mesa: uma ruiva alta e uma menina com os mesmos cabelos ruivos e olhos verdes. — E por falar em passado — disse ele —, acho que tem alguém aqui que deseja falar com você.

Clary estava entretida observando Church quando sua mãe parou ao seu lado. O gato tinha sido enfeitado com dúzias de sininhos prateados de casamento, e em uma fúria vingativa roía uma das pernas do piano.

— Mãe — disse Clary, desconfiada. — O que está tramando?

A mãe a afagou no cabelo, parecendo alegre.

— Tem alguém que quero que conheça — disse ela, pegando a mão de Clary. — Já está na hora.

— Na hora? Hora de quê? — Clary se permitiu ser puxada, apenas semiprotestando, até uma mesa coberta por uma toalha branca no canto da tenda.

Ali estava a menina de cabelos castanhos que Clary vira mais cedo. A menina levantou o olhar quando ambas se aproximaram. O Irmão Zachariah estava se levantando ao lado dela; dando um sorriso suave para Clary e então atravessando o recinto para falar com Magnus, que tinha descido da colina, de mãos dadas com Alec.

— Clary — disse Jocelyn. — Quero que conheça Tessa.

— Isabelle.

Ela levantou o olhar; estava apoiada na lateral do piano, deixando que a música de Jace (e o som fraco de Church roendo a madeira) a embalasse. Era uma música que lhe lembrava a infância, Jace passando horas na sala de música, preenchendo os corredores do Instituto com uma cascata de notas.

Simon a havia chamado. Ele tinha desabotoado a jaqueta jeans por causa do calor da tenda, e Izzy notava o rubor de calor e constrangimento nas bochechas dele. Havia algo de estranho naquilo, um Simon que enrubescia, sentia frio, calor, crescia e se afastava — dela.

Seus olhos escuros estavam curiosos quando pousaram nela; Isabelle enxergou reconhecimento neles, mas não pleno. Não era assim que Simon a olhava antes, desejoso e com aquela dor maravilhosa, mas a sensação de que ali havia alguém que a *enxergava*, enxergava Isabelle, a Isabelle que ela apresentava ao mundo, e a Isabelle que ela escondia, guardada nas sombras onde muito poucos podiam ver.

Simon fora um desses poucos. Agora ele era... outra coisa.

— Isabelle — repetiu ele, e ela sentiu Jace olhando para ela, olhos curiosos enquanto as mãos percorriam as teclas do piano. — Quer dançar comigo?

Ela suspirou e assentiu.

— Tudo bem — falou, e deixou que ele a conduzisse para a pista. Com saltos, ela ficava da altura dele; os olhos no mesmo nível. Por trás dos óculos, os olhos dele exibiam a mesma cor marrom de café escuro.

— Me disseram — começou ele, e pigarreou —, ou pelo menos tenho a impressão de que eu e você...

— Não — interrompeu ela. — Não fale sobre isso. Se você não se lembra, então não quero ouvir.

Uma das mãos dele estava no ombro de Isabelle, a outra na cintura. A pele dele era morna de encontro à dela, e não fria como ela se lembrava. Ele parecia incrivelmente humano e frágil.

— Mas quero me lembrar — disse ele, e ela se lembrou de como ele sempre foi argumentativo; isso, pelo menos, não tinha mudado. — Lembro de parte... não é como se eu não soubesse quem você é, Isabelle.

— Você me chamaria de Izzy — censurou ela, de repente sentindo-se muito cansada. — Izzy, não Isabelle.

Ele se inclinou para a frente, e ela sentiu o hálito dele em seu cabelo.

— Izzy — repetiu ele. — Eu me lembro de ter beijado você.

Ela estremeceu.

— Não, não lembra.

— Sim, lembro — falou. As mãos deslizaram para as costas dela, dedos tocando o espaço logo abaixo do ombro, gesto que sempre a fez estremecer. — Já faz alguns meses — disse ele, baixinho. — E nada parecia certo. Sempre senti que faltava alguma coisa. Agora sei que era isto, tudo isto, mas também *você*. Não me lembrava durante o dia. Mas à noite sonhava com você, Isabelle.

— Sonhava com a gente?

— Só com você. A menina de olhos escuros, muito escuros. — Ele tocou a pontinha do cabelo dela com dedos leves. — Magnus disse que fui um herói — falou. — E quando você me olha, vejo no seu rosto que está procurando aquele cara. O cara que conhecia e que era um herói, que fez coisas incríveis. Não me lembro de ter feito essas coisas. Não sei se esse meu novo jeito fez eu deixar de ser herói. Mas gostaria de tentar ser aquele cara outra vez. O cara que pode beijá-la porque merece. Se você tiver paciência e me deixar tentar.

Era uma coisa tão *Simon* de se dizer. Ela olhou para ele, e pela primeira vez sentiu esperança crescendo no peito sem ser imediatamente reprimida.

— Posso deixar — disse ela. — Digo, tentar. Não posso prometer nada.

— Não esperaria que prometesse. — O rosto de Simon se iluminou, e ela viu a sombra de uma lembrança no fundo dos olhos dele. — Você é uma destruidora de corações, Isabelle Lightwood — falou ele. — Pelo menos disso eu me lembro.

— Tessa é uma feiticeira — disse Jocelyn —, embora seja um tipo muito incomum de feiticeira. Lembra-se do que contei sobre ter ficado em pânico em relação ao jeito de colocar em você o feitiço que todos os Caçadores de Sombras recebem ao nascer? O feitiço de proteção? E que o Irmão Zachariah e uma feiticeira me ajudaram com a cerimônia? É desta feiticeira que eu estava falando. Tessa Gray.

— Você me disse que foi daí que tirou a ideia para o sobrenome Fray. — Clary sentou na cadeira em frente a Tessa, à mesa redonda. — *F* de Fairchild — falou, percebendo em voz alta. — E o resto de Gray.

Tessa sorriu, e seu rosto se iluminou.

— Foi uma honra.

— Você era um bebê; não se lembraria — disse Jocelyn, mas Clary pensou em como Tessa lhe pareceu familiar na primeira vez em que a vira, e ficou imaginando.

— Por que só está me contando isso agora? — perguntou Clary, olhando para a mãe, que estava perto de sua cadeira, girando ansiosamente a aliança recém-colocada no dedo. — Por que não antes?

— Eu tinha pedido para estar presente quando ela revelasse, caso ela desejasse fazê-lo — respondeu Tessa; tinha uma voz melodiosa, suave e doce, com traços de um sotaque britânico. — E temo que eu já tenha há muito me isolado do mundo dos Caçadores de Sombras. Minhas lembranças dele são doces e amargas, às vezes mais amargas que doces.

Jocelyn deu um beijo na cabeça de Clary.

— Por que vocês duas não conversam? — falou, e se retirou, indo até Luke, que conversava com Kadir.

Clary olhou para o sorriso de Tessa e disse:

— Você é feiticeira, mas é amiga de um Irmão do Silêncio. Mais que amiga... é um pouco estranho, não?

Tessa apoiou os cotovelos na mesa. Uma pulseira de pérola brilhava em seu pulso esquerdo; ela brincava com a joia ociosamente, como se fosse um hábito.

— Tudo em minha vida é um tanto incomum, mas pensando bem, o mesmo pode ser dito sobre você, não? — Seus olhos brilharam. — Jace Herondale toca piano muito bem.

— E ele sabe disso.

— Isso é a cara dos Herondale — riu Tessa. — Devo lhe dizer, Clary, que só descobri recentemente que Jace desejava ser um Herondale, e não um Lightwood. Ambas famílias honrosas, conheço as duas, mas meu destino sempre foi mais entrelaçado aos Herondale. — Olhou para Jace, e havia uma espécie de saudosismo em sua expressão. — Existem famílias, os Blackthorn, os Herondale, os Carstairs, pelas quais sempre tive uma afinidade especial: os observei de longe, embora tenha aprendido a não interferir. Em parte esse foi o motivo pelo qual me recolhi ao Labirinto Espiral depois da Ascensão. É um lugar tão distante do mundo, tão escondido, que pensei que lá eu fosse encontrar a paz e esquecer o que aconteceu aos Herondale. E depois da Guerra Maligna perguntei a Magnus se deveria procurar Jace, falar sobre o passado dos Herondale, mas ele recomendou que eu desse tempo a ele. Que suportar o fardo do passado era muito pesado. Então regressei ao Labirinto. — Ela engoliu em seco. — Este foi um ano sombrio, muito cruel para os Caçadores de Sombras, para os integrantes do Submundo, para todos nós. Tantas perdas e dor. No Labirinto Espiral ouvíamos rumores, depois vieram os Crepusculares, e achei que o melhor a fazer era ajudar na pesquisa de uma cura, mas não havia nenhuma. Gostaria que tivéssemos encontrado alguma. Às vezes nem sempre existe cura. — Ela fitou Zachariah, uma luz nos olhos. — Mas às vezes existem milagres. Zachariah me contou sobre como ele se tornou mortal outra vez. Falou que foi "uma história dos Lightwood, Herondale e Fairchild". — Voltou a olhar para Zachariah, que estava ocupado afagando Church. O gato havia subido na mesa de champanhe e estava derrubando taças alegremente. O olhar dela era de exasperação e carinho misturados. — Você não sabe o que significa para mim, o quanto sou grata pelo que você fez pelo meu... por Zachariah, o que todos vocês fizeram por ele.

— Foi Jace, mais do que ninguém. Foi... Zachariah pegou Church no colo? — Clary encarou com assombro. Zachariah estava segurando o gato, que estava flácido, a cauda enrolada no braço do ex-Irmão do Silêncio. — Aquele gato odeia todo mundo!

Tessa sorriu discretamente.

— Eu não diria todo mundo.

— Então ele é... Zachariah é mortal agora? — perguntou Clary. — É apenas... um Caçador de Sombras comum?

— Sim — respondeu Tessa. — Eu e ele nos conhecemos há muito tempo. Tínhamos um encontro fixo todos os anos, no começo de janeiro. Este ano, quando ele chegou, para minha surpresa, era um mortal.

— E você só ficou sabendo quando ele apareceu? Eu o teria matado.

Tessa riu.

— Bem, isso de certa forma teria destruído o objetivo. E acho que ele não sabia ao certo como eu iria recebê-lo, mortal, sendo que eu não sou mortal. — A expressão dela fez Clary se lembrar de Magnus, aquela expressão de olhos velhos, muito velhos em um rosto jovem, a fazia se recordar de uma tristeza muito silenciosa e muito profunda para ser compreendida por aqueles dotados de vidas curtas. — Ele vai envelhecer e morrer, e eu vou continuar como sou. Mas ele viveu uma vida longa, mais longa que a maioria, e me entende. Nem ele, nem eu temos a idade que aparentamos. E nos amamos. Isso é o que importa.

Tessa fechou os olhos, e por um instante pareceu deixar as notas da música do piano a tocarem.

— Tenho uma coisa para você — disse ela, abrindo os olhos: eram cinzentos, da cor da água da chuva. — Para vocês dois; para você e para Jace também. — Então tirou algo do bolso e entregou a Clary. Era uma argola de prata, um anel de família, brilhando com a estampa de pássaros em pleno voo. — Este anel pertenceu a James Herondale — declarou. — É um verdadeiro anel Herondale, de muitos anos. Se Jace decidiu que quer ser um Herondale, deve ficar com ele.

Clary pegou o anel; cabia no seu polegar.

— Obrigada, mas você pode entregar pessoalmente. Talvez agora seja a hora de falar com ele.

Tessa balançou a cabeça.

— Veja como ele está feliz — comentou. — Está descobrindo quem ele é, e quem quer ser, e encontrando alegria nisso. Ele precisa de mais tempo, para ficar feliz assim, antes de voltar a carregar qualquer fardo. — Ela pegou algo que estava na cadeira ao seu lado, e estendeu para Clary. Era uma cópia do *Códex dos Caçadores de Sombras*, numa capa de veludo azul. — É para você — disse. — Tenho certeza de que já tem seu exemplar, mas este sempre foi precioso para mim. Tem uma inscrição... está vendo? — E virou o livro, de modo que Clary pudesse enxergar onde as palavras estavam gravadas em ouro contra o veludo.

— *"Livremente servimos porque livremente amamos"* — leu Clary em voz alta, e olhou para Tessa. — Obrigada; é uma beleza. Tem certeza de que quer abrir mão dele?

Tessa sorriu.

— Os Fairchild também foram muito queridos em minha vida — falou —, e seus cabelos ruivos e sua teimosia lembram pessoas que já amei, Clary — disse ela, e se inclinou para a frente, sobre a mesa, de modo que seu pingente de jade balançasse livremente. — Sinto uma afinidade por você, também, que perdeu tanto o irmão quanto o pai. Sei que foi julgada e xingada por ser a filha de Valentim Morgenstern, e agora por ser irmã de Jonathan. Sempre haverá aqueles que vão querer defini-la com base no sobrenome que carrega ou no sangue que corre em suas veias. Não deixe que outros concluam quem você é. Conclua você mesma. — Ela olhou para Jace, cujas mãos dançavam sobre as teclas do piano. As luzes dos círios reluziam em seus cabelos como estrelas e faziam sua pele brilhar. — A liberdade não é um presente; é um direito nato. Espero que você e Jace a utilizem.

— Você soa tão séria, Tessa. Não a assuste. — Era Zachariah, chegando por trás da cadeira de Tessa.

— Não a estou assustando! — disse Tessa, com uma risada; estava com a cabeça inclinada para trás, e Clary ficou imaginando se seria assim que ela própria ficava quando olhava para Jace. Torceu para que fosse. Era um olhar feliz e seguro, o olhar de quem tinha confiança no amor que dava e recebia. — Só estava dando um conselho.

— Parece assustador. — Era estranho ver Zachariah falando com uma voz ao mesmo tempo parecida e diferente da voz que soava na mente de Clary; na vida real, o sotaque britânico dele era mais forte que o de Tessa. Ele também mostrou alegria na voz quando esticou a mão para ajudar Tessa a sair da cadeira. — Lamento que tenhamos que ir embora; ainda temos uma longa jornada.

— Para onde vão? — perguntou Clary, segurando o *Códex* cuidadosamente no colo.

— Los Angeles — respondeu Tessa, e Clary se lembrou da outra dizendo que os Blackthorn eram uma família pela qual tinha um interesse especial. Clary ficou feliz em saber. Emma e os outros estavam morando no Instituto com o tio de Julian, mas a ideia de ter alguém especial para cuidar deles, uma espécie de anjo da guarda, era reconfortante.

— Foi um prazer conhecê-la — disse Clary. — Obrigada. Por tudo.

Tessa sorriu de forma radiante e desapareceu pela multidão, dizendo que ia se despedir de Jocelyn. Zachariah pegou seu casaco e o xale de Tessa. Clary ficou observando-o, curiosa.

— Lembro que uma vez você me contou — disse ela —, que amou a duas pessoas mais que tudo no mundo. Tessa foi uma delas?

— Ela *é* uma delas — respondeu ele em tom de concordância, meneando os ombros para vestir o casaco. — Não deixei de amá-la, nem a meu *parabatai*; o amor não acaba quando alguém morre.

— Seu *parabatai*? Você perdeu seu *parabatai*? — indagou Clary, com uma sensação de dor surpresa; sabia o que isso significava para os Nephilim.

— Não do coração, pois não me esqueci dele — disse, e ela ouviu um sussurro da tristeza de eras na voz de Zachariah, e se lembrou dele na Cidade do Silêncio, um espectro de fumaça de pergaminho. — Somos todos parte do que nos lembramos. Guardamos em nós as esperanças e os medos daqueles que nos amam. Contanto que exista amor e lembrança, não existirá perda de fato.

Clary pensou em Max, Amatis, Raphael, Jordan, e até mesmo em Jonathan, e sentiu a pontada das lágrimas na garganta.

Zachariah enrolou o xale de Tessa em volta dos próprios ombros.

— Diga a Jace Herondale que ele toca muito bem o Concerto número 2 de Chopin — falou, e desapareceu pela multidão, atrás de Tessa. Ela ficou olhando para ele, agarrando o anel e o *Códex*.

— Alguém viu Church? — perguntou uma voz ao seu ouvido. Era Isabelle, com os dedos aconchegados no braço de Simon. Maia vinha ao lado deles, mexendo em um prendedor dourado em seus cabelos cacheados. — Acho que Zachariah roubou nosso gato. Juro que o vi colocando Church no banco de trás de um carro.

— Impossível — disse Jace, aparecendo ao lado de Clary; estava com as mangas dobradas até os cotovelos, e ruborizado pelo esforço ao piano. — Church odeia todo mundo.

— Nem todo mundo — murmurou Clary, com um sorriso.

Simon estava olhando para Jace como se ele fosse ao mesmo tempo fascinante e também um pouco alarmante.

— Eu... algum dia nós... eu já *mordi* você?

Jace tocou a cicatriz no pescoço.

— Não consigo acreditar que você se lembra *disso*.

— Nós... rolamos no fundo de um barco?

— Sim, você me mordeu, e sim, eu gostei um pouco, sim, não vamos mais falar sobre isso — disse Jace. — Você não é mais um vampiro. Foco.

— Para ser justa, você também mordeu Alec — falou Isabelle.

— Quando *isso* aconteceu? — perguntou Maia, o rosto se acendendo com divertimento enquanto Morcego chegava por trás dela. Sem uma palavra, ele pegou o prendedor da mão dela e o colocou de volta em seu cabelo. Ele fechou a joia com eficiência. As mãos permaneceram ali por um instante, delicadas de encontro ao cabelo dela.

— O que acontece nos reinos demoníacos, fica nos reinos demoníacos — disse Jace, que então olhou para Clary. — Quer dar uma volta?

— Uma volta ou uma *volta*? — perguntou Isabelle. — Tipo, vocês vão...

— Acho que todos nós devemos ir até o lago — falou Clary, se levantando, com o *Códex* em uma das mãos e o anel na outra. — É lindo lá. Principalmente à noite. Gostaria que meus amigos vissem.

— Eu me lembro — disse Simon, e lançou um sorriso que fez o coração de Clary inflar no peito. O sítio para o qual eles iam em todos os verões; na mente dela, sempre estaria atrelado a Simon. O fato de ele ter se lembrado a deixava mais feliz do que ela poderia ter imaginado estar naquela manhã.

Ela deslizou a mão para a de Jace enquanto se afastavam da tenda, Isabelle correndo para mandar o irmão buscar Magnus para acompanhá-los. Mais cedo Clary queria ficar só com Jace; agora queria estar com todo mundo.

Amava Jace há o que parecia tanto tempo, amava tanto que às vezes achava que podia morrer disso, porque era algo do qual necessitava e não podia ter. Porém agora não mais: o desespero dera lugar à paz e a uma felicidade silenciosa. Agora que ela não sentia mais que cada instante com ele era arrancado da possibilidade de um desastre, agora que ela conseguia imaginar uma vida inteira de momentos com Jace, momentos de paz, de diversão, casuais, relaxados ou gentis, não queria nada senão caminhar até o lago com todos os amigos para comemorar o dia.

Ao passarem por uma crista sobre a trilha, ela olhou para trás. Viu Jocelyn e Luke próximos à tenda, olhando para eles. Clary notou Luke sorrindo para ela, e a mãe erguendo a mão num aceno e então baixando-a para segurar a mão do novo marido. A coisa se deu do mesmo jeito com eles, pensou ela, anos de separação e tristeza, e agora tinham a vida inteira. *Uma vida de momentos.* Ela levantou a mão, retribuindo o aceno, e em seguida se apressou para alcançar os amigos.

Magnus estava apoiado no exterior do celeiro, observando Clary e Tessa absortas em uma conversa, quando Catarina se aproximou dele. Tinha flores azuis no cabelo, as quais enfatizavam sua pele azul-safira. Ele olhou para o pomar, em direção ao lago, que reluzia como água retida em mãos em concha.

— Você parece preocupado — comentou Catarina, colocando a mão no ombro dele em sinal de companheirismo. — O que houve? Vi você beijando seu menino Caçador de Sombras mais cedo, então não pode ser isso.

Magnus balançou a cabeça.

— Não. Está tudo bem com Alec.

— Vi você conversando com Tessa, também — continuou Catarina, esticando o pescoço para olhar. — Estranho tê-la aqui. É isto que está lhe incomodando? Passado e futuro colidindo; deve parecer um pouco estranho.

— Talvez — disse Magnus, apesar de não estar muito certo de que fosse isso. — Fantasmas antigos, as sombras de coisas que poderiam ter sido. Embora eu sempre tenha gostado de Tessa e dos meninos dela.

— O filho dela dava um trabalhão — lembrou Catarina.

— Assim como a filha — riu Magnus, muito embora tenha soado frágil como gravetos no inverno. — Tenho sentido o peso do passado em meus ombros nos últimos dias, Catarina. A repetição de erros. Ouço coisas, boatos no Submundo, rumores de brigas por vir. O Povo das Fadas é orgulhoso, o mais orgulhoso de todos; não vai receber a humilhação da Clave sem retaliação.

— Eles são orgulhosos, porém pacientes — disse Catarina. — Podem esperar muito tempo, gerações, para se vingar. Você não pode temer que aconteça agora, quando as sombras podem não descer por anos.

Magnus não olhou para ela; olhava para a tenda, onde Clary se encontrava conversando com Tessa, onde Alec estava lado a lado com Maia e Morcego, rindo, onde Isabelle e Simon dançavam ao som da música que Jace tocava ao piano, as notas doces e sombrias de Chopin o faziam recordar de outro tempo, e do som de violinos no natal.

856

— Ah — disse Catarina. — Você está preocupado com eles; está preocupado com o mal se abatendo sobre aqueles que ama.

— Com eles, ou com os filhos deles. — Alec havia se separado dos outros e estava subindo a colina em direção ao celeiro. Magnus o observava se aproximando, uma sombra escura contra o céu ainda mais escuro.

— Melhor amar e temer do que não sentir nada. É assim que nos petrificamos — disse Catarina, e o tocou no braço. — Sinto muito por Raphael, aliás. Não tive a oportunidade de dizer isso. Sei que você já salvou a vida dele uma vez.

— E ele salvou a minha — respondeu Magnus, e ergueu o olhar quando Alec os alcançou. Alec cumprimentou Catarina com um gesto cortês de cabeça.

— Magnus, estamos indo para o lago — falou. — Quer vir?

— Por quê? — perguntou Magnus.

Alec deu de ombros.

— Clary disse que é bonito — respondeu. — Digo, já conheço, mas tinha um anjo enorme surgindo dele, o que acabou me distraindo. — Ele estendeu a mão. — Vamos. Todo mundo vai.

Catarina sorriu.

— *Carpe Diem* — falou para Magnus. — Não perca tempo pensando. — Ela segurou as saias, erguendo-as, e partiu em direção às árvores, os pés como flores azuis na grama.

Magnus pegou a mão de Alec.

Havia pirilampos perto do lago. Iluminavam a noite com seus lampejos enquanto o grupo espalhava casacos e cobertas no chão, os quais Magnus alegara ter criado usando apenas o ar, embora Clary desconfiasse que tivessem sido invocados ilegalmente de uma loja.

O lago tinha um brilho prateado, refletindo o céu e suas milhares de estrelas. Clary ouviu Alec nomeando as constelações para Magnus: leão, sagitário, pégasus. Maia havia tirado os sapatos e caminhava descalça pela margem do lago. Morcego a seguira, e enquanto Clary observava, ele pegou a mão dela, hesitante.

Ela deixou.

Simon e Isabelle estavam inclinados um contra o outro, sussurrando. De vez em quando Isabelle soltava uma risadinha. Seu rosto estava mais alegre do que estivera em meses.

Jace sentou-se em um dos cobertores e puxou Clary consigo, uma perna de cada lado dela. Clary se apoiou nele, sentindo as batidas confortáveis do coração em suas costas. Os braços de Jace a envolveram, e os dedos dele tocaram o *Códex* no colo dela.

— O que é isto?

— Um presente para mim. E tem um para você também — disse ela, e pegou a mão dele, esticando os dedos um por um, até que ele estivesse com a mão aberta. Ela colocou o anel de prata levemente gasto na palma dele.

— Um anel Herondale? — Ele soou espantado. — Onde você...

— Era de James Herondale — respondeu ela. — Não tenho nenhuma árvore genealógica por aqui, então não sei exatamente o que isso significa, mas ele claramente foi um de seus ancestrais. Lembro de você falando que as Irmãs de Ferro teriam que forjar um anel novo, pois Stephen não tinha deixado um para você... mas agora você já tem.

Ele o colocou no anelar direito.

— Toda vez — disse ele baixinho. — Toda vez que acho que falta um pedaço de mim, você me completa.

Não havia o que dizer, então Clary não disse nada; apenas se virou nos braços dele e o beijou na bochecha. Ele era lindo sob o céu noturno, as estrelas irradiando luz, brilhando nos cabelos e olhos dele, e o anel Herondale reluzindo no dedo, um lembrete de tudo que se passara, e de tudo que ainda estava por vir.

Somos todos parte do que nos lembramos. Guardamos em nós as esperanças e os medos daqueles que nos amam. Contanto que exista amor e lembrança, não existe perda de fato.

— Você *gosta* do nome Herondale? — perguntou ele.

— É seu nome, então eu o amo — respondeu.

— Eu poderia ter recebido alguns nomes Nephilim bem ruins — disse ele. — Bloodstick. Ravenhaven.

— Bloodstick não pode ser um nome.

— Pode não ser aceito — reconheceu. — Herondale, por outro lado, é melódico. Doce, pode-se dizer. Pense no som de "Clary Herondale".

— Ai, meu Deus, soa *péssimo*.

— Todos temos que fazer sacrifícios por amor. — Ele sorriu e se esticou, contornando Clary para alcançar o *Códex*. — Este é antigo. Uma edição antiga — comentou ele, virando o livro. — A inscrição atrás é de Milton.

— Claro que você sabe disso — disse ela afetuosamente, e se apoiou contra ele enquanto ele virava o livro nas mãos.

Magnus tinha acendido uma fogueira, que queimava alegremente na beira do lago, enviando faíscas ao céu. O reflexo do fogo refletiu no colar vermelho de Isabelle quando ela se virou para falar alguma coisa para Simon, e brilhou forte no resplendor dos olhos de Magnus e ao longo da água do lago, transformando as ondulações em linhas douradas. Então atingiu a inscrição na parte traseira do *Códex* enquanto Jace lia as palavras em voz alta para Clary, com a voz suave como música no escuro brilhante.

"Livremente servimos
Porque livremente amamos, conforme nosso arbítrio
De amar ou não; assim nos erguemos ou caímos."

AGRADECIMENTOS

Quem eu amo sabe que é amado. Dessa vez quero agradecer a meus leitores, os quais permaneceram comigo durante toda esta saga que mais pareceu uma montanha russa, e os quais enfrentaram todos os medos, as situações difíceis e emoções. Eu não trocaria vocês, de modo algum, pelo brilho do loft de Magnus.

Este livro foi composto nas tipologias Aquiline, Centaur MT, Pterra,
Schoensperger, e impresso em papel Lux Cream, na Gráfica Eskenazi.